历代关中诗歌辑注

刘锋涛 朱慧玲 张倩 等 ◎编

上 册

LIDAI
GUANZHONG SHIGE
JIZHU

陕西新华出版传媒集团
陕西人民出版社

图书在版编目（CIP）数据

历代关中诗歌辑注 / 刘锋涛注释. —— 西安：陕西人民出版社，2021.12
ISBN 978-7-224-14026-2

Ⅰ.①历… Ⅱ.①刘… Ⅲ.①古典诗歌－注释－中国 Ⅳ.①I222.72

中国版本图书馆CIP数据核字（2021）第048985号

责任编辑：姜一慧
整体设计：李渊博

历代关中诗歌辑注（全三册）

编　　者	刘锋涛　朱慧玲　张倩
出版发行	陕西新华出版传媒集团　陕西人民出版社
	（西安市北大街147号　邮编：710003）
印　　刷	广东虎彩云印刷有限公司
开　　本	787毫米×1092毫米　16开
印　　张	95
插　　页	12
字　　数	1125千字
版　　次	2021年12月第1版
印　　次	2021年12月第1次印刷
书　　号	ISBN 978-7-224-14026-2
定　　价	420.00元

本书为国家社科基金项目《关中诗歌图志》的结项成果,部分内容为国家社科基金重大项目《唐代到北宋丝绸之路上的驿站、寺庙、重要古迹与文人活动、文学创作及文化传播》的阶段性成果。

"陕西师范大学中国语言文学世界一流学科建设成果"丛书

总　序

陕西师范大学中国语言文学学科至今已经走过了 70 多年的发展历程。数代学人培桃育李、滋兰树蕙，在学科建设、人才培养、科学研究以及社会服务等方面取得了令人瞩目的成就，涌现出了一批蜚声海内外的硕学鸿儒，形成了"守正创新、严谨求实、尊重个性、兼容并包"的学术传统和"重基础训练、重理论素质、重学术规范、重人文教养、重社会实践、重能力提高"的人才培养特色，铸就了"扬葩振藻、绣虎雕龙"的学院精神。数十年来，全体师生筚路蓝缕、弦歌不辍，获得中国语言文学一级学科博士授予权，中国语言文学一级学科博士后科研流动站，中国古代文学学科也跻身于国家重点学科；建成"国家文科（中文）基础学科人才培养和科学研究基地"，教育部、国家外国专家局"长安与丝路文化传播学科创新引智基地"，教育部"2019 年全国普通高校中华优秀传统文化传承基地""陕西师范大学语言资源开发研究中心""陕西文化资源开发协同创新中心"等多个省部级科学研究平台；汉语言文学专业为教育部特色建设专业、陕西省名牌专业、入选陕西省"一流专业"建设项目，秘书学专业和汉语国际教育专业也入选陕西省"一流专业"培育项目；形成了从本科、硕士、博士到博士后完整的人才培养和科学研究体系，中国语言文学学科走上了稳健、持续发展的道路。

2017 年，中国语言文学学科被教育部列入"世界一流学科"建设学科，迎来了难得的发展机遇。中国语言文学学科全体师生深知"一流学科"建设不仅决定着我校中国语言文学学科能否在新时代开创新局面、取得新成就、达到新高度，更关乎陕西师范大学的整体发展。在学校的正确领导下，各有关部门同心协力，兄弟院校及合作机构鼎力支持，文学院同仁更是呕心沥血、发愤图强，学科建设取得了显著成效。为了及时汇总建设成果，展示学术力量，扩大学术影响，更为了请益于大方之家，与学界同仁加强交流，实现自我提高，我们汇集本学科师生的学术著作（译作）、教材等，策划出版"陕西师范大学中国语言文学世界一流学科建设成果"丛书和"长安与丝路文化研究"丛书，从不同的方面体现我们的研究特色。

丛书的出版得到了陕西师范大学学科建设处、社会科学处以及有关出版机构的大力支持，在此一并致谢！

作为陆路丝绸之路的起点与丝路文化中心城市高校，我们既承载着历史文化的传统与重托，又承担着新时代的使命与责任。作为新时代的中国语言文学学科，既古老又年轻，既传统又现代，包容广博，涵盖古今中外的语言与文学之学。即使是传统的学术学科，也是一个当下命题，始终要融入时代的内涵。用一种人人参与、人人分享的形式，借助于具体可感的学术载体，传播中华优秀传统文化，发扬中华优秀传统文化，彰显中华现代文明，这是新时代人文社会科学工作者的重要使命。"士不可以不弘毅，任重而道远。""一流学科"建设永远在路上，中华优秀文化的发扬光大永远在路上。我们将不忘初心，不辱使命，努力前行！

陕西师范大学文学院院长　张新科
2019 年 10 月 30 日

前　言

本稿为国家社科基金项目《关中诗歌图志》的结项成果之一。部分内容为国家社科基金重大项目《唐代到北宋丝绸之路上的驿站、寺庙、重要古迹与文人活动、文学创作及文化传播》的阶段性成果。

目前，同类著作已经出版的有《历代咏陕诗词曲集成》（基本无注）、《咏西安诗词曲赋集成》（有注），以及本人与先师霍松林先生主编的《历代名人咏西安》（2007年，由西安出版社精制出版，繁体字，宣纸印制，线装，一函三册。2018年，重新修订，加注释，简体字，由陕西师范大学出版社出版）。

与以往同类诗歌选集最大的区别是，本稿选诗角度不同。以往的同类诗选，不管是"咏陕西"抑或是"咏西安"，入选诗歌之内容为吟咏陕西（或西安），而不管其作于何地；而本稿的着眼点在于创作地域（关中），即创作于关中的作品（创作于关中以外的作品，不管其内容是否与关中有关，皆不在收录范围），至于其主题、题材内容则不作限制，无所不包。换言之，本稿为"关中诗"而非"咏关中诗"。这样，某种程度上增加了难度，也容易出现问题，因为要确定很多作品的创作地域，相当困难。本稿涉及的少量作品，确实难以确定具体作地的，如某诗人吟咏关中某处古迹的诗作，不能确定即作于该地，但可以确定作于关中的，暂置于该地名之下。另外，本稿不仅按时代，同时又分地域编排。

平时阅读相关诗选，但凡诗题或内容文字有"长安"或"西京"的多被当作"长安"诗,且屡屡作注曰:"西京,即长安,今西安市。"实则很多此类诗与长安并无关涉,如宋、金、元诸朝,其西京也不是长安。我们的工作力图避免此类现象。当然,随着我们研究工作的深入,也倍感前辈学人的艰辛与不易。我们希望,能够在前辈学人的基础上有些许提高,后来者在我们的基础上再一步步提高。庶几可趋完善。

编 者

2020 年 9 月

目 录

（上册）

第一编
《诗经》中的关中诗歌

无衣	一	文王有声	二二
终南	二	卷阿	二三
黄鸟	三	绵	二六
蒹葭	四	鹿鸣	二八
渭阳	五	南山有台	二九
七月	五	信南山	三〇
东山	九	鸿雁	三二
甘棠	一一	采薇	三三
生民	一一	清庙	三五
公刘	一五	载芟	三六
大明	一八	丰年	三八
灵台	二一		

第二编
西安地区

长安	三九	赠丁仪王粲	四三
鸿鹄歌	三九	重别周尚书	四四
天马歌（一）	四〇	皇夏	四五
黄鹄歌	四一	怨歌行	四六
怨歌行	四二	正旦蒙赵王赉酒	四七
拊缶歌	四二	伤王司徒褒	四七

长安九日	五一	春望	九三
长安听百舌	五二	寒食	九四
于长安咏雁	五二	雪（二首选一）	九四
正日临朝	五三	长安早春	九五
赐萧瑀	五四	长安春望	九六
帝京篇（其一）并序	五五	长安疾后首秋夜即事	九七
春游曲	五六	长安游	九七
酬薛舍人万年宫晚景寓直怀友	五六	长安晓望寄崔补阙	九八
长安古意	五八	长安旅舍纾情投先达	九九
赠许左丞从驾万年宫	六二	赠先达	九九
帝京篇	六三	长安少年行	一〇〇
在狱咏蝉并序	七一	长安落第	一〇一
凌晨早朝	七二	省试湘灵鼓瑟	一〇一
长安道	七三	长安遇冯著	一〇二
春台望	七四	长安道	一〇三
秦女卷衣	七五	长安早春	一〇三
子夜吴歌（秋歌）	七七	长安羁旅行	一〇四
阳春歌	七七	长安旅情	一〇五
长相思	七八	长安羁旅	一〇五
清平调词三首	七九	登科后	一〇六
古风（其二十四）	八〇	劝酒	一〇六
行路难三首（其二）	八一	城东早春	一〇七
蜀道难	八二	长安春望	一〇七
送贺宾客归越	八五	早春呈水部张十八员外二首（其一）	
上之回	八五		一〇八
寓言三首（其三）	八七	石鼓歌	一〇九
走笔赠独孤驸马	八七	听颖师弹琴	一一三
九月九日忆山东兄弟	八八	初至长安	一一四
长安道	八九	长安道	一一五
落第长安	九〇	长安春	一一五
丽人行	九一	春雪	一一六

冬月长安雨中见终南雪	一一七	长安春	一四〇
正月十五夜灯	一一七	放榜日	一四〇
京城寓怀	一一八	长安里中闻猿	一四一
宫词（其一）	一一八	长安逢故人	一四二
长安秋夜	一一九	长安送人	一四二
长安秋夜	一一九	看榜日	一四三
浩歌	一二〇	长安冬夜书情	一四四
始为奉礼忆昌谷山居	一二二	长安逢友人	一四四
李凭箜篌引	一二三	长安旅怀	一四五
长安雪后	一二五	长安言怀寄沈彬侍郎	一四五
长安杂题长句（六首选一）	一二五	长安早秋	一四六
长安晴望	一二六	长安伤春	一四六
长安秋望	一二六	长安冬夜书事	一四七
长安亲故	一二七	退朝望终南山	一四七
长安早春	一二七	春色满皇州	一四八
长安春夜吟	一二八	长安春暮	一四九
春色满皇州	一二八	长安春日书事	一四九
长安晚秋	一二九	长安春日	一五〇
吊白居易	一三〇	长安春日效东野	一五一
长安春晚二首	一三一	长安春日作	一五二
长安春日	一三二	长安春日感怀	一五二
长安新晴	一三三	诉衷情令·长安怀古	一五三
游城东王驸马亭	一三三	菩萨蛮令·长安怀古	一五三
长安怀古	一三四	长安怀古	一五四
近试上张水部	一三五	长安怀古	一五五
长安逢隐者	一三五	木兰花慢·长安怀古	一五六
长安春日	一三六	长安新城	一五七
长安清明	一三七	长安雪中	一五八
长安春	一三八	长安杂诗十首（其一）	一五八
省试	一三八	长安晓起闻鹊	一六〇
长安雪后	一三九	早春长安道上	一六〇

西安	一六一	同诸公登慈恩寺塔	一八五
晓起长安道中	一六二	与高适、薛据登慈恩寺浮图	一八六
大慈恩寺（大雁塔）	一六三	雪后与群公过慈恩寺	一八七
谒慈恩寺题奘法师房	一六三	同诸公登慈恩寺塔	一八八
谒大慈恩寺	一六五	题慈恩寺振上人院	一八九
九月九日上幸慈恩寺登浮图，群臣上菊花寿酒	一六五	慈恩寺怀旧并序	一九〇
奉和过慈恩寺应制	一六六	慈恩寺暕上人房招耿拾遗	一九三
九月九日登慈恩寺浮图应制	一六七	同苗发慈恩寺避暑	一九三
奉和九月九日登慈恩寺浮图应制	一六七	早春游慈恩南池	一九四
奉和九月九日登慈恩寺浮图应制	一六八	残莺百啭歌同王员外耿拾遗吉中孚李端游慈恩各赋一物	一九四
奉和九月九日登慈恩寺浮图应制	一六九	慈恩寺南池秋荷咏	一九五
慈恩寺九日应制	一七〇	慈恩精舍南池作	一九六
奉和九月九日登慈恩寺浮图应制	一七〇	慈恩寺残春	一九七
奉和圣制同皇太子游慈恩寺应制	一七一	慈恩寺石磬歌	一九七
奉和九月九日登慈恩寺浮图应制	一七二	同钱郎中晚春过慈恩寺	一九八
奉和九月九日登慈恩寺浮图应制	一七三	同崔峒补阙慈恩寺避暑	一九九
奉和九月九日登慈恩寺浮图应制	一七三	早秋登慈恩寺塔	一九九
奉和九月九日登慈恩寺浮图应制	一七四	慈恩寺起上人院	二〇〇
奉和九月九日登慈恩寺浮图应制	一七五	和李中丞慈恩寺清上人院牡丹花歌	二〇〇
奉和九月九日登慈恩寺浮图应制	一七六	题慈恩寺塔	二〇一
奉和九日登慈恩寺浮图应制	一七六	三月三十日题慈恩寺	二〇二
奉和九月九日登慈恩寺浮图应制	一七七	慈恩寺有感	二〇二
奉和九月九日登慈恩寺浮图应制	一七八	春日游慈恩寺	二〇三
慈恩寺二月半寓言	一七九	慈恩寺上座院	二〇三
奉和九月九日登慈恩寺浮图应制	一八〇	送慈恩寺霄韵法师谒太原李司空	二〇四
奉和九月九日登慈恩寺浮图应制	一八〇	酬慈恩寺文郁上人	二〇四
奉和九月九日登慈恩寺浮图应制	一八一	慈恩寺避暑	二〇五
奉和九月九日登慈恩寺浮图应制	一八二	登长安慈恩寺塔	二〇五
奉和九月九日登慈恩寺浮图应制	一八三	晚投慈恩寺呈俊上人	二〇六
同诸公登慈恩寺浮图	一八三	春尽独游慈恩寺南池	二〇七

夏日登慈恩寺	二〇七	雁塔	二三〇
题慈恩寺元遂上人院	二〇八	**曲江**	二三一
慈恩寺东楼	二〇八	重阳日赐宴曲江亭赋六韵诗用清字	二三一
题慈恩友人房	二〇九	奉和圣制赐史供奉曲江宴应制	二三二
秋日同觉公上人眺慈恩塔六韵	二〇九	三月三日曲江侍宴应制	二三三
题慈恩寺默公院	二一〇	同薛司直诸公秋霁曲江俯见南山作	二三四
慈恩寺偶题	二一〇	九日曲江	二三四
登慈恩寺塔	二一一	曲江对酒	二三五
题雁塔	二一二	曲江对雨	二三六
晚游慈恩寺	二一三	哀江头	二三七
夏日游慈恩寺	二一三	曲江二首	二三八
晚步曲江因谒慈恩寺恭上人	二一四	曲江三章，章五句	二四〇
慈恩寺塔下避暑	二一四	曲江陪郑八丈南史饮	二四二
塔院小屋四壁皆是卿相题名因成四韵		曲江春望	二四二
	二一五	贼中与严越卿曲江看花	二四三
题慈恩塔	二一五	曲江池上	二四四
登慈恩寺塔	二一六	游春词二首（其一）	二四四
慈恩寺塔	二一六	同水部张员外籍曲江春游寄白二十二舍人	
拟游慈恩寺用涯翁韵	二一七		二四五
九日期登大慈恩寺阁不果寄献吉	二一八	奉酬卢给事云夫四兄曲江荷花行见寄并呈	
九日登慈恩寺阁三首	二一九	上钱七兄阁老张十八助教	二四六
登慈恩寺塔	二二〇	酬白二十二舍人早春曲江见招	二四七
将去关中别中尉存杠于慈恩寺塔下	二二一	曲江亭望慈恩寺杏园花发	二四八
慈恩寺吊古	二二四	乱后曲江	二四九
慈恩寺上雁塔	二二四	曲江春望	二四九
登慈恩寺浮图	二二五	和刘郎中曲江春望见示	二五〇
次和常南陵方伯登慈恩寺塔原韵	二二六	早秋曲江感怀	二五〇
登慈恩寺浮屠	二二七	曲江早春	二五一
慈恩寺塔	二二八	上巳日恩赐曲江宴会即事	二五一
秋夜登慈恩寺塔	二二九	曲江早秋	二五一
雁塔晚眺	二二九	曲江感秋二首并序	二五二

曲江感秋（五年作）	二五四	及第后宴曲江	二六九
立春日酬钱员外曲江同行见赠	二五四	曲江春望	二七〇
曲江独行招张十八	二五五	曲江三月三日	二七〇
曲江	二五五	曲江暮春雪霁	二七一
曲江独行	二五六	立春日	二七一
和钱员外《答卢员外早春独游曲江见寄长句》	二五六	下第卧疾卢员外召游曲江	二七二
		曲江二首	二七三
曲江忆元九	二五七	曲江春感	二七四
早春独游曲江，时为校书郎	二五七	春日叶秀才曲江	二七五
曲江醉后赠诸亲故	二五八	清明日曲江怀友	二七五
曲江亭晚望	二五八	曲江春望	二七六
酬韩侍郎张博士雨后游曲江见寄	二五九	曲江	二七七
曲江忆李十一	二五九	曲江渔父	二七八
曲江有感	二六〇	曲江	二七八
永贞二年正月二日上御丹凤楼赦天下予与李公垂庾顺之闲行曲江不及盛观	二六〇	放榜日	二七九
		和陈先辈陪陆舍人春日游曲江	二八〇
同裴起居厉侍御放朝游曲江	二六一	重游曲江	二八〇
曲江亭望慈恩杏花发	二六一	曲江秋日	二八一
曲江亭望慈恩寺杏园花发	二六二	曲江晚思	二八一
早春游曲江	二六三	重游曲江	二八一
曲江春望怀江南故人	二六三	乱后曲江	二八二
出试日独游曲江	二六四	乾符丙申岁奉试春涨曲江池，用春字	二八二
曲江上巳	二六四		
病中早访招国李十将军遇挚家游曲江	二六五	曲江春草	二八三
		曲江红杏	二八四
暮秋独游曲江	二六六	曲江春	二八四
曲江	二六六	春日游曲江	二八五
曲江醉题	二六七	喜迁莺	二八五
寒食日曲江	二六八	长安	二八六
上巳日	二六八	曲江芙蓉歌	二八七
曲江春霁	二六九	曲江亭吟	二八八

曲江	二八九	兴庆宫	三〇五
曲江	二九〇	夏日仙萼亭应制	三〇六
雨中游曲江	二九一	帝幸兴庆池戏竞渡应制	三〇六

杏园 二九二

奉和许阁老霁后慈恩寺杏园看花同用花字
口号时德舆当直　　　　二九二

十五日夜御前口号踏歌词二首（其一）
　　　　　　　　　　　　三〇七

酬赵尚书杏园花下醉后见寄	二九三	奉和春中兴庆宫酺宴应制	三〇八
同白侍郎杏园赠刘郎中	二九三	春中兴庆宫酺宴并序	三〇九
杏园送张彻	二九四	游兴庆宫作并序	三一二

陪崔大尚书及诸阁老宴杏园　二九四
奉和圣制暇日与兄弟同游兴庆宫作应制
　　　　　　　　　　　　三一四

杏园中枣树	二九五	兴庆池侍宴应制	三一五
杏园花落时招钱员外同醉	二九六	春霁花楼南闻宫莺	三一六
杏园花下赠刘郎中	二九六	秋望兴庆宫	三一六

重寻杏园　　　　　　　　二九六
县君赴兴庆宫朝贺载之奉行册礼因书即事
杏园　　　　　　　　　　二九七　　　　　　　　　　　　三一七

曲江亭望慈恩寺杏园花发	二九七	**勤政楼**	三一八
曲江亭望慈恩寺杏园花发	二九八	三月三日勤政楼侍宴应制	三一八
杏园宴上谢座主	二九八	勤政楼西老柳	三一九
杏园	二九九	过勤政楼	三二〇
杏园	二九九	楼前	三二〇
杏园即席上同年	三〇〇	九月九日勤政楼下观百僚献寿	三二一

登第后寒食杏园有宴，因寄录事
勤政楼观乐　　　　　　　三二二

宋垂文同年	三〇一	**龙池**	三二三
杏园	三〇二	享龙池乐章（第一章）	三二三
芙蓉园（芙蓉苑）	三〇二	享龙池乐章（第二章）	三二四
春日芙蓉园侍宴应制	三〇二	享龙池乐章（第三章）	三二五
春日芙蓉园侍宴应制	三〇三	享龙池乐章（第四章）	三二六
春日芙蓉园侍宴应制	三〇三	享龙池乐章（第五章）	三二七
春日芙蓉园侍宴应制	三〇四	享龙池乐章（第六章）	三二七
忆春日曲江宴后许至芙蓉园	三〇四	享龙池乐章（第七章）	三二八
南池	三〇五	享龙池乐章（第八章）	三二九

享龙池乐章（第九章）	三三〇
享龙池乐章（第十章）	三三一
兴庆池侍宴应制	三三一
奉和圣制龙池篇	三三二
奉和圣制与太子诸王三月三日龙池春禊应制	三三三
侍从宜春苑奉诏赋龙池柳色初青听新莺百啭歌	三三四
龙池春草	三三五
龙池春草	三三六
龙池春草	三三六
龙池	三三七
龙池春草	三三七
兴庆池	三三八
和韩侍中上巳日会兴庆池二首（其一）	三三九
大明宫	三四〇
奉和人日宴大明宫恩赐彩缕人胜应制	三四〇
奉和人日宴大明宫恩赐彩缕人胜应制	三四一
人日侍宴大明宫恩赐彩缕人胜应制	三四二
人日重宴大明宫恩赐彩缕人胜应制	三四二
人日重宴大明宫恩赐彩缕人胜应制	三四三
人日宴大明宫恩赐彩缕人胜应制	三四四
人日大明宫应制	三四四
人日重宴大明宫恩赐彩缕人胜应制	三四五
人日重宴大明宫恩赐彩缕人胜应制	三四五
奉和人日重宴大明宫恩赐彩缕人胜应制	三四六
早朝大明宫呈两省僚友	三四七
和贾舍人早朝大明宫之作	三四八
奉和贾至舍人早朝大明宫	三四九
奉和中书舍人贾至早朝大明宫	三五〇
人日侍宴大明宫应制	三五〇
宫词三十首（选一）	三五一
玄武门	三五一
春日玄武门宴群臣	三五二
玄武门侍射并序	三五三
玄武门侍宴	三五四
含元殿	三五五
元日望含元殿御扇开合	三五五
南至隔仗望含元殿香炉	三五六
南至日隔霜仗望含元殿炉烟	三五七
南至日隔仗望含元殿炉香	三五八
宣政殿	三五九
宣政殿退朝晚出左掖	三五九
宣政殿前陪位观册顺宗宪宗皇帝尊号	三六〇
紫宸殿	三六一
紫宸殿退朝口号	三六一
麟德殿	三六二
奉和圣制麟德殿宴百僚	三六二
奉和御制麟德殿宴百官	三六三
奉和圣制中春麟德殿会百僚观新乐	三六四
麟德殿宴百僚	三六五
中春麟德殿会百僚观新乐诗一章，章十六句	三六五
奉和麟德殿宴百僚应制	三六七
未央宫	三六七
奉和幸长安故城未央宫应制	三六八
奉和幸长安故城未央宫应制	三六八

奉和幸长安故城未央宫应制	三六九	**长信宫**	三八九
奉和幸长安故城未央宫应制	三七〇	婕妤怨	三八九
奉和幸长安故城未央宫应制	三七〇	长信宫	三八九
望未央宫	三七一	相和歌辞·长信怨	三九〇
望春亭	三七二	长信宫	三九〇
奉和春日幸望春宫应制	三七二	长信秋词五首	三九一
奉和圣制幸望春宫送朔方大总管张仁亶	三七二	相和歌辞·长信怨	三九三
		长信怨	三九四
苑中遇雪应制	三七三	长信宫	三九五
奉和春日幸望春宫应制	三七四	长信宫二首	三九五
奉和圣制春日幸望春宫应制	三七四	长信宫	三九六
奉和春日幸望春宫	三七五	长信宫	三九七
奉和圣制春日幸望春宫应制	三七六	**荐福寺（小雁塔）**	三九七
奉和春日幸望春宫应制	三七七	荐福寺应制	三九七
奉和幸望春宫送朔方军大总管张仁亶	三七七	奉和幸大荐福寺应制	三九八
		奉和荐福寺应制	三九九
奉和幸望春宫送朔方总管张仁亶	三七九	奉和幸大荐福寺	四〇〇
奉和幸望春宫送朔方军大总管张仁亶	三七九	和荐福寺英公新构禅堂	四〇〇
		奉和幸大荐福寺	四〇一
奉和圣制幸望春宫送朔方大总管张仁亶	三八〇	奉和幸大荐福寺	四〇二
		奉和幸大荐福寺	四〇三
奉和春日幸望春宫应制	三八一	宿荐福寺东池有怀故园因寄元校书	四〇四
奉和春日幸望春宫应制	三八一	荐福寺送元伟	四〇五
省试腊后望春宫	三八二	同苗员外宿荐福寺僧舍	四〇六
奉和春日幸望春宫应制	三八三	同皇甫侍御题荐福寺一公房	四〇六
奉和圣制春日幸望春宫应制	三八三	题荐福寺衡岳暕师房	四〇七
奉和幸望春宫送朔方大总管张仁亶	三八四	题荐福寺僧栖白上人院	四〇七
奉和春日幸望春宫	三八五	荐福寺讲筵偶见又别	四〇八
奉和圣制春日幸望春宫应制	三八五	荐福寺赠应制白公	四〇九
奉和圣制春日幸望春宫应制	三八六	荐福寺	四〇九
奉和圣制春日幸望春宫应制	三八七	**青龙寺**	四一〇

登乐游原春望书怀	四一〇	青龙寺僧院	四三一
早夏青龙寺致斋凭眺感物因书十四韵		秋晚与友人游青龙寺	四三二
	四一一	夏日青龙寺寻僧二首	四三二
同王维集青龙寺昙壁上人兄院五韵	四一三	下第题青龙寺僧房	四三三
别弟缙后登青龙寺望蓝田山	四一三	**兴善寺**	四三四
夏日过青龙寺谒操禅师	四一四	宿兴善寺后堂池	四三四
青龙寺昙壁上人兄院集并序	四一五	春雪题兴善寺广宣上人竹院	四三五
同王昌龄裴迪游青龙寺昙壁上人兄院集和兄维	四一六	游长安诸寺联句并序·靖恭坊大兴善寺·老松青桐联二十字绝句	四三五
清明日青龙寺上方赋得多字	四一七	游长安诸寺联句·靖恭坊大兴善寺·蛤像联二十字	四三七
宿青龙寺故昙上人院	四一八	冬日题兴善寺崔律师院孤松	四三八
青龙寺昙壁上人院集	四一八	题兴善寺寂上人院	四三九
夏日过青龙寺谒操禅师	四一九	题兴善寺	四三九
青龙寺题故昙上人房	四一九	题兴善寺隋松院与人期不至	四四〇
独游青龙寺	四二〇	题兴善寺僧道深院	四四〇
与王楚同登青龙寺上方	四二一	和薛监察题兴善寺古松	四四一
题青龙寺	四二二	兴善寺贝多树	四四一
病后游青龙寺	四二二	和薛侍御题兴善寺松	四四二
王起居独游青龙寺玩红叶因寄	四二三	**玄都观**	四四二
游青龙寺赠崔大补阙	四二三	元和十年自朗州召至京戏赠看花诸君子	
青龙寺早夏	四二五		四四三
和钱员外青龙寺上方望旧山	四二六	再游玄都观并引	四四三
和秘书崔少监春日游青龙寺僧院	四二七	玄都观栽桃十韵	四四四
题青龙寺镜公房	四二七	玄都观李尊师	四四五
题青龙寺	四二八	玄都观桃花	四四六
秋夜寄青龙寺空、贞二上人	四二八	游玄都观	四四七
寄青龙寺原上人	四二九	**昆明池**	四四七
题青龙寺纵公房	四二九	和春日晚景宴昆明池诗	四四七
题青龙寺	四三〇	秋游昆明池诗	四四八
题青龙寺镜公房	四三〇	秋日游昆明池诗	四四九
青龙寺赠云颢法师	四三一		

和许侍郎游昆明池	四五〇	**樊川**	四七四
冬日临昆明池	四五一	题都城南庄	四七五
和东观群贤七夕临泛昆明池	四五二	樊川寒食二首	四七五
昆明池侍宴应制	四五三	早春游樊川野居却寄李端校书兼呈崔峒补	
奉和晦日驾幸昆明池应制	四五四	阙司空曙主簿耿沣拾遗	四七六
奉和晦日幸昆明池应制	四五五	题樊川杜相公别业	四七七
奉和晦日幸昆明池应制（同用尧字）		秋晚与沈十七舍人期游樊川不至	四七八
	四五六	夏日樊川别业即事	四七八
恩敕尚书省僚宴昆明池应制	四五七	过樊川旧居	四七九
同诸公秋日游昆明池思古	四五八	春夜樊川竹亭陪诸同年宴	四八〇
昆明池晏坐答王兵部珣三韵见示	四六〇	春日题李中丞樊川别墅	四八〇
奉和晦日幸昆明池应制	四六一	**牛头寺**	四八一
恩制尚书省僚宴昆明池同用尧字	四六二	牛头寺	四八一
昆明池泛舟	四六二	杜曲二绝句	四八二
昆明池织女石	四六三	城南游诗八首（选四）	四八三
昆明池水战词	四六三	游韦曲饮牛头寺	四八五
省试晦日与同志昆明池泛舟	四六四	游韦曲牛头寺看桃花	四八六
晦日同志昆明池泛舟	四六五	游城南牛头寺	四八六
昆明池·次韵尚书兄春晚	四六六	三月二十日游牛头寺	四八七
昆明池	四六七	**杜曲**	四八八
韦曲	四六七	杜曲	四八九
奉陪郑驸马韦曲二首	四六八	杜曲西南吊牧之冢	四八九
春日偶题城南韦曲	四六九	游杜曲	四九〇
韦曲	四六九	**杜工部祠**	四九一
东韦曲野思	四七〇	杜曲谒杜工部祠	四九一
奉和韦曲庄言怀贻东曲外族诸弟	四七〇	杜少陵祠	四九二
酬赵尚书城南看花日晚先归见寄	四七一	杜工部祠	四九三
春日题韦曲野老村舍二首	四七二	杜工部祠	四九四
郊墅	四七二	工部祠	四九五
再游韦曲山寺	四七三	谒杜公祠	四九六
韦曲	四七四	仓颉造字台	四九七

第一编

《诗经》中的关中诗歌

　　《诗经》，是我国历史上最早的诗歌总集，在中国文学史上具有划时代的意义。《诗经》收录了西周初年至春秋中叶的三百多首诗歌，反映了这一时期五百年间的社会面貌。而关中地区，正是周王朝的发祥地，也是中国诗歌的发祥地之一。《诗经》中的许多诗作，尤其是与王畿生活密切相关的雅诗和颂诗中的《周颂》，绝大部分产生于关中大地。《秦风》和《豳风》中的大多数作品，也可以确定创作于关中地区，但很多作品，无法确定具体作于当今某市某县，或可能作于咸阳地区，也可能作于宝鸡地区。因此，本稿将《诗经》中涉及关中地区的作品单独列出，作为第一编，故体例与其余五编略有不同。

无衣 [1]

岂曰无衣？与子同袍[2]。王于兴师[3]，修我戈矛[4]，与子同仇[5]。
岂曰无衣？与子同泽[6]。王于兴师，修我矛戟[7]，与子偕作[8]。
岂曰无衣？与子同裳[9]。王于兴师，修我甲兵，与子偕行[10]。

【注释】

　　[1] 此诗选自《诗经·秦风》。这是一首激昂慷慨、同仇敌忾的战歌，表现了秦国兵士团结互助、共御外侮的高昂士气和乐观精神，其中所体现的矫健爽朗的风格正是秦人尚武精神及爱国主义精神的反映。

[2] 与子同袍：与您穿同样的战袍。子：对对方的敬称。袍：长衣，这里指战袍。

[3] 王：指秦国君，一说指周天子。兴师：出兵。

[4] 戈矛：古代的兵器，戈平头且旁有枝刃，有长柄。矛头尖锐。

[5] 同仇：同仇敌忾。

[6] 泽："襗"的假借字，指内衣，贴身的衣服。

[7] 戟：古代的一种长兵器。

[8] 偕作：一起行动。

[9] 裳：下衣。

[10] 偕行：同行。

终南[1]

终南何有？有条有梅[2]。君子至止，锦衣狐裘[3]。
颜如渥丹[4]，其君也哉[5]！
终南何有？有纪有堂[6]。君子至止，黻衣绣裳[7]。
佩玉将将[8]，寿考不忘[9]。

【注释】

[1] 此诗选自《诗经·秦风》。终南，即终南山，主峰在今西安市城南。从内容来看，当是一首赞美秦君的诗。

[2] 条：树名，即山楸。材质好，可制车板。

[3] 锦衣狐裘：当时诸侯的礼服。

[4] 渥丹：形容面色红润。

[5] 其君也哉：郑玄笺："仪貌尊严也。"

[6] 纪、堂：朱熹《诗集传》曰："纪，山之廉角也。堂，山之宽平处也。"一说纪和堂是两种树名，即杞柳和棠梨。王引之《述闻》："纪读为杞，堂读为棠。……纪、堂假借字耳。"

[7] 黻（fú）衣：黑色青色花纹相间的上衣。绣裳：五彩绣成的下裳。都是当时贵族的服装。

[8] 将将：同"锵锵"，象声词。佩玉之声。

[9] 寿考不忘：王引之《经义述闻》曰："忘，犹已也。……'寿考不忘'，犹言万寿无疆也。"考：高寿。

黄鸟 [1]

交交黄鸟[2]，止于棘[3]。谁从穆公[4]？子车奄息[5]。
维此奄息，百夫之特[6]。临其穴，惴惴其慄[7]。
彼苍者天[8]，歼我良人[9]！如可赎兮，人百其身[10]！

交交黄鸟，止于桑[11]。谁从穆公？子车仲行。
维此仲行，百夫之防[12]。临其穴，惴惴其慄。
彼苍者天，歼我良人！如可赎兮，人百其身！

交交黄鸟，止于楚[13]。谁从穆公？子车针虎。
维此针虎，百夫之御。临其穴，惴惴其慄。
彼苍者天，歼我良人！如可赎兮，人百其身！

【注释】

[1] 此诗选自《诗经·秦风》。公元前621年，秦穆公任好死，殉葬者多达一百七十七人，其中奄息、仲行、针虎三兄弟也随之殉葬而死。这三兄弟是秦国有名的贤者，人们哀悼他们，于是创作了这首挽歌，诗中表达了对活人殉葬制满腔愤怒的控诉，以及秦人对于三良的惋惜，也表达了秦人对于暴君的憎恨。

[2] 交交：鸟鸣声。黄鸟：即黄雀。

[3] 棘：酸枣树。一种落叶乔木。枝上多刺，果小味酸。棘之言"急"，双关语。

[4] 从：从死，即殉葬。穆公：春秋时秦国国君，姓嬴，名任好。

[5] 子车：复姓。奄息：字奄，名息。下文子车仲行、子车针虎同此，这三人是当时秦国有名的贤臣。

[6] 特：杰出的人才。

[7] "临其穴"二句：郑玄笺："谓秦人哀伤其死，临视其圹，皆为之悼栗。"

[8] 彼苍者天：悲哀至极的呼号之语，犹如今"老天爷啊"一类慨叹语。

[9] 良人：好人。

[10] 人百其身：犹言用一百人赎其一命。

[11] 桑：桑树。

[12] 防：抵挡。郑玄笺："防，犹当也。言此一人当百夫。"

[13] 楚：荆树。

蒹葭 [1]

蒹葭苍苍，白露为霜 [2]。所谓伊人 [3]，在水一方 [4]。
溯洄从之 [5]，道阻且长 [6]。溯游从之 [7]，宛在水中央 [8]。
蒹葭萋萋 [9]，白露未晞 [10]。所谓伊人，在水之湄 [11]。
溯洄从之，道阻且跻 [12]。溯游从之，宛在水中坻 [13]。
蒹葭采采 [14]，白露未已 [15]。所谓伊人，在水之涘 [16]。
溯洄从之，道阻且右 [17]。溯游从之，宛在水中沚 [18]。

【注释】

[1] 此诗选自《诗经·秦风》。蒹葭（jiān jiā）：芦荻，芦苇。蒹，没有长穗的芦苇。葭，初生的芦苇。苍苍：茂盛的样子。下文"萋萋""采采"义同。

[2] 为：凝结成。

[3] 所谓：所说，这里指所怀念的。伊人：那个人。

[4] 在水一方：在河的另一边。

[5] 溯洄从之：意为沿着河道向上游去寻找她。溯洄：逆流而上。从，跟随，这里为"追寻"义。

[6] 阻：险阻，难走。

[7] 溯游：顺流而下。《尔雅》："逆流而上曰溯洄，顺流而下曰溯游。"

[8] 宛：仿佛。

[9] 萋萋：茂盛的样子。此处指芦苇长势茂盛。

[10] 晞：晒干。

[11] 湄：水和草交接之处，指岸边。

[12] 跻：升高，这里形容道路又陡又高。

[13] 坻（chí）：水中的小洲或高地。

[14] 采采：茂盛貌。

[15] 已：止。此指"干"，变干。

[16] 涘：水边。

[17] 右：弯曲。

[18] 沚：水中的小块陆地。

渭阳 [1]

我送舅氏[2]，曰至渭阳。何以赠之？路车乘黄[3]。

我送舅氏，悠悠我思[4]。何以赠之？琼瑰玉佩[5]。

【注释】

[1] 此诗选自《诗经·秦风》。渭阳：渭河的北面。此诗是秦康公送晋公子重耳归国时所作。

[2] 我：指秦康公，时为秦太子。舅氏：指重耳。秦康公母亲为重耳的姐姐。

[3] 路车：古代诸侯乘坐的车。乘（shèng）黄：泛指良马。

[4] 悠悠：形容缠绵不绝。思：忧思。

[5] 瑰：质地次于玉的美石。

七月 [1]

七月流火[2]，九月授衣[3]。一之日觱发[4]，二之日栗烈[5]。
无衣无褐[6]，何以卒岁？三之日于耜[7]，四之日举趾[8]。
同我妇子[9]，馌彼南亩[10]，田畯至喜[11]。

七月流火，九月授衣。春日载阳[12]，有鸣仓庚[13]。
女执懿筐[14]，遵彼微行[15]，爰求柔桑[16]。
春日迟迟，采蘩祁祁[17]。女心伤悲，殆及公子同归[18]。

七月流火，八月萑苇[19]。蚕月条桑[20]，取彼斧斨[21]，
以伐远扬[22]，猗彼女桑[23]。七月鸣鵙[24]，八月载绩[25]。
载玄载黄[26]，我朱孔阳[27]，为公子裳。

四月秀葽[28]，五月鸣蜩[29]。八月其获，十月陨箨[30]。
一之日于貉[31]，取彼狐狸，为公子裘。
二之日其同[32]，载缵武功[33]。言私其豵[34]，献豣于公[35]。

五月斯螽动股[36]，六月莎鸡振羽[37]。
七月在野[38]，八月在宇[39]，九月在户[40]，十月蟋蟀入我床下。
穹窒熏鼠[41]，塞向墐户[42]。嗟我妇子，曰为改岁[43]，入此室处。

六月食郁及薁[44]，七月亨葵及菽[45]。
八月剥枣[46]，十月获稻。为此春酒，以介眉寿[47]。
七月食瓜，八月断壶[48]，九月叔苴[49]。采荼薪樗[50]，食我农夫。

九月筑场圃[51]，十月纳禾稼。黍稷重穋[52]，禾麻菽麦[53]。
嗟我农夫，我稼既同[54]，上入执宫功[55]。
昼尔于茅[56]，宵尔索绹[57]。亟其乘屋[58]，其始播百谷。

二之日凿冰冲冲[59]，三之日纳于凌阴[60]。
四之日其蚤，献羔祭韭[61]。九月肃霜[62]，十月涤场[63]。
朋酒斯飨[64]，曰杀羔羊。跻彼公堂[65]，称彼兕觥[66]，万寿无疆！

【注释】

[1] 此诗选自《诗经·豳风》。豳地，大致在今陕西彬州市、旬邑县一带。本诗以农夫的口吻叙述了一年四季的劳动情况，反映出当时的生产关系和人民的生活状况。

[2] 七月：夏历七月。流：下行。火：二十八星宿中东方的心宿，也叫大火星。夏历五月的黄昏时分，大火星位于正南方，为最高位置，过了六月则偏西向下，

故称"流火",时暑气渐消。

[3] 授衣:将裁制冬衣的工作交给妇女去做。授,交给……去做。

[4] 一之日:周历正月,相当于夏历的十一月。觱发(bì bō):象声词,寒风呼啸的声音。

[5] 栗烈:同"凛冽",寒冷的样子。

[6] 褐(hè):用兽毛或粗麻编织成的短衣。

[7] 耜(sì):古代翻耕田地的农具。

[8] 举趾:下地去耕田。

[9] 妇子:妻子儿女。

[10] 馌(yè):送饭。南亩:向阳的田地,这里泛指田地。

[11] 田畯(jùn):古代掌农事的官员。至喜:非常高兴。

[12] 载:开始。阳:暖和。

[13] 有:句首语助词,无实义。仓庚:即黄莺。

[14] 执:拿着。懿筐:深筐。

[15] 遵:沿着。微行:指小路。

[16] 爰:于是。柔桑:柔嫩的桑叶。

[17] 蘩:白蒿,用于祭祀;一说为用白蒿煮水滋润蚕子。祁祁:众多貌。

[18] 殆:危险,这里指害怕。公子:指贵族子弟。

[19] 萑(huán):荻,芦类植物。苇:芦苇。

[20] 蚕月:养蚕的月份,为夏历三月。条桑:修剪桑枝。

[21] 斧:柄孔圆的斧头。斨(qiāng):方形柄孔的斧头。

[22] 远扬:指长得又高又远的枝条。

[23] 猗(yī):牵引。女桑:柔嫩的桑枝。

[24] 鵙(jú):即伯劳鸟。

[25] 载:开始。绩:绩麻,指将麻纤维披开接续成线。

[26] 载:又。玄:黑中带红的颜色。

[27] 朱:这里指红色的丝织品。孔:非常。阳:鲜艳。

[28] 秀:植物不开花而结果实。葽(yāo):即远志,味苦,可入药。

[29] 鸣蜩:指蝉鸣。

[30] 陨萚(tuò):指草木枝叶凋落。

[31] 貉：一种像狐狸的哺乳动物。毛棕灰色，耳小，栖于山林中，昼伏夜出。

[32] 同：会合，指结伴打猎。

[33] 缵（zuǎn）：继续。武功：这里指狩猎。

[34] 言：句首语助词，无实义。私：私有。豵（zōng）：生长一年的小猪，泛指小兽。

[35] 豜（jiān）：生长三年的大猪，泛指大兽。公：贵族。

[36] 斯螽（zhōng）：一种昆虫，属蝗类。动股：指发出鸣叫声。相传斯螽是以两腿摩擦发声的。

[37] 莎（suō）鸡：一种昆虫，也叫纺织娘。

[38] 野：野地。

[39] 宇：屋檐下。

[40] 户：门，这里指屋内。

[41] 穹：空隙，指鼠洞。窒：堵塞。

[42] 向：向北的窗户。墐（jǐn）：用泥涂抹。

[43] 改岁：进入新年。

[44] 郁：郁李，似李子的一种植物，皮红而甜。薁（yù）：一种植物，果实大如桂圆，也叫野葡萄。

[45] 亨：通"烹"。葵：一种蔬菜，即"冬葵"。菽：豆子。

[46] 剥（pū）：敲击。

[47] 介：增益。眉寿：长寿。

[48] 断壶：摘葫芦。

[49] 叔苴（jū）：拾取麻子。

[50] 荼：苦菜。薪樗（chū）：伐臭椿作为柴用。

[51] 场：晒打粮食的空地。圃：菜园。

[52] 稷：粟，也叫谷子。重：晚熟的谷物。穋（lù）：早熟的谷物。

[53] 禾：指小米。

[54] 同：集中。

[55] 上：同"尚"，尚且。执：从事。宫功：室内劳动。

[56] 尔：语助词，无实义。于茅：采割茅草。

[57] 宵：夜晚。索绹（táo）：搓绳索。

[58] 亟（jí）：疾速。乘屋：登上屋顶修理屋子。

[59] 冲冲：凿冰声。

[60] 凌阴：冰窖。

[61] 羔：羔羊。韭：韭菜。

[62] 肃霜：谓霜降而万物收缩。

[63] 涤：清扫、收拾。场：晒谷场。

[64] 朋酒：两樽酒。斯：语助词。飨（xiǎng）：享用。

[65] 跻：登上。公堂：古代聚会的场所。

[66] 称：举起。兕觥（sì gōng）：兕牛角制成的酒器。

东山 [1]

我徂东山，慆慆不归[2]。我来自东，零雨其濛。
我东曰归，我心西悲。制彼裳衣，勿士行枚[3]。
蜎蜎者蠋，烝在桑野。敦彼独宿，亦在车下[4]。

我徂东山，慆慆不归。我来自东，零雨其濛。
果臝之实，亦施于宇[5]。伊威在室，蠨蛸在户[6]。
町畽鹿场，熠耀宵行[7]。不可畏也，伊可怀也。

我徂东山，慆慆不归。我来自东，零雨其濛。
鹳鸣于垤[8]，妇叹于室。洒扫穹窒，我征聿至[9]。
有敦瓜苦，烝在栗薪[10]。自我不见，于今三年。

我徂东山，慆慆不归。我来自东，零雨其濛。
仓庚于飞[11]，熠耀其羽。之子于归，皇驳其马。
亲结其缡，九十其仪[12]。其新孔嘉，其旧如之何[13]？

【注释】

[1] 此诗选自《诗经·豳风》。这是一首表现战争题材的诗歌。诗作以周公

东征为背景,从一位普通战士的视角,叙述了东征后还家前那种复杂真挚的内心感受,表达了对战争的深刻思考和对人民的同情。

[2] 徂:往。东山:在今山东境内,周公东征驻军之地。慆慆(tāo):时间久长。

[3] 士:通"事"。行枚:行阵衔枚。枚,行军时衔在口中以保证不出声的竹棍,形如筷子。

[4] "蜎(yuān)蜎"四句:蜎蜎:幼虫蜷曲的样子。蠋(zhú):一种野蚕。烝:久,长久。敦:形容人蜷曲身子睡觉,缩成一团。此四句将桑虫生活的不堪与士卒风餐露宿、枕戈待旦的生活相比照,写出了士卒军旅生活的艰辛。

[5] 果臝(luǒ):葫芦科植物,一名栝楼。施(yì):蔓延。此句写家乡庭院里葫芦已经结果,藤蔓在屋檐上攀爬。

[6] 伊威:一种小虫,俗称土虱。蟏蛸:蜘蛛的一种。

[7] 町疃(tǐng tuǎn):指田舍旁空地上禽兽践踏的地方。町:平坦。熠耀宵行:指萤火虫微光闪烁貌。熠耀:光明的样子。宵行:即萤。俗称萤火虫。以上几句绘出士卒离家远戍后家园的荒凉之状。

[8] 垤(dié):小土丘。

[9] 聿:语气助词,用于句首或句中。

[10] 瓜苦:犹言瓜瓠,瓠瓜,一种葫芦。古俗在婚礼上剖瓠瓜成两张瓢,夫妇各执一瓢盛酒漱口。栗薪:郑玄笺:"栗,析也。"解为劈木柴。一说指堆积木柴。

[11] 仓庚:黄莺的别称。

[12] "之子于归"四句:于归:指女子出嫁。皇驳:马毛淡黄的叫皇。皇:黄白色。驳:赤白色。这里指马毛色不纯。亲:此指女方的母亲。结缡:古代婚仪,将佩巾结在带子上。结:系。缡:佩巾。九十:或九或十,极言其多。这几句大意是:你当初出嫁时,迎亲的马队中有黄马也有白马。母亲亲手给你系好佩巾和衣带,婚礼的仪式名目繁多,足有十来项。

[13] 新:新婚之时。孔:程度副词,"甚,很"。旧:指结婚已久。此二句写对妻子的思念与牵挂。

甘棠 [1]

蔽芾甘棠[2]，勿剪勿伐[3]，召伯所茇[4]。
蔽芾甘棠，勿剪勿败[5]，召伯所憩[6]。
蔽芾甘棠，勿剪勿拜[7]，召伯所说[8]。

【注释】

[1]此诗选自《诗经·召南》，为怀念召公的政绩和恩德而作。甘棠：又叫棠梨，一种并不高大的落叶乔木，春华秋实，花色白，果小味酸。今陕西省岐山县刘家塬上有一棵古树，相传即为《甘棠》所咏之召伯甘棠树。清道光二十五年（1845），岐山县令李文瀚绘制了《召伯甘棠图》，并为之题记。清光绪二十九年（1903），于刘家塬修建了召公祠，慈禧太后为召公祠题写了"甘棠遗爱"匾额。

[2]蔽芾（fèi）：树木茂盛的样子。

[3]伐：砍。

[4]召（shào）伯：姓姬名虎，周宣王时封为伯爵，封地在召，他辅政期间，政绩突出，使周朝出现了中兴的局面，周人怀念他的恩德。茇（bá）：草舍，这里用为动词，止宿于草舍中。

[5]败：毁坏的意思。

[6]憩：休息。

[7]拜：拔。一说屈、折。

[8]说：同"悦"，喜欢。

生民 [1]

厥初生民[2]，时维姜嫄[3]。生民如何？克禋克祀[4]，以弗无子[5]。履帝武敏歆[6]，攸介攸止[7]。载震载夙[8]，载生载育，时维后稷[9]。

诞弥厥月[10]，先生如达[11]。不坼不副[12]，无灾无害，以赫厥灵[13]。上帝不宁，不康禋祀[14]，居然生子[15]。

诞置之隘巷[16]，牛羊腓字之[17]。诞置之平林，会伐平林[18]。诞置之寒冰，鸟覆翼之。鸟乃去矣，后稷呱矣[19]。实覃实訏[20]，厥声载路[21]。

诞实匍匐[22]，克岐克嶷[23]，以就口食[24]。蓺之荏菽[25]，荏菽旆旆[26]。禾役穟穟[27]，麻麦幪幪[28]，瓜瓞唪唪[29]。

诞后稷之穑，有相之道[30]。茀厥丰草[31]，种之黄茂[32]。实方实苞[33]，实种实褎[34]。实发实秀[35]，实坚实好[36]，实颖实栗[37]。即有邰家室[38]。

诞降嘉种[39]，维秬维秠[40]，维穈维芑[41]。恒之秬秠[42]，是获是亩[43]。恒之穈芑，是任是负[44]。以归肇祀[45]。

诞我祀如何？或舂或揄[46]，或簸或蹂[47]。释之叟叟[48]，烝之浮浮[49]。载谋载惟[50]，取萧祭脂[51]，取羝以軷[52]，载燔载烈[53]，以兴嗣岁[54]。

卬盛于豆[55]，于豆于登[56]，其香始升。上帝居歆[57]，胡臭亶时[58]，后稷肇祀。庶无罪悔，以迄于今[59]。

【注释】

[1] 这首诗选自《诗经·大雅》，是周民族的史诗之一。诗歌详细追述了周的始祖后稷的事迹，主要叙写他出生的神奇和他在农业种植方面的特殊才能。在古代神话中，后稷被看作农神。因而，诗中所写的内容既有历史的成分，也有一部分神话传说的因素。

[2] 厥：其，指示代词。民：人，指周人。

[3] 时：是。姜嫄：传说中远古帝王高辛氏（帝喾）之妃，周始祖后稷之母。姜为其姓，"嫄"亦作"原"。以上二句说姜嫄始生周人，即指生后稷。后稷为周人的始祖，故云。

[4] 禋（yīn）祀：古代祭天的一种礼仪。先燔柴升烟，再加牲体或玉帛于柴上焚烧。一说指祀郊禖（méi）。禖是求子之神，祭于郊外。

[5] 弗："祓（fú）"的借字。祓，除不祥。祓无子即除去无子的不祥，亦即求子。

[6] 履：践，踩。帝：天帝。武：指足迹。敏：通"拇"，即脚拇指，"武敏"，足迹的脚拇指。歆：欣喜。姜嫄践巨人脚印而感生后稷的故事为周民族的传说。一说履迹是祭祀仪式的一部分，即一种象征的舞蹈。帝是代表上帝的神尸。神尸舞于前，姜嫄尾随其后，践神尸之迹而舞。

[7] 介：同"愒（qì）"，息。这句是说，祭祀结束后休息。

[8] 震：娠，即怀孕。夙：肃，意为谨守胎教。

[9] 时维后稷：这就是后稷。

[10] 诞：助词。用于句首或句中，无实义。弥：满。弥厥月：意思是怀孕足月。

[11] 先生：首生，第一次分娩。如：同"而"。达：畅通。这句是说头生子（后稷）很顺利地降生。

[12] 坼（chè）：裂。副（pì）：割裂，剖分。

[13] 赫：显。这句是说因上述的情况而显得灵异。

[14] 宁、康：均解作"安"，这句意为："上帝莫非不安享我的禋祀吗？"这是写姜嫄的惴惧心情。践大人迹而生子是大可怪异之事，姜嫄疑为不祥，所以下文又说"居然生子"。

[15] 居然：徒然。生子而不敢养育所以为徒然。此三句辞义与下章紧相连接。

[16] 寘（zhì）：即"置"，搁。隘：狭。这句是说将婴儿弃置在狭巷。

[17] 腓（féi）：隐蔽。字：乳哺；养育。

[18] 会：适逢。这句是说适逢有人来伐木，不便于弃置。平林：平原上的树林。

[19] 呱（gū）：啼哭。

[20] 实：与"寔"同，作"是"解。覃（tán）：长。訏（xū）：大。

[21] 载：满。以上二句言婴儿哭声响亮宏大。

[22] 匐：古音"必"。匍匐：伏地爬行。

[23] 岐：知意。嶷：古音"逆"，认识。克岐克嶷：是说能有所识别。

[24] 以：同"已"。就：求。以上三句意为，后稷当才能匍匐爬行的时候就很聪颖，能自求饮食。

[25] 蓺（yì）：种植。荏（rěn）菽：大豆。在这句中，"蓺之"两字贯以下"禾役""瓜瓞（dié）"等句。

[26] 旆旆（pèi）：即"芾芾（fèi）"，茂盛貌。

[27] 役：《说文》引作"颖"，禾尖。穟穟（suì）：美好貌。

[28] 幪幪（méng）：茂盛覆地的样子。

[29] 唪唪（běng）：结实累累貌。以上五句是说后稷爱好种植，所种瓜谷无不长势良好。

[30] 相：助。以上二句是说后稷的收获有助成之法，即指下文芟草等事。

[31] 茀（fú）：拔除。

[32] 黄茂：指嘉谷。

[33] 方：整齐。苞：丰茂。

[34] 种：同"肿"，肥盛。褎（yòu）：禾苗渐长貌。引申为出众。《汉书·董仲舒传》："今子大夫褎然为举首。"

[35] 发：舒发。秀：禾类植物开花抽穗。

[36] 坚、好：谷粒充实的意思。

[37] 颖：垂穗。栗：即"栗栗"，众。以上五句按照禾生长成熟的次第描写禾的美好，赞美耕种者的勤劳。

[38] 邰（tái）：地名，又作"斄"，音同"邰"。故城在今陕西省武功县西南。这句意为后稷到邰地定居。传说后稷在虞舜时代辅佐禹有功，始封于邰。

[39] 降：天赐。

[40] 秬（jù）：黑黍。秠（pī）：一种黑黍。《尔雅·释草》："秠，一稃二米。"

[41] 穈（mén）：粟的一种。赤苗嘉谷（初生时叶纯色）。芑（qǐ）：粟之一种。茎白色。又名白梁粟。

[42] 恒：通"亘"。秬秠：秬与秠。秬是黑黍的大名，秠是黑黍中一稃二米者。"恒之秬秠"，言遍种秬秠。

[43] 是获是亩：收割而分亩计数。

[44] 任：抱。

[45] 肇：始。上五句谓遍种四种谷物，成熟后收获抱负而归，始祭上帝。

[46] 揄（yǎo）：《说文解字》引作"舀"，取出。

[47] 蹂（róu）：通"揉"，揉搓。

[48] 释：淘米。叟叟：亦作"溲溲（sōu）"，淘米之声。

[49] 烝：同"蒸"。浮浮：《说文解字》引作"烰烰（fú）"，热气上升貌。以上四句写准备用于祭祀的米和酒。

[50] 惟：思。言惦念于祭祀之事。

[51] 萧：香蒿。祭脂：即牛肠脂。祭祀用香蒿和牛肠脂合烧，取其香气。

[52] 羝（dī）：牡羊。軷（bá）：出行时祭路神。因将要郊祀上帝，故先祭道神，即《说文解字》所云"将有事于道，必先告其神"。这句是说取牡羊为牲以用軷祭。

[53] 燔（fán）、烈：烧，烤。这句是说将萧与脂烧燎起来。

[54] 嗣岁：来年、新的一年。这句意为，祭祀是为了来年兴旺，即祈求来年的丰收。

[55] 卬（áng）：我。豆：盛肉食器，木制。

[56] 登：瓦豆。

[57] 居：安。歆：享。

[58] 胡：何。臭：气息。即指上文"其香始升"的香气。亶：诚。时：得其时。这句是说："为什么那馨香之气这样地真正得其时呢？"此为赞美之语。

[59] 迄：到。以上三句是说后稷始创周人的祭祀制度，直到后来，庶几没有获罪于天、遗恨于心的事了。

公刘 [1]

笃公刘，匪居匪康 [2]。
乃场乃疆 [3]，乃积乃仓 [4]。
乃裹糇粮 [5]，于橐于囊 [6]。
思辑用光 [7]，弓矢斯张 [8]，
干戈戚扬，爰方启行 [9]。

笃公刘，于胥斯原 [10]。
既庶既繁 [11]，既顺乃宣 [12]，而无永叹 [13]。
陟则在巘 [14]，復降在原。
何以舟之 [15]？维玉及瑶，鞞琫容刀 [16]。

笃公刘，逝彼百泉 [17]，瞻彼溥原 [18]；
乃陟南冈，乃觏于京 [19]。
京师之野，于时处处 [20]，
于时庐旅 [21]，于时言言，于时语语。

笃公刘，于京斯依 [22]。

跄跄济济[23]，俾筵俾几[24]。
既登乃依，乃造其曹[25]，
执豕于牢。酌之用匏[26]，
食之饮之，君之宗之[27]。

笃公刘，既溥既长[28]，既景乃冈[29]，
相其阴阳，观其流泉。其军三单[30]，
度其隰原[31]，彻田为粮[32]。
度其夕阳[33]，豳居允荒[34]。

笃公刘，于豳斯馆[35]。
涉渭为乱[36]，取厉取锻[37]，
止基乃理[38]，爰众爰有[39]。
夹其皇涧[40]，溯其过涧[41]。
止旅乃密[42]，芮鞫之即[43]。

【注释】

[1] 这首诗选自《诗经·大雅》，为先秦时代汉民族史诗之一。周朝始祖后稷建都邰（今陕西武功县境内），到公刘时迁都于豳。诗中叙述了周迁都并定居发展农业的情形。这是叙述周代开国历史的重要诗篇之一。公刘，后稷的后裔，周部族的首领。

[2] 居，康：都是安居的意思。

[3] 埸（yì）：田间的界线。疆：田间的大界。意指公刘整治田地。

[4] 积：露天积存粮食。仓：把谷物装入仓。

[5] 糇（hóu）粮：干粮。

[6] 橐、囊：小口袋称囊，大口袋称橐。

[7] 思：发语词。辑：和睦、团结。光：光大。

[8] 斯：语助词。

[9] 爰：于是。方：才、开始。

[10] 胥：视察、观察。斯：这、此。原：指豳地的原野。

[11] 庶、繁：众多。指随公刘而来的人众多。

[12] 顺：归顺。宣：安心、舒畅。

[13] 而无永叹：指人民没有什么不满意的叹息。

[14] 巘：孤立的小山。

[15] 舟：借为"周"，缠绕、佩戴的意思。

[16] 鞞：刀鞘。琫（běng）：刀鞘口部的装饰。

[17] 逝：往、去、到。

[18] 溥：广大貌。

[19] 觏：见到。京，指京邑。

[20] 时：是。处处：居住。

[21] 庐旅：有顺序地排列。

[22] 依：安居。

[23] 跄跄济济：步伐有节奏而整齐。

[24] 俾：使。几：矮桌子。

[25] 曹：同"褿"，祭猪神。

[26] 匏：葫芦，是酒器，称"匏爵"。

[27] 宗：族长。意指公刘做国君及族长。

[28] 溥：普遍。

[29] 景：同"影"，根据日影来确定方向。乃：那、其。冈：用作动词，登上山冈。

[30] 单：同"禅"，替代轮换的意思。

[31] 隰：低湿之地。

[32] 彻田：整治、开垦土地。

[33] 夕阳：山的西边。

[34] 允：确实、实在。意思是说他们居住的地方确实很大。

[35] 馆：房舍。这里用作动词，建造房舍。

[36] 渭：渭水。乱：乘舟横渡。

[37] 厉：同"砺"，硬的磨刀石。锻：借用为"碫"，大块的砧石。

[38] 基：居住的基址。理：治理。

[39] 有：指财物丰富。

[40] 皇涧：涧名。

[41] 溯：逆、迎着。过涧：涧名。

[42] 旅：众多。密：安定。指使人们安居。

[43] 芮：水名，亦作"汭"。鞫：水边。指在水边定居。

大明 [1]

明明在下，赫赫在上[2]。天难忱斯[3]，不易维王[4]。
天位殷适[5]，使不挟四方[6]。

挚仲氏任[7]，自彼殷商[8]。
来嫁于周，曰嫔于京[9]。乃及王季[10]，维德之行[11]。

大任有身[12]，生此文王[13]。维此文王，小心翼翼。
昭事上帝[14]，聿怀多福[15]。厥德不回[16]，以受方国[17]。

天监在下[18]，有命既集[19]。文王初载[20]，天作之合。
在洽之阳[21]，在渭之涘[22]。

文王嘉止[23]，大邦有子[24]。
大邦有子，俔天之妹[25]。文定厥祥[26]，亲迎于渭。
造舟为梁[27]，不显其光[28]。

有命自天，命此文王，于周于京。
缵女维莘[29]，长子维行[30]，笃生武王[31]。
保右命尔[32]，燮伐大商[33]。

殷商之旅[34]，其会如林[35]。
矢于牧野[36]："维予侯兴[37]，上帝临女[38]，无贰尔心。"

牧野洋洋[39]，檀车煌煌[40]，驷騵彭彭[41]。
维师尚父[42]，时维鹰扬[43]。
凉彼武王[44]，肆伐大商[45]，会朝清明[46]。

【注释】

[1] 这首诗选自《诗经·大雅》，是一首具有史诗性质的颂诗，宣扬周王朝的开国历史，歌颂周王朝祖先的功德。

[2] 明明：光彩夺目的样子。在下：指人间。赫赫：明亮显著的样子。在上：指天上。

[3] 忱：通"谌"，相信。斯：语气助词。

[4] 易：轻率怠慢。维：犹"为"。

[5] 位：同"立"。适：通"嫡"，即嫡子。正妻叫作嫡，正妻生的儿子叫作嫡子，多指长子。殷嫡：指殷纣王。《史记·殷本纪》："帝乙长子曰微子启。启母贱，不得嗣。少子辛，辛母正后，辛为嗣。帝乙崩，子辛立，是为帝辛，天下谓之纣。"

[6] 挟：控制、占有。四方：天下。

[7] 挚：殷的一个诸侯国名，故址在今河南汝南一带，任姓。仲：指次女。挚仲，即太任，王季之妻，文王之母。

[8] 自：来自。挚国之后裔，为殷商的臣子，故说太任"自彼殷商"。

[9] 曰：语首助词。嫔：嫁。京：指周的京师。周部族后稷十三世孙古公亶父（周太王）自豳迁于岐（今陕西岐山一带），其地名周。其子王季（季历）于此地建都城。

[10] 乃：就。及：与。王季：太王之子，文王的父亲。

[11] 维德之行：犹曰"维德是行"，只做有德行的事情。

[12] 大任：即挚仲氏任。有身：怀孕。

[13] 文王：姬昌，殷纣时为西伯（西方诸侯），又称西伯昌。为周武王姬发之父，父子共举灭纣大业。

[14] 昭：借作"劭"，勤勉。事：服事、侍奉。

[15] 聿：犹"乃"，就。怀：徕，招来。

[16] 厥：犹"其"，他、他的。回：邪僻。

[17] 受：承受、享有。方：大。此言文王做了周国国主。

[18] 监：明察。在下：指文王的德业。

[19] 有：词头。有命，指天命。

[20] 初载：指周文王即位的初年。

[21] 洽（hé）：水名，源出今陕西合阳县，东南流入黄河，现称金水河。阳：河北面。洽阳，洽水的北岸，即古莘国的所在地。

[22] 渭：渭水。涘：水边。

[23] 嘉：美好，高兴。止：句末助词。一说止为"礼"，嘉止，即嘉礼，指婚礼。

[24] 大邦：大国。指莘国。子：指莘国国君的女儿。

[25] 俔（qiàn）：如同，好比。天之妹：天上的美女。

[26] 文定厥祥：朱熹《诗集传》："文，礼；祥，吉也。言卜得吉而以纳币之礼定其祥也。"后因称订婚为"文定"。

[27] 造舟为梁：此指连船为浮桥，以便渡渭水迎亲。梁：桥。

[28] 不：通"丕"，大。光：荣光，荣耀。

[29] 缵（zuǎn）：续。维：是。莘（shēn）：国名，在今陕西合阳县一带。姒姓。文王又娶莘国之女，故称太姒。

[30] 长子：指伯邑考。行：离去，指死亡。伯邑考早年为殷纣王杀害。

[31] 笃：厚，指天降厚恩。一说为发语词。

[32] 保右：即"保佑"。命：命令。尔：犹"之"，指武王姬发。

[33] 燮（xí）伐：袭伐，即袭击讨伐。

[34] 旅：军队。

[35] 会（kuài）：借作"旝"，军旗。其会如林，极言殷商军队之多。

[36] 矢：同"誓"，誓师。牧野：地名，在今河南淇县一带，距商都朝歌七十余里。

[37] 予：我、我们，武王自称。侯：乃、才。兴：兴盛、胜利。侯：是。兴：兴起。

[38] 临：监视着。女：汝，指参加誓师的军队。

[39] 洋洋：广远无涯貌。

[40] 檀车：檀木制成的战车，取其坚固。煌煌：鲜明的样子。

[41] 驷騵（sì yuán）：四匹赤毛白腹的驾辕骏马。彭彭：强壮有力的样子。

[42] 师：太师，官名。尚父：指姜太公。姜太公，周朝东海人，本姓姜，

其先封于吕，因姓吕。名尚，字子牙。年老隐钓于渭水之上，文王访得，载与俱归，立为师，又号太公望，辅佐文王、武王灭纣。

[43] 时：是。鹰扬：如雄鹰飞扬，言其奋发勇猛。

[44] 凉：辅佐。

[45] 肆伐：进击。

[46] 会朝（zhāo）：会战的早晨。一说黎明。

灵台 [1]

经始灵台，经之营之[2]。庶民攻之[3]，不日成之。
经始勿亟[4]，庶民子来[5]。王在灵囿[6]，麀鹿攸伏[7]。
麀鹿濯濯[8]，白鸟翯翯[9]。王在灵沼，于牣鱼跃[10]。
虡业维枞[11]，贲鼓维镛[12]。于论鼓钟[13]，于乐辟雍[14]。
于论鼓钟，于乐辟雍。鼍鼓逢逢[15]，矇瞍奏公[16]。

【注释】

[1] 本篇选自《诗经·大雅·文王之什》。

[2] 经始：开始兴建。灵台：台名，周文王建。故址在今陕西西安西北。灵，有神灵、善美之义。周人因文王"承天命"，有善德，故称其台为灵台。经：测量、规划。营：建造。

[3] 攻：建造。

[4] 亟：同"急"。

[5] 子来：谓民心归附，如子女趋事父母，不召自来，竭诚效忠。

[6] 囿：古代帝王畜养禽兽的园林。

[7] 麀（yōu）鹿：母鹿。攸：是、这；一说为语助词，亦通。

[8] 濯濯（zhuó）：肥美貌。

[9] 翯翯（hè）：光泽洁白貌。

[10] 于（wū）：叹词。牣（rèn）：满。

[11] 虡（jù）：悬挂钟磬的木架。业：装在木架上的大板。维：与、和。枞（cōng）：又名崇牙，大板上的一排锯齿，向上翘起以悬挂钟磬。

[12] 贲（bēn）：大鼓。镛（yōng）：大钟。

[13] 论：通"伦"，排列有序，此指钟鼓之声和谐而有节奏。

[14] 辟雍（bì yōng）：周文王水上离宫名。

[15] 鼍（tuó）：即扬子鳄，皮坚可制鼓面。逢逢（péng）：鼓声。

[16] 矇、瞍：都是盲人，古代常以盲人充任乐师。公：通"功"，成功。

文王有声 [1]

文王有声，遹骏有声[2]。遹求厥宁，遹观厥成。文王烝哉[3]！
文王受命，有此武功。既伐于崇，作邑于丰[4]。文王烝哉！
筑城伊淢[5]，作丰伊匹。匪棘其欲[6]，遹追来孝。王后烝哉[7]！
王公伊濯[8]，维丰之垣。四方攸同，王后维翰[9]。王后烝哉！
丰水东注，维禹之绩。四方攸同，皇王维辟[10]。皇王烝哉！
镐京辟雍[11]，自西自东，自南自北，无思不服[12]。皇王烝哉！
考卜维王，宅是镐京[13]。维龟正之，武王成之。武王烝哉！
丰水有芑[14]，武王岂不仕[15]？诒厥孙谋，以燕翼子[16]。武王烝哉！

【注释】

[1] 本篇选自《诗经·大雅·文王之什》。

[2] 遹（yù）：犹如"聿""曰"等，发语词。

[3] 烝（zhēng）：《尔雅》释为"君"。陆德明《经典释文》引韩诗曰："烝，美也。"可知此诗中八用"烝"字均为颂美君主之词。

[4] 于崇："于"本作"邘"，古邘国，故地在今河南省沁阳市。崇为古崇国，故址在今陕西西安鄠邑区，周文王曾于此讨伐崇侯虎。丰：故地在今陕西西安沣水西岸。

[5] 淢（xù）：同"洫"，沟渠，此处指护城河。

[6] 棘（jí）：陆德明《经典释文》作"亟"，《礼记》引作"革"。依段玉裁《古十七部谐声表》，"棘""亟""革"同属第一部，其音义通，此处皆为"急"义。

[7] 王后：指文王。后：此处指君主，古代常用，如《尚书》"徯我后，后来其苏"等。

[8] 公：同"功"。濯：本义是洗涤，引申为"光大"义。

[9] 翰：桢干，主干。

[10] 皇王：第五、六章之"皇王"皆指周武王。辟（bì）：法则。

[11] 镐：周武王建立的西周国都，故地在今陕西西安沣水以东的昆明池北岸。辟：君主。辟雍：诗中指水上离宫作乐之所，所奏之乐亦曰"辟雍"。汉以后专指天子之学为辟雍，也有人认为武王时已为天子之学。

[12] 无思不服：王引之《经传释词》云："'无思不服'，无不服也。思，语助耳。"

[13] 宅：刘熙《释名》释"宅"为"择"，意指择吉祥之地营建宫室。"宅"与"择"古音同部，故可相通。

[14] 芑（qǐ）：同"杞"。芑、杞古音同部，杞为本字，芑是假借字，应释为杞柳。

[15] 仕：同"事"，指有所作为。或谓"岂不仕"指"岂不使之仕"，意较迂曲。或解为强调武王用贤之意，亦通。

[16] "诒厥"二句：陈奂《诗毛氏传疏》云："诒，遗也。上言谋，下言燕翼，上言孙，下言子，皆互文以就韵耳。言武王之谋遗子孙也。"

卷阿 [1]

有卷者阿，飘风自南[2]。
岂弟君子，来游来歌[3]，以矢其音[4]。

伴奂尔游矣，优游尔休矣[5]。
岂弟君子，俾尔弥尔性[6]，似先公酋矣[7]。

尔土宇昄章，亦孔之厚矣[8]。
岂弟君子，俾尔弥尔性，百神尔主矣[9]。

尔受命长矣，茀禄尔康矣[10]。
岂弟君子，俾尔弥尔性，纯嘏尔常矣[11]。

有冯有翼，有孝有德[12]，以引以翼[13]。
岂弟君子，四方为则[14]。

颙颙卬卬，如圭如璋[15]，令闻令望[16]。
岂弟君子，四方为纲[17]。

凤皇于飞，翙翙其羽[18]，亦集爰止[19]。
蔼蔼王多吉士，维君子使，媚于天子[20]。

凤皇于飞，翙翙其羽，亦傅于天[21]。
蔼蔼王多吉人[22]，维君子命，媚于庶人。

凤皇鸣矣，于彼高冈。
梧桐生矣，于彼朝阳[23]。菶菶萋萋，雝雝喈喈[24]。

君子之车，既庶且多[25]。
君子之马，既闲且驰[26]。矢诗不多，维以遂歌[27]。

【注释】

[1] 本诗选自《诗经·大雅》。据《竹书纪年》记载，周成王三十三年，巡游卷（quán）阿，召康公随从。《卷阿》为召康公跟随成王游历卷阿之地时所作，主旨是通过描绘君臣出游、群臣献诗的盛况，歌颂周王礼贤求士、虚怀若谷的品德。卷阿，指今天陕西省宝鸡市岐山县城西北方的凤凰山南麓。此地背靠凤鸣岗，东、西、北三面环山，唯有南边与平地相接，形似簸箕状，故称卷阿。

[2] 有卷：犹"卷卷"，弯曲的样子。阿：大丘陵。飘风：旋风。这两句形容当地凤凰山的地势地貌。

[3] 岂弟：同"恺悌"，平易和乐。君子：指周王。

[4] 矢：陈述。音：指诗歌。

[5] 伴奂：纵情、尽兴。尔：你，指周王。优游：闲适自乐的样子。休：休息。

[6] 俾：使。弥：久的意思。性：通"生"，生命。

[7] 似：通"嗣"，继承。先公：指周王的祖先，如周文王、周武王。酋：通"猷"，谋略，政令。

[8] 土宇：疆域。昄（bǎn）：大的意思。章：扩张，张大。孔：甚，形容疆域辽阔。厚：多、大。

[9] 百神：众神，指天地山川等神祇。主：祭主。能主祭百神者只有周天子，所以这句说周王永为天子。

[10] 受命：承受天命为天子。茀：通"福"。康：安定。

[11] 纯：大的意思。嘏（gǔ）：福。常：长久。

[12] 冯（píng）：辅佐。翼：帮助。孝：指美德。

[13] 引：引导。

[14] 四方：指天下之人。则：法则，榜样。

[15] 颙颙（yóng）：温和肃敬的样子。卬卬（áng）：气宇轩昂的样子。圭、璋：皆为古代用美玉制成的礼器，此处用来比喻周王的品德之美。

[16] 令：美。闻：声誉。望：名望。

[17] 纲：法。

[18] 凤皇：即凤凰。翙翙（huì）：鸟飞翔发出的声音。羽：翅膀。

[19] 集：鸟落在树上。爰：于是。止：栖息。

[20] 蔼蔼：众多的样子。吉士：贤人，指周王的大臣。维：只。君子：指周王。使：使用。媚：爱。

[21] 傅：至于。

[22] 吉人：犹"吉士"。命：命令。庶人：平民百姓。

[23] 梧桐：树名，凤凰所栖之树。朝阳：山的东面称朝阳，早晨的太阳先照着山的东面，故其称为朝阳。

[24] 菶菶（běng）、萋萋：草木茂盛的样子。雝雝（yóng）、喈喈（xié）：指凤凰鸣叫的声音。

[25] 庶：多。多：通"侈"，指车的装饰异常华丽。

[26] 闲：熟练。驰：马快跑。

[27] 不：语气助词，无实义。不多：多的意思。维：语气助词，无实义。以：为。遂：于是。

绵 [1]

绵绵瓜瓞 [2]，民之初生。自土沮漆 [3]，古公亶父，
陶复陶穴 [4]，未有家室。

古公亶父，来朝走马 [5]；率西水浒，至于岐下 [6]。
爰及姜女，聿来胥宇 [7]。

周原膴膴，堇荼如饴 [8]。爰始爰谋，爰契我龟 [9]。
曰止曰时，筑室于兹 [10]。

乃慰乃止，乃左乃右 [11]；乃疆乃理，乃宣乃亩 [12]。
自西徂东，周爰执事 [13]。

乃召司空，乃召司徒，俾立室家 [14]。其绳则直，
缩版以载，作庙翼翼 [15]。

捄之陾陾，度之薨薨 [16]，筑之登登，削屡冯冯 [17]。
百堵皆兴，鼛鼓弗胜 [18]。

乃立皋门，皋门有伉 [19]。乃立应门，应门将将 [20]。
乃立冢土，戎丑攸行 [21]。

肆不殄厥愠，亦不陨厥问 [22]。柞棫拔矣，行道兑矣 [23]。
混夷駾矣，维其喙矣 [24]。

虞芮质厥成，文王蹶厥生 [25]。予曰有疏附，予曰有先后 [26]，
予曰有奔奏，予曰有御侮 [27]。

【注释】

[1] 本诗选自《诗经·大雅》。诗歌以热情洋溢的语言追述了周王族十三世祖古公亶（dǎn）父自豳迁岐，定居渭河平原，振兴周族的光荣业绩。古公亶父：姬姓，名亶，又称周太王，豳人。上古周部落的领袖，西伯君主，周文王祖父，周王朝的奠基人。

[2] 绵绵：绵延不绝的样子。瓜瓞：瓜蔓初生之瓜，近根者小，称瓞。这是形容周人的势力发展初期。

[3] 土：居住。沮（jū）漆：两条河流名，均在今陕西省境内。

[4] 陶：通"掏"，挖掘。复：窑洞。

[5] 来朝：早，清早。走马：赶马奔驰。

[6] 率：循，沿着。西：指豳西之地。浒：水边。指漆水河边，一说是渭水河边。岐下：岐山之下。

[7] 爰：于是。及：与。姜女：即太姜，太王之妃，姜姓之女。聿：语气助词。胥：通"相"，视察。宇：本指屋檐，此指屋。

[8] 膴膴（wǔ）：肥沃貌。堇（jǐn）：多年生草本植物，春末始开花。荼：苦菜。饴：麦芽糖。

[9] 始：谋划。契：锲，刻，这里指刻龟甲占卜吉凶。

[10] 曰：说，指龟甲上的卦兆。止：居住下来。时：指住下来很吉利。兹：此。

[11] 慰：定居，止息。

[12] 疆：田界。理：治理田地。宣：疏通；疏导。指开通河沟。亩：修田垄。

[13] 徂：往来。周：遍，全部。此指所有的人。执事：从事。

[14] 召：召来。司空：周代主管城邑建设的官。司徒：官名，掌管国家的土地和人民的教化。俾：使。立：建立。

[15] 绳：建筑时拉绳使直，作为平行的标准。则：必。缩版：缩，捆绑。把筑墙用的木板捆起来。版：筑墙时用来夹土的长板。以：于。载：通"栽"，筑墙所树立的木柱。作庙：建宗庙。翼翼：整齐的样子。

[16] 捄（jū）：聚土装筐。陾陾（réng）：铲土声。度（duó）：指向板间填土。薨薨：填土声。

[17] 筑：捣土用的木杵（或石制）。此处用为动词，用筑捣土使坚实。登登：捣土声。削屡：通"削娄"，削去墙高出之处。冯冯（píng）：削土墙之声音。

[18] 百堵：百面墙。兴：建成。鼛（gāo）鼓：古代用于役事的鼓，长一丈二尺。击此鼓以鼓起劳动的热情。弗胜：不胜。此句指鼓声盖不过人声。

[19] 皋门：都城的外城门。有伉（kàng）：犹"伉伉"，伉：通"亢"。高高的样子。

[20] 应门：王宫正门。将将（qiāng）：庄严而堂皇的样子。

[21] 冢土：即大社，祭祀社神的地方。冢，大；土，通"社"。戎丑：大众。攸。行：行动。此言神坛是大众集体行动之所。

[22] 肆：既。殄（tiǎn）：消灭。厥：其，指狄人。愠（yùn）：怨怒。陨：落，此指消除。厥：其，此指周文王。问：通"闻"，声誉。

[23] 柞：树名。棫（yù）：一种丛生的小树名。拔：拔除。行（xíng）道：道路。兑（duì）：通达。

[24] 混夷：通"昆夷"，西方种族名。駾：受惊而奔逃。维其：犹"何其"。喙（huì）：通"会"，疲惫困顿。

[25] 虞：古国名，在今山西省平陆境内。芮：古国名，在今山西省芮城县北。质：成，评判。厥：代指虞、芮二国。成：和解。蹶（jué）：嘉奖。生：通"姓"，周人称官吏为姓。

[26] 予：我，周文王自称。曰：语气助词。疏附：率领在下之人亲附在上之人。先后：前后，指在君王左右为其谋划之臣。

[27] 奔奏：通"奔走"，指为王奔走效力的大臣。御侮：指抵御侵略的大臣。

鹿鸣 [1]

呦呦鹿鸣，食野之苹[2]。我有嘉宾，鼓瑟吹笙[3]。
吹笙鼓簧[4]，承筐是将[5]。人之好我，示我周行[6]。

呦呦鹿鸣，食野之蒿[7]。我有嘉宾，德音孔昭[8]。
视民不恌[9]，君子是则是效[10]。我有旨酒[11]，嘉宾式燕以敖[12]。

呦呦鹿鸣，食野之芩[13]。我有嘉宾，鼓瑟鼓琴。

鼓瑟鼓琴，和乐且湛[14]。我有旨酒，以燕乐嘉宾之心。

【注释】

[1] 本诗选自《诗经·小雅》。《诗经》"四始"诗之一，是古人在宴会上所唱的歌。

[2] 呦呦：鹿鸣叫声。蘋：藾蒿。

[3] 笙：管乐器名，一般用十三根长短不同的竹管制成。

[4] 簧：乐器里用金属或其他材料制成的发声薄片。此指笙上的簧片。

[5] 承筐：指奉上礼品。将：送，献。

[6] 周行：大道，引申为大道理。

[7] 蒿：又叫青蒿、香蒿，菊科植物。

[8] 德音：美好的品德声誉。孔昭：十分显著彰明。孔：很。

[9] 不恌：指不苟且轻薄。

[10] 则：法则，楷模，此作动词。效：效法。

[11] 旨酒：甘美的酒。

[12] 式：语助词。燕：同"宴"。敖：同"遨"，嬉游。

[13] 芩：草名，蒿类植物。

[14] 湛：深厚。

南山有台 [1]

南山有台，北山有莱。乐只君子[2]，邦家之基。
乐只君子，万寿无期。

南山有桑，北山有杨。乐只君子，邦家之光。
乐只君子，万寿无疆。

南山有杞，北山有李。乐只君子，民之父母。
乐只君子，德音不已[3]。

南山有栲，北山有杻[4]。乐只君子，遐不眉寿[5]？
乐只君子，德音是茂[6]。

南山有枸[7]，北山有楰[8]。乐只君子，遐不黄耇[9]？
乐只君子，保艾尔后[10]。

【注释】

[1] 本诗选自《诗经·小雅》。台：莎草，茎皮坚硬，可作蓑衣。莱：亦作藜，草名。

[2] 只：语助词。

[3] 德音：美名、令誉。

[4] 栲（kǎo）：树名，即山樗。杻（niǔ）：树名，檍树，俗称菩提树。

[5] 遐：通"何"。

[6] 茂：盛、旺。

[7] 枸（jǔ）：枳椇，拐枣。

[8] 楰：树名，即鼠梓，也叫苦楸。

[9] 黄耇（gǒu）：高寿之意。毛传："黄，黄发；耇，老。"

[10] 保：安。艾：养育。

信南山[1]

信彼南山，维禹甸之[2]。畇畇原隰[3]，曾孙田之[4]。
我疆我理[5]，南东其亩[6]。

上天同云[7]，雨雪雰雰[8]。益之以霢霂[9]，既优既渥[10]，
既沾既足[11]，生我百谷。

疆埸翼翼[12]，黍稷彧彧[13]。曾孙之穑[14]，以为酒食。
畀我尸宾[15]，寿考万年。

中田有庐[16]，疆场有瓜，是剥是菹[17]。献之皇祖[18]。
曾孙寿考，受天之祜[19]。

祭以清酒，从以骍牡[20]，享于祖考。执其鸾刀[21]，
以启其毛[22]，取其血膋[23]。

是烝是享[24]，苾苾芬芬[25]。祀事孔明[26]，先祖是皇。
报以介福，万寿无疆。

【注释】

[1] 本诗选自《诗经·小雅》。信（shēn）：同"伸"，指延伸长远。南山：即终南山。

[2] 维：是。甸：治理。

[3] 畇畇（yún）：田地平整貌。隰（xí）：低湿之地。

[4] 曾孙：周王对祖先神的自称。田：垦治田地。

[5] 疆：田界。理：田地的沟垄。这里"疆""理"均作动词用，指规划田界，整治沟垄。

[6] 南东其亩：谓田地的界和沟垄或南向，或北向，皆因地制宜。

[7] 上天：冬季的天空。《尔雅·释天》："冬日上天。"同云：指天被云层遮住。

[8] 雰雰：犹"纷纷"。

[9] 益：加上。霡霂（mài mù）：小雨。

[10] 优：充足。渥：润泽。

[11] 足：通"浞"，润湿貌。

[12] 疆场（yì）：田界。翼翼：整齐貌。

[13] 彧彧（yù）：同"郁郁"，茂盛貌。

[14] 穑：收割庄稼。

[15] 畀（bì）：给予。

[16] "中田有庐"句：郑玄注："中田，田中也。农人作庐焉，以便其田事。"

后多将"庐"解为农人季节性临时寄居或休憩所用的简易房舍。结合"是剥是菹，献之皇祖"二句，"庐"似与下句"瓜"字相对为文，当指一种可食用的植物。

[17] 剥：割、切。菹（zū）：腌菜。

[18] 皇祖：先祖之美称。

[19] 祜（hù）：福。

[20] 骍（xīn）：赤黄色（栗色）的马或牛。牡：雄性兽，此指公牛。

[21] 鸾刀：一种带有鸾铃的刀。

[22] 启：开。

[23] 膋（liáo）：脂膏，此指牛油。

[24] 烝：进。享：献。

[25] 苾（bì）：浓香。

[26] 祀事孔明：仪式庄重而有条不紊。

鸿雁 [1]

鸿雁于飞，肃肃其羽[2]。之子于征[3]，劬劳于野[4]。
爰及矜人[5]，哀此鳏寡[6]。

鸿雁于飞，集于中泽[7]。之子于垣，百堵皆作[8]。
虽则劬劳，其究安宅[9]。

鸿雁于飞，哀鸣嗷嗷。维此哲人，谓我劬劳[10]。
维彼愚人，谓我宣骄[11]。

【注释】

[1] 本诗选自《诗经·小雅》。《毛诗序》曰："《鸿雁》，美宣王也。万民离散，不安其居，而能劳来、还定、安集之。至于矜寡，无不得其所焉。"认为这是一首描写周王派遣使者救济难民的诗。朱熹《诗集传》云："流民以鸿雁哀鸣自比而作此歌也。"认为是流民自叙悲苦的。诗以鸿雁哀鸣自比。由

于此诗贴切的喻意，"哀鸿""鸿雁"即成为后世苦难流民的代名词。鸿雁：大雁。

[2] 肃肃：翅膀飞动的声音。

[3] 之子：那人，指服劳役的人。征：远行。

[4] 劬（qú）劳：勤劳辛苦。

[5] 爰：语词。矜人：可怜人；受苦人。

[6] 鳏：老而无妻者。寡：老而无夫者。

[7] 集：停。中泽：即泽中。

[8] 堵：墙壁。一丈为板，五板为堵。

[9] 究：穷也。宅：居。

[10] 哲人：智者，聪明人。

[11] 宣骄：骄奢。

采薇 [1]

采薇采薇，薇亦作止[2]。曰归曰归，岁亦莫止[3]。
靡室靡家，玁狁之故。不遑启居，玁狁之故[4]。

采薇采薇，薇亦柔止[5]。曰归曰归，心亦忧止。
忧心烈烈，载饥载渴[6]。我戍未定，靡使归聘[7]。

采薇采薇，薇亦刚止[8]。曰归曰归，岁亦阳止[9]。
王事靡盬，不遑启处[10]。忧心孔疚，我行不来[11]！

彼尔维何？维常之华[12]。彼路斯何？君子之车[13]。
戎车既驾，四牡业业[14]。岂敢定居？一月三捷[15]。

驾彼四牡，四牡骙骙[16]。君子所依，小人所腓[17]。
四牡翼翼，象弭鱼服[18]。岂不日戒？玁狁孔棘[19]！

昔我往矣，杨柳依依。今我来思，雨雪霏霏[20]。
行道迟迟，载渴载饥。我心伤悲，莫知我哀[21]！

【注释】

[1] 本诗选自《诗经·小雅》。从内容看，此诗当是将士戍役结束还乡时之作，作于西周时期。至于具体创作年代，有三种说法。1.《毛诗序》曰："《采薇》，遣戍役也。文王之时，西有昆夷之患，北有猃狁之难。以天子之命，命将率遣戍役，以守卫中国。故歌《采薇》以遣之。"郑玄笺："西伯以殷王之命，命其属为将，率将戍役，御西戎及北狄之乱，歌《采薇》以遣之。"认为《采薇》所述是周文王时事。2.汉代说《诗》者认为《采薇》是周懿王时事，旁证有《汉书·匈奴传》："至穆王之孙懿王时，王室遂衰，戎狄交侵，暴虐中国，中国被其苦。诗人始作，疾而歌之曰：'靡室靡家，猃允之故。''岂不日戒，猃允孔棘。'"3.王国维《鬼方昆夷猃狁考》据铜器铭文考证，认为"《采薇》《出车》实同叙一事"，"《出车》亦宣王时事"。"从现代出土青铜器铭文看，凡记猃狁事者，皆宣王时器。"

[2] 薇：野菜，豆科野豌豆属的一种，学名救荒野豌豆，又叫大巢菜，种子、茎、叶均可食用。作：指薇菜冒出地面。止：句末助词，无实义。

[3] 曰：句首、句中助词，无实义。莫："暮"的本字。此处指年末。

[4] 靡室靡家：没有正常的家庭生活。靡，无。室，与"家"义同。不遑：不暇。遑，闲暇。启居：跪、坐，指休息、休整。启，跪、跪坐。居，安坐、安居。古人席地而坐，两膝着席，跪坐时腰部伸直，臀部与足离开；安坐时臀部贴在足跟上。猃狁：中国古代少数民族名。司马迁《史记·匈奴列传》曰："匈奴，其先祖夏后氏之苗裔也，曰淳维。唐虞以上有山戎、猃狁、荤粥，居于北蛮，随畜牧而转移。"

[5] 柔：柔嫩。"柔"比"作"更进一步生长。指刚长出来的薇菜柔嫩的样子。

[6] 烈烈：形容忧心如焚。载饥载渴：又饥又渴。

[7] 戍：防守，这里指防守的地点。聘：问候的音信。

[8] 刚：坚硬。指薇菜长老变硬。

[9] 阳：农历十月，小阳春季节。今犹言"十月小阳春"。

[10] 靡：无。盬（gǔ）：止息，了结。启处：休整，休息。

[11] 孔：甚，很。疚：病，苦痛。我行不来：意思是：我从军远行以来一直无法回家。来，回家，返回。

[12] 尔：通"薾"。花盛开的样子。维何：是什么。维，句中语气词。常：通"棠"，即棠梨树。华，通"花"。

[13] 路：通"辂"。高大的战车。斯何，犹言维何。斯，语气助词，无实义。君子：指将帅。小人：指士兵。

[14] 戎车，兵车。牡：雄马。业业：高大的样子。

[15] 定居：犹言安居。捷：同"接"。谓接战、交战。此句意谓，一月多次与敌交战。

[16] 骙：雄强，威武。这里形容战马强壮。

[17] 腓：庇护，掩护。翼翼：整齐的样子。谓马训练有素。弭：弓的一种，其两端饰以骨角。一说弓两头的弯曲处。

[18] 象弭：以象牙装饰弓端的弭。鱼服：鲨鱼皮制的箭袋。

[19] 日戒：日日警惕戒备。棘：急。孔棘，很紧急。

[20] 昔：从前，文中指出征时。依依：形容柳丝轻柔、随风摇曳的样子。思：用在句末，没有实在意义。雨：动词，下。霏霏：雪花纷落的样子。迟迟：迟缓的样子。往：当初从军。

[21] 迟迟：毛传："迟迟，长远也。"谓道路漫漫。

清庙 [1]

於穆清庙 [2]，肃雍显相 [3]。济济多士 [4]，秉文之德 [5]。
对越在天 [6]，骏奔走在庙 [7]。不显不承 [8]，无射于人斯 [9]。

【注释】

[1] 本篇选自《诗经·周颂》。其叙写内容，历代《诗经》学者们的看法并不一致。毛诗和鲁诗认为是祭祀文王，咏文王之德。而《尚书·洛诰》认为是合祭周文王、周武王时用的歌舞辞，是周人"追祖文王而宗武王"的表现。然而郑玄笺注时则认为清庙乃"祭有清明之德者之庙也"，文王只是"天德清明"的象征而已。高亨《诗经今注》认为《清庙》只是"周王祭祀宗庙祖先所唱的乐歌"，

并不一定是专指文王。不过,我们从颂诗的特点来看,谓诗是祭祀文王的乐歌,还是较有道理的。至于诗作是周公所作,还是周武王、周成王,甚至是周昭王时所作,等等,由于史无佐证,诗中亦未明言,我们只好存而不论。

[2] 於(wū):感叹词,犹如现代汉语的"啊"。穆:庄严、壮美。清庙:清静的宗庙。

[3] 肃雝(yōng):庄重而和顺貌。显:高贵显赫。相:助祭之人,此指助祭的公卿诸侯。

[4] 济济:众多。多士:指祭祀时承担各种职事的官吏。

[5] 秉:秉承,操持。文之德:周文王的德行。

[6] 对越:犹"对扬"。对,报答;扬,颂扬。在天:指周文王的在天之灵。

[7] 骏:敏捷、迅速。

[8] 不(pī):通"丕",大。承(zhēng):借为"烝",美盛。

[9] 射(yì):"斁"的古字。厌弃的意思。《尔雅·释诂下》:"射,厌也。"斯:语气词。末二句意为,文王的盛德实在显赫美好,他永远不会被人们忘掉。

载芟 [1]

载芟载柞[2],其耕泽泽[3]。千耦其耘[4],徂隰徂畛[5]。
侯主侯伯[6],侯亚侯旅[7],侯强侯以[8]。
有嗿其馌[9],思媚其妇[10],有依其士[11]。
有略其耜[12],俶载南亩[13],播厥百谷。
实函斯活[14],驿驿其达[15]。
有厌其杰[16],厌厌其苗,绵绵其麃[17]。
载获济济,有实其积,万亿及秭[18]。
为酒为醴[19],烝畀祖妣[20],以洽百礼[21]。
有飶其香[22],邦家之光。有椒其馨[23],胡考之宁[24]。
匪且有且[25],匪今斯今,振古如兹[26]。

【注释】

[1] 本篇选自《诗经·周颂》。是周王在秋收后用新谷祭祀宗庙时所唱的乐

歌，一说是春天籍田时祭祀社稷的乐歌。诗歌创作的时代，从其内容、在《周颂》中的编排及其艺术风格来看，当在周成王之后，晚于《周颂·臣工》《周颂·噫嘻》等篇。

[2] 载芟(shān)载柞(zuò)：毛传："除草曰芟，除木曰柞。"芟，割除杂草；柞，砍除树木。载……载……，连词，又……又……。

[3] 泽泽：通"释释"，田地耕过以后土壤松散的样子。

[4] 千耦：耦，二人并耕；千，概数，言其多。耘：除田间杂草。

[5] 徂(cú)：往。隰(xí)：低湿地。畛(zhěn)：高坡田。

[6] 侯：语助词，犹"维"。主：家长，古代一国或一家之长均称主。伯：长子。

[7] 亚：叔、仲诸子。旅：幼小子弟辈。

[8] 强壮者。以：雇工。

[9] 噂(tǎn)：众人饮食声。有噂，噂噂。馌(yè)：送给田间耕作者的饮食。

[10] 思：语助词。媚：美。

[11] 依：壮盛。士：毛传训"子弟也"，朱熹《诗集传》训"夫也"。

[12] 有：语助词，无实义。略：锋利。耜(sì)：古代农具名，用于耕作翻土，西周时用青铜制成锋利的尖刃，是后世犁铧的前身。

[13] 俶(chù)：始。载：通"菑"，用农具把草翻埋到地下。南亩：向阳的田地。

[14] 实：种子。函：含。斯：乃。活：活生生。

[15] 驿驿：《尔雅》作"绎绎"，朱熹《诗集传》训"苗生貌"。达：出土。

[16] 厌：美好。杰：特出之苗。

[17] 麃(biāo)：谷物的穗。

[18] 万亿及秭(zǐ)：周代以十千为万，十万为亿，十亿为秭。

[19] 醴(lǐ)：甜酒。此处是指用收获的稻黍酿造成清酒和甜酒。

[20] 烝：进。畀(bì)：给予。祖妣：男女祖先。

[21] 洽：配合。百礼：指各种祭祀礼仪。

[22] 馝(bì)："苾"，芬芳。

[23] 椒：以椒浸制的酒。

[24] 胡考：长寿，指老人。

[25] 匪(fēi)：非。且：此。上"且"字谓此时，下"且"字谓此事。

[26] 振古：终古。

丰年 [1]

丰年多黍多稌[2]，亦有高廪[3]，万亿及秭。

为酒为醴，烝畀祖妣，以洽百礼，降福孔皆[4]。

【注释】

[1] 本篇选自《诗经·周颂》。《毛诗序》云："《丰年》，秋冬报也。"报，据郑玄笺释，就是尝（秋祭）和烝（冬祭）。丰收在秋天，秋后至冬天举行一系列的庆祝活动。本诗应当是遇上好年成时举行庆祝祭祀的颂歌。

[2] 黍（shǔ）：小米。稌（tú）：稻子。

[3] 高廪（lǐn）：高大的粮仓。

[4] 孔：很，甚。皆：普遍。

第二编

西安地区

长安

长安,是西安的旧称,地处关中平原中部,渭河平原南缘、秦岭北麓。长安是我国建都历时最长的古城,距今已有3000多年的历史,先后有西周、秦、西汉、新莽、东汉(献帝初)、西晋(愍帝)、前赵、前秦、后秦、西魏、北周、隋、唐13个王朝在这里建都。长安是著名的"丝绸之路"的起点,也是我国黄河流域古代文明的重要发源地之一,作为中国古代政治、经济、文化中心,与雅典、罗马、开罗并称为"世界四大古都"。

鸿鹄歌 [1]

〔汉〕刘邦

鸿鹄高飞 [2],一举千里。羽翮已就 [3],横绝四海。
横绝四海,又可奈何。虽有矰缴 [4],尚安所施?

【作者简介】

刘邦(前256—前195),字季,沛郡丰邑(今江苏沛县)人。汉朝开国皇帝。

公元前195年，驾崩于长安，谥号高皇帝，庙号太祖，葬于长陵。后世称汉高祖。

【注释】

[1]《史记·留侯世家》载，汉高祖刘邦欲废掉太子刘盈（吕后所生），改立其爱妾戚夫人的儿子赵王刘如意为太子。吕后用张良之计，请出商山四皓辅佐太子。刘邦见太子羽翼已丰，已不可更换。戚夫人哀泣，刘邦曰："为我楚舞，吾为若楚歌"，遂有了这首诗。

[2] 鸿鹄：大雁。此用天空翱翔的大雁比喻太子刘盈。

[3] 羽翮已就：比喻辅佐的人甚多，势力已经巩固，羽翼已成。翮：原指羽毛中间的空心硬管，引申为羽翼。

[4] 矰缴（zēng jiǎo）：猎取飞鸟的射具。缴为系在短箭上的丝绳。

天马歌（一）

〔汉〕刘彻

太一况[1]，天马下，沾赤汗，沫流赭[2]。
志俶傥[3]，精权奇[4]，籋浮云[5]，晻上驰。
体容与[6]，迣万里[7]，今安匹，龙为友。

【作者简介】

刘彻（前156—前87），即汉武帝，西汉第七位皇帝，在位五十四年。开拓了汉朝最大的版图，造就了汉武盛世。公元前87年，刘彻崩于五柞宫，享年七十岁，谥号孝武皇帝，庙号世宗，葬于茂陵。

【注释】

[1] 太一：天神中的至尊者。况：赏赐。

[2] 赭（zhě）：红褐色。

[3] 俶傥（tì tǎng）：与"倜傥"相通，洒脱不受拘束的意思。

[4] 精：又作"情"。权奇：奇特不凡。

[5] 蹢：踏着。

[6] 容与：放任无诞。

[7] 迣（lì）：超越。

黄鹄歌 [1]

〔汉〕刘弗陵

黄鹄飞兮下建章[2]，羽肃肃兮行跄跄[3]。

金为衣兮菊为裳[4]，唼喋荷荇[5]，出入蒹葭[6]。

自顾菲薄，愧尔嘉祥[7]。

【作者简介】

刘弗陵（前94—前74），西汉皇帝。汉武帝少子，年幼即位。统治期间由霍光辅政。承武帝政策，移民屯田，多次出兵击败匈奴、乌桓。始元六年（前81），召开盐铁会议，问民疾苦。在位十三年。

【注释】

[1] 黄鹄：即天鹅。黄鹄歌：据《西京杂记》载，始元元年（前86），黄鹄飞落太液池，故为此歌。

[2] 建章：汉宫名，故址在今陕西西安汉长安城遗址内。

[3] 羽肃肃：指翅膀发出的响声。行跄跄（qiāng）：描绘鸟儿轻快灵敏的步伐状若舞蹈。"跄跄"，舞貌。

[4] "金为衣兮"句：指天鹅的羽毛为金黄色。

[5] 唼（shà）喋：水鸟聚食的样子。荷荇（xìng）：荷花和荇菜丛。

[6] 蒹葭：初生和没有长穗的芦苇丛。

[7] "自顾菲薄"二句：意为自己德才鄙陋，有愧于上天赐予的嘉美祥瑞。嘉祥：吉祥的征兆。

怨歌行 [1]

〔汉〕班婕妤

新裂齐纨素[2]，鲜洁如霜雪。裁为合欢扇[3]，团团似明月。
出入君怀袖，动摇微风发。常恐秋节至，凉飙夺炎热[4]。
弃捐箧笥中[5]，恩情中道绝。

【作者简介】

班婕妤（前48？—6？），名、字皆不详，汉成帝刘骜妃子。善诗赋，有美德。初为少使，旋立为婕妤。《汉书》有传。

【注释】

[1]《文选》李善注引《歌录》作无名氏乐府《古辞》。属《相和歌·楚调曲》。
[2] 齐纨素：春秋时期齐地出产的一种白细绢。齐：周代诸侯国名，位于今山东省北部、东部和河北省东南。
[3] 合欢扇：团扇，上有对称图案花纹，象征男女欢会之意。
[4] 凉飙（biāo）：秋风。
[5] 箧（qiè）：箱子一类的器物。笥（sì）：盛饭或装衣服用的方形竹器。

拊缶歌 [1]

〔汉〕杨恽

田彼南山[2]，芜秽不治。种一顷豆，落而为萁[3]。
人生行乐耳，须富贵何时。

【作者简介】

杨恽（？—前54），字子幼，西汉京兆华阴人。司马迁外孙。习《史记》，宣播于世。宣帝时任左曹，以告发霍氏谋反，封平通侯，迁中郎将。神爵元年（前61）为诸吏光禄勋。廉洁无私，好发人罪过，多结怨忌。后为人所告，免为庶人，家居治产业，以财自娱。与友人孙会宗书，语多怨恨。宣帝见而恶之，以大逆无道罪腰斩。

【注释】

[1] 此诗写因不擅耕种而没有收获，以此喻从政无政绩，并发出人生须及时行乐之慨叹。实则也发泄了一种不被重用的牢骚与不满。

[2] 田：作动词，意为耕种。

[3] 萁：豆茎。

赠丁仪王粲

〔三国魏〕曹植

从军度函谷[1]，驱马过西京。山岑高无极[2]，泾渭扬浊清[3]。
壮哉帝王居，佳丽殊百城。员阙出浮云[4]，承露概泰清[5]。
皇佐扬天惠[6]，四海无交兵[7]。权家虽爱胜[8]，全国为令名[9]。
君子在末位，不能歌德声。丁生怨在朝，王子欢自营[10]。
欢怨非贞则[11]，中和诚可经[12]。

【作者简介】

曹植（192—232），字子建，三国魏沛国谯（今安徽亳州）人。曹操第三子。凤慧，有文才。早年为曹操钟爱，一度欲立为太子，但任性而行，失宠。汉献帝建安十六年（211）封平原侯，十九年（214）徙封临淄侯。兄曹丕为帝，每冀试用，终不能得，郁郁而终。谥思。世称陈思王。诗文赋均擅，尤以诗名，其诗骨气奇高，辞采华茂。与曹操、曹丕合称"三曹"。有宋本《曹子建集》十卷存世。《三国志》有传。

【注释】

[1] 函谷：函谷关。

[2] 山岑（cén）：山峰。

[3] 泾渭：指泾水和渭水。

[4] 员阙：汉建章宫外之圆形阙。

[5] 承露：汉武帝于建章宫外建承露盘，高二十丈，以承接甘露。泰清：即太清，指天空。

[6] 皇佐：辅佐皇帝的人，指丞相曹操。天惠：帝王的恩惠。

[7] 交兵：兵刃相接，交战。

[8] 权家：指兵家。

[9] 令名：好名声。

[10] 丁生：指丁仪。王子：指王粲。自营：自谋生计。

[11] 贞则：正确原则。

[12] 中和：适中，无偏颇。

重别周尚书 [1]

〔北周〕庾信

阳关万里道[2]，不见一人归[3]。
惟有河边雁，秋来南向飞。[4]

【作者简介】

庾信（513—581），字子山，南阳新野（今属河南）人。累官右卫将军，封武康县侯。侯景陷建康，奔江陵，奉使聘西魏，被留不返。进车骑大将军、仪同三司。入周，封临清县子。明帝、武帝皆好文学，并恩礼之。累迁骠骑大将军、开府仪同三司，世称"庾开府"。将南朝文学的形式技巧与北方刚劲的风格有机结合起来，对唐代文学的发展有重要影响。有辑本《庾子山集》。《周书》《北史》皆有传。

【注释】

[1] 周尚书：即周弘正（496—574），字思行，汝南安城（今河南平舆县）人。梁元帝时为左户尚书，魏平江陵，逃归建业。

[2] 阳关：在今甘肃敦煌市西，汉朝时地属边陲，这里代指长安。万里：指长安与南朝相去甚远。

[3] 一人：庾信自指。

[4] 河：指黄河。南向：向着南方。

皇夏 [1]

〔北周〕庾信

雄图属天造，宏略遇群飞[2]。风云犹听命，龙跃遂乘机。
百二当天险[3]，三分拒乐推[4]。函谷风尘散[5]，河阳氛雾晞[6]。
济弱沦风起[7]，扶危颓运归。地纽崩还正[8]，天枢落更追[9]。
原祠乍超忽[10]，毕陇或绵微[11]。终封三尺剑[12]，长卷一戎衣[13]。

【注释】

[1]《皇夏》：周宗庙歌。《隋书·乐志》曰："周宗庙乐：皇帝入庙门，奏《皇夏》；降神，奏《昭夏》；俎入，皇帝升阶，献皇高祖、皇曾祖德皇帝、皇祖太祖文皇帝、文宣皇太后、闵皇帝、明皇帝、高祖武皇帝七室，皇帝还东壁，饮福酒，还便坐，并奏《皇夏》。"

[2] 群飞：成群地飞。喻动乱。

[3] 百二：以二敌百。常以喻山河险固之地。此指关中地势险要。

[4] 三分：周文王"三分天下有其二"，犹服事于殷商，显示出不寻常的品德。这里是赞颂周太祖的功德。乐推：乐意拥戴。

[5] 函谷风尘散：指周太祖奉魏武帝西迁建都长安。

[6] 河阳氛雾晞：指高欢奉清河王世子元觐称帝，迁都邺城而离开了洛阳。河阳：河之南面为阳，这里当指河南郡洛阳县。氛雾：氛尘雾霾。比喻世道混乱或战乱。晞：晒干。

[7] 沦风：沦陷之风。

[8] 地纽：大地的枢纽。即地纪；地维。

[9] 天枢：天的枢纽。星名。北斗第一星。《星经》卷上："北斗星……第一名天枢，为土星。"

[10] 原祠：帝王的陵庙。超忽：空旷辽阔貌。

[11] 毕陇：毕陌、毕原。古地区名，位于今咸阳。绵微：薄弱、衰败。

[12] 终封三尺剑：最终封赏三尺剑，指称帝。

[13] 一戎衣：《礼记·中庸》："武王缵大王、王季、文王之绪，壹戎衣而有天下。"后泛称用兵作战为"一戎衣"。

怨歌行 [1]

〔北周〕庾信

家住金陵县前[2]，嫁得长安少年[3]。
回头望乡泪落，不知何处天边[4]？
胡尘几日应尽[5]？汉月何时更圆？
为君能歌此曲[6]，不觉心随断弦[7]。

【注释】

[1] 怨歌行：乐府曲名，属《相和歌·楚调曲》。

[2] 金陵：古邑名，今南京的别称。战国楚威王七年（前333）灭越后在今南京清凉山（石城山）设金陵邑。

[3] 嫁得长安少年：这句以吴地女子嫁与长安少年比喻自己羁旅长安。

[4] 何处天边：指远在天边的故乡。

[5] 胡尘：泛指中原与北方及西方各少数民族的战事。尽：指战事平息。

[6] 此曲：指这首《怨歌行》曲。

[7] 断弦：弦断。"心随断弦"，指心随断弦而碎，表示悲痛到了极点。

正旦蒙赵王赉酒 [1]

〔北周〕庾信

正旦辟恶酒,新年长命杯[2]。柏叶随铭至,椒花逐颂来[3]。
流星向椀落,浮蚁对春开[4]。成都已救火,蜀使何时回[5]?

【注释】

[1] 正旦:正月初一。赵王:北周文帝宇文泰的第七子宇文招,封赵王。赉(lài):赐予。

[2] "正旦"二句:旧历正月初一这天,人们习惯取椒柏酒饮用,以驱逐瘟气,祈得福寿。

[3] "柏叶"二句:柏叶:柏树叶。古代风俗,以柏叶后凋耐久,因取其叶浸酒,元旦共饮,以祝长寿。南朝梁宗懔《荆楚岁时记》载,正月一日,"长幼悉正衣冠,以次拜贺,进椒、柏酒,饮桃汤"。椒花:《晋书·列女传·刘臻妻陈氏》:"刘臻妻陈氏者,亦聪辨能属文,尝正旦献《椒花颂》。其词曰:'旋穹周回,三朝肇建。青阳散辉,澄景载焕。标美灵葩,爰采爰献。圣容映之,永寿于万。'"后遂用以为典,指新年祝词。

[4] 椀:碗。流星、浮蚁:皆酒名。

[5] "成都"二句:晋葛洪《神仙传·栾巴》载:东汉成都人栾巴精于道术,一次在朝廷大宴中,将皇帝所赐美酒洒向西南,朝廷要治他不敬之罪,他说:"臣适见成都市上火,故臣潄酒为雨救之,非敢不敬。"探问之,果然。后用为救火之典。结尾二句借栾巴噀酒为雨的典故表达自己深沉的乡关之思。

伤王司徒褒

〔北周〕庾信

昔闻王子晋,轻举逐神仙[1]。谓言君积善,还得嗣前贤[2]。

四海皆流寓[3],非为独播迁[4]。岂意中台坼,君当风烛前[5]。
自君钟鼎族,江东三百年[6]。宝刀仍世载,珊戈本旧传[7]。
绿绶纡槐绶,黄金饰侍蝉[8]。地建忠臣国,家开孝子泉[9]。
自能枯木润,足得流水圆。以君承祖武,诸侯无间然[10]。
青衿已对日,童子即论天[11]。颍阴珠玉丽,河阳脂粉妍[12]。
名高六国共,价重十城连[13]。辩足观秋水,文堪题马鞭[14]。
回鸾抱书字,别鹤绕琴弦[15]。拥旄裁甸服,垂帷非被边[16]。
静亭空系马,闲烽直起烟[17]。不废披书案,无妨坐钓船。
茂陵忽多病,淮阳实未痊[18]。侍医逾默默,神理遂绵绵[19]。
永别张平子,长埋王仲宣[20]。柏谷移松树,阳陵买墓田[21]。
陕路秋风起,寒堂已飒焉[22]。丘杨一摇落,山火即时然[23]。
昔为人所羡,今为人所怜[24]。世途旦复旦,人情玄又玄[25]。
故人伤此别,留恨满秦川[26]。定名于此定,全德以斯全[27]。
唯有山阳笛[28],凄余《思旧》篇。

【注释】

[1]王子晋:又称王乔、王子乔,传为春秋周灵王太子,以直谏被废。相传王子晋好吹笙,作凤凰鸣,有浮丘生接晋至嵩高山,三十余年后,预言于七月七日见于缑氏山巅。至期,晋乘白鹤至山头,举手以谢时人,数日而去。轻举:谓飞升,登仙。

[2]谓言:以为,说是。君,指王褒。此二句谓王褒为王子晋后裔,又能积善,易得神仙度世之术。

[3]流寓:流落他乡之人。《北史·庾信传》载:"陈氏与周通好,南北流寓之士,各许还其本国。惟信及褒,并惜而不遣。"

[4]播迁:迁徙;流离。

[5]"岂意"二句:《晋阳秋》:"张华将死,中台星坼。太元中,复还今正,太傅谢安为相所致也。"《淮南子》:"人生于世,倏而尔止,如风火之烛。"

[6]"自君钟鼎族"二句:言褒家族门第辉赫。褒为琅邪临沂人,属琅邪王氏族。张衡《西京赋》:"击钟鼎食。"郭璞:"江表偏王三百年,还与中国合。"江东,指南朝。自东晋至宋、齐、梁,王业几三百年,而王氏之族,冠盖极盛。

[7] 宝刀：指褒先世王祥佩刀。祥以与弟，奕世传之，代为公卿。故曰世载。《晋书》："初，吕虔有佩刀，工相之，以为必登三公，可服此刀。虔谓祥曰：'苟非其人，刀或为害。卿有公辅之量，故以相与。'祥固辞，强之乃受。祥临薨，以刀授览，曰：'汝后必兴，足称此刀。'览后奕世多贤才，兴于江左矣。"

[8] 绂：同"黻"。指古代系印纽的丝绳，亦指官印。槐绂：三公的印绂。绂，印纽丝带。借指印。褒先世王导为晋丞相。

[9] "地建"二句：谓王氏世代以忠孝相传。建国，如豫宁、南昌之属，皆王氏封域。"孝子泉"，典出《后汉书·烈女传》："事母至孝，妻奉顺尤笃。母好江水，嗜鱼鲙……'舍侧忽有涌泉，味如江水，每旦辄出双鲤鱼。'"

[10] 祖武：谓先人的遗迹、事业。武指步武，足迹。谓褒先祖功勋卓著，褒袭南昌侯之爵，人无间言。

[11] "青衿已对日"二句：言褒幼即聪敏。青衿：穿青色衣服的人，多指青少年，此指年少。对日：刘义庆《世说新语·夙惠》："晋明帝数岁，坐元帝膝上，有人从长安来……因问明帝：'汝意谓长安何如日远？'答曰：'日远。不闻人从日边来，居然可知。'元帝异之。明日，集群臣宴会，告以此意，更重问之。乃答曰：'日近。'元帝失色曰：'尔何故异昨日之言邪？'答曰：'举目见日，不见长安。'"论天：《列子·汤问》载，孔子东游，见两小儿辩论。问其故。一儿曰："我以日始出时去人近，而日中时远也。"一儿以日初出远，而日中时近也。双方各持其见，连孔子亦不能决断。后遂用为典故。此二典皆形容儿童聪敏。

[12] "颍阴"二句：谓褒尚梁武帝之弟鄱阳王萧恢之女事。《周书·王褒庾信传》"梁武帝喜其才艺，遂以弟鄱阳王恢之女妻之。"《后汉书》："顺帝女坚，七年，封颍阴长公主。"《郡国志》："颍阴县属颍川郡。"褒所尚王女，如同帝女，故此借引公主之事。珠玉：比喻丰姿俊秀之人。此借指萧恢女。《晋书·卫玠传》："骠骑将军王济，玠之舅也，每见玠辄叹曰：'珠玉在侧，觉我形秽。'"河阳：晋潘岳曾任河阳县令，后多以"河阳"指称潘岳。潘岳美姿仪，此句形容王褒俊美。

[13] "名高"二句：谓褒声名显赫。《史记·苏秦列传》："苏秦佩六国相印。"《史记·廉颇蔺相如列传》："赵惠文王时得楚和氏璧，秦昭王闻之，使人遗赵王书，愿以十五城请易璧。"

[14] 题马鞭：《初学记》卷二二引三国魏曹丕《临涡赋》："建安十八年，

从上拜坟墓,遂乘马游观东固,遵涡水,驻马书鞭,为《临涡赋》。"后用为咏文采的典故。此形容褒才思敏捷。

[15]"回鸾"二句:索靖《草书状》:"盖草书之为状也,婉若银钩,漂若惊鸾,舒翼未发,若举若安。"蔡邕《琴操》:"商陵牧子,娶妻五年无子,父兄欲为改娶。牧子援琴鼓之,歌《别鹤》以舒其愤懑,故曰《别鹤操》。"

[16]"拥旄"二句:倪璠注:"梁地侵削,旌旄所拥,裁及甸服之地也。垂帷非被边者,按褒仕元帝,时为尚书左仆射,在于江陵,非边远之地。帝性猜忌,褒在左右,不足舒其所长也。"甸服:指王畿外方五百里至千里之间的地区。

[17]"静亭"二句:言魏师袭梁事。倪璠注:"梁与西魏久无兵革之事,故曰静亭、闲烽。静亭空系马者,言其不备不虞也。闲烽直起烟者,言魏师忽至,举烽相告也。"

[18]"茂陵"二句:言褒患病事。茂陵:汉司马相如病免后家居茂陵,后因用以指代司马相如。此借指王褒。淮阳:典出《史记·汲郑列传》:"黯多病,且满三月。上常赐告者数,不愈。后以诸侯相秩居淮阳,十岁而卒。"

[19]"侍医"二句:侍医:为帝王及皇室成员治病的宫廷医师。默默:缄口不说话。神理:灵魂。绵绵:微细;微弱。

[20]"永别"二句:此二句以张衡和王粲代王褒。张平子:东汉著名文学家、科学家张衡,字平子。衡通《五经》、六艺。安帝、顺帝时两任太史令,后又拜侍中、河间相。精通天文、阴阳、历算,创制浑天仪和候风地动仪。又善文学和经学。东汉祢衡著有《吊张衡文》。王仲宣:东汉王粲,字仲宣。建安七子之一。

[21]"柏谷"二句:指王褒安葬事。柏谷:《晋书》:"王浚葬柏谷山。"阳陵:《汉书·李广传》载:"李蔡以丞相坐诏赐冢地阳陵当得二十亩。"

[22]飒焉:衰飒貌。

[23]"丘杨"二句:《本草纲目》卷三五下引陈藏器曰:"白杨北土极多,人种墟墓间,树大皮白,其无风自动者乃移杨,非白杨也。"山火:鬼火。

[24]昔为人所美:《汉书·五行志中》引汉成帝时歌谣曰:"桂树华不实,黄爵巢其颠。昔为人所美,今为人所怜。"

[25]旦复旦:《尚书·大传》卷一下:"日月光华,旦复旦兮。"玄又玄:语出老子《道德经》:"玄之又玄,众妙之门。"

[26] 留恨满秦川：语出《陇头歌辞·陇头流水》"遥望秦川，肝肠断绝"之句。庾信王褒皆南人羁滞北地，生离之后继以死别，故多留恨。

[27] "定名"二句：倪璠注曰："言世代既已移易，人情总归玄虚。似此生死之际思及平生。若使定名者，名亦于此而定矣；全德者，德且以斯而全矣。微意以为我两人于进退之间，其名辱矣，有惭德矣，是其愧心之辞也。"

[28] 山阳笛：晋向秀经山阳旧居，听到邻人吹笛，不禁追念亡友嵇康、吕安，因作《思旧赋》。后因以"山阳笛"为怀念故友之典。

长安九日 [1]

〔南朝陈〕江总

心逐南云逝[2]，形随北雁来[3]。
故乡篱下菊，今日几花开？

【作者简介】

江总（519—594），字总持，济阳考城（今河南兰考）人。少笃学，有文才。梁历诸王参军、太子洗马、太子中舍人。侯景之乱，避居广州。入陈，累迁为中书侍郎、太子詹事。后主即位，授尚书令。不理政事，日与后主游宴后庭。善作文，尤长于五言、七言诗，然多浮艳之作。入隋，为上开府，开皇十四年（594）卒于江都，世称江令。今有辑本《江令君集》。《陈书》《南史》皆有传。

【注释】

[1] 九日：指九月九日重阳节。
[2] 逐：追赶；追随。南云：南去之云。逝：往，去。
[3] 形：身。北雁：北来的大雁。

长安听百舌 [1]

〔南北朝〕韦鼎

万里风烟异[2],一鸟忽相惊。
那能对远客,还作故乡声。

【作者简介】

韦鼎(515—593),字超盛,京兆杜陵(今陕西西安南)人。梁时,累官至中书侍郎。陈时,为黄门郎。陈宣帝太建年间,为聘周主使,累官至太府卿。陈亡入隋,授任上仪同三司,除光州刺史。通经史、阴阳相术,现存诗一首。

【注释】

[1]百舌:百舌鸟,又叫反舌鸟,能仿多种鸟的叫声。百舌于立春之后,即鸣啭不已,诗人多以之入诗。此诗写诗人羁旅他乡(作者祖籍长安,但早年一直仕宦南朝,已将江南当作家乡)听到百舌鸣叫声,不禁对鸟儿进行埋怨,揭示了诗人强烈的乡恋之情、故国之思。

[2]风烟异:风土景物不同。

于长安咏雁 [1]

〔南北朝〕周弘正

南思洞庭水,北想雁门关[2]。
稻粱俱可恋,飞去复飞还。

【作者简介】

周弘正(496—574),字思行,汝南安城(今河南平舆县)人。梁元帝时为左户尚书，魏平江陵，逃归建业。入陈，历迁太子詹事、国子祭酒、尚书右仆射。尤善玄言释典，虽硕学名僧，皆从其质疑。太建六年卒，谥简子。所著《周易讲疏》《论语疏》《庄子疏》《老子疏》《孝经疏》等皆行于世。

【注释】

[1] 此诗一作庾信诗。诗作通过咏鸿雁寄托浓郁的思乡之情。

[2] 雁门关：在山西省代县北部。长城重要关口之一。此指北方。

正日临朝 [1]

〔唐〕李世民

条风开献节[2]，灰律动初阳[3]。百蛮奉遐赆[4]，万国朝未央[5]。
虽无舜禹迹，幸欣天地康。车轨同八表[6]，书文混四方[7]。
赫奕俨冠盖[8]，纷纶盛服章[9]。羽旄飞驰道，钟鼓震岩廊。
组练辉霞色[10]，霜戟耀朝光。晨宵怀至理[11]，终愧抚遐荒[12]。

【作者简介】

李世民（599—649），即唐太宗，唐朝第二位皇帝。在位二十三年，年号贞观。在位期间，开创了著名的贞观之治，为后来唐朝全盛时期的开元盛世奠定了重要基础，为后世明君之典范。庙号太宗，谥号文武大圣大广孝皇帝，葬于昭陵。

【注释】

[1] 正日：正月一日。唐时，正月初一这天，官员及各属国使臣都上朝给皇帝拜年，皇帝与官员们赋诗共庆新年。这一天，普天之下的人们都相互走动，共贺新年，展望美好的一年。此诗即唐太宗此日朝会时所赋。

[2] 条风：春天的东北风。《史记·律书》："条风居东北，立出万物。条之言条治万物而出之，古曰条风。"

[3] 灰律：古代置芦苇灰于表示十二律的玉管内，每月当节气，中律管内的灰就会自行飞出，以之占验时序，谓之"灰律"。初阳：指初春。

[4] 百蛮：古代南方少数民族的总称。后亦泛称其他少数民族。遐赆：远方的贡品。

[5] 未央：本为汉宫名，此借指宫殿。

[6] 车轨同八表：即车同轨。车轨：车子两轮之间的距离。八表：八方之外，指极远的地方。

[7] 文书：文字。混：混同，统一。

[8] 赫奕：显赫貌；美盛貌。冠盖：泛指官员的冠服和车乘。冠，礼帽；盖，车盖。

[9] 纷纶：华美。

[10] 组练：《左传·襄公三年》："（楚子重）使邓廖帅组甲三百，被练三千以侵吴。"孔颖达疏引贾逵曰："组甲，以组缀甲，车士服之；被练，帛也，以帛缀甲，步卒服之。"组甲、被练皆指将士的衣甲服装。后因以"组练"借指精锐的部队或军士的武装军容。此指皇帝仪仗阵仗。

[11] 至理：最根本的道理，此处指至善至美的治国理念。

[12] 遐荒：边远荒僻之地。

赐萧瑀 [1]

〔唐〕李世民

疾风知劲草[2]，板荡识诚臣[3]。
勇夫安识义[4]，智者必怀仁[5]。

【注释】

[1] 萧瑀：字时文，原为隋朝将领，被俘后归唐，封宋国公。

[2] "疾风"句：语出宋范晔《后汉书·王霸传》："光武谓霸曰：'颍川从我者皆逝，而子独留努力。疾风知劲草。'"疾风：大而急的风。劲草：强劲有力的草。

[3] 板荡：动乱之世。《板》《荡》是《诗经·大雅》中的两篇作品。二诗讥刺周厉王无道，败坏政局。后以"板荡"代指政局变乱。

[4]"勇夫"句：徒有一时之勇的"勇夫"并不懂得真正的"义"。勇夫：有胆量的人。

[5]"智者"句：真正的"智者"必然心怀仁德。智者：有见识的人。

帝京篇（其一）并序

〔唐〕李世民

予以万几之暇，游息艺文，观列代之皇王，考当时之行事，轩昊舜禹之上，信无间然矣。至于秦皇、周穆、汉武、魏明，峻宇雕墙，穷侈极丽，征税殚于宇宙，辙迹遍于天下。九州无以称其求，江海不能赡其欲，覆亡颠沛，不亦宜乎？予追踪百王之末，驰心千载之下，慷慨怀古，想彼哲人，庶以尧舜之风，荡秦汉之弊，用咸英之曲，变烂漫之音，求之人情，不为难矣。故观文教于六经，阅武功于七德，台榭取其避燥湿，金石尚其谐神人，皆节之于中和，不系之于淫放。故沟洫可悦，何必江海之滨乎？麟阁可玩，何必山陵之间乎？忠良可接，何必海上神仙乎？丰镐可游，何必瑶池之上乎？释实求华，以人从欲，乱于大道，君子耻之，故述《帝京篇》以明雅志云尔。

秦川雄帝宅，函谷壮皇居[1]。绮殿千寻起[2]，离宫百雉余[3]。
连甍遥接汉[4]，飞观迥凌虚[5]。云日隐层阙，风烟出绮疏[6]。

【注释】

[1] 函谷：函谷关，在今河南灵宝县境。

[2] 千寻：古以八尺为一寻。此用来形容殿宇极高。

[3] 雉（zhì）：古代计算城墙面积的单位。长三丈高一丈为一雉。

[4] "连甍（méng）"句：连绵起伏的宫殿远远地连接着河汉。言宫殿高大雄伟。连甍：形容房屋连延成片。甍，屋脊。

[5] 飞观：高耸的宫阙。

[6] 绮疏：指雕刻成空心花纹的窗户。

春游曲

〔唐〕长孙皇后

上苑桃花朝日明[1]，兰闺艳妾动春情[2]。
井上新桃偷面色，檐边嫩柳学身轻。
花中来去看舞蝶，树上长短听啼莺。
林下何须远借问，出众风流旧有名。

【作者简介】

长孙皇后（601—636），小字观音婢，其名于史无载，河南洛阳人。隋朝右骁卫将军长孙晟之女，唐朝宰相长孙无忌同母妹，唐太宗李世民皇后，唐高宗李治母亲。有千古第一贤后的美誉。贞观十年（636）崩逝，谥号文德皇后。李世民誉之为"嘉偶""良佐"，并筑层观望陵怀念。尝著有《女则》三十卷，尚有翰墨存世，今均佚。仅存《春游曲》一首。

【注释】

[1] 上苑：皇家的园林。
[2] 兰闺：汉代后妃宫室。亦指女子闺房。

酬薛舍人万年宫晚景寓直怀友[1]

〔唐〕上官仪

奕奕九成台[2]，窈窕绝尘埃[3]。苍苍万年树，玲珑下冥雾。
池色摇晚空，岩花敛余煦[4]。清切丹禁静[5]，浩荡文河注[6]。
留连穷胜托[7]，凤期睽善谑[8]。东望安仁省[9]，西临子云阁[10]。
长啸披烟霞，高步寻兰若[11]。金狄掩通门[12]，雕鞍归骑喧。

燕姝对明月[13]，荆艳促芳尊[14]。别有青山路，策杖访王孙[15]。

【作者简介】

上官仪（608—665），字游韶，陕州陕县（今河南三门峡市陕州区）人。唐朝宰相、诗人，上官婉儿之祖父。早年曾出家为僧，后以进士及第，历任弘文馆直学士、秘书郎、起居郎、秘书少监、太子中舍人。初唐著名御用文人，常为皇帝起草诏书。工五言诗，诗名甚盛，人称"上官体"。原有集，已佚。《全唐诗》存诗一卷。《旧唐书》《新唐书》皆有传。

【注释】

[1] 薛舍人：薛元超。万年宫：原名九成宫。在今陕西省麟游县。寓直：当值，值班。

[2] 奕奕：高大雄伟的样子。

[3] 窈窕：栋宇深远的样子。这里指九成宫的华美。

[4] 煦：阳光。

[5] 丹禁：皇帝居住的宫禁。

[6] 文河：今名漆水河，流经在今陕西省麟游县。

[7] 胜托：托身的胜地。

[8] 睽：分离。善谑：《诗经·卫风·淇奥》："善戏谑兮，不为虐兮。"后以"善谑"谓善于戏言。

[9] 安仁省：安仁，西晋文学家潘岳，他曾在秘书省作过官，这里指在秘书省当值。

[10] 子云阁：西汉文学家扬雄，字子云。扬雄曾在天禄阁校书，后世遂称天禄阁为"子云阁"，后借以指宫中的藏书、修书、校书之所。

[11] 兰若：即兰草和杜若两种香草。

[12] 金狄：宫门前的铜人。

[13] 燕姝：北方的美女。

[14] 荆艳：南方的美女。

[15] 王孙：对人的尊称，这里代指薛元超。

长安古意

〔唐〕卢照邻

长安大道连狭斜，青牛白马七香车[1]。
玉辇纵横过主第[2]，金鞭络绎向侯家[3]。
龙衔宝盖承朝日[4]，凤吐流苏带晚霞[5]。
百丈游丝争绕树，一群娇鸟共啼花。
啼花戏蝶千门侧，碧树银台万种色。
复道交窗作合欢[6]，双阙连甍垂凤翼[7]。
梁家画阁天中起[8]，汉帝金茎云外直[9]。
楼前相望不相知，陌上相逢讵相识[10]？
借问吹箫向紫烟[11]，曾经学舞度芳年。
得成比目何辞死[12]，愿作鸳鸯不羡仙。
比目鸳鸯真可羡，双去双来君不见。
生憎帐额绣孤鸾[13]，好取门帘帖双燕[14]。
双燕双飞绕画梁，罗帏翠被郁金香。
片片行云着蝉鬓[15]，纤纤初月上鸦黄[16]。
鸦黄粉白车中出，含娇含态情非一。
妖童宝马铁连钱[17]，娼妇盘龙金屈膝[18]。
御史府中乌夜啼，廷尉门前雀欲栖[19]。
隐隐朱城临玉道[20]，遥遥翠幰没金堤[21]。
挟弹飞鹰杜陵北[22]，探丸借客渭桥西[23]。
俱邀侠客芙蓉剑[24]，共宿娼家桃李蹊[25]。
娼家日暮紫罗裙，清歌一啭口氛氲[26]。
北堂夜夜人如月，南陌朝朝骑似云。
南陌北堂连北里，五剧三条控三市[27]。
弱柳青槐拂地垂，佳气红尘暗天起[28]。

汉代金吾千骑来[29]，翡翠屠苏鹦鹉杯[30]。
罗襦宝带为君解，燕歌赵舞为君开[31]。
别有豪华称将相，转日回天不相让[32]。
意气由来排灌夫[33]，专权判不容萧相[34]。
专权意气本豪雄，青虬紫燕坐春风[35]。
自言歌舞长千载，自谓骄奢凌五公[36]。
节物风光不相待，桑田碧海须臾改。
昔时金阶白玉堂[37]，即今唯见青松在。
寂寂寥寥扬子居[38]，年年岁岁一床书[39]。
独有南山桂花发，飞来飞去袭人裾。

【作者简介】

卢照邻（634？—686？），字升之，自号幽忧子，幽州范阳（治今河北省涿州市）人。卢照邻出身望族，曾为王府典签，又出任益州新都（今四川成都附近）尉。与王勃、杨炯、骆宾王以文词齐名，世称"王杨卢骆"，号为"初唐四杰"。工诗歌、骈文，有明张燮辑注的《幽忧子集》存世。

【注释】

[1] 七香车：指用多种香木制成的华美小车。

[2] 玉辇：本指皇帝所乘的车，此泛指豪门贵族的车。主第：公主的府第。第，房屋。帝王赐给臣下房屋有甲乙次第，故房屋称"第"。

[3] 金鞭：指代骑马的人。

[4] 龙衔宝盖：车上张着华美的伞状车盖，支柱上端雕作龙形，如衔车盖于口。宝盖，即华盖。以珍宝为饰的圆形车棚，用以遮阳避雨。

[5] 凤吐流苏：车盖上的立凤嘴端挂着流苏。流苏，以五彩羽毛或丝线制成的穗子。

[6] 复道：又称阁道，架设在空中的通道。交窗：有花格图案的木窗。合欢：这里指复道、交窗上的合欢花形图案。

[7] 阙：宫门前的望楼。垂凤翼：双阙上饰有金凤，作垂翅状。《太平御览》卷一七九引《阙中记》："建章宫圆阙临北道，凤在上，故号曰凤阙也。"

[8] 梁家：东汉外戚梁冀家，以豪奢著名，曾在洛阳大兴土木，建造第宅。此处指外戚。

[9] 汉帝金茎：指汉武帝在建章宫中所立的铜柱。柱高二十丈，上有仙人掌，掌托承露盘，以接取露水。

[10] "楼前"二句：写士女如云，难以辨识。讵：同"岂"。

[11] 吹箫：用春秋时萧史吹箫故事。《列仙传》记载，萧史善吹箫，秦穆公以女弄玉妻之，一旦图随凤凰飞去。向紫烟：指飞入天空。紫烟，指云气。

[12] 比目：鱼名。《尔雅·释地》："东方有比目鱼焉，不比不行，其名谓之鲽。"故古人用比目鱼、鸳鸯鸟比喻男女相伴相爱。

[13] 生憎：最恨。帐额：帐子前的横幅。孤鸾：象征独居。鸾，传说中凤凰一类的神鸟。

[14] 好取：愿将。

[15] 蝉鬓：一种发式，把两鬓梳得薄如蝉翼。

[16] 初月上鸦黄：额上用嫩黄色涂成弯弯的月牙形，是当时女性面部化妆的一种样式。鸦黄，嫩黄色。

[17] 妖童：美少年，指贵族家中歌舞班子里的男性。铁连钱：指马的毛色青而斑驳，有连环的钱状花纹。

[18] 娼妇：指上文所说的"鸦黄粉白"的豪贵之家歌舞班子中的女性，即家妓。屈膝：铰链。用于屏风、窗、门、橱柜等物，这里是指车门上的铰链。盘龙：当指车门上铰链的花纹。

[19] "御史"二句：写权贵骄纵恣肆，御史、廷尉都无权约束他们。御史：官名，司弹劾。乌夜啼：与下句"雀欲栖"均暗示执法官门庭冷落。廷尉：官名，掌刑法。

[20] 朱城：宫城。玉道：指修建得非常讲究的道路。

[21] 翠幰：饰以翠羽的车帷。这里用作车的代称。

[22] 挟弹飞鹰：指打猎。

[23] 探丸借客：指游侠杀吏报仇等行为。典出《汉书·酷吏传·尹赏》："长安中奸猾浸多，闾里少年群辈杀吏，受赇报仇，相与探丸为弹，得赤丸者斫武吏，得黑丸者斫文吏，白者主治丧。"

[24] 芙蓉剑：古剑名，春秋时越国所铸。这里泛指宝剑。

[25] 桃李蹊：指娼家的住处。语出《史记·李将军列传》："桃李不言，下自成蹊。"此为借用，一则桃李可喻美色，二则暗示此为吸引游客纷至沓来之地。蹊，小径。

[26] 氛氲：形容香气四散。

[27] "五剧"句：长安街道纵横交错，四通八达，与市场相连接。五剧：交错的路。三条：通达的道路。控：引，连接。三市：许多市场。"五剧""三条""三市"均用前人成语，其中数字均非实指。

[28] 佳气红尘：指车马杂沓的热闹景象。

[29] 金吾：即执金吾，汉代禁卫军官衔。唐代设左、右金吾卫，有金吾大将军。此泛指禁军军官。

[30] 屠苏：美酒名。鹦鹉杯，即海螺盏，用南洋出产的一种状如鹦鹉的海螺加工而成的酒杯。

[31] 燕赵歌舞：战国时燕、赵二国以"多佳人"著称，歌舞最盛。此借指美妙的歌舞。

[32] 转日回天：极言权势之大，可以左右皇帝的意志。"天"喻皇帝。

[33] 排灌夫：指权贵们出于义气相争，互相排挤。灌夫：西汉将军，勇猛任侠，好使酒骂座，交结魏其侯窦婴，与丞相武安侯田蚡不和，终被田蚡陷害，诛族。详见《史记·魏其武安侯列传》。

[34] 萧相：指萧望之，字长倩，汉宣帝朝为御史大夫、太子太傅。汉元帝即位，辅政，官至前将军，曾自谓"备位将相"。后被排挤，饮鸩自尽。或谓指萧何。

[35] 青虬、紫燕：均指好马。虬：本指无角龙，这里借指良马。紫燕：骏马名。

[36] 五公：张汤、杜周、萧望之、冯奉世、史丹。皆汉代著名权贵。

[37] 金阶白玉堂：形容豪华宅第。古乐府《相逢行》："黄金为君门，白玉为君堂。"

[38] 扬子：汉代扬雄，字子云，在长安时仕宦不得意，曾闭门著《太玄》《法言》。左思《咏史》诗："寂寂扬子宅，门无卿相舆。寥寥空宇中，所讲在玄虚。"

[39] 一床书：指以诗书自娱的隐居生活。庾信《寒园即目》："隐士一床书。"淮南小山《招隐士》："桂树丛生兮山之幽，偃蹇连蜷分枝相缭。"言避世隐居之意。

赠许左丞从驾万年宫 [1]

〔唐〕卢照邻

闻道上之回[2]，诏跸下蓬莱。中枢移北斗[3]，左辖去南台[4]。
黄山闻凤笛[5]，清跸侍龙媒[6]。曳日朱旗卷[7]，参云金障开[8]。
朝骖五城柳[9]，夕宴柏梁杯[10]。汉畤光如月[11]，秦祠听似雷[12]。
寂寂芸香阁[13]，离思独悠哉[14]。

【注释】

[1] 许左丞：许圉师。这首诗写咸亨四年（673）高宗出巡之事。

[2] 上之回：唐高宗西巡到九成宫。

[3] 中枢：中央。北斗：北斗七星。这句是指皇帝的车驾行走。

[4] 左辖：即尚书左丞。南台：指唐朝中央机构的尚书省。

[5] 黄山：即黄麓山，在陕西兴平市北。凤笛：仪仗中的笛声。

[6] 清跸：清除道路。龙媒：唐御马厩六闲之一。《新唐书·兵志》："又以尚乘掌天子之御。左右六闲：一曰飞黄，二曰吉良，三曰龙媒，四曰䮫骥，五曰䮪騠，六曰天苑。"此指皇帝的车马。

[7] 曳日：摇曳于日光之中。

[8] 金障：即步障，用以遮蔽风尘或障蔽内外的屏幕。

[9] 朝骖：古代百官上朝参拜国君。五城：指京城。

[10] 柏梁：指唐代的宫室。

[11] 畤：古代祭祀天地的地方。

[12] 秦祠：指宝鸡市的陈宝祠。

[13] 芸香阁：即秘书省。

[14] 离思：别后的思念之情。

帝京篇

〔唐〕骆宾王

山河千里国,城阙九重门[1]。
不睹皇居壮,安知天子尊[2]?
皇居帝里崤函谷,鹑野龙山侯甸服[3]。
五纬连影集星躔,八水分流横地轴[4]。
秦塞重关一百二,汉家离宫三十六[5]。
桂殿嶔岑对玉楼,椒房窈窕连金屋[6]。
三条九陌丽城隈,万户千门平旦开[7]。
复道斜通鳷鹊观,交衢直指凤凰台[8]。
剑履南宫入,簪缨北阙来[9]。
声名冠寰宇,文物象昭回[10]。
钩陈肃兰戺,璧沼浮槐市[11]。
铜羽应风回,金茎承露起[12]。
校文天禄阁,习战昆明水[13]。
朱邸抗平台,黄扉通戚里[14]。
平台戚里带崇墉,炊金馔玉待鸣钟[15]。
小堂绮帐三千户,大道青楼十二重[16]。
宝盖雕鞍金络马,兰窗绣柱玉盘龙[17]。
绣柱璇题粉壁映,锵金鸣玉王侯盛[18]。
王侯贵人多近臣,朝游北里暮南邻[19]。
陆贾分金将宴喜,陈遵投辖正留宾[20]。
赵李经过密,萧朱交结亲[21]。
丹凤朱城白日暮,青牛绀幰红尘度[22]。
侠客珠弹垂杨道,倡妇银钩采桑路[23]。
倡家桃李自芳菲,京华游侠盛轻肥[24]。
延年女弟双凤入,罗敷使君千骑归[25]。
同心结缕带,连理织成衣[26]。

春朝桂尊尊百味,秋夜兰灯灯九微[27]。
翠幌珠帘不独映,清歌宝瑟自相依[28]。
且论三万六千是,宁知四十九年非[29]?
古来荣利若浮云,人生倚伏信难分[30]。
始见田窦相移夺,俄闻卫霍有功勋[31]。
未厌金陵气,先开石椁文[32]。
朱门无复张公子,灞亭谁畏李将军[33]?
相顾百龄皆有待,居然万化咸应改[34]。
桂枝芳气已销亡,柏梁高宴今何在[35]?
春去春来苦自驰,争名争利徒尔为。
久留郎署终难遇,空扫相门谁见知[36]。
当时一旦擅豪华,自言千载长骄奢[37]。
倏忽抟风生羽翼,须臾失浪委泥沙[38]。
黄雀徒巢桂,青门遂种瓜[39]。
黄金销铄素丝变,一贵一贱交情见[40]。
红颜宿昔白头新,脱粟布衣轻故人[41]。
故人有湮沦,新知无意气[42]。
灰死韩安国,罗伤翟廷尉[43]。
已矣哉,归去来[44]。
马卿辞蜀多文藻,扬雄仕汉乏良媒[45]。
三冬自矜诚足用,十年不调几遭回[46]。
汲黯薪逾积,孙弘阁未开[47]。
谁惜长沙傅,独负洛阳才[48]。

【作者简介】

骆宾王(627?—684?),字观光,婺州义乌(今浙江义乌)人。唐高宗永徽中为道王李元庆府属,历武功、长安主簿。仪凤三年(678),入为侍御史,因事下狱,次年遇赦。调露二年(680)除临海丞,不得志,辞官。武则天光宅元年(684),为起兵扬州反武则天的徐敬业作《代李敬业传檄天下文》,敬业败,亡命不知所之,或云被杀,或云为僧。与王勃、杨炯、卢照邻合称"初唐四杰"。

诗文兼善，尤长于七言歌行，有《骆宾王文集》十卷行世。

【注释】

[1] "山河"二句：千里国，指京畿一带。九重门，皇帝的住处有九重门，形容天子居处宫禁严密。

[2] 皇居：皇宫。亦指皇城。此二句意为，没有看见皇宫的宏伟，又怎能知道天子的威严呢？语出《史记·高祖本纪》："萧丞相作未央宫，立东阙、北阙、前殿、武库、太仓。高祖见城阙壮甚，怒。萧何曰：'天子以四海为家，非壮丽无以重威，且无令后世有以加也。'高祖乃悦。"

[3] "皇居"二句：崤函谷，崤山和函谷关的合称，是长安东面的天然屏障。崤山，在今河南洛宁北。函谷关在今河南灵宝。鹑野，指秦地。古代天文称南方朱鸟七宿的前二宿井、鬼为鹑首，其分野为秦地。龙山，即龙首山，唐大明宫在龙首山。侯甸服，侯服与甸服。古时候以京城为中心，方圆一千里叫王畿，其外方五百里叫侯服，侯服外方五百里叫甸服。《尚书·伊训》："伊尹祠于先王，奉嗣王祗见厥祖，侯甸群后咸在。"

[4] "五纬"二句：五纬，金、木、水、火、土五星。星躔，日月星辰运行的度次。八水，八川。指关内的八条河流。《初学记》卷六引晋戴祚《西征记》："关内八水，一泾，二渭，三灞，四浐，五涝，六潏，七沣，八滈。"此用来借指关中地区。地轴，传说中大地的轴，泛指大地。这几句描绘京城长安的地势。

[5] 三十六：形容宫殿众多。

[6] "桂殿"二句：桂殿，即桂宫，汉武帝时所建。后亦借指后妃所住的深宫。嵚岑：高耸深邃的样子。椒房，即椒房殿，汉代时皇后居住的宫殿，以椒和泥涂在墙壁上，取温、香、多子之义，后泛指后妃居住的宫室。窈窕，深远的样子。金屋，泛指华美的宫室，典出汉武帝金屋藏娇事。这两句形容宫殿众多，高大华美。

[7] "三条"二句：写京城长安的市容。三条九陌，泛指帝都的纵横大道。三、九为虚指。城隈，城角；城内偏僻处。平旦，清晨。

[8] "复道"二句：复道，宫殿之间相连的阁道，分上下两层，故曰复道。鸱鹊观，汉宫观名，在长安甘泉宫外，汉武帝建元中建。此泛指宫殿。交衢，四通八达的道路。凤凰台，即凤台，故址在今陕西宝鸡县东南。昔传，秦穆公为女儿弄玉和女婿萧史作凤台，萧史夫妇居住数年不下。一朝跨凤，双双飞去。

后因用为咏公主宅居之典。亦泛指官苑中的楼台。这两句形容京城中交通便利。

[9]"剑履"二句：剑履，剑履上殿之省称。古时经皇帝允许，重臣上朝时可以不解剑、不脱鞋，以此为殊荣。典出《后汉书·董卓传》："寻进卓为相国，入朝不趋，剑履上殿。"南宫，南面的宫殿，此处泛指京城宫殿。簪缨，古代官吏的冠饰，以喻显贵。北阙，宫殿北面的门楼，是古时臣子等候朝见或上书奏事的地方。这两句写高官入朝的景象。

[10]"声名"二句：声名，声教和名教。文物，此处指礼乐典章制度。昭回，指星辰光耀回转。这两句写朝廷声名、礼乐典章之美好。

[11]"钩陈"二句：钩陈，星名，在紫微垣内，近北极，古人用钩陈代指后宫。兰阶(shì)，对台阶的美称。阶，堂廉下的台阶。璧沼，即璧池，古代学宫前半月形的水池，后用来借指太学和皇帝挑选人才的地方。槐市，汉代长安读书人买卖书籍、乐器等的地方，因其地多槐而得名。

[12]"铜羽"二句：铜羽，即铜乌，张衡发明的铜制乌形的测风向的仪器。金茎承露起，汉武帝时在建章宫立铜柱，上置承露盘，高二十多丈，上有仙人掌，以承天露。金茎，铜柱。

[13]"校文"二句：校文，校勘文字。天禄阁，汉代藏典籍的地方。昆明水，即昆明池。在长安西南，汉武帝时仿造滇池而修造，用来操练水战。

[14]"朱邸"二句：朱邸抗平台，达官显贵的朱邸可与平台相抗衡。朱邸，皇室贵族的第宅常以朱红漆门，故称朱邸，泛指贵官府第。平台，古台名，在河南商丘东北。汉梁孝王的离宫，孝王曾与邹阳、枚乘等游此。黄扉，宫廷禁门。戚里，皇帝姻亲居住的地方。以上几句描绘京城中较有代笔性的建筑以及京城之繁华。

[15]"平台"二句：崇墉，高城。炊金馔玉，指饮食奢侈。鸣钟，吃饭的时候则鸣钟。形容富豪之家的生活。这两句描绘富豪权贵生活的奢侈。

[16]"小堂"二句：描写贵妇人居处的华丽。小堂，规模较小的娱乐场所。绮帐，用绮罗制成的华丽帷帐。青楼，用青漆涂饰的楼房。

[17]"宝盖"二句：宝盖，华丽的车盖。雕鞍，雕有花纹的马鞍，形容马鞍华美。金络，用金装饰的马笼头。兰窗，窗户的美称。玉盘龙，柱子上雕以盘龙图案。这两句形容马车豪华，窗、柱装饰华美。

[18]"绣柱"二句：璇，美玉。题，椽头。锵金鸣玉，金玉相撞而发声，形

容权贵富豪歌舞升平的景象。

[19]"王侯"二句：北里，平康里位于长安城北，多称之为北里，唐代为妓女聚集地，后泛称娼妓聚居之地。南邻，与北里相对，泛指长安城繁华的地方。这两句写近臣腐朽奢华的生活。

[20]"陆贾"二句：陆贾分金，指陆贾将积存之储蓄分给儿子们作生产资金。后以此典比喻行囊、积蓄等，或表示安置家业。典出《史记·郦生陆贾列传》："陆生自度不能争之，乃病免家居。以好畤田地善，可以安焉。有五男，乃出所使越得橐中装卖千金，分其子，子二百金，令为生产。"谍喜，即宴喜。写贵族尽情享乐之状。陈遵投辖，典出《后汉书·陈遵传》："陈遵嗜酒，每大饮，宾客满堂，辄关门，取客车辖投井中，虽有急，终不得去。"后因以"陈遵投辖"为好客留宾的典故。

[21]"赵李"二句：赵李，《文选》卷二十三阮籍《咏怀诗十七首》其八："西游咸阳中，赵李相经过。"颜延年注曰："赵，汉成帝赵后飞燕也。李，武帝李夫人也。并以善歌妙舞幸于二帝也。"此泛指结交贵戚。萧朱，指汉代萧育和朱博，两人少时为好友，在当时十分闻名。《汉书·萧育传》："（萧育）少与陈咸、朱博为友，著闻当世。往者有王阳、贡公，故长安语曰：'萧朱结绶，王贡弹冠。'言其相荐达也。"萧朱交结，借指达官之间的交往。

[22]"丹凤"二句：丹凤朱城，即京城长安。青牛，指牛车。绀（gàn），天青色，或指深青透红之色。幰（xiǎn），车幔。这两句写长安的夜生活，大意是长安城日暮时，青牛车过后扬起尘土。

[23]"侠客"二句：珠弹，以宝珠为弹。谓其豪贵。倡妇，以歌舞为业的倡家妇女。银钩，银制的钩。

[24]"倡家"二句：桃李，形容女子容颜美好。轻肥，即轻裘肥马，穿着轻暖的皮袄，骑着肥壮的好马，形容奢华的生活。

[25]"延年"二句：延年，即李延年，为汉武帝李夫人之兄，通晓音乐擅长歌舞，深得汉武帝喜爱。由于李延年的推荐，李夫人得以召见并得宠。两人都得宠于汉武帝，故曰"双入"。罗敷，汉乐府《陌上桑》的女主人公，美丽而充满智慧。使君，汉代时对太守或刺史的称呼。

[26]"同心"二句：缕带上打着同心结，衣服上织出连理的花纹图案。用来比喻男女相爱。同心，同心结。连理，草木不同根，枝干却连生在一起。

[27]"春朝"二句：写饮美酒赏灯的情景。桂尊，即桂酒。兰灯，用兰膏点的灯。九微，灯名，即九微灯。

[28]"翠幌"二句：翠幌珠帘，形容帘帷的华贵。翠幌，翠绿色的帷帐。珠帘，以珠串成的帘子。宝瑟，对瑟的美称，意为珍贵的瑟。这两句大意是，翠帷与珠帘相互映照，曼妙的歌声与悦耳的瑟声相得益彰。

[29]"且论"二句：三万六千，即三万六千日，一百年。四十九年非，典出《淮南子·原道训》："故蘧伯玉年五十，而有四十九所非。"汉高诱注："伯玉，卫大夫蘧瑗也。今年所行是也，则还顾知去年之所行非也。岁岁悔之，以至于死，故有四十九年非。"此二句是说痛饮行乐。

[30]"古来"二句：荣利像浮云一般变化无常，人生福祸难测。荣利，荣耀与利益。倚伏，指福祸相互转化。

[31]"始见"二句：田窦，《史记·魏其武安侯列传》载：西汉武安侯田蚡和魏其侯窦婴二人均为皇戚，每相争雄。门客常观两人势力高下而转移门户。移夺，转移和争夺权势。后以"田窦"为官宦相争之典。卫霍，西汉名将卫青和霍去病，两人都以抗击匈奴有功得封将军。

[32]"未厌"二句：厌金陵气，典出《史记·高祖本纪》："秦始皇帝常曰'东南有天子气'，于是因东游以厌之。"厌，压。金陵，南京。气，气脉。石椁（guǒ）文，石椁上的铭文。椁，套在棺材外面的大棺材。语出《庄子·则阳篇》："夫灵公（卫灵公）也，死，卜葬于故墓，不吉；卜葬于沙丘而吉。掘之数仞，得石椁焉。洗而视之，有铭焉，曰：'不冯其子，灵公夺而里之。'"

[33]"朱门"二句：张公子，即张放，经常陪伴汉成帝微服出行。"灞亭"句，《史记·李将军列传》载：李广获罪，当斩，赎为庶人。"家居数岁。广家与故颍阴侯孙屏野居蓝田南山中射猎。尝夜从一骑出，从人田间饮。还至霸陵亭，霸陵尉醉，呵止广。广骑曰：'故李将军。'尉曰：'今将军尚不得夜行，何乃故也！'止广宿亭下。"

[34]"相顾"二句意为：即便活到百岁也不能完全自由，世间万物都会适时而有变化。有待，谓需要依赖一定的条件。万化，万物变化。

[35]"桂枝"二句：桂枝，指贵夫人。汉武帝《伤悼李夫人赋》："桂枝落而销亡。"柏梁高宴，典出《史记·孝武本纪》："其后则又作柏梁、铜柱、承露仙人掌之属矣。"《索隐》引《三辅故事》云："台高二十丈，用香柏为殿，

香闻十里。"柏梁台，汉武帝元封三年（前108）所筑，曾在此大宴二千石能作七言诗的大臣。此二句大意为，美人香消玉殒，柏梁昔日盛况不再。

[36]"久留"二句：久留郎署终难遇，指仕途蹇涩。典出《汉武故事》："上（汉武帝）尝辇至郎署，见一老翁，须鬓皓白，衣服不整。上问曰：'公何时为郎，何其老也？'对曰：'臣姓颜名驷，江都人也，以文帝时为郎。'上问曰：'何其老而不遇也？'驷曰：'文帝好文而臣好武；景帝好老而臣尚少；陛下好少而臣已老。是以三世不遇，故老于郎署。'上感其言，擢拜会稽都尉。"扫相门，为丞相扫门，以求引荐。语本《史记·齐悼惠王世家》："魏勃少时，欲求见齐相曹参，家贫无以自通，乃常独早夜扫齐相舍人门外……于是舍人见勃，曹参因以为舍人。"诗人以这两句感慨自己未遇到赏识、引荐自己的人。

[37]"当时"二句：擅，拥有。豪华，一作"繁华"。自言千载长骄奢，自以为可以长久地骄奢下去。

[38]"倏忽"二句：倏忽，形容迅速。抟风，旋风。失浪，比喻失势，失去依恃。这两句大意为沉浮全在顷刻之间。

[39]"黄雀"二句：《汉书·五行志》："成帝时歌谣又曰：'邪径败良田，谗口乱善人。桂树华不实，黄爵（雀）巢其颠。故为人所羡，今为人所怜。'桂，赤色，汉家象。华不实，继无嗣也。王莽自谓黄象，黄爵巢其颠也。"后因以"黄雀巢桂"喻小人篡权，皇朝易主。青门遂种瓜，用邵平种瓜于青门外的典故。典出司马迁《史记·萧相国世家》："召平（即邵平）者，故秦东陵侯。秦破，为布衣，贫，种瓜于长安城东，瓜美，故世俗谓之'东陵瓜'，从召平以为名也。"后常以喻隐居不仕。

[40]"黄金"二句：铄，销镕。素丝变，白丝因染而变色。喻指受世俗影响而改变本性。典出《墨子·所染》："子墨子（墨翟）言，见染丝者而叹曰：'染于苍则苍，染于黄则黄。所入者变，其色亦变，五入必，而已则为五色矣。故染不可不慎也。'"

[41]"红颜"二句：宿昔，旦夕。脱粟，刚脱壳的米。糙米做的饭，形容生活简朴。葛洪《西京杂记》："公孙弘起家，徒步为丞相，故人高贺从之。弘食以脱粟饭，覆以布被。贺怨曰：'何用故人，脱粟布被，我自有之。'弘大惭。"这里意谓贵者轻视故人。

[42]"故人"二句：湮沦，沦落。新知，新结交的知心朋友。意气，情谊，恩义。

[43]"灰死"二句：灰死韩安国，典出《史记·韩长孺列传》："其后安国坐法抵罪，蒙狱吏田甲辱安国。安国曰：'死灰独不复然乎？'田甲曰：'然即溺之。'居无何，梁内史缺，汉使使者拜安国为梁内史，起徒（服劳役之犯人）中为二千石，田甲亡走。安国曰：'甲不就官，我灭尔宗。'甲因肉袒谢。安国笑曰：'可溺矣！公等足与治乎？'卒善遇之。"罗伤翟廷尉，翟公为廷尉时宾客盈门，在他罢官之后门庭冷落，门外可以设网罗雀，这里指失势之后受冷落。语出《史记·汲郑列传》："太史公曰：夫以汲（汲黯）、郑（郑庄）之贤，有势则宾客十倍，无势则否，况众人乎！下邽翟公有言，始翟公为廷尉，宾客阗门；及废，门外可设雀罗。翟公复为廷尉，宾客欲往，翟公乃大署其门曰：'一死一生，乃知交情；一贫一富，乃知交态；一贵一贱，交情乃见。'汲、郑亦云，悲夫！"

[44]"已矣"二句：归去来，即归去，归隐。来，语助词，无实意。语出陶渊明《归去来兮辞》。

[45]"马卿"二句：马卿，即司马相如，字长卿，西汉著名辞赋家。辞蜀，辞别蜀地。文藻，文采。扬雄，字子云，也是西汉著名辞赋家。乏良媒，无得力的人推荐。据《汉书》记载，扬雄终日闭门读书著述，不汲汲于富贵，不戚戚于贫贱，不为朝廷重视，久未升迁。这两句大意为，司马相如以文采离蜀游宦，扬雄仕途无人荐举，这里有诗人自喻的成分。

[46]"三冬"二句：三冬自矜诚足用，形容读书勤苦，学业有成。语出《汉书·东方朔传》："武帝初即位，征天下举方正贤良文学材力之士，待以不次之位，四方士多上书言得失，自衒鬻者以千数，其不足采者辄报闻罢。朔初来，上书曰：'臣朔少失父母，长养兄嫂，年十三学书，三冬文史足用。十五学击剑。十六学《诗》《书》，诵二十二万言。……'朔文辞不逊，高自称誉，上伟之，令待诏公车。"三冬，三年。十年不调几遭回，用张释之的典故。调：升迁。长期不得迁调，表示仕途坎坷。语本《汉书·张释之传》："张释之字季……以赀为骑郎……十年不得调，亡所知名。"

[47]"汲黯"二句：汲黯薪逾积，用《史记·汲黯传》典故。汲黯位列九卿时，公孙弘和张汤只是小官，后来公孙弘做丞相，张汤做御史大夫，与汲黯同列，有时风头甚至超过汲黯。汲黯对汉武帝说："陛下用群臣如积薪耳，后来者居上。"表达自己的不满。孙弘阁未开，比喻无人招贤纳士。典出《汉书·公孙弘传》："公

孙弘，菑川薛人也。……元朔中，代薛泽为丞相。……时上方兴功业，娄（屡）举贤良。弘自见为举首，起徒步，数年至宰相封侯，于是起客馆，开东阁以延贤人，与参谋议。弘身食一肉，脱粟饭，故人宾客仰衣食，奉禄皆以给之，家无所余。"

[48] "谁惜"二句：长沙傅、洛阳才，均指贾谊。贾谊，洛阳人，西汉时期杰出的政论家和辞赋家。二十多岁时即为太中大夫，常议论政事，颇有见地，深受汉文帝器重，后遭嫉被贬为长沙王太傅，未能施展抱负，故曰"独负洛阳才"。此处诗人以贾谊自比。

在狱咏蝉并序

〔唐〕骆宾王

余禁所禁垣西，是法曹厅事也，有古槐数株焉。虽生意可知，同殷仲文之枯树[1]；而听讼斯在，即周召伯之甘棠[2]，每至夕照低阴，秋蝉疏引，发声幽息，有切尝闻，岂人心异于曩时[3]，将虫响悲乎前听[4]？嗟乎，声以动容，德以象贤。故洁其身也，禀君子达人之高行；蜕其皮也，有仙都羽毛之灵姿。候时而来，顺阴阳之数；应节为变，审藏用之机。有目斯开，不以道昏而昧其视；有翼自薄，不以俗厚而易其真。吟乔树之微风，韵姿天纵；饮高秋之坠露，清畏人知。仆失路艰虞，遭时徽纆[5]。不哀伤而自怨，未摇落而先衰。闻蟪蛄之流声，悟平反之已奏；见螳螂之抱影，怯危机之未安。感而缀诗[6]，贻诸知己。庶情沿物应，哀弱羽之飘零；道寄人知，悯余声之寂寞。非谓文墨，取代幽忧云尔。

西陆蝉声唱[7]，南冠客思侵[8]。那堪玄鬓影[9]，来对白头吟[10]。
露重飞难进，风多响易沉。无人信高洁，谁为表予心？

【注释】

[1] "虽生意"二句：东晋殷仲文，见大司马桓温府中老槐树，叹曰："此树婆娑，无复生意。"借此自叹其不得志。这里即用其事。

[2] "而听讼"二句：传说周代召伯巡行，听民间之讼而不烦劳百姓，就在甘棠（即棠梨）下断案，后人因相戒不要损伤这树。召伯，即召公。周代燕国

始祖名,因封邑在召而得名。

[3] 曩时:往时;以前。

[4] 将:抑或。

[5] 徽纆:绳索。古时常特指拘系罪人者。引申为囚禁。

[6] 缀诗:成诗。

[7] 西陆:指秋天。

[8] 南冠:楚冠,指囚徒。《左传·成公九年》:"晋侯观于军府,见钟仪,问之曰:'南冠而絷者,谁也?'有司对曰:'郑人所献楚囚也。'"此解为囚犯。

[9] 玄鬓:指蝉的黑色翅膀。那堪:一本作"不堪"。

[10] 白头吟:乐府曲名。此处亦兼取字面"白头"义。

凌晨早朝

〔唐〕虞世南

万瓦宵光曙,重檐夕雾收。玉花停夜烛,金壶送晓筹[1]。
日晖青琐殿[2],霞生结绮楼[3]。重门应启路[4],通籍引王侯[5]。

【作者简介】

虞世南(558—638),字伯施,越州余姚(今浙江余姚)人。仕陈为建安王法曹参军。入隋,任秘书郎、起居舍人等职。入唐,历官秦府参军、弘文馆学士、太子中舍人、著作郎、秘书监等职。其诗除《咏蝉》等少量有兴寄、边塞诗较刚健外,其余多为应制、奉和、侍宴之作,文辞典丽,内容则比较空泛。原集早佚,《全唐诗》《全唐文》辑其诗、文各一卷。编有《北堂书钞》一百六十卷。《旧唐书》《新唐书》皆有传。

【注释】

[1] 金壶:铜壶的美称。古代一种计时工具。晓筹:拂晓的更筹。指拂晓时刻。

[2] 青锁殿:指皇宫。青锁:装饰皇宫门窗的青色连环花纹。

[3] 结绮楼:《陈书》卷七《张贵妃传》云:"至德二年,乃于光照殿前起

临春、结绮、望仙三阁。阁高数丈，并数十间，其窗牖、壁带、悬楣、栏槛之类，并以沉檀香木为之，又饰以金玉，间以珠翠，外施珠帘，内有宝床、宝帐，其服玩之属，瑰奇珍丽，近古所未有。"此泛指宫廷建筑。

[4] 启路：开路；开道。

[5] 通籍：谓记名于门籍，可以进出宫门。

长安道

〔唐〕沈佺期

秦地平如掌，层城出云汉[1]。楼阁九衢春[2]，车马千门旦。
绿柳开复合，红尘聚还散。日晚斗鸡还，经过狭斜看。

【作者简介】

沈佺期（656？—712），字延清，名少连，汾州西河（今山西汾阳）人，一说虢州弘农（今河南灵宝）人。唐高宗上元二年（675）进士及第，武后时入文学馆，不久出授洛州参军。永隆元年（681），与杨炯一起进入崇文馆任学士。睿宗景云元年（710）因附武三思、韦后流徙钦州，玄宗先天元年（712），赐死于流所。工诗，为武后、中宗朝著名宫廷诗人，诗多应制之作，与沈佺期并称"沈宋"。原有集，已佚，今传明人所辑《宋学士集》九卷。《新唐书》《旧唐书》皆有传。

【注释】

[1] 云汉：云霄，高空。

[2] 九衢：纵横交叉的大道；繁华的街市。

春台望 [1]

〔唐〕李隆基

暇景属三春[2]，高台聊四望。

目极千里际，山川一何壮。

太华见重岩[3]，终南分叠嶂。

郊原纷绮错，参差多异状。

佳气满通沟，迟步入绮楼。

初莺一一鸣红树[4]，归雁双双去绿洲[5]。

太液池中下黄鹤[6]，昆明水上映牵牛[7]。

闻道汉家全盛日，别馆离宫趣非一。

甘泉逶迤亘明光[8]，五柞连延接未央[9]。

周庐徼道纵横转[10]，飞阁回轩左右长[11]。

须念作劳居者逸[12]，勿言我后焉能恤。

为想雄豪壮柏梁[13]，何如俭陋卑茅室。

阳乌黯黯向山沉[14]，夕鸟喧喧入上林[15]。

薄暮赏馀回步辇，还念中人罢百金。

【作者简介】

　　李隆基（685—762），即唐玄宗，后世亦称唐明皇，712年至756年在位。前期任用姚崇、宋璟等贤相，开创了开元盛世。后期宠爱杨贵妃，怠慢朝政，宠信奸臣李林甫、杨国忠等，重用安禄山等佞臣，导致了后来长达八年的安史之乱。756年肃宗李亨即位，尊其为太上皇。762年玄宗病逝。

【注释】

　　[1]春台：春日登眺览胜之处。《老子》："荒兮其未央，众人熙熙，如享太牢，如登春台。"

　　[2]暇景：空闲时间。

　　[3]太华：华山。

[4] 红树：盛开红花的树。

[5] 绿洲：水中草木繁茂的陆地。

[6] 太液池：唐太液池，在大明宫中含凉殿后，中有太液亭。

[7] 昆明：指昆明池。汉武帝时所凿，位于西安城西的沣水、滈水之间，池中有石雕人像一对，东牵牛，西织女。

[8] 甘泉：宫名。故址在今陕西淳化西北甘泉山。本秦宫，汉武帝增筑扩建，在此朝诸侯王，飨外国客，夏日亦作避暑之处。《三辅黄图·甘泉宫》："一曰云阳宫……始皇二十七年作甘泉宫及前殿，筑甬道自咸阳属之。汉武帝建元中增广之。周回一十九里，中有牛首山，望见长安城。"

[9] 五柞：汉离宫名。故址在今陕西省周至县东南。

[10] 周庐：古代皇宫周围所设警卫庐舍。徼（jiào）道：巡逻警戒的道路。

[11] 回轩：回曲的长窗。后因以"回轩"为长窗之别名。

[12] 作劳：劳作，劳动。《尚书·盘庚上》："惰农自安，不昏作劳，不服田亩，越其罔有黍稷。"孔传："如怠惰之农，苟自安逸，不强作劳于田亩，则黍稷无所有。"

[13] 柏梁：柏梁台，借指宫廷。

[14] 阳乌：神话传说中在太阳里的三足乌。因用以借指太阳。

[15] 上林：古宫苑名。秦旧苑，汉初荒废，至汉武帝时重新扩建。故址在今西安市西及周至、鄠邑界。此泛指帝王的园囿。

秦女卷衣

〔唐〕李白

天子居未央[1]，妾侍卷衣裳。顾无紫宫宠[2]，敢拂黄金床？
水至亦不去[3]，熊来尚可当[4]。微身奉日月[5]，飘若萤之光。
愿君采葑菲，无以下体妨[6]。

【作者简介】

李白（701—762），字太白，号青莲居士，祖籍陇西成纪（今甘肃秦安）。

出生于安西都护府之碎叶城（今吉尔吉斯斯坦共和国北部），五岁随父迁居绵州昌明（今四川江油），遂为蜀人。天宝初奉诏入京，供奉翰林，与贺知章、张旭等合称"饮中八仙"。后被赐金放还，浪迹南北。安史之乱中，因入永王璘幕府被牵累，长流夜郎。中途被赦，病殁于当涂（今属安徽）。其诗众体兼长，尤长于乐府与七言歌行，被后人誉为"诗仙"，和杜甫并称"李杜"，为唐代诗坛并峙双峰。有《李太白文集》三十卷传世。《全唐诗》存诗二十五卷。《新唐书》《旧唐书》皆有传。《唐才子传》有载。

【注释】

[1] 未央：汉宫名。

[2] 紫宫：帝王宫禁。此处借指天子。

[3] "水至"句：刘向《列女传·贞顺》载："楚昭王出游，留夫人渐台之上而去。王闻江水大至，使使者迎夫人，忘持其符。夫人曰：'王与宫人约，令召宫人必以符，今使者不持符，妾不敢行。'于是使返取符，则水大至，台崩，夫人流而死。"

[4] "熊来"句：《汉书·外戚传》："建昭（汉元帝年号）中，上幸虎圈斗兽，后宫皆坐。熊佚出圈，攀槛欲上殿。左右贵人傅昭仪等皆惊走，冯婕妤直前当熊而立，左右格杀熊。上问：'人情惊惧，何故前当熊？'婕妤对曰：'兽得人而至，妾恐熊至御座，故以身当之。'"

[5] "微身"句：为卷衣女自言全身心侍奉君王意。日月：象征君王。

[6] "愿君"二句意为：愿君王勿以自己身份的低下，而忽视自己对君王的一片忠心。葑（fēng）：蔓菁。叶、根可食。菲：萝卜之类。《诗经·邶风·谷风》："采葑采菲，无以下体。"

子夜吴歌（秋歌）

〔唐〕李白

长安一片月，万户捣衣声[1]。
秋风吹不尽，总是玉关情[2]。
何日平胡虏[3]，良人罢远征[4]。

【注释】

[1] 捣衣：洗衣时用木杵在砧上捶击衣服，使之干净平整。

[2] 玉关情：指戍边征人思乡之情。

[3] 胡虏：秦汉时称匈奴为胡虏，后世用为与中原敌对的北方部族之通称。

[4] 良人：古时夫妻互称为良人，后多用于妻子称丈夫。

阳春歌

〔唐〕李白

长安白日照春空，绿杨结烟桑袅风。
披香殿前花始红[1]，流芳发色绣户中[2]。
绣户中[3]，相经过，
飞燕皇后轻身舞[4]，紫宫夫人绝世歌[5]。
圣君三万六千日，岁岁年年奈乐何？

【注释】

[1] 披香殿：汉宫殿名。《三辅黄图·未央宫》："武帝时，后宫八区，有昭阳、飞翔、增城、合欢、兰林、披香、凤凰、鸳鸯等殿。"

[2] 流芳：散发香气。发色：呈现色彩。指花苞开放。

[3] 绣户：雕绘华美的门户。多指妇女居室。

[4] 飞燕皇后：即赵飞燕。汉成帝宫人，善歌舞，以体轻号为"飞燕"。先

为婕妤，后立为皇后。平帝即位，废为庶人，自杀。详见《汉书·外戚传下·孝成赵皇后》。

[5] 紫宫夫人：汉武帝的妃子，李延年的妹妹，人称"李夫人"。绝世歌：指李延年所唱《北方有佳人》歌。《汉书·外戚传·孝武李夫人列传》："孝武李夫人，本以倡进。初，夫人兄延年性知音，善歌舞，武帝爱之。每为新声变曲，闻者莫不感动。延年侍上起舞，歌曰：'北方有佳人，绝世而独立，一顾倾人城，再顾倾人国。宁不知倾城与倾国，佳人难再得！'上叹息曰：'善！世岂有此人乎？'平阳主因言延年有女弟，上乃召见之，实妙丽善舞，由是得幸。"

长相思

〔唐〕李白

长相思，在长安。
络纬秋啼金井阑[1]，微霜凄凄簟色寒[2]。
孤灯不明思欲绝，卷帷望月空长叹。美人如花隔云端，
上有青冥之高天[3]，下有渌水之波澜。
天长路远魂飞苦，梦魂不到关山难。
长相思，摧心肝。

【注释】

[1] 络纬：虫名，俗称络丝娘、纺织娘。夏秋夜间振羽作声，声如纺线，故名。金井：井栏上有雕饰的井。一般用以指宫廷园林里的井。

[2] 簟色寒：指竹席的凉意。

[3] 青冥：青苍幽远。形容青天。

清平调词三首

〔唐〕李白

其一

云想衣裳花想容[2]，春风拂槛露华浓[3]。
若非群玉山头见，会向瑶台月下逢[4]。

其二

一枝秾艳露凝香[5]，云雨巫山枉断肠[6]。
借问汉宫谁得似？可怜飞燕倚新妆[7]。

其三

名花倾国两相欢[8]，长得君王带笑看。
解释春风无限恨[9]，沉香亭北倚阑干[10]。

【注释】

[1] 清平调：原为唐大曲名，后用为词牌。

[2]"云想"句：意为见云之灿烂想其衣之华艳，见花之艳丽想美人之容貌照人。实为以云喻衣，以花喻人。

[3] 槛：栏杆。露华浓：牡丹花沾着晶莹的露珠更显得鲜妍娇艳。

[4]"若非……会向"："不是……就是"之义。群玉山：《穆天子传》卷二："癸巳，至于群玉之山……四彻中绳，先王之所谓策府。"郭璞注："《山海经》云：'群玉山，西王母所居者。'"全句形容贵妃貌美惊艳，不由使人怀疑：她若不是群玉山头所见的飘飘仙子，就是瑶台殿前月光照耀下的神女。

[5]"秾艳"句：艳丽的牡丹花沾着露珠，好像凝结着袭人的香气。

[6] 云雨巫山：语出宋玉《高唐赋》："妾在巫山之阳，高丘之阻。旦为朝云，

暮为行雨，朝朝暮暮，阳台之下。"神话传说中有巫山神女与楚王欢会受楚王宠爱的故事。这句意为：使楚王断肠的梦中仙女，根本就比不上面前的杨玉环。

[7] 飞燕：汉成帝皇后赵飞燕。倚新妆：形容女子艳服华妆的姣好情态。

[8] 名花：指牡丹花。倾国：喻佳人美色惊人，此指杨贵妃。典出汉李延年《北方有佳人歌》："一顾倾人城，再顾倾人国。"

[9] 解释：消散。春风：指唐玄宗。

[10] 沉香：亭名，位于唐兴庆宫中。

古风（其二十四）

〔唐〕李白

大车扬飞尘，亭午暗阡陌[1]。中贵多黄金，连云开甲宅[2]。
路逢斗鸡者[3]，冠盖何辉赫[4]。鼻息干虹蜺[5]，行人皆怵惕[6]。
世无洗耳翁[7]，谁知尧与跖[8]？

【注释】

[1] 亭午：正午。阡陌：田间小路。首二句写京城大道之上，大车疾驰而过，尘土飞扬，遮蔽天日。

[2] 中贵：宦官，又称"中贵人"。连云：与天空之云相连。形容高远，众多。甲宅：豪华的宅第。《新唐书·宦者传上》载，唐玄宗后期，宠任宦官，"于是甲舍、名园、上腴之田为中人所名者，半京畿矣"。

[3] 斗鸡：以鸡相斗的博戏。唐玄宗喜好斗鸡之戏。据陈鸿《东城老父传》云，当时被称为"神鸡童"的贾昌，由于得到皇帝的爱幸，"金帛之赐，日至其家"，有民谣说："贾家小儿年十三，富贵荣华代不如。"

[4] 冠盖：泛指富贵者的冠服和车乘。冠，礼帽；盖，车盖。辉赫：光彩照人的样子。

[5] 鼻息：气息，诗中指气焰。干：冲犯。虹蜺（ní）：天上的彩虹与云霞。

[6] 怵惕（chù tì）：害怕，恐惧。

[7] 洗耳翁：指许由。上古时许由听说帝尧欲将王位禅让给他，就逃于颍水

之阳；后尧又欲召他为九州长，他遂以水洗耳。此处喻指不慕名利者。

[8] 跖（zhí）：相传为古代的大盗。《庄子·盗跖》："柳下季之弟，名曰盗跖。盗跖从卒九千人，横行天下，侵暴诸侯，穴室枢户，驱人牛马，取人妇女，贪得忘亲，不顾父母兄弟，不祭先祖。所过之邑，大国守城，小国入保，万民苦之。"

行路难三首（其二）

〔唐〕李白

大道如青天，我独不得出。
羞逐长安社中儿，赤鸡白狗赌梨栗[1]。
弹剑作歌奏苦声[2]，曳裾王门不称情[3]。
淮阴市井笑韩信[4]，汉朝公卿忌贾生[5]。
君不见昔时燕家重郭隗，拥篲折节无嫌猜[6]。
剧辛乐毅感恩分，输肝剖胆效英才[7]。
昭王白骨萦蔓草，谁人更扫黄金台？
行路难，归去来[8]。

【注释】

[1] "羞逐"二句：表面上说自己耻于像长安的市井小儿一样凭着斗鸡小技赌胜微不足道的彩头，实际暗讽唐玄宗在宫内设置斗鸡坊，斗鸡小儿因此而谋得功名富贵。可参考前李白《古风》（其二十四）。社中儿：社是古代基层的行政单位，二十五家为一社。此处泛指里巷。社中儿，指市井小儿。赤鸡白狗：指当时斗鸡走狗之类的赌博活动。梨栗：梨子与栗子，此代指蝇头小利。

[2] 弹剑：战国时齐公子孟尝君门下食客冯谖曾屡次弹剑作歌怨己不如意。

[3] 曳裾王门：即拉起衣服前襟，出入权贵之门，指游食于王侯之门。曳：拉。裾：衣服的大襟。语出邹阳《上吴王书》："饰固陋之心，则何王之门不可曳长裾乎？"不称（chèn）情：不如意。

[4] "淮阴市井"句：《史记·淮阴侯列传》载，韩信是淮阴人，少年时家贫，

曾于市屠中受胯下之辱，被淮阴市井小儿耻笑。

[5]"汉朝公卿"句：《史记·屈原贾生列传》载，西汉贾谊青年时即被汉文帝破格擢升，建议屡被采纳，因此遭到元老大臣们的忌恨，终被排挤出朝廷。

[6]"昔时燕家重郭隗"二句：《战国策·燕策》载，燕昭王为了洗雪国耻，决意广求贤才，郭隗以寓言劝说燕昭王，说有人想得千里马，便以五百金的高价购得一匹死掉的千里马的骨骼，一年之内便得到了三匹千里马。燕昭王便以郭隗为师，并高筑楼台，置千金于其上，于是各国贤才云集而至。这座楼台被称为黄金台或燕台，遗址在今河北易县。拥篲：执帚。"篲"同"彗"，扫帚。帚用以扫除清道，古人迎候宾客，常拥篲以示敬意。《史记·孟子荀卿列传》："（邹衍）如燕，昭王拥彗先驱，请列弟子之座而受业。"燕昭王亲自扫路，恐灰尘飞扬，用衣袖挡帚以礼迎贤士。折腰：弯腰行礼，表示崇敬。

[7]"剧辛乐毅感恩分"二句：燕昭王高筑黄金台之后，各国人才蜂拥而至。剧辛、乐毅都是其中的佼佼者，他们全心全意为燕昭王效力。乐毅更是作为军队统帅攻破了齐国，为燕国洗雪了当年几乎灭于齐国的耻辱。

[8]归去来：指隐居。语出东晋陶渊明《归去来兮辞》。

蜀道难

〔唐〕李白

噫吁嚱[1]，危乎高哉！
蜀道之难，难于上青天！
蚕丛及鱼凫，开国何茫然[2]。
尔来四万八千岁，不与秦塞通人烟[3]。
西当太白有鸟道，可以横绝峨眉巅[4]。
地崩山摧壮士死，然后天梯石栈相钩连[5]。
上有六龙回日之高标，下有冲波逆折之回川[6]。
黄鹤之飞尚不得过，猿猱欲度愁攀援[7]。
青泥何盘盘，百步九折萦岩峦[8]。
扪参历井仰胁息，以手抚膺坐长叹[9]。

问君西游何时还？畏途巉岩不可攀[10]。

但见悲鸟号古木，雄飞雌从绕林间[11]。

又闻子规啼夜月，愁空山[12]。

蜀道之难，难于上青天，使人听此凋朱颜[13]。

连峰去天不盈尺，枯松倒挂倚绝壁[14]。

飞湍瀑流争喧豗，砯崖转石万壑雷[15]。

其险也若此，嗟尔远道之人胡为乎来哉[16]？

剑阁峥嵘而崔嵬，一夫当关，万夫莫开[17]。

所守或匪亲，化为狼与豺[18]。

朝避猛虎，夕避长蛇。磨牙吮血，杀人如麻[19]。

锦城虽云乐，不如早还家[20]。

蜀道之难，难于上青天，侧身西望长咨嗟[21]。

【注释】

[1] 噫吁嚱：惊叹声，蜀方言，表示惊讶的声音。

[2] 蚕丛、鱼凫：传说中古代蜀国两位国王的名字。何茫然：意为难以考证。茫然：渺茫遥远的样子。指古史传说悠远难详，茫昧杳然。

[3] 尔来：自那时以来。四万八千岁：极言时间漫长，有夸张意味。秦塞：秦的关塞，指秦地。秦地四周有山川险阻，故称"四塞之地"。通人烟：指人员往来。

[4] 西当：西面对着。太白：太白山，又名太乙山，在长安西（今陕西眉县、太白县一带）。鸟道：指连绵高山间的低缺处，只有鸟能飞过，人迹所不能至。横绝：横越。峨眉巅：峨眉山顶峰。

[5] 地崩山摧壮士死：典出扬雄《蜀王本纪》："天为蜀王生五丁力士，能徙蜀山。王无五丁，辄立大石，长三丈，重千钧，号曰石牛，千人不能动，万人不能移。"《秦惠王本纪》曰："秦惠王欲伐蜀，乃刻五石牛，置金其后。蜀人见之，以为牛能大便金牛下，有养卒以为此天牛也，能便金。蜀王以为然，即发卒千人，使五丁力士拖牛成道，致三枚于成都。秦道得通，石牛之力也。后遣丞相张仪等，随石牛道伐蜀焉。""于是秦王知蜀王好色，乃献美女五人于蜀王，蜀王爱之，遣五丁迎女。还至梓潼，见一大蛇入山穴中，一丁引其尾

不出，五丁共引蛇，山乃崩，压五丁，五丁踏地大呼，秦王五女及迎送者皆上山，化为石。"摧：倒塌。天梯：形容非常陡峭的山路。石栈：石栈道。

[6] 高标：指蜀山中可作一方标识的最高峰。冲波：水流冲击激起的波浪，这里指激流。逆折：水流回旋。回川：有漩涡的河流。

[7] 黄鹤：黄鹄（hú），指善飞的大鸟。尚：尚且。得：能。

[8] 青泥：青泥岭，在今甘肃徽县南，陕西略阳县北。盘盘：曲折回旋的样子。百步九折：百步之内拐九道弯，形容山路曲折。萦：盘绕。岩峦：山峰。

[9] 扪参历井：参、井是二星宿名。古人将天上的星宿分别指配到地上的州国，称为"分野"，以便通过观察天象来占卜地上所配州国的吉凶。参星为蜀之分野，井星为秦之分野。扪：抚摸。历：经过。胁息：屏气不敢呼吸。膺：胸。坐：空；徒然。

[10] 畏途：可怕的路途。巉岩：险峻的山岩。

[11] 但见：只见。号古木：（悲鸟）在古树木中大声啼鸣。从：跟随。

[12] 子规：杜鹃鸟。蜀地最多，其声悲哀，若云"不如归去"。

[13] 凋朱颜：凋，使动用法，意为"使……凋谢"。这里指因蜀道艰险而心生恐惧，脸色由红润变成铁青。

[14] 去：距离。盈：满。

[15] 飞湍：急流。喧豗：喧闹声，此指急流与瀑布发出的巨大响声。砯（pīng）崖：水撞石之声。砯，水冲击石壁发出的响声，此用作动词，冲击的意思。转，使动用法，使滚动。壑：山谷。

[16] 嗟：感叹声。尔：你。胡为：为什么。来：指入蜀。

[17] 剑阁：又名剑门关，在四川剑阁县北，是大、小剑山之间的一条栈道，长约三十余里。峥嵘、崔嵬，均形容山势高大雄峻的样子。一夫：一人。当关：守关。莫开：不能打开。

[18] 所守：指把守关口的人。或匪亲：如果不是可信赖的人。匪，同"非"。

[19] 朝：早晨。吮：吸。

[20] 锦城：今四川成都市。成都古代以产锦闻名，朝廷曾设官于此，专收锦织品，故称锦城或锦官城。

[21] 咨嗟：叹息。

送贺宾客归越 [1]

〔唐〕李白

镜湖流水漾清波,狂客归舟逸兴多[2]。
山阴道士如相见,应写《黄庭》换白鹅[3]。

【注释】

[1] 贺宾客:即贺知章,曾任太子宾客之职。唐玄宗天宝三载(744)正月,贺知章以道士身份辞京回乡,玄宗诏令在长乐坡为之饯别。李白当时于长安待诏翰林,遂以此诗相赠。

[2] 镜湖:越州名胜(今属浙江绍兴),以湖水清澄而闻名于世。贺知章是越州永兴(今浙江萧山)人,诗人想象友人回乡后在镜湖终日泛舟遨游的情形。狂客:指贺知章,其号为"四明狂客"。《旧唐书·贺知章传》:"(贺知章)开元中迁太子宾客,兼秘书监。晚年尤加纵诞,自号四明狂客,又称秘书外监。天宝初,还乡为道士,不久即寿终。"

[3] "山阴"二句:此用王羲之典故,赞美贺知章的书法。《晋书·王羲之传》:"山阴有一道士,养好鹅,羲之往观焉,意甚悦,固求市之,道士云:'为写《道德经》,当举群相赠耳。'羲之欣然写毕,笼鹅而归,甚以为乐。"贺知章善草隶,深得时人所重。黄庭:指《黄庭经》。道教的经典著作。

上之回 [1]

〔唐〕李白

三十六离宫[2],楼台与天通。阁道步行月[3],美人愁烟空[4]。
恩疏宠不及,桃李伤春风[5]。淫乐意何极?金舆向回中[6]。
万乘出黄道[7],千骑扬彩虹。前军细柳北[8],后骑甘泉东[9]。
岂问渭川老[10],宁邀襄野童[11]?但慕瑶池宴[12],归来乐无穷。

【注释】

[1]《上之回》：汉乐府《铙歌》曲名之一。诗借美人失宠表达了对唐明皇巡幸游仙、不关心国家之事、不重用人才的愤懑之情，既有借古讽今之意，亦有怀才不遇之叹。

[2] 离宫：正宫之外供帝王出巡时居住的宫室。三十六：约计之词，极言其多。班固《西都赋》："离宫别馆，三十六所。"

[3] 阁道：即复道，高楼之间架空的通道。

[4] 烟空：高空，缥缈的云天。

[5] 桃李：原指桃花与李花。《诗经·召南·何彼襛矣》："何彼襛矣，华如桃李。"后因以"桃李"形容貌美，此借指美人。

[6] 金舆：天子的车驾。回中：秦宫殿名。故址在今陕西陇县西北。史载秦始皇二十七年出巡陇西、北地（今宁夏和甘肃东部），东归时经过此处。汉文帝十四年匈奴从萧关（今宁夏固原东南）深入，烧毁此宫。

[7] 黄道：帝王出游时所走的道路。

[8] 前军：先头部队。细柳：地名。在今陕西省咸阳市西南渭河北岸。有细柳仓，即汉周亚夫屯军处。

[9] 后骑：后面随从的骑兵。甘泉：汉宫名。故址在今陕西淳化县甘泉山。

[10] 渭川老：指渭水河畔垂钓的吕尚。

[11] 襄野童：典出《庄子·徐无鬼》："黄帝将见大隗乎具茨之山，至于襄城之野，适遇牧马童子，问涂焉。小童曰：'夫为天下者，予少而自游于六合之内，予适有瞀病，有长者教予曰："若乘日之车而游于襄城之野。"今予病少痊，予又且复游于六合之外，夫为天下亦若此而已。……夫为天下者，亦奚以异乎牧马者哉！亦去其害马者而已矣！'黄帝再拜稽首，称天师而退。"后以"襄野童"用作皇帝出巡之典，也借以咏帝师。李白用此典借写汉武帝讽喻唐玄宗出游寻乐而不知访贤。

[12] 瑶池宴：瑶池，古代神话中神仙居住之地，在昆仑山上。传说西王母曾于此宴请远道而来的周穆王。

寓言三首（其三）

〔唐〕李白

长安春色归，先入青门道[1]。绿杨不自持，从风欲倾倒。
海燕还秦宫[2]，双飞入帘栊[3]。相思不相见，托梦辽城东[4]。

【注释】

[1] 青门：《雍录》："青门，在汉都城，为东面南来第一门。"因其门色青，故俗称为"青门"或"青城门"，后借以泛指京城城门。

[2] 海燕：燕子的别称。古人认为燕子产于南方，须渡海而至，故名。

[3] 帘栊：窗帘和窗牖。亦泛指门窗的帘子。

[4] 辽城东：秦置辽西、辽东二郡，因分别在辽水之西、东而名。唐时，辽东为安东都护府之地，外与奚、契丹、室韦、靺鞨诸夷相接，为边城，有兵戍守。

走笔赠独孤驸马[1]

〔唐〕李白

都尉朝天跃马归[2]，香风吹人花乱飞。
银鞍紫鞯照云日[3]，左顾右盼生光辉[4]。
是时仆在金门里[5]，待诏公车谒天子[6]。
长揖蒙垂国士恩[7]，壮心剖出酬知己。
一别蹉跎朝市间，青云之交不可攀[8]。
傥其公子重回顾[9]，何必侯嬴长抱关[10]？

【注释】

[1] 走笔：挥毫疾书。独孤驸马：当为独孤明。《新唐书·诸帝公主传》载，玄宗女信成公主，下嫁独孤明。

[2] 都尉：指驸马都尉。朝天：朝见天子。跃马：策马驰骋腾跃。

[3] 银鞍：银饰的马鞍。鞯：有嚼口的马络头。

[4] 左顾右盼：形容得意的神态。语出曹植《与吴季重书》："左顾右盼，谓若无人，岂非吾子壮志哉？"

[5] 金门：金明门的省称，唐时宫门名。金明门内为翰林院所在。《旧唐书·职官志二》："翰林院。天子在大明宫，其院在右银台门内。在兴庆宫，院在金明门内。若在西内，院在显福门。若在东都、华清宫，皆有待诏之所。"

[6] 公车：汉官署名。待诏公车，指诗人自己为翰林待诏。

[7] 国士：旧称一国杰出的人才。《战国策·赵策一》："知伯以国士遇臣，臣故国士报之。"

[8] 青云之交：喻指同有高远之志的友谊。江淹《袁友人传》："与余有青云之交，非直衔杯酒而已。"

[9] 回顾：顾念；回想。

[10] 抱关：守门。借指职位卑微。《史记·魏公子列传》："（侯）嬴乃夷门抱关者也，而公子亲枉车骑，自迎嬴于众人广坐之中。"

九月九日忆山东兄弟 [1]

〔唐〕王维

独在异乡为异客[2]，每逢佳节倍思亲。
遥知兄弟登高[3]处，遍插茱萸[4]少一人。

【作者简介】

王维（701—761），字摩诘，祖籍太原祁（今山西太原），后迁蒲州（今山西永济）。开元九年（721）进士。曾任太乐丞、右拾遗、尚书右丞等职。安史乱中，被迫受伪职。两京收复，以陷贼官论罪，因《凝碧池诗》及弟王缙愿削己职赎兄罪而获免，责授太子中允。晚年笃信佛教。精于诗文、音乐、绘画。苏轼曰："味摩诘之诗，诗中有画；观摩诘之画，画中有诗。"其诗众体兼善，五律、绝句成就尤高。其山水田园诗影响极大，与孟浩然并称"王孟"，是唐代山水田园诗的代表诗人。有《王右丞文集》十卷传于世。《新唐书》《旧唐书》

皆有传。《唐才子传》有载。

【注释】

[1] 九月九日：指农历九月九日重阳节。忆：想念。山东：王维是蒲州（今山西永济）人，蒲州地处华山东面，王维当时居于华山西面的长安，因称故乡的兄弟为山东兄弟。

[2] 为异客：作他乡的客人。

[3] 登高：古有重阳节登高的风俗。

[4] 茱萸：一种香草。古时人们有重阳节插戴茱萸以避邪之风习。《西京杂记》卷三："九月九日，佩茱萸，食蓬饵，饮菊花酒，令人长寿。"

长安道

〔唐〕储光羲

其一

鸣鞭过酒肆[1]，袨服游倡门[2]。
百万一时尽，含情无片言。

其二

西行一千里，暝色生寒树[3]。
暗闻歌吹声[4]，知是长安路。

【作者简介】

储光羲（706？—762？），润州延陵（今属江苏）人，祖籍兖州。开元十四年（726）举进士，授冯翊县尉，转汜水、安宣、下邽等地县尉。因仕途失意，遂隐居终南山。后复出任太祝，世称储太祝，官至监察御史。安史之乱中，叛军攻陷长安，被俘，迫受伪职。乱平，自归朝廷请罪，被系下狱，后贬谪岭南，卒于贬所。诗多写山水田园，长于五古，是唐代山水田园诗派代表诗人之一。有集已佚，《全唐诗》存诗四卷。《唐才子传》有载。

【注释】

[1] 鸣鞭：挥鞭。

[2] 袨（xuàn）服：华艳的衣服。倡门：倡家。

[3] 寒树：寒天的树木；冷清凋残的树林。用以衬托冷落萧条的环境气氛。

[4] 歌吹：歌唱和奏乐。

落第长安

〔唐〕常建

家园好在尚留秦，耻作明时失路人[1]。
恐逢故里莺花笑[2]，且向长安度一春。

【作者简介】

常建，生卒年不详，一说邢台人，一说长安（今陕西西安）人。唐玄宗开元十五年（727）与王昌龄同榜进士，长期仕宦不得志，往来山水名胜间，过了很长时期的漫游生活。后移家隐居鄂渚。大历中，曾任盱眙尉。其诗多山林田园风光。有《常建诗集》传世，《全唐诗》存诗一卷。《唐才子传》有载。

【注释】

[1] 明时：指政治清明的时代。古时常用以称颂本朝。失路人：不得志之人。

[2] 故里：故乡；家乡。莺花：喻妓女。

丽人行

〔唐〕杜甫

三月三日天气新[1]，长安水边多丽人。
态浓意远淑且真[2]，肌理细腻骨肉匀[3]。
绣罗衣裳照莫春[4]，蹙金孔雀银麒麟[5]。
头上何所有？翠微㔩叶垂鬓唇[6]。
背后何所见？珠压腰衱稳称身[7]。
就中云幕椒房亲[8]，赐名大国虢与秦[9]。
紫驼之峰出翠釜[10]，水精之盘行素鳞[11]。
犀箸厌饫久未下[12]，鸾刀缕切空纷纶[13]。
黄门飞鞚不动尘[14]，御厨络绎送八珍[15]。
箫管哀吟感鬼神[16]，宾从杂遝实要津[17]。
后来鞍马何逡巡[18]，当轩下马入锦茵[19]。
杨花雪落覆白蘋[20]，青鸟飞去衔红巾[21]。
炙手可热势绝伦，慎莫近前丞相嗔[22]。

【作者简介】

杜甫（712—770），字子美，自号少陵野老，世称"杜工部""杜少陵"等，河南巩县（今河南巩义）人。曾困居长安十年，至天宝十四载（755）始授右卫率府胄曹参军，旋因安史之乱，流离战乱中。乾元元年（758），出为华州司功参军，次年七月弃官。至蜀后，剑南节度使严武表为节度参谋、检校工部员外郎。代宗永泰元年（765）携家出蜀，漂泊西南。大历五年（770）病卒于湘水舟中。杜甫是伟大的现实主义诗人，被世人尊称"诗圣"，其诗被誉为"诗史"，与李白合称"李杜"。他的创作对后世作家影响深远。北宋孙洙编《杜工部集》六十卷，补遗一卷，已佚。后世通行杜集为宋人重编。《旧唐书》《新唐书》皆有传。《唐才子传》有载。

【注释】

[1] 三月三日：即上巳节。唐开元中，都人常于中和、上巳节游赏于曲江。

[2] 态浓：姿态浓艳貌。意远：神气超逸貌。淑且真：贤良端庄貌。

[3] 肌理：皮肤纹理。匀：匀称。

[4] 莫：同"暮"。

[5] 蹙金：刺绣的一种方法。用金线绣花而皱缩其线纹，使其紧密而匀贴。孔雀，麒麟：指丽人衣服上所绣的孔雀、麒麟图案。

[6] 匐叶：女子常用的一种首饰。鬓唇：鬓边。

[7] 腰衱（jié）：裙带。裙带上缀上珠子，防止风掀起裙子，故曰珠压。

[8] 就中：其中。云幕：像云雾一样的帐幕。椒房亲：指皇后的亲属。椒房，原指椒房殿，汉代皇后居住的宫殿，把椒涂在墙壁上，故曰椒房。

[9] 虢（guó）与秦：《旧唐书·后妃传》：太真"有姊三人，皆有才貌，玄宗并封国夫人之号：长曰大姨，封韩国；三姨，封虢国；八姨，封秦国。并承恩泽，出入宫掖，势倾天下"。

[10] 紫驼：指用驼峰做成的珍贵菜肴。翠釜：指精美的炊器。

[11] 水精：即水晶。素鳞：白色的鱼。

[12] 犀箸：犀牛角做的筷子。厌饫（yù）：吃腻。饫，饱食。此句形容杨国忠兄妹的骄奢。

[13] 鸾刀：刀环有铃的刀。缕切：细切。言切鱼细如线缕也。空纷纶：白忙乱。

[14] 黄门：指太监。飞鞚（kòng）：快跑的马。鞚，带嚼子的马笼头。

[15] 八珍：泛指珍馐美味。

[16] "箫管"句：言宴席之上音乐优美动听。

[17] 杂遝（tà）：众多杂乱的样子。要津：交通要道，比喻显要的地位。

[18] 后来鞍马：指杨国忠，故意未明说。逡（qūn）巡：原意为欲进不进，这里意为顾盼自得。

[19] 锦茵：锦制的地毯。

[20] "杨花"句：用北魏胡太后逼杨白花私通的典故影射杨国忠兄妹通奸的丑恶。北魏胡太后尝逼杨白花私通，白花惧祸，降梁。胡太后思念他，作《杨白华歌》，有"秋去春还双燕子，愿衔杨花入窠里"之句。后人有"杨花入水化为浮萍"之说，萍之大者为苹。杨花、萍和苹虽为三种物，但颇为相似，故此句以杨花覆苹影射杨氏兄妹苟且乱伦。《新唐书·杨贵妃传》载："虢国素

与国忠乱，颇为人知，不耻也。每入谒，并驱道中，从监、侍姆百余骑，炬密如昼，靓妆盈里，不施帏障，时人谓为'雄狐'。"

[21] 青鸟：神话传说中鸟名，西王母的使者。《汉武故事》载，西王母将见汉武帝时，先有青鸟飞集殿前。后常被用作男女之间的信使。衔红巾：传递消息。红巾，唐代贵族妇女多用红色手帕。

[22] "炙手"二句：言杨氏权倾朝野，气焰灼人，无人能比。绝伦：独一无二的，没有可以相比的。丞相：指杨国忠，天宝十一载（752）十一月为右丞相。嗔（chēn）：发怒。

春望 [1]

〔唐〕杜甫

国破山河在[2]，城春草木深[3]。感时花溅泪[4]，恨别鸟惊心[5]。烽火连三月，家书抵万金。白头搔更短，浑欲不胜簪[6]。

【注释】

[1] 此诗作于唐肃宗至德二载（757）三月，当时正值"安史之乱"，杜甫身陷叛军占领的长安。

[2] 国：国都，指长安。破：陷落。山河在：旧日的山河仍然存在。

[3] 城：长安城。草木深：指人烟稀少。

[4] 感时：为国家的时局而感伤。溅泪：流泪。

[5] 恨别：怅恨离别。

[6] 浑：副词，简直；几乎。不胜：无法承担；承受不了。簪：一种束发的首饰。古代男子蓄长发，成年后束发于头顶，用簪子横插住，以免散开。

寒食[1]

〔唐〕韩翃

春城无处不飞花,寒食东风御柳斜。
日暮汉宫传蜡烛[2],轻烟散入五侯家[3]。

【作者简介】

韩翃,字君平,南阳(今属河南)人。"大历十才子"之一。天宝十三载(754)进士,宝应年间在淄青节度使侯希逸幕府中任从事,后随侯希逸回到朝廷,闲居长安十年。建中年间,因作《寒食》诗被唐德宗赏识,除中书舍人。诗作笔法轻巧,写景别致,在当时传诵很广。有明人所辑《韩君平集》传世。《唐才子传》有载。

【注释】

[1] 寒食:节日名。在清明前一日或二日。
[2] 汉宫:汉朝宫殿。亦借指其他王朝的宫殿。
[3] 五侯家:泛指权贵豪门。

雪(二首选一)

〔唐〕司空曙

乐游春苑望鹅毛[1],宫殿如星树似毫。
漫漫一川横渭水,太阳初出五陵高[2]。

【作者简介】

司空曙,生卒年不详。字文明,一字文初,广平府(今河北永年)人,唐代宗大历初登进士第,任拾遗。德宗贞元初为剑南西川节度使、检校水部郎中。后终官虞部郎中。曙为人磊落有奇才,其诗多幽凄情调,多写乱后心情。与钱起、韩翃等并称"大历十才子"。有《司空曙诗集》二卷传世。《唐才子传》有载。

【注释】

[1] 鹅毛：比喻雪。

[2] 五陵：指西汉高祖、惠帝、景帝、武帝、昭帝的陵墓。

长安早春

〔唐〕张子容

开国维东井[1]，城池起北辰。咸歌太平日，共乐建寅春[2]。
云静青山树，冰开黑水滨。草迎金埒马[3]，花伴玉楼人。
鸿渐看无数[4]，莺歌听欲频。何当桂枝擢[5]，归及柳条新。

【作者简介】

张子容，又名张五，生卒年不详，襄阳（今属湖北）人。先天元年（712）举进士，仕为乐城令，开元中谪为东城尉。又曾官晋陵尉。初，与孟浩然同隐鹿门山，为死生交，诗篇唱答颇多。复值乱离，流寓江表。后弃官归乡以终。为诗兴趣高远，为当时文士所称，有诗集传于世。《全唐诗》存诗一卷。《唐才子传》有载。

【注释】

[1] 东井：星宿名。即井宿，二十八宿之一。因在玉井之东，故称。

[2] 建寅：指夏历正月。古代以北斗星斗柄的运转计算月份，斗柄指向十二辰中的寅即为夏历正月。《淮南子·天文训》："天一元始，正月建寅。"

[3] 金埒（liè）马：名贵的马匹。金埒：借指豪侈的骑射场。埒：矮墙，场地四周的土围墙。典出《晋书·王济传》："（济）性豪侈，丽服玉食。时洛京地甚贵，济买地为马埒，编钱满之，时人谓为'金沟'。"

[4] 鸿渐：《易经·渐卦》："初六，鸿渐于干。""六二，鸿渐于盘。""九三，鸿渐于陆。""六四，鸿渐于木。""九五，鸿渐于陵。"谓鸿鹄飞翔从低到高，

循序渐进。亦喻仕宦的升迁。此为双关。

[5] 桂枝擢：喻登科及第。

长安春望

〔唐〕卢纶

东风吹雨过青山，却望千门草色闲[1]。
家在梦中何日到，春生江上几人还。
川原缭绕浮云外，宫阙参差落照间。
谁念为儒逢世难[2]，独将衰鬓客秦关[3]。

【作者简介】

卢纶（739—799），字允言，河中蒲州（今山西永济县）人。大历十才子之一。屡试不第。大历六年，经宰相元载举荐，授阌乡尉；后由宰相王缙荐为集贤学士、秘书省校书郎，升监察御史。出为陕州户曹、河南密县令。唐德宗朝，为昭应（今陕西临潼）县令，出任河中元帅浑瑊府判官，官至检校户部郎中。不久去世。有明人所辑《卢纶集》十卷传世。《全唐诗》存诗五卷。《新唐书》有传。《唐才子传》有载。

【注释】

[1] 千门：千家。

[2] 逢世：指遇到好世道。

[3] 客：寄居。秦关：指关中地区。

长安疾后首秋夜即事

〔唐〕卢纶

九重深锁禁城秋,月过南宫渐映楼[1]。
紫陌夜深槐露滴[2],碧空云尽火星流。
清风刻漏传三殿[3],甲第歌钟乐五侯[4]。
楚客病来乡思苦[5],寂寥灯下不胜愁。

【注释】

[1] 南宫：南面的住室或宫殿。
[2] 紫陌：指京师郊野的道路。
[3] 三殿：即唐大明宫的麟德殿。借指皇宫。
[4] 甲第：豪门贵族的宅第。
[5] 楚客：泛指客居他乡之人。此为诗人自指。

长安游

〔唐〕于鹄

久卧长安春复秋,五侯长乐客长愁。
绣帘朱毂逢花住[1],锦幨银珂触雨游[2]。
何处少年吹玉笛,谁家鹦鹉语红楼[3]。
年年只是看他贵,不及南山任白头。

【作者简介】

于鹄,唐大历、贞元间诗人,隐居汉阳,尝为诸府从事。其诗语言朴实生动,清新可人;多描写隐逸生活,宣扬禅心道风。代表作有《巴女谣》《江南曲》《题邻居》《塞上曲》等。《全唐诗》存诗一卷。《唐才子传》有载。

【注释】

[1] 朱毂：即朱轮。

[2] 银珂：马勒上的银制饰物。

[3] 红楼：红色的楼。泛指华美的楼房。

长安晓望寄崔补阙

〔唐〕包何

迢递山河拥帝京[1]，参差宫殿接云平。
风吹晓漏经长乐，柳带晴烟出禁城。
天净笙歌临路发，日高车马隔尘行。
自怜久滞诸生列[2]，未得金闺籍姓名[3]。

【作者简介】

包何，生卒年均不详，字幼嗣，润州延陵（今属江苏）人。约唐玄宗天宝末前后在世。与弟佶俱以诗名，时称"二包"。天宝七年（748）登进士第。大历中，仕至起居舍人。著有诗集一卷。《全唐诗》存诗一卷。《唐才子传》有载。

【注释】

[1] 迢递：连绵不断。

[2] 诸生：古代经考试录取而进入中央、府、州、县各级学校，包括太学学习的生员。生员有增生、附生、廪生、例生等，统称诸生。

[3] 金闺籍：金门所悬名牒，牒上有名者准其进入。后用以指在朝为官。《文选·谢朓＜始出尚书省＞诗》："既通金闺籍，复酌琼筵醴。"李善注："金闺，即金门也。"

长安旅舍纾情投先达 [1]

〔唐〕刘驾

岐路不在地，马蹄徒苦辛。上国闻姓名[2]，不如山中人。
大宅满六街，此身入谁门。愁心日散乱，有似空中尘。
白露下长安，百虫鸣草根。方当秋赋日，却忆归山村。
静女头欲白[3]，良媒况我邻[4]。无令苦长叹，长叹销人魂。

【作者简介】

刘驾，字司南，江东人。生卒年不详，约唐懿宗咸通中（867年前后）在世。累历达官，终国子博士。其诗作敢于抨击统治阶级的腐化昏庸，能够反映民间疾苦。辛文房称其"诗多比兴含蓄，体无定规，兴尽即止，为时所宗。"《直斋书录解题》著录有诗集一卷，《全唐诗》存诗一卷。《唐乐府十首序》《唐摭言》《唐才子传》有载。

【注释】

[1] 先达：有德行学问的前辈。
[2] 上国：指京师。
[3] 静女：娴静的女子。
[4] 良媒：好媒人，此喻先达。

赠先达

〔唐〕刘驾

终南苍翠好，未必如故山。心期在荣名[1]，三载居长安。
昔蒙大雅匠[2]，勉我工五言[3]。业成时不重，辛苦只自怜。
皎皎机上丝，尽作秦筝弦。贫女皆罢织，富人岂不寒。
惊风起长波，浩浩何时还。待君当要路[4]，一指王化源[5]。

【注释】

[1] 荣名：令名，美名。

[2] 大雅：对品德高尚、才学优异者的赞词。

[3] 勉我工五言：唐代科举考试，试律诗，以五言六韵的排律诗为主，故有此说。

[4] 要路：显要的地位。

[5] 一指：指点一下。王化：天子的教化。

长安少年行

〔唐〕皎然

翠楼春酒虾蟆陵[1]，长安少年皆共矜[2]。
纷纷半醉绿槐道，蹩躞花骢骄不胜[3]。

【作者简介】

皎然（720？—805？），字清昼，唐代诗僧，俗姓谢，吴兴（今浙江湖州）人，谢灵运十世孙。在文学、佛学、茶学等方面颇有造诣。与颜真卿、灵澈、陆羽等常相唱和，多为送别酬答之作。情调闲适，语言简淡。有诗歌理论著作《诗式》存世。《全唐诗》存诗七卷。《唐才子传》有载。

【注释】

[1] 虾蟆陵：地名。在长安城南，汉董仲舒葬于此，唐时为歌楼酒馆集中地。

[2] 矜：自夸；自恃。

[3] 蹩（xiè）躞：徘徊。花骢：即五花马，唐人喜将骏马鬃毛修剪成瓣以为饰，分成五瓣者，称"五花马"。

长安落第

〔唐〕钱起

花繁柳暗九门深[1],对饮悲歌泪满襟。
数日莺花皆落羽[2],一回春至一伤心。

【作者简介】

钱起(710？—782？),字仲文,吴兴(今浙江湖州)人。唐天宝十年(751)进士。初为秘书省校书郎、蓝田县尉,后任司勋员外郎、考功郎中、翰林学士等,故世称"钱考功"。代宗大历中为翰林学士。被誉为"大历十才子之冠"。又与郎士元齐名,称"钱郎",时称"前有沈宋,后有钱郎"。今存《钱考功集》十卷。《旧唐书》《新唐书》皆有传。《唐才子传》有载。

【注释】

[1] 九门:指宫禁。
[2] 莺花:莺啼花开。泛指春日景色。落羽:羽毛摧落。比喻失意。此为双关义。

省试湘灵鼓瑟[1]

〔唐〕钱起

善鼓云和瑟[2],常闻帝子灵[3]。冯夷空自舞[4],楚客不堪听。
苦调凄金石,清音入杳冥。苍梧来怨慕[5],白芷动芳馨。
流水传潇浦,悲风过洞庭。曲终人不见,江上数峰青。

【注释】

[1] 省试：唐宋时由尚书省礼部主持举行的考试。湘灵：传说舜的妃子娥皇和女英，在舜死后因哀伤而投湘水自尽，化为湘水女神。

[2] 云和瑟：云和，古山名。古人多于其地取材制瑟。

[3] 帝子：屈原《九歌》："帝子降兮北渚。"注者多认为帝子是尧女，即舜妻。

[4] 冯（píng）夷：传说中的河神。

[5] 苍梧：山名，今湖南宁远县境内，又称九嶷山，传说舜帝南巡，崩于苍梧。此代指舜帝之灵。

长安遇冯著[1]

〔唐〕韦应物

客从东方来[2]，衣上灞陵雨[3]。问客何为来？采山因买斧。
冥冥花正开[4]，飏飏燕新乳[5]。昨别今已春[6]，鬓丝生几缕[7]。

【作者简介】

韦应物（733？—793？），京兆万年（今陕西西安）人。出身名门大族。玄宗天宝六载（747），以门荫补三卫，为玄宗御前侍卫，后入太学。代宗广德中为洛阳丞，不久去官。大历间历河南府兵曹参军、京兆府兵曹参军、鄠县令等。德宗建中三年（782）出任滁州刺史。贞元四年（788）为苏州刺史，世称"韦苏州"。七年罢任，居于苏州永定寺，不久卒。其诗题材广泛，尤以田园诗著称，长于五言。有集十卷，今传。《全唐诗》存诗十卷。《唐才子传》有载。

【注释】

[1] 冯著：韦应物友人。

[2] 客：指冯著。

[3] 灞陵：即霸上。在今西安市东。因汉文帝葬在这里，改名灞陵。

[4] 冥冥：形容造化默默无语的情态。

[5] 飏飏：鸟飞翔貌。燕新乳：指初生的小燕。

[6] 昨别：去年分别。

[7] 鬓丝：两鬓白发如丝。

长安道

〔唐〕孟郊

胡风激秦树[1]，贱子风中泣[2]。家家朱门开，得见不可入。
长安十二衢[3]，投树鸟亦急。高阁何人家，笙簧正喧吸[4]。

【作者简介】

孟郊（751—815），字东野，湖州武康（今浙江德清）人，先世居汝州（今河南汝州）。唐代著名诗人。屡试不第，后于四十六岁中进士，曾任溧阳县尉等。终身清寒，为人耿介倔强，诗多写世态炎凉、民间苦难。现存诗歌五百七十多首，以五言古诗最多。有"诗囚"之称，又与贾岛齐名，人称"郊寒岛瘦"。有宋编《孟东野集》十卷行世。《旧唐书》《新唐书》皆有传。《唐才子传》有载。

【注释】

[1] 胡风：北风。

[2] 贱子：谦称自己。

[3] 十二衢：本指古代长安城内通往十二门的十二条大道，后泛指城市中众多街道。

[4] 笙簧：指音乐。

长安早春

〔唐〕孟郊

旭日朱楼光[1]，东风不惊尘。公子醉未起[2]，美人争探春[3]。
探春不为桑，探春不为麦。日日出西园[4]，只望花柳色。
乃知田家春，不入五侯宅[5]。

【注释】

[1] 朱楼：指富丽华美的楼阁。

[2] 公子：称富贵人家的子弟。

[3] 探春：早春郊游。唐宋风俗，都城士女在正月十五日收灯后，争先至郊外宴游，曰探春。

[4] 西园：园林名。汉上林苑别名。此为泛指。

[5] 五侯：泛指权贵豪门。

长安羁旅行

〔唐〕孟郊

十日一理发[1]，每梳飞旅尘。三旬九过饮[2]，每食唯旧贫。
万物皆及时，独余不觉春。失名谁肯访，得意争相亲。
直木有恬翼[3]，静流无躁鳞[4]。始知喧竞场，莫处君子身。
野策藤竹轻，山蔬薇蕨新[5]。潜歌归去来，事外风景真[6]。

【注释】

[1] 理发：梳理头发。

[2] 三旬九过饮：三旬只吃九顿饭，形容贫困之食。典出刘向《说苑·立节》"子思居于卫，缊袍无表，二旬而九食。田子方闻之，使人遗狐白之裘。恐其不受，因谓之曰：'吾假人，遂忘之，吾与人也，如弃之。'子思辞而不受。子方曰：'我有子无，何故不受？'子思曰：'伋闻之：妄与不如遗弃物于沟壑。伋虽贫也，不忍以身为沟壑，是以不敢当也。'"陶渊明《拟古》诗："三旬九遇食，十年著一冠。"

[3] 恬翼：安静的鸟儿。

[4] 躁鳞：急躁的游鱼。

[5] 山蔬：山中野菜。薇蕨：薇和蕨。两种野菜，嫩叶可食。

[6] 事外：指尘世之外；俗世之外。

长安旅情

〔唐〕孟郊

尽说青云路,有足皆可至。我马亦四蹄,出门似无地。
玉京十二楼[1],峨峨倚青翠[2]。下有千朱门[3],何门荐孤士[4]?

【注释】

[1] 玉京:指帝都。十二楼:泛指高层的楼阁。
[2] 峨峨:高貌。
[3] 朱门:旧时借指豪富人家。
[4] 孤士:清高孤苦之士。

长安羁旅

〔唐〕孟郊

听乐别离中,声声入幽肠。
晓泪滴楚瑟[1],夜魄绕吴乡[2]。
几回羁旅情,梦觉残烛光。

【注释】

[1] 楚瑟:楚地的瑟。
[2] 夜魄:夜魂。吴乡:此指作者故乡。

登科后

〔唐〕孟郊

昔日龌龊不足夸[1]，今朝放荡思无涯[2]。
春风得意马蹄疾，一日看尽长安花。

【注释】

[1]"昔日"句：以往生活上的困顿与心理上的局促不安不再值得一提了。
[2]放荡：放纵，不受约束。

劝酒

〔唐〕孟郊

白日无定影，清江无定波。人无百年寿，百年复如何。
堂上陈美酒，堂下列清歌[1]。劝君金曲卮[2]，勿谓朱颜酡[3]。
松柏岁岁茂，丘陵日日多[4]。君看终南山，千古青峨峨[5]。

【注释】

[1]清歌：清亮的歌声。
[2]金曲卮：酒器。
[3]酡：因饮酒而面红。
[4]丘陵：坟墓。
[5]青峨峨：青碧高峻貌。

城东早春

〔唐〕杨巨源

诗家清景在新春[1]，绿柳才黄半未匀。
若待上林花似锦，出门俱是看花人。

【作者简介】

杨巨源（755？—？），字景山，后改名巨济。河中（治所在今山西永济）人。贞元五年（789）进士。初为张弘靖从事，由秘书郎擢太常博士，迁虞部员外郎。出为凤翔少尹，复召授国子司业。长庆四年（824），辞官致仕，执政请以为河中少尹，食其禄终身。《全唐诗》存诗一卷。《唐才子传》有载。

【注释】

[1] 清景：清丽的景色。

长安春望

〔唐〕武元衡

宿雨净烟霞[1]，春风绽百花。绿杨中禁路[2]，朱戟五侯家[3]。
草色金堤晚，莺声御柳斜。无媒犹未达[4]，应共惜年华。

【作者简介】

武元衡（758—815），字伯苍，缑氏（今河南偃师）人。唐代政治家，状元诗人。武则天曾侄孙。建中四年（783）登进士第，官至门下侍郎平章事。元和八年（813）征还秉政，早朝时被平卢节度使李师道遣刺客刺死。赠司徒，谥忠愍。有《临淮集》十卷，《全唐诗》存诗二卷。《唐才子传》有载。

【注释】

[1] 宿雨：夜雨；经夜的雨水。

[2] 中禁：禁中。皇帝所居之处。

[3] 朱戟：红色的木戟，用作官署或贵族家大门前的仪仗。

[4] 无媒：指没有引荐的人。

早春呈水部张十八员外二首（其一）

〔唐〕韩愈

天街小雨润如酥[1]，草色遥看近却无。
最是一年春好处，绝胜烟柳满皇都[2]。

【作者简介】

韩愈（768—824），字退之，河南河阳（今河南孟州）人，自称"郡望昌黎"，世称"韩昌黎""昌黎先生"。唐代杰出的文学家、政治家。贞元八年（792）登进士第，官至吏部侍郎，人称"韩吏部"。长庆四年（824）病逝，追赠礼部尚书，谥号文，世称"韩文公"。唐代古文运动的倡导者，后世尊为"唐宋八大家"之首，与柳宗元并称"韩柳"，有"文章巨公"和"百代文宗"之名。有宋编《昌黎先生集》四十卷传世。《全唐诗》存诗十卷。《旧唐书》《新唐书》皆有传。《唐才子传》有载。

【注释】

[1] 天街：京城中的街道。

[2] 皇都：京城；国都。

石鼓歌 [1]

〔唐〕韩愈

张生手持石鼓文[2]，劝我试作石鼓歌。
少陵无人谪仙死[3]，才薄将奈石鼓何？
周纲陵迟四海沸[4]，宣王愤起挥天戈[5]。
大开明堂受朝贺[6]，诸侯剑佩鸣相磨[7]。
蒐于岐阳骋雄俊[8]，万里禽兽皆遮罗[9]。
镌功勒成告万世[10]，凿石作鼓隳嵯峨[11]。
从臣才艺咸第一，拣选撰刻留山阿[12]。
雨淋日炙野火燎，鬼物守护烦撝呵[13]。
公从何处得纸本？毫发尽备无差讹。
辞严义密读难晓[14]，字体不类隶与蝌[15]。
年深岂免有缺画[16]，快剑斫断生蛟鼍[17]。
鸾翔凤翥众仙下，珊瑚碧树交枝柯[18]。
金绳铁索锁纽壮[19]，古鼎跃水龙腾梭[20]。
陋儒编诗不收入[21]，二雅褊迫无委蛇[22]。
孔子西行不到秦，掎摭星宿遗羲娥[23]。
嗟余好古生苦晚，对此涕泪双滂沱。
忆昔初蒙博士征[24]，其年始改称元和[25]。
故人从军在右辅[26]，为我度量掘臼科[27]。
濯冠沐浴告祭酒[28]，如此至宝存岂多？
毡苞席裹可立致，十鼓只载数骆驼[29]。
荐诸太庙比郜鼎，光价岂止百倍过[30]？
圣恩若许留太学，诸生讲解得切磋[31]。
观经鸿都尚填咽[32]，坐见举国来奔波[33]。
剜苔剔藓露节角[34]，安置妥帖平不颇[35]。
大厦深檐与盖覆，经历久远期无佗[36]。
中朝大官老于事[37]，讵肯感激徒媕婀[38]。

牧童敲火牛砺角[39]，谁复着手为摩挲[40]？
日销月铄就埋没，六年西顾空吟哦[41]。
羲之俗书趁姿媚[42]，数纸尚可博白鹅[43]。
继周八代争战罢[44]，无人收拾理则那[45]。
方今太平日无事，柄任儒术崇丘轲[46]。
安能以此上论列？愿借辩口如悬河。
石鼓之歌止于此，呜呼吾意其蹉跎[47]！

【注释】

[1] 石鼓文为我国最早的石刻，是秦代所刻，初唐时出土于凤翔府天兴县（今陕西宝鸡）三畤原。主要记叙狩猎情形，字体为大篆。今藏北京故宫博物院。韩愈认为是周宣王时所为。诗人感慨石鼓文物遭废弃，力谏当局保护石鼓而不被采纳，不禁感慨系之。全诗从记叙石鼓的起源到论述它的价值，其目的，是在强调石鼓应该受到保护。

[2] 张生：据《全唐诗》校，"生即籍"，即作者友人张籍。石鼓文：是指从石鼓上拓印下来的文字。

[3] 少陵：指杜甫。谪仙：指李白。

[4] 周纲：周朝的纲纪法度，亦即周时的政治秩序。陵迟：衰落、衰败。四海沸：指天下动荡不安。

[5] 宣王：周宣王。宣王在位时，政治清明，征讨四夷，曾出现过短暂的中兴局面。挥天戈：指周宣王对淮夷、西戎、猃狁等用兵的史实。

[6] 明堂：周天子举行朝会、祭祀、赏功的地方。

[7] "剑佩"句意为：到天子明堂来朝贺的诸侯很多，以致彼此佩带的刀剑互相摩擦而发出声响。

[8] 搜：春天打猎。岐阳：指岐山的南面。山南为阳。

[9] 遮罗：拦阻捕获。这句意为，广阔的猎场里的禽兽都将被拦阻捕获。

[10] 镌功勒成：刻石纪功。指将功业刻在石鼓上。镌、勒，均指镌刻。成，成就，与"功"同义。

[11] 鏖（huī）：毁坏。嵯峨：山势高峻貌。这里是指高山。这句是说，为了制作石鼓而开山凿石。

[12] 拣选撰刻：拣选石头，撰文刻字的工作程序。撰，撰写文字刻于石鼓之上。山阿：泛指山陵。

[13] "雨淋"二句：日炙：日晒。烦：劳。撝（huī）呵：挥斥。引申为卫护。这两句意为，这些石鼓经受长期的日晒雨淋和野火的炙烤，竟能这样安然无恙，是因为有劳鬼神的护持，不让它们遭到伤害。

[14] 辞严义密：指拓本的文字庄严，义理精密。

[15] 科：指科斗文，即周时所用文字，因其头大尾小，形似蝌蚪，故名。石鼓文的文字当为籀文，即大篆。

[16] 缺画：是说石鼓上的文字因年深日久，不可避免会有笔画缺漏的。

[17] 蛟：蛟龙，古代传说中的一种神异动物。鼍（tuó）：鼍龙，俗称猪婆龙，鳄鱼的一种。这里的蛟鼍即蛟龙，为押韵，改龙为鼍。这句意为，石鼓文上那些笔画缺漏的地方，像是快剑把活生生的蛟龙斫断了一样，极力形容石鼓文字形体气势的飞动有力。

[18] "鸾翔"二句：翔、翥（zhù）：均为"飞"义。珊瑚树：珊瑚形状像树枝，因称珊瑚碧树。这两句意为，石鼓上的文字像是仙人乘着鸾凤翩翩而下，又像是珊瑚碧树似的枝柯扶疏。极力形容石鼓文的体势飞动与笔锋奇丽。

[19] 金绳铁索：比喻石鼓文的笔锋奇劲如金绳铁索一般。锁纽：比喻石鼓文的字体如锁纽般钩连。

[20] 古鼎跃水：据《水经注·泗水》记载，周显王将九鼎沉入泗水中，秦始皇时派人入水而不得。龙腾梭：语出《晋书·陶侃传》："侃少时，渔于雷泽，网得一织梭，以挂于壁。有顷，雷雨自化为龙而去。"这句形容石鼓文字体的变化莫测。

[21] 陋儒：见识短浅的儒生，指当时采风编诗者。诗：指《诗经》。

[22] 二雅：指《诗经》的《大雅》和《小雅》。褊（biǎn）迫：局促。委蛇：宽大从容的样子。这句意为，二雅没有把石鼓文收进去，是由于当时采风编诗者的见识短浅。

[23] 挤摭（jǐzhí）：采取。羲：羲和，为日驾车的人，这里代指日。娥：嫦娥，这里指月。与上句相连，意为孔子西行没有到过秦国，结果编诗未收石鼓文，就像是拾了星星，却遗漏了太阳和月亮。

[24] 蒙：蒙受。博士：官名。唐时有太学、国子诸博士，并为教授之官。

[25] 其年：那一年，即韩愈自江陵法曹参军被召回长安任国子监博士的元和元年（806）。

[26] 故人：不详。从军在右辅：《三辅黄图》："太初元年（前104）以渭城以西属右扶风，长安以东属京兆尹，长陵以北属左冯翊，以辅京师，谓之三辅。"右辅，即右扶风，为凤翔府。韩愈故人为凤翔节度府从事，所以说"从军在右辅"。

[27] 度（duó）量：计划。掘：挖。臼科：坑穴，指安放石鼓的地方。

[28] 濯冠：洗帽子。沐：洗头。浴：洗澡。均表示诚敬之意。祭酒：官名。唐时为国子监的主管官。

[29] "毡包"二句：意为，十只石鼓只需几匹骆驼运载就可以了。

[30] "荐诸太庙"二句：荐：进献。太庙：皇家的祠堂。郜（gào）鼎：郜国所造之鼎。《左传·桓公二年》："四月，取郜大鼎于宋，戊申，纳于太庙。"郜国在今山东省城武县。光价：光荣的声价。这两句意为，把石鼓荐之于太庙和郜鼎比并，其声价何止超过百倍呢？

[31] 诸生：指在太学进修的学生。切磋：指对学问的钻研，这里是指对石鼓的钻研。

[32] 观经鸿都：汉灵帝光和元年（178），置鸿门学士。鸿都门为藏书之处。又，汉灵帝熹平四年（175），蔡邕奏请正定六经文字，并刻石碑，立于太学门外，即熹平石经。此后，前来观看和摹写的人甚多，十分拥挤，阻塞街道。填咽（yè）：阻塞，形容人多拥挤。

[33] 坐：即将。坐见：即将看到。

[34] 剜（wān）：刀挖。剔：剔除。节角：指石鼓文字笔画的棱角。

[35] 安置妥帖：安放妥当。不颇（pō）：不偏斜。

[36] 期无佗：没有什么意外。

[37] 中朝大官：指郑余庆。老于事：实指老于世故，即办事拖沓、保守的意思。作者对他未能及时把石鼓文报告朝廷，颇有微词。

[38] 肯：岂肯。感激：感动激发。徒：只。婀娜（ān ē）：依违从人，敷衍逢迎。

[39] 敲火：指牧童无知，随便在石鼓上敲击时爆出火星，有损石鼓。砺：摩擦。

[40] 着手：即用手。摩挲（suō）：常指对文物古玩的抚摩，表示爱惜的意思。

[41] 六年：即元和六年（811）。西顾：指西望石鼓所在地岐阳。岐阳：即岐山南面，山在长安、洛阳西，故称"西顾"。空吟哦：空费心思的意思。

[42] 義之：王羲之。俗书：沈德潜《唐诗别裁》："隶书风俗通行，别于古篆，故云俗书，无贬右军意。"认为俗书是对古书而言，是时俗之俗，非俚俗之俗，非贬义。但就韩愈对石鼓文字的无比推崇来看，王羲之的书法自然会被他认为俗书，实含贬义。趁姿媚：追求柔媚的姿态。

[43] 博白鹅：换白鹅。据《晋书·王羲之传》载，王羲之很喜欢鹅，曾用"数纸"自己所写的《道德经》去换取山阴道士所养的一群鹅。

[44] 继周八代：周朝以后的八个朝代。

[45] 收拾：指把石鼓收集起来加以保存。则那（nuò）：又奈何。

[46] 柄：权柄。任：用。柄任儒术：即重用儒学之士的意思。崇丘轲：尊崇孔丘、孟轲。

[47] 其：将。蹉跎：本指岁月虚度，这里作失意解，即白费了心思。与前文的"空吟哦"意同，且互相照应。

听颖师弹琴 [1]

〔唐〕韩愈

昵昵儿女语[2]，恩怨相尔汝[3]。
划然变轩昂[4]，勇士赴敌场。
浮云柳絮无根蒂，天地阔远随飞扬[5]。
喧啾百鸟群，忽见孤凤凰。
跻攀分寸不可上，失势一落千丈强[6]。
嗟余有两耳，未省听丝篁[7]。
自闻颖师弹，起坐在一旁[8]。
推手遽止之[9]，湿衣泪滂滂[10]。
颖乎尔诚能[11]，无以冰炭置我肠[12]！

【注释】

[1] 颖师:天竺僧,善弹琴。

[2] 昵(nì)昵:亲热貌。

[3] 尔汝:关系亲近的人彼此不讲客套,以你我相称。这里表示亲昵。

[4] 划然:忽地一下。轩昂:形容音乐高亢雄壮。

[5] "浮云"二句:形容音乐飘逸悠扬。

[6] "喧啾"四句:形容音乐既有百鸟喧哗般的丰富热闹,又有主题乐调的鲜明嘹亮,高低抑扬,起伏变化。喧啾:喧闹嘈杂。跻攀:攀登。

[7] 未省(xǐng):不懂得。丝篁(huáng):弹拨乐器,此指琴。

[8] 起坐:听琴时忽起忽坐、激动不已的样子。

[9] 推手:伸手。遽(jù):急忙。

[10] 滂滂:形容热泪滂沱的样子。

[11] 诚能:确实有本领的人。

[12] 冰炭置我肠:形容诗人完全被琴声所左右,一会儿满心愉悦,一会儿心情沮丧,情绪随着乐声而产生急剧的起伏变化。

初至长安

〔唐〕刘禹锡

左迁凡二纪[1],重见帝城春。老大归朝客,平安出岭人。
每行经旧处,却想似前身。不改南山色,其余事事新。

【作者简介】

刘禹锡(772—842),字梦得,洛阳(今河南洛阳)人。唐代文学家。贞元九年(793)进士及第,授太子校书,后为监察御史。顺宗即位,王叔文引刘禹锡、柳宗元为知己,任其为屯田员外郎、判度支盐铁案。宪宗即位,罢黜王叔文等,贬其为朗州司马。后任连州、夔州、和州刺史。文宗大和元年(827)为主客郎中分司东都等。开成元年(836),改太子宾客分司东都,卒。诗名早著,与柳宗元并称"刘柳",晚年与白居易唱和,合称"刘白"。诗风豪迈,白居易称其为"诗豪"。有《刘宾客文集》四十卷行世。《全唐诗》存诗十二卷。

《旧唐书》《新唐书》皆有传。《唐才子传》有载。

【注释】

[1] 左迁：降官，贬职。二纪：一纪为十二年，作者被贬二十余年，故称二纪。

长安道

〔唐〕白居易

花枝缺处青楼开，艳歌一曲酒一杯。
美人劝我急行乐，自古朱颜不再来。
君不见，外州客[1]，长安道，一回来，一回老。

【作者简介】

白居易（772—846），字乐天，晚号香山居士、醉吟先生，祖籍太原，其曾祖父时迁居下邽（今陕西渭南），生于河南新郑。官至翰林学士、左赞善大夫。唐代著名诗人，提倡写作新乐府诗。与元稹齐名，世称"元白"；又与刘禹锡并称"刘白"。其诗题材广泛，形式多样，总体风格通俗浅易。今有《白香山集》七十一卷。《旧唐书》《新唐书》皆有传。《唐才子传》有载。

【注释】

[1] 外州：京都以外各州的统称。

长安春

〔唐〕白居易

青门柳枝软无力[1]，东风吹作黄金色。
街东酒薄醉易醒，满眼春愁销不得[2]。

【注释】

[1] 青门：指长安城东南门，详见前李白《寓言三首（其三）》注释 [1]。

[2] 销：消除；消散。

春雪

〔唐〕白居易

元和岁在卯，六年春二月[1]。月晦寒食天[2]，天阴夜飞雪。
连宵复竟日[3]，浩浩殊未歇。大似落鹅毛，密如飘玉屑。
寒销春茫苍，气变风凛冽。上林草尽没，曲江冰复结。
红干杏花死，绿冻杨枝折。所怜物性伤，非惜年芳绝。
上天有时令，四序平分别。寒燠苟反常[4]，物生皆夭阏[5]。
我观圣人意，鲁史有其说[6]。或记水不冰，或书霜不杀。
上将儆政教[7]，下以防灾孽。兹雪今如何，信美非时节。

【注释】

[1]"元和"二句：交代本诗创作时间为元和六年（811）二月，干支纪年为辛卯。

[2] 月晦：多指农历每月的最后一日。

[3] 竟日：终日；整天。

[4] 燠（yù）：暖；热。

[5] 夭阏（è）：夭亡，夭折。

[6] 鲁史：指《春秋》。

[7] 儆：告诫；警告。

冬月长安雨中见终南雪

〔唐〕贾岛

秋节新已尽[1]，雨疏露山雪。西峰稍觉明，残滴犹未绝。
气侵瀑布水，冻着白云穴。今朝灞浐雁[2]，何夕潇湘月[3]。
想彼石房人[4]，对雪扉不闭。

【作者简介】

贾岛（779—843），字阆仙，自号"碣石山人"。河北道幽州范阳县（今河北省涿州）人。初为僧，名无本。后还俗，从韩愈学古文，屡举进士不第。文宗时，任长江主簿。诗以五律见长，喜苦吟，与孟郊共称"郊寒岛瘦"。有《贾长江集》十卷传世。《全唐诗》存诗四卷。有传附新旧《唐书》韩愈传中。《唐才子传》有载。

【注释】

[1] 秋节：泛指秋季。
[2] 灞浐：灞河和浐河。
[3] 潇湘：湘江与潇水的并称。多借指今湖南地区。
[4] 石房：犹石屋。指山中简陋的房子。

正月十五夜灯

〔唐〕张祜

千门开锁万灯明，正月中旬动帝京。
三百内人连袖舞[1]，一时天上著词声[2]。

【作者简介】

张祜,字承吉,南阳(今属河南)人。郡望清河(今属河北),寓居姑苏(今江苏苏州)。早年浪迹江湖,任侠说剑,狂放不羁。后至长安,为元稹排挤,遂入蜀至成都,与薛涛有唱和。后至淮南,爱丹阳曲阿地,隐居以终。约卒于唐懿宗大中年间。有《张处士诗集》。《全唐诗》存诗二卷。《唐才子传》有载。

【注释】

[1] 内人:宫中的女伎。

[2] 天上著词声:形容歌声高唱入云,又兼喻歌乐声悦耳动听,宛若仙乐下凡。

京城寓怀

〔唐〕张祜

三十年持一钓竿,偶随书荐入长安。
由来不是求名者,唯待春风看牡丹。

宫词(其一)

〔唐〕张祜

故国三千里[1],深宫二十年[2]。
一声何满子[3],双泪落君前。

【注释】

[1] 故国:故乡。此为代宫女而言。

[2] 深宫:指皇宫。

[3] 何满子:唐教坊曲名。《乐府诗集》载白居易语:"何满子,开元中沧

州歌者,临刑进此曲以赎死,竟不得免。"《何满子》曲调悲绝,白居易《何满子》诗中说它"一曲四词歌八叠,从头便是断肠声"。

长安秋夜

〔唐〕李德裕

内宫传诏问戎机[1],载笔金銮夜始归[2]。
万户千门皆寂寂,月中清露点朝衣[3]。

【作者简介】

李德裕(787—850),字文饶,小字台郎,赵郡赞皇(今河北赞皇县)人。少好学,以父荫补校书郎,屡任要职,官至宰相。著作丰富,《全唐诗》存诗一卷。

【注释】

[1] 戎机:军事机宜。
[2] 载笔:携带文具以记录王事。《礼记·曲礼上》:"史载笔,士载言。"金銮:唐朝宫殿名,文人学士待诏之所。此指皇帝处理国事的大殿。
[3] 朝衣:君臣上朝时穿的礼服。

长安秋夜 [1]

〔唐〕章孝标

田家无五行[2],水旱卜蛙声[3]。牛犊乘春放,儿童候暖耕。
池塘烟未起,桑柘雨初晴[4]。岁晚香醪熟[5],村村自送迎。

【作者简介】

章孝标(791—873),字道正,睦州桐庐(今属浙江)人。章八元之子,诗人章碣之父。以孝行称,人称孝标先生。唐宪宗元和十四年(819)举进士,授校书郎。唐文宗太和中(831年前后),官山东南道从事,试大理评事,仕终秘书正字。《全唐诗》存诗一卷。《唐才子传》有载。

【注释】

[1] 此诗题一作《田家》。

[2] 五行:金、木、水、火、土。我国古代称构成各种物质的五种元素,古人常以此说明宇宙万物的起源和变化。

[3] 卜:占卜。这里是推断、预料的意思。本句意为,根据蛙鸣声推断气候的旱涝情况。

[4] 桑柘:桑木与柘木。

[5] 香醪:美酒。

浩歌 [1]

〔唐〕李贺

南风吹山作平地,帝遣天吴移海水[2]。
王母桃花千遍红[3],彭祖巫咸几回死[4]?
青毛骢马参差钱[5],娇春杨柳含细烟[6]。
筝人劝我金屈卮,神血未凝身问谁[7]?
不须浪饮丁都护[8],世上英雄本无主。
买丝绣作平原君,有酒唯浇赵州土[9]。
漏催水咽玉蟾蜍[10],卫娘发薄不胜梳[11]。
看见秋眉换新绿[12],二十男儿那刺促[13]?

【作者简介】

李贺(790—816),字长吉,祖籍陇西成纪(今甘肃秦安),居于福昌(今河南宜阳)昌谷。唐宗室郑王裔孙。少有诗名。元和初,游江南。后至东都,以诗谒韩愈,大得赏誉。元和五年(810),赴长安应试,因其父名晋肃,"晋"

与"进"同音，竟不得应进士举。韩愈为此作《讳辩》一文，为其辩护。其后入京应试，落第。元和八年（813）以病辞归，二十七岁郁郁而终。诗歌设色秾丽，想象奇特，诗境幽峭凄冷。有《李长吉诗集》四卷传世。《全唐诗》存诗五卷。《旧唐书》《新唐书》皆有传。

【注释】

[1] 此诗为李贺于元和四年（809）在长安述怀之作。浩歌：大声唱歌。《楚辞·九歌·少司命》："望美人兮未来，临风怳兮浩歌。"

[2] 帝：宇宙的主宰。天吴：水神。《山海经·海外东经》载："朝阳之谷，神曰天吴，是为水伯。"

[3] 王母：神话传说中的西王母。《汉武帝内传》载，西王母栽的仙桃树三千年结一次果实。

[4] 彭祖：刘向《列仙传》记载："彭祖者，殷大夫也。姓籛名铿，帝颛顼之孙、陆终氏之中子，历夏至殷末寿八百余岁。常食桂芝，善导引行气。历阳有彭祖仙室，前世祷请风雨，莫不辄应。常有两虎在祠左右，祠讫，地即有虎迹云。后升仙而去。"巫咸：巫是担任天帝与人间帝王之间媒介任务的人。《吕氏春秋·勿躬》："巫彭作医，巫咸作筮。"《楚辞》中有"巫咸将夕降兮"，王逸注："巫咸，古神巫也。"

[5] 青毛骢（cōng）马：青白色相杂的骏马。参差钱：言马身上的斑纹参差不齐。《尔雅·释畜》第十九："青骊驎驔。"注云："色有深浅，斑驳隐粼，今之连钱骢。"

[6] 娇春：美好的春光。含细烟：形容初春柳树枝叶似笼烟雾。

[7] 筝人：弹筝的女子。屈卮（zhī）：一种有把的酒盏。"神血"句：言酒醉时飘飘然，似乎形神分离，似不清楚自己是何人。神血未凝：即精神和血肉不能长期凝聚，为生命短促的婉曲说法。身问谁：即"身向谁"意。此二句意为，当歌女手捧金杯前来殷勤劝酒的时候，诗人却沉浸在冥思苦想之中。感慨韶光易逝而知己难逢，自己的才能和抱负何时方能施展？等到神血两离，生命终结，一切都将化为乌有。

[8] 丁都护：刘宋高祖时的勇士丁旿，官都护。又乐府歌有《丁都护》之曲。王琦注云："唐时边州设都护府……丁都护当是丁姓而曾为都护府之官属，或

是武官而加衔都护者，与长吉同会，纵饮慷慨，有不遇知己之叹。故以其官称之，告之以不须浪饮，世上英雄本来难遇其主。"

[9] 平原君：战国赵武灵王子，惠文王弟，名胜，封于平原，故号平原君。相惠文王及孝成王。善养士，门下有食客数千。

[10] 漏：古代计时器。玉蟾蜍：滴漏上面玉制的装饰。抑或诗人所写的漏壶即为蟾蜍状，水从其口中滴出。李贺《李夫人》诗云："玉蟾滴水鸡人唱。"

[11] 卫娘：原指汉武帝的皇后卫子夫。传说她发多而美，深得汉武帝宠爱。《汉武故事》载："上见其美发，悦之，遂纳于宫中。"这里的"卫娘"代指妙龄女子，或指侑酒歌女。发薄不胜梳：意为卫娘年老色衰，头发已经稀疏。诗歌借这一典故抒发红颜易老、韶光易逝的感慨。

[12] 秋眉：稀疏变黄的眉毛。换新绿：画眉。唐人用青黑的黛色画眉，因与浓绿色相近，故唐诗中常称黛色为绿色。李贺《贝宫夫人》："长眉凝绿几千年。"《房中思》："新桂如蛾眉，秋风吹小绿。"

[13] 刺促：烦恼；惶恐不安。

始为奉礼忆昌谷山居 [1]

〔唐〕李贺

扫断马蹄痕，衙回自闭门。长鎗江米熟[2]，小树枣花春。
向壁悬如意[3]，当帘阅角巾[4]。犬书曾去洛[5]，鹤病悔游秦[6]。
土甑封茶叶[7]，山杯锁竹根[8]。不知船上月，谁棹满溪云[9]。

【注释】

[1] 此为忆旧居之作。奉礼：即奉礼郎，太常寺属官，掌君臣版位，以奉朝会祭祀之礼。昌谷：李贺家乡，在河南府福昌县。

[2] 长鎗：鼎；铛。有脚有耳的平底锅。江米：糯米。

[3] 如意：二尺长的铁器，古人用以指画方向和防身。

[4] 角巾：四方形有棱角的冠巾。私居时戴用。

[5] 犬书：谓家书。典出《晋书·陆机传》："初机有骏犬，名曰黄耳，甚爱之。

既而羁寓京师，久无家问，笑语犬曰：'我家绝无书信，汝能赍书取消息不？'犬摇尾作声。机乃为书以竹筒盛之而系其颈，犬寻路南走，遂至其家，得报还洛，其后因以为常。"

[6] 鹤病：喻妻病。乐府《艳歌何尝行》古辞："飞来双白鹤，乃从西北来。十十五五，罗列成行。妻卒被病，不能相随。"游秦：宦游于长安。

[7] 土甑（zèng）：瓦罐。

[8] 竹根：用竹根制成的酒杯。

[9] 棹（zhào）：划船工具，此指以棹划船。

李凭箜篌引 [1]

〔唐〕李贺

吴丝蜀桐张高秋[2]，空山凝云颓不流[3]。
江娥啼竹素女愁[4]，李凭中国弹箜篌[5]。
昆山玉碎凤凰叫[6]，芙蓉泣露香兰笑[7]。
十二门前融冷光[8]，二十三丝动紫皇[9]。
女娲炼石补天处[10]，石破天惊逗秋雨[11]。
梦入神山教神妪[12]，老鱼跳波瘦蛟舞[13]。
吴质不眠倚桂树[14]，露脚斜飞湿寒兔[15]。

【注释】

[1] 李凭：当时的梨园艺人，善弹奏箜篌。箜篌：古代一种弦乐器，形状有多种。据诗中"二十三丝"，可推断李凭弹的是竖箜篌。箜篌引：乐府旧题，属《相和歌·瑟调曲》。引：古代诗歌的一种体裁，篇幅较长，音节、格律通常比较自由，形式有五言、七言、杂言。

[2] 吴丝蜀桐：吴地之丝、蜀地之桐。此指制作箜篌的材料。张：调好弦，准备弹奏。高秋：深秋。此指弹奏时间。

[3] "空山"句：言山中的行云因听到李凭弹奏的箜篌声而凝定不动了。凝云：《列子·汤问》："秦青抚节悲歌，响遏行云。"

[4] 江娥：一作"湘娥"。李衎《竹谱详录》卷六载："泪竹生全湘九疑山中……《述异记》云：'舜南巡，葬于苍梧，尧二女娥皇、女英泪下沾竹，文悉为之斑。'一名湘妃竹。"素女：传说中神女。《汉书·郊祀志上》曰："泰帝使素女鼓五十弦瑟，悲，帝禁不止，故破其瑟为二十五弦。"这句说乐声使江娥、素女都深受感动。

[5] 中国：即国之中央，指京城。

[6] 昆山玉碎凤凰叫：用昆山玉碎声及凤凰鸣叫声形容乐音清脆悦耳。

[7] 芙蓉泣露香兰笑：形容乐声时而低回婉转，时而高亢激昂。

[8] 十二门：唐长安城东西南北每一方向各有三门，共十二门，故言。这句是说清冷的乐声使人觉得整个长安城都沉浸在寒光之中。

[9] 二十三丝：《通典》卷一百四十四："竖箜篌，胡乐也，汉灵帝好之，体曲而长，二十三弦。竖抱于怀中，用两手齐奏，俗谓之擘箜篌。"紫皇：道教称天上至尊的神为"紫皇"。此用来指皇帝。

[10] 女娲：中华上古神话中之女神，人首蛇身，为伏羲之妹，风姓。《淮南子·览冥训》与《列子·汤问》均载有女娲炼五色石补天的故事。

[11] 石破天惊逗秋雨：谓补天的五色石亦被乐音震破，于是引来了一场秋雨。逗，引。

[12] 神妪（yù）：《搜神记》卷四："永嘉中，有神现兖州，自称樊道基。有妪号成夫人。夫人好音乐，能弹箜篌，闻人弦歌，辄便起舞。"这里似用此典。此句以下写李凭在梦中将他的绝艺教给神仙，因而惊动了仙界。

[13] 老鱼跳波：老鱼亦随着乐声跳跃。典出《列子·汤问》："瓠巴鼓琴而鸟舞鱼跃。"

[14] 吴质：吴刚。《酉阳杂俎》卷一："旧言月中有桂，有蟾蜍。故异书言月桂高五百丈，下有一人常斫之，树创随合。人姓吴名刚，西河人，学仙有过，谪令伐树。"

[15] 露脚：露珠滴下的形象说法。寒兔：指秋月，传说月宫中有玉兔，故称。"露脚斜飞"写月轮转动，亦即时光流逝，借以写李凭箜篌乐声之美妙，使听者不知不觉中度过一个夜晚。露湿寒兔，是说月中的玉兔也听得入迷。

长安雪后

〔唐〕杜牧

秦陵汉苑参差雪,北阙南山次第春[1]。
车马满城原上去[2],岂知惆怅有闲人[3]。

【作者简介】

杜牧(803—853),字牧之,京兆万年(今陕西西安)人。唐代诗人。中唐名相、学者杜佑之孙。大和二年(828)进士,授宏文馆校书郎。历任监察御史,黄州、池州、睦州刺史等职,后入为司勋员外郎,官终中书舍人。以济世之才自负。诗文多指陈时政之作,写景抒情小诗亦多清丽生动,咏史诗颇负盛名,以七言绝句著称,境界宽广。与李商隐合称"小李杜",以别于李白与杜甫。有《樊川文集》二十卷传世,《全唐诗》收其诗八卷。《旧唐书》《新唐书》皆有传。《唐才子传》有载。

【注释】

[1] 次第:依次。
[2] 原:宽广平坦之地。
[3] 惆怅:因失意或失望而伤感、落寞。

长安杂题长句(六首选一)

〔唐〕杜牧

洪河清渭天池浚[1],太白终南地轴横。
祥云辉映汉宫紫,春光绣画秦川明。
草妒佳人钿朵色[2],风回公子玉衔声[3]。

六飞南幸芙蓉苑[4],十里飘香入夹城[5]。

【注释】

[1] 洪河:大河。古时多指黄河。

[2] 钿朵:用金银贝玉等做成的花朵状饰物。

[3] 玉衔:玉饰的马嚼子。

[4] 六飞:亦作"六骓""六蜚"。古代皇帝的车驾六马,疾行如飞,故名。后借指皇帝的车驾或皇帝。芙蓉苑:即芙蓉园,唐长安胜地,在曲江池旁。

[5] 夹城:两边筑有高墙的通道。唐时从兴庆宫至芙蓉苑有夹城复道。

长安晴望

〔唐〕杜牧

翠屏山对凤城开[1],碧落摇光霁后来[2]。
回识六龙巡幸处[3],飞烟闲绕望春台。

【注释】

[1] 翠屏山:当指青翠的终南山。凤城:京都的美称。

[2] 碧落:道家认为东方最高的天有碧霞遍布,故称为"碧落"。后用以指天空。霁:雨止天晴。

[3] 六龙:古代皇帝的车驾用六匹马,故六龙即成为皇帝之代称。

长安秋望

〔唐〕杜牧

楼倚霜树外[1],镜天无一毫[2]。
南山与秋色,气势两相高。

【注释】

[1] 倚：靠着，倚立。霜树：指深秋时节的树。

[2] 镜天：像镜子一样明亮、洁净的天空。毫：毫毛。比喻极小或极少。

长安亲故

〔唐〕卢殷

楚兰不佩佩吴钩[1]，带酒城头别旧游。
年事已多筋力在，试将弓箭到并州[2]。

【作者简介】

卢殷（746—810），宋时避讳，改作隐。范阳（今河北涿州）人。中唐诗人。宪宗元和初任登封尉，以病去官，客居登封。元和五年（810）十月贫病而卒。工诗，与韩愈、孟郊交善。孟郊称其"吟哦无滓韵，言语多古肠"（《吊卢殷》）。《全唐诗》存诗十三首，《全唐诗续拾》补一首。

【注释】

[1] 楚兰：兰，香草名。因盛产于楚地，故称。古代男女佩用以祓除不祥。吴钩：钩，兵器名，形似剑而曲。春秋吴人善铸钩，故称。后亦泛指利剑。

[2] 将：携带。并州：古州名。相传禹治洪水，划分域内为九州。其地约当今河北保定和山西太原、大同一带地区。此句写诗人欲携弓箭戍疆守土的豪情。

长安早春

〔唐〕施肩吾

报花消息是春风，未见先教何处红。
想得芳园十余日，万家身在画屏中[1]。

【作者简介】

施肩吾（780—861），字希圣，号东斋，唐睦州分水县（今属浙江）人，唐宪宗元和十五年（820）状元及第。唐代诗人、道士。入道后称栖真子。《全唐诗》存诗一卷。《唐才子传》有载。

【注释】

[1] 画屏：谓园中春光如画。

长安春夜吟

〔唐〕施肩吾

露盘滴时河汉微[1]，美人灯下裁春衣。
蟾蜍东去鹊南飞[2]，芸香省中郎不归[3]。

【注释】

[1] 露盘：即汉武帝时所建承露盘。河汉：指银河。

[2] 蟾蜍：相传月中有蟾蜍，后代指月亮。蟾蜍东去，言月落。

[3] 芸香省：即芸香阁，秘书省的别称。因秘书省司典图籍，故亦以指省中藏书、校书处。

春色满皇州

〔唐〕沈亚之

何处春辉好，偏宜在雍州[1]。花明夹城道，柳暗曲江头。
风软游丝重[2]，光融瑞气浮[3]。斗鸡怜短草[4]，乳燕傍高楼。
绣毂盈香陌，新泉溢御沟。回看日欲暮，还骑似川流。

【作者简介】

沈亚之(781—832),字下贤,吴兴(今浙江湖州)人。唐代文学家。初至长安时,曾投韩愈门下,与李贺结交,与杜牧、张祜、徐凝等友善。元和十年(815)第进士。泾原李汇辟为掌书记,后入朝为秘书省正字。大和初,召授判官,又贬南康尉。后于郢州掾任内去世。兼长诗、文、传奇,以文才为时人所重。《全唐诗》存诗一卷。《唐才子传》有载。

【注释】

[1] 雍州:原指以长安为中心的关中地区,此处指京城长安。
[2] 游丝:指蜘蛛等布吐的飘荡在空中的丝。
[3] 瑞气:祥瑞之气。
[4] 怜:喜爱。

长安晚秋

〔唐〕赵嘏

云物凄凉拂曙流[1],汉家宫阙动高秋[2]。
残星几点雁横塞[3],长笛一声人倚楼。
紫艳半开篱菊静[4],红衣落尽渚莲愁[5]。
鲈鱼正美不归去[6],空戴南冠学楚囚[7]。

【作者简介】

赵嘏(806?—852),字承祐,楚州山阳(今江苏淮安)人。早年四处游历,大和七年(833)预省试进士下第,留寓长安多年,出入豪门以干功名。后归江东,家于润州(今江苏镇江)。武宗会昌四年(844)进士及第,一年后东归。会昌末或大中初复往长安,入仕为渭南尉,卒于任上。《全唐诗》存诗二卷。《唐才子传》有载。

【注释】

[1] 云物：景物，景色。拂曙：拂晓。

[2] 汉家宫阙：指唐朝的宫殿。高秋：深秋。

[3] 残星：天将亮时的星星。雁横塞：因时在深秋，故长空有飞越关塞的北雁经过。横，渡、越过。塞，关塞。

[4] 紫艳：紫色的花朵。此指菊花。

[5] 红衣：指莲花的红色花瓣。

[6] 鲈鱼正美：典出《晋书·张翰传》："翰因见秋风起，乃思吴中菰菜、莼羹、鲈鱼脍，曰：'人生贵得适志，何能羁宦数千里以要名爵乎！'遂命驾而归。"

[7] 南冠、楚囚：《左传·成公九年》："晋侯观于军府，见钟仪，问之曰：'南冠而絷者，谁也？'有司对曰：'郑人所献楚囚也。'"南冠、楚囚借指囚犯。后亦借指处境窘迫无计可施者。赵嘏为江南人，此时留寓长安，故有此感慨。

吊白居易

〔唐〕李忱

缀玉联珠六十年[1]，谁教冥路作诗仙。
浮云不系名居易[2]，造化无为字乐天。
童子解吟长恨曲[3]，胡儿能唱琵琶篇[4]。
文章已满行人耳，一度思卿一怆然。

【作者简介】

李忱（810—859），即唐宣宗。初名怡，即位日改名忱。年号大中，在位十三年，辛谥文献。史称李忱"备知人间疾苦"，虚襟听纳，勤政恭俭。"大中之政，有贞观风。"性喜文学，常与学士辈唱和。公卿出镇，多赋诗饯行。史评虽为过誉之辞，然与唐代一般君主确有不同之处。详见新、旧《唐书》本纪。《全唐诗》存诗六首，以《吊白居易》为人传诵最广。《全唐诗外编》及《全唐诗续拾》补诗三首。

【注释】

[1] 缀玉联珠：比喻撰写美好的诗文。六十年：指白居易一生创作的时间。现存白居易诗中最早的一首是《赋得古原草送别》，为应考习作，作于贞元三年（787），时年十六岁，到会昌六年（846）逝世，前后刚好六十年。其实白居易诗歌创作活动不止六十年，此处为概说。

[2] 浮云不系：指白居易生活漂泊不定。

[3] 长恨曲：即白居易所作《长恨歌》。

[4] 琵琶篇：即白居易的《琵琶行》。

长安春晚二首

〔唐〕温庭筠

其一

曲江春半日迟迟[1]，正是王孙怅望时。
杏花落尽不归去[2]，江上东风吹柳丝。

其二

四方无事太平年，万象鲜明禁火前[3]。
九重细雨惹春色[4]，轻染龙池杨柳烟[5]。

【作者简介】

温庭筠（812—870），本名岐，字飞卿，太原祁（今山西祁县）人。文思敏捷，每入试，押官韵，八叉手而成八韵，因有"温八叉"之称。然恃才不羁，又好讥刺权贵，多犯忌讳，取憎于时，故屡举进士不第，终生不得志，官终国子助教。工诗，与李商隐齐名，时称"温李"。精通音律。其词辞藻华丽，秾艳精致，内容多写闺情，为"花间派"词人之首。词与韦庄齐名，并称"温韦"。存词七十余首。后人辑有《温飞卿诗集》七卷、《金荃词》一卷。《旧唐书》《新唐书》

卷九一《温大雅传》附有传。

【注释】

[1] 日迟迟：阳光温暖、光线充足的样子。迟迟：舒缓貌。

[2] "杏花"句：唐朝时长安有杏园，为皇帝赐宴新科进士之处。此处借指自己落第后仍滞留不归。

[3] 万象：宇宙间一切事物或景象。禁火：指寒食节当天禁火，吃冷饭，男女又有在此日去郊外踏青的习俗。

[4] 九重：通常指代天、皇宫、皇帝。九重细雨，此处兼指天雨与皇恩。

[5] 龙池：池名。所名之池非一。其一在唐长安隆庆坊，在今西安市兴庆公园内。

长安春日

〔唐〕曹松

浩浩看花晨，六街扬远尘。尘中一丈日，谁是晏眠人[1]。
御柳舞着水[2]，野莺啼破春。徒云多失意，犹自惜离秦。

【作者简介】

曹松（828—903），字梦征，舒州（今属安徽）人。晚唐诗人。一生流落，无所遇合。七十余岁中进士，特授校书郎（秘书省正字）。《全唐诗》存诗二卷。《唐才子传》有载。

【注释】

[1] 晏眠：指睡得很迟才起床。

[2] 御柳：宫禁中的柳树。

长安新晴

〔唐〕陆畅

九重深浅人不知[1]，金殿玉楼倚朝日[2]。
一夜城中新雨晴，御沟流得宫花出[3]。

【作者简介】

陆畅，生卒年均不详，字达夫，吴郡吴县（今苏州）人。元和元年（806）登进士第。为皇太子僚属。后官凤翔少尹。《全唐诗》存诗一卷。

【注释】

[1] 九重：指宫禁，朝廷。
[2] 玉楼：华丽的楼。
[3] 宫花：皇宫庭苑中的花朵。

游城东王驸马亭

〔唐〕陆畅

城外无尘水间松，秋天木落见山容[1]。
共寻萧史江亭去[2]，一望终南紫阁峰[3]。

【注释】

[1] 木落：叶落。
[2] 萧史：传说中人物名。相传为春秋秦穆公时人，善吹箫，后娶穆公之女弄玉为妻。此喻指王驸马。
[3] 终南：终南山。紫阁峰位于终南山海拔2150米的山巅之上，山势上耸，形如楼阁。

长安怀古

〔唐〕储嗣宗

祸稔萧墙终不知[1]，生人力屈尽边陲[2]。
赤龙已赴东方暗[3]，黄犬徒怀上蔡悲[4]。
面缺崩城山寂寂[5]，土埋冤骨草离离[6]。
秋风觧怨扶苏死[7]，露泣烟愁红树枝。

【作者简介】

储嗣宗，储光羲曾孙。润州延陵（今江苏丹阳）人，郡望兖州（今属山东），唐代诗人。宣宗大中十三年（859）登进士第，曾任校书郎。到过北方边塞，诗受王维、储光羲影响，善写山林幽景，多发尘外之思。《全唐诗》存诗一卷，《全唐诗外编》补诗一首。《唐才子传》有载。

【注释】

[1] 祸稔萧墙：祸乱产生于家中，比喻灾祸、变乱皆由内部原因所致。稔：积久。

[2] 生人：犹人民；民众。

[3] 赤龙：指汉高祖刘邦，传说因其母感龙而生。

[4] "黄犬"句：司马迁《史记·李斯列传》："二世二年七月，具斯五刑，论腰斩咸阳市。斯出狱，与其中子俱执，顾谓其中子曰：'吾欲与若复牵黄犬俱出上蔡东门逐狡兔，岂可得乎！'"后因以"上蔡悲"指不知审时度势、急流勇退，以致祸殃临头，后悔莫及。

[5] 崩城：城墙倒塌。

[6] 离离：盛多貌。

[7] 扶苏：嬴姓，名扶苏，秦始皇长子。秦始皇病逝后，遗诏扶苏治丧即位。中车府令赵高联合丞相李斯，拥立始皇第十八子胡亥登基，矫诏逼令扶苏自尽，葬于上郡（今陕西绥德）。

近试上张水部 [1]

〔唐〕朱庆余

洞房昨夜停红烛[2]，待晓堂前拜舅姑[3]。
妆罢低声问夫婿，画眉深浅入时无[4]？

【作者简介】

朱庆余，生卒年不详，名可久，以字行，越州（今浙江绍兴）人。长庆中，入京应试，谒水部员外郎张籍，籍爱其诗作，置之怀袖而推赞之，由是知名。宝历二年（826）登进士第。授秘书省校书郎，迁协律郎。尝西游洞庭，北历边塞。有《朱庆馀诗》一卷。《全唐诗》存诗二卷。《唐才子传》有载。

【注释】

[1] 本诗一作《闺意献张水部》。这是一首行卷诗。张水部：张籍。张籍时任水部员外郎。

[2] 停红烛：让红烛通宵燃烧。停：留置。

[3] 舅姑：公婆。

[4] 深浅：浓淡。入时无：是否时髦。这里借喻文章是否合适。

长安逢隐者

〔唐〕于邺

征车千里至[1]，碾遍六街尘[2]。向此有营地，忽逢无事人。
昔时颜未改，浮世路多新[3]。且脱衣沽酒，终南山欲春。

【作者简介】

于邺（公元867年前后在世），唐末诗人。后唐明宗天成元年（926）任都官员外郎,天成三年(928)授工部郎中。工五言诗,题材以写景送别为主,诗风悠扬沉郁。《全唐诗》存诗一卷。

【注释】

[1] 征车:远行人乘的车。

[2] 六街:唐京都长安的六条中心大街。

[3] 浮世:人间,人世。

长安春日

〔唐〕章碣

春日皇家瑞景迟,东风无力雨微微。
六宫罗绮同时泊,九陌烟花一样飞。
暖著柳丝金蕊重[1],冷开山翠雪棱稀[2]。
输他得路蓬洲客[3],红绿山头烂醉归。

【作者简介】

章碣,唐代诗人。唐乾符三年(876)进士。后流落不知所终。工诗。尝创变体诗,单句押仄韵,双句押平韵,时人效之。《全唐诗》存诗一卷。

【注释】

[1] 金蕊:金色花蕊。此指初春时节柳枝上满缀的花苞。

[2] 雪棱:积雪覆盖着的山脊。

[3] 得路:指仕途得志。

长安清明

〔唐〕韦庄

早是伤春梦雨天,可堪芳草更芊芊[1]。
内官初赐清明火[2],上相闲分白打钱[3]。
紫陌乱嘶红叱拨[4],绿杨高映画秋千。
游人记得承平事[5],暗喜风光似昔年。

【作者简介】

韦庄(836？—910？),字端己,长安杜陵(今属陕西西安)人。晚唐诗人、词人,五代时前蜀宰相。工诗,所著长诗《秦妇吟》反映战乱中妇女的不幸遭遇,在当时颇负盛名。词与温庭筠齐名,并称"温韦"。有《浣花集》十卷传世。《全唐诗》存诗六卷。《唐才子传》有载。

【注释】

[1] 可堪:哪堪,怎堪。芊芊:草木茂盛貌。

[2] 清明火:古代寒食禁火,唐宋在清明时取榆柳火赏赐近臣、戚里等,故称为清明火。

[3] 上相:天子举行大典时,主持礼仪的官员。《周礼·春官·大宗伯》:"朝觐会同,则为上相。"白打钱:白打游戏中优胜者所获的赏钱。白打,古代蹴鞠戏的一种形式。王建《宫词》:"寒食内人长白打,库中先散与金钱。"明代王志坚《表异录·言动》:"白打,蹴鞠戏也。两人对踢为白打,三人角踢为官场。"

[4] 紫陌:指京师郊野的道路。红叱拨:良马名。唐天宝中,大宛进汗血马六匹,分别以红、紫、青、黄、丁香、桃花叱拨为名。

[5] 承平:太平。

长安春

〔唐〕韦庄

长安二月多香尘,六街车马声辚辚。
家家楼上如花人,千枝万枝红艳新。
帘间笑语自相问,何人占得长安春?
长安春色本无主,古来尽属红楼女[1]。
如今无奈杏园人[2],骏马轻车拥将去。

【注释】

[1] 红楼:指青楼。妓女所居。

[2] 杏园:园名。故址在今西安市大雁塔南。唐代新科进士赐宴之地。

省试

〔唐〕司空图

粉闱深锁唱同人[1],正是终南雪霁春。
闲系长安千匹马,今朝似减六街尘[2]。

【作者简介】

司空图(837—908),字表圣,自号知非子,又号耐辱居士,河中虞乡(今山西永济)人。晚唐诗人、诗论家。唐懿宗咸通十年(869)擢进士第,天复四年(904),朱全忠召为礼部尚书,佯装老朽不任事,被放还。后梁开平二年(908),唐哀帝被弑,绝食而死,终年七十二岁。《全唐诗》存诗三卷。《旧唐书》《新唐书》皆有传。《唐才子传》有载。

【注释】

[1] 粉闱：唐宋时由尚书省举行的试进士的考场。闱，旧称试院。唱同人：指参加科考者。

[2] 六街：唐京都长安的六条中心大街。

长安雪后

〔唐〕喻坦之

碧落云收尽[1]，天涯雪霁时。草开当井地，树折带巢枝。
野渡滋寒麦[2]，高泉涨禁池[3]。遥分丹阙出[4]，迥对上林宜[5]。
宿片攀檐取，凝花就砌窥。气凌禽翅束，冻入马蹄危。
北想连沙漠，南思极海涯。冷光兼素彩[6]，向暮朔风吹[7]。

【作者简介】

喻坦之，睦州（今浙江建德县）人。晚唐诗人，"咸通十哲"之一。唐懿宗咸通年间屡试不中，后久居长安，与建州刺史李频为友。《全唐诗》存诗一卷。《唐才子传》有载。

【注释】

[1] 碧落：道家认为东方最高的天有碧霞遍布，故称为"碧落"。此指天空。

[2] 野渡：荒落之处或村野的渡口。寒麦：冬小麦。

[3] 禁池：宫苑中的池塘。

[4] 丹阙：赤色的宫阙。亦借指皇帝所居的宫廷。

[5] 上林：泛指帝王的园囿。

[6] 素彩：白色的光彩。指雪色。

[7] 向暮：傍晚。

长安春

〔唐〕崔道融

长安牡丹开，绣毂辗晴雷[1]。
若使花长在，人应看不回。

【作者简介】

崔道融（880？—907），自号东瓯散人。唐代诗人。荆州江陵（今湖北江陵）人。早年曾游历陕西、湖北、河南、江西、浙江、福建等地。后入朝为右补阙，不久因避战乱入闽。乾宁二年（895）前后任永嘉（今浙江温州）县令。《全唐诗》存诗一卷。《唐才子传》有载。

【注释】

[1] 绣毂：车的美称。辗（niǎn）：滚压。

放榜日

〔唐〕徐夤

喧喧车马欲朝天[1]，人探东堂榜已悬[2]。
万里便随金鸑鷟[3]，三台仍借玉连钱[4]。
花浮酒影彤霞烂，日照衫光瑞色鲜[5]。
十二街前楼阁上，卷帘谁不看神仙[6]。

【作者简介】

徐夤，字昭梦，福建莆田人。唐昭宗朝登进士第，授秘书省正字。依王审知，礼待简略，遂拂衣去，归隐延寿溪。著有《探龙》《钓矶》二集。《全唐诗》存诗四卷。《唐才子传》有载。

【注释】

[1] 朝天：朝见天子。

[2] 东堂：原指晋宫的正殿。晋武帝时郄诜于东堂殿试得第，后因以为试院的代称。

[3] 鹥鸑（yuè zhuó）：凤属。《国语·周语上》："周之兴也，鹥鸑鸣于岐山。"韦昭注："三君云：鹥鸑，凤之别名也。"金鹥鸑：借指皇亲贵族们坐着饰有金凤凰的车子。

[4] 三台：指位至三公的大官。玉连钱：骏马名。作者原注："南海相公此时在京，蒙借鞍马人仆。"

[5] "花浮酒影"二句意为：新科进士们在花下欢宴，酒中映出灿烂如红霞的花影；照在新科进士衣衫上的日光，也闪耀着吉祥如意的光辉。

[6] 神仙：喻新科进士。

长安里中闻猿

〔唐〕吴融

夹巷重门似海深，楚猿争得此中吟[1]？
一声紫陌才回首，万里青山已到心。
惯倚客船和雨听，可堪侯第见尘侵[2]。
无因永夜闻清啸[3]，禁路人归月自沉[4]。

【作者简介】

吴融（850—903），字子华，越州山阴（今浙江绍兴）人。唐代诗人。昭宗龙纪进士，韦昭度讨蜀，表掌书记。后以礼部郎中为翰林学士，拜中书舍人，进户部侍郎，终翰林承旨。今传《唐英歌诗》三卷。《全唐诗》存诗四卷。《新唐书》有传。《唐才子传》有载。

【注释】

[1] 楚猿：楚地之猿。因其啼声悲哀，常用以渲染悲情。

[2] 侯第：泛指权贵豪门之家。

[3] 清啸：清越悠长的啸鸣或鸣叫。

[4] 禁路：供帝王车驾行走的道路。

长安逢故人

〔唐〕吴融

岁暮长安客，相逢酒一杯。眼前闲事静，心里故山来[1]。
池影含新草，林芳动早梅[2]。如何不归去，霜鬓共风埃[3]。

【注释】

[1] 故山：旧山。喻家乡。

[2] 林芳：林园中的花。

[3] 风埃：被风吹起的尘土。

长安送人

〔唐〕周贺

上国多离别[1]，年年渭水滨。空将未归意，说向欲行人。
雁度池塘月，山连井邑春[2]。临岐惜分手[3]，日暮一沾巾[4]。

【作者简介】

周贺，生卒年均不详，约唐穆宗长庆元年（821）前后在世，字南乡（《全唐诗》作南卿，此从《唐才子传》），东洛（今四川广元）人。初居庐山为浮屠，后客南徐，往来少室、终南间。工近体诗，格调清雅，与贾岛、无可齐名。《全唐诗》存诗一卷。

【注释】

[1] 上国：指京师。

[2] 井邑：乡村。

[3] 临岐：面临歧路，指分别。

[4] 沾巾：沾湿手巾。形容落泪之多。

看榜日

〔唐〕刘沧

禁漏初停兰省开[1]，列仙名目上清来[2]。
飞鸣晓日莺声远，变化春风鹤影回。
广陌万人生喜色[3]，曲江千树发寒梅[4]。
青云已是酬恩处[5]，莫惜芳时醉酒杯。

【作者简介】

刘沧，生卒年均不详，约867年前后在世。字蕴灵，汶阳（今山东宁阳）人。比杜牧、许浑年辈略晚。大中八年（854）登进士第。调华原尉，迁龙门令。《全唐诗》存诗一卷。《唐才子传》有载。

【注释】

[1] 禁漏：宫中计时漏刻。亦指漏刻发出的声响。兰省：即兰台，指秘书省。

[2] 列仙名目：新考中进士的名单。

[3] 广陌：大路。

[4] 发寒梅：梅花开放。寒梅：梅花。因其凌寒开放，故称。

[5] 青云：指新科进士青云直上。酬恩：谓报答恩德。

长安冬夜书情

〔唐〕刘沧

上国栖迟岁欲终[1],此情多寄寂寥中。
钟传半夜旅人馆,鸦叫一声疏树风。
古巷月高山色静,寒芜霜落灞原空。
今来唯问心期事,独望青云路未通[2]。

【注释】

[1] 上国:指京师。栖迟:滞留。
[2] 青云:喻高官显爵。

长安逢友人

〔唐〕刘沧

上国相逢尘满襟,倾杯一话昔年心。
荒台共望秋山立,古寺多同雪夜吟。
风度重城宫漏尽[1],月明高柳禁烟深[2]。
终期白日青云路,休感鬓毛霜雪侵。

【注释】

[1] 风度:风吹拂过。宫漏:古代宫中计时器。
[2] 禁烟:皇宫中的烟雾。

长安旅怀

〔唐〕高蟾

马嘶九陌年年苦[1]，人语千门日日新。
唯有终南寂无事[2]，寒光不入帝乡尘[3]。

【作者简介】

高蟾，生卒年不详，河朔间人。晚唐诗人。家贫，工诗，性偶傥，尚气节。屡试不第，乾符三年（876）以高侍郎之力荐，始登进士。乾宁中，官至御史中丞。《全唐诗》存诗一卷。《唐才子传》有载。

【注释】

[1] 九陌：泛指京城长安的大路。
[2] 终南：终南山。
[3] 帝乡：指唐都长安。

长安言怀寄沈彬侍郎

〔唐〕卿云

故园梨岭下[1]，归路接天涯。生作长安草，胜为边地花[2]。
雁南飞不到，书北寄来赊[3]。堪羡神仙客，青云早致家。

【作者简介】

卿云，岭南（今五岭以南地区）人。诗僧。居长安。约唐末至五代前期在世。长于五律。事迹见《唐诗纪事》卷七七。《全唐诗》存诗四首。《唐才子传》有载。

【注释】

[1] 故园：故乡。

[2] 边地：偏远之地。

[3] 赊：路途远。

长安早秋

〔唐〕子兰

风舞槐花落御沟[1]，终南山色入城秋。
门门走马征兵急[2]，公子笙歌醉玉楼[3]。

【作者简介】

子兰，生卒年不详，唐昭宗朝文章供奉，诗僧。《全唐诗》存诗一卷。《唐才子传》有载。

【注释】

[1] 御沟：流经宫苑的河道。

[2] 门门：家家户户。

[3] 玉楼：妓楼。亦指华丽的楼。

长安伤春

〔唐〕子兰

霜陨中春花半无[1]，狂游恣饮尽凶徒[2]。
年年赏玩公卿辈[3]，今委沟塍骨渐枯[4]。

【注释】

[1] 中春：指春季的第二个月。

[2] 凶徒：凶恶的暴徒。

[3] 公卿：泛指高官。

[4] 委：舍弃，丢弃。沟塍（chéng）：沟渠和田埂。

长安冬夜书事

〔唐〕任翻

忧来长不寐，往事重思量。清渭几年客，故衣今夜霜。

春风谁识面，水国但牵肠[1]。十二门车马[2]，昏明各自忙。

【作者简介】

  任翻，又作任藩，江南人。唐末诗人。出身贫寒，曾寓居台州。有诗名。张为《诗人主客图》列其为清奇雅正主下升堂者。《全唐诗》存诗十八首。《唐才子传》有载。

【注释】

[1] 水国：水乡。此指诗人家乡。

[2] 十二门：《三辅黄图·都城十二门》："《三辅决录》曰：'长安城，面三门，四面十二门。'"此处指长安。

退朝望终南山 [1]

〔唐〕李拯

紫宸朝罢缀鸳鸾[2]，丹凤楼前驻马看[3]。

惟有终南山色在，晴明依旧满长安。

【作者简介】

  李拯（？—886），字昌时，陇西人。咸通十二年（871）登进士第。僖宗朝，累官考功郎、知制诰。襄王李煴僭号,逼为翰林学士。煴败,为乱兵所杀。《全唐诗》存诗一首。

【注释】

[1]《旧唐书·李拯传》:"僖宗再幸宝鸡,拯扈从不及,在凤翔。襄王僭号,逼为翰林学士。拯既污伪署,心不自安。后朱玫秉政,百揆失叙,典章浊乱。拯尝朝退,驻马国门,望南山而吟曰:'紫宸朝罢缀鸳鸾……'吟已涕下。"

[2] 紫宸:指唐代内廷正殿,是群臣朝见的地方。缀鸳鸾:退朝时有次序地鱼贯而行。缀:连缀,一个接一个。鸳鸾:比喻朝官在朝殿上排列如鸳鸾。

[3] 丹凤楼:长安大明宫丹凤门门楼。亦泛指皇宫内的楼阁。

春色满皇州

〔唐〕裴夷直

寒销山水地,春遍帝王州[1]。北阙晴光动[2],南山喜气浮。
夭红妆暖树[3],急绿走阴沟。思妇开香阁,王孙上玉楼。
氤氲直城北[4],骀荡曲江头[5]。今日灵台下[6],翻然却是愁。

【作者简介】

裴夷直,字礼卿,吴(今苏州)人,郡望河东(今山西永济)。唐代诗人。宪宗元和十年(815)登进士第。历迁右拾遗、中书舍人。武宗立,出为杭州刺史,斥驩州司户参军。宣宗即位初,内徙,为兵部郎中,江、苏、华等州刺史。官终散骑常侍。工诗,有盛名。《全唐诗》存诗一卷。《唐才子传》有载。

【注释】

[1] 帝王州:指京都。

[2] 北阙:古代宫殿北面的门楼,是臣子等候朝见或上书奏事之处。亦用为宫禁或朝廷的别称。

[3] 夭红:鲜红。此指鲜红的花。

[4] 氤氲：云雾朦胧的样子。直城：汉京都城门名。《三辅黄图·都城十二门》："长安城西，出第二门曰直城门。《汉宫殿》疏曰：'西出南头第二门也。亦曰故龙楼门。门上有铜龙，本名直门，王莽更曰直道门，端路亭。'"此借指京都城门。

[5] 骀（dài）荡：无所拘束；放纵。

[6] 灵台：台名。

长安春暮

〔唐〕潘咸

客在关西春暮夜[1]，还同江外已清明[2]。
三更独立看花月，惟欠子规啼一声[3]。

【作者简介】

潘咸，一作潘诚，又作潘成。生卒年、籍贯皆不详。与诗人喻凫有交往，当为文宗时人。喻凫《送潘咸》诗云："时时贳破囊，访我息闲坊。"可看出潘咸当为一贫寒士子。事迹散见《唐诗纪事》卷六三、《直斋书录解题》卷一九。能诗，《全唐诗》存诗六首，《全唐诗续拾》补诗一首。

【注释】

[1] 关西：指函谷关或潼关以西地区。

[2] 江外：江南。从中原人看来，地在长江之外，故称。

[3] 子规：杜鹃的别名。传说为蜀帝杜宇的魂魄所化。常夜啼，声音凄切，故借以抒悲苦哀怨之情。

长安春日书事

〔宋〕魏野

长安春色自依依，大命移应地不知[1]。

蔓草已迷双凤阙[2]，千花犹照九龙池[3]。
岂无东阁开今日[4]，尚有南山似旧时。
一月悠悠游不足，青门欲出步迟迟[5]。

【作者简介】

魏野（960—1020），字仲先，号草堂居士，陕州陕县（今属河南）人。宋代诗人。魏野不求仕进，自筑草堂，弹琴赋诗其中。真宗大中祥符四年（1011），帝祀汾阴，与表兄李渎同被举荐，上表以病辞，诏州县常加存抚。与王旦、寇准友善，常往来酬唱。为诗精苦，有唐人风格，多警策句。有《东观集》《草堂集》。

【注释】

[1] 大命：天命，指自然的规律、法则。

[2] 蔓草：生有长茎能缠绕攀缘的杂草。亦泛指蔓生的野草。双凤阙：指旧宫门两旁的楼观。

[3] 九龙池：唐代长安池名。故址在今陕西省西安市。

[4] 东阁：东向的小门。《汉书·公孙弘传》："弘自见为举首，起徒步，数年至宰相封侯，于是起客馆，开东阁以延贤人。"王先谦补注引姚鼐曰："此阁是小门，不以贤者为吏属，别开门延之。"后因以称宰相招致款待宾客之所。

[5] 迟迟：徐行貌。

长安春日

〔宋〕寇准

淡淡秦云薄似罗[1]，灞桥杨柳拂烟波。
夕阳楼上山重叠，未抵春愁一倍多[2]。

【作者简介】

寇准（961—1023），字平仲，华州下邽（今陕西渭南）人。太平兴国五年（980）进士，两度拜相。真宗朝封莱国公。后为丁谓所排斥，贬道州司马，再贬雷州司户参军。卒于贬所。仁宗朝追赠中书令，谥忠愍。今传《寇忠愍诗集》三卷。《宋史》有传。

【注释】

[1] 罗：稀疏而轻软的丝织品。

[2] 未抵：比不上。

长安春日效东野[1]

〔宋〕苏舜钦

前秋长安春，今春长安秋。节物自荣悴，我有乐与忧。
穷阎何卑漏[2]，时燕不见投。门庭谢过从，兰萌舒绿柔。
燕托喜广厦，亦非善是仇。兰生静愈茂，堪将义为俦[3]。
芳香诚可慕，对之蠲穷愁[4]。

【作者简介】

苏舜钦（1008—1048），字子美，开封（今属河南）人。北宋诗人。宋仁宗景祐元年（1034）进士。曾任县令、大理评事、集贤殿校理等职。因支持范仲淹庆历革新，为守旧派所恨。御史中丞王拱辰让其属官劾奏苏舜钦，罢职闲居苏州。后复起为湖州长史，不久病故。诗与梅尧臣齐名，人称"梅苏"。有《苏舜钦集》十六卷。《宋史》有传。

【注释】

[1] 东野：唐代诗人孟郊，字东野。孟郊有《长安早春》诗。

[2] 穷阎：陋巷；穷人住的里巷。阎，里门。

[3] 俦：辈，同类。

[4] 蠲（juān）：清除，疏解。

长安春日作 [1]

〔宋〕苏舜钦

何事长安客,春来思易迷。
乐游原上草,无日不萋萋[2]。

【注释】

[1] 此诗一作天祥诗。
[2] 萋萋:草木茂盛的样子。

长安春日感怀

〔宋〕强至

谁道关中节候迟,晴川二月绣参差。
有期去燕寻归栋,不改新花发旧枝。
宦路飘飘无定所,客颜憔悴异当时。
林花巢燕休相笑,揽照怀乡已自知。

【作者简介】

强至(1022—1076),字几圣,杭州(今属浙江)人。仁宗庆历六年(1046)进士,充泗州司理参军,历官浦江、东阳、元城令。英宗治平四年(1067),韩琦聘为主管机宜文字,后在韩幕府六年。熙宁五年(1072),召判户部勾院、群牧判官。熙宁九年(1076),迁祠部郎中、三司户部判官。不久卒。

诉衷情令

长安怀古

〔宋〕康与之

阿房废址汉荒丘[1]。狐兔又群游。豪华尽成春梦,留下古今愁。君莫上,古原头。泪难收。夕阳西下,塞雁南飞,渭水东流。

【作者简介】

康与之,字伯可,号顺庵,洛阳人,居滑州(今河南滑县)。生平不详。建炎初,高宗驻扬州,与之上《中兴十策》,名震一时。秦桧当国,附桧求进,为桧门下十客之一,监尚书六部门,专应制为歌词。绍兴十七年(1147),擢军器监,出为福建安抚司主管机宜文字。桧死,除名,编管钦州。绍兴二十八年(1158),移雷州,再移新州牢城,卒。

【注释】

[1] 阿房:即阿房宫,秦宫殿名。遗址在今西安市西郊。

菩萨蛮令

长安怀古

〔宋〕康与之

秦时宫殿咸阳里。千门万户连云起。复道亘西东[1],不禁三月风[2]。汉唐乘王气[3],万岁千秋计。毕竟是荒丘[4],荆榛满地愁[5]。

【注释】

[1] 亘：横度；贯穿。

[2] 不禁：经受不住。

[3] 王气：旧指象征帝王运数的祥瑞之气。

[4] 毕竟：到底；终归。

[5] 荆榛：泛指丛生的灌木，形容荒芜萧瑟的情景。

长安怀古

〔金〕吴激

佳气犹能想郁葱[1]，云间双阙峙苍龙。
春风十里灞陵树，晓月一声长乐钟。
小苑花开红漠漠，曲江波涨碧溶溶。
眼前叠嶂青如画[2]，借问南山共几峰。

【作者简介】

吴激（1090—1142），字彦高，自号东山散人，建州（今福建建瓯）人。北宋宰相吴栻之子，书画家米芾之婿。使金，以知名留而不遣，郁郁而终。吴激善诗文书画，在金所作词风格凄婉，多家园故国之思，与蔡松年齐名，时称"吴蔡体"。被元好问推为"国朝第一作手"。

【注释】

[1] 佳气：美好的云气。古人以为吉祥、兴隆的象征。郁葱：云气很盛的样子。

[2] 叠嶂：指重叠的山峰。

长安怀古

〔明〕熊鼎

立马平原望故宫[1],关河百二古今雄[2]。
南山双阙阿房近[3],北斗连城渭水通[4]。
龙去野云收王气[5],鹤巢陵树起秋风[6]。
英雄事业昭前哲[7],看取秦皇汉武功。

【作者简介】

熊鼎(?—1375),字伯颜,元末明初临川(今属江西)人。早年中举,组织乡里人抵挡乱兵,拒绝加入陈友谅而应朱元璋之召。朱元璋建立政权后,负责建立朝廷礼仪,后又参与编撰《起居注》。

【注释】

[1] 故宫:咸阳的秦汉宫室遗迹。

[2] 关河百二:言秦地山河险固。

[3] 南山双阙:南山,指终南山。阙,古代宫殿前的门观。此处指阿房宫宫阙。

[4] 北斗连城:指汉代长安城,在今陕西省西安市北。本秦宫,汉惠帝时重修。《三辅黄图·汉长安故城》:"城南为南斗形,北为北斗形,至今人呼汉京城为斗城。"后因以"斗城"借指京城。

[5] 龙去:指秦汉帝王逝去。王气:旧指象征帝王运数的祥瑞之气。

[6] 鹤巢陵树:野鹤在陵树上筑巢,状荒凉之象。

[7] 前哲:古代的贤人。

木兰花慢

长安怀古

〔元〕李齐贤

骚人多感慨[1]，况故国、遇秋风。望千里金城[2]，一区天府[3]，气势清雄。繁华事，无处问，但山川景物古今同。鹤去苍云太白，雁嘶红树新丰。

夕阳西下水流东。兴废梦魂中。笑弱吐强吞[4]，纵成横破，鸟没长空。争如似犀首饮[5]，向蜗牛角上任穷通[6]。看取麟台图画[7]，□余马鬣蒿蓬[8]。

【作者简介】

李齐贤（1287—1367），字仲思，号益斋。元时高丽（朝鲜）人。曾任西海道安廉使。二十八岁时为忠善王所赏识，侍从至大都（北京），在元朝生活近三十年，与姚燧、赵孟頫、钟嗣成等均有密切交往。著有《益斋乱稿》《益斋长短句》等，今存词五十三首。

【注释】

[1] 骚人：诗人，文人。

[2] 金城：京城。

[3] 天府：指土地肥沃、物产富饶之域。

[4] 弱吐强吞：形容强国侵吞弱国的形势。

[5] 争如：怎如。犀首：司马迁《史记·张仪列传》："陈轸曰：'公何好饮也？'犀首曰：'无事也。'"后即以"犀首"指无事好饮之人。

[6] 蜗牛角：形容空间狭小局促。典出《庄子·则阳》："有国于蜗之左角者，曰触氏，有国于蜗之右角者，曰蛮氏，时相与争地而战，伏尸数万，逐北，旬有五日而后反。"穷通：困厄与显达。

[7] 麟台：麒麟阁的别称。麒麟阁是汉代阁名，在未央宫中。汉宣帝时曾绘霍光等十一功臣像于阁上，以表扬其功绩。古人将画像于"麒麟阁"看作最高荣誉。

[8] 马鬣（liè）：坟墓封土的一种形状。亦指坟墓。蒿蓬：蒿和蓬。泛指杂草。

长安新城

〔明〕殷奎

贤王来镇陕关西，增广都城弗敢稽[1]。
势兼北苑一绳直，声殷南山万杵齐[2]。
晴角远从天汉落[3]，春旗平拂斗杓低[4]。
喜看保障如磐石[5]，为赋秦风气似霓。

【作者简介】

殷奎（1331—1376），字孝章，一字孝伯，元末明初吕巷（今属上海）人，晚年迁居昆山。博学精审，勤于纂述。洪武初曾任咸阳教谕。卒年四十六岁。门人私谥文懿先生。有《道学统系图》《强斋集》《陕西图经》《关中名胜集》《昆山志》《咸阳志》存世。

【注释】

[1] 贤王：指朱樉。明洪武二年（1369），明军占领关中，设西安府。次年，朱元璋封其次子朱樉为秦王，坐镇西北。朱樉就任前，即命长兴侯耿炳文和都督濮英在元代城墙的基础上重新扩建增修西安城。增广：增加，扩大。都城：都邑的城垣。稽：计算。

[2] "势兼"二句："势兼"句写城墙之规制，"声殷"句写筑城人员之众多、声势场面之壮大。

[3] 天汉：天河。

[4] 春旗：青旗。斗杓（biāo）：即北斗柄。指北斗星的第五至第七星。

[5] 保障：起保护防卫作用的事物。

长安雪中

〔明〕释宗泐

岁暮长安道,天寒积雪深。凄凉游子意,款曲故人心[1]。
未遂终南隐,徒怜灞上吟[2]。明朝又西去,秦树晚沉沉。

【作者简介】

释宗泐(1317—1391),俗姓周,字季潭,浙江临海人。名所居室为全室,明初僧人。洪武中诏致有学行高僧,首应诏至,奏对称旨。诏笺释《心经》《金刚经》《楞伽经》,曾奉使西域。受胡惟庸案牵连,太祖朱元璋命免死。后在江浦石佛寺圆寂。有《全室集》。

【注释】

[1] 款曲:指衷情,诚挚殷勤的心意。

[2] 灞上吟:孙光宪《北梦琐言》卷七载:"唐相国郑綮虽有诗名,本无廊庙之望……或曰:'相国近有新诗否?'对曰:'诗思在灞桥雪中驴子上,此处何以得之?'盖言平生苦心也。"后用为苦吟之典。

长安杂诗十首(其一)

〔明〕王祎

自昔天子宅,雄丽称长安。右瞻控陇蜀[1],左顾俯河关[2]。
清渭北据水,太白南联山。其间八百里,陆海莽平川。
神皋奠天府[3],风气固以完。周家本仁厚,国统最绵绵。
汉唐能树德,亦复祚胤延[4]。秦隋秉虐政,二世即倾颠[5]。
在德不在险[6],古语谅弗谖[7]。嗟兹异代后,遗迹已茫然。

宫殿皆劫灰，城市尽荒阡。迤逦陇首坂[8]，萦纡乐游园。
老树带落日，平芜被寒烟[9]。凭高一览古，千载在目前。
盛衰有天运，兴废复何言。

【作者简介】

王祎（1322—1374），字子充，号华川，婺州路义乌（今浙江义乌）人。元末隐居青岩山中。元至正十八年（1358），朱元璋取婺州，召为中书省掾，迁侍礼郎，出知南康府事。明洪武元年（1368），出为漳州府通判。二年（1369），与宋濂同任《元史》总裁官。书成，拜翰林待制、同知制诰兼国史院编修官。王祎以文章名于世，与宋濂并称"浙东二儒"。著有《王忠文公文集》二十四卷、《大事记续编》七十七卷、《重修革象新书》二卷等。

【注释】

[1] 右瞻控陇蜀：指长安的西边是陇蜀之地。

[2] 河关：指黄河与函谷关。此句意为，长安的东边是黄河和函谷关。

[3] 神皋：指京畿。天府：谓土地肥沃、物产富饶之域。

[4] 祚胤（zuò yìn）：福运及于后代子孙。亦泛指后代子孙。

[5] 二世：两代。

[6] 在德不在险：语出《史记·孙子吴起列传》："吴起事魏武侯。武侯浮西河而下，中流，顾而谓吴起曰：'美哉乎！山河之固，此魏国之宝也！'起对曰：'在德不在险。昔三苗氏左洞庭，右彭蠡，德义不修，禹灭之；夏桀之居，左河济，右泰华，伊阙在其南，羊肠在其北，修政不仁，汤放；殷纣之国，左龙门，右太行，常山在其北，大河经其南，修政不德，武王杀之。由此观之，在德不在险。若君不修德，舟中之人尽为敌国也。'"

[7] 谅：指诚信；诚实。弗谖（xuān）：指不欺诈。

[8] 迤逦：曲折连绵貌。陇首：陇山，在今陕西、甘肃交界处。

[9] 平芜：草木丛生的平旷原野。

长安晓起闻鹊

〔明〕汪广洋

帘幕轻风度早春[1],树枝乾鹊噪清晨[2]。
若非边报收遗寇[3],定有家书寄远人。

【作者简介】

汪广洋(?—1379),字朝宗,江苏高邮人。明初宰相。元末进士出身,朱元璋称赞其"处理机要,屡献忠谋",将其比作张良、诸葛亮。洪武十二年(1379),受胡惟庸案牵连,被朱元璋赐死。通经能文,尤工诗,善隶书。著有《凤池吟稿》。《明诗综》收其诗三十一首。

【注释】

[1] 帘幕:用于门窗处的帘子与帷幕。
[2] 乾鹊:即喜鹊。其性好晴,其声清亮,故名。《西京杂记》卷三:"乾鹊噪而行人至,蜘蛛集而百事喜。"
[3] 边报:旧时边境地区向朝廷汇报情况的文书。遗寇:残寇。

早春长安道上

〔明〕区大相

双阙丽朝霞,千门竞岁华。苑云微带雪,宫柳半藏鸦[1]。
结驷过平乐[2],扬鞭赴狭斜。春风才几日,先发上林花。

【作者简介】

区大相(1549—1616),字用孺,号海目,高明(今广东佛山)人。明万历十七年（1589）中进士。官翰林检讨，同修国史，经筵展书，历赞善中允，掌制诰。万历三十三年（1605），调任南太仆丞。在任三年，称病回乡。居乡八年，病逝。工于诗，诗律谨严，为明代岭南诗家之最。著有《太史诗集》《濠上集》等。

【注释】

[1] 藏鸦：栖藏乌鸦。比喻柳树枝繁叶茂。

[2] 结驷：一车并驾四马。此用以指乘驷马高车之显贵。平乐：汉代宫观名。后泛指园林馆阁。

西安

〔清〕允礼

横鞭上灞桥，回眺秦封域。五纬非昔辉[1]，八川犹浞浞[2]。
林表隐终南，高秀仙都匹。绵延带埤堄[3]，平掌对门阒[4]。
遥想虎踞年，雄视小八极[5]。缇绣大照耀[6]，土木天逼仄[7]。
五陵竞豪奢，九衢恣崇饰[8]。香车斗风游，华屋鸣钟食。
王气盛蓟门[9]，鹑野遂寡色[10]。当年西笑人[11]，回望燕台日。

【作者简介】

爱新觉罗·允礼（1697—1737），号春和堂、静远斋。清康熙皇帝第十七子，雍正异母弟。一生历康熙、雍正、乾隆三朝，封果郡王，卒谥毅。善书画丹青，有《春和堂集》《静远斋集》《奉使纪行诗集》。

【注释】

[1] 五纬：金、木、水、火、土五星。

[2] 八川：古代关中地区灞、浐、泾、渭、沣、镐、潦、潏八条河流的总称。浞浞（shí）：河水清澈貌。

[3] 埤堄（pí nì）：城上呈凹凸形而有射孔的矮墙。亦泛指城墙。

[4] 门阈：门槛。

[5] 八极：八方极远之地。

[6] 缇绣（tí xiù）：赤缯与文绣。指高档丝织品。

[7] 土木：建筑工程。逼仄：迫近；相迫。此句意为，建筑物雄伟高峻，仿佛要与天相接。

[8] 九衢：纵横交错的大道；繁华的街市。崇饰：装饰，修饰。

[9] 蓟门：即蓟丘，古地名。在北京城西德胜门外西北隅。此借指北京。

[10] 鹑野：指秦地。《史记·天官书》："东井为水事。其西曲星曰钺。"张守节《史记正义》："东井八星，钺一星，舆鬼四星，一星为质，为鹑首，于辰在巳，皆秦之分野。"古代以星辰对应地域，天上的鹑首星，是地下秦之分野。后以"鹑野"指秦地或长安地区。寡色：无色。

[11] 西笑人：语本汉代桓谭《新论·祛蔽》："人闻长安乐，则出门西向而笑；肉味美，对屠门而嚼。"长安是西汉京城。西望长安而笑，谓渴慕帝都。

晓起长安道中

〔清〕金孝槐

野店鸡声唱晓寒[1]，一钩残月堕林端。
红楼梦里何曾识，付与行人马上看。

【作者简介】

金孝槐，字荫山，号屏碧，嘉兴人。清乾隆五十九年（1794）举人。有《小山阁吟稿》。

【注释】

[1] 野店：指乡村旅舍。

大慈恩寺（大雁塔）

大慈恩寺，位于陕西省西安市，始建于648年，是唐高宗作太子时为追念其母文德皇后而在原隋代无漏寺废址上所建的，更名为"慈恩"。大慈恩寺是唐代规模最大的寺院，占当时进昌坊半坊之地，共有十余座院落，现存寺院面积仅是当时的一个西塔院。现在的大慈恩寺坐北向南，主要建筑有山门、钟鼓楼、大雄宝殿、藏经楼、法堂、寮房等。

652年，玄奘为珍藏从印度带回的大量梵本佛典，仿西域建筑形式在寺院最北面建有五层方塔安放梵本，初名慈恩寺塔，后据天竺寺僧葬雁建塔的故事，改称大雁塔，沿用至今。塔原为砖表土心五层方形，公元701—704年用纯砖重加营建为七层，后又改建为十层，遭兵火破坏仅存七层。明代在外表加砌砖面保护，至今仍保留了外加砖面的七层原状。塔身高约六十四米，呈四角锥体，各层四面均有砖券拱门洞，沿塔内中心梯道可直达顶层。底层西侧石门门楣的阴线雕刻佛说法殿堂图，线条遒劲、构图精妙，是研究唐代建筑、绘画、雕刻艺术的重要文物。底层南门洞东西两侧砖龛内各有石碑一座，据传为玄奘亲手竖立。东侧碑文为唐太宗撰《大唐三藏圣教序》，西侧碑文为唐高宗撰《大唐三藏圣教序记》。

今日的慈恩寺是明代以来的规模，寺内殿堂则为清代末年的建筑。1983年被定为汉族地区全国重点寺院。近年修复了大雁塔，新建成玄奘三藏院。大慈恩寺在中国佛教史上的地位十分突出，一直受到国内外重视，游客亦纷至沓来。

谒慈恩寺题奘法师房

〔唐〕李治

停轩观福殿[1]，游目眺皇畿[2]。法轮含日转[3]，花盖接云飞[4]。
翠烟香绮阁，丹霞光宝衣[5]。幡虹遥合彩[6]，定水迥分晖[7]。

萧然登十地[8]，自得会三归[9]。

【作者简介】

李治（628—683），字为善，即唐高宗，唐朝第三位皇帝（649—683年在位），唐太宗李世民第九子，其母为文德顺圣皇后长孙氏。贞观五年（631）封为晋王，贞观十七年（643）被册立为皇太子。贞观二十三年（649）即位于长安太极殿，开创了有贞观遗风的永徽之治。唐代的版图，以高宗时为最大，东起朝鲜半岛，西临咸海（一说里海），北含贝加尔湖，南至越南横山，维持了三十二年。李治在位三十四年，于弘道元年（683）驾崩，年五十五岁，葬于乾陵，庙号高宗，谥号天皇大帝。

【注释】

[1] 福殿：指慈恩寺。

[2] 皇畿：旧指京城管辖区。

[3] "法轮"句：佛教语。谓佛说法，圆通无碍，运转不息，能摧破众生的烦恼。"法轮"是对佛法的喻称，"转"喻宣说。

[4] 花盖：帝王及后妃们仪仗中的伞状物，上绣有花，故名。

[5] 宝衣：僧、道的衣服。

[6] 幡虹：指寺中长幡。其形长展如虹，故称。

[7] 定水：澄静之水，喻指禅定之心。

[8] 十地：梵语意译。或译为"十住"。佛家谓菩萨修行所经历的十个境界。大乘菩萨十地为：欢喜地、离垢地、发光地、焰慧地、极难胜地、现前地、远行地、不动地、善慧地、法云地。

[9] 三归：佛教术语，又曰三归依、三归戒。指皈依佛、法、僧三宝。即以佛为师、以法为药、以僧为友。

谒大慈恩寺

〔唐〕李治

日宫开万仞[1],月殿耸千寻[2]。花盖飞团影,幡虹曳曲阴。绮霞遥笼帐,丛珠细网林。寥廓烟云表[3],超然物外心[4]。

【注释】

[1] 日宫：佛教谓日天子住于太阳中，太阳为日天子的宫殿。亦借指佛寺。此指大慈恩寺。仞：古代长度单位，七尺（一说八尺）为一仞。

[2] 月殿：指月宫。千寻：形容极高。古以八尺为一寻。

[3] 寥廓：空阔旷远。

[4] 超然物外：超脱于尘世之外。

九月九日上幸慈恩寺登浮图，群臣上菊花寿酒

〔唐〕上官昭容

帝里重阳节[1]，香园万乘来[2]。却邪萸入佩，献寿菊传杯[3]。塔类承天涌，门疑待佛开。睿词悬日月[4]，长得仰昭回[5]。

【作者简介】

上官昭容（664—710），复姓上官，小字婉儿，陕州陕县（今河南陕县）人，祖籍陇西上邽（今属甘肃）。唐代女官、诗人、皇妃。高宗麟德元年（664），祖父仪、父庭芝同被诛，婉儿时在襁褓，随母配入掖庭。及长，有文词，明习吏事，为武后所重。中宗即位，令专掌制命，进拜昭容。景龙四年（710），李旦、李隆基举兵诛韦、武，婉儿亦被斩杀。天性韶警，善文章，尝劝广置昭文学士，盛引词学之臣，赐宴赋诗。所作词甚绮丽，时人讽诵。《全唐诗》存诗三十二首。

【注释】

[1] 帝里：京城，国都。

[2] 香园：芳香的苑园。比喻仙境佛土。万乘：代指皇帝。

[3] 传杯：谓宴饮中传递酒杯劝酒。

[4] 睿词：皇帝的言辞。睿，古代臣下对君王或后妃的尊称。悬日月：与日月争光。

[5] 昭回：谓日月之光照耀。昭：光。

奉和过慈恩寺应制

〔唐〕许敬宗

凤阙邻金地[1]，龙旗拂宝台[2]。云楣将叶并[3]，风牖送花来[4]。月宫清晚桂，虹梁绚早梅[5]。梵境留宸眺[6]，睒发丽天才[7]。

【作者简介】

许敬宗（592—672），字延族，杭州新城（今浙江杭州）人。隋大业年间中秀才，入唐后，秦王李世民召为秦府学士，贞观八年（634）任著作郎、监修国史，不久迁中书舍人。咸亨三年（672）去世，时年八十一岁。赠开府仪同三司，谥号缪。著有文集八十卷。《全唐诗》存诗二十七首。

【注释】

[1] 凤阙：汉代宫阙名，后泛指宫殿或朝廷。金地：又名金田。佛寺之别称。此指大慈恩寺。

[2] 龙旗：画有两龙蟠结的旗帜。天子仪仗之一，亦代指皇帝。宝台：对佛寺、佛塔的美称。

[3] 云楣：有云状纹饰的横梁。

[4] 风牖：指窗子。

[5] 虹梁：高架而拱曲的屋梁。

[6] 梵境：佛的境界。宸眺：谓帝王的注视、观赏。

[7] 掞（shàn）发：铺张，发舒。丽天才：谓光华照耀天宇的才学。此为对天子诗才的称颂。

九月九日登慈恩寺浮图应制

〔唐〕宋之问

凤刹侵云半[1]，虹旌倚日边[2]。散花多宝塔[3]，张乐布金田[4]。
时菊芳仙酝[5]，秋兰动睿篇[6]。香街稍欲晚[7]，清跸扈归天[8]。

【注释】

[1] 凤刹：指佛塔。首句言慈恩寺塔高耸入云。
[2] 虹旌：彩旗。
[3] 散花：谓为供佛而散撒花朵。
[4] 张乐：置乐；奏乐。金田：佛寺的别称。
[5] 时菊：应时而开的菊花。仙酝：仙人酿的酒。喻美酒。
[6] 睿篇：指皇帝写的文章。
[7] 香街：指繁华的街道。
[8] 清跸：皇帝出行时清除道路，禁止行人行走。跸，辟止行人。扈：护卫。归天：回皇宫。

奉和九月九日登慈恩寺浮图应制

〔唐〕李迥秀

沙界人王塔[1]，金绳梵帝游[2]。言从祇树赏[3]，行玩菊丛秋。
御酒调甘露[4]，天花拂彩旒[5]。尧年将佛日[6]，同此庆时休[7]。

【作者简介】

李迥秀，生卒年不详，字茂之。武则天时任凤阁舍人。因贪赃获罪贬为庐州刺史，又贬为衡州长史。唐中宗李显继位，召入朝廷任将作少监，后出任朔方道行军大总管，回朝后拜授兵部尚书。

【注释】

[1] 沙界：佛教语。谓多如恒河沙数的世界。恒河沙数，形容数目很多。人王：指帝王。

[2] 金绳：佛经谓离垢国用以分别界限的金制绳索。梵帝：指佛。

[3] 祇树：即祇树园，在古印度舍卫城，与王舍城的竹园同为释迦牟尼时代的两大精舍之一。释迦牟尼在祇园住了25年左右，宣讲了许多经典。后借以称佛寺。

[4] 御酒：皇帝饮用的酒，或泛指宫廷饮用的酒。

[5] 天花：天界仙花，传说佛说法时，诸天感动，撒下香花作为"供养"和赞教。彩斿（liú）：旗帜上的彩色飘带。借指彩旗。

[6] 尧年：传说尧时天下太平，因以喻太平盛世。将：共；与。佛日：对佛的敬称。佛教认为佛之法力广大，普济众生，如日之普照大地，故以日为喻。

[7] 时休：指时世的升平吉祥。

奉和九月九日登慈恩寺浮图应制

〔唐〕孙佺

应节萸房满[1]，初寒菊圃新[2]。龙旗焕辰极[3]，凤驾俨香闉[4]。
莲井偏宜夏[5]，梅梁更若春[6]。一忻陪雁塔[7]，还似得天身。

【作者简介】

孙佺（？—712），汝州郏城（今河南郏县）人。唐睿宗延和元年（712），任左羽林大将军、幽州大都督，率兵讨伐奚和契丹，发动冷陉之战，唐军败绩。孙佺及副将周以悌被擒，为突厥默啜可汗所害。《全唐诗》存诗一首。

【注释】

[1] 应节：适应节令。萸房：茱萸花的子房。

[2] 圃：种植蔬菜、花果或苗木的园地。

[3] 龙旗：画有两龙蟠结的旗帜。天子仪仗之一。焕：放射光芒。辰极：北斗星。

[4] 凤驾：《汉书·扬雄传上》："乃抚翠凤之驾，六先景之乘。"颜师古注："翠凤之驾，天子所乘车，为凤形而饰以翠羽也。"后以"凤驾"称帝王或后妃的车乘。俨：恭敬庄重，庄严。香阖：指佛寺。

[5] 莲井：绘有荷菱等图形的藻井。

[6] 梅梁：泛指宫殿的大梁。

[7] 忻：心喜。

奉和九月九日登慈恩寺浮图应制

〔唐〕郑愔

涌霄开宝塔[1]，倒影驻仙舆[2]。雁子乘堂处[3]，龙王起藏初。
秋风圣主曲，佳气史官书。愿献重阳寿，承欢万岁余。

【作者简介】

郑愔（？—710），字文靖，河北沧县（今属沧州）人。年十七，擢进士第。武后时，附张易之，荐为殿中侍御史。张易之败，又附武三思，迁吏部侍郎。后参与预谯王李重福叛乱，事败被杀。《全唐诗》存诗一卷。

【注释】

[1] 宝塔：佛塔。原为美称，后泛称塔。此指慈恩寺塔。

[2] 仙舆：指御辇，皇帝的车驾。

[3] 雁子乘堂：佛堂。佛教传说毗舍离为佛作堂，形如雁子。

慈恩寺九日应制

〔唐〕薛稷

宝宫星宿劫[1]，香塔鬼神功。王游盛尘外[2]，睿览出区中[3]。日宇开初景[4]，天词掩大风[5]。微臣谢时菊，薄采入芳丛。

【作者简介】

薛稷（649—713），字嗣通，蒲州汾阴（今山西万荣县）人。薛道衡曾孙。进士及第。中宗景龙末为谏议大夫，昭文馆学士。睿宗立，封晋国公，除太子少保、礼部尚书，世称薛少保。及窦怀贞伏诛，以知其谋，赐死于万年县狱中。工隶书，笔姿道丽，与欧阳询、虞世南、褚遂良并称唐初四大书家。又善绘，画为绝品。《全唐诗》存诗十四首。

【注释】

[1] 宝宫：对佛寺、佛塔的美称。星宿劫：在过去、现在、未来的三大劫中，未来的大劫叫作星宿劫，因为在这一个劫中，有千佛出世，其数多如天上之星宿，故名。

[2] 尘外：人世之外。

[3] 睿览：皇帝观览。区中：人世间。

[4] 日宇：太阳居处。指皇宫。

[5] 天词：皇帝的诗篇。掩：超过。大风：指刘邦的《大风歌》。

奉和九月九日登慈恩寺浮图应制

〔唐〕萧至忠

天跸三乘启[1]，星舆六辔行[2]。登高凌宝塔，极目遍王城[3]。

神卫空中绕，仙歌云外清[4]。重阳千万寿[5]，率舞颂升平[6]。

【作者简介】

萧至忠（？—713），沂州（山东枣庄）人。中宗神龙初，以附武三思，自吏部员外郎擢御史中丞，迁吏部侍郎。景龙元年（707），拜黄门侍郎、同中书门下三品。睿宗即位，坐韦后党出为晋州刺史。召拜刑部尚书、右御史大夫，再迁吏部尚书。玄宗先天二年（713），拜中书令。以预修《姓族系谱》书成，封酂国公。未几，坐附太平公主伏诛。生平见《旧唐书》《新唐书》本传。《全唐诗》存诗九首。

【注释】

[1] 天骅：谓皇帝出行时的车驾。三乘：三乘车。每乘四马。

[2] 星舆：皇帝的车驾。六辔：辔，缰绳。古一车四马，马各二辔，其两边骖马之内辔系于轼前，谓之䩞，御者只执六辔。

[3] 王城：指京城。

[4] 仙歌：这里指佛教的音乐。

[5] 千万寿：犹言万岁，祝颂帝王长寿的套语。

[6] 率舞：相率起舞，庆贺升平。

奉和圣制同皇太子游慈恩寺应制

〔唐〕沈佺期

肃肃莲花界[1]，荧荧贝叶宫[2]。金人来梦里，白马出城中[3]。
涌塔初从地，焚香欲遍空。天歌应春钥[4]，非是为春风。

【作者简介】

沈佺期（656？—716？），字云卿，相州内黄（今河南内黄县）人。唐代诗人。与宋之问齐名，称"沈宋"。唐高宗上元二年（675）举进士第。长安中，累迁通事舍人，预修《三教珠英》，转考功郎、给事中。后流驩州，又迁台州录事参军。

神龙中，拜起居郎，修文馆直学士，历中书舍人，太子少詹事。开元初卒。明人辑有《沈佺期集》四卷。《全唐诗》存诗三卷。《旧唐书》《新唐书》皆有传。《唐才子传》有载。

【注释】

[1] 肃肃：清幽；静谧。莲花界：指佛地。佛教所称西方极乐世界。

[2] 贝叶宫：指佛寺。贝叶：贝多罗叶的简称，此种树叶经冬不凋，印度人多拿来书写经文，叫作贝叶经，或贝文。

[3] "金人"二句：指白马寺的传说。《魏书·释老志》："孝明帝夜梦金人，项有日光，飞行殿庭。乃访群臣，傅前门毅始以佛对。帝遣郎中蔡愔、博士弟子秦景使于天竺，写浮屠遗范……愔之还也，以白马负经而至，汉因立白马寺于洛城雍门西。"

[4] 天歌：即天帝之乐。钥（yuè）：古代一种乐器，形状像笛。

奉和九月九日登慈恩寺浮图应制

〔唐〕杨廉

万乘临真境[1]，重阳眺远空。慈云浮雁塔，定水映龙宫[2]。
宝铎含飙响[3]，仙轮带日红[4]。天文将瑞色[5]，辉焕满寰中[6]。

【作者简介】

杨廉，生卒年、籍贯均不详。一作杨庶，与沈佺期同时。曾在尚书省任职，后为给事中。事迹见沈佺期《酬杨给事中廉见赠台中》诗。善属文。《全唐诗》存诗二首。

【注释】

[1] 万乘：周天子地方千里，有兵车万乘，诸侯地方百里，有兵车千乘。故以万乘借指天子。真境：仙境。喻慈恩寺清幽的景致。

[2] 定水：佛教语。澄静之水。

[3] 宝铎：这里指悬于塔上的风铃。铎，檐铃，风铃，一般为金属制。飙：风。
[4] 仙轮：指佛教所说的法轮。
[5] 天文：指天象，即天文、气象等各种自然现象。瑞色：犹瑞气。
[6] 辉焕：照耀，映照。寰中：宇内，天下。

奉和九月九日登慈恩寺浮图应制

〔唐〕李峤

瑞塔千寻起，仙舆九日来[1]。萸房陈宝席，菊蕊散花台。
御气鹏霄近[2]，升高凤野开[3]。天歌将梵乐[4]，空里共裴回[5]。

【作者简介】

李峤（644—713），字巨山，赵州赞皇（今属河北）人，初唐诗人。与初唐诗人杜审言、崔融、苏味道并称"文章四友"。《全唐诗》存诗五卷。《唐才子传》有载。

【注释】

[1] 仙舆：指皇帝的车驾，这里代指皇帝。
[2] 御气：帝王的气象。鹏霄：指高空。
[3] 凤野：美丽富饶的原野。
[4] 梵乐：指佛教音乐。
[5] 裴回：徘徊。

奉和九月九日登慈恩寺浮图应制

〔唐〕李乂

涌塔临玄地[1]，高层瞰紫微[2]。鸣銮陪帝出[3]，攀橑翊天飞[4]。
庆洽重阳寿[5]，文含列象辉。小臣叨载笔[6]，欣此颂巍巍[7]。

【作者简介】

　　李乂（647—714），本名尚真，一作字尚真，赵州房子（今河北临城县）人。举进士，累迁中书舍人、吏部侍郎、知制诰，封中山郡公。太平公主干政，欲引乂自附，乂绝之。官终刑部尚书。卒年六十八，谥贞。乂方雅有学识，时称有宰相器。兄李尚一、李尚贞，俱以文章名，同为一集，号《李氏花萼集》。《全唐诗》存诗一卷。

【注释】

　　[1] 玄地：佛地。

　　[2] 紫微：帝王的宫殿。

　　[3] 鸣銮：借指皇帝出行。銮通"鸾"，装在轭首或车衡上的铜铃。车行摇动作响。

　　[4] 攀橑（lǎo）：谓手攀屋橑。翊：帮助。

　　[5] 庆洽：吉庆和谐。

　　[6] 小臣：作者自指。叨：犹忝，表示承受的意思，用作谦词。载笔：携带文具以记录王事。

　　[7] 巍巍：崇高伟大。

奉和九月九日登慈恩寺浮图应制

〔唐〕卢藏用

化塔龙山起[1]，中天凤辇迁[2]。彩旒牵画刹[3]，杂佩冒香筵[4]。宝叶擎千座[5]，金英渍百盂[6]。秋云飘圣藻[7]，霄极捧连珠[8]。

【作者简介】

　　卢藏用（664？—713？），字子潜。少以辞学著称。举进士，未授官，遂隐居，常往来于少室、终南二山，时人称为"随驾隐士"。武则天长安年间征拜左拾遗，官至工部侍郎、尚书右丞。先天中依附太平公主，放逐岭南。开元初，起为黔州都督府长史，未行而卒。工篆隶，好琴棋，为多能之士。有文集三十卷，《全唐诗》存诗八首。

【注释】

[1] 化塔：佛塔，此指慈恩寺塔。龙山：晋桓温曾于龙山与宾僚举行重阳（农历九月九日）宴集，这里用龙山暗指重阳。

[2] 凤辇：皇帝的车驾。

[3] 彩旒：旗帜上的彩色飘带。借指彩旗。牵：挂。画刹（chà）：有彩绘装饰的佛寺。

[4] 杂佩：总称连缀在一起的各种佩玉。香萸：茱萸，一种香气浓烈的植物，古人重阳节佩戴以避邪。

[5] 宝叶：宝莲的花瓣。千座：千叶莲形的佛座。

[6] 金英：菊花。盂：大型盛饭器，亦可盛水或冰。

[7] 圣藻：帝王的文辞。指唐中宗原诗。

[8] 连珠：连接成串的珠子，比喻美好的诗歌。

奉和九月九日登慈恩寺浮图应制

〔唐〕周利用

出豫乘金节[1]，飞文焕日宫[2]。萸房开圣酒，杏苑被玄功[3]。
塔向三天迥[4]，禅收八解空[5]。叨恩奉兰藉[6]，终愧洽熏风。

【作者简介】

周利用，生卒年不详。唐中宗时，与御史大夫郑惟忠同送金城公主和蕃，中宗送至马嵬。景龙三年（709）重九，曾侍中宗登慈恩寺塔，作应制诗。《全唐诗》存诗一首。

【注释】

[1] 出豫：天子秋日巡游。金节：古代殿庭的仪仗。仪仗之属有金节，黑漆竿，上施圆盘，周缀红丝拂八层，黄绣龙袋笼之。

[2] 飞文：光彩闪耀。日宫：借指佛寺。

[3] 玄功：影响深远的功绩；伟大的功绩。

[4] 三天：泛指天空。

[5] 八解：佛教语"八解脱"之略。八解脱，谓解除尘世烦恼、复归自在的八种禅定。

[6] 兰藉：祭祀时将饭食脯枣之类置于香草或白茅上以供神，这里指侍从皇帝至慈恩寺。藉：垫底用的东西。

奉和九月九日登慈恩寺浮图应制

〔唐〕张景源

飞塔凌霄起[1]，宸游一届焉[2]。金壶新泛菊[3]，宝座即披莲。
就日摇香辇[4]，凭云出梵天[5]。祥氛与佳色[6]，相伴杂炉烟。

【作者简介】

张景源，生平不详。中宗神龙时曾官补阙。《全唐诗》存诗一首。

【注释】

[1] 飞塔：指慈恩寺大雁塔。凌霄：直上云霄。

[2] 宸游：帝王之巡游。届：至，到。

[3] 金壶：酒壶之美称。

[4] 就日：接近皇帝，比喻对天子的崇仰。就：趋，趋向。

[5] 梵天：色界之初禅天名。因为此天无欲界的淫欲，寂静清净，故名梵天。

[6] 祥氛：吉祥的气氛。

奉和九日登慈恩寺浮图应制

〔唐〕李适

凤辇乘朝霁[1]，鹦林对晚秋[2]。天文贝叶写[3]，圣泽菊花浮[4]。
塔似神功造，龛疑佛影留[5]。幸陪清汉跸[6]，欣奉净居游[7]。

【作者简介】

李适（663—711），字子至，自号东山子。京兆万年（今陕西西安）人。武后时举进士，调猎氏县尉。圣历中，预修《三教珠英》，书成，迁户部员外郎，兼修书学士。中宗景龙初，擢修文馆学士，迁中书舍人。睿宗景云二年（711），转工部侍郎，寻卒，赠贝州刺史。《全唐诗》存诗一卷，《全唐诗外编》补诗一首，多为应制奉和之作。

【注释】

[1] 凤辇：皇帝的车驾，这里代指皇帝。霁：雨过天晴。

[2] 鹦林：鹦鹉聚集的树林。常用指禅林坐落之处。传说释迦牟尼从舍卫国祇树国经孤独国出游，途遇鹦鹉王，请释迦牟尼到鹦鹉林住宿。佛坐于树下，鹦鹉通宵翔绕，林中虎狼盗贼之患绝迹。

[3] 天文：这里指佛经。贝叶：书写佛经的贝多叶。也指佛经纸页。贝多叶即菩提树的叶子，印度人用以写经文。

[4] 圣泽：帝王的恩泽。菊花：指菊花酒。

[5] 佛影：佛像。

[6] 清汉：喻指帝王。

[7] 净居：佛寺。《旧唐书·高祖纪》曰："伽蓝之地，本曰净居。栖心之所，理尚幽寂。"

奉和九月九日登慈恩寺浮图应制

〔唐〕李从远

九月从时豫[1]，三乘为法开[2]。中霄日天子[3]，半座宝如来[4]。
摘果珠盘献，攀萸玉辇回。愿将尘露点[5]，遥奉光明台。

【作者简介】

李从远，生卒年不详，赵州高邑（今河北高邑）人。神龙、景云年间，历中书令、太府卿、黄门侍郎，累封赵郡公。谥懿。《全唐诗》存诗一首。

【注释】

[1] 时豫：指帝王按时的出游。

[2] 三乘：佛教用语。"乘"为运载工具，能运载行人到远近不同的目的地，借以比喻引导教化众生达到解脱的三种方法、途径或说教。一般是指"声闻乘""缘觉乘""大乘"的合称。

[3] 中宵：高空。日天子：佛教名词，又名宝光天子，宝意天子。为观世音菩萨之变化身，住于太阳中。

[4]"半座"句：世尊尝分半座使迦叶坐。宝如来即如来，世尊是他的尊称之一。座，佛教术语，诸佛以莲华为座。

[5] 尘露：风尘雨露。比喻事物微不足道。

奉和九月九日登慈恩寺浮图应制

〔唐〕解琬

瑞塔临初地[1]，金舆幸上方[2]。空边有清净，觉处无馨香[3]。
雨霁微尘敛，风秋定水凉[4]。兹辰采仙菊，荐寿庆重阳。

【作者简介】

解琬（？—718），魏州元城（今河北大名）人。少中幽素科。武则天圣历初，官侍御史，奉使安抚乌质勒及十姓部落，以功擢御史中丞。中宗景龙中，迁御史大夫，兼朔方行军大总管，前后守边二十余年，务农习战，边境安宁。官终同州刺史，卒，年八十余。

【注释】

[1] 初地：佛教寺院。

[2] 金舆：帝王的车乘。上方：指佛寺。

[3] 觉：佛教术语，梵语叫作菩提，觉察或觉悟的意思。

[4] 定水：佛教语。澄静之水。

慈恩寺二月半寓言

〔唐〕苏颋

二月韶春半[1]，三空霁景初[2]。献来应有受，灭尽竟无余。
化迹传官寺[3]，归诚谒梵居[4]。殿堂花覆席，观阁柳垂疏。
共命枝间鸟[5]，长生水上鱼[6]。问津窥彼岸，迷路得真车[7]。
行密幽关静[8]，谈精俗态祛。稻麻欣所遇[9]，蓬籊怆焉如[10]。
不驻秦京陌，还题蜀郡舆。爱离方自此[11]，回望独踟蹰[12]。

【作者简介】

苏颋（670—727），字廷硕，京兆武功（今陕西武功）人。进士出身，历任乌程尉、左司御率府胄曹参军、监察御史等职，袭爵许国公，后与宋璟一同拜相，担任紫微侍郎、同平章事。任相四年，以礼部尚书罢相，后出任益州长史。初盛唐之交著名文士，与燕国公张说齐名，并称"燕许大手笔"。谥文宪。《全唐诗》存诗二卷。

【注释】

[1] 韶春：即春天。

[2] 三空：佛教术语，即言空、无相、无愿三解脱。此三者共明空理，故曰三空。霁景：初晴的景色。

[3] 官寺：指官署、衙门。

[4] 归诚：谓对人寄以诚心。梵居：佛寺。

[5] 共命枝间鸟：共命鸟，又作命命鸟，生生鸟。一种一身两头的鸟。

[6] 长生：佛教术语，极乐之寿命。

[7] 真车：疑为指南针之车。

[8] 幽关：喻指深奥玄妙的道法。

[9] 稻麻：喻友侣众多。

[10] 蓬藋：蓬、藋，均为草名。这里泛指草。怆：悲怆。焉如：何往，往哪里去。
[11] 爱：怜惜，爱惜。
[12] 踌躇：犹豫不定的样子。

奉和九月九日登慈恩寺浮图应制

〔唐〕张锡

九秋霜景净[1]，千门晓望通[2]。仙游光御路[3]，瑞塔迥凌空。
菊彩扬尧日，萸香绕舜风[4]。天文丽辰象[5]，窃抃仰层穹[6]。

【作者简介】

张锡，贝州武城（今属山东）人。武则天时为凤阁侍郎、同凤阁鸾台平章事。韦后临朝，诏同中书门下三品，旬日，出任绛州刺史。以年老致仕。《全唐诗》存诗二首。

【注释】

[1] 九秋：指九月深秋。
[2] 千门：代指宫门。
[3] 御路：原指皇帝使用的道路，后亦为寺庙沿用。
[4] "菊彩"二句：指天地祥和、万物俱兴如同尧舜的时代。
[5] 天文：指天象，即天文、气象等各种自然现象。辰象：天象。指日、月、星。
[6] 窃抃（biàn）：暗自击节。抃：鼓掌，表示欢庆。曹植《求自试表》："夫临博而企竦，闻乐而窃抃者，或有赏音而识道也。"层穹：高空。

奉和九月九日登慈恩寺浮图应制

〔唐〕辛替否

洪慈均动植[1]，至德俯深玄[2]。出豫从初地[3]，登高适梵天[4]。

白云飞御藻，慧日暖皇编[5]。别有秋原藿[6]，长倾雨露缘。

【作者简介】

辛替否，字协时，京兆（今陕西西安）人。中宗景龙中为左拾遗，时安乐公主府官员冗滥，筑第侈贵，又盛兴佛寺，国库空竭，上疏谏，不纳。睿宗时为左补阙，上疏谏为金仙、玉真两公主营观事，虽不纳，然嘉其公直，迁为右台殿中侍御史，累迁颍王府长史。玄宗天宝初卒，年八十。《全唐诗》存诗一首。

【注释】

[1] 洪慈：洪恩，天子的恩泽。动植：动物与植物，泛指万人万物。

[2] 至德：最高的道德；盛德。深玄：佛教术语，黑色。

[3] 出豫：谓天子秋日巡游。初地：佛寺。

[4] 适：去、往。梵天：见前张景源《奉和九月九日登慈恩寺浮图应制》注释[5]。

[5] 御藻、皇编：指皇帝的诗文。慧日：佛教语。指普照一切的法慧、佛慧。

[6] 藿：一种植物，倾叶向阳，有如今日之向日葵，此处意谓承受皇帝的恩泽。

奉和九月九日登慈恩寺浮图应制

〔唐〕崔日用

紫宸欢每洽[1]，绀殿法初隆[2]。菊泛延龄酒，兰吹解愠风[3]。
咸英调正乐[4]，香梵遍秋空。临幸浮天瑞，重阳日再中。

【作者简介】

崔日用（673—722），滑州灵昌（今河南滑县）人。唐朝宰相。玄宗李隆基即位后，欲除太平公主一党，日用为之谋划，因功入朝任吏部尚书，后又因事外放为常州刺史。开元十年卒于并州大都督府长史任上，时年五十岁。《全唐诗》存诗九首。

【注释】

[1] 紫宸：宫殿名，天子所居。唐时为接见群臣及外国使者朝见庆贺的内朝正殿，在大明宫内。

[2] 绀殿：佛寺之别称。因绀琉璃的颜色而得名。

[3] 解愠：消除怨怒。语出《孔子家语·辩乐解》："昔者舜弹五弦之琴，造《南风》之诗，其诗曰：'南风之熏兮，可以解吾民之愠兮。南风之时兮，可以阜吾民之财兮。'"

[4] 咸英：原为尧乐《咸池》与帝喾乐《六英》之并称。此泛指古乐。正乐：谓雅正的音乐。

奉和九月九日登慈恩寺浮图应制

〔唐〕岑羲

宝台耸天外[1]，玉辇步云端[2]。日丽重阳景，风摇季月寒[3]。
梵堂遥集雁[4]，帝乐近翔鸾[5]。愿献延龄酒，长承湛露欢[6]。

【作者简介】

岑羲（？—713），字伯华，南阳棘阳（今河南新野）人。初任金坛、广武令，有美声。神龙时上书请削诸武之为王者，由是忤武三思，由中书舍人转秘书少监。睿宗时官至户部尚书，监修国史，删定法令，编撰《氏族录》及《中宗实录》。先天初参与太平公主谋乱，被处死。《全唐诗》存诗六首。

【注释】

[1] 宝台：对佛寺、佛塔的美称。

[2] 玉辇：天子所乘之车，以玉为饰。

[3] 季月：每季度的最后一月，即农历三、六、九、十二月。这里指九月。

[4] 梵堂：即寺院。

[5] 帝乐：天帝之乐。翔鸾：飞鸾。鸾：传说中凤凰一类的鸟。

[6] 湛露：《诗经·小雅》篇名。《左传·文公四年》："昔诸侯朝正于王，

王宴乐之,于是乎赋《湛露》。则天子当阳,诸侯用命也。"后因喻君主之恩泽。

奉和九月九日登慈恩寺浮图应制

〔唐〕李恒

宝地邻丹掖[1],香台瞰碧云[2]。河山天外出,城阙树中分[3]。
睿藻兰英秀[4],仙杯菊蕊熏。愿将今日乐,长奉圣明君。

【作者简介】

李恒(795—824),即唐穆宗。唐宪宗第三子,母懿安皇后郭氏。元和七年(812)立为皇太子,元和十五年(820)继位,在位五年(820—824)。长庆四年(824)阴历正月二十二日,崩于寝殿,十一月,葬于光陵。年仅二十九岁。

【注释】

[1] 宝地:佛教术语,指佛地。多指佛寺。丹掖:宫殿,这里指皇宫。

[2] 香台:烧香之台,佛殿之别称。瞰:俯视。碧云:蓝天上的云。此句极言慈恩寺佛殿之高峻。

[3] 城阙:泛指城市。

[4] 睿藻:称皇帝或后妃所作文辞。兰英:兰的花朵。

同诸公登慈恩寺浮图[1]

〔唐〕高适

香界泯群有[2],浮图岂诸相[3]?登临骇孤高[4],披拂欣大壮[5]。
言是羽翼生,迥出虚空上[6]。顿疑身世别,乃觉形神王。
宫阙皆户前,山河尽檐向。秋风昨夜至,秦塞多清旷[7]。
千里何苍苍,五陵郁相望。盛时惭阮步,末宦知周防[8]。

输效独无因,斯焉可游放[9]。

【作者简介】

高适(700?—765),字达夫,一字仲武,郡望渤海郡,里籍莫考。曾任彭州刺史、蜀州刺史、剑南西川节度使、刑部侍郎、散骑常侍,封渤海县侯,世称高常侍。卒赠礼部尚书,谥号忠。著名边塞诗人,与岑参并称"高岑"。其诗笔力雄健,气势奔放。有《高常侍集》十卷。《旧唐书》《新唐书》皆有传。《唐才子传》有载。

【注释】

[1] 天宝十一载秋,高适与岑参、薛据、储光羲、杜甫等人同登慈恩寺塔,各有诗作。此诗即为当时所作。

[2] 香界:指佛寺。泯:消失,消除。群有:佛教语。犹众生或万物。

[3] 诸相:佛教语。指一切事物外现的形态。

[4] 骇:惊骇,震惊。孤高:高耸,突出。

[5] 披拂:吹拂,飘拂。大壮:《易经·系辞下》:"上古穴居而野处,后世圣人易之以宫室,上栋下宇,以待风雨,盖取诸《大壮》。"《大壮》上震下乾。震为雷,乾为天(古人认为天形似圆盖),其卦象为上有雷雨,下有御雨之圆盖。故云创建宫室,以避风雨,取象于《大壮》。后用为建筑宫室之典。这里指大雁塔高峻雄伟的气势。

[6] 迥出:高耸貌。

[7] 秦塞:指秦地。今陕西一带。

[8] 阮步:阮步兵,阮籍。籍曾经担任过步兵校卫。当时司马炎掌权,政治黑暗,为全身避世,籍终日饮酒,常常大醉不醒。末宦:卑小的官职。周防:字伟公,汝南汝阳人。东汉经学家,十六岁时为郡小吏,汉明帝时曾任博士、陈留太守,后因罪免官。此二句意为:太平盛世我却惭愧像阮籍那样不问政事,只能像周防一样做个卑微的小官。

[9] 输效:犹报效。游放:悠游放旷。《宋书·谢灵运传》:"为临川内史,在郡游放,不异永嘉。"末二句意为:自己没有机会报效君王,在这里倒可以悠游自适。

同诸公登慈恩寺塔 [1]

〔唐〕储光羲

金祠起真宇[2]，直上青云垂。地静我亦闲，登之秋清时[3]。
苍芜宜春苑[4]，片碧昆明池[5]。谁道天汉高[6]，逍遥方在兹。
虚形宾太极[7]，携手行翠微[8]。雷雨傍杳冥[9]，鬼神中夔跜[10]。
灵变在倏忽[11]，莫能穷天涯。冠上闻阊阖开[12]，履下鸿雁飞。
宫室低逦迤[13]，群山小参差。俯仰宇宙空，庶随了义归[14]。
崷峍非大厦[15]，久居亦以危。

【注释】

[1] 此诗为天宝十一载秋与杜甫等人同登慈恩寺塔所作。

[2] 真宇：本指道观，这里指大雁塔。

[3] 秋清：秋日气候清爽。

[4] 宜春苑：古代苑囿名。秦时在宜春宫之东，汉称宜春下苑。即后所称曲江池。在慈恩寺旁。

[5] 昆明池：池名。位于汉唐长安城西南，在今陕西省西安市长安区斗门镇一带。

[6] 天汉：指银河。

[7] 太极：谓天宫，仙界。

[8] 翠微：指青翠掩映的幽深之处。

[9] 杳冥：指天空，高远之处。

[10] 夔跜（kuí ní）：盘曲蠕动貌。

[11] 灵变：神奇莫测的变化。倏忽：顷刻，短暂。

[12] 阊阖：神话传说中的天门；也指皇宫之门。

[13] 逦迤：曲折连绵。

[14] 庶随：表示希望的副词。了（liǎo）义：佛教语。真实之义，最圆满

的义谛。

[15] 崒屴（zé lì）：高耸直立貌。

与高适、薛据登慈恩寺浮图 [1]

〔唐〕岑参

塔势如涌出[2]，孤高耸天宫[3]。登临出世界[4]，磴道盘虚空[5]。
突兀压神州[6]，峥嵘如鬼工[7]。四角碍白日[8]，七层摩苍穹[9]。
下窥指高鸟[10]，俯听闻惊风[11]。连山若波涛，奔凑似朝东[12]。
青槐夹驰道[13]，宫馆何玲珑[14]。秋色从西来，苍然满关中。
五陵北原上，万古青蒙蒙。净理了可悟[15]，胜因夙所宗[16]。
誓将挂冠去，觉道资无穷[17]。

【作者简介】

岑参（715？—770？），荆州江陵（今湖北荆州）人。唐玄宗天宝三载（744）进士。曾两次从军边塞，先在安西节度使高仙芝幕府任掌书记，天宝末年，封常清为安西北庭节度使时，为其幕府判官。代宗时，曾官嘉州（今四川乐山）刺史，世称"岑嘉州"。大历五年（770）卒于成都。工诗，尤善边塞诗，与高适并称"高岑"。其诗气势雄伟，想象丰富，色彩瑰丽，热情奔放。有《岑嘉州诗集》传世。《全唐诗》编其诗四卷。《唐才子传》有载。

【注释】

[1] 天宝十一载秋，岑参与高适等人同登慈恩寺塔时作此诗。

[2] 涌出：形容拔地而起。

[3] 孤高：孤立高耸。

[4] 出世界：脱出尘世。

[5] 磴道：塔内的台阶。虚空：天空；空中。"登临"二句谓，登临塔上就像脱离了尘世，塔内的台阶仿佛盘旋在天空之中。

[6] 突兀：高耸特出貌。神州：指京城长安。

[7] 峥嵘：高峻貌。鬼工：非人力所能。

[8] 四角：指建筑物顶四方的四个飞檐。碍：遮挡。白日：太阳；阳光。这句意为，雁塔的四角仿佛遮蔽了太阳。

[9] 摩：擦，蹭，接触。苍穹：天空。这句意为，大雁塔七层塔身似乎与青天相接。

[10] 高鸟：高飞的鸟。

[11] 俯听：俯首而听。惊风：指猛烈、强劲的风。

[12] 连山：连接不断的山峰。奔凑：趋附；聚集。这两句意为：从塔上远望，只见连续不断的山峰像起伏的波涛，向东方聚集。

[13] 驰道：古代供君王行驶车马的道路。泛指供车马驰行的大道。

[14] 宫馆：离宫别馆。供皇帝游息的地方。

[15] 净理：佛家的清净之理。了可悟：佛家谓透彻地领悟佛理。

[16] 胜因：善因。佛家将事物赖以存在的诸关系中的主要条件叫作因。夙：素来。宗：尊崇、信仰。

[17] 挂冠：辞官归隐。觉道：佛教教义中达到消除一切欲念和物我相忘的大觉之道。末二句是说：自己真想辞官归隐，认真领会佛教之理，从中获得无穷的教益。

雪后与群公过慈恩寺

〔唐〕岑参

乘兴忽相招[1]，僧房暮与朝[2]。雪融双树湿[3]，沙闇一灯烧。
竹外山低塔，藤间院隔桥。归家如欲懒，俗虑向来销[4]。

【注释】

[1] 乘兴：趁一时高兴；兴会所至。语出《晋书·王徽之传》："（徽之）尝居山阴，夜雪初霁，月色清朗，四望皓然，独酌酒咏左思《招隐诗》，忽忆戴逵。逵时在剡，便夜乘小船诣之，经宿方至，造门不前而返。人问其故，徽之曰：'本乘兴而来，兴尽而返，何必见安道耶？'"相招：邀请。

[2] 僧房：僧人居住的房舍。

[3] 双树：娑罗双树。也称双林。

[4] 俗虑：世俗的思虑。

同诸公登慈恩寺塔 [1]

〔唐〕杜甫

高标跨苍穹[2]，烈风无时休。自非旷士怀[3]，登兹翻百忧[4]。方知象教力[5]，足可追冥搜[6]。仰穿龙蛇窟[7]，始出枝撑幽[8]。七星在北户，河汉声西流[9]。羲和鞭白日[10]，少昊行清秋[11]。秦山忽破碎，泾渭不可求[12]。俯视但一气[13]，焉能辨皇州[14]。回首叫虞舜[15]，苍梧云正愁[16]。惜哉瑶池饮[17]，日晏昆仑丘[18]。黄鹄去不息[19]，哀鸣何所投。君看随阳雁[20]，各有稻粱谋[21]。

【注释】

[1] 原注："时高适、薛据先有作。"此诗为天宝十一载秋杜甫与高适、岑参、薛据、储光羲同登长安慈恩寺塔所作。

[2] 高标：高耸之物，这里指慈恩寺塔。苍穹：天空。

[3] 旷士：旷达脱俗之人。这里杜甫自言自己无法做一个超脱俗世的人，所以才有后句"翻百忧"。

[4] 百忧：无限的忧愁。

[5] 象教：即佛教。释迦牟尼离世，诸大弟子想慕不已，刻木为佛，以形象教人，故称佛教为象教。

[6] 冥搜：深思苦想。

[7] 仰穿龙蛇窟：形容塔内磴道曲屈狭窄，登塔好像在穿越龙蛇的洞穴。

[8] 枝撑：塔中的斜柱。幽：昏暗。因为塔的底层斜柱交错，光线不明，故曰幽。

[9] "七星""河汉"二句：写登到塔顶仰望所见。七星：北斗星。河汉：银河。

[10] 羲和：为日神驾车的神。屈原《离骚》："吾令羲和弭节兮，望崦嵫而勿迫。"东汉王逸注："羲和，日御也。"

[11] 少昊：即白帝，为秋天之神。西汉刘安《淮南子·天文训》："西方，金也，其帝少昊，其佐蓐收，执矩而治秋。"

[12] 秦山：指终南山。泾渭：泾水和渭水。古人认为渭水清，泾水浊。此二句是俯视所见，忽破碎、不可求，指看到的景物模糊、不完整，不能清晰分辨。亦暗喻世事黑暗。

[13] 一气：一片，混沌不可分。

[14] 皇州：指都城长安。

[15] 虞舜：上古五帝之一，为古代传说中的圣君。此处暗指唐太宗。因唐高祖号神尧皇帝，太宗受内禅，故称。

[16] 苍梧：葬舜的地方。

[17] 瑶池饮：《穆天子传》卷三："乙丑，天子觞西王母于瑶池之上。"后诗词中常以"瑶池宴"喻指宫廷宴会，也借咏仙境和寿宴。这里暗指明皇贵妃在骊山游宴，讽刺唐玄宗耽于酒色。

[18] 日晏：太阳落下。

[19] 黄鹄：贤良之人。也可理解为杜甫自己。去不息：被排斥，远离。

[20] 随阳雁：指大雁。是最有代表性的候鸟，随着太阳的偏向北半球和南半球而北迁南徙。这里比喻趋炎附势者。

[21] 稻粱谋：原指鸟兽觅食。后比喻人为衣食而奔波。末二句讽刺那些只知钻营、自私自利的小人，只是一味迎合皇帝，谋一己之私利，根本不为国家前途忧虑。

题慈恩寺振上人院 [1]

〔唐〕韩翃

披衣闻客至，关锁此时开[2]。鸣磬夕阳尽，卷帘秋色来。
名香连竹径，清梵出花台[3]。身在心无住[4]，他方到几回。

【注释】

[1] 诗题一作《题僧房》。

[2] 关锁：门锁。

[3] 清梵：指和尚诵经声。花台：即莲花台。

[4] 无住：佛教语。实相之异名。谓法无自性，无所住着，随缘而起。佛教称"无住"为万有之本。

慈恩寺怀旧并序

〔唐〕李端

余去夏五月，与耿湋、司空文明、吉中孚，同陪故考功王员外来游此寺。员外，相国之子，雅有才称。遂赋五物，俾君子射而歌之[1]。其一曰凌霄花[2]，公实赋焉，因次诸屋壁以识其会。今夏，又与二三子游集于斯，流涕语旧。既而携手入院，值凌霄更花[3]，遗文在目，良友逝矣，伤心如何。陆机所谓同宴一室[4]，盖痛此也。观者必不以秩位不侔[5]，则契分甚厚[6]；词理不至，则悲哀在中。因赋首篇，故书之。

去者不可忆，旧游相见时。凌霄徒更发，非是看花期。
倚玉交文友[7]，登龙年月久[8]。东阁许联床，西郊亦携手。
彼苍何暧昧[9]，薄劣翻居后[10]。重入远师溪[11]，谁尝陶令酒[12]。
伊昔会禅宫[13]，容辉在眼中[14]。篮舆来问道[15]，玉柄解谈空[16]。
孔席亡颜子，僧堂失谢公[17]。遗文一书壁，新竹再移丛。
始聚终成散，朝欢暮不同。春霞方照日，夜烛忽迎风。
蚁斗声犹在[18]，鹈灾道已穷[19]。问天应默默，归宅太匆匆。
凄其履还路，莽苍云林暮。九陌似无人，五陵空有雾。
缅怀山阳笛[20]，永恨平原赋[21]。错莫过门栏[22]，分明识行路。
上智本全真[23]，郄公况重臣[24]。唯应抚灵运，暂是忆嘉宾。
存信松犹小，缄哀草尚新。鲤庭埋玉树[25]，那忍见门人。

【作者简介】

李端（737？—784？），字正己，赵州平棘（今河北赵县）人。出身赵郡李氏东祖房，大历十才子之一。少居庐山，师事诗僧皎然。大历五年（770）进士。曾任秘书省校书郎、杭州司马。晚年辞官隐居湖南衡山，自号衡岳幽人。今存《李端诗集》三卷。《全唐诗》存诗二卷。《唐才子传》有载。

【注释】

[1] 俾：使。"遂赋五物"句：谓于五物中各探一物以赋诗。

[2] 凌霄花：又名"紫葳"，木本蔓生。茎攀援缘它物而上升，高可数丈。夏秋开花，橙红色。

[3] 更（gèng）花：又一次开花。

[4] 同宴一室：语出陆机《叹逝赋》："或所曾共游一途，同宴一室，十年之外，索然已尽，以是哀思，哀可知矣。"

[5] 秩位：官阶名位。俾，相等。

[6] 契分：交谊，情分。

[7] 倚玉：刘义庆《世说新语·容止》："魏明帝使后弟毛曾与夏侯玄共坐，时人谓'蒹葭倚玉树'。"此句言二人品貌极不相称。后以"倚玉"谓高攀或亲附贤者。此为作者自谦之辞。

[8] 登龙：形容受居高位者或贤者奖掖接待；或指科举登第。

[9] 彼苍：《诗经·秦风·黄鸟》："彼苍者天，歼我良人。"孔颖达疏："彼苍苍者，是在上之天。"后因以代称天。暧昧：昏暗的，此喻苍天糊涂。

[10] 薄劣：低劣；拙劣。有时亦用为谦辞。

[11] 远师溪：远师，东晋名僧慧远。晋无名氏《莲社高贤传》："陆修静，吴兴人，早为道士，置馆庐山。时远法师居东林，其处流泉匝寺，下入于溪。每送客至此，辄有虎号鸣，因名虎溪。后送客未尝过。独陶渊明与修静至，语道契合，不觉过溪，因相与大笑，世传为《三笑图》。"后用为僧人高士相聚谈论和送别的典故。

[12] 陶令：即陶渊明。

[13] 伊昔：从前，昔日。禅宫：僧人所住的房屋；寺院。

[14] 容辉：仪容丰采；神采光辉。

[15] 篮舆：古代供人乘坐的交通工具，形制不一，一般以人力抬着行走，类似后世的轿子。《宋书·隐逸传·陶潜》："潜有脚疾，使一门生二儿舁篮舆。"

后遂沿称隐士所乘竹轿为篮舆。

[16]"玉柄"句：形容谈玄论道的快乐情形。玉柄：指麈尾。古人闲谈时执以驱虫、掸尘的一种工具。在细长的木条两边及上端插设兽毛，或直接让兽毛垂露外面，类似马尾松。因古代传说麈迁徙时，以前麈之尾为方向标志，故称。后古人清谈时必执麈尾，相沿成习，为名流雅器，不谈时，亦常执在手。谈空：谈论佛教义理。空，佛教以诸法无实性谓空，与"有"相对。此泛指佛理。

[17]"孔席"二句：这里是说王员外的死对自己而言就像孔子失去了颜回，喜与谢灵运相谈的僧人失去谢公。

[18]蚁斗：刘义庆《世说新语·纰漏》："殷仲堪父病虚悸，闻床下蚁动，谓是牛斗。"后以"蚁斗"形容体虚心悸、心神恍惚的典故。

[19]鹃灾：古人认为鹃是不祥之鸟。常用作咏凶兆或死讯的典故。

[20]山阳笛：典出向秀《思旧赋·序》："邻人有吹笛者，发音寥亮。追思曩昔游宴之好，感音而叹。"晋向秀与嵇康、吕安友善，曾相与灌园于山阳。后二人因反对司马氏被杀。向秀经山阳旧居，听到邻人吹笛，不禁追念亡友，因作《思旧赋》。后因以"山阳笛"形容追昔怀旧，悼念故友。

[21]平原赋：晋陆机曾任平原内史，故称陆平原。陆机有《叹逝赋》，抒写亲故凋落的哀思。后世以"平原赋"为伤悼至亲故友的典故。

[22]错莫：寂寞冷落。

[23]上智：指大智之人。全真：保全天性。

[24]郄公：即郗公，俗讹作郄公，指郗鉴，东晋重臣、书法家。郗鉴博览经籍，以儒雅著名。这里以郗鉴比拟王员外。

[25]鲤庭：即孔鲤趋庭，孔子见其子孔鲤先后"趋庭而过"，遂教诲他要学《诗》学《礼》，否则将"无以言""无以立"。后以此典指学生、晚辈受到老师、长辈的教诲。埋玉树：《世说新语·伤逝》："庾文康亡，何扬州临葬，云：'埋玉树著土中，使人情何能已已！'"何充把庾亮的死葬比为"埋玉树"，以示对庾的尊仰与褒誉。后常以"埋玉树"或"埋玉"比喻富有才华的人或美人之死，兼表哀挽悼惜之情。此指王员外。

慈恩寺暕上人房招耿拾遗

〔唐〕李端

悠然对惠远[1]，共结故山期。汲井树阴下[2]，闭门亭午时[3]。地闲花落厚，石浅水流迟。愿与神仙客，同来事本师[4]。

【注释】

[1] 惠远：东晋名僧。此以惠远喻暕上人。

[2] 汲井：从井中汲水。

[3] 亭午：正午。

[4] 本师：佛教术语，佛教以释迦如来为根本之教师，故称本师。

同苗发慈恩寺避暑

〔唐〕李端

追凉寻宝刹[1]，畏日望璇题[2]。卧草同鸳侣[3]，临池似虎溪[4]。树闲人迹外，山晚鸟行西。若问无心法[5]，莲花隔淤泥。

【注释】

[1] 追凉：乘凉；纳凉。宝刹：佛寺的美称。

[2] 畏日：《左传·文公七年》："赵衰，冬日之日也；赵盾，夏日之日也。"杜预注："冬日可爱，夏日可畏。"后因称夏天的太阳为"畏日"，意为炎热可畏。璇题：有玉饰的椽头。

[3] 鸳侣：喻同僚。

[4] 虎溪：此处借用慧远法师送客不过虎溪之典。详见前李端《慈恩寺怀旧》注释[11]。

[5] 无心：佛教术语，佛教认为真心是众生本来具有的本心，其远离邪念，因亦称无心。

早春游慈恩南池

〔唐〕司空曙

山寺临池水，春愁望远生。蹋桥逢鹤起，寻竹值泉横。
新柳丝犹短，轻蘋叶未成。还如虎溪上，日暮伴僧行。

残莺百啭歌同王员外耿拾遗吉中孚李端游慈恩各赋一物

〔唐〕司空曙

残莺一何怨，百啭相寻续。
始辨下将高，稍分长复促。
绵蛮巧状语[1]，机节终如曲[2]。
野客赏应迟[3]，幽僧闻讵足。
禅斋深树夏阴清[4]，零落空余三两声。
金谷筝中传不似[5]，山阳笛里写难成[6]。
忆昨乱啼无远近，晴宫晓色偏相引。
送暖初随柳色来，辞芳暗逐花枝尽。
歌残莺，歌残莺，悠然万感生。
谢朓羁怀方一听，何郎闲吟本多情[7]。
乃知众鸟非俦比[8]，暮噪晨鸣倦人耳。
共爱奇音那可亲，年年出谷待新春。
此时断绝为君惜，明日玄蝉催发白[9]。

【注释】

[1] 绵蛮:《诗经·小雅·绵蛮》:"绵蛮黄鸟,止于丘阿。"《毛传》:"绵蛮,小鸟貌。"

[2] 机节:犹节奏。

[3] 野客:村野之人。多借指隐逸者。

[4] 禅斋:犹禅室。

[5] "金谷"句:金谷即金谷园,在洛阳。原为西晋富豪石崇私园。《晋书·石崇传》记载:石崇"有妓曰绿珠,美而艳,善吹笛"。

[6] 山阳笛:典出向秀《思旧赋·序》。详见前李端《慈恩寺怀旧》注释[20]。

[7] "谢朓羁怀"二句:南朝齐著名山水诗人谢朓曾作有《冬绪羁怀示萧谘议虞田曹刘江二常侍》诗。何郎:指南朝梁诗人何逊。何逊青年时即以文学著称,为当时名流所称道。本诗题中的李端曾有诗句"傅粉何郎不解愁"。此二句是说,笛声能引发人的各种情绪。

[8] 俦比:谓可与相比者。

[9] 玄蝉:秋蝉,寒蝉。

慈恩寺南池秋荷咏

〔唐〕韦应物

对殿含凉气,裁规覆清沼[1]。衰红受露多[2],余馥依人少[3]。
萧萧远尘迹[4],飒飒临秋晓。节谢客来稀[5],回塘方独绕[6]。

【注释】

[1] 裁规:指荷叶。谓荷叶浑圆如用圆规画圆后裁成。沼:池塘。

[2] 衰红:指凋谢的荷花。

[3] 余馥:即余香。馥,香气。

[4] 萧萧:萧条貌。

[5] 节谢:时节已过。

[6] 回塘:曲折的池塘。绕:绕行。

慈恩精舍南池作 [1]

〔唐〕韦应物

清境岂云远，炎氛忽如遗 [2]。重门布绿阴，菡萏满广池 [3]。石发散清浅 [4]，林光动涟漪 [5]。缘崖摘紫房 [6]，扣槛集灵龟 [7]。浥浥余露气 [8]，馥馥幽襟披 [9]。积喧忻物旷 [10]，耽玩觉景驰 [11]。明晨复趋府 [12]，幽赏当反思 [13]。

【注释】

[1] 慈恩精舍：慈恩寺。

[2] 炎氛：暑气。遗：失。

[3] 菡萏：荷花的别称。

[4] 石发：长在水边石上的苔藻。其状如发，故名。

[5] 林光：透进树林的阳光。涟漪：水波。

[6] 缘崖：沿着山崖。紫房：紫色的果实。左思《吴都赋》："临青壁，系紫房。"

[7] 扣槛：扣击栏杆。灵龟：一种大龟，见《尔雅·释鱼》。

[8] 浥浥：湿润貌。

[9] 馥馥：香气浓烈的样子。幽襟：幽闲的心怀。披：开。

[10] 积喧：谓久处于喧嚣之中。忻：心喜。

[11] 耽玩：沉溺于游赏。景驰：时间过得飞快。

[12] 趋府：去府中上班。时韦应物为京兆府功曹。

[13] 反思：追思，回味。

慈恩寺残春

〔唐〕耿湋

双林花已尽[1],叶色占残芳[2]。
若问同游客,高年最断肠[3]。

【作者简介】

耿湋,字洪源,河东(今属山西)人。唐代诗人。约公元763年前后在世。宝应二年(763)进士,曾为左拾遗、大理寺丞。工诗,与钱起、卢纶、司空曙诸人齐名,为大历十才子之一。《全唐诗》存诗二卷。《唐才子传》有载。

【注释】

[1] 双林:借指寺院。
[2] 残芳:残花。
[3] 高年:岁数大;老年。断肠:形容悲痛之极。

慈恩寺石磬歌

〔唐〕卢纶

灵山石磬生海西[1],海涛平处与山齐。
长眉老僧同佛力,咒使鲛人往求得[2]。
珠穴沉成绿浪痕,天衣拂尽苍苔色[3]。
星汉徘徊山有风,禅翁静扣月明中。
群仙下云龙出水,鸾鹤交飞半空里[4]。
山精木魅不可听[5],落叶秋砧一时起[6]。
花宫杳杳响泠泠[7],无数沙门昏梦醒[8]。

古廊灯下见行道，疏林池边闻诵经。
徒壮洪钟秘高阁，万金费尽工雕凿。
岂如全质挂青松，数叶残云一片峰。
吾师宝之寿中国，愿同劫石无终极[9]。

【注释】

[1] 海西：中国史籍对大秦（罗马帝国）、东罗马帝国、拜占廷帝国的称谓。

[2] 鲛人：神话传说中的人鱼，哭泣时眼睛流出珍珠。晋张华《博物志》卷九："南海外有鲛人，水居如鱼，不废织绩……从水出，寓人家，积日卖绢。将去，从主人索一器，泣而成珠满盘，以与主人。"

[3] 天衣：佛教谓诸天人所着之衣。比喻天空中飘浮的云。

[4] 鸾鹤：鸾与鹤。相传为仙人所乘。

[5] 木魅：旧指老树变成的妖魅。

[6] 秋砧：秋日捣衣的声音。

[7] 花宫：相传佛说法的地方为"天雨众花"，故古诗文中以花宫指佛寺。

[8] 沙门：梵语的译音。原为古印度反婆罗门教思潮各个派别出家者的通称，佛教盛行后专指佛教僧侣。

[9] 劫石：《大智度论》卷五："佛以譬喻说劫义。四十里石山，有长寿人，每百岁一来，以细软衣拂拭此大石尽，而劫未尽。"后因以"劫石"指时间之久远。

同钱郎中晚春过慈恩寺

〔唐〕卢纶

不见僧中旧，仍逢雨后春。
惜花将爱寺[1]，俱是白头人。

【注释】

[1] 将：与。

同崔峒补阙慈恩寺避暑

〔唐〕卢纶

寺凉高树合,卧石绿阴中。伴鹤惭仙侣[1],依僧学老翁。
鱼沉荷叶露,鸟散竹林风[2]。始悟尘居者,应将火宅同[3]。

【注释】

[1] 仙侣:仙人之辈。亦指人品高尚、心神契合的朋友。此处指崔峒。

[2] "鱼沉"二句:写慈恩寺优美的风景:鱼沉水底,荷叶上滚动着晶莹的露珠;鸟儿纷飞,竹林里响起了阵阵风声。

[3] 火宅:佛教术语。《法华经·譬喻品》:"三界无安,犹如火宅,众苦充满,甚可怖畏,常有生老病死忧患,如是等火,炽然不息。"此喻寺外世界的暑热。

早秋登慈恩寺塔

〔唐〕欧阳詹

宝塔过千仞[1],登临尽四维[2]。毫端分马颊,墨点辨蛾眉[3]。
地迥风弥紧[4],天长日久迟。因高欲有赋,远意惨生悲[5]。

【作者简介】

欧阳詹(755—800),字行周,泉州晋江人,贞元八年(792)登进士第。任国子监四门助教。著有《欧阳行周文集》八卷。《全唐诗》存诗一卷。

【注释】

[1] 宝塔:佛塔。原为美称,后泛称塔。此指慈恩寺塔。千仞:极言慈恩寺塔之高。

[2] 四维：指四方。

[3] "毫端"二句：谓登上塔顶远观，眼底事物显得极其细微。毫端：细毛的末端。比喻极细微。马颊：马的面颊。

[4] 迥：遥远，僻远。

[5] 远意：高远的意趣。惨：肃杀，凋谢。

慈恩寺起上人院

〔唐〕武元衡

禅堂支许同[1]，清论道源穷[2]。起灭秋云尽[3]，虚无夕霭空。
池澄山倒影，林动叶翻风。他日焚香待，还来礼惠聪[4]。

【注释】

[1] 禅堂：犹禅房。僧堂。佛徒打坐习静之所。支许：晋高僧支遁和高士许询的并称。两人友善，皆善谈佛经与玄理。此喻起上人。

[2] 清论：清雅的言谈。道源：僧道以为，佛教、道教的经义是事物的本源，故称。

[3] 起灭：时隐时现；时有时无。

[4] 惠聪：西夏僧人。这里借指题中的上人。

和李中丞慈恩寺清上人院牡丹花歌

〔唐〕权德舆

澹荡韶光三月中[1]，牡丹偏自占春风。
时过宝地寻香径[2]，已见新花出故丛。
曲水亭西杏园北，浓芳深院红霞色。
擢秀全胜珠树林[3]，结根幸在青莲域[4]。
艳蕊鲜房次第开，含烟洗露照苍苔。

庞眉倚杖禅僧起[5]，轻翅萦枝舞蝶来。
独坐南台时共美，闲行古刹情何已。
花间一曲奏阳春[6]，应为芬芳比君子。

【作者简介】

权德舆（759—818），字载之。天水略阳（今属甘肃秦安）人，后徙居润州丹徒（今江苏镇江）。少有才气，未冠时即以文章驰名，受地方节度使杜佑、裴胄的征辟。唐德宗听闻其才学，特召为太常博士，改左补阙兼知制诰，进中书舍人，历礼部侍郎。唐宪宗时，累迁至礼部尚书、同平章事（宰相）。后因事罢相，历任东都留守、太常卿、刑部尚书、山南西道节度使等职。元和十三年（818）去世，年五十八岁。获赠左仆射，谥号文。掌诰九年，三知贡举，位历卿相，贞元、元和年间名重一时。《全唐诗》存诗十卷。《旧唐书》《新唐书》皆有传，《唐才子传》有载。

【注释】

[1] 澹荡：犹骀荡。谓使人和畅。多形容春天的景物。韶光：指春光。

[2] 宝地：指佛寺。

[3] 擢秀：草木欣欣向荣。珠树林：神话传说中能结珠的神树；亦用来借指美好景物。

[4] 结根：犹植根，扎根。青莲域：此指佛寺。青莲：佛教以为莲花清净无染。故常用以指称和佛教有关的事物。

[5] 庞眉：眉毛黑白杂色。形容年老的样子。禅僧：和尚。

[6] 阳春：即阳春白雪，古歌曲名。指高雅的曲调。

题慈恩寺塔

〔唐〕章八元

十层突兀在虚空[1]，四十门开面面风。
却怪鸟飞平地上，自惊人语半天中。

回梯暗踏如穿洞，绝顶初攀似出笼[2]。
落日凤城佳气合，满城春树雨蒙蒙。

【作者简介】

章八元，生卒年不详，字虞贤，睦州桐庐（今浙江桐庐）人。少时喜作诗。诗赋精绝，人称"章才子"。大历六年（771）进士。贞元中调句容（今江苏句容县）主簿，后升迁协律郎（掌校正乐律）。有诗集一卷传世。《全唐诗》存诗六首。

【注释】

[1] 突兀：高耸貌。虚空：天空；空中。
[2] 绝顶：塔之顶层。

三月三十日题慈恩寺

〔唐〕白居易

慈恩春色今朝尽，尽日裴回倚寺门[1]。
惆怅春归留不得[2]，紫藤花下渐黄昏。

【注释】

[1] 裴回：即徘徊，来回走动。
[2] 惆怅：失意伤感。

慈恩寺有感

〔唐〕白居易

时杓直初逝[1]，居敬方病[2]。

自问有何惆怅事，寺门临入却迟回。

李家哭泣元家病，柿叶红时独自来。

【注释】

[1] 杓直：李建，字杓直。始以进士第二人补校书郎，擢左拾遗，翰林学士。诗人白居易、元稹结交甚密。

[2] 居敬：元宗简，字居敬。生年不详，卒于长庆二年（822）春夏之交。与白居易、张籍交好。

春日游慈恩寺

〔唐〕姚合

年长归何处，青山未有家。
赏春无酒饮，多看寺中花。

【作者简介】

姚合（779？—855？），吴兴人。元和十一年（816）登进士第，授武功主簿。历任监察御史，金、杭二州刺史、刑部郎中、给事中等职，终秘书监。世称"姚武功"。与贾岛友善，诗风相近，世称"姚贾"。选王维、祖咏等十八人诗编为《极玄集》一卷。《旧唐书》《新唐书》皆有传。《唐才子传》有载。

慈恩寺上座院

〔唐〕贾岛

未委衡山色[1]，何如对塔峰。曩宵曾宿此[2]，今夕值秋浓。
羽族栖烟竹[3]，寒流带月钟。井甘源起异，泉涌渍苔封。

【注释】

[1] 未委：未悉，不知。

[2] 曩（nǎng）：以前。

[3] 羽族：指鸟类。烟竹：竹林；竹子。因竹林多雾气，故称。

送慈恩寺霄韵法师谒太原李司空

〔唐〕贾岛

何故谒司空，云山知几重。碛遥来雁尽，雪急去僧逢。
清磬先寒角，禅灯彻晓烽[1]。旧房闲片石，倚着最高松。

【注释】

[1] 禅灯：寺庙灯火。

酬慈恩寺文郁上人

〔唐〕贾岛

袈裟影入禁池清，犹忆乡山近赤城[1]。
篱落罅间寒蟹过[2]，莓苔石上晚蛩行[3]。
期登野阁闲应甚[4]，阻宿山房疾未平。
闻说又寻南岳去，无端诗思忽然生[5]。

【注释】

[1] 赤城：地名，今属河北省张家口市，因赤城山而得名。赤城山在今河北赤城县东五里。《方舆纪要》卷一八"赤城堡"载，赤城山"山石多赤。《志》云：古赤城在北山，坐据高险，最得形胜，盖即此山矣"。贾岛为河北范阳（今涿州）人，故曰"犹忆乡山近赤城"。

[2] 罅：裂缝；缝隙。

[3] 蛩：蟋蟀。

[4] 期：希望。

[5] 无端：无意；无心。

慈恩寺避暑

〔唐〕李远

香荷疑散麝[1]，风铎似调琴[2]。
不觉清凉晚，归人满柳阴。

【作者简介】

李远，生卒年不详，字求古，一作承古，蜀（今四川）人。大和五年（831）登进士第。历任监察御史，为尚书司门员外郎，岳、忠、建、江诸州刺史，终御史中丞。善棋工诗，诗赋俱有佳作，而赋更为人称道。与许浑齐名，当时号"浑诗远赋"。《全唐诗》存诗一卷，《全唐诗外编》补入一首。

【注释】

[1] 麝：指麝香，泛指香气。
[2] 风铎：即风铃。铎，金属制的大铃。调琴：弹琴。

登长安慈恩寺塔

〔唐〕卢宗回

东方晓日上翔鸾，西转苍龙拂露盘[1]。
渭水寒光摇藻井[2]，玉峰晴色上朱阑。
九重宫阙参差见[3]，百二山河表里观[4]。
暂辍去蓬悲不定[5]，一凭金界望长安[6]。

【作者简介】

卢宗回，生卒年不详，公元815年前后在世，字望渊。南海（今广东佛山南海区）人。晚唐诗人。《全唐诗》仅录其诗一首。

【注释】

[1] 晓日：朝阳。苍龙：二十八星宿中东方七宿的合称。此处泛指星辰。露盘：佛寺宝塔上所建盘盖，又名相轮或轮相，用以承接甘露。首二句是说：早晨的阳光照耀着长安城；晚上，星辰抚拂着塔顶的承露盘。

[2] 藻井：我国传统建筑中天花板上的一种装饰处理。一般做成圆形、方形或多边形的凹面，绘有文采状如井干形的各种花纹、雕刻和彩画。

[3] 九重宫：皇宫。

[4] 百二山河：指山河险固之地。

[5] 辍：停下。

[6] 金界：佛地，佛寺。

晚投慈恩寺呈俊上人

〔唐〕许浑

双岩泻一川，十里绝人烟。古庙阴风地，寒钟暮雨天。
沙虚留虎迹，水滑带龙涎[1]。不及曹溪侣[2]，空林已夜禅。

【作者简介】

许浑（788—860？），字用晦，一作仲晦，安州安陆（今属湖北）人，久寓居丹阳（今属江苏）。文宗大和六年（832）登进士第。曾任监察御史、睦州刺史、郢州刺史、侍御史。擅长登临怀古诗，感慨苍凉。有《丁卯集》传世。《全唐诗》存诗十一卷。《唐才子传》有载。

【注释】

[1] 龙涎：即龙涎香，这里泛指香气。

[2] 曹溪：原为地名，在今广东韶州。中国禅宗南宗创始人六祖惠能曾在此说法渡生，后人遂以曹溪代指六祖。

春尽独游慈恩寺南池

〔唐〕赵嘏

竹外池塘烟雨收,送春无伴亦迟留[1]。
秦城马上半年客,潘鬓水边今日愁[2]。
气变晚云红映阙,风含高树碧遮楼。
杏园花落游人尽,独为圭峰一举头[3]。

【注释】

[1] 迟留:停留;逗留。

[2] 潘鬓:晋潘岳《秋兴赋》序:"余春秋三十有二,始见二毛。"后因以"潘鬓"谓中年鬓发初白,以感慨年华消逝,身心渐老;或咏愁思别绪等。

[3] 圭峰:终南山之山峰。

夏日登慈恩寺

〔唐〕刘沧

金界时来一访僧,天香飘翠琐窗凝[1]。
碧池静照寒松影,清昼深悬古殿灯[2]。
晚景风蝉催节候,高空云鸟度轩层[3]。
尘机消尽话玄理[4],暮磬出林疏韵澄[5]。

【注释】

[1] 天香:芳香的美称。琐窗:雕刻或绘有连环形花纹之窗。

[2] 清昼:白天。

[3] 云鸟:高飞的鸟。轩层:高层。

[4] 尘机：尘俗的心计与意念。玄理：精微的义理；深奥的道理。

[5] 暮磬：寺院傍晚击磬之声。

题慈恩寺元遂上人院

〔唐〕许棠

竹槛匝回廊[1]，城中似外方[2]。月云开作片，枝鸟立成行。
径接河源润，庭容塔影凉。天台频去说[3]，谁占最高房。

【作者简介】

许棠，生卒年不详，字文化，宣州泾县（今安徽泾县）人。咸通十二年进士（871）及第，曾为江宁丞。后辞官，潦倒以终，为"咸通十哲"之一。工诗文，以作洞庭诗著名，时号许洞庭。《全唐诗》存诗二卷。

【注释】

[1] 匝：环绕，围绕。

[2] 外方：即方外，世俗之外。

[3] 天台：山名，位于浙江省境内。隋智者大师居于此山开一宗，后世因名其宗为天台宗，简称天台或台宗。

慈恩寺东楼

〔唐〕曹松

寺楼凉出竹，非与曲江赊[1]。野火流穿苑，秦山叠入巴[2]。
风梢离众叶，岸角积虚沙。此地钟声近，令人思未涯[3]。

【注释】

[1] 赊：遥远。

[2] 秦山：指秦岭。

[3] 未涯：无边。

题慈恩友人房

〔唐〕李洞

贾生耽此寺[1]，胜事入诗多。鹤宿星千树，僧归烧一坡。塔棱垂雪水，江色映茶锅。长久堪栖息，休言忆镜波。

【作者简介】

李洞，字才江，雍州（今属陕西）人。酷慕贾岛。时人但诮其僻涩，而不能贵其奇峭，唯吴融称之。尝集贾岛诗句五十联，及唐诸人诗句五十联，为《诗句图》。《全唐诗》存诗三卷。《唐才子传》有载。

【注释】

[1] 贾生：指诗人贾岛。贾岛作有数首与慈恩寺相关的诗作。李洞慕贾岛为诗，铸其像，事之如神。

秋日同觉公上人眺慈恩塔六韵

〔唐〕李洞

九级耸莲宫[1]，晴登袖拂虹[2]。房廊窥井底，世界出笼中。照牖三山火，吹铃八极风[3]。细闻槎客语[4]，遥辨海鱼冲。禁静声连北，江寒影在东。谒师开秘锁，尘日闭虚空[5]。

【注释】

[1] 莲宫：寺庙。此指慈恩寺。

[2] 袖拂虹：衣袖仿佛拂到了天上的霓虹，极言慈恩寺塔之高峻。

[3] 八极风：四面八方吹来的风。

[4] 槎客：张华《博物志》卷十载，传说天河与海通，年年八月有浮槎去来，不失期，有人乘之去十余日，至一城，见一丈夫在河边饮牛，便问此是何处，答曰，君还至蜀郡访严君平则知。"后至蜀，问君平，曰：'某年月日有客星犯牵牛宿。'计年月，正是此人到天河时也。""槎客"即此乘槎泛天河之人。

[5] 虚空：佛教教义名词。指虽没有物质存在而能容纳物质存在的空间。

题慈恩寺默公院

〔唐〕郑谷

虽近曲江居古寺，旧山终忆九华峰[1]。
春来老病厌迎送[2]，翦却牡丹栽野松。

【作者简介】

郑谷（848—909），字守愚，袁州宜春（今江西宜春）人。僖宗光启三年（887）进士，官都官郎中，人称"郑都官"。又以《鹧鸪诗》闻名，人称"郑鹧鸪"。其诗多写景咏物之作，表现士大夫的闲情逸致。曾与许棠、张乔等唱和往还，号"芳林十哲"。著有《云台编》三卷。《全唐诗》存诗四卷。《唐才子传》有载。

【注释】

[1] 九华峰：即九华山，在今安徽省池州市青阳县境内。
[2] 迎送：泛指交际应酬。

慈恩寺偶题

〔唐〕郑谷

往事悠悠添浩叹，劳生扰扰竟何能[1]。
故山岁晚不归去[2]，高塔晴来独自登。

林下听经秋苑鹿，江边扫叶夕阳僧。
吟余却起双峰念[3]，曾看庵西瀑布冰。

【注释】

[1] 劳生：《庄子·大宗师》："夫大块载我以形，劳我以生，佚我以老，息我以死。"后以"劳生"指辛苦劳累的生活。扰扰：纷乱貌；烦乱貌。

[2] 故山：故乡。

[3] 双峰念：出家之念。

登慈恩寺塔

〔唐〕张乔

窗户几层风，清凉碧落中[1]。世人来往别，烟景古今同[2]。
列岫横秦断，长河极塞空[3]。斜阳越乡思，天末见归鸿[4]。

【作者简介】

张乔，生卒年不详，池州（今安徽贵池）人。咸通中应进士举，时京兆府试《月中桂》诗，乔诗擅场。与许棠、郑谷、喻坦之等齐名，合称"咸通十哲"。曾漫游吴越、荆襄、河洛、关中等地。黄巢兵起，罢举，归隐九华山。《全唐诗》编诗二卷。

【注释】

[1] 碧落：天空。

[2] 别：不同。烟景：云烟缭绕的景色。此二句谓：来往登塔的游人不断变化，但云雾缭绕的景色从古到今依然如故。

[3] 列岫：众多的峰峦。指终南山。长河：指渭河。此二句言从塔上望去，可以看到终南山的峰峦横亘秦中大地，渭水蜿蜒在天际，一直流到看不见的关塞。

[4] 乡思：即思乡之情。天末：天边，极远处。归鸿：归来的大雁，诗文中多用以寄托归思。末二句是说：夕阳西下之时，在遥远的天边，又看到了归巢的鸿雁，勾起思乡之情。

题雁塔

〔唐〕许玫

宝轮金地压人寰[1],独坐苍冥启玉关[2]。
北岭风烟开魏阙,南轩气象镇商山[3]。
灞陵车马垂杨里[4],京国城池落照间[5]。
暂放尘心游物外[6],六街钟鼓又催还[7]。

【作者简介】

许玫,唐文宗太和元年(827)进士,官至婺州司马,兄弟管、瓘皆高科。《全唐诗》存诗一首。

【注释】

[1] 宝轮:指大雁塔。佛教传说,转轮王有制伏怨敌的轮宝。塔上又有相轮装饰,故以宝轮代指塔。金地:宝地,指佛教寺院。人寰:人世间。

[2] 苍冥:苍天,这里用以指代塔的最高层。玉关:仙人所居之处的门关。这里指塔最高层的窗户。

[3] 北岭:长安城北边的高原、土岭。魏阙:古代宫门外的门阙,是悬布法令之处,后作为朝廷的代称。这里指唐宫殿及其他高大建筑。南轩:南边的窗户。商山:位于陕西商州东,这里泛指南山。此二句写从大雁塔上看到的南北景色:北面是高高的原岭和成群的宫殿,南面是巍峨高大的南山。

[4] 灞陵:汉文帝之陵墓,位于今西安市东灞河西岸。

[5] 京国城池:即长安城及其周围。京国:国都。落照:快落山时的太阳光芒。

[6] 尘心:世俗之心。物外:世外,超脱于世俗之外,或指仙境。

[7] 六街钟鼓:唐代长安城除年节前后外,夜夜禁街,击鼓后行人必须返回自己所在的坊里。后句意为:暂时放下凡俗之心漫游这神仙般的境地,可是京城内又响起了催人返回的鼓声。六街:唐京都长安的六条中心大街。亦泛指京

都的大街和闹市。

晚游慈恩寺

〔唐〕刘得仁

寺去幽居近，每来因采薇[1]。伴僧行不困，临水语忘归。
磬动青林晚[2]，人惊白鹭飞。堪嗟浮俗事[3]，皆与道相违。

【作者简介】

刘得仁，生卒年、字、籍贯均不详，唐文宗开成前后在世。相传为公主之子。长庆年间即有诗名。自开成至大中四朝，昆弟以贵戚皆居显位，独得仁出入举场三十年，终无所成。有诗集一卷传世。《全唐诗》存诗二卷。

【注释】

[1] 采薇：指隐士生活，也指人恪守清高节操。
[2] 磬：佛教法器，一种石制打击乐器，寺院中用来召集僧众。青林：苍翠的树木或树林。
[3] 嗟：叹息。

夏日游慈恩寺

〔唐〕刘得仁

何处消长日，慈恩精舍频[1]。僧高容野客[2]，树密绝嚣尘[3]。
闲上凌虚塔[4]，相逢避暑人。却愁归去路，马迹并车轮。

【注释】

[1] 精舍：佛教术语，寺院之异名。为精行者所居，故曰精舍。
[2] 野客：村野之人。这里是诗人对自己的谦称。
[3] 嚣尘：喧闹的尘世。

[4]凌虚塔：登上空际之塔。此处形容慈恩寺之高峻。

晚步曲江因谒慈恩寺恭上人

〔唐〕刘得仁

岂曰趣名者[1]，年年待命通[2]。坐令青嶂上[3]，兴起白云中。岸浸如天水，林含似雨风。南宗犹有碍[4]，西寺问恭公。

【注释】

[1]趣名者：接近、追逐名利的人。"趣"通"趋"。
[2]命通：命运亨通。
[3]青嶂：如屏障的青山。
[4]南宗：我国佛教禅宗自五祖弘忍之后，分为南北二宗。南宗为六祖慧能所创，主张"顿悟说"，行于南方。

慈恩寺塔下避暑

〔唐〕刘得仁

古松凌巨塔[1]，修竹映空廊。竟日闻虚籁[2]，深山只此凉。僧真生我静[3]，水淡发茶香。坐久东楼望，钟声振夕阳。

【注释】

[1]凌：胜过，超过。
[2]虚籁：自然界的各种声音，天籁。
[3]真：佛教中的观念，与"妄"相对。

塔院小屋四壁皆是卿相题名因成四韵

〔唐〕徐夤

雁塔搀空映九衢[1]，每看华宇每踟蹰[2]。
题名尽是台衡迹[3]，满壁堪为宰辅图[4]。
鸾凤岂巢荆棘树[5]，虬龙多蛰帝王都[6]。
谁知远客思归梦，夜夜无船自过湖。

【注释】

[1] 搀空：高耸于空中。搀：刺；插入。九衢：四通八达的大路，街市。

[2] 踟蹰：徘徊，来回走动。

[3] 台衡：喻宰辅大臣。台，三台星；衡，玉衡，北斗杓三星。皆位于紫微宫帝座前。

[4] 宰辅：辅佐皇帝的大臣，多指宰相或三公。

[5] 鸾凤：传说中凤凰一类的鸟。传说凤凰非梧桐不栖，非醴泉不饮。这里比喻贤俊之士。

[6] 虬龙：传说中的一种龙。帝王都：指京城长安。

题慈恩塔

〔唐〕荆叔

汉国山河在[1]，秦陵草树深[2]。
暮云千里色，无处不伤心。

【作者简介】

荆叔，生平不详。约为德宗至宣宗间人。曾题五言绝句于长安慈恩寺塔（即此《题慈恩塔》诗），其石刻宋时犹存。事迹据宋拓残本《慈恩雁塔唐贤题名》。

《全唐诗》存诗一首。

【注释】

[1] 汉国：汉朝。

[2] 秦陵：秦始皇陵及秦二世陵等，均在长安。

登慈恩寺塔

〔五代〕杨玢

紫云楼下曲江平[1]，鸦噪残阳麦陇青[2]。
莫上慈恩最高处，不堪看又不堪听。

【作者简介】

杨玢，字靖夫，五代时虢州弘农（今河南灵宝）人。仕前蜀王建，依附宰相张格，累官礼部尚书。光天元年（918），王衍嗣位，格贬茂州，玢亦坐贬荣经尉。乾德中，迁太常少卿。咸康元年（925），进吏部尚书。前蜀亡，归后唐，任给事中，充集贤殿学士。后以年老，授工部尚书致仕，退居长安故居。

【注释】

[1] 紫云楼：位于曲江池南，据史书记载，建于唐开元十四年，每逢曲江大会，唐明皇必登临此楼，在此欣赏歌舞，赐宴群臣之际，凭栏观望园外万民游曲江之盛况，与民同乐。康骈《剧谈录》："曲江池，本秦世隑洲，开元中疏凿，遂为胜境。其南有紫云楼、芙蓉苑，其南有杏园、慈恩寺。"

[2] 鸦噪：鸦鸟喧噪。

慈恩寺塔

〔金〕郦权

慈恩石刻半公卿，时遇闻人为指名[1]。

龙虎榜中休着眼[2]，一篇俚赋误平生[3]。

【作者简介】

郦权，生卒年不详，字符舆，号坡轩，金代人。金章宗明昌初年（1190），任著作郎，未几卒。作诗有笔力，多有佳句为人传诵，与王庭筠、党怀英齐名，著有《坡轩集》，已佚。

【注释】

[1] 闻人：有名望的人。指名：犹知名；著名。谓诗文等受人注意。

[2] 龙虎榜：《新唐书·欧阳詹传》载，唐贞元八年，（欧阳詹）"举进士，与韩愈、李观、李绛、崔群、王涯、冯宿、庚承宣联第，皆天下选，时称'龙虎榜'"。后因谓会试中选为登龙虎榜。着眼：考虑。

[3] 一篇俚赋误平生：金代词赋科主考律赋，格律要求甚严。此句表明作者对科举与功名的态度。

拟游慈恩寺用涯翁韵

〔明〕邵宝

春残方作探春行，古寺寻僧懒问名。
夹岸景多频立马，对花情剧更闻莺。
镜湖敢乞君分赐[1]，宝地偏教佛主盟。
却忆江南如画里，万峰青接水边城。

【作者简介】

邵宝（1460—1527），字国宝，号二泉，无锡人。明成化二十年（1484）进士，官至南京礼部尚书，谥文庄。著有《简端二余》《慧山记》《容春堂集》等。

【注释】

[1]"镜湖"句：《新唐书·贺知章传》："天宝初，（知章）病，梦游帝居，

数日寤，乃请为道士，还乡里，诏许之，以宅为千秋观而居。又求周宫湖数顷为放生池，有诏赐镜湖剡川一曲。"唐玄宗曾将镜湖赐给贺知章。此句借用这一典故。

九日期登大慈恩寺阁不果寄献吉 [1]

〔明〕徐祯卿

怅忆青莲宇[2]，今朝黄菊开。遥知远公笑[3]，不见白衣来[4]。
窈窕人天阁[5]，峥嵘日月回。山川纷楚望[6]，城阙动秋哀。
岘首羊公石[7]，淮阴戏马台[8]。风烟那可即，逸兴杳难裁[9]。
强负登楼作[10]，虚传落帽才[11]。此时遥独酌，念尔重悠哉[12]。

【作者简介】

徐祯卿（1479—1511），字昌谷，一字昌国，吴县（今江苏苏州）人。明代文学家，人称"吴中诗冠"，吴中四才子（亦称江南四大才子）之一。

【注释】

[1]九日：九月九日重阳节。献吉：李梦阳，字献吉。与李梦阳等并称"前七子"。

[2]青莲宇：即佛寺。

[3]远公笑：即"虎溪三笑"的典故。佛门传说，虎溪在庐山东林寺前，相传晋僧慧远居东林寺时，送客不过溪。一日陶潜、道士陆修静来访，与语甚契，相送时不觉过溪，虎辄号鸣，三人大笑而别。后人于此建三笑亭。远公即晋代高僧慧远，此处泛指有道的高僧。

[4]白衣：身穿白衣的人前来送酒。后泛指送酒的人。也比喻自己所渴望的东西朋友正好送来，遂心所愿。典出南朝宋檀骘《续晋阳秋》："陶潜九日无酒，出篱边怅望久之，见白衣人至，乃王弘送酒使也。"

[5]窈窕：深邃。

[6]楚望：《左传·哀公六年》："三代命祀，祭不越望。江、汉、雎、漳，楚之望也。"望，古代祭祀山川的专称。后以"楚望"指楚地的山川。

[7]"岘首"句：岘山位于今湖北襄阳城南四公里处。林木葱茏，山石奇巧。《晋书》卷三十四《羊祜列传》记载，晋代名将羊祜守襄阳时，常登山观景，饮酒咏诗。羊祜死后，百姓为其建碑，为怀念其功德而堕泪。

[8]戏马台：戏马台在今徐州市。楚汉战争遗迹之一。据《水经注》《太平寰宇记》等记载，公元前206年，项羽定都彭城，在城南的小山上"因山为台"，以观战士戏马，故名戏马台。平时为检阅部队、士兵操练之所，战时有瞭望守御之用。南北朝时北魏太武帝拓跋焘就曾在戏马台设立毡房以窥城内。

[9]逸兴：超逸豪放的意兴。

[10]登楼作：指汉末王粲避乱客荆州，思归，作《登楼赋》之事。

[11]落帽才：形容才思敏捷，洒脱风雅。典出《晋书·孟嘉传》："（嘉）后为征西桓温参军，温甚重之。九月九日，温燕龙山，僚佐毕集。时佐吏并著戎服，有风至，吹嘉帽堕落，嘉不之觉。温使左右勿言，欲观其举止。嘉良久如厕，温令取还之，命孙盛作文嘲嘉，著嘉坐处。嘉还见，即答之，其文甚美，四坐嗟叹。"后因以"落帽"作为重九登高之典。

[12]悠哉：形容思念深切。

九日登慈恩寺阁三首

〔明〕何景明

其一

不到慈恩久，今来九日期。天寒鸿雁少，秋晚菊花迟。
摇落悲风雨，登临感岁时。牛山何处是[1]，异代独兴思[2]。

【作者简介】

何景明（1483—1521），字仲默，号白坡，又号大复山人，河南信阳人。明弘治十五年（1502）进士，授中书舍人。正德初，宦官刘瑾擅权，何景明谢病归。刘瑾诛，官复原职。官至陕西提学副使。为"前七子"之一，与李梦阳并称文坛领袖。有《大复集》《雍大记》《四箴杂言》。

【注释】

[1] 牛山：山名。在今山东省淄博市。春秋时齐景公登上牛山，因感人终有一死而悲哀堕泪。

[2] 异代：指后世之人。

其二

地幽人迹少，僧至扫莓苔。阁迥湖光入，林昏雨色来。
登台怜作客，入赋耻非才[1]。何事临佳节，秋怀未肯开[2]。

【注释】

[1] 非才：无能，不才。指才不堪任。此处用为自谦之辞。

[2] 秋怀：秋日的思绪情怀。

其三

莫引凭高目[1]，苍茫海色遥。秋空波淼淼[2]，寒日树萧萧。
关塞俱摇落，音书久寂寥。天涯有兄弟，犹滞楚江桡[3]。

【注释】

[1] 凭高：登临高处。

[2] 淼淼：形容水满的样子。

[3] 桡（ráo）：船桨，这里代指船。

登慈恩寺塔

〔明〕赵崡

日出东南行，骋目川原上。白云忽飞驰，森木纡朝爽[1]。
宝刹郁崔嵬[2]，琉璃耀平莽。昔人陟其巅，徘徊苍梧想[3]。
题名在四壁，胜迹衔云往。灰劫亦已久，施梯及吾党。

振策鸿濛天，飞辔巨灵掌。西极俯帝都，东溟招方丈。
城郭渺何处，睥睨敞穹壤。

【作者简介】

赵崡（1564—1618），字子函，一字屏国，自号中南戤物山人，陕西盩厔（今周至县）人。明代著名金石学家、藏书家。积存碑文二百五十三种，一一撰写跋尾，收集大量旧碑，一一考证，仿照欧阳修、赵明诚金石著作体例，编著《石墨镌华》八卷，万历四十六年（1618）成书。因无力全文刻印，收录碑目并附跋尾。

【注释】

[1] 纡：萦回，围绕。
[2] 崔嵬：高耸的样子。
[3] 苍梧：即苍梧山，一名九嶷山，在今湖南宁远县南，相传舜死后葬于此。

将去关中别中尉存枢于慈恩寺塔下 [1]

〔清〕顾炎武

廓落悲王子[2]，栖迟爱友朋[3]。荒郊纡策马[4]，猎径傍鞲鹰[5]。
土室人稀到[6]，衡门客少应[7]。倾壶频进酒，散帙每挑灯[8]。
叹昔当忧患，先人独战兢[9]。薄田遗豆籹[10]，童阜剩薪蒸[11]。
疾病嗟年老，虔恭尚夙兴[12]。芋魁收蜀郡[13]，瓜种送东陵[14]。
世业为奴有[15]，空名任盗憎。幸余忠厚福，犹见子孙承。
渭水徂年赤，岐山一夜崩[16]。低头从灶养[17]，脱迹溷林僧[18]。
毒计哀坑赵[19]，淫刑虐用鄫[20]。忠魂依井植，碧血到泉凝[21]。
困鼠时防啮[22]，惊禽早避矰[23]。屡打追驲舌[24]，莫运击蛇肱[25]。
谬忝师资敬[26]，多将气谊凭。深情占复始，积德望高升。
子建工诗早[27]，河间好学称[28]。堂垣逾旧大，国邑与前增。
九鼎知犹重[29]，三光信有征。沈埋随剑玺[30]，变化待鲲鹏。
树落龙池雪，风悬雁塔冰。更期他会是，拄杖许同登[31]。

【作者简介】

顾炎武（1613—1682），本名继坤，改名绛，字忠清，苏州府昆山县（今江苏昆山）人；清军下江南后，改炎武，字宁人，号亭林，自署蒋山佣，世人尊称亭林先生。顾炎武是著名的明代遗民，矢志抗清。清康熙间被举鸿博，坚拒不就。与黄宗羲、王夫之并称"清初三大儒"。诗学杜甫，用典精切，沉郁苍劲。著作繁多，有《亭林诗集》五卷、《亭林文集》两卷、《亭林余集》一卷、《日知录》三十二卷。《清史稿》有传。

【注释】

[1] 存杠：即朱存杠，字伯常。时为永兴王府奉国都尉，以诗作闻名，为当时关中地区士大夫中的领袖。

[2] 廓落：孤寂貌。

[3] 栖迟：栖居，寄居。

[4] 纡：萦回，围绕。

[5] 韝（gōu）鹰：谓调教于臂韝之上的鹰。韝，革制的臂套。

[6] 土室：即土屋，以土筑成的简陋房子。

[7] 衡门：横木为门，比喻简陋的房屋。

[8] 散帙：打开书页，亦指读书。

[9] 战兢：战战兢兢、恐惧谨慎的样子。

[10] 籺（hé）：糠里的粗屑，喻指粗食。

[11] 童阜：光秃的土山。薪蒸：薪柴。

[12] 虔恭：诚敬。夙兴：即夙兴夜寐。早起晚睡。形容非常勤奋。

[13] 芋魁：芋的块茎。亦泛称薯类植物的块茎。

[14] 东陵：东陵侯。司马迁《史记·萧相国世家》："召平（即邵平）者，故秦东陵侯。秦破，为布衣，贫，种瓜于长安城东，瓜美，故世俗谓之'东陵瓜'，从召平以为名也。"

[15] "世业"句：指世家大族之人不事生产，不知礼仪，当他们家道中衰之后，就只能沦为奴隶了。

[16] "渭水"二句：《史记·商君列传》中《集解》引《新序》："一日临渭而论囚七百余人，渭水尽赤。""岐山"句：《国语·周语》："幽王二年，

西周三川皆震。伯阳父曰：周将亡矣。是岁也，三川竭，岐山崩。"二句言崇祯十六年（1643）十月李自成克西安事。

[17] 灶养："灶下养"的省称。典出《后汉书·刘玄刘盆子列传》。汉朝后期，宫廷内部腐败，所授的官职名目繁多，小商人、厨子等纷纷穿绣面官服。百姓怨声载道并编制歌谣："灶上养，中郎将。烂羊胃，骑都尉。烂羊头，关内侯。"后用"灶下养"为厨工的辱称。借指无能的武将。

[18] 脱迹：谓脱略形迹。林僧：山林古寺中的僧人。

[19] "毒计"句：《史记·白起王翦列传》："（白起）乃挟诈而尽坑杀之，遗其小者二百四十人归赵。前后斩首虏四十五万人。"

[20] "淫刑"句：《左传》僖公二十三年"淫刑以逞"，又十九年，"宋公使邾文公用鄫子于次睢之社"，即宋襄公让邾文公杀死鄫子来祭祀次睢的土地神。淫刑：重刑，酷刑。

[21] "忠魂""碧血"二句：作者原注："贼陷西安，令弟存柘投井死。"顾炎武《朱子斗诗序》："当天启时，开科举之途，其次子存柘彦衡乃得为诸生，中副榜。贼陷西安，存柘义不屈，投井死。"

[22] 罟：用网捕捉。

[23] 惊禽：犹言惊弓之鸟。矰：一种用丝绳系住以便于弋射飞鸟的箭。

[24] "屡扪"句：扪，挂住，按住。《诗经·大雅·抑》："莫扪朕舌，言不可逝矣。"《论语》："驷不及舌。"就是言已出口，驷马亦难追回。

[25] "莫运"句：典出《左传·成公二年》："丑父寝于轏中，蛇出于其下，以肱击之，伤而匿之。"

[26] "谬悉师资敬"句：作者原注："中尉子及甥皆执经于余。"

[27] 子建：即三国时曹植，字子建。

[28] 河间：指汉河间献王刘德。班固《汉书·景十三王传》之《河间献王传》："河间献王德以孝景前二年立，修学好古，实事求是。"

[29] 九鼎：相传夏禹铸九鼎，象征九州，夏商周三代奉为象征国家政权的传国之宝。亦用以喻分量重。

[30] 剑玺：指刘邦的斩蛇剑和传国玺，为汉代神器。后用以象征统治权。

[31] 作者原注："《易·升》大象：'地中生木，升；君子以顺德，积小以高大。'谢灵运《和伏武昌登孙权故城》：'炎灵遗剑玺'。"同登：指同登慈恩寺塔。

慈恩寺吊古

〔清〕田登

慈恩塔畔曲江路,坐想人文盛集时。
断碣秋深苔长绿,废园春老树无枝[1]。
三川禾黍王侯第[2],四壁龙蛇今古诗[3]。
惟有南山浑似旧[4],数峰青影自参差。

【作者简介】

田登,字梅岑,清初江苏江都人。家贫,游食四方。三藩乱时,从军湖南数年。有《埋照集》。康熙间,扬州知府傅泽洪为其刊刻诗集。

【注释】

[1] 春老:谓晚春。语出岑参《喜韩樽相过》:"三月灞陵春已老,故人相逢耐醉倒。"

[2] 禾黍:《诗经·王风·黍离》序:"《黍离》,闵宗周也。周大夫行役至于宗周,过故宗庙宫室,尽为禾黍。闵宗周之颠覆,彷徨不忍去而作是诗也。"后以"禾黍"为悲悯故国破败或胜地废圮之典。

[3] 龙蛇:借指书法作品。

[4] 南山:终南山。浑似:完全像。

慈恩寺上雁塔

〔清〕洪亮吉

忆从初地擅名场[1],阅劫来游竟渺茫[2]。
韦曲花深愁暮雨[3],终南山古易斜阳。
高张岑杜诗篇冷[4],天宝开元岁月荒[5]。

莫笑众贤名易朽[6]，塔前杯水已沧桑[7]。

【作者简介】

洪亮吉（1746—1809），字君直，一字稚存，号北江，清代江苏阳湖人。乾隆五十五年（1790）进士，授编修。嘉庆四年（1799），上书军机大臣言事，极论时弊。得罪权贵，免死戍伊犁。次年，诏以"罪亮吉后，言事者日少"，释还。自号更生居士，居家十年而卒。有《春秋左传诂》《卷施阁集》《更生斋集》等。

【注释】

[1] 擅名场：扬名显声的地方。唐时，凡登科进士中榜后皆来慈恩寺题名，称"雁塔题名"。

[2] 劫：佛教说世界经历若干万年毁灭一次，再重新开始，这样一个周期称一劫。渺茫：时地远隔，难以闻见。前二句是说，想当年这里是唐代诗人们的发迹扬名之地，经历几代变迁，今日来游，已是时地远隔，难以再见了。

[3] 韦曲：地名，在今西安市长安区，唐朝时因为豪族韦氏居于此，故名。

[4] 高张岑杜：指唐朝的四位诗人高适、张九龄、岑参、杜甫，四人都曾在雁塔题诗。冷：冷落。

[5] 天宝开元：唐玄宗年号。开元为718至741年，天宝为742年至756年。唐代雁塔最盛之时为玄宗朝，故如此说。荒：寂寥。

[6] 众贤：唐代在雁塔题诗的高、张、岑、杜等诗人。

[7] 沧桑：晋葛洪《神仙传》载："麻姑自说云：'接侍以来，已见东海三为桑田。'"后常以沧桑或沧海桑田来比喻世事变迁很大。

登慈恩寺浮图

〔清〕陈培脉

飘然天半御风轻，身在浮图绝顶行[1]。
三辅山河掌上尽[2]，五陵云树望中平。

氤氲香界从朝暮[3],高下桑田几变更。

故事尚传唐进士,曲江宴罢共题名[4]。

【作者简介】

　　陈培脉,字树滋,号兰堂,江苏长洲(今苏州)人。清代戏曲家。康熙时在世,曾为太学生。诗宗法盛唐,晚游新城尚书之门,所诣益进。著有《探骊集》。剧作有杂剧《画眉记》一种,已佚。

【注释】

　　[1] 绝顶:即最高层。

　　[2] 三辅:《三辅黄图》:"武帝太初元年改内史为京兆尹,以渭城以西属右扶风,长安以东属京兆尹,长陵以北属左冯翊,以辅京师,谓之三辅。"后用以指长安周边地区。

　　[3] 细氲:形容云烟弥漫、气氛浓盛的景象。

　　[4] "故事"二句:唐中宗神龙年间,进士张莒游慈恩寺,一时兴起,将名字题在大雁塔下,后文人纷纷效仿。新科进士在曲江宴饮后,集体来到大雁塔下,推举善书者将其姓名、籍贯与及第时间题于壁上。

次和常南陔方伯登慈恩寺塔原韵 [1]

〔清〕江开

高岑久不作[2],苍茫挂余曛[3]。蹑级继轩举[4],风雅今尚存。
泾渭清浊辨[5],日月东西奔。终南雪万点[6],五陵烟一痕[7]。
隋唐没瓦砾,安问汉与秦。想其全盛时,陆海何纵横。
盖地起宫掖[8],接天闻歌声。陵谷变易久[9],孤塔凌苍雯。
或仗佛力大[10],竟与天寿并。时晴村舍密,烟霭暮云屯[11]。
朔风送边雁[12],铃语四角惊[13]。河声日南下,山势欲东倾。
巍然镇地轴[14],所望兹出群。高歌作金石,字字坚长城。

【作者简介】

江开,生卒年不详,字开之,号月湖,安徽省庐江县人。道光十五年(1835)举人,官陕西咸阳知县,诗、书、画皆精。

【注释】

[1] 常南陔:常大淳(1792—1853),字兰陔、正夫,号南陔,清朝总督、著名将领。明朝开国元勋、开平王常遇春之后。

[2] 高岑:指唐代诗人高适和岑参。天宝十一载秋,高岑等人曾同登慈恩寺塔并有诗作。

[3] 余曛:即夕阳。

[4] 蹑级:顺着台阶逐级上下。蹑:踩,踏。

[5] 泾渭:古人认为渭水清,泾水浊,两水在陕西境内合流时,清浊两股分得十分清楚。

[6] 终南:指终南山。

[7] 一痕:一线痕迹。

[8] 盖地:覆盖大地。形容数量多或声势大。宫掖:宫中旁舍,为嫔妃居住处。

[9] 陵谷:指地面高低形势的变动。高地变为深谷,深谷变为丘陵。后来用于比喻自然界或世事巨变。

[10] 佛力:佛教徒认为佛法有救济众生的功力,谓之佛力。

[11] 烟霭:云雾。

[12] 朔风:北风,寒风。

[13] 铃语:檐铃的声音。

[14] 地轴:古代传说中大地的轴。亦泛指大地。

登慈恩寺浮屠

〔清〕任其昌

茫茫衰草满人间,欲豁吟眸泪已潸[1]。

不禁凄凉余渭水,可怜破碎到秦山。

荒原日射枯髅白，大野风号战血殷。
更为思量歌舞地，古来百二是雄关[2]。

【作者简介】

任其昌（1831—1900），字士言，秦州（今甘肃天水）人。同治四年（1865）进士，官户部主事。有《敦素堂集》《秦州志》《蒲城县志》及《史臆》等。

【注释】

[1] 吟眸：指诗人的视野。

[2] 百二：以二敌百。指山河险固之地。语出《史记·高祖本纪》："秦，形胜之国，带河山之险，县隔千里，持戟百万，秦得百二焉。"裴骃《史记集解》引苏林曰："得百中之二焉。秦地险固，二万人足当诸侯百万人也。"司马贞《史记索隐》引虞喜云："百二者，得百之二。言诸侯持戟百万，秦地险固，一倍于天下，故云得百二焉，言倍之也，盖言秦兵当二百万也。"

慈恩寺塔

〔清〕张九镒

见说繁华界，凭栏剧可怜。残碑唐岁月，荒草汉山川。
日落邀双鸟，楼空卷片烟。下方何处是，灯火郭门前[1]。

【作者简介】

张九镒，字桔洲，湘潭（今湖南湘潭市）人。乾隆五十二年（1787）进士，官至四川川东道。性伉直，尝发属吏夔州知府侵蚀关税状。不久引疾归，筑园名退谷。有《退谷诗钞》。

【注释】

[1] 郭门：外城的门。

秋夜登慈恩寺塔

〔清〕秦定远

河汉西流秋夜长[1]，登临高塔思茫茫。
谁将笛怨吹衰柳，况复砧声杂细螿。
太液光浮龙塞月[2]，曲江寒带雁门霜[3]。
愁来此际知多少，思妇羁人总断肠[4]。

【作者简介】

秦定远，字以御，江苏泰州人。康熙癸卯（1663）科武举，授武德将军，累官广东珠江府兵马司正指挥使。

【注释】

[1] 河汉：银河。
[2] 龙塞：即龙城。泛指边远地区。
[3] 雁门：雁门关，位于今山西省代县以北的雁门山中，是长城上的重要关隘。
[4] 羁人：犹"羁客"，寄居他乡者。断肠：形容悲痛之极。

雁塔晚眺

〔清〕李应莘

却来今古题名地[1]，正是黄昏欲雨天。
笑倚云梯一回首，万家灯火满城烟。

【作者简介】

李应莘（1832—1877），字稼门，陕西长安人。咸丰六年（1856）进士，先后任内阁中书、河南候补知府，以军功赏戴花翎。后隐居不仕，习文赋诗。

同治末至光绪初，主讲关中书院数年，培育弟子。有《双桐书屋诗剩》行世。

【注释】

[1] 题名地：用"雁塔题名"典。详见前洪亮吉《慈恩寺上雁塔》注释[1]。

雁塔

〔近现代〕齐白石

长安城外柳丝丝，雁塔曾经春社时[1]。
无意姓名题塔上[2]，至今人不识阿芝[3]。

【作者简介】

齐白石（1864—1957），湖南长沙府湘潭（今湖南湘潭市）人。近现代绘画大师。擅画花鸟、虫鱼、山水、人物，书工篆隶，篆刻自成一家。清光绪二十八年至二十九年（1902—1903），齐白石在西安教画。此诗作于光绪二十九年（1903）。

【注释】

[1] 春社：节令习俗。古时于立春后第五个戊日为春社。于此日祭祀土神，以祈农事丰收。

[2] "无意"句：反用"雁塔题名"典。1902年12月，齐白石应在陕为官的友人夏午贻相邀，从家乡远涉西安，以家庭画师身份教授夏午贻的夫人姚无双学画。新结交的知己樊增祥出于好意，欲在慈禧太后面前举荐齐白石，让他当内廷供奉为太后代笔，夏午贻亦力劝，齐白石极力推辞之余，作此诗明志。

[3] 阿芝：齐白石自称。齐白石原名齐纯芝，乳名阿芝，别号白石山人，人常将"山人"二字略去，故后常号"白石"。

曲江

　　曲江池位于唐长安城东南隅，因水流曲折得名。唐代此地宫殿连绵，楼阁起伏，每逢上巳（三月三日）、中元（七月十五）、重阳（九月九日），皇室贵族、达官显贵都来此游赏宴乐。每当新进士及第，总要在曲江赐宴新科进士。安史之乱中，曲江池遭到严重破坏。今在北湖（曲江池）原址上重建大唐芙蓉园，于南湖重建曲江池遗址公园，曲江池重现昔日风采。

重阳日赐宴曲江亭赋六韵诗用清字

〔唐〕李治

　　朕在位仅将十载，实赖忠贤左右，克致小康。是以择三令节[1]，锡兹宴赏，俾大夫卿士，得同欢洽也。夫共其咸者同其休，有其初者贵其终。咨尔群僚[2]，顺朕不暇，乐而能节，职思其忧，咸若时则[3]，庶乎理矣。因重阳之会，聊示所怀。

　　早衣对庭燎[4]，躬化勤意诚[5]。时此万机暇，适与佳节并。
　　曲池洁寒流，芳菊舒金英。乾坤爽气满，台殿秋光清。
　　朝野庆年丰，高会多欢声。永怀无荒戒[6]，良士同斯情[7]。

【注释】

　　[1] 三令节：唐德宗以农历二月一日为中和节，与三月三日上巳、九月九日重阳合称三令节。

　　[2] 咨尔：《论语·尧曰》："尧曰：'咨，尔舜！天之历数在尔躬。'"邢昺疏："咨，咨嗟；尔，女（汝）也……故先咨嗟，叹而命之。"后常以"咨尔"用于句首，表示赞叹或祈使。

　　[3] 咸若：《尚书·皋陶谟》："皋陶曰：'都！在知人，在安民。'禹曰：'吁！咸若时，惟帝其难之。'"后以"咸若"称颂帝王之教化。谓万物皆能顺其性，

应其时,得其宜。

[4] 庭燎:举行盛大典礼时设在庭院中的照明火炬。

[5] 躬化:谓以自身的德行感化别人。

[6] 无荒:谓不废乱(政事)。

[7] 良士:贤士。这里泛指百官。计有功《唐诗纪事》卷二《德宗》曰:"帝善为文,尤长于篇什,每与学士言诗于浴堂殿,夜分不寐。"又曰:"贞元四年九月,赐宴曲江亭。帝为诗。……因诏曰:'卿等重阳会宴,朕想欢洽,欣慰良多,情发于中,因制诗序,令赐卿等一本,可中书门下简定文词士三五十人应制,同用"清"字,明日内于延英门进来。'宰臣李泌等虽奉诏简择,难于取舍,由是百僚皆和。上自考其诗,以刘太真及李纾等四人为上等,鲍防、于邵等四人为次等,张蒙、殷亮等二十三人为下等,而李晟、马燧、李泌三宰相之诗不加考第。"

奉和圣制赐史供奉曲江宴应制

〔唐〕王维

侍从有邹枚[1],琼筵就水开[2]。言陪柏梁宴[3],新下建章来[4]。
对酒山河满,移舟草树回。天文同丽日[5],驻景惜行杯[6]。

【注释】

[1] 侍从:即史供奉及参加这次曲江宴的其他文官。邹枚:邹阳、枚乘,西汉初年文学侍从之臣。二人皆以辞赋著称。此句用"邹枚"来切合史供奉等人的身份与才能。

[2] 琼筵:盛宴,美宴。就水开:临水而开。言宴会在曲江边进行。

[3] 言:这里作虚词,无意义。柏梁宴:泛指御宴,朝廷宴会。柏梁台:汉代台名。故址在今陕西省长安区西北长安故城内。后亦泛指宫殿。

[4] 下:一作"自"。建章:汉长安宫殿名。建于汉武帝太初元年,规模宏大,有"千门万户"之称,武帝曾一度在此朝会、理政。此借指唐皇宫(翰林院在禁中)。

[5] 天文:阴晴雾雨雷电等天气现象。

[6] 驻景：犹言让时间停住。景：日光。行杯：犹行觞，在宴会上依次酌酒劝饮。

三月三日曲江侍宴应制

〔唐〕王维

万乘亲斋祭[1]，千官喜豫游[2]。奉迎从上苑，祓禊向中流[3]。
草树连容卫[4]，山河对冕旒[5]。画旗摇浦溆[6]，春服满汀洲[7]。
仙籞龙媒下[8]，神皋凤跸留[9]。从今亿万岁，天宝纪春秋[10]。

【注释】

[1] 万乘：周制，天子地方千里，能出兵车万乘，因以"万乘"指天子。斋祭：古人在举行祭祀或其他典礼前，清心寡欲，净身洁食，以示庄敬。

[2] 豫游：巡幸，游赏。

[3] 祓禊（fú xì）：古代习俗，每年于春季上巳日在水边举行祭礼，洗濯去垢，消除不祥。

[4] 容卫：古代的仪仗、侍卫。

[5] 冕旒（miǎn liú）：古代大夫以上的礼冠。顶有延，前有旒，故曰"冕旒"。天子之冕十二旒，诸侯九，上大夫七，下大夫五。

[6] 画旗：有画饰的旗。浦溆：水边。

[7] 汀洲：水中的小洲。

[8] 仙籞（yù）：皇帝游幸郊外，用以阻隔行人往来的竹篱。亦指禁苑。籞：古代帝王的禁苑。龙媒：《汉书·礼乐志》："天马徕龙之媒。"颜师古注引应劭曰："言天马者乃神龙之类，今天马已来，此龙必至之效也。"后因称骏马为"龙媒"。

[9] 皋：岸，水边之地。凤跸：皇帝后妃所乘的车驾。

[10] 天宝：唐玄宗在位时的年号。春秋：指年华。

同薛司直诸公秋霁曲江俯见南山作

〔唐〕高适

南山郁初霁，曲江湛不流。若临瑶池间[1]，想望昆仑丘[2]。
回首见黛色，眇然波上秋[3]。深沉俯峥嵘，清浅延阻修[4]。
连潭万木影，插岸千岩幽。杳霭信难测[5]，渊沦无暗投[6]。
片云对渔父，独鸟随虚舟。我心寄青霞[7]，世事惭白鸥。
得意在乘兴，忘怀非外求。良辰自多暇，欣与数子游。

【注释】

[1] 瑶池：美池。多指宫苑中的池。

[2] 昆仑丘：古代传说中的神山。《山海经·海经·大荒西经》："西海之南，流沙之滨，赤水之后，黑水之前，有大山，名曰昆仑之丘。有神，人面虎身，有文有尾，皆白，处之。……此山万物尽有。"

[3] 眇然：高远貌；遥远貌。

[4] 阻修：遥远而又阻隔不通。

[5] 杳霭：幽深渺茫貌。

[6] 渊沦：潭中微波。

[7] 青霞：指隐居、修道之所。

九日曲江[1]

〔唐〕杜甫

缀席茱萸好[2]，浮舟菡萏衰[3]。百年秋已半，九日意兼悲。
江水清源曲，荆门此路疑[4]。晚来高兴尽[5]，摇荡菊花期[6]。

【注释】

[1] 此诗是天宝十二载（753），杜甫重阳节游览曲江而作。这时杜甫已年过四十，在长安数年仍一无所成，诗中充满悲秋之感。

[2] 茱萸：植物名。香气辛烈，可入药。古代风俗九月九日重阳节，佩茱萸能祛邪。

[3] 菡萏：荷花。

[4] 清源曲：屈原《远游》："轶迅风于清源兮。"此指曲江。荆门：山名。在今湖北省宜都县西北，长江南岸，隔江和虎牙山相对。《晋书·孟嘉传》记载，孟嘉任桓温将军时，曾于重阳节时携文武官员游览龙山，登高赏菊，设宴欢饮。"孟嘉落帽"典即源于此次宴饮。据王存《元丰九域志》"江陵府"记载，孟嘉落帽之龙山在江陵。"落帽台，孟嘉为征西参军，九月九日游龙山落帽，即此。"《九域志》："江陵府龙山上有孟嘉落帽台，其地在荆门东。"此二句意为，今日曲江之游，仿佛孟嘉当年的荆门盛会。

[5] 高兴：高雅的兴致，即诗兴。

[6] 菊花期：即菊花会。《荆楚岁时记》："九日为菊花会，故云菊花期。"

曲江对酒

〔唐〕杜甫

苑外江头坐不归[1]，水精宫殿转霏微[2]。
桃花细逐杨花落，黄鸟时兼白鸟飞[3]。
纵饮久判人共弃[4]，懒朝真与世相违[5]。
吏情更觉沧洲远[6]，老大悲伤未拂衣[7]。

【注释】

[1] 苑：指芙蓉苑，在曲江西南。

[2] 水精宫殿：指靠近水的宫殿。霏微：春光掩映之貌。

[3] "桃花"二句：写江上之景，花落鸟飞。细逐：指桃花梨花在空中飞舞。

[4] 判：同"拚"。

[5] 懒朝：懒于上朝。

[6] 沧州：指隐士居处。

[7] 拂衣：离去。

曲江对雨 [1]

〔唐〕杜甫

城上春云覆苑墙[2]，江亭晚色静年芳[3]。
林花着雨燕脂落[4]，水荇牵风翠带长[5]。
龙武新军深驻辇[6]，芙蓉别殿慢焚香[7]。
何时诏此金钱会[8]，暂醉佳人锦瑟傍[9]。

【注释】

[1] 此诗借雨中曲江之景，叹今非昔比。

[2] 苑墙：芙蓉苑的苑墙。

[3] 江亭：曲江中的亭子。年芳：指美好的春色。

[4] 林花着雨：指树木花草上沾满雨水。燕脂：草名。可作红色染料。这里指红色的花朵。

[5] 水荇：水中的荇草，多年生水草，浮在水面上。翠带：水荇相连而生，故曰翠带。

[6] 龙武新军：《旧唐书·职官志》："高宗龙朔二年，置左右羽林军，玄宗改为左右龙武军。肃宗至德二载，置左右神武军，赐名天骑。"此即新军。驻辇：谓帝王出行，途中停车。

[7] 芙蓉别殿：芙蓉苑与曲江相接，皇帝常游览。芙蓉、曲江各有殿，故曰别殿。"龙武""芙蓉"二句写雨中所想。

[8] 金钱会：唐代宫中撒钱的一种游戏。《剧谈录》："开元中，上巳节赐宴臣僚，会于曲江山亭，恩赐教坊声乐，唯宰相三使北省官与翰林学士登焉。"此句叹盛会不可得。

[9] 佳人：指歌舞乐人。曲江赐宴时，赐太常教坊乐，故有佳人。末二句含有无限伤感。

哀江头 [1]

〔唐〕杜甫

少陵野老吞声哭 [2]，春日潜行曲江曲 [3]。
江头宫殿锁千门，细柳新蒲为谁绿 [4]。
忆昔霓旌下南苑 [5]，苑中万物生颜色 [6]。
昭阳殿里第一人 [7]，同辇随君侍君侧 [8]。
辇前才人带弓箭 [9]，白马嚼啮黄金勒 [10]。
翻身向天仰射云 [11]，一笑正坠双飞翼 [12]。
明眸皓齿今何在 [13]？血污游魂归不得 [14]。
清渭东流剑阁深 [15]，去住彼此无消息 [16]。
人生有情泪沾臆 [17]，江草江花岂终极 [18]。
黄昏胡骑尘满城 [19]，欲往城南望城北 [20]。

【注释】

[1] 江头：即曲江江头。曲江为唐代长安游览胜境，其南有紫云楼、芙蓉苑，其西有杏园、慈恩寺等，均为一时名胜。至德二载（757）春，安史叛军占领长安，杜甫来到曲江，抚今追昔、感慨时事而作此诗。

[2] 少陵野老：杜甫自称。吞声哭：不敢哭出声响。形容无声地悲泣。

[3] 潜行：秘密行走。因为此时安史叛军占领长安，故潜行。曲江曲：曲江偏僻的地方。

[4] 蒲：即蒲草。为谁绿：指景色依旧，但无人观赏。

[5] 霓旌：缀有五色羽毛的旗帜，为古代帝王仪仗之一。这里指唐玄宗。南苑：即芙蓉苑。在曲江之南，故曰南苑。

[6] 生颜色：指增加了光辉。

[7]"昭阳"句：昭阳殿是汉代宫殿名,汉成帝宠妃赵飞燕曾居住此殿。此以"昭阳殿里第一人"借指杨贵妃。

[8] 辇（niǎn）：皇帝的车子。此句言杨贵妃专宠。同辇：《汉书·外戚传》："成帝游于后庭，尝欲与（班）婕妤同辇载，婕妤辞曰：'观古图画，圣贤之君，皆有名臣在侧，三代未主，乃有嬖女，今欲同辇，得无近似之乎！'上善其言而止。"

[9] 才人：宫中的女官。《新唐书·百官志》："内宫才人七人，正四品。掌叙燕寝、理丝枲，以献岁功。"

[10] 黄金勒：黄金制作的马嚼头。

[11] 射云：射飞鸟。

[12] 一笑：指杨贵妃。因为才人射中飞鸟，故贵妃一笑。

[13] 明眸皓齿：指杨贵妃。

[14] 血污游魂：指杨贵妃死于马嵬坡。归不得：杜甫作此诗时，一来贵妃已死，二来长安沦陷，故曰"归不得"。

[15] 清渭：清澈的渭水，指杨贵妃所葬之处。马嵬驿南边靠近渭水，故曰。剑阁：谷名，是通往蜀中的通道。这里指玄宗入蜀。

[16] 去住彼此：指去蜀的玄宗及葬于马嵬坡的杨贵妃。

[17] 臆：胸膛。泪沾臆，应前"吞声哭"。在沦陷之中，过伤心之地，杜甫对于玄宗和贵妃的下场充满同情。

[18] 岂终极：哪里有穷尽。这句谓花草无知，年年依旧。

[19] 胡骑：安史叛军。

[20] 城南：杜甫居处。杜甫回住处，故曰欲往城南。望城北：向北走。关中俗语谓"向"为"望""往"。本欲往南，却不知不觉走向北，写出了诗人迷离恍惚之状。

曲江二首

〔唐〕杜甫

其一 [1]

一片花飞减却春[2]，风飘万点正愁人[3]。
且看欲尽花经眼[4]，莫厌伤多酒入唇[5]。

江上小堂巢翡翠[6]，苑边高冢卧麒麟[7]。
细推物理须行乐[8]，何用浮名绊此身[9]。

【注释】

[1] 此诗作于乾元元年（758）春。时杜甫任左拾遗，虽然就职于门下省，但志不得伸。游览曲江，伤暮春、感人事，写下此诗。

[2] 减却春：减少了春色。

[3] 风飘万点：形容飞花之多。指暮春至，百花开始凋谢。

[4] 欲尽花：将要开尽的花。经眼：过眼。

[5] 伤多酒：过多的酒。

[6] 巢：筑巢以居住。翡翠：鸟名。羽毛有蓝、绿、赤、棕等色，可做装饰品。

[7] 苑：指芙蓉苑，在曲江西南。高冢：达官贵人之墓。安史叛军攻入长安，多杀王侯和公卿。卧：卧倒。麒麟：指墓前的石兽。

[8] 物理：事物变化的道理和规律。

[9] 浮名：虚名。指杜甫觉得自己任职拾遗，但无补于国政。

其二

朝回日日典春衣[1]，每日江头尽醉归。
酒债寻常行处有[2]，人生七十古来稀[3]。
穿花蛱蝶深深见，点水蜻蜓款款飞[4]。
传语风光共流转[5]，暂时相赏莫相违[6]。

【注释】

[1] 朝回：退朝回家。典：典当。以财产作抵押借钱，利息很高。杜甫春天典当春衣买酒，可见穷困之极。

[2] "酒债"句：指酒债走到哪里都有。寻常：平常。

[3] "人生"句：指人生苦短。点明尽醉的原因，也表现出杜甫心情苦闷之极。

[4] "穿花"二句：写曲江春景。穿花：在花丛中来回穿梭。蛱蝶：即蝴蝶。见：同"现"。款款飞：慢慢地飞。款款，徐缓，舒缓。

[5] 传语：请转告。共流转：盘旋飞舞。

[6] 莫相违：不要抛开人离去。

曲江三章，章五句[1]

〔唐〕杜甫

其一

曲江萧条秋气高，菱荷枯折随风涛[2]，
游子空嗟垂二毛[3]。白石素沙亦相荡[4]，
哀鸿独叫求其曹[5]。

【注释】

[1] 曲江，即曲江池。杜甫于天宝九载(750)冬献《三大礼赋》，得到玄宗赏识，但久未授职。仕途失意，秋游曲江，抒发不遇之叹。组诗大约作于天宝十一载（752）。

[2] 菱：一年生水生草本植物，果实有硬壳，有角，称"菱"或"菱角"，可食。

[3] 游子：杜甫自指。空嗟：空自嗟叹。二毛：头白有黑白两色，指衰老。

[4] 相荡：相互激荡。

[5] 曹：同类。

其二

即事非今亦非古[1]，长歌激越捎林莽[2]，
比屋豪华固难数[3]。吾人甘作心似灰，
弟侄何伤泪如雨[4]。

【注释】

[1] "即事"句：即事写诗，随意抒发感慨，不是今体，也不是古体。此诗

体为杜甫自创。即事：以当前事物为题材作诗。

[2]"长歌"句：宋玉《风赋》："蹶石伐木，捎杀林莽。"此句意谓长歌当哭，悲愤激烈，声震草木。长歌，连章叠歌之意。这里指本诗。激越，高亢清远。捎，摧折。林莽，丛生的草木。

[3] 比屋豪华：形容富贵豪宅之多。比，相接连。

[4] "吾人"二句：心似灰：《庄子·庚桑楚》："身若槁木之枝而心若死灰。"何伤：为何伤心。末二句意为，本人对此豪华景象已心灰意冷，无意于富贵，弟侄因何为我伤心落泪？诗表面作旷达语，实则不胜悲愤。

其三

自断此生休问天[1]，杜曲幸有桑麻田[2]，
故将移住南山边[3]。短衣匹马随李广[4]，
看射猛虎终残年[5]。

【注释】

[1] 自断：自己判断。休问天：不必问天。本句意为，我已自知此生如何，不必再问苍天。

[2] 杜曲：地名，亦称下杜，在长安城南，是杜甫的祖籍所在。杜甫居长安时，尝家于此。桑麻田：即唐之永业田。《新唐书·食货志一》："授田之制，丁及男年十八以上者，人一顷，其八十亩为口分，二十亩为永业。""永业之田，树以榆、枣、桑及所宜之木，皆有数。"规定植桑五十株，产麻地另给男夫麻四十亩，故称"桑麻田"。

[3] 南山：指终南山。杜曲在终南山麓，故称"南山边"。

[4] 李广：汉代大将。《史记·李将军列传》记载，李广贬为庶人，家居数岁，尝于蓝田南山中射猎，"广出猎，见草中石，以为虎而射之，中石没镞，视之石也"。"广所居郡闻有虎，尝自射之，及居右北平射虎，虎腾伤广，广亦竟射杀之。"杜甫本善骑射，多年前游齐赵、梁宋时曾"呼鹰""逐兽"，故有此联想。

[5] 残年：余生。

曲江陪郑八丈南史饮 [1]

〔唐〕杜甫

雀啄江头黄柳花，鹍鹳䴔䴖满晴沙[2]。
自知白发非春事[3]，且尽芳樽恋物华[4]。
近侍即今难浪迹[5]，此身那得更无家[6]。
丈人才力犹强健[7]，岂傍青门学种瓜[8]。

【注释】

[1] 此诗是乾元元年（758）杜甫在门下省任职左拾遗时所写。

[2] "雀啄"二句：写江头之景。黄柳花：柳树嫩黄的花蕊。䴔䴖（jiāo jīng）：即池鹭。䴔䴖（xī chì）：水鸟名。形大于鸳鸯，多紫色，好并游。俗称紫鸳鸯。

[3] 春事：春意。

[4] 物华：指江头花鸟之景。

[5] 近侍：杜甫自称。因为任职左拾遗，可以在皇帝左右，故曰近侍。

[6] 无家：无家计资产。

[7] 丈人：对老人的尊称。指郑南史。

[8] 种瓜：指邵平辞官种瓜之典，借指隐居。此句劝郑南史不要归隐。

曲江春望

〔唐〕卢纶

其一

菖蒲翻叶柳交枝[1]，暗上莲舟鸟不知。
更到无花最深处，玉楼金殿影参差。

【注释】

[1] 菖蒲：一种中草药。多年生草本植物，生于水边，根茎可作香料。柳交枝：谓时节已经到了暮春，柳树枝叶繁茂，相互交织。

其二

翠黛红妆画鹢中[1]，共惊云色带微风。
箫管曲长吹未尽，花南水北雨濛濛。

【注释】

[1] 画鹢（yì）：头上画着鹢鸟的船，亦泛指船。鹢，古书中指一种似鹭的水鸟。

其三

泉声遍野入芳洲[1]，拥沫吹花草上流[2]。
落日行人渐无路，巢乌乳燕满高楼。

【注释】

[1] 芳洲：芳草丛生的小洲。
[2] 沫：因水涨形成的泡沫。

贼中与严越卿曲江看花[1]

〔唐〕卢纶

红枝欲折紫枝殷[2]，隔水连宫不用攀。
会待长风吹落尽，始能开眼向青山。

【注释】

[1] 贼中：谓长安此时被安史叛军占据。严越卿：严武之子。
[2] 殷（yān）：黑红色。"殷"一作"繁"。

曲江池上

〔唐〕雍裕之

殷勤春在曲江头[1],全藉群仙占胜游[2]。
何必三山待鸾鹤[3],年年此地是瀛洲。

【作者简介】

雍裕之,生卒年不详,蜀人。数举进士不第,飘零四方。有诗名,工乐府,极有情致。《全唐诗》存诗一卷。

【注释】

[1] 殷勤:热情、多情。

[2] 胜游:快意的游览。

[3] 鸾鹤:鸾,传说中凤凰一类的鸟。神话中的仙人多乘鸾鹤。三山:传说中的海上三神山。王嘉《拾遗记·高辛》:"三壶,则海中三山也。一曰方壶,则方丈也;二曰蓬壶,则蓬莱也;三曰瀛壶,则瀛洲也。"末句中的瀛洲即为其中之一,诗中喻指曲江。

游春词二首（其一）

〔唐〕王涯

曲江绿柳变烟条[1],寒谷冰随暖气销[2]。
才见春光生绮陌[3],已闻清乐动云韶[4]。

【作者简介】

王涯（765?—835）,字广津,郡望太原（今属山西）。唐德宗贞元八年（792）登进士第。贞元十八年,中博学宏词科,授蓝田尉。历右拾遗、起居舍人、虢州司马、袁州刺史、吏部员外郎等职。大和九年（835），死于"甘露之变"。博学能文，工于诗。《全唐诗》存诗一卷，《全唐诗续拾》补诗一首。《唐才子传》有载。

【注释】

[1] 烟条：雾霭中的杨柳枝条。

[2] 寒谷：阴冷的山谷。

[3] 绮陌：繁华的街道。亦指风景美丽的郊野道路。

[4] 清乐：指清雅的音乐。云韶：本为黄帝《云门》乐和虞舜《大韶》乐的并称。后泛指宫廷音乐。此指美妙的乐曲。

同水部张员外籍曲江春游寄白二十二舍人 [1]

〔唐〕韩愈

漠漠轻阴晚自开[2]，青天白日映楼台[3]。
曲江水满花千树，有底忙时不肯来[4]。

【注释】

[1] 张员外籍：即唐代诗人张籍。张籍曾任水部员外郎，故称"张员外"。白二十二舍人：指白居易。

[2] 漠漠：迷蒙貌。轻阴：淡云，薄云。

[3] 青天白日：谓天气晴好。

[4] 有底：有何，有什么事。时：语气词。表停顿，相当于"啊"。对这句问话，白居易以《酬韩侍郎、张博士雨后游曲江见寄》一诗作答。

奉酬卢给事云夫四兄曲江荷花行见寄并呈上钱七兄阁老张十八助教 [1]

〔唐〕韩愈

曲江千顷秋波净，平铺红云盖明镜 [2]。
大明宫中给事归 [3]，走马来看立不正 [4]。
遗我明珠九十六 [5]，寒光映骨睡骊目 [6]。
我今官闲得婆娑 [7]，问言何处芙蓉多。
撑舟昆明度云锦 [8]，脚敲两舷叫吴歌 [9]。
太白山高三百里 [10]，负雪崔嵬插花里 [11]。
玉山前却不复来 [12]，曲江汀滢水平杯 [13]。
我时相思不觉一回首，天门九扇相当开 [14]。
上界真人足官府 [15]，岂如散仙鞭笞鸾凤终日相追陪 [16]。

【注释】

[1] 卢给事：即卢汀，字云夫，排行四。给事，官名，即给事中，掌侍从皇帝，备顾问应对。卢汀所作《曲江荷花行》已佚。钱七：即钱徽，字蔚章，元和中曾三迁中书舍人，深得宪宗宠信。阁老：唐制，中书舍人六人，以年久资深者一人为阁老，判众事。这里指钱徽。张十八：指张籍，时为国子助教。此诗作于元和十一年秋，这年五月，韩愈由中书舍人降为太子右庶子。

[2] 红云：喻大片红色的荷花。

[3] 大明宫：在长安宫城东北，内有含元、宣政、紫宸三殿，门下省在宣政殿左侧，给事中属门下省。

[4] 立不正：指曲江池。曲江因水流屈曲而得名，隋文帝恶其名曲不正，曾改称芙蓉园。

[5] 明珠九十六：指卢汀所作《曲江荷花行》，共九十六字。

[6] 睡骊目：睡龙之珠。比喻难得的宝物。典出《庄子·杂篇·列御寇》。

[7] 婆娑：悠闲貌。

[8] 昆明：即昆明池，在长安西南沣水和滈水之间。唐时多种荷，杜甫《秋兴》诗有"昆明池水汉时功""露冷莲房坠粉红"等句。云锦：喻荷花。

[9] 叫：唱。吴歌：江南吴方言区民间歌谣的简称，多为情歌。

[10] 太白：山名，为秦岭主峰。

[11] 崔嵬：高峻貌。

[12] 玉山：蓝田山的别称。前却：一忽儿向前，一忽儿后退。

[13] 汀滢：水清澈貌。

[14] 天门：宫门。九扇：九重。相当：相对。

[15] 上界真人：天上的仙人。此喻指卢汀，也兼指钱徽。顾况《五源诀》："番阳仙人王遥琴子高，言下界功满，方超上界。上界多官府，不如地仙快活。"足：多。

[16] 散仙：未有职务的闲散仙人，即方士所谓地仙。这里是韩愈自喻，也兼比张籍。鞭笞鸾凤：谓仙人鞭策凤鸾乘之以行。比喻闲逸、高雅的生活。末尾二句以上界真人比喻在朝廷任职的友人，以散仙比喻贬居闲官的自己，说在朝廷作官多官府公务，不如作闲官自在。

酬白二十二舍人早春曲江见招 [1]

〔唐〕张籍

曲江冰欲尽，风日已恬和[2]。柳色看犹浅，泉声觉渐多。
紫蒲生湿岸[3]，青鸭戏新波[4]。仙掖高情客[5]，相招共一过[6]。

【作者简介】

张籍（772？—830），字文昌，吴郡（今江苏苏州）人，后移居和州乌江（今安徽和县）。唐代诗人。曾任水部员外郎、国子司业，世称"张水部""张司业"。其乐府诗与王建齐名，并称"张王乐府"。有宋编《张司业集》传世。《全唐诗》存诗五卷。《旧唐书》《新唐书》皆有传。

【注释】

[1] 白二十二舍人：指白居易。

[2] 恬和：安静平和。

[3] 紫蒲：紫色的菖蒲，一种水生植物，花紫色。

[4] 青鸭：绿头鸭。

[5] 仙掖：唐时门下、中书两省在宫中左右掖，故以仙掖借指门下、中书两省。高情客：具有高雅情致的朋友。

[6] 相招：邀请。

曲江亭望慈恩寺杏园花发

〔唐〕周弘亮

江亭闲望处，远近见秦源[1]。古寺迟春景[2]，新花发杏园。
萼中轻蕊密，枝上素姿繁[3]。拂雨云初起，含风雪欲翻。
容辉明十地[4]，香气遍千门。愿莫随桃李，芳菲不为言。

【作者简介】

周弘亮，生卒年不详，登贞元进士第。《全唐诗》存诗三首。

【注释】

[1] 秦源：即秦原，关中地区。

[2] 迟春：晚春。

[3] 素姿：指杏花。

[4] 容辉：仪容丰采；神采光辉。此处形容杏花。

乱后曲江[1]

〔唐〕羊士谔

忆昔曾游曲水滨,春来长有探春人。
游春人静空地在,直至春深不似春。

【作者简介】

羊士谔(762?—819),泰安泰山(今属山东)人。贞元元年(785)进士。顺宗时,累至宣歙巡官,为王叔文所恶,贬汀州宁化尉。元和初,擢为监察御史,掌制诰。后因与窦群、吕温等诋论宰执,出为资州刺史。工诗,《全唐诗》存诗一卷。

【注释】

[1] 诗写安史之乱后的曲江。描写出昔日繁华热闹的曲江少有游人的破败荒凉景象。

曲江春望

〔唐〕刘禹锡

凤城烟雨歇[1],万象含佳气。酒后人倒狂,花时天似醉[2]。
三春车马客[3],一代繁华地。何事独伤怀?少年曾得意。

【注释】

[1] 凤城:即长安城。"凤城"一名源自西汉长安的凤阙。
[2] 花时:百花盛开的时节。常指春日。
[3] 三春:孟春(正月)、仲春(二月)、季春(三月)的合称。车马客:指贵客。

和刘郎中曲江春望见示 [1]

〔唐〕白居易

芳景多游客，衰翁独在家[2]。肺伤妨饮酒，眼痛忌看花。
寺路随江曲，宫墙夹树斜。羡君犹壮健，不枉度年华。

【注释】

[1] 刘郎中：即刘禹锡。因其曾官主客郎中，故有此谓。

[2] 衰翁：老翁。此为作者自指。

早秋曲江感怀

〔唐〕白居易

离离暑云散[1]，袅袅凉风起[2]。池上秋又来，荷花半成子。
朱颜易销歇[3]，白日无穷已。人寿不如山，年光急于水。
青芜与红蓼[4]，岁岁秋相似。去岁此悲秋，今秋复来此。

【注释】

[1] 离离：稀疏的样子。

[2] 袅袅：微风吹拂貌。

[3] 易销歇：一作自销歇。销歇：止歇，消逝。

[4] 青芜：青草。红蓼：一种长在水边的草本植物。此句形容杂草丛生的萧瑟秋景。

曲江早春

〔唐〕白居易

曲江柳条渐无力,杏园伯劳初有声[1]。
可怜春浅游人少,好傍池边下马行。

【注释】

[1] 伯劳:鸟名。

上巳日恩赐曲江宴会即事

〔唐〕白居易

赐欢仍许醉,此会兴如何?翰苑主恩重,曲江春意多。
花低羞艳妓,莺散让清歌。共道升平乐,元和胜永和[1]。

【注释】

[1] 元和(806—820):唐宪宗李纯年号;永和(345—356):东晋穆帝司马聃年号。王羲之《兰亭集序》有"永和九年,岁在癸丑"句,写兰亭欢宴事。

曲江早秋

〔唐〕白居易

秋波红蓼水[1],夕照青芜岸[2]。独信马蹄行,曲江池西畔。
早凉晴后至,残暑暝来散[3]。方喜炎燠销[4],复嗟时节换。
我年三十六,冉冉昏复旦[5]。人寿七十稀,七十新过半。

且当对酒笑,勿起临风叹。

【注释】

[1] 红蓼:一种长在水边的草本植物。

[2] 青芜:青草。

[3] 残暑:残余的暑气。

[4] 炎燠(yù):炎热,暑热。

[5] 冉冉:渐进貌。形容时光渐渐流逝。

曲江感秋二首并序

〔唐〕白居易

元和二年、三年、四年,予每岁有《曲江感秋》诗,凡三篇,编在第七集卷。是时予为左拾遗、翰林学士。无何,贬江州司马、忠州刺史。前年,迁主客郎中、知制诰。未周岁,授中书舍人。今游曲江,又值秋日,风物不改,人事屡变。况予中否后遇[1],昔壮今衰,慨然感怀,复有此作。噫!人生多故,不知明年秋又何许也?时二年七月十日云耳。

其一

元和二年秋,我年三十七。长庆二年秋,我年五十一。
中间十四年,六年居谴黜[2]。穷通与荣悴[3],委运随外物[4]。
遂师庐山远,重吊湘江屈。夜听竹枝愁[5],秋看滟堆没[6]。
近辞巴郡印,又秉纶闱笔[7]。晚遇何足言[8],白发映朱绂[9]。
销沉昔意气,改换旧容质。独有曲江秋,风烟如往日[10]。

【注释】

[1] 中否:中道衰落。

[2] 谴黜：谪降贬黜。

[3] 荣悴：喻人世的盛衰。

[4] 委运：随顺自然，听凭天命。

[5] 竹枝：即竹枝词。原为巴、渝一带民歌。唐刘禹锡改作新词，盛行于世。

[6] 滟堆：即滟滪堆，瞿塘峡西口的长江江心，横卧着一堆大礁石。

[7] "近辞"二句：元和十三年（818）十二月，白居易从江州（今江西九江市）司马升为忠州（今重庆忠县）刺史。元和十五年（820）冬，白居易回到首都长安，拜尚书司门员外郎，迁主客郎中，知制诰，进中书舍人。纶闱：指内阁及中书省。

[8] 晚遇：晚年显达。

[9] 朱绂：古代礼服上的红色蔽膝。后多借指官服。

[10] 风烟：景象；风光。

其二

疏芜南岸草[1]，萧飒西风树。秋到未几时，蝉声又无数。
莎平绿茸合[2]，莲落青房露[3]。今日临望时，往年感秋处。
池中水依旧，城上山如故。独我鬓间毛，昔黑今垂素[4]。
荣名与壮齿[5]，相避如朝暮。时命始欲来[6]，年颜已先去。
当春不欢乐，临老徒惊误[7]。故作咏怀诗，题于曲江路。

【注释】

[1] 疏芜：萧索荒芜。

[2] 绿茸：纤细繁密的绿草。

[3] 青房：指莲房，莲蓬。

[4] 素：指白发。

[5] 壮齿：壮年。齿，年齿。

[6] 时命：犹时机。

[7] 惊误：谓因耽误韶年而惊叹悔恨。

曲江感秋（五年作）[1]

〔唐〕白居易

沙草新雨地[2]，岸柳凉风枝。三年感秋意，并在曲江池[3]。
早蝉已嘹唳[4]，晚荷复离披[5]。前秋去秋思[6]，一一生此时。
昔人三十二，秋兴已云悲[7]。我今欲四十，秋怀亦可知。
岁月不虚设，此身随日衰。暗老不自觉，直到鬓成丝。

【注释】

[1] 五年：指唐元和五年（810）。

[2] 新雨：刚下过雨。

[3] "三年感秋意"二句：参前白居易《曲江感秋二首并序》。

[4] 嘹唳：声音响亮凄清。

[5] 离披：衰残貌。

[6] 前秋：去年秋天。

[7] "昔人"二句：语出潘岳《秋兴赋并序》："晋十有四年，余春秋三十有二，始见二毛。……摄官承乏，猥厕朝列，夙兴晏寝，匪遑底宁，譬犹池鱼笼鸟，有江湖山薮之思。于是染翰操纸，慨然而赋。于时秋也，故以'秋兴'命篇。""嗟秋日之可哀兮，谅无愁而不尽。"

立春日酬钱员外曲江同行见赠

〔唐〕白居易

下直遇春日[1]，垂鞭出禁闱[2]。两人携手语，十里看山归。
柳色早黄浅，水文新绿微[3]。风光向晚好[4]，车马近南稀。
机尽笑相顾，不惊鸥鹭飞[5]。

【注释】

[1] 下直：在宫中当值结束，犹今之下班。

[2] 禁闱（wéi）：宫廷门户。指宫内或朝廷。

[3] 水文：水的波纹。

[4] 向晚：傍晚。

[5] "机尽"二句：化用《列子·黄帝篇》中"鸥鹭忘机"典故："海上之人有好鸥鸟者，每旦之海上，从鸥鸟游，鸥鸟之至者百住而不止。其父曰：'吾闻鸥鸟皆从汝游，汝取来，吾玩之。'明日之海上，鸥鸟舞而不下也。"原指无巧诈之心，异类可以亲近。此喻诗人与钱员外不以世事为怀的淡泊情志。相顾：相视；互看。

曲江独行招张十八 [1]

〔唐〕白居易

曲江新岁后[2]，冰与水相和。南岸犹残雪，东风未有波。
偶游身独自，相忆意如何？莫待春深去，花时鞍马多。

【注释】

[1] 张十八：张籍。

[2] 新岁：犹新年。

曲江

〔唐〕白居易

细草岸西东，酒旗摇水风。楼台在花杪[1]，鸥鹭下烟中。
翠幄晴相接[2]，芳洲夜暂空[3]。何人赏秋景，兴与此时同？

【注释】

[1] 杪：树梢。

[2] 翠帷：翠色的帐幔。

[3] 芳洲：芳草丛生的小洲。

曲江独行

〔唐〕白居易

独来独去何人识，厩马朝衣野客心[1]。
闲爱无风水边坐，杨花不动树阴阴。

【注释】

[1] 朝衣：君臣上朝时穿的礼服。野客心：隐逸之心。野客：村野之人。借指隐逸者。此为作者自指。

和钱员外《答卢员外早春独游曲江见寄长句》[1]

〔唐〕白居易

春来有色暗融融，先到诗情酒思中。
柳岸霏微裛尘雨[2]，杏园澹荡开花风[3]。
闻君独游心郁郁[4]，薄晚新晴骑马出[5]。
醉思诗侣有同年[6]，春叹翰林无暇日[7]。
云夫首倡寒玉音[8]，蔚章继和春搜吟[9]。
此时我亦闭门坐，一日风光三处心[10]。

【注释】

[1] 钱员外：钱徽。卢员外：卢汀。

[2] 霏微：飘洒。裛（yì）尘雨：飘洒在尘土上的细雨。裛：沾湿。

[3] 澹荡：荡漾，飘动。

[4] 郁郁：忧闷的样子。

[5] 薄晚：傍晚。

[6] 诗侣：诗友。同年：科举时代称同榜或同一年考中者。此指钱徽与卢汀同年及第。

[7] 翰林：官名。唐玄宗初置翰林待诏，为文学侍从之官。

[8] 云夫：卢汀，字云夫。寒玉音：比喻卢汀的诗作清雅。

[9] 蔚章：即钱员外钱徽，字蔚章。

[10] 云夫、蔚章同年及第。时予与蔚章同在翰林。

曲江忆元九 [1]

〔唐〕白居易

春来无伴闲游少，行乐三分减二分。
何况今朝杏园里，闲人逢尽不逢君。

【注释】

[1] 元九：元稹。

早春独游曲江，时为校书郎

〔唐〕白居易

散职无羁束[1]，羸骖少送迎[2]。朝从直城出[3]，春傍曲江行。
风起池东暖，云开山北晴。冰销泉脉动[4]，雪尽草牙生。
露杏红初坼[5]，烟杨绿未成。影迟新度雁，声涩欲啼莺。
闲地心俱静，韶光眼共明。酒狂怜性逸，药效喜身轻。
慵慢疏人事，幽栖逐野情[6]。回看芸阁笑[7]，不似有浮名。

【注释】

[1] 散职：闲散的官职。

[2] 羸骖：瘦弱的马。

[3] 直城：汉京都城门名。泛指京都城门。

[4] 泉脉：地下伏流的泉水。类似人体脉络，故称。

[5] 红初坼：谓杏树花蕾刚刚绽开。

[6] 野情：不受世事人情拘束的闲散心情。

[7] 芸阁：芸香阁。秘书省的别称。因秘书省司典图籍，故亦以指省中藏书、校书处。贞元十九年（803），白居易授秘书省校书郎。宪宗元和元年（806），罢校书郎。

曲江醉后赠诸亲故

〔唐〕白居易

郭东丘墓何年客[1]，江畔风光几日春？
只合殷勤逐杯酒[2]，不须疏索向交亲[3]。
中天或有长生药，下界应无不死人[4]。
除却醉来开口笑，世间何事更关身？

【注释】

[1] 郭：外城。

[2] 只合：只应。

[3] 疏索：寂寞无聊。交亲：亲戚朋友。

[4] "中天"二句意为：天上或许有长生不老之药，而人间应该没有不死之人。这两句是诗人为自己醉酒找理由。中天：此指天上。

曲江亭晚望

〔唐〕白居易

曲江岸北凭栏干，水面阴生日脚残。

尘路行多绿袍故[1]，风亭立久白须寒[2]。

诗成暗著闲心记，山好遥偷病眼看[3]。

不被马前提省印[4]，何人信道是郎官[5]？

【注释】

[1] 绿袍：古时低级官员的袍服。

[2] 风亭：亭子。

[3] 病眼：谓老眼昏花。

[4] 省印：官署之印。

[5] 信道：知道，料知。郎官：谓侍郎、郎中等职。

酬韩侍郎张博士雨后游曲江见寄[1]

〔唐〕白居易

小园新种红樱树，闲绕花行便当游。

何必更随鞍马队，冲泥蹋雨曲江头[2]。

【注释】

[1] 韩侍郎：韩愈。张博士：即诗人张籍。张籍曾任广文馆博士。

[2] 冲泥：谓踏泥而行，不避雨雪。

曲江忆李十一[1]

〔唐〕白居易

李君殁后共谁游，柳岸荷亭两度秋。

独绕曲江行一匝，依前还立水边愁。

【注释】

[1] 李十一：指李建，字杓直。详见前白居易《慈恩寺有感》注释 [1]。

曲江有感

〔唐〕白居易

曲江西岸又春风，万树花前一老翁[1]。
遇酒逢花还且醉，若论惆怅事何穷。

【注释】

[1] 老翁：白居易自指。

永贞二年正月二日上御丹凤楼赦天下予与李公垂庾顺之闲行曲江不及盛观[1]

〔唐〕元稹

春来饶梦慵朝起，不看千官拥御楼。
却着闲行是忙事，数人同傍曲江头。

【作者简介】

元稹（779—831），字微之，别字咸明，洛阳人（今河南洛阳），世居京兆（今陕西西安）。唐德宗贞元九年（793）明经及第。曾任左拾遗、通州司马、祠部郎中，曾一度拜相。大和四年（830），出任武昌军节度使。大和五年（831年），卒于任所。早年与白居易共同提倡"新乐府"，与白居易并称"元白"。与白居易"次韵相酬"的诗，当时影响很大，号为"元和体"。有传奇《莺莺传》。有《元氏长庆集》六十卷传世。《旧唐书》《新唐书》皆有传。《唐才子传》有载。

【注释】

[1] 永贞二年：指公元806年。这年正月丙寅朔，改元元和，大赦。丹凤楼：唐大明宫正门丹凤门上筑有楼观，称丹凤楼，唐肃宗之后，凡有大赦，多在丹凤楼举行隆重的"金鸡释囚"仪式。

同裴起居厉侍御放朝游曲江 [1]

〔唐〕姚合

暑月放朝频，青槐路绝尘。雨晴江色出，风动草香新。
独立分幽岛，同行得静人。此欢宜稍滞，此去与谁亲？

【注释】

[1] 放朝：唐制，凡酷暑及大雨雪，免群臣入朝参见，称为放朝。

曲江亭望慈恩杏花发

〔唐〕沈亚之

曲台晴好望，近接梵王家[1]。十亩开金地[2]，千株发杏花。
带云犹误雪，映日欲欺霞。紫陌传香远[3]，红泉落影斜[4]。
园中春尚早，亭上路非赊[5]。芳景偏堪赏，其如积岁华。

【作者简介】

沈亚之（781—832），字下贤，吴兴（今浙江湖州）人。唐代文学家。工诗善文，有集九卷传世。《全唐诗》存诗一卷。《唐才子传》有载。

【注释】

[1] 梵王家：即佛家寺院，这里指大雁塔慈恩寺。梵王：佛教术语，大梵天王的简称。

[2] 金地：又名金田，佛寺之别称。

[3] 紫陌：都城郊野的道路。

[4] 红泉：红色的泉水。旧题汉郭宪《洞冥记》载：汉东方朔小时掘井，陷落地下，有人欲引往采仙草，中隔红泉不得渡，其人以一履与之，遂泛红泉，至仙草之处，采而食之。后遂以红泉为传说中的仙境景色之一。此用以喻曲江。

[5] 赊：远。

曲江亭望慈恩寺杏园花发

〔唐〕曹著

渚亭临净域[1]，凭望一开轩[2]。晚日分初地[3]，东风发杏园。异香飘九陌[4]，丽色映千门。照灼瑶华散[5]，葳蕤玉露繁[6]。未教游妓折，乍听早莺喧。谁复争桃李，含芳自不言[7]。

【作者简介】

曹著，生卒年不详，贞元年间进士，诗人。

【注释】

[1] 净域：佛教语，原指弥陀所居之净土，后为寺院的别称。此指慈恩寺。

[2] 轩：窗户。

[3] 晚日：夕阳。初地：佛教寺院。

[4] 九陌：汉代长安城中有八街九陌，后泛指都城大道和繁华闹市。

[5] 照灼：光芒四射，闪耀。瑶华：玉白色的花。此指杏花。

[6] 葳蕤：草木茂盛枝叶下垂貌。玉露：原指秋雨，这里指春雨。

[7] "谁复"二句：化用"桃李不言，下自成蹊"语义。语出《史记·李将军列传》："谚曰：'桃李不言，下自成蹊。'此言虽小，可以谕大也。"

早春游曲江

〔唐〕施肩吾

芳处亦将枯槁同[1]，应缘造化未施功[2]。
羲和若拟动炉鞴[3]，先铸曲江千树红。

【注释】

[1] 枯槁：草木枯萎。

[2] 应缘：大概是。

[3] 羲和：古代神话传说中的人物，驾御日车的神。亦指太阳。炉鞴（bèi）：火炉鼓风的皮囊。亦借指熔炉。

曲江春望怀江南故人 [1]

〔唐〕赵嘏

杜若洲边人未归[2]，水寒烟暖想柴扉[3]。
故园何处风吹柳，新雁南来雪满衣。
目极思随原草遍，浪高书到海门稀[4]。
此时愁望情多少，万里春流绕钓矶。

【注释】

[1] 赵嘏为楚州山阳（今江苏淮安）人。诗作表达身处曲江之畔思念江南故乡、故人的心情。

[2] 杜若洲：生长着杜若的洲渚。杜若：香草名。多年生草本植物，高一二尺。叶广披针形，味辛香。夏日开白花。果实蓝黑色。《楚辞·九歌·湘君》："采芳洲兮杜若，将以遗兮下女。"后常以杜若寄相思之情。

[3] 柴扉：柴门。借指贫寒的家园。

[4] "目极"二句：极目远望，思念之情随离离原草而更显邈远，风浪阻隔亦使投递之信愈显稀少。海门，河流入海之处。这里指作者故乡。

出试日独游曲江

〔唐〕赵嘏

江莎渐映花边绿，楼日自开池上春。
双鹤绕空来又去，不知临水有愁人。

曲江上巳 [1]

〔唐〕赵璜

长堤十里转香车[2]，两岸烟花锦不如[3]。
欲问神仙在何处，紫云楼阁向空虚[4]。

【作者简介】

赵璜（804—862），字祥牙，先世居宛县（今河南南阳），后徙平原（今属山东），唐代诗人。开成三年（838）进士。咸通初，为处州刺史。《全唐诗》存诗四首。

【注释】

[1] 上巳：汉以前以农历三月上旬巳日为"上巳"；魏晋以后，定为三月三日，不必取巳日。

[2] 香车：用香木做的车。泛指华美的车或轿。

[3] 烟花：泛指绮丽的春景。

[4] 紫云楼阁：即紫云楼。详见前杨汾《登慈恩寺塔》注释[1]。

病中早访招国李十将军遇挈家游曲江 [1]

〔唐〕李商隐

十顷平波溢岸清,病来唯梦此中行。

相如未是真消渴,犹放沱江过锦城 [2]。

【作者简介】

李商隐(812—858),字义山,号玉溪生,怀州河内(今河南沁阳)人,后移居郑州荥阳(今属河南)。开成二年(837)因令狐绹举荐登进士第。后娶泾源节度使王茂元之女,陷入"牛李党争",自是潦倒终身。晚唐大家,与杜牧齐名,并称"小李杜"。又与温庭筠齐名,并称"温李"。其骈文与温庭筠、段成式并称"三十六体"。诗长于律、绝,富于文采,风格色彩浓丽,多用典,意旨比较隐晦,以《无题》组诗最为著名。有《李义山诗集》传世,文存《樊南文集》。《全唐诗》存诗三卷。《旧唐书》《新唐书》皆有传。《唐才子传》有载。

【注释】

[1] 招国:指长安城中的招国里,时李十将军居于此。李商隐到长安时,抱病去拜访李十将军,不巧李已举家去长安城外的曲江游玩。拜访不遇,李商隐于是写了这首诗来抒发自己的感情。据清人冯浩在本诗注中推测,李十将军大概是王茂元的亲戚。李商隐此时求婚于王茂元小女王晏悦,所以他病中来拜访李十将军,是想请李十将军为自己和王晏悦的婚事说情。

[2] "相如"二句:消渴:一种疾病,今称糖尿病。据《史记·司马相如列传》记载,司马相如患有消渴病,经常口渴要不断喝水。诗末二句意为:相如不是真的消渴,倘真消渴,他会把沱江水喝干,不会放它流过锦城的。联系首二句诗人做梦也在十顷平波中穿行,含有他才是真口渴的意思,所以梦到十顷平波,表示要喝水。与李十将军游曲江相合,希望将军帮他消渴。这一消渴,指渴望求偶,

希望将军为他做媒。

暮秋独游曲江

〔唐〕李商隐

荷叶生时春恨生[1]，荷叶枯时秋恨成。
深知身在情常在，怅望江头江水声[2]。

【注释】

[1] 春恨：犹春愁，春怨。生：一作"起"。
[2] 怅望：惆怅地看或想望。

曲江

〔唐〕李商隐

望断平时翠辇过[1]，空闻子夜鬼悲歌[2]。
金舆不返倾城色[3]，玉殿犹分下苑波[4]。
死忆华亭闻唳鹤[5]，老忧王室泣铜驼[6]。
天荒地变心虽折[7]，若比伤春意未多[8]。

【注释】

[1] 望断：向远处望直至看不见。翠辇：饰有翠羽的帝王车驾。
[2] 子夜：夜半子时，半夜。又为乐府《吴声歌曲》名。《宋书·乐志一》："晋孝武太元中，琅邪王轲之家有鬼哥（歌）《子夜》。殷允为豫章时，豫章侨人庾僧度家亦有鬼哥（歌）《子夜》。"此处合用两意。
[3] 金舆：帝王乘坐的车轿。倾城色：旧以形容女子极其美丽。此指嫔妃们。
[4] 玉殿：宫殿的美称。下苑：本指汉代的宜春下苑。唐时称曲江池。
[5] 华亭闻唳鹤：《世说新语·尤悔》："陆平原（西晋陆机）河桥败，为

卢志所谮，被诛。临刑叹曰：'欲闻华亭（陆机故宅旁谷名）鹤唳，可复得乎！'"后以"华亭鹤唳"为感慨生平、悔入仕途之典。亦表示对过去生活的留恋。

[6] 铜驼：铜铸的骆驼。多置于宫门寝殿之前。《晋书·索靖传》："（索）靖有先识远量，知天下将乱，指洛阳宫门铜驼，叹曰：'会见汝在荆棘中耳！'"后常用来形容国土沦陷后的残破景象。

[7] 天荒地变：影响巨大而深远的巨变。此指国家的衰败。折：摧折。

[8] 伤春：为春天的逝去而悲伤。这里特指伤时感乱，为国家的衰颓命运而忧伤。

曲江醉题

〔唐〕薛能

闲身行止属年华[1]，马上怀中尽落花。
狂遍曲江还醉卧，觉来人静日西斜[2]。

【作者简介】

薛能（817—880），字太拙，河东汾州（今山西汾阳县）人。晚唐诗人。会昌六年（846）进士及第，补盩厔（今周至）县尉。仕宦显达，历任三镇从事，累迁嘉州刺史、同州刺史、工部尚书，先后担任感化军、武宁军和忠武军节度使。广明元年（880），为许州大将周岌所逐，全家遇害。癖于作诗，时人称其"诗古赋纵横，令人畏后生"。著有《薛能诗集》十卷、《繁城集》一卷。《全唐诗》存诗四卷。《唐才子传》有载。

【注释】

[1] 闲身：指没有官职的人。
[2] 觉来：醒来。指酒醒。

寒食日曲江[1]

〔唐〕薛能

曲水池边青草岸，春风林下落花杯。
都门此日是寒食[2]，人去看多身独来。

【注释】

[1]寒食：节日，在清明前两日。古人逢此日，前后三天不生火，食冷食，故名。
[2]都门：京都城门。借指京都。

上巳日[1]

〔唐〕刘驾

上巳曲江滨，喧于市朝路。相寻不见者，此地皆相遇。
日光去此远，翠幕张如雾[2]。何事欢娱中，易觉春城暮。
物情重此节[3]，不是爱芳树[4]。明日花更多，何人肯回顾。

【注释】

[1]上巳：见前赵璜《曲江上巳》。
[2]翠幕：比喻苍翠浓荫的林木。
[3]"物情"句：意为人们看重上巳这一节日。物情：世情。
[4]芳树：泛指佳木；花木。

曲江春霁

〔唐〕刘驾

宿雨洗秦树[1]，旧花如新开。池边草未干，日照人马来。
马蹄踏流水，渐渐成尘埃。鸳鸯不敢下，飞绕岸东西。
此地喧仍旧，归人亦满街。

【注释】

[1] 宿雨：夜雨；经夜的雨水。

及第后宴曲江 [1]

〔唐〕刘沧

及第新春选胜游[2]，杏园初宴曲江头[3]。
紫毫粉壁题仙籍[4]，柳色箫声拂御楼。
霁景露光明远岸[5]，晚空山翠坠芳洲。
归时不省花间醉，绮陌香车似水流[6]。

【注释】

[1] 及第：科举应试中选。

[2] 选胜：寻游名胜之地。

[3]"杏园初宴"句：唐制，新科进士发榜后，皇帝赐宴游赏于曲江池旁的杏园，时人称为"曲江宴""杏园春宴"。后亦用以专指进士及第。徐松《登科记考》引李焘《通鉴长编》云："唐时礼部发榜之后，酾饮于曲江，号曰闻喜宴。"李肇《唐国史补》卷下云："大宴于曲江亭子，谓之曲江会。"

[4] 紫毫：紫色兔毛，亦指用以制成的毛笔，此处指笔。粉壁：指白色墙壁。

仙籍：古以科举及第为登仙，因称及第者的资格与名姓籍贯为仙籍。

[5] 霁景：雨后晴明的景色。

[6] 绮陌：繁华的街道。亦指风景美丽的郊野道路。

曲江春望

〔唐〕唐彦谦

杏艳桃光夺晚霞，乐游无庙有年华[1]。
汉朝冠盖皆陵墓[2]，十里宜春汉苑花。

【作者简介】

唐彦谦（？—893），字茂业，号鹿门先生，并州晋阳（今山西太原）人。僖宗乾符末，避乱汉南。王重荣镇河中，辟为从事，累表为节度副使，历晋、绛州刺史。光启末，重荣军乱，彦谦贬兴元参军事。节度使杨守亮表为判官，迁副使。官终阆、壁州刺史。工七言诗。有《鹿门先生集》。《全唐诗》存诗二卷。《唐才子传》有载。

【注释】

[1] 年华：春光。

[2] 冠盖：指仕宦，贵官。

曲江三月三日

〔唐〕许棠

满国赏芳辰[1]，飞蹄复走轮。好花皆折尽，明日恐无春。
鸟避连云幄[2]，鱼惊远浪尘。如何当此节，独自作愁人。

【注释】

[1] 满国：满京都的人。芳辰：美好的时光。此指春光。

[2] 连云幄：与天空之云相连的车帷。形容车辆众多。幄：帐幕。

曲江暮春雪霁

〔唐〕曹松

霁动江池色[1]，春残一去游。菰风生马足[2]，槐雪滴人头。
北阙尘未起[3]，南山青欲流[4]。如何多别地，却得醉汀洲。

【注释】

[1] 霁：雨、雪停止，天晴。

[2] 菰（gū）：即茭白。

[3] 北阙：宫殿北面的门楼，是大臣等候朝见或上书奏事的地方。后来泛指帝王的宫禁或朝廷。

[4] 南山：指终南山。

立春日

〔唐〕曹松

春饮一杯酒，便吟春日诗。木梢寒未觉[1]，地脉暖先知[2]。
鸟啭星沈后[3]，山分雪薄时。赏心无处说，怅望曲江池。

【注释】

[1] 木梢：树梢。

[2] 地脉：大地的脉络。

[3] 鸟啭：鸟婉转地鸣叫。

下第卧疾卢员外召游曲江 [1]

〔唐〕李山甫

眼前何事不伤神,忍向江头更弄春。
桂树既能欺贱子[2],杏花争肯采闲人[3]。
麻衣未掉浑身雪[4],皂盖难遮满面尘[5]。
珍重列星相借问[6],嵇康慵病也天真[7]。

【作者简介】

李山甫,生平不详,晚唐人。咸通中累举不第,尝于魏博幕府为从事。《全唐诗》存诗一卷。

【注释】

[1] 下第:科举考试落第。

[2] "桂树"句:由于桂树花发于秋,古人常用它来喻秋试。据《晋书·郤诜传》载:"郤诜对策第一,武帝问之,曰:'臣今为天下第一,犹桂林一枝。'"应试及第称"折桂",即由此而来。诗人落第,故谓桂树"欺贱子"。贱子:谦称自己。

[3] 争肯:犹怎肯。采:同"睬"。理睬。唐张白《武陵春色》诗:"是非都不采,名利混然休。"

[4] 麻衣:旧时举子所穿的麻织衣服。亦借指应试举子。

[5] 皂盖:古代官员所用的黑色蓬伞。

[6] 珍重:道谢之辞。列星:罗布天空定时出现的恒星。此指中第者。

[7] 嵇康慵病:三国魏嵇康不满执政的司马师、司马昭等,司马氏集团的山涛推荐他做选曹郎,他表示拒绝,并作《与山巨源绝交书》,其中有这样几句:"少加孤露,母兄见骄,不涉经学。性复疏懒,筋驽肉缓,头面常一月十五日不洗,不大闷痒,不能沐也。每常小便,而忍不起,令胞中略转乃起耳。又纵逸来久,

情意傲散。简与礼相背,懒与慢相成。"后用为疏懒或才能不称之典。

曲江二首

〔唐〕李山甫

其一

南山低对紫云楼[1],翠影红阴瑞气浮。
一种是春长富贵,大都为水也风流。
争攀柳带千千手[2],间插花枝万万头。
独向江边最惆怅,满衣尘土避王侯。

【注释】

[1] 紫云楼:唐长安芙蓉园内建筑。
[2] 千千:形容数量多。

其二

江色沉天万草齐,暖烟晴霭自相迷[1]。
蜂怜杏蕊细香落,莺坠柳条浓翠低。
千队国娥轻似雪[2],一群公子醉如泥。
斜阳怪得长安动,陌上分飞万马蹄。

【注释】

[1] 暖烟:指春天的烟霭。晴霭:清朗的云气。
[2] 国娥:京城中的美女。

曲江春感

〔唐〕罗隐

江头日暖花又开，江东行客心悠哉[1]。
高阳酒徒半凋落[2]，终南山色空崔嵬[3]。
圣代也知无弃物[4]，侯门未必用非才[5]。
满船明月一竿竹，家住五湖归去来[6]。

【作者简介】

罗隐（833—909），字昭谏，号江东生，杭州新城人。本名横，以十举进士不第，改为隐。以诗文名于当世。不受朱温征召。镇海军节度使钱镠辟为掌书记，后迁节度判官、给事中等。有《谗书》《江东甲乙集》等。《全唐诗》录其诗十一卷，又有逸诗若干。《唐才子传》有载。

【注释】

[1]"江头"二句：《鉴诫录》："隐以讽刺颇深，连年不第。举子刘赞赠之诗曰：'人皆言子屈，我独谓君非……自古逃名者，至今名岂微！'隐睹之，因起式微之思，遂有《归五湖》诗曰：'江东日暖花又开……'"金圣叹《贯华堂选批唐才子诗》："'日暖花开'四字，岂非曲江胜景？中间无限伤心，只为一'又'字也。此时江东行客，直已心尽气绝，而反自谓'心悠哉'者，所谓哭不得反笑也。"江东行客，罗隐为杭州人，身居长安，故曰"江东行客"。悠哉：形容思乡之极。

[2]高阳酒徒：司马迁《史记·郦生陆贾列传》："初，沛公引兵过陈留，郦生踵军门上谒……使者出谢曰：'沛公敬谢先生，方以天下为事，未暇见儒人也。'郦生瞋目案剑叱使者曰：'走！复入言沛公，吾高阳酒徒也，非儒人也。'"高阳酒徒，指郦食其（yì jī），秦汉之际陈留高阳乡（今河南杞县）人。后用以指士人怀才投主；亦指嗜酒而放荡不羁之人。凋零：死亡，多指老年人。

[3] 崔嵬：高耸貌。

[4] 圣代：旧时对于当代的谀称。弃物：被丢弃之物；废物。喻没用之人。

[5] 非才：无能，不才。指才不堪任之人。

[6] 五湖：《吴越春秋》卷十：春秋时范蠡辅佐越王打败吴国之后归隐，"乃乘舟出三江，入五湖，人莫知其所适"。后用"五湖"形容人及时隐退，不贪恋官爵；或形容心境闲放，泛舟江湖。归去来：用陶渊明《归去来兮辞》意。

春日叶秀才曲江

〔唐〕罗隐

江花江草暖相隈[1]，也向江边把酒杯。
春色恼人遮不得，别愁如疟避还来[2]。
安排贱迹无良策[3]，裨补明时望重才[4]。
一曲吴歌齐拍手，十年尘眼未曾开。

【注释】

[1] 隈：岸边。

[2] 别愁：离别的悲愁。疟：即疟疾。

[3] 贱迹：对自身的谦称。

[4] 裨补：增加补益；弥补缺点和不足。明时：政治清明的时代。

清明日曲江怀友

〔唐〕罗隐

君与田苏即旧游[1]，我于交分亦绸缪[2]。
二年隔绝黄泉下，尽日悲凉曲水头。
鸥鸟似能齐物理[3]，杏花疑欲伴人愁。
寡妻稚子应寒食[4]，遥望江陵一泪流。

【注释】

[1] 田苏：《左传·襄公七年》："无忌不才，让，其可乎？请立起也。与田苏游，而曰'好仁'。"杜预注："田苏，晋贤人。苏言起好仁。"后借指贤德长者。此喻友人。

[2] 交分：交情。绸缪：情意殷切。

[3] 齐物理：辨明事理。齐（jì）：通"齋"。辨明。《易经·系辞上》："齐小大者存乎卦。"韩康伯注："齐，犹言辨也。"物理：事理。

[4] 寒食：禁火冷食，以为悼念。

曲江春望

〔唐〕罗邺

故国东归泽国遥[1]，曲江晴望忆渔樵[2]。
都缘北阙春先到[3]，不是南山雪易消。
瑞影玉楼开组绣[4]，欢声丹禁奏云韶[5]。
虽然未得陪鸳鹭[6]，亦酹金觥祝帝尧[7]。

【作者简介】

罗邺（825—？），余杭人，晚唐诗人。唐昭宗光化年间，以韦庄奏追赠进士及第，赠官补阙。长于律诗。《全唐诗》存诗一卷。《唐才子传》有载。

【注释】

[1] 故国：故乡；家乡。泽国：水乡。罗邺故乡，余杭多水，故曰"泽国"。

[2] 渔樵：指隐居。

[3] 北阙：宫殿北面的门楼，是大臣等候朝见或上书奏事的地方，后来指帝王宫禁或朝廷。

[4] 组绣：华丽的丝绣服饰。

[5] 丹禁：指帝王所住的紫禁城。云韶：黄帝《云门》乐和虞舜《大韶》乐的并称。此泛指宫廷音乐。

[6] 鸳鹭：鸳鸯和鹭鸶。比喻朝臣。

[7] 酹：以酒洒地祭祀神灵。金觞：金制的酒杯；精美珍贵的酒杯。帝尧：指当时皇帝。

曲江

〔唐〕章碣

日照香尘逐马蹄[1]，风吹浪溅几回堤。
无穷罗绮填花径[2]，大半笙歌占麦畦[3]。
落絮却笼他树白[4]，娇莺更学别禽啼。
只缘频燕蓬洲客[5]，引得游人去似迷[6]。

【作者简介】

章碣(836—905)，字丽山，睦州桐庐(今属浙江)人。晚唐诗人。乾符三年(876)进士，后流落不知所终。《全唐诗》录其诗一卷。《唐才子传》有载。

【注释】

[1] 香尘：芳香之尘。多指女子之步履而起者。

[2] 罗绮：罗和绮。多借指丝绸衣裳。诗中借指衣着华贵的女子。花径：花间的小路。

[3] 笙歌：合笙之歌。亦谓吹笙唱歌。诗中指奏乐唱歌。

[4] 落絮：飘落的杨花柳絮。

[5] 燕：通"宴"：宴饮；宴请。蓬洲客：蓬莱间的仙人。

[6] 去似迷：痴迷般疯狂地前往（曲江游览）。

曲江渔父

〔唐〕李洞

儿孙闲弄雪霜髯，浪飐南山影入檐[1]。
卧稳篷舟龟作枕，病来茅舍网为帘。
值春游子怜莼滑[2]，通蜀行人说鲙甜[3]。
数尺寒丝一竿竹，岂知浮世有猜嫌[4]。

【注释】

[1] 飐：水波荡漾的样子。

[2] 值：遇。值春游子：春天的游人。莼滑：莼菜。又名马蹄菜、湖菜等，是多年生水生宿根草本。嫩茎和叶背有胶状透明物质，可供食用，鲜美滑嫩，因此又称莼滑，为珍贵蔬菜之一。

[3] 通蜀行人：往来于四川的旅人。

[4] 猜嫌：猜忌嫌怨。

曲江

〔唐〕秦韬玉

曲沼深塘跃锦鳞[1]，槐烟径里碧波新[2]。
此中境既无佳境，他处春应不是春。
金榜真仙开乐席[3]，银鞍公子醉花尘。
明年二月重来看，好共东风作主人。

【作者简介】

秦韬玉，生卒年不详，字中明，京兆长安（今陕西西安）人，或云邠阳（今陕西合阳）人。晚唐诗人。出生于尚武世家，父为左军军将。少有辞藻，工歌吟，累举不第，后谄附当时有权势的宦官田令孜，充当幕僚，官丞郎，判盐铁。黄巢起义军攻占长安后，从僖宗入蜀，中和二年（882）特赐进士及第，编入春榜。田令孜又擢其为工部侍郎、神策军判官。时人戏为"巧宦"，后不知所终。有集，已佚，《全唐诗》存诗一卷。《唐才子传》有载。

【注释】

[1] 锦鳞：鱼的美称。

[2] 槐烟：形容槐树枝叶茂密。

[3] 金榜：科举时代殿试揭晓的榜。金榜真仙：指科举考试中榜者。

放榜日

〔唐〕黄滔

吾唐取士最堪夸，仙榜标名出曙霞[1]。
白马嘶风三十辔[2]，朱门秉烛一千家。
郤诜联臂升天路[3]，宣圣飞章奏日华[4]。
岁岁人人来不得，曲江烟水杏园花。

【作者简介】

黄滔（约840—？），字文江，泉州莆田（今属福建）人。乾宁二年（895）进士。光化中除四门博士。寻迁监察御史里行，威武军节度判官。工诗善文，尤擅律赋。其诗多感慨身世、酬唱赠别之作。其文以赋、启、书、赞、碑记为多。今传《莆阳黄御史集》。《全唐诗》存其诗三卷，《全唐文》存其文五卷。

【注释】

[1] 标名：题名，显名。

[2] 三十辔：即三十骑，唐代进士考试每次约取三十人左右。

[3] 郤诜：晋郤诜答晋武帝曰："臣举贤良对策，是天下第一，犹桂林之一枝，

昆山之片玉。"后用以指科举及第。联臂：互相挽臂，比喻相偕。天路：喻及第。

[4]"宣圣"句：原注："其年当日奏试。"宣圣：汉平帝元始元年谥孔子为褒成宣公。此后历代王朝皆尊孔子为圣人，诗文中多称为"宣圣"。飞章：迅急上奏章。

和陈先辈陪陆舍人春日游曲江

〔唐〕黄滔

刘超游召郄诜陪[1]，为忆池亭旧赏来。
红杏花旁见山色，诗成因触鼓声回。

【注释】

[1]刘超：字世瑜。琅邪临沂（今山东临沂）人。东晋大臣。这里指题目中的陆舍人。郄诜，这里指陈先辈。

重游曲江

〔唐〕韩偓

追寻前事立江汀[1]，渔者应闻太息声。
避客野鸥如有感，损花微雪似无情。
疏林自觉长堤在[2]，春水空连古岸平。
惆怅引人还到夜，鞭鞘风冷柳烟轻。

【作者简介】

韩偓（842？—923？），字致光，号致尧，晚年又号玉山樵人，唐京兆万年县（今属西安市）人。昭宗龙纪元年（889）进士。昭宗朝重臣，著名诗人。《全唐诗》存其诗四卷。《唐才子传》有载。

【注释】

[1] 江汀：江边平地。

[2] 疏林：稀疏的林木。

曲江秋日

〔唐〕韩偓

斜烟缕缕鹭鸶栖，藕叶枯香折野泥[1]。
有个高僧入图画[2]，把经吟立水塘西。

【注释】

[1] 野泥：犹污泥。

[2] 图画：谓秋天的曲江景色如画。

曲江晚思

〔唐〕韩偓

云物阴寂历[1]，竹木寒青苍。
水冷鹭鸶立，烟月愁昏黄。

【注释】

[1] 寂历：寂静。

重游曲江

〔唐〕韩偓

鞭梢乱拂暗伤情，踪迹难寻露草青。

犹是玉轮曾辗处[1]，一泓秋水涨浮萍。

【注释】

[1] 玉轮：车轮。玉轮曾碾处，指车子曾过处，意为曾是旧游之地。

乱后曲江 [1]

〔唐〕王驾

忆昔争游曲水滨，未春长有探春人。
游春人尽空池在，直至春深不似春。

【作者简介】

王驾（851—？），字大用，自号守素先生，河中（今山西永济）人。晚唐诗人。大顺元年（890）进士，仕至礼部员外郎。后弃官归隐。与郑谷、司空图友善，诗风亦相近。其绝句构思巧妙，自然流畅。《全唐诗》存诗六首。《唐才子传》有载。

【注释】

[1] 诗通过对比今夕曲江春景，写乱后曲江的荒芜萧条景象。此诗作者一作羊士谔。

乾符丙申岁奉试春涨曲江池，用春字

〔唐〕郑谷

王泽尚通津[1]，恩波此日新[2]。深疑一夜雨，宛似五湖春。
泛滟翘振鹭[3]，澄清跃紫鳞[4]。翠低孤屿柳[5]，香失半汀蘋[6]。
凤辇寻佳境[7]，龙舟命近臣[8]。桂花如入手[9]，愿作从游人。

【注释】

[1] 王泽：君王的德泽。通津：喻职位显要者。

[2] 恩波：帝王的恩泽。

[3] 泛滟：谓曲江池水光色浮动的样子。振鹭：《诗经·周颂·振鹭》："振鹭于飞，于彼西雝。"孔颖达疏："言有振振然絜白之鹭鸟往飞也……美威仪之人臣而助祭王庙亦得其宜也。"又《诗经·鲁颂·有駜》："振振鹭，鹭于下。"毛传："鹭，白鸟也，以兴絜白之士。"郑玄笺："洁白之士群集于君之朝。"后亦以"振鹭"喻在朝的操行纯正的贤人。

[4] 跃紫鳞：比喻人奋发有为。紫鳞：紫色的鱼。

[5] 孤屿：孤立的岛屿。

[6] 汀蘋：水边生的浮萍。

[7] 凤辇：帝王车驾。

[8] 龙舟：帝王之船。近臣：指君主左右亲近之臣。

[9] "桂花"句：用"折桂"典，指科举及第。

曲江春草

〔唐〕郑谷

花落江堤蔟暖烟[1]，雨余草色远相连。
香轮莫辗青青破[2]，留与愁人一醉眠。

【注释】

[1] 蔟：丛聚；堆积。

[2] 香轮：香木做的车；车的美称。

曲江红杏

〔唐〕郑谷

遮莫江头柳色遮[1]，日浓莺睡一枝斜。
女郎折得殷勤看[2]，道是春风及第花[3]。

【注释】

[1] 遮莫：尽管；任凭。
[2] 殷勤：热情、多情。
[3] 及第花：杏花的别名。

曲江春

〔唐〕张乔

寻春与送春[1]，多绕曲江滨。一片凫鹥水[2]，千秋辇毂尘[3]。
岸凉随众木，波影逐游人[4]。自是游人老[5]，年年管吹新[6]。

【注释】

[1] 寻春：游赏春景。送春：送别春天。
[2] 凫鹥（fú yī）：凫和鹥。泛指水鸟。凫，野鸭；鹥，鸥类。
[3] 辇毂：车舆。此处指众多的游人。
[4] "岸凉"二句：堤岸上的树荫随着树行延伸，水中的倒影追赶着岸上的游人。岸凉：堤岸上的阴凉处。众木：众多的树木。
[5] 自是：只是。
[6] 管吹：乐声。

春日游曲江

〔唐〕张乔

日暖鸳鸯拍浪春，蒹葭浦际聚青蘋[1]。
若论来往乡心切[2]，须是烟波岛上人。

【注释】

[1] 蒹葭：芦苇。青蘋：一种生于浅水中的草本植物。
[2] 乡心：思念家乡的心情。

喜迁莺[1]

〔唐〕薛昭蕴

金门晓[2]，玉京春[3]，骏马骤轻尘。桦烟深处白衫新[4]，认得化龙身[5]。
九陌喧[6]，千户启，满袖桂香风细[7]。杏园欢宴曲江滨[8]，自此占芳辰[9]。

【作者简介】

薛昭蕴，字澄州，河中宝鼎（今山西荣河县）人。晚唐五代词人。王衍时，官至侍郎。《北梦琐言》："薛澄州昭蕴，即保逊之子也。恃才傲物，亦有父风。每入朝省，弄笏而行，旁若无人。好唱《浣溪沙》词。"

【注释】

[1]《喜迁莺》，词牌名。此词写科举考试后取胜者的优厚境遇。
[2] 金门：汉代长安城内未央宫金马门的简称，此处指唐代长安城宫门。
[3] 玉京：京都，皇都。
[4] "桦烟"句：桦烟缭绕，穿着新衫的进士们意气高扬。桦：落叶乔木，

皮厚而轻软，可卷蜡为烛。谓之"桦烛"。钱易撰《南部新书》卷丁："每岁正旦，晓漏已前，宰相、三司使、大金吾，皆以桦烛百炬拥马，方布象城，谓之火城。"桦烟：桦烛之烟。

[5] 化龙身：鱼化为龙，喻登科中举。

[6] 九陌：《三辅黄图》："汉长安城中有八街九陌。"此泛指都城的大道和繁华闹市。

[7] 桂香：比喻中举。古人称之为"折桂"，因传说月中有桂，故又称"月宫折桂"或"蟾宫折桂"。

[8] 杏园：园名。唐时新进士游宴之地，在曲江池南。

[9] 芳辰：良辰。

长安

〔金〕杨奂

此心直欲作东周[1]，再到长安已白头。
往事无凭空击楫[2]，故人何处独登楼。
月摇银海秦陵夜，露滴金茎汉殿秋[3]。
落日酒醒双泪眼，几时清渭向西流。

【作者简介】

杨奂（1186—1255），又名知章，字焕然，号紫阳，金元间乾州奉天（今陕西乾县）人。金末举进士不中，教授乡里。金亡，北渡寓冠氏。元太宗诏试诸道进士，奂两中赋论第一，荐授河南路征收课税所长官，在官十年，请老归。卒谥文宪。有《还山遗稿》。

【注释】

[1] "此心"句：谓自己心有振兴大金之志。东周：周都城本在镐京，后因西北游牧民族侵扰，迁都洛阳，是为东周。金都城原在燕京（今北京西南），后因蒙古南侵，被迫迁都南京（今河南开封），与东周的情况类似，故诗中以

东周代指。

[2] 击楫：敲击船桨，表示慷慨激昂的报国壮志。

[3] 金茎：用以擎承露盘的铜柱。

曲江芙蓉歌

〔元〕李序

绿波夭矫如龙尾[1]，河汉英英拂云起[2]。
紫云楼下花映人[3]，摇荡香风十余里。
妖魂照夜春欲语[4]，白玉容华旧丝缕。
秦川望月锦绣纹，桂楫兰舟凤箫女[5]。
紫云头上飞鸟过，朱兰半折空寒我，
怨红落粉生微波，芳华欲揽愁不歌。
云裳绮袂风露多。

【作者简介】

李序，生卒年均不详，元仁宗延祐末前后在世，字仲伦，婺州东阳（今属浙江金华）人。从许谦游，为文以《左传》《国语》《史记》《汉书》为标格。隐东白山，与陈樵相唱和。《元诗选》存诗二十七首。

【注释】

[1] 夭矫：屈曲的样子。

[2] 英英：光彩鲜明的样子。

[3] 紫云楼：详见前杨玢《登慈恩寺塔》注释 [1]。

[4] 照夜：谓光耀黑夜中。

[5] 桂楫兰舟：指华丽的船。桂楫：桂木船桨。亦泛指桨。兰舟：木兰舟。亦用为小舟的美称。凤箫女：原指秦穆公的女儿弄玉，诗中比喻曲江上游玩的女子。

曲江亭吟

〔明〕秦可大

李唐曲江久陵谷[1]，此日曲江却有亭。
亭边村馆酒旗乱[2]，李白桃红杨柳青[3]。
丽人行处花簇簇[4]，羯鼓声催鸟过目[5]。
霓裳羽衣彩云飞[6]，细柳新蒲野烟伏[7]。
雕栏玉砌连绣楹[8]，把酒应多古今情。
今人莫叹古人事，复有后人感叹生。
长安豪家千万户，宝马香车纷无数[9]。
池中休种禾与蔬，恐碍三春踏青路。

【作者简介】

秦可大，明朝西安府咸宁县（治今西安市）人，嘉靖三十二年（1553）进士，官至山西行太仆寺卿，为官清廉耿介，端庄严谨，敏捷干练。曾作《地震记》写1956年蒲州大地震。

【注释】

[1] 陵谷：指地面高低形势的变动。高地变为深谷，深谷变为丘陵。后来用于比喻世事变迁、高下易位。

[2] 酒旗：即酒帘。酒店的标识。

[3] 李白桃红：李花白，桃花红。指春天美好宜人的景色。

[4] 丽人：美人；佳人。杜甫《丽人行》："三月三日天气新，长安水边多丽人。"行处：走过的地方。

[5] 羯鼓声催：南卓《羯鼓录》："尝遇二月初诘旦，（明皇）巾栉方毕，时当宿雨初晴，景色明丽，小殿内庭，柳杏将吐，睹而叹曰：'对此景物，岂得不为他判断之乎？'左右相目将命备酒，独高力士遣取羯鼓，上旋命之，临

轩纵击一曲，曲名《春光好》，神思自得，及顾柳杏，皆已发拆。上指而笑谓嫔御曰：'此一事不唤我作天公可乎？'"后因有"羯鼓催""羯鼓催花"之语。羯鼓：古羯族乐器，形如漆桶。鸟过目：如飞鸟过目，形容极其迅速。

[6] 霓裳羽衣：借指如仙美女。彩云飞：李白《宫中行乐词八首》其一："小小生金屋，盈盈在紫微。山花插宝髻，石竹绣罗衣。每出深宫里，常随步辇归。只愁歌舞散，化作彩云飞。"

[7] 细柳新蒲：语本杜甫《哀江头》："江头宫殿锁千门，细柳新蒲为谁绿？"野烟：指荒僻处的霭霭雾气。

[8] 雕栏玉砌：形容富丽的建筑物。雕：雕绘；栏：栏杆；砌：石阶。

[9] 宝马香车：名贵的良马，华丽的车子。形容贵族车饰的华美。借指富贵之家出行的排场。

曲江 [1]

〔清〕王士禛

赐沐逢修禊[2]，宜春岁岁游。传呼夹城仗，早御望仙楼[3]。捧剑金人曲，凌波彩鹢舟[4]。新蒲将细柳[5]，萧瑟至今愁。

【作者简介】

王士禛（1634—1711），原名王士禛，字子真，一字贻上，号阮亭，又号渔洋山人，世称王渔洋，谥文简，山东新城（今桓台县）人，常自称济南人。明末清初杰出的诗人、文学家。与朱彝尊并称"南朱北王"。诗论创"神韵"说，影响深远。早年诗作清丽澄淡，中年转为苍劲。擅长各体，尤工七绝。好为笔记，有《池北偶谈》《古夫于亭杂录》《香祖笔记》等。

【注释】

[1] 此诗为作者《城南游》十首组诗之一。题为"曲江"，实为咏史，咏写唐代曲江事。

[2] 赐沐：给予休假。修禊：又称祓禊、春禊。古代民俗，农历三月上旬之

巳日（后定为三月三日），临水嬉游，以驱除不祥。

[3] 望仙楼：指宫妃的住处。《史记·封禅书》记，方士言"黄帝时为五城十二楼，以候神人于执期"；又，《旧唐书·武宗本纪》记，"会昌五年作望仙楼于神策军"。诗中用"望仙楼"代指宫妃的住所，非实指。

[4] "捧剑"二句：语出王维《奉和圣制与太子诸王三月三日龙池春禊应制》："金人来捧剑，画鹢去回舟。"南朝梁吴均《续齐谐记》："又秦昭王三日置酒河曲，见有金人出，奉水心剑曰，令君制有西夏。乃因其处，立为曲水。二汉相沿，皆为盛集。"后因以"金人捧剑"为咏三月三日帝王春禊的典故。彩鹢舟：画有彩鹢的船。

[5] "新蒲"句：参前秦可大《曲江亭吟》注释 [7]。

曲江

辛丑年作

〔清〕李希圣

曲江宫殿锁莓苔，蜡炬炉熏认劫灰[1]。
玉碗已随芳草出，銮舆曾为看花来[2]。
残灯不照秦乌返[3]，落日惟余汉雁回。
夜雨秋衾鸡塞梦[4]，归时应过李陵台[5]。

【作者简介】

李希圣（1864—1905），字亦元，号卧公，湖南湘乡（长沙）人。清末官员，诗人。光绪十八年（1892）进士。官刑部主事，荐举经济特科。初治训诂，通古今治法，尝纂《光绪会计录》以总综财赋，又草《律例损益议》。能诗，以玉溪生自许，著有《雁影斋诗存》。

【注释】

[1] 劫灰：本谓劫火的余灰。南朝梁慧皎《高僧传·译经上·竺法兰》："昔

汉武穿昆明池底，得黑灰，问东方朔。朔云：'不知，可问西域胡人。'后法兰既至，众人追以问之，兰云：'世界终尽，劫火洞烧，此灰是也。'"后用以指战乱或大火毁坏后的残迹或灰烬。

[2] 銮舆：天子车驾。借指天子。

[3] 秦乌：乌鸦。典出《史记·刺客列传》：太史公曰："世言荆轲，其称太子丹之命，'天雨粟，马生角'也，太过。"司马贞"索隐"引《燕丹子》曰："丹求归，秦王曰：'乌头白，马生角，乃许耳。'丹乃仰天叹，乌头即白，马亦生角。"后因称乌鸦为"秦乌"。

[4] 鸡塞：即鸡鹿塞，古塞名。在今内蒙古磴口西北哈隆格乃峡谷口，是古代贯通阴山南北的交通要冲。汉时筑城塞于此。后亦泛指西北少数民族地区。古诗文中常用来泛指边塞。

[5] 李陵台：元代驿站名。大都（今北京）至上都（今内蒙古正蓝旗东闪电河北岸）驿路上的一个重要驿站，来往官员、使臣必在此过夜。金代曾建祠宇祭祀西汉李陵，遗址在今内蒙古正蓝旗滦河东岸博罗城。明代改李陵台驿为威卤驿。

雨中游曲江

〔清〕慕昌湜

一天疏雨且衔杯[1]，寒食寻芳曲水隈[2]。
江燕低随飞絮下，春帆闲逐落花来。
沙蟠细草萦青带[3]，风卷轻波泻绿醅[4]。
回首当年修禊事[5]，兰亭诵罢更徘徊。

【作者简介】

慕昌湜，字寿荃，蓬莱人。清代翰林院侍读慕荣干女。光绪八年（1882），慕容干视学陕西，昌湜随父至关中。能诗，有《古余芗阁遗诗》。

【注释】

[1] 衔杯：口含酒杯。指饮酒。

[2] 寒食：寒食节。寻芳：游赏美景。隈：山水弯曲陷落处。

[3] 蟠：小虫名。

[4] 绿醅：酒。这里形容绿水。醅，没有滤过的酒。

[5] 修禊：见前王士禛《曲江》注释 [2]。

杏园

长安园林之一，在唐都城东南之通善坊，北接慈恩寺，东临曲江池，因园内盛植杏树，故名杏园。是当时游赏胜地，也是唐代新科进士举行宴会的场所。

奉和许阁老霁后慈恩寺杏园看花同用花字口号[1] 时德舆当直

〔唐〕权德舆

杏林微雨霁，灼灼满瑶华[2]。左掖期先至[3]，中园景未斜[4]。
含毫歌白雪[5]，藉草醉流霞[6]。独限金闺籍[7]，支颐啜茗花[8]。

【注释】

[1] 口号：随口吟成，和"口占"相似。始见于南朝梁简文帝《仰和卫尉新渝侯巡城口号》诗。后为诗人袭用。

[2] 灼灼：鲜明貌。《诗经·周南·桃夭》："桃之夭夭，灼灼其华。"瑶华：玉花。此指杏花。

[3] 左掖：唐代官职名称，指给事中，属门下省，掌政令。

[4] 中园：园中。园，指杏园。

[5] 含毫：以口润笔。比喻沉思、构思为文或作画。白雪：喻洁白如雪的杏花。

[6] 藉草：坐（或躺）在草地上。藉，凭借，依靠。流霞：浮动的彩云。亦泛指美酒。

[7] 金闺籍：金门所悬名牒，牒上有名者准其进入。后用以指在朝为官。金闺，指金马门。

[8] 支颐：以手托下巴。茗花：茶树品种名，这里泛指茶。

酬赵尚书杏园花下醉后见寄

〔唐〕权德舆

春光深处曲江西，八座风流信马蹄[1]。
鹤发杏花相映好[2]，羡君终日醉如泥。

【注释】

[1] 八座：封建时代中央政府的八种高级官员。历朝制度不一，所指不同。隋、唐以六部尚书及尚书令、尚书左右仆射为八座。诗中指赵尚书。

[2] 鹤发：白发。因鹤羽毛白色，故以之喻老人之白发。

同白侍郎杏园赠刘郎中 [1]

〔唐〕张籍

一去潇湘头欲白[2]，今朝始见杏花春。
从来迁客应无数，重到花前有几人。

【注释】

[1] 白侍郎：白居易。大和年间，白居易由秘书监除刑部侍郎。刘郎中：刘禹锡。

[2] 潇湘：指湖南。唐顺宗永贞元年（805），刘禹锡坐交王叔文遭贬，先贬为连州（今属广东）刺史，继贬为朗州（今湖南常德）司马。唐文宗大和二年（828），刘禹锡入朝，接张籍主客郎中任。张籍与白居易、刘禹锡三人同游曲江，籍赋诗相赠。

杏园送张彻 [1]

〔唐〕韩愈

东风花树下,送尔出京城。久抱伤春意,新添惜别情。
归来身已病[2],相见眼还明。更遣将诗酒[3],谁家逐后生[4]?

【注释】

[1] 唐穆宗长庆元年(821)三月,张弘靖出为幽州节度使,张彻以监察御史为节度府判官,即将赴任,韩愈作此诗赠别。

[2] 归来:韩愈自称自袁州召还朝,故云。

[3] 更遣:纵使。

[4] 谁家:怎能。后生:此指张彻。

陪崔大尚书及诸阁老宴杏园 [1]

〔唐〕刘禹锡

更将何面上春台,百事无成老又催。
唯有落花无俗态,不嫌憔悴满头来。

【注释】

[1] 阁老:唐代对中书舍人中年资深者及中书省、门下省属官的敬称。

杏园中枣树

〔唐〕白居易

人言百果中[1]，唯枣凡且鄙[2]。皮皴似龟手[3]，叶小如鼠耳。
胡为不自知，生花此园里。岂宜遇攀玩，幸免遭伤毁。
二月曲江头，杂英红旖旎[4]。枣亦在其间，如嫫对西子[5]。
东风不择木，吹煦长未已[6]。眼看欲合抱，得尽生生理[7]。
寄言游春客[8]，乞君一回视。君爱绕指柔，从君怜柳杞[9]。
君求悦目艳，不敢争桃李[10]。君若作大车，轮轴材须此[11]。

【注释】

[1] 百果：泛指各种果树。

[2] 凡：平庸，寻常。鄙：粗俗，鄙陋。

[3] 皴（cūn）：皮肤因受冻或受风吹而干裂。龟（jūn）手：冻裂的手。此处写枣树皮呈皴裂状。

[4] 杂英：各色花。旖旎（yǐ nǐ）：柔美的样子。

[5] 嫫（mó）：嫫母。《艺文类聚》引："《列女传》曰：黄帝妃嫫母，于四妃之班居下，貌甚丑而最贤，心每自退。"此喻枣花。西子：西施，春秋时越国美女。喻盛开的百花。

[6] 吹煦（xǔ）：吹吁，呼气。轻者为煦，急者为吹。

[7] 生生：滋生不绝，繁衍不已。

[8] 寄言：传话。

[9] "君爱绕指柔"二句：绕指柔：语出刘琨《重赠卢谌》："何意百炼钢，化为绕指柔。"柳杞（qǐ）：泛指柳树。杞，柳的一种，亦称红皮柳。此二句意为，如果喜欢柔媚婀娜，那就去欣赏垂柳，亦即枣树没有柳枝那般婀娜。

[10] "君求"二句意为：若就鲜艳悦目而言，枣花不敢与桃李相争。

[11] 轮轴：车轮与车轴。枣木为多年生木本植物，质地坚硬密实，木纹细密，

具有极强的稳定性，且虫不易蛀，常用来制作车轮与车轴，故云。

杏园花落时招钱员外同醉

〔唐〕白居易

花园欲去去应迟，正是风吹狼藉时。
近西数树犹堪醉，半落春风半在枝。

杏园花下赠刘郎中 [1]

〔唐〕白居易

怪君把酒偏惆怅，曾是贞元花下人 [2]。
自别花来多少事，东风二十四回春 [3]。

【注释】

[1] 刘郎中：刘禹锡。诗作于唐文宗大和二年(828)，刘禹锡自洛阳入朝任主客郎中。

[2] 贞元花下人：刘禹锡于贞元九年（793）、白居易于贞元十六年（800）进士及第。贞元：唐德宗李适的年号（785—805）。

[3] "自别花来"二句：刘禹锡《再游玄都观》自序云："余贞元二十一年为屯田员外郎，时此观未有花木。是岁，出牧连州，寻贬朗州司马。"大和二年，与李绛、白居易等《杏园联句》诗中有"二十四年流落者，故人相引到花丛"句。刘禹锡自出牧连州至再次入朝除郎中，刚好二十四年，故曰"东风二十四回春"。

重寻杏园

〔唐〕白居易

忽忆芳时频酩酊 [1]，却寻醉处重徘徊 [2]。

杏花结子春深后,谁解多情又独来。

【注释】

[1] 芳时良辰:花开时节。酩酊:大醉的样子。

[2] 徘徊:此表示留恋。

杏园 [1]

〔唐〕元稹

浩浩长安车马尘[2],狂风吹送每年春。
门前本是虚空界[3],何事栽花误世人。

【注释】

[1] 此为一首禅诗。

[2] "浩浩"句:唐代长安,是国际性的大都会,每日滚滚车马扬起尘土,遮天蔽日。此借喻长安不仅是红尘深处,且有万丈红尘。

[3] 虚空界:佛教术语。谓眼所见之大空。《中阿含经》三十六曰:"譬如月无垢,游于虚空界。"

曲江亭望慈恩寺杏园花发

〔唐〕陈翥

曲江晴望好,近接梵王家[1]。十亩开金地,千林发杏花。
映云犹误雪,煦日欲成霞[2]。紫陌传香远[3],红泉落影斜。
园中春尚早,亭上路非赊。芳景堪游处,其如惜物华。

【作者简介】

陈翥,生卒年均不详。唐代人,贞元年间进士。

【注释】

[1] 梵王家:指佛寺。

[2] 煦日:即旭日,早晨的太阳。

[3] 紫陌:帝都郊野的道路。

曲江亭望慈恩寺杏园花发

〔唐〕李君何

春晴凭水轩,仙杏发南园[1]。开蕊风初晓[2],浮香景欲暄[3]。光华临御陌[4],色相对空门[5]。野雪遥添净,山烟近借繁。地闲分鹿苑[6],景胜类桃源[7]。况值新晴日,芳枝度彩鸳。

【作者简介】

李君何,唐朝诗人,贞元中进士及第。

【注释】

[1] 南园:指杏园。

[2] "开蕊"句:清晨的风催开了杏花。

[3] 浮香:飘溢的香气。暄:指天气和暖,景物明媚。

[4] 御陌:都城的街道。

[5] 色相:指杏花的色彩。空门:指佛寺。此指慈恩寺。

[6] 鹿苑:指僧园、佛寺。

[7] 桃源:桃花源。

杏园宴上谢座主[1]

〔唐〕姚合

得陪桃李植芳丛[2],别感生成太昊功[3]。
今日无言春雨后[4],似含冷涕谢东风[5]。

【注释】

[1] 杏园宴：唐代，进士及第后集体在杏园举行宴会。座主：进士考试的主考官。此指李逢吉。元和十一年（816），中书舍人李逢吉知贡举，姚合登进士第。

[2] 桃李：《韩诗外传》卷七："夫春树桃李，夏得阴其下，秋得食其实。"后遂以"桃李"比喻栽培的后辈和所教的门生。芳丛：丛生的繁花。此与"桃李"同义。

[3] 太昊：五天帝之一。此句是说，座主的恩德有如天地的生成之功一样。

[4] 春雨：比喻恩泽。

[5] 似含冷涕：犹感激涕零。涕，眼泪。春风：比喻恩泽。

杏园

〔唐〕姚合

江头数顷杏花开，车马争先尽此来。
欲待无人连夜看，黄昏树树满尘埃。

杏园

〔唐〕杜牧

夜来微雨洗芳尘，公子骅骝步贴匀[1]。
莫怪杏园憔悴去[2]，满城多少插花人。

【注释】

[1] 骅骝（huá liú）：周穆王八骏之一。泛指骏马。步贴匀：指骏马脚步整齐。

[2] 憔悴：衰败。

杏园即席上同年

〔唐〕曹邺

岐路不在天[1]，十年行不至。一旦公道开，青云在平地[2]。
枕上数声鼓，衡门已如市[3]。白日探得珠，不待骊龙睡[4]。
匆匆出九衢[5]，僮仆颜色异[6]。故衣未及换[7]，尚有去年泪。
晴阳照花影，落絮浮野翠。对酒时忽惊，犹疑梦中事。
自怜孤飞鸟，得接鸾凤翅[8]。永怀共济心，莫起胡越意[9]。

【作者简介】

曹邺，字邺之，桂林人（今属广西）。大中四年（850）进士。由天平幕府迁太常博士。历任祠部郎中、扬州刺史。《全唐诗》存诗二卷。《唐才子传》有载。

【注释】

[1] 岐路：比喻官场中险易难测的前途。
[2] 青云在平地：犹平地青云。
[3] 衡门：横木为门。指简陋的房屋。
[4] "白日"二句：典出《庄子·列御寇》："夫千金之珠，必在九重之渊，而骊龙颔下，子能得珠者，必遭其睡也。"此二句反用其义，意为很轻易地获得机遇。
[5] 九衢：四通八达的大路，街市。
[6] 颜色：面容；面色。
[7] 故衣：旧衣。
[8] 鸾凤：比喻贤俊之士。
[9] 胡越意：胡地在北，越在南，因以喻关系疏远或对立。

登第后寒食杏园有宴，因寄录事宋垂文同年 [1]

〔唐〕皮日休

雨洗清明万象鲜，满城车马簇红筵。
恩荣虽得陪高会[2]，科禁惟忧犯列仙[3]。
当醉不知开火日[4]，正贫那似看花年。
纵来恐被青娥笑[5]，未纳春风一宴钱。

【作者简介】

皮日休（834？—883），字逸少，后改袭美，自号鹿门子、闲气布衣、醉吟先生等，襄阳（今属湖北）人。唐懿宗咸通八年（867）进士，任著作郎，后调为太常博士。唐僖宗广明元年（880）出任毗陵（今江苏武进县）副使。黄巢起义军进长安，被任命为翰林学士，起义失败后，下落不明。皮日休工诗能文，诗文与陆龟蒙齐名，人称"皮陆"。有《皮子文薮》十卷。《全唐诗》存诗九卷。《唐才子传》有载。

【注释】

[1] 此诗作于咸通八年（867）。这年十二月，牛徽、韦昭度、韦承贻、崔昭符、皮日休、宋垂文等三十人登进士第。录事：职官名。晋公府置录事参军，掌总录众官署文簿，举弹善恶。后代刺史领军而开府者亦置之。省称"录事"。

[2] 恩荣：谓受皇帝恩宠的荣耀。高会：盛大宴会。

[3] 科禁：戒律，禁令。

[4] 开火：寒食节禁火三日，节后开火。

[5] 青娥：指美丽的少女。

杏园

〔唐〕徐夤

杏苑箫声好醉乡[1],春风嘉宴更无双。
凭谁为谑穆天子[2],莫把瑶池并曲江。

【注释】

[1] 杏苑:指新科进士游宴处。

[2] 谑:开玩笑,嘲弄。穆天子:即周穆王。《穆天子传》云,西王母曾于瑶池宴周穆王,后诗词中常以"瑶池宴"喻指宫廷宴会,也借咏仙境和寿宴。此诗用以告诫帝王勿耽于酒色。

芙蓉园(芙蓉苑)

位于长安曲江处。隋朝时,以曲江为中心,营建了皇家禁苑芙蓉园。唐代,在此基础上修建了皇家禁苑——芙蓉苑(也称芙蓉园),并修建了紫云楼、彩霞亭等重要建筑。二十一世纪初,西安市政府在原唐代芙蓉园的基础上,修建了大唐芙蓉园,使其成为一座全方位展示盛唐气象的大型皇家园林式文化景观。

春日芙蓉园侍宴应制

〔唐〕宋之问

年光竹里遍[1],春色杏间遥。烟气笼青阁[2],流文荡画桥[3]。
飞花随蝶舞,艳曲伴莺娇。今日陪欢豫[4],还疑陟紫霄[5]。

【注释】

[1] 年光：时光；光阴。

[2] 青阁：涂饰青漆的楼阁。形容其豪华。

[3] 流文：流水的波纹。画桥：雕饰华丽的桥梁。

[4] 欢豫：欢乐。

[5] 陟紫霄：比喻成为仙人。陟：从低处走向高处。紫霄：天空。

春日芙蓉园侍宴应制

〔唐〕李峤

芙蓉秦地沼，卢橘汉家园[1]。谷转斜盘径，川回曲绕源。
风来花自舞，春入鸟能言。侍宴瑶池夕[2]，归途笳吹繁。

【注释】

[1] 卢橘：金橘的别称。

[2] 瑶池：喻指宫廷宴会，详见前徐彦《杏园》注释[2]。

春日芙蓉园侍宴应制

〔唐〕李乂

水殿临丹籞[1]，山楼绕翠微。昔游人托乘[2]，今幸帝垂衣[3]。
涧筱缘峰合[4]，岩花逗浦飞。朝来江曲地，无处不光辉。

【注释】

[1] 水殿：临水的殿堂。丹籞（yù）：皇帝的禁苑。

[2] 托乘：比喻得人援引。

[3] 垂衣：即"垂衣裳"。谓定衣服之制，示天下以礼。《周易·系辞下》："黄帝尧舜垂衣裳而天下治，盖取诸乾坤。"韩康伯注："垂衣裳以辨贵贱，

乾尊坤卑之义也。"

[4] 筱（xiǎo）：小竹，细竹。

春日芙蓉园侍宴应制

〔唐〕苏颋

御道红旗出[1]，芳园翠辇游[2]。绕花开水殿，架竹起山楼[3]。
荷芰轻熏幄[4]，鱼龙出负舟。宁如穆天子，空赋白云秋[5]。

【注释】

[1] 御道：供帝王车驾通行的道路。
[2] 翠辇：饰有翠羽的帝王车驾。
[3] 山楼：临时搭建的彩饰楼棚。
[4] 荷芰：荷叶与菱角之叶。
[5] 穆天子：即周穆王。白云：指西王母为周穆王所作《白云谣》。《穆天子传》卷三："乙丑，天子觞西王母于瑶池之上。西王母为天子谣，曰：白云在天，丘陵自出。道里悠远，山川间之。将子无死，尚能复来。"

忆春日曲江宴后许至芙蓉园

〔唐〕李绅

春风上苑开桃李[1]，诏许看花入御园[2]。
香径草中回玉勒[3]，凤凰池畔泛金樽[4]。
绿丝垂柳遮风暗，红药低丛拂砌繁[5]。
归绕曲江烟景晚，未央明月锁千门。

【作者简介】

李绅（772—846），字公垂，润州无锡（今属江苏）人。元和元年（806）进士。

补国子助教。后历任中书侍郎、尚书右仆射、淮南节度使等职，会昌六年（846）在扬州逝世，年七十四。追赠太尉，谥号文肃。有《追昔游集》三卷。《全唐诗》存其诗四卷。《旧唐书》《新唐书》皆有传。《唐才子传》有载。

【注释】

[1] 上苑：皇家园林。

[2] 御园：即御苑。

[3] 香径：花间小路。玉勒：原指玉饰的马衔，此借指马。

[4] 凤凰池：禁苑中池沼。金樽：酒杯之美称。

[5] 红药：芍药花。砌：台阶。

南池

〔唐〕赵嘏

照影池边多少愁，往来重见此塘秋。
芙蓉苑外新经雨[1]，红叶相随何处流。

【注释】

[1] 新经雨：刚下过雨。

兴庆宫

唐代宫殿。遗址在今陕西省西安市和平门外咸宁路北侧，原是唐玄宗即位前的府第，开元二年（714）建为离宫，称兴庆宫。开元十四（726）年，又合并周围的宅邸和寺院，重加扩建。因为位于大明宫之南，又有"南内"之称。兴庆宫以夹城复道北通大明宫，南达曲江芙蓉苑。宫平面呈长方形，分为南北两部分。南部是以椭圆形的龙池为中心的园林区，周围有勤政务本楼、花萼相辉楼、沉香亭等。北部为宫殿区，有兴庆殿、大同殿、南熏殿等。开元十六年，唐玄宗听政于此，这里就成为天宝年间政治活动的中心。勤政务本楼是玄宗与群臣讨论政事、宴饮同乐之地。沉香亭是唐玄宗与杨贵妃游乐的场所，他们的故事多发生于此。

新中国成立后,在兴庆宫遗址上修建的兴庆宫公园是西安市著名风景区之一。1978年又建"阿倍仲麻吕纪念碑",以纪念唐时来我国留学并任职的日本友人阿倍仲麻吕。

夏日仙萼亭应制

〔唐〕宋之问

高岭逼星河,乘舆此日过。
野含时雨润,山杂夏云多。
睿藻光岩穴[1],宸襟洽薜萝[2]。
悠然小天下,归路满笙歌[3]。

【注释】

[1] 睿藻:指皇帝或后、妃所作的诗文。

[2] 宸襟:帝王的思虑、判断。亦借指帝王。洽:和谐,融洽。薜萝:薜荔和女萝。皆野生植物,常攀缘于山野林木或屋壁之上。

[3] 笙歌:泛指奏乐唱歌。

帝幸兴庆池戏竞渡应制

〔唐〕李适

拂露金舆丹斾转[1],凌晨黼帐碧池开[2]。
南山倒影从云落,北涧摇光写溜回[3]。
急桨争标排荇度[4],轻帆截浦触荷来。
横汾宴镐欢无极[5],歌舞年年圣寿杯[6]。

【注释】

[1] 金舆：帝王乘坐的车轿。丹旆：红旗。

[2] 黼（fǔ）帐：犹华帐。碧池：水色清澄的池塘。

[3] 摇光：谓闪动的光芒。

[4] 争标：争夺优胜。标，锦标。

[5] 横汾：据《汉武故事》，汉武帝尝巡幸河东郡，在汾水楼船上与群臣宴饮，自作《秋风辞》，中有"泛楼舡兮济汾河，横中流兮扬素波"句。后因以"横汾"为典，用以称颂皇帝或其作品。宴镐：《诗经·小雅·鱼藻》："王在在镐，岂乐饮酒。"郑玄笺："天下平安，万物得其性。武王何所处乎？处于镐京，乐八音之乐，与群臣饮酒而已。"后遂以"宴镐"为天下太平君臣同乐之典。

[6] 圣寿：皇帝的年寿和生日。

十五日夜御前口号踏歌词二首（其一）

〔唐〕张说

花萼楼前雨露新[1]，长安城里太平人。
龙衔火树千灯艳[2]，鸡踏莲花万岁春[3]。

【作者简介】

张说（667—730），字道济，一字说之。原籍范阳（今河北涿县），世居河东（今山西永济），徙家洛阳。唐代文学家、诗人、政治家。武后策贤良方正，年才弱冠，对策第一，授太子校书。官至中书令、尚书左丞相，后为集贤院学士，封燕国公。其诗讲究实际，不追求华丽。与许国公苏颋齐名，时称"燕许大手笔"。有《张燕公集》。《全唐诗》存诗五卷。《唐才子传》有载。

【注释】

[1] 花萼楼：唐宫殿名，唐玄宗时建于兴庆宫西南。玄宗以与兄弟们共同宴乐，取名"花萼相辉之楼"，简称花萼楼。

[2] 龙衔火树：龙形之灯。

[3] 鸡踏莲花：一种莲花形状的花灯。"踏"一作"上"。

奉和春中兴庆宫酺宴应制 [1]

〔唐〕张说

千龄逢启圣[2]，万域共来威。庆接郊禋后[3]，酺承农事稀。
御楼横广路，天乐下重闱[4]。鸾凤调歌曲[5]，虹霓动舞衣。
合声云上聚[5]，连步月中归[7]。物睹恩无外[8]，神和道入微[9]。
镐京陪乐饮[10]，柏殿奉文飞[11]。徒竭秋萤影，何资春日晖。

【注释】

[1] 酺（pú）宴：聚会饮食。酺：指国有喜庆，特赐臣民聚会饮酒。

[2] 千龄：犹千年、千岁。极言时间久长。

[3] 郊禋（yīn）：古帝王升烟祭祀天地的大礼。

[4] 重闱：重重宫门。指深宫。

[5] 鸾凤：比喻美人。

[6] 合声：即合乐之声。云上：喻高远。《周易·需》："云上于天，需。君子以饮食宴乐。"孔颖达疏："若言云上于天，是天之欲雨，待时而落，所以明需大惠将施而盛德又亨，故君子于此之时以饮食宴乐。"后以"云上"谓天子施惠赐宴。此为双关语。

[7] 连步：接踵，前后相承。

[8] 无外：谓古代帝王以天下为一家。《春秋公羊传·隐公元年》："王者无外，言奔，则有外之辞也。"何休注："王者以天下为家，无绝义。"

[9] 神和：精神融和。

[10] 镐京：借指京都。

[11] 柏殿：即柏梁台。此用为宫廷文人赋诗宴饮之典。

春中兴庆宫酺宴 并序

〔唐〕李隆基

夫抱器怀才[1],含仁蓄德,可以坐而论道者[2],我于是乎辟重门以纳之;作捍四方,折冲万里[3],可运筹帷幄者,我于是乎悬重禄以待之。是故外无金革之虞[4],朝有缙绅之盛[5],所以岩廊多暇,垂拱无为[6],不言而海外知归[7],不教而寰中自肃。元亨之道[8],其在兹乎?况乎天地交而万物通[9],阴阳和而四时序[10]。所宝者粟,所贵者贤,故以宵旰为怀[11],黎元在念。尽力沟洫,不知宫室之已卑;致敬鬼神,不知饮食之斯薄[12]。往以仲冬建子[13],南至初阳[14],爰诏司存,式陈郊祀,挹夷夏之诚请,答人神之厚眷。烟归太一,礼备上玄[15],足以伸昭报之情[16],足以极严禋之道[17]。然心融万类,归雷雨之光春。庆洽百僚,象云天而高宴。岁二月,地三秦,水泛泛而龙池满,日迟迟而凤楼曙。青门左右,轩庭映梅柳之春[18];紫陌东西,帘幕动烟霞之色。撞钟伐鼓,云起雪飞。歌一声而酒一杯,舞一曲而人一醉。诗以言志,思吟《湛露》之篇[19];乐以忘忧,惭运临汾之笔[20]。

九达长安道[21],三阳别馆春[22]。还将听朝暇[23],回作豫游辰[24]。
不战要荒服[25],无刑礼乐新[26]。合酺覃土宇[27],欢宴接群臣。
玉斝飞千日[28],琼筵荐八珍[29]。舞衣云曳影[30],歌扇月开轮。
伐鼓鱼龙杂[31],撞钟角抵陈[32]。曲终酣兴晚[33],须有醉归人。

【注释】

[1] 抱器怀才:德才兼备。

[2] 坐而论道:指王公大臣陪侍帝王议论政事。《周礼·考工记序》:"国有六职,百工与居一焉。或坐而论道,或作而行之……坐而论道,谓之王公;作而行之,谓之士大夫。"郑玄注:"论道,谓谋虑治国之政令也。"

[3] 折冲:使敌人的战车后撤。即制敌取胜。冲,冲车。战车的一种。

[4]金革：谓军械和军装。借指战争。

[5]缙绅：插笏于绅。绅，古代仕宦者和儒者围于腰际的大带。《周礼·春官·典瑞》："王晋大圭。"郑玄注引汉郑司农曰："晋读为搢绅之搢，谓插于绅带之间，若带剑也。"后用为官宦或儒者的代称。

[6]岩廊多暇，垂拱无为：语本班固《汉书·董仲舒传》："盖闻虞舜时，游于岩郎之上，垂拱无为，而天下太平。"颜师古注引晋灼曰："堂边庑岩郎，谓岩峻之郎也。"岩廊：高峻的廊庑。此借指朝廷。垂拱：垂衣拱手。谓不亲理事务。《尚书·武成》："惇信明义，崇德报功，垂拱而天下治。"多用以称颂帝王无为而治。

[7]知归：谓知所归循、归依。

[8]元亨：犹言大通，大吉。《周易·大有》："其德刚健而文明，应乎天而时行，是以元亨。"王弼注："应天则大，时行无违，是以元亨。"孔颖达疏："以有此诸事，故大通而元亨也。"

[9]天地交而万物通：天和地之间交流，则万事万物流通和畅。语本《易经·泰卦》："彖曰：泰，小往大来，吉亨。则是天地交，而万物通也；上下交，而其志同也。内阳而外阴，内健而外顺，内君子而外小人，君子道长，小人道消也。"

[10]阴阳和而四时序：语出《庄子·外篇·知北游》："六合为巨，未离其内；秋豪为小，待之成体；天下莫不沉浮，终身不故；阴阳四时运行，各得其序。"

[11]宵旰（gàn）：即宵衣旰食，形容为处理国事而辛勤地工作。多用以称颂帝王勤于政事。宵：夜间。旰：天已晚。天不亮就穿衣起身，天色已晚才吃饭。语本徐陵《陈文帝哀册文》："勤民听政，旰衣宵食。"

[12]尽力沟洫，……不知饮食之斯薄：语本《论语·泰伯》："禹，吾无间然矣！菲饮食，而致孝乎鬼神；恶衣服，而致美乎黻冕；卑宫室，而尽力乎沟洫。"沟洫：田间水道。借指农田水利。宫室卑、饮食薄：指宫室简陋，饮食菲薄。用以称美朝廷自奉节俭的功德。

[13]仲冬建子：指农历十一月。仲冬：冬季的第二个月，即农历十一月。处冬季之中，故称。建子：指以夏历十一月（子月）为岁首的历法。

[14]南至：即冬至。《逸周书·周月》："惟一月既南至，昏昴毕见，日短极，基践长，微阳动于黄泉，阴降惨于万物。"朱右曾校释："冬至日在牵牛，出赤道南二十四度，故曰南至。"《左传·僖公五年》："春，王正月，辛亥，朔，

日南至。"杜预注："周正月，今十一月。冬至之日，日南极。"孔颖达疏："日南至者，冬至日也。"初阳：古谓冬至一阳始生，因以冬至至立春以前的一段时间为初阳。

[15] 上玄：上天。《文选·扬雄〈甘泉赋〉》："惟汉十世，将郊上玄。"李善注："上玄，天也。"

[16] 昭报：昭示报答。

[17] 严禋（yīn）：庄重地祭祀。

[18] 轩庭：轩辕帝的朝廷。亦借指朝廷或皇宫。

[19]《湛露》：《诗经·小雅》篇名。《左传·文公四年》："昔诸侯朝正于王，王宴乐之，于是乎赋《湛露》。则天子当阳，诸侯用命也。"后因喻君主之恩泽。

[20] 临汾之笔：汉武帝巡幸临汾后土祠时作《秋风辞》，描述了他巡幸山西后土祠的沿途风光以及对人生的无限感慨。此句意为效仿汉武帝而吟诗作赋。

[21] 九达：四通八达的道路。

[22] 三阳：古人称农历十一月冬至一阳生，十二月二阳生，正月三阳开泰，合称"三阳"。亦指春天。别馆：行宫。

[23] 听朝：临朝听政。《周礼·天官·太宰》："视四方之听朝，亦如之。"

[24] 豫游：犹游乐。

[25] 要荒服：要，要服，古代五服之一。古代王畿以外按距离分为五服。相传一千五百里至二千里为要服。荒服：离京师二千到二千五百里的边远地方。要服、荒服，均指边远地区。此句"要荒服"与下句"礼乐新"对举，指边远地区的人民顺服。

[26] 无刑：不用刑罚。《尚书·大禹谟》："刑，期于无刑，民协于中。"

[27] 合酺：古代天子赐臣民大会饮曰"合酺"。覃：蔓延。土宇：乡土和屋宅。

[28] 玉罍：玉制的酒器。亦为酒杯的美称。千日：千日酒之省称。传说中山人狄希能造千日酒，饮后醉千日。晋张华《博物志》卷五："昔刘玄石于中山酒家酤酒，酒家与千日酒，忘言其节度，归至家当醉，而家人不知，以为死也，权葬之。酒家计千日满，乃忆玄石前来酤酒，醉向醒耳。往视之，云玄石亡来三年，已葬。于是开棺，醉始醒。俗云，玄石饮酒一醉千日。"此喻美酒。

[29] 琼筵：盛宴，美宴。八珍：泛指珍馐美味。

[30] 曳影：犹摇影。

[31] 伐鼓：敲鼓。鱼龙杂：指古代百戏杂耍中能变化为鱼和龙的杂技类舞蹈。亦为该项百戏杂耍名。

[32] 撞钟：击钟。角抵：我国古代体育活动项目之一。《述异记》载，蚩尤族"耳鬓如剑戟，头有角，与轩辕斗，以角抵人，人不能向"。他们在与黄帝打仗时，头上装备着刀剑一样的尖状物，好像有角的公牛一样，打仗时手脚并用，还可以头上之角抵人，敌方对此很难防御，曾打过很多胜仗。这种"以角抵人"的方式，后演变成"两两相抵"的摔跤活动。

[33] 酣兴：畅饮的兴致。

游兴庆宫作并序

〔唐〕李隆基

暇日与兄弟同游兴庆宫，登勤政务本及华萼相辉之楼，所以观风俗而劝人，崇友于而敦睦。诗以言志，歌以永言，情发于衷，率题此什。

代邸青门右[1]，离宫紫陌垂[2]。庭如过沛日[3]，水若渡江时。
绮观连鸡岫，朱楼接雁池[4]。从来敦棣萼[5]，今此茂荆枝[6]。
万叶传余庆[7]，千年志不移。凭轩聊属目[8]，轻辇共追随。
务本方崇训[9]，相辉保羽仪[10]。时康俗易渐[11]，德薄政难施[12]。
鼓吹迎飞盖[13]，弦歌送羽卮[14]。所希覃率土[15]，孝弟一同规[16]。

【注释】

[1] 代邸：汉高祖刘邦之子刘恒封代王，所居曰代邸。陈平、周勃等诛诸吕，废少帝，迎立代王，是为文帝。后因以"代邸"指入嗣帝位的藩王的旧邸。兴庆宫原为李隆基即位前的旧邸，故称。

[2] 离宫：正宫之外供帝王出巡时居住的宫室。紫陌：指京师郊野的道路。陲：边缘。

[3] 过沛日：《资治通鉴》："上（汉高祖）还，过沛，留，置酒沛宫，悉召故人、父老、诸母、子弟佐酒，道旧故为笑乐。"此句形容欢会时的热闹景

象犹如当年汉高祖衣锦还乡时在沛县举行的酒宴。

[4] 雁池：原为汉梁孝王刘武所筑兔园中的池沼名。此借指帝王所居园林中的池沼。

[5] 棣萼：《诗经·小雅·鹿鸣之什》："棠棣之华，鄂不韡韡，凡今之人，莫如兄弟。"后常以"棣萼"比喻兄弟。

[6] 荆枝：南朝梁吴均《续齐谐记·紫荆树》："京兆田真兄弟三人，共议分财，生赀皆平均；惟堂前一株紫荆树，共议破三片，明日就截之。其树即枯死，状如火然。真往见之，大惊，谓诸弟曰：'树本同株，闻将分斫，所以顦顇，是人不如木也。'因悲不自胜，不复解树。树应声荣茂，兄弟相感，合财宝，遂为孝门。"后因以"荆枝"喻兄弟骨肉同气连枝。

[7] 万叶：万世；万代。

[8] 属目：注目，注视。

[9] 务本：致力于根本。兴庆宫内建有勤政务本楼。

[10] 相辉：兴庆宫内建有花萼相辉楼，寓意玄宗五兄弟，如同同一朵花上的五个花瓣（萼）一样同枝相连，互相辉映。羽仪：《周易·渐卦》："鸿渐于陆，其羽可用为仪。"孔颖达疏："处高而能不以位自累，则其羽可用为物之仪表，可贵可法也。"后因以"羽仪"比喻居高位而有才德，被人尊重或堪为楷模。

[11] 时康：时世太平。

[12] 德薄：德行浅薄。

[13] 鼓吹：鼓吹声；乐曲声。飞盖：高高的车篷。借指车。

[14] 羽卮：即羽觞。

[15] 覃：遍及；广施。率土："率土之滨"之省称。谓境域之内。

[16] 孝弟：孝悌。孝顺父母，敬爱兄长。《论语·学而》："其为人也孝弟，而好犯上者鲜矣。"朱熹集注："善事父母为孝，善事兄长为弟。"

奉和圣制暇日与兄弟同游兴庆宫作应制

〔唐〕张说

汉武横汾日[1]，周王宴镐年[2]。何如造区夏[3]，复此睦亲贤。
巢凤新成阁，飞龙旧跃泉。棣华歌尚在[4]，桐叶戏仍传[5]。
禁籞氛埃隔[6]，平台景物连。圣慈良有裕[7]，王道固无偏。
问俗兆人阜[8]，观风五教宣[9]。献图开益地[10]，张乐奏钧天[11]。
侍酒衢樽满[12]，询刍谏鼓悬[13]。永言形友爱[14]，万国共周旋[15]。

【注释】

[1] "汉武"句：据《汉武故事》，汉武帝尝巡幸河东郡，在汾水楼船上与群臣宴饮，自作《秋风辞》，中有"泛楼舡兮济汾河，横中流兮扬素波"句。后因以"横汾"为典，用以称颂皇帝或其作品。

[2] 宴镐：《诗经·小雅·鱼藻》："王在在镐，岂乐饮酒。"郑玄笺："天下平安，万物得其性。武王何所处乎？处于镐京，乐八音之乐，与群臣饮酒而已。"后遂以"宴镐"为天下太平君臣同乐之典。

[3] 区夏：诸夏之地，指华夏、中国。

[4] 棣华：《诗经·小雅·常棣》："常棣之华，鄂不韡韡。凡今之人，莫如兄弟。"后因以"棣华"喻兄弟。此喻玄宗兄弟亲睦。

[5] 桐叶戏：指桐叶封弟故事。《史记·晋世家》："成王与叔虞戏，削桐叶为珪以与叔虞，曰：'以此封若。'史佚因请择日立叔虞。成王曰：'吾与之戏耳。'史佚曰：'天子无戏言。言则史书之，礼成之，乐歌之。'于是遂封叔虞于唐。"后因以"桐叶封弟"指帝王封拜。

[6] 禁籞：指禁苑。

[7] 圣慈：圣明慈祥。旧时对皇帝或皇太后的谀称。

[8] 问俗：访问风俗。兆人：众民，百姓。阜：繁衍生息。

[9] 五教：五常之教。指父义、母慈、兄友、弟恭、子孝五种伦理道德的教育。

[10] 献图开益地：《雒书灵准听》记，帝舜时，有西王母献益地图。后遂

用为咏帝王祥瑞之典。

[11] 张乐：置乐；奏乐。钧天："钧天广乐"的略语。指天上的音乐。

[12] 衢尊：即衢尊斟酌。《淮南子·缪称训》："圣人之道，犹中衢而致尊邪，过者斟酌，多少不同，各得其所宜。是故得一人，所以得百人也。"东汉高诱注："尊，酒器也。""一人来得其心，百人来亦得其心。"意为：圣人之道是把酒放在街道上，任人随意饮用，以得到众人的欢心。后遂用作为仁政得人心之典。

[13] 询刍：即询于刍荛，与樵夫商议事情，意谓不耻下问。《诗经·大雅·板》："先民有言，询于刍荛。"郑玄笺："古之贤者有言：有疑事当与薪采者谋之。"孔颖达疏："言询于刍荛，谓谋于取刍取荛之人。"谏鼓：设于朝廷供进谏者敲击以闻的鼓。《管子·桓公问》："舜有告善之旌，而主不蔽也；禹立谏鼓于朝，而备讯唉。"

[14] 永言：长言；吟咏。《尚书·舜典》："诗言志，歌永言。"孔传："谓诗言志以导之歌，咏其义以长其言。"

[15] "万国"句：万国朝拜。周旋：古代行礼时进退揖让的动作。

兴庆池侍宴应制

〔唐〕苏颋

降鹤池前回步辇[1]，栖鸾树杪出行宫[2]。
山光积翠遥疑逼，水态含青近若空[3]。
直视天河垂象外[4]，俯窥京室画图中。
皇欢未使恩波极[5]，日暮楼船更起风[6]。

【注释】

[1] 降鹤池：指兴庆宫中之龙池。步辇：一种用人抬的代步工具，类似轿子。

[2] 栖鸾树：鸾即鸾凤，相传鸾凤非梧桐树不栖，这里泛指兴庆宫中的大树。杪（miǎo）：树梢。这句诗是说兴庆宫中的树长得很高，细长的树梢伸出了宫墙之外。

[3] 水态：犹言水上景色。

[4] 天河：指天上的银河。象外：超出物象之外。

[5] 皇欢：指皇帝在兴庆宫设宴。

[6] 楼船：一种多层的大船。这里指兴庆池上的游船。

春霁花萼楼南闻宫莺[1]

〔唐〕杨凌

祥烟瑞气晓来轻[2]，柳变花开共作晴[3]。
黄鸟远啼鸡鹊观[4]，春风流出凤凰城[5]。

【作者简介】

杨凌，中唐人，与其兄杨凭、杨凝并称"三杨"，因官至大理评事，又称"杨评事"，著有《杨评事文集》。柳宗元为其书作《杨评事文集后序》。《全唐诗》存诗一卷。

【注释】

[1] 春霁：春雨初晴。花萼楼：即兴庆宫中的花萼相辉楼。

[2] 祥烟：祥瑞的烟气。晓来：天亮时。

[3] 柳变：指柳色变绿。

[4] 鸡鹊观：汉宫观名，在长安甘泉宫外。此处借指兴庆宫。

[5] 春风：喻融和的气氛。凤凰城：即长安城。

秋望兴庆宫

〔唐〕戎昱

先皇歌舞地，今日未游巡[1]。
幽咽龙池水[2]，凄凉御榻尘[3]。
随风秋树叶，对月老宫人。
万事如桑海[4]，悲来欲怆神。

【作者简介】

戎昱，荆南（今湖北江陵）人。唐代诗人。少试进士不第。卫伯玉镇荆南，辟为从事，后曾任吉州、虔州、辰州刺史。《全唐诗》存诗一卷。《唐才子传》有载。

【注释】

[1] 游巡：游目巡视。

[2] 幽咽：谓声音低沉、轻微。常形容水声和哭泣声。龙池：兴庆宫中池名。

[3] 御榻：皇帝坐的卧具。榻：狭长而矮的坐卧用具。

[4] 桑海："桑田沧海"的略语。大海变成桑田，桑田变成大海。比喻世事变化很大。

县君赴兴庆宫朝贺载之奉行册礼因书即事 [1]

〔唐〕权德舆

合卺交欢二十年[2]，今朝比翼共朝天[3]。
风传漏刻香车度[4]，日照旌旗彩仗鲜[5]。
顾我华簪鸣玉佩[6]，看君盛服耀金钿[7]。
相期偕老宜家处，鹤发鱼轩更可怜[8]。

【注释】

[1] 县君：古代宗女、命妇的称号。这里指作者的妻子崔氏。载之：权德舆自称。载之为权德舆的字。册礼：册立、册封的礼仪。

[2] 合卺（jǐn）：成婚。卺：瓢。将匏瓜剖成二瓢，新郎新娘各执其一饮酒，为旧时成婚的一种仪式。交欢：泛指结好。

[3] 朝天：朝见天子。

[4] 漏刻：古计时器。即漏壶。因漏壶的箭上刻符号表时间，故称。香车：用香木做的车。泛指华美的车或轿。

[5] 彩仗：彩饰的仪仗。指古代帝王、官员外出时仪卫人员所持的旗帜、伞、

扇、武器等。

[6] 华簪：华贵的冠簪。古人用簪把冠连缀在头发上。华簪为贵官所用，故常用以指显贵的官职。

[7] 盛服：谓服饰齐整。表示严肃端庄。亦指华丽的服饰。

[8] 鹤发：白发。鱼轩：古代贵族妇女所乘的车。用鱼皮为饰。代称夫人。可怜：可美。

勤政楼

全名勤政务本楼，建于唐开元八年（720）。玄宗即位，以兴庆里旧邸建兴庆宫，后于西南置楼，西称花萼相辉楼，南称勤政务本楼，为兴庆宫之主要建筑。勤政务本楼取政治上励精图治之意，这里曾作为玄宗移居兴庆宫后的大朝之处，朝廷盛大仪式庆典多在此举行。宪宗元和十四年（819）及文宗大和三年（829）曾两度重修。

三月三日勤政楼侍宴应制

〔唐〕王维

彩仗连宵合[1]，琼楼拂曙通[2]。年光三月里，宫殿百花中。
不数秦王日，谁将洛水同[3]！酒筵嫌落絮[4]，舞袖怯春风。
天保无为德[5]，人欢不战功。仍临九衢宴[6]，更达四门聪[7]。

【注释】

[1] 彩仗：指天子的仪仗。连宵：犹通宵。

[2] 琼楼：指勤政楼。拂曙：即拂晓。

[3] "不数"二句：南朝梁吴均《续齐谐记》曰："晋武帝问尚书郎挚虞仲洽：'三月三日曲水，其义何旨？'……尚书郎束晳进曰：'……臣请说其始。昔周公成洛邑，因流水泛酒，故逸诗云：羽觞随波流。又秦昭王三月上巳，置酒河曲，见金人自河而出，奉水心剑曰：令君制有西夏。及秦霸诸侯，乃因此处立为曲

水。二汉相缘,皆为盛集。'"不数:不亚于。秦王:即秦昭王。谁:何。洛水:古水名,即洛河。二句意为,三月三日勤政楼的盛宴,不亚于当年秦昭王泛酒河曲的雅集,与周公洛水流觞的盛景又多么相似。

[4] 落絮:飘落的柳絮。

[5] 天保:《诗经·小雅·天保》:"天保定尔,亦孔之固。"意为,宣王受天命即位,地位稳固。无为:道家的哲学思想。唐玄宗十分尊崇老子,提倡老子的无为哲学。此句意为,唐玄宗有清静无为之德,上天保佑其江山稳固。

[6] 九衢宴:九衢本指四通八达的道路,这里形容宴会规模的盛大。

[7] 四门聪:《尚书·虞书·舜典》:"舜格于文祖,询于四岳,辟四门,明四目,达四聪。"旧题孔安国传:"开辟四方之门未开者,广致众贤。""广视听于四方,使天下无壅塞。"帝舜曾开辟四门,接待四方贤士之上访,以广视听。后用为称美帝王广开视听之典。

勤政楼西老柳

〔唐〕白居易

半朽临风树,多情立马人[1]。
开元一株柳,长庆二年春[2]。

【注释】

[1] 立马人:作者自指。

[2] 开元:唐玄宗年号(713—741)。长庆二年:即唐穆宗长庆二年(822),其时老柳已约百岁。开元年间,是唐的全盛时期;而长庆年间,已进入中晚唐,大唐国运日衰。从开元到长庆的历史阶段,即大唐的兴衰史。此二句借两个时间点,记述了诗人对大唐百年历史变迁的无尽感慨,此即诗人"多情"的缘由。

过勤政楼

〔唐〕杜牧

千秋佳节名空在[1],承露丝囊世已无[2]。
唯有紫苔偏称意[3],年年因雨上金铺[4]。

【注释】

[1] 千秋佳节:即千秋节。唐开元十七年(729)八月五日,玄宗为庆祝自己的生日,在勤政楼批准宰相奏请,钦定这一天为千秋节,布告天下。天宝七年改为"天长节"。

[2] 承露丝囊:每年一度的千秋节,玄宗都举行盛典,大宴群臣,接受群臣祝寿。《唐会要》:"群臣以是日进万寿酒,王公戚里进金镜绶带,士庶以结丝承露囊更相问遗。"

[3] 紫苔:紫色的苔藓。

[4] 金铺:宫门上安装门环的金属底托,多铸成兽形以为装饰。

楼前

〔唐〕王建

天宝年前勤政楼,每年三日作千秋[1]。
飞龙老马曾教舞,闻着音声总举头[2]。

【作者简介】

王建(766—?),字仲初,颍川(今河南许昌)人。唐朝诗人。出身寒微,一生潦倒。曾一度从军,约四十六岁始入仕,曾任昭应县丞、太常寺丞等职。后出为陕州司马,世称王司马。与张籍友善,乐府与张齐名,世称"张王乐府"。有宋编《王建诗集》传世。《唐才子传》存诗六卷。《唐才子传》有载。

【注释】

[1] 千秋：千秋节。详见前杜牧《过勤政楼》注释[1]。三日：三天。《旧唐书·玄宗纪》："开元十七年（729）八月癸亥，上以降诞日，宴百僚于花萼楼下。百僚表请以每年八月五日为千秋节，王公以下献金镜及承露囊，天下诸州咸令宴乐，休假三日，仍编为令。从之。"

[2] "飞龙老马"句：玄宗天宝年间，每逢八月初五千秋节这一天，皇帝都在宫前举行盛大宴会，接受文武百官、外国使臣以及各少数民族首领的拜贺，并以舞马助兴。《明皇杂录》补遗卷曾详细描述了这种宏大场面："玄宗尝命教舞马四百蹄，各为左右，分为部目，如某家宠、某家娇。时塞外也有善马来贡者，上俾之教习，无不典尽其妙。因命衣以文绣，络以金银，饰其鬃鬣，间杂朱玉。其曲之倾盆乐者数十回，奋首鼓尾，纵横应节。又施三层板床，乘马而上，旋转如飞。……每千秋节，命舞于勤政楼下。其后上既幸蜀，舞马亦散于民间。"唐代宰相张说的《舞马词》及《舞马千秋万岁乐府词》中曾如此描述舞马为玄宗祝寿献酒的盛景："屈膝衔杯赴节，倾心献寿无疆。""更有衔杯终宴曲，垂头掉尾醉如泥。"

九月九日勤政楼下观百僚献寿

〔唐〕王涯

御气黄花节[1]，临轩紫陌头[2]。早阳生彩仗[3]，霁色入仙楼[4]。
献寿皆鹓鹭[5]，瞻天尽冕旒[6]。菊樽过九日，凤历肇千秋[7]。
乐奏熏风起[8]，杯酣瑞影收。年年歌舞度，此地庆皇休[9]。

【注释】

[1] 御气：帝王的气象。黄花节：重阳节。

[2] 临轩：皇帝不坐正殿而御前殿。殿前堂陛之间近檐处两边有槛楯，如车之轩，故称。紫陌：指京师郊野的道路。

[3] 彩仗：彩色的仪仗，指皇帝专用的车驾仪仗。

[4] 霁色：晴朗的天色。仙楼：指皇宫中的楼阁。

[5] 献寿：献礼祝寿。鵷鹭：鸳鸯和鹭鸶两种鸟，飞行有序。比喻群臣朝拜有序。

[6] 冕旒：皇冠，借指皇帝。

[7] 凤历：《左传·昭公十七年》："我高祖少暤挚之立也，凤鸟适至，故纪于鸟，为鸟师而鸟名，凤鸟氏，历正也。"后因用"凤历"称岁历。含有历数正朔之意。

[8] 乐阕：乐终。阕，乐章终止。祥烟：祥瑞的烟气。

[9] 皇休：谓皇帝的美德或洪福。

勤政楼观乐

〔唐〕贾至

银河帝女下三清[1]，紫禁笙歌出九城[2]。
为报延州来听乐[3]，须知天下欲升平。

【作者简介】

贾至（718—772），字幼邻，唐代洛阳人。擢明经第。安禄山乱，从唐玄宗幸蜀，知制诰，历中书舍人。时肃宗即位于灵武，玄宗令至作传位册文。广德初，为礼部侍郎，封信都县伯。后封京兆尹，兼御史大夫。卒，谥文。《全唐诗》存诗一卷。《唐才子传》有载。《旧唐书》《新唐书》皆有传。

【注释】

[1] 三清：道教所指玉清、上清、太清三清境。

[2] 九城：指京都。旧时京都多设城门九座，故称。

[3] 延州：春秋时吴公子季札本封延陵，复封州来，后因以"延州"借指季札。季札前来鲁国访问，请求观赏周朝的音乐和舞蹈。鲁国人让乐工为其歌唱《周南》和《召南》。此以季札喻唐藩属国使臣。

龙池

龙池原名隆庆池，在唐长安隆庆坊，因池水源于龙首渠，故名。原为兴庆宫中的一处洼地，井水溢灌成池。唐垂拱年间，因连降大雨，池水骤增，池面扩大。后来又将龙首渠水引入该池，使池水面积进一步扩大，到唐中宗时，池水已弥亘数顷，深至数丈，景色宜人。池之南有龙堂，每年仲春之时都要在龙堂举行祭祀活动。玄宗未即位时所居的旧邸旁，中宗曾泛舟其中。玄宗即位后，将"隆庆池"正式改名为"龙池"，以象征"龙兴之地"。

享龙池乐章[1]（第一章）

〔唐〕姚崇

恭闻帝里生灵沼[2]，应报明君鼎业新[3]。
既协翠泉光宝命[4]，还符白水出真人[5]。
此时舜海潜龙跃[6]，此地尧河带马巡。
独有前池一小雁，叨承旧惠入天津[7]。

【作者简介】

姚崇（651—721），本名元崇，字符之，陕州硖石（今河南陕县）人，历仕则天、中宗、睿宗三朝，两次拜相，并兼任兵部尚书。他曾参与神龙政变，后因不肯依附太平公主被贬为刺史。唐玄宗亲政后，姚崇被任命为兵部尚书、同平章事，进拜中书令，封梁国公，辅佐唐玄宗开创开元盛世。姚崇执政三年，与房玄龄、杜如晦、宋璟并称唐朝四大贤相。去世后，追赠扬州大都督，赐谥文献。《全唐诗》存诗六首。《旧唐书》《新唐书》皆有传。

【注释】

[1]《唐会要》卷二二"龙池坛"载："开元二年闰二月诏，令祠龙池。六

月四日,右拾遗蔡孚献龙池篇。集王公卿士以下一百三十篇。太常寺考其词合音律者,为龙池篇乐章。共录十首。紫微令姚元之、右拾遗蔡孚、太府少卿沈佺期、黄门侍郎卢怀慎、殿中监姜皎、吏部尚书崔日用、紫微侍郎苏颋、黄门侍郎李乂府(《旧唐书》作"李乂",此应为"李乂"之误)、工部侍郎姜晞、兵部侍郎裴璀等,更为乐章。"

[2] 帝里:犹言帝都,京都。灵沼:池沼的美称。此指龙池。

[3] 鼎业:帝王之大业。

[4] 宝命:对天命的美称。

[5] 白水真人:典出《后汉书·光武帝纪》:"王莽篡位,忌恶刘氏,以钱文有金刀,故改为货泉。或以货泉字文为'白水真人'。后望气者苏伯阿为王莽使至南阳,遥望见舂陵郭,喟曰:'气佳哉!郁郁葱葱然。'……其王者受命,信有符乎?不然,何以能乘时龙而御天哉!"《史记·秦始皇本纪》:"始皇曰:吾慕真人,自谓'真人',不称朕。"此指唐玄宗。

[6] 潜龙:比喻圣人在下位,隐而未显。这里指玄宗即位前。

[7] 叨承:忝受;承受。天津:银河。

享龙池乐章(第二章)

〔唐〕蔡孚

帝宅王家大道边[1],神马潜龙涌圣泉[2]。
昔日昔时经此地,看来看去渐成川。
歌台舞榭宜正月,柳岸梅洲胜往年[3]。
莫疑波上春云少,只为从龙直上天[4]。

【作者简介】

蔡孚,开元中为起居郎。

【注释】

[1] 帝宅：指唐玄宗旧宅。玄宗称帝前的王府，与其他四王府合称"五王宅"，宅临朱雀东街。唐玄宗即皇帝位后，令在其旧宅修建兴庆宫。王家：犹王室，朝廷。

[2] 潜龙：比喻圣人在下位，隐而未显，这里指唐玄宗未登基之时。圣泉：指龙池。

[3] 柳岸：植柳的水岸。

[4] 从龙：比喻追随帝王。

享龙池乐章（第三章）

〔唐〕沈佺期

龙池跃龙龙已飞[1]，龙德先天天不违[2]。
池开天汉分黄道[3]，龙向天门入紫微[4]。
邸第楼台多气色，君王凫雁有光辉[5]。
为报寰中百川水，来朝此地莫东归。

【注释】

[1] 跃龙：指皇帝即位。龙：诗作中的"龙"象征年轻的玄宗从潜伏中跃出，"飞"上天庭，登上帝位。

[2] "龙德"句：谓唐玄宗飞龙升天是上天的安排。龙德：圣人之德；天子之德。先，一作"光"。

[3] 天汉：指银河。也泛指浩瀚星空或宇宙。

[4] 龙：象征唐玄宗。紫微：即紫微垣。星官名，三垣之一。此指帝王宫殿。

[5] "邸第"二句：谓皇帝的光辉照亮了周围的宫殿和池中的生物。气色：景色；景象。凫雁：野鸭与大雁。此指龙池中的飞禽。

享龙池乐章(第四章)

〔唐〕卢怀慎

代邸东南龙跃泉[1],清漪碧浪远浮天。
楼台影就波中出,日月光疑镜里悬。
雁沼回流成舜海[2],龟书荐祉应尧年[3]。
大川既济惭为楫[4],报德空思奉细涓。

【作者简介】

卢怀慎(?—716),滑州灵昌(今河南滑县)人。进士及第,历任监察御史、吏部员外郎、侍御史、右御史台中丞、兵部侍郎、黄门侍郎等,为官清廉。玄宗朝任宰相,自认才能不如姚崇,遇事推让,被讥为"伴食宰相"。开元四年(716)病逝,追赠荆州大都督,谥号文成。《全唐诗》存诗二首。

【注释】

[1] 代邸:汉高祖刘邦之子刘恒封代王,所居曰代邸。陈平、周勃等诛诸吕,废少帝,迎立代王,是为文帝。后因以"代邸"指入嗣帝位的藩王的旧邸。此指唐玄宗旧邸。龙跃:喻王者兴起。

[2] 雁沼:即雁池,汉梁孝王刘武所筑兔园中的池沼名。后借指帝王所居园林中的池沼。此借指龙池。

[3] 龟书:谓神龟负书。祉:福。尧年:古史传说尧时天下太平,因以"尧年"比喻盛世。

[4] 惭为楫:此为作者自谦的说法,典出《尚书·商书·说命上》:"高宗梦得说,使百工营求诸野,得诸傅岩,作《说命》三篇。……命之曰:'朝夕纳诲,以辅台德。若金,用汝作砺。若济巨川,用汝作舟楫。若岁大旱,用汝作霖雨。'"

享龙池乐章（第五章）

〔唐〕姜皎

龙池初出此龙山，常经此地谒龙颜。
日日芙蓉生夏水，年年杨柳变春湾。
尧坛宝匣余烟雾[1]，舜海渔舟尚往还。
愿似飘飖五云影[2]，从来从去九天间[3]。

【作者简介】

姜皎，秦州上邽（今甘肃天水）人，唐朝大臣。长安中，迁尚衣奉御，交好唐玄宗，出为润州长史。唐玄宗即位，召拜殿中少监。先天政变后，以功拜殿中监，封楚国公，实封四百户，寻迁太常卿，兼秘书监，监修国史。开元十年（722），坐漏泄禁中语，发配钦州，卒于汝州，年五十余。开元十五年（727），追赠泽州刺史。善画鹰，杜甫有诗《姜楚公画角鹰歌》。《全唐诗》存诗一首。

【注释】

[1] 尧坛：北魏郦道元《水经注》："故《命历序》曰：《河图》，帝王之阶，图载江河、山川、州界之分野。后尧坛于河，受《龙图》，作《握河记》。逮虞舜、夏、商，咸亦受焉。"尧：传说中古帝陶唐氏之号。坛：筑坛祭祀。

[2] 五云：五色瑞云。多作吉祥的征兆。

[3] 九天：谓天空最高处。

享龙池乐章（第六章）

〔唐〕崔日用

龙兴白水汉兴符[1]，圣主时乘运斗枢[2]。

岸上丰茸五花树，波中的皪千金珠[3]。

操环昔闻迎夏启[4]，发匣先来瑞有虞[5]。

风色云光随隐见，赤云神化象江湖。

【注释】

[1] 龙兴：龙飞腾上天。喻王者兴起。白水：此喻指龙池。

[2] 时乘：《周易·乾卦》："时乘六龙以御天。"王弼注："处则乘潜龙，出则乘飞龙……乘变化而御大器。"后因以"时乘"指帝王即位。运斗枢：《论语·为政》曰："为政以德，譬如北辰，居其所而众星共之。"认为帝王政教，当法北斗。斗枢运行，为帝王制历法、施政教所取则，故名运斗枢。

[3] 的皪：光亮、鲜明貌。千金珠：《庄子·列御寇》："河上有家贫恃纬萧而食者（用蒿草编成帘子，卖钱以养活自家），其子没于渊，得千金之珠。"此喻龙池水面波光粼粼，犹如万千颗明珠闪耀。

[4] "操环"句：《山海经》："大乐之野，夏后启于此儛九代，乘两龙，云盖三层。左手操翳，右手操环，佩玉璜。在大运山北，一曰大遗之野。"夏启：禹之子，夏朝君主。

[5] 有虞：即舜帝。

享龙池乐章（第七章）

〔唐〕苏颋

西京凤邸跃龙泉[1]，佳气休光镇在天[2]。

轩后雾图今已得[3]，秦王水剑昔常传[4]。

恩鱼不似昆明钓[5]，瑞鹤长如太液仙[6]。

愿侍巡游同旧里，更闻箫鼓济楼船。

【注释】

[1] 西京：唐显庆二年（657），以洛阳为东都，因称长安为西都。天宝元年（742），定称西京。凤邸：帝王即位前所居的府第。跃龙：指皇帝登基。

[2] 休光：盛美的光华。亦比喻美德或勋业。

[3] 轩后：即黄帝轩辕氏。雾图：《艺文类聚》卷二引晋皇甫谧《帝王世纪》："黄帝时，天大雾三日，帝游洛川之上，见大鱼，杀三牲以醮之，天乃甚雨，七日七夜，鱼流，始得图书。"后因以"雾图"为帝王圣者受命之瑞。

[4] 秦王：秦昭王。水剑：水心剑的简称。典出南朝梁吴均《续齐谐记·曲水》："秦昭王三月上巳置酒河曲，见金人自河而出，奉水心剑，曰：'令君制有西夏。'及秦霸诸侯，乃因此处立为曲水。"

[5] 恩鱼：《太平广记》卷一一八引《三秦记·汉武帝》："昆明池，汉武帝凿之……池通白鹿原。人钓鱼于原，纶绝而去。鱼梦于武帝，求去其钩。明日，帝游戏于池，见大鱼衔索，曰：'岂非昨所梦乎？'取鱼去钩而放之。帝后得明珠。"后以"恩鱼"为称颂圣德之词。

[6] 瑞鹤：象征吉祥之鹤。也指仙鹤。太液：即太液池，在大明宫中含凉殿后，中有太液亭。此喻龙池。

享龙池乐章（第八章）

〔唐〕李乂

星分邑里四人居[1]，水渐源流万顷余[2]。
魏国君王称象处[3]，晋家藩邸化龙初[4]。
青蒲暂似游梁马[5]，绿藻还疑宴镐鱼[6]。
自有神灵滋液地[7]，年年云物史官书。

【注释】

[1] 邑里：乡里。四人：四民。《资治通鉴·后唐明宗天成四年》："农于四人之中，最为勤苦。"胡三省注："士农工商，是谓四民。唐避太宗讳，率谓民为人。"

[2] 水渐（jiàn）：水接连流来。语出《周易·坎卦》："水渐至，习坎；君子以常德行，习教事。"渐：屡次，接连。

[3] 魏国君王：指曹操。称象：陈寿《三国志》："曹冲生五六岁，智意所及，

有若成人之智。时孙权曾致巨象,太祖(曹操)欲知其斤重,访之群下,咸莫能出其理。冲曰:'置象大船之上,而刻其水痕所至,称物以载之,则校可知。'太祖悦,即施行焉。"

[4] 晋家:指司马家族。

[5] 青蒲:即蒲草。水生植物。嫩者可食,茎叶可供编织蒲席等物。

[6] "绿藻"句:语出《诗经·小雅·鱼藻》:"鱼在在藻,有颁其首。王在在镐,岂乐饮酒。……鱼在在藻,依于其蒲。王在在镐,有那其居。"郑玄笺:"天下平安,万物得其性。武王何所处乎?处于镐京,乐八音之乐,与群臣饮酒而已。"后遂以"宴镐"为天下太平君臣同乐之典。

[7] 神灵滋液地:喻唐玄宗登帝位。滋液:谓渗透的汁液。

享龙池乐章(第九章)

〔唐〕姜晞

灵沼萦回邸第前[1],浴日涵春写曙天[2]。
始见龙台升凤阙,应如霄汉起神泉[3]。
石匮渚傍还启圣[4],桃李初生更有仙。
欲化帝图从此受[5],正同河变一千年[6]。

【作者简介】

姜晞,上邽(今甘肃天水清水县)人。登永隆元年(680)进士第,官工部侍郎、散骑常侍,封金城郡公。《全唐诗》存诗一首。

【注释】

[1] 灵沼:池沼的美称。指龙池。邸第:达官贵族的府第。

[2] 浴日:语本《淮南子·天文训》:"日出于旸谷,浴于咸池。"后以"浴日"指太阳初从水面升起。曙天:黎明时的天空。

[3] 霄汉:天河。亦借指天空。

[4] 石匮:特指古代帝王祭祀用的石匣。

[5] 帝图：指帝王应天命的图箓。

[6] 河变一千年：王嘉《拾遗记》："黄河千年一清，至圣之君，以为大瑞。"古代谶讳家认为黄河水若呈清澈，乃圣君降临，天下太平之吉兆。后世遂用为称颂君圣世明的典故。

享龙池乐章（第十章）

〔唐〕裴璀

乾坤启圣吐龙泉，泉水年年胜一年。
始看鱼跃方成海，即睹龙飞利在天[1]。
洲渚遥将银汉接[2]，楼台直与紫微连[3]。
休气荣光常不散[4]，悬知此地是神仙[5]。

【作者简介】

裴璀，生卒年不详，唐玄宗时兵部郎中，《全唐诗》存诗一首。

【注释】

[1] 龙飞：《周易·乾卦》："飞龙在天，利见大人。"孔颖达疏："若圣人有龙德，飞腾而居天位。"后遂以"龙飞"指帝王的兴起或即位。

[2] 洲渚：水中小块陆地。银汉：天河，银河。

[3] 紫微：即紫微垣。星官名，三垣之一。

[4] 休气：祥瑞之气。荣光：五色云气。古时迷信以为吉祥之兆。

[5] 悬知：料想；预知。

兴庆池侍宴应制

〔唐〕沈佺期

碧水澄潭映远空，紫云香驾御微风[1]。

汉家城阙疑天上，秦地山川似镜中。

向浦回舟萍已绿[2]，分林蔽殿槿初红[3]。

古来徒羡横汾赏[4]，今日宸游圣藻雄[5]。

【注释】

[1] 紫云：祥瑞的云气，借指帝王。香驾：香辇。指皇家车驾。

[2] 浦：水滨。本句指兴庆池滨。

[3] 槿：即木槿，一种落叶乔木，夏秋开红、白、紫色花。

[4] 横汾：据《汉武故事》，汉武帝尝巡幸河东郡，在汾水楼船上与群臣宴饮，自作《秋风辞》。

[5] 宸游：帝王的巡游。圣藻：指帝王所写诗文。

奉和圣制龙池篇

〔唐〕张九龄

天启神龙生碧泉[1]，泉水灵源浸迤延[2]。

飞龙已向珠潭出[3]，积水仍将银汉连。

岸傍花柳看胜画，浦上楼台问是仙。

我后元符从此得[4]，方为万岁寿图川。

【注释】

[1] 碧泉：形容清澈的泉水。指龙池。

[2] 灵源：对水源的美称。迤延：曲折绵延貌。

[3] 飞龙：比喻帝王。此指唐玄宗。

[4] 我后：指唐玄宗。后：君主；帝王。元符：大的祥瑞。

奉和圣制与太子诸王三月三日龙池春禊应制

〔唐〕王维

故事修春禊[1],新宫展豫游[2]。明君移凤辇[3],太子出龙楼[4]。赋掩陈王作[5],杯如洛水流[6]。金人来捧剑[7],画鹢去回舟[8]。苑树浮宫阙,天池照冕旒[9]。宸章在云表[10],垂象满皇州[11]。

【注释】

[1] 故事:先例,旧日的典章制度。禊:祭名。古人祓除不祥之祭。常在春秋二季于水滨举行。农历三月上巳(魏以后为三月初三)行春禊。

[2] 新宫:新建的宫室。

[3] 凤辇:皇帝的车驾。

[4] 龙楼:汉代太子宫门名。借指太子所居之宫。

[5] 掩:盖过;超过。陈王:指三国魏曹植。植生前封陈王,谥号"思"。

[6] 杯如洛水流:典出南朝梁吴均《续齐谐记》:"晋武帝问尚书郎挚虞仲洽:'三月三日曲水,其义何旨?'……尚书郎束皙进曰:'挚虞小生,不足以知此。臣请说其始。昔周公成洛邑,因流水泛酒,故逸诗云:羽觞随波流。又秦昭王三月上巳,置酒河曲,见金人自河而出,奉水心剑曰:令君制有西夏。及秦霸诸侯,乃因此处立为曲水。二汉相缘,皆为盛集。"洛水:古水名。即今河南省洛河。

[7] "金人"句:"金人捧剑"常用为咏三月三日帝王春禊之典。详见本诗注释。

[8] 画鹢:《淮南子·本经训》:"龙舟鹢首,浮吹以娱。"高诱注:"鹢,大鸟也。画其像着船头,故曰鹢首。"后以"画鹢"为船的别称。

[9] 天池:指龙池。冕旒:古代大夫以上的礼冠。

[10] 宸章:皇帝所作的诗文。云表:云外。

[11] 垂象:显示征兆。古人迷信,以某些自然现象附会人事,认为是预示人间祸福吉凶的迹象。皇州:帝都;京城。

侍从宜春苑奉诏赋龙池柳色初青听新莺百啭歌 [1]

〔唐〕李白

东风已绿瀛洲草[2]，紫殿红楼觉春好[3]。
池南柳色半青青，萦烟袅娜拂绮城[4]。
垂丝百尺挂雕楹[5]，上有好鸟相和鸣，
间关早得春风情[6]。
春风卷入碧云去，千门万户皆春声。
是时君王在镐京[7]，五云垂晖耀紫清[8]。
仗出金宫随日转[9]，天回玉辇绕花行[10]。
始向蓬莱看舞鹤[11]，还过茝若听新莺[12]。
新莺飞绕上林苑[13]，愿入箫韶杂凤笙[14]。

【注释】

[1] 侍从：侍奉皇帝。宜春苑：唐玄宗游猎的一所园林。《雍录》："天宝中，即东宫置宜春北苑。"

[2] 瀛洲：兴庆宫内的瀛洲门。《唐六典》卷七《尚书工部》："兴庆宫在皇城之东南……宫之北曰跃龙门，其内左曰芳苑门，右曰丽苑门。南走龙池，曰瀛洲门，门内曰南熏殿。"

[3] 紫殿：帝王宫殿。红楼：泛指华美的楼房。

[4] 萦烟：烟气缭绕。绮城：城墙之美称。指兴庆宫东倚长安城墙之夹城。绮：华丽；美盛。

[5] 雕楹：即雕梁画栋。楹，柱子。楹：厅堂的前柱。

[6] 间关：象声词。形容宛转的鸟鸣声。

[7] 镐京：西周都城，在今西安市。此处代长安。《元和郡县志》"关内道京兆府长安县"："周武王宫，即镐京也，在县西北十八里。"

[8] 五云：五色祥云。借指天子之气。这里指皇帝所在之地。紫清：此指天空。

[9] 仗：指皇帝出行的仪仗。金宫：华美的宫室。

[10] 玉辇：帝后所乘之辇车。

[11] 蓬莱：指大明宫内太液池中之蓬莱山。太液池在蓬莱宫之北。

[12] 苣若：此指唐宫殿。

[13] 上林：汉代上林苑。《元和郡县志》"关内道京兆府长安县"："上林苑，在县西北一十四里，周匝二百四十里，相如所赋也。"此代指龙池的园林。

[14] 箫韶：舜乐。即圣人之乐。《尚书·益稷》："箫韶九成，凤凰来仪。"凤笙：笙有十三簧管，排列之形似凤。故云凤笙。

龙池春草

〔唐〕万俟造

暖积龙池绿，晴连御苑春。迎风茎未偃[1]，裛露色犹新[2]。
苒苒分阶砌[3]，离离杂荇蘋[4]。细丛依远渚[5]，疏影落轻沦[6]。
迟引萦花蝶[7]，偏宜拾翠人。那怜献赋者，惆怅惜兹辰。

【作者简介】

万俟造，生卒年不详，河南（今河南洛阳）人。德宗贞元十三年（797）登进士第。事迹散见《元和姓纂》卷一〇、《登科记考》卷一四。《全唐诗》存诗一首。

【注释】

[1] 偃：倒伏。

[2] 裛（yì）露：带着露珠。裛，通"浥"，沾湿。

[3] 苒苒：草繁盛貌。阶砌：台阶。

[4] 离离：盛多貌。

[5] 渚：水边。

[6] 沦：水的小波纹。亦谓水起小波纹，或使起波纹。

[7] 萦：回旋缠绕。

龙池春草

〔唐〕陈翊

青春光凤苑[1]，细草遍龙池。曲渚交蘋叶，回塘惹柳枝。
因风初苒苒[2]，覆岸欲离离。色带金堤静[3]，阴连玉树移。
日光浮靃靡[4]，波影动参差。岂比生幽远，芳馨众不知[5]。

【作者简介】

陈翊（一作诩），字载物，闽县（今属福建）人。唐代诗人。大历中登进士第。贞元中，官户部郎中、知制诰。《全唐诗》存诗七首。

【注释】

[1] 凤苑：皇家园林。
[2] 苒苒：柔弱貌；柔和貌。
[3] 金堤：坚固的堤堰。后作为堤堰的美称。
[4] 靃（huò）靡：草木茂密貌。
[5] 芳馨：芳香。也借指香草。

龙池春草

〔唐〕宋迪

凤阙韶光遍，龙池草色匀。烟波全让绿，堤柳不争新。
翻叶迎红日，飘香借白蘋[1]。幽姿偏占暮[2]，芳意欲留春。
已胜生金堏[3]，长思藉玉轮。翠华如见幸[4]，正好及兹辰。

【作者简介】

宋迪，生卒年不详。宜春（今属江西）人。唐德宗贞元十三年（797）登进士第。事迹见《登科记考》卷一四。《全唐诗》存诗一首。

【注释】

[1] 白蘋：水中浮草。

[2] 幽姿：幽雅的姿态。

[3] 金埒（liè）：金色的围墙。

[4] 翠华：天子仪仗中以翠羽为饰的旗帜或车盖。借指天子。

龙池

〔唐〕李商隐

龙池赐酒敞云屏[1]，羯鼓声高众乐停[2]。
夜半宴归宫漏永[3]，薛王沉醉寿王醒[4]。

【注释】

[1] 云屏：有云形彩绘的屏风或用云母作装饰的屏风。

[2] 羯鼓：乐器名。源自西域，状似小鼓，两面蒙皮，均可击打。《唐书·艺文志》引南卓《羯鼓录》："上性俊迈，酷不好琴，曾听弹琴，正弄未及毕，叱琴者出曰：'待诏出去！'谓内官曰：'速召花奴，将羯鼓来，为我解秽！'"

[3] 宫漏：古代宫中计时器。用铜壶滴漏，故称宫漏。宫漏永，形容长夜漫漫。

[4] 薛王：唐玄宗弟弟李业之子。寿王：唐玄宗儿子李瑁。杨玉环先为寿王妃，后被唐玄宗看中，又将其立为贵妃。

龙池春草

〔唐〕李洞

龙池清禁里[1]，芳草傍池春。旋长方遮岸[2]，全生不染尘[3]。
和风轻动色，湛露静流津[4]。浅得承天步，深疑绕御轮。
鱼寻倒影没，花带湿光新。肯学长河畔，绵绵思远人[5]。

【作者简介】

　　李洞,字才江,雍州(今属陕西)人。酷慕贾岛。时人但诮其僻涩,而不能贵其奇峭,唯吴融称之。尝集贾岛诗句五十联,及唐诸人诗句五十联,为《诗句图》。《全唐诗》存诗三卷。《唐才子传》有载。

【注释】

　　[1] 清禁：指皇宫。皇宫中清静严肃,故称。
　　[2] 旋：不久,立刻。
　　[3] 全生：保全天性,顺其自然。也指保全天性之道。
　　[4] 湛露：浓重的露水。
　　[5] "肯学"二句：化用《古诗十九首·饮马长城窟行》中"青青河畔草,绵绵思远道"二句。

兴庆池

〔宋〕苏舜钦

余润涨龙渠[1],疏溜连清浐[2]。助晓远昏山,浮秋明刮眼[3]。
渔归别浦闲,雁下沧波晚。岸北有高台[4],离魂荡无限[5]。

【注释】

　　[1] 龙渠：即龙首渠,亦名浐水渠。隋开皇初为引浐水入京城而凿,后历经宋元明清时期改凿疏浚。这句诗意为,多余的兴庆池水流入了龙首渠。
　　[2] 清浐：即浐水。源出陕西蓝田县秦岭山中,北流至长安,东入灞水。这句诗是说,龙首渠经过疏浚后,将兴庆池水与浐河水连通了。
　　[3] 刮眼：即刮目,耳目一新之意。
　　[4] 高台：指兴庆殿遗址。宋时已荒圮,只余土台,今已无存。
　　[5] 离魂：指游子的思绪。

和韩侍中上巳日会兴庆池二首（其一）

〔宋〕范纯仁

波涨朱栏外[1]，山明绮席前[2]。画桡飞彩鹢[3]，红旆照清涟[4]。
东阁随开府[5]，佳宾尽谪仙[6]。夕阳归骑外[7]，芳草绿绵绵。

【作者简介】

范纯仁（1027—1101），字尧夫，谥忠宣。北宋大臣，范仲淹次子。宋仁宗皇祐元年（1049）进士。师从胡瑗、孙复。父亲殁后出仕，知襄邑县，累官侍御史、同知谏院，出知河中府，徙成都路转运使。宋哲宗立，拜官给事中，元祐元年同知枢密院事，后拜相。宋哲宗亲政，累贬永州安置。宋徽宗登基后，官复观文殿大学士，后以目疾乞归。建中靖国年间去世，追赠开府仪同三司，谥号忠宣。著有《范忠宣公集》。

【注释】

[1] 朱栏：红色栏杆。

[2] 绮席：华丽的盛宴。

[3] 画桡：有彩绘的船桨。彩鹢：船头上画着鹢鸟的彩船。这句诗是说，画着鹢鸟的彩船在兴庆池上飞快地行驶。

[4] 红旆：红色旌旗。此句意为，画舫上的红色旌旗映在兴庆池的碧波之中。

[5] 东阁：古代称宰相招致、款待宾客的地方。《汉书·公孙弘传》："开东阁以延贤人。"引申指款待宾客之地。开府：原指成立府署，自选僚属。唐代定"开府仪同三司"为文散官的第一阶。这里是指韩侍中。

[6] 谪仙：谪降人世的神仙，旧时用以称誉才学优异的人。

[7] 归骑：客人乘马归去。

大明宫

　　大明宫是唐初规模较大的一座宫殿,位于当时长安城北的禁苑中,坐北朝南,居高临下,气势宏伟。始建于唐太宗贞观八年(634),共有十一座城门。正门名丹凤门,正殿为含元殿。其北为宣政殿,左右有中书、门下二省,及弘文、史二馆。此外,有别殿、亭、观等三十余所。自高宗咸亨元年(670)以后,大明宫成为朝政活动的中心。

奉和人日宴大明宫恩赐彩缕人胜应制 [1]

〔唐〕韦元旦

鸾凤旌旗拂晓陈,鱼龙角抵大明辰[2]。
青韶既肇人为日[3],绮胜初成日作人[4]。
圣藻凌云裁柏赋[5],仙歌促宴摘梅春。
垂旒一庆宜年酒[6],朝野俱欢荐寿新。

【作者简介】

　　韦元旦,京兆万年(今属陕西西安)人。擢进士第,补东阿尉,迁左台监察御史。与张易之为姻属。易之败,贬感义尉。后复进用,终中书舍人。《全唐诗》存诗十首。

【注释】

　　[1] 人日:旧俗以农历正月初七为人日。人胜:人形的饰物。旧俗于正月初七人日用之。
　　[2] 鱼龙、角抵:见前李隆基《春中兴庆宫酺宴》注释[31]、[32]。
　　[3] 青韶:指春天。
　　[4] 绮胜:人胜,是一种头饰。

[5] 圣藻：帝王的文辞。

[6] 垂旒：指帝王。宜年：指丰收之年。

奉和人日宴大明宫恩赐彩缕人胜应制 [1]

〔唐〕马怀素

日宇千门平旦开[2]，天容万象列昭回[3]。
三阳候节金为胜[4]，百福迎祥玉作杯。
就暖风光偏着柳，辞寒雪影半藏梅。
何幸得参词赋职，自怜终乏马卿才[5]。

【作者简介】

马怀素（659—718），字惟白。唐代润州丹徒（今江苏镇江）人。寓居江都，少师事李善。家贫无灯烛，昼采薪苏，夜燃读书，遂博览经史，善属文。举进士，又应制举，登文学优赡科，拜郿县（今陕西眉县）尉，累迁御使。开元初，为吏部侍郎，加银青光禄大夫，累封常山县公，兼昭文馆学士，四迁左台监察御史。《全唐诗》存诗十二首。

【注释】

[1] 题一作《正月七日宴大明殿》。

[2] 日宇：指帝王的宫阙。平旦：清晨。

[3] 天容：天空的景象；天色。昭回：谓星辰光耀回转。

[4] 三阳：指春天。也指农历正月。

[5] "何幸"二句：此二句意为，我何其有幸担当为皇帝写诗的职务，我清楚地知道自己毕竟缺乏像司马相如那样的才华。参词赋职：指诗人自己的身份，马怀素此时为作应制诗的翰林学士。马卿：汉司马相如字长卿，后人遂称之为马卿。

人日侍宴大明宫恩赐彩缕人胜应制

〔唐〕李峤

凤城景色已含韶[1]，人日风光倍觉饶[2]。
桂吐半轮迎此夜[3]，蓂开七叶应今朝[4]。
鱼猜水冻行犹涩，莺喜春熙弄欲娇[5]。
愧奉登高摇彩翰[6]，欣逢御气上丹霄[7]。

【注释】

[1] 韶：美好。
[2] 饶：娇艳；美好。
[3] 桂：借指月亮。
[4] 蓂：即蓂荚。古代传说中的一种瑞草。每月从初一至十五，每日结一荚；从十六至月终，每日落一荚。故从荚数多少，可以知道时日。《竹书纪年》卷上："有草夹阶而生，月朔始生一荚，月半而生十五荚；十六日以后，日落一荚，及晦而尽；月小，则一荚焦而不落。名曰蓂荚，一曰历荚。"
[5] 春熙：春日融和的光辉。
[6] 彩翰：犹彩笔。
[7] 御气：帝王的气象。丹霄：谓绚丽的天空。

人日重宴大明宫恩赐彩缕人胜应制

〔唐〕沈佺期

拂旦鸡鸣仙卫陈[1]，凭高龙首帝城春[2]。
千官黼帐杯前寿[3]，百福香奁胜里人[4]。
山鸟初来犹怯啭[5]，林花未发已偷新[6]。

天文正应韶光转，设报悬知用此辰[7]。

【注释】

[1] 拂旦：拂晓。仙卫：指护送皇帝的仪卫。

[2] 龙首：龙首原，在长安城北。

[3] 黼（fǔ）帐：华帐。

[4] 奁（lián）：泛指盒匣一类的盛物器具。

[5] 哢：鸟鸣。

[6] "林花"句：谓林中花树已悄悄地长出花骨朵。偷：悄悄地，暗中。

[7] 设报：举行报祭。

人日重宴大明宫恩赐彩缕人胜应制

〔唐〕李乂

诘旦行春上苑中[1]，凭高却下大明宫[2]。
千年执象寰瀛泰[3]，七日为人庆赏隆。
铁凤曾骞摇瑞雪[4]，铜乌细转入祥风[5]。
此时朝野欢无算[6]，此岁云天乐未穷[7]。

【注释】

[1] 诘旦：平明，清晨。行春：游春。

[2] 凭高：登临高处。

[3] 寰瀛：天下；全世界。

[4] 铁凤：古代屋脊上的一种装饰物。铁制，形如凤凰，下有转枢，可随风而转。骞：鸟高飞的样子。

[5] 铜乌：铜制的乌形测风仪器。亦称相风乌。

[6] 无算：不计其数。极言其多。

[7] 云天：比喻朝廷。

人日宴大明宫恩赐彩缕人胜应制

〔唐〕李适

朱城待凤韶年至[1]，碧殿疏龙淑气来[2]。
宝帐金屏人已帖，图花学鸟胜初裁[3]。
林香近接宜春苑[4]，山翠遥添献寿杯。
向夕凭高风景丽，天文垂耀象昭回[5]。

【注释】

[1] 朱城：指宫城。韶年：美好的岁月。

[2] 碧殿：金碧辉煌的殿堂。淑气：温和之气。

[3] 图花学鸟：指做成花鸟状的剪纸。

[4] 宜春苑：苑囿名。秦时在宜春宫之东，汉称宜春下苑。后世称曲江池。故址在今西安市南郊。

[5] 垂耀：光辉下照；照耀。

人日大明宫应制

〔唐〕刘宪

禁苑韶年此日归，东郊道上转青旗[1]。
柳色梅芳何处所，风前雪里觅芳菲。
开冰池内鱼新跃，剪彩花间燕始飞。
欲识王游布阳气，为观天藻竞春晖[2]。

【作者简介】

刘宪（655—711），字元度，宋州宁陵（今属河南商丘）人。十五岁举进士，授阜城尉，后累进左台监察御史、殿中侍御史、侍御史、尚书工部员外郎。景龙初（707），为太子詹事，兼崇文馆学士。唐睿宗景云二年（711）卒，年五十七。赠兖州刺史。著有文集三十卷。《全唐诗》存诗一卷。

【注释】

[1] 青旗：古代画有两龙并在竿头悬铃的旗。此借指帝王车驾。

[2] 天藻：称天子的文章。

人日重宴大明宫恩赐彩缕人胜应制 [1]

〔唐〕苏颋

疏龙磴道切昭回[2]，建凤旗门绕帝台[3]。
七叶仙蒬依月吐[4]，千株御柳拂烟开。
初年竞贴宜春胜，长命先浮献寿杯。
是日皇灵知窃幸[5]，群心就捧大明来[6]。

【注释】

[1] 人胜：一种剪纸或镂刻的饰物。旧俗妇女于人日戴于头上或贴于屏风等处。

[2] 磴道：登山的石径。切：靠近，贴近。昭回：指日月。

[3] 旗门：古代军队临时驻地树立旗帜表示的营门。帝台：犹帝阙。

[4] 仙蒬：即蒬荚。详见李峤《人日侍宴大明宫恩赐彩缕人胜应制》注释。

[5] 皇灵：指天帝。这里指皇帝。窃幸：指窃取皇帝的宠信。此为作者自谦的说法。

[6] 大明：泛指日、月。亦指君主。

人日重宴大明宫恩赐彩缕人胜应制

〔唐〕郑愔

琼殿含光映早轮[1]，玉鸾严跸望初晨[2]。

池开冻水仙宫丽，树发寒花禁苑新[3]。
佳气裴回笼细网[4]，残霙渐沥染轻尘[5]。
良时荷泽皆迎胜，穷谷晞阳犹未春[6]。

【注释】

[1] 琼殿：玉饰的宫殿。含光：蕴含光彩。

[2] 玉銮：车铃的美称。跸（bì）：指帝王的车驾或行幸之处。

[3] 寒花：寒冷时节开放的花。多指菊花。

[4] 裴回：来回走动。即"徘徊"。

[5] 霙（yīng）：雪花。

[6] 穷谷：深谷；幽谷。晞阳：沐浴阳光；晒太阳。

奉和人日重宴大明宫恩赐彩缕人胜应制

〔唐〕崔日用

新年宴乐坐东朝[1]，钟鼓铿锽大乐调[2]。
金屋瑶筐开宝胜[3]，花笺彩笔颂春椒[4]。
曲池苔色冰前液，上苑梅香雪里娇[5]。
宸极此时飞圣藻[6]，微臣窃忭预闻韶[7]。

【注释】

[1] 东朝：唐大明宫的别称，亦称东内。

[2] 铿锽：象声词。形容乐声洪亮。大乐：指典雅庄重的音乐。用于帝王祭祀、朝贺、宴享等典礼。

[3] 瑶筐：筐匣的美称。此指首饰盒子。宝胜：古代妇女首饰名。剪彩为胜，饰以金玉，有人胜、方胜、花胜、春胜等。

[4] 花笺：精致华美的笺纸。颂春椒：《晋书·列女传·刘臻妻陈氏》："刘臻妻陈氏者，亦聪辨能属文，尝正旦献《椒花颂》。其词曰：'旋穹周回，三朝肇建。青阳散辉，澄景载焕。标美灵葩，爰采爰献。圣容映之，永寿于万。'"

后遂用为典实，指新年祝词。

[5] 梅香：梅花的香气。

[6] 宸极：借指皇帝。圣藻：帝王的文辞。

[7] 窃忭：暗自击节拍掌表示欢欣。详见张锡《奉和九月九日登慈恩寺浮图应制》注释。

早朝大明宫呈两省僚友 [1]

〔唐〕贾至

银烛熏天紫陌长，禁城春色晓苍苍[2]。
千条弱柳垂青琐[3]，百啭流莺绕建章[4]。
剑佩声随玉墀步[5]，衣冠身惹御炉香。
共沐恩波凤池上[6]，朝朝染翰侍君王[7]。

【注释】

[1] 唐肃宗乾元元年（758）春天，时任中书舍人的贾至先作了此诗，杜甫和王维、岑参都作了和诗。

[2] 苍苍：深青色。

[3] 青琐：装饰皇宫门窗的青色连环花纹。后亦借指豪华富丽的房屋建筑或宫廷。

[4] 建章：汉长安宫殿名。

[5] 玉墀（chí）：宫殿前的石阶。

[6] 恩波：谓帝王的恩泽。凤池：凤凰池。唐代宰相称同中书门下平章事，故多以"凤凰池"指宰相职位。时贾至任职于中书省，故谓"共沐恩波凤池上"。

[7] 染翰：原指做诗文、绘画等。此借指为皇帝拟写诏书。翰：毛笔。

和贾舍人早朝大明宫之作 [1]

〔唐〕王维

绛帻鸡人送晓筹[2],尚衣方进翠云裘[3]。
九天阊阖开宫殿[4],万国衣冠拜冕旒[5]。
日色才临仙掌动[6],香烟欲傍衮龙浮[7]。
朝罢须裁五色诏[8],佩声归向凤池头[9]。

【注释】

[1]此诗作于唐肃宗乾元元年(758)春天,为和贾至《早朝大明宫呈两省僚友》之作。当时王维任太子中允,与诗人贾至、杜甫、岑参为同僚。

[2]绛帻(zé):用红布包头似鸡冠状。鸡人:古代宫中,天将亮时,有头戴红巾的卫士,于朱雀门外高声喊叫,好像鸡鸣,以提示百官。晓筹:即更筹,夜间计时的竹签。

[3]尚衣:官名。隋唐有尚衣局,掌管皇帝的衣服。翠云裘:饰有绿色云纹的皮衣。

[4]宫殿:即大明宫,唐亦称蓬莱宫,因宫后蓬莱池得名,是皇帝接受朝见的地方。

[5]衣冠:指文武百官。冕旒:这里借指皇帝。

[6]仙掌:掌为掌扇之掌,也即障扇,宫中的一种仪仗,用以蔽日障风。

[7]衮:古代帝王穿的绘有卷龙的礼服。浮:指袍上锦绣光泽的闪动。

[8]裁:拟写。五色诏:用五色纸所写的诏书。此指皇帝的诏书。

[9]凤池:凤凰池。

奉和贾至舍人早朝大明宫 [1]

〔唐〕杜甫

五夜漏声催晓箭[2]，九重春色醉仙桃[3]。
旌旗日暖龙蛇动，宫殿风微燕雀高[4]。
朝罢香烟携满袖[5]，诗成珠玉在挥毫[6]。
欲知世掌丝纶美[7]，池上于今有凤毛[8]。

【注释】

[1] 此诗为乾元元年（758）春杜甫在谏省任左拾遗时所作。

[2] 漏声：古代计时工具漏壶滴漏的声音。晓箭：漏壶的部件，上刻时辰度数，随水浮沉以计时。此句指上早朝。

[3] 九重春色：指宫殿中的景色。唐时殿庭多植桃柳，故曰醉仙桃。

[4] "旌旗"二句：写大明宫的景色。龙蛇动：指旌旗飘动。龙蛇，旌旗上所画之物。燕雀高：燕雀高飞。

[5] 朝罢：早朝退下。香烟：指早朝殿中的香气。《新唐书·仪卫志》："朝日，殿上设黼扆、蹋席、熏炉、香案。"

[6] 诗成珠玉：此为赞美贾至的文学才华。

[7] 世掌丝纶：原注：舍人先世尝掌丝纶。《礼记·缁衣》："王言如丝，其出如纶。"孔颖达疏："王言初出，微细如丝，及其出行于外，言更渐大，如似纶也。"后因称帝王诏书为"丝纶"。后中书省代皇帝草拟诏旨，称为掌丝纶。据《新唐书·贾至传》载，贾至及父贾曾都曾为朝廷掌执文笔。玄宗受命册文为贾曾所撰，而传位册文则是贾至手笔。玄宗赞叹："两朝盛典出卿家父子手，可谓继美。"

[8] 凤毛：比喻人子孙有才似其父辈者。此句兼美贾曾、贾至父子。

奉和中书舍人贾至早朝大明宫

〔唐〕岑参

鸡鸣紫陌曙光寒[1]，莺啭皇州春色阑[2]。
金阙晓钟开万户[3]，玉阶仙仗拥千官[4]。
花迎剑佩星初落，柳拂旌旗露未干。
独有凤凰池上客[5]，阳春一曲和皆难。

【注释】

[1] 紫陌：指京师的街道。
[2] 春色阑：指春晚，春暮。
[3] 金阙：指天子所居的宫阙。此指大明宫。
[4] 玉阶：玉石砌成或装饰的台阶，亦为台阶的美称。亦指朝廷。
[5] 凤凰池：禁苑中池沼，为中书省所在地。

人日侍宴大明宫应制

〔唐〕赵彦昭

宝契无为属圣人[1]，雕舆出幸玩芳辰[2]。
平楼半入南山雾，飞阁旁临东墅春[3]。
夹路秾花千树发[4]，垂轩弱柳万条新。
处处风光今日好，年年愿奉属车尘[5]。

【作者简介】

赵彦昭（生年不详），约卒于唐玄宗开元二年（714）后不久，字奂然，甘州张掖人。少豪迈，风骨秀爽。及进士第，调南部尉。历左台监察御史。中宗时，累迁中书侍郎,同中书门下平章事。睿宗立,出为宋州刺史。后入为吏部侍郎,迁刑部尚书,封耿国公。寻贬江州别驾,卒。《全唐诗》存诗一卷。

【注释】

[1] 契:兵符。

[2] 雕舆:对车驾的美称。芳辰:美好的时光。多指春季。

[3] 飞阁:高阁。

[4] 秾:花木繁盛。

[5] 属车:帝王出行时的侍从车。亦借指帝王。

宫词三十首(选一)

〔唐〕王涯

瞳瞳日出大明宫[1],天乐遥闻在碧空[2]。
禁树无风正和暖[3],玉楼金殿晓光中[4]。

【注释】

[1] 瞳瞳:日初出时明亮温暖貌。

[2] 天乐:喻宫廷的音乐。碧空:青天。

[3] 禁树:禁苑中的树木。

[4] 晓光:清晨的日光。

玄武门

唐宫城北面的门。长安大明宫北面正门。故址在今陕西西安市北郊龙首原上,这里发生过唐代的几次宫廷政变。

春日玄武门宴群臣

〔唐〕李世民

韶光开令序[1]，淑气动芳年[2]。驻辇华林侧[3]，高宴柏梁前[4]。
紫庭文佩满[5]，丹墀衮绂连[6]。九夷簜瑶席，五狄列琼筵[7]。
娱宾歌湛露[8]，广乐奏钧天[9]。清尊浮绿醑[10]，雅曲韵朱弦[11]。
粤余君万国，还惭抚八埏[12]。庶几保贞固[13]，虚己厉求贤[14]。

【注释】

[1] 令序：美好的节气。

[2] 淑气：和美之气，温和之气。

[3] 驻辇：谓帝王出行，途中停车。华林：茂美的林木。

[4] 高宴：盛大的宴会。柏梁：汉代台名。故址在今陕西省长安县西北长安故城内。此处借指宫廷。

[5] 紫庭：帝王宫殿，因紫色代表华贵，故名。

[6] 丹墀：宫殿的红色阶梯。衮（gǔn）绂（fú）：华美的官服。衮，古代帝王及上公穿的绘有卷龙的礼服；绂，系官印的丝带。亦代指官印。

[7] "九夷"二句：九夷、五狄：泛指少数民族。簜（zào）：排列。瑶席：指珍美的宴席。琼筵：盛宴，美宴。

[8] 湛露：《诗经·小雅》篇名。《左传·文公四年》："昔诸侯朝正于王，王宴乐之，于是乎赋《湛露》。则天子当阳，诸侯用命也。"后因指天子宴诸侯，亦以喻君主之恩泽。

[9] 广乐：盛大之乐。钧天：指天上的音乐。

[10] 绿醑（xǔ）：绿色美酒。

[11] 朱弦：泛指琴瑟类弦乐器。

[12] "粤余"二句：意思是说，如今我君临万国，还应进一步抚慰八方民众。粤：语气助词，用于句首或句中。万国：万邦；天下；各国。八埏（yán）：八

方边远之地。

[13] 庶几：希望；但愿。贞固：守持正道，坚定不移。《周易·乾卦》："文言曰：'贞者，事之干也……贞固足以干事。'"孔颖达疏："言君子能坚固贞正，令物得成，使事皆干济，此法天之贞也。"高亨注："贞固，正而坚，即坚持正道。干是动词，主持，主办。"

[14] 虚己：虚心。求贤：寻求贤能之人。

玄武门侍射并序

〔唐〕张说

开元之初，季冬其望，天子始御北阙，朝羽林军礼修事。厥后二日，乃命紫微、黄门九卿六事，与熊黑之将、爪牙之臣合宴焉。侑以纯锦，颁以珍器，尔其射堋新成，泰侯既设，棨仗林立，帷轩雾布，众官半醉，皇情载悦。卷珠箔，临玉除，唐弓在手，夏箭斯发，应弦命中，属羽连飞，弧矢以来，未之有也。若夫天地合道，星辰献仪，端视和容，内正外直。自近而制远，耀威而观德，思无不通，神无不极。用是射也，其惟圣人乎！于时繁云覆城，大雪飞苑，天人同泽，上下交欢。退食怀恩，赋诗颂义，凡若干篇。

射观通玄阙[1]，兵栏辟御筵[2]。雕弧月半上[3]，画的晕重圆[4]。
羿后神幽赞[5]，灵王法暗传。贯心精四返[6]，饮羽妙三联[7]。
雪鹤来衔箭[8]，星麟下集弦。一逢军宴洽，万庆武功宣。

【注释】

[1] 玄阙：天门。引申指宫阙。
[2] 兵栏：放置兵器的栏架。御筵：帝命设的酒席。
[3] 雕弧：刻画有文饰的弓。
[4] 画的：彩绘的箭靶。重圆：一圈套一圈。
[5] 羿后：即后羿。幽赞：谓暗中受神明佐助。
[6] 贯心：指深入射中靶心。

[7]饮羽：箭深入所射物体；中箭。形容射箭的力量极强。羽，箭尾上的羽毛。

[8]雪鹤：白鹤。衔箭：以口含箭。

玄武门侍宴

〔唐〕杜正伦

大君端扆暇[1]，睿赏狎林泉[2]。开轩临禁籞[3]，藉野列芳筵。
参差歌管飏[4]，容裔羽旗悬[5]。玉池流若醴[6]，云阁聚非烟[7]。
湛露晞尧日[8]，熏风入舜弦[9]。大德俘玄造[10]，微物荷陶甄[11]。
谬陪瑶水宴，仍厕柏梁篇[12]。阙名徒上月[13]，邹辩讵谈天[14]。
既喜光华旦[15]，还伤迟暮年。犹冀升中日，簪裾奉肃然[16]。

【作者简介】

杜正伦（？—658），相州洹水（今河北魏县）人，唐朝宰相。隋朝时考中秀才，曾授羽骑尉，入唐后担任齐州总管府录事参军，并进入秦府文学馆。贞观年间，历任兵部员外郎、给事中、中书侍郎、太子左庶子，封南阳县侯。因漏泄禁中语，被贬为谷州刺史，再贬交州都督。后受李承乾谋反案牵连，被流放驩州。唐高宗显庆年间拜相，显庆三年（658），因与李义府不和，被诬告结党，贬横州刺史，不久病逝。《全唐诗》存诗二首。

【注释】

[1]大君：天子。端扆（yǐ）：指皇帝端坐扆座。扆：帝座后画有斧形的屏风。

[2]睿赏：圣明的鉴赏。狎：接近；亲近。

[3]禁籞：禁苑周围的藩篱。指禁苑。

[4]飏（yáng）：飘荡。

[5]容裔：随风飘动貌。羽旗：翠羽装饰的旌旗。

[6]玉池：池沼的美称。

[7]云阁：泛指高耸入云的楼阁。非烟：《史记·天官书》："若烟非烟，若云非云，郁郁纷纷，萧索轮囷，是谓卿云。卿云，喜气也。"后因以"非烟"

指庆云,即五色祥云。

[8] 湛露:君主之恩泽。尧日:指太平年月。

[9] 熏风:东南风;和风。《吕氏春秋·有始》:"东南曰熏风。"舜弦:典出《孔子家语·辩乐解》:"舜弹五弦琴,歌咏南风诗。"后以舜弦歌颂帝王政治圣明,广行德政。

[10] 大德:大功德;大恩。侔(móu):相当。玄造:大自然,天地造化。

[11] 微物:喻指黎民。陶甄:比喻君王。

[12] 柏梁篇:原指《柏梁台诗》,此指应制之作。

[13] "阚(kàn)名"句:《太平御览》卷三九八引三国吴谢承《会稽先贤传》载,阚泽十三岁时,梦见自己的名字悬在月中,后遂升进。后即以"阚月"比喻人才名著称于世。

[14] 邹辩:谓邹衍谈天。司马迁《史记·孟子荀卿列传》:"邹衍之术迂大而闳辩;奭也文具难施……故齐人颂曰:'谈天衍,雕龙奭。'"后因以"邹衍谈天"喻善辩。讵:副词。表示反诘。

[15] 光华:光辉照耀;闪耀。旦:清晨;早晨。

[16] 簪裾:古代显贵者的服饰。借指达官显贵。

含元殿

唐长安大明宫正殿。建于高宗龙朔二年(662),初名含元殿,长安元年(701)改称大明殿,神龙元年(705)复称含元殿。位于丹凤门正北,居于大明宫的中轴部位。殿前东西两侧,建有对称的向外延伸的阁楼,东名翔鸾阁,西名栖凤阁。两阁与正殿之间飞廊相接,结构严密,建筑宏伟壮丽。含元殿与丹凤门相配合,是皇帝举行外朝大典活动之处。

元日望含元殿御扇开合 [1]

〔唐〕张莒

万国来朝岁,千年觐圣君[2]。辇迎仙仗出[3],扇匝御香焚。

俯对朝容近[4]，先知曙色分。冕旒开处见，钟磬合时闻。
影动承朝日[5]，花攒似庆云[6]。蒲葵那可比[7]，徒用隔炎氛[8]。

【作者简介】

张莒，生卒年不详，长山人。大历九年（774）登进士第。大中时，官吏部员外郎。《全唐诗》存诗一首。

【注释】

[1] 题下原注："大历十三年吏部试。"元日：正月初一。

[2] 觐（jìn）：泛称朝见帝王。

[3] 仙仗：指皇帝的仪仗。

[4] 朝容：指帝王的仪容。

[5] 朝日：早晨初升的太阳。

[6] 庆云：五色云。古人以为喜庆、吉祥之气。

[7] 蒲葵：指蒲葵扇。

[8] 炎氛：热气；暑气。

南至隔仗望含元殿香炉 [1]

〔唐〕崔立之

千官望长至[2]，万国拜含元。隔仗炉光出，浮霜烟气翻。
飘飘萦内殿[3]，漠漠澹前轩[4]。圣日开如捧[5]，卿云近欲浑[6]。
轮囷洒宫阙[7]，萧索散乾坤[8]。愿倚天风便[9]，披香奉至尊[10]。

【作者简介】

崔立之，字斯立，唐博陵（今属河北）人。德宗贞元进士。宪宗元和初为蓝田丞。邑庭有老槐树四行，南墙有巨竹千竿，立之日吟哦其间。韩愈为作《蓝田县丞厅壁记》。《全唐诗》存诗三首。

【注释】

[1] 南至：即冬至。《逸周书·周月》："惟一月既南至，昏昴毕见，日短极，基践长，微阳动于黄泉，阴降惨于万物。"朱右曾校释："冬至日在牵牛，出赤道南二十四度，故曰南至。"

[2] 千官：众多的官员。长至：指夏至。夏至白昼最长，故称。

[3] 内殿：皇帝召见大臣和处理国事之处。因在皇宫内进，故称。

[4] 澹：水波起伏。引申为飘动，摇动。

[5] 圣日：圣时。

[6] 卿云：即庆云。

[7] 轮囷：屈曲盘绕的样子。

[8] 萧索：云气漂流往来的样子。

[9] 披香：汉宫殿名。此泛指宫殿。

[10] 至尊：皇帝的代称。

南至日隔霜仗望含元殿炉烟 [1]

〔唐〕王良士

抗殿疏龙首[2]，高高接上玄[3]。节当南至日，星是北辰天。
宝戟罗仙仗[4]，金炉引御烟。霏微双阙丽[5]，容曳九门连[6]。
拂曙祥光满[7]，分晴瑞色鲜。一阳今在历[8]，生植仰陶甄[9]。

【作者简介】

王良士，贞元进士。为西川刘辟幕僚，辟败，应坐，高崇文宥之。后官至嘉州刺史。《全唐诗》存诗二首。

【注释】

[1] 霜仗：闪耀着寒光的仪仗。

[2] 抗殿：谓高筑殿堂。龙首：龙首原。

[3] 上玄：上天。

[4] 戟：古代兵器名。仙仗：指皇帝的仪仗。

[5] 霏微：迷蒙。双阙：借指京都。

[6] 容曳：起伏蜿蜒的样子。九门：禁城中的九重门。古宫室制度，天子设九门。

[7] 拂曙：拂晓。

[8] 一阳：即冬至。

[9] 生植：万物生长繁殖。陶甄：比喻造化，自然界。亦可比喻君王。

南至日隔仗望含元殿炉香

〔唐〕裴次元

冕旒初负扆[1]，卉服尽朝天[2]。旸谷初移日[3]，金炉渐起烟。
芬馨流远近[4]，散漫入貂蝉[5]。霜仗凝逾白，朱栏映转鲜。
始看浮阙在，稍见逐风迁。为沐皇家庆，来瞻羽卫前[6]。

【作者简介】

裴次元（？—820），河东解县（今属山西运城）人。唐贞元中进士。元和中，为福州刺史、河南尹、终江西观察使。《全唐诗》存诗四首。

【注释】

[1] 冕旒：皇冠。借指皇帝。负扆（yǐ）：背靠屏风。指皇帝临朝听政。《荀子·正论》："居则设张容负依而坐。"杨倞注："户牖之间谓之依，亦作扆，扆、依音同。"

[2] 卉服：用缔葛做的衣服。《尚书·禹贡》："岛夷卉服。"孔传："南海岛夷，草服葛越。"孔颖达疏："舍人曰：'凡百草一名卉'，知卉服是草服，葛越也。葛越，南方布名，用葛为之。"借指边远地区少数民族。朝天：朝见天子。

[3] 旸（yáng）谷：古称日出之处。《尚书·尧典》："分命羲仲，宅嵎夷，曰旸谷，寅宾出日。"孔传："旸，明也。日出于谷而天下明，故称旸谷。"孔颖达疏："日所出处，名曰旸明之谷。"

[4] 芬馨：芳香。流远近：传播到远近四方。

[5] 散漫：弥漫四散；遍布。貂蝉：貂尾和附蝉，古代为侍中、常侍等贵近

之臣的冠饰。

[6] 羽卫：帝王的卫队和仪仗。

宣政殿

唐长安城大明宫中的第二大殿，建于高宗龙朔二年（662），位于含元殿正北，是常朝殿堂，地位仅次于其南的外朝正衙含元殿，其北是内朝紫宸殿。宣政殿作为常朝的殿堂，是大明宫中轴线上三座主要朝廷主殿的核心，大唐许多重大历史事件和影响历史进程的诏令，都是在这里策划并从此发出的。

宣政殿退朝晚出左掖[1]

〔唐〕杜甫

天门日射黄金牓[2]，春殿晴曛赤羽旗[3]。
宫草霏霏承委佩[4]，炉烟细细驻游丝[5]。
云近蓬莱常五色[6]，雪残鳷鹊亦多时[7]。
侍臣缓步归青琐[8]，退食从容出每迟[9]。

【注释】

[1] 乾元元年（758）初，杜甫在门下省任职左拾遗。此诗写上朝时的情状。宣政殿，在宣政门内，殿东有东上阁门，殿西有西上阁门。东上阁门属门下省，西上阁门属中书省。左掖，即门下省。杜甫为左拾遗，属门下省，故出左掖。

[2] 天门：天子之门。黄金牓：门楣上金色的匾额。

[3] 春殿：春意融融的宣政殿。赤羽旗：画着朱雀的旗子。

[4] 霏霏：草茂盛的样子。委佩：下垂的佩玉。

[5] 游丝：比喻燃香时飘动的淡淡烟气。《新唐书·仪卫志》：凡"朝日，殿上设黼扆、蹑席、熏炉、香案"。此句写殿中之景。

[6] 蓬莱：即蓬莱宫，后改名大明宫。宣政殿就在大明宫之内。此句写仰看宣政殿。

[7] 鸤鹊：汉代宫殿名，此处代指唐宣政殿。

[8] 青琐：装饰皇宫门窗的青色连环花纹。借指宫廷。此句写上朝后退下回到省院。

[9] 退食：退朝后就食于家。后因以指官吏节俭奉公。出：指出省院回家。

宣政殿前陪位观册顺宗宪宗皇帝尊号[1]

〔唐〕薛逢

楼头钟鼓递相催，曙色当衙晓仗开。
孔雀扇分香案出[2]，衮龙衣动册函来[3]。
金泥照耀传中旨[4]，玉节从容引上台[5]。
盛礼永尊徽号毕[6]，圣慈南面不胜哀[7]。

【作者简介】

薛逢，生卒年不详，字陶臣，蒲州河东（今山西永济）人。唐代诗人。唐武宗会昌初，擢进士第。历侍御史、尚书郎。因恃才傲物，议论激切，屡忤权贵，故仕途颇不得意。《全唐诗》存诗一卷。《旧唐书》《新唐书》皆有传。《唐才子传》有载。

【注释】

[1] 陪位：陪席，陪同。

[2] 孔雀扇：用孔雀尾制作的长柄大扇。椭圆形，径约三尺，柄长丈余，为宫廷仪仗用品。

[3] 衮龙：朝服上的龙。此指衮龙袍，为古代皇帝的朝服。上有龙纹，故称。册函：内藏册书的匣子。

[4] 金泥：以水银和金粉为泥，作封印之用。

[5] 玉节：玉制的符节。古代天子、王侯的使者持以为凭。此指持节赴任的官员。

[6] 盛礼：盛大的礼仪。徽号：褒扬赞美的称号。旧时专指加给帝王及皇后

的尊号。每逢庆典，可以屡次加上，每次通常加两个字，皆为歌功颂德之词。

[7] 圣慈：圣明慈祥。旧时对皇帝或皇太后的谀称。

紫宸殿

唐长安大明宫的内朝正殿。位于大明宫中部，宣政殿北。皇帝日常听政议事，多在此殿。

紫宸殿退朝口号

〔唐〕杜甫

户外昭容紫袖垂[1]，双瞻御座引朝仪[2]。
香飘合殿春风转[3]，花覆千官淑景移[4]。
昼漏稀闻高阁报[5]，天颜有喜近臣知[6]。
宫中每出归东省[7]，会送夔龙集凤池[8]。

【注释】

[1] 昭容：宫中女官名，负责引导皇上和百官上朝。

[2] 双瞻御座：指女官看向皇帝宝座。引朝仪：引导上朝的礼仪。

[3] 香飘：香烟缭绕。参杜甫《宣政殿退朝晚出左掖》注释[5]。合殿：满殿。此句写肃宗在殿上受官员朝拜。

[4] 花覆：花影覆盖。淑景移：美好景物的影子随着时间的推移而移动。此句写上朝时殿下之景。

[5] 昼漏：白天报时的声音。稀闻：很少听到。高阁：即紫宸殿。

[6] 天颜有喜：指皇帝高兴。近臣：杜甫自指。唐代谏官随宰相而入，得近御前，杜甫为左拾遗，故称近臣。

[7] 东省：指门下省，是谏官办公之处。杜甫为左拾遗，故退朝后应回东省。

[8] 夔龙：夔和龙，相传舜的两位大臣。夔为乐官，龙为谏官。后用以喻指辅弼良臣。这里借指百官。凤池：唐人称中书省为凤池。

麟德殿

位于大明宫西北部的高地上。因建于高宗麟德年间（664—665），故名。殿坐北向南，由前、中、后三殿组成。由于三殿前后毗连，因而又称为三殿。其中以中殿为主殿，在后殿的两侧，东西各有一楼，东称郁仪楼，西称结邻楼。楼前有亭，称为东、西亭。楼、亭与殿之间以回廊相连，结构严密，建筑风格独特。麟德殿是大明宫的便殿之一，皇帝多在此会见宰臣，宴见各国使节及少数民族首领。亦为皇帝与群臣在内廷击球、观看乐舞杂戏及做佛事、举办道场之处。

奉和圣制麟德殿宴百僚

〔唐〕卢纶

云辟御筵张[1]，山呼圣寿长[2]。玉栏丰瑞草[3]，金陛立神羊[4]。
台鼎资庖膳[5]，天星奉酒浆。蛮夷陪作位，犀象舞成行。
网已祛三面[6]，歌因守四方[7]。千秋不可极，花发满宫香。

【注释】

[1] 御筵：皇帝命设的酒席。

[2] 圣寿：皇帝的年寿和生日。

[3] 玉栏：玉石制的栏杆。亦用为栏杆的美称。瑞草：古代以为吉祥之草，如灵芝、蓂荚之类。或称仙草。

[4] 神羊：獬豸的别称。传说是一种能以其独角辨别邪佞的神兽。

[5] 台鼎：古称三公为台鼎，如星之有三台，鼎之有三足。语本汉蔡邕《太尉汝南李公碑》："天垂三台，地建五岳，降生我哲，应鼎之足。"庖膳：膳食。

[6] 网已祛三面：《史记·殷本纪》："汤出，见野张网四面，祝曰：'自天下四方皆入吾网。'汤曰：'嘻，尽之矣！'乃去其三面，祝曰：'欲左，左；欲右，右；不用命（不听从劝告），乃入吾网。'诸侯闻之，曰：'汤德至矣，

及禽兽。'"指将捕鸟的网撤去三面，寓意宽厚仁慈。

[7] 守四方：语出刘邦《大风歌》："大风起兮云飞扬，威加海内兮归故乡，安得猛士兮守四方。"

奉和御制麟德殿宴百官

〔唐〕宋若宪

端拱承休命[1]，时清荷圣皇。四聪闻受谏[2]，五服远朝王[3]。
景媚莺初啭，春残日更长。命筵多济济，盛乐复锵锵。
酆镐谁将敌[4]，横汾未可方[5]。愿齐山岳寿，祉福永无疆。

【作者简介】

宋若宪（？—835），女，唐代清阳贝州（今河北清河）人。卒于唐文宗太和末。能诗。《全唐诗》存诗一首。

【注释】

[1] 端拱：正身拱手。指恭敬有礼，庄重不苟。休命：美善的命令。多指天子或神明的旨意。

[2] 四聪：能远闻四方的听觉。《尚书·舜典》："明四目，达四聪。"孔颖达疏："达四方之聪，使为己远听四方也。"

[3] 五服：古代王畿外围，以五百里为一区划，由近及远分为侯服、甸服、绥服、要服、荒服，合称五服。服，服事天子之意。

[4] 酆镐：酆与镐同为西周国都。借指周王君臣宴饮同乐。源见"周王宴镐"。《诗经·小雅·鱼藻》："王在在镐，岂乐饮酒。"郑玄笺："天下平安，万物得其性。武王何所处乎？处于镐京，乐八音之乐，与群臣饮酒而已。"后因以"周王宴镐"为天下太平君臣同乐之典。

[5] 横汾：用汉武帝汾水船上作诗之典，称颂当时皇帝。方：等同；相当。

奉和圣制中春麟德殿会百僚观新乐 [1]

〔唐〕权德舆

仲春蔼芳景[2]，内庭宴群臣[3]。森森列干戚[4]，济济趋钩陈[5]。
大乐本天地[6]，中和序人伦。正声迈咸濩[7]，易象含羲文[8]。
玉俎映朝服[9]，金钿明舞茵。韶光雪初霁，圣藻风自熏。
时泰恩泽溥，功成行缀新[10]。赓歌仰昭回[11]，窃比华封人[12]。

【注释】

[1] 中春：指农历二月十五日。这天是春季的正中，故称。百僚：百官。

[2] 仲春：春季的第二个月，即农历二月。因处春季之中，故称。蔼：茂盛貌。

[3] 庭：宫禁以内。

[4] 森森：众多的样子。干戚：盾与斧。古代的两种兵器。亦为武舞所执的舞具。

[5] 济济：整齐美好貌。钩陈：一种用于防卫的仪仗。

[6] 大乐：典雅庄重的音乐。用于帝王祭祀、朝贺、宴享等典礼。

[7] 正声：纯正的乐声。迈：超越；超出。咸濩（hù）：亦作"咸頀"。尧乐《大咸》与汤乐《大頀》的并称。泛指典雅的古乐。

[8] 羲文：伏羲氏和周文王的并称。

[9] 玉俎：古代祭祀、设宴时，用以盛牲的礼器。

[10] 行缀：指舞队行列。《礼记·乐记》："故其治民劳者，其舞行缀远；其治民逸者，其舞行缀短。"郑玄注："民劳则德薄，酇相去远，舞人少也；民逸则德盛，酇相去近，舞人多也。"孔颖达疏："缀，谓酇也……酇，谓酇聚。"

[11] 赓歌：酬唱和诗。

[12] 华封：同"华封三祝"。《庄子·天地》："尧观乎华。华封人曰：'嘻，圣人！请祝圣人。使圣人寿。'尧曰：'辞。''使圣人富。'尧曰：'辞。''使圣人多男子。'尧曰：'辞。'"后以此典祝颂人富贵长寿等。

麟德殿宴百僚

〔唐〕李适

忧勤承圣绪[1]，开泰喜时康[2]。恭己临群后[3]，垂衣御八荒[4]。务闲春向暮，朝罢日犹长。紫殿初筵列[5]，彤庭广乐张[6]。成功归辅弼[7]，致理赖忠良[8]。共此欢娱事，千秋乐未央。

【注释】

[1] 忧勤：指帝王为国事而忧虑勤劳。圣绪：称帝王的统绪。

[2] 开泰：亨通安泰。

[3] 恭己：谓恭谨以律己。群后：四方诸侯及九州牧伯。《尚书·舜典》："乃日觐四岳群牧，班瑞于群后。"蔡沉集传："群后，即侯牧也。"《汉书·韦贤传》："庶尹群后，靡扶靡卫。"颜师古注："庶尹，众官之长也；群后，诸侯也。"

[4] 垂衣：谓定衣服之制，示天下以礼。后用以称颂帝王无为而治。八荒：八方荒远的地方。

[5] 紫殿：帝王宫殿。初筵：《诗经·小雅·宾之初筵》："宾之初筵，左右秩秩。"郑玄笺："大射之礼，宾初入门，登堂即席，其趋翔威仪甚审知，言不失礼也。"朱熹集传："初筵，初即席也。"后指宴饮之始，亦泛指宴饮。

[6] 彤庭：汉代宫廷。因以朱漆涂饰，故称。后泛指皇宫。广乐：盛大之乐。

[7] 辅弼：辅佐君主的人。

[8] 致理：犹致治。使国家安定清平。

中春麟德殿会百僚观新乐诗一章，章十六句 [1]

〔唐〕李适

贞元十四年二月戊午，上制中春麟德殿会百僚观新乐诗，令太子书示百官。

序曰：朕以中春之首，纪为令节。听政之暇，韵于歌诗。象中和之容，作中和之舞，聊复成篇。其诗八韵，中书门下谢赐诗，请颁示天下，编入乐府。

芳岁肇佳节[1]，物华当仲春[2]。乾坤既昭泰[3]，烟景含氤氲[4]。
德浅荷玄贶[5]，乐成思治人[6]。前庭列钟鼓[7]，广殿延群臣。
八卦随舞意，五音转曲新[8]。顾非咸池奏[9]，庶协南风熏[10]。
式宴礼所重[11]，浃欢情必均[12]。同和谅在兹[13]，万国希可亲。

【注释】

[1] 芳岁：芳春。

[2] 仲春：春季的第二个月，即农历二月。因处春季之中，故称。

[3] 乾坤：称天地；昭泰：清明安泰。

[4] 烟景：春天的美景。氤氲：弥漫的样子。

[5] 玄贶：指皇帝的赏赐。

[6] 乐成：犹成功。

[7] 前庭：正屋前的庭院。

[8] 五音：指音乐。

[9] 咸池：古乐曲名。相传为尧乐。一说为黄帝之乐，尧增修沿用。

[10] 南风：古代乐曲名。相传为虞舜所作。《礼记·乐记》："昔者舜作五弦之琴，以歌《南风》。"《孔子家语·辨乐解》："昔者舜弹五弦之琴，造《南风》之诗。其诗曰：'南风之熏兮，可以解吾民之愠兮；南风之时兮，可以阜吾民之财兮。'"

[11] 式宴：宴饮。

[12] 浃（jiā）欢：欢洽。

[13] 同和：与……同样和煦。形容仁爱。

奉和麟德殿宴百僚应制

〔唐〕鲍君徽

睿泽先寰海[1],功成展武韶。戈鋋清外垒[2],文物盛中朝[3]。
圣祚山河固,宸章日月昭[4]。玉筵鸾鹄集[5],仙管凤凰调。
御柳新低绿[6],宫莺乍啭娇。愿将亿兆庆,千祀奉神尧[7]。

【作者简介】

鲍君徽,生卒年不详,唐代中后期女诗人。善诗,与尚宫五宋(宋若宪五姐妹)齐名。德宗尝召入宫,与侍臣赓和,赏赉甚厚。入宫不久,既以奉养老母为由,上疏乞归。《全唐诗》存诗四首。

【注释】

[1] 睿泽:皇帝的恩泽;寰海:海内,全国。
[2] 戈鋋(chán):戈与鋋。亦泛指兵器。此借指战争。
[3] 文物:指礼乐制度。古代用文物明贵贱,制等级,故云。中朝:朝廷;朝中。
[4] 宸章:皇帝所作的诗文。日月昭:像日月一样光明。昭:光明;明亮。
[5] 玉筵:丰盛的筵席。鸾鹄:鸾与鹄。比喻贤臣。
[6] 御柳:宫禁中的柳树。
[7] 千祀:千年。祀:岁,年。神尧:唐代对唐高祖李渊的尊称。《资治通鉴·唐纪》载:唐玄宗天宝十三载(754),"癸酉(二月初七),玄宗祭祀太庙,上高祖李渊谥号为神尧大圣光孝皇帝"。

未央宫

汉代官殿,位于汉代长安城西南部。因在长乐宫之西,汉时称西宫(旧址位于今西安市西北部)。汉高祖七年(前200)在秦章台基础上修建,惠帝即位后,未央宫开始成为主要宫殿,是汉朝君臣朝会的地方。全宫面积约5平方公里,约占当时全城总面积的七分之一。

奉和幸长安故城未央宫应制

〔唐〕刘宪

汉宫千祀外,轩驾一来游[1]。夷荡长如此[2],威灵不复留[3]。
凭高睿赏发[4],怀古圣情周。寒向南山敛,春过北渭浮。
土功昔云盛[5],人英今所求[6]。幸听熏风曲[7],方知霸道羞。

【注释】

[1] 轩驾:犹车驾。

[2] 夷荡:平定。

[3] 威灵:谓显赫的声威。

[4] 睿赏:圣明的鉴赏。

[5] 土功:指治水、筑城、建造宫殿等工程。

[6] 人英:俊杰,英杰。

[7] 熏风曲:借指帝王之乐。

奉和幸长安故城未央宫应制

〔唐〕李峤

旧宫贤相筑[1],新苑圣君来。运改城隍变[2],年深栋宇摧。
后池无复水,前殿久成灰。莫辨祈风观,空传承露杯。
宸心千载合[3],睿律九韵开[4]。今日联章处,犹疑上柏台[5]。

【注释】

[1]"旧宫"句:《汉书·高帝纪》:"萧何治未央宫,立东阙、北阙、前殿、

武库、大仓。上见其壮丽,甚怒,谓何曰:'天下匈匈,劳苦数岁,成败未可知,是何治宫室过度也!'何曰:'……且夫天子以四海为家,非令壮丽亡以重威,且亡令后世有以加也。'"

[2] 城隍:泛指城池。

[3] 宸心:帝王的心意。

[4] 睿(ruì):古时臣下对君王、后妃等所用的敬辞。

[5] 柏台:柏梁台的省称。

奉和幸长安故城未央宫应制

〔唐〕宋之问

汉王未息战[1],萧相乃营宫[2]。壮丽一朝尽,威灵千载空。
皇明怅前迹[3],置酒宴群公。寒轻彩仗外,春发幔城东[4]。
登高省时物[5],怀古发宸聪[6]。钟连长乐处,台识未央中。
乐思回斜日,歌词继大风[7]。今朝天子贵,不假叔孙通[8]。

【注释】

[1] 汉王:秦末项羽入关后给刘邦的封号。

[2] 萧相:指汉丞相萧何。营宫:营建宫室。详见前李峤《奉和幸长安故城未央宫应制》注释[1]。

[3] 皇明:皇帝的圣明。封建时代臣下对皇帝的谀辞。

[4] 幔城:张帷幔围绕如城,故称"幔城"。

[5] 时物:时节景物。

[6] 宸聪:借指皇帝的心思、主意。

[7] 大风:指汉高祖的《大风歌》。

[8] 假:凭借;依靠。叔孙通:薛县(今山东省滕州市)人,初仕秦,秦将亡,逃于家,归项梁;项梁死,随怀王,怀王迁,侍项王;高祖二年,汉王击楚,转投汉;汉定天下,君臣无礼,叔孙通遂召儒生共订朝仪,被尊为汉家儒宗。

奉和幸长安故城未央宫应制

〔唐〕李乂

凤辇乘春陌[1]，龙山访故台。北宫才尽处，南斗独昭回。
肆览飞宸札[2]，称觞引御杯。已观蓬海变，谁厌柏梁灾[3]。
代挹孙通礼[4]，朝称贾谊才。忝侪文雅地[5]，先后各时来。

【注释】

[1] 春陌：春日田野的小路。

[2] 宸札：帝王的手札。

[3] 柏梁灾：《史记·封禅书》载："（汉武帝太初元年）十一月乙酉，柏梁灾。……上还，以柏梁灾故，朝受计甘泉。……勇之乃曰：'越俗有火灾，复起屋必以大，用胜服之。'于是作建章宫，度为千万门户。前殿度高未央。"汉武帝兴修的柏梁台曾遭火焚。后遂用为咏叹宫室兴废之典。

[4] 挹：推崇。孙通礼：指汉代叔孙通制订的礼仪。汉初悉去秦仪，群臣争功，醉或妄呼，尽失礼仪，帝忧之，叔孙通破采古礼，与秦仪杂就之，后人称为叔孙通礼。

[5] 忝：作谦词。侪（chái）：一起。

奉和幸长安故城未央宫应制

〔唐〕赵彦昭

夙驾移天跸[1]，凭轩览汉都。寒烟收紫禁[2]，春色绕黄图[3]。
旧史遗陈迹，前王失霸符。山河寸土尽，宫观尺椽无[4]。
崇高惟在德，壮丽岂为谟[5]。茨室留皇鉴[6]，薰歌盛有虞[7]。

【注释】

[1] 凤驾：早早驾车行驶。天跸：谓皇帝出行时的车驾。

[2] 紫禁：古以紫微垣比喻皇帝的居处，因称宫禁为"紫禁"。

[3] 黄图：借指畿辅、京都。北周庾信《哀江南赋》："拥狼望于黄图，填卢山于赤县。"倪璠注："兹云'黄图'，谓畿辅也。"

[4] 宫观：供帝王游憩的宫馆。

[5] 谟（mó）：计谋；谋略。

[6] 茨：茅草屋。皇鉴：皇帝的明察。

[7] "熏歌"句：《孔子家语·辨乐解》："昔者舜弹五弦之琴，造《南风》之诗。其诗曰：'南风之熏兮，可以解吾民之愠兮；南风之时兮，可以阜吾民之财兮。'"后常用以称颂帝王。有虞：指有虞氏首领舜。

望未央宫

〔唐〕刘沧

西上秦原见未央，山岚川色晚苍苍[1]。
云楼欲动入清渭，鸳瓦如飞出绿杨[2]。
舞席歌尘空岁月[3]，宫花春草满池塘。
香风吹落天人语，彩凤五云朝汉皇[4]。

【注释】

[1] 山岚：山中的雾气。

[2] 鸳瓦：即鸳鸯瓦，指的是中国传统屋瓦形式，一俯一仰，形同鸳鸯依偎交合，故称鸳鸯瓦。

[3] 歌尘：形容歌声动听。《艺文类聚》卷四三引汉刘向《别录》："汉兴以来，喜《雅歌》者鲁人虞公，发声清哀，盖动梁尘。"

[4] 五云：五色瑞云。多作吉祥的征兆。

望春亭

隋文帝初建,在长安城外,唐时称南望春亭,又称望春宫。《类编长安志·堂宅亭园》:"唐望春亭,去京城一十一里,据苑之东南高原之上,东临浐水西岸。《两京道里记》曰:'隋文帝初置,以作游客亭。炀帝改名长乐宫。'"

奉和春日幸望春宫应制

〔唐〕刘宪

暮春春色最便妍[1],苑里花开列御筵[2]。
商山积翠临城起,浐水浮光共幕连[3]。
莺藏嫩叶歌相唤,蝶碍芳丛舞不前。
欢娱节物今如此,愿奉宸游亿万年[4]。

【注释】

[1] 便妍:俏丽;明媚。

[2] 御筵:皇帝命设的酒席。

[3] 浐水:关中八川之一。源出今陕西蓝田县西南秦岭山中,西北流至西安市,东入灞水。浮光:水面反射的光。

[4] 宸游:帝王巡游。

奉和圣制幸望春宫送朔方大总管张仁亶

〔唐〕刘宪

命将择耆年[1],图功胜必全[2]。光辉万乘饯[3],威武二庭宣[4]。
中衢横鼓角[5],旷野蔽旌旃[6]。推食天厨至[7],投醪御酒传[8]。

凉风过雁苑[9]，杀气下鸡田[10]。分阃恩何极[11]，临岐动睿篇[12]。

【注释】

[1] 耆年：指高年。

[2] 图功：图谋建立功业。

[3] 光辉：光荣；荣耀。万乘：周制，天子地方千里，能出兵车万乘，因以"万乘"指天子。饯：设酒食送行。

[4] 二庭：唐代指西突厥分裂后的南北二部。咄陆可汗建庭于镞曷山西，谓之北庭；乙毗沙钵罗叶护可汗建庭于虽合水北，谓之南庭。

[5] 中衢：四通八达的大路。

[6] 旌旃（zhān）：泛指旗帜。

[7] 推食：推食解衣。典出《史记·淮阴侯列传》："汉王授我上将军印，予我数万众，解衣衣我，推食食我，言听计用，故吾得以至于此。"后因以"推食解衣"极言恩惠之深。天厨：皇帝的庖厨。

[8] 投醪（láo）：《吕氏春秋·顺民》："越王苦会稽之耻……下养百姓以来其心，有甘脆，不足分，弗敢食；有酒，流之江，与民同之。"后因以"投醪"指与军民同甘苦。醪：酒的总称。御酒：指帝王饮用或赏赐的酒。

[9] 雁苑：古园囿名。

[10] 鸡田：古代西北塞外地名，故地在今宁夏回族自治区鸡田县。

[11] 分阃（kǔn）：指出任将帅或封疆大吏。

[12] 临岐：本为面临歧路，后用为赠别之词。睿篇：对帝王所作诗文的称颂用语。

苑中遇雪应制

〔唐〕刘宪

龙骖晓入望春宫[1]，正逢春雪舞东风。
花光并洒天文上[2]，寒气行消御酒中。

【注释】

[1] 龙骖：指皇帝的车驾。

[2] 花光：雪花的光色。

奉和春日幸望春宫应制

〔唐〕岑羲

和风助律应韶年[1]，清跸乘高入望仙[2]。
花笑莺歌迎帝辇[3]，云披日霁俯皇川。
南山近压仙楼上[4]，北斗平临御扆前[5]。
一奉恩荣同镐宴[6]，空知率舞听熏弦[7]。

【注释】

[1] 韶年：美好的岁月。

[2] 清跸：旧时谓帝王出行，清除道路，禁止行人。

[3] 帝辇：皇帝之车驾。

[4] 仙楼：指皇宫中的楼阁。

[5] 北斗：《晋书·天文志上》："北斗七星在太微北……斗为人君之象，号令之主也。"后因以喻帝王。

[6] 恩荣：谓受皇帝恩宠的荣耀。镐宴：谓天下太平，君臣同乐。

[7] 率舞：相率而舞。熏弦：《孔子家语·辩乐》："昔者舜弹五弦之琴，造《南风》之诗。其诗曰：'南风之熏兮，可以解吾民之愠兮；南风之时兮，可以阜吾民之财兮。'"后以"熏弦"指《南风歌》。

奉和圣制春日幸望春宫应制

〔唐〕崔日用

东郊风物正熏馨，素浐鸤鹭戏绿汀[1]。

凤阁斜通平乐观[2]，龙旗直逼望春亭[3]。
光风摇动兰英紫[4]，淑气依迟柳色青[5]。
渭浦明晨修禊事[6]，群公倾贺水心铭[7]。

【注释】

[1] 素浐：浐水的别名。关中八川之一。因水色素白，故称。凫鹥：凫和鸥。泛指水鸟。绿汀：绿色的洲渚。

[2] 凤阁：皇宫内的楼阁。平乐观：汉代宫观名。亦作"平乐馆""平乐苑"。汉高祖时始建，武帝增修，在长安上林苑。

[3] 龙旗：画有两龙蟠结的旗帜。天子仪仗之一。亦借指天子。

[4] 光风：日光下的和风。兰英：兰的花朵。

[5] 淑气：温和之气。

[6] 修禊：古代民俗于农历三月上旬的巳日（三国魏以后始固定为三月初三）到水边嬉戏，以祓除不祥。

[7] 群公：众朝臣。

奉和春日幸望春宫

〔唐〕崔湜

澹荡春光满晓空[1]，逍遥御辇入离宫[2]。
山河眺望云天外，台榭参差烟雾中[3]。
庭际花飞锦绣合，枝间鸟啭管弦同。
即此欢娱齐镐宴[4]，唯应率舞乐熏风[5]。

【作者简介】

崔湜（671—713），字澄澜，定州安喜（今河北定州）人。少以文辞知名，弱冠举进士，历仕武后、中宗、睿宗、玄宗四朝。初附武三思，谋害桓彦范诸人。又亲上官昭容，甚得中宗宠爱。后投靠太平公主，密谋鸩杀玄宗，事泄赐死。《宋史·艺文志七》录其诗一卷。《全唐诗》存诗三十八首，《全唐诗外编》补诗五首，以应制奉和酬赠之作为多。

【注释】

[1] 澹荡：舒缓荡漾的样子。

[2] 逍遥：缓步行进貌。离宫：正宫之外供帝王出巡时居住的宫室。

[3] 台榭：泛指楼台等建筑物。榭（xiè）：建在高台上的木屋。多为游观之所。

[4] 镐宴：谓天下太平，君臣同乐。

[5] 率舞：相率而舞。熏风：相传舜唱《南风歌》，有"南风之熏兮"句，后因以"熏风"指《南风歌》，亦常以"南风""熏风"来称颂帝王对百姓的体恤之情和煦育之功。

奉和圣制春日幸望春宫应制

〔唐〕张说

别馆芳菲上苑东[1]，飞花澹荡御筵红[2]。
城临渭水天河静[3]，阙对南山雨露通。
绕殿流莺凡几树[4]，当蹊乱蝶许多丛[5]。
春园既醉心和乐，共识皇恩造化同。

【注释】

[1] 别馆：行宫；别墅。芳菲：花草盛美。上苑：皇家的园林。

[2] 御筵：皇帝命设的酒席。

[3] 天河：即银河。

[4] 流莺：即莺。流，谓其鸣声婉转。

[5] 蹊：小路。

奉和春日幸望春宫应制

〔唐〕李乂

东城结宇敞千寻[1]，北阙回舆具四临[2]。
丽日祥烟承罕毕[3]，轻荑弱草藉衣簪[4]。
秦商重沓云岩近[5]，河渭萦纡雾壑深[6]。
谬接鹓鸿陪赏乐[7]，还欣鱼鸟遂飞沉[8]。

【注释】

[1] 结宇：建造屋舍。千寻：形容极高远。寻，古以八尺为一寻。

[2] 北阙：古代宫殿北面的门楼。是臣子等候朝见或上书奏事之处。回舆：犹回车。四临：四面逼近。

[3] 祥烟：祥瑞的烟气。罕毕：古代帝王仪仗之旗。

[4] 轻荑（tí）：初生的小草。荑：泛指草木萌生的嫩芽。

[5] 秦商：秦岭与商山的并称。重沓：重叠。

[6] 河渭：黄河与渭水的并称。萦纡：旋绕弯曲。

[7] 鹓鸿：鹓雏、鸿雁飞行有序，比喻朝官班行。

[8] 飞沉：飞升和沉落。

奉和幸望春宫送朔方军大总管张仁亶[1]

〔唐〕李乂

边郊草具腓[2]，河塞有兵机[3]。上宰调梅寄[4]，元戎细柳威[5]。
武貔东道出[6]，鹰隼北庭飞[7]。玉匣谋中野[8]，金舆下太微[9]。
投醪衔饯酌[10]，缉衮事征衣。勿谓公孙老[11]，行闻奏凯归[12]。

【注释】

[1] 张仁亶（？—714），即张仁愿，原名仁亶，因避唐睿宗李旦讳改名仁愿，华州下邽（今陕西渭南临渭区）人。唐朝宰相、名将。张仁愿文武双全，曾任殿中侍御史，后任肃政台中丞，检校幽州都督，击退突厥默啜可汗的进犯，兼任并州大都督府长史。唐中宗继位后，张仁愿被召回，授左屯卫大将军、检校洛州长史，不久又被任命为朔方军大总管，防御突厥。景龙二年（708），张仁愿拜相，任同中书门下三品、左卫大将军，封韩国公，又加镇军大将军。开元二年（714）去世，追赠太子少傅。

[2] 腓：枯萎。

[3] 河塞：黄河流域和北方边境之地。兵机：用兵的计谋；军事机要。

[4] "上宰"句：语本《尚书·说命下》："若作和羹，尔惟盐梅。"上宰：宰辅。亦泛称辅政大臣。调梅：谓用盐梅调味，使食物味美。喻指宰相执掌政柄，治理国家。梅，味酸，古代调味品。

[5] 元戎：主将；统帅。此指张仁亶。细柳威：指周亚夫驻军细柳（今陕西咸阳市西南渭河北岸）营，治军严谨。后以喻号令严明，治军有方。此以周亚夫喻张仁亶。

[6] 武貔：即虎貔。泛指猛兽，借指勇猛的兵士。东道：指东部地区。

[7] 鹰隼：鹰和雕。泛指猛禽。喻指令人畏惧的人或勇猛的人。此指张仁亶。

[8] 玉匣：玉质或以玉为饰的盒子。古时多用来贮藏珍贵的物品。

[9] 金舆：帝王乘坐的车轿。太微：用指朝廷或帝皇之居。

[10] 投醪：指与军民同甘苦。详见前刘宪《奉和圣制幸望春宫送朔方大总管张仁亶》注释[8]。

[11] 公孙：指西汉将领公孙敖。太初元年（前105），公孙敖任因杆将军，在塞外修筑受降城。此以公孙敖喻张仁愿。张仁愿任幽州都督时，亦筑三受降城，限制了游牧民族的活动空间，并最终使为患很长时间的游牧民族突厥走向灭亡。《新唐书·张仁愿传》："时默啜悉兵西击突骑施，仁愿请乘虚取漠南地，于河北筑三受降城，绝虏南寇路。"

[12] 奏凯：《周礼·春官·大司乐》："王师大献，则令奏恺乐。"郑玄注："大献，献捷于祖；恺乐，献功之乐。"谓战胜而奏庆功之乐。后以"奏凯"泛指胜利。

奉和幸望春宫送朔方总管张仁亶

〔唐〕李峤

玉塞征骄子[1],金符命老臣[2]。三军张武帟[3],万乘饯行轮[4]。
猛气凌玄朔[5],崇恩降紫宸。投醪还结士,辞第本忘身。
露下鹰初击,风高雁欲宾。方销塞北祲[6],还靖漠南尘[7]。

【注释】

[1] 玉塞:玉门关的别称。此处泛指边塞。骄子:借指胡人。语出《汉书·匈奴传上》:"单于遣使遗大汉书云:'南有大汉,北有强胡,胡者,天之骄子也。'"

[2] 金符:古代帝王授予臣属的信物,包括铜虎符、金鱼符、金符牌等。

[3] 三军:军队的通称。

[4] 万乘:指帝王。

[5] 猛气:勇猛的气势或气概。玄朔:北方。

[6] 祲(jìn):日旁云气。古时迷信,认为此由阴阳二气相互作用而发生,能预示吉凶。常指妖气,不祥之气。

[7] 漠南:指蒙古高原大沙漠以南地区。尘:比喻战争、祸乱。

奉和幸望春宫送朔方军大总管张仁亶

〔唐〕李适

地限骄南牧[1],天临饯北征[2]。解衣延宠命[3],横剑总威名。
豹略恭宸旨[4],雄文动睿情[5]。坐观膜拜入[6],朝夕受降城[7]。

【注释】

[1] 南牧:南下放牧。引申指北方少数民族南侵。

[2] 天临：指天子亲自驾临。

[3] 解衣：推食解衣。典出《史记·淮阴侯列传》："汉王授我上将军印，予我数万众，解衣衣我，推食食我，言听计用，故吾得以至于此。"后因以"推食解衣"极言恩惠之深。宠命：加恩特赐的任命。对皇帝任命的敬辞。

[4] 豹略：古代兵书《六韬》中有《豹韬》篇，后因以"豹略"指用兵的韬略。宸旨：帝王的旨意。

[5] 雄文：内容精深、气势雄伟的诗文。这里是对张仁亶诗文之美称。睿情：指皇帝的情意。

[6] 膜拜：合掌加额，长跪而拜。表示尊敬或畏服的礼式。

[7] 朝夕：形容时间极短。受降城：参前李乂《奉和幸望春宫送朔方军大总管张仁亶》注释[11]。

奉和圣制幸望春宫送朔方大总管张仁亶

〔唐〕苏颋

北风吹早雁，日夕渡河飞。气冷胶应折，霜明草正腓。
老臣帷幄算[1]，元宰庙堂机[2]。饯饮回仙跸[3]，临戎解御衣。
军装乘晓发，师律候春归[4]。方佇勋庸盛[5]，天词降紫微。

【注释】

[1] 帷幄：将帅的幕府或军帐。

[2] 元宰：丞相。此指张仁亶。

[3] 仙跸：指天子的车驾。

[4] 师律：《周易·师卦》："象曰：师出以律，失律，凶也。"后以指军队的纪律。

[5] 勋庸：功勋。盛：显赫。

奉和春日幸望春宫应制

〔唐〕李适

玉辇金舆天上来[1]，花园四望锦屏开。
轻丝半拂朱门柳，细缬全披画阁梅[2]。
舞蝶飞行飘御席[3]，歌莺度曲绕仙杯[4]。
圣词今日光辉满，汉主秋风莫道才[5]。

【注释】

[1] 金舆：帝王乘坐的车轿。

[2] 缬（xié）：染有彩文的丝织品。

[3] 御席：皇帝命设的筵席。

[4] 度曲：按曲谱歌唱。

[5] 汉主：指汉武帝。秋风：借指汉武帝《秋风辞》。

奉和春日幸望春宫应制 [1]

〔唐〕苏颋

东望望春春可怜[2]，更逢晴日柳含烟。
宫中下见南山尽[3]，城上平临北斗悬[4]。
细草遍承回辇处[5]，轻花微落奉觞前[6]。
宸游对此欢无极[7]，鸟哢声声入管弦[8]。

【注释】

[1] 望春宫：唐代京城长安郊外的行宫，分南、北两处，此指南望春宫，在东郊万年县（今陕西西安东），南对终南山。

[2] 望春：既指观赏春色，又切宫名，一语双关。可怜：可爱。

[3] 南山：终南山。

[4] 北斗：星宿名。

[5] 辇：车子，秦汉后特指帝王乘坐的车。

[6] 奉觞：举杯敬酒。

[7] 宸（chén）游：帝王之巡游。宸：北极星所居，因此借指帝王的宫殿，又引申为帝位、帝王的代称。

[8] 鸟哢（lòng）：鸟鸣。

省试腊后望春宫 [1]

〔唐〕林宽

皇都初度腊，凤辇出深宫[2]。高凭楼台上，遥瞻灞浐中[3]。
仗凝霜彩白[4]，袍映日华红[5]。柳眼方开冻[6]，莺声渐转风。
御沟穿断霭[7]，骊岫照斜空[8]。时见宸游兴[9]，因观稼穑功[10]。

【作者简介】

林宽，生卒年均不详，约唐懿宗咸通末前后在世。侯官（今属福建福州）人。唐朝诗人。《全唐诗》存诗一卷。

【注释】

[1] 省试：唐宋时由尚书省礼部主持举行的考试。又称礼部试，后称会试。腊：古代在农历十二月里合祭众神叫作腊，因此农历十二月又叫腊月。

[2] 凤辇：皇帝的车驾。

[3] 遥瞻：犹遥望。灞浐：灞水和浐水。

[4] 霜彩：霜；霜的色彩。

[5] 日华：太阳的光华。

[6] 柳眼：早春初生的柳叶如人睡眼初展，因以为称。

[7] 断霭：犹残雾。

[8] 骊岫：指骊山。

[9] 宸游：帝王之巡游。

[10] 稼穑：耕种和收获。泛指农业劳动。

奉和春日幸望春宫应制

〔唐〕沈佺期

芳郊绿野散春晴[1]，复道离宫烟雾生。
杨柳千条花欲绽，蒲萄百丈蔓初萦[2]。
林香酒气元相入，鸟啭歌声各自成。
定是风光牵宿醉[3]，来晨复得幸昆明[4]。

【注释】

[1] 芳郊：花草丛生之郊野。绿野：绿色的原野。

[2] 萦：回旋缠绕。

[3] 宿醉：谓经宿尚未全醒的余醉。

[4] 昆明：即昆明池，在长安西南。汉武帝时开凿，宋以后湮没。

奉和圣制春日幸望春宫应制

〔唐〕薛稷

九春风景足林泉[1]，四面云霞敞御筵。
花镂黄山绣作苑[2]，草图玄灞锦为川[3]。
飞觞竞醉心回日[4]，走马争先眼著鞭[5]。
喜奉仙游归路远，直言行乐不言旋[6]。

【注释】

[1] 九春：指春天。阮籍《咏怀诗》之四："天天桃李花，灼灼有辉光。悦

怪若九春,磬折似秋霜。"张铣注:"春,阳也;阳数九,故云九春。"林泉:山林与泉石。

[2] 黄山:汉宫名。汉惠帝所建,在今陕西省兴平市西南。扬雄《羽猎赋序》"北绕黄山,滨渭而东,周袤数百里。"李善注:"《汉书》曰:'槐里有黄山之宫。'"绣作:犹刺绣。

[3] 玄灞:灞河水深且广,水色浑厚,故称。语出晋潘岳《西征赋》:"南有玄灞素浐,汤井温谷;北有清渭浊泾,兰池周曲。"

[4] 飞觞:举杯或行觞。亦指传杯行酒令。

[5] 走马:骑马疾走;驰逐。著鞭:比喻快走一步,占先。著,下。

[6] 旋:回转。

奉和幸望春宫送朔方大总管张仁亶

〔唐〕郑愔

御跸下都门[1],军麾出塞垣[2]。长杨跨武骑[3],细柳接戎轩[4]。睿曲风云动[5],边威鼓吹喧。坐帷将阃外[6],俱是报明恩[7]。

【注释】

[1] "御跸"句:谓帝王临幸。御跸:帝王的车驾。

[2] 军麾:军中指挥用的旗。引申指担任指挥的人。此借指张仁亶。塞垣:本指汉代为抵御鲜卑所设的边塞。后亦指长城或边关城墙。

[3] 长杨:长杨宫的省称。故址在今陕西省周至县东南。《三辅黄图·秦宫》"长杨宫在今盩厔县东南三十里,本秦旧宫,至汉修饰之以备行幸。宫中有垂杨数亩,因为宫名;门曰射熊馆。秦汉游猎之所。"武骑:勇武的骑卒。

[4] 细柳:细柳营,故址在今陕西省咸阳市西南渭河北岸。《史记·绛侯世家》记载,汉文帝时,周亚夫为将军,屯军细柳。帝自劳军,至细柳营,因无军令而不得入。于是使使者持节诏将军,亚夫传令开壁门。既入,帝按辔徐行。至营,亚夫以军礼见,成礼而去。帝曰:"此真将军矣!曩者霸上、棘门军,若儿戏耳!"戎轩:兵车。亦借指军队、军事。

[5] 睿曲：称皇帝所作的诗歌。风云：古军阵名有"风""云"等，后即以"风云"泛称军阵。

[6] 阃外：指京城或朝廷以外，亦指外任将吏驻守管辖的地域，与朝中、朝廷相对。

[7] 明恩：谓贤明君王的恩惠。

奉和春日幸望春宫

〔唐〕郑愔

晨晔凌高转翠旌，春楼望远背朱城[1]。
忽排花上游天苑[2]，却坐云边看帝京。
百草香心初罥蝶[3]，千林嫩叶始藏莺。
幸同葵藿倾阳早[4]，愿比盘根应候荣[5]。

【注释】

[1] 朱城：指宫城。

[2] 天苑：天子的御苑。

[3] 香心：指花苞。罥（juàn）：捕捉，网罗。

[4] "葵藿"句：三国魏曹植《求通亲亲表》："若葵藿之倾叶，太阳虽不为之回光，然终向之者，诚也。"葵藿：葵，一种植物，古名卫足葵。藿，角豆的花叶。葵、藿两种植物皆有向阳特性，古人用以表示臣下对君主的忠诚。倾阳：比喻忠诚或归顺。

[5] 盘根：根基。此为作者自喻。应候：顺应时令节候。

奉和圣制春日幸望春宫应制

〔唐〕阎朝隐

句芒人面乘两龙[1]，道是春神卫九重[2]。

彩胜年年逢七日[3]，酴醿岁岁满千钟[4]。
宫梅间雪祥光遍[5]，城柳含烟淑气浓。
醉倒君前情未尽，愿因歌舞自为容。

【作者简介】

阎朝隐（？—712），字友倩，赵州栾城（今属河北）人。登进士第，中孝悌廉让科，补阳武尉。武后朝，累迁给事中，预修《三教珠英》。中宗即位，流崖州。景龙初赦还，迁著作郎，复为秘书少监。坐事贬通州别驾，卒。有《阎朝隐集》五卷，已佚。《全唐诗》存诗十三首。

【注释】

[1]"句（gōu）芒"句：《山海经·海外东经》："东方句芒，鸟身人面，乘两龙。"句芒：古代传说中的主木之官。又为木神名。《礼记·月令》："（孟春之月）其帝大皞，其神句芒。"

[2]春神：司春之神。九重：指宫禁，朝廷。

[3]彩胜：古代的一种饰物。立春日用五色纸或绢剪制成小旌旗、燕、蝶、金钱等形状，簪于髻上，以示迎春。宋高承《事物纪原·岁时风俗·彩胜》载："《岁时记》曰：'人日剪彩为胜，起于晋代贾充夫人所作，取黄母（即西王母）戴胜之义也。'"诗文中常用为立春之事典。七日：正月初七。是古老的中国传统节日——人日。

[4]酴醿：酒名。千钟：千杯。

[5]宫梅：皇宫中栽植的梅花。祥光：祥瑞的光。象征吉利。

奉和圣制春日幸望春宫应制

〔唐〕韦元旦

九重楼阁半山霞，四望韶阳春未赊[1]。
侍跸妍歌临灞涘[2]，留舲艳舞出京华。
危竿竞捧中街日[3]，戏马争衔上苑花[4]。

景色欢娱长若此，承恩不醉不还家。

【注释】

[1] 韶阳：谓明媚的春光。

[2] 妍歌：靡丽之音。

[3] 危竿：杂技的一种。长竿矗立，人攀其上以作表演。亦指演出时所用的长竿。

[4] 戏马：驰马取乐。上苑：皇家园林。

奉和圣制春日幸望春宫应制

〔唐〕马怀素

彩仗雕舆俯碧浔[1]，行春御气发皇心[2]。
摇风细柳萦驰道，映日轻花出禁林[3]。
遍野园亭开帟幕[4]，连堤草树狎衣簪[5]。
谬参西掖沾尧酒[6]，愿沐南熏解舜琴[7]。

【注释】

[1] 彩仗：彩饰的仪仗。指古代帝王、官员外出时仪卫人员所持的旗帜、伞、扇、武器等。雕舆：玉饰之车。多为对车驾的美称。碧浔：绿水边。

[2] 行春：谓官吏春日出巡。御气：帝王的气象。皇心：皇帝的心意。

[3] 映日：映照着日光。禁林：皇家园林。

[4] 帟幕（yì mù）：帐幕。

[5] 连堤：遍堤。狎：接近；亲近。此为拟人用法。衣簪：衣冠簪缨，古代仕宦的服装。

[6] 谬：自谦之辞。西掖：中书省的别称，此借指入朝为官。尧酒：《说郛》卷九四上引《酒谱》："世言酒之所自者，其说有三。其一曰仪狄始作酒，与禹同时，又曰尧酒千锺，则酒作于尧，非禹之世也。"传说尧受滴水潭灵气所吸引，将大家带至此地安居，并借此地灵气发展农业，使得百姓安居乐业。

为感谢上苍,并祈福未来,尧精选出最好的粮食,并用滴水潭水浸泡,用特殊手法去除所有杂质,淬取出精华合酿祈福之水,此水清澈纯净、清香幽长,以敬上苍,并分发于百姓,共庆安康。百姓为感恩于尧,将祈福之水取名曰"华尧",称为"尧酒"。南熏:双关用法。指从南面刮来的风,亦指"南熏",即《南风》歌。相传为虞舜所作,歌中有"南风之熏兮,可以解吾民之愠兮"等句。

[7] 舜琴:相传舜开始制定音乐六律,使用"宫、商、角、徵、羽"五声。舜又与夔一起创作了《大韶》和《箫韶》等大型乐曲。舜改造乐器,将父亲瞽叟发明的十五弦瑟增加八弦,改进为二十三弦瑟。"尧酒舜琴"常用来表示对心系百姓,奉行德政的皇帝的称颂,亦用以表达古代中国人对幸福昌盛生活的憧憬。

长信宫

亦称长信殿,长乐宫宫殿之一,位于长乐宫前殿西侧。汉高帝五年(前202)九月至七年(前200)二月,丞相萧何主持在秦兴乐宫基础上建成长乐宫,位于长安城东南部。后汉太后徙居长乐宫,多住在此宫殿。

汉成帝时,班婕妤因遭赵飞燕谮毁而失宠。班婕妤自请退居长信宫以供养太后,汉成帝许。班婕妤在长信宫作赋伤悼自己,辞极哀楚,凄婉动人。后世多以"长信宫"为题材咏后妃失宠。

《汉书·外戚传·孝成赵皇后传》卷九十七下:"其后赵飞燕姊弟亦从自微贱兴,踰越礼制,寝盛于前。班婕妤及许皇后皆失宠,稀复进见。鸿嘉三年(前18),赵飞燕谮告许皇后、班婕妤挟媚道,祝诅后宫,詈及主上。……赵氏姊弟骄妒,婕妤恐久见危,求共养太后长信宫,上许焉。婕妤退处东宫,作赋自伤悼,其辞曰:'……奉共养于东宫兮,托长信之末流。共洒扫于帷幄兮,永终死以为期。愿归骨于山足兮,依松柏之余休。'"

婕妤怨

〔唐〕崔国辅

长信宫中草，年年愁处生。
故侵珠履迹[1]，不使玉阶行[2]。

【作者简介】

　　崔国辅，唐代诗人。吴郡（今苏州）人，一说山阴（今浙江绍兴）人。开元十四年（726）登进士第，历官山阴尉、许昌令、集贤院直学士、礼部员外郎等职。天宝十一载（752），因受王鉷案牵连被贬为竟陵司马。诗以五绝著称，深得南朝乐府民歌遗意。殷璠《河岳英灵集》云："国辅诗婉娈清楚，深宜讽味。乐府数章，古人不及也。"原集至宋代已佚。《全唐诗》存诗一卷。《唐才子传》有载。

【注释】

　　[1] 珠履：珠饰之履。
　　[2] 玉阶：玉石砌成或装饰的台阶，亦为台阶的美称。此借指朝廷。后二句抒写班婕妤失宠后不得入朝侍于君侧的哀怨。

长信宫

〔唐〕无名氏

细草侵阶乱碧鲜[1]，宫门深锁绿杨天。
珠帘欲卷抬秋水，罗幌微开动冷烟[2]。
风引漏声过枕上，月移花影到窗前。
独挑残烛魂堪断，却恨青蛾误少年[3]。

【注释】

[1] 乱：纷繁。碧鲜：青翠鲜润的颜色。

[2] 罗幌：丝罗床帐。

[3] 青蛾：青黛画的眉毛，借指少女、佳人。

相和歌辞·长信怨 [1]

〔唐〕李白

月皎昭阳殿[2]，霜清长信宫[3]。天行乘玉辇[4]，飞燕与君同[5]。
更有留情处[6]，承恩乐未穷[7]。谁怜团扇妾[8]，独坐怨秋风。

【注释】

[1] 一作《长信宫》，作于天宝二年（743），时李白待诏翰林，但遭谗被疏，故托汉班婕妤失意故事以自伤。

[2] 月皎：月光皎洁。昭阳：汉宫殿名。后泛指后妃所住的宫殿。

[3] 霜清：秋霜清净。

[4] 天行：指皇帝。玉辇：天子所乘之车，以玉为饰。

[5] 飞燕：汉成帝之皇后赵飞燕。因其体轻，善歌舞，故名。同：一起。

[6] 留情：留下恩情；留下情爱。

[7] 承恩：蒙受恩泽。

[8] 团扇妾：指班婕妤。班婕妤所作《怨歌行》诗中有"裁为合欢扇，团团似明月"等诗句，故名。团扇：圆形有柄的扇子。

长信宫

〔唐〕刘方平

梦里君王近，宫中河汉高[1]。
秋风能再热，团扇不辞劳[2]。

【注释】

[1] "宫中"句：河汉，银河。既促人联想到牛女河汉之隔，亦喻君恩之睽违，寓意深微。

[2] "秋风""团扇"二句：此联为讽谏语，为本诗作意所在。"秋风能再热"，喻君恩之不再；"团扇不辞劳"，用班婕妤典。班婕妤失宠后，曾作《怨歌行》，借咏"合欢扇"（团扇）喻君宠不可久及以色事人的可怜可悲。中有"出入君怀袖，动摇微风发。常恐秋节至，凉飙夺炎热。弃捐箧笥中，恩情中道绝"之句。本诗反用其意：秋天还可再热，团扇愿意再为效劳，表达了对君恩再赐的期望。

长信秋词五首

〔唐〕王昌龄

其一

金井梧桐秋叶黄[1]，珠帘不卷夜来霜。
熏笼玉枕无颜色[2]，卧听南宫清漏长[3]。

【作者简介】

王昌龄（694？—756？），字少伯，京兆万年（今陕西西安）人。开元十五年（727）举进士第，授秘书省校书郎。二十二年（734）中博学宏词科，迁汜水尉。后贬江宁丞、龙标尉，故世称"王江宁""王龙标"。安史乱后回乡，为濠州刺史闾丘晓所杀。其诗多边塞军旅、宫怨闺情之作，尤擅七绝，风格清刚俊爽。《全唐诗》存诗四卷。《旧唐书》《新唐书》皆有传。《唐才子传》有载。

【注释】

[1] 金井：井栏上有雕饰的井。

[2] 熏笼：指宫中取暖的用具，与熏炉配套使用的笼子，作熏香或烘干之用。

熏：一作"金"。笼：一作"炉"。玉枕：即枕头。

[3] 南宫：指皇帝的居处。一作"宫中"。清漏：漏为古代计时的器具，利用滴水和刻度以指示时辰。清漏指深夜铜壶滴漏之声。

其二

高殿秋砧响夜阑[1]，霜深犹忆御衣寒[2]。
银灯青琐裁缝歇[3]，还向金城明主看[4]。

【注释】

[1] 秋砧：秋日捣衣的声音。夜阑：夜残；夜将尽时。

[2] 御衣：帝王所着的衣服。

[3] 青琐：装饰皇宫门窗的青色连环花纹。

[4] 金城：城内牙城；城中之城。指皇帝所住之城。明主：贤明的君主。《左传·襄公二十九年》："美哉，沨沨乎！大而婉，险而易行，以德辅此，则明主也。"

其三

奉帚平明金殿开[1]，且将团扇暂裴回。
玉颜不及寒鸦色[2]，犹带昭阳日影来[3]。

【注释】

[1] 奉帚：持帚洒扫。多指嫔妃失宠而被冷落。平明：犹黎明。天刚亮的时候。金殿：指宫殿。一作"秋殿"。

[2] 玉颜：指姣美如玉的容颜，这里暗指班婕妤。

[3] 昭阳：汉赵飞燕得宠时住的寝宫，后亦以昭阳殿泛指得宠嫔妃。此处代指赵飞燕姐妹与汉成帝居住之处。末二句意为，班婕妤美丽如玉的容颜反而比不上寒鸦，寒鸦身上还带着昭阳的日影。

其四

真成薄命久寻思,梦见君王觉后疑[1]。
火照西宫知夜饮[2],分明复道奉恩时[3]。

【注释】

[1] 觉:睡醒。

[2] 西宫:妾媵所居之宫。《春秋公羊传·僖公二十年》:"西宫者何?小寝也。小寝则曷为谓之西宫?有西宫则有东宫矣。鲁子曰:以有西宫,亦知诸侯之有三宫也。"注:"夫人居中宫,少在前,右媵居西宫,左媵居东宫,少在后。"此处之媵,指妾,即王侯之嫔妃。

[3] 复道:两层阁楼间的通道。《墨子·号令》:"守宫三杂,外环隅为之楼,内环为楼,楼入葆宫丈五尺,为复道。"

其五

长信宫中秋月明,昭阳殿下捣衣声。
白露堂中细草迹[1],红罗帐里不胜情[2]。

【注释】

[1]"白露堂"句:指失宠嫔妃的宫闱清冷,杂草丛生。白露堂:失宠妃子或宫女所住之处。

[2] 红罗帐:指得宠的嫔妃寝宫里红帐高挂。红罗,红色的轻软丝织品。《汉书·孝成班倢伃传》:"感帷裳兮发红罗,纷綷縩兮纨素声。"

相和歌辞·长信怨

〔唐〕王谌

飞燕倚身轻[1],争人巧笑名。

生君弃妾意，增妾怨君情。
日落昭阳殿，秋来长信城。
寥寥金殿里[2]，歌吹夜无声。

【作者简介】

王諲，唐人。玄宗开元二十五年（737）登进士第。天宝初官右补阙。唐芮挺章《国秀集》选其诗二首，《全唐诗》存其诗六首，《全唐文》存其文六篇。

【注释】

[1]飞燕：指汉成帝皇后赵飞燕。《汉书·孝成赵皇后传》："孝成赵皇后，本长安宫人……学歌舞，号曰飞燕。"颜师古曰："以其体轻故也。"

[2]寥寥：空旷的样子。

长信怨

〔唐〕钱起

长信萤来一叶秋[1]，蛾眉泪尽九重幽[2]。
鹓鹐观前明月度[3]，芙蓉阙下绛河流[4]。
鸳衾久别难为梦[5]，凤管遥闻更起愁[6]。
谁分昭阳夜歌舞[7]，君王玉辇正淹留[8]。

【注释】

[1]长信：指长信宫。一叶秋：看见一片落叶，就知道秋天来临。

[2]蛾眉：美女的代称。此指班婕妤。九重：指宫门。

[3]鹓鹐观：汉宫观名。在长安甘泉宫外。汉武帝建元中建。司马相如《上林赋》："过鹓鹐，望露寒，下棠梨，息宜春。"郭璞注引张揖曰："此四观，武帝建元中作，在云阳甘泉宫外。"

[4]芙蓉阙：指皇宫门两旁的胭楼。南北朝车畿《洛阳道》："洛阳道八达，洛阳城九重。重关如隐起，双阙似芙蓉。"绛河：即银河。

[5] 鸳衾：绣有鸳鸯的被子。

[6] 凤管：笙箫或笙箫之乐的美称。

[7] 谁分：谁料。昭阳：昭阳殿。

[8] 玉辇：天子所乘之车，以玉为饰。

长信宫

〔唐〕赵嘏

君恩已尽欲何归[1]，犹有残香在舞衣。
自恨身轻不如燕，春来长绕御帘飞。

【注释】

[1] 欲何归：写出抒情主人公前途茫茫之感。

长信宫二首

〔唐〕韩偓

其一

天上梦魂何杳杳[1]，宫中消息太沉沉[2]。
君恩不似黄金井[3]，一处团圆万丈深。

【注释】

[1] 杳杳：犹渺茫。

[2] 沉沉：形容音信杳无。

[3] 黄金井：金井。饰有栏杆之井。

其二

天上凤凰休寄梦[1]，人间鹦鹉旧堪悲[2]。

平生心绪无人识，一只金梭万丈丝[3]。

【注释】

[1]"天上"句：天上彩凤双飞的情景不要再现于（我的）梦境当中。

[2]人间鹦鹉：抒情主人公自喻，犹如关在金笼里的鹦鹉。

[3]梭：织布机中牵引纬线的织具，形如枣核。诗句以金梭牵引的长长纬线喻抒情主人公深长忧伤的情丝。

长信宫

〔唐〕刘得仁

簟凉秋气初[1]，长信恨何如。
拂黛月生指[2]，解鬟云满梳[3]。
一从悲画扇[4]，几度泣前鱼[5]。
坐听南宫乐，清风摇翠裾[6]。

【注释】

[1]簟：竹席。秋气：指秋日凄清、肃杀之气。

[2]黛：妇女眉毛的代称。拂黛：涂上青黑色。月：形容娥眉秀如弯月。

[3]云：形容鬟髻美如乌云。

[4]一从：自从。悲画扇：此用汉班婕妤被弃典故。详见前刘方平《长信宫》注释。

[5]泣前鱼：《战国策·魏策四》："魏王与龙阳君共船而钓。龙阳君得十余鱼而涕下。王曰：'有所不安乎？如是，何不相告也？'对曰：'臣无敢不安也。'王曰：'然则何为涕出？'曰：'臣为王之所得鱼也。'王曰：'何谓也？'对曰：'臣之始得鱼也，臣甚喜。后得又益大，今臣直欲弃臣前之所得鱼矣。今以臣之凶恶，

而得为王拂枕席。今臣爵至人君,走人于庭,辟人于途。四海之内,美人亦甚多矣,闻臣之得幸于王也,必褰裳而趋王,臣亦犹曩臣之前所得鱼也。臣亦将弃矣,臣安能无涕出乎?'"后以"泣前鱼"比喻因失宠和被遗弃而悲伤。

[6] 翠裾:绿色的衣襟。

长信宫 [1]

〔唐〕于邺

莫问古宫名,古宫空有城。
惟应东去水,不改旧时声。

【注释】

[1] 一作于武陵诗。

荐福寺(小雁塔)

荐福寺在长安开化坊,唐睿宗文明元年(684)为唐高宗献福而建,初名大献福寺,天授元年(690)改为荐福寺,后成为唐代著名的佛经译场。今位于陕西西安市南。寺内有密檐式佛塔——小雁塔。小雁塔建于唐景龙年间,共15级,约45米高。后经多次地震,塔顶震塌,塔身破裂,又复合。现余13级,通高43米。

荐福寺应制

〔唐〕萧至忠

地灵传景福[1],天驾俨钩陈[2]。佳哉藩邸旧[3],赫矣梵宫新[4]。
香塔鱼山下[5],禅堂雁水滨[6]。珠幡映白日[7],镜殿写青春[8]。
甚欢延故吏,大觉拯生人[9]。幸承歌颂末,长奉属车尘[10]。

【注释】

[1] 地灵：土地山川的灵秀之气。景福：洪福；大福。

[2] 钩陈：一种用于防卫的仪仗。

[3] 藩邸：藩王之第宅。

[4] 梵宫：原指梵天的宫殿，后多指佛寺。此指荐福寺。

[5] 鱼山：《法苑珠林》卷四九："（陈思王曹植）赏游鱼山，忽闻空中梵天之响，清雅哀婉，其声动心，独听良久……乃摹其声节，写为梵呗，撰文制音，传为后式。梵声显世，始于此焉。"后遂用为咏佛教梵呗的典实。

[6] 禅堂：犹禅房，僧堂。佛徒打坐习静之所。

[7] 珠幡：饰珠的旗幡。白日：太阳；阳光。

[8] 镜殿：壁上嵌镜的宫殿。

[9] 大觉：指佛。生人：犹民众。

[10] 属车：帝王出行时的侍从车。秦汉以来，皇帝大驾属车八十一乘，法驾属车三十六乘，分左中右三列行进。

奉和幸大荐福寺应制

〔唐〕李峤

雁沼开香域[1]，鹦林降彩旃[2]。还窥图凤宇，更坐跃龙川。
桂舆朝群辟，兰宫列四禅[3]。半空银阁断，分砌宝绳连。
甘雨苏燋泽[4]，慈云动沛篇[5]。独惭贤作砺，空喜福成田。

【注释】

[1] 雁沼：即雁池。

[2] 鹦林：鹦鹉聚集的树林。常用指禅林坐落之处。旃（zhān）：泛指旌旗。

[3] 四禅：佛教语。即四禅定。色界初禅天至四禅天的四种禅定。人于欲界中修习禅定时，忽觉身心凝然，遍身毛孔，气息徐徐出入，入无积聚，出无分散，是为初禅天定；然此禅定中，尚有觉观之相，更摄心在定，觉观即灭，乃发静定之喜，是为二禅天定；然以喜心涌动，定力尚不坚固，因摄心谛观，喜心即谢，

于是泯然入定，绵绵之乐，从内以发，此为三禅天定；然乐能扰心，犹未彻底清净，更加功不已，出入息断，绝诸妄想，正念坚固，此为四禅天定。

[4] 燋（jiāo）：通"焦"。干枯；干燥。

[5] 慈云：佛教语。比喻慈悲心怀如云之广被世界、众生。

奉和荐福寺应制

〔唐〕宋之问

梵筵光圣邸[1]，游豫览宏规[2]。不改灵光殿[3]，因开功德池。
莲生新步叶，桂长昔攀枝。涌塔庭中见[4]，飞楼海上移[5]。
闻韶三月幸[6]，观象七星危[7]。欲识龙归处，朝朝云气随[8]。

【注释】

[1] 梵筵：做佛事的道场。佛寺中设筵，因称梵筵。圣邸：荐福寺原为唐中宗之旧宅，故称圣邸。

[2] 游豫：指帝王出巡。春巡为"游"，秋巡为"豫"。语本《孟子·梁惠王下》："夏谚曰：'吾王不游，吾何以休？吾王不豫，吾何以助？一游一豫，为诸侯度。'"宏规：宏伟的规模。

[3] 灵光殿：汉景帝子鲁恭王所建的宫殿。故址在今山东省曲阜市东。汉王延寿《鲁灵光殿赋》序："鲁灵光殿者，盖景帝程姬之子恭王余之所立也……遭汉中微，盗贼奔突，自西京未央、建章之殿，皆见隳坏，而灵光岿然独存。"后因比喻硕果仅存的人或事物。这里是说，中宗旧宅的宫殿依然如旧。

[4] 涌塔：即今之小雁塔。

[5] 飞楼：高楼。

[6] 闻韶：《论语·述而》："子在齐闻《韶》，三月不知肉味，曰：'不图为乐之至于斯也！'"《韶》，传为舜时的乐名，孔子推为尽善尽美。后以"闻韶"谓听帝王之乐或听美好乐曲。这里形容在皇帝举行的筵会上听到了十分美妙的音乐。

[7] 观象：观察卦爻之象。古人用以测吉凶。七星：二十八宿之一。南方朱

鸟七宿的第四宿，有星七颗。《礼记·月令》："季春之月，月在胃，昏七星中。"孙希旦集解："七星，南方朱鸟之第四宿。"

[8] 朝朝：天天；每天。

奉和幸大荐福寺

〔唐〕宋之问

香刹中天起[1]，宸游满路辉。乘龙太子去，驾象法王归[2]。殿饰金人影，窗摇玉女扉[3]。稍迷新草木，遍识旧庭闱[4]。水入禅心定，云从宝思飞[5]。欲知皇劫远[6]，初拂六铢衣[7]。

【注释】

[1] 香刹：佛寺的别名。此指荐福寺。

[2] 法王：佛教对释迦牟尼的尊称。亦借指高僧。

[3] 玉女扉：画有仙女的门窗。扉，门，门扇。

[4] 闱：古代宫室、宗庙的旁侧小门。

[5] 宝思：赞美之词。多以称扬人的襟怀、谋划、文思等。

[6] 皇劫：皇帝的年纪。

[7] 六铢衣：佛经称忉利天衣重六铢，谓其轻而薄。

和荐福寺英公新构禅堂

〔唐〕丁仙芝

上人久弃世[1]，中道自忘筌[2]。寂照出群有，了心清众缘[3]。所以于此地，筑馆开青莲[4]。果药罗砌下，烟虹垂户前[5]。咒中洒甘露，指处流香泉。禅远目无事，体清宵不眠。枳闻庐山法，松入汉阳禅。一枕西山外，虚舟常浩然[6]。

【作者简介】

丁仙芝，字符祯，曲阿（今江苏丹阳市）人。唐开元十三年（725）登进士第，十八年后授余杭县尉等职。好交游。《全唐诗》存诗十四首。

【注释】

[1] 上人：《释氏要览·称谓》引古师云："内有德智，外有胜行，在人之上，名上人。"自南朝宋以后，多用作对和尚的尊称。弃世：超凡绝俗，遗世独立。《庄子·达生》："夫欲免为形者，莫如弃世。弃世则无累，无累则正平，正平则与彼更生，更生则几矣。"成玄英疏："夫欲有为养形者，无过弃却世间分外之事。"

[2] 中道：中正之道。忘筌：忘记了捕鱼的筌。比喻目的达到后就忘记了原来的凭借。语出《庄子·外物》："筌者所以在鱼，得鱼而忘筌；蹄者所以在兔，得兔而忘蹄。"引申喻不值得重视的事或物。筌，通"荃"。捕鱼的竹器。

[3] 清众：僧徒。

[4] 筑馆：建置馆舍。青莲：佛教以为莲花清净无染。故常用以指称和佛教有关的事物。

[5] 烟虹：云天中的彩虹。

[6] 虚舟：无人驾御的船只。语本《庄子·山木》："方舟而济于河，有虚船来触舟，虽有惼心之人不怒。"亦比喻胸怀恬淡旷达。浩然：水势盛大的样子。

奉和幸大荐福寺

〔唐〕李乂

象设隆新宇[1]，龙潜想旧居。碧楼披玉额[2]，丹仗导金舆[3]。
代日兴光近，周星掩曜初[4]。空歌清沛筑[5]，梵乐奏胡书[6]。
帝造环三界[7]，天文贲六虚[8]。康哉孝理日[9]，崇德在真如[10]。

【注释】

[1] 象设：佛像。

[2] 碧楼：犹玉楼，翠楼。亦为楼阁的美称。玉额：玉石制的匾额。

[3] 金舆：帝王乘坐的车轿。

[4] 周星：即岁星。

[5] 沛筑：筑为中国古代一种击弦乐器，形似筝，十三弦，弦下有柱。刘邦平黥布还都，经故乡沛县，召乡亲会饮，酒酣曾击筑而歌，故汉代起，筑又称"沛筑"。今已失传。

[6] 梵乐：指佛教音乐，包括佛曲呗赞等。

[7] 三界：佛教指众生轮回的欲界、色界和无色界。

[8] 贲：文饰；装饰。六虚：上下以及四方。

[9] 康哉：《尚书·益稷》："（皋陶）乃赓载歌曰：'元首明哉，股肱良哉，庶事康哉。'"称颂君明臣良，诸事安宁。后遂以"康哉"为歌颂太平之词。孝理：犹孝道。谓以孝治国教民。

[10] 真如：佛教语。指永恒存在的实体、实性，亦即宇宙万有的本体，与实相、法界等同义。

奉和幸大荐福寺

〔唐〕赵彦昭

宝地龙飞后，金身佛现时[1]。千花开国界，万善累皇基。
北阙承行幸[2]，西园属住持。天衣拂旧石[3]，王舍起新祠[4]。
刹凤迎雕辇，幡虹驻彩旗[5]。同沾小雨润，窃仰大风诗[6]。

【注释】

[1] "宝地"二句：荐福寺建寺前，寺址原为唐中宗李显即帝位前的旧宅英王府，故如此说。

[2] 北阙：古代宫殿北面的门楼，是臣子等候朝见或上书奏事之处。阙：宫门、城门两侧的高台，中间有道路，台上起楼观。行幸：古代专指皇帝出行。

[3] 天衣：帝王所着之衣。

[4] 王舍：天子或诸侯的行宫。

[5] 幡虹：指寺中长幡。其形长展如虹，故称。

[6] 大风诗：即刘邦《大风歌》。此喻指当朝皇帝的诗作。

奉和幸大荐福寺

〔唐〕郑愔

旧邸三乘辟[1]，佳辰万骑留。兰图奉叶偈[2]，芝盖拂花楼[3]。
国会人王法[4]，宫还天帝游[5]。紫云成宝界[6]，白水作禅流[7]。
雁塔昌基远[8]，鹦林睿藻抽[9]。欣承大风曲[10]，窃预小童讴[11]。

【注释】

[1] 三乘：佛教语。一般指小乘（声闻乘）、中乘（缘觉乘）和大乘（菩萨乘）。三者均为浅深不同的解脱之道。亦泛指佛法。此指佛寺。

[2] 兰图：兰花图。叶偈（jì）：指佛经。

[3] 芝盖：指车盖或伞盖。芝形如盖，故名。花楼：华美的楼。

[4] 国会：犹国计。指国家财政收支的各种会计事务。人王：指帝王。

[5] 天帝：皇帝。

[6] 紫云：紫色云。古以为祥瑞之兆。宝界：佛教语。即净土。谓无劫浊、见浊、烦恼浊、众生浊、命浊等五浊垢染的清洁世界。

[7] 白水：指清水。禅流：禅河。亦称熙连禅河、希尼河、阿恃多伐底河。古印度之河名。佛教对此河名颇多异说。或译有金河，或译无胜河，无定称。佛经中传说佛在涅槃前曾入此河沐浴。后因以谓修习禅定的境界。

[8] 昌基：昌盛的基业。

[9] 鹦林：鹦鹉聚集的树林。常用指禅林坐落之处。睿藻：指皇帝或后、妃所作的诗文。

[10] 大风曲：即刘邦《大风歌》。此用以称誉帝王之作。

[11] 讴：吟诵。

宿荐福寺东池有怀故园因寄元校书

〔唐〕李端

暮雨风吹尽，东池一夜凉。伏流回弱荇[1]，明月入垂杨。
石竹闲开碧[2]，蔷薇暗吐黄[3]。倚琴看鹤舞，摇扇引桐香。
旧笋方辞箨[4]，新莲未满房。林幽花晚发，地远草先长。
抚枕愁华鬓[5]，凭栏想故乡。露余清汉直[6]，云卷白榆行[7]。
惊鹊仍依树[8]，游鱼不过梁。系舟偏忆戴[9]，炊黍愿期张[10]。
末路还思借[11]，前恩讵敢忘。从来叔夜懒[12]，非是接舆狂[13]。
众病婴公干[14]，群忧集孝璋[15]。惭将多误曲，今日献周郎[16]。

【注释】

[1] 伏流：潜藏在地下的水流，地下河流。

[2] 石竹：多年生草本植物，常植于庭院供观赏。

[3] 蔷薇：植物名。一种落叶灌木，花可供观赏，果实可以入药。亦指这种植物的花。

[4] 箨（tuò）：竹笋皮。包在新竹外面的皮叶，竹长成逐渐脱落。俗称笋壳。

[5] 华鬓：鬓发花白。

[6] 清汉：天河。

[7] 白榆：指星星。

[8] 惊鹊：受惊的乌鹊。

[9] 忆戴：比喻想念友人。刘义庆《世说新语·任诞》："王子猷居山阴，夜大雪，眠觉，开室，命酌酒。四望皎然，因起彷徨，咏左思《招隐诗》。忽忆戴安道，时戴在剡，即便夜乘小船就之。经宿方至，造门不前而返。人问其故，王曰：'吾本乘兴而行，兴尽而返，何必见戴？'"后用为思友访友之典。

[10] "炊黍"句：东汉范式在他乡与其至友张劭约定，两年后当赴劭家相会。劭归告其母，请届时设酒食候之。母曰："二年之别，千里结言，尔何相信之审邪？"

劭谓式信士，必不乖违。至其日，式果至。二人对饮，尽欢而别。事见《后汉书·范式传》。后以"鸡黍约"为友谊深长、聚会守信之典。

[11] 末路：晚年。思借：忆念从前得到的帮助。借，帮助，照顾。

[12] 叔夜懒：叔夜，指三国魏嵇康，叔夜为其字。嵇康不满执政的司马师、司马昭等。司马氏集团的山涛推荐他做选曹郎，他坚决拒绝，并作《与山巨源绝交书》云："少加孤露，母兄见骄，不涉经学。性复疏懒，筋驽肉缓……简与礼相背，懒与慢相成。"后用为疏懒或才能不称的典故。

[13] 接舆：春秋时楚国隐士陆通的字。佯狂不仕。亦以代指隐士。

[14] 病婴公干：三国魏刘桢（字公干）《赠五官中郎将四首》其二："余婴沉痼疾，窜身清漳滨。自夏涉玄冬，弥旷十余旬。"叙写自己卧病清漳滨的情况。后常用来指卧病。

[15] 忧集孝璋：《三国志·吴书·孙韶传》："初，孙权杀吴郡太守盛宪。"南朝宋裴松之注引《会稽典录》："宪与少府孔融善，融忧其不免祸，乃与曹公书曰：'……海内知识，零落殆尽，唯会稽盛孝璋尚存。其人困于孙氏，妻孥湮没，单子独立，孤危愁苦，若使忧能伤人，此子不得复永年矣。'"孝璋，三国吴会稽名士盛宪，字孝璋。孔融在给曹操的信中，谈及盛宪既遭孙策之忌，又逢丧妻失子之悲，担心其将忧伤致死。后用为咏忧伤愁苦俱集之典。

[16] "惭将"二句：《三国志·吴书·周瑜传》："瑜少精意于音乐，虽三爵之后，其有阙误，瑜必知之，知之必顾，故时人谣曰：'曲有误，周郎顾。'"

荐福寺送元伟

〔唐〕李端

送客攀花后[1]，寻僧坐竹时。
明朝莫回望，青草马行迟。

【注释】

[1] 攀花：摘花。

同苗员外宿荐福寺僧舍

〔唐〕李端

潘安秋兴动[1],凉夜宿僧房[2]。倚杖云离月[3],垂帘竹有霜。
回风生远径[4],落叶飒长廊[5]。一与交亲会[6],空贻别后伤[7]。

【注释】

[1]潘安秋兴:潘安:晋潘岳,字安仁,故省称"潘安"。潘岳《〈秋兴赋〉序》:"摄官承乏,猥厕朝列,夙兴晏寝,匪遑底宁。譬犹池鱼笼鸟,有江湖山薮之思,于是染翰操纸,慨然而赋。于时秋也,故以秋兴命篇。"后以"潘安秋兴"喻指赏秋的兴致和咏秋的才情。

[2]凉夜:秋夜。潘岳《秋兴赋》:"何微阳之短晷,觉凉夜之方永。"

[3]倚杖:挂着手杖。

[4]回风:旋风。

[5]飒:象声词。风声。

[6]交亲:亲戚朋友。

[7]贻:遗留。

同皇甫侍御题荐福寺一公房

〔唐〕李嘉祐

虚室独焚香[1],林空静磬长[2]。闲窥数竿竹,老在一绳床[3]。
啜茗翻真偈[4],然灯继夕阳[5]。人归远相送,步履出回廊。

【作者简介】

李嘉祐,生卒年俱不可考,字从一,唐赵州(今河北省赵县)人。天宝七年(748)进士。授秘书正字。坐事谪鄱江令,调江阴,入为中台郎。又出为台州刺史。《全唐诗》存诗二卷。

【注释】

[1] 虚室：空室。亦指心境澄澈。

[2] 磬：寺院中召集僧众用的云板形鸣器或诵经用的钵形打击乐器。

[3] 绳床：一种可以折叠的轻便坐具。以板为之，并用绳穿织而成。又称"胡床""交床"。

[4] 真偈（jì）：指佛家的偈颂。偈，梵语"偈佗"的简称，即佛经中的唱颂词。

[5] 然灯：点灯。"然"通"燃"。

题荐福寺衡岳暕师房

〔唐〕韩翃

春城乞食还，高论此中闲。僧腊阶前树[1]，禅心江上山[2]。
疏帘看雪卷[3]，深户映花关。晚送门人出，钟声杳霭间[4]。

【注释】

[1] 僧腊：僧尼受戒后的年岁。

[2] 禅心：佛教用语。谓清静寂定的心境。

[3] 雪卷：被风吹卷起的雪堆。

[4] 霭：云气；烟雾。

题荐福寺僧栖白上人院[1]

〔唐〕李频

空门有才子，得道亦吟诗[2]。内殿频征入[3]，孤峰久作期[4]。
高名何代比[5]，密行几生持[6]。长爱乔松院[7]，清凉坐夏时[8]。

【作者简介】

李频(815—876),字德新,唐睦州寿昌(今属浙江)人。晚唐诗人。幼读诗书,博览强记,领悟颇多。著有《梨岳集》一卷,附录一卷。《全唐诗》存诗三卷。《唐才子传》有载。

【注释】

[1] 栖白:唐代僧人,生卒年不详,越中(今浙江)人。常与李频、许棠、姚合、李洞、贾岛、无可等诗人往来赠答。唐宣宗大中年间住京城荐福寺,为内供奉,赐紫袈裟。工诗,尚苦吟。时人张乔谓其"篇章名不朽"。《全唐诗》录其诗十六首。

[2] 得道:佛教谓修行戒、定、慧三学而发断惑证理之智为得道,然后可以成佛。

[3] 内殿:皇帝召见大臣和处理国事之处。因在皇宫内进,故称。

[4] 孤峰:孤高,高洁。

[5] 高名:盛名,名声大。

[6] 密行:佛教语。小乘指持戒严密的修行,大乘指蕴善于内而不外著的修行。

[7] 乔松:高大的松树。

[8] 坐夏:佛教语。僧人于夏季三个月中安居不出,坐禅静修,称坐夏。其时正当雨季,亦称"坐雨安居"。具体日期因地而异。唐玄奘《大唐西域记·印度总述》:"印度僧徒,依佛圣教,坐雨安居,或前三月,或后三月。前三月当此从五月十六日至八月十五日,后三月当此从六月十六日至九月十五日。前代译经律者,或云坐夏,或云坐腊。"

荐福寺讲筵偶见又别

〔唐〕韩偓

见时浓日午,别处暮钟残[1]。景色疑春尽,襟怀似酒阑[2]。
两情含眷恋,一饷致辛酸。夜静长廊下,难寻屐齿看[3]。

【注释】

[1] 别处：离别的地方。

[2] 酒阑：谓酒筵将尽。

[3] 屐齿：指足迹；游踪。

荐福寺赠应制白公

〔唐〕曹松

才子紫檀衣，明君宠顾时[1]。讲升高座懒[2]，书答重臣迟[3]。瓶势倾圆顶，刀声落碎髭[4]。还闻穿内去，随驾进新诗[5]。

【注释】

[1] 宠顾：特指皇帝的恩宠关注。

[2] 高座：借指精通佛理的高僧。

[3] 重臣：国君倚重的、有崇高声望的大臣。

[4] 髭：嘴唇上边的胡子。

[5] 随驾：跟随帝王左右。

荐福寺

〔清〕王士禛

院从唐代建，人以寂音传。水鸟皆闻法[1]，云山不离禅。花边停浴鼓[2]，竹外起茶烟[3]。即此忘言说，虚空借坐眠。

【注释】

[1] 闻法：听到了佛法。

[2] 浴鼓：禅林通知入浴所打之鼓。

[3] 茶烟：指烧茶煮水、泡茶时产生的烟雾。

青龙寺

青龙寺，位于今西安东南郊铁炉庙村北的乐游原上。唐朝时位于长安新昌坊。本隋朝灵感寺，始建于隋文帝开皇二年（528），唐睿宗景云二年（711）改名为青龙寺。北枕高原，南望爽垲，有登眺之美。日僧入唐多居于此，其中以空海最为有名，1982年青龙寺修建了"空海纪念碑"。1986年，青龙寺从日本引进千余株樱花树植于寺院，每年3、4月间，樱花盛开，姹紫嫣红。

登乐游原春望书怀

〔唐〕张九龄

城隅有乐游，表里见皇州[1]。策马既长远，云山亦悠悠。
万壑清光满，千门喜气浮。花间直城路[2]，草际曲江流。
凭眺兹为美，离居方独愁。已惊玄发换[3]，空度绿荑柔[4]。
奋翼笼中鸟，归心海上鸥。既伤日月逝，且欲桑榆收[5]。
豹变焉能及[6]，莺鸣非可求。愿言从所好，初服返林丘[7]。

【作者简介】

张九龄（678—740），一名博物，字子寿，韶州曲江（今广东韶关）人。景龙初年进士。唐玄宗时历官中书侍郎、同中书门下平章事、中书令，唐朝著名贤相。开元二十四年（736）为李林甫所谮，罢相。其《感遇诗》以格调刚健著称。有《曲江集》二十卷。《全唐诗》存诗三卷。《旧唐书》《新唐书》皆有传。

【注释】

[1] 皇州：指帝都。

[2] 直城：汉京都城门名。《三辅黄图·都城十二门》："长安城西，出第

二门曰直城门。"

[3] 玄发换：谓黑发变白。玄发：黑发。

[4] 绿荑（tí）：指茅草的嫩芽。

[5] "奋翼"四句：表达诗人对隐逸生活的向往。"奋翼""桑榆"：南朝宋范晔《后汉书·冯异传》："玺书劳异曰：'赤眉破平，士吏劳苦，始虽垂翅回溪，终能奋翼黾池，可谓失之东隅，收之桑榆。方论功赏，以答大勋。'"东汉刘秀派大将冯异率军西征，攻赤眉军。赤眉佯败，在回溪之地大破冯军。冯异败回营寨后，重召散兵，复使人混入赤眉，然后内外夹攻，在崤底之地大破赤眉。事后，汉光武帝刘秀下诏奖之，谓冯异初虽在回溪失利，但终能在黾池获胜。可谓在此先有所失，后在彼终有所得，当论功行赏，以表战功。东隅：指日出处，喻初始。桑榆：指日落处，喻最终。比喻开始在某方面有所失败，最后在另一方面取得胜利。海上鸥：《列子·黄帝》："海上之有人好鸥鸟者，每旦之海上，从鸥鸟游，鸥鸟之至者百数而不止。其父曰：'吾闻鸥鸟皆从汝游，汝取来吾玩之。'明日之海上，鸥鸟舞而不下也。"后用以为吟咏隐逸出世生活情趣的典故。

[6] 豹变：谓如豹文那样发生显著的变化。幼豹长大褪毛，然后疏朗焕然，其毛光泽有文采。因以喻势位显贵。

[7] 初服：未入仕时的服装，与"朝服"相对。林丘：树木与土丘。泛指山林。

早夏青龙寺致斋凭眺感物因书十四韵

〔唐〕权德舆

晓出文昌宫，憩兹青莲宇[1]。洁斋奉明祀[2]，凭览伤复古[3]。
秦为三月火[4]，汉乃一抔土[5]。诈力自湮沦[6]，霸仪终莽卤[7]。
中南横峻极[8]，积翠泄云雨。首夏谅清和[9]，芳阴接场圃[10]。
仁祠闷严净[11]，稽首洗灵府[12]。虚室僧正禅，危梁燕初乳。
通庄走声利[13]，结驷乃旁午[14]。观化复何如[15]，刳心信为愈[16]。
盛时忽过量[17]，弱质本无取[18]。静永环中枢，益愧腰下组[19]。

尘劳期抖擞[20]，陟降聊俯偻[21]。遗韵留壁间[22]，凄然感东武[23]。

【注释】

[1] 青莲宇：佛寺。此指青龙寺。

[2] 洁斋：净洁身心，诚敬斋戒。明祀：对重大祭祀的美称。

[3] 凭览：登高远望。夐（xiòng）古：远古。

[4] 秦为三月火：司马迁《史记·项羽本纪》："项羽引兵西屠咸阳，杀秦降王子婴，烧秦宫室，火三月不灭。"

[5] 一抔土：一捧之土。后亦指坟墓。《史记·张释之冯唐列传》："假令愚民取长陵一抔土，陛下何以加其法乎？"长陵，为汉高祖陵。

[6] 诈力：欺诈与暴力。《史记·秦始皇本纪》："秦王怀贪鄙之心，行自奋之智，不信功臣，不亲士民，废王道，立私权，禁文书而酷刑法，先诈力而后仁义。"湮沦：沦落；埋没。

[7] 莽卤：粗疏；马虎。

[8] 中南：山名。即终南山。峻极：谓极高。

[9] 首夏：始夏，初夏。清和：天气清明和暖。

[10] 芳阴：花木的影子。

[11] 仁祠：佛寺的别称。闷（bì）严净：肃穆庄严清净。

[12] 稽首：古时一种跪拜礼，叩头至地，是九拜中最恭敬者。灵府：指心。

[13] 通庄：通道，往来的大路。声利：犹名利。

[14] 结驷：一车并驾四马，常用以指乘驷马高车之显贵。旁午：四面八方；到处。

[15] 观化：死亡的婉辞。

[16] 刳心：道教语。谓摒弃杂念。《庄子·天地》："夫子曰：'夫道，覆载万物者也，洋洋乎大哉！君子不可以不刳心焉。'"郭象注："有心则累其自然，故当刳而去之。"成玄英疏："刳，去也，洗也。"

[17] 盛时：犹盛年。

[18] 无取：不足取。

[19] 腰下组：组：古代佩印用的绶。亦引申为官印或官职的代称。

[20] 尘劳：世俗事务的烦恼。抖擞：振作；奋发。

[21] 陟降：升降，上下。俯偻（lǚ）：低头曲背。

[22] 遗韵：指前人留下的诗赋。此诗题下原注："寺壁有舅氏庶子诗。"

[23] 凄然：凄凉悲伤的样子。东武："东武吟行"的省称。嵇康《琴赋》："若次其曲引所宜，则《广陵》《止息》《东武》《太山》……更唱迭奏，声若自然。"李善注："魏武帝乐府有《东武吟》，曹植有《太山梁甫吟》。左思《齐都赋》注曰：'《东武》《太山》皆齐之土风谣歌，讴吟之曲名也。'"晋陆机、南朝宋鲍照、梁沈约等均有拟作。内容多咏叹人生短促，荣华易逝。

同王维集青龙寺昙壁上人兄院五韵

〔唐〕王昌龄

本来清净所，竹树引幽阴[1]。檐外含山翠[2]，人间出世心。
圆通无有象[3]，圣境不能侵[4]。真是吾兄法[5]，何妨友弟深[6]。
天香自然会[7]，灵异识钟音。

【注释】

[1] 引：招致。幽阴：阴静；幽深。

[2] 山翠：翠绿的山色。

[3] 圆通：佛教语。圆，不偏倚。通，无障碍。谓悟觉法性。

[4] 圣境：宗教信徒所向往的超凡入圣的境界。

[5] 吾兄：对友人的尊称。

[6] 友弟：即友悌。与兄弟相友爱。

[7] 天香：祭神、礼佛的香。

别弟缙后登青龙寺望蓝田山

〔唐〕王维

陌上新离别，苍茫四郊晦[1]。登高不见君，故山复云外。

远树蔽行人[2]，长天隐秋塞[3]。心悲宦游子[4]，何处飞征盖[5]。

【注释】

[1] 苍茫：模糊不清的样子。

[2] 行人：出行的人。指王缙。

[3] 长天：辽阔的天空。

[4] 宦游子：出外做官或求官的人。此为作者自指。

[5] 征盖：指远行的车。盖，车盖，借指车。

夏日过青龙寺谒操禅师

〔唐〕王维

龙钟一老翁[1]，徐步谒禅宫[2]。欲问义心义[3]，遥知空病空[4]。山河天眼里[5]，世界法身中[6]。莫怪销炎热，能生大地风[7]。

【注释】

[1] 龙钟一老翁：王维自指。

[2] 禅宫：僧人所住的房屋；寺院。

[3] 义心：佛教语。即能从疑虑而得正觉之心。《楞伽经》："以性自性第一义心，成就如来世间出世间上上法。"

[4] 空病：拘泥于空法之见，则亦为病，是为空病。《维摩诘经》中云："得是平等，无有余病，唯有空病，空病亦空。"

[5] 天眼：佛教所说五眼之一。又称天趣眼，能透视六道、远近、上下、前后、内外及未来等。

[6] 法身：佛教语。梵语意译。谓证得清净自性，成就一切功德之身。

[7] "莫怪"二句：承接前两句，谓若了悟佛法，纵然夏日炎炎，亦能生起大地之风，得一片清凉之境。写出佛性遍入法界，万法皆尽法身之禅理。其中炎热亦暗指烦恼尘劳，故销得炎热，亦是破除妄想，还得清净。

青龙寺昙璧上人兄院集并序

〔唐〕王维

　　吾兄大开荫中,明彻物外[1],以定力胜敌,以惠用解严。深居僧坊,傍俯人里。高原陆地,下映芙蓉之池;竹林果园,中秀菩提之树。八极氛雰,万汇尘息。太虚寥廓,南山为之端倪;皇州苍茫[2],渭水贯于天地。经行之后[3],跌坐而闲[4]。升堂梵筵[5],饵客香饭[6]。不起而游览,不风而清凉。得世界于莲花[7],记文章于贝叶[8]。时江宁大兄持片石命维序之[9],诗五韵,座上成。

　　　　高处敞招提[10],虚空讵有倪[11]。坐看南陌骑[12],下听秦城鸡[13]。
　　　　渺渺孤烟起[14],芊芊远树齐[15]。青山万井外[16],落日五陵西[17]。
　　　　眼界今无染[18],心空安可迷[19]。

【注释】

　　[1] 吾兄:指昙璧上人。物外:世外。谓超脱于尘世之外。

　　[2] 皇州:京城。

　　[3] 经行:佛教语。谓旋绕往返或径直来回于一定之地。佛教徒作此行动,为防坐禅而欲睡眠,或为养身疗病,或表示敬意。

　　[4] 跌(fū)坐:盘腿端坐。

　　[5] 升堂:登上厅堂。梵筵:做佛事的道场。

　　[6] 香饭:香国世尊之食。亦指佛家的饭食。

　　[7] 莲花:喻佛门的妙法。

　　[8] 贝叶:古代印度人用以写经的树叶。亦借指佛经。

　　[9] 江宁大兄:指王昌龄。开元末,王昌龄授江宁丞。其诗以七绝见长,尤以登第之前赴西北边塞所作边塞诗最著,有"诗家夫子王江宁"之誉。大兄:对朋辈的敬称。

　　[10] 敞招提:宽广、敞亮的僧院房舍。招提:梵语。音译为"拓斗提奢",

省作"拓提",后误为"招提"。其义"四方"。四方之僧称招提僧,四方僧之住处称为招提僧坊。北魏太武帝造伽蓝,创招提之名,后遂为寺院的别称。

[11] 虚空:天空。讵:副词。表示反诘。相当于"岂""难道"。倪:端;涯际,边际。首二句意为:从乐游原高处轩豁、宽广的青龙寺望去,天空无边无际。

[12] 南陌骑:南边路上骑马的人。

[13] 秦城:指长安城。

[14] 渺渺:飘动貌。辽远貌。

[15] 芊芊:草木茂盛貌。

[16] 万井:唐代杜佑《通典》:"昔黄帝始经土设井以塞诤端,立步制亩以防不足,使八家为井,井开四道而分八宅,凿井于中。"古制八家为井,后以井指乡里、家宅。万井,言许多村庄。

[17] 五陵:指西汉高祖、惠帝、景帝、武帝、昭帝的长陵、安陵、阳陵、茂陵、平陵。均在渭水北岸,今陕西咸阳市附近。

[18] 无染:佛教语。谓性本洁净,无沾污垢。

[19] 心空:心入空境,领悟到"诸法皆空"。

同王昌龄裴迪游青龙寺昙壁上人兄院集和兄维

〔唐〕王缙

林中空寂舍[1],阶下终南山。高卧一床上[2],回看六合间[3]。
浮云几处灭,飞鸟何时还[4]。问义天人接,无心世界闲。
谁知大隐者[5],兄弟自追攀[6]。

【作者简介】

王缙(702—781),字夏卿,太原祁县(今山西祁县)。唐朝中期宰相、书法家,尚书右丞王维之弟。自幼好学,与王维俱以名闻。举草泽文辞清丽科上第,授侍御史。协助李光弼平定安史之乱,历任太原尹、河南副元帅、河东节度使,两拜门下侍郎、同平章事。附和权臣元载,贬为括州刺史,终迁太子宾客、分司东都。建中二年(781)卒,时年八十二。著作多散佚,散文只有表、碑、册等体。崇尚佛学，诗作风格与王维相似，平淡清新。生平事迹收录于《金石录》《述书赋注》，《旧唐书》《新唐书》皆有传。《全唐诗》存诗八首。

【注释】

[1] 空寂舍：僧人所住的房子。《维摩诘经》："毕竟空寂舍。"

[2] 高卧：安卧；悠闲地躺着。

[3] 六合：天地四方。

[4] "飞鸟"句：化用陶渊明《归去来兮辞》"云无心以出岫，鸟倦飞而知还"句意。

[5] 大隐者：不拘归隐形式而心意真正隐遁的隐者。

[6] 追攀：追随，跟随。

清明日青龙寺上方赋得多字

〔唐〕皇甫冉

上方偏可适[1]，季月况堪过[2]。远近水声至，东西山色多。
夕阳留径草，新叶变庭柯[3]。已度清明节，春秋如客何。

【作者简介】

皇甫冉（717？—771？），字茂政，祖籍甘肃泾州，出生于润州丹阳（今江苏镇江）。天宝十五载（756）进士。曾官无锡尉，大历初入河南节度使王缙幕，终左拾遗、右补阙。其诗清新飘逸，多漂泊之感。《全唐诗》存诗二卷。《唐才子传》有载。

【注释】

[1] 上方：住持僧居住的内室。亦借指佛寺。

[2] 季月：每季的最后一月，即农历三、六、九、十二月。这里指春季的最后一个月，即农历三月。

[3] "夕阳"二句：径草：小路上的草。庭柯：庭园中的树木。柯，树枝。

两句写夕阳的余晖留在路旁的草上,庭院中的树木已换上新叶。

宿青龙寺故昙上人院

〔唐〕耿湋

年深宫院在[1],闲客自相逢。闭户临寒竹[2],无人有夜钟。降龙今已去[3],巢鹤竟何从。坐见繁星晓,凄凉识旧峰。

【注释】

[1] 宫院:寺院,指青龙寺。

[2] 寒竹:即竹。因其经冬不凋,故称。

[3] 降龙:能制服毒龙的高僧,指昙上人。《涅槃经》:"但我住处,有一毒龙,其性暴急,恐相危害。"王维《香积寺》诗:"安禅制毒龙。"巢鹤:指昙上人的弟子、信徒。此为诗人自指。

青龙寺昙壁上人院集

〔唐〕裴迪

灵境信为绝[1],法堂出尘氛[2]。自然成高致[3],向下看浮云。迤逦峰岫列[4],参差闾井分。林端远堞见[5],风末疏钟闻。吾师久禅寂[6],在世超人群。

【作者简介】

裴迪,生卒年、字、号均不详,唐代诗人,关中(今属陕西)人。官蜀州刺史及尚书省郎。以诗文见称,是盛唐著名的山水田园诗人之一。《全唐诗》存诗二十九首。

【注释】

[1] 灵境：庄严妙土，吉祥福地。多指寺庙所在的名山胜境。

[2] 法堂：佛教语。寺中演说佛法的讲堂。

[3] 高致：高雅的情致、格调。

[4] 迤逦：曲折连绵貌。峰岫（xiù）：犹峰峦。

[5] 堞（dié）：城上呈齿形的矮墙，亦称女墙。

[6] 禅寂：佛教语。释家以寂灭为宗旨，故谓思虑寂静为禅寂。

夏日过青龙寺谒操禅师

〔唐〕裴迪

安禅一室内[1]，左右竹亭幽。有法知不染，无言谁敢酬。
鸟飞争向夕，蝉噪已先秋。烦暑自兹适[2]，清凉何所求。

【注释】

[1] 安禅：佛教语。指静坐入定，俗称打坐。

[2] 烦暑：闷热；暑热。

青龙寺题故昙上人房

〔唐〕李端

远公留故院[1]，一径雪中微。童子逢皆老，门人问亦稀。
翻经徒有处[2]，携履遂无归[3]。空念寻巢鹤，时来傍影飞。

【注释】

[1] 远公：晋代高僧慧远，居庐山东林寺，世人称为远公。此借指昙上人。

[2] 翻经：犹读经。有处：有处所。

[3] 携履：此指昙上人圆寂。《五灯会元·初祖菩提达摩祖师》："达摩端

居而逝……葬熊耳山。起塔于定林寺。后三岁，魏宋云奉使西域回，遇祖（指达摩）于葱岭，见手携只履，翩翩独逝。云问：'师何往？'祖曰：'西天去。'"后以"携只履"为僧人送行或追悼亡僧之典。履，鞋子。

独游青龙寺

〔唐〕顾况

春风入香刹[1]，暇日独游衍[2]。旷然莲花台[3]，作礼月光面[4]。
乘兹第八识[5]，出彼超二见[6]。摆落区中缘[7]，无边广弘愿[8]。
长廊朝雨毕，古木时禽啭[9]。积翠暧遥原[10]，杂英纷似霰[11]。
凤城腾日窟[12]，龙首横天堰。蚁步避危阶[13]，蝇飞响深殿。
大通智胜佛[14]，几劫道场现[15]。

【作者简介】

顾况，生卒年不详，字逋翁，号华阳真逸（一说华阳真隐），晚年自号悲翁，海盐（今浙江海宁境内）人。唐代诗人、画家、鉴赏家。曾任著作郎，后贬饶州司户参军。晚年隐居茅山，有《华阳集》行世。《全唐诗》存诗四卷。《唐才子传》有载。

【注释】

[1] 香刹：佛寺的别名。

[2] 游衍：畅游。

[3] 莲华台：佛座。

[4] 作礼：举手施礼；行礼。

[5] 第八识：八识是佛法基本正知见，谓眼、耳、鼻、舌、身、意为前六识，第七识为意根，第八识为如来藏。

[6] 二见：佛教指古印度对人死后的两种错误见解，即"断见"（谓人死后一切皆无）和"常见"（谓人死后灵魂常住）。

[7] 摆落：撇开；摆脱。区中缘：尘世的俗情。

[8] 弘愿：佛教语。谓拯救一切众生的大愿。

[9] 时禽：随节候而出现的鸟。

[10] 暧：遮蔽；弥漫。

[11] 霰：雪珠。

[12] 日窟：日所居之处。

[13] 蚁步：比喻稳步前行。

[14] 大通智胜佛：又作大通众慧如来、大通慧如来。即出现于过去三千尘点劫以前，演说法华经之佛名。《法华经》：佛告诸比丘："大通智胜佛，寿五百四十万亿那由他劫。其佛本坐道场，破魔军已，垂得阿耨多罗三藐三菩提，而诸佛法不现在前，如是一小劫乃至十小劫，结跏趺坐，身心不动，而诸佛法犹不在前。"

[15] 劫：佛教名词。古印度传说，世界经历若干万年毁灭一次，重新再开始，此一周期为"劫"。后人借指天灾人祸。道场：寺观。

与王楚同登青龙寺上方

〔唐〕李益

连冈出古寺[1]，流睇移芳宴[2]。鸟没汉诸陵，草平秦故殿[3]。
摇光浅深树，拂木参差燕[4]。春心断易迷[5]，远目伤难遍[6]。
壮日各轻年，暮年方自见[7]。

【作者简介】

李益（750？—830？），字君虞，祖籍凉州姑臧（今甘肃武威市凉州区），后迁河南郑州。大历四年（769）进士，初任郑县尉，建中四年（783）登书判拔萃科。后弃官在燕赵一带漫游。以边塞诗出名，尤擅七言绝句。《全唐诗》存诗二卷。《旧唐书》《新唐书》皆有传。《唐才子传》有载。

【注释】

[1] 连冈：连绵的山冈。这里指青龙寺所在之乐游原高地。古寺：指青龙寺。

[2] 流睇（dì）：周流观览。睇，小视。芳宴：美宴。

[3] "鸟没"二句：谓汉代诸陵如今只有飞鸟出没，繁茂的春草淹没了秦朝的宫殿故址。

[4] "摇光"二句：谓颜色深浅不同的树木摇动着光影，高高低低的飞燕从树梢掠过。摇光：光影摇曳。浅深树：颜色深浅不同的树木。拂木：从树木旁边掠过。参差燕：飞得高低不齐的燕子。

[5] 春心：春景所引发的意兴或情怀。

[6] 难遍：难以望遍。

[7] 壮日：少壮之时。轻年：不珍惜年华。暮年：晚年；老年。自见：犹自知。《庄子·骈拇》："吾所谓明者，非谓其见彼也，自见而已矣。"末二句言人在少壮时不珍惜年华，到暮年时才有所悔悟。

题青龙寺

〔唐〕张祜

二十年沉沧海间，一游京国也应闲。
人人尽到求名处[1]，独向青龙寺看山。

【注释】

[1] 求名处：谋求功名之处。

病后游青龙寺

〔唐〕李端

病来形貌秽，斋沐入东林[1]。
境静闻神远，身羸向道深。
芭蕉高自折，荷叶大先沉。

【注释】

[1] 斋沐：指斋戒沐浴。

王起居独游青龙寺玩红叶因寄

〔唐〕羊士谔

十亩苍苔绕画廊[1]，几株红树过清霜[2]。
高情还似看花去[3]，闲对南山步夕阳[4]。

【注释】

[1] 苍苔：青色苔藓。画廊：绘饰彩画的走廊，这里指寺院的房舍。
[2] 红树：秋天树叶变红了的枫树。清霜：寒霜；白霜。
[3] 高情：高雅的情致。
[4] 南山：终南山。步夕阳：漫步在夕阳下。

游青龙寺赠崔大补阙

〔唐〕韩愈

秋灰初吹季月管[1]，日出卯南晖景短[2]。
友生招我佛寺行[3]，正值万株红叶满。
光华闪壁见神鬼，赫赫炎官张火伞[4]。
然云烧树火实骈，金乌下啄赪虬卵[5]。
魂翻眼倒忘处所，赤气冲融无间断[6]。
有如流传上古时，九轮照烛乾坤旱[7]。
二三道士席其间，灵液屡进玻黎碗[8]。
忽惊颜色变韶稚[9]，却信灵仙非怪诞。
桃源迷路竟茫茫[10]，枣下悲歌徒纂纂[11]。
前年岭隅乡思发[12]，踯躅成山开不算。

去岁羁帆湘水明[13]，霜枫千里随归伴[14]。
猿呼鼯啸鹧鸪啼[15]，侧耳酸肠难濯浣[16]。
思君携手安能得，今者相从敢辞懒[17]？
由来钝骏寡参寻[18]，况是儒官饱闲散。
惟君与我同怀抱，锄去陵谷置平坦。
年少得途未要忙[19]，时清谏疏尤宜罕[20]。
何人有酒身无事，谁家多竹门可款[21]。
须知节候即风寒，幸及亭午犹妍暖[22]。
南山逼冬转清瘦[23]，刻画圭角出崖巘[24]。
当忧复被冰雪埋，汲汲来窥戒迟缓[25]。

【注释】

[1] 秋灰：古代以苇膜烧制的灰置于律管中以候气，至某一节气，则灰从中飞出。秋灰，指秋季从中飞出的灰，谓秋已至。季月：每季的最后一月，即农历三、六、九、十二月。

[2] 卯南：东南。卯，正东。晖景：日影，指白天。景，阴影。

[3] 友生：朋友。亦用为师长对门生自称的谦词。

[4] 赫赫：形容炎热炽盛。炎官：神话中的火神。火伞：比喻烈日。

[5] 金乌：古代神话传说太阳中有三足乌，因用为太阳的代称。赪虬（chēng qiú）卵：指柿果。

[6] 赤气：炎暑之气。冲融：充溢弥漫貌。

[7] 九轮：指上古传说中的九个太阳。照烛：照耀。乾坤：称天地。

[8] 灵液：仙液，喻指美酒。此处指柿子汁液。

[9] 韶稚：貌美而年少。

[10] 桃源迷路：此用陶潜《桃花源记》典："既出，得其船，便扶向路，处处志之，及郡下，诣太守，说如此，太守即遣人随其往，寻向所志，遂迷，不复得路。"

[11] "枣下"句：《昭明文选》卷一八潘岳《笙赋》："咏园桃之夭夭，歌枣下之纂纂。歌曰：'枣下纂纂，朱实离离。宛其落矣，化为枯枝。人生不能行乐，死何以虚谧为？'"李善注："《古咄唶歌》曰：'枣下何攒攒，荣华各有时。

枣欲初赤时，人从四边来。枣适今日赐，谁当仰视之。'攒，集聚貌。篡与攒古字通。"借咏枣树之华实荣枯，感伤人生荣华不常、好景难再。后世常以"枣下悲歌"伤叹好景不长。

[12] "前年"句：贞元十九年（803）冬天，韩愈被举荐任监察御史。当年关中大旱，百姓饱受饥荒，尸横遍野。初入仕途的韩愈写下《御史台上论天旱人饥状》一文，但得罪了权贵，被唐德宗远贬连州阳山（今广东阳山）。"前年"指韩愈任阳山令期间。

[13] "去岁"句：贞元二十一年（805）春，韩愈遇赦北归，授江陵法曹参军，十月赴江陵。806年韩愈自江陵召还，为国子博士。

[14] 霜枫：经霜的枫叶，其红如火，古诗文中亦常用以喻离人之泪。

[15] 鼯（wú）：鼯鼠。

[16] 濯浣：洗涤。

[17] 相从：跟随，在一起。

[18] 由来：历来。钝骏：呆笨。寡参寻：少有人寻访。参寻：犹寻访。

[19] 得途：仕途得志。

[20] 时清：时世清平。谏疏：条陈得失的奏章。

[21] 款：叩；敲击。

[11] 亭午：正午。妍暖：谓晴朗暖和。

[23] "南山"句：谓临近冬季，终南山上万物开始凋零，略呈萧瑟之态。逼冬：临近冬季。

[24] 圭角：圭的棱角，犹言锋芒。崖：边际。

[25] 汲汲：心情急切貌。

青龙寺早夏

〔唐〕白居易

尘埃经小雨，地高倚长坡。日西寺门外[1]，景气含清和[2]。
闲有老僧立，静无凡客过[3]。残莺意思尽[4]，新叶阴凉多。
春去来几日，夏云忽嵯峨[5]。朝朝感时节[6]，年鬓暗蹉跎[7]。

胡为恋朝市，不去归烟萝[8]。青山寸步地，自问心如何。

【注释】

[1] 日西：指傍晚。

[2] 景气：景色；景象。清和：天气清明和暖。

[3] 凡客：凡俗之人；俗客。

[4] 意思：情趣；趣味。

[5] 嵯峨：形容盛多。

[6] 朝朝：天天；每天。

[7] "年鬓"句：指光阴虚度。年鬓：年龄与鬓发。

[8] 烟萝：借指幽居或修真之处。

和钱员外青龙寺上方望旧山

〔唐〕白居易

旧峰松雪旧溪云[1]，怅望今朝遥属君。
共道使臣非俗吏，南山莫动北山文[2]。

【注释】

[1] 松雪：谓松上积雪。

[2] 北山文：孔稚珪《北山移文》的省称。南齐周颙和孔稚珪隐居钟山。后周颙应召出仕，任满归京再过此山时，孔稚珪假托山神之意，撰成《北山移文》，讽刺周颙。后人用此典故，讽刺热衷于功名利禄的假隐。句中借以劝钱员外勿动隐居终南山之念。

和秘书崔少监春日游青龙寺僧院

〔唐〕姚合

官清书府足闲时[1],晓起攀花折柳枝。
九陌城中寻不尽[2],千峰寺里看相宜。
高人酒味多和药,自古风光只属诗。
见说往来多静者[3],未知前日更逢谁。

【注释】

[1] 书府:指中书省或秘书省。

[2] 九陌:泛指都城大道和繁华闹市。

[3] 见说:犹听说。静者:深得清静之道、超然恬静之人。多指隐士、僧侣和道徒。

题青龙寺镜公房

〔唐〕贾岛

一夕曾留宿,终南摇落时[1]。孤灯冈舍掩,残磬雪风吹[2]。
树老因寒折,泉深出井迟。疏慵岂有事[3],多失上方期[4]。

【注释】

[1] 摇落:凋残,零落。

[2] 雪风:夹带着雪的风。

[3] 疏慵:疏懒;懒散。

[4] 上方:住持僧居住的内室。亦借指佛寺。此借指镜公。

题青龙寺

〔唐〕贾岛

碣石山人一轴诗[1],终南山北数人知。
拟看青龙寺里月[2],待无一点夜云时。

【注释】

[1] 碣石山人:贾岛自号碣石山人。一轴诗:一卷诗。

[2] 拟:打算、计划。

秋夜寄青龙寺空、贞二上人

〔唐〕无可

夜来思道侣[1],木叶向人飘[2]。精舍池边古[3],秋山树下遥。
磬寒彻几里,云白已经宵。未得同居止,萧然自寂寥[4]。

【作者简介】

无可,生卒年不详。俗姓贾,范阳(今北京西南)人。贾岛从弟。少年时出家,尝与贾岛同居青龙寺。大和间,为白阁寺僧。与姚合过往甚密,多酬唱。又与张籍、马戴、厉玄、喻凫等人友善。工诗,多五言,与贾岛、周贺齐名。擅书法,效柳公权体。《全唐诗》存诗二卷。《唐诗纪事》《唐才子传》有载。

【注释】

[1] 道侣:僧道指一起修行、修炼的同伴。

[2] 木叶:树叶。

[3] 精舍:道士、僧人修炼居住之所。

[4] 萧然:空虚;冷落。

寄青龙寺原上人

〔唐〕无可

敛屦入寒竹[1]，安禅过漏声[2]。高杉残子落，深井冻痕生。
罢磬风枝动[3]，悬灯雪屋明[4]。何当招我宿[5]，乘月上方行[6]。

【注释】

[1] 敛屦（jǔ）：犹蹑足。踮起脚走路，表示敬肃。

[2] 安禅：佛教语。指静坐入定。俗称打坐。漏声：铜壶滴漏之声。

[3] 磬：古代打击乐器，看状如曲尺，用玉、石或金属制成。悬挂于架上，击之而鸣。

[4] 雪屋：隐者或僧侣的住房。

[5] 何当：犹何日，何时。

[6] 上方：指佛寺。

题青龙寺纵公房

〔唐〕无可

从谁得法印[1]，不离上方传。夕磬城霜下，寒房竹月圆[2]。
烟残衰木畔，客住积云边。未隐沧洲去[3]，时来于此禅。

【注释】

[1] 法印：佛教语。判定佛法的标准。主要有"三法印"："诸行无常""诸法无我"和"涅槃寂静"。

[2] 竹月：在竹林中看到的月亮。

[3] 沧洲：滨水的地方。古时常用以称隐士的居处。

题青龙寺

〔唐〕朱庆余

寺好因岗势[1]，登临值夕阳[2]。青山当佛阁[3]，红叶满僧廊[4]。竹色连平地，虫声在上方。最怜东面静[5]，为近楚城墙[6]。

【注释】

[1] 岗势：指乐游原高耸的地势。

[2] 值：正当。

[3] 青山：指终南山。当：对着，向着。佛阁：寺院的佛堂。

[4] 僧廊：寺院里的走廊。

[5] 最怜：最喜爱。

[6] 楚城墙：整齐成列的城墙。楚，齐整貌。青龙寺在唐长安东城之旁，故如此说。

题青龙寺镜公房

〔唐〕马戴

一室意何有，闲门为我开[1]。炉香寒自灭，履雪饭初回。窗迥孤山入，灯残片月来[2]。禅心方此地[3]，不必访天台[4]。

【作者简介】

马戴（799？—869？），字虞臣，唐定州曲阳（今河北省曲阳县）或华州（今属陕西）人。晚唐著名诗人。武宗会昌四年（844）擢进士第。宣宗大中间为太原幕府掌书记，以直言获罪，贬龙阳尉，终太学博士。与贾岛、姚合为诗友。有集。《全唐诗》存诗二卷。

【注释】

[1] 闲门：指进出往来的人不多，显得清闲的门庭。

[2] 片月：指月光。

[3] 禅心：佛教用语。谓清静寂定的心境。

[4] 天台：天台山，位于今浙江省天台县，佛教天台宗的发祥地。

青龙寺赠云颢法师 [1]

〔唐〕曹松

紫檀衣且香[2]，春殿日尤长。此地开新讲，何山锁旧房。
僧名喧北阙[3]，师印续南方。莫惜青莲喻[4]，秦人听未忘。

【注释】

[1] 云颢：唐代高僧，唐懿宗咸通十一年（870）十一月敕为三慧大师。咸通十四年（873）二月，唐懿宗下诏令供奉官李奉建、高品彭延鲁、库家齐询敬，左右街僧录清澜、彦楚、首座僧澈、惟应、大师重谦、云颢、慧晖等同赴法门寺迎请佛祖真身舍利。

[2] 紫檀：指檀香。

[3] 北阙：宫禁或朝廷的别称。

[4] 青莲：佛教以为莲花清净无染，故常用以指称和佛教有关的事物。

青龙寺僧院

〔唐〕刘得仁

常多簪组客[1]，非独看高松。此地堪终日，开门见数峰。
苔新禽迹少，泉冷树阴重。师意如山里，空房晓暮钟。

【注释】

[1] 簪组客：指高官显贵。

秋晚与友人游青龙寺

〔唐〕刘得仁

高视终南秀，西风度阁凉。一生同隙影[1]，几处好山光。
暮鸟投嬴木，寒钟送夕阳。因居话心地[2]，川冥宿僧房。

【注释】

[1] 隙影：指光阴易逝。

[2] 心地：心情，心境。

夏日青龙寺寻僧二首

〔唐〕薛能

其一

帝里欲何待[1]，人间无阙遗[2]。不能安旧隐[3]，都属扰明时[4]。
违理须齐辱[5]，雄图岂藉知[6]。纵横悉已误[7]，斯语是吾师。

【注释】

[1] 帝里：帝都，京都。

[2] 阙遗：《尚书·虞书·大禹谟》："帝曰：'俞，允若兹。嘉言罔攸伏，野无遗贤，万邦咸宁。'"称颂朝政清明，人才都被录用。唐天宝六年（747），李林甫弄权，操控制举，遂无一人及第，林甫乃上表贺野无遗贤。

[3] 旧隐：旧时的隐居处。

[4] 明时：指政治清明的时代。古时常用以称颂本朝。

[5] 违理：违反常理。

[6] 雄图：远大的抱负。

[7] 纵横：横竖，反正。

其二

得官殊未喜，失计是忘愁[1]。不是无心速，焉能有自由。
凉风盈夏扇，蜀茗半形瓯。笑向权门客，应难见道流。

【注释】

[1] 失计：谋划错误。

下第题青龙寺僧房

〔唐〕韦庄

千蹄万毂一枝芳[1]，要路无媒果自伤[2]。
题柱未期归蜀国[3]，曳裾何处谒吴王[4]。
马嘶春陌金羁闹，鸟睡花林绣羽香[5]。
酒薄恨浓消不得，却将惆怅问支郎[6]。

【注释】

[1] 毂（gǔ）：车轮的中心部位，周围与车辐的一端相接，中有圆孔，用以插轴。此句犹今"千军万马过独木桥"意。

[2] 无媒：没有引荐的人。比喻进身无路。

[3] "题柱"句：汉赵岐《三辅决录》卷二载，东汉灵帝时，长陵田凤为尚书郎，仪貌端正。入奏事，"灵帝目送之，因题殿柱曰：'堂堂乎张，京兆田郎。'"后遂以"题柱"为称美郎官得到皇帝赏识之典。

[4] "曳裾"句：《汉书·邹阳传》："邹阳，齐人也。……其（指邹阳《上吴王书》）辞曰：'……臣闻交（蛟）龙襄首奋翼，则浮云出流，雾雨咸集。

圣王底（通"砥"，磨砺）节修德，则游谈之士归义思名。今臣尽智毕议，易精极虑，则无国不可奸（通"干"，干谒，追求）；饰固陋之心，则何王之门不可曳长裾乎？'"曳：拖。裾：外衣的大襟。"曳裾"即长襟拖地。后以"曳裾王门"为奔走投靠权贵之门的典故。

[5] 绣羽：指鸟类美丽的羽毛。

[6] 支郎：汉末、三国时僧人支谦。月支国人，于东汉末迁居吴地，译出《大明度无极经》等八十八部，一百一十八卷，为著名的佛经翻译家。此泛指僧人。

兴善寺

兴善寺位于长安靖善坊。始建于晋，初称遵善寺，隋文帝开皇二年（582）扩建，各取大兴城、靖善坊一字为名，更名为大兴善寺。印度僧人达摩笈多等曾住寺内译经。唐玄宗开元年间，号称"开元三大士"的印度僧人善元果、金刚智、不空到此寺传授密宗，成为当时长安翻译佛经的三大译场之一，是中国密宗的发源地。现位于西安市南郊。

宿兴善寺后堂池

〔唐〕李端

草堂高树下，月向后池生。野客如僧静[1]，新荷共水平。
锦鳞沉不食[2]，绣羽乱相鸣[3]。即事思江海[4]，谁能万里行。

【注释】

[1] 野客：村野之人。借指隐逸者。

[2] 锦鳞：鱼的美称。

[3] 绣羽：指色彩斑斓的鸟。

[4] 即事：面对眼前事物。

春雪题兴善寺广宣上人竹院

〔唐〕杨巨源

皎洁青莲客[1]，焚香对雪朝[2]。竹风催淅沥[3]，花雨让飘飖[4]。触石和云积，萦池拂水消。只应将日月，颜色不相饶[5]。

【注释】

[1] 青莲客：指寺僧。

[2] 雪朝：下雪天。

[3] 竹风：竹间之风。淅沥：象声词。形容雪霰、风雨、落叶、机梭等的声音。此指落雪声。

[4] 花雨：落花如雨。此指雪花纷落如雨。飘飖：摇动；晃动。指雪花在风中飞舞。

[5] "颜色"句：犹"岁月不饶人"意。颜色：面容；面色。

游长安诸寺联句并序·靖恭坊大兴善寺·老松青桐联二十字绝句

〔唐〕段成式、张希复、郑符

武宗癸亥三年夏，予与张君希复善继同官秘书，郑君符梦复连职仙局。会假日，游大兴善寺。因问《两京新记》（一作《两京杂记》）及《游目记》，多所遗略。及约一旬寻两街寺，以街东兴善为首，二记所不具，则别录之。游及慈恩，初知官将并寺，僧众草草。乃泛问一二上人及记塔下画迹，游于此遂绝。后三年，予职于京洛，及刺安成，至大中七年归京。在外六甲子，所留书籍，揃坏居半。于故简中睹与二亡友游寺，沥血泪交。当时造适乐事，邈不可追。复方刊整，才足续穿蠹，然十七五六矣。

有松堪系马,遇钵更投针[1]。

记得汤师句[2],高禅助朗吟[3]。

（段成式）

【作者简介】

段成式（803？—863），字柯古，祖籍临淄邹平（今山东邹平），后徙荆州（今湖北江陵）。段文昌之子。以门荫入仕，官秘书省校书郎。开成五年（840），为秘书省著作郎、集贤殿修撰，累迁尚书省郎中。后出为吉、处二州刺史。大中末，居襄阳，与温庭筠、韦蟾等唱和。咸通初，出为江州刺史。官终太常少卿。撰《酉阳杂俎》二十卷、《续集》十卷，今存。与温庭筠等襄阳唱和之作被编为《汉上题襟集》十卷，已佚。《全唐诗》存诗一卷。

【注释】

[1]"遇钵"句：典出《大唐西域记》："时提婆菩萨自执师子国（即锡兰）来求论议，谓门者曰：'为通谒。'门者通于龙猛（即龙树）。龙猛知其名，盛满钵水命弟子曰：'汝持此水示彼提婆。'提婆见水，默而投针，弟子持钵怀疑而返。龙猛曰：'彼何辞？'对曰：'默无所说，但投针于水。'龙猛曰：'智人也，满钵之水，譬我智之周，彼投针遂极其底，是非常人，应速召进。'提婆颇自负，期将大对抗，忽睹威颜，忘其所言，自引责，请受教。龙猛曰：'遇斯俊彦，写瓶有寄矣。'"钵：梵语钵多罗的省称。僧人餐具。

[2]汤师：南朝宋僧人汤休文采绮艳，后还俗，官至扬州从事史。此指称诗僧。

[3]朗吟：高声吟诵。

乘晴入精舍[1]，语默想东林[2]。

尽是忘机侣[3]，谁惊息影禽[4]。

（张希复）

【作者简介】

张希复，生卒年不详，字善继，深州陆泽（今河北深州西）人，一作镇州常山（今河北正定）人。登进士第。武宗会昌三年（843）与段成式同官于秘书省。后历河南府士曹、集贤校理学士、员外郎。宣宗大中七年（853）前卒。《全唐诗》存诗一首，与段成式等游长安诸寺联句若干、词一首。

【注释】

[1] 精舍：指佛寺。

[2] 东林：指庐山东林寺。

[3] 忘机：消除机巧之心。常用以指甘于淡泊，与世无争。

[4] 息影：语本《庄子·渔父》："不知处阴以休影，处静以息迹，愚亦甚矣！"息影禽：藏在树荫处的禽鸟。

　　　　一雨微尘尽，支郎许数过[1]。
　　　　方同嗅薝卜[2]，不用算多罗[3]。
　　　　（郑符）

【作者简介】

郑符（？—846？）字梦复，籍贯不详。武宗会昌三年（843）任校书郎。卒于会昌末或大中初。与段成式、张希复为诗友，多有唱和。事迹见段成式《酉阳杂俎》续集卷五。《全唐诗》存与段成式等游长安诸寺联句若干、词一首。

【注释】

[1] 支郎：汉末、三国时僧人支谦、晋代高僧支遁，具有支郎之称。后泛称僧人。

[2] 薝（zhān）卜：梵语 Campaka 音译，指郁金花。

[3] 多罗：梵语 Pattra 的译音。亦译作"贝多罗"。树名。即贝多树。形如棕榈，叶长稠密，久雨无漏。其叶可供书写，称贝叶。

游长安诸寺联句·靖恭坊大兴善寺·蛤像联二十字

〔唐〕段成式、张希复

　　　　相好全如梵[1]，端倪只为隋。

> 宁同蚌顽恶，但与鹬相持[2]。
>
> （段成式）

【注释】

[1] 相好：对佛像的敬称。

[2] "宁同"二句：典出《战国策·燕策》二《赵且伐燕》："赵且伐燕，苏代为燕谓惠王曰：'今者臣来，过易水，蚌方出曝，而鹬啄其肉，蚌合而钳其喙。鹬曰：'今日不雨，明日不雨，即有死蚌。'蚌亦谓鹬曰：'今日不出，明日不出，即有死鹬。'两者不肯相舍，渔者得而并禽之。今赵且伐燕，燕、赵久相支，以弊大众，臣恐强秦之为渔父也。故愿王之熟计之也。'惠王曰：'善。'乃止。"顽恶：愚妄而桀骜不驯。

> 虽因雀变化，不逐月亏盈。
> 纵有天中匠，神工讵可成[1]。
>
> （张希复）

【注释】

[1] 讵可：岂可。

冬日题兴善寺崔律师院孤松

〔唐〕刘得仁

> 为此疏名路，频来访远公。孤标宜雪后[1]，每见忆山中。
> 静影生幽藓，寒声入迥空[2]。何年植兹地，晓夕动清风[3]。

【注释】

[1] 孤标：指山、树等特出的顶端。

[2] 迥空：高旷的天空。

[3] 晓夕：犹日夜。

题兴善寺寂上人院

〔唐〕郑谷

客来风雨后,院静似荒凉。罢讲蚤离砌,思山叶满廊。
腊高兴故疾[1],炉暖发余香。自说匡庐侧[2],杉阴半石床[3]。

【注释】

[1] 腊高:出家时间很长,此指年长。

[2] 匡庐:指江西的庐山。相传殷周之际有匡俗兄弟七人结庐于此,故称。

[3] 石床:供人坐卧的石制用具。

题兴善寺

〔唐〕郑谷

寺在帝城阴[1],清虚胜二林[2]。藓侵隋画暗,茶助越瓯深[3]。
巢鹤和钟唳[4],诗僧倚锡吟[5]。烟莎后池水,前迹杳难寻[6]。

【注释】

[1] 帝城:京都;皇城。

[2] 二林:庐山东林寺、西林寺的合称。

[3] 越瓯:指浙东越窑所产的茶瓯。瓯:茶具。

[4] 唳:泛指鸟鸣。

[5] 诗僧:能作诗的僧人。锡:指锡杖。

[6] "前迹"句:作者原注:"十才子诗集,多有兴善寺后池之作。今寺在池无,每用追叹。"

题兴善寺隋松院与人期不至

〔唐〕崔涂

青青伊涧松，移植在莲宫[1]。藓色前朝雨[2]，秋声半夜风。
长闲应未得，暂赏亦难同。不及禅栖者[3]，相看老此中。

【作者简介】

崔涂，生卒年不详，字礼山，唐代江南人。僖宗光启四年（888）登进士第。穷年羁旅，游踪遍巴蜀、吴楚、河南、秦陇等地，故集中诗多离怨之作。《全唐诗》存诗一卷。《新唐书》《唐才子传》有载。

【注释】

[1] 莲宫：指寺庙。

[2] 藓：苔藓。

[3] 禅栖者：谓出家隐居者。

题兴善寺僧道深院

〔唐〕张乔

江峰峰顶人，受法老西秦[1]。法本无前业，禅非为后身[2]。
院栽他国树，堂展祖师真。甚愿依宗旨[3]，求闲未有因。

【注释】

[1] 受法：接受道法。西秦：指关中陕西一带秦之旧地。

[2] "法本无前业"二句：法门本无前世之业，禅事亦无身后之事。

[3] 宗旨：佛教的教义。

和薛监察题兴善寺古松

〔唐〕张乔

种在法王城[1]，前朝古寺名。瘦根盘地远，香吹入云清[2]。
鹤动池台影[3]，僧禅雨雪声。看来人旋老[4]，因此叹浮生[5]。

【注释】

[1] 法王城：佛寺。法王，佛教对释迦牟尼的尊称。亦借指高僧。
[2] 香吹：香风。
[3] 池台：池苑楼台。
[4] 人旋老：人很快就会老去。旋，不久。
[5] 浮生：指虚幻的人生。

兴善寺贝多树 [1]

〔唐〕张乔

还应毫末长，始见拂丹霄[2]。得子从西国[3]，成阴见昔朝。
势随双刹直，寒出四墙遥。带月啼春鸟，连空噪暝蜩[4]。
远根穿古井，高顶起凉飙[5]。影动悬灯夜，声繁过雨朝。
静迟松桂老，坚任雪霜凋。永共终南在，应随劫火烧[6]。

【注释】

[1] 贝多树：段成式《酉阳杂俎·木篇》："贝多，出摩伽陁国，长六七丈，经冬不凋。此树有三种：一者多罗婆力叉贝多；二者多梨婆力叉贝多；三者部婆力叉多罗多梨。并书其叶，部阇一色取其皮书之。贝多是梵语，汉翻为叶。贝多婆力叉者，汉言叶树也。西域经书，用此三种皮叶，若能保护，亦得

五六百年。"

[2] 拂丹霄：谓贝多树高耸入云。丹霄：绚丽的天空。

[3] 西国：指佛教发源地。

[4] 暝（míng）：日暮；夜晚。蜩：蝉。

[5] 凉飙：秋风。

[6] 劫火：佛教语。谓坏劫之末所起的大火。

和薛侍御题兴善寺松

〔唐〕许棠

何年劚到城[1]，满国响高名[2]。半寺阴常匝[3]，邻坊景亦清。
代多无朽势，风定有余声。自得天然状，非同涧底生。

【作者简介】

许棠（822—？），字文化，宣州泾县（今属安徽）人。咸通十二年（871）登进士第。任泾县尉。陆肱出守虔州，辟为从事。又尝官江宁丞。与李频等友善。工诗，与张乔、郑谷等合称"咸通十哲"。有《许棠诗》一卷。《全唐诗》存诗二卷。《唐才子传》有载。

【注释】

[1] 劚（zhú）：挖；掘。

[2] 高名：盛名，名声大。

[3] 匝：笼罩。

玄都观

玄都观，位于长安崇业坊。隋开皇二年（582），自长安故城徙通道观于此，改名玄都观。东与大兴善寺相邻。

元和十年自朗州召至京戏赠看花诸君子 [1]

〔唐〕刘禹锡

紫陌红尘拂面来[2]，无人不道看花回。
玄都观里桃千树[3]，尽是刘郎去后栽[4]。

【注释】

[1]元和：唐宪宗年号（806—820）。据《旧唐书·刘禹锡传》，永贞元年（805），刘禹锡被贬为朗州司马。元和十年（815），被召回京。这首诗即他从朗州回到长安时所写。十年：《全唐诗》作"十一年"，是传写之误。

[2]紫陌：指京城长安的道路。陌，本是田间小路，这里借用为道路之意。红尘：尘埃，人马往来扬起的尘土。拂面：迎面、扑面。

[3]桃千树：极言桃树之多。桃树亦喻指十年以来由于投机取巧而在政治上愈来愈得意的新贵。

[4]刘郎：作者自指。

再游玄都观并引

〔唐〕刘禹锡

余贞元二十一年为屯田员外郎[1]，时此观未有花木。是岁，出牧连州[2]，寻贬朗州司马[3]。居十年，召至京师，人人皆言有道士手植仙桃，满观如红霞，遂有前篇以志一时之事[4]。旋又出牧[5]，于今十有四年[6]，复为主客郎中[7]。重游玄都，荡然无复一树[8]，唯兔葵燕麦动摇于春风耳[9]。因再题二十八字，以俟后游[10]。时大和二年三月[11]。

百亩庭中半是苔[12]，桃花净尽菜花开[13]。
种桃道士归何处[14]，前度刘郎今又来[15]。

【注释】

[1] 屯田员外郎：官名。掌管国家屯田及官员职田配给等事。

[2] 出牧连州：出任连州刺史。汉代称州的最高行政长官为牧，唐代称为刺史。

[3] 寻：不久。

[4] 前篇：指《元和十年自朗州召至京戏赠看花诸君子》一诗。

[5] 旋：立刻，很快。

[6] 有：通"又"。有、又放在两位数字之间，表示整数之外又零多少，是古代人的习惯用法。

[7] 主客郎中：官名。负责接待宾客等事务。

[8] 荡然：空空荡荡的样子。

[9] 兔葵：毛茛科多年生草本植物，生长于林中或林边草地阴凉处。

[10] 俟：等待。后游：后游者，后来的游人。

[11] 大和二年：公元828年。

[12] 百亩：表示面积大，非实指。中庭：一作"庭中"。庭，指玄都观。

[13] 净尽：净，空无所有。尽，完。菜花：野菜花。

[14] 种桃道士：暗指当初打击王叔文、贬斥刘禹锡的权贵们。

[15] 刘郎：刘禹锡自称。

玄都观栽桃十韵

〔唐〕章孝标

驱使鬼神功，攒栽万树红。熏香丹凤阙[1]，妆点紫琼宫。
宝帐重遮日，妖金遍累空[2]。色然烧药火，影舞步虚风[3]。
粉扑青牛过[4]，枝惊白鹤冲。拜星春锦上[5]，服食晚霞中。
棋局阴长合，箫声秘不通。艳阳迷俗客[6]，幽邃失壶公[7]。
根柢终盘石[8]，桑麻自转蓬。求师饱灵药，他日访辽东[9]。

【注释】

[1] 丹凤阙：帝阙；京城。

[2]"宝帐"二句：桃花层层叠叠，一棵棵桃树就如同一座座圆形的大帐遮住了日光；娇艳的桃花像金子一样，充满了整个空间。

[3]"色然"二句：桃花鲜艳夺目的颜色就像爆竹燃放时的彩花；轻风吹来，树影婆娑，仿佛桃花踏着春风翩翩起舞一般。然，通"燃"。

[4]"粉扑"句：青牛走过，花粉就会扑满一身。

[5]春锦：形容艳丽的桃花。

[6]艳阳：艳丽明媚。此指春天。俗客：指尘世间人，与神仙或出家、隐逸之人相对。

[7]幽邃：幽深；深邃。壶公：传说中的仙人。所指不一，相传其能于一空壶中变化出天地，中有日月，如世间，且夜宿其间。自号壶天，人称为"壶公"。

[8]盘石：大石。喻稳定坚固。

[9]"求师"二句：相传辽东一带出灵芝仙草，食后可使人羽化成仙。眼前的春景依然不能使诗人摆脱尘世，遂期望他日"访辽东"食灵药得道成仙。辽东：指辽河以东的地区，今辽宁省的东部和南部。

玄都观李尊师

〔唐〕喻凫

薜帻翠髯公[1]，存思古观空[2]。晓坛桎叶露[3]，晴圃柳花风[4]。寿已将椿并[5]，棋难见局终。何当与高鹤，飞去海光中。

【作者简介】

喻凫，生卒年不详，昆陵（今江苏常州）人。唐开成五年（840）登进士第，授校书，官终乌程令。有诗名，与姚合、顾非熊、方干、无可辈唱和。有《喻凫诗》一卷。《全唐诗》存诗一卷。《吴兴志》《唐诗纪事》《唐才子传》有载。

【注释】

[1]翠髯：黑而光润的胡须。

[2]存思：用心思索。

[3] 柽（chēng）：木名。即柽柳。亦称观音柳、西河柳、三春柳、红柳等。

[4] 柳花：指柳絮。

[5] "寿已将椿并"：典出《庄子·逍遥游》："上古有大椿者，以八千岁为春，八千岁为秋。"后遂以"椿寿"比喻长寿，高龄。

玄都观桃花

〔金〕元好问

前度刘郎复阮郎[1]，玄都观里醉红芳[2]。
非关小雨能留客，自是桃花要洗妆。
人世难逢开口笑[3]，老夫聊发少年狂[4]。
一杯尽吸东风了，明日新诗满晋阳。

【作者简介】

元好问（1190—1257），字裕之，号遗山，太原秀荣（今山西忻县）人。金宣宗兴定五年（1221）进士。金哀宗正大元年（1224）权国史院编修官，天兴元年（1232）官左司都事。金亡，被囚数年。晚年归乡，隐居不仕。元宪宗七年（1257）卒，年六十八。著名文学家、文学理论家。诗、词皆为当时文人之冠。著有《遗山先生文集》四十卷、《遗山乐府》三卷。编有《中州集》《中州乐府》等。《金史》有传。

【注释】

[1] 前度刘郎：语出刘禹锡《再游玄都观》。刘郎：刘禹锡。阮郎：指阮肇。刘义庆《幽明录》记载，汉明帝永平五年，会稽郡剡县刘晨、阮肇共入天台山采药，遇二仙女，被邀至家中，并招为婿。后常以阮郎借指与丽人结缘之男子。

[2] 红芳：指红色的桃花。

[3] 人世难逢开口笑：语本杜牧《九日齐山登高》："尘世难逢开口笑，菊花须插满头归。"

[4] 老夫聊发少年狂：语出苏轼《江城子·密州出猎》："老夫聊发少年狂，

左牵黄，右擎苍。锦帽貂裘，千骑卷平冈。"

游玄都观

〔明〕汪广洋

曲江东畔柳丝长，金碧楼台耀夕阳。
惆怅种桃人已去[1]，更从何处问刘郎[2]。

【注释】

[1] 惆怅：因失意或失望而伤感、懊恼。种桃人已去：语本刘禹锡《再游玄都观》："种桃道士归何处，前度刘郎今又来。"

[2] 刘郎：指刘禹锡。

昆明池

湖沼名。在长安西南。汉武帝元狩三年（前120）开凿，以习水战。唐代扩大昆明池时镐池并入其中。《三辅黄图》："昆明池中有二石人，立牵牛、织女于池之东西，以象天河。"《三辅故事》："（昆明）池中有豫章台及石鲸，刻石为鲸鱼，长三丈，每至雷雨，常鸣吼，鬐尾皆动。"

和春日晚景宴昆明池诗

〔南北朝〕庾信

春余足光景，赵李旧经过[1]。上林柳腰细[2]，新丰酒径多[3]。
小船行钓鲤，新盘徒摘荷。蓝皋徒税驾[4]，何处有凌波[5]。

【注释】

[1] 赵李：汉成帝皇后赵飞燕及汉武帝李夫人的并称。二人都以能歌善舞受

到天子宠爱。

[2] 上林：古宫苑名。秦旧苑，汉初荒废，至汉武帝时重新扩建。故址在今西安市西及周至、鄠邑界。此泛指帝王的园囿。柳腰：形容杨柳的柔条。

[3] 新丰：县名。汉高祖七年置，唐废。治所在今西安市临潼区西北。本秦骊邑。汉高祖定都关中，其父太上皇居长安宫中，思乡心切，郁郁不乐。高祖遂依故乡丰邑街里房舍格局改筑骊邑，并迁来丰民，改称新丰。传说士女老幼各知其室，从迁的犬羊鸡鸭亦各识其家。太上皇居新丰，日与故人饮酒高会，心情愉快。后乃用作新兴贵族游宴作乐及富贵后与故人聚饮叙旧之典。

[4] 兰皋：长兰草的涯岸。税驾：犹解驾，停车。谓休息或归宿。税，通"挩""脱"。

[5] 凌波：比喻美人步履轻盈，如乘碧波而行。此借指步履轻盈的女子。语本三国魏曹植《洛神赋》："凌波微步，罗袜生尘。"

秋游昆明池诗

〔隋〕元行恭

旅客伤羁远，樽酒慰登临。池鲸隐旧石[1]，岸菊聚新金[2]。
阵低云色近，行高雁影深[3]。欹荷泻圆露[4]，卧柳横清阴[5]。
衣共秋风冷，心学古灰沉。还似无人处，幽兰入雅琴[6]。

【作者简介】

元行恭，河南洛阳人。美姿貌，有父风，兼俊才，位中书舍人，待诏文林馆。齐亡，阳休之等十八人同入关，稍迁司勋下大夫。隋开皇中，位尚书郎，坐事徙瓜州而卒。

【注释】

[1]"池鲸"句：昆明池中原放有石刻鲸鱼以象征东海。石鲸长约三丈，传说每逢雷雨交加，就会摇头摆尾，大声吼叫。

[2]"岸菊"句：谓池岸边黄色的菊花花团锦簇，如簇簇金子。

[3] 行高：指高空中的雁行。

[4] 欹：歪斜；倾斜。

[5] 清阴：清凉的树荫。

[6] 幽兰：古琴曲名。战国楚宋玉《讽赋》："臣援琴而鼓之，为《幽兰》《白雪》之曲。"雅琴：古琴之一种。

秋日游昆明池诗

〔隋〕薛道衡

灞陵因静退[1]，灵沼暂徘徊[2]。新船木兰楫[3]，旧宇豫章材[4]。
荷心宜露泫[5]，竹径重风来[6]。鱼潜疑刻石，沙暗似沉灰[7]。
琴逢鹤欲舞，酒遇菊花开。羁心与秋兴，陶然寄一杯[8]。

【作者简介】

薛道衡（540—609），字玄卿，河东汾阴（今山西万荣）人。历仕北齐、北周。隋朝建立后，任内史侍郎，加开府仪同三司。炀帝时，出为番州刺史，改任司隶大夫。与卢思道齐名，在隋代诗人中艺术成就最高。有集三十卷，已佚。今存《薛司隶集》一卷。《先秦汉魏晋南北朝诗》存诗二十一首，《全上古三代秦汉三国六朝文》存文八篇。《隋书》《北史》有传。

【注释】

[1] 灞陵：古地名。本作霸陵。故址在今陕西省西安市东。汉文帝葬于此。

[2] 灵沼：池沼的美称。此指昆明池。

[3] 木兰楫：南朝梁任昉《述异记》卷下："木兰洲在浔阳江中，多木兰树。昔吴王阖闾植木兰于此，用构宫殿也。七里洲中，有鲁般刻木兰为舟，舟至今在洲中。诗家云木兰舟，出于此。"后因以"木兰楫"为船桨的美称，以"木兰舟"为船的美称。木兰：香木名。又名杜兰、林兰。皮似桂而香，状如楠树。

[4] 豫章：木名。枕木与樟木的并称。昆明池遗址中，有因昆明池而命名的昆明观，又叫豫章观、豫章台、昆明台。据说台上建筑物用豫章（豫樟）木构建而成，因名豫章观。

[5] 泫（xuàn）：露珠晶莹发亮。

[6] 竹径：竹林中的小径。

[7] 沉灰：指沉埋于昆明池底的黑灰。附会为佛教所谓"劫灰"。语出南朝梁慧皎《高僧传·译经上·竺法兰》："昔汉武穿昆明池底，得黑灰……兰云：'世界终尽，劫火洞烧。此灰是也。'"

[8] 陶然：怡然自得的样子。一杯：特指一杯酒。

和许侍郎游昆明池

〔唐〕李百药

神池望不极[1]，沧波接远天[2]。仪星似河汉，落景类虞泉[3]。
年深平馆宇[4]，道泰偃戈船[5]。差池下凫雁[6]，掩映生云烟。
浪花开已合，风文直且连[7]。税马金堤外[8]，横舟石岸前。
羽觞倾绿蚁[9]，飞日落红鲜。积水浮深智，明珠曜雅篇[10]。
大鲸方远击[11]，沉灰独未然[12]。知君啸俦侣[13]，短翮徒联翩[14]。

【作者简介】

李百药（565—648），字重规，唐定州安平（今属河北）人。李德林子。隋时授太子舍人兼东宫学士，后归唐。受谮，流泾州。太宗重其才，召拜中书舍人，赐爵安平县男，诏修定《五礼》、律令，撰《齐书》。累官至宗正卿，爵为子。藻思沉郁，尤长于五言诗。卒谥康。所撰《齐书》行于时。有集。《全唐诗》存诗一卷。

【注释】

[1] 神池：神灵之池。此指昆明池。

[2] 沧波：碧波。

[3] 落景：夕阳。虞泉：传说为日没处。

[4] 平馆宇：房舍楼馆已成为平地。馆宇：房舍；馆舍。

[5] "道泰"句：社会安定、天下太平，戈船也已不再使用。戈船：古代战

船的一种。《汉书·武帝纪》："遣伏波将军路博德出桂阳，下湟水；楼船将军杨仆出豫章，下浈水；归义越侯严为戈船将军，出零陵，下离水。"颜师古注引臣瓒曰："《伍子胥书》有戈船，以载干戈，因谓之戈船也。"汉刘歆《西京杂记》卷六："昆明池中有戈船、楼船各数百艘。楼船上建楼橹，戈船上建戈矛，四角悉垂幡毦。旍葆麾盖，照灼涯涘，余少时犹忆见之。"

[6] 差池：犹参差。不齐貌。凫雁：野鸭与大雁。有时单指大雁或野鸭。

[7] 风文：因风吹而成的水波纹。

[8] 秣马：放马。金堤：坚固的堤堰。后作为堤堰的美称。

[9] 羽觞：古代的一种酒器，作鸟雀状，左右形如两翼。一说，插鸟羽于觞，促人速饮。绿蚁：新酿的酒还未滤清时，酒面浮起酒渣，色微绿，细如蚁。

[10] 雅篇：优美的篇章。

[11] 大鲸：指昆明池中的石刻鲸鱼。远击：谓长途出击。

[12] 沉灰：参前薛道衡《秋日游昆明池诗》注释 [7]。

[13] 啸俦侣：呼唤同伴。

[14] 联翩：鸟飞貌。

冬日临昆明池

〔唐〕李世民

石鲸分玉溜[1]，劫烬隐平沙[2]。柳影冰无叶，梅心冻有花。寒野凝朝雾，霜天散夕霞。欢情犹未极，落景遽西斜[3]。

【注释】

[1] 石鲸：指昆明池中石雕的鲸鱼。玉溜：指清泉或流水。

[2] 劫烬：劫灰。佛教谓坏劫之末有水、风、火大三灾，劫烬即劫灾后的余灰。

[3] 落景：落日，夕阳。遽（jù）：疾速。

和东观群贤七夕临泛昆明池

〔唐〕任希古

秋风始摇落，秋水正澄鲜[1]。飞眺牵牛渚[2]，激赏镂鲸川[3]。
岸珠沦晓魄，池灰敛曙烟[4]。泛查分写汉[5]，仪星别构天。
云光波处动，日影浪中悬。惊鸿絓蒲弋[6]，游鲤入庄筌[7]。
萍叶疑江上，菱花似镜前。长林代轻幄[8]，细草即芳筵。
文峰开翠潋，笔海控清涟[9]。不挹兰樽圣，空仰桂舟仙。

【作者简介】

任希古，生卒年不详。希古，一作知古，一作奉古。名敬臣，以字行。棣州（今山东阳信东南）人。曾任秘书郎、弘文馆学士、越王府西阁祭酒，终太子舍人。有《任希古集》，已佚。《全唐诗》存诗六首。

【注释】

[1] 澄鲜：清新。此指湖水清澈。

[2] 牵牛渚：汉武帝时昆明池东、西分别树立有牛郎、织女雕像。牵牛渚或指湖东岸。

[3] 激赏：犹赞赏。镂鲸川：指放置石雕鲸鱼之处。石鲸详见前李世民《冬日临昆明池》注释 [1]。

[4] 池灰：《三辅黄图·池沼》："武帝初穿池得黑土。帝问东方朔，东方朔曰：'西域胡人知。'乃问胡人，胡人曰：'劫烧之余灰也。'"后因以"池灰"指兵火毁坏后的残迹。曙烟：拂晓时的烟霭。

[5] 泛查：指乘木筏登天。查，通"槎"。晋张华《博物志》卷十："旧说云天河与海通。近世有人居海渚者，年年八月有浮槎去来，不失期，人有奇志，立飞阁于槎上，多赍粮，乘槎而去。十余日中，犹观星月日辰，自后茫茫忽忽，亦不觉昼夜。去十余日，奄至一处，有城郭状，屋舍甚严。遥望宫中多织妇，

见天丈夫牵牛渚次饮之。"

[6] 惊鸿：惊飞的鸿雁。絓（guà）：绊住，挂碍。蒲弋（yì）：蒲且的箭。《列子·汤问》："蒲且子之弋也，弱弓纤缴，乘风振之，连双鸧于青云之际，用心专，动手均也。"张湛注："蒲且子，古善弋射者。"后常以蒲弋泛指神射手的箭。蒲，蒲且。相传是古代善于射鸟的人。弋，用带绳子的箭射鸟。幄：篷帐。

[7] 游鲤入庄筌：典出《庄子·外物》："筌者所以在鱼，得鱼而忘筌。"筌：捕鱼的竹器。

[8] 长林：高大的树林。

[9] 笔海：形容人学问渊博，著述富赡。

昆明池侍宴应制

〔唐〕沈佺期

武帝伐昆明，穿池习五兵[1]。水同河汉在，馆有豫章名[2]。
我后光天德[3]，垂衣文教成[4]。黩兵非帝念[5]，劳物岂皇情[6]。
春仗过鲸沼[7]，云旗出凤城[8]。灵鱼衔宝跃[9]，仙女废机迎[10]。
柳拂旌门暗[11]，兰依帐殿生[12]。还如流水曲，日晚棹歌清[13]。

【注释】

[1] "武帝伐昆明"二句：昆明：我国古代西南部族名。班固《汉书·西南夷传》："于是天子乃令王然于、柏始昌、吕越人等十余辈间出西南夷，指求身毒国。至滇，滇王当羌乃留为求道。四岁余，皆闭昆明，莫能通。"穿池：指开凿昆明池。《三辅黄图》载："张骞言使大夏时，见蜀布邛竹杖，问所从来，曰从东来。身毒国可数千里，得蜀贾人市。而为昆明所闭。天子欲伐之，越嶲昆明国有滇池，方三百里，故作昆明池以象之，以习水战，因名曰昆明池。"

[2] "水同河汉在"二句：张衡《西京赋》："乃有昆明灵沼，黑水玄址。周以金堤，树以柳杞。豫章珍馆，揭焉中峙。牵牛立其左，织女处其右，日月于是乎出入？"立牵牛、织女于池之东西，以昆明池比天河。

[3] 后：君主；帝王。光天德：谓光辉达于天下之美德。

[4] 垂衣：即"垂衣裳"，谓定衣服之制，示天下以礼。后用以称颂帝王无为而治。文教：指礼乐法度；文章教化。

[5] 黩兵：犹黩武，滥用武力；好战。

[6] 皇情：皇帝的情意。

[7] 春仗：帝王春日行幸的仪仗。

[8] 云旗：画有熊虎图案的大旗。凤城：京城的美称。

[9] 灵鱼衔宝跃：《太平广记》卷一一八引辛□《三秦记·汉武帝》："昆明池中有灵沼，名神池，云尧时治水，尝停船于此地。通白鹿原，原人钓鱼，纶绝而去。梦于武帝，求去其钩。三日戏于池上，见大鱼衔索，帝曰：'岂不毂昨所梦耶！'乃取钩放之。间三日，帝复游池，池滨得明珠一双。帝曰：'岂昔鱼之报耶？'"

[10] 仙女：指池边的织女雕像。

[11] 旌门：古代帝王出行，张帷幕为行宫，宫前树旌旗为门，称旌门。

[12] 帐殿：古代帝王出行，休息时以帐幕为行宫，称帐殿。

[13] 棹歌：即行船时所唱的渔歌。后演化为与水乡有关的诗词。

奉和晦日驾幸昆明池应制 [1]

〔唐〕沈佺期

法驾乘春转[2]，神池象汉回[3]。双星移旧石[4]，孤月隐残灰。
战鹢逢时去[5]，恩鱼望幸来[6]。山花缇绮绕[7]，堤柳幔城开[8]。
思逸横汾唱[9]，欢留宴镐杯[10]。微臣雕朽质[11]，羞睹豫章材[12]。

【注释】

[1] 晦日：农历每月的最后一天。唐人以正月三十日为晦日，君臣宴饮，应制赋诗。

[2] 法驾：天子车驾的一种。天子的卤簿分大驾、法驾、小驾三种，其仪卫之繁简各有不同。《史记·吕太后本纪》："乃奉天子法驾，迎代王于邸。"

裴骃集解引蔡邕曰："天子有大驾、小驾、法驾。法驾上所乘，曰金根车，驾六马，有五时副车，皆驾四马，侍中参乘，属车三十六乘。"

[3] 神池：神灵之池。对帝王居处池沼的美称。此指昆明池。

[4] 双星：指牵牛、织女二星。

[5] 战鹢：战船。船首常画鹢鸟，故云。逢时：谓遇上好时运。

[6] 恩鱼：典出《三秦记·汉武帝》，详见前沈佺期《昆明池侍宴应制》注释 [9]。后以"恩鱼"为称颂圣德之词。望幸：谓臣民希望皇帝临幸。

[7] 缇骑：穿红色军服的骑士。泛称贵官的随从卫队。

[8] 幔城：张帷幔围绕如城，故称"幔城"。

[9] 思逸：神思纵逸。横汾：据《汉武故事》，汉武帝尝巡幸河东郡，在汾水楼船上与群臣宴饮，自作《秋风辞》，中有"泛楼舡兮济汾河，横中流兮扬素波"句。后因以"横汾"为典，用以称颂皇帝或其作品。

[10] 宴镐：天下太平君臣同乐。典出《诗经·小雅·鱼藻》："王在在镐，岂乐饮酒。"

[11] 雕朽质：比喻不堪造就之人，此为作者自谦之辞。语本《论语·公冶长》："宰予昼寝，子曰：'朽木不可雕也，粪土之墙不可杇也。'"

[12] 豫章材：豫章：原为木名。枕木与樟木的并称。比喻栋梁之材，有才能的人。

奉和晦日幸昆明池应制

〔唐〕宋之问

春豫灵池会[1]，沧波帐殿开[2]。舟凌石鲸度，槎拂斗牛回[3]。
节晦蓂全落，春迟柳暗催[4]。象溟看浴景，烧劫辨沉灰[5]。
镐饮周文乐，汾歌汉武才[6]。不愁明月尽，自有夜珠来[7]。

【注释】

[1] 灵池：池的美称。此指昆明池。

[2] 沧波：碧波。帐殿：古代帝王出行，休息时以帐幕为行宫，称帐殿。

[3]"舟凌"二句：船划过了石鲸，好像从北斗星和牵牛星之间回来。昆明池有石刻鲸鱼，又有牵牛织女石像立于池之东西，使池水仿佛银河。槎：船。

[4] 蓂（míng）：古代传说中尧时的一种瑞草。亦称"历荚"。据说，唐尧时，阶下生长一株草，每月一日始长出一片荚来，到月半共长出十五荚。以后每日落去一荚，月大则荚皆落尽，月小则留一荚，焦而不落。这一荚称为蓂。后世诗文家就用"蓂"字代替荚。此诗说"蓂全落"，可知是三十日。全联意为，这一节日是正月三十日，春气虽然还没有到来，但已暗暗地催杨柳发芽。

[5] 溟：北海。《庄子·逍遥游》："北冥有鱼。"此以北海喻昆明池的辽阔无垠。浴景：太阳落在水中的景色。烧劫：佛教语。指坏劫（世界毁灭）时的大火灾。沉灰：指沉埋于昆明池底的黑灰。此联意为：像北海那样茫茫无涯的昆明池水中，正好看落日的景色；看到池底的黑泥，便想到这是劫火烧余的残灰。两句皆用昆明池的典故。当年汉武帝开凿此池，取象北海（溟，即北海）。在池底掘得黑灰，以问东方朔。东方朔说：天地大劫将尽，就会发生大火，将一切东西都烧光，叫作劫火。这是劫火后遗留下来的残灰。

[6] 镐饮：谓天下太平，君臣同乐。典出《诗经·小雅·鱼藻》："王在在镐，岂乐饮酒。"周武王建镐京（今陕西长安），与群臣宴饮。这是历史上第一次君臣宴会的故事。汾歌：汉武帝与群臣乘船泛游于汾水之上，并做了《秋风辞》一诗。这是历史上第一次君臣游乐唱和的故事。本联用这两个典故，将李显喻为汉武、周王。镐饮为周武王之事，但同一联诗中不能以"周武"对"汉武"，于是说"周文乐"。

[7]"不愁"二句：意为，不怕三十夜没有月亮，自然会有报恩的夜光珠来照明的。据说汉武帝曾救过一条大鱼，后于昆明池旁得到一双夜光珠，乃大鱼报恩所献。夜珠：用大鱼报恩汉武帝献其夜光珠之典，详见前沈佺期《昆明池侍宴应制》注释。

奉和晦日幸昆明池应制（同用尧字）

〔唐〕李乂

玉辂寻春赏[1]，金堤重晦游。川通黑水浸，地派紫泉流。

晃朗扶桑出[2]，绵联杞树周[3]。乌疑填海处[4]，人似隔河秋。
劫尽灰犹识，年移石故留。汀洲归棹晚，箫鼓杂汾讴[5]。

【注释】

[1] 玉辂（lù）：古代帝王所乘之车，以玉为饰。春赏：指春色；春景。

[2] 晃朗：明亮貌。扶桑：神话中的树名。传说日出于扶桑之下，拂其树杪而升，因谓日出处。此代指太阳。

[3] 绵联：亦作"绵连"。犹连绵。延续不断貌。

[4] 填海：此指古代神话中精卫填海事。

[5] 汾讴：汉武帝《秋风辞》中有"泛楼船兮济汾河"之句。后世因以"汾讴"指《秋风辞》。

恩敕尚书省僚宴昆明池应制

〔唐〕张嘉贞

灵沼初开汉，神池旧浴尧[1]。昔人徒习武，明代此闻韶[2]。
地脉山川胜，天恩雨露饶[3]。时光牵利舸，春淑覆柔条。
芳酝醒千日，华笺落九霄[4]。幸承欢赍重[5]，不觉醉归遥。

【作者简介】

张嘉贞（665—729），蒲州猗氏（今山西临猗）人。弱冠应五经举，拜平乡尉，累迁秦州都督、并州长史，皆有善政。开元八年（720）擢为中书令，十一年（723）因弟赃罪出任幽州刺史，再贬台州。后官至工部尚书、定州刺史。《全唐诗》存诗三首。《旧唐书》《新唐书》皆有传。

【注释】

[1] "灵沼"二句：西晋潘安《关中记》："昆明（池），汉武帝习水战也。中有灵沼神池，云尧时理水讫，停船此池，盖尧时已有沜池，汉代因而深广耳。"灵沼：《诗经·大雅·灵台》："王在灵沼，于牣鱼跃。"毛传："灵沼，言

灵道行于沼也。"后喻指帝王的恩泽所及之处。神池：神灵之池。对帝王居处池沼的美称。此诗中"灵沼""神池"均指昆明池。

[2] 明代：政治清明的时代。闻韶：《论语·述而》："子在齐闻《韶》，三月不知肉味，曰：'不图为乐之至于斯也！'"《韶》，传为舜时乐名，孔子推为尽善尽美。后以"闻韶"谓听帝王之乐或听美好乐曲。

[3] 天恩：指帝王的恩惠。

[4] 华笺：质好而色美的纸。常用来写信、题诗等。

[5] 赉（lài）：赏赐，赐予。

同诸公秋日游昆明池思古

〔唐〕储光羲

仆人理车骑，西出金光逵[1]。苍苍白帝郊，我将游灵池。
太阴连晦朔[2]，雨与天根违[3]。凄风披田原，横污益山陂[4]。
农畯尽颠沛[5]，顾望稼穑悲[6]。皇灵恻群甿[7]，神政张天维[8]。
坤纪戮屏翳[9]，元纲扶逶迤[10]。回塘清沧流[11]，大曜悬金晖。
秋色浮浑沌，清光随涟漪。豫章尽莓苔，柳杞成枯枝[12]。
骤闻汉天子，征彼西南夷[13]。伐棘开洪渊[14]，秉旄训我师[15]。
震云灵鼍鼓[16]，照水蛟龙旂。锐士千万人，猛气如熊罴。
刑罚一以正，干戈自有仪。坐作河汉倾，进退楼船飞[17]。
羽发鸿雁落，桧动芙蓉披。峨峨三云宫，肃肃振旅归[18]。
恶德忽小丑，器用穷地赀[19]。上兵贵伐谋[20]，此道不能为。
吁哉蒸人苦[21]，始曰征伐非。穆穆轩辕朝，耀德守方陲[22]。
君臣日安闲，远近无怨思[23]。石鲸既蹭蹬[24]，女牛亦流离[25]。
猵獭游渚隅[26]，葭芦生湆湄[27]。坎埳四十里[28]，填淤今已微[29]。
江伯方翱翔[30]，天吴亟往来[31]。桑榆惨无色[32]，伫立暮霏霏。
老幼樵木还，宾从回轨羁[33]。帝梦鲜鱼索，明月当报时[34]。

【注释】

[1] 金光：唐代长安京城外郭西面中门名。逵（kuí）：四通八达的道路。

[2] 太阴：阴阳五行家以为北方属水，主冬，太阴为北方，故亦指代冬季或水。晦朔：农历每月末一日及初一日。

[3] 天根：星名。即氐宿。东方七宿的第三宿，凡四星。《国语·周语中》："天根见而水涸。"《尔雅·释天》："天根，氐也。"郭璞注："角亢下系于氐，若木之有根。"

[4] 山陂（bēi）：山间水池；水岸。

[5] 农畯：农夫。

[6] 稼穑：指农作物；庄稼。

[7] 皇灵：指皇帝。群甿（méng）：众民，老百姓。甿，古称种田之人。

[8] 神政：谓高明的政治措施。天维：国家的纲纪。

[9] 屏翳：指雨师。《山海经·海外东经》："雨师妾在其北。"郭璞注："雨师，谓屏翳也。"

[10] 逶迤：衰败貌。

[11] 回塘：环曲的水池。清沧流：青色且清澈的水流。

[12] 豫章：木名。枕木与樟木的并称。此指昆明池之豫章观。柳杞：泛指柳树。杞，柳的一种，也叫红皮柳。张衡《西京赋》："乃有昆明灵沼，黑水玄阯。周以金堤，树以柳杞。豫章珍馆，揭焉中峙。"薛综注："皆豫章木为台馆也。"

[13] "骤闻"二句：指汉武帝征西南夷事。详见前沈佺期《昆明池侍宴应制》注释[1]。

[14] 洪渊：广大而渊深的水。此指昆明池。

[15] 秉旄：持握旌旗。亦借指掌握兵权。师：军队。

[16] 灵鼍（tuó）：即鼍龙。一种与鳄鱼相似的动物，皮可鞔鼓。

[17] 坐作：坐与起，止与行。古代练兵的科目之一，多与"进退"连用。《周礼·夏官·大司马》："以教坐作进退疾徐疏数之节。"郑玄注："习战法。"曾巩《殿前都指挥使制》："夫兵有击刺射驭之能，有坐作进退之法。"

[18] 肃肃：严正貌。振旅：谓整队班师。《汉书·陈汤传》："臣与吏士共诛郅支单于，幸得禽灭，万里振旅，宜有使者迎劳道路。"颜师古注："师入曰振旅。"

[19] 器用：此指武器。

[20] "上兵"句：《孙子·谋攻》："故上兵伐谋，其次伐交，其次伐兵，下政攻城。"上兵：谓用兵之上策。

[21] 蒸人：民众；百姓。

[22] 耀德：谓崇尚道化。《国语·周语上》："先王耀德不观兵。"韦昭注："耀，明也；观，示也。明德，尚道化也。"方陲：边陲。此句意为：有德行的国家，道德远播边疆，使边疆和睦，没有战争。

[23] 怨思：怨恨悲伤。

[24] 石鲸：谓昆明池石雕的鲸鱼。蹭蹬（cèng dèng）：失意。

[25] 女牛：织女星和牵牛星。

[26] 猵獭（biān tǎ）：獭的一种。《淮南子·兵略训》："夫畜池鱼者，必去猵獭；养禽兽者，必去豺狼。"高诱注："猵，獭之类，食鱼者也。"

[27] 漘（chún）湄：岸边，水和草相接的地方。

[28] 坎埳（kǎn kǎn）：坑穴。

[29] 填淤：淤泥。亦指沉积；淤塞。

[30] 江伯：江神。

[31] 天吴：水神名。《山海经·海外东经》："朝阳之谷，神曰天吴，是为水伯。"

[32] 桑榆：日落时光照桑榆树端，因以指日暮。《太平御览》卷三引《淮南子》："日西垂，景在树端，谓之桑榆。"

[33] 靮羁：马缰绳和络头。此指马车。

[34] "帝梦"二句：指大鱼报恩献给汉武帝夜光珠之典，详见前沈佺期《昆明池侍宴应制》注释 [9]。

昆明池晏坐答王兵部珣三韵见示

〔唐〕苏颋

画舸疾如飞[1]，遥遥泛夕晖[2]。

石鲸吹浪隐，玉女步尘归。

独有衔恩处，明珠在钓矶[3]。

【注释】

[1] 画舸：画船。

[2] 夕晖：夕阳的光辉。

[3] "独有"二句：用恩鱼典。详见前沈佺期《昆明池侍宴应制》注释[9]。钓矶：钓鱼时坐的岩石。

奉和晦日幸昆明池应制

〔唐〕苏颋

炎历事边陲[1]，昆明始凿池。豫游光后圣[2]，征战罢前规[3]。霁色清珍宇[4]，年芳入锦陂[5]。御杯兰荐叶[6]，仙仗柳交枝[7]。二石分河泻[8]，双珠代月移[9]。微臣比翔泳，恩广自无涯[10]。

【注释】

[1] 炎历：指以火德而王的刘汉王朝。

[2] 豫游：犹游乐。后圣：后世圣人。此句意为：后世的圣人受此光耀在此处游乐。

[3] 前规：前人的规范、规矩。此句意为：汉朝的征战改变了以往匈奴对汉廷威胁的形势。

[4] 霁色：晴朗的天色。珍宇：天空的美称。

[5] 年芳：指美好的春色。

[6] 兰荐叶：兰花萌生新叶。

[7] 仙仗：指皇帝的仪仗。柳交枝：柳枝正在抽出新条。

[8] 二石：指昆明湖东西岸的牛郎织女石像。《三辅黄图·关辅古语》："昆明池中有二石人，立牵牛、织女于池之东西，以象天河。"

[9] 双珠：传说汉武帝救过一条大鱼，后来在昆明池旁得到一双夜光珠，是大鱼报恩献给他的礼物。详见前沈佺期《昆明池侍宴应制》注释[9]。

[10] "微臣"二句：意思是说，我就是飞鸟游鱼，皇帝的恩情如同无涯的天空和大海，让我自由地翱翔游泳。翔泳：谓飞鸟游鱼。

恩制尚书省僚宴昆明池同用尧字

〔唐〕苏颋

露渥洒云霄[1],天官次斗杓[2]。昆明四十里[3],空水极晴朝[4]。
雁似衔红叶,鲸疑喷海潮。翠山来彻底,白日去回标。
泳广渔权溢,浮深妓舫摇。饱恩皆醉止,合舞共歌尧。

【注释】

[1] 渥（wò）：沾湿，沾润。
[2] 天官：天文；天象。斗杓（biāo）：即斗柄。指北斗七星中玉衡、开阳、摇光三星。在北斗七星中，第五至七颗星，排列成弧状，形如酒斗之柄，故称。
[3] 昆明：昆明池。
[4] 空水：天空和水色。

昆明池泛舟

〔唐〕贾岛

一枝青竹榜[1],泛泛绿萍里[2]。
不见钓鱼人,渐入秋塘水。

【注释】

[1] 青竹榜：青竹做成的船桨。榜，船桨，亦代指船。
[2] 泛泛：漂浮貌；浮行貌。

昆明池织女石 [1]

〔唐〕童翰卿

一片昆明石,千秋织女名。见人虚脉脉,临水更盈盈[2]。
苔作轻衣色,波为促杼声[3]。岸云连鬓湿,沙月对眉生[4]。
有脸莲同笑,无心鸟不惊。还如朝镜里[5],形影两分明。

【作者简介】

童翰卿,生卒年、籍贯皆不详。唐大中、咸通间人。能诗。张为《诗人主客图》标举其"大朴逐物尽,哀哉天地功。争得荣辱心,洒然归西风",并列其为"广大教化主"之及门者。《全唐诗》存诗二首。

【注释】

[1] 织女石:指昆明池西岸的织女石像。
[2] "脉脉"二句:语本《古诗十九首·迢迢牵牛星》:"盈盈一水间,脉脉不得语。"脉脉:凝视貌,引申为默默地用眼睛表达情意。盈盈:清澈晶莹的样子。
[3] 杼:织机的梭子。
[4] 沙月:照在沙洲、沙滩上的月光。
[5] 朝镜:古代女子早晨梳妆时使用的铜镜。

昆明池水战词

〔唐〕温庭筠

汪汪积水光连空[1],重叠细纹晴漾红。
赤帝龙孙鳞甲怒,临流一盼生阴风[2]。

鼍鼓三声报天子[3]，雕旌兽舰凌波起[4]。
雷吼涛惊白石山，石鲸眼裂蟠蛟死[5]。
滇池海浦俱喧豗[6]，青帜白旌相次来[7]。
箭羽枪缨三百万[8]，踏翻西海生尘埃。
茂陵仙去菱花老[9]，唼唼游鱼近烟岛[10]。
渺莽残阳钓艇归，绿头江鸭眠沙草。

【注释】

[1]"汪汪"句：此句意为，宽阔的昆明池贮满了清澈的池水，太阳照在水上，水面闪闪发光，好像水光与天空相接。汪汪：深广貌；广阔貌。

[2] 阴风：隐含杀伐之气的风。

[3] 鼍（tuó）鼓：用鼍皮蒙的鼓。其声亦如鼍鸣。三声：旧指军中用以传令的金鼓、笳、铎之声。银雀山汉墓竹简《孙膑兵法·十阵》："三声既全，五彩必具，辨吾号声，知五旗。"

[4] 兽舰：船体雕饰成兽形的战舰。

[5] 石鲸：指昆明池石雕的鲸鱼。

[6] 海浦：海湾，海滨。喧豗：犹纷纭。发出轰响。

[7] 青帜白旌：一作"青翰画鹢"。

[8] 箭羽：加在箭杆末梢部分的羽毛。借指箭。枪缨：枪上用丝、线等做成的穗状饰物。借指枪。

[9] 茂陵：原为汉武帝刘彻的陵墓。此指汉武帝。

[10] 唼（shà）唼：象声词。水鸟或鱼吃食的声音。

省试晦日与同志昆明池泛舟

〔唐〕朱庆余

故人同泛处，远色望中明[1]。静见沙痕露，微思月魄生[2]。
周回余雪在，浩渺暮云平。戏鸟随兰棹[3]，空波荡石鲸。
劫灰难问理[4]，岛树偶知名。自省曾追赏[5]，无如此日情[6]。

【注释】

[1] 远色：远天的颜色。

[2] 月魄：指月初生或圆而始缺时不明亮的部分。亦泛指月亮、月光。

[3] 兰棹：兰舟。

[4] 劫灰：谓战乱或大火毁坏后的残迹或灰烬。

[5] 追赏：追随游赏。

[6] 无如：不如，比不上。

晦日同志昆明池泛舟 [1]

〔唐〕无名氏

灵沼疑河汉[2]，萧条见斗牛[3]。烟生知岸近，水净觉天秋。落月低前树，清辉满去舟[4]。兴因孤屿起[5]，心为白𬞟留[6]。晓吹兼渔笛，闲云伴客愁。龙津如可上[7]，长啸且乘流。

【注释】

[1] 同志：指志趣相同的人。

[2] 灵沼：池沼的美称。指昆明池。河汉：指银河。

[3] 斗牛：二十八宿中的斗宿和牛宿。

[4] 清辉：清光。指月亮的光辉。

[5] 孤屿：孤立的岛屿。

[6] 白𬞟：一种水中浮草。又名"水𬞟"，因其叶片漂浮水面似龟鳖壳而得名"水鳖"，夏末秋初开花，花色洁白。古诗词中常用以象征秋季的到来。

[7] 龙津：即龙门。龙门一名河津，故称。亦常用来借指宫中。唐李德裕《离平泉马上作》诗："十年紫殿掌洪钧，出入三朝一品身。文帝宠深陪雉尾，武皇恩厚宴龙津。"

昆明池·次韵尚书兄春晚

〔宋〕李弥逊

帐锦笼庭,囊香飘榭,过了芳时强半[1]。觅残红、蜂须趁日,占新绿[2]、莺喉咤暖。数花期、望得春来,春去也、把酒南山谁伴。更帘幕垂垂,恼人飞絮,乱落一轩风晚。

手拍狂歌挥醉碗。笑浪走江头[3],几逢归燕。忆黄华、曾吹纱帽,讶彩楼[4]、催放纨扇[5]。功名事、于我如云,谩赢得星星,满簪霜换。向棠棣华间[6],鹡鸰原上[7],莫厌尊罍频来见。

【作者简介】

李弥逊(1089—1153),字似之,号筠溪,宋苏州吴县人。徽宗大观三年(1109)进士。政和中,累官起居郎,上封事直言朝政,贬知庐山,改奉嵩山祠,废斥隐居八年。宣和末知冀州,募勇士,修城堞,力抗南下金兵。历任知州及监司。有《筠溪集》。

【注释】

[1] 芳时:良辰;花开时节。

[2] 新绿:初春草木显现的嫩绿色。

[3] 笑浪:无拘束地大笑。

[4] 彩楼:用彩色绸帛结扎的棚架。一般用于祝贺节日盛典喜庆之事。

[5] 纨扇:以细绢制成的团扇。

[6] 棠棣华:《诗经·小雅·常棣》:"常棣之华,鄂不韡韡。凡今之人,莫如兄弟。"后因以"棠棣华"或"棣华"喻兄弟。

[7] 鹡鸰原:《诗经·小雅·常棣》:"脊令在原,兄弟急难。"后即以"鹡鸰在原"比喻兄弟友爱之情。

昆明池

〔清〕王心敬

沧池漭沆古城边[1],尽道昆明凿汉年。
武帝旌旗何处是,石鲸空傍月华眠[2]。

【作者简介】

王心敬(1656—1738),字尔缉,号丰川,清陕西鄠县(今西安鄠邑区)人。李颙弟子。曾主讲江汉书院。治理学,以明德、亲民、止于至善为归。有《关学编》《尚书质疑》《诗说》《丰川集》等。

【注释】

[1] 沧池:汉未央宫内池名。《三辅黄图·沧池》:"未央宫有沧池,言池水苍色,故曰沧池。池中有渐台,王莽死于此。"汉张衡《西京赋》:"沧漭沆,渐台立于中央。"亦泛指水色碧青的池塘。此指昆明池。漭沆(mǎng hàng):水势广阔的样子。

[2] 月华:月光,月色。

韦曲

在唐长安城南樊川,即今西安市长安区韦曲镇。因唐代韦氏家族世居于此而得名。前有潏水,东倚少陵原,南临神禾原,风景秀丽,为樊川第一名胜。

奉陪郑驸马韦曲二首[1]

〔唐〕杜甫

其一

韦曲花无赖[2]，家家恼杀人[3]。绿樽须尽日[4]，白发好禁春[5]。
石角钩衣破，藤梢刺眼新。何时占丛竹，头戴小乌巾[6]。

【注释】

[1] 郑驸马：即郑潜曜。皇甫淑妃所生临晋公主下嫁郑潜曜。杜甫所撰《皇甫淑妃碑》云："郑潜曜尚临晋公主，乃代国长公主之子，官曰光禄卿，爵曰驸马都尉。"

[2] 无赖：指似憎而实爱。含亲昵之意。

[3] 恼杀：亦作"恼煞"。恼得很。杀，助词，表示程度深。

[4] 绿樽：指酒。尽日：整天。

[5] 禁春：消受春光；留连春景。

[6] 占：拥有。乌巾：黑头巾，即乌角巾。古代多为隐居不仕者的帽子。此二句暗含杜甫有隐居之意。

其二

野寺垂杨里，春畦乱水间[1]。美花多映竹，好鸟不归山。
城郭终何事[2]，风尘岂驻颜[3]。谁能与公子[4]，薄暮欲俱还[5]。

【注释】

[1] 春畦：春日的田园。

[2] 城郭：指长安城。杜甫久居长安数十年，不得一官，故曰终何事。

[3] 风尘：尘世，纷扰的现实生活。驻颜：使容颜不衰老。

[4] 公子：指郑驸马等人。

[5] 薄暮：傍晚。薄，迫近。

春日偶题城南韦曲

〔唐〕罗邺

韦曲城南锦绣堆，千金不惜买花栽。
谁知豪贵多羁束[1]，落尽春红不见来。

【注释】

[1] 羁束：束缚，拘束。

韦曲

〔唐〕唐彦谦

欲写愁肠愧不才，多情练漉已低摧[1]。
穷郊二月初离别，独傍寒村嗅野梅[2]。

【注释】

[1]"欲写"二句：自嘲才能有限，无法将内心的愁闷一一写出。低摧：低首摧眉。形容悲怆或劳瘁的样子。

[2] 寒村：偏僻冷落的村庄。嗅野梅：宋周弼《三体唐诗》："此诗暗用王义之事。義之当晋乱，终日捻花嗅香无言，时人不会其意，盖忧晋乱也。按唐史云彦谦，乾符末河南北盗起，两都复没，旅于汉南，为王重荣参佐。光启中重荣杀死，所谓'练漉''低摧'者也。故末句忧思之意，悠然见于辞，讽之愈有味。"

东韦曲野思

〔唐〕唐彦谦

淡雾轻云匝四垂[1]，绿塘秋望独颦眉[2]。
野莲随水无人见，寒鹭窥鱼共影知[3]。
九陌要津劳目击[4]，五湖闲梦诱心期[5]。
孤灯夜夜愁欹枕[6]，一觉沧洲似昔时[7]。

【注释】

[1] 匝四垂：遍及四周。匝：布满；遍及。四垂：四境；四边。

[2] 颦眉：皱眉。

[3] 寒鹭：鹭鸟近水，常栖食于水中、水边，故称寒鹭。

[4] 九陌：泛指都城大道和繁华闹市。

[5] 五湖闲梦：指避世隐居的理想。《国语·越语下》载，春秋末，越国大夫范蠡辅佐越王勾践，灭吴国，功成身退，"遂乘轻舟以浮于五湖，莫知其所终极"。后因以"五湖"指隐遁之所。五湖，即太湖。

[6] 欹：通"倚"。斜倚，斜靠。

[7] 沧洲：滨水的地方。古时常用以称隐士的居处。

奉和韦曲庄言怀贻东曲外族诸弟

〔唐〕权德舆

韦曲冠盖里[1]，鲜原郁青葱。公台睦中外[2]，墅舍邻西东。
驺驭出国门[3]，晨曦正曈昽[4]。燕居平外土[5]，野服参华虫[6]。
疆畛分古渠[7]，烟霞连灌丛。长幼序以齿，欢言无不同。
忆昔全盛时，勖勖播休功[8]。代业扩宇内[9]，光尘蔼墟中[10]。

慨息多永叹,歌诗厚时风。小生忝瓜葛[11],慕义斯无穷[12]。

【注释】

[1] 冠盖里:古地名。北魏郦道元《水经注·沔水》:"县(今湖北省宜城)有太山,山下有庙,汉末名士居其中,刺史二千石卿长数十人,朱轩华盖,同会于庙下。荆州刺史行部见之,雅叹其盛,号为冠盖里,而刻石铭之。"后用以泛称名臣冠族的故里。

[2] 公台:古代以三台象征三公,因借指三公之位或泛指高官。中外:宫内和宫外。

[3] 驺驭:原指驾驭车马的侍从。亦指车马。国门:旧指国都的城门。

[4] 晨曦:清晨的阳光。曈昽:太阳初升时渐趋明亮的样子。

[5] 燕居:退朝而处;闲居。

[6] 野服:村野平民服装。华虫:雉的别称。古代常用作冕服上的画饰。《尚书·益稷》:"予欲观古人之象,日月星辰,山龙华虫,作会。"孔传:"华,象草华;虫,雉也。"孔颖达疏:"草木虽皆有华,而草华为美……雉五色,象草华也。《月令》五时皆云其虫,虫是鸟兽之摠名也。"唐杨炯《公卿以下冕服议》:"华虫者,雉也,雉身被五彩,象圣王体兼文明也。"

[7] 疆畎(quǎn):指田地,垄亩沟渠。

[8] 勋劭:功勋,勋劳。休功:美盛的功业。

[9] 宇内:即天下。

[10] 光尘:敬词。称言对方的风采。

[11] 小生:旧时士子对自己的谦称。忝:此用作谦辞。瓜葛:瓜与葛。皆蔓生植物。此句中比喻辗转相连的亲戚关系。

[12] 慕义:倾慕仁义。

酬赵尚书城南看花日晚先归见寄

〔唐〕权德舆

杜城韦曲遍寻春,处处繁花满目新。
日暮归鞍不相待[1],与君同是醉乡人。

【注释】

[1] 归鞍：犹归骑。回家所乘的马。

春日题韦曲野老村舍二首

〔唐〕许浑

其一

绕屋遍桑麻，村南第一家。林繁树势直，溪转水纹斜。
竹院昼看笋，药栏春卖花[1]。故园归未得，到此是天涯。

其二

北岭枕南塘，数家村落长。莺啼幼妇懒，蚕出小姑忙。
烟草近沟湿，风花临路香。自怜非楚客[2]，春望亦心伤。

【注释】

[1] 药栏：芍药之栏。泛指花栏。
[2] 楚客：指客居他乡之人。

郊墅

〔唐〕郑谷

韦曲樊川雨半晴[1]，竹庄花院遍题名。
画成烟景垂杨色，滴破春愁压酒声。
满野红尘谁得路，连天紫阁独关情[2]。
渼陂水色澄于镜[3]，何必沧浪始濯缨[4]。

【注释】

[1] 樊川：水名。在今陕西省长安区南。其地本杜县的樊乡。汉樊哙食邑于此，川因以得名。

[2] 连天：与天际相连。紫阁：紫阁峰，终南山峰名，在今西安市鄠邑区南。关情：牵动情怀。

[3] 渼陂：古代湖名。在今陕西省西安市鄠邑区西，汇终南山诸谷水，西北流入涝水。一说因水味美得名；一说因所产鱼味美得名。

[4]"何必"句：典出《孟子·离娄上》："有孺子歌曰：'沧浪之水清兮，可以濯我缨；沧浪之水浊兮，可以濯我足。'"沧浪：古水名。濯缨：洗濯冠缨。后常以"濯缨"比喻超脱世俗，操守高洁。

再游韦曲山寺

〔唐〕谭用之

鹊岩烟断玉巢敧[1]，罨画春塘太白低[2]。
马踏翠开垂柳寺，人耕红破落花蹊[3]。
千年胜概咸原上，几代荒凉绣岭西。
碧吐红芳旧行处，岂堪回首草萋萋[4]。

【作者简介】

谭用之，生卒年、籍贯均不详，字藏用，唐末五代人。工诗而官不达，游踪遍关中、河洛、潇湘等地。后人辑有《谭藏用诗集》一卷。《全唐诗》存诗一卷。

【注释】

[1] 鹊岩：岩名。在长安南之韦曲山。

[2] 罨（yǎn）画：色彩鲜明的绘画。此指眼前春景如色彩斑斓的画卷。

[3] 花蹊：犹花径。

[4] 萋萋：草木茂盛貌。

韦曲

〔清〕王士禛

皇子陂边路[1]，风光韦曲多。曾邻天尺五[2]，最近第三坡。
芳草新年色，桑条旧日歌。伤春更怀古，容易醉颜酡[3]。

【注释】

[1] 皇子陂（bēi）：地名。在今陕西省西安市长安区南。郦道元《水经注·渭水下》："南有沈水注之。水上承皇子陂于樊川。"

[2] 天尺五：辛氏《三秦记》："城南韦杜，去天尺五。"汉韦曲杜曲皆三辅地，为贵族豪门聚居地。后遂以"天尺五"极言与宫廷相近。

[3] 醉颜酡：酒醉后脸色酡红貌。酡：饮酒脸红的样子。

樊川

唐代京城风景名胜区，位于西安城南约16公里处，因西汉初期为樊哙的封地，故称樊川。贞观十九年（645），华严禅师葬此地，起华严寺，俗呼为华严川。宋代张礼《游城南记》载："樊川在潏水和北渠南，西北为杜曲，又西北为韦曲，又西为华严寺，西北有第五桥等。"盛唐时，这里不仅是贵族官僚的别墅和庄园集中地，也是文人学士的常居之地，岑参、韩愈、郑谷、郎士元等均在这里建有庄园。樊川八大寺院为：兴教寺、华严寺、云栖寺、禅定寺、洪福寺、观音寺、牛头寺、兴国寺。樊川南依神禾塬，背靠杜陵，沿崖出泉，野馆亭榭，是长安士女踏青游赏之处。樊川晚浦为古代长安胜景之一。

题都城南庄 [1]

〔唐〕崔护

去年今日此门中,人面桃花相映红[2]。
人面不知何处在[3],桃花依旧笑春风[4]。

【注释】

[1] 唐人孟棨《本事诗》及宋代李昉《太平广记》中记载,崔护到长安参加进士考试落第后,在长安南郊偶遇一美丽少女,次年清明节重访此女不遇,因题此诗。都:国都,指唐朝京城长安。

[2] 人面:指姑娘的面颊。

[3] 人面:指代姑娘。

[4] 笑:形容桃花盛开的样子。

樊川寒食二首

〔唐〕卢延让

其一

寒食权豪尽出行[1],一川如画雨初晴。
谁家络络游春盛[2],担入花间轧轧声[3]。

其二

鞍马和花总是尘,歌声处处有佳人。
五陵年少粗于事[4],栲栳量金买断春[5]。

【作者简介】

卢延让，生卒年不详，字子善，排行十三，范阳（今河北涿州）人。昭宗光化三年（900）登进士第，为朗陵雷满所辟。满败，入蜀。王建称帝，授水部员外郎，累迁给事中、工部侍郎、刑部侍郎。诗师薛能，以苦吟著称。多以寻常语出新意，自成一体。《全唐诗》存诗十首，《全唐诗续拾》补一首。

【注释】

[1] 权豪：权贵豪强。

[2] 络络：络绎不绝的样子。

[3] 轧轧：象声词。

[4] 五陵年少：指京都富豪子弟。

[5] 栲栳（kǎo lǎo）：用柳条编成的盛物器具。亦称"笆斗"。量金：用量器计量黄金。喻不惜高价。

早春游樊川野居却寄李端校书兼呈崔峒补阙司空曙主簿耿沣拾遗

〔唐〕卢纶

白水遍沟塍[1]，青山对杜陵[2]。晴明人望鹤，旷野鹿随僧。
古柳连巢折，荒堤带草崩。阴桥全覆雪[3]，瀑溜半垂冰。
斗鼠摇松影，游龟落石层。韶光偏不待[4]，衰败巧相仍[5]。
桂树曾争折[6]，龙门几共登[7]。琴师阮校尉，诗和柳吴兴[8]。
舐笔求书扇[9]，张屏看画蝇[10]。卜邻空遂约[11]，问卦独无征。
投足经危路[12]，收才遇直绳[13]。守农穷自固，行乐病何能。
掩帙蓬蒿晚，临川景气澄。飒然成一叟[14]，谁更慕骞腾[15]。

【注释】

[1] 白水：泛指清水。沟塍：沟渠和田埂。

[2] 杜陵：汉宣帝陵墓。

[3] 阴桥：山阴之桥，背阳的桥。

[4] 韶光：美好的时光，常指春光。

[5] 相仍：相继；连续不断。

[6] "桂树"句：用"折桂"典。典出《晋书·郤诜传》："武帝于东堂会送，问诜曰：'卿自以为何如？'诜对曰：'臣举贤良对策，为天下第一，犹桂林之一枝，昆山之片玉。'"后因以"折桂"谓科举及第。

[7] 龙门：科举试场的正门，借指科举会试。会试中试为登龙门。

[8] "琴师阮校尉"二句：拜阮校尉为师学习弹琴，与柳吴兴一类的人吟诗唱和。阮校尉：阮籍（210—263），字嗣宗。三国时期魏音乐家、文学家。曾任步兵校尉，世称阮步兵或阮校尉。柳吴兴：柳恽，字文畅，曾任吴兴（今浙江省湖州市）太守，时人称柳吴兴。南朝梁著名诗人、音乐家。

[9] 舐笔：借指写作。语出《庄子·田子方》："舐笔和墨，在外者半。"

[10] 画蝇：唐张彦远《历代名画记》卷四："曹不兴，吴兴人也。孙权使画屏风，误落笔点素，因此成蝇状。权疑其真，以手弹之。"

[11] 卜邻：选择邻居。向他人表示愿为邻居。

[12] 危路：艰险的道路。

[13] 收才：收举贤才。《三国志·魏志·傅嘏传》："举其贤者，出使长之；科其能者，入使治之，此先王收才之义也。"直绳：指正直的人。

[14] 飒然：衰颓貌。

[15] 骞（xiān）腾：比喻仕途腾达。

题樊川杜相公别业

〔唐〕钱起

数亩园林好，人知贤相家。结茅书阁俭[1]，带水槿篱斜[2]。
古树生春藓，新荷卷落花。圣恩加玉铉[3]，安得卧青霞[4]。

【注释】

[1] 结茅：编茅为屋。谓建造简陋的屋舍。

[2] 槿篱：木槿篱笆。

[3] 玉铉：玉制的举鼎之具。状如钩，用以提鼎之两耳。常用以喻处于高位的大臣。

[4] 青霞：指隐居处。

秋晚与沈十七舍人期游樊川不至

〔唐〕杜牧

邀侣以官解，泛然成独游。川光初媚日[1]，山色正矜秋。
野竹疏还密，岩泉咽复流。杜村连潏水[2]，晚步见垂钩[3]。

【注释】

[1] 川光：波光水色。

[2] 潏水：长安八水之一。发源于唐长安城南三十里处秦岭石鳖谷。西北流经樊川、皇子陂和汉长安城西，注入渭水。

[3] 晚步：谓傍晚时散步。

夏日樊川别业即事

〔唐〕刘得仁

无事称无才，柴门亦罕开。脱巾吟永日[1]，着屐步荒台[2]。
风卷微尘上，霆将暴雨来[3]。终南云渐合，咫尺失崔嵬[4]。

【注释】

[1] 永日：从早到晚，整天。

[2] 屐：木制的鞋，底大多有二齿，以行泥地。

[3] 霆：迅雷，霹雳。

[4] 崔嵬：本指有石的土山，后泛指高山，此指终南山。末联意为，近在眼

前的终南山逐渐被弥漫的云雾所笼罩。

过樊川旧居 [1]

〔唐〕韦庄

却到樊川访旧游[2]，夕阳衰草杜陵秋[3]。
应刘去后苔生阁，嵇阮归来雪满头[4]。
能说乱离惟有燕，解偷闲暇不如鸥[5]。
千桑万海无人见[6]，横笛一声空泪流[7]。

【注释】

[1] 题下原注："时在华州驾前奉使入蜀作。"乾宁三年（896），李茂贞举兵寇入长安，唐昭宗逃至华州后，韦庄随驾任职。乾宁四年（897），韦庄奉诏随谏议大夫李询入蜀宣谕。此为入蜀途经樊川旧居所作。华州：据《元和郡县图志》卷第二云："华州，《禹贡》雍州之域，周为畿内之国，郑桓公始封之邑。其地一名咸林，春秋时为秦、晋界邑。长城在州东七十二里。或说秦、晋分境祠华岳，故筑此城。战国时属秦、魏。"唐代的华州辖今天的陕西渭南、华县、华阴、潼关一带。樊川为入蜀必经之地。

[2] 旧游：昔日游览的地方。

[3] 杜陵：在长安东南。

[4] 应刘：汉末建安文人应玚、刘桢的并称。二人均为曹丕、曹植所礼遇。后亦用以泛称宾客才人。嵇阮：魏晋间著名文学家嵇康、阮籍的并称。嵇，当作"嵇"。诗人以应、刘、嵇、阮自比，极言人去楼空，苍苔入阁，老大归来，华发满头的苍凉感。

[5] "能说"二句：意为自己流离如燕，不如闲鸥。诗人以燕子和鸥鹭自比，诉说了自己遭遇黄巢之乱后的家国不幸。燕子为候鸟，习惯于行南走北，所以说只有它才懂得颠沛流离的滋味；鸥鸟常常在水边悠闲踱步，因常借指退隐。"解偷闲暇不如鸥"，意为自己不如鸥鸟懂得偷闲（没法悠闲下来）。

[6] 千桑万海：犹沧海桑田。

[7] 横笛一声：三国魏向秀《思旧赋·序》："余与嵇康、吕安居止接近，其人并有不羁之才。嵇意远而疏，吕心旷而放，其后并以事见法。嵇博综伎艺，于丝竹特妙，临当就命，顾视日影，索琴而弹之。逝将西迈，经其旧庐。于时日薄虞泉，寒冰凄然。邻人有吹笛者，发声寥亮。追想曩昔游宴之好，感音而叹，故作赋曰……"后常以闻笛为怀念故友的典实。空泪流：因感于人事变化无常而生悲。空，徒然。流泪于事无补，故曰"空泪流"。

春夜樊川竹亭陪诸同年宴

〔唐〕项斯

相知皆是旧，每恨独游频。幸此同芳夕，宁辞倒醉身。
灯光遥映烛，蕚粉暗飘茵[1]。明月分归骑，重来更几春。

【作者简介】

项斯（802？—847？），字子迁，台州临海（今浙江临海）人。早年隐居杭州径山朝阳峰。先后受知于张籍、杨敬之，杨有诗"平生不解藏人善，到处逢人说项斯"。武宗会昌四年（844）进士登第，授丹徒县尉，卒于任所。张为《诗人主客图》列为"清奇雅正主"之升堂者。《全唐诗》存诗一卷，《全唐诗续拾》补诗一首。《唐才子传》有载。

【注释】

[1] 茵：指成片的嫩草。

春日题李中丞樊川别墅

〔唐〕项斯

心知受恩地，到此亦裴回[1]。上路移时立[2]，中轩隔宿来[3]。
川光通沼沚[4]，寺影带楼台。无限成蹊树，花多向客开。

【注释】

[1] 裴回：徘徊不进貌。

[2] 移时：经历一段时间。

[3] 中轩：轩中。轩，有窗槛的长廊。隔宿：相隔一夜。

[4] 川光：波光水色。沼沚（zhǐ）：池塘。

牛头寺

牛头寺，因牛头山第一祖师遍照禅师所居，故名。位于今西安市长安区韦曲东南少陵原畔，是唐代樊川八大寺之一。唐时不仅为佛教名刹，也是长安城南的风景胜地，在此俯视樊川，远眺终南诸峰，风景绝佳。寺建于唐贞元年间，宋太平兴国年间（976—983）改名为福昌寺，元祐元年（1086）复名牛头寺至今。元末明初，寺院渐衰。明嘉靖五年（1526），为纪念伟大诗人杜甫，在寺内建杜工部祠，后又移于寺东院。

牛头寺

〔唐〕司空图

终南最佳处[1]，禅诵出青霄[2]。
群木澄幽寂[3]，疏烟泛沉寥[4]。

【注释】

[1] 终南：即终南山。

[2] 禅诵：谓僧人坐禅诵经。

[3] 澄幽寂：深邃寂静貌。

[4] 疏烟：谓香火稀少。泬（xuè）寥：空旷清朗貌。

杜曲二绝句

〔明〕殷奎

其一

棱棱桑田带水田[1]，夕阳幽兴满樊川[2]。
只疑身在江南处，放我溪头罨画船[3]。

【注释】

[1] 凌凌：清澈明净的样子。

[2] 樊川：地名，详见前"樊川"简介。

[3] 罨（yǎn）画船：绘有鲜明图画的船只，亦借指华美的船只。罨画：色彩鲜明的绘画。

其二

青山隔岸水平畴[1]，高柳阴阴五月秋。
旋汲寒泉沉碧李[2]，横眠白石漱清流[3]。

【注释】

[1] 平畴：平坦的田野。

[2] 汲：从井里取水。亦泛指打水。碧李：青色的李子。

[3] "横眠"句：语出刘义庆《世说新语·排调》："王曰：'流可枕，石可漱乎？'王曰：'所以枕流，欲洗其耳；所以漱石，欲砺其齿。'"

城南游诗八首（选四）

〔清〕王士禛

牛头寺

牛头钟梵罢[1]，露坐俯樊川[2]。明月生秦岭，清光满稻田。
微风喧吠蛤[3]，野烧起山烟[4]。归卧禅灯寂，心空古佛前[5]。

【注释】

[1] 钟梵：寺院的钟声和诵经声。

[2] 露坐：坐在露天之处。

[3] 吠蛤：鸣蛙，此指蛙鸣声。

[4] 野烧：野火。

[5] 心空：佛教语。谓心性广大，含容万象，有如虚空之无际。亦指本心澄澈空寂无相。

少陵原工部祠[1]

少陵原下路，仿佛浣花村[2]。犹似开元日[3]，终南对国门[4]。
秦川空望眼，湘水与招魂[5]。忍见桃花落，红英糁绿樽[6]。

【注释】

[1] 少陵原：地名。位于浐河、潏河之间，汉初称鸿固原。后因汉宣帝墓在杜城南，始称杜陵，亦称杜陵原；汉宣帝许皇后葬杜陵南，坟较小，所以又叫少陵原。北望长安，南接秦岭，地势高亢，视野开阔。

[2] 浣花村：唐肃宗乾元二年（759），安史之乱尚未平息，杜甫带着全家到成都避难，在当地友人的帮助下，在成都西郊建了草堂。杜甫草堂所在的村

庄叫浣花村,邻近锦江。

[3] 开元日:开元年间。开元(713—741)是唐玄宗李隆基的年号,共计29年。

[4] 终南:指终南山。国门:国都的城门。

[5] "湘水"句:大历五年(770)冬天,五十九岁的杜甫死在由潭州到岳阳的一条破船上。湘水:即湘江。

[6] 红英:红花。糁(sǎn):散落,洒上。绿樽:酒杯。

樊川桃花

三月樊川路,红桃散绮霞[1]。终南青送黛,潏水碧穿沙。
草色裙腰合[2],渠流燕尾叉[3]。销魂过杜曲[4],一树最夭斜[5]。

【注释】

[1] 绮霞:美丽的彩霞。

[2] 裙腰:比喻狭长的小路。

[3] 燕尾叉:燕尾分叉像剪刀,因用以摹状末端分叉的东西。句中形容河渠分叉如同燕尾状。

[4] "销魂"句:形容经过杜曲时因看到樊川桃花的美好春景而极其快乐。

[5] 夭斜:袅娜多姿貌。

秦愍王墓[1]

陈王斗鸡道[2],今日望陵园。石马前朝赐,铜人汉代原。
幽兰悲帝子,芳草怨王孙[3]。犹有蓝田燕,年年入墓门。

【注释】

[1] 秦愍王:朱樉,明太祖朱元璋次子,洪武三年(1370)被封为秦王,为第一代秦王。洪武十一年(1378)就藩于西安,镇守关中和西北。因政绩比较突出,洪武二十二年(1389)被举荐为宗人府宗人令,洪武二十八年(1395),诏令帅平羌将军宁正征叛番于洮州,番惧而降,皇帝赏赐甚厚。同年三月薨,

葬于今长安区杜陵原。

[2] 陈王：三国魏曹植，封陈王，谥思，故称陈思王。少善诗文，兄曹丕废汉称帝，屡贬爵徙封，抑郁不得志。斗鸡：以两鸡相斗为娱乐，早自春秋时代既有之，至汉唐而盛行，魏明帝曾在洛阳筑斗鸡台。曹植《名都篇》曰："斗鸡东郊道，走马长楸间。"

[3] "芳草"句：汉淮南小山《招隐士》："王孙游兮不归，春草生兮萋萋。"后以"王孙芳草"为思慕远游未归者的典故。此句表达对秦愍王的追怀。

游韦曲饮牛头寺

〔清〕王志瀜

春融林麓快携尊[1]，水绕山回第几村。
燕子乍逢韦曲渡，桃花开过杜祠门[2]。
天涯旧雨怀芳草[3]，寺壁前题认墨痕[4]。
莫更临风吹玉笛，远烟斜日已销魂。

【作者简介】

王志瀜，字幼海，华州（今属陕西）人。乾隆五十七年（1792）举人，官至山西冀宁道署按察使。著有《澹粹轩诗草》。

【注释】

[1] 春融：春光明媚。林麓：犹山林。尊：酒杯。

[2] 杜祠：即杜公祠，在牛头寺东边。

[3] 旧雨：杜甫《秋述》："常时车马之客，旧，雨来，今，雨不来。"谓过去宾客遇雨即来，而今遇雨却不来了。后以"旧雨"作为老朋友的代称。怀芳草：怀念远方友人。典出汉淮南小山《招隐士》，详见前王士禛《秦愍王墓》注释[3]。

[4] 前题：从前写的诗。作者于此句下自注："壬子春曾侍路梧斋夫子来游，今九年矣。"

游韦曲牛头寺看桃花

〔清〕路谈

珠帘翠幕晓瞳昽[1]，御宿栖台仿像中[2]。
只有穿花双燕子，舞衣还试旧东风。
寺前鞍马若游龙，山下夭桃为客容[3]。
老衲不知春欲暮[4]，倚楼自打晚来钟。

【作者简介】

路谈，字晋清，一字微之，号梧斋，宁夏人。乾隆十六年（1751）进士，改庶吉士。

【注释】

[1] 瞳（tóng）昽：日初出渐明貌。
[2] 御宿：汉宫苑名。《汉书·扬雄传上》："武帝广开上林，南至宜春、鼎湖、御宿、昆吾。"颜师古注："御宿在樊川西也。"仿像：隐约貌。
[3] 夭桃：《诗经·周南·桃夭》："桃之夭夭，灼灼其华。"后以"夭桃"称艳丽的桃花。
[4] 衲：僧徒的自称或代称。

游城南牛头寺

〔清〕周铭旗

皇子陂边路[1]，西风匹马过。山回萧寺出[2]，村曲稻田多。
劫火烧余烬[3]，诗名荡不磨[4]。杜陵旧游处[5]，得句重吟哦。

【作者简介】

周铭旗,字鳌山,清山东即墨人。曾官鄜州知府,有诗名,著有《出山草》。

【注释】

[1] 皇子陂:地名,在韦曲南端东原上。《十道志》:"秦葬皇子,起冢陂北原上,名皇子陂。"

[2] 山回:山峦曲折迂回。萧寺:佛寺。指牛头寺。《释氏要览》:"今多称僧居为萧寺者,是用梁武(梁武帝萧衍)造寺,以姓为题也。"唐李肇《唐国史补》卷中:"梁武帝造寺,令萧子云飞白大书'萧'字,至今一'萧'字存焉。"后因称佛寺为萧寺。

[3] 劫火:佛教所说使世界归于毁灭之火,后多借用来指乱世的灾火。余劫:烧剩的灰烬。

[4] 荡:荡荡,广大,广远。不磨:不可磨灭。

[5] 杜陵:汉宣帝刘询的陵墓。

三月二十日游牛头寺

〔清〕周赓盛

杨花扑面莺乱啼,乐游原上烟萋萋[1]。
野田棠梨红欲堕,远浦菰蒲绿未齐。
朝来雨歇山似沐,终南秀色云鬟低[2]。
藓苔一径憩兰若[3],盘桓石磴风凄凄。
牡丹已残芍药吐,红栏碧槛僧寮西[4]。
斋鱼粥鼓寂复寂[5],午鸡时一闻前溪。
危楼缥缈着青碧,俯视万罫扶耕犁[6]。
杜陵祠屋在邻并[7],游客得句轩楹题[8]。
开元天宝已陈迹[9],芙蓉鸂鶒残春泥[10]。
第五桥边沽酒处,斜阳归路花骢嘶[11]。

【作者简介】

周赓盛,字雨蕉,清代镇洋(今江苏省太仓市东部)人。嘉庆二十四年(1819)举人,官永寿知县。有《题蕉馆集》。

【注释】

[1] 乐游原:在长安城南,是唐代长安城内地势最高处。秦代属宜春苑的一部分,汉宣帝立乐游庙,故又名乐游苑、乐游原。登原可俯瞰长安城。萋萋:云烟弥漫貌。

[2] 云鬟:高耸的环形发髻。此喻指终南山上的云。

[3] 兰若:寺院。梵语"阿兰若"的省称。意为寂净无苦恼烦乱之处。此指牛头寺。

[4] 僧寮:僧舍。

[5] 粥鼓:谓僧寺集众食粥时击鼓。

[6] 罫(guǎi):原指围棋上的方格子。诗中喻方形的农田。

[7] 祠屋:即祠宇。邻并:邻居。

[8] 轩楹:堂前的廊柱。

[9] 开元天宝:指唐玄宗开元天宝年间。

[10] 芙蓉:芙蓉殿。鸤鹊:汉宫观名。在长安甘泉宫外。汉武帝建元中建。

[11] 花骢(cōng):即五花马。

杜曲

位于唐长安城南郊韦曲东南,在今陕西省西安市长安区境内。左倚少陵原,右临潏水,川平景秀,草木花坞,为樊川之名胜。唐时为大姓杜氏所居之处,故名。杜曲以北十五里又有韦氏所居之韦曲,并称韦杜。因两家世代显宦,故唐人云"城南韦杜,去天五尺"。

杜曲

〔清〕王士禛

春衣杜陵宿,窈窕一川花。旧是岐公宅,人传故相家。

名园三品石[1],贵主五云车[2]。今日秾华歇[3],棠梨噪暮鸦[4]。

【注释】

[1] 三品石:用梁武帝萧衍典故。萧衍好佛到不可思议的地步,他曾在同泰寺做和尚,寺内置四块奇石,号三晶,御赐三品。

[2] 五云车:泛指华丽的车乘。

[3] 秾华:繁盛艳丽的花朵。

[4] 棠梨:俗称野梨、杜梨。落叶乔木,叶长圆形或菱形,花白色,果实小,略呈球形,有褐色斑点。

杜曲西南吊牧之冢

〔清〕王士禛

两枝仙桂气凌云[1],落魄江湖杜司勋[2]。

今日终南山色里,小桃花下一孤坟。

【注释】

[1] 两枝仙桂:指杜牧于公元828年进士及第,同年考中贤良方正直言极谏科。语出杜牧《赠终南兰若僧》:"家在城南杜曲旁,两枝仙桂一时芳。禅师都未知名姓,始觉空门意味长。"凌云:直上云霄。

[2] 杜司勋:指唐代诗人杜牧。杜牧曾官司勋员外郎,故称。

游杜曲

〔清〕康有为

晚饮杜曲酒，夕望樊川月。长杨被村野，峻坂纡九折[1]。
终南何岩岩[2]，烟霭风撇裂[3]。山巅松下屋，澹影映古辙[4]。
引镜视月中[5]，山海目光彻。河山夕如画，古昔多豪杰。
少陵桑麻田[6]，桑海多复灭。耆英同雅游[7]，俊髦并分列[8]。
材官骑士辈[9]，联步蹴张接[10]。四海比邻近，元气混未歇。

【作者简介】

　　康有为（1858—1927），原名祖诒，字广厦，号长素，又号更生，广东南海（今佛山市南海区）人。光绪二十一年（1895）进士。会试前发起"公车上书"，要求拒签《马关条约》，变法图强。授工部主事，未就。在京创办强学会。戊戌政变后，流亡中国香港、日本及欧美各国，组保皇会，主张君主立宪。入民国，任孔教会会长。治今文经公羊学，借古改制言变法改良。1923年曾应邀至西安讲学。有《康南海先生诗集》。

【注释】

[1] 峻坂：陡坡。纡：萦回；围绕。

[2] 岩岩：高大威严的样子。

[3] 烟霭：云雾。这句意为，笼罩着终南山上的云雾被风吹散。

[4] 古辙：昔日留下的车轮印迹。

[5] 引镜：持镜。

[6] 少陵：汉宣帝许皇后之陵。因规模小于宣帝杜陵，故名。

[7] 耆英：高年硕德者之称。

[8] 俊髦：才智杰出之士。分列：分别排列。

[9] 材官：武卒或供差遣的低级武职。

[10] 联步：同行；相随而行。蹶张：用脚踏来发射强弩，亦借指弩箭。

杜工部祠

  又称杜公祠，位于今西安市长安区韦曲镇东少陵原畔，是唐代大诗人杜甫的祠堂。祠北倚少陵原，南临樊川。祠内花草茂盛，环境幽雅，是一处游览胜地。始建于明嘉靖五年（1526），明万历、清康熙年间曾重加修葺。杜公祠为四合院式建筑群，山门为仿唐代的砖木结构，祠院内有三间享殿，殿内供有杜甫泥塑坐像，并存有杜甫《俯太中严公九日南山诗》石碑墨拓本，此为现存唯一的杜甫墨迹。今天的杜公祠系清代重修，1960年辟为杜甫纪念馆。

杜曲谒杜工部祠

〔清〕屈大均

城南韦杜潏川滨[1]，工部千秋庙貌新[2]。
一代悲歌成国史，二南风化在骚人[3]。
少陵原上花含日[4]，皇子陂前鸟弄春[5]。
稷契平生空自许[6]，谁知词客有经纶[7]。

【作者简介】

  屈大均（1630—1696），初名绍隆，字翁山，又字介子，广东番禺人。本为明末诸生，清军入关后，出家为僧，法名今释，字一灵，一字骚余。中年还俗，改名大均。曾漫游陕西，与李因笃等为友。诗作擅长写山林边塞风光，尤工五言近体，与陈恭尹、梁佩兰并称"岭南三大家"。著有《屈翁山诗集》等。

【注释】

  [1]"城南韦杜"句：指西安城南的韦曲和杜曲。韦曲在唐代为宰相韦安石的别墅所在地，亭台花木之胜驰名当时。杜曲在韦曲东十里，亦为名胜之地。潏川：又称潏河、潏水，在长安区南。杜工部祠地处韦曲、杜曲之间，潏水之滨。

[2] 工部：指杜甫。杜甫曾为检校工部员外郎，后人称杜工部。千秋：千年。庙貌：《诗经·周颂·清庙序》郑玄笺："庙之言貌也，死者精神不可得而见，但以生时之居，立宫室象貌为之耳。"因称庙宇及神像为庙貌。此指杜公祠。

[3] 二南：指《诗经》中的《周南》和《召南》。风化：教育感化。骚人：指杜甫。

[4] 少陵原：在今长安县，为樊川北原，汉宣帝许后之陵墓少陵在此。杜甫曾居于此，自称"少陵野老"。

[5] 皇子陂：地名。在今西安市长安区南。郦道元《水经注·渭水下》："南有沇水注之。水上承皇子陂于樊川。"唐梁载言《十道志》："秦葬皇子，起冢陂北原上，名皇子陂。"

[6] 稷契：稷和契的并称。唐虞时代的贤臣。语本杜甫《自京赴奉先县咏怀五百字》："杜陵有布衣，老大意转拙。许身一何愚，窃比稷与契。"自许：自己称许自己。这句谓杜甫平生以稷、契自许，期望能辅佐明君，建功立业，但终未实现。

[7] 词客：诗人，此指杜甫。经纶：本意为整理丝缕，后引申指治理国家的抱负和才能。这句意为：有谁知道杜甫这位诗人也具有不凡的政治才干。杜甫早年即有"致君尧舜上，再使风俗淳"的政治抱负，到凤翔任右拾遗时，对唐肃宗罢免房琯相位一事曾上书谏阻，认为"罪细，不宜免大臣"。清人沈德潜评此诗曰："词客有经纶，只救房琯一节，朱子深许之。"

杜少陵祠

〔清〕屈复

初日少陵路[1]，清秋工部祠。苔移凤雨座[2]，树老凤凰枝[3]。金粟堆云乱[4]，锦城江水悲[5]。生平愁饿死[6]，椒酒竟何时[7]？

【作者简介】

屈复（1668—1745），字见心，号晦翁，陕西蒲城人。清代诗人。十九岁时，试童子试获第一。后至北京，以诗学教授弟子。乾隆元年（1736）举博学鸿词科，不赴。诗作浑劲质朴,独开生面,托意不凡。有《弱水集》《江东瑞草集》等。

【注释】

[1] 初日:刚升起的太阳。指清晨。

[2] 苔:青苔。座:指杜甫的神座。此句写杜公祠内的杜甫神座经风吹雨打,生满青苔,足见祠庙之荒凉。

[3] 凤凰枝:指梧桐。传说凤凰只栖于梧桐树上。杜甫《秋兴八首》中有"碧梧栖老凤凰枝"句,浦起龙注:"凤凰枝,即是碧梧。"

[4] 金粟:指金粟山,在陕西蒲城县东北,以山有碎石如金粟而得名。唐玄宗陵墓在此山上。唐玄宗开元四年改蒲城为奉先,杜甫曾在这里住过,作有《自京赴奉先县咏怀五百字》等诗。堆云:积云。

[5] 锦城:即成都,成都古称锦官城或锦城,城南有锦江。杜甫于乾元二年(759)底入蜀,在成都草堂居住五年左右。杜甫《春夜喜雨》:"晓看红湿处,花重锦官城。"

[6] 愁饿死:杜甫一生饱受饥寒之苦,在诗中常有咏叹,如《奉赠韦左丞丈二十二韵》:"纨绔不饿死,儒冠多误身。"《醉时歌》:"但觉高歌有鬼神,焉知饿死填沟壑?"

[7] 椒酒:用椒浸制的酒,亦称椒浆。古人常用以祭奠神灵。《楚辞·九歌·东皇太一》:"奠桂酒兮椒浆。"

杜工部祠

〔清〕祁琳

千载诗宗第,旧传子美村[1]。有声松扫径,无客竹敲门[2]。
巫峡三秋月[3],耒阳五夜魂[4]。游人凭吊处,遗恨满青尊[5]。

【作者简介】

祁琳,字景纯,清陕西咸宁县(今西安市长安区)人。乾隆初邑庠生,有《芳茵园集》。

【注释】

[1] 诗宗：众所敬仰的诗人，诗坛泰斗。第：大房屋。这里指杜公祠。首二句谓：杜公祠所在的地方相传是杜甫当年居住过的乡村。杜甫《曲江三章》："杜曲幸有桑麻田。"

[2] "有声"二句：写杜公祠只有松竹之声，极为幽静。

[3] 巫峡：长江三峡之一。西起四川省巫山县大溪，东至湖北省巴东县官渡口。因巫山得名。两岸绝壁，船行极险。杜甫于乾元二年（759）入蜀后漂泊于成都、夔州等地，其诗作中常咏到巫峡，如"巫峡清秋万壑哀"（《诸将五首》）、"巫山巫峡气萧森"（《秋兴八首》）、"三峡星河影动摇"（《阁夜》）等。

[4] "耒阳"句：指杜甫五十九岁时客死耒阳之事。耒阳：县名，在湖南省东南部。《新唐书·杜甫传》："大历中，（杜甫）出瞿塘，下江陵，溯沅、湘以登衡山，因客耒阳。游岳祠，大水遽至，涉旬不得食，县令具舟迎之，乃得还。令尝馈牛炙白酒，大醉，一昔卒，年五十九。"

[5] 青尊：盛酒的酒杯。

杜工部祠

〔清〕张幹

少陵原上望高秋[1]，驻马荒祠竟日留[2]。
忠爱竟传诗史独[3]，文章唯许谪仙俦[4]。
千章古木浓阴合[5]，一带山光暖翠浮[6]。
此地吟魂应不泯，年年来往曲江头[7]。

【作者简介】

张幹，字清柯，陕西三原县人。乾隆时国子生。

【注释】

[1] 高秋：秋高气爽之时。

[2] 荒祠：指荒芜的杜公祠。竟日：终日；整天。

[3] 忠爱：忠君爱国。《新唐书·杜甫传》："数尝寇乱，挺节无所污，为歌诗伤时桡弱，情不忘君，人怜其忠云。"

[4] 谪仙：指李白。《新唐书·李白传》载，李白入长安见贺知章，知章见其文，叹曰："子，谪仙人也！"意即被贬到人间的天仙。俦：辈，同类。《新唐书·杜甫传》："少与李白齐名，时号李杜。……昌黎韩愈于文章慎许可，至歌诗，独推曰：'李杜文章在，光焰万丈长。'诚可信云。"此句言杜甫的诗作只有李白可以与之比并。

[5] 千章古木：极高大的古木。"章"通"橦"。司马光《类篇》："木一截也。唐式，柴方三尺五寸曰一橦。"千章，极言树木之高大。《史记·货殖列传》："山居千章之材。"

[6] 暖翠：晴明天气中的翠绿山色。

[7] 吟魂：指诗人的魂魄。不泯：不灭。末二句是说，杜甫的魂魄想来应长留此地，年年往来于他生前常去游览的曲江之畔。

工部祠

〔清〕徐怀璋

辛苦当年老病身，麻鞋无赖走烟尘[1]。
独怜肺腑忧君国，信有文章泣鬼神[2]。
此日祠堂连佛座[3]，何人风雨吊儒臣[4]。
杜陵原上依依柳[5]，犹是江头一片春[6]。

【作者简介】

徐怀璋（1858—1932），字奉伯，陕西兴平人。光绪十五年（1889）举人，曾官四川昭觉县知县。有《镜湖文诗抄》。

【注释】

[1] 麻鞋：杜甫《述怀》："今夏草木长，脱身得西走。麻鞋见天子，衣袖漏两肘。"写他逃脱安史叛军到凤翔投奔唐肃宗时的情景。无赖：即无奈，无

可奈何。烟尘：烽烟和尘土，代指战争。

[2] 泣鬼神：使鬼神都感动哭泣。杜甫《寄李十二白二十韵》："笔落惊风雨，诗成泣鬼神。"

[3] 连佛座：杜公祠与牛头寺仅一墙之隔。牛头寺的东院即杜公祠。

[4] 儒臣：指杜甫。

[5] 杜陵原：本称东原，汉宣帝杜陵在原上，故称杜陵原。杜甫曾居于此，故自称杜陵布衣。依依：轻柔的样子。

[6] 江头：指唐长安城东南的曲江。杜甫曾写过许多咏曲江的诗篇，如《曲江二首》："朝回日日典春衣，每日江头尽醉归。"

谒杜公祠

〔清〕周铭旗

其一

怕说欹岑猛虎场[1]，当年遗迹总荒凉。
诗魂犹恋深闺月，常认鄜州作故乡[2]。

【注释】

[1] "怕说"句：杜甫《述怀》："几人全性命？尽室岂相偶？欹岑猛虎场，郁结回我首。"写叛军杀戮之惨和自己对妻子生死的惦念。欹岑：山高大险峻貌。猛虎场：残暴的敌寇肆虐之地。

[2] "诗魂"二句：至德元年（756）八月，杜甫被安史叛军所俘，押到长安，写了一首怀念妻子的《月夜》诗："今夜鄜州月，闺中只独看。遥怜小儿女，未解忆长安。香雾云鬟湿，清辉玉臂寒。何时倚虚幌，双照泪痕干。"鄜州：即今陕西省富县，当时杜甫妻子在鄜州羌村。杜甫曾于至德二载（757）八月回鄜州羌村探望家小，作有《羌村三首》。

其二

底事崎岖赋远征[1]，全家漂泊近边城[2]。

相逢莫道吟诗苦，只为风尘也瘦生[3]。

【注释】

[1]底事：何事，何以。崎岖：道路险阻不平。赋远征：指杜甫作《北征》诗。杜甫于至德二载（757）八月从凤翔北行到鄜州探家，后将这次探家的经过见闻写成《北征》诗。

[2]边城：指鄜州。

[3]"相逢"二句：《唐诗纪事》载，李白曾作《戏赠杜甫》一诗："饭颗山头逢杜甫，顶戴笠子日卓午。借问别来太瘦生，总为从前作诗苦。"风尘：谓行旅辛苦劳顿。此二句意为，切莫要说苦心吟诗使杜甫消瘦，只是这艰险的长途跋涉也足以令他消瘦了。瘦生：消瘦貌。

仓颉造字台[1]

〔清〕管世铭

万古不长夜，斯文焕初启。羲皇画卦爻[2]，厥佐得仓史[3]。
仰观星斗象，俯察蹄远理[4]。作字代结绳，百度立纲纪[5]。
功在尧文先，宣尼称后死[6]。遗台如果在，庙食无千祀[7]。
胡令西来僧[8]，筑室踞其趾。或云梵佉偻，本出同父耳。
旁行及左行，渊源无异揆。斯言讵合经，儒者未敢是。
小学今废绝[9]，俗书方填委[10]。不知有籀斯[11]，安论蝌蚪起[12]。
翻惭异域人，各守开辟轨。谁当执此咎，已往无可訾[13]。
又疑初造时[14]，鬼哭何不知。先民亦有言，识字忧患始[15]。

【作者简介】

　　管世铭（1738—1798），字缄若，号韫山，清江苏武进人。乾隆四十三年（1778）进士。授户部主事，迁郎中，充军机章京，为大学士阿桂所倚重。有《韫山堂集》。

【注释】

　　[1] 仓颉造字台遗址位于今陕西省西安市长安区郭杜街办恭张村东南。隋代，为纪念仓颉造字的功绩，在此修建祭台，唐中宗以后，造字台逐渐破败。清代，陕西巡抚毕沅在造字台前立《仓颉造字台》石碑一通。

　　[2] 羲皇：指伏羲。卦爻：即八卦。

　　[3] 仓史：即仓颉。传说为黄帝时史官，故称。

　　[4] 蹄远（háng）理：蹄爪的痕迹。东汉许慎《〈说文解字〉叙》："黄帝之史仓颉，见鸟兽蹄远之迹，知分理之可相别异也，初造书契。"

　　[5] 百度：百事；各种制度。

　　[6] 宣尼：指孔子，孔子字仲尼，封建时代尊称他为"宣父"。

　　[7] 庙食：谓死后立庙，受人奉祀，享受祭馔。千祀：千年。

　　[8] 胡令：谁令。西来僧：相传迦叶佛曾在此说法。

　　[9] 小学：汉代称文字学为小学。因儿童入学先学文字，故名。隋唐以后为文字学、训诂学、音韵学之总称。

　　[10] 填委：纷集；堆积。

　　[11] 籀斯：史籀与李斯的并称。二人都对中国文字的发展做出过重要贡献。

　　[12] 安论：更不用说。蝌蚪：指蝌蚪书，古文字体的一种。笔画多头大尾小，形如蝌蚪，故称。

　　[13] 訾：诋毁。

　　[14] "又疑初造时"二句：《淮南子·本经训》载："昔日仓颉作书而天雨粟，鬼夜哭。"

　　[15] 识字忧患始：苏轼《石苍舒醉墨堂》："人生识字忧患始，姓名粗记可以休。"

历代关中诗歌辑注

中册

LIDAI
GUANZHONG SHIGE
JIZHU

刘锋涛 朱慧玲 张倩 等 ◎编

陕西新华出版传媒集团
陕西人民出版社

目 录

（中册）

香积寺	四九九	华严寺望樊川	五一四
过香积寺	四九九	题华严寺木塔	五一五
题香积寺	五〇〇	游华严寺	五一五
杜陵	五〇〇	**总持寺**	五一五
杜陵绝句	五〇〇	闰九月九日幸总持寺登浮图应制	五一六
登少陵原望秦中诸川太原王至德妙用有水		闰九月九日幸总持寺登浮图应制	五一六
术因用感叹	五〇一	闰九月九日幸总持寺登浮图应制	五一七
杜陵	五〇二	登总持寺阁	五一七
永寿寺	五〇二	登总持寺浮图	五一八
与杨十二、李三早入永寿寺看牡丹	五〇三	登总持寺阁	五一九
游长安诸寺联句·永安坊永寿寺·闲中好		登总持寺阁	五二〇
	五〇三	**太液池**	五二〇
大云寺	五〇四	忆春日太液池亭	五二〇
大云寺赞公房四首	五〇四	**朱坡**	五二一
晚春登大云寺南楼，赠常禅师	五〇八	朱坡	五二一
大云寺二十韵	五〇八	朱坡绝句三首	五二三
大云寺茶诗	五一〇	朱坡故少保杜公池亭	五二四
题大云寺西阁	五一〇	朱坡	五二五
华严寺	五一一	**灞桥**	五二五
题华严寺瑰公禅房	五一一	七哀诗（其一）	五二五
同张深秀才游华严寺	五一二	游灞陵山	五二七
中秋与空上人同宿华严寺	五一二	请告东归发灞桥却寄诸僚友	五二八
幸华严寺	五一三	灞桥待李将军	五二八
李侍御归山同宿华严寺	五一三	灞陵行送别	五二九
李侍御归炭谷山居，同宿华严寺	五一四	灞上	五三〇

莺	五三〇	奉和圣制登骊山高顶寓目应制	五五一
灞上感别	五三一	奉和登骊山高顶寓目应制	五五二
灞上	五三一	骊山下逍遥公旧居游集	五五二
灞上逢元九处士东归	五三二	奉和登骊山高顶寓目应制	五五四
将赴阌乡灞上留别钱起员外	五三二	骊山怀古五首（其一）	五五四
杂曲歌辞·灞上轻薄行	五三三	奉和登骊山高顶寓目应制	五五五
灞上闲居	五三三	酬郑户曹骊山感怀	五五六
宿灞上寄侍御玙弟	五三四	骊山行	五五七
灞上秋居	五三六	过骊山作	五五九
柳	五三六	过骊山	五六〇
入关言怀	五三七	骊山有感	五六一
灞上逢故人	五三七	骊山	五六一
乱后灞上	五三八	骊山	五六二
咏柳	五三八	冷日过骊山	五六三
及第东归次灞上，却寄同年	五三九	过骊山	五六三
灞陵风雪	五四〇	奉和圣制登骊山高顶寓目应制	五六四
灞柳风雪	五四一	奉和圣制登骊山高顶寓目应制	五六四
绝句	五四二	骊山道中	五六五
灞桥	五四二	游骊山二首	五六五
调任长安过灞桥	五四三	腊日骊山渡逢故人	五六七
灞上偶成二首	五四四	骊山三绝句	五六七
灞桥	五四五	骊山感事	五六九
灞桥	五四六	骊山歌	五七〇
灞桥	五四六	过骊山	五七一
灞陵怨别	五四七	骊山曲	五七二
骊山	五四八	山坡羊·骊山怀古	五七三
登骊山高顶寓目	五四八	骊山	五七四
奉和骊山高顶寓目应制	五四九	骊山温泉	五七四
奉和登骊山应制	五四九	骊山温泉	五七六
驾幸新丰温泉宫献诗三首	五五〇	骊山怀古（八首选六）	五七六
奉和圣制登骊山瞩眺应制	五五一	骊山晚照	五七九

骊山温泉	五八〇	华清宫	六一三
骊山歌	五八〇	华清宫	六一三
临潼早发	五八一	华清宫和杜舍人	六一四
华清宫	五八二	过华清宫二十二韵	六一六
华清宫	五八二	华清宫	六一九
述华清宫五首	五八三	华清宫三十韵	六一九
奉同郭给事汤东灵湫作	五八五	过华清宫	六二二
奉和李令扈从温泉宫赐游骊山韦侍郎别业		华清宫	六二三
	五八七	华清宫	六二四
奉和华清宫观行香应制	五八九	华清宫四首	六二四
惟此温泉是称愈疾岂予独受其福思与兆人共之乘暇巡游乃言其志		集灵台二首（其二）	六二六
	五八九	华清宫	六二六
奉和圣制温泉言志应制	五九〇	再幸华清宫	六二七
华清宫三首	五九〇	依御史温飞卿华清宫二十二韵	六二八
早秋望华清宫树因以成咏	五九二	题温泉	六三一
华清宫	五九三	初日照华清宫	六三一
华清宫	五九三	华清宫四首	六三二
和李员外扈驾幸温泉宫	五九四	华清宫二首	六三四
华清宫	五九四	晓望华清宫	六三五
华清宫	五九五	驾幸温泉	六三五
华清宫感旧	五九六	华清宫	六三六
宫前早春	五九七	题华清宫	六三六
华清词	五九七	宿华清宫	六三七
过华清宫	五九八	华清宫	六三八
过华清宫绝句三首	五九九	华清宫词	六三九
津阳门诗	六〇〇	朱康叔郎中弃官求母于金州因会华清宫作此诗	六四二
华清宫	六一〇		
华清宫	六一〇	华清引·感旧	六四三
石瓮寺灯魅诗	六一一	题华清宫	六四四
石瓮寺	六一一	夜雨晨霁	六四四
温泉宫	六一二	华清宫	六四五

华清怀古	六四五	奉和吏部崔尚书雨后大明朝堂望南山	
华清宫遗址	六四六		六七一
骊山有感二首	六四七	终南山	六七二
重游华清宫	六四八	赠徐中书望终南山歌	六七三
过华清殿	六四八	望终南山寄紫阁隐者	六七三
重过华清宫	六四九	下终南山过斛斯山人宿置酒	六七四
过华清宫浴汤泉（其一）	六四九	春归终南山松龙旧隐	六七五
长生殿	六五〇	答长安崔少府叔封终南翠微寺太宗皇帝金	
华清宫（四首选二）	六五一	沙泉见寄	六七五
华清宫怀古	六五二	同诸公秋霁曲江俯见南山	六七六
秦始皇陵		终南幽居献苏侍郎三首时拜太祝未上	
幸秦始皇陵	六五三		六七七
和黄门卢监望秦始皇陵	六五四	终南东溪口作	六七九
过秦皇墓	六五六	望终南春雪	六七九
途经秦始皇墓	六五七	过终南柳处士	六八〇
秦始皇冢	六五七	送田明府归终南别业	六八〇
焚书坑	六六〇	晚出青门望终南别业	六八一
终南山	六六一	自终南山晚归	六八二
陪驾幸终南山	六六一	奉和秘书元丞抄秋忆终南旧居	六八二
陪驾幸终南山和宇文内史	六六二	游终南山因寄苏奉礼士尊师苗员外	
登终南山拟古	六六三		六八三
望终南山	六六四	过终南柳处士	六八四
蓬莱三殿侍宴奉敕咏终南山应制	六六四	落第后归终南别业	六八四
赋终南山用风字韵应诏	六六五	终南精舍月中闻磬声诗	六八五
奉和元承抄秋忆终南旧居	六六六	翰林院望终南山	六八五
奉使登终南山	六六七	望终南	六八六
题终南翠微寺空上人房	六六八	游终南山	六八七
宿裴氏山庄	六六九	游终南龙池寺	六八七
终南望余雪	六六九	终南山下作	六八八
同薛司直诸公秋霁曲江俯见南山作	六七〇	登华严寺楼望终南山赠林校书兄弟	六八八
和张监游终南	六七〇	终南秋雪	六八九

和刘郎中望终南山秋雪	六八九	雨后望终南山作	七〇九
游终南山	六九〇	望终南山	七〇九
赠终南山傅山人	六九〇	入终南山	七一〇
寄终南真空禅师	六九一	望终南	七一一
终南山二十韵	六九二	**鄠邑区**	
望终南山	六九三	鄠郊别墅寄所知	七一二
赠终南兰若僧	六九三	鄠郊山舍题赵处士林亭	七一二
贻终南山隐者	六九四	题云际寺	七一二
次韵和秀上人游南五台	六九五	偶成时作鄠西县主簿	七一三
终南白鹤观	六九五	秋日偶成二首（其二）	七一三
终南山	六九六	鄠县城南	七一四
题终南麻先生寂禅师石室	六九六	**鄠杜**	七一四
题终南山隐者居	六九七	扈从鄠杜间奉呈刑部尚书舅崔黄门马常侍	
晨登乐游原，望终南积雪	六九七		七一五
题终南山隐者室	六九八	鄠杜郊居	七一五
终南僧	六九九	鄠杜旧居二首	七一六
终南精舍月中闻磬	六九九	寄鄠杜李遂良处士	七一七
终南山	七〇〇	赠鄠县尉李先辈二首之一	七一八
终南山	七〇一	**大观楼**	
题终南山白鹤观	七〇一	登鄠邑大观楼	七一八
终南山	七〇二	大观楼二咏	七一九
敬和崔尚书大明朝堂雨后望终南山见示之作		无梦令	七二〇
	七〇二	重阳观	七二〇
暮春寻终南柳处士	七〇四	**紫阁峰**	
题终南山僧堂	七〇四	宿紫阁山北村	七二一
送秋马上始见终南	七〇五	归紫阁下	七二二
终南篇十首（其五）	七〇六	长孙霞李溟自紫阁白阁二峰见访	七二二
望终南山	七〇六	喜入兰陵望紫阁峰呈宣上人	七二三
至终南	七〇七	紫阁隐者	七二三
终南篇	七〇八	紫阁峰	七二四
终南积翠	七〇八	寄王奉御	七二四

寄紫阁隐者	七二五	**圭峰山**	七四五
晚思	七二五	登圭峰旧隐寄荐福楼白上人	七四六
题紫阁院	七二六	圭峰溪居寄怀韦曲曹秀才	七四六
宿紫阁	七二六	重游圭峰宗密禅师精庐	七四七
渼陂	七二七	赠圭峰禅师	七四八
城西陂泛舟	七二七	**高冠峪**	七四八
渼陂行	七二八	终南云际精舍寻法澄上人不遇归高冠东潭	
渼陂西南台	七三〇	石淙望秦岭微雨贻友人	七四九
与鄠县源大少府宴渼陂	七三一	还高冠潭口留别舍弟	七五〇
与鄠县群官泛渼陂岸阔水浮	七三二	高冠谷口招郑鄠	七五〇
与鄠县源少府泛渼陂	七三三	终南两峰草堂	七五一
任鄠令渼陂游眺	七三三	初授官题高冠草堂	七五二
过渼陂怀旧	七三三	田假归白阁西草堂	七五二
渼陂	七三四	**周至县**	七五三
渼陂鱼	七三四	屏居周至	七五三
渼陂	七三六	早春归周至旧居却寄耿拾遗湋李校书端	
题渼陂空翠堂	七三七		七五四
渼陂吊古	七三七	醉中归周至	七五四
草堂寺	七三八	周至县北楼望山	七五五
草堂村寻罗生不遇	七三八	寄题周至厅前双松	七五五
游草堂寺诗（其一）	七三九	观刈麦	七五六
草堂诗	七三九	官舍小亭闲望	七五七
草堂烟雾	七四〇	新栽竹	七五七
草堂烟雨	七四一	县西郊秋寄赠马造	七五八
草堂烟雨	七四一	戏题新栽蔷薇（时尉周至）	七五八
沣河	七四二	县南花下醉中留刘五	七五九
沣头送蒋侯	七四二	周至官舍新竹	七五九
沣宫	七四三	南溪别业	七五九
观沣水涨	七四四	二月十六日，与张、李二君游南溪，醉后，	
晚归沣川	七四四	相与解衣濯足，因咏韩公《山石》之篇，	
送无可上人	七四五	慨然知其所以乐而忘其在数百年之外也。	

次其韵	七六〇	普缘观眺次仲默	七八二
九月中曾题二小诗于南溪竹上,既而忘之,昨日再游,见而录之(其一)	七六一	仙游寺	七八三
		仙游寺	七八四
溪堂留题	七六一	**玉华观**	七八四
玉女洞	七六二	玉真公主山居	七八五
爱玉女洞中水,既致两瓶,恐后复取而为使者见绐,因破竹为契,使寺僧藏其一,以为往来之信,戏谓之调水符	七六三	玉真公主别馆苦雨赠卫尉张卿二首	七八五
		同玉真公主过大哥山池	七八七
		玉真公主歌	七八八
留题延生观后山上小堂	七六四	题玉真观李秘书院	七八八
自仙游回至黑水,见居民姚氏山亭,高绝可爱,复憩其上	七六四	奉和圣制幸玉真公主山庄因题石壁十韵之作应制	七八九
周至清明日	七六五	玉真观	七八九
绿筠深处	七六五	玉真观	七九〇
渭水秋涛	七六六	**楼观台**	七九一
过贞贤里	七六七	题楼观	七九一
东乡种薏苡米有感	七六七	过楼观李尊师	七九二
玉女洞	七六八	学仙	七九二
仙游寺	七六九	同李益崔放送王炼师还楼观兼为群公先营山居	七九四
仙游寺	七六九		
送王十八归山寄题仙游寺	七七〇	十二月十二日至楼观作	七九四
禁中寓直梦游仙游寺	七七一	楼观	七九五
秋霖中过尹纵之仙游山居	七七一	楼观	七九六
期李二十文略王十八质夫不至独宿仙游寺	七七二	留题楼观	七九七
		留题楼观	七九八
游仙游山	七七二	题楼观南楼	七九八
长恨歌	七七二	再生柏	七九九
冬夜宿仙游寺南凉堂呈谦道人	七七九	楼观	七九九
宿仙游寺望月生峰	七八〇	楼观留题	八〇〇
题仙游寺	七八一	说经台	八〇一
南寺	七八一	同完颜惟洪至楼观闻耗	八〇二
仙游寺	七八二	楼观	八〇二

说经台	八〇三	马融洞	八一六
游楼观归遇雨	八〇三	读书石室	八一七
同两曲年兄访说经台	八〇四	读书石室	八一七
说经台	八〇五	题贤母祠	八一八
题说经台诗二首（其一）	八〇五	仰天池	八一九
游楼观登说经台	八〇六	桃李坪	八二〇
黑潭龙	八〇七	重修赵懿简公墓	八二〇
黑潭龙	八〇七	脱缎衣赠百岁老人李近仁	八二一
仙游潭	八〇八	辛谷观山蚕	八二一
留题仙游潭中兴寺，寺东有玉女洞，洞南有马融读书石室，过潭而南，山石益奇，谭上有桥，畏其险，不敢渡	八〇八	喜看红薯丰收（其一）	八二二
		登吾老洞	八二二
		蓝田县	八二二
仙游潭即事赠庄明府次孙季遽韵	八〇九	奉使自蓝田玉山南行	八二三
黑龙潭	八一〇	宿裴氏山庄	八二四
骆谷	八一〇	九日蓝田崔氏庄	八二四
骆口驿二首	八一一	崔氏东山草堂	八二五
骆口驿旧题诗	八一一	初出蓝田路作	八二六
再因公事到骆口驿	八一二	题蓝桥驿呈梦得子厚致用	八二六
祗役骆口，因与王质夫同游秋山，偶题三韵	八一二	西归绝句十二首（选二）	八二七
		蓝桥驿见元九诗	八二七
祗役骆口驿，喜萧侍御书至，兼睹新诗吟讽通宵因寄八韵（时为周至尉）	八一三	韩公堆寄元九	八二八
		望韩公堆	八二九
大秦寺	八一三	早发蓝关	八二九
游大秦寺	八一四	望商山路	八二九
五郡城	八一四	酬元秘书晚出蓝溪见寄	八三〇
五郡	八一四	蓝溪期萧道士采药不至	八三〇
长杨宫	八一五	蓝田溪与渔者宿	八三一
过长杨有感	八一五	初黄绶赴蓝田县作	八三一
长杨宫	八一五	过孙员外蓝田山居	八三三
射熊馆	八一六	晚归蓝田酬王维给事赠别	八三三
读书石室	八一六	晚归蓝田旧居	八三四

暮春归故山草堂	八三四	山中寄诸弟妹	八六二
题玉山村叟屋壁	八三五	山茱萸	八六二
蓝田溪杂咏二十二首	八三五	田家	八六三
登秦岭	八四三	山中送别	八六四
宿蓝田山口奉寄沈员外	八四三	戏题辋川别业	八六四
游蓝田山卜居	八四四	辋川闲居赠裴秀才迪	八六四
出蓝田关寄董使君	八四四	辋川闲居	八六五
题郑侍御蓝田别业	八四五	积雨辋川庄作	八六六
顺动后蓝田偶作（时丙辰初夏月）	八四五	归辋川作	八六七
老夫采玉歌	八四六	别辋川别业	八六七
白鹿原晚望	八四七	别辋川别业	八六八
左迁至蓝关示侄孙湘	八四七	辋川集并序	八六八
题皇甫茚蓝田厅	八四八	辋川集二十首	八七七
蓝溪元居士草堂	八四九	辋口遇雨忆终南山因献王维	八八三
卜隐	八四九	答裴迪辋口遇雨忆终南山之作	八八四
清明日离蓝田白鹿原寄王太博	八五〇	新晴野望	八八四
三皇故景	八五一	雨后游辋川	八八五
辋川	八五一	谷口书斋寄杨补阙	八八五
别之望后独宿蓝田山庄	八五二	游辋川至南山寄谷口王十六	八八六
蓝田山庄	八五三	辋川	八八六
见南山夕阳召鉴师不至	八五三	独游辋川	八八七
山居秋暝	八五四	辋川歌	八八七
答张五弟	八五四	游辋川	八八九
终南别业	八五五	陪游辋川四绝呈两峰先生（四首选二）	
山中示弟	八五五		八八九
蓝田山石门精舍	八五六	鹿苑寺	八九〇
酬虞部苏员外过蓝田别业不见留之作		梁日缉为言辋川雪中之游	八九一
	八五七	游辋川	八九一
酬张少府	八五七	**悟真寺**	八九三
田园乐七首	八五八	游悟真寺	八九三
辋川别业	八六一	题悟真寺	八九五

游悟真寺诗一百三十韵	八九五	己未奉使过高陵中秋有感	九一六
化感寺	八九九	秋日息高陵署中小亭率尔成咏	九一七
游化感寺	九〇〇	过高陵有怀吕泾野先生	九一八
过感化寺昙兴上人山院	九〇一	东林书院	九一八
过感化寺昙兴上人山院	九〇二	登三阳寺浮屠	九一九
四吕祠	九〇二	咏白渠二首	九二〇
四吕遗祠	九〇三	渭北村居	九二一
入蓝田望芸阁吕氏祠作呈荣辋川李两峰二兄,在嘉靖丁酉七月	九〇三	谒吕柟墓	九二一
		泾渭分明	九二二
四献祠白菊六首	九〇四	**高陵四景**	九二三
高陵区	九〇六	隆昌夜月	九二三
高陵书情寄三原卢少府	九〇七	隆昌夜月	九二四
崇皇寺	九〇七	隆昌夜月	九二四
崇皇寺	九〇八	渭水秋风	九二五
崇皇寺题诗	九〇九	渭水秋风	九二五
清真观二首	九〇九	渭水秋风	九二六
和清真观诗二首	九一〇	渭水秋风	九二六
登太清阁二首	九一一	鹿原碧绕	九二七
五渠	九一二	鹿原碧绕	九二七
西平王李公祠	九一三	鹿原碧绕	九二八
按察司题诗	九一四	云槐精舍	九二九
隆昌寺	九一四	云槐精舍	九二九
习静寺	九一五	云槐精舍	九三〇
云槐精舍课士	九一五	云槐精舍	九三〇
杨文康公祠	九一六		

香积寺

　　香积寺是中国"佛教八宗"之一"净土宗"祖庭，唐代著名的樊川八大寺之一，南临滈河，北接樊川，其西为潏河与滈河汇流之处。现位于陕西西安市长安区韦曲西南神禾原上。唐高宗永隆二年（681），善导大师圆寂，弟子怀恽为纪念大师之功德，修建了香积寺和供养塔。"安史之乱"及"会昌禁佛"中，香积寺遭到严重破坏。北宋太平兴国年间及清乾隆年间皆有整修，现存建筑为清末修建。寺内遗存唐代古塔两座，其一为纪念善导而建，名"善导塔"，另一塔为善导门徒净业和尚之灵塔。香积寺内现有日本赠送的善导法师木雕贴金塑像及善导、法然二祖师塑像、法器和石灯龛等。

过香积寺 [1]

〔唐〕王维

不知香积寺，数里入云峰[2]。古木无人径，深山何处钟[3]。
泉声咽危石[4]，日色冷青松。薄暮空潭曲[5]，安禅制毒龙[6]。

【注释】

[1] 过：访问，探访。

[2] 入云峰：登上入云的高峰。

[3] 钟：指寺庙的钟鸣声。

[4] 咽：幽咽之声。危石：高耸的崖石。危：高，陡。

[5] 曲：水边。

[6] 安禅：为佛家术语，指身心安然进入清寂宁静的境界，这里指佛家思想。毒龙：佛家比喻俗人的邪念妄想。见《涅槃经》："但我住处有一毒龙，想性暴急，恐相危害。"

题香积寺

〔明〕傅淑训

平甸草铺似绣[1]，高峰石削如门。
牛羊十里五里，鸡犬前村后村。

【作者简介】

傅淑训，字启味，明湖广孝感（今属湖北）人。万历进士。授知州，历任平阳知府、陕西参政、太仆少卿等。天启时以杨涟姻亲遭魏忠贤忌，削职归。崇祯十五年（1642）任户部尚书。次年致仕。有《平阳府志》《白云山房集》。

【注释】

[1] 平甸：广平的郊野。

杜陵

杜陵是西汉宣帝刘询的陵墓。因地处西汉时的杜县辖境，故名杜陵。现位于陕西省西安市南郊的杜陵原上。陵墓所在地原为一片高地，潏、浐两河流经此地，汉代旧名"鸿固原"。宣帝少时好游于原上，他即位后，即在此建造陵园。现有清代乾隆年间陕西巡抚毕沅所立的"汉宣帝杜陵"碑一通，碑铭至今清晰可辨。此外还有碑碣十余方。园内还有寝殿、便殿等遗迹。

杜陵绝句

〔唐〕李白

南登杜陵上，北望五陵间[1]。
秋水明落日，流光灭远山[2]。

【注释】

[1] 五陵：汉代五个皇帝的陵墓，即长陵、安陵、阳陵、茂陵、平陵，在长安附近。当时富家豪族和外戚都居住在五陵附近，因此后世诗文常以五陵指富豪人家聚居长安之地。

[2] 流光：摇荡不定的光线，因水反照而形成。灭：明灭，时隐时现。

登少陵原望秦中诸川太原王至德妙用有水术因用感叹

〔唐〕吕温

少陵最高处，旷望极秋空[1]。君山喷清源[2]，脉散秦川中[3]。
荷锸自成雨，由来非鬼工[4]。如何盛明代[5]，委弃伤豳风。
泾灞徒络绎，漆沮虚会同[6]。东流滔滔去，沃野飞秋蓬[7]。
大禹平水土，吾人得其宗。发机回地势，运思与天通。
早欲献奇策，丰财叙西戎[8]。岂知年三十，未识大明宫。
卷尔出岫云[9]，追吾入冥鸿[10]。无为学惊俗，狂醉哭途穷[11]。

【作者简介】

吕温（771—811），字和叔，又字化光，唐河中（今永济市）人。德宗贞元十四年（798）进士，次年又中博学宏词科，授集贤殿校书郎。贞元十九年（803），得王叔文推荐任左拾遗。贞元二十年，以侍御史为入蕃副使，在吐蕃滞留经年。永贞元年（805）秋，使还，转户部员外郎。历司封员外郎、刑部郎中。元和三年（808）秋，因与宰相李吉甫有隙，贬道州刺史，后徙衡州，有政声，世称"吕衡州"。《全唐诗》存诗二卷。《唐才子传》有载。

【注释】

[1] 旷望：极目眺望，远望。

[2] 清源：清澈的水源。

[3] 脉散：水道分流。犹如血脉分散，故名。

[4] 由来：来由；原因。

[5] 盛明：指昌明之世。

[6] 漆沮：二水名。在今陕西省。《尚书·禹贡》："漆沮既从。"《水经注》："漆水出扶风杜阳县俞山东，北入于渭。""沮水出北地直路县，东过冯翊祋祤县北，东入于洛。"会同：汇合。

[7] 秋蓬：秋季的蓬草。因草已干枯，易随风飘飞，故亦以喻漂泊不定。

[8] 丰财：使资财丰裕。

[9] 出岫：出山，从山中出来。陶潜《归去来兮辞》："云无心以出岫，鸟倦飞而知还。"比喻出仕。

[10] 冥鸿：汉扬雄《法言·问明》："鸿飞冥冥，弋人何篡焉。"李轨注："君子潜神重玄之域，世网不能制御之。"后因以"冥鸿"喻避世隐居或指避世隐居之士。

[11] "狂醉"句：《晋书·阮籍列传》："（籍）时率意独驾，不由径路，车迹所穷，辄恸哭而反。"哭途穷：喻指对世事极度悲观。亦以喻走投无路或处境困窘。

杜陵

〔宋〕寇准

燕有情还至[1]，花无主乱开。
杜陵人不见，夜月自徘徊。

【注释】

[1] 还至：回来。

永寿寺

寺院名，位于唐长安永乐坊西南隅，在清都观之东。景龙三年（709），中宗为其早逝的女儿永寿公主所立，故名。寺中有吴道子画作。

与杨十二、李三早入永寿寺看牡丹

〔唐〕元稹

晓入白莲宫[1],琉璃花界净[2]。开敷多喻草[3],凌乱被幽径[4]。
压砌锦地铺,当霞日轮映。蝶舞香暂飘,蜂牵蕊难正。
笼处彩云合,露湛红珠莹。结叶影自交,摇风光不定。
繁华有时节,安得保全盛。色见尽浮荣[5],希君了真性[6]。

【注释】

[1]白莲宫:东晋释慧远于庐山东林寺,与慧永、慧持、刘遗民、雷次宗等,结社精修念佛三昧,誓愿往生西方净土,又掘地植白莲,故称白莲社。后因称佛寺为白莲宫。此指永寿寺。

[2]琉璃:佛教以七宝庄严形容净界,琉璃即七宝之一。花界:莲花界之省称,此指永寿寺。清厉荃《事物异名录·佛释·佛寺》:"《白六帖》:花界、花宫……皆佛寺名。"

[3]开敷:指开花。敷,布,开。多喻草:指牡丹。佛教常以花草树木示人佛理。《妙法莲华经》卷三《药草喻品》载佛告摩诃迦叶及诸大弟子语:"如彼草木,所禀各异,佛以此喻,方便开示,种种言辞,演说一法。"

[4]凌乱:杂乱;纷乱。幽径:僻静的小路。

[5]浮荣:虚荣。

[6]真性:佛教谓人本来就具有之不妄不变之心体。

游长安诸寺联句·永安坊永寿寺·闲中好 [1]

〔唐〕段成式等

三门东吴道子画,似不得意。佛殿名会仙,本是内中梳洗殿。贞元中,有证智禅师，往往灵验，或时在张楱兰若中治田，及夜归寺，若在金山界，相去七百里。

> 闲中好，尽日松为侣。
> 此趣人不知，轻风度僧语。（郑符）
> 闲中好，尘务不萦心[2]。
> 坐对当窗木，看移三面阴。（段成式）
> 闲中好，幽磬度声迟[3]。
> 卷上论题肇，画中僧姓支。（张希复）

【注释】

[1] 闲中好：词牌名。调见段成式《酉阳杂俎》，有平韵、仄韵二体，即以首句三字为调名。

[2] 萦心：牵挂心间。

[3] 度声：按曲谱唱歌。

大云寺

在唐代长安城朱雀街南，怀远坊之东南隅，本名光明寺。隋开皇四年（584），为沙门法经所建。武则天初幸光明寺，沙门宣政进《大云经》，因经中有女主之符，故改名大云寺。

大云寺赞公房四首[1]

〔唐〕杜甫

其一

心在水精域[2]，衣沾春雨时。洞门尽徐步[3]，深院果幽期[4]。
到扉开复闭，撞钟斋及兹[5]。醍醐长发性[6]，饮食过扶衰[7]。
把臂有多日[8]，开怀无愧辞[9]。黄鹂度结构[10]，紫鸽下罘罳[11]。

愚意会所适，花边行自迟[12]。汤休起我病[13]，微笑索题诗。

【注释】

[1] 此组诗是杜甫在至德二载（757年）陷贼、困居长安时游大云寺所作。赞公，杜甫好友。第一首诗写杜甫初到寺中，因好友赞公索诗而写，诗记大云寺景色之幽雅；第二首诗记吃过斋饭之后，赞公赠物；第三首写杜甫夜间在云门寺所见所闻；第四首记早晨离开大云寺时依依惜别之情。

[2] 水精域：指天朗气清之地。

[3] 徐步：缓慢步行。

[4] 幽期：幽雅的约会。

[5] "撞钟"句：正好到寺院吃斋饭的时候。撞钟，僧家设斋，每撞钟而会食。

[6] 醍醐：佛教喻最高妙的佛法或智慧。发性：使慧性表现出来。

[7] 扶衰：扶持衰弱。指杜甫享受此斋饭。

[8] 把臂：握持手臂。表示亲密。这里指杜甫与赞公交情之深。

[9] 愧辞：不真实的言辞。

[10] 结构：联结构架，以成屋舍。度结构，指黄鹂在房梁间穿梭。

[11] 罘罳（fú sī）：设在屋檐或窗上以防鸟雀的金属网或丝网。

[12] "愚意"二句：指杜甫随兴所至，漫步花间游览。

[13] 汤休：本指南朝僧人惠休，后还俗，本姓汤。这里比赞公。起我病：使我从病中坐起。

其二

细软青丝履[1]，光明白氎巾[2]。深藏供老宿[3]，取用及吾身。
自顾转无趣，交情何尚新。道林才不世，惠远德过人[4]。
雨泻暮檐竹，风吹春井芹。天阴对图画，最觉润龙鳞[5]。

【注释】

[1] 青丝履：青色丝线编成的鞋子。

[2] 白氎（dié）：白色的细棉布。《南史·夷貊传》："高昌国，……多草木，

有草实如茧,茧中丝如细纑,名曰白叠子,国人取织以为布。布甚软白,交市用焉。"白氎子,即棉花的果实,棉桃。

[3] 老宿(sù):指高僧。

[4] "道林"二句:道林,惠远,佛教中著名的高僧。这里用来比赞公。不世:非一世所能有,罕有。

[5] 龙鳞:指图画上所绘之物。唐张彦远《历代名画记》:"大云寺,东浮图北有塔,俗呼为七宝塔,隋文帝造。冯提伽画瘦马并帐幕、人物,已剥落。"润龙鳞:唐朱景玄《唐代名画录》:"吴道子尝画殿内五龙,鳞甲飞动,每天欲雨,即生云雾。"因为天阴,或亦有此景象。

其三

灯影照无睡,心清闻妙香[1]。夜深殿突兀[2],风动金琅珰[3]。
天黑闭春院,地清栖暗芳[4]。玉绳迥断绝,铁凤森翱翔[5]。
梵放时出寺,钟残仍殷床[6]。明朝在沃野,苦见尘沙黄[7]。

【注释】

[1] 妙香:佛教谓殊妙的香气。

[2] 突兀:高耸。

[3] 琅珰:指挂于佛殿檐角的风铃。

[4] 栖:停留。

[5] 玉绳:星名,玉衡北两星为玉绳。常泛指群星。断绝:指星光暗淡。因为此时即将天亮。铁凤:古代屋脊上的一种装饰物。铁制,形如凤凰,可随风而转。此二句写夜起天将亮时所见。

[6] 梵放:诵经声。钟残:钟声余音。殷:震动。此二句言夜中所闻。

[7] "明朝"二句:指第二天就要离开大云寺,又会见到战乱中的滚滚黄沙,心中悲苦。

其四

童儿汲井华[1],惯捷瓶上手[2]。沾洒不濡地,扫除似无帚[3]。

明霞烂复阁[4]，霁雾搴高牖[5]。侧塞被径花[6]，飘飖委墀柳[7]。艰难世事迫，隐遁佳期后[8]。晤语契深心[9]，那能总钳口[10]？奉辞还杖策[11]，暂别终回首。泱泱泥污人[12]，狺狺国多狗[13]。既未免羁绊，时来憩奔走。近公如白雪，执热烦何有[14]？

【注释】

[1] 井华：指清晨初汲的水。

[2] 惯捷：熟练敏捷。瓶：拿着瓶子。指汲水。上手：好手。

[3] 不濡地：不弄湿地面。似无帚：好像没有扫帚的痕迹。此言洒扫之轻，而且干净。

[4] "明霞"句：形容灿烂的朝霞辉映着楼阁。复阁：多重的楼阁。

[5] 霁雾：正在消散的云雾。搴（qiān）：开。高牖：高的窗户。

[6] 侧塞：积满；充塞。形容花很多。

[7] 飘飖：飘荡，飞扬。墀柳：台阶旁空地上种的柳树。

[8] 佳期后：指隐居已晚。

[9] 晤语：见面交谈。契深心：与心相合。此言与赞公是知心之交。

[10] 钳口：闭口不谈时事。

[11] 奉辞：告别。杖策：拄着手杖。

[12] 泱泱：广阔；无边际。泥污人：指地位卑下之人。《三国志·吴书·薛综传》："拯摧泥污，释放巾褐，受职剖符。"或指被迫受安史伪职之人。

[13] 狺狺：狗叫声。国多狗：《春秋左传·哀公十二年》："国狗之瘈，无不噬也，而况大国乎。"晋杜预注："瘈，狂也。"《韩非子·外储说右上》："术之不行，有故。不杀其狗则酒酸。夫国亦有狗，且左右皆社鼠也。"这里指国家出现了安禄山等叛贼。

[14] "近公"二句：此言接近赞公犹如接近白雪，还有什么烦心呢。执热：《诗经·大雅·桑柔》："谁能执热，逝不以濯。"毛传："濯所以救热也。"郑玄笺："当如手执热物之用濯。"段玉裁曰："执热，言触热、苦热。"

晚春登大云寺南楼，赠常禅师

〔唐〕白居易

花尽头新白，登楼意若何。岁时春日少，世界苦人多。
愁醉非因酒，悲吟不是歌。求师治此病，唯劝读楞伽[1]。

【注释】

[1]楞伽（léng qié）：指《楞伽经》。此经提出五法、三性、八识等大乘教义，后人在诗文中常有征引。

大云寺二十韵

〔唐〕元稹

地胜宜台殿，山晴离垢氛[1]。现身千佛国，护世四王军[2]。
碧耀高楼瓦，赪飞半壁文[3]。鹤林萦古道[4]，雁塔没归云。
幡影中天飏，钟声下界闻。攀萝极峰顶，游目到江濆[5]。
驯鸽闲依缀，调猿静守群。虎行风捷猎[6]，龙睡气氤氲。
获稻禅衣卷，烧畲劫火焚[7]。新英蜂采掇[8]，荒草象耕耘。
钵付灵童洗[9]，香教善女熏。果枝低罥罥[10]，花雨泽雰雰[11]。
示化维摩疾[12]，降魔力士勋。听经神变见[13]，说偈鸟纷纭[14]。
上境光犹在，深溪暗不分。竹笼烟欲暝，松带日余曛。
真谛成知别[15]，迷心尚有云。多生沉五蕴[16]，宿习乐三坟[17]。
谕鹿车虽设，如蚕绪正棼[18]。且将平等义，还奉圣明君。

【注释】

[1]垢氛：污浊的气氛。

[2] 护世：佛教语。守护世界。佛教因四天王居须弥山之半腹，各护其一天下，故称四天王为"护世"。《维摩诘经·方便品》："若在护世，护世中尊，护诸众生。"四王军：即四天王。原为佛教中四位护法天神的合称，俗称"四大金刚"，分别是东方持国天王、南方增长天王、西方广目天王和北方多闻天王。

[3] 赪（chēng）：红。

[4] 鹤林：僧寺周围的树林。

[5] 江濆（pēn）：江岸。此似指曲江滨。

[6] 捷猎：相接貌。

[7] 烧畲（shē）：烧荒种田。畲：焚烧田地里的草木，用草木灰做肥料的原始耕作方法。

[8] 新英：新开放的花。

[9] 灵童：即童真。受过十戒的沙弥。

[10] 罯罯（ǎn）：覆盖貌。

[11] 雰雰：飘落貌。

[12] 示化：启示化导。

[13] 变见：改变其原来的样子而出现。

[14] 偈：梵语"偈佗"（Gatha）的简称，即佛经中的唱颂词。通常以四句为一偈。

[15] 真谛：原为佛教语。与俗谛合称为"二谛"。亦泛指最真实的意义或道理。

[16] 五蕴：佛陀说众生是由名、色组成的聚合，这个名色略分为五种类聚，即五蕴。蕴，旧译阴或众，意义是积聚，五蕴即五种聚合。

[17] 三坟：指伏羲、神农、黄帝之书。《左传·昭公十二年》："是良史也，子善视之。是能读《三坟》《五典》《八索》《九丘》。"《尚书·序》："伏牺、神农、黄帝之书，谓之'三坟'，言大道也。"

[18] 棼（fén）：纷乱，紊乱。

大云寺茶诗

〔唐〕吕岩

玉蕊一枪称绝品[1]，僧家造法极功夫。
兔毛瓯浅香云白[2]，虾眼汤翻细浪俱[3]。
断送睡魔离几席[4]，增添清气入肌肤。
幽丛自落溪岩外，不肯移根入上都[5]。

【作者简介】

吕岩，字洞宾，号纯阳子，京兆（今属陕西）人，一说关西人。唐末、五代著名道士，民间神话故事八仙之一。道教全真教奉为纯阳祖师，尊为"吕祖""吕帝"，其传说起于宋初。《全唐诗》存诗四卷。

【注释】

[1] 玉蕊：指茶芽。一枪：指一枝茶芽。

[2] 兔毛瓯：盛茶水的器具，类似宋时兔毫盏。其釉表呈兔毫斑点。香云：美好的云气。指冲泡茶叶时冒出的气雾。

[3] 虾眼：指煮茶初沸时所泛起的小气泡。似虾的眼睛，故称。

[4] 睡魔：谓使人昏睡的魔力。比喻强烈的睡意。几席：几和席，为古人凭依、坐卧的器具。此句言饮茶有助人清醒之功效。

[5] 移根：移植。上都：古代对京都的通称。

题大云寺西阁

〔唐〕薛能

阁临偏险寺当山[1]，独坐西城笑满颜。

四野有歌行路乐，五营无战射堂闲[2]。
鼙和调角秋空外[3]，砧办征衣落照间[4]。
方拟杀身酬圣主[5]，敢于高处恋乡关[6]。

【注释】

[1] 偏险：偏僻险要之处。

[2] 五营：原指屯骑、越骑、步兵、长水、射声五校尉所领部队。亦泛指诸军营。

[3] 鼙：古代乐队用的小鼓。调角：吹奏号角。

[4] 砧：原指捣衣石。此为动词。

[5] 圣主：对当代皇帝的尊称。

[6] 敢：岂敢；哪敢。

华严寺

华严寺是唐代长安城南樊川八大寺之一，位于今陕西省西安市长安区韦曲东南少陵原半坡上，居高临下，俯瞰樊川。华严寺是中国佛教华严宗的祖庭。原寺已毁，现仅存两座砖塔。东塔是初祖杜顺禅师塔，四面7层，高13米。上层有"严主"二字刻石，第三层有"无垢净光宝塔"六字刻石。西边是华严宗四组清凉国师塔，六面5层，高7米。第二层有"大唐清凉国师妙觉之塔"十字刻石。

题华严寺瑰公禅房

〔唐〕岑参

寺南几十峰[1]，峰翠晴可掬[2]。朝从老僧饭，昨日崖口宿[3]。
锡杖倚枯松[4]，绳床映深竹[5]。东溪草堂路，来往行自熟。
生事在云山[6]，谁能复羁束。

【注释】

[1] "寺南"句：元骆天骧《类编长安志》卷九谓华严寺"瞰南山之胜，雾檐、玉案、紫阁、圭峰，举在目前，不待脚历而尽也"。

[2] 可掬：可以用手捧住。

[3] 崖口：山崖间的豁口；谷口。

[4] 锡杖：僧人所持的禅杖。

[5] 绳床：一种可以折叠的轻便坐具。以板为之，并用绳穿织而成。又称"胡床""交床"。

[6] 生事：情志。

同张深秀才游华严寺

〔唐〕冷朝阳

同游云外寺，渡水入禅关[1]。立扫窗前石，坐看池上山。
有僧飞锡到[2]，留客话松间。不是缘名利，好来长伴闲。

【作者简介】

冷朝阳，江宁（今南京）人。唐代诗人。代宗大历四年（769）登进士第。兴元元年（784）任太子正字，贞元中官至监察御史。诗工于五律，以写景见长。有集传于世，不见于史志著录。《全唐诗》存诗十一首。《唐才子传》有载。

【注释】

[1] 禅关：禅门。

[2] 飞锡：佛教语。谓僧人云游四方。

中秋与空上人同宿华严寺

〔唐〕冷朝阳

扫榻相逢宿[1]，论诗旧梵宫[2]。磬声迎鼓尽，月色过山穷。

庭簇安禅草，窗飞带火虫。一宵何惜别，回首隔秋风。

【注释】

[1] 榻：狭长而矮的坐卧用具。

[2] 梵宫：原指梵天的宫殿。此指佛寺，即华严寺。

幸华严寺

〔唐〕李忱

云散晴山几万重，烟收春色更冲融[1]。
帐殿出空登碧汉[2]，遐川俯望色蓝笼。
林光入户低韶景[3]，岭气通宵展霁风。
今日追游何所似，莫惭汉武赏汾中[4]。

【注释】

[1] 冲融：冲和，恬适。

[2] 帐殿：古代帝王出行，休息时以帐幕为行宫，称帐殿。碧汉：碧天银汉的合称，即天空。此句形容华严寺位置之高。

[3] 林光：透过树林的阳光。韶景：指春景。

[4] 追游：寻胜而游；追随游览。此二句意为：今日与群臣游赏华严寺，绝不亚于当年汉武帝巡幸河东郡，在汾水楼船上与群臣宴饮的盛况。

李侍御归山同宿华严寺

〔唐〕赵嘏

家有青山近玉京[1]，风流柱史早知名[2]。
园林手植自含绿[3]，霄汉眼看当去程[4]。
处处白云迷驻马[5]，家家红树近流莺。

相逢一宿最高寺，夜夜翠微泉落声[6]。

【注释】

[1] 玉京：指帝都。

[2] 风流：洒脱放逸；风雅潇洒。柱史：柱下史，周秦官名，即汉以后的御史。因其常侍立殿柱之下，故名。此指李侍御。

[3] 手植：亲手种植。

[4] 霄汉：喻指京都附近或帝王左右。去程：去路。

[5] 驻马：使马停下不走。

[6] 翠微：青山。

李侍御归炭谷山居，同宿华严寺

〔唐〕赵嘏

家在青山近玉京，日云红树满归程。
相逢一宿最高寺，半夜翠微泉落声。

华严寺望樊川

〔唐〕子兰

万木叶初红，人家树色中。疏钟摇雨脚[1]，秋水浸云容。
雪碛回寒雁[2]，村灯促夜春。旧山归未得[3]，生计欲何从。

【注释】

[1] 疏钟：稀疏的钟声。雨脚：密集落地的雨点。

[2] 碛（qì）：沙石浅滩。

[3] 旧山：故乡。

题华严寺木塔

〔宋〕张泌

六街晴色动秋光[1],雨霁凭高只易伤。
一曲晚烟浮渭水[2],半桥斜日照咸阳。
休将世路悲尘事[3],莫指云山认故乡。
回首汉宫楼阁暮,数声钟鼓自微茫。

【注释】

[1] 六街：唐京都长安的六条中心大街。

[2] 一曲：犹一缕。

[3] 尘事：尘俗之事。

游华严寺

〔宋〕寇准

寺对南山积翠浓,水村鸥鹭下遥空。
层楼望尽樊川景,恨不凭栏烟雨中。

总持寺

在唐代长安永阳坊。亦称大总持寺。隋大业三年（607）隋炀帝为文帝所立,初名大禅定寺,唐高祖武德元年（618）改名总持寺。隋文帝自立法号为"总持",故名。寺内有木浮图、总持阁。门额由少詹事殷令名所书。

闰九月九日幸总持寺登浮图应制

〔唐〕刘宪

重阳登闰序,上界叶时巡[1]。驻辇天花落,开筵妓乐陈[2]。城端刹柱见[3],云表露盘新[4]。临眺光辉满[5],飞文动睿神[6]。

【注释】

[1] 上界:天界。指仙佛所居之地。此指总持寺。时巡:指帝王按时巡狩。
[2] 妓乐:指妓人表演的音乐舞蹈。
[3] 刹柱:佛教语。寺前的幡竿。
[4] 露盘:佛寺宝塔上所建盘盖,又名相轮或轮相。
[5] 临眺:顾视;俯视;察看。
[6] 飞文:谓光彩闪耀。睿:指皇帝。

闰九月九日幸总持寺登浮图应制

〔唐〕李峤

闰节开重九,真游下大千。花寒仍荐菊,座晚更披莲。刹凤回雕辇,帆虹间彩旃[1]。还将西梵曲[2],助入南熏弦[3]。

【注释】

[1] 旃:泛指旌旗。
[2] 西梵曲:指佛乐。
[3] 南熏弦:指琴。《礼记·乐记》:"昔者舜作五弦之琴,以歌《南风》。"

闰九月九日幸总持寺登浮图应制

〔唐〕李乂

清跸幸禅楼[1],前驱历御沟[2]。还疑九日豫[3],更想六年游。
圣藻辉缨络[4],仙花缀冕旒。所欣延亿载[5],宁祇庆重秋[6]。

【注释】

[1] 清跸(bì):借指帝王的车辇。

[2] 御沟:流经宫苑的河道。

[3] 豫:安乐,顺适。

[4] 圣藻:帝王的文辞。缨络:带穗的物品。亦指穗状饰物及像穗子的东西。此指皇帝作品的装裱饰物。

[5] 亿载:亿年。

[6] 祇:只;仅。重秋:重阳。

登总持寺阁

〔唐〕张九龄

香阁起崔嵬[1],高高沙版开[2]。攀跻千仞上[3],纷诡万形来[4]。
草间商君陌[5],云重汉后台。山从函谷断,川向斗城回[6]。
林里春容变,天边客思催[7]。登临信为美,怀远独悠哉[8]。

【注释】

[1] 香阁:宫廷或佛寺的台阁。此指总持寺阁。崔嵬:高大的样子。

[2] 沙版:用朱砂涂饰的板壁。

[3] 攀跻:犹攀登。

[4] 纷诡：谓奇异多姿。

[5] 商君陌：商君陌阡的简称。借指平旷的田地。司马迁《史记·商君列传》载：秦孝公用商君"为田开阡陌封疆，而赋税平。平斗桶权衡丈尺"。于是秦人富强。阡陌：田间小路。南北纵行为阡，东西横通为陌。

[6] 斗城：汉长安故城，在今陕西省西安市北。本秦宫，汉惠帝时重修。《三辅黄图·汉长安故城》："城南为南斗形，北为北斗形，至今人呼汉京城为斗城。"后因以"斗城"借指京城。

[7] 客思：客中游子的思绪。

[8] "登临"二句：化用东汉王粲《登楼赋》中"虽信美而非吾土兮，曾何足以少留"二句。悠哉：谓对远方亲友的思念绵绵不断。悠，感思。哉，语气助词。

登总持寺浮图 [1]

〔唐〕孟浩然

半空跻宝塔[2]，晴望尽京华[3]。竹绕渭川遍[4]，山连上苑斜[5]。四门开帝宅[6]，阡陌俯人家[7]。累劫从初地[8]，为童忆聚沙[9]。一窥功德见[10]，弥益道心加[11]。坐觉诸天近[12]，空香送落花。

【作者简介】

孟浩然（689—740），名不详（一说名浩），字浩然，唐襄州襄阳（今湖北襄樊）人，世称"孟襄阳"。早年隐居鹿门山。年四十，游京师，应进士不第。曾于太学赋诗，一座倾服。玄宗开元二十五年（737），张九龄出为荆州长史，辟为从事，未几，返乡。后王昌龄过襄阳，访之，食鲜疽发而卒。工诗，善写山水景色，与王维齐名，并称"王孟"。有《孟浩然集》四卷传世。《全唐诗》存诗二卷。《旧唐书》《新唐书》《唐才子传》皆有传。

【注释】

[1] 浮图：佛塔。

[2] 跻：登。

[3] 京华：京都。

[4] 渭川：渭水、渭河。

[5] 上苑：皇家园林。

[6] 四门：四方之门。帝宅：犹皇都、帝城，此指长安。

[7] 阡陌：田间道，此泛指道路。

[8] 累劫：屡次经劫。佛家以世界生灭一次为一劫。初地：佛家术语。菩萨至佛果五十二阶段中十地之第一地，亦称欢喜地。

[9] "为童"句：《法华经·方便品》载：五百幼童聚沙造佛塔，戏于河湄，水暴至，童子皆溺，然因游戏而结缘，竟殁后成佛，入兜率天。

[10] 功德：佛家对一切善事、善举统称为"功德"，即功业德行。

[11] 弥益：愈益。道心：向道之心。

[12] 坐觉：自然感到。诸天：众天神之简称。

登总持寺阁

〔唐〕崔湜

宿雨清龙界[1]，晨晖满凤城[2]。升攀重阁迥，凭览四郊明[3]。
井邑周秦地，山河今古情。纡余一水合[4]，寥落五陵平[5]。
处处风烟起，欣欣草木荣。故人不可见，冠盖满东京[6]。

【注释】

[1] 龙界：帝都，京都。

[2] 晨晖：清晨的阳光。凤城：京都的美称。

[3] 凭览：登高远望。

[4] 纡余：迂回曲折。

[5] 寥落：冷落；冷清。

[6] 冠盖：指仕宦，贵官。东京：指洛阳。东汉都洛阳，因在西汉故都长安之东，故称"东京"。隋炀帝即位后，自长安迁都洛阳，亦称洛阳为"东京"。

登总持寺阁

〔唐〕耿湋

今日登高阁,三休忽自悲[1]。因知筋力减,不及往年时。
草树还如旧,山河亦在兹。龙钟兼老病,更有重来期。

【注释】

[1] 三休:汉贾谊《新书·退让》:"翟王使使至楚,楚王欲夸之,故飨客于章华之台上。上者三休而乃至其上。"后因以"三休"为登高之典。

太液池

宫池名。在唐长安大明宫北部,为唐代皇家池苑。始凿于贞观八年(634),龙朔二年(662)正式使用,唐末被废。池中有蓬莱山,山上建有太液亭。遗址位于今陕西省西安市新城区大明宫国家遗址公园内。

忆春日太液池亭

〔唐〕李绅

宫莺报晓瑞烟开[1],三岛灵禽拂水回[2]。
桥转彩虹当绮殿,舸浮花鹢近蓬莱。
草承香辇王孙长,桃艳仙颜阿母栽[3]。
簪笔此时方侍从[4],却思金马笑邹枚[5]。

【注释】

[1] 宫莺:宫里的黄莺。瑞烟:祥瑞的烟气。多为焚香所生烟气的美称。

[2] 灵禽：对鸟的美称。

[3] 阿母：指神话人物西王母。

[4] 簪笔：谓插笔于冠或笏，以备书写。古代帝王近臣、书吏及士大夫均有此装束。此指仕宦。侍从：随侍帝王或尊长左右。

[5] 金马：汉代宫门名，学士待诏之处。此借指朝廷的官职。邹枚：汉邹阳、枚乘的并称。

朱坡

在今陕西西安市长安区东。背倚凤栖原，面对樊川潏水，原为西汉阳乡侯朱博故里，故名。自汉唐以来是京畿著名风景区。

朱坡

〔唐〕杜牧

下杜乡园古[1]，泉声绕舍啼。静思长惨切[2]，薄宦与乖暌[3]。
北阙千门外[4]，南山午谷西[5]。倚川红叶岭，连寺绿杨堤。
迥野翘霜鹤[6]，澄潭舞锦鸡。涛惊堆万岫，舸急转千溪。
眉点萱牙嫩[7]，风条柳幄迷[8]。岸藤梢虺尾[9]，沙渚印麏蹄[10]。
火燎湘桃坞[11]，波光碧绣畦。日痕纽翠巘[12]，陂影堕晴霓[13]。
蜗壁斓斑藓，银筵豆蔻泥[14]。洞云生片段，苔径缭高低。
偃蹇松公老[15]，森严竹阵齐[16]。小莲娃欲语，幽笋稚相携[17]。
汉馆留余趾，周台接故蹊[18]。蟠蛟冈隐隐，班雉草萋萋[19]。
树老萝纤组[20]，岩深石启闺[21]。侵窗紫桂茂，拂面翠禽栖。
有计冠终挂[22]，无才笔谩提[23]。自尘何太甚[24]，休笑触藩羝[25]。

【注释】

[1] 下杜：即杜县，治所在今陕西西安市东南。

[2] 惨切：悲惨凄切。

[3] 薄宦：卑微的官职。乖睽（kuí）：指分离。

[4] 北阙：古代宫殿北面的门楼。是臣子等候朝见或上书奏事之处。亦用为宫禁或朝廷的别称。

[5] 南山：指终南山。午谷：子午谷，在陕西长安区南秦岭山中。

[6] 迥野：旷远的原野。霜鹤：白鹤。

[7] 萱：萱草。牙：通"芽"。

[8] 柳幄：柳树繁茂犹如帷幄。

[9] 虺（huī）：古称蝮蛇一类的毒蛇，亦泛指山蛇。

[10] 貏（ní）蹄：貏的蹄印。《说文解字》："狻貏，兽也。"《尔雅·释兽》："狻貏，如虦猫，食虎豹。"

[11] 火燎：灯烛；火炬。

[12] 日痕：指日光。絙（huán）。《说文》：缓也，缓也。这里是日光浸射、散照的意思。翠巘：青翠的山峰。

[13] 陂：池塘。

[14] 银筵：竹席之美称。豆蔻：多年生常绿草本植物。

[15] 偃蹇：宛转委曲；屈曲。松公：即老松。

[16] 森严：整饬；严密。竹阵：指繁密整饬的竹林。

[17] 娃：少女。稚：小孩。此将小莲比喻为少女，将嫩笋比喻为稚子。

[18] 汉馆、周台：泛指周、汉时所建台馆。朱坡在故汉上林苑中。余趾：犹遗址。蹊：小路。

[19] 班雉：有花纹的野鸡。班，通"斑"。

[20] 萝纤组：藤萝像组绶一样缠系。

[21] 闱：上圆下方的小门。

[22] 冠终挂：《后汉纪·光武帝纪》："（逢萌）闻王莽居摄，子宇谏，莽杀之。萌会友人曰：'三纲绝矣，祸将及人。'即解衣冠，挂东都城门，将家属客于辽东。"后因以"挂冠"指辞官、弃官。

[23] 谩：莫，不要。

[24] 自尘：犹自污。

[25] 触藩羝（dī）：《易经·大壮》："羝羊触藩，不能退，不能遂。"触撞篱笆的公羊，因角陷入篱中而进退两难。后因以"触藩羝"比喻处于困境的人。

朱坡绝句三首

〔唐〕杜牧

其一

故国池塘倚御渠,江城三诏换鱼书[1]。
贾生辞赋恨流落,只向长沙住岁余[2]。

其二

烟深苔巷唱樵儿,花落寒轻倦客归[3]。
藤岸竹洲相掩映,满池春雨鸊鹈飞[4]。

其三

乳肥春洞生鹅管[5],沼避回岩势犬牙[6]。
自笑卷怀头角缩[7],归盘烟磴恰如蜗[8]。

【注释】

[1] 鱼书:古代朝廷任免州郡长官时所赐颁的鱼符和敕书。

[2] "贾生"二句:原注:"文帝岁余思贾生。"贾生:指西汉贾谊。《史记·屈原贾生列传》:"孝文帝初即位,(贾生)谦让未遑也。诸律令所更定,及列侯悉就国,其说皆自贾生发之。于是天子议以为贾生任公卿之位。绛、灌、东阳侯、冯敬之属尽害之,乃短贾生曰:'洛阳之人,年少初学,专欲擅权,纷乱诸事。'于是天子后亦疏之,不用其议,乃以贾生为长沙王傅。……贾生为长沙王太傅三年,有鸮飞入贾生舍,止于坐隅。楚人命鸮曰'服'。贾生既以适居长沙,长沙卑湿,自以为寿不得长,伤悼之,乃为赋以自广。"

[3] 倦客：客游他乡而对旅居生活感到厌倦的人。

[4] 鹝（pì）鹈：水鸟名。俗称油鸭。似鸭而小。善潜水。古人用其脂膏涂刀剑以防锈。

[5] 鹅管：指鹅管石。即石钟乳。

[6] 犬牙：像犬牙般交错。

[7] 卷怀：退避，避开。

[8] 烟磴：云雾中的石级。恰如蜗：如蜗牛一般蜷缩着身体。

朱坡故少保杜公池亭

〔唐〕许浑

杜陵池榭绮城东[1]，孤岛回汀路不穷[2]。
高岫乍疑三峡近[3]，远波初似五湖通。
楸梧叶暗潇潇雨[4]，菱荇花香淡淡风[5]。
还有昔时巢燕在，飞来飞去画堂中[6]。

【注释】

[1] 杜陵：地名。在今陕西西安东南。古为杜伯国。秦置杜县，汉宣帝筑陵于东原上，因名杜陵，并改杜县为杜陵县。晋曰杜城县，北魏曰杜县，北周废。

[2] 回汀：曲折的洲渚。汀：水边平地，小洲。

[3] 岫：山。

[4] 楸（qiū）梧：两种树木名。

[5] 菱：一年生水生草本植物。果实有硬壳，一般有角，俗称菱角。荇（xìng）：多年生水生草本植物，叶呈对生圆形，嫩时可食，亦可入药。菱荇亦泛指水草。

[6] 画堂：泛指华丽的堂舍。

朱坡

〔唐〕林宽

朱坡坡上望,不似在秦京。渐觉溪山秀,更高鱼鸟情[1]。
夜吟禅子室[2],晓爨猎人铛[3]。恃此偷佳赏,九衢蜩未鸣[4]。

【注释】

[1] 鱼鸟情:指隐逸情怀。鱼鸟:常泛指隐逸之景物。

[2] 禅子:信佛者;僧侣。

[3] 爨(cuàn):烧火煮饭。铛(chēng):古代的锅,有耳和足,用于烧煮饭食等,以金属或陶瓷制成。

[4] 九衢:纵横交叉的大道;繁华的街市。蜩(tiáo):蝉。

灞桥

在长安城通化门东二十五里,近汉文帝灞陵,又称灞陵桥。春秋时期,秦穆公称霸西戎,将滋水改为灞水,并在水上建桥,故称"灞桥"。灞河岸堤多植柳,阳春时节,柳絮随风飘舞,柳絮遂成为灞桥的代表性景物。自汉始,灞水、灞桥、灞柳就与送别相关。唐朝时,在灞桥上设立驿站,凡与人送别,多在此分手,折柳相赠。因此,此桥又称"销魂桥"。至清代,"灞柳风雪"已成为"长安八景"之一。灞桥位于今西安城东约12公里处。

七哀诗(其一)

〔东汉〕王粲

西京乱无象[1],豺虎方遘患[2]。复弃中国去[3],委身适荆蛮[4]。

亲戚对我悲，朋友相追攀[5]。出门无所见，白骨蔽平原。
路有饥妇人，抱子弃草间。顾闻号泣声[6]，挥涕独不还。
"未知身死处，何能两相完[7]？"驱马弃之去，不忍听此言。
南登霸陵岸[8]，回首望长安，悟彼下泉人[9]，喟然伤心肝[10]。

【作者简介】

王粲（177—217），字仲宣，山阳郡高平县（今山东邹城市）人。早有才名，为蔡邕赏识。初平三年（192）依刘表，客居荆州十五年。建安十三年（208），归曹操，辟为丞相掾，赐爵关内侯。迁军谋祭酒，拜侍中。建安二十二年（217），随曹操出征，卒于道中，年四十一。博学多识，善属文，有诗名，为建安七子之一。所作《七哀诗》《登楼赋》颇著名。《隋书·经籍志》录有文集十一卷。明人张溥辑有《王侍中集》。

【注释】

[1] 西京：指长安，西汉时的国都。东汉建都在洛阳，洛阳称为东都。董卓之乱后，汉献帝又被董卓由洛阳迁到了长安。无象：无章法，无体统。

[2] 豺虎：指董卓的部将李傕郭汜等。遘患：给人民造成灾难。

[3] 中国：中原地区。

[4] 委身：置身。荆蛮：指荆州。古代中原地区的人称南方的民族为蛮，荆州在南方，故曰荆蛮。荆州当时未遭战乱，逃难到那里去的人很多。荆州刺史刘表曾从王粲的祖父王畅受学，与王氏是世交，所以王粲去投奔他。

[5] 追攀：追逐拉扯，表示依依不舍的样子。

[6] 顾：回首；回视。

[7] 完：保全。此两句为作者听到那个弃子的妇人所说的话。

[8] 霸陵：汉文帝刘恒的陵墓，在今西安市东郊。岸：高坡、高冈。汉文帝时期社会秩序比较稳定，经济发展较快，所以王粲在这里引以对比现实，抒发感慨。

[9] 下泉：《诗经·曹风》中的篇名，写周王室发生内乱，周敬王王子匄（gài）在称王之前，住在下泉，担忧京师王朝的安危。《毛诗序》曰："《下泉》，思治也。曹人疾共公侵刻下民，不得其所，忧而思明王贤伯也。"认为是曹人

痛恶统治者的暴虐，怀念明王贤伯。

[10] 喟（kuì）然：伤心貌。诗作最后四句意为，面对着汉文帝的陵墓，对比着当前的离乱现实，就更加伤心地领悟到《下泉》诗作者思念明主贤臣那种急切的心情了。

游灞陵山

〔唐〕严维

入山未尽意，胜迹聊独寻[1]。方士去在昔，药堂留至今。
四隅白云闲[2]，一路清溪深。芳秀惬春目[3]，高闲宜远心[4]。
潭分化丹水[5]，路绕升仙林。此道人不悟，坐鸣松下琴。

【作者简介】

严维，生卒年不详，字正文，越州山阴（今浙江绍兴）人。肃宗至德二年（584）进士。又擢辞藻宏丽科。以家贫亲老，不能远离，授诸暨尉。辟河南幕府，迁余姚令。仕终右补阙。少无宦情，怀家山之乐。诗情雅重，有魏、晋之风。与刘长卿善。约唐德宗建中年间卒。有《严维诗》一卷。《全唐诗》存诗一卷。《唐才子传》有载。

【注释】

[1] 聊：姑且。暂且；勉强。

[2] 四隅：四方；四周。

[3] 惬：满足，快意。

[4] 高闲：高远闲逸。宜：合适；适当；适宜。

[5] 丹水：传说中的水名。《山海经·南山经》："丹穴之山，其上多金玉，丹水出焉，而南流注于渤海。"

请告东归发灞桥却寄诸僚友 [1]

〔唐〕刘禹锡

征徒出灞涘[2]，回首伤如何。故人云雨散，满目山川多。
行车无停轨，流景同迅波[3]。前欢渐成昔，感叹益劳歌[4]。

【注释】

[1] 请告：请求休假或退休。

[2] 涘：水边。

[3] 流景：谓如流的光阴。迅波：指疾速的流水。

[4] 劳歌：忧伤、惜别之歌。

灞桥待李将军 [1]

〔唐〕长孙无忌

飒飒风叶下[2]，遥遥烟景曛[3]。
霸陵无醉尉，谁滞李将军[4]。

【作者简介】

长孙无忌（？—659），字辅机，河南洛阳人。太宗长孙皇后之兄。决策发动玄武门之变。贞观中以元勋皇戚历任尚书仆射、司空、司徒等重职，封赵国公，图像凌烟阁。预修唐律，参定晋王为太子，并受命辅立高宗。高宗即位，官至太尉、中书门下三品。奉命主撰《唐律疏议》，监修国史。后因反对高宗立武后，被许敬宗诬以谋反罪放逐黔州，被迫自杀。上元年间平反。《全唐诗》存诗四首，《全唐诗续拾》补诗四首。《旧唐书》《新唐书》皆有传。

【注释】

[1] 李将军：指西汉李广。

[2] 飒飒：象声词。

[3] 曛：黄昏，傍晚，引申为昏暗。

[4] "霸陵"二句：《史记·李将军列传》："尝夜从一骑出，从人田间饮。还至霸陵亭。霸陵尉醉，呵止广。广骑曰：'故李将军。'尉曰：'今将军尚不得夜行，何乃故也！'止广宿亭下。"后常用"醉尉"作势利小人的代名词。

灞陵行送别

〔唐〕李白

送君灞陵亭，灞水流浩浩[1]。
上有无花之古树，下有伤心之春草。
我向秦人问路岐，云是王粲南登之古道[2]。
古道连绵走西京，紫阙落日浮云生[3]。
正当今夕断肠处，骊歌愁绝不忍听[4]。

【注释】

[1] 浩浩：水势广大貌。

[2] "王粲"句：王粲为避难南下荆州，途中作《七哀诗》，表现战乱之祸，诗中有"南登灞陵岸，回首望长安"句。

[3] 紫阙：紫色的宫殿，此指帝王宫殿。一作"紫关"。

[4] 骊歌：指《骊驹》，《诗经》逸篇名，古代告别时所赋的歌词。《汉书·儒林传·王式》："谓歌吹诸生曰：'歌《骊驹》。'"颜师古注："服虔曰：'逸《诗》篇名也，见《大戴礼》。客欲去歌之。'"后因以为典，指离别。

灞上

〔唐〕纥干著

鸣鞭晚日禁城东[1]。渭水晴烟灞岸风。
都旁柳阴回首望[2],春天楼阁五云中[3]。

【作者简介】

纥干著,生卒年不详,河南(今河南洛阳)人。德宗贞元中官太仆寺丞,德宗贞元八年(792)取黑水壁,诏城之,与杜彦光成之。官御史。其后行迹无考。《全唐诗》存诗四首。

【注释】

[1] 鸣鞭:古代皇帝仪仗中的一种,鞭形,挥动发出响声,使人肃静,故又称静鞭。皇帝出行、祀典、视朝、宴会时用。晚日:夕阳。禁城:宫城。

[2] 都:国都,京都。

[3] 五云:五色瑞云。多作吉祥的征兆。

莺

〔唐〕罗邺

暖辞云谷背残阳[1],飞下东风翅渐长。
却笑金笼是羁绊[2],岂知瑶草正芬芳[3]。
晓逢溪雨投红树[4],晚啭宫楼泣旧妆。
何事离人不堪听,灞桥斜日袅垂杨。

【注释】

[1] 云谷：云雾所笼罩的山谷。

[2] 金笼：喻荣华富贵、功名利禄等一切世俗之人汲汲追求的东西。羁绊：束缚，拘束。

[3] 瑶草：仙草，亦泛指珍美的草。

[4] 红树：盛开红花之树。

灞上感别

〔唐〕罗邺

灞水何人不别离，无家南北倚空悲[1]。
十年此路花时节，立马沾襟酒一卮[2]。

【注释】

[1] 倚：凭靠、凭借。空悲：指凄凉忧伤的胸怀。

[2] 立马：驻马。沾襟：浸湿衣襟。指伤心落泪。卮：古代一种酒器。

灞上

〔唐〕崔涂

长安名利路，役役古由今[1]。征骑少闲日，绿杨无旧阴。
水侵秦甸阔，草接汉陵深[2]。紫阁曾过处，依稀白鸟沉[3]。

【注释】

[1] 役役：劳苦不息貌。亦形容奔走钻营的样子。

[2] 汉陵：汉代帝王的陵园。

[3] 沉：降落。

灞上逢元九处士东归

〔唐〕许浑

瘦马频嘶灞水寒,灞南高处望长安。
何人更结王生袜[1],此客虚弹贡氏冠[2]。
江上蟹螯沙渺渺[3],坞中蜗壳雪漫漫[4]。
旧交已变新知少[5],却伴渔郎把钓竿[6]。

【注释】

[1] 王生袜:《汉书·张释之传》记载,汉廷尉张释之,尝与公卿聚会,处士王生袜解,使释之结袜。公卿责王生辱廷尉,王生曰:"吾故聊使结袜,欲以重之。"诸公闻之,贤王生而重释之。后用为礼贤下士之典。

[2] 弹贡氏冠:《汉书·王吉传》:"吉与贡禹为友,世称'王阳在位,贡公弹冠',言其取舍同也。"后因以"弹冠相庆"谓受到知遇,喜欲出仕。

[3] 蟹螯:螃蟹变形的第一对脚。状似钳,用以取食或自卫。《世说新语·任诞》:"毕世茂云:'一手持蟹螯,一手持酒杯,拍浮酒池中,便足了一生。'"从魏晋时期,人们就把吃蟹作为一种闲情逸致的文化享受。

[4] 坞中:山坞中央。坞:四面高中间低的地方。蜗壳:蜗牛的外壳。喻矮小简陋的房屋。

[5] 新知:新结交的知己。

[6] 把钓竿:喻不被任用而闲居。

将赴闵乡灞上留别钱起员外[1]

〔唐〕卢纶

暖景登桥望,分明春色来。离心自惆怅,车马亦裴回[2]。
远雪和霜积,高花占日开。从官竟何事[3],忧患已相催。

【注释】

[1] 唐代宗大历六年（771），卢纶经宰相元载举荐，授阌乡县尉。此诗为赴任时在灞上告别钱起之作。

[2] 裴回：犹徘徊，留恋不前的样子。

[3] 竟：究竟。

杂曲歌辞·灞上轻薄行

〔唐〕孟郊

长安无缓步，况值天景暮。相逢灞浐间[1]，亲戚不相顾。自叹方拙身[2]，忽随轻薄伦。常恐失所避，化为车辙尘。此中生白发，疾走亦未歇。

【注释】

[1] 灞浐：灞水和浐水。

[2] 方拙：刚直而不知变通。

灞上闲居

〔唐〕王昌龄

鸿都有归客[1]，偃卧滋阳村[2]。轩冕无枉顾[3]，清川照我门。空林网夕阳[4]，寒鸟赴荒园。廓落时得意[5]，怀哉莫与言。庭前有孤鹤[6]，欲啄常翩翻[7]。为我衔素书，吊彼颜与原[8]。二君既不朽，所以慰其魂。

【注释】

[1] 鸿都：汉代藏书之地。此处代指王昌龄供职之秘书省。

[2] 偃卧：仰卧，睡卧。

[3] 轩冕：指显贵者。枉顾：屈尊看望。称人来访的敬辞。

[4] 网夕阳：夕阳笼罩。

[5] 廓落：孤寂的样子。

[6] 孤鹤：孤单的鹤。亦比喻孤特高洁之人。

[7] 翩翻：上下飞动貌。

[8] 颜与原：颜：指孔子弟子颜回。《论语·雍也第六》："一箪食，一瓢饮，在陋巷，人不堪其忧，回也不改其乐。贤哉回也！"原：指原宪。孔子弟子，字子思。孔子亡，隐居于卫国，以蓬户褐衣蔬食为乐。事见《庄子·让王》《史记·仲尼弟子列传》。后诗文中多用"颜与原"指称贫士。

宿灞上寄侍御玙弟

〔唐〕王昌龄

独饮灞上亭，寒山青门外。长云骤落日[1]，桑枣寂已晦[2]。
古人驱驰者，宿此凡几代。佐邑由东南[3]，岂不知进退。
吾宗秉全璞[4]，楚得璆琳最[5]。茅山就一征[6]，柏署起三载[7]。
道契非物理[8]，神交无留碍[9]。知我沧溟心，脱略腐儒辈[10]。
孟冬銮舆出[11]，阳谷群臣会[12]。半夜驰道喧[13]，五侯拥轩盖[14]。
是时燕齐客，献术蓬瀛内[15]。甚悦我皇心，得与王母对。
贱臣欲干谒[16]，稽首期殒碎[17]。哲弟感我情，问易穷否泰[18]。
良马足尚踠[19]，宝刀光未淬。昨闻羽书飞，兵气连朔塞[20]。
诸将多失律[21]，庙堂始追悔[22]。安能召书生，愿得论要害。
戎夷非草木，侵逐使狼狈。虽有屠城功，亦有降虏辈。
兵粮如山积，恩泽如雨霈。羸卒不可兴[23]，碛地无足爱[24]。
若用匹夫策，坐令军围溃[25]。不费黄金资，宁求白璧赉[26]。
明主忧既远，边事亦可大。荷宠务推诚[27]，离言深慷慨[28]。
霜摇直指草，烛引明光佩。公论日夕阻，朝廷蹉跎会。
孤城海门月，万里流光带。不应百尺松，空老钟山霭。

【注释】

[1] 骤:疾速的样子,形容快。

[2] 晦:本意指农历每月的最后一日。此句中指晚上。

[3] 邑:京城,国都。

[4] 吾宗:我们的宗族。

[5] 璆琳(qiú lín):泛指美玉,在此喻贤才。

[6] 茅山:山名,在江苏省句容县东南。原名句曲山。相传有汉茅盈与弟衷固采药修道于此,因改名茅山。《南史·隐逸传下·陶弘景》:"止于句容之句曲山,恒曰……昔汉有三茅君得道来掌此山,故谓之茅山。"后亦以指隐居。

[7] 柏署:御史官署的别称。

[8] 道契:谓彼此思想一致、志趣相投。物理:事物的道理、规律。

[9] 神交:谓心意投合,深相结托而成忘形之交。留碍:犹阻碍,障碍。

[10] 沧溟:苍天、大海。脱略:轻慢,不以为意。此二句意为:知道我有浩如山海的心志,并不把迂腐平庸的人看在眼里。

[11] 孟冬:冬季的第一个月,农历十月。銮舆:天子车驾。

[12] 阳谷:喻指天子朝会处。

[13] 驰道:古代供君王行驶车马的道路。

[14] 五侯:指权贵豪门。轩盖:带篷盖的车,显贵者所乘。亦借指达官贵人。

[15] "是时"二句:用汉武帝遣方士入海求仙典实。典出《史记·封禅书》:"少君言于上曰:'……益寿而海中蓬莱仙者可见,见之以封禅则不死,黄帝是也。臣尝游海上,见安期生,食臣枣,大如瓜。安期生仙者,通蓬莱中,合则见人,不合则隐。'于是天子始亲祠灶,而遣方士入海求蓬莱安期生之属,而事化丹砂诸药齐为黄金矣。求蓬莱安期生莫能得,而海上燕齐怪迂之方士多更来言神事矣。"诗中用以讽刺皇帝求仙问道之虚妄。

[16] 干谒:对人有所求而请见。

[17] 稽首:古时一种跪拜礼,叩头至地,是九拜中最恭敬者。此句言作者叩见皇帝,不惜以死相谏。

[18] 哲弟:指王玙。否泰:否:坏;泰:好,顺利。指厄运终了好运就会到来。

[19] 跽:原指足胫相连的活动部位。引申为马屈腿举蹄,意欲奔驰。此喻贤士隐居,意在待时。

[20] 兵气：战争的气氛。朔塞：朔北塞外。指北方边境地区。

[21] 失律：军行无纪律。

[22] 庙堂：朝廷。此处代指皇帝。

[23] 羸卒：疲弱的士兵。

[24] 碛地：不生草木的沙石地。

[25] 坐令：犹言致使；空使。

[26] 白璧：平圆形而中有孔的白玉。《史记·滑稽列传》："于是齐威王乃益赍黄金千溢，白璧十双，车马百驷。"赉（lài）：予，赐予。

[27] 荷宠：蒙受恩宠。推诚：以诚心相待。

[28] 离言：离别时说的话。

灞上秋居 [1]

〔唐〕马戴

灞原风雨定，晚见雁行频[2]。落叶他乡树，寒灯独夜人。
空园白露滴，孤壁野僧邻[3]。寄卧郊扉久[4]，何年致此身[5]。

【注释】

[1] 灞上：为作者来京城后的寄居之所。

[2] 雁行：飞雁的行列。

[3] 野僧：山野僧人。

[4] 郊扉：指郊外的屋舍。

[5] 致此身：意即以此身为国君报效尽力。

柳

〔唐〕罗隐

灞岸晴来送别频，相偎相依不胜春[1]。

自家飞絮犹无定，争解垂丝绊路人[2]。

【注释】

[1] 相偎相依：谓柳条依拂，相偎相倚，写出春风中垂柳婀娜姿态，亦比喻别离之人临别时亲昵、难舍之情景。胜：能够承担或承受。

[2] "自家"二句：感慨飞絮无定及柳条缠人，赋柳而喻人。诗人以"飞絮无定"，暗喻送别的倡女无法掌握自身的命运归宿，又以"垂丝绊路人"指出，她们不懂得那些过路客人用缠绵的情丝是留不住的。

入关言怀 [1]

〔唐〕黄滔

背将踪迹向京师[2]，出在先春入后时[3]。
落日灞桥飞雪里，已闻南院有看期[4]。

【注释】

[1] 入关：通过关隘进入内地。
[2] 向：面对；朝着。
[3] 先春：早春。
[4] 闻：听到。南院：唐代官署名，属吏部，负责选拔人才。

灞上逢故人

〔唐〕喻坦之

花落杏园枝，驱车问路岐。人情谁可会，身事自堪疑。
岳雨狂雷送，溪槎涨水吹[1]。家山如此景，几处不相随。

【注释】

[1] 槎（chá）：木筏。

乱后灞上

〔唐〕郑谷

柳丝牵水杏房红[1]，烟岸人稀草色中[2]。
日暮一行高鸟处，依稀合是望春宫[3]。

【注释】

[1] 杏房：杏花的花冠。
[2] 烟岸：雾气迷蒙的水岸。
[3] 望春宫：唐代京城长安郊外的行宫，分南、北两处，此指南望春宫，在东郊万年县（今陕西西安东），南对终南山。

咏柳

〔唐〕吴融

自与莺为地，不教花作媒[1]。细应和雨断，轻只爱风裁。
好拂锦步幛，莫遮铜雀台[2]。灞陵千万树，日暮别离回。

【注释】

[1] 花作媒：将蜜蜂比作媒人，喻蜜蜂为花传播花粉。
[2] 锦步障：遮蔽风尘或视线的锦制屏幕。刘义庆《世说新语·汰侈》："君夫作紫丝布步障碧绫里四十里，石崇作锦步障五十里以敌之。"
[3] 铜雀台：东汉献帝建安十五年冬，曹操于今河北省临漳县西南建一高台。楼顶置大铜雀，展翅若飞。唐以后亦称为"相台"。

及第东归次灞上,却寄同年 [1]

〔唐〕李商隐

芳桂当年各一枝[2],行期未分压春期[3]。
江鱼朔雁长相忆[4],秦树嵩云自不知[5]。
下苑经过劳想象[6],东门送饯又差池[7]。
灞陵柳色无离恨[8],莫枉长条赠所思。

【注释】

[1] 开成二年(837)春暮作。这年李商隐登进士第,三月二十七日东归济源省母,途次灞水边作诗回寄同年。

[2] 芳桂:《晋书·郤诜传》:"臣举贤良对策,为天下第一,犹桂林之一枝,昆山之片玉。"当年:盛年。

[3] 行期:出行的日期。分:料。压春期:在春季之末。

[4] 江鱼、朔雁:喻指分隔异地的友人彼此鱼雁传书。

[5] 秦树嵩云:分指留在长安的友人与归济源的自己,从杜甫《春日忆李白》"渭北春天树,江东日暮云"化出。

[6] 下苑经过:指同年重游曲江。唐时有所谓"探花宴",即进士登第后于曲江杏园举行宴会。

[7] 差池:不齐一,引申为分离。

[8] "灞陵柳色"句:《三辅黄图》:"霸桥跨水作桥,汉人送客至此桥,折柳赠别。"因及第荣归,故"无离恨"。

灞陵风雪

〔金〕李纯甫

君不见浣花老人醉归图，熊儿捉辔骥子扶[1]；
又不见玉川先生一绝句，健倒莓苔三四五[2]。
蹇驴驼着尽诗仙[3]，短策长鞭似有缘。
政在灞陵风雪里，管是襄阳孟浩然[4]。
官家放归殊不恶，蹇驴大胜扬州鹤[5]。
莫爱东华门外软红尘，席帽乌靴老却人[6]。

【作者简介】

李纯甫（1185—约1231），字之纯，金代弘州襄阴（今河北阳原）人。初工词赋，后治经义。金章宗承安二年（1197）进士。两次上疏，策宋金战争胜负，后多如所料。荐入翰林。官至京兆府判官，卒于任上，年四十七。工于散文，时人争相效法。作诗有卢仝、李贺之风。诗收入《中州集》中。著有《中庸集解》《鸣道集解》等。

【注释】

[1]"君不见"二句：用杜甫骑驴故事。黄庭坚有《老杜浣花溪图引》诗，陈师道据其诗在《和饶节咏周昉画李白真》中云："君不见浣花老翁醉骑驴，熊儿捉辔骥子扶。"浣花老人：指杜甫。熊儿、骥子：杜甫的两个儿子。杜甫《得家书》曰："熊儿幸无恙，骥子最怜渠。"旧注："骥子、熊儿，二子小字。"胡夏客曰："骥，当是宗文。熊，当是宗武。"

[2]玉川先生：唐卢仝喜饮茶，尝汲井泉煎煮，因自号"玉川子"，人称"玉川先生"。此二句由杜甫的醉归联想到卢仝，用卢诗《村醉》之典："昨夜村饮归，健倒三四五。摩挲青莓苔，莫嗔惊着汝。"

[3]蹇驴驼着尽诗仙：谓诗人大都与驴相关。

[4]"政在"二句：用孟浩然典。阴时夫编《韵府群玉》载："孟浩然尝于灞水，冒雪骑驴寻梅花，曰：'吾诗思在风雪中驴子背上。'"管是：必定是；多半是。

[5]"官家"二句：用孟浩然在唐玄宗面前吟诗故事。唐末五代王定保《唐摭言》记载：维（王维）待诏金銮殿，一旦，召之（孟浩然）商较风雅。忽遇上（玄宗）幸维所，浩然错愕，伏床下。维不敢隐，因之奏闻。上欣然曰："朕素闻其人。"因得召见。上即命咏。浩然奉诏拜舞，念诗曰："北阙休上书，南山归敝庐。不才明主弃，多病故人疏。"上闻之怃然，曰："朕未曾弃人，自是卿不求进，奈何反有此作？"因命放归南山，终身不仕。扬州鹤：南朝宋殷芸《殷芸小说·吴蜀人》："有客相从，各言所志：或愿为扬州刺史，或愿多资财，或愿骑鹤上升。其一人曰：'腰缠十万贯，骑鹤上扬州'，欲兼三者。"元袁桷《张玉田归杭疏》云："鄙骑驴灞上之寒，遂跨鹤扬州之愿。"诗中谓孟浩然"寒驴大胜扬州鹤"突出表现诗人虽物质贫困却精神高贵。

[6]"莫爱"二句：用苏轼诗及其自注，《薄薄酒》其二云："隐居求志义之从，本不计较东华尘土北窗风。"王文诰引赵次公注曰："东华门，百官入朝所从出入之门也。"又引施元之注曰："东坡《从驾景灵宫》诗注云：'前辈戏语，有西湖风月不如东华软红香土。'"实际上即出于东坡自注。北窗：当用陶渊明《与子俨等疏》"五六月中，北窗下卧，遇凉风暂至，自谓是羲皇上人"语，与"东华门"的入朝相对，以喻隐居生活。席帽：古帽名。以藤席为骨架，形似毡笠，四缘垂下，可蔽日遮颜，为布衣所戴。乌靴：古代官员所穿的黑色靴子。

灞柳风雪

〔清〕朱集义

古桥石路半倾欹[1]，柳色青青近扫眉。
浅水平沙深客恨[2]，轻盈飞絮欲题诗。

【作者简介】

朱集义，生卒年不详。清代画家、诗人，曾任河东盐使。代表作品《关中八景》。

【注释】

[1] 欹：歪斜；倾斜。

[2] 客恨：游子的愁思。

绝句

〔明〕殷奎

灞陵桥下水潺湲[1]，人影离披夕照间[2]。
来往总怜车马好[3]，西风破帽独南远。

【注释】

[1] 潺湲：水缓慢流动的样子。

[2] 离披：盛多。

[3] 怜：怜爱；喜爱。

灞桥

〔清〕汪灏

长乐坡上秋风清[1]，销魂桥畔班马鸣[2]。
颓梁欹柱虹断续，沙碛隰畔水纵横[3]。
离人酒照杨柳泪，骚客鞭敲风雪情[4]。
无花古树不复见，伤心春草年年生[5]。

【作者简介】

汪灏，字文漪，号天泉，临清（今属山东）人。康熙二十四年（1685）进士，改庶吉士，授编修，官至河南巡抚。有《倚云阁集》。

【注释】

[1] 长乐坡：地名，位于今西安市城东长乐东路上。隋文帝杨坚曾在路北侧建长乐宫，并于长乐东路南侧建望春亭，亲自命名浐河岸坡名长乐坡。

[2] 销魂桥：唐时指灞桥。五代王仁裕《开元天宝遗事·销魂桥》："长安东灞陵有桥，来迎去送，皆至此桥为离别之地，故人呼之'销魂桥'也。"班马：离群之马。《左传·襄公十八年》："邢伯告中行伯曰：'有班马之声，齐师其遁。'"杜预注："夜遁，马不相见，故鸣。班，别也。"

[3] 沙碛：沙滩；沙洲。隰（xí）：低湿之地。

[4] 骚客：诗人，文人。

[5] "无花"二句：化用李白《灞陵行送别》中"上有无花之古树，下有伤心之春草"诗句。

调任长安过灞桥

〔清〕张钱

其一

年年折柳灞桥过，风雪征鞍句漫哦[1]。
管领春光看此度[2]，棠阴可比柳阴多[3]。

其二

闻道长安不易居[4]，折腰元亮意何如[5]。
送迎忙似桥边柳，莫笑邮亭绿影疏[6]。

【作者简介】

张钱，字雨香，磁州（今属河北）人。道光十五年（1835）进士，官商州知州。有《绿筠书屋诗稿》。

【注释】

[1] 征鞍：犹征马。指旅行者所乘的马。

[2] 管领：领受。度：量词。次，回。

[3] 棠阴：原指棠树树荫，亦喻惠政或良吏的惠行。司马迁《史记·燕召公世家》："召公之治西方，甚得兆民和。召公巡行乡邑，有棠树，决狱政事其下，自侯伯至庶人各得其所，无失职者。召公卒，而民人思召公之政，怀棠树不敢伐，歌咏之，作甘棠之诗。"后因以"棠树"喻惠政。此或为双关语。

[4] "闻道"句：用白居易故事。五代王定保《唐摭言·知己》："白乐天初举，名未振，以歌诗谒顾况。况谑之曰：'长安百物贵，居大不易。'及读至《赋得原上草送友人》诗曰'野火烧不尽，春风吹又生'，况叹之曰：'有句如此，居天下有甚难！老夫前言戏之耳。'"

[5] 折腰元亮：指陶渊明。陶渊明，字元亮。《晋书·陶潜传》："郡遣督邮至县，吏白应束带见之，潜叹曰：'吾不能为五斗米折腰，拳拳事乡里小人邪！'义熙二年，解印去县，乃赋《归去来兮辞》。"

[6] 邮亭：驿馆；递送文书者投止之处。

灞上偶成二首

〔清〕王志瀜

其一

秋风灞上老杨枝[1]，策骑重来又几时[2]。
我祇无心成厉揭[3]，河流深浅自参差[4]。

其二

晴烟瓦屋野人家[5]，屋上青山一缕斜。
林树何嫌霜气拂，丹黄转得傲春花[6]。

【作者简介】

王志灏,字幼海,华州(今属陕西)人。乾隆五十七年(1792)举人,官绛州直隶州知州。有《澹粹轩诗草》。

【注释】

[1] 杨枝:杨柳的枝条。

[2] 策:用鞭棒驱赶骡马役畜等,引申为驾驭。

[3] 厉揭:涉水。连衣涉水叫厉,提起衣服涉水叫揭。语出《诗经·邶风·匏有苦叶》:"深则厉,浅则揭。"

[4] 参差:不齐。指灞河水有深有浅。

[5] 野人家:野外村民家。

[6] "林树"二句:经霜之后,灞水边的林树叶子转成金黄,足以与春花竞妍。丹黄:赤黄色。

灞桥

〔清〕郭柏荫

桥亭立马暮天昏[1],秋色苍茫远近村。
一抹斜阳万条柳,不因离别也销魂[2]。

【作者简介】

郭柏荫(?—1884),字远堂,清福建侯官人。道光十二年(1832)进士。授编修。咸丰间会办本省团练,擢郎中。同治间历官江苏、广西、湖北巡抚,署湖广总督。有《石泉诗集》。

【注释】

[1] 立马:驻马。

[2] 销魂:形容萧瑟的秋景令人感到极度悲伤、愁苦。

灞桥

〔清〕慕昌浩

几株新绿雨冥冥[1]，玉笛吹来隔岸听。
柳色不知前代改[2]，春来还向灞桥青。
初添弱线萦烟水[3]，送尽行人过短亭。
最是夜深离别处，一林残月酒初醒。

【注释】

[1] 冥冥：迷漫。

[2] 前代：以前的朝代。

[3] 弱线：形容柔细如线的柳条。萦：回旋缠绕。烟水：雾霭迷蒙的水面。

灞桥

〔清〕陈豫朋

草碧云疏浪影摇，水烟初敛涨痕消[1]。
断肠桥畔天涯路，愁杀青青杨柳条[2]。

【作者简介】

陈豫朋，字尧凯，号濂村，泽州（今属山西）人。康熙三十三年（1694）进士，改庶吉士，授编修，历官福建盐驿道。有《濂村诗集》。

【注释】

[1] 水烟：水上的烟霭。敛：聚集。涨痕：涨水的痕迹。

[2] 杀：副词，用于谓语后面，表示程度之深。

灞陵怨别

〔清〕钱杜

其一

终南残月挂城头,花落旗亭水乱流[1]。
不用风前折杨柳,琵琶弹出灞陵秋。

其二

树里黄河绕塞长,边风吹角水茫茫。
关西老将头如雪[2],醉倚弓刀说战场。

其三

冷落东风万柳丝,销魂桥上立多时。
酒痕狼藉春衫湿,休唱何戡绝妙词[3]。

【作者简介】

钱杜(1764—1845),初名榆,字叔枚,更名杜,字叔美,号松壶小隐,亦号松壶,亦称壶公,号居士,钱塘(今浙江杭州)人。出身仕宦,嘉庆五年(1800)进士,官主事。性闲旷好游。嘉庆九年(1804)曾客居嘉定(今属上海)。道光二十二年(1842)英军攻略浙江,避地扬州,遂卒于客乡。

【注释】

[1] 旗亭:市楼。古代观察、指挥集市的处所,上立有旗,故称。亦可指酒楼。

悬旗为酒招，故称。

[2] 关西：指函谷关或潼关以西的地区。

[3] 何戡：唐元和、长庆年间一位著名的歌者。唐刘禹锡有《与歌者何戡》诗："二十余年别帝京，重闻天乐不胜情。旧人唯有何戡在，更与殷勤唱渭城。"何戡绝妙词：指离别的歌曲。

骊山

骊山，秦岭山脉的一个支脉，西周时骊戎国属地，故名。山左右皆峻岭，如云霞绣错，又有绣岭之称。周秦汉唐以来，这里一直是皇家园林地，离宫别墅众多，唐时山上建华清宫。山上松柏常青，壮丽翠秀，似一匹青苍的骊驹。每当夕阳西下，骊山辉映在金色的晚霞之中，景色绮丽，有"骊山晚照"美誉，是著名的"长安八景"之一。现位于西安临潼区城南。

登骊山高顶寓目

〔唐〕李显

四郊秦汉国，八水帝王都。闾阎雄里闬[1]，城阙壮规模。
贯渭称天邑[2]，含岐实奥区[3]。金门披玉馆[4]，因此识皇图。

【作者简介】

李显（656—710），高宗李治第七子，一度改名哲，始封周王。唐朝皇帝。高宗永隆元年（680）立为太子，弘道元年（683）即帝位。嗣圣元年（684），武后废之为庐陵王。神龙元年（705）复位，并复唐国号。景龙四年（710）为韦后所杀。谥曰孝和皇帝，庙号中宗。曾于景龙中置修文馆，盛引词学之臣，赋诗唱和。《旧唐书·经籍志下》《新唐书·艺文志四》录其文集四十卷，已佚。《全唐诗》存诗五首及联句二首。

【注释】

[1] 阊阖：神话传说中的天门；宫门。闬（hàn）：里巷的门；墙垣。

[2] 天邑：谓帝王之都。指京都。

[3] 奥区：腹地。

[4] 玉馆：华丽的房舍，多指宫殿或神仙的居所。

奉和骊山高顶寓目应制 [1]

〔唐〕李峤

步辇陟山巅[2]，山高入紫烟[3]。忠臣还捧日，圣后欲扪天[4]。迥识平陵树[5]，低看华岳莲[6]。帝乡应不远[7]，空见白云悬。

【注释】

[1] 高顶：指山顶。

[2] 步辇：古代一种用人抬的代步工具，类似轿子。此指乘步辇。陟（zhì）：登高。

[3] 紫烟：山谷中的紫色烟雾。

[4] 圣后：圣君。扪天：摸天。极言其高。扪：抚摸。

[5] 迥：遥远。平陵：借指京都长安。

[6] 华岳莲：指西岳华山。华山西峰峰顶翠云宫前有巨石状如莲花，故又名莲花峰。

[7] 帝乡：传说中天帝住的地方。

奉和登骊山应制

〔唐〕阎朝隐

龙行踏绛气[1]，天半语相闻。
混沌疑初判[2]，洪荒若始分[3]。

【注释】

[1] 龙：指皇帝。绛气：赤色霞光。

[2]"混沌"句：谓山间云雾迷蒙，仿佛传说中世界刚开辟时的模糊景象。

[3] 洪荒：混沌、蒙昧的状态。借指远古时代。

驾幸新丰温泉宫献诗三首

〔唐〕上官昭容

其一

三冬季月景龙年[1]，万乘观风出灞川[2]。
遥看电跃龙为马，回瞩霜原玉作田[3]。

其二

鸾旗掣曳拂空回，羽骑骖驔蹑景来[4]。
隐隐骊山云外耸，迢迢御帐日边开[5]。

其三

翠幕珠帏敞月营，金罍玉斝泛兰英[6]。
岁岁年年常扈跸，长长久久乐升平[7]。

【注释】

[1] 三冬：冬季三月，即冬季。季月：每季的最后一月，即农历三、六、九、十二月。此指农历十二月。景龙年：唐中宗李显年号。

[2] 万乘：帝王。此指中宗李显。观风：谓观察民情，了解施政得失。

[3] "遥看"二句：远远看去，马如龙一般电掣而过；再回首目前，一片洁白的霜雪高原如堆琼砌玉。电跃：飞驰腾跃。

[4] "鸾旗"二句：写皇帝出行的队伍旗帜招展，万马奔腾，煞是壮观。鸾旗：

天子仪仗中的旗子，上绣鸾鸟，故称。掣曳：牵引。羽骑：羽林军的骑兵。骖驔（cān diàn）：马奔跑貌。躡景（yǐng）：追躡日影。比喻极其迅速。

[5] 迢迢：高远貌。御帐：御用之帷帐。

[6] 金罍（léi）：饰金的大型酒器。罍：古时一种盛酒的器具，形状像壶。玉斝（jiǎ）：玉制的酒器。亦为酒杯的美称。兰英：汉枚乘《七发》："兰英之酒，酌以涤口。"谓同兰花一样香美之酒。后因以借指美酒。

[7] 扈跸：随侍皇帝出行至某处。跸，指帝王的车驾或行幸之处。此二句意为：希望年年岁岁都能跟着皇帝出行伴驾，这太平时光也一直长久下去。

奉和圣制登骊山瞩眺应制

〔唐〕张说

寒山上半空，临眺尽寰中[1]。是日巡游处[2]，晴光远近同。
川明分渭水，树暗辨新丰[3]。岩壑清音暮[4]，天歌起大风。

【注释】

[1] 寰中：古代指距京都千里以内的地面为寰中、寰内，犹言王畿。

[2] 是日：今日。

[3] 新丰：古县名，治所在今临潼北。此句是说，在骊山上依稀可以辨认出树荫中的新丰县城。

[4] 清音：骊山石瓮谷旧有悬泉激石，叮咚作响，十分悦耳。

奉和圣制登骊山高顶寓目应制

〔唐〕苏颋

仙跸御层氛[1]，高高积翠分[2]。岩声中谷应[3]，天语半空闻。
丰树连黄叶，函关入紫云[4]。圣图恢宇县[5]，歌赋小横汾[6]。

【注释】

[1] 仙跸：指天子的车驾。

[2] 积翠：指青山。

[3] 中谷：谷中。

[4] 函关：函谷关的省称。紫云：紫色云。古以为祥瑞之兆。

[5] 圣图：天子的宏图。宇县：犹天下。

[6] 横汾：据《汉武故事》，汉武帝尝巡幸河东郡，在汾水楼船上与群臣宴饮，自作《秋风辞》，中有"泛楼舡兮济汾河，横中流兮扬素波"句。后因以"横汾"为典，用以称颂皇帝或其作品。

奉和登骊山高顶寓目应制

〔唐〕崔湜

名山何壮哉，玄览一徘徊[1]。御路穿林转[2]，旌门倚石开[3]。
烟霞肘后发，河塞掌中来。不学蓬壶远[4]，经年犹未回[5]。

【注释】

[1] 玄览：远望；远眺。徘徊：流连；留恋。

[2] 御路：御道。解为天子的车驾，亦通。路，通"辂"。

[3] 旌门：古代帝王出行，张帷幕为行宫，宫前树旌旗为门，称旌门。

[4] 蓬壶：即蓬莱。古代传说中的海中仙山。

[5] 经年：经过一年或若干年。

骊山下逍遥公旧居游集

〔唐〕张九龄

君子体清尚，归处有兼资[1]。虽然经济日[2]，无忘幽栖时。
卜居旧何所[3]，休浣尝来兹[4]。岑寂罕人至[5]，幽深获我思。

松涧聆遗风[6]，兰林览余滋。往事诚已矣，道存犹可追[7]。
遗子后黄金[8]，作歌先紫芝[9]。明德有自来[10]，奕世皆秉彝[11]。
岂与磻溪老[12]，崛起周太师[13]。我心希硕人[14]，遄此问元龟[15]。
怊怅既怀远[16]，沉吟亦省私。已云宠禄过[17]，况在华发衰。
轩盖有迷复[18]，丘壑无磷缁[19]。感物重所怀，何但止足斯。

【注释】

[1] 兼资：谓兼具两种资质；文武全才。

[2] 虽然：犹即使。经济：经世济民。

[3] 卜居：选择地方居住。

[4] 休浣：指官吏按例休假。

[5] 岑寂：寂静。

[6] 遗风：前代遗留下来的音乐。

[7] "往事"二句：语本《论语·微子》："楚狂接舆歌而过孔子曰：'凤兮凤兮，何德之衰！往者不可谏，来者犹可追。'"

[8] 遗子后黄金：谓以经籍教子。典出《汉书·韦贤传》："（韦贤）为人质朴少欲，笃志于学，兼通《礼》《尚书》，以《诗》教授，号称邹鲁大儒……贤四子：长子方山为高寝令，早终；次子弘，至东海太守，次子舜，留鲁守坟墓，少子玄成，复以明经历位至丞相。故邹鲁谚曰：'遗子黄金满籯，不如一经。'"

[9] 紫芝：灵芝一类。商山四皓隐居期间，曾作《紫芝歌》。

[10] 明德：光明之德；美德。有自来：有其原因；有其来处。

[11] 奕世：累世，代代。秉彝：持执常道。

[12] 磻溪：水名。在今陕西省宝鸡市东南，传说为吕尚未遇文王时垂钓处。此用吕尚典。

[13] 周太师：指吕尚。司马迁《史记·齐太公世家》载，吕尚于商末隐居磻溪，周文王出猎遇之，立为师。

[14] 硕人：贤德之人。《诗经·邶风·简兮》："硕人俣俣，公庭万舞。"毛传："硕人，大德也。"

[15] 元龟：大龟。古代用于占卜。亦用以指谋士。

[16] 怊怅（chāo chàng）：惆怅。

[17] 宠禄：谓荣宠与禄位。

[18] 轩盖：带篷盖的车，显贵者所乘。此借指达官贵人。迷复：语出《易经·复卦》："上六，迷复，凶……象曰：迷复之凶，反君道也。"孔颖达疏："以其迷闇不复，而反违于君道，故象云：'迷复之凶，反君道也。'"后用以指迷失不改过，糊涂不醒悟。

[19] 磷缁：典出《论语·阳货》。"不曰坚乎？磨而不磷；不曰白乎？涅而不缁。"磷，谓因磨而薄；缁，谓因染而黑。后因以比喻受外界条件的影响而起变化。

奉和登骊山高顶寓目应制

〔唐〕李乂

崖巘万寻悬[1]，居高敞御筵[2]。行戈疑驻日[3]，步辇若登天。城阙雾中近，关河云外连。谬陪登岱驾[4]，欣奉济汾篇[5]。

【注释】

[1] 崖巘（yǎn）：高崖险峰。巘：山顶、山峰。

[2] 御筵：皇帝命设的酒席。

[3] 行戈：排列成行的兵器。驻日：《淮南子·览冥训》："鲁阳公与韩构难，战酣日暮，援戈而撝之，日为之反三舍。"后谓使太阳停留不行。

[4] 岱：原指泰山。此指骊山。

[5] 济汾篇：原指汉武帝《秋风辞》，此喻皇帝的文辞。

骊山怀古五首[1]（其一）

〔唐〕李郢

武帝寻仙驾海游，禁门高闭水空流[2]。
深宫带日年年静，翠柏凝烟夜夜愁。
鸾凤影沉归万古[3]，歌钟声断梦千秋。

晚来惆怅无人会，云水犹飞傍玉楼。

【作者简介】

李郢，字楚望，唐京兆长安（今陕西西安）人。初居杭州，宣宗大中十年（856）登进士第，累辟淮南等使府，懿宗咸通末，官至侍御史。后归越，为从事。工诗，七律尤清丽可喜，为时人所称。《全唐诗》存诗一卷。

【注释】

[1]《全唐诗》卷七八五收为无名氏诗。诗借汉武帝寻仙，感慨唐玄宗、杨贵妃遗事。

[2] 禁门：宫门。

[3] 鸾凤：喻美人，此指杨玉环。

奉和登骊山高顶寓目应制

〔唐〕武平一

銮舆上碧天，翠帟拖晴烟[1]。绝崿纡仙径[2]，层岩敞御筵。
云披丹凤阙[3]，日下黑龙川。更睹南薰奏[4]，流声入管弦。

【作者简介】

武平一，名甄，以字行，武则天族孙，颍川郡王载德子。博学，通《春秋》。武则天在位时，畏祸不与事，隐嵩山，修浮屠法，屡诏不应。中宗复位，平一居母丧，迫召为起居舍人，乞终制，不许。景龙二年（708），兼修文馆直学士，迁考功员外郎。虽预宴游，尝因诗规戒。明皇初，贬苏州参军。徙金坛令。既谪，名亦不衰。开元末卒。《全唐诗》存诗一卷。

【注释】

[1] 翠帟（yì）：翠幕。

[2] 崿：山崖。纡：萦回；围绕。

[3] 丹凤阙：帝阙，京城。

[4] 南熏：指《南风》歌。相传为虞舜所作，歌中有"南风之熏兮，可以解吾民之愠兮"等句。后借指帝王之歌。用以颂扬明君惠政爱民或施惠于民。

酬郑户曹骊山感怀 [1]

〔唐〕韦应物

苍山何郁盘[2]，飞阁凌上清[3]。先帝昔好道[4]，下元朝百灵[5]。
白云已萧条，麋鹿但纵横[6]。泉水今尚暖，旧林亦青青。
我念绮襦岁[7]，扈从当太平[8]。小臣职前驱[9]，驰道出灞亭[10]。
翻翻日月旗[11]，殷殷鼙鼓声[12]。万马自腾骧[13]，八骏按辔行[14]。
日出烟峤绿[15]，氛氲丽层甍[16]。登临起遐想，沐浴欢圣情[17]。
朝燕咏无事[18]，时丰贺国祯[19]。日和弦管音，下使万室听。
海内凑朝贡，贤愚共欢荣。合沓车马喧[20]，西闻长安城。
事往世如寄[21]，感深迹所经。申章报兰藻[22]，一望双涕零。

【注释】

[1] 户曹：即户曹参军事，为府尹佐吏。

[2] 郁盘：葱郁盘曲。

[3] 飞阁：指华清宫中殿阁。上清：指上天、上空。

[4] 先帝：指唐玄宗。

[5] 下元：节日名。旧时以阴历十月十五日为下元节。朝：朝拜。百灵：百神。

[6] 但：只。纵横：犹肆意横行，无所忌惮。此指麋鹿在山间自由驰逐。

[7] 绮襦岁：指年轻时。韦应物天宝末曾为玄宗侍卫。

[8] 扈从：侍从御驾。当太平：正值太平时世。

[9] 职前驱：指为侍卫。

[10] 驰道：君王车驾行走之道。灞亭：即灞陵亭，故址在今西安市东。

[11] 翻翻：飘扬貌。日月旗：古代帝王仪仗中绘有日月图像的旗。

[12] 殷殷：象声词。鼙鼓：军中所用乐器。

[13] 腾骧：奔跃。
[14] 八骏：此指天子的骏马。按辔：顿辔缓行。
[15] 烟峤：烟雾笼罩的山。
[16] 氤氲：云气盛貌。层甍：高高的屋脊。
[17] 欢圣情：意谓因圣上的情意而欢悦。
[18] 燕：宴。无事：指天下太平。
[19] 时丰：时年丰收。国祯：国家的吉祥。
[20] 合沓：纷至沓来。
[21] 如寄：好像暂时寄居。比喻时间短促。
[22] 兰藻：兰草和水藻，喻文辞雅丽。此喻郑户曹骊山感怀诗。

骊山行

〔唐〕韦应物

君不见开元至化垂衣裳[1]，厌坐明堂朝万方[2]。
访道灵山降圣祖，沐浴华池集百祥。
千乘万骑被原野，云霞草木相辉光。
禁仗围山晓霜切[3]，离宫积翠夜漏长[4]。
玉阶寂历朝无事[5]，碧树萋蒨寒更芳[6]。
三清小鸟传仙语[7]，九华真人奉琼浆[8]。
下元昧爽漏恒秩[9]，登山朝礼玄元室[10]。
翠华稍隐天半云，丹阁光明海中日[11]。
羽旗旄节憩瑶台，清丝妙管从空来。
万井九衢皆仰望，彩云白鹤方徘徊。
凭高览古嗟寰宇，造化茫茫思悠哉。
秦川八水长缭绕[12]，汉氏五陵空崔嵬。
乃言圣祖奉丹经[13]，以年为日亿万龄。
苍生咸寿阴阳泰，高谢前王出尘外[14]。
英豪共理天下晏，戎夷詟伏兵无战[15]。

时丰赋敛未告劳[16]，海阔珍奇亦来献。
干戈一起文武乖[17]，欢娱已极人事变。
圣皇弓剑坠幽泉，古木苍山闭宫殿。
缵承鸿业圣明君[18]，威震六合驱妖氛。
太平游幸今可待，汤泉岚岭还氛氲。

【注释】

[1] 开元：唐玄宗李隆基年号。至化：极美好的教化。垂衣裳：谓定衣服之制，示天下以礼。后用以称颂帝王无为而治。

[2] 万方：万邦；各方诸侯。

[3] 禁仗：皇帝仪仗。

[4] 离宫：正宫之外供帝王出巡时居住的宫室。

[5] 玉阶：玉石砌成或装饰的台阶，亦为台阶的美称。寂历：寂静；冷清。

[6] 萋蕤：草木茂盛貌。

[7] 小鸟传仙语：《艺文类聚》卷九十一："汉武故事曰：七月七日，上（汉武帝）于承华殿斋。正中，忽有一青鸟从西方来，集殿前，上问东方朔。朔曰：'此西王母欲来也。'有顷，王母至。有二青鸟如乌，侠侍王母旁。又曰：钩弋夫人卒。上为起通灵台，常有一青鸟集台上。"

[8] 九华：《太平御览》卷六六引《灵宝隐书》："中极真人主人命籍，九华真人主九幽之上宿，对生死；太元真人受天地之符，度长度之魂；太极真人治赤城玉洞之府，司较太山死生之录；三元真人主紫微行道。"

[9] 下元：节日名。详见前韦应物《酬郑户曹骊山感怀》注释[5]。昧爽：拂晓；黎明。

[10] 朝礼：参拜；朝拜。玄元：玄元皇帝。《旧唐书·高宗纪》及《礼仪志四》载，唐朝奉李耳为始祖，唐高宗李治于乾封元年（666）二月追号为"太上玄元皇帝"，玄宗天宝八载（749）六月又加尊号为"圣祖大道玄元皇帝"。

[11] 丹阁：宫殿中的楼阁。

[12] 八水：八川。《初学记》卷六引晋戴祚《西征记》："关内八水，一泾，二渭，三灞，四浐，五涝，六潏，七沣，八滈。"

[13] 圣祖：对老子的尊称。道教本称老子为太上老君。丹经：讲述炼丹术

的专书。

[14] 高谢：辞去；辞别。

[15] 慹（zhé）伏：因恐惧而不敢动弹。

[16] 时丰：丰年。赋敛：田赋；税收。告劳：向别人诉说自己的劳苦。全句意为：丰收之年，百姓也不因为赋税而诉苦。

[17] 干戈：此指战争。

[18] 缵（zuǎng）承：继承。鸿业：大业。指王业。

过骊山作

〔唐〕杜牧

始皇东游出周鼎，刘项纵观皆引颈[1]。
削平天下实辛勤，却为道傍穷百姓[2]。
黔首不愚尔益愚，千里函关囚独夫[3]。
牧童火入九泉底，烧作灰时犹未枯[4]。

【注释】

[1]"始皇"二句：字面意为，秦始皇出游东方，要把周代的九鼎运到都城咸阳；深层含义是指秦始皇统一天下后曾巡游各地，于是引起刘项的"引颈"而观。出周鼎："出"，意为"使出"。《史记·周本纪》："周君、王赧卒，周民遂东亡。秦取九鼎宝器，而迁西周公于惮狐。"《史记·秦始皇本纪》："始皇还，过彭城，斋戒祷祠，欲出周鼎泗水。使千人没水求之，弗得。"后以"出周鼎"形容王业销亡，国祚移迁。刘项纵观：《史记·项羽本纪》："秦始皇帝游会稽，渡浙江，梁与籍俱观。籍曰：'彼可取而代也。'"

[2]"削平"二句：秦始皇削平天下的确十分辛苦，但他统一天下后，为了巩固自己的统治，却让天下百姓都变得贫穷。

[3]"黔首"二句：黔首：指老百姓。尔：你，指秦始皇。益：更加。函关：函谷关的省称。独夫：指残暴无道、众叛亲离的统治者，此指秦始皇。统一天下后，秦始皇"废先王之道，焚百家之言，以愚黔首"（贾谊《过秦论》），其结果

是"黔首不愚",不知体恤民心的秦始皇才是最愚蠢的:"天下已定,始皇之心,自以为关中之固,金城千里,子孙帝王万世之业也"(贾谊《过秦论》),而这自以为万世之业固若金汤的崤山、函谷关,最终却变成了埋葬自己的坟墓。

[4]"牧童"二句:《汉书·刘向传》:"秦始皇帝葬于骊山之阿,下锢三泉,上崇山坟,其高五十余丈,周回五里有余;石椁为游馆,人膏为灯烛,水银为江海,黄金为凫雁。珍宝之臧,机械之变,棺椁之丽,宫馆之盛,不可胜原。又多杀宫人,生薶工匠,计以万数。天下苦其役而反之,骊山之作未成,而周章百万之师至其下矣。项籍燔其宫室营宇,往者咸见发掘。其后牧儿亡羊,羊入其凿,牧者持火照求羊,失火烧其臧椁。"

过骊山

〔唐〕窦巩

翠辇红旌去不回,苍苍宫树锁青苔[1]。
有人说得当时事[2],曾见长生玉殿开。

【作者简介】

窦巩(769?—831?),字友封,唐扶风平陵(今陕西咸阳西北)人,郡望扶风(今陕西兴平东南)。元和二年(807)登进士第,授校书郎,为袁滋渭州、江崚二府掌书记。入朝拜刑部郎中。元稹观察浙东,奏为副使、检校秘书少监、兼御史中丞。工五言诗。与兄窦常、窦牟、窦群、窦庠合有《窦氏联珠集》。《全唐诗》存诗三十九首。

【注释】

[1]翠辇:饰有翠羽的帝王车驾。此指唐玄宗、杨玉环所乘的车。二句意为:唐玄宗、杨贵妃"去不回",宫殿深锁,宫树苍苍,青苔满布。

[2]说得:说到。

骊山有感

〔唐〕李商隐

骊岫飞泉泛暖香[1],九龙呵护玉莲房[2]。
平明每幸长生殿[3],不从金舆惟寿王[4]。

【注释】

[1]骊岫:即骊山。开元十一年,建温泉宫于骊山,天宝六载改名华清宫,温泉池亦改名华清池。飞泉:指温泉。

[2]玉莲房:郑嵎《津阳门诗》"宫娃赐浴长汤池,刻成玉莲喷香液"自注:"宫中除供奉两汤池,内外更有汤十六所。长汤每赐诸嫔御,其修广与诸汤不侔,甃以文瑶宝石,中央有玉莲捧汤泉,喷以成池。"《明皇杂录》:"上于华清宫新广一汤,制度宏丽。安禄山以白玉石为鱼龙凫雁,仍为石梁及石莲花以献。"句中兼寓玄宗对杨妃之溺宠。九龙:华清宫九龙殿,唐明皇御汤浴殿。呵护:呵禁卫护,使侵凌者不得近。莲房:莲蓬。因各孔分隔如房,故名。

[3]长生殿:宋敏求《长安志》:"天宝六载,改温泉为华清宫,殿曰九龙,以待上浴;曰飞霜,以奉御寝;曰长生,以备斋祀。"郑嵎《津阳门诗》自注:"有长生殿,乃斋殿也。有事于朝元阁,即御长生殿以沐浴也。"

[4]金舆:皇帝的车驾。寿王:名李瑁,玄宗第十八子。《新唐书·杨贵妃传》载,杨贵妃始为寿王妃。开元二十四年武惠妃薨,后廷无当帝意者。或言妃资质天挺,宜充掖庭,遂召纳禁中。天宝初册封为贵妃,更为寿王娶韦昭训女。

骊山

〔唐〕罗邺

风摇岩桂露闻香[1],白鹿惊时出绕墙[2]。

不向骊山锁宫殿，可知仙去是明皇。

【注释】

[1] 岩桂：木犀的别名，也作木樨。通称桂花。常绿小乔木或灌木。花小，白色或暗黄色，可供观赏，也可做香料或食品。

[2] 白鹿：白色的鹿。古时以为祥瑞。郑嵎《津阳门》诗注："上尝于芙蓉园（京城东南）中获白鹿，惟山人王旻识之，曰：'此汉时鹿也。'上异之，令左右周视之，乃于角际雪毛中得铜牌子，刻曰：'宜春苑中白鹿。'上由是愈爱之，移于北山（骊山）目之，曰仙客。"按：《雍录》："芙蓉园在京城东南隅，隋宇文恺作芙蓉池，因以为园。"

骊山

〔唐〕许浑

闻说先皇醉碧桃[1]，日华浮动郁金袍[2]。
风随玉辇笙歌迥[3]，云卷珠帘剑佩高。
凤驾北归山寂寂[4]，龙旟西幸水滔滔[5]。
贵妃没后巡游少，瓦落宫墙见野蒿。

【注释】

[1] 先皇：前代帝王。此指唐玄宗李隆基。碧桃：古诗文中多特指传说中西王母给汉武帝的仙桃。

[2] 郁金袍：帝王的黄袍。

[3] 迥：远。

[4] 凤驾：《汉书·扬雄传上》："乃抚翠凤之驾，六先景之乘。"颜师古注："翠凤之驾，天子所乘车，为凤形而饰以翠羽也。"后用"凤驾"称帝王或后妃的车乘。

[5] 龙旟（yú）：龙旗。借指皇帝。旟，古代画着鸟隼的军旗，亦泛指旗帜。

冷日过骊山

〔唐〕赵嘏

冷日微烟渭水愁,翠华宫树不胜秋[1]。
霓裳一曲千门锁[2],白尽梨园弟子头[3]。

【注释】

[1] 不胜:禁不住。

[2] 霓裳:即《霓裳羽衣曲》,唐玄宗所作(或曰唐玄宗改编)。唐玄宗与杨玉环在骊山沉溺于歌舞。杜牧《过华清宫绝句》亦有"霓裳一曲千峰上,舞破中原始下来"诗句。

[3] 梨园弟子:唐玄宗时梨园宫廷歌舞艺人的统称。《新唐书·礼乐志》载:"玄宗既知音律,又酷爱法曲,选坐部伎子弟三百,教于梨园。声有误者,帝必觉而正之,号皇帝梨园弟子。"

过骊山

〔唐〕薛能

丹雘苍苍簇背山[1],路尘应满旧帘间。
玄宗不是偏行乐,只为当时四海闲[2]。

【注释】

[1] 丹雘(huò):涂饰色彩。

[2] "玄宗"二句:晚唐诗人歌咏骊山华清宫多责玄宗耽于享乐,这里却说他并非偏爱行乐,他那样做,是因为当时天下太平,意味深长。

奉和圣制登骊山高顶寓目应制

〔唐〕赵彦昭

皇情遍九垓[1]，御辇驻昭回[2]。路若随天转，人疑近日来。河看大禹凿，山见巨灵开。愿扈登封驾[3]，常持荐寿杯。

【注释】

[1]皇情：皇帝的情意。九垓：中央至八极之地。垓：形容极远的地方。

[2]御辇：皇帝乘坐的车子。

[3]登封：登山封禅。指古帝王登泰山祭天祭地。司马迁《史记·封禅书》："（武帝）遂登封太山，至于梁父，而后禅肃然。"

奉和圣制登骊山高顶寓目应制

〔唐〕刘宪

骊阜镇皇都，銮游眺八区[1]。原隰旌门里[2]，风云宸座隅[3]。直城如斗柄[4]，官树似星榆[5]。从臣词赋末[6]，滥得上天衢[7]。

【注释】

[1]八区：八方；天下。

[2]原隰：广平与低湿之地。泛指原野。

[3]风云：古军阵名有"风""云"等，后即以"风云"泛称军阵。宸座：帝王的座位。

[4]直城：汉京都城门名。此指唐都城门。

[5]官树：官道旁所植的树。星榆：榆荚形似钱，色白成串，因谓星榆。此指从骊山上远眺长安城，官道旁的树木如榆钱一般微小而繁多。

[6] 从臣：侍从之臣。

[7] 滥得：枉得，自谦之辞。天衢：京都。

骊山道中

〔唐〕唐彦谦

月殿真妃下彩烟[1]，渔阳追虏及汤泉[2]。
君王指点新丰树[3]，几不亲留七宝鞭[4]。

【注释】

[1] 真妃：即杨贵妃。因杨曾为女道士，号太真，故称。

[2] 渔阳：地名，现天津市蓟州区，治所在渔阳。唐时安禄山驻军在此。追虏：指安史叛军。公元755年安禄山于渔阳举兵叛唐。

[3] "君王"句：李隆基《初入秦川路逢寒食》中有"渭水长桥今欲渡，葱葱渐见新丰树"。

[4] 七宝鞭：以多种珍宝为饰的马鞭。《晋书·明帝纪》载，晋王敦欲为乱，明帝乘骏骑密察敦营。敦觉，遣五骑追之。途中，帝将七宝鞭与逆旅老妪，令俟追者至，以鞭示之。俄而追者至，问妪，妪曰："去已远矣。"因以鞭示之，追骑玩鞭稽留，帝仅而获免。后用以为典，喻以智谋脱身。

游骊山二首[1]

〔宋〕张俞

其一

金玉楼台插碧空，笙歌递响入天风[2]。
当时国色并春色[3]，尽在君王顾盼中。

其二

玉帝楼前锁碧霞,终年培养牡丹芽。
不防野鹿踰垣入[4],衔出宫中第一花。

【作者简介】

张俞(《宋史》作张愈),字少愚,又字才叔,号白云居士,益州郫(今属四川)人。北宋文学家。屡试进士不第。仁宗宝元初,西夏事起,曾于蜀上书陈攻取十策,诏赴阙。庆历元年(1041),除试秘书省校书郎,不就。隐居青城山白云溪,七诏不起,遂游天下山水三十余年,卒年六十五。有《白云集》,已佚。

【注释】

[1] 北宋阮阅《诗话总龟》卷四十九:"西蜀张俞尝游骊山,题二绝云:'金玉楼台插碧空,笙箫递响入天风。当时国色并春色,尽在君王顾盼中。''玉帝楼前锁碧霞,终年培养牡丹芽。不妨野鹿逾垣入,衔出宫中第一花。'异日宿温汤,见二黄衣吏召其魂至一宫阙,见仙座殿上,问左右,曰唐太真妃也。与之论当时事甚详,觉又为诗曰:'梦魂飞入瑶台路,九霞宫里曾相遇。壶天晚景自愁人,春水泛花何处去?'俞尚留温汤,闲步野外,有牧童持书一纸,俞乃开封,乃仙所为诗云:'虚堂壁上见清词,似共幽人说所思。海上风烟虽可乐,人间聚散更堪悲。重帘透日温温晓,玉漏穿花滴滴迟。此景此情传不尽,殷勤嘱咐陇头儿。'俞询牧童从何得,对曰:'前日有一妇人过此,遗我百钱授此书,云:"明日有衣冠独步野外,子与之。"'俞闻之愈感。俞多对士君子道此。"

[2] 笙歌:泛指奏乐唱歌声。天风:风。风行天空,故称。

[3] 国色:此指杨玉环。

[4] 野鹿:喻安禄山。踰垣(yú yuán):跳越短墙。

腊日骊山渡逢故人 [1]

〔宋〕徐玑

天寒多木叶，愁思满溪滨。惆怅往来渡，经行多少人[2]。
时情独重腊，岁事每占春。与尔他乡旅，谁当怀抱新[3]。

【作者简介】

徐玑（1162—1214），字致中，又字文渊，号灵渊，宋温州永嘉人。历任县官，由武当令改长泰令，未赴。工诗，与赵师秀、翁卷、徐照并称"永嘉四灵"。亦善书法。有《山泉集》《二薇亭集》。

【注释】

[1] 腊日：古时腊祭之日。农历十二月初八。
[2] 经行：行程中经过。
[3] 怀抱：引申指投向的处所。

骊山三绝句 [1]

〔宋〕苏轼

其一

功成惟欲善持盈[2]，可叹前王恃太平。
辛苦骊山山下土，阿房才废又华清[3]。

其二

几变雕墙几变灰[4]，举烽指鹿事悠哉[5]。

上皇不念前车戒[6],却怨骊山是祸胎[7]。

其三

海中方士觅三山[8],万古明知去不还。
咫尺秦陵是商鉴[9],朝元何必苦跻攀[10]。

【作者简介】

苏轼(1037—1101),字子瞻,一字和仲,号东坡居士,眉州眉山(今属四川)人。北宋文学家、书画家。宋仁宗嘉祐二年(1057)进士。宋神宗熙宁四年(1071)通判杭州,后知密州、徐州。元丰二年(1079)知湖州,因"乌台诗案"责授黄州团练副使。宋哲宗元祐元年(1086)迁翰林学士、礼部尚书兼翰林侍读学士,后知定州。绍圣元年(1094)贬知惠州,再贬儋州。宋徽宗建中靖国元年(1101)赦还,卒于常州。谥文忠。

苏轼文汪洋恣肆,明白畅达,与欧阳修并称"欧苏",为"唐宋八大家"之一;诗清新豪健,兼学多家,与黄庭坚并称"苏黄";词开豪放一派,风格多样,与辛弃疾并称"苏辛";书法擅长行书、楷书,与黄庭坚、米芾、蔡襄并称"宋四家";画学文同,论画主张神似,提倡"士人画"。与父苏洵、弟苏辙合称"三苏"。有《东坡集》四十卷,《后集》二十卷,《东坡乐府》三卷。《宋史》有传。

【注释】

[1] 组诗写于宋英宗治平元年(1064)。苏轼罢凤翔签判任,过长安时游骊山所作。

[2] 持盈:保守成业。语本《老子》:"持而盈之,不如其已。"《国语·越语下》:"夫国家之事,有持盈,有定倾,有节事。"

[3] "辛苦"二句:《太平寰宇记》:"始皇筑阿房宫,十五年始成,以在山阿之旁,故名。"《元和郡县志》:"华清宫在骊山上,开元十一年初置温泉宫。天宝六年改为华清宫。"

[4] 雕墙:饰以浮雕、彩绘的墙壁;华美的墙壁。

[5] 举烽:《史记·周本纪》卷二十二:"褒姒不好笑,幽王欲其笑万方,

故不笑。幽王为烽燧大鼓，有寇至则举烽火。诸侯悉至，至而无寇，褒姒乃大笑。幽王说之，为数举烽火。其后不信，诸侯益亦不至。"指鹿：《史记·秦始皇本纪》："八月己亥，赵高欲为乱，恐群臣不听，乃先设验，持鹿献于二世，曰：'马也。'二世笑曰：'丞相误邪？谓鹿为马。'问左右，左右或默，或言马以阿顺赵高。或言鹿，高因阴中诸言鹿者以法。后群臣皆畏高。"

[6] 上皇：指唐玄宗。前车戒：刘向《说苑·善说》："《周书》曰：'前车覆，后车戒。'盖言其危。"

[7] 祸胎：犹祸根。语出枚乘《上书谏吴王》："福生有基，祸生有胎，纳其基，绝其胎，祸何自来？"

[8] 三山：古代传说东海中有蓬莱、方丈、瀛洲三山，为神仙所在。《史记·秦始皇本纪》："齐人徐市等上书，言海中有三神山，名曰蓬莱、方丈、瀛洲，仙人居之。请得斋戒，与童男女求之。于是遣徐市发童男女数千人，入海求仙人。"

[9] "咫尺"句：《诗经·大雅·荡》："殷鉴不远，在夏后之世。"殷鉴：原意为，殷人灭夏，殷人的子孙应该以夏的灭亡作为鉴戒。后来泛指可以作为后人鉴戒的往事。宋人讳太祖父弘殷之名，改殷作商。

[10] 朝元：朝元阁。唐玄宗在骊山所建。《元和郡县志》："（朝元阁）在长安东八里。"《长安志》："天宝七载，玄元皇帝见于朝元阁，即改名降圣阁。"

骊山感事

〔宋〕张咏

古来仁圣最忧多，合倚承平纵逸么。
行幸未停歌未阕[1]，羯胡兵已渡黄河[2]。

【作者简介】

张咏（946—1015），字复之，号乖崖，濮州鄄城（今属山东）人。宋太宗太平兴国五年（980）进士。历太常博士、枢密直学士、礼部尚书等职。卒谥忠定。有《乖崖集》。

【注释】

[1] 阕:止息、终了。

[2] 羯胡:《魏书·石勒传》:"其先匈奴别部,分散居于上党武乡羯室,因号羯胡。"旧时用以泛称来自北方的外族。此指安史叛军。

骊山歌

〔宋〕李廌

君门如天深九重,君王如帝坐法宫[1]。
人生难处是安稳,何为来此骊山中。
复道连云接金阙,楼观隐隐横翠红[2]。
林深谷暗迷八骏,朝东暮西劳六龙[3]。
六龙西幸峨眉栈,悲风便入华清院[4]。
霓裳萧散羽衣空,麋鹿来游墟市变[5]。
我上朝元春半老[6],满地落花人不扫。
羯鼓楼高挂夕阳,长生殿古生青草[7]。
可怜吴楚两酰鸡,筑台未就已堪悲[8]。
长杨五柞汉幸免,江都楼成隋自迷[9]。
由来流连多丧德,宴安鸩毒因奢惑[10]。
三风十愆古所戒[11],不必骊山可亡国。

【注释】

[1] 法宫:正殿,皇帝处理政事的地方。

[2] 复道:高楼间(或山岩险要处)架空的通道,阁道。观:这里指楼台。横翠红:指彩色的雕梁画栋横在山间。

[3] 八骏:相传周穆王有八匹骏马,这里指唐玄宗车驾所用的马匹。六龙:古代神话传说为太阳驾车的羲和每日赶六条龙载太阳神从东到西飞行。此亦指皇帝车驾所用的骏马。

[4] 幸:皇帝抵达某处称"幸"。峨眉栈:峨眉山的栈道。安史之乱后,唐

玄宗西逃入蜀。华清院：即华清宫，在骊山上，是唐玄宗与杨玉环寻欢作乐的地方。

[5] 霓裳、羽衣：杨玉环为玄宗演奏的《霓裳羽衣曲》。这里将其拆散用，一语双关，以霓裳散喻贵妃死去，乐声消失。虚：同"墟"，集市。麋鹿：喻安禄山。

[6] 朝元：朝元阁。详见前苏轼《骊山三绝句》注释[10]。

[7] 羯鼓楼：放置鼓乐的楼阁。羯鼓是从羯族传入的桶状小鼓，声音急促高烈。长生殿：宫殿名，天宝元年造于华清宫。

[8] 吴楚：指西汉时发动叛乱的汉宗室吴王、楚王。醯(xī)鸡：小虫，即蠛蠓。古人误以为酒醋上的白霉变成，故名。

[9] 长杨：宫殿名，秦筑，汉时修饰扩建。《三辅黄图·秦宫》："长杨宫在今盩厔县东南三十里，本秦旧宫，至汉修饰之以备行幸。宫中有垂杨数亩，因为宫名；门曰射熊馆。秦汉游猎之所。"五柞：汉武帝时宫殿，位于今陕西周至县集贤镇，因宫内有五柞树（一说为梧桐树），其树荫盖数亩之大，故称五柞宫。江都：即今江苏扬州。隋炀帝杨广曾在这里大兴土木，建迷楼，荒淫无度，隋朝随即灭亡。南宋王象之《舆地纪胜》："淮南东路，扬州江都宫，炀帝于江都郡置宫，号江都宫。"

[10] 流连：耽于游乐而忘归。丧德：丧失德行。《尚书·旅獒》："玩人丧德。"宴安鸩毒：比喻耽于逸乐而杀身。《左传·闵公元年》："宴安酖毒，不可怀也。"杜预注："以宴安比之酖毒。"

[11] 三风十愆(qiān)：三种恶劣风气所滋生的十种罪愆。巫风二：舞、歌；淫风四：货、色、游、畋；乱风四：侮圣言、逆忠直、远耆德、比顽童，合而为十愆。《尚书·伊训》："敢有恒舞于宫，酣歌于室，时谓巫风；敢有殉于货、色，恒于游、畋，时谓淫风；敢有侮圣言，逆忠直，远耆德，比顽童，时谓乱风。惟兹三风十愆，卿士有一于身，家必丧；邦君有一于身，国必亡。"愆：过错。据说，此为商朝初年贤臣伊尹告诫太甲的话。

过骊山

〔金〕陈规

丰镐无由问故基[1]，三章止见黍离诗[2]。

而今多少华清石，都与行人刻艳辞[3]。

【作者简介】

陈规，字正叔，山西稷山人。金明昌五年（1194）进士，仕至右司谏。

【注释】

[1] 丰镐，即周代旧都丰京与镐京。《诗经·大雅·文王有声》："既伐于崇，作邑于丰。""考卜维王，宅是镐京。"据考古调查结果，丰京在沣河之西，镐京在沣河之东。

[2] 黍离：即《诗经·王风·黍离》诗，凡三章。《毛诗序》曰："《黍离》，闵宗周也。周大夫行役，至于宗周，过故宗庙宫室，尽为禾黍。闵周室之颠覆，彷徨不忍去，而作是诗也。"

[3] "华清"二句：意为华清宫立起了很多游人题咏的诗碑。艳辞：艳丽的文辞。

骊山曲

〔元〕杨维桢

骊山郁崔嵬[1]，宫阙金银开。月生䃰鹊观[2]，云绕凤凰台。
宫中红妆子，调笑春风媒。青鸟衔巾去[3]，乳鹿巡花来。
天王太白次[4]，仓玉金粟堆[5]。石马动秋色，羌枝连暮枝。
只今瑶池水，八骏渴生埃[6]。

【作者简介】

杨维桢（1296—1370），字廉夫，号铁崖，晚号东维子，元明间浙江山阴人。著名诗人、书画家、戏曲家。元泰定四年（1327）进士。授天台县尹，累擢江西儒学提举。因兵乱未就，避居富春山，迁杭州。明洪武三年（1370），召至京师，旋乞归，抵家即卒。有诗名，号"铁崖体"。善吹铁笛，自称铁笛道人。有《东维子集》《铁崖先生古乐府》行世。

【注释】

[1] 崔嵬：形容山势高峻。

[2] 硔（hóng）：山沟。

[3] 青鸟：神话中鸟名，西王母使者。据《汉武故事》记载，西王母将见汉武帝时，先有青鸟飞集殿前。后常被用作男女之间的信使。

[4] 天王：称帝王。

[5] 金粟堆：指陕西蒲城东北金粟山唐玄宗的陵墓。

[6] 瑶池、八骏：《列子·周穆王》："穆王肆意远游，命驾八骏之乘……遂宾于西王母，觞于瑶池之上。西王母为王谣，王和之，其辞哀焉。西观日之所入。一日行万里，王乃叹曰：'于乎！予一人不盈于德而谐于乐。后世其追数吾过乎！'穆王几神人哉！能穷当身之乐，犹百年乃徂，世以为登假焉。"

山坡羊·骊山怀古

〔元〕张养浩

骊山四顾，阿房一炬[1]，当时奢侈今何处？只见草萧疏，水萦纡[2]，至今遗恨迷烟树[3]。列国周齐秦汉楚[4]，赢，都变做了土；输，都变做了土。

【作者简介】

张养浩（1269—1329），字希孟，号云庄，济南人。元代名臣之一，著名散曲家。少知名，历官堂邑县尹、监察御史、翰林学士、礼部尚书、参议中书省事。后辞官家居，此后屡召不赴。文宗天历二年（1329）关中大旱，特拜陕西行台中丞，到任四月，劳瘁而卒。追封滨国公，谥文忠。有诗文集《归田类稿》、散曲集《云庄休居自适小乐府》。《元史》有传。

【注释】

[1] 阿房一炬：《史记·项羽本纪》载，公元前206年12月，项羽引兵屠咸阳，"烧秦宫室，火三月不灭"。故杜牧《阿房宫赋》有"楚人一炬，可怜焦土"之叹息。阿房宫：秦宫殿名，故址在今陕西西安市西南阿房村。

[2] 萦纡：形容水流回旋迂曲的样子。

[3] 迷：通"弥"，布满；遮掩。

[4] 列国：各国，即周、齐、秦、汉、楚。

骊山

〔明〕张原

烽火空余百尺台，华清宫殿已成灰。

两家失国由妃子，落日行人谩自哀[1]。

【作者简介】

张原（1474—1524），字士元，号佩兰，又号玉坡，陕西三原人。正德九年（1514）进士。授吏科给事中。疏陈汰冗食、禁贡献等六事，谪新添驿丞。嘉靖初召复兵科，劾建昌侯张延龄等。进户科右给事中，益以慷慨直谏自许。以争大礼伏左顺门哭谏，被杖死。有《玉坡奏议》。

【注释】

[1] "两家"句："两家"指周幽王和唐玄宗，前者在骊山烽火戏诸侯导致身死国灭，后者在骊山宠溺杨贵妃不理朝政导致发生了安史之乱。

[2] 谩：莫，不要。

骊山温泉

〔清〕陈德正

金乌飞入重泉底[1]，烈炬烧山漱山髓[2]。

阴阳失位水火争，一泓鼎沸神蛟死[3]。

本是玄黄血所变[4]，劫灰烬热煽幽焰[5]。

文瑶密石漾中流[6]，溶溶春暖回深殿[7]。

华清赐浴承恩始，遗恨千年成祸水。

望春新赐洗儿钱[8]，翻涡十丈黄虬起[9]。

【作者简介】

陈德正，字醇叔，号葛城，安州（今属四川）人。雍正八年（1730）进士，授吏部主事，历官陕西按察使。有《葛城诗稿》。

【注释】

[1] 金乌：古代神话传说太阳中有三足乌，故用为太阳的代称。重泉：指土壤的深层。

[2] 烈炬：火把。

[3] 神蛟：古代传说中指以魔力兴风作浪的蛟龙。

[4] 玄黄：《易经·坤卦》："龙战于野，其血玄黄。"高亨注："二龙搏斗于野，流血染泥土，成青黄混合之色。"《云笈七签》卷一五："云雷未泰之日，玄黄流血之时。"后因以"玄黄"指血。

[5] 劫灰：本谓劫火的余灰。后指战乱或大火毁坏后的残迹或灰烬。

[6] 文瑶：有文彩的美玉。密石：指纹理细密之石。或指细碎的石子。

[7] 溶溶：和暖。

[8] 洗儿钱：洗儿时亲朋赐赠给婴儿的钱。此指"贵妃洗禄儿"事。唐姚汝能《安禄山事迹》："（安禄山生日）后三日，召禄山入内，贵妃以绣绷子绷禄山，令内人以彩舆昇之，欢呼动地。玄宗使人问之，报云：'贵妃与禄山作三日洗儿，洗了又绷禄山，是以欢笑。'玄宗就观之，大悦，因加赏赐贵妃洗儿金银钱物，极乐而罢。自是，宫中皆呼禄山为禄儿，不禁其出入。"司马光《资治通鉴》："禄山生日，上及贵妃购衣服……召禄山入禁中，贵妃以锦绣为大襁褓，裹禄山……上自往观之喜，赐贵妃洗儿金银钱，复厚赐禄山……自是，禄山出入宫掖不禁，或与贵妃对食，或通宵不出，颇有丑声闻于外。"清《历代御批通鉴辑鉴》明确指出："通鉴（事）考此皆出《禄山事迹》及《天宝遗事》诸稗史，恐非实录，今不取。"清袁枚《随园诗话》卷二："杨妃洗儿事，新旧《唐书》皆不载，而温公通鉴乃采《天宝遗事》以入之。岂不知此种小说，乃村巷俚言，乃据以污唐家宫闱耶？"

[9] 黄虬：传说中的一种无角龙。此指安禄山。清仇兆鳌《杜诗详注》："《玉篇》：'虬，无角龙，俗作虬。'《安禄山事迹》：帝尝夜宴禄山，禄山醉卧，化作一猪而龙头，左右遽言之。帝曰：'渠猪龙耳，无能为也。'天宝十四载，玄宗遣中使赍玺书召禄山曰：'与卿修得一汤沐，故令召卿，至十月朕于华清宫待卿。'十一月，禄山起兵反。"

骊山温泉

〔清〕董文骥

山上千门山下池，玉环何处洗奚儿[1]。
野人分得温泉水[2]，菜甲红于锦荔枝[3]。

【作者简介】

董文骥，字玉虬，号云和、易农，明末清初江南武进（今属江苏）人。顺治六年（1649）进士。官御史。康熙初迁甘肃陇右道。旋得还。有诗名。晚年家居，颇留意推挽后学。有《微泉阁集》。

【注释】

[1] 奚儿：奚人，亦泛称北方少数民族之人。此指安禄山。详见前陈德正《骊山温泉》注释[8]。
[2] 野人：泛指村野之人；农夫。
[3] 菜甲：菜初生的叶芽。

骊山怀古（八首选六）

〔清〕王士禛

其一

鹦鹉何年问上皇，野棠风折缭垣长[1]。

销魂此日朝元阁[2]，亲试华清第二汤。

【注释】

[1] 缭垣：围墙。

[2] 朝元阁：阁名。在骊山华清宫内。

其四

内殿传呼菊部头[1]，梨园弟子按梁州[2]。
善才零落龟年老[3]，渭水犹明羯鼓楼[4]。

【注释】

[1] 菊部头：宋周密《齐东野语》卷十六《菊花新曲破》："思陵朝，掖庭有菊夫人者，善歌舞，妙音律，为仙韶院之冠，宫中号为菊部头。然颇以不获际幸为恨，既而称疾告归。时宦者陈源以厚礼聘归，蓄于西湖之适安园。"

[2] 梁州：唐教坊曲名。后改编为小令。

[3] 善才：唐代琵琶师名。唐段安节《琵琶录》："元和中有王芬曹保之子善才，其孙习纳，皆精此艺。次有裴兴奴与曹同时，纳善运拨若风雨。然不事捏弦，兴奴则善于拢捻。指拨稍软，时人谓纳右有手，兴奴左有手。"龟年：李龟年，唐朝音乐家。李龟年善歌，还擅吹筚篥，擅奏羯鼓，亦长于作曲。安史之乱后，李龟年流落到江南，每遇良辰美景便演唱几曲，常令听者泫然而泣。

[4] 羯鼓楼：见前李鹰《骊山歌》注释[7]。

其五

蜀王音信渺天涯[1]，青鸟西飞日又斜[2]。
断粉残香谁得见，承恩只有玉莲花[3]。

【注释】

[1] 蜀王：指因安史之乱而仓皇奔蜀的唐玄宗。

[2] 青鸟：据《汉武故事》载；"七月七日，上（指汉武帝）于承华殿斋，正中，忽有一青鸟从西方来，集殿前。"后因称传信的使者为青鸟。

[3] 玉莲花：指骊山温汤中之白玉莲。

其六

凤凰原下鹿槽旁[1]，虢国夫人有赐庄[2]。
无数青山学眉黛[3]，当年谁入合欢堂[4]。

【注释】

[1] 凤凰原：地名，在西安市临潼区西南十五里。据《后汉书·孝安帝纪》载："汉延光三年十月壬午，新丰上言凤凰集西界亭。遣使者祠太上皇于万年。"因凤凰曾栖于此，故名。鹿槽：即饮鹿槽。唐华清宫朝元阁下，有一荔枝园，园内有泉，名饮鹿泉，因时常有驯鹿来此饮水，故名。

[2] 虢国夫人：杨贵妃之三姐，天宝初年被封为虢国夫人。据《旧唐书·杨贵妃传》："有姊三人，皆有才貌，玄宗并封国夫人之号。长曰大姨，封韩国，三姨封虢国，八姨封秦国，并承恩泽，出入宫掖，势倾天下。"虢国夫人庄在骊山老君殿西南。

[3] 眉黛：黛，一种青黑色的颜料，古代女子用以画眉，后特指美女之眉。这句是说，骊山群峰郁郁苍苍，像女子的眉毛一样清秀。

[4] 合欢堂：指长生殿。据唐人陈鸿《长恨歌传》载，天宝十载七月七日，唐玄宗与杨贵妃单独在长生殿，"上凭肩而立，因仰天感牛女事，密相誓心，愿世世为夫妇"。

其七

不复黄衫舞马床[1]，更无片段荔支筐[2]。
只余今古青山色，留与诗人吊夕阳。

【注释】

[1] 黄衫：指梨园中之乐工。舞马床：唐玄宗训练马跳舞的一种设施。据《明皇杂录》载："玄宗尝命教舞马四百蹄各为左右，分为部目，为某家宠，某家骄。""又施三层板床，乘马而上，旋转如飞。或命壮士举一榻，马舞于榻上，乐工数人立左右前后，皆衣淡黄衫，文玉带，必求少年而姿貌美秀者。每千秋节，命舞于勤政楼下。"

[2] 荔支筐：即荔枝筐，据《唐国史补·卷上》载："杨贵妃生于蜀，好食荔枝。南海所生，尤胜蜀者，故每岁飞驰以进。"

其八

空城几曲水潺潺，松柏凄凉满旧山。
辇道无人秋草合[1]，年年呜咽到人间。

【注释】

[1] 辇道：可乘辇往来的宫中道路。亦指皇帝车驾所经的路。

骊山晚照

〔清〕朱集义

幽王遗恨设荒台[1]，翠柏苍松绣作堆。
入暮晴霞红一片，当疑烽火自西来。

【注释】

[1] 幽王：周幽王。荒台：指荒弃的烽火台。骊山西周时为骊戎国地域，相传周幽王曾在此建骊宫，在骊山山顶建有烽火台。周幽王为博得爱妃褒姒破颜一笑，曾在这里上演过"烽火戏诸侯"的闹剧，最终导致了西周的灭亡。

骊山温泉

〔清〕袁保恒

荒椽短瓦日黄昏[1],遗恨犹归望帝魂[2]。
不管马嵬寒彻骨,华清池水至今温。

【作者简介】

袁保恒(1826—1878),字小午,清河南项城人。道光三十年(1850)进士。授编修。先后从父及李鸿章镇压捻军。又从左宗棠赴陕,督西征粮饷。官至刑部左侍郎。卒谥文诚。

【注释】

[1] 椽(chuán):椽子,架在檩上支撑屋顶的木条。
[2] 望帝:相传战国末年杜宇在蜀称帝,号望帝,教民务农,后禅位,退隐西山,蜀人思之。时适二月,子规(杜鹃)啼鸣,以为魂化子规,故名之为杜宇。

骊山歌

〔清〕王培荀

骊山火,诸侯不至谓诳我,美人一笑镐京堕。
骊山水,冰肌赐浴温泉里,美人一笑鼓鼙起。
美人美人真倾城[1],骊山何辜代受名。
君不见,穆王鸾辂登昆仑[2],
西宴王母探河源[3],八骏未返徐称尊。
又不见,秦皇之罘驻旌旆[4],
志欲求仙观海外,六龙初驾为民害。

骊山一拳近郊甸，未约仙人开荒宴，铁骑胡为来酣战。

噫吁嘻！烽火有如昆山燔，玉石俱焚天地昏[5]。

祸水有如海水阔，一滴浸成无底壑[6]。

山不在大，欲不在多，请君听我骊山歌。

【作者简介】

王培荀，字雪峤，清代淄川（今属山东）人。官四川知县，与王者政合刻《蜀道联辔集》。

【注释】

[1] 倾城：语出《诗经·大雅·瞻》："哲夫成城，哲妇倾城。"

[2] 鸾辂（luán lù）：天子王侯所乘之车。《吕氏春秋·孟春纪》："天子居青阳左个。乘鸾辂，驾苍龙。"高诱注："辂，车也。鸾鸟在衡，和在轼，鸣相应和。后世不能复致，铸铜为之，饰以金，谓之鸾辂也。"

[3] 河源：河流的源头。古代特指黄河的源头。《山海经·北山经》："敦薨之山……敦薨之水出焉，而西流注于泑泽。出于昆仑之东北隅，实惟河原。"

[4] 之罘（fú）：山名。在今山东烟台市北。《史记·秦始皇本纪》："（始皇）登之罘刻石。"

[5] 燔（fán）：焚烧，炙烤。玉石俱焚：比喻好坏同归于尽。《尚书·胤征》："火炎昆冈，玉石俱焚。"

[6] 无底壑：《列子·汤问》："渤海之东，不知几亿万里，有大壑焉，实惟无底之谷，其下无底，名曰归墟。"本指深不可测的山谷，后比喻难以满足的贪欲。此指难以补救的祸患。

临潼早发

〔清〕董新策

叫晓天鸡寂不闻，红镫影里绝尘氛[1]。

人家夜色新丰树，马首秋凉华岳云。

古戍清宵无鼓角[2]，山田俭岁有耕耘[3]。
行行渐近三竿日[4]，天远长安望转殷。

【作者简介】

董新策（1676—1754），字嘉三，合江董沟（今四川合江县）人。康熙三十九年（1700）进士，授庶吉士，入翰林，为散馆编修。晚年主持成都锦江书院。有《剑外搜奇》《樗斋诗文集》等行世。

【注释】

[1] 镫：同"灯"。
[2] 古戍：古老的城堡、营垒。清宵：清静的夜晚。鼓角：鼓角声。
[3] 俭岁：荒年；歉收的年岁。
[4] 行行：不停地前行。三竿日：犹言日上三竿。谓时间不早。

华清宫

唐代帝王别宫，位于骊山北麓。开元十一年（723）建，初名温泉宫，天宝六载（747）改为华清宫。宫苑广建温泉汤池，台殿环列山谷，有著名的长生殿、万寿殿等。每年十月，唐玄宗常至华清宫，杨贵妃扈从。后"华清宫""长生殿"常作为一种文学题材来书写李隆基杨贵妃的爱情故事。1997年，国务院公布华清宫遗址为全国第四批重点文物保护单位。

华清宫

〔唐〕皇甫冉

骊岫接新丰[1]，岩峣驾翠空[2]。凿山开秘殿，隐雾闭仙宫。
绛阙犹栖凤[3]，雕梁尚带虹。温泉曾浴日，华馆旧迎风。
肃穆瞻云辇，沉深闭绮栊[4]。东郊倚望处，瑞气霭蒙蒙[5]。

【注释】

[1] 骊岫：指骊山。

[2] 岧峣：高峻，高耸。

[3] 绛阙：宫殿寺观前的朱色门阙。亦借指朝廷、寺庙、仙宫等。此指华清宫。

[4] 绮栊：犹绮疏。雕刻成空心花纹的窗户。

[5] 瑞气：瑞应之气。泛指吉祥之气。霭：云气；烟雾。

述华清宫五首

〔唐〕储光羲

天宝六载冬十月，皇帝如骊山温泉宫，名其宫曰华清。

其一

上在蓬莱宫，莫若居华清。

朝朝礼玄阁，日日闻体轻[1]。

大圣不私己[2]，精禋为群氓[3]。

【注释】

[1]"朝朝"二句：谓唐玄宗在华清宫日日修行，有神和体轻之貌。

[2] 大圣：称帝王。此指唐玄宗。私己：利己。

[3] 精禋（yīn）：诚心诚意地敬神。《国语·周语》"内史过论神"："虢必亡矣，不禋于神而求福焉，神必祸之；不亲于民而求用焉，人必违之。精意以享，禋也；慈保庶民，亲也。"禋：古代祭天时升烟的一种仪式。泛指祭祀。群氓：众民。

其二

上出蓬莱时，六龙俨齐首[1]。

长道舒羽仪[2]，彤云映前后[3]。

天声殷宇宙[4],真气到林薮[5]。

【注释】

[1] 六龙:古代天子的车驾为六马,马八尺称龙,因以为天子车驾的代称。齐首:指一齐仰头。曹植《洛神赋》:"六龙俨其齐首,载云车之容裔。"赵幼文校注:"谓六马一齐昂首而行。"

[2] 长道:大道;远路。羽仪:仪仗中以羽毛装饰的旌旗之类。

[3] 彤云:红云,彩云。

[4] 天声:比喻盛大的声威。殷宇宙:喻唐玄宗出行时阵势浩大,震天动地。殷:震动。宇宙:天地。

[5] 真气:特指帝王的气象。林薮:山林与泽薮。

其三

昔在轩辕朝,五城十二楼[1]。
今我神泉宫[2],独在骊山陬。
群方趋顺动[3],百辟随天游[4]。

【注释】

[1] "昔在"二句:司马迁《史记·封禅书》:"其明年,东巡海上,考神仙之属,未有验者。方士有言:'黄帝时为五城十二楼,以候神人于执期,命曰迎年。'"

[2] 神泉宫:指华清宫。

[3] 群方:万方。顺动:谓顺应事物固有的规律而运动。

[4] 百辟:百官。天游:指帝王的游幸活动。

其四

正月开阳和[1],通门缉元化。
穆穆睟容归[2],岂为明灯夜。

高山大风起,肃肃随龙驾[3]。

【注释】

[1] 阳和:春天的暖气。

[2] 穆穆:端庄恭敬。睟(suì)容:温和慈祥的容貌。

[3] 肃肃:恭敬貌。

其五

上林神君宫,此地即明庭[1]。
山开鸿蒙色[2],天转招摇星。
三雪报大有[3],孰为非我灵。

【注释】

[1] 明庭:古代帝王祭祀神灵之地。

[2] 鸿蒙:迷漫貌。

[3] 大有:丰收。

奉同郭给事汤东灵湫作 [1]

〔唐〕杜甫

东山气蒙鸿[2],宫殿居上头[3]。君来必十月[4],树羽临九州[5]。
阴火煮玉泉[6],喷薄涨岩幽[7]。有时浴赤日,光抱空中楼[8]。
阊风入辙迹[9],旷原延冥搜[10]。沸天万乘动[11],观水百丈湫[12]。
幽灵斯可怪[13],王命官属休[14]。初闻龙用壮[15],擘石摧林丘[16]。
中夜窟宅改,移因风雨秋[17]。倒悬瑶池影,屈注沧江流[18]。
味如甘露浆,挥弄滑且柔。翠旗澹偃蹇,云车纷少留[19]。
箫鼓荡四溟[20],异香泱漭浮[21]。鲛人献微绡[22],曾祝沉豪牛[23]。
百祥奔盛明[24],古先莫能俦[25]。坡陀金虾蟆[26],出见盖有由。

至尊顾之笑，王母不遣收[27]。复归虚无底，化作长黄虬[28]。
飘飘青琐郎[29]，文采珊瑚钩[30]。浩歌渌水曲，清绝听者愁[31]。

【注释】

[1] 每年冬季，唐玄宗与杨贵妃都要到骊山华清宫（温泉宫）避寒，温泉之东有深潭曰灵湫，玄宗前往祭祀灵异之物，杜甫作诗以讽之。同，和。汤，即温泉。灵湫：深潭，大水池。古时以为大池中往往多灵物，故称。

[2] 东山：即骊山，在长安之东，故称东山。气蒙鸿：雾气缭绕。

[3] 宫殿：即建在骊山上的华清宫。《新唐书·地理志》："骊山宫，贞观十八年置，咸亨二年始名温泉宫，天宝十六载改曰华清宫。治汤井为池，环山列宫室。"

[4] 君：指玄宗。《长安志》："开元后，帝每岁十月幸温汤，岁尽而归。"

[5] 树：撑起。羽：帝王仪仗中以鸟羽连缀为饰的华盖。

[6] "阴火"句：此言泉水温热，似地火在煮。阴火：地热。

[7] 喷薄：泉水涌出。

[8] 赤日：比喻天子。空中楼：指山上所建楼阁。《长安志》："骊山有观风楼、羯鼓楼。"

[9] 阆风：山名。传说中神仙居住的地方，在昆仑之巅。此句指玄宗来到灵湫。

[10] 冥搜：尽力寻找。

[11] 万乘：指天子。

[12] 百丈湫：即灵湫。

[13] 幽灵：指灵湫中的灵异之物。

[14] 官属休：指官员休假，来祭祀灵湫。

[15] 初闻：以前听说。用壮：指矫捷或勇武。

[16] 擘（bò）：劈击。

[17] "中夜"二句：半夜龙离开了自己的巢穴，移到灵湫。

[18] 瑶池影：指山上宫殿倒映在水中。屈注：指水奔涌而来。此二句形容灵湫的水洁净清澈。

[19] "翠旗"二句：意为皇帝随从和侍卫停留在灵湫。澹：旌旗飘动。偃蹇：众多。

[20] 箫鼓：祭祀之乐。四溟：四海。

[21] 异香：祭祀时珍贵的香料发出的香气。泱漭：弥漫。

[22] 鲛人：任昉《述异记》："鲛人，即泉先也，又名泉客。南海出鲛绡纱，泉先潜织，一名龙纱，其价百余金，以为服，入水不濡。"绡：生丝织物。这里指祭祀的丝绸。

[23] 曾祝：辅佐天子祭祀之人。《穆天子传》："天子大朝于燕然之山，奉璧南面，曾祝佐之，祝沉牛马豕羊。"豪牛：大牛。这里指祭祀的牲畜。

[24] 百祥：众神。盛明：昌明之世。

[25] 古先：祖先。俦：相比。

[26] 坡陀：不平坦的山坡。金虾蟆：金色的蟾蜍。这里比喻安禄山。

[27] 至尊：指玄宗。王母：指杨贵妃。此句谓唐玄宗和杨贵妃纵容安禄山。蔡梦弼注曰：杨国忠言禄山必反，曰："陛下试召之，必不来。"禄山闻命即至，见上于华清宫。此禄山谒见之由，故曰："坡陀金虾蟆，出见盖有由。"上由是益亲信禄山，国忠之言不能入。太子亦知禄山必反，言之不听。虽国忠欲收禄山，贵妃必不肯，故曰："至尊顾之笑，王母不遣收。"

[28] 虚无底：指灵湫。长黄虬：长龙。此指安禄山回归范阳后，起兵造反。

[29] 青琐郎：指郭给事。其任职宫中，故曰青琐郎。

[30] 珊瑚钩：形容郭给事文才可贵。

[31] 渌水曲：古代乐曲名。

奉和李令扈从温泉宫赐游骊山韦侍郎别业

〔唐〕卢僎

风后轩皇佐[1]，云峰谢客居。承恩来翠岭[2]，缔赏出丹除[3]。
飞盖松溪寂[4]，清笳玉洞虚[5]。窥岩详雾豹[6]，过水略泉鱼[7]。
乡入无何有[8]，时还上古初。伊皋羞过狭[9]，魏丙服粗疏[10]。
白雪缘情降[11]，青霞落卷舒[12]。多惭郎署在，辄继国风余。

【作者简介】

卢僎，字守成，范阳涿县人。开元六年（718），自闻喜尉入为集贤殿学士，出为襄阳令。开元末年，历任祠部、司勋员外郎，终吏部员外郎。工诗，《全唐诗》存诗十四首。《新唐书》有传。

【注释】

[1] 风后：相传为黄帝大臣之一。《史记·五帝本纪》："（黄帝）举风后、力牧、常先、大鸿以治民。"裴骃集解引郑玄注曰："风后，黄帝三公也。"张守节正义："四人皆帝臣也。"

[2] 承恩：蒙受恩泽。翠岭：绿色的山岭。指骊山。

[3] 丹除：宫殿的台阶。

[4] 飞盖：高高的车篷。亦借指车。

[5] 清笳：凄清的胡笳声。玉洞：岩洞的美称。亦指仙道或隐者的住所。

[6] 雾豹：刘向《列女传·陶答子妻》："答子治陶三年，名誉不兴，家富三倍，其妻数谏不听。五年后更富，人皆贺之，其妻忧曰：'妾闻南山有玄豹，雾雨七日而不下食者何也？欲以泽其毛而成文章也，故藏而远害。犬彘不择食以肥其身，坐而须死耳。'"后比喻隐居伏处，退藏避害的人。

[7] 过水：越过江河。泉鱼：渊鱼。深渊中的鱼。比喻隐秘之事。唐人避高祖李渊讳，改渊为"泉"。

[8] 无何有："无何有之乡"之省称。语出《庄子·逍遥游》："今子有大树，患其无用，何不树之于无何有之乡，广莫之野。"《庄子·应帝王》："予方将造物者为人，厌则又乘夫莽眇之鸟，以出六极之外，而游无有之乡，以处圹埌之野。"指空无所有的地方。后多用以指空洞而虚幻的境界或梦境，也用于指逍遥自得的状态。

[9] 伊皋：伊尹和皋陶。伊尹，商代名相，皋陶，舜之大臣，掌刑狱之事。后常并称，喻指良相贤臣。

[10] 魏丙：汉贤相魏相和丙吉的并称。

[11] 缘情：因循人情；顺乎人情。

[12] 青霞：犹青云。

奉和华清宫观行香应制 [1]

〔唐〕崔国辅

天子蕊珠宫[2]，楼台碧落通[3]。豫游皆汗漫[4]，斋处即崆峒。
云物三光里[5]，君臣一气中[6]。道言何所说，宝历自无穷[7]。

【注释】

[1] 行香：古代礼拜神佛的一种仪式。始于南北朝。初，每燃香熏手，或以香末散行。唐以后则斋主持香炉巡行道场，或仪导以出街。

[2] 蕊珠宫：亦省称"蕊宫"。道教经典中所说的仙宫。比喻华清宫。

[3] 碧落：道教语，指天空、青天。

[4] 豫游：犹游乐。汗漫：形容漫游之远。

[5] 云物：云气、云彩。三光：日、月、星。

[6] 一气：声气相通。

[7] 宝历：指国祚，皇位。

惟此温泉是称愈疾岂予独受其福思与兆人共之乘暇巡游乃言其志 [1]

〔唐〕李隆基

桂殿与山连，兰汤涌自然[2]。阴崖含秀色[3]，温谷吐潺湲[4]。
绩为蠲邪著[5]，功因养正宣[6]。愿言将亿兆[7]，同此共昌延[8]。

【注释】

[1] 愈疾：使疾病痊愈。兆人：兆民；众民，百姓。

[2] 兰汤：指温泉。

[3] 阴崖：背阳的山崖。

[4] 温谷：温泉。潘岳《西征赋》："南有玄灞，汤井温谷。"李善注："温谷，即温泉也。"

[5] 蠲（juān）邪：去除邪祟。

[6] 养正：涵养正道。《易经·蒙卦》："蒙以养正，圣功也。"孔颖达疏："能以蒙昧隐默自养正道，乃成至圣之功。"

[7] 亿兆：指庶民百姓。犹言众庶万民。

[8] 昌延：兴旺不衰。

奉和圣制温泉言志应制

〔唐〕张说

温谷媚新丰[1]，骊山横半空。汤池熏水殿[2]，翠木暖烟宫。
起疾逾仙药[3]，无私合圣功。始知尧舜德[4]，心与万人同。

【注释】

[1] 温谷：温泉。

[2] 熏：侵染。水殿：临水的殿堂。

[3] 起疾：犹起病，使病者恢复健康。逾：超过；胜过。

[4] "始知"句：颂唐玄宗怀民众冷暖之德堪比尧舜。

华清宫三首

〔唐〕崔橹

其一

草遮回磴绝鸣銮[1]，云树深深碧殿寒[2]。
明月自来还自去，更无人倚玉栏干[3]。

其二

障掩金鸡蓄祸机[4]，翠华西拂蜀云飞[5]。

珠帘一闭朝元阁[6]，不见人归见燕归。

其三

门横金锁悄无人[7]，落日秋声渭水滨[8]。

红叶下山寒寂寂[9]，湿云如梦雨如尘。

【作者简介】

崔橹，一作"崔鲁"，生卒年不详，荆南（今湖北荆州）人。宣宗大中中登进士第，仕至棣州司马。王定保称其慕杜牧诗，"才情丽而近荡""尤能咏物"。有诗集《无机集》（或作《无讥集》）四卷，已佚。《全唐诗》存诗十六首。

【注释】

[1] 回磴（dèng）：指华清宫中盘旋曲折的石台阶。回：回旋。鸣銮：皇帝辇车的鸾铃声。

[2] 云树：高耸入云的树木。碧殿：金碧辉煌的殿堂。

[3] "明月"二句：意为夜里华清宫笼罩在一片月色之中。然而，唯有月光照楼影，再无欢歌笑语声，昔日玄宗一同与玉人倚楼、望月赏景的画面，已消逝得无踪无影。人倚玉栏干：李白《清平调》其三："名花倾国两相欢，常得君王带笑看。解释春风无限恨，沉香亭北倚栏干。"

[4] "障掩金鸡"句：谓唐玄宗对安禄山的宠幸酿成了祸乱。《旧唐书·安禄山传》："上御勤政楼，于御坐东为设一大金鸡障，前置一榻坐之，卷去其帘。"金鸡障：以金鸡羽毛所制之饰物做的屏风，表示特别礼遇。祸：指安史之乱。

[5] 翠华西拂：指安史之乱时玄宗逃亡四川的情形。翠华：天子仪仗中的锦旗。

[6] 珠帘一闭：指华清宫被废置。朝元阁：华清宫中殿阁。

[7] "门横"句：意为华清宫人去楼空，都锁上了门。

[8] 渭水滨：华清宫位于渭河之滨。

[9] 寒：凄清荒凉。

早秋望华清宫树因以成咏 [1]

〔唐〕常衮

可怜云木丛[2]，满禁碧蒙蒙。色润灵泉近，阴清辇路通。
玉坛标八桂[3]，金井识双桐[4]。交映凝寒露[5]，相和起夜风。
数枝盘石上，几叶落云中。燕拂宜秋霁，蝉鸣觉昼空。
翠屏更隐见[6]，珠缀共玲珑。雷雨生成早，樵苏禁令雄[7]。
野藤高助绿，仙果迥呈红[8]。惆怅缭垣暮[9]，兹山闻暗虫。

【注释】

[1] 一作卢纶诗。

[2] 可怜：可爱。云木：高耸入云的树木。

[3] 玉坛：花坛的美称。借指庭院。八桂：八株桂树。《山海经·海内南经》："桂林八树，在番隅东。"郭璞注："八树而成林，言其大也。番隅，今番隅县。"

[4] 金井：井栏上有雕饰的井。一般用以指宫廷园林中的井。

[5] 交映：互相映照、映衬。

[6] 翠屏：借指青翠的树丛。隐见：或隐或现。

[7] 樵苏禁令：禁止随意砍伐树木的法令或命令。在重农思想影响下，唐代帝王重视农林生产，先后颁布多项保护植被资源的诏令。《旧唐书·玄宗本纪》载："（开元）二月丙辰，幸新丰之温汤。丁卯，至自温汤。以关中旱，遣使祈雨于骊山，应时澍雨。令以少牢致祭，仍禁断樵采。"

[8] 迥：远远的。

[9] 缭垣（liáo yuán）：围墙。

华清宫

〔唐〕张祜

风树离离月稍明[1],九天龙气在华清。
宫门深锁无人觉,半夜云中羯鼓声[2]。

【注释】

[1] 离离:隐约貌。卢纶《奉和户曹叔夏夜寓直寄呈同曹诸公并见示》:"乱萤光熠熠,行树影离离。"

[2] 羯鼓:古代打击乐器的一种。起源于印度,从西域传入,盛行于唐开元天宝年间。详见前秦可大《曲江亭吟》注释[5]。

华清宫

〔唐〕卢纶

其一

汉家天子好经过[1],白日青山宫殿多。
见说只今生草处,禁泉荒石已相和[2]。

其二

水气朦胧满画梁[3],一回开殿满山香。
宫娃几许经歌舞[4],白首翻令忆建章[5]。

【注释】

[1] 汉家天子:此指唐玄宗。

[2] 禁泉：皇家沐浴的地方。

[3] 画梁：有彩绘装饰的屋梁。

[4] 宫娃：宫女。

[5] 建章：建章宫。建于汉武帝太初元年（前104），规模宏大，有"千门万户"之称。此借指唐时的宫苑。

和李员外扈驾幸温泉宫

〔唐〕钱起

未央月晓度疏钟[1]，凤辇时巡出九重[2]。
雪霁山门迎瑞日[3]，云开水殿候飞龙。
经寒不入宫中树，佳气常熏仗外峰。
遥羡枚皋扈仙跸[4]，偏承霄汉渥恩浓[5]。

【注释】

[1] 未央：本为汉宫名，借指宫殿。疏钟：稀疏的钟声。

[2] 凤辇：天子的车驾。时巡：指帝王按时巡狩。九重：指宫门。

[3] 霁：泛指风霜雨雪停止，天气晴好。瑞日：象征吉祥的太阳。

[4] 遥羡：谓对远处或以前事物的向往。枚皋扈仙跸：枚皋：西汉人，汉武帝的侍从之臣。比喻李员外。

[5] 渥恩：深厚的恩泽。

华清宫

〔唐〕张继

天宝承平奈乐何[1]，华清宫殿郁嵯峨。
朝元阁峻临秦岭[2]，羯鼓楼高俯渭河[3]。
玉树长飘云外曲[4]，霓裳闲舞月中歌[5]。

只今惟有温泉水，呜咽声中感慨多。

【作者简介】

张继（？—779？），字懿孙，唐襄州（今湖北襄樊）人。天宝十二载（753）登进士第。安史乱起，避地吴越。大历初入京官侍御。后以检校祠部员外郎充转运判官，分掌财赋于洪州。诗多登临纪行之作，清远自然，不事雕琢。《枫桥夜泊》最为著名。有《张祠部诗集》。《全唐诗》存诗一卷。

【注释】

[1] 天宝：唐玄宗李隆基的年号，公元742年—756年，共计15年。承平：治平相承；太平。

[2] 朝元阁：唐代阁名，在骊山。

[3] 羯鼓楼：唐玄宗通晓音律，在他常居住的华清宫中，有一专门演奏羯鼓的楼台。据乾隆本《临潼县志》记载："羯鼓楼在第一峰（西绣岭第一峰）西，或是。"

[4] 玉树：南朝陈后主所作歌曲《玉树后庭花》的省称，俗谓之亡国之音。《旧唐书·音乐志》引御史大夫杜淹对唐太宗语："前代兴亡，实由于乐。陈将亡也，为《玉树后庭花》；齐将亡也，而为《伴侣曲》，行路闻之莫不悲泣，所谓亡国之音也。以是观之，盖乐之由也。"云外：比喻仙境。

[5] 霓裳：《霓裳羽衣曲》的略称。

华清宫

〔唐〕张籍

温泉流入汉离宫[1]，宫树行行浴殿空[2]。
武帝时人今欲尽[3]，青山空闭御墙中[4]。

【注释】

[1] 汉离宫：指华清宫。汉武帝时扩建华清宫为离宫，故曰汉离宫。《三秦记》

载："始皇初，砌石起宇，名骊山汤，汉武帝重加修饰焉。"离宫：正宫之外供帝王出巡时居住的宫室。

[2] 浴殿：皇宫内的浴室。

[3] 武帝：此借指唐玄宗。

[4] 御墙：行宫的围墙。

华清宫感旧

〔唐〕王建

尘到朝元边使急[1]，千官夜发六龙回[2]。
辇前月照罗衫泪，马上风吹蜡烛灰。
公主妆楼金锁涩[3]，贵妃汤殿玉莲开[4]。
有时云外闻天乐，知是先皇沐浴来[5]。

【注释】

[1] 朝元：骊山朝元阁。边使：来自边地的使者。《旧唐书·玄宗本纪》载："（天宝十四载）冬十月壬辰，幸华清宫。甲午，颁《御注老子》并《义疏》于天下。……丙寅，范阳节度使安禄山率蕃、汉之兵十余万，自幽州南向诣阙，以诛杨国忠为名，先杀太原尹杨光翙于博陵郡。壬申，闻于行在所。"安史之乱爆发之后的第七天，尚在华清池享乐的唐玄宗方才得知事变的消息。

[2] 夜发：夜间出发。六龙：古代天子的车驾为六马，马八尺称龙，因以为天子车驾的代称。

[3] 妆楼：指女子的居室。

[4] 汤殿：温泉浴室。玉莲：《明皇杂录》载："元（玄）宗幸华清宫，新广汤池，制作宏丽，安禄山于范阳以白玉石为鱼龙凫雁，石梁石莲花以献，雕镂巧妙，殆非人工。上大悦，命陈于汤中，乃以石梁横亘其池上，而莲花才出水际，上因幸。解衣将入，而鱼龙凫雁皆若奋麟举翼，状欲飞去。上甚恐，遽命撤去，而石莲花至今犹存焉。"

[5] 先皇：指唐玄宗。

宫前早春[1]

〔唐〕王建

酒幔高楼一百家[1]，宫前杨柳寺前花。
内园分得温汤水[2]，二月中旬已进瓜。

【注释】

[1] 一作《华清宫》。

[2] 酒幔：古代酒店门前所悬的用以招揽顾客的酒旗。

[3] 内园：内苑。指华清宫内的园圃。《全唐诗话》载："唐置温泉汤监，监丞种瓜蔬，随时贡奉。"二月中旬已进瓜：温泉附近地暖，故瓜菜早熟。另据《太平寰宇记》载："（秦）始皇以骊山温处，令人冬月种瓜，招天下儒者议之，人说不同，因发机陷之。"

华清词

〔唐〕刘禹锡

日出骊山东，裴回照温泉。楼台影玲珑，稍稍开白烟[1]。
言昔太上皇[2]，常居此祈年[3]。风中闻清乐[4]，往往来列仙。
翠华入五云，紫气归上玄[5]。哀哀生人泪[6]，泣尽弓剑前[7]。
圣道本自我，凡情徒颙然[8]。小臣感玄化[9]，一望青冥天[10]。

【注释】

[1] 白烟：指温泉散发出的热气。

[2] 太上皇：指唐玄宗。安史之乱后，肃宗李亨即位，尊李隆基为上皇天帝，即太上皇。

[3] 祈年：祈祷丰年。唐玄宗笃信道教，常在骊山朝元阁祈年。

[4] 清乐：即清商乐。《旧唐书·音乐志二》："《清乐》者，南朝旧乐也……后魏孝文、宣武用师淮汉，收其所获南音，谓之《清商乐》。隋平陈，因置清商署，总谓之《清乐》。"清商乐在宫廷中传授。据《旧唐书·音乐志二》载，"武太后之时，犹有六十三曲，今其辞存者……通前为四十四曲存焉"。

[5] 上玄：上天。

[6] 生人：犹人民；民众。

[7] 弓剑：据《史记·封禅书》和刘向《列仙传·黄帝》记载，黄帝骑龙仙去，群臣攀附欲上，致坠帝弓。又黄帝葬桥山，山崩，棺空，唯剑存。后因以"弓剑"为对已故帝王寄托哀思之词。

[8] 颙（yóng）然：敬仰貌。

[9] 玄化：圣德教化。

[10] 青冥天：青苍幽远的天空。

过华清宫

〔唐〕李约

君王游乐万机轻[1]，一曲霓裳四海兵[2]。
玉辇升天人已尽[3]，故宫犹有树长生[4]。

【作者简介】

李约，生卒年不详，字存博，陇西成纪（今甘肃秦安）人，居洛阳。贞元末，以大理评事为润州李锜从事，后为谏官。元和四年（809），官起居舍人，迁兵部员外郎。《全唐诗》存诗十首。

【注释】

[1] 万机：当政者处理的各种重要事务。旧题孔鲋《孔丛子·论书》："孔子曰：'尧既得舜，历试诸难，已而纳之于尊显之官，使大录万机之政。'"万机轻：犹轻万机。

[2] 四海：犹言天下，全国各处。

[3] 玉辇：天子所乘之车，以玉为饰。此借指唐玄宗。

[4] 故宫：指华清宫。

过华清宫绝句三首

〔唐〕杜牧

其一

长安回望绣成堆[1]，山顶千门次第开[2]。
一骑红尘妃子笑，无人知是荔枝来[3]。

其二

新丰绿树起黄埃，数骑渔阳探使回[4]。
霓裳一曲千峰上[5]，舞破中原始下来[6]。

其三

万国笙歌醉太平[7]，倚天楼殿月分明[8]。
云中乱拍禄山舞[9]，风过重峦下笑声[10]。

【注释】

[1] 绣成堆：骊山右侧有东绣岭，左侧有西绣岭。唐玄宗在岭上广种林木花卉，郁郁葱葱。此既指骊山两旁的东绣岭、西绣岭，又形容骊山的美不胜收，语意双关。

[2] 千门：形容山顶宫殿壮丽，门户众多。次第：依次。

[3] 红尘：飞扬的尘土。妃子：指杨贵妃。《新唐书·杨贵妃传》："妃嗜荔枝，必欲生致之，乃置骑传送，走数千里，味未变已至京师。"《唐国史补》："杨贵妃生于蜀，好食荔枝，南海所生，尤胜蜀者，故每岁飞驰以进。然方暑而熟，

经宿则败，后人皆不知之。"

[4]"新丰"二句：写新丰驿路的绿树间尘土起处，玄宗派往渔阳探听消息的信使已经返回，但得到的却是虚假的情报。渔阳探使：《全唐诗》此句下注："帝使中使辅璆琳探禄山反否，璆琳受禄山金，言禄山不反。"新丰：唐设新丰县，在唐昭应县东十八里，今陕西临潼区东北，离华清宫不远。骊山即在昭应县境。黄埃：马队奔驰踏起的尘土。渔阳，指安禄山驻地幽州。

[5] 千峰：指骊山的众多山峰。

[6] 舞破中原：指唐玄宗耽于歌舞享乐而误国，导致安史之乱。

[7] 万国：指全国各地。

[8] 倚天：形容骊山宫殿的雄伟壮观。

[9] "云中"句：安禄山跳胡旋舞时，旁边的宫人拍掌击节，因舞得太快，节拍都乱了。《旧唐书·安禄山传》载："（安禄山）腹垂过膝，重三百三十斤，每行以肩膊左右抬挽其身，方能移步。至玄宗前，作胡旋舞，疾如风焉。"

[10] 下笑声：笑声从骊山高处的华清宫里飘下来。

津阳门诗

〔唐〕郑嵎

津阳门者，华清宫之外阙，南局禁闱，北走京道。开成中，嵎常得群书，下帷于石瓮僧院，而甚闻宫中陈迹焉。今年冬，自虢而来，暮及山下，因解鞍谋餐，求客旅邸，而主翁年且艾，自言世事明皇。夜阑酒余，复为嵎道承平故实。翼日，于马上辄裁刻俚叟之话，为长句七言诗，凡一千四百字，成一百韵止，以门题为之目云耳。

津阳门北临通逵[1]，雪风猎猎飘酒旗。
泥寒款段蹶不进[2]，疲童退问前何为。
酒家顾客催解装[3]，案前罗列樽与卮。
青钱琐屑安足数[4]，白醪软美甘如饴[5]。
开垆引满相献酬[6]，枯肠渴肺忘朝饥。

愁忧似见出门去，渐觉春色入四肢。
主翁移客挑华灯，双肩隐膝乌帽欹。
笑云鲐老不为礼[7]，飘萧雪鬓双垂颐[8]。
问余何往凌寒曦，顾翁枯朽郎岂知。
翁曾豪盛客不见，我自为君陈昔时。
时平亲卫号羽林[9]，我才十五为孤儿。
射熊搏虎众莫敌[10]，弯弧出入随伙飞[11]。
此时初创观风楼[12]，檐高百尺堆华榱[13]。
楼南更起斗鸡殿，晨光山影相参差。
其年十月移禁仗[14]，山下栉比罗百司[15]。
朝元阁成老君见，会昌县以新丰移[16]。
幽州晓进供奉马，玉珂宝勒黄金羁[17]。
五王扈驾夹城路[18]，传声校猎渭水湄[19]。
羽林六军各出射，笼山络野张罝维[20]。
雕弓绣韣不知数[21]，翻身灭没皆蛾眉。
赤鹰黄鹘云中来[22]，妖狐狡兔无所依。
人烦马殆禽兽尽，百里腥膻禾黍稀。
暖山度腊东风微，宫娃赐浴长汤池。
刻成玉莲喷香液，漱回烟浪深逶迤[23]。
犀屏象荐杂罗列[24]，锦凫绣雁相追随。
破簪碎钿不足拾，金沟残溜和缨緌[25]。
上皇宽容易承事，十家三国争光辉[26]。
绕床呼卢恣樗博[27]，张灯达昼相谩欺[28]。
相君侈拟纵骄横[29]，日从秦虢多游嬉。
朱衫马前未满足，更驱武卒罗旌旗。
画轮宝轴从天来[30]，云中笑语声融怡[31]。
鸣鞭后骑何蹙踏[32]，宫妆襟袖皆仙姿。
青门紫陌多春风，风中数日残春遗。
骊驹吐沫一奋迅[33]，路人拥彗争珠玑[34]。
八姨新起合欢堂[35]，翔鸥贺燕无由窥。

万金酬工不肯去，矜能恃巧犹嗟咨[36]。
四方节制倾附媚[37]，穷奢极侈沾恩私。
堂中特设夜明枕，银烛不张光鉴帷[38]。
瑶光楼南皆紫禁，梨园仙宴临花枝。
迎娘歌喉玉窈窕，蛮儿舞带金葳蕤[39]。
三郎紫笛弄烟月，怨如别鹤呼羁雌。
玉奴琵琶龙香拨，倚歌促酒声娇悲[40]。
饮鹿泉边春露晞，粉梅檀杏飘朱墀。
金沙洞口长生殿，玉蕊峰头王母祠[41]。
禁庭术士多幻化，上前较胜纷相持。
罗公如意夺颜色，三藏袈裟成散丝[42]。
蓬莱池上望秋月，无云万里悬清辉。
上皇夜半月中去，三十六宫愁不归。
月中秘乐天半闻，丁珰玉石和埙篪。
宸聪听览未终曲，却到人间迷是非[43]。
千秋御节在八月，会同万国朝华夷。
花萼楼南大合乐，八音九奏鸾来仪。
都卢寻橦诚龌龊，公孙剑伎方神奇。
马知舞彻下床榻，人惜曲终更羽衣[44]。
禄山此时侍御侧，金鸡画障当罘罳。
绣袆衣袡日贠贔，甘言狡计愈娇痴[45]。
诏令上路建甲第，楼通走马如飞翚。
大开内府恣供给，玉缶金筐银籙箕[46]。
异谋潜炽促归去，临轩赐带盈十围[47]。
忠臣张公识逆状，日日切谏上弗疑[48]。
汤成召浴果不至，潼关已溢渔阳师。
御街一夕无禁鼓，玉辂顺动西南驰[49]。
九门回望尘坌多[50]，六龙夜驭兵卫疲。
县官无人具军顿，行宫彻屋屠云螭[51]。
马嵬驿前驾不发，宰相射杀冤者谁。

长眉鬓发作凝血，空有君王潜涕洟。
青泥坂上到三蜀，金堤城边止九旗。
移文泣祭昔臣墓，度曲悲歌秋雁辞[52]。
明年尚父上捷书[53]，洗清观阙收封畿[54]。
两君相见望贤顿，君臣鼓舞皆歔欷[55]。
宫中亲呼高骠骑，潜令改葬杨真妃。
花肤雪艳不复见，空有香囊和泪滋[56]。
銮舆却入华清宫，满山红实垂相思。
飞霜殿前月悄悄，迎春亭下风飔飔[57]。
雪衣女失玉笼在，长生鹿瘦铜牌垂。
象床尘凝鼍飐被，画檐虫网颇梨碑[58]。
碧菱花覆云母陵，风篁雨菊低离披。
真人影帐偏生草，果老药堂空掩扉[59]。
鼎湖一日失弓剑[60]，桥山烟草俄霏霏[61]。
空闻玉碗入金市[62]，但见铜壶飘翠帷。
开元到今踰十纪[63]，当初事迹皆残隳。
竹花唯养栖梧凤，水藻周游巢叶龟。
会昌御宇斥内典[64]，去留二教分黄缁[65]。
庆山污潴石瓮毁，红楼绿阁皆支离。
奇松怪柏为樵苏，童山智谷亡崄巇[66]。
烟中壁碎摩诘画，云间字失玄宗诗。
石鱼岩底百寻井，银床下卷红绠迟。
当时清影荫红叶，一旦飞埃埋素规[67]。
韩家烛台倚林杪，千枝灿若山霞摛。
昔年光彩夺天月，昨日销镕当路岐[68]。
龙宫御榜高可惜，火焚牛挽临崎岖。
孔雀松残赤琥珀，鸳鸯瓦碎青琉璃[69]。
今我前程能几许，徒有余息筋力羸。
逢君话此空洒涕，却忆欢娱无见期。
主翁莫泣听我语，宁劳感旧休吁嘻[70]。

河清海宴不难睹,我皇已上升平基。
湟中土地昔湮没,昨夜收复无疮痍。
戎王北走弃青冢,虏马西奔空月支。
两逢尧年岂易偶[71],愿翁颐养丰肤肌。
平明酒醒便分首,今夕一樽翁莫违。

【作者简介】

郑嵎,字宾光,一作"宾先"。其里居及生卒年均不详,约唐宣宗大中末前后在世。大中五年(851)举进士第。有《津阳门诗》一卷。《全唐诗》存诗一首。

【注释】

[1] 通逵:犹通途。

[2] 款段:马行迟缓貌。

[3] 解装:卸下行装。

[4] 青钱:即青铜钱。

[5] 白醪(láo):糯米甜酒。

[6] 引满:谓斟酒满杯而饮。献酬:谓饮酒时主客互相敬酒。

[7] 鲐老:指老人。鲐,海鱼名,以皮多皱,故用来形容老态。此为形容主翁之语。

[8] 飘萧:鬓发稀疏貌。

[9] 亲卫:皇帝的侍卫。隋始置,与勋卫、翊卫并称三卫。唐宋因之,并置亲卫之府。明以后不设。作者原注:"开元中未有东西神策军,但以六军为亲卫。"

[10] 搏虎:打虎。亦以喻有勇力。

[11] 弯弧:拉弓。伙(cì)飞:亦作伙非,春秋楚勇士。《淮南子·人间训》:"荆伙非犯河中之难,不失其守,而天下称勇焉。"此借指勇猛之士。

[12] 观风楼:作者原注:"观风楼在宫之外东北隅,属夹城而连上内,前临驰道,周视山川。宝应中,鱼朝恩毁之以修章敬。今遗址尚存,唯斗鸡殿与球场迤逦尚在。"

[13] 华榱(cuī):雕画的屋椽。

[14] 禁仗:皇帝仪仗。

[15] 百司：百官。

[16]"会昌"句：作者原注："时有诏改新丰为会昌县，移自阴鳖故城，置于山下。至明年十月，老君见于朝元阁南，而于其处置降圣观，复改新丰为昭应县，廨宇始成，令大将军高力士率禁乐以落之。"

[17]"玉珂"句：作者原注："安禄山每进马，必殊特而极衔勒之饰。"玉珂：马络头上的装饰物。多为玉制，也有用贝制的。宝勒：装饰华贵的马络头。黄金羁：以黄金为饰的马笼头。

[18] 五王：指唐明皇兄弟让皇帝宪、惠庄太子㧑、惠文太子范、惠宣太子业、隋王隆悌。

[19] 校猎：遮拦禽兽以猎取之。亦泛指打猎。

[20] 笼山络野：笼罩、围绕高山平原。罝（jū）维：捕兽的网。

[21] 绣韣（dú）：绣制精美的弓袋。韣：弓袋。

[22]"赤鹰黄鹘"句：作者原注："申王有高丽赤鹰，岐王有北山黄鹘，逸翮奇姿，特异他等。上爱之，每弋猎，必置于驾前，目为决胜儿。"

[23]"宫娃"三句：作者原注："宫中除供奉两汤池，内外更有汤十六所。长汤每赐诸嫔御，其修广与诸汤不侔，甃以文瑶宝石，中央有玉莲捧汤泉，喷以成池。又缝缀绮绣为凫雁于水中，上时于其间泛钑镂小舟以嬉游焉。"

[24] 象荐：象牙制的席。

[25] 金沟：谓宫中沟渠。残溜：雨后在房、篷等顶上零星的滴水。此指沐浴后房、篷等顶上零星的滴水。缨緌（ruí）：缨绶。亦作冠带与冠饰。

[26] 十家：指唐开元中十王宅诸王。十王宅为唐玄宗诸子年长封王之后所共居的大宅。宋王溥《唐会要·诸王》："先天之后，皇子幼则居内。东封后，以年渐长成，乃于安国寺东附苑城为大宅，分院居之，名为十王宅……十王谓：庆、忠、棣、鄂、荣、光、仪、颖、永、延、盛、济等，以十举全数。"三国：指杨玉环的三个姐姐。《旧唐书·玄宗杨贵妃传》："（贵妃）有姊三人，皆有才貌，玄宗并封国夫人之号：长曰大姨，封韩国；三姨，封虢国；八姨，封秦国。并承恩泽，出入宫掖，势倾天下。"

[27] 绕床呼卢：形容赌博时赌兴正酣的样子。典出《晋书·刘毅列传》："后于东府聚摴蒱大掷，一判应至数百万，余人并黑犊以还，唯刘裕及毅在后。毅次掷得雉，大喜，褰衣绕床，叫谓同坐曰：'非不能卢，不事此耳。'"卢：

古时摴蒲骰子掷出的一种彩。樗（chū）博：古代一种赌博的游戏。投掷有颜色的五颗木子，以颜色决胜负，类似今日的掷骰子。

[28] 谩欺：欺诳。

[29] 相君：旧时对宰相的尊称。此指杨国忠。作者原注："杨国忠为宰相，带剑南节度使。常与秦、虢联辔而出，更于马前以两川旌节为导也。"

[30] 画轮：彩饰的车轮。亦指装饰华丽的车子。宝轴：华贵的车辆。

[31] 融怡：融洽；和乐。

[32] 后骑：后面随从的骑兵。躞蹀（xiè dié）：小步行走貌。

[33] 骊驹：纯黑色的马。亦泛指马。

[34] 拥彗：执帚。作者原注："事尽载在国史中，此下更重叙其事。"

[35] 八姨：杨贵妃姊秦国夫人。

[36] "万金"二句：作者原注："虢国创一堂，价费万金，堂成，工人偿价之外，更邀赏伎之直。复受绛罗五千段，工者嗤而不顾。虢国异之，问其由，工曰：'某生平之能，殚于此矣，苟不知信，愿得蝼蚁蜡蜴蚕之类，去其目而投于堂中，使有隙、失一物，即不论工直也。'于是又以缯彩珍贝与之，山下人至今话故事者，尚以第行呼诸姨焉。"矜能：夸耀自己的才能。嗟咨：慨叹。

[37] 节制：指节度使。附媚：依附巴结。

[38] "堂中"二句：作者原注："虢国夜明枕，置于堂中，光烛一室。西川节度使所进，事载国史，略书之。"

[39] "瑶光"四句：作者原注："瑶光楼即飞霜殿之北门，迎娘、蛮儿乃梨园弟子之名闻者。"

[40] "三郎"四句：作者原注："上皇善吹笛，常宝一紫玉管。贵妃妙弹琵琶，其乐器闻于人间者，有逻迻檀为槽，龙香柏为拨者。上每执酒卮，必令迎娘歌《水调曲遍》，而太真辄弹弦倚歌，为上送酒。内中皆以上为三郎，玉奴乃太真小字也。"

[41] "饮鹿"四句：作者原注："山城内多驯鹿，流涧号为饮鹿，有长生殿，乃斋殿也，有事于朝元阁，即御长生殿以沐浴也。"

[42] "禁庭"四句：作者原注："上顾崇罗公远，杨妃尤信金刚三藏。上尝幸功德院，将谒七圣殿，忽然背痒，公远折竹枝化作七宝如意以进。上大喜，顾谓金刚曰：'上人能致此乎？'三藏曰：'此幻术耳，僧为陛下取真物。'乃于袖中出如意，七宝炳耀，而光远所进，即时复为竹枝耳。后一日，杨妃始

以二人定优劣。时禁中将创小殿，三藏乃举一鸿梁于空中，将中公远之首，公远不为动容，上连命止之。公远飞符于他处，窃三藏金栏袈裟于赞中，守者不之见。三藏怒，又咒取之，须臾而至。公远复嘘水龙符于袈裟上，散为丝缕以尽也。"

[43]"蓬莱"八句：作者原注："叶法善引上入月宫，时秋已深，上苦凄冷，不能久留，归。于天半尚闻仙乐，及上归，且记忆其半，遂于笛中写之。会西凉都督杨敬述进《婆罗门曲》，与其声调相符，遂以月中所闻为之散序，用敬述所进曲作其腔，而名《霓裳羽衣法曲》。"

[44]"千秋御"八句：作者原注："上始以诞圣日（农历八月初五为唐玄宗生日）为千秋节，每大酺会，必于勤政楼下使华夷纵观，有公孙大娘舞剑，当时号为雄妙。又设连榻，令马舞其上，马衣纨绮而被铃铎，骧首奋鬣，举趾翘尾，变态动容，皆中音律。又令宫妓梳九骑仙髻，衣孔雀翠衣，佩七宝璎珞，为霓裳羽衣之类，曲终，珠翠可扫。其舞马，禄山亦将数匹以归，而私习之，其后田承嗣代安，有存者，一旦于厩上闻鼓声，顿挫其舞，厩人恶之，举篲以击之。其马尚为怒未妍妙，因更奋击宛转，曲尽其态。厮恐，以告。承嗣以为妖，遂戮之，而舞马自此绝矣。"

[45]"禄山"四句：作者原注："上每坐及宴会，必令禄山坐于御座侧，而以金鸡障隔之，赐其箕踞。太真又以为子，时襁褓戏而加之，上亦呼之禄儿。每入宫，必先拜贵妃，然后拜上，上笑而问其故，辄对曰：'臣本蕃中人，礼先拜母后拜父，是以然也。'"

[46]"诏令"四句：作者原注："时于亲仁里南陌为禄山建甲第，令中贵人督其事，仍谓之曰：'卿善为部署，禄山眼孔大，勿令笑我。'至于莺筐籨箕釜缶之具，咸金银为之。今四元观，即其故第耳。"

[47]"异谋"二句：作者原注："禄山肥博过人，腹垂而缓，带十五围方周体。"异谋：反叛的图谋。临轩：皇帝不坐正殿而御前殿。殿前堂陛之间近檐处两边有槛楯，如车之轩，故称。

[48]"忠臣"二句：作者原注："张曲江（即张九龄）先识其必反逆状，数数言于上。上曰：'卿勿以王夷甫识石勒而误疑禄山耳。'"

[49]"汤成"四句：作者原注："其年，赐柑子使回，泣诉禄山反状云：'臣几不得生还。'上犹疑其言。复遣使，喻云：'我为卿造一汤，待卿至。'使回，

答言反状，上然后忧疑，即寇军至潼关矣。"

[50] 尘坌（bèn）：灰尘，尘土。

[51] "县官"二句：作者原注："时郊畿草扰，无御顿之备，上命彻行宫木，宰御马，以飨士卒。"云螭：传说中龙的别称。此喻御马。

[52] "青泥"四句：作者原注："驾至蜀，诏中贵人驰祭张曲江墓，悔不纳其谏。又过剑阁下，望山川，忽忆《水调辞》云：'山川满目泪沾衣，富贵荣华能几时。不见只今汾水上，唯有年年秋雁飞。'上泫然流涕，顾问左右曰：'此谁人诗？'从臣对曰：'此李峤诗。'复掩泣曰：'李峤真可谓才子也。'"

[53] 尚父：尊礼大臣的称号。此指郭子仪。《新唐书·郭子仪传》："德宗嗣位，诏还朝，摄冢宰，充山陵使，赐号'尚父'。"捷书：军事捷报。

[54] 观阙：古代帝王宫门前的两座楼台。此代指宫殿。

[55] "两君"二句：作者原注："望贤宫在咸阳之东数里，时明皇自蜀回，肃宗迎驾，上皇自致传国玺于上，上歔欷拜受。左右皆泣，曰：'不图今日复观两君相见之礼。'驾将入开远门，上皇疑先后入门不决，顾问从臣，不能对。高力士前曰：'上皇虽尊，皇帝，主也。'上皇偏门而先行，皇帝正门而入，后行，耆老皆呼万岁，当时皆是之。"

[56] "宫中"四句：作者原注："时肃宗诏令改葬太真，高力士知其所瘗，在鬼坡驿西北十余步。当时乘舆匆遽，无复备周身之具，但以紫缛裹之。及改葬之时，皆已朽坏，惟有胸前紫绣香囊中，尚得冰麝香。时以进上皇，上皇泣而佩之。"

[57] "飞霜殿"二句：作者原注："飞霜殿即寝殿，而白傅（即白居易）长恨歌以长生殿为寝殿，殊误矣。上皇至明年复幸华清宫，信宿乃回，自此遂移处西内中矣。"

[58] "雪衣女"四句：作者原注："太真养白鹦鹉，西国所贡，辨惠多辞，上尤爱之，字为雪衣女。上常于芙蓉园中获白鹿，惟山人王旻识之，曰：'此汉时鹿也。'上异之，令左右周视之。乃于角际雪毛中得铜牌子，刻之曰'宜春苑中白鹿'，上由是愈爱之。移于北山，目之曰仙客。上止华清，瞢飒公主尝为上晨召，听按新水调。主爱起晚，遽冒珍珠被而出，及寇至，仓惶随驾出宫，后不知省。及上归南内，一旦再入此宫，而当时瞢飒之被，宛然而尘积矣，上尤感焉。温泉堂碑，其石莹彻，见人形影，宫中号为颇梨碑。"

[59]"真人"二句：作者原注："真人李顺兴，后周时修道北山，神尧皇帝受禅。真人潜告符契，至今山下有祠宇，宫中有七圣殿，自神尧至睿宗逮窦后皆立，衣衮衣。绕殿石榴树皆太真所植，俱拥肿矣。南有功德院，其间瑶坛羽帐皆在焉，顺兴影堂、果老药室，亦在禁中也。"

[60]鼎湖：地名。古代传说黄帝在鼎湖乘龙升天。后常指帝王崩逝。

[61]桥山：山名。在今陕西延安黄陵县西北，相传为黄帝葬处。沮水穿山而过，山状如桥，故名。后因以借指黄帝陵墓或帝王陵墓。

[62]金市：指古代大城市里金银店铺集中的街市。亦泛指繁华的街市。

[63]十纪：十代，十世。

[64]"会昌"句：会昌为唐武宗年号。唐武宗曾大力灭佛，会昌五年时达到高潮。据《资治通鉴》卷二百四十八"唐武宗会昌五年"载："凡天下所毁寺四千六百余区，归俗僧尼二十六万五百人，大秦穆护、妖僧二千余人，毁招提、兰若四万余区。"内典：佛教徒称佛经为内典。

[65]二教：指佛教与道教。黄缁：指道士和僧人。道士戴黄冠，僧人穿缁衣。

[66]"庆山"四句：作者原注："持国寺，本名庆山寺，德宗始改其额。寺有绿额，复道而上。天后朝，以禁臣取宫中制度结构之。石瓮寺，开元中以创造华清宫余材修缮，佛殿中玉石像，皆幽州进来，与朝元阁道像同日而至，精妙无比，叩之如磬。余像并杨惠之手塑，肢空像皆元伽儿之制，能妙纤丽，旷古无俦。红楼在佛殿之西岩，下临绝壁，楼中有玄宗题诗，草、八分每一篇一体，王右丞山水两壁。寺毁之后，皆失之矣。摩诘乃王维之字也。"按，庆山寺遗址在今西安临潼区新丰镇，距西安30公里，是武则天时期建立的著名皇家寺院。唐武宗时期，由于灭佛，庆山寺被毁。污潴：积水的洼地。童山：无草木的山。窅（yuān）谷：干枯的溪谷。崄巇（xiǎn xī）：险峻崎岖的山地。

[67]"石鱼"四句：作者原注："石鱼岩下有天丝石，其形如瓮，以贮飞泉，故上以石瓮为寺名。寺僧于上层飞楼中悬辘轳，叙引修筓长二百余尺以汲，瓮泉出于红楼乔树之杪。寺既毁折，石瓮今已埋没矣。"

[68]"韩家"四句：作者原注："韩国为千枝灯台，高八十尺，置于山上，每至上元夜则然之，千光夺月，凡百里之内，皆可望焉。"韩家：指杨玉环的大姐韩国夫人。

[69]"龙宫"四句：作者原注："寺额，睿宗在藩邸中所题也，标于危楼之上，

世传孔雀松下有赤茯苓，入土千年则成琥珀。寺之前峰，古松老柏，洎乎嘉草，今皆樵苏荡除矣。"崎嵬（wéi）：指险峻的山。

[70] 吁嘻（yù xī）：感叹。

[71] 尧年：古史传说尧时天下太平，因以"尧年"比喻盛世。

华清宫

〔唐〕林宽

殿角钟残立宿鸦，朝元归驾望无涯[1]。
香泉空浸宫前草[2]，未到春时争发花[3]。

【注释】

[1] 朝元：朝元阁。

[2] 香泉：指华清池温泉。

[3] 发花：开花。温泉水温高，故华清宫前百草春天未到时已争相开花。

华清宫

〔唐〕司空图

帝业山河固，离宫宴幸频[1]。
岂知驱战马，只是太平人[2]。

【注释】

[1] "帝业"二句：讥讽唐玄宗自恃国家富强而耽于逸乐。帝业：指唐王朝。山河固：指其因高山大河为屏障为依恃而自以为坚不可摧，亦暗示唐玄宗志得意满的感觉。离宫：正宫之外供帝王出巡时居住的宫室，此指华清宫。宴幸：谓帝王游乐。

[2] "岂知"二句：谓安禄山叛乱后，被仓促征召入伍作战的都是过惯了太

平生活的百姓。

石瓮寺灯魅诗 [1]

〔唐〕佚名

凉风暮起骊山空，长生殿锁霜叶红。
朝来试入华清宫[2]，分明忆得开元中。

【注释】

[1]《太平广记》卷373记："进士杨祯，家于渭桥。以居处繁杂，颇妨肄业，乃诣昭应县，长借石瓮寺文殊院。居旬余，有红裳既夕而至，容色姝丽，姿华动人。祯常悦者，皆所不及。徐步于帘外，歌曰：'略，即本诗'"。石瓮寺：在骊山东绣岭。创建于唐开元年间。《两京道里记》："石瓮谷有悬泉激石成臼，似瓮形，因以谷名寺。"故址即今石瓮寺所在地。郑嵎《津阳门诗》注："石瓮寺，开元中以造华清宫余材修缮，佛殿中有玉石像，幽州所进，与朝元阁道像同日至，精妙无比，叩之如磬。余像并杨惠之手塑。脱空像，皆元伽儿之制。能妙纤丽，旷古无俦。"今石瓮寺即唐旧寺故址。

[2] 朝（zhāo）来：早晨。

石瓮寺

〔唐〕储光羲

遥山起真宇[1]，西向尽花林。下见宫殿小，上看廊庑深[2]。
苑花落池水，天语闻松音[3]。君子又知我，焚香期化心[4]。

【注释】

[1] 真宇：原指道观。此指石瓮寺。
[2] 廊庑：堂前的廊屋。

[3] 松音：松涛声。

[4] 化心：谓改变其心性。

温泉宫

〔唐〕鲍溶

忆昔开元天地平，武皇十月幸华清。
山蒸阴火云三素[1]，日落温泉鸡一鸣。
彩羽鸟仙歌不死，翠霓童妾舞长生[2]。
仍闻老叟垂黄发[3]，犹说龙髯缥缈情[4]。

【作者简介】

鲍溶，字德源。唐宪宗元和四年（809）进士，中唐诗人。与李益交厚。客死三川。擅古诗乐府。《全唐诗》存其诗三卷，《全唐诗补编》补诗一首。

【注释】

[1] 阴火：指地热。云三素：即三素云。亦泛指各色云烟。

[2] 童妾：婢女；小妾。

[3] 垂黄发：指年老。

[4] 龙髯：龙之须。《史记·封禅书》："黄帝采首山铜，铸鼎于荆山下。鼎既成，有龙垂胡髯下迎黄帝。黄帝上骑，群臣后宫从上者七十余人，龙乃上去。余小臣不得上，乃悉持龙髯，龙髯拔，堕，堕黄帝之弓。百姓仰望黄帝既上天，乃抱其弓与胡髯号，故后世因名其处曰鼎湖，其弓曰乌号。"后用为皇帝去世之典。此处"龙髯缥缈情"意指唐玄宗故事。

华清宫

〔唐〕罗隐

楼殿层层佳气多，开元时节好笙歌[1]。
也知道德胜尧舜，争奈杨妃解笑何[2]。

【注释】

[1] 佳气：美好的云气。古代以为是吉祥、兴隆的象征。笙歌：合笙之歌，亦谓吹笙唱歌。泛指奏乐唱歌。首二句意为，华清宫层层楼殿充满着祥瑞之气，玄宗朝的开元时节更是夜夜笙歌。讽刺唐玄宗沉迷酒色歌舞荒废朝政导致安史之乱。

[2] 争奈：怎奈；无奈。末二句是说，国君懂得在道德上要胜过尧舜，怎奈还要让杨贵妃觉得高兴才行！

华清宫

〔唐〕高蟾

何事金舆不再游[1]，翠鬟丹脸岂胜愁[2]。
重门深锁禁钟后[3]，月满骊山宫树秋[4]。

【注释】

[1] 金舆：帝王乘坐的车轿。

[2] 翠鬟：古代妇女的环形发髻。丹脸：红润的面容。胜：禁得住。

[3] 禁钟：宫禁中的钟。

[4] 宫树：帝王宫苑中的树木。此指华清宫中的树木。

华清宫和杜舍人

〔唐〕张祜

五十年天子[1]，离宫仰峻墙。登封时正泰[2]，御宇日何长。
上位先名实[3]，中兴事宪章[4]。起戎轻甲胄，余地复河湟。
道帝玄元祖[5]，儒封孔子王[6]。因缘百司署，丛会一人汤。
渭水波摇绿，秦郊草半黄。马驯金勒细，鹰健玉铃锵。
下箭朱弓满，鸣鞭皓腕攘。眇思获吕望[7]，谏只避周昌[8]。
兔迹贪前逐，枭心不早防[9]。几添鹦鹉劝[10]，先赐荔枝尝。
月锁千门静，天吹一笛凉。细音摇羽佩[11]，轻步宛霓裳[12]。
祸乱基潜结，升平意遽忘[13]。衣冠逃犬戎，鼙鼓动渔阳。
外戚心殊迫，中途事可量。血埋妃子艳[14]，刳断禄儿肠[15]。
近侍烟尘隔，前踪辇路荒。益知迷宠佞，遗恨丧贤良。
北阙尊明主[16]，南宫逊上皇[17]。禁清余凤吹，池冷睡龙光。
祝寿山犹在，流年水共伤。杜鹃魂厌蜀[18]，蝴蝶梦悲庄[19]。
雀卵遗雕栱，虫丝冒画梁[20]。紫苔侵壁润，红树闭门芳。
守吏齐鸳瓦[21]，耕民得翠珰[22]。登年齐酺乐[23]，讲武旧兵场。
暮草深岩翠，幽花坠径香。不堪垂白叟，行折御沟杨[24]。

【注释】

[1] 五十年天子：唐玄宗公元712年至756年在位，凡44年。"五十年天子"有两种解释。一是将他后几年做太上皇的时间也包括在内。755年安史之乱爆发，玄宗逃往蜀中，次年（756），其子李亨在灵武即位，他被尊为太上皇。758年回到京城长安，后于762年抑郁而死。自712年即位至762年去世，恰好50年。一说是取其成数，44年可约略算作50年。

[2] 登封：登基。

[3] 上位：原指君位，帝位。此指登上帝位。名实：名誉与事功。此为动词。

[4] 宪章：典章制度。

[5] 道帝玄元祖：玄元：指老子。据《旧唐书·高宗纪下》及《礼仪志四》记载，唐朝奉李耳为始祖，唐高宗李治于乾封元年（666）二月追号为"太上玄元皇帝"；唐明皇李隆基天宝二年（743）正月加尊号"大圣祖"三字；天宝八载（749）六月又加尊号为"圣祖大道玄元皇帝"。

[6] 儒封孔子王：唐玄宗开元二十七年（739），追封孔子为"文宣王"。

[7] 吕望：即姜太公，姓姜，名尚，字子牙。其先祖曾封于吕，故以吕为氏，又称"吕尚"。

[8] 周昌（？—前192），沛郡人，西汉初期大臣。秦时为泗水卒史。秦末农民战争中，随刘邦入关破秦，任御史大夫，封汾阴侯。耿直敢言。刘邦欲废太子，他直言谏止。后为赵王刘如意相，刘如意为吕后所杀，周昌自觉辜负刘邦，郁闷不乐，三年后去世，谥号悼。

[9] 枭心：凶心；野心。

[10] 鹦鹉劝：唐郑处诲《明皇杂录》载："开元中，岭南献白鹦鹉，养之宫中，岁久，颇聪慧，洞晓言词。上及贵妃皆呼为雪衣女（娘）。性既驯扰，常纵其饮啄飞鸣，然亦不离屏帏间。上令以近代词臣诗篇授之，数遍便可讽诵。上每与贵妃及诸王博戏，上稍不胜，左右呼雪衣娘，必飞入局中鼓舞，以乱其行列，或啄嫔御及诸王手，使不能争道。忽一日，飞上贵妃镜台，语曰：'雪衣娘昨夜梦为鸷鸟所搏，将尽于此乎？'上使贵妃授以《多心经》，记诵颇精熟，日夜不息，若惧祸难，有所禳者。上与贵妃出于别殿，贵妃置雪衣娘于步辇竿上，与之同去。既至，上命从官校猎于殿下，鹦鹉方戏于殿上，忽有鹰搏之而毙。上与贵妃叹息久之，遂命瘗于苑中，为立冢，呼为鹦鹉冢。"

[11] 羽佩：以翠羽为饰的佩带。

[12] 轻步：轻盈的步履。

[13] 升平：太平。遽：迅速。

[14] 血埋妃子艳：指杨贵妃之死。

[15] 刳断禄儿肠：禄儿，指安禄山。唐玄宗时宫内对安禄山的戏称。详见前陈德正《骊山温泉》注释[8]。《新唐书·安禄山传》载："至德二载正月朔，禄山朝群臣，创甚，罢。是夜，庄、庆绪持兵扈门，猪儿入帐下，以大刀斫其腹。禄山盲，扪佩刀不得，振幄柱呼曰：'是家贼！'俄而肠溃于床，即死，

年五十余斶，包以毡毼，埋床下。"

[16] 北阙：古代宫殿北面的门楼。是臣子等候朝见或上书奏事之处。

[17] 南宫：指兴庆宫。《戎幕闲谈》记载：至德二载（757），安禄山死后，李隆基由成都返回长安，居兴庆宫（南内），称太上皇。

[18] 杜鹃：鸟名。又名杜宇、子规。相传为古蜀王杜宇之魂所化。春末夏初，常昼夜啼鸣，其声哀切。

[19] "蝴蝶"句：语本《庄子·齐物论》："昔者庄周梦为胡蝶，栩栩然胡蝶也，自喻适志与，不知周也。俄然觉，则蘧蘧然周也。不知周之梦为胡蝶与，胡蝶之梦为周与？周与胡蝶，则必有分矣。此之谓物化。"

[20] 罥：挂。画梁：有彩绘装饰的屋梁。

[21] 鸳瓦：即鸳鸯瓦。中国传统屋瓦形式，一俯一仰，形同鸳鸯依偎交合，故称鸳鸯瓦。

[22] 翠珰：翠玉耳饰。

[23] 醅（pú）乐：聚会饮酒时的音乐。

[24] 御沟：流经宫苑的河道。

过华清宫二十二韵

〔唐〕温庭筠

忆昔开元日，承平事胜游[1]。贵妃专宠幸，天子富春秋[2]。
月白霓裳殿，风干羯鼓楼。斗鸡花蔽膝[3]，骑马玉搔头[4]。
绣毂千门妓[5]，金鞍万户侯。薄云欹雀扇[6]，轻雪犯貂裘。
过客闻韶濩[7]，居人识冕旒[8]。气和春不觉[9]，烟暖霁难收。
涩浪和琼甃[10]，晴阳上彩斿[11]。卷衣轻鬓懒[12]，窥镜澹蛾羞[13]。
屏掩芙蓉帐[14]，帘褰玳瑁钩[15]。重瞳分渭曲[16]，纤手指神州。
御案迷萱草，天袍妒石榴[17]。深岩藏浴凤，鲜隰媚潜虬[18]。
不料邯郸虱[19]，俄成即墨牛[20]。剑锋挥太皞[21]，旗焰拂蚩尤[22]。
内嬖陪行在[23]，孤臣预坐筹。瑶簪遗翡翠，霜仗驻骅骝[24]。
艳笑双飞断[25]，香魂一哭休。早梅悲蜀道[26]，高树隔昭丘。

朱阁重霄近，苍崖万古愁。至今汤殿水[27]，呜咽县前流。

【注释】

[1] 承平：治平相承；太平。胜游：快意地游览。

[2] 富春秋：谓风华正茂。

[3] 斗鸡：唐玄宗酷爱斗鸡。《太平广记·杂传记二》录唐陈鸿《东城老父传》："开元十三年，笼鸡三百从封东岳。父忠死太山下，得子礼奉尸归葬雍州。县官为葬器。丧车乘传洛阳道。十四年三月，衣斗鸡服，会玄宗于温泉。当时天下号为神鸡童。时人为之语曰：'生儿不用识文字，斗鸡走马胜读书。贾家小儿年十三，富贵荣华代不如。能令金距期胜负，白罗绣衫随软舆。父死长安千里外，差夫持道挽丧车。'"蔽膝：围于衣服前面的大巾。用以蔽护膝盖。

[4] "骑马"句：《旧唐书·玄宗杨贵妃传》："玄宗凡有游幸，贵妃无不随侍，乘马则高力士执辔授鞭。"玉搔头：即玉簪。古代女子的一种首饰。此借指杨贵妃。

[5] 毂：车轮的代称，此借指车。

[6] 欹：通"倚"，斜倚，斜靠。雀扇：羽毛扇。

[7] 过客：过路的客人；旅客。韶濩（hù）：汤乐名，后亦以指庙堂、宫廷之乐，或泛指雅正的古乐。

[8] 居人：家居的人，亦可指居民。旒：古代帝王帽子上的珠串。

[9] 气和：气候调和。

[10] 涩浪：古代宫墙基垒石凹入，作水纹状，谓之"涩浪"。琼甃：玉石砌成的井壁，指沐池。

[11] 彩斿（yóu）：旗帜上的彩色飘带。借指彩旗。斿：旌旗上的飘带。

[12] 卷衣：借以指宫眷；君王之所欢。

[13] 窥镜：照镜子。澹蛾：杜甫《虢国夫人》："虢国夫人承主恩，平明骑马入宫门。却嫌脂粉污颜色，淡扫蛾眉朝至尊。"

[14] 芙蓉帐：用芙蓉花染缯制成的帐子。泛指华丽的帐子。

[15] 玳瑁钩：玳瑁制成的钩子。玳瑁：一种海龟的龟壳。

[16] 重瞳：虞舜重瞳，此处指唐玄宗。

[17] "御案"二句：萱草：五代王仁裕《开元天宝遗事》"醒酒花"一则记载："明皇与贵妃幸华清宫，因宿酒初醒，凭妃子肩同看木芍药。上亲折一枝与妃

子递嗅其艳，帝曰：不惟萱草忘忧，此花香艳，尤能醒酒。"唐玄宗开元年间，进士万楚《五日观妓》诗："眉黛夺将萱草色，红裙妒杀石榴花。"

[18] 潜虬：唐姚汝能《安禄山事迹》："尝夜晏禄山。禄山醉卧，化为一黑猪而龙首，左右遽言之，玄宗曰：'猪龙也，无能为者。'"

[19] 邯郸虱：《韩非子·内储说上》："应侯谓秦王曰：'王得宛叶、蓝田、阳夏，断河内，困梁郑，所以未王者，赵未服也。上党在一而已，以临东阳，则邯郸口中虱也。'"旧注："以守上党之兵临东阳，则邯郸危如口中虱也。"后因以"邯郸虱"比喻形势危急。

[20] 即墨牛：《史记·田单列传》记载，战国时，齐将田单固守即墨，收牛千余，利角彩衣，灌脂束苇于尾。夜燃牛尾，牛惊怒，冲溃燕军。后用为典实。

[21] 太皞（hào）：又作太昊，号伏羲氏，是古代官方祭祀的五方天帝中的东方天帝。

[22] 旗焰：旗帜飘扬闪耀。蚩尤：恶人的代称。此借指安禄山。

[23] 内嬖（bì）：指受君主宠爱的人。《后汉书·皇甫规传》："陛下八年之中，三断大狱，一除内嬖，再诛外臣。"李贤注："无德而宠曰嬖。"行在：也称行在所。指天子所在的地方。专指天子巡行所到之地。此言杨贵妃从幸。

[24] 骅骝：赤色的骏马。

[25] 艳笑：娇媚的笑。白居易《长恨歌》"回眸一笑百媚生，六宫粉黛无颜色。"双飞断：此指杨国忠、杨玉环兄妹被处死事。双飞：语本《晋书·苻坚载记》："初，坚之灭燕，冲姊为清河公主，年十四，有殊色，坚纳之，宠冠后庭。冲年十二，亦有龙阳之姿，坚又幸之，姊弟专宠，宫人莫进。长安歌之曰：'一雌复一雄，双飞入紫宫。'咸惧为乱。"后多用于姐弟专权的典故。

[26] "早梅悲蜀道"句：唐卢僎《十月梅花书赠》："君不见巴乡气候与华别，年年十月梅花发。上苑今应雪作花，宁知此地花为雪。自从迁播落黔巴，三见江上开新花。"

[27] 汤殿：指华清宫温泉浴室。

华清宫

〔唐〕杜牧

零叶翻红万树霜,玉莲开蕊暖泉香[1]。
行云不下朝元阁[2],一曲淋铃泪数行[3]。

【注释】

[1] 玉莲开蕊:指华清宫御汤中的泉水从人工石莲中涌出。

[2] 行云:指杨贵妃。

[3] 淋铃:即《雨霖铃》。唐教坊曲名,后用为词牌。唐段安节《乐府杂录》云:"《雨霖铃》者,因唐明皇驾回至骆谷,闻雨淋銮铃,因令张野狐撰为曲名。"唐郑处诲《明皇杂录》:"明皇既幸蜀,西南行,初入斜谷,霖雨涉旬,于栈道雨中闻铃音,与山相应。上既悼念贵妃,采其声为《雨淋铃》曲,以寄恨焉。"

华清宫三十韵

〔唐〕杜牧

绣岭明珠殿,层峦下缭墙[1]。仰窥丹槛影[2],犹想赭袍光[3]。
昔帝登封后[4],中原自古强。一千年际会[5],三万里农桑。
几席延尧舜,轩墀接禹汤[6]。雷霆驰号令,星斗焕文章[7]。
钓筑乘时用[8],芝兰在处芳。北扉闲木索[9],南面富循良[10]。
至道思玄圃[11],平居厌未央[12]。钩陈裹岩谷[13],文陛压青苍[14]。
歌吹千秋节[15],楼台八月凉。神仙高缥缈,环佩碎丁当。
泉暖涵窗镜,云娇惹粉囊。嫩岚滋翠葆[16],清渭照红妆[17]。
帖泰生灵寿[18],欢娱岁序长[19]。月闻仙曲调,霓作舞衣裳[20]。

雨露偏金穴，乾坤入醉乡[21]。玩兵师汉武[22]，回手倒干将[23]。
鲸鬣掀东海[24]，胡牙揭上阳[25]。喧呼马嵬血[26]，零落羽林枪。
倾国留无路[27]，还魂怨有香[28]。蜀峰横惨澹，秦树远微茫。
鼎重山难转[29]，天扶业更昌。望贤余故老[30]，花萼旧池塘[31]。
往事人谁问，幽襟泪独伤[32]。碧檐斜送日[33]，殷叶半凋霜[34]。
迸水倾瑶砌[35]，疏风罅玉房[36]。尘埃羯鼓索[37]，片段荔枝筐。
鸟啄摧寒木，蜗涎蠹画梁[38]。孤烟知客恨[39]，遥起泰陵傍[40]。

【注释】

[1] 缭墙：曲折的围墙。

[2] 丹：一作"雕"。

[3] 赭袍：即赭黄袍。赤黄色的袍，为帝王所着之袍。

[4] 登封：指开元十三年唐玄宗封禅泰山事。详见《旧唐书·玄宗本纪上》。

[5] 际会：遇合。《淮南子·泰族训》："夫欲治之主不世出，而可与兴治之臣不万一，以万一求不世出，此所以千岁不一会也。"

[6] 轩墀：殿堂前的台阶。借指朝廷。禹汤：夏禹和商汤。后视为贤明君主的典范。

[7] "星斗句"：焕，明亮。文章：礼乐制度。《晋书·天文志上》："东壁二星，主文章，天下图书之秘府也。"

[8] 钓筑：渔钓和版筑。用吕尚钓于磻溪及傅说举于版筑的故事。指君臣遇合。

[9] 北扉：谓监狱。北寺的代称。李贤注《后汉书·勃海王悝传》曰："北寺，狱名，属黄门署。"木索：镣铐绳索等刑具。此句意义，唐玄宗开创了承平盛世，人民安居乐业，监狱虚空。

[10] 南面：古代以坐北朝南为尊位，故帝王诸侯见群臣，或卿大夫见僚属，皆面向南而坐，因用以指居帝王或诸侯、卿大夫之位。此泛指居尊位或官位者。循良：谓奉公守法的官吏。

[11] 至道：指最好的学说、道德或政治制度。玄圃：传说中昆仑山顶的神仙居处，中有奇花异石。

[12] 未央：本为汉宫名，借指宫殿。

[13] 钩陈：指后宫。岩谷：犹山谷。

[14] 文陛：宫阙的殿阶。青苍：借指山林。此句谓华清宫的宫阙修筑于山岭上。

[15] 歌吹：歌声和乐声。千秋节：唐玄宗的诞辰。《唐会要·节日》："开元十七年八月五日，左丞相源乾曜、右丞相张说等，上表请以是日为千秋节……至天宝二年八月一日刑部尚书兼京兆尹萧照及百寮，请改千秋节为天长节。"按，玄宗生于八月初五。

[16] 翠葆：帝王仪仗的一种。以翠羽连缀于竿头而成，形若盖。

[17] 红妆：指女子的盛妆。因妇女妆饰多用红色，故称。

[18] 帖泰：安宁；安定。

[19] 岁序：岁时的顺序；岁月。

[20] "月闻"二句：张君房《云笈七签·纪传部·罗公远》："罗公远八月十五日夜，侍明皇于宫中玩月。公远曰：'陛下莫要月宫中看否？'帝唯之。乃以拄杖向空掷之，化为大桥，桥道如银。与明皇升桥，行若十数里，精光夺目，寒气侵人，遂至大城。公远曰：'此月宫也。'见仙女数百，皆素练霓衣，舞于广庭上。问其曲名，曰：'《霓裳羽衣》也。'乃密记其声调。旋为冷气所逼，遂复蹑银桥回，返顾银桥，随步而灭。明日召乐工，依其调作《霓裳羽衣曲》，遂行于世。"

[21] "雨露"二句：雨露：比喻皇恩。金穴：藏金之窟。喻豪富之家。《后汉书·郭皇后纪上》："况（郭况）迁大鸿胪，帝数幸其第，会公卿诸侯亲家饮燕，赏赐金钱缣帛，丰盛莫比。京师号况家为金穴。"此喻唐玄宗偏宠杨贵妃一家。乾坤：天下。

[22] "玩兵"句：指唐玄宗后期锐意开边，轻启战事。玩兵：犹黩武。谓轻率用兵。

[23] 干将：古剑名。汉赵晔《吴越春秋·阖闾内传》载，春秋吴有干将、莫邪夫妇善铸剑，为阖闾铸阴阳剑，阳曰"干将"，阴曰"莫邪"。干将藏阳剑献阴剑，吴王视为重宝。

[24] 鳏鬣（liè）：鱼颔旁小鳍。此喻指安禄山、史思明等叛将。

[25] 胡牙：指安禄山叛军牙旗。揭：举。上阳：唐宫名，在洛阳。天宝十四载（755）十一月，安史之乱爆发，十二月，叛军攻占洛阳。

[26] 马嵬：地名。《通志》："马嵬坡，在西安府兴平县二十五里。"唐安史之乱，玄宗奔蜀，途次马嵬驿，卫兵杀杨国忠，玄宗被迫赐杨贵妃死，葬

于马嵬坡。

[27] 倾国：指杨贵妃。

[28] 还魂：迷信指死而复活。香：返生香。《述异记》："聚窟洲有返魂树，伐其根心，于玉釜中煮取汁，又熬之令可丸，名返生香，或名却死香，尸在地，闻气即活。"

[29] 鼎重：指国家重任。

[30] "望贤"句：望贤，宫名，在咸阳原。《旧唐书·玄宗纪》："（玄宗）将谋幸蜀。辰时，至咸阳望贤驿置顿，官吏骇散，无复储供。上憩于宫门之树下，亭午未进食。俄有父老献鉹，上谓之曰：'如何得饭？'于是百姓献食相继。俄又尚食持御膳至，上颁给从官而后食。"

[31] 花萼：指花萼相辉楼，始建于唐玄宗开元八年（720），位于兴庆宫内。

[32] 幽襟：幽怀。

[33] 碧檐：绿色的房檐。多指用琉璃瓦建筑的房檐。送日：送太阳西下。

[34] 殷叶：红叶。

[35] 迸水：从高处泻落的水。瑶砌：用玉砌建造或装饰的台阶、地面、墙壁等。

[36] 玉房：指华清宫华丽的房屋。

[37] 羯鼓：古代打击乐器的一种。起源于印度，从西域传入，盛行于唐开元、天宝年间。《通典·乐四》："羯鼓，正如漆桶，两头俱击。以出羯中，故号羯鼓，亦谓之两杖鼓。"唐玄宗好羯鼓。

[38] 蜗涎：蜗行所分泌的黏液。画梁：有彩绘装饰的屋梁。此二句写华清宫的破败景象。

[39] 孤烟：远处独起的炊烟。

[40] 泰陵：唐玄宗陵。在陕西渭南蒲城县东北金粟山上。

过华清宫

〔唐〕李贺

春月夜啼鸦，宫帘隔御花。
云生朱络暗[1]，石断紫钱斜[2]。

玉碗盛残露[3]，银灯点旧纱[4]。
蜀王无近信[5]，泉上有芹芽[6]。

【注释】

[1] 朱络：指宫殿里的红漆窗格。

[2] 紫钱：石上形似铜钱的苔藓。

[3] 残露：残酒。诗人设想玉碗里至今仍剩有当年没有喝完的残酒。说"残露"而不说"残酒"，含蓄委婉，暗用汉武帝造仙人承露盘以求仙露的典故，隐寓讽意。《汉武故事》载：通天台"上有承露盘，仙人掌擎玉杯，以承云表之露"。

[4] 旧纱：是说华清宫里灯纱依旧，但已是物是人非。

[5] 蜀王：安史之乱后，唐玄宗逃往四川，人称蜀王。句中说他"无近信"，即西逃之后便毫无信息。

[6] 芹芽：即水芹，一种水草。此句是说，唐玄宗奔蜀后迟迟不归，泉水边的水芹都发芽了。

华清宫

〔唐〕李商隐

朝元阁迥羽衣新[1]，首按昭阳第一人[2]。
当日不来高处舞，可能天下有胡尘[3]？

【注释】

[1] 迥：高。羽衣：指《霓裳羽衣舞》。陈鸿《长恨歌传》载："诏高力士潜搜外宫，得弘农杨玄琰女于寿邸……光彩焕发，转动照人。上甚悦。进见之日，奏《霓裳羽衣曲》以导之。"

[2] 昭阳：汉宫殿名。后泛指后妃所住的宫殿。

[3] 胡尘：胡人兵马扬起的沙尘。喻安史叛军的凶焰。

华清宫

〔唐〕李商隐

华清恩幸古无伦[1]，犹恐蛾眉不胜人[2]。
未免被他褒女笑[3]，只教天子暂蒙尘[4]。

【注释】

[1] "华清恩幸"句：指杨玉环在华清宫中极尽恩宠，古今无人能比。

[2] 蛾眉：女子长而美的眉毛，用来形容女子貌美。

[3] 褒女：褒姒。

[4] 蒙尘：旧指天子逃亡在外，蒙受风尘。安史之乱爆发，唐玄宗奔逃蜀地，备受风霜之苦。末二句意为，褒姒使西周灭亡，而杨贵妃只不过使唐玄宗西奔，不免要被褒姒取笑。语含强烈的讽刺意味。教：使；令；让。

华清宫四首

〔唐〕张祜

其一

风树离离月稍明[1]，九天龙气在华清[2]。
宫门深锁无人觉，半夜云中羯鼓声。

其二

天阙沉沉夜未央[3]，碧云仙曲舞霓裳。
一声玉笛向空尽，月满骊山宫漏长[4]。

其三

红树萧萧阁半开[5],上皇曾幸此宫来[6]。
至今风俗骊山下,村笛犹吹阿滥堆[7]。

其四

水绕宫墙处处声,残红长绿露华清。
武皇一夕梦不觉[8],十二玉楼空月明[9]。

【注释】

[1] 离离:隐约貌。

[2] 龙气:指帝王之气。

[3] 天阙:天子的宫阙。此指华清宫。沉沉:宫室深邃貌。夜未央:夜未尽,谓夜深。"未央"意为"未尽""不尽"。出自《诗经·小雅·庭燎》诗句:"夜如何其?夜未央。"

[4] 宫漏:古代宫中计时器。用铜壶滴漏,故称宫漏。

[5] 萧萧:象声词。此指树木摇落声。

[6] 上皇:指唐玄宗。

[7] 村笛:指乡间笛声。阿滥堆:本为鸟名。俗名告天鸟,其鸣声相续,有如告诉,至为动人,故唐玄宗以其声翻曲。此指曲名。南唐尉迟偓《中朝故事》载:"骊山多飞禽,名阿滥堆。明皇御玉笛采其声,翻为曲子名,左右皆传唱之,播于远近。人竞以笛效吹。"

[8] 武皇:指唐玄宗。一夕:一夜。不觉:沉睡不醒。

[9] 十二玉楼:古代传说中神仙的居所。此指华清宫。《史记·封禅书》:"其明年,东巡海上,考神仙之属,未有验者。方士有言'黄帝时为五城十二楼,以候神人于执期,命曰迎年'。"裴骃集解引应劭曰:"昆仑玄圃五城十二楼,此仙人之所常居也。"

集灵台二首 [1]（其二）

〔唐〕张祜

虢国夫人承主恩[2]，平明骑马入宫门[3]。
却嫌脂粉污颜色，淡扫蛾眉朝至尊[4]。

【注释】

[1] 此为政治讽刺诗。抨击的是杨贵妃的三姐虢国夫人，揭露唐玄宗的荒淫生活，暗示安史之乱的祸源。集灵台：即长生殿，在骊山华清宫旁。《旧唐书·玄宗本纪下》载："（天宝元年）冬十月丁酉，幸温泉宫。辛丑，改骊山为会昌山，仍于秦坑儒之所立祠宇，以祀遭难诸儒。新成长生殿名曰集灵台，以祀天神。"

[2] "虢国"二句：虢国夫人，杨贵妃三姐的封号。主：指唐玄宗。承主恩：指唐玄宗封赏杨氏姐妹事。《旧唐书·杨贵妃传》载："有姊三人，皆有才貌，玄宗并封国夫人之号：长曰大姨，封韩国；三姨，封虢国；八姨，封秦国。并承恩泽，出入宫掖，势倾天下。"

[3] 平明：天刚亮时。骑马：虢国夫人经常骑马进宫。郑处诲《明皇杂录》："虢国每入禁中，常骑骢马，使小黄门御。紫骢之骏健，黄门之端秀，皆冠绝一时。"

[4] "却嫌"二句：写虢国夫人姿色之出众与受宠程度之高。乐史《太真外传》："虢国不施脂粉，自炫美艳，常素面朝天。"却嫌脂粉：却：反而。污：脏。颜色：指美好的容貌。意为反以脂粉为累。淡扫：淡淡地描画。朝：朝拜。至尊：至高无上，指唐玄宗。

华清宫

〔唐〕徐夤

十二琼楼锁翠微[1]，暮霞遗却六铢衣[2]。

桐枯丹穴凤何去[3]，天在鼎湖龙不归[4]。
帘影罢添新翡翠，露华犹湿旧珠玑。
君王魂断骊山路，且向蓬瀛伴贵妃[5]。

【注释】

[1] 十二琼楼：《史记·封禅书》载，方士言"黄帝时为五城十二楼，以候神人于执期"。此指华清宫中的楼阁。

[2] 暮霞：晚霞。六铢衣：佛经称忉利天衣重六铢，谓其轻而薄。后常借指妇女所着轻薄的纱衣。

[3] 凤：喻指杨玉环。

[4] 鼎湖：地名。古代传说黄帝在鼎湖乘龙升天。此借指华清宫。龙：指唐玄宗。

[5] 蓬瀛：蓬莱和瀛洲，神山名，相传为仙人所居之处。亦泛指仙境。

再幸华清宫

〔唐〕徐夤

肠断将军改葬归，锦囊香在忆当时[1]。
年来却恨相思树[2]，春至不生连理枝[3]。
雪女冢头瑶草合[4]，贵妃池里玉莲衰[5]。
霓裳旧曲飞霜殿，梦破魂惊绝后期[6]。

【注释】

[1] "肠断"二句：言杨贵妃改葬事。《旧唐书·杨贵妃传》载："上皇自蜀还，令中使祭奠，诏令改葬。礼部侍郎李揆曰：'龙武将士诛国忠，以其负国兆乱。今改葬故妃，恐将士疑惧，葬礼未可行。'乃止。上皇密令中使改葬于他所。初瘗时以紫褥裹之，肌肤已坏，而香囊仍在。内官以献，上皇视之凄惋，乃令图其形于别殿，朝夕视之。"

[2] 相思树：相传为战国宋康王舍人韩凭及其妻何氏所化生。晋干宝《搜神记》卷十一载，宋康王舍人韩凭妻何氏貌美，康王夺之，并囚凭。凭自杀，何投台而死，

遗书愿以尸骨赐凭合葬。王怒，弗听，使里人埋之，两坟相望。不久，二家之端各生大梓木，屈体相就，根交于下，枝错于上。又有鸳鸯雌雄各一，常栖树上，交颈悲鸣。宋人哀之，遂号其木曰"相思树"。后因以象征忠贞不渝的爱情。

[3] 连理枝：两树枝条相连。比喻恩爱的夫妇。隋江总《杂曲》之三："合欢锦带鸳鸯鸟，同心绮袖连理枝。"白居易《长恨歌》："在天愿作比翼鸟，在地愿为连理枝。"

[4] 雪女：即雪衣女。白鹦鹉。详见前郑嵎《津阳门诗》注释 [10] "鹦鹉劝"。瑶草：泛指珍美的草。

[5] 贵妃池：华清宫中海棠汤的俗称，专供杨贵妃沐浴的温泉池。乾隆年间《临潼县志》载："芙蓉汤一名海棠汤，在莲花池西，沉埋已久，人无知者，近修筑始出，石砌如海棠花，俗呼为杨妃赐浴池。"玉莲：白石雕成的莲花。此喻杨玉环。

[6] 梦破：梦醒。

依御史温飞卿华清宫二十二韵 [1]

〔唐〕徐夤

地灵蒸水暖，天气待宸游[2]。岳拱莲花秀，峰高玉蕊秋。
朝元雕翠阁[3]，乞巧绣琼楼[4]。碧海供骊岭，黄金络马头。
五王更入帐[5]，七贵迭封侯[6]。夕雨鸣鸳瓦[7]，朝阳晔柘裘[8]。
伊皋争负鼎[9]，舜禹让垂旒[10]。堕珥闲应拾，遗钗醉不收[11]。
飞烟笼剑戟，残月照旌斿。履朔求衣早，临阳解佩羞。
宫词裁锦段[12]，御笔落银钩[13]。帝里新丰县，长安旧雍州。
雪衣传贝叶[14]，蝉鬓插山榴[15]。对景瞻瑶兔[16]，升天驾彩虹。
丹书陈北庑[17]，玄甲擐犀牛[18]。圣诰多屯否[19]，生灵少怨尤。
穹旻当有辅[20]，帷幄岂无筹。凤态伤红艳，鸾舆缓紫骝[21]。
树名端正在[22]，人欲梦魂休[23]。谶语山旁鬼，尘销陇畔丘[24]。
重来芳草恨，往事落花愁。五十年鸿业[25]，东凭渭水流。

【注释】

[1] 温飞卿：温庭筠，字飞卿。此诗为依前温庭筠《过华清宫二十二韵》而作。

[2] 宸游：帝王之巡游。宸：封建时代指帝王住的地方，引申为王位、帝位的代称。

[3] 朝元：指朝元阁。

[4] 乞巧楼：五代王仁裕《开元天宝遗事》卷四"乞巧楼"载："宫中以锦结成楼殿，高百尺，上可以胜数十人，陈以瓜果酒炙，设坐具以祀牛、女二星，妃嫔各以九孔针、五色线向月穿之，过者为得巧之候。动清商之曲，宴乐达旦。士民之家皆效之。"乞巧：旧时风俗，农历七月七日夜（或七月六日夜）妇女在庭院向织女星乞求智巧，称为"乞巧"。

[5] 五王：指唐玄宗兄弟让皇帝宪、惠庄太子㧑、惠文太子范、惠宣太子业、隋王隆悌。唐郑处诲《明皇杂录》："帝友爱至厚，殿中设王幄，与五王处，号五王帐。"

[6] 七贵：泛指权贵。

[7] 鸳瓦：即鸳鸯瓦。

[8] 晔：闪光貌。柘裘：柘黄色的皮衣。柘黄：用柘木汁染的赤黄色。自隋唐以来为帝王的服色。

[9] 伊皋：伊，伊尹，商代名相；皋，皋陶，舜之大臣，掌刑狱之事。后常并称，喻指良相贤臣。负鼎：《史记·殷本纪》："伊尹名阿衡。阿衡欲奸汤而无由，乃为有莘氏媵臣，负鼎俎，以滋味说汤，致于王道。"后用以指辅佐帝王，担当治国之任。

[10] 舜禹：虞舜和夏禹的并称。垂旒：古代帝王贵族冠冕前后的装饰，以丝绳系玉串而成。亦借指帝位。此句言舜禹禅让之事。

[11] 堕珥、遗钗：语出《史记·滑稽列传》："若乃州闾之会，男女杂坐，行酒稽留，六博投壶，相引为曹，握手无罚，目眙不禁，前有堕珥，后有遗簪，髡窃乐此，饮可八斗而醉二参（三）。"后以"堕珥""遗钗"形容欢饮而不拘形迹。

[12] 宫词：古代的一种诗体，多写宫廷生活琐事，一般为七言绝句，唐代诗歌中多见之。

[13] 御笔：谓帝王亲笔所书或所画。此指唐玄宗的书法作品。落银钩：比

喻道媚刚劲的书法。语出王羲之《用笔赋》:"没没汩汩,若蒙汜之落银钩;耀耀晞晞,状扶桑之挂朝日。"

[14] 雪衣:雪衣女,即白鹦鹉。贝叶:古代印度人用以写经的树叶。此借指佛经。详见前郑嵎《津阳门诗》注释 [10] "鹦鹉劝"。

[15] 蝉鬓:古代妇女的一种发式。两鬓薄如蝉翼,故称。

[16] 瑶兔:指月亮。

[17] 丹书:古时以朱笔记载犯人罪状的文书。《左传·襄公二十三年》:"初,斐豹,隶也,著于丹书。"北虏:古代对北方匈奴等少数民族的蔑称。此指安史叛军。

[18] 玄甲:铁甲。铁色玄黑,故称,此借指军队。擐(huàn):穿。犀牛:犀的俗称。其状如水牛,故称。此指犀牛皮制的皮甲。据《唐六典》记载,唐代的铠甲,有明光、光要、细鳞、山文、乌锤、白布、皂娟、布背、步兵、皮甲、木甲、锁子、马甲等十三种,其中,皮甲多以犀牛、鲨鱼等皮革制成,上施彩绘。

[19] 屯否:《易经》中屯卦和否卦的并称。意谓艰难困顿。

[20] 穹旻:穹苍。

[21] 鸾舆:天子的乘舆。亦借指天子。紫骝:古骏马名。

[22] 端正:端正树,石楠树之别名。《杨太真外传》载:"玄宗幸蜀,发马嵬,至扶风道,寺畔见石楠树团圆,爱玩之,呼为端正树,盖有所思也。"华清宫有端正楼,为杨贵妃梳洗处。

[23] 人欲梦魂休:暗示杨玉环将命丧黄泉。

[24] "谶语"二句:谓一语成谶,杨贵妃缢死于马嵬坡,成为山中野鬼,她的躯体也消散于小山坡的土丘中。源自乐史《杨太真外传》:"先是,术士李遐周有诗曰:'燕市人皆去,函关马不归。若逢山下鬼,环上系罗衣。''燕市人皆去',禄山即蓟门之士而来。'函关马不归',哥舒翰之败潼关也。'若逢山下鬼',嵬字,即马嵬驿也。'环上系罗衣',贵妃小字玉环,及其死也,力士以罗巾缢焉。"

[25] 五十年鸿业:详见前张祜《华清宫和杜舍人》注释 [1] "五十年天子"。

题温泉

〔唐〕李涉

能使时平四十春[1],开元圣主得贤臣[2]。
当时姚宋并燕许[3],尽是骊山从驾人[4]。

【作者简介】

李涉,生卒年不详,自号清溪子,洛阳(今属河南)人。初,与弟渤同隐庐山。宪宗时为太子通事舍人,寻谪峡州司仓参军。文宗大和中为太学博士,复流康州。自号清溪子。工诗善文,尤工七绝,有名于时。《全唐诗》存诗一卷。

【注释】

[1] 时平:时世承平。四十春:四十年。唐玄宗在位凡44年。此取其成数。

[2] 圣主:泛称英明的天子。此指唐玄宗。

[3] 姚宋:姚崇和宋璟的合称。二人于唐玄宗开元时相继为相,旧史以为开元之治二人之功居多,世称姚宋。燕许:唐玄宗时名臣燕国公张说、许国公苏颋的并称。二人皆以文章显世,时号"燕许大手笔"。

[4] 从驾人:扈从或陪侍皇帝之人。

初日照华清宫

〔唐〕柴宿

灵山初照泽[1],远近见离宫。影动参差里[2],光分缥缈中。
鲜飙收晚翠[3],佳气满晴空。林润温泉入,楼深复道通。
璇题生炯晃[4],珠缀引忽胧[5]。凤辇何时幸[6],朝朝此望同。

【作者简介】

柴宿,生卒年、籍贯皆不详。宪宗元和元年(806)中才识兼茂、明于体用科。事迹见《唐会要》卷七六。《全唐诗》存诗二首。

【注释】

[1] 灵山:对山的美称。此指骊山。

[2] 参差:指映在地上的楼殿影子长短不一。

[3] 鲜飙:清新的风。飙:风。

[4] 璇题:玉饰的椽头。《昭明文选·扬雄〈甘泉赋〉》:"珍台闲馆,璇题玉英。"李善注引应劭曰:"题,头也。椽榱之头,皆以玉饰,言其英华相爚也。"璇:美玉。炯晃:光明貌。

[5] 珠缀:连缀珍珠为饰的什物。

[6] 凤辇:皇帝的车驾。借指皇帝。幸:封建时代称帝王亲临。

华清宫四首

〔唐〕吴融

其一

中原无鹿海无波[1],凤辇鸾旗出幸多[2]。
今日故宫归寂寞[3],太平功业在山河。

其二

渔阳烽火照函关[4],玉辇匆匆下此山[5]。
一曲羽衣听不尽[6],至今遗恨水潺潺。

其三

上皇銮辂重巡游[7]，雨泪无言独倚楼[8]。
惆怅眼前多少事，落花明月满宫秋。

其四

别殿和云锁翠微[9]，太真遗像梦依依[10]。
玉皇掩泪频惆怅，应叹僧繇彩笔飞[11]。

【注释】

[1] 中原无鹿：喻天下太平。鹿：喻帝位、政权。源见《史记·淮阴侯列传》："秦失其鹿，天下共逐之。"后以"中原逐鹿"喻群雄并起，争夺天下。海无波：喻时世安定。《旧唐书·玄宗纪上》："上禀圣谟，下凝庶绩；八荒同轨，瀛海无波。"

[2] "凤辇"句：据《旧唐书·玄宗本纪》及其他史料记载，唐玄宗几乎每年十月都要带着大批车仗甲从到华清宫，至次年三月方回长安。凤辇：皇帝的车驾。鸾旗：天子仪仗中的旗子。上绣鸾鸟，故称。

[3] 故宫：旧时的宫殿。

[4] 渔阳烽火：指安禄山在渔阳起兵反唐。渔阳：地名。唐玄宗天宝元年改蓟州为渔阳郡，治所在渔阳（今天津市蓟州区）。函关：函谷关的省称。

[5] 玉辇：天子所乘之车，以玉为饰。此句谓唐玄宗乘车辇匆匆从骊山出逃。

[6] 羽衣：指《霓裳羽衣曲》。

[7] 上皇：太上皇的简称。指唐玄宗。銮辂（luán lù）：皇帝的车驾。

[8] 雨泪：谓泪如雨下。乐史《杨太真外传》："上于望京楼下命张野狐奏《雨霖铃》曲。曲半，上四顾凄凉，不觉流涕。左右亦为感伤。"

[9] 别殿：正殿以外的殿堂。

[10] 太真：杨贵妃道号太真。《新唐书·玄宗本纪》："（开元二十八年）十月甲子，幸温泉宫。以寿王妃杨氏为道士，号太真。"遗像：《旧唐书·后妃传》记载，唐玄宗从四川返回长安后，对杨玉环怀念不已，"乃令图其形于别殿，

朝夕视之"。

[11] 僧繇：即张僧繇，南朝梁时著名画家。唐张彦远《历代名画记》卷七："（梁）武帝崇饰佛寺，多命僧繇画之。……又金陵安乐寺四白龙不点眼睛，每云点睛即飞去，人以为妄诞，固请点之。须臾，雷电破壁，两龙乘云腾去上天，二龙未点眼者见在。"末二句意为，唐玄宗对着杨贵妃的画像频频掩泪时，该发出这样的感慨：若有张僧繇在世，施之以画龙点睛之笔，或许贵妃可以死而复生吧？

华清宫二首

〔唐〕吴融

其一

四郊飞雪暗云端[1]，唯此宫中落旋干[2]。
绿树碧檐相掩映[3]，无人知道外边寒。

其二

长生秘殿倚青苍，拟敌金庭不死乡[4]。
无奈逝川东去急[5]，秦陵松柏满残阳[6]。

【注释】

[1] 四郊：指华清宫四周。暗云端：云层黑暗。

[2] 旋干：（雪落下之后）很快就干了。此句含蓄地写出宫中之暖，与首句形成对比。旋：不久，立刻。

[3] 碧檐：指用琉璃瓦建筑的房檐。状宫中主人生活的奢靡。

[4] 长生秘殿：即长生殿，华清宫中之一殿。唐玄宗与杨玉环在此居住。青苍：青天。金庭：山名。道教称为福地。在会稽东海际之桐柏山中。不死乡：指可长生不死之地。晋陶弘景《真诰·稽神枢四》："金庭有不死之乡，在桐柏之中。"

此二句意为，唐玄宗之所以把长生殿修筑得既深邃又高耸入青云，就是想住在华清宫中和住在金庭一样，永远不死。

[5] 逝川：指一去不返的江河之水。语本《论语·子罕》："子在川上曰：'逝者如斯夫！不舍昼夜。'"

[6] 秦陵：即秦始皇陵。末句意为，秦始皇是追求长生不死的，可是他早已葬入陵墓，他陵墓上的松柏洒满了夕阳。暗指建长生殿的玄宗和求长生的秦始皇没有两样，诗句于平实自然的叙述中寓有讽刺。

晓望华清宫

〔唐〕姚合

晓看楼殿更鲜明[1]，遥隔朱栏见鹿行。
武帝自知身不死[2]，教修玉殿号长生。

【注释】

[1] 晓看：天亮时。

[2] 武帝：借指唐玄宗。末二句意为，唐玄宗在华清宫修筑宫殿时命名为长生殿，可看出他知道自己长生不死。语句中极富讽刺意味。

驾幸温泉

〔唐〕卢象

传闻圣主幸新丰，清跸鸣銮出禁中[1]。
细草终朝随步辇，垂杨几处绕行宫。
千官扈从骊山北[2]，万国来朝渭水东。
此日小臣徒献赋，汉家谁复重扬雄。

【作者简介】

卢象（？—约763），字纬卿，汶上（今属山东）人。玄宗开元中由进士补秘书郎。得张九龄赏识，擢左补阙、司勋员外郎。左迁齐、邠、郑三郡司马。以受安禄山伪官，贬永州司户。起为主客员外郎，道病卒。有诗名，雅而不素，有大体，得国士之风。《全唐诗》存诗一卷。《全唐诗外编》补一首，《全唐诗续拾》补三首。

【注释】

[1] 跸：指帝王的车驾或行幸之处。

[2] 扈从：随侍皇帝出巡。

华清宫

〔宋〕杨正伦

休罪明皇与贵妃[1]，大都衰盛两相随。
惟怜一派温泉水，不逐人心冷暖移[2]。

【作者简介】

杨正伦，生卒年不详。宋代诗人。举进士，与张齐贤、陈尧佐同时。

【注释】

[1] 罪：怪罪的意思。

[2] 不逐：不随着。

题华清宫

〔宋〕陈尧佐

百首新诗百意精[1]，不尤妃子只尤兵[2]。
争如一句伤时事[3]，只为明皇恃太平[4]。

【作者简介】

陈尧佐（963—1044），字希元，号知余子，世称颍川先生，宋阆州阆中人。历开封府推官、两浙转运副使等。入为三司户部副使，知河南、开封府，累官至参知政事，枢密副使，修《真宗实录》《三朝史》。仁宗太后卒，罢知永兴军。工诗。有文集。

【注释】

[1]"百首"句：意为历代评论安史之乱起因的诗篇，各有各的观点。

[2] 尤：责备；怪罪。

[3] 争如：怎么比得上。

[4] 恃：依赖；凭借。末句指出，唐玄宗沉湎酒色歌舞、不理朝政是导致安史之乱的主要原因。

宿华清宫

〔宋〕邵雍

天宝初六载，作宫于温泉[1]。明皇与妃子，自此岁幸焉。

紫阁清风里[2]，崇峦皓月前。奈何双石瓮[3]，香溜尚涓涓[4]。

【作者简介】

邵雍（1011—1077），字尧夫，生于范阳（今河北涿州），幼年迁衡漳（今河南林县），天圣四年（1026），随父卜居共城苏门山。后师从李之才学《河图》《洛书》与伏羲八卦，学有大成，并著有《皇极经世》《渔樵问对》《伊川击壤集》《梅花诗》等。曾两度被举，均称疾不赴。熙宁十年（1077）病卒，年六十七。宋哲宗元祐中赐谥康节。《宋史》有传。

【注释】

[1] 天宝初六载：即公元747年。据《新唐书·房琯传》，建华清宫当在天宝五载。"天宝五载，（房琯）试给事中，封漳南县男。时玄宗有逸志，数巡幸，

广温泉为华清宫，环宫所置百司区署。以管资机算，诏总经度骊山，疏岩剔薮，为天子游观。"

[2] 紫阁：金碧辉煌的殿阁。

[3] 双石瓮：宋张洎《贾氏谈录》载："（御汤）四面石座阶级而下，中有双白石莲，泉眼自瓮口中涌出，喷注白莲之上。"

[4] 香溜：指温泉水。

华清宫

〔宋〕司马光

新丰鸡犬稀[1]，蓟北马秋肥。金殿翠华去[2]，玉阶红叶飞[3]。荒林上路废[4]，温谷旧流微[5]。嗟此非人事[6]，何须问是非。

【作者简介】

司马光（1019—1086），字君实，号迂叟，陕州夏县（今山西夏县）涑水乡人，世称涑水先生。北宋著名政治家、史学家、文学家。历仕仁宗、英宗、神宗、哲宗四朝，卒赠太师、温国公，谥文正。官至尚书左仆射兼门下侍郎。宋仁宗宝元元年（1038），进士及第，累迁龙图阁直学士。宋神宗时，反对王安石变法，离开朝廷十五年。主持编纂了中国历史上第一部编年体通史《资治通鉴》。有《司马文正公集》《稽古录》。存词三首，见《苕溪渔隐丛话》及《阳春白雪》。《宋史》有传。

【注释】

[1] 新丰鸡犬：葛洪《西京杂记》卷二载："太上皇（刘邦父亲）徙长安，居深宫，凄怆不乐。高祖窃因左右问其故。以平生所好，皆屠贩少年，酤酒卖饼，斗鸡蹴鞠，以此为欢，今皆无此，故以不乐。高祖乃作新丰，移诸故人实之，太上皇乃悦。故新丰多无赖、无衣冠子弟故也。高祖少时，常祭枌榆之社。及移新丰，亦还立焉。高帝既作新丰，并移旧社，衢巷栋宇，物色惟旧。士女老幼，相携路首，各知其室。放犬羊鸡鸭于通途，亦竞识其家。"

[2] 金殿：宫殿。指华清宫。翠华：御车或帝王的代称。此指唐玄宗。

[3] 玉阶：玉石砌成或装饰的台阶，亦为台阶的美称。

[4] 上路：大路；通衢。

[5] 温谷：指华清宫温泉。

[6] 嗟：感叹，表悲伤。

华清宫词

〔宋〕田锡

绣岭葱茏浮瑞气，云楼霭阙明珠翠。
禁城缘岭连九天[1]，一片笙歌如鼎沸。
我恐紫麟丹凤洲，移于近甸资宸游[2]。
东将太华为城雉[3]，北以渭川为御沟[4]。
又疑西王开月圃[5]，白云仙都紫云府。
碧瑶新宫初构成，借与明皇自为主。
开元之末天宝初，天下太平方晏如[6]。
万几多暇频游宴[7]，青门道上驰銮舆[8]。
长乐岐头霸陵岸，新丰市井骊山畔。
百里烟波锦绣明，宝马香车若珠贯。
宫中汤泉瑟瑟文[9]，潺湲长以兰麝熏[10]。
白玉莲花甃飞浪[11]，珠堂绣殿温如春。
贵妃承恩貌倾国，三千宫女朝霞饰。
谢家有女名阿蛮[12]，歌舞织柔柳无力。
频唤入宫恩宠厚，金粟臂镮颁赐得[13]。
秋来岭上霜月明，光照组练金吾兵[14]。
槐烟柳露咽宫漏[15]，玉笛一轰岩壑惊。
春来岭下春波绿，夜听琵琶将理曲。
幽咽轻拢慢捻声，鸾皇引雏啄珠玉。
尝记乘舆避暑时，御衣轻似红蕖丝[16]。

翠辇将游石渠寺[17]，探得姚崇乘小驷[18]。

往来绿树影中行，清凉适称逍遥意[19]。

荔支颜色燕脂红，生于南海烟瘴中[20]。

南海地遥一万里，使臣日贡华清宫。

六宫每从鸾舆到[21]，遗珠落翠长安道。

百司既奉玉乘归[22]，汤宫横锁黄金扉。

门戈陛戟皆绣衣[23]，朝钟暮鼓含清辉[24]，

参差天上朝元阁[25]，往往紫烟飞皓鹤[26]。

至今碧落星宿繁[27]，犹似当时挂珠箔[28]。

【作者简介】

田锡（940—1004），字表圣，祖籍京兆，宋嘉州洪雅（今属四川眉山市）人。太宗太平兴国三年（978）进士。累官河北转运副使，知相州、睦州。真宗咸平五年（1002），擢右谏议大夫、史馆修撰。有《咸平集》五十卷。《宋史》有传。

【注释】

[1] 九天：谓天之中央与八方，此指天空的最高处。

[2] 近甸：指都城近郊。宸游：帝王之巡游。

[3] 太华：即华山。城雉：城上短墙。亦泛指城墙。

[4] 渭川：即渭水。御沟：流经宫苑的河道。

[5] 西王：西王母的简称。囿：此指帝王贵族游乐观赏的地方。

[6] 晏如：安定；安宁。

[7] 万几：《尚书·皋陶谟》："无教逸欲有邦，兢兢业业，一日二日万几。"孔传："几，微也，言当戒惧万事之微。"后以"万几"指帝王日常处理的纷繁的政务。

[8] 青门道：古长安青门外的大道。銮舆：即銮驾，天子车驾。

[9] 瑟瑟：指碧绿色。白居易《暮江吟》："一道残阳铺水中，半江瑟瑟半江红。"文：同"纹"，波纹。

[10] 兰麝：兰与麝香。指名贵的香料。

[11] 白玉莲花：华清宫中的石莲花。《明皇杂录》："上于华清宫新广一汤，

制度宏丽。安禄山以白玉石为鱼龙凫雁，仍为石梁及石莲花以献。"麕：聚拢。

[12] 阿蛮：唐女伶名。乐史《杨太真外传》卷上："时新丰初进女伶谢阿蛮，善舞，上与妃子钟念，因而受焉。"

[13] 金粟臂镮：《明皇杂录》载："诸王、郡主、妃之姐妹，皆师妃为琵琶弟子。每一曲彻，广有献遗。妃子是日问阿蛮曰：'尔贫，无可献师长，待我与尔为。'命侍儿红桃娘取红粟玉臂支赐阿蛮。"

[14] 组练：《左传·襄公三年》："（楚子重）使邓廖帅组甲三百，被练三千以侵吴。"孔颖达疏引贾逵曰："组甲，以组缀甲，车士服之；被练，帛也，以帛缀甲，步卒服之。"组甲、被练皆指将士的衣甲服装。后因以"组练"借指精锐的部队或军士的武装军容。金吾：古官名。负责皇帝大臣警卫、仪仗以及徼循京师、掌管治安的武职官员。

[15] 槐烟：指枝叶茂密的槐树。宫漏：古代宫中计时器。用铜壶滴漏，故称宫漏。

[16] 御衣：帝王所着的衣服。红蕖：荷花的别名。

[17] 翠辇：饰有翠羽的帝王车驾。

[18] 姚崇：唐代名相，曾任武后、睿宗、玄宗三朝宰相常兼兵部尚书。小驷：马名。亦泛指马。

[19] 适称：犹相称。

[20] 烟瘴：烟瘴地。旧指西南边远地区。

[21] 六宫：古代皇后的寝宫，正寝一，燕寝五，合为六宫。《礼记·昏义》："古者，天子后立六宫，三夫人、九嫔、二十七世妇、八十一御妻，以听天下之内治，以明章妇顺，故天下内和而家理。"郑玄注："天子六寝，而六宫在后，六官在前，所以承副施外内之政也。"因用以称后妃或其所居之地。

[22] 百司：即百官。玉乘：玉辂。帝王所乘之车。

[23] 陛戟：谓持戟侍卫于殿阶两侧。

[24] 朝钟暮鼓：晨撞钟、暮击鼓以报时。清辉：清光。多指日月的光辉。

[25] 朝元阁：唐代华清宫阁名。

[26] 紫烟：紫色瑞云。

[27] 碧落：道教语。指天空；青天。

[28] 珠箔：即珠帘。《汉武故事》："武帝起神室，以白珠织为箔。"

朱康叔郎中弃官求母于金州因会华清宫作此诗 [1]

〔宋〕文同

蟠桃实在枝[2],蟠桃花已飞。相隔五十春[3],一旦还相依。
康叔视金龟[4],解去如粪土。徒步入崤关,金州取其母[5]。
古人亦有此,比之康叔难。几时有古人,能如公弃官。
玉莲仙宇中[6],相会谈此事。使我发惊叹,达晓不能寐。
借问侍安舆[7],辇下何时过。我欲率诸君,扶服诣门贺[8]。

【作者简介】

文同(1018—1079),字与可,号笑笑居士、笑笑先生,人称石室先生。北宋梓州梓潼郡永泰县(今四川盐亭县)人。著名画家、诗人。宋仁宗皇祐元年(1049)进士,迁太常博士、集贤校理,历官邛州、大邑、陵州、洋州(今陕西洋县)等知州或知县。元丰初年(1078),赴湖州(今浙江吴兴)就任,世称"文湖州"。与苏轼为表兄弟,擅诗文书画,深为文彦博、司马光等人赞许,尤受苏轼敬重。有《丹渊集》四十卷,《拾遗》二卷。《宋史》有传。

【注释】

[1] 朱康叔:《宋史·孝义传》:朱寿昌字康叔,扬州天长(今属江苏)人。历任知州、通判,官至中散大夫。熙宁三年(1070),朱寿昌从阆中太守任上还家,经过临潼时与文同相识。朱寿昌言及母子相失五十年不得见时,文同感慨唏嘘,创作了这首诗。

[2] 实:指果实。

[3] "相隔"句:指朱康叔与其母五十年未能相见。

[4] 金龟:黄金铸的龟纽官印。汉代皇太子、列侯、丞相、大将军等所用。此借指官职。

[5] "徒步"二句:《宋史·朱寿昌传》载:"寿昌母刘氏,巽妾也。巽守

京兆,刘氏方娠而出。寿昌生数岁始归父家,母子不相闻五十年。行四方求之不置,饮食罕御酒肉,言辄流涕。用浮屠法灼背烧顶,刺血书佛经,力所可致,无不为者。熙宁初,与家人辞诀,弃官入秦,曰:'不见母,吾不反矣。'遂得之于同州(今陕西大荔)。"峣关:即后来的蓝田关,又称蓝关,据《汉书》《水经注》等文献记载及以后的历史演变,峣关在今陕西蓝田县东南,峣山东部至蓝桥镇一带的崇山峻岭中,而蓝关即是今蓝田县县城。

[6] 玉莲仙宇:指华清宫。华清宫中有石莲花。详见前田锡《华清宫词》注释 [11]。

[7] 借问:向人打听情况时所用的敬辞。犹言请问。

[8] 扶服:伏地爬行。形容急遽,竭力。诣门:上门;登门。

华清引·感旧 [1]

〔宋〕苏轼

平时十月幸兰汤[2]。玉甃琼梁[3]。五家车马如水[4],珠玑满路旁。　翠华一去掩方床[5]。独留烟树苍苍[6]。至今清夜月,依前过缭墙[7]。

【注释】

[1] 宋英宗治平元年(1064)十二月东坡罢凤翔府签判,返京,过长安,游骊山有感而作。

[2] 平时:年年或经常。兰汤:温泉。此指华清宫温泉。唐玄宗《惟此温泉》诗:"桂殿与山连,兰汤涌自然。"

[3] 玉甃:玉石砌成的井壁,指沐池。琼梁:色泽晶莹的柱梁,指华丽的宫殿。

[4] 五家:指杨贵妃亲眷。

[5] 翠华:天子仪仗中以翠鸟羽毛为装饰的旗帜、车盖,此代指明皇。掩:覆盖、关闭。

[6] 烟树:云烟缭绕的树木。

[7] 缭墙:藤条盘绕的围墙。

题华清宫[1]

〔宋〕杜常

东别家山十六程,晓来和月到华清。
朝元阁上西风急,都入长杨作雨声[2]。

【作者简介】

杜常,字正甫,北宋卫州(今河南卫辉)人。昭宪皇后族孙。宋英宗治平二年(1065)进士。调河阳司法参军,为富弼所礼重。历知梓、青、郓、徐、成德等州军。徽宗崇宁中,以龙图阁学士知河阳军。卒年七十九。《宋史》有传。

【注释】

[1] 此诗曾被误以为唐代诗人王建所做。据《宋诗纪事》证实,为北宋诗人杜常于神宗元丰三年(1080)所作。

[2] 长杨:宫名。旧址在今陕西周至县东南。本为秦代旧宫,汉时曾修饰,宫中多植垂杨,故名。这里借指骊山行宫。

夜雨晨霁

〔宋〕杜常

柏叶青青栎叶红,高低相倚弄清风[1]。
夜来雨后轻尘敛,绣出骊山岭上宫。

【注释】

[1] 弄:谓柏树和栎树的枝叶在清风中舞弄。

华清宫

〔宋〕张齐贤

当时不是不穷奢,民乐升平少叹嗟[1]。
姚宋未亡妃子在[2],尘埃那得到中华[3]。

【作者简介】

张齐贤(942—1014),字师亮,曹州冤句(今山东菏泽)人,后徙居洛阳(今属河南)。北宋名臣。太平兴国二年(977)登进士第,先后担任通判、枢密副使、兵部尚书、同中书门下平章事、吏部尚书、司空等职,曾率军与契丹作战,颇有战绩。大中祥符七年(1014)去世,年七十二。追赠司徒,谥号文定。有《书录解题》《洛阳搢绅旧闻记》传于世。《全宋诗》存诗八首。

【注释】

[1] 叹嗟:嗟叹,叹息。
[2] 姚宋:姚崇和宋璟的合称。详见前李涉《题温泉》注释 [3]。
[3] 尘埃:借指战争。

华清怀古

〔宋〕李周

胡雏铁骑正纵横[1],环上罗衣血染腥[2]。
蜀道归来应悔祸[3],香囊特地泣娉婷[4]。

【作者简介】

李周,生卒年不详,字纯之,北宋同州冯翊(今陕西大荔)人。登进士第。调长安尉,任洪洞、云安令,施州通判。哲宗立,召为职方郎中。官至集贤殿修撰。

卒年八十。

【注释】

[1] 胡雏铁骑：指安史叛军。胡雏：对胡人的蔑称。此处特用为对安禄山的蔑称。纵横：肆意横行，无所顾忌。

[2] 环：杨玉环。罗衣：轻软丝织品制成的衣服。此句指杨玉环以罗衣缢亡。详见前徐夤《依韵史温飞卿华清宫二十二韵》注释 [24]。

[3] 悔祸：后悔造成祸害。

[4] 香囊：《旧唐书·杨贵妃》记，明皇自蜀还，使人发杨妃冢，唯香囊仍在，详见前徐夤《再幸华清宫》注释 [1]。

华清宫遗址

〔宋〕黄琮

朝元阁里不知秋[1]，玉笛曾吹楼上头。
一夜空阶鸣蟋蟀，声声犹似按梁州[2]。

【作者简介】

黄琮，生卒年不详，字子方，莆田（今属福建）人。宋哲宗元符三年（1100）中进士，授长溪县县尉，迁知闽清，不畏强御，捐俸代民输租，时有"闽清清过伯夷清"之谣。移知同安，与陈麟、翁谷号"三循吏"。后通判漳州，年五十二致仕。

【注释】

[1] 朝元阁：唐代华清宫阁名。

[2] 按梁州：按，约相当于今之演奏，亦包含击赏意味。梁州：唐教坊曲名，本是唐明皇时源自西北边关地方的新声大曲。后改编为小令，称《凉州令》，宋以后讹称《梁州令》。

骊山有感二首

〔金〕移剌霖

其一

苍苔径滑明珠殿[1],落叶林荒羯鼓楼[2]。
渭水都来细如线,若为流得许多愁?

其二

山下惊飞烈火灰,山头犹弄紫金杯[3]。
梦回末奏梨园曲[4],卧听风吟阿滥堆[5]。

【作者简介】

移剌霖,生卒年无可考,字仲泽,金代中期契丹文人。章宗承安、泰和年间在世。历任武定军节度使兼奉圣州管内观察使、陕西路按察使等职,为当时名士,以诗文著称。

【注释】

[1] 明珠殿:唐华清宫中之一殿,在长生殿东南,位于骊山西绣岭第三峰上。

[2] 羯鼓楼:在朝元阁附近,位于骊山西绣岭第一峰。

[3]"山下"二句:安史之乱已经爆发,但唐玄宗还在那里饮酒作乐,歌舞升平。紫金杯:紫金,即紫磨金,是一种精美的金子。

[4] 梨园:在唐华清故宫中,唐玄宗曾于此教乐工、宫女演习乐舞。《新唐书·礼乐志》载:"明皇既知音律,又酷爱法曲。选坐部伎子三百,教于梨园,号皇帝梨园弟子,宫女数百,亦称梨园弟子。"

[5] 阿滥堆:乐曲名。本为鸟名。俗名告天鸟,其鸣声相续,至为动人,唐

玄宗以其声翻曲。详见前张祜《华清宫四首》注释[8]。

重游华清宫

〔明〕汪广洋

雾旂霓旌去不来[1]，阴廊风雨长苍苔[2]。
宫前只有闲花木，还向骊山脚下开。

【注释】

[1] 霓旌：缀有五色羽毛的旗帜，为古代帝王仪仗之一。亦借指帝王。
[2] 阴廊：暗廊。

过华清殿 [1]

〔明〕何景明

冬驻华清殿[2]，千秋忆翠华[3]。青山无帝宅，荒草半人家[4]。
雪下汤泉树，春回绣岭花。长安望不远，谁见五陵霞[5]。

【注释】

[1] 何景明曾官至陕西提学副使，该诗即其任上所作。诗由吊古到伤今，描写了物事变迁、今非昔比之景。
[2] 华清殿：此处当泛指华清宫中的建筑。
[3] 翠华：皇帝仪仗中一种用翠鸟羽作装饰的旗。此借指唐玄宗、杨贵妃巡幸骊山事。
[4] "青山"二句：安史之乱时华清宫遭到严重破坏，宫殿建筑毁坏殆尽。
[5] 五陵：此泛指唐代帝王在关中的陵墓。

重过华清宫

〔明〕杨慎

绣岭仙人阁，华清玉女汤[1]。山川犹气象[2]，台殿久荒凉。
暖水生烟雾，寒松受雪霜。碑文无岁月，螭首卧牛羊[3]。

【作者简介】

杨慎（1488—1559），字用修，号升庵，明新都（今属四川）人。正德六年（1511）进士。授翰林修撰。嘉靖初，充经筵讲官，召为翰林学士。"大礼议"起，上疏力谏，并与王元正等率群僚伏哭，遭廷杖，死而复苏，遣戍云南永昌卫。卒于戍所。以博学著称，所撰诗、词、散曲等甚多，著述百余种。诗文集有《太史升庵全集》八十一卷。《明史》有传。

【注释】

[1] 玉女汤：指华清池杨玉环所用温泉汤池。

[2] 气象：景色，景象。

[3] 螭首：古代彝器、碑额、庭柱、殿阶及印章等上面的螭龙头像。螭：古代传说中无角的龙。此句写出昔日帝王宫室如今残碑断垣、牛羊横卧的萧条破败景象。

过华清宫浴汤泉（其一）

〔明〕袁宏道

镜澈古苔光[1]，溪风湛碧香[2]。花犹知世代，水不解兴亡。
粉黛山川俗，烟泉岁月长。而今正好景，石骨照苍凉[3]。

【作者简介】

　　袁宏道（1568—1610），字中郎，号石公，明荆州府公安（今湖北公安）人。万历二十年（1592）进士。知吴县，官至吏部郎中。与兄袁宗道、弟袁中道称"三袁"。抨击王世贞、李攀龙复古之风，主张诗文以抒写性灵为主，时称"公安体"。有《瓶花斋杂录》《破研斋集》《袁中郎集》。《明史》有传。

【注释】

　　[1] 镜澈：形容池水之清澈。苔：池边生长的绿苔。

　　[2] 湛碧：水青绿之色。湛：清。

　　[3] 石骨：坚硬的岩石。

长生殿 [1]

〔清〕周嘉猷

天上人间思渺茫，骊山星月映霓裳。
千秋未了来生愿，百劫难消此夜香。
银汉迢迢怜对影，金钗密密誓回肠 [2]。
楼东亦有承恩处 [3]，可记珍珠一斛量 [4]。

【作者简介】

　　周嘉猷，生卒年不详，字辰告，号两塍，清代钱塘人。乾隆二十二年（1757）进士，官益都知县。有《两塍集》。

【注释】

　　[1] 长生殿：华清宫殿名，即集灵台。

　　[2]"金钗"句：语出白居易《长恨歌》："唯将旧物表深情，钿合金钗寄将去。……临别殷勤重寄词，词中有誓两心知。七月七日长生殿，夜半无人私语时。在天愿作比翼鸟，在地愿为连理枝。"金钗，相传为唐玄宗与杨贵妃定情之信物。

[3]"楼东"句：元末明初陶宗仪《说郛》所收宋代文言传奇《梅妃传》载，开元中，唐玄宗遣高力士出使闽越，江采萍被选入宫。唐玄宗爱如至宝，大加宠幸，赐东宫正一品皇妃，号梅妃。梅妃喜梅，气节若梅。后被杨贵妃贬入冷宫上阳东宫。

[4]珍珠一斛量：《梅妃传》载："上（唐玄宗）在花萼楼，会夷使至，命封珍珠一斛密赐妃（梅妃）。妃不受，以诗付使者曰：'为我进御前也。'曰：'柳叶双眉久不描，残妆和泪污红绡。长门自是无梳洗，何必珍珠慰寂寥。'"斛：量器。

华清宫（四首选二）

〔清〕康乃心

其一

开元天子幸温泉，万乘旌旗拥渭川。
一自马嵬铃雨后[1]，华清清梦杳如年[2]。

其二

按歌台上新声歇[3]，羯鼓楼边夕照红。
莫向行人频问古，杏花零落旧离宫。

【作者简介】

康乃心（1643—1707），字孟谋，一字太乙，清陕西合阳人。康熙三十八年（1699）举人。力学好古，与顾炎武游。王士禛至关中，见所题秦襄王墓绝句于慈恩塔上，赞誉之，诗名遂遍长安。有《毛诗笺》《家祭私议》《莘野集》，纂修《韩城县志》《平遥县志》。

【注释】

[1] 马嵬：地名。在今陕西省兴平市。唐安史之乱，玄宗西逃，途次马嵬驿，被迫赐死杨贵妃，葬于马嵬坡。后玄宗入蜀，闻夜雨淋铃，悼念贵妃，因制《雨霖铃》曲。

[2] 清梦：犹美梦。杳：深远；高远。此句化用白居易《长恨歌》"悠悠生死别经年，魂魄不曾来入梦"诗句。

[3] 按歌台：华清宫的重要娱乐设施，原坐落在宫城开阳门外，紧依东缭墙，与斗鸡殿南北相邻。唐玄宗与杨贵妃常率领梨园弟子们在按歌台举办大型歌舞盛会。歇：尽；消失。

华清宫怀古

〔清〕钱孟钿

霓裳歌吹动华清，小辇曾催花底行[1]。
池上鸳鸯怜并宿，天边牛女笑长生[2]。
空悲此日金钗擘[3]，何事当时白练轻[4]。
一曲淋铃传夜雨[5]，寿王宫内月同明[6]。

【作者简介】

钱孟钿，生卒年不详，字冠之，江苏武进人。刑部尚书钱维城之女，荆宜施道崔龙见之妻。至孝，娴史记，擅吟咏，著有《鸣秋合籁集》《浣青诗草》。

【注释】

[1] 小辇：人力挽行的轻车，汉以后为帝王专乘。催：催促，促使。

[2] 牛女：牛郎织女的省称。

[3] 金钗擘：相传为唐玄宗与杨贵妃定情之信物。白居易《长恨歌》："钗留一股合一扇，钗擘黄金合分钿。但教心似金钿坚，天上人间会相见。"

[4] 白练轻：指唐玄宗一行逃往蜀地途径马嵬驿时玄宗被迫赐杨玉环用白练自尽。

[5] 淋铃：即《雨霖铃》。详见前杜牧《华清宫》注释[3]。

[6] 寿王：唐玄宗的儿子李瑁，封寿王。杨玉环先为寿王妃，后被唐玄宗看中，又将其立为贵妃。

秦始皇陵

秦始皇陵位于陕西省西安市以东30公里的骊山北麓，南依骊山，北临渭水。高大的封冢在巍巍峰峦环抱之中与骊山浑然一体，景色优美，环境独秀。秦始皇陵是中国第一座皇家陵园，在中国近百座帝王陵墓中，以其规模宏大、埋藏丰富著称于世。

幸秦始皇陵

景龙三年十二月十八日

〔唐〕李显

眷言君失德[1]，骊邑想秦余[2]。政烦方改篆[3]，愚俗乃焚书[4]。
阿房久已灭[5]，阁道遂成墟[6]。欲厌东南气[7]，翻伤掩鲍车[8]。

【注释】

[1] 眷言：亦作"睠言"，回顾。君：指秦始皇。

[2] 骊邑：古地名。在今西安市临潼区。周初骊戎所居，秦置骊邑。汉高祖刘邦定都长安后，下令在此仿丰地街巷筑城。汉高祖十年（前197），改骊邑为新丰县。

[3] 改篆：秦灭六国后，丞相李斯将战国时通行的籀文（即大篆）统一改为小篆，即所谓"书同文"。

[4] 愚俗：犹世俗。亦指愚昧庸俗的人。焚书：《史记·秦始皇本纪》载，秦始皇三十四年（前213），秦始皇根据丞相李斯的建议，"史官非秦记皆烧之。非博士官所职，天下敢有藏诗、书、百家语者，悉诣守、尉杂烧之"。

[5] 阿房：即阿房宫，秦帝国修建的新朝宫。故址位于今陕西省西安市西咸

新区沣东新城王寺街道，始建于秦始皇三十五年（前212）。项羽入关后，"引兵西屠咸阳，杀秦降王子婴，烧秦宫室，火三月不灭"，阿房宫即毁于此次大火之中。

[6] 阁道：复道。《史记·秦始皇本纪》："先作前殿阿房，东西五百步，南北五十丈，上可以坐万人，下可以建五丈旗。周驰为阁道，自殿下直抵南山。"墟：废墟。

[7] 欲厌（yā）东南气：《史记·高祖本纪》："秦始皇尝曰：'东南有天子气。'于是因东游以厌之。"厌：以迷信的方法镇服或驱避可能出现的灾祸。东南气：东南王气。

[8] 鲍车：《史记·秦始皇本纪》："七月丙寅，始皇崩于沙丘平台。丞相李斯为上崩在外，恐诸公子及天下有变，乃秘之，不发丧。棺载辒凉车中，会暑，上辒车臭，乃诏从官令车载一石鲍鱼，以乱其臭。"秦始皇死，尸体发臭，李斯等载鲍鱼来掩盖臭味。

和黄门卢监望秦始皇陵

〔唐〕张九龄

秦帝始求仙，骊山何遽卜[1]。中年既无效[2]，兹地所宜复[3]。
徒役如雷奔[4]，珍怪亦云蓄[5]。黔首无寄命[6]，赭衣相驰逐[7]。
人怨神亦怒，身死宗遂覆[8]。土崩失天下[9]，龙斗入函谷[10]。
国为项籍屠[11]，君同华元戮[12]。始掘既由楚，终焚乃因牧[13]。
上宰议杨贤[14]，中阿感桓速[15]。一闻过秦论，载怀空杼轴[16]。

【注释】

[1] "秦帝"二句：意为既然秦始皇四处求仙，希冀能够长生不老，何以又那么迫不及待地为自己在骊山修建陵墓呢？语含讽刺。求仙：秦始皇统一中国后，派齐人徐福等入海求仙，派韩终、侯公、石生等四处访求不死之药。"骊山"句：秦始皇即位后，迅速选好了风水宝地，为自己在骊山营建陵墓。遽：仓猝；匆忙。《史记·秦始皇本纪》："始皇初即位，穿治郦山，及并天下，天下徒送诣七十余万人，

穿三泉，下铜而致椁。"

[2] 无效：指徐福、韩终等人访求不死之药皆无果而还。

[3] 兹地：指修筑秦始皇陵的骊邑。

[4] 徒役：服劳役的人，此指为秦始皇修筑陵墓的人。雷奔：如雷之奔行。形容速度之快。

[5] "珍怪"句：《史记·秦始皇本纪》："（秦始皇陵）宫观百官奇器珍怪徙臧满之。"

[6] 黔首：平民；老百姓。《史记·秦始皇本纪》载，秦始皇统一中国后，"分天下以为三十六郡，郡置守、尉、监。更名民曰'黔首'"。

[7] 赭衣：古代囚衣。因以赤土染成赭色，故称。亦指囚犯，罪人。此指为秦始皇修筑陵墓的刑徒。

[8] 宗：此指宗庙社稷。

[9] "土崩句"：指公元前209年，陈胜、吴广揭竿而起，天下纷纷响应，秦王朝土崩瓦解。

[10] 龙斗：喻群雄逐鹿，争夺天下。此句意为，诸侯的军队攻入关中。

[11] 项籍：项羽。《史记·秦始皇本纪》："居月余，诸侯兵至，项籍为从长，杀子婴及秦诸公子宗族。遂屠咸阳，烧其宫室，虏其子女，收其珍宝货财，诸侯共分之。"

[12] 君：指秦朝最后一位皇帝子婴。华元：春秋时期宋国大夫。华元率军与郑国作战，兵败被俘，得脱后回到宋国。这句是说，秦王子婴像华元一样被杀。

[13] "始掘"二句：楚，指项羽。项羽是楚国人，灭秦后，自称西楚霸王。牧：牧童。《汉书·楚元王传》载："项籍燔其宫室营宇，往者咸见发掘。其后牧儿亡羊，羊入其（指秦始皇陵）凿，牧者持火照求羊，失火烧其臧（藏）椁。自古至今，葬未有盛如始皇者也，数年之间，外被项籍之灾，内离牧竖之祸，岂不哀哉！"

[14] 上宰：宰辅。亦泛称辅政大臣。

[15] 中阿：此指秦始皇陵。《诗经·小雅·菁菁者莪》："菁菁者莪，在彼中阿。"毛传："中阿，阿中也。大陵曰阿。"

[16] "一闻"二句：意为，读过贾谊的《过秦论》之后，自己只有感慨，觉得没有什么可以再写的了。过秦论，西汉贾谊政论散文的代表作，分上中下三篇。文章从各个方面分析秦王朝的过失，故名为《过秦论》。载怀：抒发感怀。杼轴：

旧式织布机上的梭子，称为"杼"。承受经线的器具，称为"轴"。后亦指纺织。此喻诗文的组织构思。

过秦皇墓

〔唐〕王维

古墓成苍岭[1]，幽宫象紫台[2]。星辰七曜隔，河汉九泉开[3]。
有海人宁渡[4]，无春雁不回[5]。更闻松韵切，疑是大夫哀[6]。

【注释】

[1] 苍岭：指秦始皇陵高大的封土堆上长满了树木。

[2] 幽宫：幽冥界的宫殿，这里指秦始皇的陵墓。紫台：天上紫微星所居之处。借指天子的宫殿。古人认为，紫微星代表帝王。这句意为，秦始皇陵地宫规模宏大，有如天帝的宫殿。

[3] "星辰"二句：指秦始皇墓室内的天文星宿、百川江海。七曜（yào）：中国古代对日（太阳）、月（太阴）与金（太白）、木（岁星）、水（辰星）、火（荧惑）、土（填星）五大行星的总称。河汉：银河。九泉：地下的世界。《史记·秦始皇本纪》："（秦始皇陵）以水银为百川江河大海，机相灌输，上具天文，下具地理。"郦道元《水经注·渭水》："上画天文星宿之像，下以水银为四渎百川五岳九州，具地理之势。"

[4] 海：指秦始皇陵中的水银海。

[5] 雁：即凫雁。《汉书·楚元王传》："（秦始皇陵）水银为江海，黄金为凫雁。珍宝之藏，机械之变，棺椁之丽，宫馆之盛，不可胜原。"

[6] "更闻"二句：写诗人的想象：耳听阵阵松涛声，莫不是秦始皇封的五大夫在哀泣吧？松韵：风吹松树发出的声音。大夫：官职名。此指松树。《史记·秦始皇本纪》："二十八年，始皇东行郡县，上邹峄山。立石，与鲁诸儒生议，刻石颂秦德，议封禅望祭山川之事。乃遂上泰山，立石，封，祠祀。下，风雨暴至，休于树下，因封其树为五大夫。"后因以"五大夫""大夫松"为咏松之典故。

途经秦始皇墓

〔唐〕许浑

龙盘虎踞树层层[1],势入浮云亦是崩[2]。
一种青山秋草里[3],路人唯拜汉文陵[4]。

【注释】

[1] 龙盘虎踞:形容地势雄峻险要。

[2] 崩:败坏。《诗经·鲁颂·閟宫》:"不亏不崩。"郑玄注:"亏、崩,皆谓毁坏也。"

[3] 一种:一般,同样。

[4] 汉文陵:即霸陵,汉文帝刘恒的陵墓,在今陕西西安东郊的霸陵原上,距秦始皇陵不远。汉文帝生时以节俭出名,死后薄葬,霸陵极其朴素,受到后人称赞。

秦始皇冢

〔清〕管世铭

平生每读《秦本纪》,颇怪始皇脱三死[1]。
一不死荆卿匕[2],把袖袖绝王得起。
再不死渐离筑[3],实筑以铅仇不复。
最后险绝博浪椎[4],副车一击声如雷。
祖龙岂亦有天幸[5],三十六年获终令[6]。
奈何甫葬骊山隈,戍卒夜叫函关开。
诗书余烬未销歇[7],反风遂使阿房灰[8]。
乃知扶苏未北辒辌返[9],嬴祚不应若是短[10]。

嗣王足盖前人忿[11]，虽百赵高几上爵[12]。
杀秦一君乃有君，子房几作秦功臣[13]。
岂如假手少子亥[14]，毋俾育种屠猰㺄[15]。
亡秦者胡又必楚，始皇身存籍如许。
苍璧直献镐池君[16]，诽谤之刑空偶语[17]。
水银江海黄金凫[18]，朽骨安知殉鲍鱼[19]。
西来重瞳怒一掘[20]，遂令万代陵寝生艰虞[21]。
歌莫哀，君勿恐，功德在人终不动。
樵采毋侵柳下垄[22]，陈涉何人但伙颐[23]，异代犹为置守冢[24]。

【注释】

[1] 颇怪：非常奇怪。脱：摆脱。

[2] 荆卿：荆轲，战国末年刺客。燕太子丹遣其入秦，以献燕国地图为名，图中藏以匕首，谋刺秦王。秦王在咸阳举行隆重接见仪式，荆轲献图时，图穷而匕首见，刺秦王不中，被当场杀死。详见《史记·刺客列传》。

[3] 渐离筑：战国末燕国人高渐离，善击筑，为谋刺秦始皇的荆轲送行时，在易水为其击筑伴唱。秦灭燕后，渐离隐姓埋名做雇工，后为人发觉。因善击筑，被秦始皇熏瞎双眼，留在宫中击筑。后在筑中暗藏铅块扑击始皇，不中被杀。详见《史记·刺客列传》。

[4] 博浪椎：于博浪沙狙击秦始皇所用的铁椎。《史记·留侯世家》载，秦始皇灭韩，张良为韩报仇，在沧海君处得力士，做铁椎重一百二十斤，趁秦始皇东游，狙击秦始皇于博浪沙，仅中其副车。

[5] 祖龙：指秦始皇。《史记·秦始皇本纪》："（三十六年）秋，使者从关东夜过华阴平舒道，有人持璧遮使者曰：'为吾遗滈池君。'因言曰：'今年祖龙死。'"裴骃集解引苏林曰："祖，始也；龙，人君象。谓始皇也。"天幸：天赐之幸；侥幸。

[6] 三十六年：《史记·秦始皇本纪》："三十六年，荧惑守心。有坠星下东郡，至地为石，黔首或刻其石曰'始皇帝死而地分'。始皇闻之，遣御史逐问，莫服，尽取石旁居人诛之，因燔销其石。"

[7] 诗书余烬：指秦始皇焚书坑儒事。

[8] 反风：风向倒转。

[9] 辒辌（wēn liáng）：辒辌车。古代的卧车。亦用作丧车。《史记·李斯列传》："李斯以为上在外崩，无真太子，故秘之。置始皇居辒辌车中，百官奏事上食如故。"裴骃集解引孟康曰："如衣车，有窗牖，闭之则温，开之则凉，故名之'辒辌车'也。"

[10] 嬴祚：秦国（嬴姓国）的国运命脉。祚，指国运命脉。

[11] 嗣王：继位之王。前人愆：前人的过失。愆：过失、罪过。

[12] 脔（lán）：切成小块的肉。

[13] 子房：西汉开国大臣张良的字。张良曾行刺秦始皇未遂，逃亡下邳。秦末农民战争中为刘邦重要谋士，汉朝建立，封留侯。

[14] 假手：借他人之手来达到自己的目的。少子亥：胡亥（前230—前207），嬴姓，秦氏，名胡亥，秦始皇第十八子，公子扶苏之弟，秦朝第二位皇帝，即秦二世，亦称二世皇帝，公元前210年—公元前207年在位。

[15] 毋俾育种：不让他们繁衍。羱（yuán）：羱羊。产于我国西部和北部的一种野生羊。羵（fén）：古代传说中的土中神怪。

[16] "苍璧"句：《史记·秦始皇本纪》："秋，使者从关东夜过华阴平舒道，有人持璧遮使者曰：'为吾遗滈池君。'"《汉书·五行志》："持璧与客曰：'为我遗镐池君。'因言'今年祖龙死'。"颜师古注："张晏曰：'武王居镐，镐池君则武王也。'……镐池在昆明池北，此直江神告镐池之神，云始皇将死耳，无豫于武王也，张说失矣。"镐池君：水神名。一说指周武王。

[17] "诽谤"句：《史记·高祖本纪》："父老苦秦苛法久矣，诽谤者族，偶语者弃市。"偶语：相聚议论或窃窃私语。

[18] "水银"句：《史记·秦始皇本纪》："（秦始皇陵）以水银为百川江河大海，机相灌输，上具天文，下具地理。以人鱼膏为烛，度不灭者久之。"

[19] "朽骨"句：《史记·秦始皇本纪》："会暑，上（秦始皇）辒车臭，乃诏从官令车载一石鲍鱼，以乱其臭。"朽骨：谓死者之骨。亦指死者。

[20] 重瞳：重瞳子。指项羽。《史记·项羽本纪》："吾闻之周生曰：'舜目盖重瞳子。'又闻项羽亦重瞳子。羽岂其苗裔邪？何兴之暴也！"

[21] "遂令"句：《史记·高祖本纪》："汉王数项羽曰：'……怀王约入秦无暴掠，项羽烧秦宫室，掘始皇帝冢，私收其财物，罪四。'"

[22] 樵采：打柴的人。柳下：柳下惠，即展禽，鲁国人。《战国策·颜斶说齐王》：（颜斶对齐宣王语）"昔者秦攻齐，令曰：'有敢去柳下季垄五十步而樵采者，死不赦！'"表明"士贵耳，王者不贵"的观点。

[23] 伙颐：叹词。表示惊羡。《史记·陈涉世家》："（陈涉）见殿屋帷帐，客曰：'伙颐！涉之为王沉沉者。'楚人谓多为伙，故天下传之，伙涉为王，由陈涉始。"司马贞索隐："服虔云：'楚人谓多为伙。'按：又言'颐'者，助声之辞也。谓涉为王，宫殿帷帐，庶物伙多，惊而伟之，故称伙颐也。"清胡文英《吴下方言考》三："案：伙颐，惊羡之声。今吴楚惊羡人势曰伙颐；谦退不敢当美名厚福，亦曰伙颐。"

[24] "异代"句：《史记·陈涉世家》："陈胜虽已死，其所置遣侯王将相竟亡秦，由涉首事也。高祖时为陈涉置守冢三十家砀，至今血食。"

焚书坑 [1]

〔唐〕章碣

竹帛烟销帝业虚[2]，关河空锁祖龙居[3]。
坑灰未冷山东乱[4]，刘项元来不读书[5]。

【注释】

[1] 焚书坑：秦始皇于公元前213年下令焚毁百家著作，造成中国历史上的一次文化大浩劫。焚书坑即当年的焚书之处。

[2] 竹帛：竹简和帛书。代指书籍。烟销：指把书籍烧光。帝业：皇帝的事业。这里指秦始皇统治天下，巩固统治地位的事业。虚：空虚。

[3] 关河：指秦都咸阳周围的关隘河川。关：函谷关。河：黄河。空锁：白白地扼守着。祖龙居：秦始皇的故居，指咸阳。祖龙：代指秦始皇。

[4] 山东：崤山以东，指战国末年秦国以外的六国之地。

[5] 刘项：刘邦和项羽。

终南山

终南山,简称南山,是秦岭的主山脉,位于长安之南,西起陕西武功,东至陕西蓝田,千峰叠翠,峻拔秀丽,景色优美。终南山自古多隐士,又有众多佛道寺观散布其间,素有"仙都""洞天之冠"和"天下第一福地"的美称。

陪驾幸终南山

〔北周〕李昶

尧盖临河颍,汉跸践华嵩[1]。日旗回北凤[2],星旆转南鸿。
青云过宣曲[3],先驱背射熊。金桴拂泉底[4],玉管吹云中[5]。
古辙称难极,新途或易穷。烟生山欲尽,潭净水恒空。
交松上连雾,修竹下来风。仙才道无别,灵气法能同。
东枣羞朝座[6],西桃献夜宫。诏令王子晋[7],出对浮丘公[8]。

【作者简介】

李昶(516—565),小名那,北周顿丘临黄(今河南清丰)人。幼能属文,累官黄门侍郎,封临黄县伯。武帝时官御正中大夫,进爵为公,出为昌州刺史。

【注释】

[1] 跸:指帝王的车驾或行幸之处。华嵩:华山与嵩山的并称。此喻终南山山峰的高峻。

[2] 日旗:绘有太阳图像之旗。

[3] 宣曲:汉上林苑中的离宫。在今西安市长安区西北斗门镇一带。《汉书·东方朔传》载,建元三年(前138),武帝微行始出,"从宣曲以南十二所,中休更衣,投宿诸宫,长杨、五柞、倍阳、宣曲尤幸"。颜师古注:"宣曲,宫名,在昆明池西。"

[4] 桴：竹制或木制的小筏子。

[5] 玉管：玉制的古乐器之一。

[6] 朝座：指君王的座位。

[7] 王子晋：即王子乔，周灵王太子，名晋。传说为道士浮丘公引上嵩山三十余年，得道成仙。好吹笙作凤鸣。

[8] 浮丘公：传说黄帝时仙人。此借指仙人，或形容仙道之事。

陪驾幸终南山和宇文内史 [1]

〔北周〕庾信

玉山乘四载[2]，瑶池宴八龙[3]。鼋桥浮少海[4]，鹄盖上中峰[5]。
飞狐横塞路，白马当河冲[6]。水奠三川石，山封五树松[7]。
长虹双瀑布，圆阙两芙蓉。戍楼鸣夕鼓，山寺响晨钟。
新蒲节转促[8]，短笋箨犹重[9]。树宿含樱鸟，花留酿蜜蜂。
迎风下列缺[10]，洒洒召昌容[11]。且欣陪北上，方欲待东封[12]。

【注释】

[1] 宇文内史：即李昶，赐姓宇文，并为内史下大夫，仕于西魏、北周。庾信曾屡次与他唱酬。

[2] 玉山：对秀丽山峰的美称。此指终南山。载：指车、船等交通工具。

[3] 瑶池：古代神话中西王母所居之处。相传西王母曾在那里宴周穆王。后来指仙家宴游，亦形容宫廷宴饮或人世胜境。八龙：泛称才学出众之士。

[4] 鼋（yuán）桥：即鼋梁。《竹书纪年》卷下："穆王三十七年，伐楚，大起九师，东至于九江，叱鼋鼍以为梁。"后因以"鼋梁"借指帝王的行驾。少海：《山海经》："有幼海、少海。"此处或指水陆交通之通畅。

[5] 鹄盖：车盖。形如飞鹄张翼，因称。

[6]"飞狐"二句：语出《汉书·郦食其传》："愿足下急复进兵……距飞狐之口，守白马之津，以示诸侯形制之势。"颜师古注引臣瓒曰："飞狐在代郡西南。"飞狐：飞狐峪，要隘名。在今河北省张家口市蔚县南。两崖峭立，

一线微通，迤逦蜿蜒，百有余里。为古代河北平原与北方边郡间的交通咽喉。白马：即白马津，又名黎阳津。在今河南滑县东北。河冲：江河流水湍急处。

[7] 五树松：典出《史记·秦始皇本纪》："（始皇）乃遂上泰山，立石，封，祠祀。下，风雨暴至，休于树下，因封其树为五大夫。"

[8] 蒲：香蒲。多年生水生草本植物。

[9] 箨（tuò）：竹笋皮。包在新竹外面的皮叶，竹长成逐渐脱落。俗称笋壳。

[10] 列缺：高空。下列缺：谓从山的高处下来。

[11] 昌容：仙人名。汉刘向《列仙传·昌容》："昌容者，常山道人也。自称殷王子。食蓬藟根，往来上下，见之者二百余年，而颜色如二十许人。"又《女仙传》："昌容，商王女也。"

[12] 东封：汉武帝到东边的泰山封禅。后常以"东封"代称帝王封禅，昭告天下太平。

登终南山拟古

〔隋〕胡师耽

结庐终南山，西北望帝京。烟霞乱鸟道，俯见长安城。
宫雉互相映[1]，双阙云间生[2]。钟鼓沸闾阎[3]，箫管咽承明[4]。
朱阁临槐路[5]，紫盖飞纵横[6]。望望未极已，瓮牖秋风惊[7]。
岩岫草木黄[8]，飞雁遗寒声[9]。坠叶积幽径，繁露垂荒庭。
瓮中新酒熟，涧谷寒虫鸣。且对一壶酒，安知世间名。
寄言市朝客，同君乐太平。

【作者简介】

胡师耽，隋代诗人，生卒年均不详。存诗一首。

【注释】

[1] 宫雉：皇宫的围墙。雉，古代计算城墙面积的单位。

[2] 双阙：古代宫殿、祠庙前两边高台上的楼观。

[3] 阊阖：神话传说中的天门。此指皇宫之门。

[4] 笳管：即胡笳。古代管乐器名。咽：阻塞，声音因阻塞而低沉，引申为充塞。承明：汉代殿名，在未央宫中。此借指宫殿。

[5] 朱阁：红色楼阁，指奢华的房子。槐路：指京城槐荫大道。

[6] 紫盖：紫色车盖。帝王仪仗之一。借指帝王车驾。

[7] 瓮牖：指贫穷人家的住房简陋破旧。瓮，陶制的盛器。牖，窗。

[8] 岩岫：山峦的美称。

[9] 寒声：凄凉的声音。

望终南山

〔唐〕李世民

重峦俯渭水，碧嶂插遥天。出红扶岭日，入翠贮岩烟。
叠松朝若夜，复岫阙疑全[1]。对此恬千虑[2]，无劳访九仙[3]。

【注释】

[1] "叠松"二句：谓重重叠叠的松树遮住了阳光，使山间的白昼也仿佛黑夜；层层的山崖之间似乎没有分界，成为一个整体。阙：通"缺"。

[2] 恬：清静，安然。此为动词。

[3] 无劳：无需。九仙：泛指众多的仙人。《云笈七签》载："太清境有九仙：一，上仙；二，高仙；三，大仙；四，元仙；五，天仙；六，真仙；七，神仙；八，灵仙；九，至仙。"末二句谓，只要望着青翠秀丽的终南山，就会使人的千般烦虑顿时平静下来，用不着再去寻访仙人了。

蓬莱三殿侍宴奉敕咏终南山应制[1]

〔唐〕杜审言

北斗挂城边，南山倚殿前。云标金阙迥[2]，树杪玉堂悬[3]。

半岭通佳气,中峰绕瑞烟。小臣持献寿,长此戴尧天[4]。

【作者简介】

杜审言(645？—708),字必简,其先京兆杜陵(今属陕西西安)人,后徙居襄州襄阳(今属湖北),至其祖依艺,定居巩县(今属河南)。唐代诗人。杜甫祖父。唐高宗咸亨元年(670)进士,唐中宗时,因与张易之兄弟交往,被流放峰州(今越南越池东南),次年召还,授国子监主簿。善五、七言律诗,与李峤、崔融、苏味道齐名,称"文章四友"。《全唐诗》存诗一卷。《旧唐书》《新唐书》《唐才子传》皆有传。

【注释】

[1] 蓬莱三殿:唐代大明宫内有紫宸、蓬莱、含元三殿,是皇帝接受群臣朝贺和宴飨群臣的地方。奉敕:奉皇上的命令作诗。

[2] 云标:云端。金阙:道家谓天上有黄金阙,为天帝或仙人所居。

[3] 树杪:树梢。玉堂:指终南山上华丽的建筑。

[4] 尧天:有如尧舜时代的太平盛世。

赋终南山用风字韵应诏 [1]

〔唐〕杨师道

眷言怀隐逸[2],辍驾践幽丛[3]。白云飞夏雨,碧岭横春虹。
草绿长杨路[4],花疏五柞宫[5]。登临日将晚,兰桂起香风。

【注释】

[1] 应诏:魏晋以来称应帝王之命而作的诗文。

[2] 眷言:回顾。言,词尾。

[3] 辍驾:停车。

[4] 长杨路:长杨宫。战国秦昭王建,汉代重加修饰。有垂杨数亩,故名。内有射熊馆,秦汉时为帝王游猎之所。在今陕西周至县东南。

[5] 五柞宫：西汉离宫。汉武帝时修建，因宫中有五株柞树，树身粗壮，荫遮数十亩，故名。五柞宫与长杨宫相距八里，二者皆以树名，均是汉武帝常去游猎之处。在今陕西周至县东南。

奉和元承杪秋忆终南旧居 [1]

〔唐〕耿湋

白玉郎仍少[2]，羊车上路平[3]。秋风摇远草，旧业起高情[4]。
乱树通秦苑[5]，重原接杜城。溪云随暮淡，野水带寒清[6]。
广树留峰翠，闲门响叶声。近樵应已烧，多稼又新成。
解佩从休沐[7]，承家岂退耕[8]。恭候有遗躅[9]，何事学泉明[10]。

【注释】

[1] 杪秋：晚秋。

[2] 白玉郎：借指俊美男子。道家所谓仙官。亦用以美称官员。

[3] 羊车：小车。《晋书·卫玠传》："总角乘羊车入市，见者皆以为玉人，观之者倾都。"

[4] 旧业：旧时的园宅。高情：超然物外的高雅情趣。

[5] 秦苑：古秦国宫苑。

[6] 寒清：指寒冷之气。

[7] 解佩：佩为古代文官朝服上的饰物，因谓脱去朝服辞官为"解佩"。休沐：休息洗沐，犹休假。

[8] 承家：承继家业。

[9] 遗躅（zhuó）：犹遗迹。

[10] 泉明：指晋陶渊明。渊明为彭泽令时，因不能"为五斗米折腰"，弃官归隐。后遂借指欲作归隐之计的县令。李白《送韩侍御之广德》诗："暂就东山赊月色，酣歌一夜送泉明。"王琦注："《野客丛书》：《海录碎事》谓渊明一字泉明，李白诗多用之。不知称渊明为泉明者，盖避唐高祖讳耳。"

奉使登终南山

〔唐〕王湾

常爱南山游，因而尽原隰[1]。数朝至林岭，百仞登嵬岌[2]。
石壮马径穷，苔色步缘入。物奇春状改，气远天香集[3]。
虚洞策杖鸣，低云拂衣湿。倚岩见庐舍，入户欣拜揖。
问性矜勤劳，示心教澄习。玉英时共饭[4]，芝草为余拾[5]。
境绝人不行，潭深鸟空立。一乘从此授[6]，九转兼是给[7]。
辞处若轻飞，憩来唯吐吸。闲襟超已胜，回路倏而及。
烟色松上深，水流山下急。渐平逢车骑，向晚睨城邑。
峰在野趣繁，尘飘宦情涩。辛苦久为吏，劳生何妄执[8]。
日暮怀此山，悠然赋斯什。

【作者简介】

王湾（693？—751？），字号不详，洛阳（今河南洛阳）人。唐代诗人。玄宗先天年间登进士第。开元初，授荥阳县主簿。开元五年（717），马怀素主持校理四部书目，奏请王湾参与其事，书成，因功授洛阳尉。工诗，"词翰早著"，为天下所称，其《次北固山下》最为著名。《全唐诗》存诗十首。《唐才子传》有载。

【注释】

[1] 原隰：泛指原野。

[2] 百仞：形容极深或极高。仞：古代计量单位。一仞，周尺八尺或七尺。嵬岌：高耸貌。亦指高峻的山峰。

[3] 天香：芳香的美称。

[4] 玉英：花的美称。

[5] 芝草：灵芝。菌属。古人认为是瑞草，服之能成仙。

[6] 一乘：佛教语。谓引导教化一切众生成佛的唯一方法或途径。

[7] 九转：指九转丹或其炼制秘诀。道教谓丹的炼制有一至九转之别，而以九转为贵。

[8] 妄执：虚妄的执念。

题终南翠微寺空上人房 [1]

〔唐〕孟浩然

翠微终南里，雨后宜返照。闭关久沉冥[2]，杖策一登眺[3]。
遂造幽人室[4]，始知静者妙。儒道虽异门，云林颇同调[5]。
两心相喜得，毕景共谈笑[6]。瞑还高窗昏，时见远山晓。
缅怀赤城标[7]，更忆临海峤[8]。风泉有清音[9]，何必苏门啸[10]。

【注释】

[1] 原题作"宿终南翠微寺"。翠微寺：《新唐书·地理志》："长安县南五十里太和谷有太和宫，武德八年置，贞观十年废。二十一年复置，曰翠微宫。笼山为苑，元和中以为翠微寺。"《元和郡县志》："太和宫，在长安县南五十五里终南山太和谷，武德八年造，贞观十年废。二十一年以时熟，公卿重请修筑，于是使将作大匠阎立德缮理焉，改为翠微宫，今废为寺。"《雍录》："翠微宫，武德八年改名太和，在终南山上。贞观二十一年改翠微宫，寝名含风殿。苏文忠诗曰'植立含风广殿'，用此也。太宗于此宫上仙。"

[2] 闭关：闭门。沉冥：谓幽居匿迹。

[3] 杖策：拄杖。

[4] 造：至。幽人：隐士。

[5] 云林：隐居之所。同调：志趣相同。

[6] 毕景：竟日；整天。

[7] 赤城：赤城山，在天台县北，属于天台山的一部分，山中石色皆赤，状如云霞。标：山顶。开元十八年（730），孟浩然漫游吴越期间，曾游历天台山。

[8] 临海：唐代台州治所，今浙江临海市。峤：山锐而高曰峤。

[9] 风泉：风传泉响。

[10] 苏门啸：《晋书·阮籍传》："籍尝于苏门山遇孙登，与商略终古及栖神导气之术。登皆不应。籍因长啸而退。至半岭，闻有声若鸾凤之音，响乎岩谷，乃登之啸也。"后以"苏门啸"指啸咏，亦比喻高士的情趣。

宿裴氏山庄

〔唐〕王昌龄

苍苍竹林暮，吾亦知所投。静坐山斋月，清溪闻远流。
西峰下微雨，向晓白云收[1]。遂解尘中组[2]，终南春可游。

【注释】

[1] 向晓：拂晓。
[2] 组：系官印的丝带。去官则称解组。

终南望余雪 [1]

〔唐〕祖咏

终南阴岭秀[2]，积雪浮云端[3]。
林表明霁色[4]，城中增暮寒[5]。

【作者简介】

祖咏（699—746），字、号均不详，洛阳人。唐代诗人。少有文名，擅长诗歌创作。与王维友善。开元十二年（724）进士及第，长期未授官。后入仕，又遭迁谪，仕途落拓，后归隐汝水一带。《全唐诗》存诗一卷。《唐才子传》有载。

【注释】

[1] 宋计有功《唐诗纪事》卷二十记载："有司试《终南山望余雪》诗，咏赋云：'终南阴岭秀，积雪浮云端。林表明霁色，城中增暮寒。'四句即纳于

有司。或诘之,咏曰:'意尽。'"

[2] 阴岭:古代称山南为阳,山北为阴,阴岭即终南山北面对着长安城的山岭。

[3] "积雪"句:言终南山高耸入云,遥望山岭,积雪好像浮在云端。

[4] 林表:林梢。霁色:晴朗的天色。

[5] 城中:指长安城中。

同薛司直诸公秋霁曲江俯见南山作

〔唐〕高适

南山郁初霁[1],曲江湛不流[2]。若临瑶池间,想望昆仑丘[3]。
回首见黛色[4],眇然波上秋。深沉俯峥嵘,清浅延阻修[5]。
连潭万木影,插岸千岩幽。杳霭信难测[6],渊沦无暗投[7]。
片云对渔父,独鸟随虚舟。我心寄青霞[8],世事惭白鸥。
得意在乘兴,忘怀非外求。良辰自多暇,欣与数子游。

【注释】

[1] 郁:繁盛貌。

[2] 湛:水深貌。

[3] 昆仑丘:指昆仑山,昆仑山上有瑶池、阆苑、增城、县圃等仙境。

[4] 黛色:青黑色。

[5] 阻修:指路途阻隔遥远。

[6] 杳:遥远。霭:云气,烟雾。

[7] 渊沦:潭中微波。

[8] 青霞:引申为隐居、修道之所。

和张监游终南

〔唐〕张说

宿怀终南意[1],及此语云峰。夜闻竹涧静[2],晓望林岭重。

春烟生古石，时鸟戏幽松。岂无山中赏，但畏心莫从。

【注释】

[1] 宿：素常，一向。

[2] 竹涧：竹林环绕的山涧。

奉和吏部崔尚书雨后大明朝堂望南山

〔唐〕张九龄

迢递终南顶，朝朝闻阊阖前[1]。竭来青绮外[2]，高在翠微先[3]。
双凤褰为阙，群龙俨若仙。还知到玄圃[4]，更是谒甘泉[5]。
夜雨尘初灭，秋空月正悬。诡容纷入望[6]，霁色宛成妍。
东极华阴践，西弥嶓冢连[7]。奔峰出岭外，瀑水落云边。
汉帝宫将苑，商君陌与阡[8]。林华铺近甸，烟霭绕晴川。
既庶仁斯及，分忧政已宣。山公启事罢[9]，吉甫颂声传[10]。
济济金门步[11]，洋洋玉树篇[12]。徒歌虽有属[13]，清越岂同年。

【注释】

[1] 阊阖：传说中的天门。

[2] 青绮（qǐ）：即青绮门、青门。长安古城门名。城门外灞桥为古代送别之处。

[3] 翠微：指青翠掩映的山腰幽深处。

[4] 玄圃：传说中昆仑山顶的神仙居处，中有奇花异石。玄，通"悬"。

[5] 甘泉：宫名。故址在今陕西省淳化西北甘泉山。本是秦宫，汉武帝增筑扩建，在此召见诸侯王及外国宾客，夏日亦作避暑之处。

[6] 诡容：奇丽的景象。入望：进入视野。

[7] 嶓（bō）冢：山名。在今甘肃省天水与礼县之间。古人误以为是汉水上源。

[8] 商君陌与阡：商君，指商鞅。语出《史记·商君列传》：商鞅"为田开阡陌封疆，而赋税平"。"卫鞅既破魏还，秦封之于商十五邑，号为商君。"战国时，秦相商鞅曾下令挖开田间小路，整顿田亩。后因用作咏农田的典故。

[9] 山公启事：晋山涛甄拔人物的启奏。《晋书·山涛传》："涛再居选职十有余年，每一官缺，辄启拟数人，诏旨有所向，然后显奏，随帝意所欲为先……涛所奏甄拔人物，各为题目，时称'山公启事'。"

[10] 吉甫：周代贤臣尹吉甫所作赞美周宣王的颂歌。相传《诗经·大雅》中之《崧高》《烝民》《韩奕》《江汉》等篇皆是。后指宰辅颂君之作。

[11] 金门步：谓出入金马门。比喻担任官职，或指担任官职的人。金门：汉代宫门名。学士待诏之处。

[12] 玉树篇：泛指华美的诗篇。

[13] 徒歌：无乐器伴奏的歌。

终南山

〔唐〕王维

太乙近天都[1]，连山到海隅[2]。白云回望合，青霭入看无。分野中峰变，阴晴众壑殊[3]。欲投人处宿，隔水问樵夫。

【注释】

[1] 太乙：终南山主峰，亦为终南山的别称。天都：帝都，指当时的国都长安，亦有人认为此指天帝的居所。

[2] 海隅：海角，海边。

[3] "分野"二句：意为，终南山连绵延伸，占地极广。中央主峰将终南东西隔开，两侧的分野各自不同；众山谷的天气也或明或暗，阴晴不一。分野：古天文学名词。古人以天上的二十八个星宿位置来区分中国境内的地域，地上的每一个区域对应星空的某一处分野。其在星宿称分星，在相应地域称分野。中峰：指终南山的主峰太乙峰。

赠徐中书望终南山歌 [1]

〔唐〕王维

晚下兮紫微[2],怅尘事兮多违。
驻马兮双树[3],望青山兮不归。

【注释】

[1] 徐中书:指中书侍郎徐安贞,开元二十五年官中书侍郎。

[2] 紫微:开元元年曾改中书省为紫微省。开元二十五年春夏,王维在中书省官右拾遗。

[3] 双树:娑罗双树。亦称双林。是释迦牟尼坐化之处。

望终南山寄紫阁隐者 [1]

〔唐〕李白

出门见南山,引领意无限[2]。秀色难为名[3],苍翠日在眼。
有时白云起,天际自舒卷。心中与之然[4],托兴每不浅[5]。
何当造幽人[6],灭迹栖绝巘[7]。

【注释】

[1] 紫阁:紫阁峰,在终南山上。《通志》:"紫阁峰在圭峰东,旭日射之,烂然而紫,其形上耸,若楼阁然。"

[2] 引领:伸颈远望;翘首而望。

[3] 难为名:难以称呼,难以说清楚。指山中景色一派壮丽,无法用语言表达。

[4] 与之然:与这一派景象浑然一体,不辨物我。

[5] "托兴"句:言自己的心事只有寄托于天边的白云。托兴:因外物而触动感情;借外物以抒写感情。

[6] 造:拜访。幽人:幽隐之人;隐士,这里指紫阁隐者。

[7] 灭迹:离开纷乱的人世红尘。绝巘:非常陡峭,与外界隔绝的山峰。

下终南山过斛斯山人宿置酒 [1]

〔唐〕李白

暮从碧山下 [2],山月随人归。却顾所来径 [3],苍苍横翠微。
相携及田家 [4],童稚开荆扉 [5]。绿竹入幽径,青萝拂行衣 [6]。
欢言得所憩,美酒聊共挥 [7]。长歌吟松风 [8],曲尽河星稀 [9]。
我醉君复乐,陶然共忘机 [10]。

【注释】

[1] 过:拜访。斛(hú)斯山人:复姓斛斯的一位隐士。

[2] 碧山:指终南山。下:下山。

[3] 却顾:回头望。所来径:下山的小路。

[4] "相携"句:下山时遇斛斯山人,与他携手同去其所居之处。及:到。田家:田野山村人家,此指斛斯山人居处。

[5] 荆扉:柴门,以荆棘编制。

[6] 青萝:松萝,一种攀生在石崖、松柏或墙上的植物。行衣:行人的衣服。

[7] 挥:举杯。

[8] 松风:古乐府琴曲名,即《风入松曲》,此处亦有歌声随风而入松林之意。

[9] 河星稀:银河中的星光稀微,意谓夜已深了。河星:一作"星河"。

[10] "陶然"句:忘却世俗的纷争,自甘恬淡与世无争。忘机:忘记世俗的机心,不谋虚名蝇利。机:机巧之心。

春归终南山松龙旧隐

〔唐〕李白

我来南山阳,事事不异昔。却寻溪中水,还望岩下石。
蔷薇缘东窗[1],女萝绕北壁[2]。别来能几日,草木长数尺。
且复命酒樽,独酌陶永夕[3]。

【注释】

[1] 蔷薇:植物名。花可供观赏,果实可以入药。

[2] 女萝:亦作"女罗"。植物名,即松萝。多附生在松树上,成丝状下垂。

[3] 永夕:长夜;通宵。

答长安崔少府叔封终南翠微寺太宗皇帝金沙泉见寄 [1]

〔唐〕李白

河伯见海若,傲然夸秋水[2]。小物昧远图[3],宁知通方士[4]?
多君紫霄意,独往苍山里。地古寒云深,岩高长风起。
初登翠微岭,复憩金沙泉[5]。践苔朝霜滑,弄波夕月圆。
饮彼石下流,结萝宿溪烟。鼎湖梦渌水,龙驾空茫然[6]。
早行子午关[7],却登山路远。拂琴听霜猿,灭烛乃星饭。
人烟无明异,鸟道绝往返。攀崖倒青天,下视白日晚。
既过石门隐,还唱石潭歌。涉雪搴紫芳[8],濯缨想清波[9]。
此人不可见,此地君自过。为余谢风泉,其如幽意何?

【注释】

[1] 翠微寺:见前孟浩然《题终南翠微寺空上人房》注释 [1]。

[2] "河伯"二句:语出《庄子·秋水》:"秋水时至,百川灌河……于是

焉河伯欣然自喜，以天下之美为尽在己。顺流而东行，至于北海，东面而视，不见水端。于是焉河伯始旋其面目，望洋向若而叹曰：'野语有之曰：闻道百，以为莫己若者，我之谓也。……吾非至于子之门，则殆矣。吾长见笑于大方之家。'"若：海神也。

[3] 远图：深远的谋划。

[4] 通方士：《汉书·韩安国传》："通方之士，不可以文乱。"颜师古注："方，道也。"

[5] 复憩：《旧唐书·太宗纪》："贞观二十三年四月己亥，幸翠微宫。五月己巳，上崩于含风殿。"

[6] "鼎湖"句：指黄帝升天事。此喻太宗仙逝。

[7] 子午关：《汉书·王莽传》："（元始五年）其秋，莽以皇后有子孙瑞，通子午道。子午道从杜陵直绝南山，径汉中。"颜师古注："子，北方也。午，南方也。言通南北道相当，故谓之子午耳。"《元和郡县志》："子午关，在长安县南一百里。王莽通子午道，因置此关也。"

[8] 搴：取。

[9] 濯缨：洗涤冠缨。《孟子·离娄上》："有孺子歌曰：'沧浪之水清兮，可以濯我缨；沧浪之水浊兮，可以濯我足。'孔子曰：'小子听之！清斯濯缨，浊斯濯足矣，自取之也。'"后因以"濯缨"比喻超脱尘俗，清高自守。

同诸公秋霁曲江俯见南山

〔唐〕储光羲

天静终南高，俯映江水明。有若蓬莱下[1]，浅深见澄瀛[2]。
群峰悬中流，石壁如瑶琼[3]。鱼龙隐苍翠，鸟兽游清泠。
菰蒲林下秋[4]，薜荔波中轻[5]。山夔浴兰阯[6]，水若居云屏。
岚气浮诸宫[7]，孤光随曜灵[8]。阴阴豫章馆[9]，宛宛百花亭。
大君及群臣，晏乐方嘤鸣[10]。吾党二三子，萧辰怡性情。
逍遥沧洲时，乃在长安城。

【注释】

[1] 蓬莱：道教传说中海上的三座仙山之一。指海中仙境或人间胜境。

[2] 瀛：即瀛洲，道教传说中海上的三座仙山之一。

[3] 瑶琼：泛指美玉。

[4] 菰蒲：茭白与菖蒲，均生于水边。

[5] 薜荔：一种藤本蔓生植物。

[6] 戛：象声词，此指水撞击石头的声音。

[7] 岚气：山中的雾气。渚宫：春秋楚国别宫，为成王所建。

[8] 孤光：指月光。曜灵：太阳。

[9] 豫章馆：《三辅黄图》卷五："豫章观，武帝造，在昆明池中，亦曰昆明观。"《文选》张衡《西京赋》："豫章珍馆，揭焉中峙。"薛综注："皆豫章木为台馆也。"

[10] 大君：天子、国君。嘤鸣：鸟叫；鸟相和鸣，比喻寻求志同道合的朋友。《诗经·小雅·伐木》："嘤其鸣矣，求其友声。"

终南幽居献苏侍郎三首时拜太祝未上

〔唐〕储光羲

其一

暮春天气和，登岭望层城。朝日悬清景，巍峨宫殿明。
圣君常临朝，达士复悬衡[1]。道近无艮足，归来卧山楹。
灵阶曝仙书，深室炼金英[2]。春岩松柏秀，晨路鹍鸡鸣[3]。
羽化既有言[4]，无然悲不成[5]。

【注释】

[1] 达士：明智达理之士。悬衡：昭示法度，公平治理。

[2] 金英：金属之精华。炼金英：指炼丹。

[3] 鹍鸡：鸟名，似鹤。

[4] 羽化：指飞升成仙。用作道教徒死亡的婉辞。

[5] 无然：不要这样。

其二

中岁尚微道[1]，始知将谷神。抗策还南山[2]，水木自相亲。
深林开一道，青嶂成四邻。平明去采薇[3]，日入行刈薪。
云归万壑暗，雪罢千岩春。始看玄鸟来，已见瑶华新。
寄言搴芳者[4]，无乃后时人。

【注释】

[1] 中岁：中年。

[2] 抗策：扬鞭驱马。

[3] 平明：天亮的时候。

[4] 搴芳：采摘花草。

其三

卜筑青岩里[1]，云萝四垂阴[2]。虚室若无人，乔木自成林。
时有清风至，侧闻樵采音。凤凰鸣南冈，望望隔层岑。
既言山路远，复道溪流深。偓佺空中游[3]，虬龙水间吟。
何当见轻翼[4]，为我达远心。

【注释】

[1] 卜筑：择地建筑住宅，指定居。

[2] 云萝：即紫藤。因藤茎屈曲攀绕如云之缭绕，故称。

[3] 偓佺：古代传说中的仙人。西汉刘向《列仙传》卷上《偓佺》："偓佺者，槐山采药父也。好食松实，形体生毛长数寸，两目更方，能飞行逐走马。"

[4] 轻翼：借指飞鸟。

终南东溪口作

〔唐〕岑参

溪水碧于草,潺潺花底流。沙平堪濯足,石浅不胜舟。
洗药朝与暮,钓鱼春复秋。兴来从所适,还欲向沧洲[1]。

【注释】

[1] 沧洲:滨水之地。古时常用以称隐士的居处。

望终南春雪

〔唐〕李子卿

山势抱西秦[1],初年瑞雪频[2]。色摇鹑野霁[3],影落凤城春[4]。
辉耀银峰逼,晶明玉树亲。尚寒由气劲[5],不夜为光新[6]。
荆岫全疑近[7],昆丘宛合邻[8]。余辉倘可借,回照读书人。

【作者简介】

李子卿,生卒年、籍贯均不详。唐代诗人。大历末与崔损同第。《全唐诗》存诗一首。

【注释】

[1] 西秦:指关中陕西一带秦之旧地。

[2] 初年:一年之初。

[3] 鹑野:鹑首为秦之分野,指秦地。

[4] 凤城:京都的美称。此指长安。

[5] 气劲:气候寒冽。

[6] 不夜：没有黑夜。形容雪光莹耀如同白天。

[7] 荆岫：荆山。在今湖北省西部。

[8] 昆丘：指昆仑山。

过终南柳处士

〔唐〕司空曙

云起山苍苍，林居萝薜荒。幽人老深境[1]，素发与青裳[2]。
雨涤莓苔绿[3]，风摇松桂香。洞泉分溜浅，岩笋出丛长。
败屦安松砌[4]，余棋在石床。书名一为别，还路已堪伤。

【注释】

[1] 幽人：隐士，幽居之士。

[2] 素发：白发。青裳：青黑色的衣裳。

[3] 莓苔：青苔。

[4] 败屦：掉落的鞋子。

送田明府归终南别业

〔唐〕韩翃

故园此日多心赏[1]，窗下泉流竹外云。
近馆应逢沈道士[2]，比邻自识卞田君[3]。
离宫树影登山见[4]，上苑钟声过雪闻[5]。
相劝早移丹凤阙[6]，不须常恋白鸥群。

【注释】

[1] 心赏：心情欢畅。

[2] 沈道士：南朝沈约作有《游沈道士馆》，《六臣注文选》李周翰曰："休

文游道士沈恭馆。"沈恭，其人不详。

[3] 卞田君：卞彬字士蔚，济阴冤句人，历仕南朝宋、齐，才操不群，文多指刺。好饮酒，摈弃形骸，自号"卞田居"。后世用以比拟名士。这里用卞彬事，谓田明府归别业将与高人名士为邻。

[4] 离宫：古代帝王在都城之外的宫殿，也泛指皇帝出巡时的住所。

[5] 上苑：皇家园林。

[6] 丹凤阙：传说秦穆公之女弄玉吹箫引来凤凰，降于秦京咸阳，后因以"凤阙"作为帝都的代称。

晚出青门望终南别业

〔唐〕钱起

能清谢朓思[1]，暂下承明庐[2]。远山新水下，寒皋微雨余。
更怜归鸟去，宛到卧龙居。笑指丛林上，闲云自卷舒。
宁知鸣凤日[3]，却意钓璜初[4]。处贵有余兴，伊周位不如[5]。

【注释】

[1] 谢朓：南朝著名诗人。其诗清新、俊逸。李白《宣州谢朓楼饯别校书叔云》曰："蓬莱文章建安骨，中间小谢又清发。"

[2] 承明庐：原指汉承明殿旁的房舍，也指三国魏建始殿承明门侧的房舍，为侍臣值宿所居。后世以入承明庐比喻在朝居官。

[3] 鸣凤：指入仕。

[4] 钓璜：垂钓而得玉璜。比喻臣遇明主，君得贤相。

[5] 伊周：商伊尹和西周周公旦。二人都曾摄政，后常并称。亦指执掌朝政的大臣。

自终南山晚归

〔唐〕钱起

采苓日往还，得性非樵隐[1]。白水到初阔，青山辞尚近。
绝境胜无倪[2]，归途兴不尽。沮溺时返顾[3]，牛羊自相引。
逍遥不外求[4]，尘虑从兹泯。

【注释】

[1] 得性：《诗经·小雅·鱼藻》："鱼在在藻。"毛传："鱼以依蒲藻为得其性。"后以"得性"谓合其情性。樵隐：樵夫隐士。

[2] 绝境：风景绝佳之处。无倪：没有边际。

[3] 沮溺：春秋时避世的隐士长沮、桀溺的合称。后用来比喻避世隐居的高士。典出《论语·微子》："长沮、桀溺耦而耕，孔子过之，使子路问津焉。"

[4] 逍遥：优游自得；安闲自在。

奉和秘书元丞杪秋忆终南旧居 [1]

〔唐〕李端

高门有才子[2]，能履古人踪。白社陶元亮[3]，青云阮仲容[4]。
田园忽归去，车马杳难逢。废巷临秋水，支颐向暮峰[5]。
行鱼避杨柳，惊鸭触芙蓉。石窦红泉细[6]，山桥紫菜重。
凤雏终食竹[7]，鹤侣暂巢松[8]。愿接烟霞赏[9]，羁离计不从[10]。

【注释】

[1] 杪秋：晚秋。

[2] 高门：借指富贵之家，高贵门等。

[3] 白社：借指隐士或隐士所居之处。陶元亮：即陶渊明，字元亮。

[4] 阮仲容：晋阮咸，字仲容。南朝宋颜延之《五君咏·阮始平》："仲容青云器，实禀生民秀。"青云：喻胸怀旷达志趣远大。

[5] 支颐：以手托下巴。

[6] 石窦：石穴。红泉：红色的泉水。汉郭宪《洞冥记》载，汉东方朔小时掘井，陷落地下，有人欲引往采仙草，中隔红泉不得渡，其人以一履与之，遂泛红泉，至仙草之处，采而食之。后遂以红泉为传说中的仙境景色之一。

[7] 凤雏：幼凤。

[8] 鹤侣：鹤伴。

[9] 烟霞：泛指山水、山林。

[10] 羁离：飘泊他乡。不从：不追随。

游终南山因寄苏奉礼士尊师苗员外

〔唐〕李端

半岭逢仙驾[1]，清晨独采芝[2]。壶中开白日，雾里卷朱旗[3]。
猿鸟知归路，松萝见会时。鸡声传洞远，鹤语报家迟[4]。
童子闲驱石，樵夫乐看棋。依稀醉后拜，恍惚梦中辞。
海上终难接，人间益自疑。风尘甘独老，山水但相思。
愿得烧丹诀[5]，流沙永待师[6]。

【注释】

[1] 半岭：半山腰。仙驾：谓出游的车驾。

[2] 采芝：谓摘采芝草。古以芝草为神草，服之长生，故常以"采芝"指求仙或隐居。

[3] 朱旗：上绘蛟龙并有铃铛的旗子。

[4] 鹤语：鹤的鸣声。

[5] 烧丹：炼丹。指道教徒用朱砂炼药。炼丹诀：成仙的秘诀。

[6] 流沙永待师：谓学道拜师。典出刘向《列仙传·关令尹》："（关令尹）后于老子俱游流沙化胡，服苣胜实，莫知其所终。"

过终南柳处士

〔唐〕卢纶

五老正相寻[1],围棋到煮金[2]。石摧丹井闭[3],月过洞门深。猿鸟三时下,藤萝十里阴。绿泉多草气,青壁少花林。自惭非仙侣[4],何言见道心[5]。悠哉宿山口,雷雨夜沉沉。

【注释】

[1]五老:神话传说中的五星之精。

[2]煮金:炼丹。

[3]丹井:炼丹取水的井。

[4]仙侣:仙人之辈。

[5]见道:洞彻真理。

落第后归终南别业

〔唐〕卢纶

久为名所误,春尽始归山。落羽羞言命[1],逢人强破颜[2]。交疏贫病里,身老是非间。不及东溪月,渔翁夜往还。

【注释】

[1]落羽:羽毛摧落。比喻落第失意。

[2]强破颜:强作笑脸。

终南精舍月中闻磬声诗

〔唐〕吕温

月峰禅室掩,幽磬静昏氛。思入空门妙[1],声从觉路闻[2]。
泠泠满虚壑[3],杳杳出寒云。天籁疑难辨,霜钟谁可分[4]。
偶来游法界[5],便欲谢人群。竟夕听真响,尘心自解纷。

【注释】

[1] 空门:佛教教义认为世界一切都是空的,因指佛教。

[2] 觉路:佛教语,谓成佛的道路。

[3] 泠泠:本指流水声。借指清越、悠扬的声音。此指磬声。

[4] 霜钟:指钟或钟声。《山海经·中山经》:"又东南三百里,曰丰山。……有九钟焉,是知霜鸣。"晋郭璞注:"霜降则钟鸣,故言知也。"

[5] 法界:佛教语。通常泛称各种事物的现象及其本质。此处借指佛寺。

翰林院望终南山

〔唐〕吴筠

其一

窃慕隐沦道[1],所欢岩穴居。谁言忝休命[2],遂入承明庐[3]。
物情不可易[4],幽中未尝摅。幸见终南山,岩峣凌太虚[5]。

其二

青霭长不灭[6],白云闲卷舒。悠然相探讨[7],延望空踌躇[8]。

迹系心无极，神超兴有余[9]。何当解维絷[10]，永托逍遥墟。

【作者简介】

吴筠（？—778），字贞节，一作正节，华州华阴（今陕西华阴县）人。唐代著名道士。性高鲠，少举儒子业，进士落第后，隐居河南镇平县倚帝山（今镇平北顶五朵山）。天宝初召至京师。后入嵩山，师承冯齐整而受正一之法。与李白等交往甚密。玄宗多次征召，应对皆名教世务，并以微言讽帝，深蒙赏赐。后因受谗固辞还山。东游至会稽，大历十三年（778）卒于剡中，弟子私谥"宗元先生"。《全唐诗》存诗一卷，《补遗》补诗六首。《旧唐书》《新唐书》《唐才子传》皆有传。

【注释】

[1] 隐沦：神人等级之一。泛指神仙。亦指隐居、隐者。

[2] 休命：美善的命令。多指天子或神明的旨意。此借指皇帝的任命。

[3] 入承明庐：指入朝为官。详见前钱起《晚出青门望终南别业》注释[2]。

[4] 物情：物理人情，世情。

[5] 岧峣（tiáo yáo）：山高峻貌。太虚：天空。

[6] 青霭：云气。因其色紫，故称。

[7] 探讨：探幽寻胜。

[8] 延望：引颈远望。

[9] 神超：精神飞逸。

[10] 维絷：羁绊。

望终南

〔唐〕窦牟

日爱南山好，时逢夏景残。白云兼似雪，清昼乍生寒。
九陌峰如坠，千门翠可团。欲知形胜尽，都在紫宸看[1]。

【作者简介】

窦年（749—822），字贻周，扶风平陵（今陕西咸阳）人。贞元进士，历任留守判官、尚书都官郎中、泽州刺史，终国子司业。原有集，已佚。《全唐诗》存诗二十一首。《唐才子传》有载。

【注释】

[1] 紫宸：宫殿名，天子所居。唐时为接见群臣及外国使者朝见庆贺的内朝正殿，在大明宫内。

游终南山

〔唐〕孟郊

南山塞天地，日月石上生。高峰夜留景[1]，深谷昼未明。
山中人自正，路险心亦平。长风驱松柏[2]，声拂万壑清[3]。
到此悔读书，朝朝近浮名。

【注释】

[1] "高峰夜留景"句：作者自注：太白峰西，黄昏后见余日。

[2] 长风：远风。

[3] 壑：山谷。

游终南龙池寺[1]

〔唐〕孟郊

飞鸟不到处，僧房终南巅。龙在水长碧，雨开山更鲜[2]。
步出白日上，坐依清溪边。地寒松桂短，石险道路偏。
晚磬送归客[3]，数声落遥天[4]。

【注释】

[1] 龙池寺：即终南山龙泉禅寺，又名龙泉寺。龙泉禅寺是唐代著名的皇家寺院，位于秦岭北麓终南山下。

[2] 雨开山更鲜：雨过天晴，山色显得格外清朗鲜润。

[3] 晚磬：傍晚寺院的磬声。

[4] 遥天：犹长空。

终南山下作

〔唐〕孟郊

见此原野秀，始知造化偏[1]。山村不假阴，流水自雨田[2]。
家家梯碧峰，门门锁青烟。因思蜕骨人[3]，化作飞桂仙。

【注释】

[1] 造化：化育万物的大自然。偏：偏心，偏爱。

[2] 雨田：灌溉庄稼。雨：濡，润泽。

[3] 蜕骨：即脱胎换骨的意思。道教谓修炼得道，脱去凡胎而成圣胎，换易凡骨而为仙骨。

登华严寺楼望终南山赠林校书兄弟[1]

〔唐〕孟郊

地脊亚为崖[2]，耸出冥冥中。楼根插迥云，殿翼翔危空[3]。
前山胎元气[4]，灵异生不穷[5]。势吞万象高[6]，秀夺五岳雄。
一望俗虑醒[7]，再登仙愿崇。青莲三居士，昼景真赏同。

【注释】

[1] 华严寺："佛教八宗"之一"华严宗"的祖庭，唐代著名的樊川八大寺

之一，全国佛教重点寺院，位于今陕西省西安市长安区少陵原。

[2] 地脊：大地的脊梁，指山。此指终南山。

[3] 危空：高空。

[4] 胎：孕育。元气：精气。

[5] 灵异：指神奇怪异之事物。

[6] 万象：宇宙间一切事物或景象。

[7] 俗虑：世俗的思想情感。

终南秋雪

〔唐〕刘禹锡

南岭见秋雪，千门生早寒。闲时驻马望，高处卷帘看。雾散琼枝出，日斜铅粉残[1]。偏宜曲江上，倒影入清澜[2]。

【注释】

[1] 铅粉：喻指雪粒。

[2] 清澜：清波。

和刘郎中望终南山秋雪

〔唐〕白居易

遍览古今集，都无秋雪诗。阳春先唱后[1]，阴岭未消时。草讶霜凝重，松疑鹤散迟。清光莫独占，亦对白云司[2]。

【注释】

[1] 先唱：率先倡导。

[2] 白云司：相传黄帝以云命官，秋官为白云。刑部属秋官，故称。亦指刑官。这里指秋季。

游终南山

〔唐〕姚合

策杖度溪桥[1]，云深步数劳[2]。青猿吟岭际，白鹤坐松梢。天外浮烟远，山根野水交[3]。自缘名利系，好此结蓬茅[4]。

【作者简介】

姚合（779？—855？），陕州（今河南陕县）人。唐代著名诗人，宰相姚崇曾侄孙。元和十一年（816）进士，授武功主簿，历任监察御史、户部员外郎、荆州刺史、杭州刺史，后为给事中、陕虢观察使，官终秘书少监。诗与贾岛齐名，世称"姚贾"。著有《姚少监集》。《全唐诗》存诗七卷。《唐才子传》有载。

【注释】

[1] 策杖：拄杖。

[2] 劳：繁多。

[3] 山根：山脚。野水：指非经人工开凿的天然水流。

[4] 蓬茅：蓬草和茅草。犹蓬居。

赠终南山傅山人

〔唐〕姚合

七十未成事，终南苍鬓翁。老来诗兴苦，贫去酒肠空。蟠蛰身仍病[1]，鹏抟力未通[2]。已无烧药本[3]，唯有著书功。白马时何晚[4]，青龙岁欲终[5]。生涯枯叶下，家口乱云中。潭静鱼惊水，天晴鹤唳风。悲君还姓傅，独不梦高宗[6]。

【注释】

[1] 蟠蛰：蛰居；隐居。

[2] 鹏抟：鹏展翅盘旋而上。比喻人之奋发有为。

[3] 烧药：炼制丹药。

[4] "白马"句：作者原注："老君度关事也。"明代吴元泰《东游记·老君道教源流》载："周王三十三年，七月十二甲子，老君果乘白舆，驾青牛，徐甲为御，欲度关。"

[5] 青龙：作者原注："星纪躔次之义。"应为二十八星宿中东方七宿（角宿、亢宿、氐宿、房宿、心宿、尾宿、箕宿）的总称。

[6] "悲君"二句：化用殷高宗梦得贤相之典。感慨傅山人亦为傅姓，却没有傅说君臣遇合的机缘。典出《史记·殷本纪》："帝小乙崩，子帝武丁立。帝武丁即位，思复兴殷，而未得其佐。三年不言，政事决定于冢宰，以观国风。武丁夜梦得圣人，名曰说。以梦所见视群臣百吏，皆非也。于是乃使百工营求之野，得说于傅险中。是时说为胥靡，筑于傅险。见于武丁，武丁曰是也。得而与之语，果圣人，举以为相，殷国大治。故遂以傅险姓之，号曰傅说。"

寄终南真空禅师

〔唐〕马戴

闲想白云外，了然清净僧[1]。松门山半寺，夜雨佛前灯。
此境可长住，浮生自不能[2]。一从林下别，瀑布几成冰。

【注释】

[1] 了然：明白，清楚。清净：佛教语。远离恶行与烦恼。

[2] 浮生：语本《庄子·刻意》："其生若浮，其死若休。"以人生在世，虚浮不定，因称人生为"浮生"。

终南山二十韵

〔唐〕李洞

关内平田窄[1],东西截杳冥[2]。雨侵诸县黑,云破九门青[3]。
暂看犹无暇,长栖信有灵。古苔秋渍斗,积雾夜昏萤[4]。
怒恐撞天漏[5],深疑隐地形。盘根连北岳,转影落南溟[6]。
穷穴何山出,遮蛮上国宁[7]。残阳高照蜀,败叶远浮泾。
劚竹烟岚冻,偷湫雨雹腥[8]。闲房僧灌顶[9],浴涧鹤遗翎。
梯滑危缘索,云深静唱经。放泉惊鹿睡,闻磬得人醒。
踏着神仙宅,敲开洞府扃[10]。棋残秦士局,字缺晋公铭。
一谷势当午,孤峰耸起丁。远平丹凤阙,冷射五侯厅。
万丈冰声折,千寻树影停。望中仙岛动,行处月轮馨。
叠石移临砌,研胶泼上屏。明时献君寿,不假老人星[11]。

【注释】

[1] 关内:指函谷关以西王畿附近地区。

[2] 杳冥:指天空或高远之处。

[3] 九门:借指九天。

[4] 积雾:浓重的雾气。

[5] 天漏:指雨量过多。

[6] 南溟:亦作"南冥"。南方大海。

[7] 上国:指京师。

[8] 偷湫:方言,取龙水谓之"偷湫"。

[9] 闲房:空宽寂静的房屋。灌顶:梵语的意译。原为古印度帝王即位的仪式。佛教密宗效此法,凡弟子入门或继承阿阇梨位时,必须先经本师以水或醍醐灌洒头顶。灌谓灌持,表示诸佛的护念、慈悲;顶谓头顶,代表佛行的崇高。

[10] 洞府:道教称神仙居住的地方。

[11] 老人星：指寿星图。

望终南山

〔唐〕张元宗

红尘白日长安路[1]，马足车轮不暂闲。
唯有茂陵多病客[2]，每来高处望南山。

【作者简介】

张元宗，生卒年不详。唐文宗太和时人。《全唐诗》存诗二首。

【注释】

[1] 红尘：飞扬的尘土，喻指繁华热闹。
[2] 茂陵多病客：此为作者自指。茂陵是西汉武帝刘彻的陵墓，在今陕西咸阳市西。

赠终南兰若僧 [1]

〔唐〕杜牧

北阙南山是故乡[2]，两枝仙桂一时芳[3]。
休公都不知名姓[4]，始觉禅门气味长[5]。

【注释】

[1] 兰若（rě）：阿兰若的省称。佛教名词，梵名 Aranya，原意是森林，引申为"寂静处""空闲处""远离处"，躲避人间热闹之地，有些房子可供修道者居住静修之用，或一人或数人。亦泛指一般的佛寺。此指佛寺。
[2]"北阙"句：一作"家在城南杜曲傍"。北阙：此指京城长安。南山：终南山。杜牧为京兆万年（今陕西西安）人，因谓"北阙南山是故乡"。唐时

有所谓"城南韦杜,去天尺五"之说,说的就是当时京兆的两大望族,杜氏便是其一。这句谓自己出身高贵。

[3] 两枝仙桂:当指杜牧于公元828年进士及第,同年考中贤良方正直言极谏科,被授弘文馆校书郎、试左武卫兵曹参军。仙桂:喻指科举功名。

[4] 休公:据《宋书》卷七十一《徐湛之传》载:"时有沙门释惠休,善属文,辞采绮艳,湛之与之甚厚。世祖命使还俗。本姓汤。"南朝宋诗僧汤惠休,与鲍照交好。后因以休公作咏诗僧之典故。此句谓尽管自己两枝折桂、名动京城,可是这位僧人却并不知道自己。

[5] "始觉"句:这句谓自己这才领悟到,佛门之内,气韵更加绵长。自己的人生境界和格局,未免太过狭隘。

贻终南山隐者

〔唐〕许浑

中岩多小隐[1],提榼抱琴游[2]。潭冷薜萝晚[3],山香松桂秋[4]。瓢闲高树挂[5],杯急曲池流[6]。独有津迷客[7],东西南北愁。

【注释】

[1] 中岩:山岩之中。此指终南山间。

[2] 榼(kē):古代盛酒的器具。

[3] 薜萝:薜荔和女萝。两者皆野生植物,常攀缘于山野林木或屋壁之上。

[4] 山香:山间花木等散发的香气。

[5] "瓢闲"句:语出东汉蔡邕《琴操》:"《箕山操》,许由作也。许由者,古之贞固之士也。尧时为布衣,夏则巢居,冬则穴处,饥则仍山而食,渴则仍河而饮。无杯器,常以手捧水而饮之。人见其无器,以一瓢遗之。由操饮毕,以瓢挂树。风吹树动,历历有声。由以为烦扰,遂取捐之。"后以"挂瓢"为隐居之典。

[6] 曲池:曲折回绕的水池。

[7] 迷津:迷惘。

次韵和秀上人游南五台 [1]

〔唐〕司空图

中峰曾到处[2]，题记没苍苔[3]。振锡传深谷[4]，翻经想旧台[5]。
危松临砌偃[6]，惊鹿蓦溪来[7]。内殿御诗切[8]，身回心未回。

【注释】

[1]南五台：在今西安市西南30公里处，为终南山的一座高峰，因山上有观音、文殊、清凉、灵应、舍身五座小山峰，故称南五台。山上林木葱郁，风景优美。《关中通志》称："今南山神秀之区，唯长安南五台为最。"

[2]中峰：即南五台之观音峰，俗称大台。

[3]题记：指在山石上题写的字迹。没苍苔：为青苔掩没。

[4]振锡：古代僧人持锡杖，行走则振动有声，故称僧人出行为振锡。此处指秀上人游南五台。

[5]翻经：读经。

[6]危松：高大的松树。临砌偃：倒卧在石阶边上。砌，台阶。偃，倒下，卧倒。

[7]"惊鹿"句：受惊的鹿越过溪水奔来。蓦：超越；越过。

[8]内殿：皇帝召见大臣和处理国事之处。因在皇宫内进，故称。

终南白鹤观

〔唐〕郑谷

步步景通真，门前众水分。桂萝诸洞合[1]，钟磬上清闻[2]。
古木千寻雪，寒山万丈云。终期扫坛级[3]，来事紫阳君[4]。

【注释】

[1] 柽（chēng）：木名，即柽柳。萝：一种爬蔓植物，缘松柏或其它乔木而生，或寄生石上，枝体下垂如丝状。

[2] 钟磬：钟和磬，古代礼乐器，也是佛教法器。

[3] 坛：僧道进行宗教活动的场所。

[4] 紫阳君：传说中古代神仙常以紫阳为称号。如周穆王时李八百、汉代周义山俱号紫阳真人。此处泛指道士。

终南山

〔唐〕林宽

标奇耸峻壮长安[1]，影入千门万户寒。
徒自倚天生气色[2]，尘中谁为举头看。

【注释】

[1] 标：指山峰。耸峻：高峻。
[2] 倚天：靠着天。形容极高。

题终南麻先生寂禅师石室

〔唐〕刘得仁

因居石室贫，五十二回春。拥褐冥心客[1]，穷经暮齿人[2]。
翠沉空水定[3]，雨绝片云新[4]。危细秋峰径，相随到顶频。

【注释】

[1] 拥褐：穿着粗布衣服。
[2] 穷经：谓极力钻研经籍。暮齿：暮龄，晚年。
[3] 空水：天空和水色。

[4] 雨绝：雨停。

题终南山隐者居

〔唐〕姚鹄

开门绝壑旁[1]，蹑藓过花梁[2]。路入峰峦影，风来芝术香。
夜吟明雪牖[3]，春梦闭云房[4]。尽室更何有[5]，一琴兼一觞[6]。

【作者简介】

姚鹄，生卒年不详，字飞云，蜀中（今属四川）人。唐代文学家。早年隐居蜀中，常出入名士公卿之席幕。会昌三年（843）进士及第。咸通十一年（870），官至江南东道台州刺史。工诗善文。《全唐诗》存诗一卷。《唐才子传》有载。

【注释】

[1] 绝壑：僻远的深谷。
[2] 蹑：踩。
[3] 牖：窗户。
[4] 云房：僧道或隐者所居住的房屋。
[5] 尽室：一室。
[6] 觞：古代的饮酒用具。

晨登乐游原，望终南积雪

〔唐〕皎然

凌晨拥弊裘[1]，径上古原头。雪霁山疑近，天高思若浮。
琼峰埋积翠[2]，玉嶂掩飞流[3]。曜彩含朝日[4]，摇光夺寸眸[5]。
寒空标瑞色，爽气袭皇州[6]。清眺何人得[7]，终当独再游。

【注释】

[1] 弊裘：破旧的皮衣。

[2] 琼峰：积雪的山峰。

[3] 玉嶂：形容积雪的山峦。

[4] 曜：照耀，明亮。朝（zhāo）日：早晨初升的太阳。

[5] 摇光：谓光芒闪烁。寸眸：眼睛。

[6] 爽气：明朗开豁的自然景象。皇州：指唐国都长安。

[7] 清眺：悠闲地远望。

题终南山隐者室

〔唐〕齐己

终南山北面，直下是长安。自扫青苔室，闲欹白石看。
风吹窗树老，日晒窦云干[1]。时向圭峰宿[2]，僧房瀑布寒。

【作者简介】

齐己（860—937？），本姓胡，名得生，潭州益阳（今属湖南）人。唐末诗僧。约唐僖宗中和前后在世，早丧父母，以早慧名。出家后，声价益隆，与郑谷、曹松、方干为诗友。尝住江陵之隆兴寺，自号衡岳沙门。《全唐诗》存诗十卷。《唐才子传》有载。

【注释】

[1] 窦：孔穴，洞。

[1] 圭峰：终南山上的山峰，唐华严宗第五祖宗密禅师于此修行。

终南僧

〔唐〕贯休

声利掀天竟不闻[1],草衣木食度朝昏[2]。
遥思山雪深一丈[3],时有仙人来打门。

【作者简介】

贯休(823—912),俗姓姜,字德隐,婺州兰溪(今浙江兰溪市)人。唐末五代著名画僧、诗僧。七岁出家和安寺,唐天复间入蜀,被前蜀主王建封为"禅月大师"。能诗,善丹青。今存《禅月集》二十五卷。《全唐诗》存诗十二卷。《宋高僧传》有传。《唐才子传》有载。

【注释】

[1] 声利:名利。掀天:翻天。极言声势之大。

[2] 草衣:编草为衣。引申为粗劣的衣服。亦可指隐者的衣着。木食:以山中野树果实充饥。形容隐逸之士远离世事。朝昏:早晚。借指日子,生活。

[3] 遥思:思念处在远方的人或相隔已久的事。

终南精舍月中闻磬

〔唐〕独孤申叔

精庐残夜景[1],天宇灭埃氛[2]。幽磬此时击,余音几处闻。
随风树杪去,支策月中分。断绝如残漏,凄清不隔云。
羁人方罢梦,独雁忽迷群。响尽河汉落[3],千山空纠纷[4]。

【作者简介】

独孤申叔,字子重,洛阳人。唐贞元十三年(797)登进士第。十五年中博学宏词科,授秘书省校书郎。工诗文,长于赋颂,与韩愈、柳宗元、刘禹锡等交善。《全唐诗》存诗一首。

【注释】

[1] 精庐:道士、僧人修炼居住之所。

[2] 天宇:天空。埃氛:尘埃弥漫的大气。

[3] 河汉:指银河。

[4] 纠纷:交错杂乱的样子。

终南山

〔唐〕裴说

九衢南面色,苍翠绝纤尘。寸步有闲处[1],百年无到人。
禁林寒对望[2],太华净相邻[3]。谁与群峰并,祥云瑞露频[4]。

【作者简介】

裴说,桂州(今广西桂林)人。少逢唐末乱世,奔走江西、湖南等地。屡行卷,久不第。至哀帝天祐三年(960),方以状元及第。与曹松、王贞白、诗僧贯休、处默为友。后梁时,累迁补阙,终礼部员外郎。诗风近贾岛,苦吟有奇思。有《裴说集》一卷。《全唐诗》存诗一卷。《唐才子传》有载。

【注释】

[1] 寸步:喻极近的距离。闲处:僻静的处所。

[2] 禁林:皇家园林。

[3] 太华:山名。即西岳华山,因其西有少华山,故称太华。

[4] 祥云:吉祥的云彩。瑞露:象征吉祥之露;甘露。

终南山

〔唐〕张乔

带雪复衔春[1]，横天占半秦[2]。势奇看不定[3]，景变写难真[4]。洞远皆通岳，川多更有神。白云幽绝处，自古属樵人[5]。

【注释】

[1] 衔春：蕴含着春色。

[2] 横天：横亘天空。

[3] 势奇：山势奇绝。

[4] 写难真：难以描画出真貌。写，描摹。

[5] 樵人：樵夫。

题终南山白鹤观

〔唐〕张乔

上彻炼丹峰，求玄意未穷。古坛青草合，往事白云空。仙境日月外，帝乡烟雾中[1]。人间足烦暑[2]，欲去恋松风。

【注释】

[1] 帝乡：天宫；仙乡。

[2] 烦暑：闷热；暑热。

终南山

〔唐〕王贞白

终南异五岳,列翠满长安[1]。地去搜扬近,人谋隐遁难[2]。水通诸苑过,雪照一城寒。为问红尘里,谁同驻马看。

【作者简介】

王贞白,生卒年不详,字有道,信州永丰(今江西广丰)人。乾宁二年(895)进士,尝与罗隐、贯休等同唱和。自编《灵溪集》七卷,已佚。《全唐诗》存诗一卷。《全唐诗补逸》补诗十二首。《唐才子传》有载。

【注释】

[1] 五岳:指东岳泰山、南岳衡山、西岳华山、北岳恒山、中岳嵩山。传说为群仙所居,历代帝王多往祭祀。此二句是说终南山与五岳风光不同,青翠的山色掩映着长安。

[2] 搜扬:访求推举人才之意。此二句谓终南山离搜访人才的朝廷太近,所以难以在此隐居。

敬和崔尚书大明朝堂雨后望终南山见示之作

〔唐〕苏颋

奕奕轻车至[1],清晨朝未央[2]。未央在霄极,中路视咸阳。委曲汉京近,周回秦塞长。日华动泾渭,天翠合岐梁[3]。五丈旌旗色[4],百层枌橑光[5]。东连归马地,南指斗鸡场。晴壑照金甗[6],秋云含璧珰[7]。由余窥霸国[8],萧相奉兴王[9]。功役隐不见[10],颂声存复扬。权宜珍构绝,圣作宝图昌[11]。

在德期巢燧[12]，居安法禹汤[13]。冢卿才顺美[14]，多士赋成章[15]。价重三台俊[16]，名超百郡良。焉知掖垣下[17]，陈力自迷方[18]。

【注释】

[1] 奕奕：谓驾车的马从容轻捷的样子。

[2] 未央：汉都长安宫名。此借指唐皇宫。

[3] 岐梁：岐山和梁山的并称。

[4] 五丈：五丈原。三国时诸葛亮北伐曹魏、屯兵用武、死而后已的古战场。位于今陕西省宝鸡市岐山县。

[5] 百层：古台名。枌橑：阁楼的栋与椽。代指楼阁。

[6] 金屼（shì）：阶旁金黄色的斜石。

[7] 璧珰：屋椽头的装饰。以璧饰之，故称。

[8] 由余：春秋时秦国贤士。其先为晋人，逃到戎地，戎王不能用。秦穆公知其贤能，用离间计使其君臣相疑，最后去戎降秦。之后，与百里奚、蹇叔共同辅佐秦穆公成就霸业。此借指崔尚书。

[9] 萧相：指萧何。萧何从刘邦起事，以功封酂侯，官至相国。后用为咏宰相的典故。此借指崔尚书。兴王：励精图治，勤于王业的君主。

[10] 功役：兴建土木工程的劳役。

[11] 宝图：皇位；帝业。

[12] 巢燧：有巢氏与燧人氏的合称。二人均为传说中原始社会部落联盟首领，历来被视为圣明之主。后世常以巢燧作为称美圣君的典故。

[13] 法：效法。禹汤：夏禹与成汤的合称。禹为传说时代部落联盟夏的领袖，成汤为商朝开国之君，他们都被视为上古的贤明君主。后世用作称美贤君的典故。

[14] 冢卿：六卿中掌国政者。顺美：顺和美善。

[15] 多士：泛指众官。

[16] 三台：汉代以尚书为中台，御史为宪台，谒者为外台，合称三台。后指中央官署。

[17] 掖垣：皇宫的旁垣。唐代门下、中书两省在宫中左右掖，因而也借指门下、中书两省。

[18] 陈力：贡献、施展才力。迷方：迷路。此句谓想要效力朝廷却苦于无路可通。

暮春寻终南柳处士

〔唐〕李端

庞眉一居士[1]，鹑服隐尧时[2]。种豆初成亩，还丹旧日师[3]。
入溪花径远[4]，向岭鸟行迟。紫葛垂苔壁，青菰映柳丝[5]。
偶来尘外事，暂与素心期[6]。终恨游春客，同为岁月悲。

【注释】

[1] 庞眉：同"厖眉"，指黑白杂色之眉，多用以描写年寿高迈者。此句写柳处士年高。

[2] 鹑服：补缀的破旧衣衫。后用来形容人穷困。

[3] 还丹：指炼就仙丹，得道成仙。

[4] 花径：花间的小路。

[5] 青菰：植物名。俗称茭白。

[6] 素心：本心；宿愿。期：相合。

题终南山僧堂

〔唐〕罗邺

九衢终日见南山，名利何人肯掩关[1]。
唯有吾师达真理，坐看霜树老云间。

【注释】

[1] 掩关：关闭；关门。引申为拒绝。

送秋马上始见终南

〔宋〕韩琦

终南频月晦峰峦[1],一雨民心万事宽。
救彻旱苗充岁望[2],洗开山色与人看。
半天横示全秦壮[3],积雪高连太白寒[4]。
欲识众多欣幸意,送秋歌舞满长安。

【作者简介】

韩琦(1008—1075),字稚圭,自号赣叟,相州安阳(今属河南)人。北宋政治家、名将,天圣进士。初授将作监丞,历枢密直学士、陕西经略安抚副使、陕西四路经略安抚招讨使。与范仲淹共同防御西夏,名重一时,时称"韩范"。嘉祐元年(1056),任枢密使;三年,拜同中书门下平章事。英宗嗣位,拜右仆射,封魏国公。神宗立,拜司空兼侍中,出知相州、大名府等地。熙宁八年卒,年六十八。谥忠献。《宋史》有传。著有《安阳集》五十卷。

【注释】

[1] 频月:累月。晦峰峦:山峰为阴云笼罩,看不清楚。
[2] 岁望:对一年农事收成的盼望。
[3] "半天"句:言雨过天晴,遥望终南山高耸半天,横亘秦地,气势壮阔。
[4] 太白:即太白山,为秦岭主峰,山峰高峻,相传峰顶长年积雪不化。太白积雪为关中八景之一。

终南篇十首（其五）

〔明〕王九思

经台西峙五台东[1]，白阁阴森紫阁融[2]。
群山罗列重云外，圭峰拱立碧天中。

【作者简介】

王九思（1468—1551），字敬夫，号渼陂，陕西鄠县（今西安鄠邑区）人。明弘治九年（1496）进士。授检讨，以附刘瑾为吏部郎中。瑾败，降寿州同知，勒致仕。善作词曲。有《碧山乐府》《碧山续稿》《碧山新稿》《渼陂集》。

【注释】

[1] 经台：用于讽诵佛经的平台。五台：秦岭终南山中段的一个支脉，详见前司空图《次韵和秀上人游南五台》注释[1]。

[2] 白阁、紫阁及末句的"圭峰"，均为终南山上的三座山峰。杜甫《渼陂西南台》诗："错磨终南翠，颠倒白阁影。"仇兆鳌注引《通志》："紫阁、白阁、黄阁三峰，具在圭峰东。紫阁，旭日射之，烂然而紫。白阁阴森，积雪不融。黄阁不知所谓。三峰不甚远。"

望终南山

〔明〕郑岳

行台临渭水[1]，隐几对终南[2]。面势殊轩豁[3]，晴光更蔚蓝。
凭高穷陇蜀[4]，设险带崤函[5]。异产饶金石，明堂具梗楠。
韩诗尝竞态，边径独贻惭。累代皇图改[6]，明时圣泽覃[7]。
霜华群物肃，秋气万峰含。独往情何剧，端居意每贪。

烟尘凝远眺，岩谷阻幽探[8]。拟逐仙人住，还从石丈参[9]。
山灵遥谢客，蕙径请回骖。

【作者简介】

郑岳，字汝华，福建莆田人。明弘治六年（1493）进士。授户部主事。累迁江西左布政使。世宗即位，抚江西。旋召为大理卿，陈刑狱失平八事，迁兵部左侍郎。后乞休归。有《莆阳文献》《山斋集》。

【注释】

[1] 行台：客寓，旅馆。
[2] 隐几：靠着几案，伏在几案上。
[3] 面势：地形，形势。轩豁：高大开阔。
[4] 陇蜀：陇，指陇右；蜀，指西蜀。
[5] 崤函：崤山和函谷。自古为险要的关隘。函谷东起崤山，故以并称。
[6] 皇图：封建王朝的版图。亦指封建王朝。
[7] "明时"句：政治清明时帝王的恩泽惠及天下。覃（tán）：遍及；广施。
[8] 幽探：谓探求幽胜之境。
[9] 石丈：宋叶梦得《石林燕语》卷十："米芾诙谐好奇……知无为军，初入州廨，见立石颇奇，喜曰：此足以当我拜。遂命左右取袍笏拜之，每呼曰'石丈'。"后用为奇石的代称。

至终南

〔明〕康海

冲泥抵终南[1]，迷濛失山色。遥望太平空，崔嵬白云极。
凭高晌村落[2]，嘉树森森植[3]。此地素灵异，气候曷可测。
旦日云气消，嫩碧竞环域[4]。绿草弥望浮[5]，波光与山逼。
双双百鸟来，涤荡千虑息。宿性喜丘壑，跻攀易筋力[6]。
深秋事佳游，长歌厌轻默。早晚期卜筑[7]，终以卧斯侧。

【注释】

[1] 冲泥：谓踏泥而行，不避雨雪。

[2] 睍（jiàn）：探视。

[3] 森森：树木繁密貌。

[4] 嫩碧：新绿；浅绿。

[5] 弥望：充满视野、满眼。

[6] 跻攀：犹攀登。

[7] 卜筑：择地建筑住宅，即定居之意。

终南篇

〔明〕何景明

离宫别馆旧京华[1]，表里关河属汉家[2]。
二阁天围青锦障，五台云涌石莲花。

【注释】

[1] 离宫别馆：正宫之外供帝王出巡时居住的宫室。

[2] 关河：关山河川。

终南积翠

〔明〕林鸿

终南太古色，积翠无冬春。阳崖俯荆楚，阴壑开函秦[1]。
碧树晓未分，苍苍散参辰[2]。下蟠蛰水龙，上有避世人。
有时浮爽气，挂笏可揽结[3]。安得构精庐[4]，谈经对松雪。

【作者简介】

林鸿，字子羽，明福建福清人。洪武初以人才荐，授将乐县学训导，官至礼部员外郎。性落拓不善仕,年未四十自免归。工诗,为闽中十才子之首。有《鸣盛集》。

【注释】

[1] 阴壑:幽深的山谷,背阳的山谷。函秦:泛指长安一带。

[2] 参辰:参星和辰星,分别在西方和东方,出没各不相见。亦泛指星辰。

[3] 挂笏:即"挂笏看山"。用以形容在官而有闲情雅兴。亦形容悠然自得的样子。笏:古代大臣上朝时拿的手版。揽结:收取。

[4] 精庐:原指寺观、僧舍,此处指远离尘俗之所。

雨后望终南山作

〔明〕殷奎

万岭千崖紫翠团,山城过雨一番看。
断云面面屏风叠,残照棱棱剑脊攒[1]。
华岳三峰晴戴雪[2],草堂六月昼生寒。
兴来便欲扶筇去[3],无限归心此际宽。

【注释】

[1] 棱棱:严寒。剑脊:剑形的山脊。攒:积聚。

[2] 华岳三峰:指华山的莲花、毛女、松桧三座山峰。

[3] 扶筇(qióng):扶杖。筇,古书上说的一种竹子,可做手杖。

望终南山

〔清〕王士禛

青绮门边路[1],终南积翠阴[2]。山河三辅壮[3],烟树五陵深[4]。
朝市几迁改,白云无古今[5]。何如归辋口,水石好园林[6]。

【注释】

[1] 青绮门：即青门，汉长安城之东南门。本名霸城门，因门色青，俗呼为青门。

[2] 积翠：谓翠色积迭。

[3] 三辅：汉景帝时分内史为左、右内史，与主爵中尉同治长安城中，所辖皆京畿之地，合称三辅。汉武帝时改为京兆尹、右冯翊、左扶风，辖境相当今陕西中部地区。后因称关中一带为三辅。

[4] 五陵：指汉高祖长陵、汉惠帝安陵、汉景帝阳陵、汉武帝茂陵，汉昭帝平陵。汉代皇帝每立陵墓，都要迁四方豪富居于其侧，故五陵为汉代著名的豪贵聚居之地。后常用五陵泛称长安一带。

[5] 朝市：朝廷与市肆。古人常用朝市变迁喻世事变迁。

[6] 辋口：即唐代大诗人王维长期居住的辋川。末二句是说自己也想像王维那样归隐于山清水秀的辋川。

入终南山

〔清〕赵福云

飞鸟不能渡，盘空一骑来[1]。峰头撑积雪，石腹走惊雷。
呼吸诸天应，功名捷径开[2]。终南山万仞，掷笔待仙才。

【作者简介】

赵福云，字耦村，浙江山阴人。有《三惜斋诗集》。

【注释】

[1] 盘空：绕空；凌空。

[2] 功名捷径：即终南捷径，唐人卢藏用想入朝为官，便隐居终南山，以冀征召，时人称之为"随驾隐士"，后果被召入仕。后来又有司马承祯也因此而作官。后遂以"终南捷径"专指求名利最近便的门路。

望终南

〔清〕慕昌淮

终南晴后势巍巍，积雪皑皑万壑堆。
天外奇峰连日白，山头老树尽花开。
惊风摧木号阴岭[1]，冻瀑挟冰走涧雷。
晓起长安排闼望[2]，岚光如水入城来[3]。

【注释】

[1] 阴岭：背阳的山岭。

[2] 排闼：推开门。闼：小门。

[3] 岚光：山间雾气经日光照射发出的光彩。

鄠邑区

鄠（hù）邑区隶属于陕西省西安市，原称鄠县、户县，位于西安市西南部，地处关中平原腹地，南依秦岭，北临渭河。鄠邑区历史悠久，源远流长。公元前21世纪至前16世纪，为夏之有扈氏国，这是鄠邑区建置最早的方国。商时为崇国，周作丰京，春秋为扈国，秦代改"扈"为"鄠"，西汉设置"县"，历代延续。1964年9月，经国务院批准，将"鄠县"改为"户县"，属西安市郊县。1983年10月，户县划归西安市管辖。2016年12月撤县设区，改为鄠邑区。

鄠邑区古为京畿之地，是周、秦、汉、唐等十二朝皇家之林苑。南部山区森林茂盛，自然风光旖旎，素有"西安后花园"和"银户县"之称。建于东晋时期的佛教译经场草堂寺今天依然焕发着昔日的风采，紫阁峪内的紫阁寺塔经过考证为一代大师玄奘移骨之地，建于明崇贞八年的县城中楼完整地保存了绝世精品雁字回文诗碑，李白、杜甫等文人墨客在高冠潭、紫阁峪等地留下了众多的名篇佳作。

鄠郊别墅寄所知

〔唐〕温庭筠

持颐望平绿[1]，万景集所思。南塘遇新雨，百草生容姿。
幽鸟不相识，美人如何期[2]。徒然委摇荡，惆怅春风时。

【注释】

[1] 持颐：以手托腮。形容神态专注安详。颐：腮，面颊。平绿：一片绿色。亦指平展的绿色园地或原野。

[2] 如何：一作何可。

鄠郊山舍题赵处士林亭

〔唐〕李洞

圭峰秋后叠[1]，乱叶落寒墟。四五百竿竹，二三千卷书。
云深猿拾栗，雨霁蚁缘蔬。只隔门前水，如同万里余。

【注释】

[1] 圭峰：终南山山峰名。详见前王九思《终南篇》注释[2]。

题云际寺[1]

〔唐〕李洞

开门风雪顶，上彻困飞禽。猿戏青冥里[2]，人行紫阁阴[3]。
腊泉冰下出，夜磬月中寻。尽欲居岩室[4]，如何不住心。

【注释】

[1] 云际寺：位于今西安市鄠邑区太平峪境内万花山上。万花山唐代以前称云际山。唐高宗年间，新罗国（朝鲜国）国王之孙隐居此山寺从事佛事达八年之久，故曾名"新罗王子台"，唐代后期改名为"云际寺"。

[2] 青冥：形容青苍幽远。指山岭。

[3] 紫阁：终南山山峰名。详见前王九思《终南篇》注释[2]。

[4] 岩：一作官。

偶成时作鄠西县主簿

〔宋〕程颢

云淡风轻近午天，望花随柳过前川[1]。
旁人不识予心乐，将谓偷闲学少年。

【作者简介】

程颢（1032—1085），字伯淳，学者称明道先生，河南（今河南洛阳）人。仁宗嘉祐二年（1057）进士。历鄠县、上元主簿，泽州晋城令。与其弟程颐同为理学奠基人，早年从周敦颐学，世并称"二程"。著有《明道先生文集》，由门人整理其日常讲录、经说等，与程颐著作同编入《二程全书》。

【注释】

[1] 傍花随柳：傍随于花柳之间。傍，靠近，依靠。随，沿着。

秋日偶成二首（其二）

〔宋〕程颢

闲来无事不从容，睡觉东窗日已红[1]。
万物静观皆自得，四时佳兴与人同[2]。

道通天地有形外，思入风云变态中。

富贵不淫贫贱乐，男儿到此是豪雄。

【注释】

[1] 觉：醒。

[2] 四时：春、夏、秋、冬四季。

鄠县城南

〔清〕贺瑞麟

明道当年簿鄠时[1]，天然风景天然诗。

傍花随柳知何处[2]，欲起先生一问之。

【作者简介】

贺瑞麟（1824—1893），字角生，号复斋、陕西三原县人。清末著名理学家、教育家、书法家。道光二十一年（1841）中秀才，后授业于关学大儒李桐阁，与山西芮城薛于瑛（仁斋）、朝邑杨树椿（损斋）并称"关中三学正"。同治九年（1870）创立正谊书院。主讲正谊书院二十年。刊印经典，汇集为《清麓丛书》。

【注释】

[1] 明道：指程颢。程颢曾任鄠县主簿，与其弟程颐并创理学一派，世称"明道先生"。

[2] 傍花随柳：语出程颢《偶成》"望花随柳过前川"，"望花"或作傍花。

鄠杜

鄠县与杜陵。汉宣帝微行尤爱鄠、杜，故鄠杜并称至今。

扈从鄠杜间奉呈刑部尚书舅崔黄门马常侍

〔唐〕苏颋

翠华红旗出帝京[1]，长杨鄠杜昔知名[2]。
云山一一看皆美[3]，竹树萧萧画不成[4]。
羽骑将过持袂拂，香车欲度卷帘行。
汉家曾草巡游赋，何似今来应圣明。

【注释】

[1] 翠华：用翠羽装饰车盖的车，为皇帝所乘。

[2] 长杨：长杨宫。战国秦昭王建，汉代重加修饰。有垂杨数亩，故名。内有射熊馆，秦汉时为帝王游猎之所。在今陕西周至县东南。

[3] 美：一作"异"。

[4] 萧萧：一作"丛丛"。

鄠杜郊居

〔唐〕温庭筠

槿篱芳援近樵家[1]，垄麦青青一径斜。
寂寞游人寒食后[2]，夜来风雨送梨花。

【注释】

[1] 槿篱：木槿篱笆。援：一作"杜"。

[2] 寒食：节令名。清明前一二日，禁火三天，吃冷食。

鄠杜旧居二首

〔唐〕韦庄

其一

却到山阳事事非,谷云溪鸟尚相依。
阮咸贫去田园尽[1],向秀归来父老稀[2]。
秋雨几家红稻熟,野塘何处锦鳞肥。
年年为献东堂策[3],长是芦花别钓矶[4]。

其二

一径寻村渡碧溪,稻花香泽水千畦。
云中寺远磬难识,竹里巢深鸟易迷。
紫菊乱开连井合,红榴初绽拂檐低。
归来满把如渑酒[5],何用伤时叹凤兮[6]。

【注释】

[1]阮咸贫:刘义庆《世说新语·任诞》:"阮仲容(阮咸)、步兵(阮籍)居道南,诸阮居道北,北阮富,南阮贫。七月七日,北阮盛晒衣,皆纱罗锦绮。仲容以竿挂大布犊鼻裈于中庭,人或怪之,答曰:'未能免俗,聊复尔耳。'"后因以"阮咸贫"为家境贫寒而放达之典。

[2]向秀归来:魏晋之际的文人向秀旧地重游,闻邻人笛声,触发怀念亡友嵇康、吕安之情,曾作《思旧赋》。后世用作怀念亡友的典故,亦借以咏笛。这里以返里思旧的向秀自比,感伤故里父老多有亡故。

[3]东堂策:东堂为晋宫正殿。《晋书·挚虞传》:"武帝诏曰:'省诸贤良答策,虽所言殊涂,皆明于王义,有益政道……'诸贤良方正直言,会东堂策问。"后因以"东堂策"指策试。亦指所对的策文。这里以"献东堂策"为喻,

自述曾因多次赴科举而离开故居。

[4] 钓矶："严陵钓坛"，传说为东汉严子陵渔钓之处，后常用作咏隐士之典。

[5] 如渑（shéng）酒：渑，水名。《左传·昭公十二年》："齐侯举矢，曰：'有酒如渑，有肉如陵。寡人中此，与君代兴。'"后用以咏酒宴。这里借以自述寄情于酒的心情。

[6] 叹凤：典出《论语·子罕》："子曰：'凤鸟不至，河不出图，吾已矣夫！'"谓生不逢时。

寄鄂杜李遂良处士

〔唐〕高骈

小隐堪忘世上情[1]，可能休梦入重城。
池边写字师前辈[2]，座右题铭律后生。
吟社客归秦渡晚[3]，醉乡渔去渼陂晴[4]。
春来不得山中信，尽日无人傍水行。

【作者简介】

高骈（821—887），字千里，幽州（今北京西南）人。家世禁军。曾任右神策军都虞侯、秦州刺史、安南都护、五镇节度使，封渤海郡王。晚年笃信神仙之术，光启三年（887）为部将毕师铎所囚杀。《全唐诗》存诗一卷。《新唐书》有传。

【注释】

[1] 小隐：谓隐居山林。晋王康琚《反招隐》诗："小隐隐陵薮，大隐隐朝市。"

[2] 池边写字：《后汉书·张奂列传》注引王愔《文志》曰："（张）芝少持高操，以名臣子勤学……尤好草书，学崔、杜之法，家之衣帛，必书而后练。临池学书，水为之黑。"后以此典形容练习书法勤奋。

[3] 吟社：诗社。

[4] 醉乡：指醉酒后神志不清的境界。

赠鄂县尉李先辈二首之一

〔唐〕马戴

同人家鄠杜，相见罢官时。野坐苔生石，荒居菊入篱[1]。
听蝉临水久，送鹤背山迟。未拟还城阙[2]，溪僧别有期。

【注释】

[1] 荒居：荒僻的住处。常用作对自己住处的谦称。
[2] 城阙：都城，京城。

大观楼

即今鄠邑区钟楼，始建于明崇祯八年（1635）。知县张宗孟在重修县城并新建四门城楼时，倡议于城楼之中修建供奉文昌帝君之楼阁，以兴文风，故名文昌阁。楼初建时，立意县城中心之楼，惯称中楼。后又仿省城西安于楼上西北隅挂置报时铜钟一口，泛称钟楼。乾隆十年（1745）重修后称大观楼。故该楼有中楼、文昌阁、钟楼、大观楼等多个称谓。大观楼基座一层，楼阁二层。结构为重檐三滴水四角攒尖顶。四周洞口题字东"迎旭"、南"览胜"、西"瞻紫"、北"拱极"。楼高大壮观，登楼远眺，四方景物尽收眼帘。

登鄂邑大观楼

〔清〕李柏

缈缈终南此共齐，层楼天半锁丹梯[1]。
卷帘眼底乾坤小，开牖空中日月低[2]。
玉雁毛髾山鸟怨[3]，金龙甲落野猿啼。

凭栏忽堕幽人泪[4]，却为王孙麦饭凄[5]。

【作者简介】

李柏（1624—1694），字雪木，清陕西郿县人。少贫，事母至孝。入太白山读书数十年，成大儒，与李颙、李因笃有"关中三李"之称。有《槲叶集》。

【注释】

[1] 丹梯：红色的台阶。

[2] 牖：窗。

[3] 髡（kūn）：本为古代的一种刑法。此处为脱去毛发。

[4] 幽人：指幽居之士。此为作者自指。

[5] 王孙麦饭：《史记·淮阴侯列传》："信钓于城下，诸母漂，有一母见信饥，饭信，竟漂数十日。信喜，谓漂母曰：'吾必有以重报母。'母怒曰：'大丈夫不能自食，吾哀王孙而进食，岂望报乎！'……信至国，召所从食漂母，赐千金。"

大观楼二咏

〔清〕冯文锡

隐隐三峰天际头，霞光紫气满林丘。
汉家宫阙当年胜，山水于今独自伴。

三阁平临野色通，白云长卷一天空。
凭栏无限兴怀事，寄与青山图画中。

【作者简介】

冯文锡，清代咸宁人，生平不详。

无梦令 [1]

〔金〕王喆

大道长生门户，几个惺惺觉悟[2]？铅汞紧收藏[3]，方始澄神绝虑。心慕，心慕。便趋蓬莱仙路。

【作者简介】

王喆（1112—1170），即王重阳，初名中孚，字允卿，金咸阳人。金、元之际道士。熙宗天眷初应武举，改名德威，字世雄。海陵王正隆四年（1159）学道，改名喆，字知明，号重阳子。好属文，才思敏捷。学道后往来终南山一带，后至山东崳山全真庵，创立全真道。【注释】

[1] 这首《无梦令》词，韵调同《如梦令》。王喆原作手书，已刻于石，原碑今存于鄠邑区祖庵镇重阳宫中。

[2] 惺惺：清醒、机警。

[3] 铅汞：指铅和汞，当时人们炼制长生"仙丹"的主要材料。

重阳观

〔金〕杨奂

终南佳处小壶天[1]，教启全真自此仙[2]。
道纪宏开山色里[3]，通明高耸日华边。
南连地肺花浮水，西望经台竹满烟。
最爱云窗无事客，寂然心月照重玄[4]。

【注释】

[1] 小壶天：指仙境。

[2] 全真：即全真教。

[3] 道纪：道的规律。《老子》："迎之不见其首，随之不见其后，执古之道，以御今之有，能知古始，是谓道纪。"

[4] 云窗：云雾缭绕的窗户，借指深山中僧道或隐者的居室。重玄：天空。

紫阁峰

原名紫盖山，古时为终南名山之首。峰高2150米，东面临高冠，西面临紫阁。西面自峰顶向下1000多米左右的90度悬崖绝壁，山势俊秀，景色绝美。紫阁青冥为鄠邑区十景之一。

紫阁峰之北有黄阁峰，其南有白阁峰，其西有仙掌峰，俯仰皆景。山上有古刹，或云南山诸寺，唯紫阁峰寺为冠。自六朝以来，至于唐、宋、明、清，向为士大夫涉足寄情之去处。汉代张良在此无量洞避暑、隐居；北周法藏在此修行，唐代许多高僧如道宣、楚金、飞锡、慧昭均曾在此地修行，亦有许多士子利用山上现有寺庙习业，与义学僧侣问学、切磋，学有所成则下山应试，或以隐居为成名资粮，终南捷径为士子入仕开辟另一途径，无论是真隐、假隐，紫阁山都是当时士人所向往的好去处。

宿紫阁山北村

〔唐〕白居易

晨游紫阁峰，暮宿山下村。村老见予喜，为予开一樽[1]。
举杯未及饮，暴卒来入门。紫衣挟刀斧[2]，草草十余人。
夺我席上酒，掣我盘中飧[3]。主人退后立，敛手反如宾[4]。
中庭有奇树[5]，种来三十春。主人惜不得，持斧断其根。
口称采造家[6]，身属神策军[7]。主人慎勿语，中尉正承恩[8]。

【注释】

[1] 开一樽：设酒款待之意。

[2] 紫衣：指穿三品以上紫色官服的神策军头目。挟：用胳膊夹着。

[3] 掣（chè）：拿走，抽取。飧（sūn）：晚饭，亦泛指熟食，饭食。

[4] 敛手：双手交叉，拱于胸前，表示恭敬。

[5] 奇树：珍奇的树。此句语本《古诗十九首·庭中有奇树》。

[6] 采造家：指专管采伐、建筑的官府派出的人员。采造，专管采伐、建筑的官府。

[7] 神策军：中唐时期皇帝的禁卫军之一。

[8] 中尉：神策军的最高长官。承恩：得到皇帝的宠信。

归紫阁下

〔唐〕韩偓

一笈携归紫阁峰[1]，马蹄闲慢水溶溶。
黄昏后见山田火，胧朣时闻县郭钟[2]。
瘦竹迸生僧坐石，野藤缠杀鹤翘松。
钓矶自别经秋雨[3]，长得莓苔更几重。

【注释】

[1] 笈：书箱。

[2] 朣：《玉篇》作"怱"。怱、怱，急遽。

[3] 钓矶：即严陵钓坛，传说为东汉严子陵渔钓之处，后常用作咏隐士之典。

长孙霞李溟自紫阁白阁二峰见访

〔唐〕贾岛

寂寞吾庐贫，同来二阁人。所论唯野事[1]，招作住云邻。
古寺期秋宿，平林散早春。漱流今已矣[2]，巢许岂尧臣[3]。

【注释】

[1] 野事：野外风情。

[2] 漱流：用溪流漱口。魏晋间常用"枕石漱流"描绘隐者高士的生活。后世用为典实。这里以"漱流"喻指隐居山林。

[3] 巢许：巢父、许由的合称。二人均为传说中唐尧时代的隐士。后世用作隐居不仕的典故。

喜入兰陵望紫阁峰呈宣上人

〔唐〕李益

薙草开三径[1]，巢林喜一枝[2]。地宽留种竹，泉浅欲开池。
紫阁当疏牖[3]，青松入坏篱。从今安僻陋，萧相是吾师[4]。

【注释】

[1] 薙（tì）草：除草。三径：赵岐《三辅决录·逃名》："蒋诩归乡里，荆棘塞门，舍中有三径，不出，唯求仲、羊仲从之游。"后因以"三径"指归隐者的家园。

[2] "巢林"句：《庄子·逍遥游》："鹪鹩巢于深林，不过一枝。"谓鹪鹩筑巢，只不过占用一根树枝。后以"巢林一枝"比喻安本分，不贪多。

[3] 疏牖：格子稀疏的或破损的窗户。

[4] "从今"二句：《史记·萧相国世家》："（萧）何置田宅必居穷处，为家不治垣屋。曰：'后世贤，师吾俭；不贤，毋为势家所夺。'"萧相：指西汉开国功臣之一萧何。

紫阁隐者

〔唐〕尚颜

天高紫阁侵，隐者信沉沉[1]。道长年兼长，云深草复深。

如非禅客见[2]，即是猎人寻。北笑长安道，埃尘古到今。

【作者简介】

　　尚颜，生卒年、里贯均不详，俗姓薛，字茂圣。唐末五代诗僧。咸通、乾符中，受知于徐州节度使薛能。后居荆门十年。昭宗光化中入京，以文章供奉内廷，赐紫。又曾居庐山、潭州、峡州等地。卒年九十余。工五言诗。与诗人方干、陈陶、陆龟蒙、郑谷、司空图、吴融、李洞、齐己等均有唱和。有《荆门集》五卷，已佚。《全唐诗》存诗一卷。《唐才子传》有载。

【注释】

　　[1] 沉沉：形容音信杳无。
　　[2] 禅客：俗家参禅者。亦泛称参禅之僧。

紫阁峰

〔唐〕邵谒

壮国山河倚空碧，迥拔烟霞侵太白。
绿崖下视千万寻，青天只据百余尺。

【作者简介】

　　邵谒，生卒年不详，韶州翁源（今广东翁源）人。少为县小吏，咸通七年（866），至京师，隶国子监。后不知所终。有《邵谒集》一卷。《全唐诗》存诗一卷。《唐才子传》有载。

寄王奉御

〔唐〕张籍

爱君紫阁峰前好，新作书堂药灶成。

见欲移居相近住，有田多与种黄精[1]。

【注释】

[1] 黄精：草药名，为补脾、润肺之品。李时珍释其名曰："黄精为服食要药，故《别录》列于草部之首，仙家以为芝草之类，以其得坤土之精粹，故谓之黄精。"

寄紫阁隐者

〔唐〕张籍

紫阁气沉沉[1]，先生住处深。有人时得见，无路可相寻。夜鹿伴茅屋，秋猿守栗林。唯应采灵药，更不别营心[2]。

【注释】

[1] 沉沉：形容寂静无声。

[2] 营心：犹经意；操心。

晚思

〔唐〕喻凫

鹤下紫阁云，沉沉翠微雨[1]。
独坐正无言，孤庄一声杵[2]。

【注释】

[1] 沉沉：水深貌；雨大貌。

[2] 杵（chǔ）：一头粗一头细的圆木棒，用来在臼里捣粮食或洗衣服时捶衣服。

题紫阁院

〔唐〕张蠙

上方人海外[1],苔径上千层。洞壑有灵药,房廊无老僧[2]。
古岩雕素像,乔木挂寒灯[3]。每到思修隐,将回苦不能。

【作者简介】

张蠙,生卒年不详,字象文,清河(今属河北)人。咸通中,屡举进士不第,与许棠、张乔等合称"咸通十哲"。乾宁二年(895),登进士第,授校书郎。历栎阳尉、犀浦令。王建称帝,拜膳部员外郎,为金堂令。有《张蠙诗集》二卷,已佚。《全唐诗》存诗一卷。《唐才子传》有载。

【注释】

[1] 上方:住持僧居住的内室。亦借指佛寺。
[2] 房廊:泛指殿宇、屋舍。
[3] 寒灯:寒夜里的孤灯。形容孤寂、凄凉的环境。

宿紫阁[1]

〔宋〕李駧

石磴溪桥傍翠峦,分明深入画图间。
远饶禅刹疑无景[2],迥出群峰别有山[3]。
微雨欲来云影乱,轻风不断鸟声闲。
岚光可是清人骨[4],更待中宵一梦还[5]。

【作者简介】

李駧,唐安(今四川崇庆县东南)人。宋神宗元丰初,知汉州绵竹县。宗元四年（1081），通判达州。徽宗崇宁二年（1103），通判秦州。

【注释】

[1]《金石萃编》引《石墨镌华》："崇宁二年六月一日，李駒通判秦中，留题终南，而鄠令崔珙书刻石。駒诗珙书，皆不离宋人本色。"

[2] "远饶"句，作者自注："南山诸寺，惟紫阁为冠。"禅刹：佛寺。

[3] "迥出"句，作者自注："仙掌数尖，特在群峰之外。"迥出：高出；超过。

[4] 岚光：山间雾气经日光照射而发出的光彩。

[5] 中宵：中夜，半夜。

渼陂

渼陂（bēi），关中风景胜地。故址在今西安市鄠邑区西5里，由终南山诸谷水合胡公、白沙等泉蓄积成湖。因陂水甘美，故称渼陂。渼陂泛舟为"户县十景"之一。此处高岸环堤，一洪荡漾，层峦叠嶂，影落其间，景色十分优美。诗人杜甫、岑参曾来此游，杜甫《渼陂行》诗："半陂以南纯浸山，动影袅窕冲融间。船舷暝戛云际寺，水面月出蓝田关。"陂鱼甚美，唐宝历二年（826），专设渼陂尚食收管以供御厨，不许百姓捕取。元代时，以陂鱼可治痔，游兵决陂取鱼，陂遂废，其地皆为水田。明末知县张宗孟又重加筑障。

城西陂泛舟 [1]

〔唐〕杜甫

青蛾皓齿在楼船[2]，横笛短箫悲远天[3]。
春风自信牙樯动，迟日徐看锦缆牵[4]。
鱼吹细浪摇歌扇[5]，燕蹴飞花落舞筵[6]。
不有小舟能荡桨，百壶那送酒如泉[7]。

【注释】

[1] 城西陂：即渼陂。

[2] 青蛾皓齿：代指美丽的歌妓。青蛾：古代女子用青黛画的眉。皓齿：洁白的牙齿。楼船：有楼饰的游船。

[3] 悲远天：动听的乐声响彻云天。悲，谓悲感动人。这句是说船上高奏着美妙的音乐。远天：遥远的天空。形容音乐传得很远。

[4] "春风"二句：明颜廷榘《杜律意笺》："象牙作帆樯，此乐府之侈词；锦彩为舟缆，此甘宁之侈事，皆属借形语。"此处所说"甘宁之侈事"，见于宋李昉《太平御览》卷771："《吴书》曰：甘宁住止，常以缯锦缆舟。去辄割弃以示奢。"牙樯：装饰着象牙的桅杆。徐看：慢慢观赏。锦缆：锦制的缆绳。

[5] 歌扇：歌舞时用的扇子。

[6] "燕蹴"句：言燕子踩落的花瓣掉落到船上的筵席间。

[7] "不有"二句：因为有小舟荡桨给楼船上送酒，楼船上才有美酒如泉，可以开怀畅饮。

渼陂行

〔唐〕杜甫

岑参兄弟皆好奇[1]，携我远来游渼陂。
天地黯惨忽异色[2]，波涛万顷堆琉璃[3]。
琉璃汗漫泛舟入[4]，事殊兴极忧思集[5]。
鼍作鲸吞不复知[6]，恶风白浪何嗟及[7]。
主人锦帆相为开[8]，舟子喜甚无氛埃[9]。
凫鹥散乱棹讴发[10]，丝管啁啾空翠来[11]。
沉竿续蔓深莫测[12]，菱叶荷花净如拭[13]。
宛在中流渤澥清[14]，下归无极终南黑[15]。
半陂以南纯浸山[16]，动影袅窕冲融间[17]。
船舷暝戛云际寺[18]，水面月出蓝田关[19]。
此时骊龙亦吐珠[20]，冯夷击鼓群龙趋[21]。
湘妃汉女出歌舞[22]，金支翠旗光有无[23]。
咫尺但愁雷雨至[24]，苍茫不晓神灵意。

少壮几时奈老何，向来哀乐何其多[25]。

【注释】

[1] 岑参兄弟：指岑参和其兄岑况。好奇：喜欢新奇。

[2] 黤（yǎn）惨：天色昏黑。

[3] 琉璃：形容波涛清澈。

[4] 汗漫：漫无边际。

[5] 事殊：事情发生变化。指游览时突然遭遇风雨。

[6] 鼍（tuó）：即扬子鳄，亦称"鼍龙""猪婆龙"。

[7] 恶风：狂风。

[8] 锦帆：指有锦制船帆的船。

[9] 氛埃：尘埃。

[10] 凫（fú）：水鸟，俗称"野鸭"。鹥（yī）：鸥的别称。棹讴：摇桨行船所唱之歌。

[11] 丝管：指乐器。啁啾（zhōu jiū）：多种乐器齐奏声。空翠：指青色的潮湿的雾气。

[12] 沉竿续缦：指划船的竹竿慢慢地深入水中。

[13] 拭：擦干净。

[14] 渤澥：古时称东海的一部分，及渤海。

[15] "下归"句：终南山倒映在无边无际的湖水中，影子一片黑色。

[16] 纯浸山：完全倒影着山的影子。

[17] 裛窱：山的倒影随着水波的摇动而美丽荡漾的样子。冲融：水波荡漾。

[18] 暝：黄昏。戛（jiá）：船舷经过的声音。云际寺：寺庙名。《长安志》："云际山大定寺，在鄠县东南六十里。"

[19] 蓝田关：即秦岭关。在蓝田县东南。

[20] "骊龙"句：形容湖面上灯火闪烁的样子。

[21] 冯夷：传说中的河神。《庄子·大宗师》："冯夷得之，以游大川。"司马彪注引《清泠传》云："冯夷，华阴（今陕西华阴县）潼乡堤首人也。服八石，得水仙，是为河伯。"冯夷击鼓：比喻湖面上游赏之人奏乐取乐。群龙趋：指湖上游船争先行驶。

[22] 湘妃：舜的两个妃子娥皇、女英。相传二妃投水于湘水，遂为湘水之神。汉女：传说中的汉水女神。这里指游船上歌舞的歌伎。

[23] 金支：一种装饰在乐器上的黄金饰品。翠旗：饰以翠羽的旗帜。光有无：指光闪烁不定。

[24] 咫尺：形容时间短暂。

[25] 哀乐何其多：哀乐无常之意。

渼陂西南台

〔唐〕杜甫

高台面苍陂[1]，六月风日冷。蒹葭离披去[2]，天水相与永[3]。
怀新目似击[4]，接要心已领[5]。仿像识鲛人[6]，空濛辨鱼艇[7]。
错磨终南翠[8]，颠倒白阁影[9]。崷崒增光辉[10]，乘陵惜俄顷[11]。
劳生愧严郑[12]，外物慕张邴[13]。世复轻骅骝，吾甘杂蛙黾[14]。
知归俗所忌[15]，取适事莫并[16]，身退岂待官[17]，老来苦便静[18]。
况资菱芡足[19]，庶结茅茨迥[20]。从此具扁舟，弥年逐清景[21]。

【注释】

[1] 高台：即西南台，处高地，故曰高台。面：向着。苍陂：青色的渼陂湖水。

[2] 蒹葭：特定生长周期的荻与芦。蒹：没长穗的荻。葭：初生的芦苇。离披：凋零的样子。

[3] 相与永：相互融为一体。即"秋水共长天一色"之意。

[4] 目击：看到。

[5] 接要：谓承接山水之要妙。

[6] 鲛人：神话传说中的人鱼。《搜神记》："南海有鲛人，水居如鱼，不废绩纺，时从水中出，寄人家卖绡。"

[7] 空濛：若有若无。因为鱼艇在远处，故曰空濛。

[8] 错磨：磨擦。此处指水中荡漾着山的青翠之色。

[9] 颠倒：白阁峰倒映在水中，故其影颠倒。

[10] 崷崪（qiú zú）：山高峻的样子。

[11] 乘陵：登临。惜俄顷：可惜只一会儿。因为登临时间短，故曰惜。

[12] 劳生：辛苦的生活。《庄子》："大块劳我以生。"严郑：汉代隐士严君平、郑子真的并称。

[13] 外物：超脱于物欲之外。张邴：张仲蔚与邴曼容的合称。张仲蔚，西汉平陵人，与同郡魏景卿隐身不仕，学问弘博，所居之处蓬蒿没人。事见《高士传》卷中。邴曼容，西汉琅邪人，为官不肯过六百石，辄自免去，养志自修。事见《汉书·王贡两龚鲍传》。

[14] "世复"二句：谓骅骝不遇知己，甘与蛙黾杂居。骅骝：骏马。周穆王八骏之一。蛙黾（měng）：蛙。黾，蛙的一种。

[15] 知归：欲归隐。俗所忌：薄俗可摒弃。

[16] 取适：寻求适意。事莫并：万事不可与之相比。

[17] 身退：脱身隐退。岂待官：哪里能等待授官。时杜甫献赋过后，没有授官，故如此说。

[18] 苦便：犹苦爱，即很喜欢。便静：化用谢灵运《过始宁墅》"拙疾相倚薄，还得静者便"诗句。

[19] 菱芡（qiàn）：菱角和芡实。芡，一年生水草，茎叶有刺，亦称"鸡头"。菱芡，这里指渼陂湖中所产之物。

[20] 茅茨（cí）：即茅草。渼陂湖边所长。

[21] 弥年：以后年年。逐清景：留连清幽之景。

与鄠县源大少府宴渼陂

〔唐〕杜甫

应为西陂好[1]，金钱罄一餐[2]。饭抄云子白[3]，瓜嚼水精寒[4]。无计回船下，空愁避酒难[5]。主人情烂熳[6]，持答翠琅玕[7]。

【注释】

[1] 西陂：即渼陂。

[2] 罄：用尽。罄一餐：用尽金钱摆一餐，形容席上酒菜之丰盛。

[3] 抄：指勺、匙之类的取食用具。这里指用勺、匙吃饭。云子白：米饭很白。云子，即米饭。

[4] 水精：即水晶。这里指瓜。

[5] "无计"句：无法下船，发愁如何避酒。形容主家留客殷勤。

[6] 烂熳：即烂漫。坦荡，无做作。这里指主家情感真挚坦率。

[7] 持答：作诗以报答。翠琅玕：一种青绿色的玉石。古人常用作佩饰。张衡《四愁诗》："美人赠我青琅玕，何以报之双玉盘。"这里比喻主家情谊之深厚。

与鄠县群官泛渼陂岸阔水浮

〔唐〕岑参

万顷浸天色，千寻穷地根[1]。舟移城入树，岸阔水浮村[2]。
闲鹭惊箫管，潜虬傍酒樽[3]。暝来喧小吏，列火俨归轩[4]。

【注释】

[1] "万顷"二句：渼陂碧波万顷，水天一色，水深不可测。万顷：形容水面广阔。浸：浸染。千寻：古代以八尺为一寻，千寻极言渼陂之深。穷地根：直到地底。

[2] "舟移"二句：写船行时看到水中倒映的城郭树木似乎在移动，离岸远了可看到水中浮现的村庄倒影。

[3] "闲鹭"二句：船上的箫管之声惊飞了悠闲的水鹭，潜藏在水底的蛟龙也被酒宴的香味引出。潜虬：犹潜龙。

[4] "暝来"二句：日暮时叫小吏点起灯火，备好回去的车辆。暝：日暮。列火：排列着火把。归轩：回去的车子。

与鄠县源少府泛渼陂

〔唐〕岑参

载酒入天色,水凉难醉人。清摇县郭动,碧洗云山新。
吹笛惊白鹭,垂竿跳紫鳞[1]。怜君公事后,陂上日娱宾[2]。

【注释】

[1] 紫鳞:紫色的鱼。
[2] 娱宾:使宾客欢乐。

任鄠令渼陂游眺[1]

〔唐〕韦应物

野水滟长塘[2],烟花乱晴日。氤氲绿树多,苍翠千山出。
游鱼时可见,新荷尚未密。屡往心独闲,恨无理人术[3]。

【注释】

[1] 任鄠令:姓任的鄠县县令。
[2] 野水:指非经人工开凿的天然水流。
[3] 理人术:治理政事的才干。

过渼陂怀旧[1]

〔唐〕韦庄

辛勤曾寄玉峰前[2],一别云溪二十年。
三径荒凉迷竹树[3],四邻凋谢变桑田[4]。

渼陂可是当时事，紫阁空余旧日烟。
多少乱离无处问，夕阳吟罢涕潸然。

【注释】

[1] 诗写于黄巢之乱后，抒写诗人重过渼陂时的乱离之感。

[2] 玉峰：渼陂南有终南山紫阁峰、圭峰等。杜甫《秋兴八首》："紫阁峰阴入渼陂。"辛勤：殷勤。指情意恳切深厚。寄：寄居，暂住。

[3] 三径：指归隐者的家园。详见前李益《喜入兰陵望紫阁峰呈宣上人》注释[1]。迷：分辨不清。言园林荒芜已久，所植竹树已分辨不清。

[4] 桑田：即田地。言四面邻居的住处都已毁败，变成了田地。

渼陂

〔唐〕郑谷

昔事东流共不回，春深独向渼陂来。
乱前别业依稀在[1]，雨里繁花寂寞开。
却展渔丝无野艇[2]，旧题诗句没苍苔。
潸然四顾难消遣，只有伴狂泥酒杯[3]。

【注释】

[1] 别业：即别墅。

[2] 渔丝：钓鱼用的丝线。野艇：乡村小船。

[3] 泥酒杯：嗜酒。末二句潸然四顾、伴狂饮酒，写出乱后国家败亡之深悲。

渼陂鱼[1]

〔宋〕苏轼

霜筠细破为双掩[2]，中有长鱼如卧剑[3]。

紫荇穿腮气惨凄[4]，红鳞照座光磨闪[5]。
携来虽远鬣尚动[6]，烹不待熟指先染[7]。
坐客相看为解颜[8]，香粳饱送如填堑[9]。
早岁尝为荆渚客[10]，黄鱼屡食沙头店[11]。
滨江易采不复珍，盈尺辄弃无乃僭[12]。
自从西征复何有，欲致南烹嗟久欠[13]。
游鯈琐细空自腥，乱骨纵横动遭砭[14]。
故人远馈何以报，客俎久空惊忽赡[15]。
东道无辞信使频，西邻幸有庖廪酽[16]。

【注释】

[1] 渼陂鱼：唐《十道志》记载："本五味陂，陂鱼甚美，因名之。"宋代《长安志》记载："唐宝历二年（826）勒渼陂令尚食使收管，不得杂人采捕，其水令百姓灌溉，勿令废碾硙之用。文宗初，诒并还府县。"

[2] 霜筠：带霜的竹子。掩：捕鱼器之名，此句是说把带霜的竹子破成细条来编成捕鱼之器。

[3] 卧剑：形容鱼很长，躺在那里像一柄平放的剑。

[4] 紫荇：即荇菜，一种水生植物，叶为紫色。

[5] 红鳞：红色的鱼鳞。

[6] 鬣：指鱼的触须。此句是说鱼还活着，触须还在动。

[7] 指先染：鱼还未烹熟就急着用手指去品尝味道，极写鱼味之鲜美诱人。

[8] 解颜：欢笑。《列子·唐帝》："夫子始一解颜而笑。"

[9] 香粳：用粳稻米煮的很香的米饭。如填堑：形容吃饭时狼吞虎咽，好像在充填沟壑。曹植《与吴季重书》："食若填巨壑。"

[10] 荆渚客：苏轼自蜀赴汴京应试时，乘船沿江而下，曾路经荆楚之地（即今湖北江陵一带）。

[11] 沙头店：地名，即沙头镇，属荆南府。

[12] 滨江：临近江边。僭：过分。此二句说在楚地时由于江边捕鱼很容易，所以毫不珍惜，尺把长的鱼都常常丢弃不要，未免过分了。

[13] 西征：西行。指作者到秦地来作官。南烹：南方口味的饭菜。此二句言自从西行到秦地以来，已很久没有尝到过南方口味的饭菜了。

[14] 儵：鱼名，亦称白鯈。砭：本指用针刺治病，引申为刺。此二句言秦地的鱼大都细小而味腥，骨刺又多，吃起来常常挨刺。由此更反衬出渼陂鱼之美。

[15] 故人：旧友。馈：赠送。俎：古代割肉用的砧板。此处泛指厨灶。赡：充裕。此二句意为，由于旧友远道送来了渼陂鱼，才使得自己久已空乏的厨灶忽然变得充裕起来。

[16] 庖斋：厨房。齑：切碎的腌菜，酱菜。醷：浓汁。酒醋味厚称醷。这句是说，西边邻居家的厨房中有味道很厚的酱汁，正可借来作烧鱼的调料。

渼陂

〔宋〕李騊

望极空濛清满怀[1]，更寻遗迹步高台。
日斜林杪增光去[2]，风静山尖倒影来[3]。
万顷澄澜春涨碧[4]，一川秀色暝阴开[5]。
坐中自有江湖兴，未放陂南画舸回[6]。

【注释】

[1] 望极：极目远望。空濛：水雾迷茫貌。

[2] 林杪：林梢。增光：添加光辉。此句意为，斜阳给林木梢头涂上一抹光辉。

[3] 山尖：山顶。此句意为，风平浪静时水面映出山顶的倒影。

[4] 澄澜：重重波澜。春涨碧：春天里涨满的池水呈现碧绿色。

[5] 暝阴：昏暗阴晦。

[6] 画舸：装饰华丽的游船。

题渼陂空翠堂 [1]

〔清〕冯雍

稻花漠漠野田平[2]，烟树无人水磨声。
莫忆牙樯载歌舞[3]，而今赢得一渠清。

【作者简介】

冯雍，山西太原人，生平事迹不详。

【注释】

[1] 空翠堂：在鄠邑区西渼陂北岸。《陕西通志》："堂取杜甫《渼陂行》'丝管啁啾空翠来'之句。……宋知县张佽撰记。久而堂废，明嘉靖间御使方新鄠令王玮重造。前有紫阁，后有菱池，气象清幽。松竹丛中，水磨之声不绝。"

[2] 漠漠：密布貌。

[3] 牙樯载歌舞：指杜甫诗中所写在渼陂船上欣赏歌舞之事，参看前杜甫《城西陂泛舟》诗注释[4]。

渼陂吊古

〔清〕康弘祥

子美当年夸胜游[1]，于今此地不通舟。
层崖高下陂仍在，急水潺湲渼自流。
漠漠云烟寂古木[2]，悠悠禾稻静浮鸥[3]。
独怜多少浣纱妇，不似青娥戏彩楼[4]。

【作者简介】

康弘祥,清人,著有(康熙)《鄠縣志》。

【注释】

[1] "子美"句:杜甫曾作有《渼陂行》夸游览之胜。胜游:快意的游览。
[2] 漠漠:迷蒙貌。
[3] 悠悠:辽阔无际。
[4] 青娥:指美丽的少女。

草堂寺

位于鄠邑区东南20公里圭峰北麓,东临沣水,南对终南山,景色秀美。寺为东晋十六国时期后秦国(394—415)逍遥园内的一部分,约建于距今1500多年的东晋末年,不仅是佛教的著名古刹,亦是三论宗祖庭,是名闻关中的古迹胜地。

弘始三年(401),龟兹高僧鸠摩罗什在此地翻译佛经,僧众达三千多人。寺内临时建造一堂,以草苫盖顶,"草堂"由此得名。隋唐高僧吉藏以鸠摩罗什译出的《中论》《百论》《十二门》三部论典为依据,创立了三论宗,尊鸠摩罗什为始祖。草堂寺遂成为三论宗祖庭。

草堂村寻罗生不遇

〔唐〕岑参

数株溪柳欲依依[1],深巷斜阳暮鸟飞。
门前雪满无人迹,应是先生出未归。

【注释】

[1] 依依:轻柔披拂貌。

游草堂寺诗（其一）

〔金〕赵秉文

下马来寻题壁字，拂尘先读草堂碑[1]。
平生最爱圭峰老，惟有裴公无愧辞[2]。

【作者简介】

赵秉文（1159—1232），字周臣，晚号闲闲老人，金磁州滏阳（今河北磁县）人。世宗大定二十五年（1185）进士。调安塞主簿。历平定州刺史。累拜礼部尚书。哀宗即位，改翰林学士，同修国史。工诗书画。历仕五朝，自奉如寒士。有《资暇录》《滏水集》等。

【注释】

[1] 碑：指碑上题字。

[2] 圭峰志，指《定慧禅师碑》，全称《唐故圭峰定慧师传法碑》，亦称《圭峰碑》。唐大中九年（855）十月立，晚唐书法家裴休撰并书，柳公权篆额。碑现存陕西鄠邑区草堂寺。碑高282cm，宽134cm，正书，36行，行65字，额篆书9字。此碑笔笔谨严，清劲潇洒，结构尤为精密，取法于欧、柳，是唐碑珍品。

草堂诗

〔元〕李溥光

草堂名刹岁年深[1]，三藏谈经事莫寻[2]。
唯有千章云木在[3]，风来犹作海潮音[4]。

【作者简介】

　　溥光，字玄晖，号雪庵，山西大同人。元僧人，俗姓李。特封昭文馆大学士，赐号玄悟大师。工行草书，亦善画山水。为诗冲淡粹美。

【注释】

　　[1] 名刹：著名的寺院。

　　[2] 三藏：佛教典籍经、律、论的总称，佛陀一生所说的教法，后来弟子分类结集为三大部类，故称三藏。精通三藏的僧人称三藏法师。此处"三藏"指鸠摩罗什译经师。

　　[3] 千章云木：上千棵高耸入云的大树。《史记·货殖列传》："山居千章之材。"章：量词。棵：根。

　　[4] 海潮音：喻指佛菩萨应时适机而说法的音声。《法华经·观世音菩萨普门品》："妙音观世音，梵音海潮音，胜彼世间音，是故须常念。"此谓风吹高树发出的声响犹如菩萨应化之音声。

草堂烟雾

〔清〕李因笃

万古风人地[1]，南通尺五天[2]。
霏霏烟雨色，独傍凤城悬[3]。

【作者简介】

　　李因笃（1632—1692），字天生，一字子德，陕西富平人。明末诸生。学宗朱熹，与李颙学说不同而相友善。顾炎武入陕，居其家，又同至雁门以北垦殖。康熙间举博学鸿词，授检讨，不久即归。工诗，精音韵。有《受祺堂集》等。

【注释】

　　[1] 风人：诗人。

　　[2] 尺五天：比喻离帝王极近。

[3] 凤城：京都的美称，此处指长安城。

草堂烟雨

〔清〕朱集义

烟雾空蒙叠嶂生，草堂龙象未分明[1]。
钟声缥缈云端去，跨鹤人来玉女迎[2]。

【注释】

[1] 龙象：指罗汉像。

[2] 跨鹤：乘鹤，骑鹤。道教认为得道后能骑鹤飞升。玉女：仙女。亦指侍奉仙人的女童。

草堂烟雨

（《甘亭十二景》诗刻之一）

〔清〕吴廷芝

烟雨空蒙障草堂，昆卢古刹现毫光[1]。
一乘慧业超千界[2]，万斛明珠照十方[3]。
炉篆氤浮岚雾合[4]，林岩香散野风凉。
回廊细读圭峰纪[5]，遥忆当年翰墨章[6]。

【作者简介】

吴廷芝，字卉长，福建永定县人，康熙年间任鄠县知县。

【注释】

[1] 毫光：如毫毛一样四射的光线。

[2] 一乘：佛教语。谓引导教化一切众生成佛的唯一方法或途径。慧业：佛教语。指智慧的业缘。千界：佛教语。大千世界的省称。

[3] 十方：佛教谓东南西北及四维上下。

[4] 炉篆：指香炉中的烟缕。因其缭绕如篆书，故称。岚雾：山中雾气。

[5] 回廊：曲折回环的走廊。圭峰纪：指《定慧禅师碑》。

[6] 翰墨章：翰墨诗章。

沣河

沣河源出终南山沣谷，合高冠谷、太平谷二水，自鄠邑区流入长安区，在长安区香积寺西，又纳滈河（潏河），西北流经三里桥附近，至咸阳市境入渭河。沣河沿岸密布古代文化遗址。西周时的丰京和镐京就在沣水东西两岸，秦咸阳和汉长安亦距沣渭交汇地不远。《尚书·禹贡》："漆沮既从，沣水攸同。"《诗经·大雅·文王有声》："丰水东注，维禹之绩。"说明远在西周时期，沣水就是京畿附近的一条著名河流。汉唐时代，沣水对京城的供水及交通都有一定影响。

沣头送蒋侯

〔唐〕岑参

君住沣水北，我家沣水西。两村辨乔木，五里闻鸣鸡。
饮酒溪雨过，弹棋山月低[1]。徒开蒋生径[2]，尔去谁相携。

【注释】

[1] 弹棋：下棋。

[2] 蒋生径：东汉蒋诩，哀帝时为兖州刺史，廉直有名声。王莽摄政，诩称病免官，隐居乡里。舍前竹下辟三径，唯故人羊仲、求仲与之游。后多以"蒋生径"指称隐者之所处。

沣宫

〔清〕王永图

彼黍离离赋闵周[1]，沣宫虚落几经秋[2]。
美人不尽西方思[3]，惟有洋洋沣水流[4]。

作邑于沣事若何[5]，三分有二服殷多[6]。
空余东注朝宗水[7]，如泻当年孔迩歌[8]。

【注释】

[1]"彼黍"句：《诗经·王风·黍离》："彼黍离离，彼稷之苗。"毛诗序曰："《黍离》，闵宗周也。周大夫行役至于宗周，过宗庙公室，尽为黍离。闵宗周之颠覆，彷徨不忍去而作是诗也。"

[2] 虚落：墟落，村庄。

[3] 美人：品德美好的人。《诗经·邶风·简兮》："云谁之思，西方美人。"郑玄笺："思周室之贤者。"

[4] 洋洋：盛大貌。《诗经·卫风·硕人》："河水洋洋，北流活活。"

[5] 作邑：谓建筑都城。《诗经·大雅·文王有声》："文王受命，有此武功。既伐于崇，作邑于丰。"郑玄笺："作邑者，徙都于丰，以应天命。"

[6][8] 三分有二、孔迩歌：《诗经·周南·汝坟》："鲂鱼赪尾，王室如毁；虽则如毁，父母孔迩。"朱熹在《诗集传》中指出："是时文王三分天下有其二，而率商之叛国以事纣，故汝坟之人，犹以文王之命供纣之役。其家人见其勤苦而劳之曰：'汝之劳既如此，而王室之政犹酷烈而未已。虽其酷烈而未已，然文王之德如父母然，望之甚近，亦可以忘其劳矣。'"《毛诗序》以为是赞美"文王之化行乎汝坟之国，妇人能闵其君子犹勉之以正也"。此诗引用此典，表达出诗人对周文王当年"仁德之治"盛景的缅怀。

[7] 朝宗：指东流的沣河水。

观沣水涨

〔唐〕韦应物

夏雨万壑凑[1]，沣涨暮浑浑[2]。草木盈川谷，澶漫一平谷[3]。
槎梗方瀰泛[4]，涛沫亦洪翻[5]。北来注泾渭[6]，所过无安源[7]。
云岭同昏黑，观望悸心魂。舟人空敛棹[8]，风波正自奔。

【注释】

[1] 凑：指众水汇聚。
[2] 浑浑：水流奔涌貌。
[3] 澶漫：纵逸。
[4] 槎梗：断木、草茎。瀰泛：飘满水中。
[5] 洪翻：波涛翻滚。
[6] 泾渭：泾水和渭水的合称。
[7] 安源：犹"安流"，平稳的流水。
[8] 敛棹：收船。棹，船桨，亦指船。

晚归沣川

〔唐〕韦应物

凌雾朝阊阖[1]，落日返清川。簪组方暂解[2]，临水一翛然[3]。
昆弟忻来集，童稚满眼前。适意在无事，携手望秋田。
南岭横爽气，高林绕遥阡[4]。野庐不锄理[5]，翳翳起荒烟[6]。
名秩斯逾分[7]，廉退愧不全[8]。已想平门路[9]，晨骑复言旋[10]。

【注释】

[1] 凌雾：冒着晨雾。阊阖：神话传说中的天门。此指皇宫正门。

[2] 簪组：官员之服饰。簪，冠簪。组，冠带。

[3] 儵然：高逸超脱的样子。《庄子·大宗师》："儵然而往，儵然而来而已矣。"

[4] 遥阡：遥远的小路。

[5] 野庐：指村野简陋的房舍。锄理：锄治。

[6] 翳翳：遮蔽不明的样子。

[7] 名秩：品位官阶。逾分：超过本分。

[8] 廉退：指清廉恬退之节。愧未全：自愧没有保全。

[9] 平门路：上朝之路。平门，汉未央宫门。

[10] 言：语助词。旋：返回。

圭峰山

圭峰山，位于秦岭支脉。西邻黄柏峪，东邻太平峪，因形似"圭"而得名。相对高差1000米，山峰重叠，山势巍然，当地人称"尖山"。圭峰山风景秀美，植被良好，有"天上一轮月，圭峰十二圆"之称。因范仲淹在圭峰山上饮酒赏月而得"圭峰夜月"之美名，成为"鄠县十二景"之一。登上圭峰山，"秦川大地尽收眼底，陆海茫茫一览无余"。

送无可上人 [1]

〔唐〕贾岛

圭峰霁色新[2]，送此草堂人。麈尾同离寺[3]，蛩鸣暂别亲。
独行潭底影[4]，数息树边身[5]。终有烟霞约[6]，天台作近邻[7]。

【注释】

[1] 无可：僧人，本姓贾，范阳（今河北涿县）人，贾岛堂弟。诗名与贾岛齐。上人：佛教称具备德智善行的人为上人。贾岛与无可同住长安西南圭峰之草堂寺，无可将南游天台山问道，于是贾岛作此诗赠别。

[2] 霁色：雨后天空晴朗的天色。

[3] 麈尾：麈（zhǔ）：古书上指鹿一类的动物，其尾可做拂尘。因魏晋名士清谈时常执麈尾，后常用为清谈的典故。

[4] 潭底影：潭水中的倒影。

[5] 数息：多次休息。树边身：倚在树上的身体。

[6] 烟霞：泛指山水、山林。

[7] 天台：山名。在浙江省天台县北，为仙霞岭脉之东支。

登圭峰旧隐寄荐福栖白上人[1]

〔唐〕李洞

返照塔轮边[2]，残霖滴几悬。夜寒吟病甚，秋健讲声圆。
粟穗干灯焰，苔根浊水泉。西峰埋藓石，秋月即师禅。

【注释】

[1] 旧隐：旧时的隐居处。

[2] 返照：夕照；傍晚的阳光。

圭峰溪居寄怀韦曲曹秀才

〔唐〕李洞

南北飞山雪，万片寄相思。东西曲流水，千声泻别离。
巴猿学导引，陇鸟解吟诗[1]。翻羡家林赏[2]，世人那得知。

【注释】

[1] 陇鸟：指鹦鹉。因多产于陇西，故名。

[2] 家林：自家的园林。泛指家乡。

重游圭峰宗密禅师精庐 [1]

〔唐〕温庭筠

百尺青崖三尺坟，微言已绝杳难闻 [2]。
戴颙今日称居士 [3]，支遁他年识领军 [4]。
暂对杉松如结社，偶同麋鹿自成群 [5]。
故山弟子空回首 [6]，葱岭唯应见宋云 [7]。

【注释】

[1] 宗密禅师：即定慧禅师。华严宗之第五祖。俗姓何，家本豪富，幼通儒书。偶遇道圆禅师，问法契心，遂从其出家受教。唐武宗会昌元年卒，葬于圭峰，世称圭峰禅师。见《宋高僧传》卷六。

[2] 微言：精深微妙的言辞。宗密著有《圆觉大疏略》《道场修证仪》等作。

[3] 戴颙：南朝宋名士，长于琴书，不应征聘，隐居于山水园林之中，以著述自娱。后世用作咏隐士之典。居士：在家奉佛之人。

[4] 支遁：晋代高僧，擅清谈，与王羲之、许询等有交往。后世用作高僧的美称。领军：官名。此指东晋书法家王洽。王洽曾任领军将军。支遁与王洽为方外交。此句诗人以支遁指宗密禅师，以王领军自比，追述昔日禅师与自己的友谊。

[5] "偶同"句：语出汉刘向《说苑·杂言》："麋鹿成群，虎豹避之；飞鸟成列，鹰鹫不击。"

[6] 故山：旧山。亦指家乡。

[7] "葱岭"句：传说禅宗初祖菩提达摩卒，葬熊耳山。卒后三岁，魏宋云使西域回，遇达摩于葱岭，见其手携只履，欲往西天。云归，具说其事，门人启扩，棺中唯存只履（见《五灯会元》卷一）。宋云：北魏高僧。曾于孝明帝神龟元年（518）和惠生等西行求经，兼扬国威，结好与国。葱岭：古代对今帕米尔高原和昆仑山、天山西段的统称。

赠圭峰禅师

〔唐〕无可

绝壑禅床底[1],泉分落石层[2]。雾交高顶草[3],云隐下方灯[4]。朝满倾心客[5],溪连学道僧[6]。半旬持一食[7],此事有谁能。

【注释】

[1] 绝壑:深谷。禅床:坐禅的床榻。

[2] 石层:重迭的石头;石级。

[3] 高顶:山顶。

[4] 下方:佛教名词,指下界、人世。此处泛指山下各处。

[5] 朝:朝廷中。倾心:一心向往,竭尽诚心。

[6] 学道僧:指前来向圭峰大师学习的僧众。

[7] 半旬:五天。此句意为,圭峰大师道行极高,可五天只用一餐。

高冠峪

高冠峪,在鄠邑区东南三十里处的秦岭北麓。因峪两侧有一高耸的秀峰,形似巨人头戴高帽,故被称为高冠峪,这里山水秀丽,风景宜人,秦汉时是皇家上林苑的一部分,唐代时成为长安帝都近郊的旅游之地。瀑布为景区的主要景观,为"鄠县十二景"之一。民国《重修鄠县志·峪》:"高冠潭在高冠峪,其上山形陡绝,有瀑布飞下为潭,广可数丈,深不可测。"唐代诗人岑参曾在此建造别墅,勤于耕读,与高冠瀑布结下不解之缘。

终南云际精舍寻法澄上人不遇归高冠东潭石淙望秦岭微雨贻友人 [1]

〔唐〕岑参

昨夜云际宿，且从西峰回。不见林中僧，微雨潭上来。
诸峰皆晴翠，秦岭独不开。石鼓有时鸣[2]，秦王安在哉[3]。
东南云开处，突兀猕猴台。崖口悬瀑流，半空白皑皑。
喷壁四时雨，傍村终日雷。北瞻长安道，日夕多尘埃。
若访张仲蔚[4]，衡门满蒿莱。

【注释】

[1] 本诗作于天宝三载（744）岑参登第前隐于高冠时。云际精舍：杜甫《渼陂行》："船舷暝戛云际寺。"宋敏求《长安志》卷一五"鄠县"："高观谷水，在县东南三十里。"骆天骧《类编长安志》卷九"高观潭"："《关中记》：'高观谷，在御宿川草堂东南。'谷口瀑布千丈，落深潭，人望之心惊股栗，不敢逼视，谓之煎油潭。"石淙：高冠瀑布下石潭。

[2] 石鼓：鼓形的大石。《汉书·五行志上》："石鼓鸣，有兵。"按：开元、天宝之际，唐与吐蕃、奚、契丹等曾多次发生战争。

[3] 秦王：指唐太宗李世民。李世民即位前被高祖封为秦王。

[4] 张仲蔚：皇甫谧《高士传》卷中《张仲蔚》："张仲蔚者，平陵人也。与同郡魏景卿俱修道德，隐身不仕。明天官博物，善属文，好诗赋。常居穷素，所处蓬蒿没人，闭门养性，不治荣名。时人莫识，惟刘龚知之。"常用以咏雅逸或贫困。

还高冠潭口留别舍弟 [1]

〔唐〕岑参

昨日山有信,只今耕种时[2]。遥传杜陵叟[3],怪我还山迟。
独向潭上钓,无人林下期[4]。东溪忆汝处[5],闲卧对鸬鹚[6]。

【注释】

[1] 岑参天宝三载登第前隐于高冠谷时所作。舍弟:本家弟。

[2] 只今:如今,现今。首二句意为:昨天山里有信来,说现在是耕种的时候。

[3] 杜陵叟:当指与岑参一起隐居的隐者。杜陵,在今西安市东南。

[4] 期:邀约,会合。《全唐诗》原作"棋",据《四部丛刊》本改。

[5] 东溪:指高冠谷东之溪流。汝:这里指诗人的弟弟。

[6] 鸬鹚:鱼鹰,渔人用以捕鱼的鸟。

高冠谷口招郑鄂 [1]

〔唐〕岑参

谷口来相访,空斋不见君。涧花然暮雨,潭树暖春云[2]。
门径稀人迹,檐峰下鹿群。衣裳与枕席,山霭碧氛氲[3]。

【注释】

[1] 郑鄂:作者友人。

[2] "涧花"二句:山涧的花在暮雨之中红艳似火,潭边的树为春云笼罩暖意顿生。

[3] 山霭:山上的云气。氛氲(fēn yūn):云雾朦胧貌。

终南两峰草堂 [1]

〔唐〕岑参

敛迹归山田 [2],息心谢时辈 [3]。昼还草堂卧,但与双峰对。
兴来恣佳游,事惬符胜概 [4]。著书高窗下,日夕见城内。
曩为世人误 [5],遂负平生爱 [6]。久与林壑辞,及来松杉大。
偶兹精庐近 [7],数预名僧会。有时逐渔樵 [8],尽日不冠带。
崖口上新月,石门破苍霭。色向群木深,光摇一潭碎。
缅怀郑生谷 [9],颇忆严子濑 [10]。胜事犹可追,斯人邈千载。

【注释】

[1] 天宝年间岑参自边地返京后,曾僻居终南山,过了二三年半官半隐的生活,本诗即作于此时。双峰草堂:诗人在终南山的别业。

[2] 敛迹:指退隐。

[3] 息心:排除杂念。谢:辞别。

[4] 符胜概:谓心境与美景相谐合。

[5] 曩:从前。

[6] 平生爱:指平生的山林之好。

[7] 偶兹:值此。精庐:佛寺。

[8] 逐:随。樵渔:砍柴捕鱼者。

[9] 郑生谷:郑谷。《汉书·王贡两龚鲍传序》载,汉郑子真隐居谷口。后以"郑谷"泛指隐居地。

[10] 严子濑:即严陵濑。东汉初隐士严光(字子陵)垂钓处,在今浙江桐庐县南。后以指隐居之地。

初授官题高冠草堂 [1]

〔唐〕岑参

三十始一命[2],宦情都欲阑[3]。自怜无旧业,不敢耻微官。
涧水吞樵路[4],山花醉药栏[5]。只缘五斗米[6],孤负一渔竿[7]。

【注释】

[1]唐杜确《岑嘉州集序》:"天宝三载,进士高第,转右威卫录事参军。"此诗即本年春作。

[2]一命:周时官阶从一命到九命,一命为最低的官阶。

[3]宦情:做官的志趣、意愿。阑:残,尽。这里指做官的意愿越来越淡。

[4]樵路:打柴人走的小路。

[5]药栏:芍药之栏。泛指花栏。

[6]五斗米:《晋书·陶潜传》:"郡遣督邮至县,吏白应束带见之,潜叹曰:'吾不能为五斗米折腰,拳拳事乡里小人邪!'义熙二年,解印去县。"后用以指微薄的官俸。

[7]渔竿:钓鱼的竹竿。多作垂钓隐居的象征。

田假归白阁西草堂 [1]

〔唐〕岑参

雷声傍太白[2],雨在八九峰。东望白阁云,半入紫阁松[3]。
胜概纷满目,衡门趣弥浓[4]。幸有数亩田,得延二仲踪[5]。
早闻达士语[6],偶与心相通[7]。误徇一微官[8],还山愧尘容[9]。
钓竿不复把,野碓无人舂。惆怅飞鸟尽,南溪闻夜钟。

【注释】

[1] 初授官后作。田假：唐代官吏假期名。《唐六典》卷二："内外官吏则有假宁之节。"注："五月给田假，九月给授衣假，为两番，各十五日。"白阁：终南山诸峰之一，在今西安鄠邑区东南。见《大清一统志》卷二二七。

[2] 太白：太白山。

[3] 紫阁：终南山诸峰之一，在白阁峰之西，与白阁相距不甚远。

[4] 衡门：横木为门。指简陋的房屋。《诗经·陈风·衡门》："衡门之下，可以栖迟。"借指隐者所居。这里指白阁西草堂。

[5] 延：延接。二仲：指汉羊仲、裘仲。借指廉洁隐退之士。详见前李益《喜入兰陵望紫阁峰呈宣上人》注释[1]。

[6] 达士：见识高超、不同于流俗之人。

[7] 偶：适，恰。

[8] 徇：曲从。

[9] 尘容：俗容。

周至县

周至原名盩厔，因"山曲为盩，水曲为厔"而得名，南依秦岭，北濒渭水，襟山带河，素有"金周至"之美誉，是西安的西大门。

周至县文化底蕴深厚，有"天下第一福地"老子讲授《道德经》的楼观台，因白居易创作《长恨歌》和隋代佛舍利而扬名海内外的仙游寺，全国重点保护文物法王塔等人文史迹；还有伯夷、叔齐隐居的首阳山，李白秋访的玉真观等，都留存着历史名人的足迹韵事，也流传着神奇美妙的传说。

屏居周至 [1]

〔唐〕耿湋

百年心不料，一卷日相知。乘兴偏难改，忧家是强为。
县城寒寂寞，峰树远参差。自笑无谋者，只应道在斯。

【注释】

[1] 屏居：退隐；屏客独居。

早春归周至旧居却寄耿拾遗湋李校书端 [1]

〔唐〕卢纶

野日初晴麦垄分，竹园相接鹿成群。
几家废井生青草，一树繁花傍古坟。
引水忽惊冰满涧[2]，向田空见石和云。
可怜荒岁青山下[3]，唯有松枝好寄君。

【注释】

[1] 耿湋："大历十才子"之一，时任右拾遗。李端："大历十才子"之一，时任校书郎。

[2] 引水：山涧中从别处流过来的水。冰满涧：因是早春，冰雪刚刚融化，故涧水中多冰屑。

[3] 可怜：可惜。荒岁：荒年。

醉中归周至

〔唐〕白居易

金光门外昆明路[1]，半醉腾腾信马回[2]。
数日非关王事系，牡丹花尽始归来。

【注释】

[1] 金光门：唐代长安京城外郭西面中门名。元骆天骧《类编长安志·京城》："（长安京城外郭）西面三门：北曰开远，中曰金光，南曰延平。"

[2] 腾腾：朦胧、迷糊貌。信马：任马行走而不加约制。

周至县北楼望山

〔唐〕白居易

一为趋走吏[2],尘土不开颜[3]。
辜负平生眼,今朝始见山。

【注释】

[1] 趋走吏:指奔走执役的小官吏。

[2] 尘土:指尘世;尘事。

寄题周至厅前双松 [1]

〔唐〕白居易

忆昨为吏日,折腰多苦辛。归家不自适[2],无计慰心神。
手栽两树松,聊以当嘉宾。乘春日一往[3],生意渐欣欣。
清韵度秋在,绿茸随日新。始怜涧底色,不忆城中春。
有时昼掩关,双影对一身。尽日不寂寞,意中如三人。
忽奉宣室诏[4],征为文苑臣。闲来一惆怅,长似别交亲[5]。
早知烟翠前,攀玩不逡巡。悔从白云里,移尔落嚣尘。

【注释】

[1] 题下自注:两松自仙游山移植县厅。

[2] 自适:悠然闲适而自得其乐。

[3] 乘春日一往:"乘春"一作"春来";"一往"一作"一溉"。

[4] 宣室诏:皇帝的诏书。宣室:古代宫殿名。亦泛指帝王所居的正室。

[5] 交亲:亲戚朋友。

观刈麦 [1]

〔唐〕白居易

田家少闲月,五月人倍忙。夜来南风起,小麦覆陇黄[2]。妇姑荷箪食[3],童稚携壶浆[4]。相随饷田去[5],丁壮在南冈。足蒸暑土气,背灼炎天光[6]。力尽不知热,但惜夏日长[7]。复有贫妇人,抱子在其旁。右手秉遗穗[8],左臂悬敝筐[9]。听其相顾言[10],闻者为悲伤。家田输税尽,拾此充饥肠。今我何功德?曾不事农桑[11]。吏禄三百石[12],岁晏有余粮[13]。念此私自愧,尽日不能忘。

【注释】

[1] 刈(yì):割。题下自注:"时任盩厔县尉。"

[2] 覆陇黄:小麦黄熟时遮盖住了田埂。覆:盖。陇:同"垄",这里指农田中种植作物的土埂,这里泛指麦地。

[3] 妇姑:媳妇和婆婆,这里泛指妇女。荷:背负,肩担。箪食:用竹篮盛的饭。

[4] 壶浆:用壶盛汤。

[5] 饷(xiǎng)田:给在田里劳动的人送饭。

[6] "足蒸暑土气"二句:双脚受地面热气熏蒸,脊背受炎热的阳光烘烤。

[7] 但:只。惜:盼望。

[8] 秉遗穗:拿着从田里拾取的麦穗。秉,拿着。遗穗,指收割后遗落在田的麦穗。

[9] 悬:挎着。敝筐:破篮子。

[10] 相顾言:互相看着诉说。顾:视,看。

[11] 曾不事农桑:一直不从事农业生产。曾:一直、从来。事:从事。农桑:农耕和蚕桑。

[12] 吏禄三百石(dàn):当时白居易任周至县尉,一年的薪俸约为三百石

米。石：古代容量单位，十斗为一石。吏禄：官吏的俸禄。《史记·平准书》："量吏禄，度官用，以赋于民。"

[13] 岁晏：一年将尽的时候。晏，晚。

官舍小亭闲望

〔唐〕白居易

风竹散清韵[1]，烟槐凝绿姿。日高人吏去，闲坐在茅茨[2]。
葛衣御时暑[3]，蔬饭疗朝饥。持此聊自足，心力少营为[4]。
亭上独吟罢，眼前无事时。数峰太白雪，一卷陶潜诗。
人心各自是[5]，我是良在兹。回谢争名客，甘从君所嗤。

【注释】

[1] 清韵：清雅和谐的声音或韵味。

[2] 茅茨：茅屋。

[3] 葛衣：用葛布制成的夏衣。

[4] 营为：操劳；操办。

[5] 是：认为正确。

新栽竹

〔唐〕白居易

佐邑意不适[1]，闭门秋草生。何以娱野性[2]？种竹百余茎。
见此溪上色，忆得山中情。有时公事暇，尽日绕栏行。
勿言根未固，勿言阴未成。已觉庭宇内，稍稍有余清。
最爱近窗卧，秋风枝有声。

【注释】

[1] 佐邑：县佐吏。此为作者自指。佐，辅佐，帮助。《盩厔县志》载：元

和元年（806）四月，白居易补任盩厔县尉。这是白居易入仕后被迫首次离别朝廷，实为贬官，所以有"意不适"之感慨。

[2] 野性：喜爱自然，乐居田野的性情。

县西郊秋寄赠马造

〔唐〕白居易

紫阁峰西清渭东[1]，野烟深处夕阳中。
风荷老叶萧条绿[2]，水蓼残花寂寞红[3]。
我厌宦游君失意，可怜秋思两心同。

【注释】

[1] 紫阁峰：在今西安市鄠邑区境内。清渭：指渭河。唐时由于渭河上游地区人烟稀少，森林茂密，植被良好，地表黄土未被大量夹带流入河中，渭水较清，故谓之清渭。

[2] 风荷：风中的荷叶。

[3] 水蓼：蓼科，一年生草本植物，茎直立或倾斜，多分枝，红褐色。末二句借萧条、寂寞的景物，表达自己怀才不遇的心境。

戏题新栽蔷薇（时尉周至）

〔唐〕白居易

移根易地莫憔悴，野外庭前一种春[1]。
少府无妻春寂寞[2]，花开将尔当夫人。

【注释】

[1] 一种：一样；同样。

[2] 少府：县尉的别称。此为白居易自指。

县南花下醉中留刘五

〔唐〕白居易

百岁几回同酩酊,一年今日最芳菲。
愿将花赠天台女[1],留取刘郎到夜归[2]。

【注释】

[1] 天台女:谓仙女。相传东汉刘晨、阮肇入天台山采药,遇二女,留住半年回家,子孙已历七世,乃知二女为仙女。事见《太平御览》引刘义庆《幽明录》及《太平广记》引《神仙记》。

[2] 刘郎:本为典故"刘阮二郎"中的刘晨,此处借指作者朋友刘五。

周至官舍新竹

〔唐〕薛能

心觉清凉体似吹,满风轻撼叶垂垂[1]。
无端种在幽闲地[2],众鸟嫌寒凤未知。

【注释】

[1] 垂垂:低垂貌。
[2] 无端:无道理地。

南溪别业[1]

〔唐〕蒋冽

结宇依青嶂[2],开轩对绿畴。树交花两色,溪合水同流。

竹径春来扫[3],兰尊夜不收[4]。逍遥自得意,鼓腹醉中游[5]。

【作者简介】

　　蒋洌,生卒年未详,常州义兴(今江苏宜兴南)人。登进士第,开元中,历侍御史、司封考功二员外郎。天宝中,历礼、吏、户三部侍郎,尚书左丞。安史乱起,陷贼,受伪职,后不知所终。《全唐诗》存诗七首。《唐才子传》有载。

【注释】

　　[1]《全唐诗》岑参名下收录此诗,又于蒋洌名下收录;《国秀集》收录此诗,置于蒋洌名下;(民国)《盩厔县志·地理第一》谓南溪上有岑参别业,并收录此诗。今姑置于此。

　　[2] 结宇:建造屋舍。青嶂:如屏障的青山。

　　[3] 竹径:竹林中的小径。

　　[4] 兰尊:对樽的美称,尊同樽。

　　[5] 鼓腹:鼓起肚子。谓饱食。语出《庄子·马蹄》:"夫赫胥氏之时,民居不知所为,行不知所之,含哺而熙,鼓腹而游。"

二月十六日,与张、李二君游南溪,醉后,相与解衣濯足,因咏韩公《山石》之篇[1],慨然知其所以乐而忘其在数百年之外也。次其韵

〔宋〕苏轼

终南太白横翠微,自我不见心南飞。

行穿古县并山麓,野水清滑溪鱼肥。

须臾渡溪踏乱石,山光渐近行人稀。

穷探愈好去愈锐[2],意未满足枵如饥[3]。

忽闻奔泉响巨碓,隐隐百步摇窗扉。

跳波溅沫不可向,散为白雾纷霏霏。

醉中相与弃拘束，顾劝二子解带围。
　　褰裳试入插两足[4]，飞浪激起冲人衣。
　　君看麋鹿隐丰草，岂羡玉勒黄金羁[5]。
　　人生何以易此乐，天下谁肯从我归。

【注释】

[1] 韩公：韩愈。《山石》为韩愈的一首诗作。

[2] 穷探：极力研求；深入探索。

[3] 枵（xiāo）如：空虚貌。

[4] 褰裳：撩起下裳。

[5] 玉勒：玉饰的马衔。羁：马嚼子、马笼头。

九月中曾题二小诗于南溪竹上，既而忘之，昨日再游，见而录之（其一）

〔宋〕苏轼

　　湖上萧萧疏雨过[1]，山头霭霭暮云横[2]。
　　陂塘水落荷将尽[3]，城市人归虎欲行。

【注释】

[1] 萧萧：象声词。形容风雨声。

[2] 霭霭：云烟密集貌。

[3] 陂塘：池塘。

溪堂留题

〔宋〕苏轼

　　三径萦回草树蒙[1]，忽惊初日上千峰[2]。

平湖种稻如西蜀，高阁连云似渚宫[3]。
残雪照山光耿耿[4]，轻冰笼水暗溶溶[5]。
溪边野鹤冲人起，飞入南山第几重。

【注释】

[1] 三径：指归隐者的家园。详见前李益《喜入兰陵望紫阁峰呈宣上人》注释[1]。萦回：盘旋往复。

[2] 初日：刚升起的太阳。

[3] 渚宫：春秋楚国的宫名，故址在今湖北省江陵县。

[4] 耿耿：明亮貌。

[5] 溶溶：水流缓慢貌。

玉女洞 [1]

〔宋〕苏轼

洞里吹箫子，终年守独幽。石泉为晓镜，山月当帘钩[2]。
岁晚杉枫尽，人归雾雨愁。送迎应鄙陋，谁继楚臣讴[3]。

【注释】

[1] 玉女洞：在周至黑水北岸中兴寺东，正殿东南面大房三间，传为苏轼读书处，门前有清道光年间书写的"苏公藏书处"匾额。本诗即为苏轼于此读书时所作。

[2] 帘钩：卷帘所用的钩子。

[3] 楚臣讴：指屈原的诗歌。沈亚之《屈原外传》："原原栖玉笥山，作《九歌》，至《山鬼篇》成，四山忽啾啾若啼啸，声闻十里外，草木莫不萎死。"

爱玉女洞中水，既致两瓶，恐后复取而为使者见绐，因破竹为契，使寺僧藏其一，以为往来之信，戏谓之调水符

〔宋〕苏轼

欺谩久成俗[1]，关市有契繻[2]。谁知南山下，取水亦置符。
古人辨淄渑，皎若鹤与凫[3]。吾今既谢此，但视符有无[4]。
常恐汲水人，智出符之余[5]。多防竟无及，弃置为长吁[6]。

【注释】

[1] 谩：欺骗，蒙蔽。成俗：成为习俗。

[2] 关市：位于交通要道的市集。契繻：古代用帛制的符信。上面写字，分为两半，过关时验合，以为凭信。

[3] 淄渑：即古代的淄水和渑水，都在今山东境内。据《列子·说符篇》载，齐桓公的大夫易牙精于烹调，他能根据水味的不同分辨出用淄水和渑水做的饭食。鹤与凫：《庄子·骈拇篇》："凫胫虽短，续之则忧；鹤胫虽长，断之则悲。"凫即野鸭。此二句谓，古代的易牙分辨淄水和渑水的味道，就像分辨长腿的鹤和短腿的凫一样清楚。

[4] 谢：缺乏。此二句谓，我既然没有易牙那样善辨水味的本领，就只好看有无竹符来断定水之真假了。

[5] 汲（jí）：取水。此二句谓，尽管设置了竹符来验水，还是怕取水的人会想出连竹符也防止不了的欺瞒方法。

[6] 长吁：长叹。

留题延生观后山上小堂

〔宋〕苏轼

溪山愈好意无厌[1],上到巉巉第几尖[2]。
深谷野禽毛羽怪,上方仙子鬓眉纤[3]。
不惭弄玉骑丹凤[4],应逐嫦娥驾老蟾。
涧草岩花自无主,晚来蝴蝶入疏帘。

【注释】

[1] 无厌:不厌倦;不厌烦。
[2] 巉巉:形容山势峭拔险峻。
[3] 上方:天上;上界。
[4] 弄玉:人名,相传为春秋秦穆公女,嫁善吹箫之萧史,日就萧史学箫作凤鸣,穆公为作凤台以居之,后夫妻乘凤飞天仙去。

自仙游回至黑水,见居民姚氏山亭,高绝可爱,复憩其上

〔宋〕苏轼

山鸦晓辞谷,似报游人起。出门犹屡顾,惨若去吾里。
道途险且迂,继此复能几。溪边有危构[1],归驾聊复枕[2]。
爱此山中人,缥缈如仙子。平生慕独往,官爵同一屣。
胡为此溪边,眷眷若有俟。国恩久未报,念此惭且泚[3]。
临风浩悲咤,万世同一轨。何年谢簪绂[4],丹砂留迅晷[5]。

【注释】

[1] 危构：高耸的建筑物。

[2] 柅（nǐ）：塞于车轮下的制动之木。

[3] 沘：汗出貌，犹汗颜。

[4] 簪绂（zān fú）：冠簪和缨带。古代官员服饰。亦用以喻显贵，仕宦。谢簪绂：告别官场。

[5] 丹砂：指丹砂炼成的丹药。迅晷：迅速消逝的时光。

周至清明日

〔明〕何景明

客里遥逢令节[1]，城中不见繁华。南山漠漠烟远[2]，清渭迢迢日斜。独树桃花自发，高楼燕子谁家。可惜年年春色，催人白发天涯。

【注释】

[1] 令节：佳节。

[2] 漠漠：迷蒙貌。

绿筠深处[1]

〔明〕王氏

闲庭曲径远芳丛[2]，无数幽篁扫碧空[3]。
碎影筛银千片月，清音戛玉一林风[4]。
俨依节士烟霞外，恍睹神妃泽渚中。
最喜炎时堪布席[5]，凉生绿雪胜玄工[6]。

【作者简介】

王氏，鄠县人。万历二十九年（1601）进士王九叙曾孙女，幼聪慧，与舅赵崏同学于外祖，崏自谓弗及，著有文集及《暖泉八咏》。

【注释】

[1] 暖泉：周至暖泉寺，在今县城西南约10公里处，为周至县始建历史最早的佛教寺院禅密祖庭，始于两晋，兴于北周，曾是宇文家族的皇家寺院。寺有泉在寺南，泉水长年恒温，故名暖泉。绿筠：绿竹。本诗为其《暖泉八咏》之一。

[2] 芳丛：丛生的繁花。

[3] 幽篁：幽深的竹林，亦泛指竹子。

[4] 戛玉：敲击玉片。形容声音清脆悦耳。

[5] 布席：编成（竹）席。

[6] 绿雪：喻竹凉席。

渭水秋涛

〔明〕王氏

夜来风霜满林皋，渭水连天浸野蒿。
庄叟漫谈濠上瀑[1]，枚生莫赋广陵涛[2]。
瞿塘象马迷难辨，瓠子鱼龙怒欲号。
只为耽奇忘坐久，诗情酒兴倍增豪。

【注释】

[1] 庄叟：庄子。濠上瀑：《庄子·秋水》："庄子与惠子游于濠梁之上。……庄子曰：'请循其本。子曰"汝安知鱼乐"云者，既已知吾知之而问我。我知之濠上也。'"本诗为其《暖泉八咏》之一。

[2] 广陵涛：汉枚乘《七发》："将以八月之望，与诸侯远方交游兄弟，并往观涛乎广陵之曲江。"后即以"广陵涛"称广陵（今扬州）曲江潮。

过贞贤里 [1]

〔清〕屈复

岚翠覆华宇[2]，门对终南山。槐柳寒无叶，亭亭出檐端。
中有学道人[3]，辞荣卧邱园[4]。著录名反身，旌里名贞贤。
风揭渭水冰，雪迷玉女泉。扶病风雪途，行旅良险艰。
室迩人不遐，三过乡闾前。

【注释】

[1] 作者自注："二曲李先生辞诏讲学，当事表其闾曰'贞贤里'。予年十九，冰雪中扶病晋谒，尼止者一邑同声。予姪孙佩玉、友人刘伯容先登龙门，又退有后言，竟废然而返。德修谤兴，古亦有之。"二曲李先生：明清之际著名哲学家、思想家、教育家李颙。李颙（1627—1705）字中孚，号二曲，又号土室病夫，今陕西周至二曲镇人。

[2] 岚翠：苍翠色的山雾。

[3] 学道人：学习道行之人。指学仙或学佛之人。

[4] 辞荣：逃避荣华富贵的生活。谓辞官隐退。邱园：乡村家园。

东乡种薏苡米有感

〔清〕邹儒

伏波征交址，铜柱著声华[1]。僻性嗜薏苡[2]，军还载一车。
人误为珠犀，谗言日以加。微物贾奇祸，古今同叹嗟。
此种茂陵绝，二曲留遗葩[3]。终南多稻田，岁植水之涯。
侈为神仙粒，一饭胜胡麻[4]。购者自矜贵，似米勾漏砂。
吁嗟薏苡仁，昔人因认差。一误今再误，终古捻虚哗。

【作者简介】

邹儒,字企峄,清代江西乐平人,乾隆十一年任盩厔知县。

【注释】

[1]"伏波"二句:《后汉书·马援列传》记载,东汉时,交趾女子征侧、征贰姐妹起兵反汉,汉光武帝刘秀派伏波将军马援率军平定了交趾,并在其地立铜柱,作为汉朝最南方的边界。

[2]嗜薏苡:《后汉书·马援列传》:"初,援在交址,常饵薏苡实,用能轻身省欲,以胜瘴气。南方薏苡实大,援欲以为种,军还,载之一车。时人以为南土珍怪,权贵皆望之。援时方有宠,故莫以闻。及卒后,有上书谮之者,以为前所载还,皆明珠文犀。马武与于陵侯侯昱等皆以章言其状,帝益怒。援妻孥惶惧,不敢以丧还旧茔,裁买城西数亩地槁葬而已。宾客故人莫敢吊会。严与援妻子草索相连,诣阙请罪。帝乃出松书以示之,方知所坐,上书诉冤,前后六上,辞甚哀切,然后得葬。"马援死后因为薏苡被人诬告。后因称蒙冤被谤为"伏波薏苡""薏苡之谤""薏苡明珠"。

[3]二曲:指盩厔县,今陕西省周至县。盩,水曲;厔,山曲,故又名"二曲"。

[4]一饭胜胡麻:胡麻:芝麻。《太平广记》卷六一引《神仙论》记载,汉明帝时,浙江郯县人刘晨、阮肇二人到天台山采药迷路,遇二仙女,仙女邀其到家中用胡麻当饭招待。他们因此返老还童,得道成仙。

玉女洞

〔清〕邹儒

万壑千峰结翠幽,仙踪自昔此中留[1]。
箫声久断泉犹咽,符使不来水自流[2]。
洞口白云迷野树,门前碧浪浴沙鸥。
茶瓯独把青崖下,直到斜阳落岭头。

【注释】

[1] 自昔：往昔；从前。

[2] 符使：管理玉女洞水符的符官。参前苏轼《调水符》一诗诗序。

仙游寺

仙游寺位于周至县城南17公里的黑水峪口。是西安西南线西端融自然与人文景观于一体的著名旅游景点。相传秦穆公之女弄玉与萧史的爱情故事即发生在这里，古称仙游而得名。

仙游寺始建于隋文帝开皇十八年（598），原名"仙游宫"，系隋文帝行宫。仁寿元年（601），隋文帝为了安置佛舍利，于十月十五日命大兴善寺的高僧童真送佛舍利至仙游宫，建舍利塔安置，易宫为塔，改称仙游寺。唐代达到鼎盛，明清多次修葺。仙游寺现存隋"法王塔"、清代大殿及配殿。

仙游寺

〔唐〕李华

舍事入樵径[1]，云木深谷口[2]。万壑移晦明，千峰转前后。
嶷然龙潭上[3]，石势若奔走。开拆秋天光[4]，崩腾夏雷吼[5]。
灵溪自兹去[6]，纡直互纷纠[7]。听声静复喧，望色无更有。
冥冥翠微下，高殿映杉柳。滴滴洞穴中，悬泉响相扣[8]。
昔时秦王女[9]，羽化年代久[10]。日暮松风来，箫声生左右。
早窥神仙箓[11]，愿结芝术友。安得羡门方，青囊系吾肘[12]。

【作者简介】

李华（715？—774），字遐叔，赵州赞皇（今属河北）人。开元二十三年（735）登进士第，天宝二年（743），又登博学宏词科。十一载（752）拜监察御史，改右补阙。李峘领选江淮，召入幕府，擢检校吏部员外郎。后因病隐居山阳，卒。工文，与萧颖士齐名，世称"萧李"，为韩、柳先驱。后人辑有《李遐叔文集》

四卷行世。《全唐诗》存诗一卷。

【注释】

[1] 樵径：打柴人走的小道。

[2] 云木：高耸入云的树木。

[3] 巍然：卓异貌；屹立貌。

[4] 开拆：开放；开裂。

[5] 崩腾：奔腾。

[6] 灵溪：对溪流的美称。

[7] 纷纠：交错杂乱貌。

[8] 悬泉：指洞穴顶上渗漏出来的滴水。

[9] 秦王女：指秦穆公女弄玉。

[10] 羽化：指飞升成仙。

[11] 神仙箓：道教秘文。

[12] 青囊：指古代医家存放医书的布袋。亦指古代术数家盛书和卜具之囊。

送王十八归山寄题仙游寺 [1]

〔唐〕白居易

曾于太白峰前往 [2]，数到仙游寺里来。
黑水澄时潭底出，白云破处洞门开 [3]。
林间暖酒烧红叶，石上题诗扫绿苔。
惆怅旧游无复到，菊花时节羡君回。

【注释】

[1] 王十八：指诗人在周至做官时结识的好友王质夫。本诗作于白居易送别王质夫时。王质夫因仕途不顺从京归家，时任翰林学士的诗人有感而发。此诗作于长安，但主要写仙游寺，姑置于此。下首同。

[2] 太白峰：即太白山。在今陕西眉县、太白县、周至县交界处。

[3] 洞门：指山洞入口。

禁中寓直梦游仙游寺 [1]

〔唐〕白居易

西轩草诏暇[2]，松竹深寂寂。月出清风来，忽似山中夕。
因成西南梦，梦作游仙客。觉闻宫漏声，犹谓山泉滴。

【注释】

[1] 寓直：寄宿于别的署衙当值。后泛称夜间于官署值班。

[2] 草诏：拟写诏书。

秋霖中过尹纵之仙游山居 [1]

〔唐〕白居易

惨惨八月暮[2]，连连三日霖[3]。邑居尚愁寂[4]，况乃在山林。
林下有志士[5]，苦学惜光阴。岁晚千万虑，并入方寸心[6]。
岩鸟共旅宿，草虫伴愁吟。秋天床席冷，雨夜灯火深。
怜君寂寞意，携酒一相寻。

【注释】

[1] 秋霖：秋日的淫雨。

[2] 惨惨：昏暗貌。

[3] 霖：久下不停的雨。

[4] 邑居：居于城市。

[5] 林下：指山林田野退隐之处。

[6] 方寸心：指心。心处胸中方寸间，故称。

期李二十文略王十八质夫不至独宿仙游寺

〔唐〕白居易

文略也从牵吏役[1],质夫何故恋嚣尘[2]?
始知解爱山中宿[3],千万人中无一人。

【注释】

[1] 牵吏役:为官场俗务所拖累。
[2] 嚣尘:指纷扰的尘世。
[3] 解爱:喜爱。

游仙游山

〔唐〕白居易

暗将心地出人间[1],五六年来人怪闲。
自嫌恋着未全尽,犹爱云泉多在山[2]。

【注释】

[1] 心地:佛教语。指心。即思想、意念等。
[2] 云泉:白云清泉。借指胜景。

长恨歌 [1]

〔唐〕白居易

汉皇重色思倾国[2],御宇多年求不得[3]。
杨家有女初长成,养在深闺人未识[4]。

天生丽质难自弃[5]，一朝选在君王侧。
回眸一笑百媚生，六宫粉黛无颜色[6]。
春寒赐浴华清池[7]，温泉水滑洗凝脂[8]。
侍儿扶起娇无力[9]，始是新承恩泽时[10]。
云鬓花颜金步摇[11]，芙蓉帐暖度春宵[12]。
春宵苦短日高起[13]，从此君王不早朝。
承欢侍宴无闲暇，春从春游夜专夜。
后宫佳丽三千人[14]，三千宠爱在一身。
金屋妆成娇侍夜[15]，玉楼宴罢醉和春。
姊妹弟兄皆列土[16]，可怜光彩生门户[17]。
遂令天下父母心，不重生男重生女[18]。
骊宫高处入青云[19]，仙乐风飘处处闻。
缓歌慢舞凝丝竹[20]，尽日君王看不足。
渔阳鼙鼓动地来[21]，惊破霓裳羽衣曲[22]。
九重城阙烟尘生[23]，千乘万骑西南行[24]。
翠华摇摇行复止，西出都门百余里[25]。
六军不发无奈何[26]，宛转蛾眉马前死[27]。
花钿委地无人收[28]，翠翘金雀玉搔头[29]。
君王掩面救不得，回看血泪相和流。
黄埃散漫风萧索，云栈萦纡登剑阁[30]。
峨嵋山下少人行[31]，旌旗无光日色薄。
蜀江水碧蜀山青，圣主朝朝暮暮情。
行宫见月伤心色[32]，夜雨闻铃肠断声[33]。
天旋日转回龙驭[34]，到此踌躇不能去。
马嵬坡下泥土中，不见玉颜空死处[35]。
君臣相顾尽沾衣，东望都门信马归[36]。
归来池苑皆依旧，太液芙蓉未央柳[37]。
芙蓉如面柳如眉，对此如何不泪垂？
春风桃李花开夜，秋雨梧桐叶落时。
西宫南内多秋草[38]，宫叶满阶红不扫。

梨园弟子白发新[39]，椒房阿监青娥老[40]。
夕殿萤飞思悄然，孤灯挑尽未成眠[41]。
迟迟钟鼓初长夜[42]，耿耿星河欲曙天[43]。
鸳鸯瓦冷霜华重[44]，翡翠衾寒谁与共[45]？
悠悠生死别经年，魂魄不曾来入梦。
临邛道士鸿都客[46]，能以精诚致魂魄[47]。
为感君王辗转思，遂教方士殷勤觅[48]。
排空驭气奔如电[49]，升天入地求之遍。
上穷碧落下黄泉[50]，两处茫茫皆不见。
忽闻海上有仙山[51]，山在虚无缥缈间。
楼阁玲珑五云起[52]，其中绰约多仙子[53]。
中有一人字太真，雪肤花貌参差是[54]。
金阙西厢叩玉扃[55]，转教小玉报双成[56]。
闻道汉家天子使，九华帐里梦魂惊[57]。
揽衣推枕起徘徊，珠箔银屏迤逦开[58]。
云鬓半偏新睡觉[59]，花冠不整下堂来。
风吹仙袂飘飖举[60]，犹似霓裳羽衣舞。
玉容寂寞泪阑干[61]，梨花一枝春带雨。
含情凝睇谢君王[62]，一别音容两渺茫。
昭阳殿里恩爱绝[63]，蓬莱宫中日月长[64]。
回头下望人寰处[65]，不见长安见尘雾。
唯将旧物表深情[66]，钿合金钗寄将去[67]。
钗留一股合一扇，钗擘黄金合分钿[68]。
但令心似金钿坚，天上人间会相见。
临别殷勤重寄词[69]，词中有誓两心知[70]。
七月七日长生殿[71]，夜半无人私语时。
在天愿作比翼鸟[72]，在地愿为连理枝[73]。
天长地久有时尽，此恨绵绵无绝期[74]。

【注释】

[1] 此诗作于元和元年(806),当时诗人任盩厔县尉。这首诗是他和友人陈鸿、王质夫同游仙游寺,有感于唐玄宗、杨贵妃的故事而创作的。

[2] 汉皇:原指汉武帝刘彻。此处以汉代唐,借指唐玄宗李隆基。重色:爱好女色。倾国:绝色女子。《汉书·李夫人传》:"延年侍上起舞,歌曰:'北方有佳人,绝世而独立,一顾倾人城,再顾倾人国。宁不知倾城与倾国,佳人难再得!'"后因以"倾城倾国"形容女子极其美丽。

[3] 御宇:驾御宇内,即统治天下。汉贾谊《过秦论》:"振长策而御宇内。"

[4] 杨家有女:杨玉环为蜀州司户杨玄琰之女,自幼由叔父杨玄珪抚养,十七岁(开元二十三年)被册封为玄宗之子寿王李瑁之妃。二十七岁被玄宗册封为贵妃。白居易谓"养在深闺人未识",是作者有意为帝王避讳的说法。

[5] 丽质:美丽的姿质。

[6] 六宫粉黛:指宫中所有嫔妃。古代皇帝设六宫,正寝(日常处理政务之地)一,燕寝(休息之地)五,合称六宫。粉黛:本为女性化妆用品,此代指六宫中的女性。无颜色:意谓相形之下,都显得没有姿色,不漂亮。

[7] 华清池:在今西安市临潼区骊山下。唐贞观十八年(644)建汤泉宫,咸亨二年(671)改名温泉宫,天宝六载(747)扩建后改名华清宫。唐玄宗每年冬、春季都到此居住。

[8] 凝脂:形容皮肤白嫩滋润,犹如凝固的脂肪。《诗经·卫风·硕人》:"手如柔荑,肤如凝脂。"

[9] 侍儿:宫女。

[10] 新承恩泽:刚得到皇帝的宠幸。

[11] 云鬓:形容女子鬓发盛美如云。金步摇:一种金首饰,用金银丝盘成花之形状,上面缀着垂珠之类,插于发鬓,走路时摇曳生姿。

[12] 芙蓉帐:绣着莲花的帐子。形容帐之精美。萧纲《戏作谢惠连体十三韵》:"珠绳翡翠帷,绮幕芙蓉帐。"

[13] 春宵:春夜。

[14] 佳丽三千:《后汉书·皇后纪》:"自武元之后,世增淫费,乃至掖庭三千。"言后宫女子之多。据《旧唐书·宦官传》等记载,开元、天宝年间,长安大内、大明、兴庆三宫,皇子十宅院,皇孙百孙院,东都大内、上阳两宫,

大率宫女四万人。

[15] 金屋：用汉武帝"金屋藏娇"典故。

[16] 列土：分封土地。据《旧唐书·后妃传》等记载，杨贵妃有姊三人，玄宗并封国夫人之号。长曰大姨，封韩国夫人。三姨，封虢国夫人。八姨，封秦国夫人。妃父玄琰，累赠太尉、齐国公。母封凉国夫人。叔玄珪，为光禄卿。再从兄铦，为鸿胪卿。锜，为侍御史，尚武惠妃女太华公主。从兄国忠，为右丞相。

[17] 可怜：可爱，值得羡慕。

[18] 不重生男重生女：陈鸿《长恨歌传》云，当时民谣有"生女勿悲酸，生男勿喜欢""男不封侯女作妃，看女却为门上楣"等。

[19] 骊宫：今西安临潼骊山华清宫。

[20] 凝丝竹：指弦乐器和管乐器伴奏出舒缓的旋律。

[21] 渔阳：郡名，辖今北京市平谷县和天津市的蓟县等地，当时属于平卢、范阳、河东三镇节度史安禄山的辖区。天宝十四载（755）冬，安禄山在范阳起兵叛乱。鼙鼓：古代骑兵用的小鼓，此借指战争。

[22] 霓裳羽衣曲：舞曲名，据说为唐开元年间西凉节度使杨敬述所献，经唐玄宗润色并制作歌词，改用此名。乐曲着意表现虚无缥缈的仙境和仙女形象。

[23] 九重城阙：九重门的京城，此指长安。《楚辞·九辩》："君之门以九重。"阙，古代宫殿门前两边的楼，泛指宫殿或帝王的住所。烟尘生：指发生战事。

[24] 千乘万骑西南行：天宝十五载（756）六月，安禄山破潼关，逼近长安。玄宗带领杨贵妃等出延秋门向西南方向逃走。当时随行护卫并不多，"千乘万骑"是夸大之词。乘：一人一骑为一乘。

[25] "翠华"二句：指李隆基一行西奔至距长安百余里的马嵬驿（位于今陕西兴平市北）。翠华：用翠鸟羽毛装饰的旗帜，皇帝仪仗队用。司马相如《上林赋》："建翠华之旗，树灵鼍之鼓。"

[26] 六军：指天子军队。《周礼·夏官·司马》："王六军。"据新旧《唐书·玄宗纪》《资治通鉴》等记载：天宝十五载（756）六月，哥舒翰至潼关，兵败后降安禄山，潼关不守，京师大骇。玄宗谋幸蜀，乃下诏亲征，仗下后，士庶恐骇。乙未日凌晨，玄宗自延秋门出逃，扈从唯宰相杨国忠、韦见素，内侍高力士及太子、亲王、妃主，皇孙以下多从之不及。丙辰日，次马嵬驿，诸军不进。龙武大将军陈玄礼奏：逆胡指阙，以诛国忠为名，然中外群情，不无嫌怨。今国步艰阻，

乘舆震荡，陛下宜徇群情，为社稷大计，国忠之徒，可置之于法。会吐蕃使遮国忠告诉于驿门，众呼曰：杨国忠连蕃人谋逆！兵士围驿四合，及诛杨国忠、魏方进一族，兵犹未解。玄宗令高力士诘之，回奏曰：诸将既诛国忠，以贵妃在宫，人情恐惧。玄宗即命力士赐贵妃自尽。

[27] 宛转：形容杨玉环临死前哀怨缠绵的样子。蛾眉：《诗经·卫风·硕人》"螓首蛾眉。"蚕蛾触须细长而弯曲，因以比喻女子美丽的眉毛。后亦为美女的代称，也作"娥眉"。此指杨贵妃。

[28] 花钿：用金翠珠宝等制成的花朵形首饰。委地：丢弃在地上。

[29] 翠翘：首饰，形如翡翠鸟尾。金雀：金雀钗，钗形似凤（古称朱雀）。玉搔头：玉簪。《西京杂记》卷二："武帝过李夫人，就取玉簪搔头。"自此后宫人搔头皆用玉。

[30] 云栈：高入云霄的栈道。萦纡：萦回盘绕。剑阁：又称剑门关，在今四川剑阁县北，是由秦入蜀的要道。此地群山如剑，峭壁中断处，两山对峙如门。

[31] 峨嵋山：在今四川峨眉山市。玄宗奔蜀途中，并未经过峨眉山，这里泛指蜀中高山。

[32] 行宫：皇帝离京出行在外的临时住所。

[33] 夜雨闻铃：《明皇杂录·补遗》："明皇既幸蜀，西南行。初入斜谷，霖雨涉旬，于栈道雨中闻铃音与山相应。上既悼念贵妃，采其声为《雨霖铃曲》以寄恨焉。"

[34] 天旋日转：指时局好转。肃宗至德二载（757），郭子仪军收复长安。回龙驭：皇帝的车驾归来。

[35] 不见玉颜空死处：据《旧唐书·后妃传》载："玄宗自蜀还，令中使祭奠杨贵妃，密令改葬于他所。初瘗时，以紫褥裹之，肌肤已坏，而香囊仍在，内官以献，上皇视之凄惋，乃令图其形于别殿，朝夕视焉。"

[36] 信马：无心鞭马，任马前进。言唐玄宗及随行人员重经马嵬驿的悲伤之情。

[37] 太液：汉宫中有太液池。未央：汉有未央宫。此皆借指唐长安皇宫。

[38] 西宫南内：一作"西宫南苑"。皇宫之内称为大内。西宫即西内太极宫，南内为兴庆宫。玄宗返京后，初居南内。上元元年（760），权宦李辅国假借肃宗名义，胁迫玄宗迁往西内，并流贬玄宗亲信高力士、陈玄礼等人。

[39] 梨园弟子：指玄宗当年训练的乐工舞女。梨园：据《新唐书·礼乐志》：唐玄宗时宫中教习音乐的机构，曾选"坐部伎"三百人教练歌舞，随时应诏表演，号称"皇帝梨园弟子"。

[40] 椒房：后妃居住之所，因以花椒和泥抹墙，故称。阿监：宫中的侍从女官。青娥：年轻的宫女。据《新唐书·百官志》，内官宫正有阿监、副监，视七品。

[41] 孤灯挑尽：古时用油灯照明，为使灯火明亮，过一会儿就要把浸在油中的灯草往前挑一点。挑尽，说明夜已深。按，唐时宫廷夜间燃烛而不点油灯，此处旨在形容玄宗晚年生活环境的凄苦。

[42] 迟迟：迟缓。报更钟鼓声起止原有定时，这里用以形容玄宗长夜难眠时的心情。

[43] 耿耿：微明的样子。欲曙天：长夜将晓之时。

[44] 鸳鸯瓦：屋顶上俯仰相对合在一起的瓦。《三国志·魏书·方技传》载："文帝梦殿屋两瓦堕地，化为双鸳鸯。房瓦一俯一仰相合，称阴阳瓦，亦称鸳鸯瓦。"霜华：霜花。

[45] 翡翠衾：布面绣有翡翠鸟的被子。

[46] 临邛道士鸿都客：意谓有个从临邛来长安的道士。临邛：今四川邛崃县。鸿都：东汉都城洛阳的宫门名，这里借指长安。《后汉书·灵帝纪》："光和元年二月，始置鸿都门学士。"

[47] 致魂魄：招来杨贵妃的亡魂。

[48] 方士：有法术的人。这里指道士。殷勤：尽力。

[49] 排空驭气：即腾云驾雾。

[50] 穷：穷尽，找遍。碧落：即天空。黄泉：指地下。

[51] 海上仙山：《史记·封禅书》："自威、宣、燕昭使人入海求蓬莱、方丈、瀛洲，此三神山者，其传在渤海中。"

[52] 玲珑：华美精巧。五云：五彩云霞。

[53] 绰约：体态轻盈柔美。《庄子·逍遥游》："藐姑射之山，有神人居焉，肌肤若冰雪，绰约如处子。"

[54] 参差：仿佛，差不多。

[55] 金阙：《太平御览》卷六六引《大洞玉经》："上清宫门中有两阙，左金阙，右玉阙。"西厢：《尔雅·释宫》："室有东西厢曰庙。西厢在右。"玉扃(jiōng)：玉门。

[56] 转教小玉报双成：意谓仙府庭院重重，须经辗转通报。小玉：吴王夫差女。双成：传说中西王母的侍女。这里皆借指杨贵妃在仙山的侍女。

[57] 九华帐：绣饰华美的帐子。九华：重重花饰的图案。言帐之精美。

[58] 珠箔：珠帘。银屏：饰银的屏风。逦迤：接连不断地。

[59] 新睡觉：刚睡醒。觉，醒。

[60] 袂：衣袖。

[61] 玉容寂寞：此指神色黯淡凄楚。阑干：纵横交错的样子。这里形容泪痕满面。

[62] 凝睇（dì）：凝视。

[63] 昭阳殿：汉成帝宠妃赵飞燕的寝宫。此借指杨贵妃住过的宫殿。

[64] 蓬莱宫：传说中的海上仙山。这里指贵妃在仙山的居所。

[65] 人寰：人间。

[66] 旧物：指杨玉环生前与玄宗定情的信物。

[67] 寄将去：托道士带回。

[68] "钗留"二句：把金钗、钿盒分成两半，自留一半。擘：分开。

[69] 重寄词：贵妃在告别时重又托道士捎话（给玄宗）。

[70] 两心知：只有玄宗、贵妃二人心里明白。

[71] 长生殿：在骊山华清宫内，天宝元年（742）建造。

[72] 比翼鸟：传说中的鸟名，据说只有一目一翼，雌雄并在一起才能飞行。

[73] 连理枝：两株树木树干相抱。古人常用此二物比喻情侣相爱、永不分离。

[74] 恨：遗憾。绵绵：连绵不断。

冬夜宿仙游寺南凉堂呈谦道人 [1]

〔唐〕岑参

太乙连太白[2]，两山知几重。路盘石门窄[3]，匹马行才通。
日西到山寺，林下逢支公[4]。昨夜山北时，星星闻此钟[5]。
秦女去已久[6]，仙台在中峰[7]。箫声不可闻，此地留遗踪[8]。
石潭积黛色，每岁投金龙[9]。乱流争迅湍，喷薄如雷风。

夜来闻清磬[10]，月出苍山空。空山满清光，水树相玲珑[11]。

回廊映密竹，秋殿隐深松。灯影落前溪，夜宿水声中。

爱兹林峦好，结宇向溪东。相识唯山僧，邻家一钓翁。

林晚栗初拆[12]，枝寒梨已红。物幽兴易惬，事胜趣弥浓。

愿谢区中缘[13]，永依金人宫[14]。寄报乘辇客[15]，簪裾尔何容[16]。

【注释】

[1] 冬：一作"秋"。道人：僧人的别称。

[2] 太乙：即终南山，在陕西西安市南。太白：太白山。

[3] 石门：指山中石崖对峙如门。

[4] 支公：原指晋代高僧支遁，此借指谦道人。

[5] 星星：犹一点点。形容其小。此处指隐约听到钟声。

[6] 秦女：指秦穆公女弄玉。

[7] 仙台：指凤台，相传故址在太白山中。

[8] 遗踪：仙游寺有弄玉祠。

[9] "石潭"二句：石潭，指仙游潭。金龙，铜龙。投金龙入潭，是唐朝廷祈雨的一种仪式。

[10] 清磬：清越的磬声。

[11] 玲珑：明彻貌。

[12] 拆：裂开。

[13] 谢：辞。区中缘：人世间的尘缘。

[14] 金人宫：指佛寺。金人，指佛像。

[15] 乘辇客：指在朝为官者。

[16] 簪裾：显贵者之服饰。尔：你们。何容：犹言岂可。

宿仙游寺望月生峰

〔唐〕薛能

公门身入洞门行[1]，出阱离笼似有情。

僧语夜凉云树黑，月生峰上月初生[2]。

【注释】

[1] 公门：官署，衙门。公门身：指有官员身份的人，此为作者自指。洞门：指方外之地。

[2] 月生峰：山峰名，在仙游寺南面。

题仙游寺

〔唐〕朱庆余

石抱龙堂藓石干[1]，山遮白日寺门寒。
长松瀑布饶奇状[2]，曾有仙人驻鹤看。

【注释】

[1] 龙堂：画有蛟龙之堂。

[2] 饶：众多，多。

南寺[1]

〔宋〕苏轼

东去愁攀石，西来怯渡桥。
碧潭如见试，白塔苦相招。
野馈惭微薄[2]，村沽慰寂寥[3]。
路穷斤斧绝，松桂得干霄[4]。

【注释】

[1] 南寺：仙游寺南寺。

[2] 野馈：村野的食物。

[3] 村沽：村酒。

[4] 干霄：高入云霄。

仙游寺

〔明〕王元凯

此寺终南第一丛，黑溪西绕碧岩东[1]。
抛龙潭侧楼台雾，卧象山头草树风。
始识三生非梦幻，应灰百虑泯穷通。
笙簧隔院闻清籁[2]，也有天花满玉空[3]。

【作者简介】

王元凯，字尧卿，号终南。明弘治十四年（1501）举于乡，与弟元正同登正德六年（1511）进士，授兵部给事中。著有《天地正气编》《蝉噪录》《南游稿》《庸玉录》。

【注释】

[1] 黑溪：寺前河名黑河，近前深处名黑龙潭。

[2] 笙簧：指笙的乐音。

[3] 天花：佛教语。天界仙花。《维摩诘经·观众生品》："时维摩诘室有一天女，见诸天人闻所说法，便现其身，即以天华散诸菩萨大弟子上。"

普缘观眺次仲默

〔明〕康海

地僻柳条初绽，春深小桃未花。
草房凹口云散，荞麦山头日斜。
傍壑数椽僧舍[1]，隔溪几处人家。
龙窟茫茫俱水，苍烟袅袅无涯。

【作者简介】

康海（1475—1541），字德涵，号对山、浒西山人、浒东渔父，明陕西武功人。弘治十五年（1502）进士第一。授翰林修撰。与李梦阳等提倡文学复古，为前七子之一。正德间，因救李梦阳，往见太监刘瑾，梦阳因此得免。瑾败，竟坐其党落职。尤工散曲，与王九思并称大家。有《对山集》《浒东乐府》《中山狼》。

【注释】

[1] 数椽（chuán）：数间。

仙游寺

〔明〕赵崡

危径转深入[1]，诸天隐上方[2]。随刊经帝力[3]，缔构自前皇[4]。
昔代宸游地[5]，今时卓锡乡[6]。栋栌千劫气，丹碧十寻光[7]。
宝树沾花雨[8]，丛林有异香。潭声珠贝落，山色翠眉长。
虎豹苍岩伏，蛟龙白昼藏。侧身窥雁影，局步造云庄[9]。
石立疑鲸动，桥飞讶𧉧翔。对门玉女洞，隔水郎公房。
仙吹闻双管，禅心话半床。世缘如可弃，吾欲礼空王[10]。

【作者简介】

赵崡，字子函，明陕西周至人。万历间举人。常挟纸墨访拓古代石刻，并乞于朋友之宦游四方者，积三十余年，所蓄旧碑颇多。有《石墨镌华》。

【注释】

[1] 危径：险峻的山路。
[2] 诸天：原指神界的众神位。后泛指天界；天空。上方：天上；上界。
[3] 帝力：帝王的作用或恩德。
[4] 缔构：建造。

[5] 宸游：帝王之巡游。

[6] 卓锡：卓，植立；锡，锡杖，僧人外出所用。因谓僧人居留为卓锡。

[7] 丹碧：泛指涂饰在建筑物或器物上的色彩。

[8] 宝树：泛指珍奇的树木。

[9] 局步：小步。

[10] 空王：佛教语，佛的尊称。佛谓世界一切皆空，故称"空王"。

仙游寺

〔清〕邹儒

闻说堆幽积翠环[1]，偶随夐化学偷闲。
一流划破东西石，两寺平分前后山。
碑没塔荒忘岁月，桥危径绝费跻攀。
登临迥异人间世，顿觉年来俗吏顽。

【注释】

[1] 积翠：指青山。

玉华观

位于西安周至县东南三十里，楼观台之北。元初以唐睿宗第十女玉真公主入道别馆旧址而建。初称玉华庵，元至元十年至二十三年（1273—1286）再加修葺，改庵为观。民国十四年（1925）《重修盩厔县志》载："玉华观遗址尚存，有碣可考。"

玉真公主山居

〔唐〕储光羲

山北天泉苑,山西凤女家[1]。

不言沁园好[2],独隐武陵花[3]。

【注释】

[1] 凤女:对女子的美称,此指玉真公主。

[2] 沁园:史称沁水公主园,东汉时期的一处园林,为东汉明帝女沁水公主所有。建初二年被窦宪所夺,遗址位于今河南省济源市东北部五龙口镇化村村南、沁河之北。后泛称公主的园林为"沁园"。

[3] 武陵花:桃花源的别称。出自东晋陶渊明《桃花源记》。

玉真公主别馆苦雨赠卫尉张卿二首 [1]

〔唐〕李白

其一

秋坐金张馆[2],繁阴昼不开。空烟迷雨色,萧飒望中来。

翳翳昏垫苦[3],沉沉忧恨催。清秋何以慰,白酒盈吾杯。

吟咏思管乐[4],此人已成灰。独酌聊自勉,谁贵经纶才[5]。

弹剑谢公子,无鱼良可哀[6]。

【注释】

[1] 苦雨:久下成灾的雨。

[2] 秋:一作"愁"。金张:汉宣帝时,金日䃅和张安世并为显宦,后世以"金

张"喻贵族。

[3] 翳翳：光线暗弱貌。昏垫：困于水灾。

[4] 管乐：管仲与乐毅的并称。二人分别为春秋时齐国名相，战国时燕国名将。

[5] 经纶才：指治理国家的才能。

[6] "弹剑"二句：用孟尝君门客冯谖弹铗事。《史记·孟尝君列传》：战国时士人冯谖闻孟尝君好客，前往见之，孟尝君置其传舍。居有顷，弹其剑，歌曰："长铗归来乎，食无鱼。"孟尝君迁之幸舍。

其二

苦雨思白日[1]，浮云何由卷。稷契和天人，阴阳乃骄蹇[2]。
秋霖剧倒井[3]，昏雾横绝巘[4]。欲往咫尺途，遂成山川限。
潨潨奔溜闻[5]，浩浩惊波转[6]。泥沙塞中途，牛马不可辨。
饥从漂母食[7]，闲缀羽陵简[8]。园家逢秋蔬[9]，藜藿不满眼[10]。
蟏蛸结思幽[11]，蟋蟀伤褊浅[12]。厨灶无青烟，刀几生绿藓[13]。
投箸解鹧鸪，换酒醉北堂。丹徒布衣者[14]，慷慨未可量。
何时黄金盘，一斛荐槟榔。功成拂衣去，摇曳沧洲傍。

【注释】

[1] 白日：太阳；阳光。

[2] 骄蹇：傲慢，不顺从。

[3] 秋霖：秋日的淫雨。倒井：谓雨势甚大，如井之倒倾。

[4] 绝巘：极高的山峰。

[5] 潨潨（cōng）：水流声。

[6] 惊波：惊险的巨浪。

[7] 漂母：漂洗衣物的老妇。《史记·淮阴侯列传》："（韩）信钓于城下，诸母漂，有一母见信饥，饭信，竟漂数十日。信喜，谓漂母曰：'吾必有以重报母。'母怒曰：'大丈夫不能自食，吾哀王孙而进食，岂望报乎！'……汉五年正月，徙齐王信为楚王，都下邳。信至国，召所从食漂母，赐千金。"

[8] 羽陵简：借指书籍。羽陵：古地名。为贮藏古代秘籍之处。《穆天子传》

卷五："仲秋甲戌，天子东游，次于雀梁，蠹书于羽陵。"郭璞注："谓暴书中蠹虫，因云蠹书也。"

[9] 园家：经营园圃的农家。

[10] 藜藿：藜和藿，都属野菜。亦泛指粗劣的饭菜。

[11] 蟏蛸：蜘蛛的一种，脚很长。通称蟢子。

[12] 褊浅：地方狭窄。

[13] 刀几：切肉用的刀和几案。

[14] 丹徒布衣：指南朝宋刘穆之。《南史·刘穆之传》："穆之东莞莒（今山东莒县）人，世居京口（丹徒），少时家贫，常就岳家乞食。一日食饱求槟榔，其妻兄弟戏之曰：'槟榔消食，君乃常饥，何忽须此？'及穆之为丹阳尹，召妻兄弟饮，至醉饱，令厨人以金盘盛槟榔一斛进之。"后以指贫困未遇之士。

同玉真公主过大哥山池

〔唐〕李隆基

地有招贤处，人传乐善名。鹜池临九达[1]，龙岫对层城[2]。桂月先秋冷[3]，蘋风向晚清[4]。凤楼遥可见，仿佛玉箫声。

【注释】

[1] 鹜池：雁鹜池。李昉《太平御览·图经》："（梁王）又有雁鹜池，周回四里，亦梁王所凿。"亦泛指游乐之地。九达：四通八达的道路。

[2] 龙岫：《西京杂记》卷二："梁孝王好营宫室苑囿之乐，作曜华之宫，筑兔园，园中有百灵山，山有肤寸石、落猿岩、栖龙岫，又有雁池。"后因以"龙岫"泛指精美的湖山建筑。层城：重城；高城。

[3] 桂月：指月亮。传说月中有桂树，故称。

[4] 蘋风：掠过蘋草之风；微风。

玉真公主歌

〔唐〕高适

常言龙德本天仙[1],谁谓仙人每学仙。
更道玄元指李日[2],多于王母种桃年[3]。
仙宫仙府有真仙,天宝天仙秘莫传。
为问轩皇三百岁[4],何如大道一千年[5]。

【注释】

[1] 龙德:圣人之德;天子之德。这里指玉真公主。

[2] 玄元:指老子。唐初追号老子为"太上玄元皇帝",简称"玄元"。

[3] 王母种桃年:形容时间长久。典出《汉武帝内传》:"王母上殿……又命侍女更索桃果,须臾以玉盘盛仙桃七颗,大如鸭卵,形圆青色,以呈王母。母以四颗与帝,三颗自食,桃味甘美,口有盈味,帝食辄收其核。王母问帝。帝曰:'欲种之。'母曰:'此桃三千年一生实,中夏地薄,种之不生。'帝乃止。"

[4] 轩皇:即黄帝轩辕氏。

[5] 大道:谓成仙之道。

题玉真观李秘书院

〔唐〕韩翃

白云斜日影深松,玉宇瑶坛知几重[1]。
把酒题诗人散后,华阳洞里有疏钟[2]。

【注释】

[1] 玉宇：用玉建成的殿宇，传说中天帝或神仙的住所。瑶坛：用美玉砌成的高台，多指神仙的居处。此喻李秘书院。

[2] 华阳洞：传说中神仙所居的洞府。这里代指玉真观。疏钟：稀疏的钟声。

奉和圣制幸玉真公主山庄因题石壁十韵之作应制

〔唐〕王维

碧落风烟外，瑶台道路赊[1]。如何连帝苑，别自有仙家。
此地回鸾驾[2]，缘溪转翠华。洞中开日月，窗里发云霞。
庭养冲天鹤[3]，溪留上汉查[4]。种田生白玉，泥灶化丹砂。
谷静泉逾响，山深日易斜。御羹和石髓[5]，香饭进胡麻。
大道今无外，长生讵有涯？还瞻九霄上，来往五云车[6]。

【注释】

[1] 瑶台：美玉砌的楼台。亦泛指雕饰华丽的楼台。

[2] 鸾驾：天子的车驾。

[3] 冲天鹤：传说周灵王太子晋从道士浮丘游，曾在缑氏山巅控鹤冲天。

[4] 汉查：船的美称。

[5] 石髓：即石钟乳。古人用于服食。也可入药。

[6] 五云车：谓仙人所乘的云车。

玉真观

〔唐〕张籍

台殿曾为贵主家[1]，春风吹尽竹窗纱。
院中仙女修香火[2]，不许闲人入看花[3]。

【注释】

[1] 贵主：尊贵的公主。

[2] 修香火：引申指供奉神佛之事。

[3] 闲人：不相干的人。

玉真观

〔唐〕李群玉

高情帝女慕乘鸾[1]，绀发初簪玉叶冠[2]。
秋月无云生碧落[3]，素蕖寒露出情澜。
层城烟雾将归远[4]，浮世尘埃久住难[5]。
一自箫声飞去后[6]，洞宫深掩碧瑶坛。

【作者简介】

李群玉（808？—860？），字文山，澧州（今湖南澧县）人。性旷逸，不乐仕进，以吟咏自适。裴度荐之，诏授弘文馆校书郎，未几乞归，卒于洪州。工书能诗。有《李群玉集》三卷。《全唐诗》存诗三卷。《唐才子传》有载。

【注释】

[1] 高情：超然物外之情。帝女：帝王之女，指玉真公主。

[2] 绀（gàn）发：原指佛教如来绀琉璃色头发。后亦指道教得道者之发。玉叶冠：唐高宗武后女太平公主冠名。其冠以玉为饰，为稀世之宝。此指玉真公主冠饰的华贵。

[3] 碧落：道教语。指天空；青天。

[4] 层城：重城；高城。

[5] 尘埃：尘俗。

[6] 箫声飞去：玉真公主离世的委婉说法。

楼观台

楼观台，号称"天下第一福地"，是我国著名的道教胜迹，位于周至县东南15公里的终南山北麓。相传周代大夫、函谷关令尹喜在此结草为楼，以观天体，故称草楼观。后老子西游经过函谷关，被尹喜迎归草楼。老子在此著《道德经》五千言，并在此筑台授经，因而又叫说经台或授经台。

楼观台不仅依山带水，茂林修竹，绿荫蔽天，风景优美，且留存有不少珍贵的碑刻，如唐代欧阳询撰书《大唐宗圣观记碑》、唐戴仸隶书《玄元灵应颂》、苏灵芝行书《唐老君显见碑》、贠半竹隶书《唐宗圣观主尹文操碑》、宋米芾行书《天下第一山》、苏轼行书《游楼观台题字》，元赵孟頫隶书"上善池"碑等。古籍曾誉："关中河山百二，以终南为最胜；终南千峰耸翠，以楼观为最名。"

题楼观

〔唐〕岑参

草楼荒井闭空山[1]，关令乘云去不还[2]。
羽盖霓旌何处在[3]，空留药臼向人间[4]。

【注释】

[1] 草楼：周康王时，函谷关令尹喜在终南山中结草为楼，以观天象，称为草楼观。一日，望见有紫气从东而来，知有真人将至，便前去迎接，正遇老子骑牛西出函谷关，遂将老子接到草楼内，老子在此写下《道德经》五千言。荒井：楼观内有一口井，相传井中有老君炼就的丹药，饮其水可以治病，故称药井。戴璇《玄元灵应颂碑》："药井尚渫，仙轼仍存。"元代赵孟頫为题"上善池"，至今尚存。闭空山：藏在荒山之中。

[2] "关令"句：传说关令尹喜后来得道成仙。

[3] 羽盖：古代用鸟羽装饰的车盖。霓旌：古代的一种旗，用羽毛装饰，染

成五彩颜色,望之有如虹霓,故称霓旌。羽盖霓旌是传说中仙人出行的仪仗。

[4] 药臼:道家炼丹药用的器具,也称药鼎。楼观台存有一铁炉,相传为老君炼丹炉。

过楼观李尊师 [1]

〔唐〕卢纶

城阙望烟霞,常悲仙路赊[2]。宁知樵子径[3],得到葛洪家[4]。
犬吠松间月,人行洞里花。留诗千岁鹤,送客五云车[5]。
访世山空在,观棋日未斜[6]。不知尘俗士,谁解种胡麻[7]。

【注释】

[1] 一作《过李尊师院》。

[2] 仙路:登仙之路。赊:距离远。

[3] 宁知:哪里知道。樵子径:打柴人走的小道。

[4] 葛洪家:葛洪(284—364),东晋道家、医学家、炼丹术家。字稚川,自号抱朴子,丹阳句容(今属江苏)人。自幼好神仙导养之法。先后从郑隐、鲍玄学炼丹术和道术。后闻交趾出丹砂,求为勾漏令。携子侄至广州,止于罗浮山炼丹。此以"葛洪家"喻指李尊师院。

[5] 五云车:谓仙人所乘的云车。

[6] 观棋:南朝梁任昉《述异记》卷上:"信安郡石室山,晋时王质伐木至,见童子数人棋而歌,质因听之。童子以一物与质,如枣核。质含之,不觉饥。顷饿,童子谓曰:'何不去?'质起视,斧柯尽烂。既归,无复时人。"

[7] 胡麻:芝麻。详见前邹儒《东乡种薏苡米有感》注释[4]。

学仙 [1]

〔唐〕张籍

楼观开朱门,树木连房廊。中有学仙人,少年休谷粮。

高冠如芙蓉，霞月披衣裳[2]。六时朝上清，佩玉纷锵锵[3]。
自言天老书，秘覆云锦囊。百年度一人，妄泄有灾殃。
每占有仙相[4]，然后传此方。先生坐中堂，弟子跪四厢。
金刀截身发[5]，结誓焚灵香[6]。弟子得其诀，清斋入空房[7]。
守神保元气，动息随天罡[8]。炉烧丹砂尽，昼夜候火光。
药成既服食，计日乘鸾凰。虚空无灵应，终岁安所望。
勤劳不能成，疑虑积心肠。虚羸生疾疹[9]，寿命多夭伤。
身殁惧人见，夜埋山谷傍。求道慕灵异，不如守寻常。
先王知其非，戒之在国章[10]。

【注释】

[1] 此诗表达了诗人反对仙道之流的思想。

[2] 霞月：明丽的月亮。

[3] 佩玉纷锵锵：《诗经·郑风·有女同车》："有女同车，颜如舜英。将翱将翔，佩玉锵锵。"古代贵族君子在正式场合要佩带玉器。这样他们在行动时就要遵守一定的规范，其玉佩会发出悦耳的、有规律的"锵锵"的撞击声。后遂以"佩玉锵锵"称人出仕做官。此指官员上朝。

[4] 仙相：道教谓成仙者所具有的骨相。

[5] 金刀：剪子。

[6] 焚灵香：指焚香礼神。

[7] 清斋：谓举行祭祀或典礼前洁身静心以示诚敬。

[8] 动息：动止起居。天罡：道教称北斗丛星中三十六星之神。

[9] 虚羸：虚弱。

[10] 国章：国法。后二句言仙道之虚妄，先王在国家法令制度中对之有所禁戒。

同李益崔放送王炼师还楼观兼为群公先营山居

〔唐〕孟郊

十年白云士[1]，一卷紫芝书[2]。来结崆峒侣[3]，还期缥缈居。
霞冠遗彩翠[4]，月帔上空虚。寄谢泉根水[5]，清泠闲有余。

【注释】

[1] 白云士：指道士。

[2] 紫芝书：指道书。

[3] 崆峒侣：谓道侣。

[4] 霞冠：道士帽。

[5] 寄谢：犹答谢。泉根：泉源。

十二月十二日至楼观作

〔宋〕王禹偁

罢归关令存遗宅[1]，羽驾真人有旧丘[2]。
水石自含仙气爽[3]，烟云常许世人游。
悠悠天道推终始[4]，扰扰尘缨滞去留[5]。
君看一官容易舍，老来栖止占山陬[6]。

【作者简介】

王禹偁（954—1001），字元之，济州钜野（今山东省巨野县）人。北宋诗人、散文家。北宋太平兴国八年（983）进士，历任右拾遗、左司谏、知制诰、翰林学士。咸平二年（999）黜知黄州，世称"王黄州"。北宋诗文革新运动的先驱，文学韩愈、柳宗元，诗崇杜甫、白居易，多反映社会现实，风格清新平易。

著有《王黄州小畜集》三十卷、《小畜外集》二十卷等。《宋史》有传。

【注释】

[1] 关令：指尹喜，相传他为周康王时大夫，曾作函谷关令。遗宅：指楼观，相传楼观即尹喜的草楼旧址。

[2] 羽驾真人：指老子。故丘：指老子墓，在西楼观山峰东北麓。丘，坟墓。扬雄《方言》："冢大者谓之丘。"

[3] "水石"句：言楼观之地水秀山清，含有仙气。

[4] 悠悠天道：深远的天道。古人认为天道是支配人类命运的天神意志，老子在《道德经》中强调了"人法地，地法天，天法道，道法自然"的朴素唯物主义的天道观。推：推究。

[5] 扰扰尘缨：纷乱的尘世。尘缨：尘世，把现实世界比作束缚人的绳索。这句是说纷乱的尘世如同绳索一样束缚着自己，不得任意来去。

[6] 山隅：山的一角。结尾二句意为，面对如此清幽的胜境，使人觉得官职不足留恋，只希望能占这名山古刹一角之地来终老此生。

楼观 [1]

〔宋〕苏轼

门前古碣卧斜阳[2]，阅世如流事可伤[3]。
长有游人悲晋惠[4]，强修遗庙学秦皇[5]。
丹砂久窖井水赤[6]，白术谁烧厨灶香[7]。
闻道神仙亦相过，只疑田叟是庚桑[8]。

【注释】

[1] 作者自注："秦始皇始立老子庙于观南，晋惠始修此观。"

[2] 古碣：古碑，此指《楼观碑》。楼观碑云："昔周康王大夫关令尹喜所立也。"

[3] 阅世如流：经历时世如同流水。刘禹锡："视身如传舍，阅世甚东流。"

[4] 晋惠：指晋惠帝。

[5] 秦皇：指秦始皇。据《华阳录记》载："始皇好神仙，于尹先生楼南立老君庙。晋元康中，重更修葺，蒔木万株，连亘七里，给供洒扫户三百。"

[6] 丹砂久窨井水赤：晋葛洪《抱朴子·仙药》："余亡祖鸿胪少卿曾为临沅令，云此县有廖氏家，世世寿考，或出百岁……疑其井水殊赤，乃试挖井左右，得古人埋丹砂数十斛，去数尺。此丹砂汁因泉渐入井，是以饮其水而得寿。"后遂以"丹砂井"道家所谓的含丹水井，传说人食其水可长寿。此指楼观台泉水。

[7] 白术：中药名，据《本草纲目》载："术能除恶气，弭灾疹。"戴璇《玄元灵应颂碑》："后遇唐皇，易楼观为宗圣，药井尚渫，仙轼仍存……其始迓也，焚芝术、避荤膻。"

[8] 庚桑：《庄子·庚桑楚》："老聃之役，有庚桑楚者，遍得老聃之道，以北居畏垒之山。"结尾二句是说，听说这里常有仙人出没，看到田中的老农，也疑心他就是老子的门徒庚桑楚呢。

楼观

〔宋〕苏轼

鸟噪猿呼昼闭门，寂寥谁识古皇尊[1]。
青牛久已辞辕轭[2]，白鹤时来访子孙[3]。
山近朔风吹积雪，天寒落日淡孤村。
道人应怪游人众[4]，汲尽阶前井水浑[5]。

【注释】

[1] 古皇：亦称"古皇氏"，传说中的有巢氏之号，这里指老子。首二句言楼观冷落寂寥，只闻鸟噪猿呼之声。

[2] 青牛：相传老子骑青牛西出函谷关。辕轭：车前驾牲口的直木和套在牲口脖子上的曲木。亦借指车子。

[3] 白鹤：据《搜神记》载，汉代道士丁令威得道成仙，变为白鹤飞回辽东故乡，立于华表上唱道："有鸟有鸟丁令威，去家千年今来归，城郭如故人民非，何不学仙冢累累。"

[4] 怪：惊讶。

[5] 井水：指楼观台内的上善池，相传饮此水可以治病。结尾二句写此日游人之众令道士惊讶。游人争饮井水，以致水枯而浑，从而反衬出平日之冷清寂寥。

留题楼观

〔宋〕张舜民

参差楼观拂层穹[1]，犹想当年望气雄[2]。
白鹿有踪仙驭远[3]，青牛无迹夜坛空[4]。
霓旌影显灵溪月[5]，蚪桧寒生玉宇风[6]。
钦想天家尚黄老[7]，翠华曾此奉琳宫[8]。

【作者简介】

张舜民，生卒年不详，字芸叟，自号浮休居士，又号矴斋，邠州（今陕西彬州）人。北宋文学家、画家。英宗治平二年（1065）进士，为襄乐令。元祐初为监察御史。徽宗时升任右谏议大夫，不久以龙图阁待制知定州。后改知同州。因元祐党争牵连治罪，贬为楚州团练副使，商州安置。后出任集贤殿修撰。

【注释】

[1] 参差：高低不齐貌。拂层穹：拂拭苍穹。这句是说楼观山势高耸，几乎要直拂云天。

[2] 望气：指关令尹喜在草楼望见紫气东来之事。

[3] 白鹿：古代以白鹿为祥瑞之兽，传说中仙人常骑白鹿。仙驭：仙人的车驾。

[4] 青牛：相传老子骑青牛出函谷关。夜坛：僧道夜间设坛祈祷的地方。

[5] 霓旌：传说中仙人出行时的五彩旗。

[6] 玉宇：传说中神仙所居之处。

[7] 天家：指皇帝。蔡邕《独断》："天子无外，以天下为家，故称天家。"黄老：即黄老之学，为战国、汉初道家学派，将黄帝和老子同尊为道家的创始人，主张清静无为。

[8] 琳宫：仙宫。亦为道观、殿堂之美称。

留题楼观

〔宋〕薛周

结草终南下[1]，云萝一径深[2]。人穷文始迹，谁到伯阳心[3]。
古木含天理，清风快客襟。劳车行计促，空愧负长吟。

【作者简介】

薛周，河东万泉（今山西万荣西南）人，后徙京兆万年（今陕西西安）。仁宗至和中官国子博士，监上清太平宫，为驾部员外郎，中岁谢事不仕。

【注释】

[1] 结草：构造简陋的茅屋。

[2] 云萝：藤萝。即紫藤。因藤茎屈曲攀绕如云之缭绕，故称。

[3] 伯阳：应指老子。《昭明文选·应璩〈与满公琰书〉》："西有伯阳之馆，北有旷野之望。"李善注："伯阳，即老子也。"

题楼观南楼 [1]

〔宋〕大中

纷纷尘事日婴怀[2]，一见南山眼暂开。
好是晚云收拾尽[3]，半天苍翠望中来[4]。

【注释】

[1]《金石萃编》载，此为薛绍彭书，《北京图书馆藏中国历代石刻拓本汇编》册四〇页六："石刻后跋：自清平如鄘虢过此，元丰辛酉孟夏二十七日大中题。"《宋诗纪事补遗》据此记作者为"大中"，具体不详。

[2] 婴怀：犹萦怀。谓牵挂在心。

[3] 收拾：领略。

[4] 半天：半空中。苍翠：指青山。望中：视野之中。

再生柏

〔宋〕石延年

古柏死多日，再生因盛时[1]。年光枯旧杆，春色复新枝。
已朽仲尼骨，重兴徐甲尸[2]。如何造化意，向此独难知。

【作者简介】

石延年（994—1041），字曼卿，宋宋城（今属河南）人，先世幽州人。累举进士不第，以武臣叙迁得官。真宗时为三班奉职，历大理寺丞，后迁太子中允、秘阁校理。李元昊反，受命往河东籍乡兵数十万，又请募人使唂厮啰及回鹘举兵攻元昊，得仁宗嘉许。以气节自豪，为文劲健，尤工诗。有诗集。

【注释】

[1] 盛时：犹盛世。

[2] "重兴"句：传说徐甲自幼为老子佣工，至老子出关时，计欠徐甲佣资七百二十万钱。甲乃诉之关令尹喜，喜大惊，以告老子。老子谓甲曰："汝久应死，是吾以《太玄清生符》与汝，始能至今日。原计至安息国以黄金还汝，何以不能忍？"乃使甲张口向地，其《太玄符》立出于地，而甲亦死。喜知老子神人，乃为甲叩头请命，并乞为老子出钱还之。老子复以《太玄符》投之，甲立更生。喜即以钱二百万与甲，遗之而去。事见《太平广记》卷一引晋葛洪《神仙传·老子》。

楼观

〔宋〕章惇

初入山门气象幽，春风先到紫云楼。

雪消碧瓦六花尽[1]，烟绕丹楹五色浮[2]。

大道径庭经易见，神仙窟宅不难求。

清人果有招徕意[3]，授道台边借一丘。

【作者简介】

章惇（1035—1106），字子厚，建州浦城（今属福建）人，徙居苏州。仁宗嘉祐四年（1059）进士。《宋史》有传。

【注释】

[1] 六花：雪花。雪花结晶六瓣，故名。

[2] 丹楹：朱漆的楹柱。

[3] 清人：纯洁的人。

楼观留题

〔宋〕高翥

传经人去杳冥间[1]，老柏依然傲岁寒。

世变几回余劫火[2]，炉空无复觅仙丹。

地临东北秦川小，山接西南蜀道难。

说与阿师应被笑[3]，满簪华发又邯郸。

【作者简介】

高翥（1170—1241），字九万，号菊涧，余姚（今属浙江）人。幼习科举，应试不第弃去，以教授为业。因慕禽鸟信天缘习性，名其居处为信天巢，与诗友唱酬为乐。晚年居西湖，理宗淳祐元年（1241）卒，年七十二。有《菊涧集》二十卷，已佚。《南宋六十家小集》中收有《菊涧小集》一卷，《中兴群公吟稿》中收其诗二卷。清康熙时裔孙高士奇辑为《信天巢遗稿》。

【注释】

[1] 传经人：指老子。杳冥：极高或极远以致看不清的地方。

[2] 劫火：佛教语。谓坏劫之末所起的大火。

[3] 阿师：称僧人。

说经台

〔元〕杨奂

说经人去已千年[1]，木杪遗台尚岿然[2]。
寰海至今传妙旨[3]，犹龙无复见真仙[4]。
风号地籁笙竽合[5]，日照山花锦绣鲜[6]。
须信谷神元不死[7]，晚来幽鸟替谈玄[8]。

【注释】

[1] 说经人：指老子，相传老子曾在说经台授经。

[2] 木杪：树梢。岿然：高峻耸立貌。此句是说，从低处望去，高峻的说经台耸立在树梢之间。

[3] 寰海：海内。妙旨：指《道德经》。

[4] 犹龙：指老子。据《史记·老子韩非列传》载，孔子见到老子后，回去后对弟子说："吾今日见老子，其犹龙邪！"意思本来是说老子之道深远如龙之不可测，后世遂以犹龙作为老子的代称。

[5] 地籁：从地上空穴中发出的声音。《庄子·齐物论》："地籁则众窍是已。"亦泛指声音。笙竽：笙和竽均为古代的管乐器。此句意为，山中风声就好像笙竽的合奏。

[6] 锦绣：精致华丽的丝绣品。此句形容日光照射下山中的美丽风光。

[7] 谷神：老子形容道的称呼。《道德经》："谷神不死。"谷即山谷，象征空虚，亦有变化莫测之意。把道看作空虚无形而变化莫测、永恒不灭的东西。一说"谷"同"穀"，穀可供营养，而道能生养万物，故称道为谷神。

[8] 谈玄：玄有奥妙、微妙之意，道家用以形容道的微妙无形。《道德经》："玄之又玄，众妙之门。"末二句是说，老子虽已不在，但道是永恒不灭的，说经台上晚山中的鸟儿鸣声嘤嘤，似乎还在代替老子讲论玄远的道义。

同完颜惟洪至楼观闻耗

〔元〕杨奂

蓬莱隔沧海,虎豹护天关[1]。白发知谁免,青牛竟不还。茶分丹井水[2],诗入草楼山。顾我负何事,区区鞍马间。

【注释】

[1] 天关:天门。

[2] 丹井:炼丹取水的井。

楼观

〔元〕李道谦

几到琳宫兴未休[1],杖藜时复一来游[2]。
白云深锁烧丹灶,翠霭高横望气楼[3]。
山鸟飞鸣穿野竹,岩花零落逐水流。
青牛去后知何在,空有门前绿草稠。

【作者简介】

李道谦(1219—1296),字和甫,开封人,金末元初全真教道士。工书法,书密国公(完颜)璹所撰金重阳王真人碑。撰有《祖庭内传》三卷,《七真人年谱》一卷,《终南山记》三十卷,《仙源录》六卷,《简溪笔录》十卷,诗文五卷。

【注释】

[1] 琳宫:仙宫。亦为道观、殿堂之美称。此指楼观台。

[2] 杖藜:谓挂着手杖行走。藜,野生植物,茎坚韧,可为杖。时复:犹时常。

[3] 望气楼：观察云气的楼台。望气：古代方士的一种占候术。观察云气以预测吉凶。

说经台

〔清〕王士禛

台高频纵目[1]，地迥足忘情[2]。药草春秋润[3]，丹砂昼夜明[4]。
龙归云似昔[5]，客到鸟如迎。徘徊尽白日，神爽入诗清[6]。

【注释】

[1] 频：屡次。纵目：放眼望去。

[2] 迥：远。忘情：荣辱得失无动于衷。首二句谓，在高耸的说经台上屡屡远望，顿觉天远地阔，荣辱得失全都忘却。

[3] 润：鲜润。

[4] 丹砂：指道家炼的丹药。楼观台有老君炼丹炉，相传老子曾在此炼丹。

[5] 龙归：指老子逝去。世人常以"犹龙"代指老子。详见前杨奂《说经台》注释 [4]。

[6] 神爽：精神俊爽。

游楼观归遇雨

〔明〕赵崡

晨驾来终南，周览毕夕景[1]。青林滋华茂，绿草纷苔颖。
逶迤行路岐，参差度前岭。楼殿出山巅，高居列仙境。
若木荫石犀[2]，扶桑覆丹井[3]。紫气望不极[4]，白日焉能永。
嵯峨幼妇辞[5]，坐卧观索靖[6]。仙游自一时，感激发深省。
飘风从西来，云雾变俄顷。归途雨冥冥，薄寒侵衣领。
物态有如此，一啸青天冷。

【注释】

[1] 周览：遍览。

[2] 若木：古代神话中的树名。这里指楼观台的树木。石犀：石刻的犀牛。古代迷信，以为置于岸边可镇压水怪。

[3] 扶桑：神话传说中的树名。

[4] 望不极：望不到终点。

[5] 幼妇辞：刘义庆《世说新语·捷悟》："魏武尝过曹娥碑下，杨修从碑背上见题作'黄绢幼妇外孙齑臼'八字……修曰：黄绢，色丝也，于字为绝；幼妇，少女也，于字为妙；外孙，女子也，于字为好；齑臼，受辛也，于字为辞。所谓绝妙好辞也。"后泛指极好的诗文。

[6] 索靖（239—303）：字幼安，敦煌郡龙勒县（今甘肃敦煌）人。西晋将领、著名书法家，敦煌五龙之一。此处应指索靖的书法作品。

同两曲年兄访说经台 [1]

〔明〕陈棐

草庐今日起仙坛，紫气当年在此看。
远近峰峦迎翠盖，高低殿阁聚黄冠[2]。
千年柏荫石牛卧，十月松风金豸寒[3]。
半与王乔同驾鹤[4]，瑶装绛节访玄丹[5]。

【作者简介】

陈棐，生卒年不详，字文冈，鄢陵（今属河南）人。约明世宗嘉靖二十九年（1550）前后在世。嘉靖十四年（1535）进士。官至宁夏巡抚、都御史。有《陈文冈集》。

【注释】

[1] 两曲：指王三聘。王三聘（1501—1577），字梦莘，号两曲，明兴仁里（今陕西周至辛家寨一带）人。明嘉靖十四年（1535）与陈棐同中进士。著有《周至县志》等。年兄：科举制度中同榜登科者称为同年，互称年兄。主试人对所

取中的门生有时亦用此称呼。

[2] 黄冠：道士之冠。亦借指道士。

[3] 豸（zhì）：没有脚的虫。

[4] 王乔：即王子乔，周灵王太子晋。此以王乔喻王三聘。汉刘向《列仙传·王子乔》："王子乔者，周灵王太子晋也。好吹笙，作凤凰鸣。游伊洛间，道士浮丘公接上嵩高山。三十余年后，求之于山上，见桓良曰：'告我家：七月七日待我于缑氏山巅。'至时，果乘鹤驻山头，望之不可到。举手谢时人，数日而去。"后遂以"王乔控鹤"喻得道成仙。

[5] 绛节：传说中上帝或仙君的一种仪仗。玄丹：道教指心之神。此指说经台。

说经台

〔明〕程轼

绀殿终南下[1]，沣川古渡西。柔风吹短柳，细雨暗长堤。
海上群仙远，眼前丹灶迷。说经台畔石，老子已留题[2]。

【作者简介】

程轼，字古川，明东昌府临清（今属山东聊城）人。嘉靖十七年（1538）进士。嘉靖三十九年（1560）任右副都御史，巡抚陕西，次年总督陕西三边，被劾罢。

【注释】

[1] 绀（gàn）殿：佛寺。此指楼观台。

[2] "说经台畔石"二句：谓楼观台说经台的石碑上镌刻着老子《道德经》全文。

题说经台诗二首（其一）

〔明〕朱诚泳

尘海仙家第一宫，峥嵘台殿诧秦工。
五千道德言犹在，百二河山气自雄[1]。

炼药炉寒虚夜月，系牛柏老动秋风[2]。

穹碑屹立斜阳外[3]，夜夜龙光贯彩虹。

【作者简介】

朱诚泳（1458—1498），号宾竹道人，安徽凤阳人。明宗室，明太祖第二子秦王朱樉玄孙，弘治元年（1488）袭封秦王。卒谥简。工诗，著有《经进小鸣集》。

【注释】

[1] 百二：以二敌百。一说百的一倍。指山河险固之地。详见前庾信《皇夏》注释[3]。

[2] 系牛柏：在楼观台北1公里处的一棵老柏树，传为老子系牛之柏。（康熙）《盩厔县志》载："系牛柏在宗圣宫山门内偏东，元至元元年三月，皇子安西王特遣提举段德，断石为牛安置其下，以显当时之迹。元元贞元年夏立《古楼观系牛柏记》碑于宗圣宫山门内东侧。"

[3] 穹碑：圆顶高大的石碑。

游楼观登说经台

〔清〕潘淳

终南新雨后，千嶂远萦青[1]。细草初盘马[2]，高台旧说经。
秦川低老眼，鼙鼓振边庭。福地人间世，无劳入杳冥[3]。

【作者简介】

潘淳，字元亮，号南坨，贵州平远人。康熙五十四年（1715）进士，改庶吉士，授检讨。有《春明草》《橡林诗集》。

【注释】

[1] 萦青：谓青山环绕。

[2] 盘马：谓骑在马上驰骋回旋。

[3] 无劳：犹无须，不烦。

黑龙潭

又名仙游潭、黑水潭、五龙潭。在今陕西周至县南，黑河森林公园内。宋敏求《长安志》卷一八"盩厔县"：仙游潭"在县南三十里。阔二丈。其水黑色。相传号五龙潭，每岁降中使投金龙。"《关中胜迹图志》载："终南有黑水峪，峪有一潭，曰玄潭，潭居黑龙。或曰：黑龙潭，穆天子奏广乐于此。"潭深不可测，黑河水涨，潭水平如镜面，不起微波。古时天旱、雨涝、疾病，乡里皆言为潭水中之龙所为，故为古时村民祭坛祈雨之地。

黑潭龙 [1]

〔唐〕白居易

（序）疾贪吏也。

黑潭水深色如墨，传有神龙人不识。
潭上架屋官立祠，龙不能神人神之。
丰凶水旱与疾疫，乡里皆言龙所为。
家家养豚漉清酒，朝祈暮赛依巫口[2]。
神之来兮风飘飘，纸钱动兮锦伞摇。
神之去兮风亦静，香火灭兮杯盘冷。
肉堆潭岸石，酒泼庙前草。
不知龙神飨几多，林鼠山狐长醉饱。
狐何幸，豚何辜，年年杀豚将喂狐。
狐假龙神食豚尽，九重泉底龙知无？

【注释】

[1] 黑潭：指黑龙潭。《元白诗笺证稿》："《韩昌黎集》五有《炭谷湫祠堂》

五言古诗一首，题下注引欧本云：'在京兆之南，终南之下，祈雨之所也。《南山》《秋怀》诗皆见之。'……乐天此篇所咏黑潭之龙祠，岂即昌黎诗所咏炭谷湫之龙祠耶？考元和四年之春，京畿实有旱灾，则此篇所摹写龙祠享祭之盛，当为乐天亲有闻见者也。……但此篇末节云：'肉堆潭岸石……九重泉底龙知无？'是所谓龙者，似指天子而言。狐鼠者，乃指贪吏而言。豚者，即谓无辜小民也……则此篇至为直接诋诮当日剥削生民，进奉财货，以邀恩宠、求相位之藩镇者也。"

[2] 赛：旧时祭祀酬报神恩的迷信活动。

仙游潭 [1]

〔宋〕苏轼

翠壁下无路，何年雷雨穿。光摇岩上寺，深到影中天。
我欲然犀看[2]，龙应抱宝眠。谁能孤石上，危坐试僧禅[3]。

【注释】

[1] 仙游潭：指仙游黑水潭。

[2] 然犀：点燃犀角。传说点燃犀牛角可以照见水中之怪物。然：通"燃"。

[3] 危坐：古人以两膝着地，耸起上身为"危坐"，即正身而跪，表示严肃恭敬。后泛指正身而坐。

留题仙游潭中兴寺，寺东有玉女洞，洞南有马融读书石室，过潭而南，山石益奇，潭上有桥，畏其险，不敢渡

〔宋〕苏轼

清潭百尺皎无泥，山木阴阴谷鸟啼。
蜀客曾游明月峡[1]，秦人今在武陵溪[2]。
独攀书室窥岩窦[3]，还访仙姝款石闺[4]。

犹有爱山心未至，不将双脚踏飞梯。

【注释】

[1] 明月峡：位于四川广元嘉陵江西陵峡东段。因峡两岸的山岩多呈银白色，并和青峰、江水相辉映，使整个峡江好像镀上了一层朦胧的月光，因此得名。

[2] 武陵溪：陶渊明《桃花源记》中的武陵溪，诗人以此喻仙游寺清潭。首二句的"蜀客""秦人"皆为作者自称。诗人为蜀人，此时在秦地任凤翔通判。

[3] 岩窦：即岩穴。

[4] 仙姝：仙女。款：探寻；拜谒。石闺：谓仙女居住的岩洞。

仙游潭即事赠庄明府次孙季述韵

〔清〕王开沃

阳回雪曙万峰晴[1]，结伴清游谢送迎[2]。
客到车新兼笠旧，地缘苏重觉章轻[3]。
琳宫南北依山静[4]，白雁高低映水明。
欲向东门寻玉女[5]，泉流空作凤箫声。

【作者简介】

王开沃，字文山，一字子良，号半庵，清镇洋（今江苏太仓市）人。诸生。记闻博洽，善诗词。尝游关中，主醴泉书院。又主讲盩厔书院。与王昶、洪亮吉友善。曾纂（乾隆）《永寿县新志》、（乾隆）《重修盩厔县志》、（嘉庆）《蓝田县志》。工词，有《妙林词》。

【注释】

[1] 阳回：阳气回转。

[2] 清游：清雅游赏。

[3] 苏：指苏轼；章：章惇。宋英宗治平元年（1064），二人同游仙游寺。

[4] 琳宫：仙宫。亦为道观、殿堂之美称。

[5] 玉女：仙女。

黑龙潭

〔清〕邹儒

万壑雷奔破石岣[1]，芙蓉丛起忽迷津。

水深百丈瞰如墨，浪激千层望似银。

飞鸟乍窥惊欲堕，老龙眼稳夜长吟。

章君怪底偏题字[2]，险处传奇见险人[3]。

【注释】

[1] 雷奔：如雷之奔行。形容速度之快。

[2] 章君：指章惇，字子厚。怪底：惊怪，惊疑。题字：宋曾慥《高斋漫录》记载，苏轼任凤翔府节度判官时，惇为商州令，二人同游仙游潭，"下临绝壁万仞，岸甚狭，横木架桥，子厚推子瞻过潭书壁，子瞻不过敢。子厚平步以过，用索系树，蹑之上下，神色不动，以漆墨濡笔大书石壁上曰：'章惇苏轼来游。'子瞻拊其背曰：'子厚必能杀人。'子厚曰：'何也？'子瞻曰：'能自拼命者，能杀人也。'子厚大笑"。

[3] 险人：邪恶的人。此指章惇。章惇为相时，对曾经反对过他的官员大肆进行报复。他派人拆除已去世的宰相司马光的牌坊，动员皇帝对司马光开棺鞭尸。又因苏轼曾反对变法，将苏轼贬至惠州，后又贬至儋州。《宋史》评价其"穷凶稔恶"，将其归于奸臣之列。

骆谷

骆谷道谷口。骆谷道亦名傥骆道，自陕西周至县西南，沿骆谷水、傥水河谷，南至洋县，长四百余里，为古代关中与汉中之间的交通要道。唐武德七年（624）重修骆谷道，并置关于此。

骆口驿二首

〔唐〕元稹

东壁上有李二十员外逢吉、崔二十二侍御韶使云南题名处,北壁有翰林白二十二居易题《拥石》《关云》《开雪》《红树》等篇,有王质夫和焉。王不知是何人也。

其一

邮亭壁上数行字[1],崔李题名王白诗。
尽日无人共言语,不离墙下至行时。

其二

二星徼外通蛮服[2],五夜灯前草御文[3]。
我到东川恰相半,向南看月北看云。

【注释】

[1] 邮亭:驿馆;递送文书者投止之处。

[2] 二星:二位使者,指诗序中之李逢吉、崔韶。古时谓天上有使星,主人间天子之使臣,因称天子之使臣为使星或星使。徼(jiǎo)外:塞外,边外。蛮服:泛称远离京城的边远地区。

[3] 五夜:即五更。

骆口驿旧题诗

〔唐〕白居易

拙诗在壁无人爱,鸟污苔侵文字残。

唯有多情元侍御[1]，绣衣不惜拂尘看。

【注释】

[1] 元侍御：即元稹，字微之。

再因公事到骆口驿

〔唐〕白居易

今年到时夏云白，去年来时秋树红[1]。
两度见山心有愧，皆因王事到山中[2]。

【注释】

[1] "今年"二句：谓离开骆口驿时间之久。

[2] 王事：王命差遣的公事。

祗役骆口，因与王质夫同游秋山，偶题三韵

〔唐〕白居易

石拥百泉合，云破千峰开。
平生烟霞侣[1]，此地重徘徊。
今日勤王意[2]，一半为山来。

【注释】

[1] 烟霞侣：与山水结成伴侣。喻性好山水。

[2] 勤王：谓尽力于王事。

祗役骆口驿，喜萧侍御书至，兼睹新诗吟讽通宵因寄八韵（时为周至尉）

〔唐〕白居易

日暮心无憀[1]，吏役正营营[2]。忽惊芳信至[3]，复与新诗并。
是时天无云，山馆有月明[4]。月下读数遍，风前吟一声。
一吟三四叹，声尽有余清。雅哉君子文，咏性不咏情。
使我灵府中[5]，鄙吝不得生[6]。始知听韶濩[7]，可使心和平。

【注释】

[1] 无憀（liáo）：空闲而烦闷的心情，闲而郁闷。
[2] 吏役：官府中的胥吏和差役。营营：往来不绝貌。
[3] 芳信：敬称他人来信。
[4] 山馆：山中馆驿。
[5] 灵府：指心。
[6] 鄙吝：鄙俗的心思。
[7] 韶濩：商汤乐名。亦泛指雅正的古乐。这里喻萧侍御寄来的新诗。

大秦寺

大秦寺是唐代景教（基督教）寺别名，位于今周至县南黑水峪。唐贞观十二年（638）始建。寺有高32米的七层八棱形塔，原名"大秦景教古塔"。天宝四载（745）应教士之请，诏更名为大秦寺（大秦即东罗马）。因在楼观台之西约四里处，又称"楼观古塔"。唐人著作中谓波斯寺或波斯胡寺。现寺废塔存，因年久地基陷落，塔身已明显向西歪斜。塔为省级重点文物保护单位。

游大秦寺

〔宋〕苏轼

晃荡平川尽[1],坡陀翠麓横[2]。忽逢孤塔迥,独向乱山明。
信足幽寻远[3],临风却立惊[4]。原田浩如海[5],滚滚尽东倾。

【注释】

[1] 晃荡:形容空旷高远,空荡荡。
[2] 坡陀:山势起伏貌。翠麓:青翠的山麓。
[3] 信足:漫步。
[4] 却立:后退站立。
[5] 原田:原野上的田地。

五郡城

《陕西通志》云,五郡城在周至县东三十里处,与古楼观相近。《类编长安志》曰:"五郡城在县东南三十里,周三里。旧说有义兄弟五人共居此城,不详建立。"此后为道观。今已不存。民国22年(1933),著名历史学家向达考察,今周至县楼观镇塔峪村即五郡城遗址。

五郡[1]

〔宋〕苏轼

古观正依林麓断[2],居民来就水泉甘。
乱溪赴渭争趋北,飞鸟迎山不复南。
羽客衣冠朝上象[3],野人香火祝春蚕[4]。
汝师岂解言符命[5],山鬼何知托老聃。

【注释】

[1] 作者自注："观有明皇碑，言梦老子告以享国长久之意。"

[2] 林麓：山麓。

[3] 羽客：指神仙或方士。

[4] 野人：庶人；百姓。

[5] 符命：上天预示帝王受命的符兆。

长杨宫

　　秦汉离宫。初建于秦昭王时，因宫中有垂杨数亩，故名。长杨宫位于今周至县城东30里的终南镇竹园头村，村南原有高达3米多的大型夯土台基，后被毁铲平。在此采集有秦汉云纹瓦当，标志方位的白虎、朱雀、玄武瓦当，"汉并天下""与天毋极""长乐未央"等文字瓦当，并堆积有大量秦汉砖瓦碎片。《小校经阁金文》载有长杨宫鼎，当属长杨宫器物。宫门建有射熊馆。长杨宫为皇帝游猎之所，秦亡后保存较为完整，西汉诸帝常去游幸，在此观看校猎，击熊斗黑。汉成帝时，扬雄为谏讽游猎，以长杨宫为名，写有《长杨赋》。东汉后，长杨宫逐渐衰落。

过长杨有感

〔清〕邹儒

地近终南碧一围，村庄团聚稻田肥。
乡人时话当年事，几度乘舆夜未归。

长杨宫

〔清〕李柏

山荒日影瘦，野阔鸟声微。

武皇游猎处，惟见白云飞。

射熊馆

〔清〕邹儒

曾闻高馆势凌空，武帝登临亲射熊。
我欲停车问故迹，满郊禾黍动秋风。

读书石室

读书石室，传说东汉大儒、扶风学士马融，从师挚恂，学于周至仙游寺石室，名震一时。今周至马召镇武家庄村南还有马融读书的石室，人称马融读书台。

马融洞

〔明〕康海

昔贤托兹室，讨探故高尚[1]。清泉室外淙，萦澜壁中漾。
徘徊坐石侧，殷勤发幽唱[2]。白云忽若飞，青峦益修亢。
何能弃尘氛[3]，卜筑西岩上[4]。

【注释】

[1] 讨探：探讨，研究。

[2] 殷勤：深情地，发自内心地。

[3] 尘氛：尘俗的气氛。

[4] 卜筑：择地建筑住宅，即定居之意。

读书石室

〔明〕王傅

一上仙台更上楼,秦川凝望夕阳收。
万家茅屋山连水,十里芝田春复秋[1]。
避暑有基苔藓合,传经无馆白云悠。
惟余洞口中霄月[2],依旧清光照此丘。

【作者简介】

王傅,生平不详。

【注释】

[1] 芝田:传说中仙人种灵芝的地方。这里是对农田的美称。
[2] 中霄:犹中天,高空。

读书石室

〔明〕王纶

野寺山冈石洞纡[1],人传曾是马融居[2]。
地深只隔秦人树,岁久仍藏禹穴书[3]。
绀宇钟连清梵寂[4],碧萝烟袅绛纱虚[5]。
当年借问横经者[6],前列生徒孰起予[7]。

【作者简介】

王纶(1464-?),字汝言,号岐东,扶风天度人。曾任真定知县、巡按四川监察御史、嘉兴知府及浙江参政等职,任职期间,抨击宦官刘瑾,扫除蜀地匪患，被明朝文武大臣赞为"铁胆御史"。

【注释】

[1] 野寺：野外庙宇。

[2] 马融：字季长，扶风茂陵（今陕西兴平）人。为东汉大儒，广教生徒，颇有著述，曾任南郡太守，又称"马南郡"。

[3] 禹穴：借指藏书之所。典出《吴越春秋》："禹案黄帝中经九山，东南天柱，号曰宛委，赤帝左阙之填，承以文玉，覆以盘石，其书金简青玉为字，编以白银，皆瑑其文。禹乃东巡，登衡山，血白马以祭。禹乃登山，仰天而笑，忽然而卧，梦见绣衣男子自称玄夷仓水使者，却倚覆釜之山，东顾谓禹曰：'欲得我山神书者，齐于黄帝之岳，岩岳之下，三月季庚，登山发石。'禹乃登宛委之山，发石，乃得金简玉字，以水泉之脉。山中又有一穴，深不见底，谓之禹穴。"

[4] 绀宇：即绀园。佛寺之别称。清梵：谓僧尼诵经的声音。

[5] 绛纱：犹绛帐。《后汉书·马融传》："（马融）尝坐高堂，施绛纱帐，前授生徒，后列女乐，弟子以次相传。"

[6] 横经：横陈经籍。指受业或读书。

[7] 起予：《论语·八佾》："子曰：'起予者，商也，始可与言《诗》已矣。'"何晏集解引包咸曰："孔子言子夏能发明我意，可与共言《诗》。"后因用为启发自己之意。

题贤母祠 [1]

〔清〕齐周华

登堂拜贤母，苦节勤抚孤。孤善体母志，力学成大儒。
穷究性命源，天人交相孚。是子荣是母，是母荣其夫。
扬名于后世，显亲操良图 [2]。我亦犹是人，宁我縶独无 [3]？
低头念所生，风木同号呼。反身常自恶 [4]，寡过何时乎？[5]
蓼莪空自废 [6]，陟屺良蜘蹰。祠中发深省，吟残独向隅。

【作者简介】

齐周华（1698—1768），字漆若，号巨山，天台县城龙门坦（今属浙江）人。病跛不谐于俗，自号独孤跛仙。文有奇气，书法钟、王，作花鸟，灵动有致。遍游五岳名山，尝弃儒游方外。有《名山藏副本》初集传世。

【注释】

[1] 贤母祠：明清之际周至大儒李颙母亲祠堂，陕西总督鄂善捐俸修建。

[2] 显亲：谓使双亲荣显。良图：远大的谋略。

[3] 宁我繄独无：语出《左传·郑伯克段于鄢》："（郑庄公）遂置姜氏于城颍，而誓之曰：'不及黄泉，无相见也。'既而悔之。颍考叔为颍谷封人，闻之，有献于公。公赐之食。食舍肉。公问之，对曰：'小人有母，皆尝小人之食矣，未尝君之羹。请以遗之。'公曰：'尔有母遗，繄我独无！'"

[4] 恧（nǜ）：惭愧。

[5] 寡过：少犯错误。

[6] 蓼莪（lù é）废：谓伤悼亡故的父母。蓼莪，《诗经·小雅》篇名。诗作表达了子女追慕双亲抚养之德的情思。后因以"蓼莪"指对亡亲的悼念。

仰天池 [1]

〔清〕赵吁俊

种竹连朝暮雨天[2]，雨晴人在画图边。
朱楼翠阁山山寺，绿树清泉处处田。
径僻遥闻幽磬发[3]，林深时见老僧还。
平生最惬瞿昙理[4]，到此浑忘浊世缘。

【作者简介】

赵吁俊，周至人。清代诗人，生平不详。

【注释】

[1] 仰天池：此诗见于（乾隆）《盩厔县志》卷三。志曰："仰天池，在县

东南四十五里南山顶池广二亩余,水深数尺,冬夏不干。"

[2] 连朝:连日。

[3] 径僻:偏僻的小路。

[4] 瞿昙:释迦牟尼的姓。亦作佛的代称。《辽史·礼志六》:"悉达太子者,西域净梵王子,姓瞿昙氏,名释迦牟尼。以其觉性,称之曰'佛'。"瞿昙理:佛教教义。

桃李坪 [1]

〔清〕赵吁俊

白云冉冉草萋萋,拂石殷勤手自题。
长啸一声山鸟起,斜阳隔在数峰西。

【注释】

[1] 桃李坪:在周至县南山中。

重修赵懿简公墓 [1]

〔清〕邹儒

其一

单车初入古恒州[2],山拥终南渭北流。
正欲采风入新治,人传懿简足千秋。

其二

碑蚀青苔字剥除,夜台风雨近犁锄。
百年遗恨今销尽,欲倩高人重著书。

【注释】

[1] 赵懿简公：赵瞻，谥懿简（1019—1090），字大观，北宋政治家。其先亳州永城（今河南永城）人，后徙凤翔之盩厔。举进士第，授孟州司户参军。历知万泉、夏县，皆有善政。事见《宋史·赵瞻传》。墓址位于今周至县二曲街办胡家堡村。

[2] 古恒州：北周时期，于周至县置恒州，唐初废。金占陕西后，重设恒州，辖周至、终南、眉县三县。

脱缎衣赠百岁老人李近仁

〔清〕邹儒

为采民风遍石巅，欣闻人瑞踏村烟[1]。
居依岩穴全真隐[2]，杖带烟霞半似仙。
种树成林忘岁月，携樽共醉有曾玄[3]。
如何恩赐三遗却，我脱丝衣代束棉。

【注释】

[1] 人瑞：人事方面的吉祥征兆。亦指有德行的人或年寿特高者。此指李近仁。
[2] 真隐：真正的隐者。
[3] 曾玄：曾孙和玄孙。

辛谷观山蚕

〔清〕邹儒

丝成时节正清秋，不惮崎岖上岭头。
绝径行难声喘急，垂岩坐定汗还流。
槲因雨后枝多嫩，蚕为山深茧独抽。
为喜农民添大利，忘归直到暮云浮。

喜看红薯丰收（其一）

〔清〕邹儒

荒园常带绿云锄，种就蓝田紫玉如[1]。
助我农工非小补[2]，穷堪佐饭富为蔬。

【注释】

[1] 蓝田紫玉如：蓝田玉石中罕见的美玉。此喻红薯。
[2] 农工：专指务农劳作的人。小补：小小的补益。

登吾老洞

〔清〕李柏

天半孤峰鸟道盘[1]，山门烟锁老松寒。
石桥秋水沉云黑，铁壁残霞抹日丹[2]。
岩静风生玄豹窟，峡深水抱老龙蟠。
游人醉倒斜阳里，一枕溪声海岳宽。

【注释】

[1] 天半：犹言半空中。
[2] 铁壁：坚黑如铁的石崖。

蓝田县

蓝田县隶属西安市，县城距西安市区22公里。蓝田县地处陕西秦岭北麓，关中平原东南部，东南以秦岭为界，与洛南县、商州市、柞水县相接；西以库岭河为界，与长安区、灞桥区毗邻；北以骊山为界，与临潼区、渭南市接壤。蓝田古属京畿之地，周安王23年（前379）置县。唐武德二年（619），又分蓝田县为蓝田、白鹿二县，次年改白鹿县为宁民县，又增设玉山县。唐贞观元年废宁民、玉山二县入蓝田县。蓝田自古为秦楚大道，是关中通往东南诸省的要道之一。盛产蓝田玉，以周礼"玉之美者为蓝"而得名。

蓝田县历史悠久，是人类先祖的发祥地之一，亦是华夏文明最早的发祥地之一。约115万年前，中华民族的祖先——蓝田猿人，就在县境内公王岭一带繁衍生息。县内名家辈出。这里是唐代宫廷名画家韩干、北宋神宗年间著名的"四吕"兄弟、近代著名理学家牛兆濂等历史名人的故乡，也是唐代诗画家王维隐居的地方，留下了大量的文物古迹遗存。境内山雄水秀，川美岭阔，旅游资源得天独厚。这里有驰名中外的公王岭蓝田猿人遗址，被誉为"第二敦煌"的壁塑瑰宝水陆庵，建于隋唐的佛教净土宗圣地悟真寺，东汉才女蔡文姬墓，地下神宫辋川溶洞，王维别业遗迹，风景迷人的汤泉湖以及兼具华山之险、黄山之秀的王顺山国家森林公园等大批人文、自然景观。是西安东南秦岭北麓旅游带的重点区域之一。

奉使自蓝田玉山南行 [1]

〔唐〕张九龄

征骖入云壑[2]，情始步金门[3]。通籍微躯幸[4]，归途明主恩。
匪唯徇行役[5]，兼得慰晨昏。是节暑云炽[6]，纷吾心所尊。
海县且悠缅[7]，山邮日骏奔[8]。徒知恶嚣事，未暇息阴论[9]。
岘武经陈迹，衡湘指故园。水闻南涧险，烟望北林繁。
远霭千岩合，幽声百籁喧。阴泉夏犹冻，阳景昼方暾。
懿此高深极，徒令梦想存。盛明期有报[10]，长往复奚言[11]。

【注释】

[1] 玉山：蓝田王顺山古称玉山。

[2] 征骖：驾车远行的马。亦指旅人远行的车。

[3] 金门：金明门，唐时宫门名。金明门内为翰林院所在。

[4] 通籍：谓记名于门籍，可以进出宫门。即初为官。微躯：谦词，微贱的身躯。

[5] 匪唯：非但；不只。

[6] 是节：这个时节。

[7] 海县：犹神州。指中国。悠缅：广远。

[8] 山邮：指驿站提供的交通工具。骏奔：急速奔走。

[9] 息阴：乘阴凉。

[10] 盛明：指昌明之世。亦指圣明之君。

[11] 长往：指避世隐居。

宿裴氏山庄 [1]

〔唐〕王昌龄

苍苍竹林暮，吾亦知所投。静坐山斋月，清溪闻远流。
西峰下微雨，向晚白云收。遂解尘中组[2]，终南春可游。

【注释】

[1] 公元726年，王昌龄自西北边塞漫游而归，到诗人裴迪在蓝田石门谷的山庄留宿时写下了这首诗。

[2] 解尘中组：去官，摆脱俗世官场的羁绊。组：系官印的丝带。

九日蓝田崔氏庄 [1]

〔唐〕杜甫

老去悲秋强自宽[2]，兴来今日尽君欢[3]。
羞将短发还吹帽，笑倩傍人为正冠[4]。
蓝水远从千涧落[5]，玉山高并两峰寒[6]。
明年此会知谁健，醉把茱萸仔细看[7]。

【注释】

[1] 乾元二年秋,杜甫任华州司功参军,到蓝田县拜访崔兴宗,写下此诗,抒发老去悲秋之感。九日,即九月九日重阳节。

[2] 强自宽:勉强自我安慰。

[3] 兴:兴致。尽君欢:与君尽欢。

[4]"羞将"二句:翻用孟嘉的典故,指杜甫老来兴致勃发。《晋书·桓温传》"孟嘉为桓温参军,九日游龙山,参僚毕集,时风至,吹嘉帽堕落,温命孙盛为文嘲之。"倩:请。

[5] 蓝水:水名。《三秦记》:"蓝田有水,方三十里,其水北流,出玉石,合溪谷之水为蓝水。"

[6] 玉山:指蓝田山,以产美玉闻名,故又称玉山,在蓝田县东南。

[7]"明年"二句:抒发人事无常的感慨。此会:此时。茱萸:植物名。香气辛烈,古有重阳节佩戴茱萸祛邪避恶的风俗。

崔氏东山草堂 [1]

〔唐〕杜甫

爱汝玉山草堂静[2],高秋爽气相鲜新[3]。
有时自发钟磬响,落日更见渔樵人[4]。
盘剥白鸦谷口栗[5],饭煮青泥坊底芹[6]。
何为西庄王给事[7],柴门空闭锁松筠[8]。

【注释】

[1] 此诗与前首诗《九日蓝田崔氏庄》为同时所作。东山草堂,故址在今陕西蓝田县东南玉山下,唐博陵崔兴宗宅。东山即蓝田山。

[2] 汝:你,指崔兴宗。

[3] 鲜新:空气清新。

[4]"有时"二句:写草堂外所见所闻。自发:不受外力影响而自然产生。钟磬,渔樵:为蓝田山中所听所见。

[5] 盘：盘子。剥：剥皮。白鸦谷：地名。在蓝田县东南二十里，其地产栗。

[6] 青泥：即青泥驿，在蓝田县南七里。栗，芹：指在草堂内的食物。

[7] 何为：为什么。西庄：指王维的辋川别业，在崔兴宗草堂西面，故称西庄。王给事：即王维，任职给事中。

[8] 柴门空闲：指无人在家。松筠：松树和竹子。

初出蓝田路作 [1]

〔唐〕白居易

停骖问前路，路在秋云里。苍苍县南道，去途从此始。
绝顶忽盘上，众山皆下视。下视千万峰，峰头如浪起。
朝经韩公坂，夕次蓝桥水。浔阳仅四千，始行七十里。
人烦马蹄跙，劳苦已如此。

【注释】

[1] 此诗为元和十年白居易贬官赴江州途中经过蓝田所作。

题蓝桥驿留呈梦得子厚致用 [1]

〔唐〕元稹

泉溜才通疑夜磬，烧烟余暖有春泥[2]。
千层玉帐铺松盖[3]，五出银区印虎蹄[4]。
暗落金乌山渐黑[5]，深埋粉堞路浑迷。
心知魏阙无多地[6]，十二琼楼百里西。

【注释】

[1] 元稹于元和五年自监察御史贬为江陵士曹参军，经历了五年屈辱生涯。元和十年春奉召还京，这是他西归长安途中题写于蓝桥驿的一首七律诗。

[2] 烧烟：放火烧野草以肥田。

[3] 千层玉帐：喻树上覆盖着厚厚的雪。松盖：谓乔松枝叶茂密，状如伞盖。

[4] 五出：指虎爪印迹，如五瓣银瓯。借指雪花。区，通"瓯"。

[5] 金乌：古代神话传说太阳中有三足乌，因用为太阳的代称。暗落金乌，指太阳落山。

[6] 魏阙：古代宫门外两边高耸的楼观。楼观下常为悬布法令之所。此借指朝廷。

西归绝句十二首（选二）

〔唐〕元稹

其十一

云覆蓝桥雪满溪，须臾便与碧峰齐。
风回面市连天合[1]，冻压花枝着水低。

其十二

寒花带雪满山腰，着柳冰珠满碧条。
天色渐明回一望，玉尘随马度蓝桥[2]。

【注释】

[1] 面市：喻指大雪覆盖的街市。

[2] 玉尘：喻雪。

蓝桥驿见元九诗[1]

〔唐〕白居易

蓝桥春雪君归日[2]，秦岭秋风我去时[3]。

每到驿亭先下马[4]，循墙绕柱觅君诗[5]。

【注释】

[1] 元稹于元和十年春奉召还京，满怀希望回到长安。然而，他正月刚回长安，三月就再一次远谪通州。五个月后，白居易也自长安贬江州，经蓝桥驿时，他读到了元稹题写于蓝桥驿的《留呈梦得子厚致用》一诗，于是感慨万千写下这首绝句。蓝桥：桥名。在陕西省蓝田县东南蓝溪之上。位于蓝田、商洛之间，是交通要津。自先秦到明清千余年间，蓝桥都设有驿站，名"蓝桥驿"。元九：元稹的别称。元排行第九，因以称之。

[2] 春雪君归日：元稹奉召还京时正逢下雪，参见前元稹《留呈梦得子厚致用》一诗。

[3] 秦岭：此处指商州道上的山岭，是白居易此行所经之地。白居易东去江州，时在八月。

[4] 驿亭：驿站所设的供行旅止息的处所。古时驿传有亭，故称。

[5] "循墙"句：古人常常把自己的诗文题在旅途中的建筑物上，供人欣赏。所以白居易每到驿站，就急切地寻找好友的诗。

韩公堆寄元九 [1]

〔唐〕白居易

韩公堆北涧西头，冷雨凉风拂面秋。
努力南行少惆怅，江州犹似胜通州。

【注释】

[1] 韩公堆：又名桓公堆、成仙岭、愁思堆等。据《晋书》载，桓温征关中，苻健遣子苻生、弟苻雄等屯兵于峣柳愁思城以拒温，因名桓公堆，讹"桓"为"韩"。韩公堆处蓝水辋川间，距蓝田县城约四十里。清顾祖禹《读史方舆纪要》："横岭县北三十五里，自蓝田西达骊山之道。岭北为韩公堆。"

望韩公堆

〔唐〕崔涤

韩公堆上望秦川,渺渺关山西接连。
孤客一身千里外,未知归日是何年。

早发蓝关

〔唐〕韩偓

关门愁立候鸡鸣,搜景驰魂入杳冥。
云外日随千里雁,山根霜共一潭星。
路盘暂见樵人火,栈转时闻驿使铃[1]。
自问辛勤缘底事,半生驱马傍长亭。

【注释】

[1] 驿使:传递公文、书信的人。

望商山路

〔唐〕司空曙

南见青山道,依然去国时[1]。已甘长避地[2],谁料有还期。
雨霁残阳薄,人愁独望迟。空残华发在,前事不堪思。

【注释】

[1] 依然:形容思念、依恋的情态。
[2] 避地:犹言避世隐居。

酬元秘书晚出蓝溪见寄

〔唐〕钱起

野兴引才子[1]，独行幽径迟。云留下山处，鸟静出溪时。
拙宦不忘隐[2]，归休常在兹[3]。知音倘相访，炊黍扫茅茨[4]。

【注释】

[1] 野兴：对郊游的兴致或对自然景物的情趣。

[2] 拙宦：谓不善为官，仕途不顺。自谦之词。

[3] 归休：辞官退休；归隐。

[4] 炊黍：作黍饭。茅茨：茅草盖的屋顶。亦指茅屋。这句指盛情款待宾客。

蓝溪期萧道士采药不至

〔唐〕卢纶

春风生百药，几处术苗香[1]。人远花空落，溪深日复长。
病多知药性，老近忆仙方[2]。清节何由见[3]？三山桂自芳。

【注释】

[1] 术苗：菊科植物白术的苗叶。

[2] 仙方：神仙药方。

[3] 清节：高洁的节操。

蓝田溪与渔者宿 [1]

〔唐〕钱起

独游屡忘归,况此隐沦处[2]。濯发清泠泉[3],月明不能去。
更怜垂纶叟[4],静若沙上鹭。一论白云心[5],千里沧洲趣[6]。
芦中夜火尽,浦口秋山曙[7]。叹息分枝禽,何时更相遇[8]。

【注释】

[1] 蓝田溪:在今陕西蓝田县。

[2] 隐沦:隐居。

[3] 清泠:清凉。

[4] 怜:喜爱。垂纶叟:垂钓的老翁。

[5] 白云心:喻归隐之心,用陶潜《归去来兮辞》"云无心以出岫"意。

[6] 沧洲趣:归隐之乐。沧洲:滨水的地方。古时常用以称隐士居处。

[7] "芦中"二句:写诗人与渔者同宿,纵谈隐居之道,不觉野火烧尽,东方破晓。浦口:小河入江之处。曙:天亮;破晓。

[8] "叹息"二句:写作者与渔者不忍分别之情。诗人为此时分手如飞禽各栖其枝而叹息,因不知何时再得相遇而惆怅不已。分枝禽:飞禽各栖其枝。

初黄绶赴蓝田县作 [1]

〔唐〕钱起

蟠木无匠伯[2],终年弃山樊[3]。苦心非良知[4],安得入君门[5]。
忽忝英达顾[6],宁窥造化恩[7]。萤光起腐草[8],云翼腾沉鲲[9]。
片石世何用[10],良工心所存。一叨尉京甸[11],三省惭黎元[12]。
贤尹正趋府,仆夫俨归轩[13]。眼中县胥色[14],耳里苍生言。

居人散山水，即景真桃源。鹿聚入田径，鸡鸣隔岭村。

餐和俗久清[15]，到邑政空论。且嘉讼庭寂[16]，前阶满芳荪[17]。

【注释】

[1] 黄绶：古代官员系官印的黄色丝带。《汉书·百官公卿表》："比二百石以上，皆铜印黄绶。"《后汉书·孝顺帝纪》："诏幽、并、凉州刺史，使各实二千石以下至黄绶，年老劣弱不任军事者，上名。"李贤等注："二千石，太守也。黄绶，丞、尉也。"钱起于天宝十载为秘书省校书郎，后迁蓝田县尉。

[2] 蟠木：指盘曲而难以为器的树木，此为作者自喻。匠伯：古代巧匠匠石。《庄子·人间世》："匠石之齐，至于曲辕，见栎社树……观者如市，匠伯不顾，遂行不辍。"此处借指巧匠。

[3] 山樊：山旁。亦指山林。《庄子·则阳》："冬则擉鳖于江，夏则休乎山樊。"成玄英疏："樊，傍也；亦茂林也。"

[4] 良知：知音。谢灵运《游南亭》诗："我志谁与亮？赏心惟良知。"此处指识拔钱起于场屋之座主李暐。

[5] 君门：犹宫门。亦指京城。

[6] 英达：英明通达之人；贤达。此或指李暐。《旧唐书·钱徽传》："（钱）起就试之年，李暐所试《湘灵鼓瑟》诗题中有青字，起即以鬼谣十字为落句，暐深嘉之，称为绝唱，是岁登第。"

[7] 造化：有上苍、自然界的创造者等义。

[8] "萤光"句：古人以为腐草化为萤火虫。《逸周书·时训》："大暑之日，腐草化为萤。"

[9] 云翼：即《庄子·逍遥游》"其翼若垂天之云"意。沉鲲：《庄子·逍遥游》"北冥有鱼，其名为鲲。鲲之大，不知其几千里也。化而为鸟，其名为鹏，鹏之背，不知其几千里也。"旧称擢高第曰鲲化。

[10] 片石：孤石；一块石头。

[11] 京甸：京郊。此指蓝田县。唐代蓝田县属京兆郡，为京畿。

[12] 三省：多次反省自己。语出《论语·学而》。

[13] 俨归轩：车驾整齐，准备出发。

[14] 县胥：县吏。

[15] 餐和：谓生活于和平融洽的环境中。

[16] 讼庭：即讼堂。

[17] 芳荪：香草名。

过孙员外蓝田山居

〔唐〕钱起

不知香署客[1]，谢病翠微间[2]。去幄兰将老，辞车雉亦闲。
近窗云出洞，当户竹连山。对酒溪霞晚，家人采蕨还[3]。

【注释】

[1] 香署客：指京畿省台之类官署的官员。

[2] 谢病：托病引退。翠微：指青翠掩映的山。

[3] 采蕨：常借指隐居不仕的生活。蕨：多年生草本植物。生在山野。嫩叶可食，俗称蕨菜。

晚归蓝田酬王维给事赠别

〔唐〕钱起

卑栖欲得性[1]，每与白云归。徇禄仍怀橘[2]，看山免采薇。
暮禽先去马[3]，新月待开扉。霄汉时回首[4]，知音青琐闱[5]。

【注释】

[1] 卑栖：谓居于低下的地位。得性：《诗经·小雅·鱼藻》："鱼在在藻。"毛传："鱼以依蒲藻为得其性。"后以"得性"谓合其情性。

[2] 徇禄：谋求禄位。怀橘：《三国志·吴志·陆绩传》："绩年六岁，于九江见袁术。术出橘，绩怀三枚，去，拜辞堕地，术谓曰：'陆郎作宾客而怀橘乎？'绩跪答曰：'欲归遗母。'术大奇之。"后以"怀橘"为思亲、孝亲的典故。

[3] 暮禽：日暮的归鸟。古诗文中常用以抒发怀旧思乡之情。

[4] 霄汉：天河。喻指京都。

[5] 青琐闼：借指宫廷。青琐：装饰皇宫门窗的青色连环花纹。

晚归蓝田旧居

〔唐〕钱起

云卷东皋下[1]，归来省故蹊[2]。泉移怜石在，林长觉原低。旧里情难尽，前山赏未迷。引藤看古木[3]，尝酒咒春鸡[4]。兴与时髦背[5]，年将野老齐。才微甘引退，应得遂霞栖。

【注释】

[1] 东皋：水边向阳高地。亦泛指田园、原野。

[2] 故蹊：原路；旧路。

[3] 引藤：牵藤。

[4] 咒：祝祷。

[5] 时髦：当代的俊杰。

暮春归故山草堂

〔唐〕钱起

谷口春残黄鸟稀[1]，辛夷花尽杏花飞[2]。

始怜幽竹山窗下[3]，不改清阴待我归。

【注释】

[1] 黄鸟：黄莺。

[2] 辛夷：木兰树的花，亦称木笔花，花期早于杏花，因谓"辛夷花尽杏花飞"。

[3] 怜：喜爱。

题玉山村叟屋壁

〔唐〕钱起

谷口好泉石,居人能陆沉[1]。牛羊下山小,烟火隔云深。一径入溪色,数家连竹阴。藏虹辞晚雨,惊隼落残禽。涉趣皆流目[2],将归羡在林。却思黄绶事[3],辜负紫芝心[4]。

【注释】

[1] 陆沉:陆地无水而沉。比喻隐居。
[2] 涉趣:谓有意趣的景色。流目:流览。放眼随意观看。
[3] 黄绶事:借指为官职所累。参前钱起《初黄绶赴蓝田县作》注释[1]。
[4] 紫芝心:指隐逸之志。

蓝田溪杂咏二十二首

〔唐〕钱起

登台

望山登春台,目尽趣难极。
晚景下平阡[1],花际霞峰色[2]。

【注释】

[1] 平阡:田间的平坦小路。
[2] 霞峰:高峰。

板桥

静宜樵隐度[1],远与车马隔。

有时行药来[2],喜遇归山客[3]。

【注释】

[1] 樵隐:樵夫隐士。

[2] 行药:泛指服药后散步以散发药性。

[3] 归山客:谓退隐之人。

石井

片霞照仙井,泉底桃花红。

那知幽石下,不与武陵通[1]?

【注释】

[1] 武陵:武陵源。典出陶潜《桃花源记》,借指避世隐居之地。

古藤

引蔓出云树[1],垂纶覆巢鹤[2]。

幽人对酒时[3],苔上闲花落。

【注释】

[1] 云树:高耸入云的树木。

[2] "垂纶"句:指古藤上垂下的枝蔓盖住了古藤上鸟巢中的鸟雀。

[3] 幽人:指幽居之士。

晚归鹭

池上静难厌，云间欲去晚。
忽背夕阳飞，乘兴清风远。

洞仙谣

几转到青山，数重度流水。
秦人入云去，知向桃源里[1]。

【注释】

[1]"秦人"二句：用陶渊明《桃花源记》中桃源之典。

药圃

春畦生百药[1]，花叶香初霁。
好容似风光，偏来入丛蕙。

【注释】

[1]春畦：春日的田地。

石上苔

净与溪色连，幽宜松雨滴[1]。
谁知古石上，不染世人迹[2]。

【注释】

[1]首二句描写石上苔的生活环境，突出净与幽。松雨：松林滴落的雨滴。

[2] 后二句意为：这是一块古石，上面完全被青苔覆盖，没有人来理会它，惊动它。突出一种与尘世隔绝的清静。

窗里山

远岫见如近[1]，千重一窗里。
坐来石上云，乍谓壶中起[2]。

【注释】

[1] 远岫：远处的峰峦。

[2] 壶中：指仙境。典出宋张君房《云笈七签》卷二八引《云台治中录》："施存，鲁人，夫子弟子。学大丹之道，三百年十炼不成，唯得变化之术。后遇张申为云台治官，常悬一壶如五升器大，变化为天地，中有日月如世间；夜宿其内，自号壶天，人谓曰壶公，因之得道在治中。"

竹间路

暗归草堂静，半入花源去。
有时载酒来，不与清风遇。

竹屿[1]

幽鸟清涟上[2]，兴来看不足。
新篁压水低[3]，昨夜鸳鸯宿。

【注释】

[1] 竹屿（yǔ）：竹林茂盛的小岛。

[2] 清涟：谓水清澈而有细波纹。

[3] 新篁：新生之竹。

砌下泉

穿云来自远,激砌流偏驶。
能资庭户幽[1],更引海禽至。

【注释】

[1] 庭户:泛指庭院。

戏鸥

乍依菱蔓聚[1],尽向芦花灭[2]。
更喜好风来,数片翻晴雪[3]。

【注释】

[1] 菱蔓:菱的茎蔓。

[2] 芦花:芦絮。芦苇花轴上密生的白毛。灭:消失。沙鸥色灰白,芦花色亦灰白,沙鸥飞入芦花,不易辨认,如同消失不见,故云。

[3] 末二句意为:更可爱的景象是:微风吹来之时,正在嬉戏的白鸥如同晴空里翻飞的雪片。

远山钟

风送出山钟,云霞度水浅。
欲知声尽处,鸟灭寥天远[1]。

【注释】

[1] 鸟灭:鸟儿消失。寥天:辽阔的天空。

东陂

永日兴难望[1]，掇芳春陂曲[2]。
新晴花枝下，爱此苔水绿。

【注释】

[1] 永日：长日，漫长的白天。
[2] 春陂：春田的堤岸。曲：弯曲的地方。

池上亭

临池构杏梁[1]，待客归烟塘。
水上褰帘好[2]，莲开杜若香[3]。

【注释】

[1] 杏梁：文杏木所制的屋梁，指池上亭。
[2] 褰帘：揭开帘子。
[3] 杜若：香草名。

衔鱼翠鸟

有意莲叶间[1]，瞥然下高树[2]。
擘波得潜鱼，一点翠光去。

【注释】

[1] 有意：故意。
[2] 瞥然：忽然；迅速地。

石莲花 [1]

幽石生芙蓉,百花惭美色。
远笑越溪女[2],闻芳不可识。

【注释】

[1] 石莲花:一种多肉植物,因其叶如宝石,形状如莲花,故名石莲花。
[2] 越溪女:指水边洗衣女。越溪:相传为越国美女西施浣纱之处。

潺湲声

乱石跳素波[1],寒声闻几处。
飕飕暝风引,散出空林去。

【注释】

[1] 素波:白色的波浪。

松下雪

虽因朔风至,不向瑶台侧[1]。
唯助苦寒松,偏明后凋色[2]。

【注释】

[1] 瑶台:美玉砌的楼台。泛指雕饰华丽的楼台。
[2] 后凋:《论语·子罕》:"岁寒然后知松柏之后凋也。"

田鹤

田鹤望碧霄[1],无风亦自举[2]。
单飞后片雪[3],早晚及前侣[4]。

【注释】

[1] 碧霄:碧蓝的天空。
[2] "无风"句:谓田鹤无风也能高高飞翔。
[3] "单飞"句:谓田鹤独自飞翔着,好像天空中飘起的一片雪花。
[4] "早晚"句:意为这只孤鹤迟早会追赶上飞在前面的同伴。

题南陂

家住凤城南[1],门临古陂曲[2]。
时怜上林雁,半入池塘宿。

【注释】

[1] 凤城:指京都长安。
[2] 古陂:池塘湖泊。

伤秋

岁去人头白,秋来树叶黄。
搔头向黄叶,与尔共悲伤。

登秦岭

〔唐〕司空曙

南登秦岭头，回首始堪忧。汉阙青门远[1]，商山蓝水流[2]。
三湘迁客去[3]，九陌故人游[4]。从此思乡泪，双垂不复收。

【注释】

[1] 汉阙：汉代宫殿前一种表示尊严的装饰性建筑。青门：汉长安城东南门。本名霸城门，因其门色青，故俗呼为"青门"或"青城门"。

[2] 商山：亦叫楚山，在今陕西商县东南。蓝水：即蓝溪，在蓝田山下。

[3] 三湘迁客：原指屈原，这里为诗人自指。迁客：遭贬斥放逐之人。

[4] 九陌：原为汉长安城中的九条大道。此指京城。

宿蓝田山口奉寄沈员外

〔唐〕于良史

山暝飞群鸟[1]，川长泛四邻。烟归河畔草，月照渡头人。
朋友怀东道，乡关恋北辰[2]。去留无所适，岐路独迷津。

【作者简介】

于良史，唐代诗人。肃宗至德年间曾任侍御史，代宗大历年间任监察御史。德宗贞元年间，徐州、泗州节度使张建封辟为从事。诗风与"大历十才子"相近，五言诗清丽超逸。《中兴间气集》收诗二首。《全唐诗》存诗七首。《唐才子传》有载。

【注释】

[1] 山暝:山间的日暮时分。

[2] 北辰:指帝都。

游蓝田山卜居[1]

〔唐〕白居易

脱置腰下组[2],摆落心中尘。行歌望山去[3],意似归乡人。
朝蹋玉峰下[4],暮寻蓝水滨。拟求幽僻地,安置疏慵身。
本性便山寺[5],应须旁悟真[6]。

【注释】

[1] 卜居:择地居住。

[2] "脱置"句:脱下官服,解下绶带。组:古代佩印用的绶。亦引申为官印或做官的代称。

[3] 行歌:边行走边歌唱。

[4] 玉峰:玉山,蓝田山。

[5] 便:适合;适宜。

[6] 旁:同"傍"。悟真:悟真寺,在蓝田山。

出蓝田关寄董使君

〔唐〕陆畅

万里烟萝锦帐间[1],云迎水送度蓝关[2]。
七盘九折难行处,尽是龚黄界外山[3]。

【注释】

[1] 烟萝:草树茂密,烟聚萝缠,谓之"烟萝"。

[2] 蓝关：蓝关古道是横贯蓝田县境的一条古代驿路，是历史上有名的秦楚道。北起咸阳，南极荆楚，是秦统一六国后修建的九大驰道之一，秦时称"武关道"，唐以后称"商山道"或"商州道"，蓝关是这条驿道上最著名的一道要隘。

[3] 龚黄：汉循吏龚遂与黄霸的并称。亦泛指循吏。龚遂、黄霸为历史上地方良吏的代表，"龚黄界外山"，指没有经过开化治理的荒僻险阻之地。

题郑侍御蓝田别业 [1]

〔唐〕张乔

秋山清若水，吟客静于僧[2]。小径通商岭[3]，高窗见杜陵。
云霞朝入镜，猿鸟夜窥灯[4]。许作前峰侣，终来寄上层。

【注释】

[1] 郑侍御：晚唐诗人郑谷。

[2] 吟客：诗人。

[3] 商岭：商山。

[4] "云霞"二句意为：别业环境幽静，风景优美。早晨起来，云霞满天，照得别业色彩斑斓，并透过门窗映入镜中；夜间无人往来十分寂静，猿鸟透过窗户窥视室内的灯光。

顺动后蓝田偶作（时丙辰初夏月）[1]

〔唐〕郑谷

小谏升中谏[2]，三年侍玉除[3]。且言无所补，浩叹欲何如。
宫阙飞灰烬，嫔嫱落里闾[4]。蓝峰秋更碧[5]，沾洒望銮舆[6]。

【注释】

[1]诗作于黄巢起义逼使唐僖宗仓皇逃离长安、入蜀避难之时，诗人感慨皇

帝不听取臣下意见,一意孤行,导致倾覆的可悲下场。顺动:谓顺应事物固有的规律而运动。语本《易经·豫卦》:"天地以顺动,故日月不过,而四时不忒。圣人以顺动,则刑罚清而民服。"后多指帝王车驾应时而动。

[2] 小谏:唐代谏官拾遗的别称。中谏:唐代谏官"补阙"的别称。

[3] 玉除:玉阶,用玉石砌成或装饰的台阶。此处借指朝廷。

[4] 里闾:泛指民间。

[5] 蓝峰:指蓝田山。

[6] 沾洒:水珠洒落浸湿。指流泪。銮舆:天子车驾。亦借指天子。

老夫采玉歌

〔唐〕李贺

采玉采玉须水碧[1],琢作步摇徒好色[2]。
老夫饥寒龙为愁,蓝溪水气无清白[3]。
夜雨冈头食蓁子[4],杜鹃口血老夫泪[5]。
蓝溪之水厌生人[6],身死千年恨溪水。
斜山柏风雨如啸[7],泉脚挂绳青袅袅[8]。
村寒白屋念娇婴[9],古台石磴悬肠草[10]。

【注释】

[1] 水碧:碧玉名,其色青碧,从溪底水中采出。

[2] 步摇:古代贵族妇女的一种首饰,上面用金银丝穿绕珠玉,作花枝形,戴上后随步摇动,故名。好色:使容颜美好。色,指女色、女容。

[3] "老夫"二句:年老的玉工们为饥寒所迫,不断到蓝溪水中翻搅寻玉以致溪水没有清澈的时候,龙都深感烦恼。

[4] 蓁(zhēn):同"榛"。榛子可食。

[5] "杜鹃"句:采玉的老夫哭得眼中出血,就像杜鹃啼血一样悲惨。

[6] 厌:通"餍",饱食、吞噬之意。因采玉工常溺死于水中,故言。一说指厌恶,因采玉工溺死者甚多,所以溪水对活人也感到厌恶。

[7] 斜山：陡斜的山坡。

[8] "泉脚"句：岩石上道道水流之间，还悬挂着采玉人攀援时用的绳索，在风雨中摇摆不定。

[9] 白屋：穷人住的简陋的房屋。娇婴：指老人家中的小儿女。

[10] 石磴（dèng）：石级；石台阶。

白鹿原晚望 [1]

〔唐〕马戴

浐曲雁飞下，秦原人葬回。
丘坟与城阙，草树共尘埃。

【注释】

[1] 白鹿原：亦名霸陵原。在今陕西省蓝田县西，西安市东灞河与浐河之间，东西宽约十三里，南连秦岭，北达灞、浐交汇处，长四十余里。《续汉书·郡国志》"新丰县"注引《三秦记》曰："县西有白鹿原，周平王时白鹿出。"

诗写唐玄奘初葬白鹿原时，数万秦人送葬，丘坟与城阙对望，草树共尘埃飞扬的凄凉场景。按：玄奘于麟德元年（664）二月五日圆寂，最初葬于白鹿原云经寺。669年，改葬于少陵原（又称凤栖原），建有舍利塔，并在此兴建兴教寺。

左迁至蓝关示侄孙湘 [1]

〔唐〕韩愈

一封朝奏九重天 [2]，夕贬潮州路八千 [3]。
欲为圣明除弊事，肯将衰朽惜残年 [4]。
云横秦岭家何在？雪拥蓝关马不前。
知汝远来应有意，好收吾骨瘴江边 [5]。

【注释】

[1] 左迁：降职，贬官，指作者被贬到潮州。蓝关：在蓝田县南。详见前陆畅《出蓝田关寄董使君》注释[2]。湘：韩湘，字北渚，韩愈的哥哥韩老成长子，长庆三年（823）进士，任大理丞。韩湘此时27岁，尚未登科第，远道赶来从韩愈南迁。

[2] 一封：指一封奏章，即《论佛骨表》。朝（zhāo）奏：早晨送呈奏章。九重天：古称天有九层，第九层最高，此指朝廷、皇帝。

[3] 潮州：今广东潮州。路八千：泛指路途遥远。八千，非确指。

[4]"欲为"二句：想替皇帝除去政治上的弊端，岂肯因衰老就吝惜残余的生命。弊事：政治上的弊端，指迎佛骨事。肯：岂肯。衰朽：衰弱多病。惜残年：顾惜晚年的生命。圣明：指皇帝。

[5]"好收"句：意为自己必死于潮州，向韩湘交待后事。瘴（zhàng）江：岭南瘴气弥漫的江流。瘴江边：指贬所潮州。

题皇甫荀蓝田厅 [1]

〔唐〕贾岛

任官经一年，县与玉峰连[2]。竹笼拾山果，瓦瓶担石泉[3]。
客归秋雨后，印锁暮钟前[4]。久别丹阳浦，时时梦钓船。

【注释】

[1] 诗写皇甫氏官况萧条、粗粝自足的境遇，同时也寄寓着诗人自己的身世之慨。

[2] 玉峰：蓝田玉山。

[3]"竹笼"二句：状皇甫氏生活的粗粝朴拙。瓦瓶：一种陶制的容器。

[4]"印锁"句：指暮钟前锁上印盒散衙。

蓝溪元居士草堂

〔唐〕孟郊

市井不容义,义归山谷中。夫君宅松桂[1],招我栖蒙笼[2]。
人朴情虑肃[3],境闲视听空。清溪宛转水[4],修竹徘徊风[5]。
木倦采樵子,土劳稼穑翁[6]。读书业虽异,敦本志亦同[7]。
蓝岸青漠漠[8],蓝峰碧崇崇[9]。日昏各命酒,寒蛩鸣蕙丛。

【注释】

[1] 夫君:称友人,指元居士。

[2] 蒙笼:指草木茂盛之处。

[3] 情虑:情思,感情。肃:静。

[4] 宛转:回旋;盘曲;蜿蜒曲折。

[5] "修竹"句:谓高高的竹子在风中摇曳不定。

[6] "木倦"二句,皆为役使句。采樵子:樵夫。稼穑翁:谓农夫。

[7] 敦本:注重根本。

[8] 漠漠:迷蒙貌。

[9] 崇崇:山峰高峻貌。

卜隐 [1]

〔唐〕韩偓

屏迹还应减是非[2],却忧蓝玉又光辉[3]。
桑梢出舍蚕初老,柳絮盖溪鱼正肥。
世乱岂容长惬意,景清还觉易忘机[4]。
世间华美无心问,藜藿充肠苎作衣[5]。

【注释】

[1] 卜隐：选择隐居之地。

[2] 屏（bǐng）迹：隐居。

[3] 蓝玉：蓝田玉的省称。

[4] 忘机：消除机巧之心。常用以指甘于淡泊，与世无争。

[5] 藜藿：泛指粗劣的饭菜。藜：又称灰藿、灰菜。一年生草本植物。嫩叶可食，老茎可为杖。藿：豆叶。嫩时可食。苎作衣：麻布作衣。苎，即苎麻。

清明日离蓝田白鹿原寄王太博

〔宋〕魏野

白鹿原东晓色中，人家新火翠烟浓[1]。

岂惟心友难为别[2]，驴上迴头恋玉峰。

【作者简介】

魏野（960—1020），字仲先，号草堂居士。宋陕州陕县（今属河南）人。真宗大中祥符四年，帝祀汾阴，与表兄李渎同被举荐，上表以病辞，诏州县常加存抚。与王旦、寇准友善，常往来酬唱。为诗精苦，有唐人风格，多警策句。有《东观集》《草堂集》。《宋史》《东都事略》有载。

【注释】

[1] 新火：唐宋习俗，清明前一日禁火寒食，到清明节再起火赐百官，称为"新火"。翠烟：青烟；烟霭。

[2] 岂惟：难道只是；何止。心友：知心的朋友。

三皇故景 [1]

〔明〕荣察

蓝岭东来绣岭前[2],乾坤万古旧山川。
春风人在江湖渚,朴俗时还浑沌天。
画卦台荒留鸟迹[3],纪功碑断续蜗涎[4]。
行人驻马风光里,老树寒烟咽暮蝉。

【作者简介】

荣察,弘治十四年(1501)举人,正德十二年(1517)进士,官至贵州左参议。与其父共纂(弘治)《蓝田县志》,已佚。

【注释】

[1] 宋乐史撰《太平寰宇记》载:"蓝田为三皇故居。"《蓝田县志》载:"县西三十里有'三皇庙',祀华胥氏、伏羲氏、女娲氏。盖伏羲女娲皆华胥氏所出,故祀于里。"

[2] "蓝岭"句:写三皇故居所在的地理方位。

[3] 画卦台:伏羲画卦台,是传说中伏羲创画八卦、分姓氏、制嫁娶、充包厨、教民畋渔的古遗址。

[4] 蜗涎:蜗行所分泌的黏液。

辋川

辋川,位于蓝田县中部偏南,距县城15公里。这里青山逶迤,峰峦叠嶂,奇花野藤遍布幽谷,瀑布溪流随处可见。因辋河水流潺湲,波纹旋转如辋,故名辋川。

辋川在历史上不仅为"秦楚之要冲,三辅之屏障",而且是达官贵人、文人骚客心醉神驰的风景胜地。"终南之秀钟蓝田，茁其英者为辋川。""辋川烟雨"为蓝田八景之冠。唐初，这里有著名诗人宋之问的别业，后被王维购得。王维依据辋川的山水形势植花木、堆奇石、筑造亭台阁榭，建起了孟城坳、华子冈、竹里馆、鹿柴等20处景观，将20余里长的辋川山谷，修造成兼具耕、牧、渔、樵的综合性园林胜地。

别之望后独宿蓝田山庄 [1]

〔唐〕宋之问

鹡鸰有旧曲[2]，调苦不成歌。自叹兄弟少，常嗟离别多。
尔寻北京路[3]，予卧南山阿。泉晚更幽咽，云秋尚嵯峨。
药栏听蝉噪[4]，书幌见禽过[5]。愁至愿甘寝[6]，其如乡梦何[7]。

【注释】

[1] 之望：之问弟，一名之逊。工书善歌。曾任洛阳县丞，出为兖州司仓，以告密功擢光禄丞。景云元年（710）配流岭南。事见《朝野佥载》卷一、卷六及《太平广记》卷二六三引《朝野佥载》佚文。蓝田山庄：在蓝田县辋口，时为宋之问别墅所在地。

[2] 鹡鸰：鸟类的一属。《诗经·小雅·常棣》："脊令在原，兄弟急难。"后以"鹡鸰"比喻兄弟。

[3] 北京：指太原府。今属山西太原市。唐和五代的唐、晋、汉都发祥于此，因谓之北京。宋之问、宋之望为汾州西河人。"北京路"即通往汾州、太原的回乡之路。

[4] 药栏：泛指花栏。

[5] 书幌：书帷。亦指书房。

[6] 愿甘：犹甘愿。

[7] 其如：怎奈；无奈。乡梦：思乡之梦。

蓝田山庄

〔唐〕宋之问

宦游非吏隐[1]，心事好幽偏[2]。考室先依地[3]，为农且用天。
辋川朝伐木，蓝水暮浇田。独与秦山老[4]，相欢春酒前。

【注释】

[1] 吏隐：谓不以利禄萦心，虽居官而犹如隐者。

[2] 心事：志向；志趣。幽偏：静僻之处。

[3] 考室：本谓宫寝落成之礼，后泛指相地筑屋。

[4] 秦山老：秦山里的乡老们。老：敬词。不表示年岁。

见南山夕阳召鉴师不至

〔唐〕宋之问

夕阳黯晴碧，山翠互明灭。此中意无限，要与开士说[1]。
徒郁仲举思[2]，讵回道林辙[3]。孤兴欲待谁，待此湖上月[4]。

【注释】

[1] 开士：菩萨的异名。以能自开觉，又可开他人生信心，故称。后用作对僧人的敬称。此处指鉴师。

[2] 仲举思：指盛情款留嘉宾。仲举：东汉陈蕃，字仲举。《后汉书·徐稚列传》："徐稚字孺子，豫章南昌人也。家贫，常自耕稼，非其力不食。恭俭义让，所居服其德。屡辟公府，不起。……时陈蕃为太守，以礼请署功曹，稚不免之，既谒而退。蕃在郡不接宾客，唯稚来特设一榻，去则悬之。"后用为典，指礼遇宾客。

[3] 讵（jù）：岂，怎。道林：对晋僧支遁（字道林）的尊称。

[4] 湖上月：喻指鉴师。湖：指越州镜湖。鉴师为越州僧人。

山居秋暝 [1]

〔唐〕王维

空山新雨后，天气晚来秋。明月松间照，清泉石上流。
竹喧归浣女[2]，莲动下渔舟。随意春芳歇，王孙自可留[3]。

【注释】

[1] 暝：日落，天色将晚。

[2] 喧：喧哗，这里指竹叶发出沙沙的声响。浣女：洗衣服的姑娘。浣：洗涤衣物。

[3] "随意春芳歇"二句：反用《楚辞·招隐士》"王孙兮归来，山中兮不可久留"句意，谓任凭春芳消散，王孙亦可以久留，因为秋色同样迷人，使人留恋。随意：任凭。春芳歇：春天的芳华消散。王孙：原指贵族子弟，后亦泛指隐居之人，此处为诗人自指。

答张五弟 [1]

〔唐〕王维

终南有茅屋，前对终南山。
终年无客长闭关[2]，终日无心长自闲[3]。
不妨饮酒复垂钓[4]，君但能来相往还[5]？

【注释】

[1] 张五：即张諲，唐代书画家，官至刑部员外郎，与王维友好。因排行第五，故称"张五弟"。

[2] 终年：全年，一年到头。

[3] 长：一作"常"。无心：佛教语，指解脱邪念的真心。

[4] 垂钓：垂竿钓鱼，喻隐居生活。

[5] 但：只，只要。往还：交游，交往。

终南别业

〔唐〕王维

中岁颇好道[1]，晚家南山陲[2]。兴来每独往，胜事空自知[3]。
行到水穷处，坐看云起时。偶然值林叟[4]，谈笑无还期[5]。

【注释】

[1] 中岁：中年。道：此处指佛道。

[2] 家：安家。南山：即终南山。陲：边缘，旁边。南山陲，指辋川别业所在地。

[3] 胜事：美好的事情。

[4] 值：遇见。林叟：山林中的老翁。

[5] 无还期：忘了回去的时间，指沉醉于山林野趣。

山中示弟[1]

〔唐〕王维

山林吾丧我[2]，冠带尔成人[3]。莫学嵇康懒[4]，且安原宪贫[5]。
山阴多北户，泉水在东邻。缘合妄相有[6]，性空无所亲[7]。
安知广成子[8]，不是老夫身？

【注释】

[1] 弟：王维有弟四人，曰缙（jìn）、繟（chǎn）、纮（hóng）、紞（dǎn）。

[2] 吾丧我：指进入"自忘"的精神境界。《庄子·齐物论》："今者吾丧我，汝知之乎？"

[3] 冠带：指仕宦。

[4] 嵇康懒：嵇康《与山巨源绝交书》自述："少加孤露，母兄见骄，不涉经学。性复疏懒，筋驽肉缓，头面常一月十五日不洗，不大闷痒，不能沐也。每常小便，而忍不起，令胞中略转乃起耳。又纵逸来久，情意傲散。简与礼相背，懒与慢相成。"后遂用为懒散之典。

[5] 原宪贫：原宪，孔子弟子。《庄子·让王》："原宪居鲁，环堵之室，茨以生草；蓬户不完，桑以为枢；而瓮牖二室，褐以为塞；上漏下湿，匡坐而弦。子贡乘大马，中绀而表素，轩车不容巷，往见原宪。原宪华冠纵履，杖藜而应门。子贡曰：'嘻！先生何病？'原宪应之曰：'宪闻之，无财谓之贫，学而不能行谓之病。今宪，贫也，非病也。'子贡逡巡而有愧色。"后因以"原宪贫"为文士清贫的典故。

[6] 缘：因缘。相：事物之相状。佛教认为，诸法本无实性，皆是虚妄，故又有"妄相"之语。

[7] 性空：佛教语。十八空之一。谓一切事物的现象，都是因缘和合而生的，暂生还灭，没有实在的自体，故称。

[8] 广成子：古代传说中的仙人。晋葛洪《神仙传·广成子》："广成子者，古之仙人也。居崆峒之山石室之中。黄帝闻而造焉。"

蓝田山石门精舍

〔唐〕王维

落日山水好，漾舟信归风[1]。玩奇不觉远，因以缘源穷。
遥爱云木秀[2]，初疑路不同。安知清流转，偶与前山通。
舍舟理轻策[3]，果然惬所适。老僧四五人，逍遥荫松柏。
朝梵林未曙[4]，夜禅山更寂[5]。道心及牧童，世事问樵客。
暝宿长林下，焚香卧瑶席。涧芳袭人衣[6]，山月映石壁。
再寻畏迷误，明发更登历[7]。笑谢桃源人[8]，花红复来觌[9]。

【注释】

[1] 漾舟：泛舟。

[2] 云木：高耸入云的树木。

[3] 轻策：轻便的手杖。

[4] 朝梵：清晨礼佛。

[5] 夜禅：夜间打坐参禅。

[6] 涧芳：山涧中的花香。

[7] 明发：黎明；平明。登历：登临游历。

[8] 桃源人：借指隐士。

[9] 觌（dí）：见；相见。

酬虞部苏员外过蓝田别业不见留之作 [1]

〔唐〕王维

贫居依谷口[2]，乔木带荒村[3]。石路枉回驾[4]，山家谁候门？渔舟胶冻浦，猎犬绕寒原。惟有白云外，疏钟间夜猿。

【注释】

[1] 虞部：工部四司之一，置员外郎一人，从六品上。蓝田别业：即辋川别业。

[2] 谷口：指辋谷谷口。辋川别业在蓝田县南辋谷内。

[3] 带：绕。

[4] 枉回驾：屈尊见访、不遇而返之意。

酬张少府

〔唐〕王维

晚年惟好静，万事不关心。自顾无长策[1]，空知返旧林[2]。松风吹解带[3]，山月照弹琴。君问穷通理[4]，渔歌入浦深[5]。

【注释】

[1] 自顾：自视，诗人反观自省。长策：良策，治国安邦之策。

[2] 空：徒然。

[3] "松风"句：松风吹拂着解开的衣带。

[4] 穷通：穷困与通达。

[5] "渔歌"句：典出《楚辞·渔父》："渔父莞尔而笑，鼓枻而去，乃歌曰：'沧浪之水清兮，可以濯我缨；沧浪之水浊兮，可以濯我足。'遂去，不得复与言。"

田园乐七首

〔唐〕王维

其一

出入千门万户[1]，经过北里南邻[2]。
蝶躞鸣珂有底[3]，崆峒散发何人[4]！

【注释】

[1] 出入：一作"厌见"。千门万户：形容高堂深院里的官府人家。亦用以指皇宫之门户。

[2] 北里南邻：泛指上层社会。左思《咏史八首》其四："济济京城内，赫赫王侯居。……南邻击钟磬，北里吹笙竽。"

[3] 鸣珂：显贵者所乘的马以玉为饰，行则作响，因名。珂：马勒上的玉饰。此处暗指追名逐禄者。有底：常去。"底"同"抵"，到。

[4] 崆峒：山名，相传古仙人广成子居于此。

其二

再见封侯万户，立谈赐璧一双[1]。
讵胜耦耕南亩[2]，何如高卧东窗[3]。

【注释】

[1] "再见"二句：喻有人很快就得到荣升。《史记·平原君虞卿列传》："一见赐黄金百镒，白璧一双，再见为赵上卿，三见卒受相印，封万户侯。"立谈：在交谈的当时。语出扬雄《解嘲》："或立谈而封侯。"

[2] "讵胜"二句：讵（jù）胜：岂能胜过。耦耕：两人并排而耕。这里指归隐躬耕。《论语·微子》："长沮、桀溺耦而耕。"南亩：指田间。

[3] 何如：哪能比过。高卧东窗：比喻隐者的闲适生活。语出陶渊明《与子俨等疏》："五六月中，北窗下卧，遇凉风暂至，自谓是羲皇上人。"

其三

采菱渡头风急[1]，策杖村西日斜[2]。
杏树坛边渔父[3]，桃花源里人家[4]。

【注释】

[1] 菱：一年生水生草本植物，叶子略呈三角形，叶柄有气囊，夏天开花，白色。果实有硬壳，有角，可供食用。

[2] 策杖：拄着棍杖。

[3] "杏树"句：语出《庄子·渔父》："孔子游于缁帷之林，休坐乎杏坛之上。弟子读书，孔子弦歌鼓琴。奏曲未半，有渔父者，下船而来，须眉交白，被发揄袂，行原以上，距陆而止，左手据膝，右手持颐以听。"这里"渔父"为作者自指。

[4] 桃花源：用陶渊明《桃花源记》典故。

其四

萋萋芳草春绿[1]，落落长松夏寒[2]。
牛羊自归村巷[3]，童稚不识衣冠[4]。

【注释】

[1] 萋萋：草木茂盛貌。

[2] 落落：松高貌。夏寒：松树荫下十分凉爽。语出孙绰《游天台山赋》："荫落落之长松。"

[3] 自归：不用人赶，自动回来。

[4] 童稚：儿童；小孩。衣冠：士大夫的穿戴。这里借指官人。

其五

山下孤烟远村，天边独树高原。
一瓢颜回陋巷[1]，五柳先生对门[2]。

【注释】

[1] 颜回：即颜渊（前521—前481），春秋末鲁国人，字子渊，孔子最得意弟子。《论语·雍也第六》："一箪食，一瓢饮，在陋巷，人不堪其忧，回也不改其乐。贤哉回也！"

[2] 五柳先生：陶渊明辞官归里，过着"躬耕自资"的生活。因其居住地门前栽种有五棵柳树，故称"五柳先生"。

其六 [1]

桃红复含宿雨[2]，柳绿更带春烟[3]。
花落家僮未扫，莺啼山客犹眠[4]。

【注释】

[1] 此诗一作皇甫冉诗，重见全唐诗卷二三九皇甫冉集，题作《闲居》。按：以王维作为是，说见陈铁民《王维诗真伪考》。

[2] 复：还。

[3] 朝烟：早晨的雾气。

[4] 山客：隐居山庄的人，这里指作者。犹眠：还在睡觉。

其七

酌酒会临泉水[1]，抱琴好倚长松。
南园露葵朝折[2]，东谷黄粱夜舂[3]。

【注释】

[1] 会：适。

[2] 露葵：莼菜。

[3] 东谷：一作"西舍"。舂（chōng）：把东西放在石臼或乳钵里捣掉皮壳或捣碎。

辋川别业

〔唐〕王维

不到东山向一年[1]，归来才及种春田。
雨中草色绿堪染，水上桃花红欲燃[2]。
优娄比丘经论学[3]，伛偻丈人乡里贤[4]。
披衣倒屣且相见[5]，相欢语笑衡门前[6]。

【注释】

[1] 东山：指辋川别业所在的蓝田山。向：将近。

[2] 然：同"燃"。

[3] 优娄比丘：指佛教僧人。优娄，人名，优楼频螺伽叶之略称，原为外道论师，后归佛出家。比丘，指出家后受过具足戒的男僧。经论：佛教典籍分经、律、论三部分，谓之三藏。

[4] 伛偻丈人：《庄子·达生》记载，孔子适楚，见痀偻（同伛偻，驼背）者以长竿粘蝉，如以手拾物，顾谓弟子曰："用志不分，乃凝于神，其痀偻丈

人之谓乎！"丈人：古时对老人的尊称。

[5] 倒屣，倒穿着鞋。古人家居，脱鞋席地而坐。客人来到，因急于出迎，以致把鞋穿倒。后以倒屣形容主人热情迎客。典出《三国志·魏书·王粲传》："献帝西迁，粲徙长安，左中郎将蔡邕见而奇之。时邕才学显著，贵重朝廷，常车骑填巷，宾客盈坐。闻粲在门，倒屣迎之。"

[6] 语笑：谈笑。衡门：横木为门。指简陋的房屋。

山中寄诸弟妹

〔唐〕王维

山中多法侣[1]，禅诵自为群[2]。
城郭遥相望，唯应见白云。

【注释】

[1] 法侣：犹僧侣。
[2] 禅诵：坐禅诵经。

山茱萸 [1]

〔唐〕王维

朱实山下开，清香寒更发。
幸与丛桂花[2]，窗前向秋月。

【注释】

[1] 山茱萸：一种落叶小乔木。叶狭卵形，对生。花小，黄色，早春先叶开花。核果椭圆形，红色，中医以果肉入药。

[2] 幸：犹"正"。

田家

〔唐〕王维

旧谷行将尽[1]，良苗未可希[2]。老年方爱粥[3]，卒岁且无衣。
雀乳青苔井[4]，鸡鸣白板扉[5]。柴车驾羸牸[6]，草屩牧豪豨[7]。
夕雨红榴拆[8]，新秋绿芋肥。饷田桑下憩，旁舍草中归[9]。
住处名愚谷[10]，何烦问是非[11]！

【注释】

[1] 行将：即将。

[2] 良苗未可希：田里的庄稼还不能指望上。希：希望，这里是指望的意思。

[3] 老年方爱粥：老年人连粥都舍不得吃。方：正。爱：吝惜，舍不得。

[4] 雀乳青苔井：雀儿在长着青苔的井边洞穴中孵化小鸟。乳：生子，这里是孵化小鸟。

[5] 白板扉：未上油漆的门。

[6] 羸牸（zì）：瘦弱的母牛。

[7] 草屩（juē）牧豪豨（xī）：牧童穿着草鞋放牧着健壮的肥猪。屩：草鞋。豪豨：健壮的肥猪。

[8] 拆：裂开。

[9] 旁舍草中归：意为直到傍晚才从田地里归家。旁：同"傍"。

[10] 愚谷：即愚公谷。相传在今山东临淄西。汉刘向《说苑·政理篇》："齐桓公出猎，逐鹿而走，入山谷之中，见一老公而问之曰：'是为何谷？'对曰：'为愚公之谷。'桓公曰：'何故？'对曰：'以臣名之。'"

[11] 何烦：怎么敢烦劳。谦词。用"何烦"表示委婉的否定。

山中送别

〔唐〕王维

山中相送罢,日暮掩柴扉。
春草明年绿[1],王孙归不归[2]?

【注释】

[1] 明年:一作"年年"。

[2] 王孙:贵族的子孙,这里指送别的友人。

戏题辋川别业

〔唐〕王维

柳条拂地不须折,松树梢云从更长[1]。
藤花欲暗藏猱子[2],柏叶初齐养麝香[3]。

【注释】

[1] 从:犹"任"。

[2] 欲:犹"已"。猱:猴子的一种。

[3] 麝:通称香獐子。雄麝能分泌麝香。嵇康《养生论》:"麝食柏而香。"

辋川闲居赠裴秀才迪

〔唐〕王维

寒山转苍翠[1],秋水日潺湲[2]。倚杖柴门外,临风听暮蝉[3]。

渡头余落日[4]，墟里上孤烟[5]。复值接舆醉[6]，狂歌五柳前[7]。

【注释】

[1] 转苍翠：转：转为，变为。苍翠：青绿色。

[2] 潺湲（chán yuán）：水流缓慢的样子。

[3] 听暮蝉：聆听秋后蝉儿的鸣叫。

[4] 渡头：渡口。

[5] 墟里：村落。孤烟：直升的炊烟。

[6] 值：遇到。接舆：春秋时楚国著名隐士，姓陆，名通，字接舆。平时"躬耕以食"，因不满时政，被发佯狂不仕，故称楚狂接舆。《论语·微子》："楚狂接舆，歌而过孔子。"此处以接舆比裴迪。

[7] 五柳：陶渊明。详见前王维《田园乐七首》其五注释[2]。此处诗人以陶渊明自比。

辋川闲居

〔唐〕王维

一从归白社[1]，不复到青门[2]。时倚檐前树，远看原上村。
青菰临水映[3]，白鸟向山翻。寂寞于陵子，桔槔方灌园[4]。

【注释】

[1] 白社：原为地名。在河南省洛阳市东。晋葛洪《抱朴子·杂应》："洛阳有道士董威辇常止白社中，了不食，陈子叙共守事之，从学道。"后借指隐士所居之处。此处指辋川

[2] 青门：汉长安城东南门。详见前李白《寓言三首（其三）》注释[1]。此处借指京城。

[3] 青菰：俗称茭白，生于水中，叶如蒲苇。

[4] "寂寞于陵子"二句：典出晋皇甫谧《高士传》卷中《陈仲子》："陈仲子者，齐人也。其兄戴为齐卿，食禄万钟，仲子以为不义，将妻子适楚，居

于陵,自谓于陵仲子。穷不苟求,不义之食不食。……楚王闻其贤,欲以为相,遣使持金百镒,至于陵聘仲子。……于是出谢使者,遂相与逃去,为人灌园。"于陵子:即陈仲子。桔槔:井上汲水的一种工具。

积雨辋川庄作 [1]

〔唐〕王维

积雨空林烟火迟[2],蒸藜炊黍饷东菑[3]。
漠漠水田飞白鹭[4],阴阴夏木啭黄鹂[5]。
山中习静观朝槿[6],松下清斋折露葵[7]。
野老与人争席罢[8],海鸥何事更相疑[9]。

【注释】

[1] 积雨:久雨。

[2] 烟火迟:因久雨空气湿润,烟火上升缓慢。

[3] 藜(lí):一种可食的野菜。黍(shǔ):谷物名。饷:送饭食到田头。饷东菑(zī):给在东边田里干活的人送饭。菑:已经开垦了一年的田,指初耕的田地。

[4] 漠漠:形容广阔无际。

[5] 阴阴:幽暗貌。夏木:高大的树木。啭(zhuàn):鸟婉转地鸣叫。

[6] 槿(jǐn):植物名。落叶灌木,其花朝开夕谢。古人常以此物悟人生枯荣无常之理。

[7] 清斋:素食,长斋。露葵:冬葵,蔬菜名。

[8] 野老:诗人自称。争席罢:指自己要隐退山林,与世无争。

[9] "海鸥"句:《列子·黄帝篇》载:"海上之人有好沤鸟者,每旦之海上,从沤鸟游,沤鸟之至者百住而不止。其父曰:'吾闻沤鸟皆从汝游,汝取来,吾玩之。'明日之海上,沤鸟舞而不下也。故曰:至言去言,至为无为;齐智之所知,则浅矣。"这里借海鸥喻人事。

归辋川作

〔唐〕王维

谷口疏钟动[1],渔樵稍欲稀。悠然远山暮[2],独向白云归。菱蔓弱难定,杨花轻易飞。东皋春草色[3],惆怅掩柴扉。

【注释】

[1] 谷口:辋川别业在陕西蓝田县南辋谷,"谷口"即指辋谷口。

[2] 悠然:渺远貌。

[3] 皋:水边之地。

别辋川别业

〔唐〕王维

依迟动车马[2],惆怅出松萝[3]。
忍别青山去,其如绿水何[4]!

【注释】

[1] 依迟:依依不舍的样子。

[3] 松萝:即女萝。地衣门植物。常寄生在松树或别的树树皮上,少数生于石上。此处借指隐居之地。

[4] 如……何:能把……怎么样?"其"在"如……何"前面加强反问语气,可译为"又能把……怎么样"。句中表达了对辋川青山绿水的无限依恋之情。

别辋川别业

〔唐〕王缙

山月晓仍在[1]，林风凉不绝。
殷勤如有情，惆怅令人别。

【注释】

[1] 晓：天亮。

辋川集并序

〔唐〕王维

余别业在辋川山谷[1]，其游止有孟城坳、华子冈、文杏馆、斤竹岭、鹿柴、木兰柴、茱萸沜、宫槐陌、临湖亭、南垞、欹湖、柳浪、栾家濑、金屑泉、白石滩、北垞、竹里馆、辛夷坞、漆园、椒园等，与裴迪闲暇各赋绝句云尔[2]。

【注释】

[1] 辋川山麓有宋之问别墅，后归王维。王维在此居住三十多年，直至晚年。
[2] 裴迪：唐代诗人，王维好友，与王维唱和较多。

孟城坳[1]

新家孟城口[2]，古木余衰柳。
来者复为谁[3]？空悲昔人有[4]。

【注释】

[1] 孟城坳：即孟城口，在辋川。孟城口本为初唐诗人宋之问的别墅。后归王维。本首诗写诗人"新家"此处的感慨。

[2] 新家：新住到。

[3] 来者：后来的人。复：又。

[4] 空：徒然地。昔人：过去的人。

华子冈 [1]

飞鸟去不穷，连山复秋色。
上下华子冈，惆怅情何极。

【注释】

[1] 华子冈：辋川二十景之一。

文杏馆

文杏裁为梁[1]，香茅结为宇[2]。
不知栋里云[3]，去作人间雨。

【注释】

[1] 文杏：即银杏。文杏馆是辋川二十景之一。

[2] 香茅：又称菁茅，多年生草本植物，其气芬芳。宇：屋檐。

[3] 栋里云：郭璞《游仙诗七首》其二："云生梁栋间，风出窗户里。"

斤竹岭 [1]

檀栾映空曲[2]，青翠漾涟漪。
暗入商山路[3]，樵人不可知。

【注释】

[1] 斤竹岭：谢灵运有《从斤竹涧越岭溪行》一诗，斤竹之名，或取于此。

[2] 檀栾（luán）：秀美貌。形容竹之形态。空曲：空阔偏僻之处。

[3] 商山路：武关道，唐时称"商山路"，春秋战国时开辟，起自长安，经蓝田、商州，至河南内乡、邓州。

鹿柴[1]

空山不见人，但闻人语响。
返景入深林[2]，复照青苔上[3]。

【注释】

[1] 鹿柴（zhài）：王维辋川别业胜景之一。柴：通"寨""砦"，用树木围成的栅栏。

[2] 返景（yǐng）：太阳将落时通过云彩反射的阳光。景同"影"。

[3] 复：又。

木兰柴[1]

秋山敛余照[2]，飞鸟逐前侣。
彩翠时分明[3]，夕岚无处所[4]。

【注释】

[1] 木兰柴为辋川二十景之一。木兰：落叶乔木，叶互生，倒卵形或卵形，开内白外紫大花。

[2] 敛余照：收敛了落日的余晖。

[3] 彩翠：鲜艳翠绿的山色。

[4] 夕岚：傍晚山林的雾气。无处所：飘忽不定。

茱萸沜 [1]

结实红且绿,复如花更开。
山中傥留客,置此芙蓉杯[2]。

【注释】

[1] 茱萸沜(pàn):辋川二十景之一,是一个岸边生长着繁茂茱萸的深山池沼。茱萸:当指山茱萸,开黄色花,结枣红色椭圆形小果。茱萸带有浓烈香气,可以避邪、入药。古代重阳节有佩茱萸囊或饮茱萸酒的习俗。沜:半月形的水池。

[2] 芙蓉杯:精美的酒杯。此代指茱萸酒。

宫槐陌

仄径荫宫槐[1],幽阴多绿苔。
应门但迎扫[2],畏有山僧来[3]。

【注释】

[1] 仄径:狭窄的小路。宫槐:指槐树。《周礼·秋官·朝士》:"朝士掌建邦外朝之法。左九棘,孤卿大夫位焉,群士在其后;右九棘,公侯伯子男位焉,群吏在其后;面三槐,三公位焉,州长众庶在其后。"周代宫廷植三槐,三公位焉,故后世皇宫中多栽植,故称槐树为宫槐。仄:狭窄。

[2] 应门:照应门户。指守候和照看门户的仆人。

[3] 山僧:住在山寺的僧人。

临湖亭 [1]

轻舸迎上客[2],悠悠湖上来[3]。
当轩对樽酒[4],四面芙蓉开[5]。

【注释】

[1] 湖：指欹湖。

[2] 轻舸：快船；小船。上客：贵宾。

[3] 悠悠：闲适貌。

[4] 樽酒：犹杯酒。

[5] 芙蓉：荷花。

南垞

轻舟南垞去[1]，北垞淼难即[2]。
隔浦望人家，遥遥不相识。

【注释】

[1] 垞（chá）：土丘。南垞在欹湖南岸。

[2] 北垞：在湖水北岸。淼难即：形容湖水之广阔。淼：广远。即：靠近。

欹湖[1]

吹箫凌极浦[2]，日暮送夫君[3]。
湖上一回首，青山卷白云。

【注释】

[1] 欹（qī）：倾斜。按：据蓝田县水利部门测量，原欹湖湖底西南高东北低，呈倾斜状。

[2] 极浦：遥远的水滨。

[3] 夫君：称友朋。

柳浪[1]

分行接绮树[2]，倒影入清漪。

不学御沟上[3]，春风伤别离。

【注释】

[1] 柳浪：因种植有柳树而命名。当在欹湖畔。

[2] 绮树：美树，指柳。

[3] 御沟：流经皇宫的河道。按：长安御沟多杨柳，为行人往来之地。又古有折柳赠别的习俗，故末句云"伤别离"。

栾家濑[1]

飒飒秋雨中[2]，浅浅石溜泻[3]。
跳波自相溅，白鹭惊复下。

【注释】

[1] 濑：石沙滩上流水湍急处。

[2] 飒飒：风雨声。

[3] 浅浅（jiān）：同"溅溅"，水流迅疾貌。石溜：石上急流。

金屑泉[1]

日饮金屑泉，少当千余岁。
翠凤翔文螭[2]，羽节朝玉帝[3]。

【注释】

[1] 金屑泉：辋川胜景之一。小诗以浪漫笔法描绘金屑泉。谓常饮金屑泉之水可以保持年轻，可以长生甚至成仙。诗人想象着成仙后穿着仙服，持着羽节，坐着螭龙拉的翠凤之辇朝见玉帝的情景。

[2] 翠凤：《拾遗记》卷三："西王母乘翠凤之辇而来，前导以文虎、文豹。"文螭：身上有花纹的螭。

[3] 羽节：以鸟羽为饰的节。此指仙人仪仗。

白石滩

清浅白石滩,绿蒲向堪把[1]。
家住水东西[2],浣纱明月下。

【注释】

[1]蒲,即香蒲,俗称蒲草。多年生草本植物。生于水边或池沼内。向堪把:谓绿蒲非常茂盛,差不多可以用手握住,可以采摘了。向:临近,将近。

[3]"家住"二句:家住水东水西的女子,月夜之下,三三两两地出来,在白石滩前洗纱。

北垞[1]

北垞湖水北,杂树映朱阑[2]。
逶迤南川水,明灭青林端[3]。

【注释】

[1]北垞:在欹湖北岸。

[2]"杂树"句:谓各色树木和红色栏杆相互映衬。

[3]明灭:时隐时现,若隐若现。末二句谓溪水曲折蜿蜒,一直朝着南边流去。放眼望去,好像又消失在树林的尽头。

竹里馆[1]

独坐幽篁里[2],弹琴复长啸[3]。
深林人不知[4],明月来相照[5]。

【注释】

[1] 竹里馆：辋川别业胜景之一，房屋周围有竹林，故名。

[2] 幽篁：幽深的竹林。

[3] 啸：嘬口发出长而清脆的声音，类似于打口哨。古代旷逸之士常用来抒发感情。

[4] 深林：指"幽篁"。

[5] 相照：与"独坐"相应，意为左右无人相伴，唯有明月似解人意，偏来相照。

辛夷坞[1]

木末芙蓉花[2]，山中发红萼。
涧户寂无人，纷纷开且落。

【注释】

[1] 辛夷坞：辋川胜景之一。坞上植有辛夷，故名。

[2] 木末：指树梢。芙蓉花：指辛夷，辛夷含苞待放时，很像荷花，花瓣和颜色也近似荷花。

漆园[1]

古人非傲吏，自阙经世务[2]。
偶寄一微官[3]，婆娑数株树[4]。

【注释】

[1] 漆园：本是辋川一景。此处"漆园"亦与历史故事有关。《史记·老庄申韩列传》："庄子者，蒙人也，名周。周尝为蒙漆园吏，与梁惠王、齐宣王同时。其学无所不窥，然其要本归于老子之言。……楚威王闻庄周贤，使使厚币迎之，许以为相。庄周笑谓楚使者曰：'千金，重利；卿相，尊位也。子独不见郊祭之牺牛乎？养食之数岁，衣以文绣，以入大庙。当是之时，虽欲为孤豚，岂可

得乎？子亟去，无污我。我宁游戏污渎之中自快，无为有国者所羁。终身不仕，以快吾志焉。'"此即后世所称道的庄子笑傲王侯的故事。

[2]"古人"二句：典出郭璞《游仙诗七首》其一："漆园有傲吏，莱氏有逸妻。"阙（quē）：欠缺。经世务：经国济世的本领。王维反用郭璞诗意，认为庄子并非傲吏，他之所以不求仕进，是因为自觉缺少匡世济国的本领。王维实借古人以自喻，表白自己的隐居绝无傲世之意。

[4]偶寄：偶然寄身于。一微官：一个低微的官职。

[5]婆娑（suō）：树木枝叶扶疏、纷披盘旋貌。郭璞《客傲》："庄周偃蹇于漆园，老莱婆娑于林窟。"诗人借以自比，谓逍遥于林下。

椒园 [1]

桂尊迎帝子[2]，杜若赠佳人[3]。
椒浆奠瑶席[4]，欲下云中君[5]。

【注释】

[1]椒：花椒。

[2]桂：肉桂，常绿乔木，其皮可做香料。"桂尊"指盛桂酒之尊（樽）。帝子：《楚辞·九歌·湘夫人》："帝子降兮北渚。"相传湘夫人为尧女，故称"帝子"。

[3]杜若：香草名。

[4]椒浆：《楚辞·九歌·东皇太一》："奠桂酒兮椒浆。"王逸注："以椒置浆中也。"浆，薄酒。瑶席：形容华美的席面，设于神座前供放祭品。

[5]下：使下。云中君：云神。

辋川集二十首

〔唐〕裴迪

孟城坳

结庐古城下[1]，时登古城上。
古城非畴昔[2]，今人自来往。

【注释】

[1] 结庐：构筑房舍。

[2] 畴昔：往日，从前。

华子冈

落日松风起[1]，还家草露晞[2]。
云光侵履迹[3]，山翠拂人衣[4]。

【注释】

[1] 松风：松林之风。

[2] 晞：晒干。

[3] 云光：云雾和霞光，傍晚的夕阳余晖。侵：逐渐侵染，掩映。履迹：人的足迹。履，鞋。

[4] 山翠：苍翠的山气。山色青缥，谓之翠。

文杏馆

迢迢文杏馆[1]，跻攀日已屡。
南岭与北湖，前看复回顾。

【注释】

[1] 迢迢：高貌。

斤竹岭

明流纡且直，绿筱密复深[1]。
一径通山路，行歌望旧岑[2]。

【注释】

[1] 绿筱（xiǎo）：绿色小竹。
[2] 行歌：边行走边歌唱，借以抒发感情。旧岑：以前来过的山。

鹿柴

日夕见寒山，便为独往客。
不知深林事，但有麏麚迹[1]。

【注释】

[1] 但有：只有。麏麚（jūn jiā）：泛指鹿类动物。

木兰柴

苍苍落日时，鸟声乱溪水。

缘溪路转深，幽兴何时已[1]。

【注释】

[1] 幽兴：幽雅的兴致。

茱萸沜

飘香乱椒桂[1]，布叶间檀栾[2]。
云日虽回照[3]，森沉犹自寒[4]。

【注释】

[1] 椒桂：椒与桂。皆香木。这句意为：茱萸散发的香味酷似椒树和桂树。

[2] 布叶：枝布叶分。檀栾：檀树和栾树。

[3] 云日：指日光。回照：返照。

[4] 森沉：谓林木繁茂幽深。

宫槐陌

门前宫槐陌，是向欹湖道。
秋来山雨多，落叶无人扫。

临湖亭

当轩弥滉漾[1]，孤月正裴回[2]。
谷口猿声发，风传入户来。

【注释】

[1] 滉漾：指荡漾的湖水。

[2] 裴回：徘徊。

南坨

孤舟信一泊,南坨湖水岸。
落日下崦嵫[1],清波殊淼漫[2]。

【注释】

[1]崦嵫(yān zī):山名。在甘肃天水西境。传说为日落的地方。《山海经·西山经》:"鸟鼠同穴山西南三百六十里曰崦嵫之山。"郭璞注:日没所入之山也。

[2]淼漫:水流广远貌。

欹湖

空阔湖水广,青荧天色同[1]。
舣舟一长啸[2],四面来清风。

【注释】

[1]青荧:青光闪映貌。

[2]舣舟:停船。

柳浪

映池同一色,逐吹散如丝。
结阴既得地[1],何谢陶家时[2]。

【注释】

[1]得地:得到适宜的环境。

[2]谢:不如,比不上。陶家:指晋诗人陶潜。陶潜作有《五柳先生传》,言"宅边有五柳树",自号五柳先生。

栾家濑

濑声喧极浦，沿涉向南津[1]。
泛泛鸥凫渡，时时欲近人[2]。

【注释】

[1]"濑声"二句：石上的急流之声在远处水滨喧闹，诗人乘船顺着水流前往南边渡口。极浦：遥远的水滨。沿涉：谓顺流而行。

[2]"泛泛"二句：水上的野鸭鸥鸟也在浮游过渡，它们时常想要亲近来游玩的人。泛泛：漂浮、浮行貌。

金屑泉

萦渟澹不流，金碧如可拾[1]。
迎晨含素华，独往事朝汲[2]。

【注释】

[1]"萦渟"二句：金屑泉水盈溢回旋，似乎看不到流动。阳光下泉水灿灿的光斑与草色相映，如同色彩斑斓的碎玉即手可拾。金碧：金黄和碧绿的颜色。

[2]"迎晨"二句：清晨，金屑泉水荡漾着白色的光华，诗人一大早就一个人前去取水。

白石滩

跂石复临水[1]，弄波情未极。
日下川上寒，浮云澹无色。

【注释】

[1]跂（qì）石：垂足坐于石上。

北垞

南山北垞下,结宇临欹湖[1]。
每欲采樵去,扁舟出菰蒲[2]。

【注释】

[1] 结宇:建造屋舍。

[2] 菰蒲:菰和蒲。菰:多年生草本植物,生在浅水里,嫩茎称"茭白",可做蔬菜。果实称"菰米""雕胡米"。蒲:多年生草本植物,生池沼中,高近两米。根茎长在泥里,可食。菰蒲亦借指湖泽。

竹里馆

来过竹里馆,日与道相亲。
出入唯山鸟,幽深无世人[1]。

【注释】

[1] 无世人:无尘世的人。极言环境清幽。

辛夷坞

绿堤春草合[1],王孙自留玩。
况有辛夷花,色与芙蓉乱[2]。

【注释】

[1] 合:覆盖;笼罩。

[2] 乱:混杂。

漆园

好闲早成性,果此谐宿诺[1]。
今日漆园游,还同庄叟乐[2]。

【注释】

[1] 宿诺:先前的许诺,诺言。

[2] 庄叟:庄子。

椒园

丹刺罥人衣[1],芳香留过客。
幸堪调鼎用[2],愿君垂采摘[3]。

【注释】

[1] 罥(juàn):缠绕,挂。

[2] 调鼎:烹调食物。

[3] 垂:敬辞。

辋口遇雨忆终南山因献王维

〔唐〕裴迪

秋雨晦空曲,平沙灭浮彩[1]。
辋水去悠悠,南山复何在?

【注释】

[1] 晦:昏暗。空曲:指空旷偏僻的山峰。平沙:指广阔的原野。浮彩:犹色彩。首二句绘出秋雨中山色原野一片空濛之景。

答裴迪辋口遇雨忆终南山之作

〔唐〕王维

淼淼寒流广[1],苍苍秋雨晦。
君问终南山,心知白云外。

【注释】

[1] 淼淼:水势浩大貌。

新晴野望 [1]

〔唐〕王维

新晴原野旷,极目无氛垢[2]。郭门临渡头[3],村树连溪口。
白水明田外[4],碧峰出山后。农月无闲人[5],倾家事南亩[6]。

【注释】

[1] 新晴:初晴。野望:放眼向田野眺望。
[2] 极目:穷尽目力向远处看。氛垢:尘雾、杂质。
[3] 郭门:外城之门。郭:外城。
[4] 白水明田外:田埂边上的流水在阳光下闪闪发光。
[5] 农月:农忙季节。
[6] 倾家:全家出动。事南亩:在田野干活。事:动词,从事。南亩:《诗经》有"今适南亩,或耘或耔"句,指到南边的田地里耕耘播种,后南亩便成为农田的代称。

雨后游辋川

〔唐〕李端

骤雨归山尽，颓阳入辋川[1]。看虹登晚墅，踏石过春泉。
紫葛藏仙井[2]，黄花出野田。自知无路去，回步就人烟[3]。

【注释】

[1] 颓阳：落日。

[2] 紫葛：一种藤本植物。亦为中药。

[3] 人烟：住户的炊烟。亦泛指人家。

谷口书斋寄杨补阙[1]

〔唐〕钱起

泉壑带茅茨[2]，云霞生薜帷[3]。竹怜新雨后[4]，山爱夕阳时。
闲鹭栖常早，秋花落更迟[5]。家童扫萝径[6]，昨与故人期[7]。

【注释】

[1] 谷口：指蓝田辋川谷口，钱起在蓝田的别业所在。补阙（què），官名，职责是向皇帝进行规谏，有左右之分。

[2] 泉壑：指山水。带：环绕。茅茨：原指用茅草盖的屋顶，此指茅屋。

[3] 薜（bì）帷：生长似帷帐的薜荔。

[4] 怜：可爱。新雨：刚下过的雨。

[5] 迟：晚。

[6] 萝径：藤萝悬垂的小路。

[7] 昨：先前。

游辋川至南山寄谷口王十六

〔唐〕钱起

山色不厌远,我行随处深。迹幽青萝径[1],思绝孤霞岑。
独鹤引过浦[2],鸣猿呼入林。褰裳百泉里[3],一步一清心。
王子在何处[4],隔云鸡犬音。折麻定延伫[5],乘月期招寻[6]。

【注释】

[1]青萝:松萝。一种攀生在石崖、松柏或墙上的植物。

[2]独鹤:孤鹤;离群之鹤。

[3]褰裳:撩起下裳。

[4]王子:指王十六。

[5]折麻:《楚辞·九歌·大司命》:"折疏麻兮瑶华,将以遗兮离居。"后以"折麻"喻离别思念之情。延伫:引颈企立,形容盼望之深切。

[6]乘月:趁着月光。

辋川

〔唐〕元稹

世累为身累[1],闲忙不自由。
殷勤辋川水,何事出山流?

【注释】

[1]世累:世俗的牵累。为身:治身,修身。

独游辋川

〔宋〕苏舜钦

行穿翠霭中[1]，绝涧落疏钟[2]。数里踏乱石，一川环碧峰。暗林麇养角，当路虎留踪。隐逸何曾见？孤吟对古松。

【注释】

[1] 翠霭：青绿色的云气。
[2] 绝涧：高山陡壁之下的溪涧。

辋川歌

〔元〕张讷

终南山色多奇好，辋峪林峦深杳杳[1]。
艮岫岹峣断复连[2]，周回路迥相缠绕[3]。
重重积翠半空来，朵朵奇峰插天表。
赪霞横障猿呼雏[4]，白云满林迷归鸟。
红尘不到此山间，唯见日月相缠绕。
中有千派激石泉，百转聒耳声浩浩。
初疑隐士鼓流水之瑶琴，转听怒涛湍触岩之崩倒。
极目多佳趣，一一陈不了。
东瞻崔子之洞泉[5]，西踏王维之故阡[6]。
二仙渺邈已陈迹[7]，往往故老相递传。
幽哉招提几千古[8]，梅林蓊郁含苍烟[9]。
宝塔亭亭伴朝暮，精舍寂寂僧参禅。
钟鼓香灯礼至尊，岁复岁兮年复年。

老师德尊神气清，僧侣质朴真天然。

二陵峪口多胜境[10]，东坡先生留数年。

我今策杖来此山，无弦曲调心独闲。

石人唱歌木人舞，泥牛铁马俱欢颜。

明月娟娟即澄潭，玻璃莹沏清光寒。

虚岩万籁响栖寂，暮林宝鹤归巢安。

龙蟠峪口虎踞关，谁将此景传人间。

【作者简介】

张讷，陕西蓝田人。元代人。少有志行，官至监察御史，立朝论证不避权贵，居家孝友，关中学者宗之。有《辋川歌》行世。

【注释】

[1] 林峦：树林与峰峦。

[2] 艮岫：山峰。岧峣（tiáo yáo）：高峻；高耸。

[3] 周回：周围。

[4] 赪霭（chēng ǎi）：红色的云霞。赪：浅红色；红色。霭：云雾。

[5] 崔子：当指崔兴宗。崔为王维内弟。玄宗天宝十一载任右补阙。有别业在蓝田，距辋川甚近，与王维、裴迪等时相往还酬唱。

[6] 故阡：旧路。

[7] 二仙：指崔兴宗和王维。

[8] 招提：梵语。音译为"拓斗提奢"，省作"拓提"，后误为"招提"。其义为"四方"。四方之僧称招提僧，四方僧之住处称为招提僧坊。北魏太武帝造伽蓝，创招提之名，后遂为寺院的别称。此指辋川鹿苑寺。

[9] 苍烟：苍茫的云雾。

[10] 峪口：山谷或峡谷入口。

游辋川

〔明〕陈文烛

人间何处避干戈,幽胜无如此地何[1]。
水尽山头人迹少,云生树杪鸟声多[2]。
良田数顷浮青霭,怪石千峰长绿萝。
况是知心有裴迪,风流肯许右丞过[3]。

【作者简介】

陈文烛(1525—?),字玉叔,号五岳山人,湖北沔阳人。明进士,官至南京大理寺卿。博学工诗,著有《二酉园集》。

【注释】

[1] 幽胜:幽静而优美。无如此地何:意即没有比得上此地的。

[2] 树杪:树梢。

[3] 右丞:指王维。

陪游辋川四绝呈两峰先生[1](四首选二)

〔明〕敖英

蜀栈青骡不可攀,孤臣无计出秦关[2]。
华清风雨萧萧夜,愁杀江南庾子山[3]。

【作者简介】

敖英,字子发,号东谷,清江(今属江西)人。明武宗正德十六年(1521)进士,授南京工部主事。后由南京刑部历陕西、河南提学副使,迁江西右布政使。工于诗。著有《慎言集训》,批点《类编唐诗绝句》《古文短篇》《东谷赘言》等。

【注释】

[1] 两峰先生：明人李东，号两峰，官至监察御史。

[2]"蜀栈"二句：唐玄宗天宝十四载(755)发生了安史之乱。天宝十五载正月，安禄山在洛阳自称大燕皇帝，六月九日便攻占潼关。六月十二日玄宗率王室、群臣仓皇逃往蜀州。六月十七日，都城长安被叛军占领。王维来不及随从皇帝逃走，被叛军俘虏，送到洛阳，授予伪职。首二句即言此事。孤臣：指王维。

[3]"愁杀"句：庾子山：南北朝时期著名文学家庾信，字子山。庾信本为南朝梁人，累官右卫将军，封武康县侯。后奉命出使西魏，因梁为西魏所灭，遂留居北方，"虽位望显通，常作乡关之思"，作《哀江南赋》。此以庾信代指王维。

香火迢迢鹿苑深[1]，游人到此诵唐音[2]。
更怜母塔东头水[3]，照见当年孝子心。

【注释】

[1] 迢迢：时间久长貌。鹿苑：即唐代古寺鹿苑寺，在辋川。
[2] 唐音：唐诗。
[3] 母塔：即母坟塔，王维母亲墓。《新唐书·王维传》："母亡，辋川第为寺，终葬其西。"

鹿苑寺 [1]

〔明〕何景明

旧宅施为寺，青山属野僧[2]。高人不可见，胜迹已无凭。
色藉荒庭草，阴垂古殿藤。千崖一微径，异代几攀登[3]。

【注释】

[1] 鹿苑寺建于425年，毁于唐末战乱。据说，王维在母亲去世后，把"辋川别业"改名为"鹿苑寺"，故址在今蓝田县辋川镇白家坪。

[2] 野僧：山野僧人。

[3] 异代：指后世之人。

梁曰缉为言辋川雪中之游

〔清〕王士禛

少志爱山水，梦想怀蓝田。终南西峰下，水石余清妍。
忆昔维摩诘[1]，于今曾挂冠[2]。挥手谢时辈[3]，草堂常晏眠。
辋水绕舍下，湖光明月端。绳床间药铛，清斋日萧然。
春鸥渐矫翼，夏木纷绵芊。时寻名僧会，自泛湖中船。
叹息古人没，风物随变迁。仙令妙文笔，慨然追昔贤。
积雪曜岩阪，秀色暖林峦。数里入谷口，石流已溅溅。
水鸟相哀鸣，双垞渺人烟。却登华子冈，辋水犹沦涟。
花竹散已久，亭馆供诸天。王裴杳千载，丘壑亦凋残。
来者复为谁，斯人良足叹。

【注释】

[1] 维摩诘：指唐代诗人王维。

[2] 挂冠：晋袁宏《后汉纪·光武帝纪五》："（逢萌）闻王莽居摄，子宇谏，莽杀之。萌会友人曰：'三纲绝矣，祸将及人。'即解衣冠，挂东都城门，将家属客于辽东。"后因以"挂冠"指辞官、弃官。

[3] 谢：辞别。

游辋川

〔清〕胡元煐

平生颇爱溪山游，苍翠到处皆淹留。
迩来尘事苦牵率[1]，脚靰手版无时休[2]。

今春省亲来此邑，惠连相约探青幽[3]。

出城八里来谷口，两崖壁立芙蓉浮。

行尽嶔崎忽开朗[4]，花明柳暗环瀛洲[5]。

骫路诘曲南北垞[6]，天风飒飒鸣飕飀[7]。

跳珠喷雪发天籁[8]，涓涓竹里寒泉流。

院宇重新还旧景[9]，右丞故址穷雕搜[10]。

此间小住亦仙境，画图岂易千金求。

吊古徘徊日易暮，归来山月已当头。

【作者简介】

胡元瑛，江西新建章水人。曾官河南。

【注释】

[1] 迩来：近来。牵率：犹牵拘，牵缠。

[2] 手版：古代大臣上朝拿着的板笏，用玉、象牙或竹片制成，上面可记事。

[3] 原注："戊戌孟春，余奉檄分判河南，十二月交卸后，往玉山署省亲，偕二弟为辋川之游。"惠连：柳下惠、少连的并称。《论语·微子》："柳下惠、少连降志辱身矣，言中伦，行中虑，其斯而已矣。"皆古节行超逸之士。此借喻兄弟。

[4] 嶔崎：山势险峻貌。嶔，小而高的山。

[5] 瀛洲：传说中的仙山。此喻辋川的青山。

[6] 骫（wěi）路：蜿蜒屈曲的路。骫：骨端弯曲。引申为枉曲，弯曲。诘曲：屈曲；屈折。南北垞：指辋川南垞和北垞，详见前王维《南垞》《北垞》。

[7] 飒飒、飕飀：皆为象声词，形容风声。

[8] 跳珠：喻指溅起的雨点。

[9] 院宇：有院墙的屋宇；院落。重新还旧景：再次装修使恢复原来的面貌。

[10] 右丞：王维。故址：指王维辋川原貌。雕搜：谓刻意修饰。

悟真寺

悟真寺在西安市蓝田县，其历史可追溯至西晋以前。隋开皇十四年（594），高僧净业奉诏兴建，正式称为"悟真寺"。隋唐时代，善导大师在悟真寺开创了净土宗，所以这里是闻名中外的净土宗祖庭。寺依终南山北麓，岩崖峻峭，曲水回环，茂林幽篁，流云飞瀑，自古即有"圣坊仙居"之称。

游悟真寺 [1]

〔唐〕王缙

闻道黄金地[2]，仍开白玉田[3]。掷山移巨石，咒岭出飞泉[4]。
猛虎同三径，愁猿学四禅[5]。买香然绿桂[6]，乞火蹈红莲[7]。
草色摇霞上[8]，松声泛月边。山河穷百二[9]，世界接三千[10]。
梵宇聊凭视[11]，王城遂渺然[12]。灞陵才出树[13]，渭水欲连天。
远县分朱郭，孤村起白烟。望云思圣主[14]，披雾忆群贤。
薄宦惭尸素[15]，终身拟尚玄[16]。谁知草庵客[17]，曾和柏梁篇[18]。

【注释】

[1] 悟真寺：唐代名刹，故址在今陕西蓝田县东蓝田谷之西崖。按：此篇《文苑英华》作王维诗，《又玄集》《唐诗纪事》《唐诗品汇》俱作王缙诗，又清钱氏述古堂影抄宋本《王右丞文集》收此诗，题下即署"王缙"名，故疑以王缙作为是。

[2] 黄金地：指佛寺。

[3] 开：创建。白玉田：悟真寺在蓝田山中，而蓝田之山多出美玉，故曰"仍开白玉田"。

[4]"咒岭"句：南朝梁释慧皎《高僧传》卷二《晋西河昙无谶》："谶明解咒术，所向皆验，西域号为大咒师。后随王入山，王渴乏须水，不能得，谶

乃密咒石出水，因赞曰：'大王惠泽所感，遂使枯石生泉。'"

[5] "猛虎"二句：悟真寺附近的猛虎仿佛受到佛法熏染而能息心幽处，猴子也能学着打坐参禅。三径：指归隐者的家园。详见前李益《喜入兰陵望紫阁峰呈宣上人》注释[1]。四禅：亦称"四禅定""四静虑""四定静虑"。佛教用以治惑、生诸功德的四种基本禅定。其"体"（性）为"心一境性"，其"用"（作用）为"能审虑"。

[6] 绿桂：香木名。王嘉《拾遗记》卷四："（西王母）与（燕）昭王游于隧林之下……取绿桂之膏，燃以照夜。"

[7] "乞火"句：《大方便佛报恩经》卷三载：鹿女渐渐长大，其父爱念，常使宿火，忽一日火灭，鹿女遵父命诣北窟仙人处乞火，步步举足，皆生莲华。乞火：求取火种。

[8] 摇：升。

[9] 百二：以二敌百。一说百的一倍。指山河险固之地。详见前庾信《皇夏》注释[3]。

[10] 接三千：指世界广大无边，即佛教所谓"三千大千世界"。

[11] 梵宇：佛寺。

[12] 王城：帝都。

[13] 灞陵：汉文帝陵，有时亦写作"霸陵"。因靠近灞河而得名。位于西安东郊白鹿原东北角。出树：高出树梢。

[14] 望云：仰望白云。谓仰慕君王。语出《史记·五帝本纪》："帝尧者，放勋。其仁如天，其知如神。就之如日，望之如云。"

[15] 薄宦：卑微的官职。亦用为谦词。尸素：尸位素餐，居位食禄而不理事。

[16] 尚玄：《汉书·扬雄传下》记载，汉哀帝时，董贤等权奸把持朝政，附炎趋势者往往得高位，而扬雄坚贞自守，不沾染世俗，当时扬雄正作《太玄》，故世人或讥笑扬雄"以玄尚白"，谓其仍无禄位。后因以"尚玄"比喻人心甘淡泊、不慕荣禄。

[17] 草庵客：指隐士。晋葛洪《神仙传·焦先传》："及魏受禅，（先）居河之湄，结草为庵，独止其中。"

[18] 柏梁篇：相传汉武帝在柏梁台上与群臣共赋七言诗，人各一句，每句用韵，后人谓此体为柏梁体。后亦以柏梁篇泛指应制之作。

题悟真寺

〔唐〕卢纶

万峰交掩一峰开,晓色常从天上来。
似到西方诸佛国[1],莲花影里数楼台。

【注释】

[1] 西方:指西方净土。

游悟真寺诗一百三十韵

〔唐〕白居易

元和九年秋,八月月上弦[1]。我游悟真寺,寺在王顺山。
去山四五里,先闻水潺湲。自兹舍车马,始涉蓝溪湾。
手拄青竹杖,足蹋白石滩。渐怪耳目旷,不闻人世喧。
山下望山上,初疑不可攀。谁知中有路,盘折通岩巅。
一息幡竿下[2],再休石龛边[3]。龛间长丈余,门户无扃关[4]。
俯窥不见人,石发垂若鬟[5]。惊出白蝙蝠,双飞如雪翻。
回首寺门望,青崖夹朱轩[6]。如擘山腹开,置寺于其间。
入门无平地,地窄虚空宽。房廊与台殿,高下随峰峦。
岩崿无撮土[7],树木多瘦坚。根株抱石长,屈曲虫蛇蟠。
松桂乱无行,四时郁芊芊。枝梢袅清吹,韵若风中弦。
日月光不透,绿阴相交延。幽鸟时一声,闻之似寒蝉。
首憩宾位亭,就坐未及安。须臾开北户,万里明豁然。
拂檐虹霏微,绕栋云回旋。赤日间白雨[8],阴晴同一川。
野绿蔟草树,眼界吞秦原。渭水细不见,汉陵小于拳。

却顾来时路，萦纡映朱栏。历历上山人，一一遥可观。
前对多宝塔，风铎鸣四端。栾栌与户牖，袷恰金碧繁。
云昔迦叶佛，此地坐涅槃。至今铁钵在，当底手迹穿。
西开玉像殿，百佛森比肩。抖擞尘埃衣[9]，礼拜冰雪颜。
叠霜为袈裟，贯雹为华鬘[10]。逼观疑鬼功[11]，其迹非雕镌。
次登观音堂，未到闻栴檀[12]。上阶脱双履，敛足升净筵。
六楹排玉镜，四座敷金钿。黑夜自光明，不待灯烛燃。
众宝互低昂，碧珮珊瑚幡。风来似天乐，相触声珊珊[13]。
白珠垂露凝，赤珠滴血殷。点缀佛髻上[14]，合为七宝冠。
双瓶白琉璃，色若秋水寒。隔瓶见舍利，圆转如金丹。
玉笛何代物，天人施祇园[15]。吹如秋鹤声，可以降灵仙。
是时秋方中，三五月正圆。宝堂豁三门，金魄当其前[16]。
月与宝相射，晶光争鲜妍。照人心骨冷，竟夕不欲眠。
晓寻南塔路，乱竹低婵娟。林幽不逢人，寒蝶飞翩翩[17]。
山果不识名，离离夹道蕃[18]。足以疗饥乏，摘尝味甘酸。
道南蓝谷神，紫伞白纸钱。若岁有水旱，诏使修蘋蘩[19]。
以地清净故，献奠无羶膻。危石叠四五，矗鬼欹且刓[20]。
造物者何意，堆在岩东偏。冷滑无人迹，苔点如花笺。
我来登上头，下临不测渊。目眩手足掉，不敢低头看。
风从石下生，薄人而上抟。衣服似羽翮[21]，开张欲飞骞[22]。
巉巉三面峰[23]，峰尖刀剑攒。往往白云过，决开露青天。
西北日落时，夕晖红团团。千里翠屏外，走下丹砂丸[24]。
东南月上时，夜气青漫漫。百丈碧潭底，写出黄金盘[25]。
蓝水色似蓝，日夜长潺潺。周回绕山转，下视如青环。
或铺为慢流，或激为奔湍。泓澄最深处[26]，浮出蛟龙涎。
侧身入其中，悬磴尤险难。扪萝蹋樛木[27]，下逐饮涧猿。
雪进起白鹭，锦跳惊红鳣。歇定方盥漱，濯去支体烦。
浅深皆洞澈，可照脑与肝。但爱清见底，欲寻不知源。
东崖饶怪石，积甃苍琅玕[28]。温润发于外，其间韫玙璠[29]。
卞和死已久[30]，良玉多弃捐。或时泄光彩，夜与星月连。

中顶最高峰，拄天青玉竿。嗣龄上不得[31]，岂我能攀援？
上有白莲池，素葩覆青澜。闻名不可到，处所非人寰。
又有一片石，大如方尺砖。插在半壁上，其下万仞悬。
云有过去师，坐得无生禅。号为定心石，长老世相传。
却上谒仙祠，蔓草生绵绵。昔闻王氏子[32]，羽化升上玄[33]。
其西晒药台，犹对芝术田。时复明月夜，上闻黄鹤言。
回寻画龙堂，二叟鬓发斑。想见听法时，欢喜礼印坛。
复归泉窟下，化作龙蜿蜒。阶前石孔在，欲雨生白烟。
往有写经僧，身静心精专。感彼云外鸽，群飞千翩翩。
来添砚中水，去吸岩底泉。一日三往复，时节长不愆。
经成号圣僧，弟子名杨难。诵此莲花偈，数满百亿千。
身坏口不坏，舌根如红莲。颅骨今不见，石函尚存焉。
粉壁有吴画[34]，笔彩依旧鲜。素屏有褚书[35]，墨色如新干。
灵境与异迹，周览无不殚。一游五昼夜，欲返仍盘桓。
我本山中人，误为时网牵。牵率使读书，推挽令效官[36]。
既登文字科，又忝谏诤员[37]。拙直不合时[38]，无益同素餐[39]。
以此自惭惕[40]，戚戚常寡欢[41]。无成心力尽，未老形骸残。
今来脱簪组[42]，始觉离忧患。及为山水游，弥得纵疏顽[43]。
野麋断羁绊[44]，行走无拘挛[45]。池鱼放入海，一往何时还？
身著居士衣[46]，手把南华篇[47]。终来此山住，永谢区中缘[48]。
我今四十余，从此终身闲。若以七十期，犹得三十年[49]。

【注释】

[1] 月上弦：农历每月初八或初九只能看到月亮西边的半圆，这种月相叫"上弦"。

[2] 一息：暂停；稍歇。幡竿：系幡的杆。

[3] 石龛：供奉神像或神主的小石阁。

[4] 扃关：关闭。

[5] 石发（fà）：生于水边石上的苔藻。

[6] 青崖：青山。朱轩：朱红色屋宇。

[7] 岩崿：起伏的山峦。

[8] 赤日：红日；烈日。白雨：阵雨。

[9] 抖擞：抖动；抖落。

[10] 花鬘（mán）：古印度人用作身首饰物的花串。亦有用各种宝物雕刻成花形联缀而成的。

[11] 逼观：靠近细看。

[12] 栴檀（zhān tán）：即檀香。

[13] 珊珊：玉佩声。

[14] 佛髻：呈盘曲状发髻的美称。相传佛发旋曲为螺形，故称。

[15] 祇（qí）园："祇树给孤独园"的简称。梵文的意译。印度佛教圣地之一。相传释迦牟尼成道后，憍萨罗国的给孤独长者用大量黄金购置舍卫城南祇陀太子园地，建筑精舍，请释迦说法。祇陀太子也奉献了园内的树木，故以二人名字命名。后用为佛寺的代称。

[16] 金魄：指满月。

[17] 翾翾（xuān xuān）：飞貌。

[18] 离离：盛多貌。

[19] 诏使：皇帝派出的特使。修蘋蘩：置备祭品。修：置备。蘋蘩：蘋和蘩。两种可供食用的水草，古代常用于祭祀。亦泛指祭品。

[20] 霭嵬：高下貌。攲：歪斜；倾斜。刓（wán）：陡峭如刀削貌。

[21] 羽翮：翅膀。

[22] 飞骞（xiān）：高飞。

[23] 嵷嵷（sǒng）：山峰耸起貌。杜甫《封西岳赋》："风御冉以纵嵷。"

[24] 丹砂丸：借喻落日。

[25] 黄金盘：喻满月。

[26] 泓澄：水深而清。

[27] 扪萝：攀援葛藤。樛（jiū）木：枝向下弯曲的树。

[28] 积甃（zhòu）：层迭的井壁。苍琅玕：形容竹之青翠，亦指竹。

[29] 韫（yùn）：蕴藏；包含。玙璠（yú fán）：美玉。

[30] 卞和：春秋时楚人。相传他得玉璞，先后献给楚厉王和楚武王，均被认为欺诈，受刑砍去双脚。楚文王即位，卞和抱璞哭于荆山下，文王使人琢璞，

得宝玉，名为"和氏璧"。

[31] 鼯鼪（jiōng líng）：斑鼠。

[32] 王氏子：指王顺。

[33] 羽化：飞升成仙。上玄：上天。

[34] 吴画：吴道子画。吴道子，唐代著名画家。

[35] 褚书：褚遂良书法。褚遂良，初唐著名书法家。

[36] "牵率使读书"二句，意为读书为官本非所愿。牵率：牵拉。推挽：前牵后推，使向前。效官：做官。

[37] 谏诤员：谏官。这句指元和元年（808）白居易被任命为左拾遗事。

[38] 拙直：愚直；率直。

[39] 素餐：无功受禄，不劳而食。《诗经·伐檀》："彼君子兮，不素餐兮。"

[40] 惭惕：羞愧惶恐。

[41] 戚戚：忧惧貌；忧伤貌。

[42] 脱簪组：脱下官服。

[43] 疏顽：懒散顽钝。

[44] 野麋：獐。此为作者自喻。

[45] 拘挛：拘束；拘泥。

[46] 居士：在家修行的人。

[47] 南华：《南华经》的省称。即《庄子》的别名。

[48] 区中缘：尘世的俗情。

[49] "若以七十期"二句：此诗作于元和九年（814），白居易43岁，所以说如果能活70岁，还有30年。

化感寺

化感寺位于蓝田县蓝水峡谷南段古栈道西侧。唐道宣《续高僧传》卷一三《道岳传》："武德初年，从业蓝谷化感寺。"这是能确定化感寺所在的唯一记载。蓝谷是蓝水出山的河湾口至蓝桥的一段河谷，长约7公里。

游化感寺 [1]

〔唐〕王维

翡翠香烟合[2],琉璃宝地平。龙宫连栋宇[3],虎穴傍檐楹。
谷静惟松响,山深无鸟声。琼峰当户拆[4],金涧透林鸣。
郢路云端迥,秦川雨外晴[5]。雁王衔果献[6],鹿女踏花行[7]。
抖擞辞贫里[8],归依宿化城[9]。绕篱生野蕨,空馆发山樱[10]。
香饭青菰米[11],嘉蔬绿笋茎[12]。誓陪清梵末[13],端坐学无生[14]。

【注释】

[1] 化感寺:或作"感化寺",或作"感配寺"。终南山上的禅宗寺院。位于今蓝田县蓝水峡谷南段的古栈道西侧。

[2] 翡翠:此指燃香的烟色如翡翠。琉璃:指佛殿透明的地面。

[3] 龙宫:水中龙神所居。此句指寺旁有水潭。

[4] 琼峰:雪峰。拆:裂,分开。

[5] 外:犹"中"。

[6] 雁王:佛的三十二相之一为大雁之王。衔果献:《法苑珠林》卷一〇九载:南朝宋京师道林寺沙门僧伽达多,"常在山中坐禅,日时将逼,念欲受斋,乃有群鸟衔果飞来授之"。

[7] "鹿女"句:《杂宝藏经》卷一载:昔雪山有一仙人名提婆延,常于石上小便,一雌鹿来舐小便处,便有娠。月满,诣仙人窟下生一女,端正殊妙,有莲花裹其身。仙人知为己女,取而畜养,渐长大,脚踏地处,皆出莲花。

[8] 辞贫里:《法华经·信解品》谓:譬如有人,幼时舍父逃逝,久之复还本国,生活穷困。是时其父大富,家中财宝无量。穷子辗转至其父之舍,遥见其父种种严饰,疑是王者,自念此非我佣力得物之处,即疾走而去,往至贫里。时富长者见子便识,因令人诱引至家中傭作,先使其除粪,渐施以恩惠。后父知子"渐以通泰""自鄙先心",乃当众宣言,此是我子,我一切财物,皆归其所有。

穷子闻言大喜，自思："我本无心有所希求，今此宝藏自然而至。"此句即用其事，谓己本三界之众生，今忽至佛门，将领略佛理，犹如穷子辞别贫里，往至富长者家，将得宝藏。

[9] 归依：信奉佛、法、僧，谓之"三归依"。宿化城：寺庙。

[10] 山樱：山中樱桃花。

[11] 香饭：香国世尊之食。亦指佛家的饭食。青菰米：茭白果实如米，称雕胡米，可作饭，古以为六谷之一。

[12] 嘉蔬：嘉美的蔬菜。

[13] 清梵：僧人诵经之声。此指诵经的僧人。

[14] 无生：谓无生禅。

过感化寺昙兴上人山院 [1]

〔唐〕王维

暮持筇竹杖，相待虎溪头[2]。催客闻山响，归房逐水流[3]。野花丛发好，谷鸟一声幽。夜坐空林寂，松风直似秋。

【注释】

[1] 感化寺：参前王维《游感化寺》注释[1]。昙兴上人：不详。

[2] 虎溪：溪名。在江西省九江市南庐山东林寺前。梁释慧皎《高僧传》："自远卜居庐阜，三十余年影不出山，迹不入俗。每送客游履，常以虎溪为界焉。"相传慧远法师居此，送客不过溪，过此，虎辄号鸣，故名虎溪。首二句谓：傍晚时分，昙兴上人拄杖在寺外等候自己。

[3] "催客"二句：谓山间泉水声仿佛在催促客人进门，诗人和昙兴上人一起顺着水流回到山院。

过感化寺昙兴上人山院 [1]

〔唐〕裴迪

不远灞陵边[2]，安居向十年[3]。入门穿竹径，留客听山泉。
鸟啭深林里[4]，心闲落照前[5]。浮名竟何益，从此愿栖禅[6]。

【注释】

[1] 感化寺：参前王维《游感化寺》注释[1]。
[2] 灞陵：见前王缙《游悟真寺》注释[13]。
[3] 向：将近。
[4] 啭：鸟宛转地鸣叫。
[5] 落照：夕阳或落日之余辉。
[6] 栖禅：犹坐禅。

四吕祠

亦称四献祠、芸阁吕氏祠、四吕庵，原为宋代儒学重要学派关学代表人物吕大临及其兄吕大钧、吕大忠、吕大防兄弟读书讲学之地。后来成为吕氏宗祠，名芸阁寺，当年吕氏南迁时，亦留下后人在宗祠守墓。金代战乱时宗祠被毁。明成化十九年，陕西巡抚阮勤奏建专祠，传檄命知县刘震在墓地中轴线南500米废墟上建四献祠祭祀，该建筑为南北向三进院式砖木结构，门顶为拱形，前院正中建五开间式正房。祠后有芸阁寺（芸阁是吕大临的字）。遗址在今蓝田县五里头小学内。

四吕遗祠

〔明〕王云凤

万山交翠水施蓝,纵马寻幽兴欲酣。

秦岭雪残云未扫,辋川诗在画仍堪。

林深颇怪传仙洞,地好偏憎有佛龛。

独仰高风芸阁下[1],当年乡约至今谈[2]。

【作者简介】

王云凤(1465—1518),字应韶,号虎谷,山西和顺县前虎峪人。成化二十年(1484)中进士。二十三年,任礼部主客司主事。累迁礼部祠祭司员外郎、国子监祭酒、都察院右佥都御使。隆庆元年(1567)追赠为右副都御史。为文雄浑严洁,不假雕刻摹仿。诗赋清奇古雅,朴实无华。擅长书法,真、草、隶、篆自成一家。著有《小学章句》《博趣斋稿》《读四书札记》等,今仅存《博趣斋稿》十四卷,收于《虎谷集》。

【注释】

[1] 高风:高尚的风操。

[2] 乡约:犹言乡规民约。适用于本乡本地的规约。此指蓝田四吕于北宋神宗熙宁九年(1076)制订并实施的我国历史上最早的成文乡约。明代,吕坤对《吕氏乡约》做了进一步发展。

入蓝田望芸阁吕氏祠作呈荣辋川李两峰二兄,在嘉靖丁酉七月[1]

〔明〕吕柟

自昔爱山生性偏[2],不辞泥雨入蓝田。

玉峰翠耸凌霄汉[3]，辋谷寒流锁雾烟。
故有宋朝名四吕[4]，宜于此日见双贤[5]。
野人梦寐多年所[6]，便觅幽居秦岭巅。

【作者简介】

吕柟（1479—1542），字仲木，号泾野，世称"泾野先生"，陕西高陵人。明正德三年（1508）进士，授修撰。为薛敬之弟子，专守程、朱之说，以穷理实践为主。官南都时，与湛若水、邹守益共主讲席。著作甚富，有《高陵县志》《泾野子内篇》《泾野诗文集》等。

【注释】

[1]云阁吕氏祠：即四吕遗祠。荣辋川：荣察，明正德丁丑（1517）进士，号"辋川"。李两峰：明监察御史李东，号"两峰"。

[2]自昔：自来；一直。

[3]玉峰：玉山。

[4]故：过去，从前。鸣：著称，闻名。四吕：关学代表人物吕大临四兄弟。

[5]双贤：指荣察与李东。

[6]野人：作者自谦之词。

四献祠白菊六首[1]

〔清〕牛兆濂

其一

亭亭玉立树秋风，一笑相逢野寺中。
君是何年归旧隐，可怜霜零满飞蓬。

其二

三径归来头已白[2],桃源近在帝王州[3]。
何因又上芸香阁[4],晚节寒花许唱酬。

其三

扶老一枝仗短筇[5],瑶台月下笑龙钟。
秋心赖有风霜助,留得须眉照玉峰。

其四

榛莽荒祠一旦开[6],数枝斜映雪成堆。
东篱刺史多情甚,惭愧白衣几度来[7]。

其五

映阶金色退深黄,一夜西风两鬓霜。
老恨异书浑未见[8],餐英今此得奇方[9]。

其六

白莲落后雁飞声[10],别有奇花照眼明。
瘦影偏宜秋水共[11],冰心澈底印双清[12]。

【作者简介】

牛兆濂(1867—1937),字梦周,号蓝川,西安市蓝田县人,清末关中大儒。幼年过目成诵,后拜三原著名理学大师贺瑞麟门下。曾讲学于蓝田芸阁书院、三原清麓书院,后人尊称"蓝川先生"。辛亥革命后以遗民自居,后积极倡导抗日。著有《吕氏遗书辑略》四卷,《芸阁礼记传》十六卷,《近思录类编》十四卷等,曾主纂《续修蓝田县志》。

【注释】

[1] 四献祠：即四吕遗祠。

[2] 三径：指归隐者的家园。详见前李益《喜入兰陵望紫阁峰呈宣上人》注释 [1]。晋陶潜《归去来兮辞》："三径就荒，松竹犹存。"

[3] 桃源："桃花源"的省称。

[4] 芸香阁：四献祠又称芸香阁。

[5] 扶老：手杖。短筇：短杖。

[6] 榛莽：杂乱丛生的草木。

[7] "东篱刺史"二句：典出南朝宋檀道鸾《续晋阳秋》："陶潜尝九月九日无酒，宅边菊丛中，摘菊盈把，坐其侧久，望见白衣（指官府给役小吏）至，乃王弘送酒也，即便就酌，醉而后归。"东篱：指陶渊明。刺史：指王弘。

[8] 异书：珍贵或罕见的书籍。

[9] 餐英：《楚辞·离骚》："朝饮木兰之坠露兮，夕餐秋菊之落英。"后世咏菊时遂用"餐英"为典故，隐寓高洁之意。

[10] 白莲：白色的莲花。

[11] 偏宜：最宜；特别适合。

[12] 冰心：喻白菊的纯洁。澈底：（秋水）清澈见底。双清：指白菊与秋水。

高陵区

高陵区原称高陵县，隶属陕西省西安市，位于西安市北部，因境内有奉正原，原体高隆，称原为陵，故名高陵。清光绪《高陵县续志》卷一："高陵，秦县名。《尔雅》：大阜曰陵。郭子章云：县南有奉政原，高四五丈，高陵之名所由昉也。"明嘉靖《高陵县志》卷一："奉正原在县南十里，自泾阳来，过县达临潼，延几百里，高者四五丈。泾渭之不能北徙者此也。故自周、汉、隋、唐，王侯将相多葬于此。"高陵县始置于秦孝公十二年（前350），地处关中平原腹地，泾河、渭河两岸。东靠临潼区，南接未央区、灞桥区，西连咸阳市渭城区、三原县、泾阳县，北临阎良区，素有关中"白菜心"之美称。

自新石器时代起，先民就在此建立村落，繁衍生息。已出土的有马南、灰堆坡、米家崖、杨官寨等遗址。境内有唐昭慧塔、李晟碑、东渭桥遗址等古文化遗迹。

高陵书情寄三原卢少府

〔唐〕韦应物

直方难为进[1]，守此微贱班。开卷不及顾，沉埋案牍间[2]。
兵凶互相残[3]，徭赋岂得闲。促戚不可哀[4]，宽政身致患[5]。
日夕思自退，出门望故山[6]。君心倘如此，携手相与还。

【注释】

[1] 直方：公正端方。
[2] 沉埋：犹言埋首。谓专心工作。
[3] 兵凶：战乱的祸患。
[4] 促戚：戚促。穷迫，迫促。
[5] 宽政：谓为政宽大，不苛刻。
[6] 故山：旧山。喻家乡。

崇皇寺[1]

〔宋〕石君倚

腰间羽箭觅封侯[2]，佩剑骎骎塞北游[3]。
惟有樊南多病客[4]，独登危阁且迟留。

【作者简介】

石君倚，生卒年不详，号辋川居士，北宋绍圣诗人。隐居不仕，别墅在蓝田辋川，后侨寓渭南。与高陵县令种师道时相往来。

【注释】

[1] 崇皇寺：据明《高陵县志》载："唐初置，宋太宗敕赐名额。"在今高陵县西南崇皇乡政府所在地。原为秦、汉时官邸，相传汉薄姬妊文帝出宫，至此生文帝。俗传唐明皇两幸于此，又名重皇寺，是当时参禅与胜游的重要场所。寺内有阁在重丘之上，夏天居之而不暑，又名纳凉阁。清回民起义时毁于战火。

[2] "腰间羽箭"句：北宋绍圣四年（1098）六月，高陵县令种师道领兵出塞，石君倚及高陵县尉赵天佑为其饯行，自毗沙途经崇皇寺，于纳凉阁上题字对诗，发思古之幽情。

[3] 駸駸（qīn）：马疾速奔驰貌。

[4] 樊南多病客：指唐代诗人李商隐。李商隐有《樊南文集》，故常以樊南称之。此为作者自指。

崇皇寺

〔宋〕赵天佑

放意学梅仙[1]，深宫见白莲。阁陈先圣像，碑记大周年[2]。
孤塔穿云外，双林倚日边[3]。禅关有遗恨，翠柏晚多烟。

【作者简介】

赵天佑，生卒年不详，北宋绍圣四年（1097）任高陵县尉。

【注释】

[1] 放意：纵情；恣意。梅仙：指汉代梅福。梅福，九江郡寿春（今安徽寿县）人，字子真。官南昌尉。及王莽当政，弃家隐居。后世关于其成仙的传说甚多，江南各地以至闽粤，多有其所谓修炼成仙的遗迹。

[2] 碑记：碑上所刻的记事文章。

[3] 双林：借指寺院。

崇皇寺题诗

〔明〕吕柟

其一

崇皇阁远见泾涯，秋日西游一补诗。
岂为将来种太尉[1]，辋川居士与追随[2]。

其二

寺额崇皇产异香，汉文诞此幸明皇。
相传柏柢蟠龙窟，正在泾阳与渭阳。

【注释】

[1] 种（chóng）太尉：指宋代高陵县令种师道，后官至太尉。
[2] 辋川居士：指宋绍圣诗人石君倚。

清真观二首 [1]

〔宋〕宋构

其一

三原过尽见秦川，风物鲜明二月天。
边北十程回首望，塞云深处是乌延。

其二

一别长安三十日，边州行尽厌红尘[2]。

渭桥举首心欢喜，重见南山似故人。

【作者简介】

宋构（1040—1097），字承之，四川双流人。英宗治平三年（1066）进士，北宋后期川陕地方官员，诗人。著有《二江集》三十卷，已佚。

【注释】

[1] 北宋哲宗绍圣三年（1096）二月初五，时任陕西路转运使的宋构从延安返回长安，途径高陵渭河之滨的清真观，即兴写下这两首诗。清真观，俗传西魏文帝郊游过观并敕建，今已不存。

[2] 边州：靠近边境的州邑。泛指边境地区。

和清真观诗二首 [1]

〔宋〕宋京

其一

金节逶迤去不还[2]，罗胸星斗焕秦天[3]。

白云拱木今何在[4]，岁月声名相与延。

其二

乞守初来到渭滨[5]，玻瓈亲为拂诗尘。

《二江集》里新添得[6]，留取锺评付后人。

【作者简介】

宋京（1078—1124），字宏父，自号迂翁，四川双流人。宋构子。崇宁五年（1106）

进士，仕至陕西转运副使。著《读〈春秋〉》《艺圃》等。《全宋诗》存诗十九首，摩崖题刻手迹拓（摹）录三件。

【注释】

[1] 宋徽宗宣和三年（1121），时任太府少卿的宋京因忤逆权贵等原因向朝廷乞请外放守州，朝廷准其知邠州，同年四月二十九日，宋京赴邠州任职时取道渭滨清真观，见到其父的诗文刻石，和诗二首。

[2] 金节：诸侯使臣的符节。

[3] 星斗：指宋构。此句为对宋构的颂美之辞。

[4] 白云：谢朓《拜中军记室辞隋王笺》有"白云在天，龙门不见"，后用以指思亲。拱木：《左传·僖公三十二年》："尔墓之木拱矣。"后因称墓旁之木为拱木。本句写思念亡父之情。

[5] "乞守"句，指宣和三年宋京奉命知邠州事。

[6]《二江集》：宋构的作品集。"新添得"，指宋构创作的《清真观诗二首》。

登太清阁二首

〔宋〕宋京

望断秦原日月宽，西来泾渭侧依山。
凭谁唤取王摩诘[1]，写到孤鸿灭没间。

辇路名存迹已陈[2]，斜阳今作几家村。
缭墙月转华清梦[3]，来破高陵渡口昏。

【注释】

[1] 王摩诘：唐代诗人王维。

[2] 辇路：天子车驾所经的道路。

[3] 缭墙：围墙。

五渠 [1]

〔明〕章玄应

千里泾河百里渠，五丁开凿竟何如[2]。
愚公旧费移山志，赤子今无儋石储[3]。
牧委牛羊供乳虎，水分升斗活枯鱼。
寻源欲问前朝事，聊谢诸生一起予。

【作者简介】

章玄应，生卒年不详，乐清（今属浙江）人。明朝官吏，进士出身，章纶之子。明成化十一年（1475）进士，授南京给事中。弘治三年（1490），改湖广布政司左参议。弘治十年（1497），升陕西布政司右参政。弘治十四年（1501），仕终广东布政使。

【注释】

[1] 五渠：高陵五渠，本区习称五渠。启于李唐。《新唐书·地理志》："有古白渠，宝历元年，令刘仁师请更水道，渠成，名曰刘公，堰曰彭城。"唐宝历元年（825），县令刘仁师为民奔走请命，获得朝廷支持。除严格引水制度，令上游拆除渠道障碍外，并准高陵另选新线开渠。刘仁师遂在高陵更古白渠旧道而筑成新渠，并于县西北15公里县界处设堰，渠名为刘公渠，堰名彭城堰（刘为彭城人）。该渠共有四条支渠（中南渠下又分一渠共五渠）和三白渠中的中白渠相接。自中白渠彭城闸下分水，自北向南，一名中白，一名中南，一名高望，一名隅南。

[2] 五丁：神话传说中的五个力士。此泛指力士。《全上古三代秦汉三国六朝文·全汉文》卷五十三《扬雄·蜀王本纪》："天为蜀王生五丁力士，能徙蜀山。"

[3] 赤子：百姓，人民。

西平王李公祠 [1]

〔明〕李赞

锦裘绣帽战忘劳[2]，沘贼平来若刈蒿。
统御才长齐李郭[3]，指挥功定亦萧曹[4]。
陇山家在朝廷重[5]，渭水碑存日月高。
南国孙枝传谱牒[6]，荒坟应扫荐溪毛[7]。

【作者简介】

李赞，西平王李晟二十五世孙，曾任陕西等处承宣布政使司左参政。

【注释】

[1] 西平王李公：李晟（727—793），唐洮州临潭（今属甘南藏族自治州）人，字良器。唐德宗时期大将。朱泚作乱，李晟率兵平叛，在东渭桥畔与朱泚激战获胜，收复京城，被封为西平郡王。贞元九年八月四日卒，赠太师，谥忠武。葬于京兆府高陵县奉正原。

[2] 锦裘绣帽：《新唐书·李晟传》："晟每与贼战，必锦裘绣帽自表，指顾阵前。"

[3] 统御：统率；统领。李、郭：指中唐名将李光弼和郭子仪。

[4] 萧曹：指汉高祖的丞相萧何和曹参。

[5] 陇山：山名。六盘山南段的别称。古时又称陇坂、陇坻。李晟为陇西洮州临潭人，故曰"陇山家在"。

[6] "南国"句：李晟生十五子，有十二子掌握兵权，其中李愿、李宪、李愬、李听等人颇有名望。因功高震主，贞元三年皇帝剥夺了李晟的兵权，其十二子也被分散到全国各地，李宪调江南西道任洪州刺史。其后裔子孙为了日后相见，都以西平郡王作为自己家谱的标志，一律使用"西平堂"作为他们的堂号。

[7] 溪毛：溪边野菜。语出《左传·隐公三年》："苟有明信，涧溪沼沚之

毛……可荐于鬼神，可羞于王公。"

按察司题诗

〔明〕马中锡

冯翊城荒起早秋[1]，渭川依旧背城流[2]。
西风野阔行人少，落日天低去鸟愁。
瓦勒鸳鸯夕见翠，璧分蝌蚪字还留。
唐公故宅西平冢[3]，千载沧溟一泡休。

【作者简介】

马中锡（1446—1512），字天禄，号东田，祖籍大都。明代官员、文学家。成化十一年（1475）进士，官至右都御史。以兵事为朝廷论罪，下狱死。能诗文，曾教授李梦阳、康海、王九思。有《东田集》。《明史》有传。

【注释】

[1] 冯翊：即左冯翊，汉代三辅之一，治所位于今高陵县大古城村。
[2] 背城：背靠城墙。
[3] 西平冢：西平王李晟冢，位于高陵县奉正原。

隆昌寺[1]

〔明〕吕柟

五色云中落一诗，明心定处几谁知。
涅盘若问孔夫子，开辟从来总不疑。

【注释】

[1] 隆昌寺：位于高陵县城西约9公里姬家乡毗沙村西南麓。原为秦汉泾河官渡，有驿楼。据载，西汉平诸吕之乱后，汉文帝由代至长安称帝，居此地4日，

差人赴中渭桥观变。宋太宗敕赐名隆昌寺。同治元年(1862)回民起义时毁于战火。

习静寺 [1]

〔明〕吕柟

此僧住在泾河濆,寺有长松拂白云。
月下常招读易客,水边曾著定心文。
打魔午夜金山响,礼佛西天莲座分。
乡县诸生亦习静[2],鸟啼花落不相闻。

【注释】

[1] 寺旧址在高陵县西李赵村,元初置。

[2] 习静:谓习养静寂的心性。

云槐精舍课士 [1]

〔明〕吕柟

春昼风烟万木阴,尽含生意接东林[2]。
诸生试看云槐树,二十年来只此心。

【注释】

[1] 云槐精舍:明清高陵县胜景之一。明代高陵学者吕柟授徒讲学之处。设于古庙,舍地以古槐成荫、浓翠景幽而闻名。课士:考核士子的学业。

[2] 东林:东林书屋。吕柟为正德进士,授翰林院修撰。因宦官刘瑾窃政,引疾返乡,筑东郭别墅、东林书屋,以会四方学者。

杨文康公祠 [1]

〔明〕吕柟

薰风晓过寺前村[2],好语初收禾发根[3]。
瞻望斯文空伫立,独留双柏在祠门。

【注释】

[1] 杨文康祠位于高陵迎翠门(南门)东南五里陈杨村。清康熙十年(1671),知县许琬创建于县儒学西,面南,是祭祀元代学者杨恭懿的祠庙。民国初年废弃。杨恭懿,字符甫,号潜斋,谥号文康,奉元高陵(今陕西高陵)人。通天文历算,至元十六年(1279)诏修新历,与许衡、郭守敬等共同编制《授时历》。授集贤学士兼太史院事。杨恭懿为元代关学复起的重要人物,从学者甚众。著有《潜斋遗稿》多卷。《元史》有传。此诗选自嘉靖《高陵县志·祠庙志》。

[2] 薰风:和暖的风。指初夏时的东南风。

[3] 好语:佳音,好消息。

己未奉使过高陵中秋有感

〔明〕韦蕃

旅邸中秋见秦月[1],洗霞拭雾倩西飚。
影涵渭水金飞屑,光映华峰玉作标。
侑辇可邀霓下舞,检诗何用烛高烧。
长安回首同今夕,无那兵戈未尽销[2]。

【作者简介】

韦蕃,生卒年不详,四川富顺(今四川自贡)人,明万历三十二年(1604)

进士，官至大理寺少卿，天启五年（1625）罢官回乡。

【注释】

[1] 旅邸：犹旅馆。

[2] 无那：无奈，无可奈何。兵戈：指战争。

秋日息高陵署中小亭率尔成咏

〔明〕傅振商

秋气肃秦甸，幽亭夕日明。栖槐巢影暮，倚槛竹光清。
砧苦催风叶，天高凄雁声。朗吟惊岁序[1]，叱驭更孤征[2]。

【作者简介】

傅振商（1573—1640），字君雨，河南汝阳人。明万历三十五年（1607）进士。授御史。天启中，历官右副都御史巡抚南赣、南京兵部右侍郎。崇祯时官至南京兵部尚书。卒谥庄毅。有《杜诗分类》《古论玄著》《缉玉录》《蜀藻幽胜录》《四家诗选》等。

【注释】

[1] 朗吟：高声吟诵。岁序：岁时的顺序；岁月。

[2] 叱驭：《汉书·王尊传》载，汉琅邪王阳为益州刺史，行至邛郲九折阪，叹曰："奉先人遗体，奈何数乘此险！"因折返。及王尊为刺史，"至其阪……尊叱其驭曰：'驱之！王阳为孝子，王尊为忠臣。'"后因以"叱驭"为报效国家，不畏艰险之典。

过高陵有怀吕泾野先生[1]

〔明〕毛伯温

忆昔抡魁日[2],高名动九州[3]。文章追古作,德行迈时流[4]。进退惟吾道,行藏岂有由。云霄千仞远,快睹凤凰游。

【作者简介】

毛伯温(1482—1545),字汝厉,号东塘,明江西吉水人。正德三年(1508)进士,授绍兴府推官。嘉靖中累官刑部尚书,改兵部,总督宣府、大同、山西军务。加太子太保。天启初年,明熹宗追谥襄懋。有《毛襄懋集》《东塘诗集》等。

【注释】

[1] 吕泾野:吕柟,号泾野,学者称泾野先生。
[2] 抡魁:科举考试的第一名。
[3] 高名:盛名,名声大。
[4] 迈时流:超越世俗之辈。迈:超越;超出。时流:世俗之辈。

东林书院

〔明〕何景明

东林精舍接东城[1],出谷先歌伐木声[2]。
气象久瞻程伯子[3],抠趋今见鲁诸生[4]。
芝兰入室香俱化,桃李开门树总成。
河渭滔滔同向海,济川舟楫几时行。

【注释】

[1] 东林精舍：见前吕柟《云槐精舍课士》注释 [2]。

[2] 出谷：从幽谷出来。常喻指境遇好转或职位升迁。

[3] 气象：气度。程伯子：宋理学家程颢。

[4] 抠趋：抠衣趋谒。鲁诸生：即鲁儒生。《史记·叔孙通列传》载：秦二世曾召问鲁儒生陈地战势，汉高祖曾采纳叔孙通建议征鲁儒生拟制朝仪。后用作咏儒生之典。此喻吕柟。

登三阳寺浮屠 [1]

〔明〕陈维宵

荒寺浮屠接太空，登临平步袭天风。
南山西望连秦塞，渭水东流绕汉宫。
百里疮痍何日起，五渠淤遏几时通。
古今凭吊多慷慨，翘首声闻达帝聪 [2]。

【作者简介】

陈维宵，明代人，生平事迹不详。

【注释】

[1] 三阳寺浮屠，又名昭慧塔、三阳塔、高陵塔，原为三阳寺（昭慧院）附属建筑，据明修《高陵县志》记载："三阳寺（昭慧院）唐大中年间创制，然有塔则非近代物矣。"据塔下明正德十六年（1521）《重修昭慧院记》载，塔原建于三阳寺昭慧院内。因寺址地处泾阳、咸阳、渭阳交界处，故称三阳寺，清同治元年（1862）寺院毁于回民起义，塔得以幸存。寺院遗址现为高陵区博物馆，塔在博物馆后独立小院内。

[2] 帝聪：帝王的听闻。

咏白渠二首 [1]

〔清〕原惟

长渠枯柳草芊芊[2]，郑白恩波不记年[3]。
渠雨锸云今在否[4]，空余父老说桑田。

渺渺长渠谷口来，刘公遗庙锁苍苔[5]。
五渠故道犹如昨，谁作国家霖雨才[6]。

【作者简介】

原惟，清代人，生平事迹不详。

【注释】

[1] 白渠：建于汉武帝太始二年（前95），因为是赵中大夫白公的建议，因人而名，故名白渠。是继郑国渠之后又一条引泾水的重要工程。该渠在郑国渠之南，两渠走向大体相同，白渠经泾阳、三原、高陵等县至下邽（今陕西省渭南市临渭区下邽镇）注入渭水。

[2] 芊芊：草木茂盛貌。

[3] 郑白：指修建郑国渠的郑国和修白渠的白公。恩波：恩泽。

[4] 渠雨锸云：《前汉书·沟洫志》载汉白渠谣："田于何所？池阳谷口。郑国在前，白渠起后。举锸为云，决渠为雨。泾水一石，其泥数斗。且溉且粪，长我禾黍。衣食京师，亿万之口。"

[5] 刘公遗庙：为纪念唐代高陵县令刘仁师而建。唐长庆三年（823）至宝元年间，刘仁师不畏权势，为高陵县民众从上游泾阳县争得泾河水利。事迹见唐刘禹锡所撰《高陵令刘君遗爱碑》。

[6] 霖雨才：喻济世泽民的贤能之才。

渭北村居

〔清〕樊景颜

渭水豁心目，卷帘得碧山。有书消夏日，无病乐身闲。
新雨一犁后，条桑十亩间[1]。偶听播谷鸟，杯酒舒愁颜。

【注释】

[1] 条桑：采桑。借指桑树。

谒吕柟墓 [1]

〔清〕李世英

横渠而后见先生[2]，关学渊源一派成。
如此状头真第一[3]，教人不敢薄科名。

为官何必要封侯，想见先生判解州[4]。
我以黍为崇信吏，未能免俗是深忧。

是真理学是名臣，富贵难淫道义身。
天使高陵尊北斗[5]，姚江不数姓王人[6]。

渭水秦山落日空，墓门西峙横关中。
鰍生久抱希贤志[7]，四百年来拜下风。

【作者简介】

李世英，清代人，生平不详。

【注释】

[1] 明朝中期关中理学大家吕柟之墓。故址在今西安市高陵区鹿苑街道老屈庄。

[2] 横渠：张载（1020—1077），字子厚，凤翔郿县（今陕西眉县）横渠镇人，北宋哲学家，关学创始人。世称横渠先生。

[3] 状头：即状元。明马理《吕泾野先生墓志铭》："志曰：吕泾野先生者，讳柟，字仲木，高陵人也。学行为世儒所宗，称为泾野先生云。宏治辛酉登乡举第十。正德戊辰宗伯举第六。廷试赐状元及第。"

[4] 判解（hài）州：吕柟参与朝政期间，由于多次执拗参本奏言国是，针砭时弊，弹劾权贵，被认为僭越冒犯，贬往山西，领理解州事务。解州：古称解梁，是三国蜀汉名将关羽的故乡，即今运城市盐湖区解州镇。

[5] 北斗：指所景仰之人，此处指吕柟。

[6] "姚江"句：明末黄宗羲《余姚县重修儒学记》云："阳明非姚江所得而私也，天下皆学阳明之学，志阳明之志。"王阳明为浙江绍兴府余姚县（今属宁波余姚）人。姚江：余姚江，简称姚江，又称舜江、舜水。发源于浙江省宁波市余姚市大岚镇。此以王阳明借指吕柟。意为吕柟不仅是高陵的，也是整个天下的。

[7] 鲰生：犹小生。作者自称的谦词。希贤志：谓仰慕贤者，愿与之齐等的志向。

泾渭分明[1]

〔清〕胡记谟

鼎峙泉飞大小珠[2]，老龙潭底见冰壶。
汪洋千顷无沉滓，不到高陵不受诬。

【作者简介】

胡记谟，清乾隆年间平凉知府，曾考察泾河源头，作有《泾水真源记》。

【注释】

[1] 泾渭分明：高陵县一处著名自然景观。位于县城南5公里泾渭河汇流之处。

二水清浊界线异常分明，成为千古奇观。

[2] 鼎峙：如鼎足并峙。

高陵四景

明清以来，各府县流行"四景""八景""十景"等说，主要汇集各地的自然和人文景观，堪称各地景观之精华。据（雍正）《重修高陵县志》，卷首有县境全图、五渠图、县城图、县治图、学官图、四景图。其中"四景图"所绘的四景分别是：隆昌夜月、渭水秋风、鹿原碧绕、云槐精舍。

隆昌夜月[1]

〔清〕王起鹏

月色照初地[2]，藻荇纷交横[3]。清风飒然至，始闻竹柏声。
承天昔纪游[4]，坡公同此情。我欲蹑浮图[5]，一度蛤蟆精[6]。

【作者简介】

王起鹏，浙江归安人，清清涧知县。有《音学全书》七卷。

【注释】

[1] 隆昌夜月为明清高陵县胜景之一。高陵区西毗沙镇有隆昌寺，宋太宗敕赐名额，寺中有塔，为高陵区著名风景游览地。

[2] 初地：佛教寺院。

[3] 藻荇：多年生草本植物，叶子略呈圆形，浮在水面，根生在水底，花黄色，蒴果椭圆形。交横：纵横交错。

[4] "承天"句：指苏轼的《记承天寺夜游》。文中有"庭下如积水空明，水中藻荇交横，盖竹柏影也"数句。

[5] 蹑：攀登；登上。浮图：佛塔。

[6] 蛤蟆精：指传说中月宫的蟾蜍。

隆昌夜月

〔清〕丁应松

苍苍林木护隆昌，塔涌香花见妙庄。
夜静疏钟催月起，天高清梵入云长[1]。
寻诗客至参莲座，乞食僧归款竹房[2]。
抚景直疑尘世隔[3]，琉璃交映白毫光[4]。

【作者简介】

丁应松，清代高陵知县。曾参与编纂（雍正）《高陵县志》。

【注释】

[1] 清梵：谓僧尼诵经的声音。
[2] 款：扣；敲（门）。
[3] 抚景：对景；览景。
[4] 白毫光：佛光。

隆昌夜月

〔清〕樊景颜

斜阳古寺枕溪边，林下僧归袖紫烟[1]。
更喜一轮塔顶月，清辉夜夜照诸天[2]。

【作者简介】

樊景颜，清代高陵县人。曾参与编纂（雍正）《高陵县志》。

【注释】

[1] 紫烟：林中的紫色烟雾。

[2] 诸天：原指神界的众神位。后泛指天界、天空。

渭水秋风 [1]

〔清〕樊景颜

渭阳渡口夕阳舟，雁影横空月影芦。

最是霜飞花满地，枫林叶落水悠悠。

【注释】

[1] 渭水秋风：明清高陵县胜景之一。

渭水秋风

〔清〕史明

苍苍秋水映蒹葭[1]，渭北风高雁阵斜。

日近长安犹问渡，舟临原野好停车。

坐看霜叶疑花锦，凭吊夕阳泛彩霞。

为问非熊当日事[2]，拟将垂钓汉江槎。

【作者简介】

史明，清代人，生平不详。

【注释】

[1] 蒹葭：芦苇。详见前杜甫《渼陂西南台》注释[2]。

[2] 非熊：一作"飞熊"。指姜太公。姜太公姓姜，名尚，字子牙，道号飞熊。据《武王伐纣平话》：西伯侯夜梦一虎肋生双翼，来至殿下，周公解梦谓

"虎生双翼为飞熊",必得贤人,后果得贤人姜尚,时姜尚正于渭水之滨垂钓。后因以"飞熊"指君主得贤的征兆。

渭水秋风

〔清〕樊勋

八水分流归渭川[1],清波一带碧如天。
舟人荡漾蒿方动,渡客夷犹缆忽牵[2]。
秋老芦花轻欲舞,风催雁影飞将连。
赋诗正藉萧疏景,何事悲怀有昔贤。

【作者简介】

樊勋,生平不详,清代高陵县人。

【注释】

[1] 八水:《初学记》卷六引晋戴祚《西征记》:"关内八水,一泾,二渭,三灞,四浐,五涝,六潏,七沣,八滈。"

[2] 渡客:乘船渡江河的人。夷犹:犹豫;迟疑不前。

渭水秋风

〔清〕王起鹏

渭滨木叶飞[1],西风一何疾。水面粼粼波,渡口澄澄月。
持竿者谁子[2],手把珊瑚拂[3]。高吟郭璞诗[4],弘峥亦萧瑟[5]。

【注释】

[1] 木叶:树叶。

[2] 谁子:何人。

[3] 珊瑚：珊瑚珠。

[4] 郭璞：晋代著名文学家，著名道士。

[5] 弘峥亦萧瑟：形容诗文意境深远。

鹿原碧绕

〔清〕赵日睿

鹿台峨峨气峥嵘[1]，四望高原画里行。
绿野迎风浮细浪，翠林隐日动空明。
河声近绕台前渡，岳色遥来掌上平。
漫道辋川多胜迹[2]，丹青摩诘总关情[3]。

【作者简介】

赵日睿，字敬思，号陶斋，清代高陵县人。康熙五十七年（1718）进士，授资阳知县，人称资阳公。后升户部主事。能文章，著述甚多，多散佚，存者唯杂著十余篇。

【注释】

[1] 峨峨：高峻貌。

[2] 辋川：地名，位于蓝田。唐代诗人王维有辋川别业，辋川亦因王维而著名。

[3] 丹青摩诘：指王维，维字摩诘。工诗善画。

鹿原碧绕

〔清〕丁应松

鹿原形胜占秦雄，二水溶溶浸碧空[1]。
渔唱不离烟霭外，人家长在画图中。
青横远岫看逾好[2]，绿满平畴望不穷[3]。

策杖登临多古意[4]，岂须鲈脍忆江东[5]。

【注释】

[1] 二水：泾水和渭水。溶溶：水流盛大貌。

[2] 远岫：远处的峰峦。

[3] 望不穷：望不到边际。

[4] 策杖：拄杖。古意：古人的思想意趣或风范。

[5] 鲈脍忆江东：《世说新语·识鉴》："张季鹰辟齐王东曹掾，在洛，见秋风起，因思吴中菰菜羹、鲈鱼脍，曰：'人生贵得适意尔，何能羁宦数千里以要名爵？'遂命驾便归。俄而齐王败，时人皆谓为见机。"后因以"鲈鱼脍"为思乡赋归之典。

鹿原碧绕

〔清〕樊勋

为问阳陵胜迹名[1]，鹿原高耸得孤城。
北连泾水如衣带，南夹渭流似镜明。
飞鹭高低竞带雨，浴凫隐见各欢情[2]。
歌吟樵牧还相答，过客宛然画里行。

【注释】

[1] 阳陵：又称汉阳陵，是汉景帝刘启及其皇后王氏同茔异穴的合葬陵园，位于咸阳原上，地跨今咸阳市渭城区、泾阳县、西安市高陵区三县区。

[2] 浴凫：戏水的野鸭。隐见：或隐或现。

云槐精舍 [1]

〔清〕王起鹏

云槐谁所植，幽景不可穷。翠色蔽其上，夭矫盘虬龙。
禅房与精舍，都在槐阴中。武侯庙前柏[2]，飒爽将毋同[3]。

【注释】

[1] 云槐精舍：明清时高陵县景观之一。明朝关学名儒吕柟讲学之处。精舍：学舍。

[2] 武侯庙：指祭祀诸葛亮的庙。武侯：指诸葛亮。诸葛亮死后谥为忠武侯，后世称之为武侯。

[3] 将毋同：大概没有什么不同。典出《世说新语·文学》："阮宣子有令闻，太尉王夷甫见而问曰：'老庄与圣教同异？'对曰：'将无同？'"亦作"将毋同"。此处将云槐精舍前的古槐与诸葛武侯前的古柏相比并。杜甫《蜀相》曰："丞相祠堂何处寻，锦官城外柏森森。"

云槐精舍

〔清〕丁应松

泼天浓翠古云槐[1]，屈曲虬龙树树皆。
岚气忽来迷雨径，午阴旋合蔽晴阶。
千年枝干知谁植，五夜音声定汝谐。
绝爱此间堪号市[2]，公余常拟叩僧斋[3]。

【注释】

[1] 泼天：犹满天。

[2] 绝爱：极其喜爱。

[3] 公余：公务之余暇。

云槐精舍

〔清〕赵曰睿

老树风声天际来，云槐古庙旧书斋。
虬枝攫碧凌霄汉[1]，鹤盖垂青覆砌苔。
影落方塘尘域净，迹通曲径讲堂开。
关西再辟谈经市[2]，礼乐文章次第栽[3]。

【注释】

[1] 虬枝：盘曲的树枝。

[2] 关西：指函谷关以西的地区。

[3] 次第栽：依次建立。栽：种植，引申为"建立"。

云槐精舍

〔清〕樊景颜

掩映僧房紫翠堆，云连老树罩楼台。
淡烟绣出春光谱，百啭莺声画不来。

历代关中诗歌辑注

刘锋涛　朱慧玲　张倩 ◎ 编

下　册

LIDAI
GUANZHONG SHIGE
JIZHU

陕西新华出版传媒集团
陕西人民出版社

目 录

（下册）

第三编
咸阳地区

咸阳市		予既渡宿于咸阳之行台明日因留一绝	
郑白渠歌	九三一		九四六
望渭水	九三二	咸阳感怀（其二）	九四六
对酒歌	九三二	咸阳阻风兼水涨寓宿有怀	九四七
悉在司水看治渭桥	九三四	咸阳寓中	九四八
和庚司水修渭桥	九三五	咸阳晚渡	九四九
登渭桥诗	九三六	咸阳古渡口占	九四九
赋得浮桥	九三七	登咸阳城	九五〇
晚渡渭桥寄示京邑游好	九三七	渭阳十胜	九五一
渭桥北亭作	九三八	细柳营	九五五
今夕行	九三八	细柳营应试	九五五
悲陈陶	九三九	柳营梅	九五六
题渭亭	九四〇	咸阳八景	九五七
登咸阳北寺楼	九四〇	渭阳古渡	九五七
夜泊渭津	九四一	细柳清风	九五八
赠咸阳少府萧郎	九四二	毕原荒冢	九五九
咸阳值雨	九四二	丰水碧波	九五九
咸阳怀古	九四三	鱼台晚钓	九六〇
咸阳原	九四三	马跑泉矶	九六一
和许氏咸阳晚眺韵	九四四	杜邮春草	九六二
登咸阳北原	九四四	龙岩翠柏	九六三
咸阳东楼望阙	九四五	西游咸阳中诗	九六三

奉和春日临渭水应令	九六四	登咸阳凤凰台	九八六
渭城曲	九六五	登凤凰台	九八七
兵车行	九六五	**宫人斜**	九八七
咸阳西门城楼晚眺	九六七	宫人斜	九八八
经咸阳城	九六七	宫人斜绝句	九八八
咸阳怀古	九六八	杜邮馆	九八九
晚发咸阳寄同院遗补	九六九	杜邮馆	九八九
登咸阳县楼望雨	九六九	杜邮怀古	九八九
咸阳	九七〇	奉陪侍中春日过武安君庙	九九〇
秦原览古	九七一	清渭楼	九九一
咸阳	九七一	留题清渭楼	九九一
渭城春晚	九七二	登清渭楼	九九二
咸阳怀古	九七三	**淳化县**	九九二
初之咸阳别二弟	九七四	仲山	九九三
过咸阳故宫	九七四	仲山	九九三
咸阳晚渡	九七五	**甘泉宫**	九九三
咸阳道中怀古	九七六	汉武帝通天台址	九九四
过咸阳	九七六	甘泉宫瓦歌	九九五
咸阳晚眺	九七七	**乾县**	九九六
怀古	九七八	乾陵	九九六
自蜀来秦咸原道中	九七八	乾陵	九九七
咸阳怀古	九七九	乾陵	九九八
咸阳早发	九八〇	乾陵歌	九九九
过苏家庄张仙翁宫	九八一	首夏上乾陵	一〇〇一
咸阳怀古	九八二	乾陵	一〇〇二
长陵	九八二	无字碑题诗	一〇〇三
长陵	九八三	武后陵	一〇〇四
长陵怀古	九八三	乾陵	一〇〇六
顺陵	九八四	**兴平市**	一〇〇七
过唐武氏父顺陵	九八五	**马嵬、杨贵妃墓**	一〇〇八
凤凰台	九八五	过马嵬二首（其一）	一〇〇八

马嵬二首（其二）	一〇〇九	武功驿留题	一〇三二
马嵬佛寺	一〇一〇	武功春日谒后稷祠	一〇三三
过马嵬有感	一〇一一	**彬州市**	一〇三四
马嵬怀古	一〇一一	登新平楼	一〇三四
马嵬	一〇一二	过邠州留题	一〇三五
题太真墓八首（其一）	一〇一二	依韵酬邠州通判王稷太博	一〇三六
茂陵	一〇一三	登邠州城楼	一〇三六
茂陵	一〇一三	豳州	一〇三七
显茂楼	一〇一四	过邠州二首（选一）	一〇三八
过茂陵	一〇一五	**长武县**	一〇三八
过汉武陵	一〇一五	宜禄昭仁寺后轩	一〇三九
汉武帝陵	一〇一六	**永寿县**	一〇三九
奉和送金城公主适西蕃应制	一〇一七	过永寿县	一〇三九
始平谐诗	一〇一八	**三原县**	一〇四〇
兴平县野中得落星石移置县斋	一〇一九	三原李氏园宴集	一〇四〇
兴平原上赤热因寄永寿同年	一〇一九	吊李卫公	一〇四一
礼泉县	一〇二〇	三原形势	一〇四二
昭陵	一〇二〇	宏道书院示从游	一〇四二
六马图赞	一〇二一	三原拜马处士丈	一〇四四
行次昭陵	一〇二四	秋日村中书事	一〇四四
重经昭陵	一〇二六	谒端毅公祠（三首选一）	一〇四五
仲秋朝拜昭陵	一〇二六	题新筑尊经阁成	一〇四五
秋日过昭陵	一〇二八	题宏道书院	一〇四七
发咸阳次醴泉怀古	一〇二九	三原人日作	一〇四七
泾阳县	一〇三〇	池阳即目	一〇四八
日暮望泾水	一〇三〇	**旬邑县**	一〇四九
武功县	一〇三一	题三水县舍左几著作	一〇四九
幸武功庆善宫	一〇三一	过石门山	一〇四九

第四编
渭南地区

渭上偶钓	一〇五一	望岳	一〇七三
渭村酬李二十见寄	一〇五二	华山寻隐者	一〇七三
萧员外寄新蜀茶	一〇五二	题华山麻处士所居	一〇七四
和渭北刘大夫借便秋遮虏，寄朝中亲友		游华山云台观	一〇七四
	一〇五三	行经华阴	一〇七五
渭村退居寄礼部崔侍郎翰林钱舍人诗一百韵		经太华	一〇七六
	一〇五四	赠华山游人	一〇七六
效陶潜体诗十六首（其九）	一〇六〇	关门望华山	一〇七七
适意二首（其一）	一〇六一	华岳	一〇七八
闻庾七左降因咏所怀	一〇六一	晚至华阴	一〇七九
新构亭台示诸弟侄	一〇六二	夏日华山别韩博士愈	一〇八〇
重到渭上旧居	一〇六二	赠华阴隐者	一〇八一
东墟晚歇	一〇六三	华岳庙二首	一〇八二
县西郊秋寄赠马造	一〇六四	西岳云台歌送丹丘子	一〇八三
渭村雨归	一〇六四	西华	一〇八四
登渭南县楼	一〇六五	望太华赠卢司仓	一〇八五
渭南县斋秋雨	一〇六五	华岳	一〇八五
予行渭南道中爱其风物不觉成句殆亦有河山之助欤得二律		华山庙	一〇八六
	一〇六六	华山歌	一〇八七
过渭南	一〇六七	华山庆云见	一〇八八
华阴·华山		望毛女峰	一〇八八
游西岳诗	一〇六七	华岳下题西王母庙	一〇八九
行经太华	一〇六八	华山	一〇八九
途经华岳	一〇六九	华山	一〇九〇
奉和圣制途经华山	一〇七〇	华山	一〇九一
奉和圣制途经华岳应制	一〇七一	观华岳	一〇九二
过华阴	一〇七一	华山上方	一〇九二
东归望华山	一〇七二	仙谷遇毛女意知是秦宫人	一〇九三

仙掌	一〇九四	华山阻雪	一一一六
仙掌	一〇九四	宿玉井楼	一一一六
华山南望春	一〇九五	杪秋登太华山绝顶	一一一七
华山孤松	一〇九六	将军树	一一一八
咏毛女	一〇九六	青柯坪	一一一八
西峰	一〇九七	憩细辛坪	一一一九
华山	一〇九七	太华书院	一一二〇
题华山	一〇九八	华山纪游	一一二〇
望岳	一〇九八	宿玉泉院	一一二一
华岳	一〇九九	胡孙愁	一一二二
戏题仙掌	一〇九九	擦耳崖	一一二二
华阴寄子由	一一〇〇	卫叔卿博台	一一二三
宿华岳观	一一〇〇	希夷避诏岩	一一二三
游华山张超谷	一一〇一	游太华	一一二四
华山	一一〇二	十八盘	一一二五
华山	一一〇二	华山	一一二五
华州云台观题希夷先生陈抟影堂	一一〇三	思在华山顶	一一二六
华山	一一〇四	登华山	一一二七
游华山四绝	一一〇四	无忧树	一一二七
游华山寄元裕之	一一〇六	桃林坪	一一二八
大江东去·过华阴	一一〇八	百尺峡	一一二八
水调歌头·望华山	一一〇九	华山	一一二九
太华	一一〇九	云台观寻希夷先生遗迹	一一三〇
巨灵迹	一一一〇	云台观	一一三一
苍龙岭	一一一一	华山顶诸水	一一三一
朝元洞	一一一一	望岳	一一三二
南峰顶	一一一二	毛女洞	一一三三
行经华阴	一一一三	白鹿龛	一一三三
题云台观	一一一四	苍龙岭	一一三四
望希夷峡	一一一四	玉井	一一三五
玉泉院	一一一五	夜坐仰天池	一一三六

谒白帝祠	一一三六	立秋后题	一一六五
峪口	一一三七	自渭南晚次华州	一一六六
白云峰	一一三八	旅次华州赠袁右丞	一一六七
毛女峰	一一三九	华州西	一一六七
望西岳	一一三九	与裴华州同过敷水戏赠	一一六八
观华山瀑布	一一四〇	贞元中侍郎舅氏牧华州时余再忝科第前后
登华岳	一一四一	由华觐谒陪登伏毒寺屡焉亦曾赋诗题于梁
晓望华岳	一一四四	栋今典冯翊暇日登楼南望三峰浩然生思追
镇岳宫	一一四五	想昔年之事因成篇题旧寺	一一六八
忆旧游·华阴	一一四六	途次敷水驿伏睹华州舅氏昔日行县题诗处
登华山	一一四六	潸然有感	一一六九
山荪亭	一一四七	途次华州陪钱大夫登城北楼春望因睹李崔
王刁三洞	一一四八	令狐三相国唱和之什翰林旧侣继踵华城山
华山西谷	一一四九	水清高骛凤翔集皆忝凤眷遂题是诗
华岳	一一五〇		一一七〇
华山云歌	一一五二	游华州飞泉亭	一一七〇
游朝元洞	一一五三	游少华山甘露寺	一一七一
华州区	一一五四	少华甘露寺	一一七一
题郑县亭子	一一五四	华下霁后晓眺	一一七二
早秋苦热堆案相仍	一一五五	华州座中献卢给事	一一七三
观安西兵过赴关中待命二首	一一五五	华州客舍奉和崔端公春城晚望	一一七三
遣兴三首	一一五七	晚过敷水驿却寄华州使院张郑二侍御
独立	一一五八		一一七四
至日遣兴奉寄北省旧阁老两院故人二首		蒙恩除侍御史行次华州寄蒋相	一一七四
	一一五九	华州祗役往冯翊留别楚正叔	一一七五
路逢襄阳杨少府入城戏呈杨四员外绾		华州	一一七五
	一一六〇	**潼关**	一一七六
瘦马行	一一六一	入潼关	一一七六
赠卫八处士	一一六二	题潼关楼	一一七七
夏日叹	一一六三	潼关口号	一一七八
夏夜叹	一一六四	奉和圣制度潼关口号	一一七八

潼关吏	一一七九	潼关	一一九七
次潼关先寄张十二阁老使君	一一八〇	潼关门	一一九八
奉和入潼关	一一八〇	潼关	一一九九
次潼关上都统相公	一一八一	潼关	一一九九
过潼关	一一八一	潼关行	一二〇〇
潼关河亭	一一八二	长亭怨·由函谷至潼关作	一二〇三
潼关驿亭	一一八二	蝶恋花·登潼关城楼	一二〇四
入潼关	一一八三	潼关门	一二〇四
晚秋潼关西门作	一一八三	潼关	一二〇五
秋霁潼关驿亭	一一八四	潼关八景	一二〇六
行次潼关驿	一一八四	**韩城市**	一二〇九
潼关兰若	一一八五	司马迁祠墓	一二一〇
始至潼关	一一八五	司马迁墓	一二一〇
及第后答潼关主人	一一八五	吊太史公墓	一二一一
题潼关兰若	一一八六	太史祠隔河望孤山二首	一二一二
潼关道中	一一八七	太史公墓二首	一二一四
出潼关	一一八七	离亭燕·龙门怀古	一二一五
早发潼关	一一八八	**合阳县**	一二一六
题潼关普通院门	一一八八	太清观	一二一六
赠潼关不下山僧	一一八九	洽阳怀古	一二一七
东归晚次潼关怀古	一一八九	合阳八景	一二一九
经潼关赠宇文十	一一九〇	汉武帝祠	一二二三
山坡羊·潼关怀古	一一九〇	丙寅秋日登梁山钟楼峰	一二二四
潼关	一一九一	望仙宫	一二二四
潼关用崆峒元韵吊孙司马	一一九二	辛未春日灌水桃花二首	一二二四
潼关	一一九二	飞浮山	一二二五
潼关	一一九三	木罂渡	一二二六
过潼关	一一九四	子夏读书洞	一二二七
潼关	一一九四	**大荔县**	一二二七
潼关	一一九五	同州还诗	一二二八
潼关	一一九六	早渡蒲津关	一二二八

蒲津迎驾	一二二九	游富平	一二四一
奉和圣制早渡蒲津关	一二三〇	春日过岔口揽胜	一二四二
沙苑行	一二三〇	**蒲城县**	一二四二
第三岁日咏春风，凭杨员外寄长安柳	一二三二	自京赴奉先县咏怀五百字	一二四三
		桥陵诗三十韵因呈县内诸官	一二四七
沙苑	一二三二	九日杨奉先会白水崔明府	一二五〇
沙苑	一二三三	奉先刘少府新画山水障歌	一二五一
过沙苑念百姓虚赋	一二三三	清明登奉先城楼	一二五三
同州冬日陪吴常侍闲宴	一二三四	过景陵	一二五三
酬喜相遇同州与乐天替代	一二三四	蒲城道中	一二五四
富平县	一二三五	重过泰陵有感	一二五五
故市（其一）	一二三五	九日登尧山四首（之二）	一二五六
富平八景诗	一二三六	蒲城八景	一二五七
富平八景诗	一二三六		

第五编
宝鸡地区

石鼻城	一二六三	磻溪	一二六八
钓鱼台	一二六四	磻溪	一二六九
磻溪怀古	一二六四	磻溪	一二六九
磻溪石	一二六五	**陈仓**	一二七〇
七月二十四日，以久不雨，出祷磻溪。是日宿虢县。二十五日晚，自虢县渡渭，宿于僧舍曾阁。阁故曾氏所建也。夜久不寐，见壁间有前县令赵荐留名，有怀其人	一二六六	秋胡行	一二七〇
		至陈仓晓晴望京邑	一二七一
		陈仓别陇州司户李维深	一二七二
		陈仓驿	一二七三
		题宝鸡县斯飞阁	一二七三
二十六日五更起行，至磻溪，天未明	一二六六	避乱陈仓南山回望三秦，追怀淮阴侯信，漫赋长句	一二七四
是日自磻溪，将往阳平，憩于麻田青峰寺之下院翠麓亭	一二六七	宝鸡	一二七五
		益门镇	一二七五

眉县	一二七六	五丈原	一二九四
太白山下早行，至横渠镇，书崇寿院壁	一二七六	经五丈原	一二九五
		五丈原	一二九六
郿坞城	一二七六	怀贤阁	一二九六
郿坞	一二七七	五丈原怀古	一二九七
太白山	一二七七	题五丈原武侯庙	一二九九
幸凤泉汤	一二七七	武侯庙	一三〇〇
奉和幸凤泉汤应制	一二七八	五丈秋风	一三〇一
羁卧山中	一二七九	五丈秋风	一三〇一
投道一师兰若宿	一二八〇	五丈原	一三〇二
登太白峰	一二八〇	武侯庙	一三〇三
太白胡僧歌	一二八一	五丈原怀古	一三〇三
宿太白东溪李老舍寄弟任	一二八二	五丈原怀古	一三〇四
太白西峰偶宿车祝二尊师石室晨登前巘凭眺书怀即事寄呈凤翔齐员外张侍御	一二八三	五丈原怀古	一三〇五
		五丈原怀古	一三〇六
		周公庙	一三〇七
雪夜寻太白道士	一二八四	岐山下一首	一三〇七
太白老人	一二八五	周公庙（并序）	一三〇八
题太白山隐者	一二八五	谒周公庙	一三〇九
二十七日，自阳平至斜谷，宿于南山中蟠龙寺	一二八六	谒周公庙	一三一〇
		周邸冶泉	一三一〇
太白词五首（并叙）	一二八七	谒周公庙	一三一一
宿山祠	一二八九	卷阿八景诗	一三一二
太白晴雪	一二八九	谒周公庙	一三一四
太白山	一二九〇	凤翔县	一三一五
太白山歌	一二九〇	喜达行在所三首（选二）	一三一五
汤峪渭川竹	一二九一	宿凤翔天柱寺穷易玄上人房	一三一六
登太白山	一二九二	岐下送友人归襄阳	一三一七
太白积雪	一二九三	真兴寺阁	一三一七
望太白山	一二九三	真兴寺阁祷雨	一三一八
岐山县	一二九四	李氏园	一三一九

王维吴道子画	一三二〇	守道李亲翁在喜雨亭招饮次前韵	一三四一
诅楚文	一三二二	杨知江寅丈招饮凤翔之东湖亭	一三四三
秦穆公墓	一三二三	东湖	一三四四
新葺小园二首	一三二四	与凤郡乡先生宴别兼谕老叟	一三四五
次韵子由岐下诗（选六）	一三二五	东湖	一三四六
授经台	一三二七	东湖杂咏	一三四七
壬寅重九，不预会，独游普门寺僧阁，有怀子由	一三二七	东湖杂咏	一三四八
		东湖	一三四九
九月二十日微雪，怀子由弟二首	一三二八	东湖奉和	一三五〇
与李彭年同送崔岐归二曲，马上口占	一三二九	东湖奉和	一三五〇
		东湖奉和	一三五一
大老寺竹间阁子	一三二九	东湖奉和	一三五一
壬寅二月，有诏令郡吏分往属县灭决囚禁。自十三日受命出府，至宝鸡、虢、郿、盩厔四县。既毕事，因朝谒太平宫，而宿于南溪溪堂，遂并南山而西，至楼观、大秦寺、延生观、仙游潭。十九日乃归。作诗五百言，以记凡所经历者寄子由	一三三〇	东湖咏二首	一三五二
		咏东湖	一三五三
		奉和	一三五五
		东湖	一三五五
		东湖杂咏	一三五六
		夏日东湖同诸君作	一三五七
病中，大雪数日，未尝起观，虢令赵荐以诗相属，	一三三三	夏日东湖同诸君作	一三五七
		东湖	一三五八
戏用其韵答之	一三三三	奉和	一三五九
过凤翔	一三三四	东湖	一三五九
东湖	一三三五	凤翔览子瞻旧迹	一三六〇
东湖	一三三六	清明后一日按部之眭宴东湖喜雨亭酬万大参	一三六一
凌虚台	一三三七		
东湖春日	一三三八	雨中武真庵督学招集东湖	一三六二
凌虚台	一三三八	再集东湖拜东坡先生祠	一三六三
东湖柳浪	一三三九	四过东湖题宛在亭	一三六三
苏公古柏	一三三九	东湖	一三六四
东湖泛舟	一三四〇	丁未仲夏同牛德征东湖分韵	一三六四
东湖	一三四一	岐阳郡苏长公祠见萧一壁间留题即依韵次之	

	一三六五	东湖	一四〇二
与萧雪山一泛舟东湖	一三六五	凤翔东湖	一四〇四
李郡侯招饮东湖庆雨步韵	一三六六	游凤翔东湖	一四〇四
春日归自东郊暂憩苏公亭	一三六六	招饮东湖	一四〇五
初夏东湖邀友宴集	一三六七	子瞻东湖三首	一四〇八
秋日送客东湖	一三六八	东湖览胜	一四〇九
奉和	一三六八	**凤翔石鼓**	一四一〇
夜憩东湖，与冬友侍读，玩月宛在亭		石鼓歌	一四一〇
	一三六九	**麟游县**	一四一三
谒苏公祠	一三七〇	**九成宫**	一四一四
东湖宛在亭玩月	一三七一	九成宫秋初应诏	一四一四
东湖纪事并序	一三七二	奉教追赴九成宫途中口号	一四一五
东湖玩月	一三七四	夏晚九成宫呈同僚	一四一六
再用前韵纪游	一三七五	奉和春日游苑喜雨应制	一四一七
东湖	一三七七	敕借岐王九成宫避暑应教	一四一七
东湖即事	一三七七	九成宫	一四一八
东湖	一三七八	九成宫	一四一九
东湖	一三七八	九成宫	一四一九
东湖	一三七九	过九成宫	一四二一
东湖和韵	一三七九	过九成宫旧址二首	一四二一
东湖和韵	一三八〇	赴麟游县过九成宫	一四二二
东湖	一三八一	**扶风县**	一四二三
凤翔东湖	一三八四	**马伏波墓**	一四二三
东湖	一三八五	扶风经伏波祠孟坚故里	一四二四
同人小集东湖，次苕堂弟韵	一三八七	谒马援墓	一四二四
次苕堂先生重浚东湖韵	一三九〇	过马伏波墓	一四二五
次苕堂先生重浚东湖韵	一三九二	**法门寺**	一四二六
和苕堂太守元韵	一三九五	过扶风精舍旧居简朝宗巨川兄弟	一四二六
啸山大令招饮湖上，五次元韵奉寄		礼法门寺真身塔	一四二七
	一三九七	谨赋律诗九韵，奉赞法门寺真身宝塔	
咏东湖	一四〇〇		一四二八

天和寺	一四二九	扶风天和寺	一四二九

第六编
铜川地区

印台区	一四三一	经孟姜女祠有感	一四五三
玉华山	一四三一	题烈女	一四五三
玉华宫	一四三二	拜姜女祠留题志感	一四五四
玉华山	一四三三	题姜女祠二首（其一）	一四五四
玉华山	一四三四	过烈泉镇谒孟姜女祠	一四五五
玉华寺	一四三五	题姜女祠	一四五五
玉华山	一四三六	署令柴八月波题姜女祠用前明进士王淑抃	
玉华寺	一四三七	龙余即韵和文	一四五六
玉华宫第五	一四三七	题姜女祠	一四五七
庚申重九日偕米脂令吕高培诸同人游玉华宫故址	一四三八	题姜女祠用明进士王淑抃韵	一四五八
		泰岳庙	一四五八
玉华宫	一四三九	春日游泰岳庙二首	一四五九
玉华宫	一四四〇	和雷公游泰岳庙原韵	一四六〇
孟姜女祠	一四四〇	和雷公原韵	一四六一
留题孟姜遗庙	一四四一	金锁关	一四六一
姜女吟二首	一四四二	金锁关即事	一四六二
题姜女祠二首	一四四三	过金锁关	一四六二
题孟姜女	一四四四	陈炉镇	一四六三
题同官孟女祠效胡曾体	一四四四	咏陈炉镇十首（选六首）	一四六三
过女回山	一四四五	耀州区	一四六五
真烈祠	一四四六	耀州八景	一四六五
题孟姜祠三首	一四四七	李使君招游锦阳川二首	一四六八
读孟姜女祠诗率成八首	一四四八	耀州道	一四六九
过哭泉祠二首	一四五〇	同官	一四七〇
孟姜女祠歌	一四五一	同官夜意	一四七〇
过节妇孟姜祠	一四五二	中部同官道中春雪连朝乍落乍晴即事四绝	

	一四七〇	香山八景	一四九〇
同官有感	一四七二	苍龙峻岭	一四九〇
同官八景	一四七三	过香山作	一四九二
五台山	一四七六	**鹈鹕谷**	一四九二
感德军五台山唱和诗	一四七六	鹈鹕谷（外二首）	一四九三
次韵和于巽祗谒真祠	一四七七	三石歌	一四九三
次韵和于巽祗谒真祠	一四七八	晓山行	一四九四
《游五台山》二首	一四七八	**王益区**	一四九五
太元洞	一四七九	夜过黄堡故墟	一四九五
太元洞	一四七九	**宜君县**	一四九六
过耀州游北川太公洞	一四八〇	姜女哭池	一四九六
五台山太元洞	一四八〇	哭泉	一四九七
大像阁	一四八一	宜君山中纵目	一四九七
春日登大像阁	一四八二	再宿宜君	一四九八
游兴未阑再登是阁（其一）	一四八二	**宜君城隍庙**	一四九八
华原	一四八三	城隍庙古柏	一四九九
华原风土词一百首（选十首）	一四八三		
香山	一四八九	后 记	一五〇一
白雀寺	一四八九		

第三编

咸阳地区

咸阳位于陕西省八百里秦川腹地。渭水穿南,嵕山亘北,山水俱阳,故称咸阳。咸阳东邻省会西安,北与甘肃接壤,是古丝绸之路的第一站,我国中原地区通往大西北的要冲。咸阳是我国著名古都之一,是历史悠久的文化古城。古时,周人曾在咸阳一带长期活动,修筑城邑,发展经济,留下了许多遗迹。公元前250年,秦孝公将国都迁到咸阳,秦王嬴政在此建立了中国历史上第一个中央集权制的多民族政权——封建帝国秦王朝。周、汉、唐等十一个朝代也都曾把咸阳作为都城或京畿之地,成为当时的政治、经济、文化中心。在中华民族五千年的文明史上,咸阳闪烁过灿烂的光辉。

咸阳市

郑白渠歌 [1]

〔西汉〕无名氏

田于何所?池阳谷口。郑国在前,白渠起后。
举锸为云 [2],决渠为雨。泾水一石 [3],其泥数斗。
且溉且粪,长我禾黍 [4]。

衣食京师[5]，亿万之口。

【注释】

[1] 郑白渠：指郑国渠和白渠。秦代时修郑国渠，引泾河水向东，灌溉面积四万顷。西汉时又增修白渠，引泾水向东，至栎阳（今西安市阎良区）入渭水，新增了灌溉面积，统称郑白渠。

[2] 锸（chā）：铁锹，松土、掘土用的工具。

[3] 泾水：渭河的支流。石（dàn）：容量单位，十斗为一石。

[4] 黍：一年生草本植物，其果实为黄米，可以酿酒。

[5] 衣食：此用为动词，供给衣食。京师：指长安。

望渭水[1]

〔南北朝〕庾信

树似新亭岸[2]，沙如龙尾湾[3]。
犹言吟溟浦[4]，应有落帆还。

【注释】

[1] 渭水：渭河，源于甘肃渭源，流经陕西咸阳。

[2] 新亭：位于今江苏南京市南。此句意为，渭水边的树好似新亭的树，见之使人不由得思念故乡。

[3] 龙尾湾：新亭附近的水湾。

[4] 浦：河流入海的地区。此句意为，黄昏时咏叹暮色中的渭河。

对酒歌

〔南北朝〕庾信

春水望桃花[1]，春洲藉芳杜[2]。琴从绿珠借[3]，酒就文君取[4]。

牵马向渭桥[5],日曝山头脯[6]。山简接䍦倒[7],王戎如意舞[8]。筝鸣金谷园[9],笛韵平阳坞[10]。人生一百年,欢笑惟三五。何处觅钱刀,求为洛阳贾[11]。

【注释】

[1] 桃花:指岸边桃花,亦指桃花汛。

[2] 芳杜:芳香的杜若。此句意为,水中洲渚上长满了杜若。

[3] 绿珠:晋代石崇的歌妓,善吹笛。

[4] 文君:卓文君,汉代人,才貌双全,司马相如之妻。

[5] 渭桥:汉唐时代长安附近渭水上的桥梁。东、中、西共有三座。西渭桥。汉建元三年(前138)建置,因与长安城便门相对,也叫便桥或便门桥。唐名咸阳桥,其时长安人送客西行多到此相别。

[6] 脯:胸部,引申为山坡。

[7] 䍦:古代一种头巾。此用山简接䍦典故。《世说新语·任诞》载,晋代山简守襄阳时,每每到习家池纵饮,大醉而还。当时有儿童作歌以嘲之:"山公时一醉,径造高阳池。日暮倒载归,酩酊无所知。复能乘骏马,倒著白接篱。举手问葛强,何如并州儿。"此典形容纵酒豪饮,也指宴饮风雅之事。

[8] 王戎:西晋人,好清谈,"竹林七贤"之一。如意:器物名。古之爪杖。用骨、角、竹、木、玉、石、铜、铁等制成,前端作手指形。脊背有痒,手所不到,用以搔抓,可如人意,因而得名。晋朝王戎喜持铁如意起舞,后因以"如意舞"喻指欢乐起舞。

[9] 金谷园:晋石崇于金谷筑园,故址在今河南洛阳市东北。

[10] 平阳坞:位于今陕西宝鸡县阳平镇附近。坞:指小城。马融《自叙》曰:"融性好音,能鼓琴吹笛。为督邮,独卧郿平阳坞中,有洛客舍逆旅,吹笛相和。融去京师逾年,暂闻甚悲而乐之。逆慕箫琴皆有颂,而笛独无,乃作《笛赋》。"

[11] 洛阳贾(gǔ):洛阳的富商,这里指石崇和王戎。

忝在司水看治渭桥 [1]

〔南北朝〕庾信

大夫参下位[2]，司职渭之阳[3]。富平移铁锁[4]，甘泉运石梁。
跨虹连绝岸[5]，浮鼋续断航[6]。春洲鹦鹉色，流水桃花香。
星精逢汉帝[7]，钓叟值周王[8]。平堤石岸直，高堰柳阴长。
羡言杜元凯，河桥独举觞[9]。

【注释】

[1] 司水：官署名。北周孝闵帝宇文觉登基后，封庾信为临清县子，食邑五百户，任司水下大夫。

[2] 大夫：此为庾信自指。下位：低下的地位；卑贱的地位。

[3] 司职：主管其事。

[4] 富平：地名。

[5] 跨虹：喻拱形桥。绝岸：指陡峭的岸。

[6] 鼋（yuán）：大鳖。江淹《恨赋》："方架鼋鼍以为梁，巡海右以送日。"断航：断坏的浮桥。

[7] "星精"句：《太平预览·礼仪部五》载："《益都耆旧传》曰：蜀郡张宽，字叔文，汉武帝时为侍中。从祀甘泉，至渭桥，有女子浴于渭水，乳长七尺。上怪其异，遣问之。女曰：'帝后第七车知我所来。'时宽在第七车，对曰：'天星主祭祀者，斋戒不严，则女人星见。'"

[8] 钓叟：钓翁；渔翁。此指吕尚。周王：周文王。《史记·齐太公世家》载："吕尚盖尝穷困，年老矣，以渔钓奸（通'干'，有所求取而请见）周西伯。西伯将出猎，卜之，曰：'所获非龙非彨（通"螭"），非虎非罴，所获霸王之辅。'于是周西伯猎，果遇太公于渭之阳，与语大说。"

[9] 杜元凯：杜预，字元凯，西晋京兆杜陵（今陕西西安东南）人。河桥：古代桥名。故址在今河南省孟县西南、孟津县东北黄河上。晋泰始中杜预以孟津渡险，始建浮桥于富平津，世称河桥。《晋书·杜预传》："预又以孟津渡险，

有覆没之患，请建河桥于富平津。"

和庾司水修渭桥 [1]

〔南北朝〕王褒

东流仰天汉[2]，南渡似牵牛[3]。长堤通甬道[4]，飞梁跨造舟[5]。
使者开金堰[6]，太守拥河流。广陵候涛水[7]，荆峡望阳侯[8]。
波生从故舶，沙涨涌新洲。天星识辨对[9]，检玉应沉钩[10]。
空悦《浮云赋》，非复采莲讴[11]。

【注释】

[1] 庾司水：指庾信。

[2] 天汉：指银河，秦人多把渭河比作银河。北魏郦道元《水经注·渭水》："水上有梁，谓之渭桥，秦制也，亦曰横门桥。秦始皇作离宫于渭水南北，以象天宫。故《三辅黄图》曰：渭水贯都以象天汉，横桥南渡以法牵牛。南有长乐宫，北有咸阳宫，欲通二宫之间，故造此桥。"

[3] 牵牛：指牵牛星，为二十八宿中的牛宿。

[4] 甬（yǒng）道：这里指渭桥。

[5] 造舟：浮桥。

[6] 金堰：坚固的堤坝。

[7] 广陵：今江苏扬州。涛水：潮水。汉枚乘《七发》："将以八月之望，与诸侯远方交游兄弟，并往观涛乎广陵之曲江。"后即以"广陵涛"称广陵曲江潮。

[8] 荆峡：荆江上的峡谷。阳侯：古代传说中的波涛之神。

[9] 天星：天空中的星宿。

[10] 沉钩：投鱼钩于水，即钓鱼。《列子·汤问》："当臣之临河投竿，心无杂虑，唯鱼之念；投纶沉钩，手无轻重，物莫能乱。"

[11] "空悦"二句：表达了诗人漂泊异乡而思念家乡的心情。《浮云赋》：指陆机的《浮云赋》。采莲讴：采莲曲。

登渭桥诗 [1]

〔南北朝〕宗羁

仲山朝饮马[2]，还坐渭桥中。南瞻临别馆[3]，北望尽离宫[4]。
四面衣裾合，三条冠盖通[5]。兰香想和季[6]，云起忆成公[7]。
圯上相知早[8]，鸡鸣幸共同。

【作者简介】

宗羁，生平不详。《周书》有《宗懔传》，称懔原为南朝梁大臣，入北后，"太祖以懔名重南土，甚礼之。孝闵帝践阼，拜车骑大将军、仪同三司。世宗即位，又与王褒等在麟趾殿刊定群书。数蒙宴赐。保定中卒，年六十四。有集二十卷，行于世"。此宗羁或为宗懔族人子弟。

【注释】

[1] 渭桥：位于今陕西咸阳市南。
[2] 仲山：横亘咸阳北部的山。西汉时因刘邦的兄长刘仲常居于此，故名仲山。
[3] 别馆：都城以外的宫苑殿观。
[4] 离宫：皇帝正宫以外的临时居住的宫殿。
[5] 三条：都城四面每面都有三个城门，沟通内外的三条道路。冠盖：冠，指官员的帽子；盖，车盖。冠盖合用，指官吏。
[6] 和季：指西周初周公辅佐成王的典故。这句是说周公辅政的品性如兰草一样高洁。
[7] 成公：指张良。他在辅佐刘邦后云游四方，不知其踪。
[8] 圯（yí）上：桥上。东楚人称桥为圯。《史记·留侯世家》载：张良在下邳（pī）圯上遇黄石公老人，得《太公兵法》。后因以"圯上"指张良受《太公兵法》事。

赋得浮桥 [1]

〔唐〕李世民

岸曲非千里,桥斜异七星[2]。暂低逢辇度[3],还高值浪惊。
水摇文鹢动[4],缆转锦花萦[5]。远近随轮影,轻重应人行[6]。

【注释】

[1] 赋得:一种诗体,往往为命题诗或分题诗。即景赋诗者往往以"赋得"为题。凡摘取古人成句为诗题,题首亦多冠以"赋得"二字。浮桥:用舟船或浮箱联成的桥梁。

[2] 桥斜:即斜桥。渭河在咸阳境内有四个大弯道,在这些地方修建的桥称"渭桥"或"斜桥"。七星:北斗七星。

[3] 辇:人拉的车。

[4] 文鹢:船首画有鹢鸟形状的船。

[5] 萦:旋回盘绕。

[6] 应:回应,适应。

晚渡渭桥寄示京邑游好 [1]

〔唐〕卢照邻

我行背城阙,驱马独悠悠。寥落百年事[2],徘徊万里忧。
途遥日向夕,时晚鬓将秋。滔滔俯东逝,耿耿泣西浮[3]。
长虹掩钓浦[4],落雁下星洲[5]。草变黄山曲[6],花飞清渭流。
迸水惊愁鹭[7],腾沙起狎鸥。一赴清泥道[8],空思玄灞游[9]。

【注释】

[1] 渭桥:本名横桥,故址在秦咸阳城(今陕西咸阳市东)渭河上。游好:

交游而志趣相同的好朋友。

[2] 百年：人生。

[3] 耿耿：烦躁不安，心事重重。

[4] 长虹：指渭桥。钓浦：可钓鱼的水滨。

[5] 星洲：渭河水中的小洲。

[6] 黄山曲：黄山的滨渭之处。黄山：位于今陕西咸阳市西兴平市境内。

[7] 迸水：从高处泻落的水。

[8] 清泥道：指长安经蓝田东去的路。

[9] 玄：玄沚，长安附近上林苑景观之一。灞：灞池。

渭桥北亭作

〔唐〕储光羲

停车渭阳暮[1]，望望入秦京[2]。不见鹓鸾道[3]，如闻歌吹声。
乡魂涉江水，客路指蒲城[4]。独有故楼月，今来亭上明。

【注释】

[1] 渭阳：渭水之北。

[2] 望望：急切盼望貌。秦京：秦都咸阳。

[3] 鹓（yuān）鸾：指朝官。

[4] 蒲城：县名，位于今陕西渭南市北部。

今夕行

〔唐〕杜甫

今夕何夕岁云徂[1]，更长烛明不可孤[2]。
咸阳客舍一事无，相与博塞为欢娱[3]。
冯陵大叫呼五白[4]，袒跣不肯成枭卢[5]。

英雄有时亦如此，邂逅岂即非良图[6]。

君莫笑，刘毅从来布衣愿[7]，家无儋石输百万[8]。

【注释】

[1] 徂（cú）：消逝。

[2] 不可孤：意思是不可孤单，以免辜负除夕之夜。

[3] 博塞：博：许慎《说文解字》："博，局戏，六箸，十二棋也。"塞：《说文解字》："行棋相塞谓之塞。"博塞指六博、格五等用于娱乐的赌博游戏。

[4] 冯（píng）陵：意气风发的样子。五白：古时博戏的采头名称。五木之制，上黑下白。掷得五子皆黑，叫卢，最贵；其次五子皆白，叫白。

[5] 袒（tǎn）：脱衣露出上身。跣（xiǎn）：赤足。枭卢：古代博戏樗蒲的两种胜彩名。幺为枭，最胜；六为卢，次之。

[6] 图：意图。

[7] 刘毅：《南史·刘裕本纪》："刘毅家无儋石储，樗蒲一掷百万。"此处杜甫以刘毅自比，显英雄豪放气概。

[8] 儋（dàn）石：借指少量米粟。儋，石罂，一种小口大腹的陶器。

悲陈陶[1]

〔唐〕杜甫

孟冬十郡良家子[2]，血作陈陶泽中水[3]。
野旷天清无战声，四万义军同日死[4]。
群胡归来血洗箭[5]，仍唱夷歌饮都市[6]。
都人回面向北啼[7]，日夜更望官军至。

【注释】

[1]《旧唐书·房琯传》载：至德元年（756）十月，房琯自请讨贼，分军为三：遣杨希文将南军，自宜寿入；刘悊将中军，自武功入；李光进将北军，自奉天入；琯自将中军，为前锋。辛丑，中军、北军遇贼于陈涛斜，接战，败绩。陈陶，

即陈陶斜，在咸阳市东。斜者山泽之名，故又曰陈陶泽。此时杜甫羁滞长安，听到房琯与安史叛军在陈陶交战，大败，悲痛不已，写下此诗。因陈陶地属咸阳，姑置于此。

[2] 孟冬：即农历十月。十郡：指关中地区。这里指房琯率领的官军。

[3] "血作"句：血化作陈陶的水。此言死的人极多。

[4] "野旷"二句：此言官军的惨败。《旧唐书·房琯传》："时琯效古法用车战，贼顺风纵火焚之，人畜大乱，官军死伤者四万余人。"

[5] 群胡：安史叛军。血洗箭：指箭上沾满了义军的鲜血，如同血洗过一般。

[6] 夷歌：泛指外族的歌曲。因为安史叛军多属少数民族，故其唱夷歌。

[7] "都人"句：言长安人民希望肃宗收复长安。因为当时唐肃宗在灵武，在长安之北，故曰向北啼。都人：长安的人民。

题渭亭 [1]

〔唐〕王建

云开远水傍秋天，沙岸蒲帆隔野烟[2]。
一片蔡州青草色[3]，日西铺在古台边[4]。

【注释】

[1] 渭亭：指渭水旁的亭子，位于今陕西咸阳境内。
[2] 蒲帆：用蒲草制成的船帆。
[3] 蔡州：古代行政区划名，即今河南汝南。
[4] 日西：指傍晚。

登咸阳北寺楼 [1]

〔唐〕张籍

高秋原上寺，下马一登临。渭水西来直[2]，秦山南去深[3]。

旧宫人不住[4]，荒碣路难寻[5]。日暮凉风起，萧条多远心。

【注释】

[1] 一作登感化寺楼。

[2] 直：一作急。

[3] 秦山：指秦岭山脉。去，一作向。

[4] 旧宫：指秦朝的咸阳宫殿。住，一作见。

[5] 碣：圆顶的石碑。

夜泊渭津[1]

〔唐〕杨凝

飘飘东去客，一宿渭城边。远处星垂岸，中流月满船。
凉归夜深簟[2]，秋入雨余天[3]。渐觉家山小[4]，残程尚几年。

【作者简介】

杨凝（？—802？），字懋功，虢州弘农（今河南灵宝）人。善文辞，与兄凭、弟凌皆有名。俱中进士，时号"三杨"。有文集二十卷，《全唐诗》存诗一卷。

【注释】

[1] 渭津：渭河渡口，位于今陕西咸阳城区。

[2] 簟（diàn）：竹席。

[3] 雨余：雨后。

[4] 家山：谓故乡。

赠咸阳少府萧郎 [1]

〔唐〕元稹

莫怪逢君泪每盈[2],仲由多感有深情[3]。
陆家幼女托良婿[4],阮氏诸房无外生[5]。
顾我自伤为弟拙[6],念渠能继事姑名[7]。
别时何处最肠断,日暮渭阳驱马行[8]。

【注释】

[1] 诗当作于元和四年（809）作者往来东川途中过咸阳时,也可能作于长安等地。咸阳少府：指咸阳县尉。萧郎：姓萧,是元稹的外甥女婿。

[2] 君：指萧郎。

[3] 仲由：字子路,孔子的学生,性爽直勇敢。此为作者自喻。

[4] 陆家幼女：指元稹的外甥女陆氏。

[5] 阮氏诸房：晋时有阮氏诸房,这里是诗人自指。外生：即外甥。

[6] 弟：元稹自称,是针对自己的姐姐而言。

[7] 渠：她,指元稹的外甥女陆氏。

[8] 渭阳：《诗经·秦风·渭阳》中有："送我舅氏,日至渭阳。"表示甥舅之情。

咸阳值雨 [1]

〔唐〕温庭筠

咸阳桥上雨如悬[2],万点空濛隔钓船[3]。
还似洞庭春水色[4],晚云将入岳阳天。

【注释】

[1] 值：恰逢；遇到。

[2] 咸阳桥：指咸阳渭河上的桥。

[3] 万点：形容雨大而密。空濛：同"空蒙"。形容景物迷茫。

[4] 洞庭：指洞庭湖，位于今湖南省北部、长江南岸。

咸阳怀古

〔宋〕魏泰

唐宫汉苑总成空，形势依然百二雄[1]。
荒冢几经春草绿，远山半照夕阳红。
丹心耿耿神州北[2]，世事悠悠渭水东。
满目风尘烟树惨，乡关何处恨无穷[3]。

【作者简介】

元代人，生平不详。

【注释】

[1] 形势：指地理形势。百二雄：形容地势险要。

[2] 丹心：忠贞之心。神州：中国的别称。

[3] 乡关：指家乡。

咸阳原

〔金〕赵秉文

渭水桥边不见人[1]，摩挲高冢石麒麟[2]。
千秋万古功名骨，尽作咸阳原上尘。

【注释】

[1] 渭水桥：咸阳渭河桥，旧址位于今陕西咸阳东南。

[2] 摩挲：用手抚弄。麒麟：传说中的瑞兽，指陵墓前的石刻雕像。

和许氏咸阳晚眺韵

〔明〕李贤

咸阳回首暮云愁，烟锁芦花远近洲[1]。
古渡驯鸥依短棹[2]，夕阳归鸟过危楼。
道旁故苑风霜冷，原上诸陵草树秋[3]。
多少英雄俱寂寞，渭河依旧水东流。

【作者简介】

李贤（1408—1466），字原德，河南邓州人。明宣德八年（1433）进士，授验封主事。以惜人才开贤路为急务，当时名臣多为其所识拔。卒谥文达。曾奉敕编《大明一统志》。有《古穰集》《天顺日录》传世。

【注释】

[1] 烟锁：烟雾笼罩。洲：水中的陆地。

[2] 古渡：咸阳渭河上的古老渡口。棹（zhào）：船桨。

[3] 原：指咸阳原，位于咸阳北。

登咸阳北原[1]

〔明〕桑溥

高原出飞盖，回望暂徘徊。水入黄河去，山从华岳来[2]。
汉陵埋宿草[3]，秦苑剩遗灰[4]。莫数兴亡迹，秋深客思哀。

【作者简介】

桑溥，字汝公，濮州（今山东省鄄城、范县一带）人。正德年间（1506-1521）任华州知州。

【注释】

[1] 咸阳北原：指今咸阳市区北部的黄土台原，又名五陵原。

[2] 华岳：华山。

[3] 汉陵：指汉代帝王的陵墓。宿草：墓地上隔年的草。

[4] 秦苑：指秦朝的宫殿。

咸阳东楼望阙 [1]

〔明〕任瀚

漏下寒关鼓角雄[2]，秋清丝管郡楼风[3]。
正思衮冕春天上[4]，细听箫韶月露中[5]。
身世留连双凤阙[6]，乾坤衰晚一渔翁[7]。
承明官阁文华署[8]，玉珮遥知委上公[9]。

【作者简介】

任瀚，字少海，四川南充人。嘉靖八年（1529）进士。官吏部考功主事、翰林院检讨。旋辞官家居，专心学问，晚年潜心于《易》，深有所得。亦好道家修炼之法。卒年九十三。

【注释】

[1] 阙（què）：皇宫前面两边的楼台，这里指宫殿旧迹。

[2] 漏：古代的计时工具。

[3] 丝管：指弦乐器和管乐器。郡楼：指咸阳东楼。

[4] 衮冕（gǔn miǎn）：衮衣和冠冕，为礼服和礼帽，借指登朝入仕。

[5] 箫韶：指《大韶》，六舞之一，相传为舜时的乐舞。

[6] 凤阙：汉代宫名。阙，代指朝廷。

[7] 乾坤：《周易》用"乾"表示天和阳，用"坤"表示地和阴。此泛指天地。

[8] 承明：汉代宫殿名，借指官署。文华署：文学侍从之臣的官署。

[9] 委：托付。上公：周制中有三公八命，出封时加一命，称上公。汉制中太傅位于三公上，称上公。借指大臣。

予既渡宿于咸阳之行台明日因留一绝

〔明〕朱诚泳

半生今始出重城[1]，客枕通宵梦未成。
月冷乌啼红烛暗，感怀吊古不胜情。

【注释】

[1] 重城：古代城市在外城中又建内城，故称。

咸阳感怀（其二）

〔明〕庞瑮

四代周陵枕渭东[1]，炎刘基业壮咸宫[2]。
寝园寂寞春风里，行殿荒迷晚照中。
一代祀仪新盛举[3]，三朝祝册旧文通[4]。
词臣非是依程式[5]，只为传心贵道同[6]。

【作者简介】

庞瑮，生卒年不详，弘治六年（1493）赐同进士出身。

【注释】

[1] 四代周陵：指周代文王、武王、成王、康王四代周王均葬于咸阳境内。

[2] 炎刘：指汉朝，刘姓，自称因火德而兴起，故称炎刘。

[3] 祀仪：祭祀的礼仪。

[4] 祝册：祝祷的册文。旧文：前代的典籍。

[5] 词臣：指文学侍从，此为作者自指。

[6] 传心：指儒家的道统传授。道同：思想一致。

咸阳阻风兼水涨寓宿有怀

〔清〕黄开运

茂陵驱马入咸阳[1]，水涨秋风拍岸狂。
四野鸣鸡催日落，孤臣倚剑玩云忙[2]。
倦游那得归乡国，探迹谁能辨汉唐。
且破阮囊酤一醉[3]，但凭高枕晤羲皇[4]。

【作者简介】

黄开运，清四川内江人。顺治十五年（1658）进士。累官直隶定州知州，转刑部郎中，决狱明允，多所平反。

【注释】

[1] 茂陵：汉武帝葬于此地，位于陕西咸阳兴平。

[2] 玩云：欣赏天空中的云。

[3] 阮囊：语出阴时夫《韵府群玉·七阳》"一钱囊"："（晋）阮孚持一皂囊，游会稽，客问：'囊中何物？'阮曰：'但有一钱看囊，空恐羞涩。'"后因以"阮囊羞涩"为手头拮据、身无钱财之典。

[4] 羲皇：指伏羲氏。

咸阳寓中

〔清〕沈永令

老应甘弃世，壮已不如人[1]。楚越燕秦路[2]，东西南北身[3]。镜中俱是雪[4]，塞外不知春。何日沧江返[5]，矶头稳钓纶[6]。

【作者简介】

沈永令，字闻人，号一枝，又号一指，清江南吴江人。顺治五年（1648）举人，官韩城知县，时称循吏。调高陵知县。善画松鼠、葡萄等。

【注释】

[1] 壮已不如人：语出《左传·烛之武退秦师》："佚之狐言于郑伯曰：'国危矣，若使烛之武见秦君，师必退。'公从之。辞曰：'臣之壮也，犹不如人；今老矣，无能为也已。'"

[2] 楚：周代诸侯国名，位于今湖北省，后来疆域扩大到湖南省北部、河北省南部及江西、江苏等地。越：周代诸侯国名，位于今浙江省东部，后扩展到浙江省北部、江苏省、安徽省南部及山东省南部。燕：周代诸侯国名，位于今河北省北部和辽宁省南部。秦：周代诸侯国名，位于今陕西省和甘肃省一带。此句谓自己四处奔忙。

[3] 东西南北身：《礼记·檀弓上》："孔子既得合葬于防，曰：'吾闻之，古也墓而不坟。今丘也，东西南北之人也，不可以弗识也。'于是封之，崇四尺。"郑玄注："东西南北，言居无常处也。"后因以"东西南北人"或"东西南北身"谓居处无定之人。

[4] 雪：指头发已花白。

[5] 沧江：泛指江。

[6] 矶：突出在江边的小石山。钓纶：钓竿上的线。此指垂钓，喻隐居。

咸阳晚渡

〔清〕王志沂

渭滨北望是咸阳[1],舍辔登舟落照黄。
山色依城横暮霭,波光泊岸渡风樯[2]。
汉家陵墓秋烟碧[3],秦世山川蔓草荒[4]。
凭吊毕原无限慨[5],英雄霸迹尽茫茫。

【作者简介】

王志沂,字鲁泉,清华州(今陕西华县)人。道光年间(1821—1850)贡生。候选员外郎。山水诗人,尤善栈道纪行诗。

【注释】

[1] 渭滨:渭河边。

[2] 樯(qiáng):船上的桅杆。

[3] 汉家陵墓:指汉代帝王将相的坟墓。

[4] 秦世山川:指咸阳附近。蔓草:生有长茎能缠绕攀缘的杂草。泛指蔓生的野草。

[5] 毕原:即毕郢(yǐng)原、咸阳原,位于咸阳北。

咸阳古渡口占 [1]

〔清〕葛裕文

飞渡秦川一叶舟[2],乡心感触白乌头[3]。
西风猎猎咸原草[4],暮雨潇潇清渭楼[5]。
九井横当三辅路[6],六冈遥接五陵秋[7]。
几回立马空追想,烟树迎人暂小留。

【作者简介】

葛裕文,清代人,生平不详。

【注释】

[1] 口占:随口吟诵成诗或文。

[2] 秦川:此指渭河。

[3] 白乌头:黑发变白。

[4] 猎猎:指风声。咸原:即咸阳原。

[5] 潇潇:形容风急雨骤作"萧萧"。清渭楼:始建于秦代,名曰咸阳东楼,汉唐时期更名为"秦楼""咸阳楼"。北宋景祐年间(1034-1038)重修,更名为"清渭楼"。故址在今咸阳市渭河北岸。

[6] 三辅:汉景帝时分内史为左、右内史,与主爵中尉共治长安城中,合称三辅。后泛指长安周边地区。

[7] 六冈:《陕西通志》:"咸阳有六冈,如干之六爻。"五陵:指西汉高祖、惠帝、景帝、武帝、昭帝的陵园。位于咸阳原上。

登咸阳城

〔清〕邵自强

城郭闲登野望宽,终南螺髻插云端[1]。
渭河漠漠秋烟泛,柳市沉沉玉露漙[2]。
塞马嘶寒蓟草暮[3],宫鸦归堞夕晖残[4]。
秦川大道绵千里[5],今昔人人行路难。

【作者简介】

邵自强,清代人,生平不详。

【注释】

[1] 终南:终南山。螺髻:比喻耸起如髻的峰峦。

[2] 玉露：指晶莹的露珠。溥（pǔ）：露多的样子。

[3] 葑（fēng）草：芜菁，一种草。

[4] 堞（dié）：城上齿状的矮墙。

[5] 秦川：指今陕西、甘肃秦岭以北的平原地带。

渭阳十胜

〔清〕白纶

（一）咸阳古渡 [1]

渭水黄华古渡头，山河表里几千秋[2]。

临流不见褰裳客[3]，冬自桥梁夏自舟[4]。

【作者简介】

白纶，生卒年不详，明末清初时期关中诗人。

【注释】

[1] 咸阳古渡：故址在今咸阳市区东南。

[2] 山河表里：山，殽（xiáo）山；河，黄河。泛指关中地形险要。语出《左传·僖公二十八年》："子犯曰：'战也！战而捷，必得诸侯，若其不捷，表里山河，必无害也。'"

[3] 褰（qiān）裳客：指送别的人。褰裳：《诗经·郑风》的篇名，中有"子惠思我，褰裳涉溱"。

[4] "冬自"句：指咸阳古渡冬春设桥，夏秋舟渡。

（二）经阁舒眺 [1]

经楼长啸碧云头，不尽登临玩物游。

十里桑麻如掌上[2]，山河满目帝王州。

【注释】

[1] 经阁：指尊经阁。咸阳最早的学府明伦堂内的建筑之一。为明弘治十四年（1501）利用旧城基所建，内有图书典籍，是咸阳最早的图书馆。舒眺：远望。

[2] 桑麻：指农田。

（三）文陵蓊郁 [1]

灵芝翠柏拂佳城 [2]，不比空悬秦汉名。
殿宇仙狐时御火 [3]，猎人从未角弓鸣。

【注释】

[1] 文陵：指咸阳市北毕原上传说的周文、武、成、康诸陵（近经历史学家考证，并非周朝陵墓，乃秦汉诸陵）。蓊郁：形容陵园内树木葱茏之貌。

[2] 佳城：陵园的外城。

[3] 仙狐：狐仙。御火：避火灾。

（四）长陵天朗 [1]

高耸长陵逐鹿雄 [2]，长陵如在砀山中 [3]。
明禋不觉趋跄下 [4]，想见当年赋大风 [5]。

【注释】

[1] 长陵：汉高祖刘邦的陵墓，亦名长山，在咸阳市东四十华里处。

[2] 逐鹿：指群雄争夺天下。

[3] 砀（dàng）山：即今河南永城县北的芒砀山。《史记·高祖本纪》载：秦始皇东游，"高祖即自疑，亡匿，隐于芒、砀山泽岩石之间"。

[4] 明禋（yīn）：指祭祀时烧柴产生的烟。趋跄：疾行貌。

[5] 大风：指刘邦作《大风歌》。

（五）真阳仙洞[1]

秘诀丹炉事有无[2]，云霞仙迹草荒芜。
阿兄不爱名垂世[3]，仅有真阳古洞图。

【注释】

[1] 真阳仙洞：又名正阳仙洞，相传为汉钟离权修道之处。故址在今咸阳市东五十华里处的渭阳乡杨家湾村。

[2] 秘诀：道家炼丹用的秘方。

[3] 阿兄：指汉钟离，八仙之一。《历代真仙体道通鉴》载："师姓钟离，名权，字云房，号正阳子，京兆咸阳人也。"

（六）陆泉涌珠[1]

泉清土厚味深长，天马神灵出异祥[2]。
一带绿杨休息处，行人无不说秦王[3]。

【注释】

[1] 陆泉涌珠：指咸阳市渭城区北边原下东自药王洞、西至马跑泉一带的诸多泉眼。陆泉：从陆地涌出地面的泉水。涌珠：这些泉水均从平地上涌出，仿佛许多大大小小的珍珠从地面滚出。诸泉中唯有马跑泉最为著名。相传唐太宗为秦王时曾狩猎于此，马掘地而出，泉旁石上蹄痕宛然。

[2] 天马：对西域良马的美称。

[3] 秦王：指唐太宗李世民。

（七）渭左烟村[1]

平畴村落水云烟[2]，乔木参差井灌田[3]。
较课老农明月下[4]，蚕桑少妇夜灯前。

【注释】

[1] 渭左烟村：指咸阳南、渭河北之地。

[2] 平畴：已耕作的平整的田亩。

[3] 参差：长短高低不齐。

[4] 较课：计算田赋。

（八）沣堤榆柳[1]

榆钱柳絮弄柔条[2]，垂曳长堤碧水遥[3]。
驴背诗思吟不尽，灞桥风景在沣桥[4]。

【注释】

[1] 沣堤榆柳：沣河流入咸阳的一段河堤，夹堤遍植榆柳。

[2] 榆钱：榆荚。柔条：指弯曲的柳枝。

[3] 碧水：指沣河。

[4] 灞桥：桥名，旧址位于今西安市东。沣桥：位于咸阳南沣河上。后二句典出尤袤（mào）《全唐诗话》："（唐昭宗时）相国郑綮（qǐ）善诗。或曰：'相国近为新诗否？'对曰：'诗思在灞桥风雪中驴子上，此何以得之？'"

（九）钓台泛月[1]

一片磻矶映绿苔[2]，竿头韬晦老奇才[3]。
非熊自入明王梦[4]，无饵今犹钓月来。

【注释】

[1] 钓台：相传为姜子牙垂钓之地，位于咸阳钓台村。泛月：月夜泛舟。

[2] 磻矶（pán jī）：磻溪边的岩石，相传姜子牙曾垂钓于此。

[3] 韬晦：收敛锋芒。

[4] "非熊"句：《六韬·文师》载：文王将往渭水边打猎，行前占卜，卜辞曰："田于渭阳，将大得焉，非龙非彲，非虎非罴，兆得公侯。天遣汝师以之佐昌。"

后果见太公坐渭水边垂钓,与之语而大悦,遂同车而归,拜为师。古熊黑连称,后遂以"非熊"代称姜太公。

(十)雪洲栖雁[1]

纷纷塞雁雪洲前[2],冷落高楼望远天。
夜静不知明月上,红颜锦字几千篇[3]。

【注释】

[1] 雪洲栖雁:群雁夜晚栖息于咸阳附近渭河中的沙洲上。为古咸阳一胜景。

[2] 塞雁:北方飞来的大雁。

[3] 红颜:借指女子。锦字:锦织成的文字,指苏蕙织锦为回文璇玑图诗以赠其夫,后泛指妻寄夫的书信。因古人有鸿雁传书之说,故此处联想到"锦字"。

细柳营

细柳,在今咸阳市西南。汉文帝时,周亚夫为将军,屯军细柳。文帝亲自劳军,至细柳营,因无军令而不得入。于是遣使者持节诏将军,亚夫传令开壁门。既入,帝按辔徐行。至营,亚夫以军礼见,成礼而去。汉文帝曰:"此真将军矣!曩者霸上、棘门军,若儿戏耳!"(见《史记·周勃绛侯世家》)

细柳营应试[1]

〔明〕董佐才

棘门灞上皆儿戏[2],只数条侯细柳营[3]。
天子徐行恩至重,将军不拜礼非轻[4]。
渭城万树春阴合[5],汉室千年塞寇[6]。
他日从知可坚卧[7],岂愁奔壁有吴兵。

【作者简介】

董佐才,字良用,嘉兴(今属浙江)人。明洪武(1368—1398)初年荐辟授洛容(今广西柳城)知县,卒于官。

【注释】

[1]细柳营:古地名,位于今陕西咸阳西南渭河北岸。汉将军周亚夫驻军于此,以军纪严明著称。

[2]棘门霸上:典出《史记·绛侯周勃世家》,称纪律松弛的军队。棘门原为秦宫门,位于今陕西咸阳东。灞上:位于今陕西西安东。

[3]条侯:西汉周亚夫的封号。

[4]天子:指汉文帝。将军:指周亚夫。《史记·绛侯周勃世家》:"壁门士吏谓从属车骑曰:'将军约,军中不得驱驰。'于是天子乃按辔徐行。至营,将军亚夫持兵揖曰:'介胄之士不拜,请以军礼见。'天子为动,改容式车。使人称谢:'皇帝敬劳将军。'成礼而去。"

[5]渭城:位于今陕西咸阳东。此处代指咸阳。

[6]虏塞:指匈奴的关塞。

[7]坚卧:谓按兵不动。

柳营梅 [1]

〔元〕冯子振

亚夫才略动雄风[2],手植冰花玉垒中[3]。
不是将军闲好事,为渠止渴藉成功[4]。

【作者简介】

冯子振(1257—1337?),号海粟,自号怪怪道人,又号瀛洲客,潭州攸州(今属湖南)人,一说湘乡人。曾官承仕郎、集贤待制。诗文集失传,清代顾嗣立辑其诗编为《海粟集》,另有《梅花百咏》。

【注释】

[1] 柳营：即细柳营。

[2] 亚夫：周亚夫。雄风：雄骏之风。

[3] 冰花：即梅花。玉垒：指军营。这句意为：周亚夫曾亲手在营地种植梅花。

[4] 止渴：用望梅止渴典故。典出刘义庆《世说新语·假谲》："魏武行役，失汲道，军皆渴。乃令曰：'前有大梅林，饶子，甘酸可以解渴。'士卒闻之，口皆出水，乘此得及前源。"藉：凭借。

咸阳八景

明清咸阳县八处著名景观。"咸阳八景"的提法始于明弘治六年（1493）。据乾隆年间《咸阳县志·古迹志·景胜》载："弘治六年，知县赵琏政暇，携乡进士负鼎览山川，因旧迹而作新景凡八，且各注其景于下，俾观者有所据而布于吟咏耳。"咸阳八景为渭阳古渡、细柳清风、毕原荒冢、沣水碧波、鱼台晚钓、马跑泉矶、杜邮春草、龙岩傲柏。明万历十九年（1591），咸阳知县李采繁亦各有赞词。

渭阳古渡 [1]

〔明〕李采繁

万顷波涛日向东，中流画鹢往来通[2]。
道连四国关山远[3]，域达诸边气势雄。
客路风尘红照里，渔家寒火碧烟中。
虽然未比桥梁渡，自与乘舆济不同[4]。

【作者简介】

李采繁，生卒年不详，明万历十九年（1591）左右任咸阳知县。

【注释】

[1] 渭阳古渡：咸阳市东南临渭水的渡口。本为汉唐西渭桥（即便门桥）旧址。（乾隆）《咸阳县志·古迹志·景胜》载明人赵琏注"渭阳古渡"云："长安古渡也。或云西渭桥，或云咸阳桥，往来名利之客络绎不绝。沽舟泛泛，渔艇悠悠，黑鳗赤鲤，沉浮于绿水之中，白鹭青鸥，出没于碧波之上。樵士羊肠而往，牧童牛背而回，歌宣斗草，曲唱采莲，是为一景焉。"

[2] 画鹢：船的别称。

[3] 四国：指战国时与秦国毗连的楚、赵、魏、韩。关山：关隘山川。

[4] 舆：车。济：渡河。

细柳清风 [1]

〔明〕李采繁

东野烟消霁景明 [2]，无穷生意任峥嵘 [3]。
清风徐布垂杨岸，迟日偏宜细柳营 [4]。
须信辕门承帝诏 [5]，还看阃寄重符兵 [6]。
当时号令今犹肃，不负将军万古名。

【注释】

[1]（乾隆）《咸阳县志·古迹志·景胜》载明人赵琏注"细柳清风"云："即周亚夫细柳营也，后人因其名而植柳于其内。芳春丽日，四面清风，一团和气，黄莺哈哈以东西，粉蝶翩翩而上下，仿佛衔枚竦立之时，依稀按辔徐行之日，骚人墨客添一段情怀，是为一景焉。"

[2] 霁（jì）：雨雪停止，天气初晴。

[3] 生意：生机。峥嵘：不平凡。

[4] 迟日：春日。

[5] 辕门：指领兵将帅的营门。

[6] 阃（kǔn）寄：委以军事重任。阃：借指军事或政务。符兵：即兵符。古时调兵用的凭证。

毕原荒冢 [1]

〔明〕李采繁

文王既没气犹生[2]，冢墓嵯峨万代贞[3]。
纯德不随碑断改，显谟直与日常明[4]。
山川一带晴光丽，草木千年瑞色横。
自古圣君多硕辅[5]，迄今尚得共荒茔。

【注释】

[1] 毕原：即咸阳原，指今咸阳市北塬地区。(乾隆)《咸阳县志·古迹志·景胜》载赵琏注"毕原荒冢"云："毕原即毕原山，荒冢则帝王将相之陵墓也。残城败堞，重重而见，破碣断碑，累累而存。西坠阳乌，狐眠冢上。东升月兔，鸦噪林端。满地闲花，野草遍山，怪鸟幽禽，五陵之豪气寂寥，多士之菁英泯没，惟土一丘而已。贤人君子立马于西风而凄感者宁已于言乎，是为一景焉。"

[2] 文王：周文王。毕原之"周陵"相传为周文王、周武王之陵墓。

[3] 嵯峨（cuó é）：高峻貌。贞：坚固。

[4] 显谟（mó）：宏伟的谋划。

[5] 硕辅：有名望的宰辅。

丰水碧波 [1]

〔明〕李采繁

涟漪丰水鄠山来[2]，湛湛澄波一鉴开。
东注绩归神禹奏[3]，中流化自姬文培[4]。
鸢飞鱼跃呈真脉[5]，云影天光映碧苔。
不至汪洋清不改，濯缨端可去尘埃[6]。

【注释】

　　[1] 丰水：亦作"沣水"，源出今陕西省长安县西南秦岭山中，北流经咸阳境内汇入渭水。西周的丰京和镐京位于此水两岸。（乾隆）《咸阳县志·古迹志·景胜》载赵琏注"沣水碧波"云："沣水即丰水攸同之水，碧波者水冬夏不浑也。游鱼上下，浴鸟飞鸣，红莲白藕迎流而长，翠柳青蒲夹岸而生。洗耳听幽人之叹，濯缨闻孺子之歌。朝看烟渚沽帆，夜望霜天渔火，触于目，感于心，自不能不形于吟咏，是为一景焉。"

　　[2] 涟漪：细水的波纹。鄠（hù）山：古地名，位于今西安市鄠邑区境内。

　　[3] "东注绩归"句：语出《诗经·大雅·文王有声》："丰水东注，维禹之绩。"神禹：即大禹，传说中古代部落联盟的首领。

　　[4] 姬文：指周文王。此句意为，周文王在丰水中游地区建丰邑，将这里培植为教化的圣地。

　　[5] 鸢（yuān）飞鱼跃：《诗经·大雅·旱麓》："鸢飞戾天，鱼跃于渊。"孔颖达疏："其上则鸢鸟得飞至于天以游翔，其下则鱼皆跳跃于渊中而喜乐，是道被飞潜，万物得所，化之明察故也。"后以"鸢飞鱼跃"谓万物各得其所。鸢：老鹰。

　　[6] 濯（zhuó）缨：洗涤冠带。《楚辞·渔父》："沧浪之水清兮，可以濯吾缨。"表达诗人宁静绝尘的心境。

鱼台晚钓 [1]

〔明〕李采繁

一蓑烟雨渭湛秋[2]，红蓼白蘋景物悠[3]。
何处钟声风卷浪，谁家渔笛夜停舟。
忘机鸥鹭随时伴[4]，有用丝纶任意投[5]。
却忆当年熊入梦[6]，钓台千古尚堪游。

【注释】

　　[1] 鱼台晚钓：相传姜太公曾在此垂钓而待周文王，故址位于今陕西省咸阳

市钓台镇钓鱼台村。(乾隆)《咸阳县志·古迹志·景胜》载赵琏注"鱼台晚钓"云:"鱼台即周吕尚钓鱼之台,晚钓者,后人仿吕尚而垂钓也。水萍绿绿,岸草青青,鸥鹭交飞,水天一色。两鬓风霜,看破利名消息;一蓑烟雨,打开生死机关。料野寺钟声唤不回云山梦寝,知江村渔火收得住铁石心肠,诗家情趣正在于此,是为一景焉。"

[2] 渭:指渭河。湛:水深貌。

[3] 红蓼(liǎo)、白蘋:均为水生植物。

[4] 忘机鸥鹭:语出《列子·黄帝》:"海上之人有好沤鸟(亦作'鸥鸟')者,每旦之海上,从沤鸟游,沤鸟之至者百住而不止。其父曰:'吾闻沤鸟皆从汝游,汝取来,吾玩之。'明日之海上,沤鸟舞而不下也。"后以"忘机鸥鹭"比喻淡泊隐居,不以世事为怀。

[5] 丝纶:钓鱼绳。

[6] 熊入梦:姜子牙道号"飞熊",相传周文王访姜子牙之前梦见有熊扑向自己。

马跑泉矶 [1]

〔明〕李采繁

天为生民溉沃田,源头活水自潺湲[2]。
沟洫有界连千亩[3],昼夜如斯历万年[4]。
击壤共相忘帝力[5],临流谁不羡渊泉。
马跑尚尔难凭信[6],况是明皇出猎还[7]。

【注释】

[1] 马跑泉矶:指马跑泉边一块有马蹄印记的矶石。位于今咸阳市秦都区马泉镇马跑泉村。相传唐太宗李世民为秦王时,打猎路过此地,人马干渴,枪扎马刨,掘泉于此,故名。(乾隆)《咸阳县志·古迹志·景胜》载明人赵琏注"马跑泉矶"云:"马跑泉即唐王出猎马跑出水之泉,矶则石上马足迹也。泉滚滚而流,石嶙嶙而见。渴而饮泉,泉清洌宜观;憩而坐石,石宽平可爱。潲田多白发老翁,

枯橿喞喔于林外；浣服来翠裙，少妇抄杵叮咚于溪傍。南亩西畴，比别乡则禾苗易长；左园右圃，较他里则蔬果偏佳，视为金地，名曰宝泉，是为一景焉。"

[2] 潺湲：水流缓慢貌。

[3] 沟洫：田间水道。

[4] 昼夜如斯：语出《论语·子罕》："子在川上曰：逝者如斯夫，不舍昼夜。"

[5] 击壤：《艺文类聚》卷十一引晋皇甫谧《帝王世纪》："（帝尧之世）天下大和，百姓无事，有五十老人击壤于道。"后因以"击壤"为颂太平盛世的典故。此句意为，帝尧时壤父在耕作时唱："日出而作，日入而息，凿井而饮，耕田而食，帝何力于我哉？"喻太平盛世。

[6] 尚尔：尚且如此。

[7] 明皇：指唐太宗李世民。

杜邮春草 [1]

〔明〕李采繁

亲膺阃命出秦关[2]，斩将坑兵楚赵间[3]。
常信谋猷能致胜[4]，可怜魂梦已归还。
侵阶芳草自春色，满地游人空泪斑。
报国未终身早丧，英名幸得重丘山[5]。

【注释】

[1] 杜邮：杜邮亭，位于今咸阳市渭城区渭城镇龚家湾村南，是秦将白起自杀的地方，后人建有白起祠。（乾隆）《咸阳县志·古迹志·景胜》载明人赵琏注"杜邮春草"云："杜邮即秦将白起自裁处，春草即祠前封合之物。蝉噪蛙鸣，似带当年之恨；狐潜兔隐，如诉今日之愁。"

[2] 亲膺（yīng）：亲自奉命。阃（kǔn）命：指帝王的命令。阃，宫门之外。

[3] 斩将坑兵：指白起夺得韩、赵、楚等国许多土地，并在长平之战中大败赵军，坑杀降卒40多万人。

[4] 谋猷（yóu）：谋划。

[5]"英名"句：是说白起的墓冢在杜邮亭旁，其英名如丘山一样长存。

龙岩翠柏[1]

〔明〕李采繁

古刹龙岩一径奇[2]，森森翠柏更参差。
柴扉寂静僧归处，烟景苍茫鸟宿时。
法鼓疏钟窥色象[3]，澄潭明月照禅师。
等闲欲向空门语[4]，脱却尘埃日夜思[5]。

【注释】

[1]龙岩寺，即龙华寺，故址位于今咸阳市渭城区北杜镇龙华寺村。明代咸阳名儒魏浩曾隐居此处。金大定三年（1163）建。（乾隆）《咸阳县志·古迹志·景胜》载赵琏注"龙岩傲柏"云："龙岩即龙岩寺，柏则寺中所植之物。寺基十顷，树密千株，柯叶贯乎四时……月罩烟笼，凌霜傲雪。"

[2]古刹（chà）：古寺。一径：一条小路。

[3]法鼓：佛教法器之一。举行法事时用以集众唱赞的大鼓。亦指禅寺法堂东北角之鼓，与茶鼓相对。窥色象：理解佛的真谛。

[4]等闲：无端；平白。空门：佛教用语，指佛教。

[5]尘埃：犹尘俗。

西游咸阳中诗

〔南朝·陈〕阴铿

上林春色满[1]，咸阳游侠多。城斗疑连汉[2]，桥星象跨河[3]。
影里看飞毂[4]，尘前听远珂[5]。还家何意晚[6]，无处不经过。

【作者简介】

阴铿，字子坚，南朝陈武威姑臧人。仕梁为湘东王法曹参军。入陈，为始兴王府中录事参军。累迁晋陵太守，员外散骑常侍。博涉史传，尤善五言诗，为当时所重。曾在陈文帝宴中作《安乐宫赋》，援笔便就，深为叹赏。有文集，已佚。

【注释】

[1] 上林：指秦汉咸阳渭河南的皇家园林，名为"上林苑"。

[2] 城斗：指汉代的长安城。长安城因屈曲不方，南、北两半像南、北斗星合拱而成，故称"斗城"。疑：类似。汉：指银河。

[3] 桥星：指桥上的灯火。

[4] 飞毂（gǔ）：飞奔的车辆。毂：车轮的中心，可插轴的部分。

[5] 珂（kē）：马笼头上的玉质装饰。这里指车马渐远，但仍可于尘土中听见马头上的铃珰声。

[6] 何意：何故，为什么。

奉和春日临渭水应令 [1]

〔隋〕柳䛒

饮马投钱岸[2]，解钓剖璜津[3]。
风丝曳香饵，覆杯怀昔人[4]。

【作者简介】

柳䛒（"䛒"，今以为"辩"之异体字），字顾言，河东（郡治今山西永济）人。隋朝诗人。任秘书监直内史省开府仪同三司，卒于扬州，年六十九，谥康。

【注释】

[1] 奉和：奉皇帝之命所作的唱和诗。渭水：渭河。应令：响应诏令。

[2] 饮马投钱：《初学记》卷六引《三辅决录》："安陵清者有项仲仙（一

作项仲山），饮马渭水，每投三钱。"后以为人廉洁，不损公肥私之典。

[3] 璜（huáng）：璜溪，又名磻溪，相传周姜尚钓于此得玉璜，故称。

[4] 覆杯：倒置酒杯。形容尽饮。

渭城曲 [1]

〔唐〕王维

渭城朝雨浥轻尘[2]，客舍青青柳色新。
劝君更尽一杯酒，西出阳关无故人[3]。

【注释】

[1] 渭城曲：又名《阳关曲》，乐府曲名。渭城：古县名，为秦都咸阳，位于今咸阳东北。

[2] 浥轻尘：指雨后尘土因沾湿而不飞扬。浥，湿。

[3] 阳关：故址位于今甘肃敦煌西南古董滩附近，因在玉门关南，称阳关，汉时设置。

兵车行

〔唐〕杜甫

车辚辚[1]，马萧萧[2]，行人弓箭各在腰[3]。
耶娘妻子走相送[4]，尘埃不见咸阳桥[5]。
牵衣顿足拦道哭，哭声直上干云霄。
道旁过者问行人[6]，行人但云点行频[7]。
或从十五北防河[8]，便至四十西营田[9]。
去时里正与裹头[10]，归来头白还戍边。
边庭流血成海水，武皇开边意未已[11]。
君不闻，汉家山东二百州[12]，千村万落生荆杞。

纵有健妇把锄犁，禾生陇亩无东西。

况复秦兵耐苦战[13]，被驱不异犬与鸡。

长者虽有问，役夫敢伸恨[14]？

且如今年冬，未休关西卒[15]。

县官急索租，租税从何出？

信知生男恶，反是生女好。

生女犹得嫁比邻[16]，生男埋没随百草。

君不见，青海头，古来白骨无人收。

新鬼烦冤旧鬼哭，天阴雨湿声啾啾[17]。

【注释】

[1] 辚辚（lín lín）：车行进的声音。

[2] 萧萧（xiāo xiāo）：马嘶鸣声。

[3] 行人：行役之人。

[4] 耶娘：指父母。后多作"爷娘"。

[5] "尘埃"句：指新兵及送别的人太多，扬起的尘埃遮蔽了咸阳桥。咸阳桥：即便桥，在咸阳县西南十里，因与便门相对，因名，汉武帝时造。唐代名咸阳桥。

[6] 过者：指杜甫自己。以下是杜甫与役夫的对话。

[7] 点行：按名册抽丁入伍。

[8] 防河：《资治通鉴·唐纪》："开元十五年（726）十二月，制以吐蕃为边害，令陇右道及诸军团兵五万六千人，河西及诸军围兵四万人，又征关中兵万人，集临洮，朔方兵万人集会州，防秋，至冬初无寇而罢。是时，吐蕃侵扰河右，故曰防河也。"

[9] 营田：汉以后历代政府利用兵士在驻扎地区种田，以供军饷。这里指招募兵士防备吐蕃。

[10] 里正：即里长，百户为一里，其长官称里正。裹头：犹加冠。古时男子成丁则裹头巾。此言行役之人初服兵役时年龄还小。

[11] 武皇：汉武帝。这里指唐玄宗。已：停止。

[12] 山东：华山以东。

[13] 秦兵：关中的士兵。耐苦战：能经受苦战。

[14] 敢伸恨：不敢说出自己的怨恨。

[15] 休：停止。

[16] 比邻：近邻。

[17] 啾啾（jiū jiū）：呜咽之声。

咸阳西门城楼晚眺

〔唐〕许浑

一上高城万里愁[1]，蒹葭杨柳似汀洲[2]。
溪云初起日沉阁[3]，山雨欲来风满楼。
鸟下绿芜秦苑夕[4]，蝉鸣黄叶汉宫秋。
行人莫问前朝事[5]，渭水寒声昼夜流[6]。

【注释】

[1] 高城：形容咸阳城楼之高峻。

[2] 蒹葭（jiān jiā）：芦苇。汀洲：水中的小洲。

[3] "溪云"句：此句下作者自注："南近磻溪，西对慈福寺阁。"溪云：指城楼南的磻溪上空冉冉升起暮云。阁：指城楼西边的慈福寺阁。

[4] 秦苑：秦朝的故苑。

[5] 前朝：一作"当年"。

[6] 渭水：黄河支流。

经咸阳城

〔唐〕张祜

阿房宫尽客谁来[1]，可惜连云万户开。
秦地起为千载业，楚兵焚作一场灰[2]。

应知长者名终在[3]，祇是生人意不回[4]。
何事暴成还暴废，祖龙须死项须摧[5]。

【注释】

[1] 阿房宫：秦始皇在秦都咸阳渭河南上林苑中营造的宫殿。

[2] "楚兵"句：指项羽引兵攻入咸阳，焚毁秦朝宫室一事。

[3] 长者：指德高望重之人。

[4] 生人：世人。

[5] 祖龙：指秦始皇。《史记·秦始皇本纪》："（三十六年）秋，使者从关东夜过华阴平舒道，有人持璧遮使者曰：'为吾遗滈池君。'因言曰：'今年祖龙死。'"裴骃集解引苏林曰："祖，始也；龙，人君象。谓始皇也。"项：指项羽。

咸阳怀古

〔唐〕韦庄

城边人倚夕阳楼，城上云凝万古愁。
山色不知秦苑废[1]，水声空傍汉宫流[2]。
李斯不向仓中悟[3]，徐福应无物外游[4]。
莫怪楚吟偏断骨[5]，野烟踪迹似东周[6]。

【注释】

[1] 秦苑：秦朝的宫苑。

[2] 汉宫：汉代的宫殿。著名的汉宫殿有长乐宫、未央宫、甘泉宫等。

[3] 李斯：秦相。仓中悟：典出《史记·李斯列传》："李斯者，楚上蔡人也。年少时，为郡小吏，见吏舍厕中鼠，食不洁，近人犬，数惊恐之。斯入仓，观仓中鼠，食积粟，居大庑之下，不见人犬之忧。于是李斯乃叹曰：'人之贤不肖譬如鼠矣，在所自处耳！'乃从荀卿学帝王之术。"

[4] 徐福：秦方士，齐人。《史记·秦始皇本纪》载："齐人徐市等上书，

言海中有三神山，名曰蓬莱、方丈、瀛洲，僊人居之。请得斋戒，与童男女求之。于是遣徐市发童男女数千人，入海求仙人。"徐市即徐福。

[5] 楚吟：楚人的悲叹或诗篇。断骨：骨头折断。比喻极其悲伤。

[6] 野烟：指荒僻处的霭霭雾气，荒凉之象。

晚发咸阳寄同院遗补 [1]

〔唐〕李嘉祐

征战初休草又衰，咸阳晚眺泪堪垂。
去路全无千里客[2]，秋田不见五陵儿[3]。
秦家故事随流水[4]，汉代高坟对石碑[5]。
回首青山独不语，羡君谈笑万年枝[6]。

【注释】

[1] 遗补：官位低却为天子近臣，类似拾遗、补阙。

[2] 千里客：指远游之人。

[3] 秋田：秋季畋猎。五陵儿：指西汉五陵附近的豪侠少年等人，借指纨袴子弟。

[4] 秦家：指秦王朝。

[5] 汉代高坟：葬在五陵原上的帝王将相的陵墓。

[6] 万年枝：宫中的常青树。借指宫廷。本句意为，羡慕对方在朝为官，可谈笑宫廷中的掌故秘闻。

登咸阳县楼望雨

〔唐〕韦庄

乱云如兽出山前[1]，细雨和风满渭川[2]。
尽日空濛无所见[3]，雁行斜去字联联[4]。

【注释】

[1] 乱云如兽：形容云团聚积像群兽一样。

[2] 渭川：即渭河。

[3] 空濛：下雨时烟雨迷蒙之状。

[4] 雁行：大雁飞行时按次排列成字。联联：接连不断貌。

咸阳 [1]

〔唐〕李商隐

咸阳宫阙郁嵯峨[1]，六国楼台艳绮罗[2]。
自是当时天帝醉[3]，不关秦地有山河[4]。

【注释】

[1] 此诗未知作于何时何地，因咏咸阳，姑置于此。郁：繁盛貌。嵯峨：高峻貌。这句是说秦都咸阳的宫殿既多又高。

[2] 六国楼台：据《史记·秦始皇本纪》载，秦始皇灭六国时，每灭一国便要在咸阳北坂上仿照该国宫殿样式修筑宫室，自雍门以东直到泾河、渭河，宫室、亭阁，复道相连不绝。掠来的六国美人、钟鼓均藏于宫中。绮（qǐ）罗：美丽的丝织品。此指穿着绮罗的美人。

[3] 天帝醉：典出张衡《西京赋》："昔者，大帝（天帝）说秦穆公而觐之，飨以钧天广乐。帝有醉焉，乃为金策，锡用此土，而翦诸鹑首。"谓天帝喜欢秦穆公，醉酒后用金策将秦地赐给穆公。

[4] 有山河：《史记·高祖本记》载："秦，形胜之国，带河山之险，悬隔千里。持戟百万，秦得百二焉。"意为秦地山河险固，百万兵可当诸侯二百万（一说二万兵可当诸侯百万）。末二句意为，秦能兼并天下并非由于地势险峻，而是上天所助。

秦原览古

〔唐〕于濆

耕者勷力地,龙虎曾角逐。火德道将亨[1],夜逢蛇母哭[2]。
昔日望夷宫[3],是处寻桑谷[4]。汉祖竟为龙[5],赵高徒指鹿[6]。
当时行路人,已合伤心目。汉祚又千年[7],秦原草还绿。

【作者简介】

于濆,字子漪,自号逸诗,邢州尧山(今河北省隆尧县)人。晚唐诗人。咸通二年(861)进士及第,仕终泗州判官。有《于濆诗集》传于世。《全唐诗》存诗一卷。《唐才子传》有载。

【注释】

[1] 火:五行之一,指汉朝国运属火。亨:通达。

[2] 蛇母哭:传说刘邦斩蛇于道,后有人在此地见一老妪夜哭,老妪言其子即白帝子,即为刘邦所斩之白蛇。

[3] 望夷宫:秦朝宫殿名,故址位于今陕西省咸阳市泾阳县。

[4] 桑谷:二木名。古时迷信以桑谷生于朝为不祥。

[5] 汉祖:指汉高祖刘邦。

[6] "赵高"句:用赵高"指鹿为马"典故。

[7] 汉祚(zuò):指汉朝的皇位和国统。

咸阳

〔唐〕胡曾

一朝阎乐统群凶[1],二世朝廷扫地空[2]。
唯有渭水流不尽,至今犹绕望夷宫[3]。

【注释】

[1] 阎乐：秦二世时的咸阳令，是赵高的女婿。统群凶：据《史记·秦始皇本纪》载，秦二世三年，刘邦、项羽率起义军逼近关中，二世惶恐，责问丞相赵高，赵高怕二世治罪，便与其婿咸阳令阎乐等谋划，由阎乐率兵千余人进入二世所居之望夷宫，逼二世自杀，另立二世侄子婴为秦王。后来子婴又设计杀了赵高，灭其三族于咸阳。刘邦入关，子婴投降，秦朝随之灭亡。

[2] 二世：即秦二世胡亥。

[3] 望夷宫：秦宫名。《括地志》："秦望夷宫在雍州咸阳县东南八里。张晏云临泾水作之，望北夷。"据《史记·秦始皇本纪》载，秦二世三年，刘邦、项羽率军进逼关中，秦二世心中惶恐，夜间梦见白虎咬死其左骖马，以为不祥之兆，便叫人占卜，卜者谓泾水作祟，于是二世便到泾水边上的望夷宫内斋戒，准备祭祀泾水之神。正在此时，阎乐率兵攻入望夷宫，逼二世自杀。

渭城春晚 [1]

〔五代〕谭用之

秦树朦胧春色微，香风烟暖树依依。
边城夜静月初上，芳草路长人未归。
折柳且堪吟晚槛[2]，弄花何处醉残晖。
钓乡千里断消息[3]，满目碧云空自飞[4]。

【注释】

[1] 渭城：秦都咸阳，西汉时改称渭城。

[2] 槛：栏杆。

[3] 钓乡：渔村。亦指家乡。

[4] 碧云：青绿色的云天。

咸阳怀古

〔元〕施子博

咸阳秋色草离离[1]，千古愁云锁翠微[2]。
黄犬已亡秦鹿失[3]，白蛇初段汉龙飞[4]。
烟消故国空流水，树老荒城自落晖[5]。
应是骊山九泉下[6]，死魂犹望采芝归[7]。

【作者简介】

施子博，元代（1206-1368）人，生平事迹不详。

【注释】

[1] 离离：草茂盛貌。

[2] 翠微：青翠的山色。

[3] 黄犬已亡：指李斯被杀事。据《史记·李斯列传》载，秦二世二年七月，丞相李斯被斩于咸阳，李斯临刑前谓其子曰："吾欲与若复牵黄犬。俱出上蔡东门逐狡兔，岂可得乎！"秦鹿失：指秦丧失天下。《史记·淮阴侯列传》："秦失其鹿，天下共逐之。"此句意为，秦二世信用赵高，杀了丞相李斯等能臣，秦政权也随即灭亡。

[4] 白蛇初段：据《史记·高祖本纪》载，高祖刘邦夜醉，将泽中蛇斩为两段，有一老妇哭道："吾子，白帝子也，化为蛇当道；今者赤帝子斩之，故哭。"赤帝子指刘邦，白帝子指嬴秦，赤帝是火，白帝是金，火克金。此为五德相克下的附会之说，以显示高祖代秦而起，乃天命所归。汉龙：指刘邦。

[5] "烟消"二句，是说秦汉古国早已烟消云散，如今的咸阳城只余老树落日，一片荒凉。

[6] 骊山：在今陕西省临潼县，秦始皇陵建于骊山下。

[7] 采芝：采仙草。芝，指紫芝，传说中的一种仙药。秦始皇曾派方士徐福入海求不死之药。末二句意为，秦始皇在骊山九泉之下可能还在等待着徐福给

他采来不死的仙药吧。笔调辛辣，嘲讽意味浓厚。

初之咸阳别二弟

〔明〕殷奎

地远知难别，官闲识异恩[1]。桑榆身未老[2]，松柏操终存[3]。亲养情弥切[4]，儿婚礼欲论。政须烦二弟，成此好家门[5]。

【注释】

[1] 异恩：特殊恩遇。

[2] 桑榆：比喻晚年；垂老之年。

[3] 松柏操：像松柏一样坚贞的节操。

[4] 亲养情：奉养父母之情。

[5] 家门：家庭的门风。

过咸阳故宫

〔明〕曹琏

西风匹马过咸阳，古木萧萧落照黄[1]。
一代衣冠声寂寂[2]，千年禾黍自穰穰[3]。
月明残垒寒鸦集，霜冷空濠旅雁翔[4]。
最是阿房遗址在，令人吊罢倍彷徨[5]。

【作者简介】

曹琏，号还素，别号叔玉，明山东青州府益都县（今山东省青州市）人。明神宗万历二十九年（1601）进士。有《曹叔玉先生遗稿》。

【注释】

[1] 萧萧：草木摇落的声音。落照：夕阳。

[2] 衣冠：原指古代士人的衣服，引申指世族、士绅。

[3] 穰穰（ráng ráng）：茂盛貌。

[4] 濠（háo）：护城河。

[5] 吊：凭吊。

咸阳晚渡

〔明〕鲁鼎

咸阳胜概总荒丘[1]，惟有年年渭水流。
烟渚远迷鸿雁雨[2]，棹歌遥渡白鸥洲[3]。
断云漠漠秦川暮[4]，落木萧萧汉苑秋[5]。
莫向渡头询往事，湍声长带古今愁[6]。

【作者简介】

鲁鼎，明代（1368-1644）人，生卒年不详。著有《重修四贤堂记》。

【注释】

[1] 胜概：胜景。

[2] 渚（zhǔ）：水中的小块陆地。

[3] 棹（zhào）歌：行船时所唱之歌。棹：船桨。白鸥洲：白鸥翔集的沙洲。

[4] 秦川：秦地。

[5] 汉苑：原西汉的上林苑，是皇帝射猎之所。此泛指汉苑故地。

[6] 湍（tuān）声：急流声。

咸阳道中怀古

〔明〕项元淇

萧萧匹马度函关[1]，古树风号雪满山。
汉寝唐陵咸寂寞[2]，秦川渭水故潺湲[3]。
繁华销歇同飞电[4]，世代兴亡似转环[5]。
惟有终南看不尽[6]，青苍万古留人间。

【作者简介】

项元淇，生卒年不详，字子瞻，号少岳，秀水（今浙江嘉兴）人。约明神宗万历（1573-1619）前后在世。南京太学生。谒选得上林录事。后以赀为光禄寺署丞。善赏鉴，于画无所不窥。善书，工诗及古文辞，有《少岳集》四卷存世。

【注释】

[1] 萧萧（xiāo xiāo）：指马鸣声。函关：函谷关。
[2] 汉寝：汉代陵墓。
[3] 潺湲（chán yuán）：水流缓慢貌。
[4] 销歇：同"消歇"衰败。飞电：闪电。
[5] 转环：形容变化很快。
[6] 终南：终南山。

过咸阳

〔明〕胡瑞

西风原上看咸阳[1]，往事追思感慨长。
周鼎秦灰何处是[2]，汉陵唐冢半成荒[3]。
黄牛耕断残基址[4]，绿树分开古战场。

惟有滔滔清渭水，年年无语笑炎凉[5]。

【作者简介】

胡瑞，祖籍四川，河南内乡人。明代（1368-1644）进士，正德年间（1506-1521）任山西巡抚，官至都察院右副都御使。

【注释】

[1] 原：指咸阳塬。

[2] 周鼎：周朝的鼎。周代以鼎作为重器，用以喻指天下。秦灰：指秦宫被焚后的灰烬。

[3] 汉陵：汉代帝王的陵墓。唐冢：唐代帝王将相的陵墓。

[4] 残基址：残留的遗址。

[5] 炎凉：原指气候的一冷一热。此比喻世事多变无常。

咸阳晚眺

〔明〕童轩

渭水东流落日西，咸阳秋色望中迷[1]。
荒烟古渡人稀到，衰柳空城马自嘶。
霸业已消三月火[2]，断碑犹载数行题[3]。
东门牵犬人何在[4]，空见年年碧草齐。

【作者简介】

童轩（1425—1498），字士昂，明江西鄱阳人。景泰二年（1451）进士。授南京吏科给事中。成化时（1465-1487），以户科都给事中入川镇压赵铎起事，累进右副都御史提督松潘军务。弘治中（1488-1505）官至南京礼部尚书。工书能诗。有《清风亭稿》《枕肱集》《梦征录》。

【注释】

[1] 迷：迷蒙。

[2] 霸业已消：指秦王朝的天下被推翻。三月火：指项羽屠咸阳城，烧秦宫室，大火三月不灭。

[3] 断碑：指秦始皇刻石颂扬其功绩的碑断裂残缺。

[4] 东门牵犬人：指李斯。李斯被诛杀前对其子说："吾欲与若复牵黄犬俱出上蔡东门逐狡兔，岂可得乎？"

怀古

〔明〕裴绅

渭水咸阳曲，西风古渡头。川原如昨日，物色已惊秋[1]。
秦关无灰烬[2]，周王尚冕旒[3]。萧条悲往迹，浩叹起浮鸥。

【作者简介】

裴绅（1513—1567），字子书，号右山，明山西蒲州（今山西永济）人。嘉靖十七年（1538）进士。授行人，擢御史，累官至右佥都御史，巡抚陕西，因遭谤致仕归。

【注释】

[1] 物色：风物；景色。

[2] 秦关：指秦时的关隘，通常指函谷关，或指潼关。

[3] 冕旒：冕（miǎn），指帝王的礼帽。旒（liú）：礼帽前后悬垂的玉串。

自蜀来秦咸原道中

〔清〕马维翰

无穷情欲诉高旻[1]，恰对终南蹙浅颦[2]。

土井辘轳艰得水[3]，板车觳觫最扬尘[4]。
乍生双塔垂云表，不分连樯起渭滨[5]。
秋草咸原弥望绿，汉陵唐寝问何人[6]。

【作者简介】

马维翰（1693—1740），字默临，又字墨麟，号侣仙，清浙江海盐人。康熙六十年（1721）进士。雍正间（1723-1735）从部郎擢四川建昌道，忤总督，诬以过失，解职入都质审。乾隆（1736-1795）即位时，授江南常镇道。诗文精悍，有《墨麟诗集》《旧雨集》。

【注释】

[1] 高旻（mín）：天空。

[2] 终南：指终南山。浅颦（pín）：眉微蹙貌。

[3] 辘轳：汲井水的装置。

[4] 觳觫（hú sù）：形容牛恐惧状，语出《孟子·梁惠王上》："王曰：'舍之。吾不忍其（指牛）觳觫，若无罪而就死地。'"此借指拉车的牛。

[5] 连樯（qiáng）：指船。渭滨：指渭河边。

[6] 汉陵唐寝：指汉唐帝王将相的坟墓。

咸阳怀古

〔清〕严虞惇

六王毕后霸图空[1]，三百离宫一炬中[2]。
八水凄清秋色早[3]，九嵕巀嶪夕阳红[4]。
车回博浪沙中客[5]，舟引蓬莱海上风[6]。
自料骊山万年计[7]，岂知遗恨在樵童[8]。

【作者简介】

严虞惇（1650？—1713），字宝成，号思庵，江苏常熟人。生有异禀，幼即能读九经、三史,有神童之称。清代文学家、藏书家。著述甚富,有《读诗质疑》三十一卷。

【注释】

[1] 六王毕:指秦始皇灭六国。霸图空:指秦朝灭亡。

[2] 三百离宫:泛指宫殿之多。

[3] 八水:指古代关中的八条河流。

[4] 九嵕(zōng):山名,位于今陕西礼泉东北。巇嶭(jié niè):高峻貌。

[5] 博浪沙中客:《史记·留侯世家》载:秦始皇灭韩,张良为韩报仇,在沧海君处得力士,做铁椎重一百二十斤,趁秦始皇东游,狙击秦始皇于博浪沙。后因以"博浪飞椎"为抗暴复仇之典,以"沙中客"指舍身报国复仇的志士。

[6] 蓬莱:传说中的仙山之一。

[7] 骊山:位于今陕西临潼东南,秦始皇陵墓所在地。

[8] 遗恨在樵童:指秦始皇的陵墓被项羽发掘后,其棺椁也被牧童失火烧毁。

咸阳早发

〔清〕王士祯

日照长陵小市东,依然踪迹逐飞蓬[1]。
未央宫阙悲歌里[2],鄠杜莺花泪眼中[3]。
已见铜人辞汉月[4],空留石马卧秋风[5]。
多情最有咸阳草,和雨和烟岁岁同。

【注释】

[1] 踪迹逐飞蓬:言诗人身不由己,漂泊无定。

[2] 未央宫:汉代宫名,位于今陕西西安西北。

[3] 鄠(hù)杜:指鄠县与杜陵。

[4] 铜人辞汉:三国魏明帝于景初元年(237),将汉武帝在长安建章宫建造的仙人承露盘拆除,准备迁至魏都洛阳。后因铜人太重无法运输而留在霸城。

后以此典感慨古今兴亡，伤怀吊古。

[5] 石马：指咸阳帝陵前的石刻雕马。

过苏家庄张仙翁宫 [1]

〔清〕刘企向

远驾牛车一径斜，清风细细透轻纱 [2]。
青山翠绽芙蓉朵 [3]，绿野红分苜蓿花。
岭树千层摇旭日 [4]，村烟几处乱朝霞 [5]。
仙翁骑鹤蓬莱去 [6]，前度刘郎鬓已华 [7]。

【作者简介】

刘企向，字若政，陕西咸阳人。清代医学家。业儒，涉猎《黄帝内经》，后致力于医学，就诊者踵趾相接。著有《月婴宝筏》。

【注释】

[1] 苏家庄张仙翁宫：清代咸阳一处隐者的居所，位于今陕西咸阳境内。

[2] 轻纱：薄薄的纱衣。

[3] 芙蓉：指莲花。

[4] "岭树"句：太阳从山岭上层叠的树木间冉冉升起。

[5] 村烟：村庄里生火做饭的炊烟。

[6] 仙翁：指张仙翁。骑鹤：谓仙家、道士乘鹤云游。

[7] 前度刘郎：刘郎，原指刘禹锡，典出刘禹锡《再游玄都观》诗："百亩庭中半是苔，桃花净尽菜花开。种桃道士归何处？前度刘郎今又来。"此为作者自指。诗人借此典抒发自己宦途多舛（chuǎn）、年华老大的感慨。

咸阳怀古

〔清〕贾复汉

烟岚霜叶一天秋[1],旧址萧条暮日愁[2]。
雾罩南山鸣塞雁[3],风翻渭水起沙鸥[4]。
入关豪杰空传汉[5],分陕元勋但纪周[6]。
惟有月明千古照,啼鸦夜夜护荒邱[7]。

【作者简介】

贾复汉,生卒年不详,清康熙(1662—1722)初年任陕西巡抚。

【注释】

[1] 烟岚(lán):山林中的雾气。

[2] 旧址:指咸阳的古代建筑遗址。

[3] 南山:终南山。

[4] 渭水:渭河。

[5] 入关豪杰:指刘邦首先进入武关,攻破秦都咸阳。

[6] 分陕:陕即今河南省陕县。相传周初周公旦、召公奭(shì)分陕而治,周公治陕以东,召公治陕以西。后谓封建王朝官僚出任地方官为"分陕"。

[7] 荒邱:指咸阳原上的汉唐帝王陵墓。

长陵

汉高祖刘邦与吕后合葬墓,位于今咸阳市秦都区窑店乡三义村附近。裴骃《史记集解》载:"长陵山东西广百二十步,高十三丈,在渭水北,去长安城三十五里。"今测底部东西长153米,南北宽135米,顶部东西55米,南北35米,高328米,与史籍记载相近。

长陵

〔唐〕唐彦谦

长安高阙此安刘[1],祔葬累累尽列侯[2]。
丰上旧居无故里[3],沛中原庙对荒丘[4]。
耳闻明主提三尺[5],眼见愚民盗一抔[6]。
千载腐儒骑瘦马[7],渭城斜月重回头。

【注释】

[1] 刘：指汉高祖刘邦。

[2] 祔（fù）葬：指陪葬。长陵陪葬墓有萧何、曹参、周勃、周亚夫、王陵、张耳、纪信、戚夫人、田燃、田胜及平原君等人的墓。

[3] 丰：汉高祖刘邦家乡沛郡丰邑，今江苏省徐州市丰县。

[4] 沛：沛县。原庙：在正庙以外另立的宗庙。《史记·高祖本纪》："及孝惠五年，思高祖之悲乐沛，以沛宫为高祖原庙。"

[5] 明主：指刘邦。提三尺：指刘邦举剑反秦之事。《汉书·高祖纪下》："吾以布衣提三尺，取天下，此非天命乎？"颜师古注："三尺，剑也。"

[6] 盗一抔（póu）：指毁坏陵墓。

[7] 腐儒：诗人自称。

长陵怀古

〔清〕张幹

马上飞龙诧乃公[1],殿前功狗困群雄[2]。
山河有分归隆准[3],今古无人续《大风》[4]。
二水带围松柏路[5],诸陵星拱鼎湖宫[6]。
竖儒漫说闲邱陇[7],祀典皇家累世崇[8]。

【作者简介】

张幹，清代（1644-1911）人，生平不详。

【注释】

[1] 马上：马背上。常指征战武功。《史记·郦生陆贾列传》："陆生时时前说称诗书。高帝骂之曰：'乃公居马上而得之，安事诗书！'"

飞龙：此指刘邦。典出《史记·高祖本纪》："高祖……父曰太公，母曰刘媪。其先刘媪（ǎo）尝息大泽之陂，梦与神遇。是时雷电晦冥，太公往视，则见蛟龙于其上。已而有身，遂产高祖。"诧：惊叹。乃公：傲慢的自称语。犹今言"你老子"。刘邦常如此自称。《汉书·高祖纪》："汉王辍食吐哺，骂曰：'竖儒，几败乃公事！'"

[2] 功狗：《史记·萧相国世家》："高帝曰：'夫猎，追杀兽兔者狗也，而发踪指示兽处者人也。今诸君徒能得走兽耳，功狗也。至如萧何，发踪指示，功人也。'"后以"功狗"比喻杀敌立功之人。

[3] 隆准：高鼻子，指刘邦。《史记·高祖本纪》："高祖为人，隆准而龙颜，美须髯，左股有七十二黑子。"

[4]《大风》：指刘邦所作《大风歌》。

[5] 二水：指泾河和渭河。

[6] 鼎湖宫：古代传说黄帝在鼎湖乘龙升天，后世常以此指代帝王驾崩。此指刘邦葬地长陵。

[7] 竖儒：对儒生的鄙称。《史记·郦生陆贾列传》："沛公骂曰：'竖儒！夫天下同苦秦久矣，故诸侯相率而攻秦，何谓助秦攻诸侯乎？'"闲邱陇：荒凉的坟墓。

[8] 累世崇：世世代代都很隆重。

顺陵

顺陵是武则天之母杨氏的陵墓，在咸阳市渭城区底张乡。后改称底张镇，现在称底张街道办事处。杨氏死于咸亨元年（670），以王礼葬。武则天于天授元年（690）称帝，改国号为周，追封其母为孝明高皇后，将墓改称为陵。陵园有内城和外城。在外城中部，原立有顺陵石碑。碑刻于长安二年（702）正月，系武三思撰文，相王李旦（即唐睿宗）书，字体方正，篆录相兼，系唐代名碑。碑石在明嘉靖三十四年（1555）地震毁断成7块，后修复，现藏咸阳市博物馆内。

过唐武氏父顺陵 [1]

〔明〕陈裴

门楣端不羡封侯[2]，眼底唐家已是周[3]。
鹦鹉难回千载梦[4]，麒麟空卧九原秋[5]。
满朝当日多巾帼，三尺今时俱土丘[6]。
独有恶名谁洗得，泾河依旧向东流[7]。

【注释】

[1] 唐武氏：即武则天，武周皇帝，公元690—705年在位。

[2] 门楣：门框上的横木，借指门第。陈鸿《长恨歌传》："男不封侯女作妃，看女却为门上楣。"后以"门楣"指能光大门第的女儿。

[3] "眼底"句：指武周代李唐之事。

[4] "鹦鹉"句：《资治通鉴·唐纪二十三》载："武承嗣营求为太子，数使人说太后（指武则天）曰：'自古天子未有以异姓为嗣者。'太后意未决。……他日，（太后）又谓仁杰曰：'朕梦大鹦鹉两翼皆折，何也？'"对曰："'武者，陛下之姓，两翼，二子也。陛下起二子。则两翼振矣。'太后由是无立承嗣之意。"

[5] 麒麟：传说中的祥瑞动物，这里指顺陵的石刻。九原：泛指墓地。这里指咸阳的陵墓。

[6] 三尺：代指人身体。

[7] 泾河：指顺陵北部的泾河。

凤凰台

凤凰台位于今咸阳仪凤西街北口，原为咸阳北城楼，明洪武四年（1371）建，传说秦穆公的幼女弄玉与萧氏吹箫引凤至此；另一说为，台建筑形制颇似凤凰，故名凤凰台。

登咸阳凤凰台

〔清〕张大森

台起凌虚空[1]，丹凤栖云表[2]。蹬道挂三峰[3]，首尾俱缭绕。
立神擎洞宇，天风响柏杪[4]。开户吞明月，卷帘惊宿鸟。
千家树稀密，万岭烟昏晓。秋色何处来，不忍肆凭眺[5]。
秦宫粉黛假，五陵尽荒莎[6]。土穴窜鼯鼪[7]，残碑杂蔍莎[8]。
还念尘世间，荣枯徒扰扰[9]。惟有南山色，亘古青未了。

【作者简介】

张大森，清代人，生平不详。

【注释】

[1] 凌虚空：升向高空或高高地在空中。

[2] 云表：云外。

[3] 蹬（dèng）：石头台阶。

[4] "天风"句：风吹柏树梢头之声，言其台高。杪（miǎo）：树枝的细梢。

[5] 肆：任意。

[6] 五陵：指汉代帝王的五座陵墓，位于今陕西咸阳渭河北岸。

[7] 鼯鼪（wú shēng）：泛指小动物。鼯：鼯鼠，尾长，可从树上滑翔而下，居树洞之中，昼伏夜出。鼪：鼬鼠，俗称"黄鼠狼"。

[8] 蔍（lù）：鹿蹄草。莎：草名。即青葙。此句谓残碑边杂草丛生。

[9] 扰扰：纷乱貌；烦乱貌。

登凤凰台

〔清〕张枚

昔人曾赋凤凰台,此地名存亦畅哉。
诸殿参差明暗得[1],环窗掩映北南开。
声能通汉非兰梵[2],气足吞寰不碍埃[3]。
莫厌相将跻石蹬[4],嵕山渭水缀檐隈[5]。

【作者简介】

张枚,清代人,生平不详。著有《汾山偶椶》一卷。

【注释】

[1] 参差(cēn cī):长短高低不齐。

[2] 汉:天河。兰梵:梵音,法音。

[3] 吞寰:包藏天下。

[4] 相将:相偕,相共。

[5] 嵕(zōng)山:山名,位于今陕西中部礼泉东北。檐隈(wēi):檐下平台或走廊的角落。

宫人斜

亦称"内人斜"。咸阳旧城墙内埋葬宫女之地。故址在今陕西咸阳市渭城区摆旗寨村村北,因路从长安西斜出得名。《类说》卷四引《秦京杂记》:"咸阳旧墙内谓之内人斜,宫人死者葬之,长二三里,风雨闻歌哭声。"

宫人斜

〔唐〕雍裕之

几多红粉委黄泥[1]，野鸟如歌又似啼。
应有春魂化为燕[2]，年来飞入未央栖[3]。

【注释】

[1] 红粉：代指宫人。黄泥：黄土。

[2] 春魂：指死去的宫人的魂魄。

[3] 未央：汉未央宫，建于汉高祖七年（前200），在长安城内西南隅。此泛指宫殿。

宫人斜绝句

〔唐〕权德舆

一路斜分古驿前[1]，阴风切切晦秋烟[2]。
铅华新旧共冥寞[3]，日暮愁鸱飞野田[4]。

【注释】

[1] 古驿：古老的驿站，是供传递公文或消息的马中途休息之地。

[2] 切切：拟声词。形容声音凄切。晦：昏暗。

[3] 铅华：铅粉是古代人用的化妆品，以铅华代指脂粉，此借指宫人。冥寞：谓死亡。

[4] 鸱（chī）：古书上指鹞（yào）鹰。

杜邮馆

唐长安西行道上驿站。在今陕西咸阳市东。秦昭王曾命白起自杀于此。

杜邮馆

〔唐〕汪遵

杀尽降兵热血流[1]，一心犹自逞戈矛[2]。
功成若解求身退，岂得将军死杜邮[3]。

【作者简介】

汪遵，生卒年不详，宣州泾县（今安徽泾县）人。咸通七年（866）登进士第。家贫，初为县小吏，借书于人，昼夜苦读，工为诗，人皆不觉。后辞吏就试。《全唐诗》编诗一卷。《唐才子传》有载。

【注释】

[1] 杀尽降兵：指白起在秦赵长平之战中坑杀赵军俘虏四十多万人。
[2] 逞戈矛：这里指自矜杀伐之功。
[3] 死杜邮：白起在长平之战的功劳受到秦昭王和范雎（jū）的猜忌，后被逼在此地自裁。

杜邮怀古

〔清〕刘企向

黄土一抔渭水滨[1]，道傍碑峙伴渔纶[2]。
生前已被秦王恶[3]，死后还遭宋祖嗔[4]。
野草风吹舒旧恨，闲花雨洒泣前因。

将军武略孙吴并，智信勇严惟欠仁[5]。

【注释】

[1] 渭水滨：指咸阳渭河岸边。

[2] 碑峙：碑石。渔纶：钓线。

[3] 秦王：指秦昭王。

[4] 宋祖：指宋太祖赵匡胤。赵匡胤称帝后，曾谴责白起。《续资治通鉴·卷三·宋记》："初，帝幸武成王庙，历观两廊所画名将，以杖指白起曰：'起杀已降，不武之甚，何为受享于此！'命去之。"

[5] 末二句谓秦将白起和春秋战国时的孙武与吴起一样善用兵，但却不具备孙武所说将之"五德"中的"仁"。将军：指秦将白起，因忤怒昭王而在杜邮自杀。孙吴并：指和春秋战国时的孙武与吴起一样善用兵。智信勇严惟欠仁：孙武《孙子兵法·计篇》中提出将之"五德"："将者，智、信、仁、勇、严也。"

奉陪侍中春日过武安君庙 [1]

〔唐〕卢纶

长裾间貔虎[2]，遗庙盛攀登。白羽三千骑[3]，红林一万层。
元臣达幽契[4]，祝史告明徵[5]。抚坐悲今古，瞻容感废兴。
回风卷丛柏，骤雨湿诸陵。倏忽烟花霁，当营看月升。

【注释】

[1] 侍中：浑侍中，为河中（今山西永济）节度使浑瑊（jiān）。侍中，官职名。武安君：古代封号名。武安，以武功治世、威信安邦誉名。最早出自西周，历朝历代国之能安邦胜敌者均号"武安"。此指秦国名将白起。

[2] 貔（pí）：传说中的一种野兽，像熊。貔虎，形容军队勇猛异常。

[3] 白羽：古代军中主帅所执的指挥旗。又称白旄。亦泛指军旗。

[4] 元臣：重臣；老臣。幽契：隐微的心情或契机。

[5] 徵：同"征"，用武力征服。此句意为，后代的庙祝与史官都称颂白起

的功绩。

清渭楼

故址位于今咸阳市渭城区,始建于宋代。

留题清渭楼

〔宋〕黄孝先

黄公爱山不知休[1],终日不下清渭楼。
与官落得官下隐[2],爱山不得山中游。
朝看暮看山更好,古人今人空自老。
天生定分不可移[3],白云悠悠寄怀抱[4]。

【作者简介】

黄孝先,字子思,宋建州浦城(今属福建)人。宋仁宗天圣二年(1024)进士。为广州尉,改宿州尉,又改宿州司理。以善治狱迁大理寺丞,知咸阳县,移绵竹。终太常博士、通判石州。所著诗二十卷,苏轼为之序,已佚。

【注释】

[1] 黄公:或为诗人自指。
[2] 官下隐:隐于朝,为古时认为的大隐。
[3] 定分:定数。
[4] 白云悠悠:出自唐代诗人崔颢的《黄鹤楼》"白云千载空悠悠"句,抒发世事无常之感慨。

登清渭楼

〔清〕严玉森

天风海水一弦中[1],野服山蔬万象空[2]。
泾渭双流涵镜阁[3],汉唐千树送花骢[4]。
关西客泪霜堆鬓[5],笛里江梅雪满篷。
更忆真州东去路[6],新城十里小桃红。

【作者简介】

严玉森,生卒年不详,字鹿溪,一字六希,号虚阁,仪征(今属江苏扬州)人。同治十二年(1873)举人,官户部主事。有《虚阁遗稿》。

【注释】

[1] 天风海水:语出汉乐府民歌《饮马长城窟行》:"枯桑知天风,海水知天寒。"

[2] 野服:村野平民服装。山蔬:山中野菜。

[3] 泾渭:指泾河和渭河。涵:包围。镜阁:指清渭楼。

[4] 汉唐千树:指古老而高大的树木。花骢(cōng):青白色的马。

[5] 关西客:此为诗人自指。关西:古代崤关、函谷关以西称关西。

[6] 真州:宋大中祥符六年(1013)升建安军所置,治所位于今江苏仪征。为作者家乡。此句抒写诗人思念家乡之情。

淳化县

淳化县地处三秦腹地,泾水之阳,距离西安市75公里,咸(阳)旬(邑)高速、211国道穿境而过。淳化县文化底蕴深厚,文物遗存丰富。远古时期,中华始祖黄帝曾在境内甘泉山筑明廷,在荆山铸鼎,祭天神,治天下。周秦汉唐为京畿之地,以"三辅名邑"誉满九州。前350年置云阳县,公元993年,宋太宗赐年号而更名淳化，有"淳德以教化天下"之意，民风、民俗淳朴。淳化为古豳（bīn）地，现存历史文物古迹324处，著名的有西汉甘泉宫遗址、全国罕见的"西周大鼎"、世界唯一的"唐三阶教刻经石窟"等。

仲山

位于今陕西省淳化县车坞乡西南部山区，距淳化县城4公里，为淳化、泾阳两县天然分界。传说汉高祖刘邦之兄刘仲曾居于此山。山上原有仲子庙，而后名仲山，东有嵯峨山，西为九嵕山，此山居中，序为二，因称仲山。

仲山

〔唐〕唐彦谦

千载遗踪寄薜萝[1]，沛中乡里旧山河[2]。
长陵亦是闲丘陇[3]，异日谁知与仲多[4]。

【注释】

[1] 薜萝：指薜荔与女萝，指代隐士的服装。此处借指居处。

[2] 沛中：汉高祖刘邦的故乡沛县，位于今江苏沛县。

[3] 长陵：汉高祖刘邦的陵墓，位于今陕西咸阳东北的渭水北岸。

[4] 仲：指刘邦的兄长刘仲。末两句意为，汉高祖虽拥有天下，但千载之下与其兄同为一荒丘，拥有的未必比仲多。

甘泉宫

甘泉宫遗址位于咸阳市淳化县城北的甘泉山南麓，是一处西汉时期的宫殿遗址，为省级重点文物保护单位。黄帝祭祀神灵，朝诸侯的万灵明庭就在甘泉。古代重视甘泉山，秦、汉两朝在此营建宫室，是因为甘泉一带以地势险要闻名。甘泉山是屏障咸阳的前哨。秦始皇为了防御外侮，在甘泉山筑林光宫，又在甘泉至内蒙九原修直道，以利军备。甘泉山山高气爽，是避暑胜地。而秦始皇到甘泉林光宫，不仅是为了避暑，更有威慑匈奴的安边作用。西汉时期，甘泉宫的规模仅次于长安未央宫。秦汉以降至唐，帝王们往返于甘泉宫，是因为有许多重大朝政决策在这里进行，如朝见诸侯，宴飨外国使臣等，而防外侮、安边始终是重要的活动内容。

汉武帝通天台址 [1]

〔清〕王士禛

通天台畔望咸京[2]，秋入秦川雨半晴[3]。
御宿不来仙掌散[4]，宫车已往露盘倾。
神光遥指虚无影，渭水长流日夜声。
此去西风茂陵路[5]，只应肠断沈初明[6]。

【注释】

[1] 通天台：台名，又称候神台、望仙台。在今陕西省淳化县西北甘泉山故甘泉宫中。《汉书·郊祀志第五下》："于是上（汉武帝）令长安则作飞廉、桂馆，甘泉则作益寿、延寿馆，使卿持节设具而候神人。乃作通天台，置祠具其下，将招来神仙之属。"

[2] 咸京：指咸阳。

[3] 秦川：古地区名，泛指今陕西、甘肃秦岭以北平原地带。

[4] 御宿：汉宫苑名。亦川名。《汉书·扬雄传上》："武帝广开上林，南至宜春、鼎湖、御宿、昆吾。"颜师古注："御宿在樊川西也。"仙掌：承露仙掌。汉武帝好仙，作仙掌承露盘承甘露。

[5] 茂陵：汉武帝刘彻的陵墓，位于今陕西兴平。

[6] 沈初明：名炯，南北朝时人。曾独自行经汉武帝通天台，写奏表以陈思乡之意。

甘泉宫瓦歌 [1]

〔清〕林佶

自注：吉人兄同人游秦，得瓦于田畔瓦砾中，径五寸强，厚一寸弱，围一尺二寸弱。吉人另有记。宝器逾晦逾光明，才人沉沦久而光显者，何独不然。

甘泉汉宫遗古瓦，何年弃掷荒陇下。
泥沙埋没风雨剥，谁人物色求诸野[2]。
阿兄游宦西入秦，嗜奇好古搜沉沦。
西京文字传绝少[3]，何意长生四字完形神[4]。
周围一尺有二寸，水清翡翠光鲜新。
非篆非隶含古意，不雕不琢归元淳[5]。
欧阳集古见未到[6]，刘攽博雅谁探真[7]。
二千余年复宝重，转忆飞帘太乙俱成尘[8]。
当涂铜雀非侪偶[9]，历十四朝真可久[10]。
宝器逾晦逾光明，肯让漳河片瓦传不朽。

【作者简介】

林佶（jí 1660—？），字吉人，号鹿原，清福建侯官人。康熙五十一年（1712）进士，授内阁中书。官中书舍人。小楷篆隶师汪琬，笔意刚健，尤精小楷，手写《尧峰文钞》《渔洋诗精华录》《午亭文编》皆刊版行世。著有《朴学斋集》。

【注释】

[1] 瓦：瓦当。
[2] 物色：按一定标准去访求。
[3] 西京：指西汉都城长安。
[4] 长生四字：即瓦当上所刻的"长生未央"四字。
[5] 元淳：天真朴素，未经雕琢。

[6] 欧阳集古：指北宋著名文学家欧阳修的《集古录》。

[7] 刘攽：北宋史学家，参修《资治通鉴》。

[8] 飞帘：飞廉观，位于上林苑中。太乙：太乙坛。

[9] 铜雀：铜雀台，位于今河北临漳西南古邺城西北隅。侪（chái）偶：配偶、相配。

[10] 十四朝：指西汉到作者生活的清代共是十四朝。

乾县

乾县古称好畤（zhì）、奉天、乾州，位于关中平原中段、渭北高塬南缘，是闻名中外的唐高宗李治与女皇武则天合葬墓——乾陵所在地。乾县地处"关中—天水经济区"和西安咸阳半小时经济圈的核心地带，是古"丝绸之路"上的商贸重镇。

乾陵

唐高宗李治与武则天的合葬墓，位于乾县城北6公里的梁山上。墓因山为陵，气势雄伟壮观。梁山有三峰，北峰最高，海拔1047.9米，高宗和武则天的合葬墓就在此峰中。南面两峰较低，东西对峙，中间为司马道。故而，这两峰命名为"乳峰"。

"唐高宗陵墓"墓碑，原为陕西巡抚毕沅所立，原碑已毁，清乾隆年间重立。今碑右前侧另一块墓碑，有郭沫若题写的"唐高宗李治与则天皇帝之墓"12个大字。

乾陵墓区还有永泰公主墓、章怀太子墓及懿德太子墓。

乾陵

〔金〕刘仲游

其一

冬苑花开瑞气殊[1],唐朝周号谩窥图[2]。
聪明终悟梁公谏[3],宗庙明禋不祔姑[4]。

【作者简介】

刘仲游,生卒年不详,字景文,大兴宛平(今属北京市)人。主要活动于金大定(1161-1189)、明昌年间(1190-1196),诗人、诗集收藏家。曾官坊州知州、京兆同尹。

【注释】

[1] 冬苑花开:据《唐诗记事》载,武则天天授二年(691)腊月,一些反对武则天的大臣密谋策划,谎奏皇宫上苑中的花尽开,请武则天观看,想借机除掉武则天。武则天识破其阴谋,下诏曰:"明朝游上苑,火急报春知。花须连夜发,莫待晓风吹。"凌晨时分,上苑中果然百花齐放,那些大臣们见她有如此神威,便不再敢反对她。

[2] 唐朝周号:武则天称帝后,改唐朝国号为周。谩窥图:用欺骗蒙蔽的手法暗中图谋。

[3] 梁公:即狄仁杰(607-700),字怀英,并(bīng)州太原人,武则天统治时的名相,直言敢谏,政绩卓著。唐睿宗时(710-712在位)追封为梁国公。

[4] "宗庙"句:据《新唐书·狄仁杰传》载,武则天想立其侄武三思为太子,狄仁杰谏曰:"姑侄与母子孰亲?陛下立庐陵王,则千秋万岁后常享宗庙;三思立,庙不祔姑。"武则天顿然悔悟,当天就派人把庐陵王李显接回,不久即立为太子,即后来的唐中宗。

其二

处分昭陵牢固帖[1]，宣和秘阁至今藏[2]。
外人岂计国家事，还笏空悲褚遂良[3]。

【注释】

[1] "处分"句：据《隋唐嘉话》记载，唐太宗喜爱王羲之书法，以重金搜购到王羲之《兰亭集序》真迹，异常珍爱。太宗死后，褚遂良上奏曰："《兰亭》先帝所重，不可留。"遂将《兰亭集序》陪葬入昭陵。

[2] 宣和秘阁：宣和为宋徽宗的年号（1119—1125）。宋徽宗喜爱收藏书画，《宣和书谱》载有宋徽宗宣和内府收藏的许多珍贵书法墨迹，其中即有王羲之的一些真迹。

[3] 还笏（hù）：据《新唐书·褚遂良传》载，唐太宗临死时，召褚遂良和长孙无忌，嘱托他们辅佐太子。唐高宗即位后，欲废王皇后，另立武则天为后，召褚遂良等大臣商议。褚遂良坚决反对废王皇后，谏曰："陛下必欲改立后者，请更举贵姓。昭仪昔事先帝，身接帷第，今立之，奈天下耳目何？"高宗羞惭不语，褚遂良便将朝笏置于殿阶上叩头流血，曰："还陛下此笏，丐归田里。"高宗大怒，命人将其拉出，武则天在帘后呼道："何不扑杀此獠？"长孙无忌答曰："遂良受顾命，有罪不加刑。"高宗立武则天作皇后后，贬褚遂良为潭州都督，后又贬为爱州刺史，并死于那里。末二句是说，废立皇后本是皇帝家事，非外人所能干预，褚遂良虽然满怀悲愤，以"还笏"相抗争，也终归徒然。

乾陵

〔明〕刘基

蕃王俨倚立层层[1]，天马排行势欲腾[2]。
自是登临多好景，岐山望足看昭陵[3]。

【作者简介】

刘基（1311—1375），字伯温，处州青田（今属浙江温州市文成县）人。元末进士，曾任江西高安县丞、江浙儒学副提举，后弃官还乡，曾著《郁离子》，寓言讥刺元末暴政。后辅佐朱元璋建立明朝，官御史中丞兼太史令，封诚意伯。后辞官，为胡惟庸所谮，忧愤而死（一说为胡毒死），谥文成。通经史，精象纬，工诗文，为一代文宗。有《郁离子》《覆瓿集》《犁眉公集》等。

【注释】

[1] 蕃（fān）王：唐高宗入葬乾陵时，有许多外族、外国首领前来参加葬礼，武则天特为他们雕刻石像以为纪念。乾陵今尚存有六十一个蕃王石像，背部刻有国名、官职和姓名，多已残毁不全。俨倚：恭敬庄重地随伴着。"蕃"，同"藩"

[2] 天马：指乾陵前的石刻飞马。势欲腾：言这些石刻飞马形象生动，似乎就要飞腾而去。

[3] 岐山：在今陕西省岐山县城东北，为周王朝发祥地。昭陵：唐太宗李世民的陵墓，在今陕西省礼泉县东北。末二句意为，站在乾陵之上，可以西望岐山，东眺昭陵。

乾陵歌

〔明〕李梦阳

九重之城双阙峙[1]，前有无字碑[2]，突兀云霄里。
相传翁仲化作精[3]，黄昏下山人不行。
蹂人田禾食牛豕，强弩射之妖亦死。
至今剥落临道傍[4]，大者虎马小者羊。
问此谁者陵？石立山崔嵬[5]。铜铁锢重泉[6]，银海中萦回[7]。
巢也信力何由开[8]？
君不见金棺玉匣出人世[9]，蔷薇冷面飞尘埃[10]。
百年枯骨且不保，妇人立身何草草[11]。

【作者简介】

李梦阳（1472—1530），字献吉，自号空同子，庆阳府安化县（今甘肃庆城县）人，迁居开封。弘治六年（1493）进士，曾任户部主事、户部郎中、山西布政司经历、江西提学副使。卒，弟子私谥文毅，天启初，追谥景文。工书法，得颜真卿笔法；精于古文词，提倡"文必秦汉，诗必盛唐"，强调复古。明代中期文学家，与何景明、徐祯卿、边贡、康海、王九思、王廷相等号称七才子，后人称"前七子"。有《空同先生集》六十三卷。《明史》有传。

【注释】

[1] 九重之城：旧指帝王所居之处，此指乾陵。双阙：乾陵建于梁山北峰上，在南山上东西对峙地建有一对土阙。

[2] 无字碑：乾陵前东边的一座石碑，高6米多，由一整块巨石刻成，高大壮观。碑额刻有八条螭首盘交，碑侧有线刻大龙云纹，碑座刻有骏马、雄狮等，精致生动。碑初立时不刻一字，一说是武则天自以为功高德大，"民无得而名焉"，故不刻字；一说是她临终遗言，己之功过由后人来评，故不刻碑文。

[3] 翁仲：明人彭大翼《山堂肆考》载："翁仲姓阮，身长一丈二尺……秦始皇并天下，使翁仲将兵守临洮，声振匈奴，秦人以为瑞。翁仲死，遂铸铜像，置咸阳司马门外。"后遂称立于宫阙庙堂和陵墓前的铜人或石人为"翁仲"。此指乾陵前的石人、石兽。化作精：相传乾陵前的石人曾成精作怪，每到夜间即四处奔走，踩踏庄稼，吃掉牛羊。

[4] 剥落：毁坏。

[5] 崔嵬：高峻貌。

[6] 锢：将金属熔化以浇灌堵塞空隙。据传乾陵用石条砌建，以铁栓板固定，并在石缝间灌注铁水加固。重泉：九泉。

[7] 银海：古代帝王陵墓中灌注水银制造的人工湖。《史记·秦始皇本纪》："始皇初即位，穿治骊山乃并天下，天下徒送诣七十余万人，穿三泉，下铜而致椁……以水银为百川江河大海。"

[8] 巢：黄巢。信力：凭力气。相传黄巢曾挖掘乾陵。

[9] 金棺：金饰之棺。玉匣：汉代皇帝的葬具，即玉衣。指古代帝后诸侯王

的葬服。晋葛洪《西京杂记》卷一："汉帝送死皆珠襦玉匣，匣形如铠甲，连以金镂，武帝匣上皆镂为蛟龙鸾凤龟龙之象，世谓为蛟龙玉匣。"此以金棺玉匣极言武后葬具殓服之奢华贵重。

[10] 蔷薇冷面：形容容貌姣美。此句谓武后的棺柩一旦被掘出，昔日的玉颜顿时会化作尘灰。

[11] 草草：草率。

首夏上乾陵 [1]

〔明〕范文光

薄游驱老马，暇日此追随[2]。麦熟黄垂地，苔深绿绕碑。
妒风腥草木，妖气染熊罴[3]。自丑生前事，难题石上辞[4]。

【作者简介】

范文光（？—1652），明内江（今属四川）人。天启间（1621-1627）举人。崇祯（1628-1644）中历官工部主事、南京户部员外郎，永明王时为右佥都御史，巡抚川南。后入山归隐。清兵入嘉定时，服毒自杀。

【注释】

[1] 首夏：始夏，初夏，指农历四月。
[2] 薄游：即游，薄为语助词。暇日：闲暇之日。
[3] "妒风"二句意为：乾陵周围的草木都被武则天的嫉妒之风染得腥臭，石人石兽都因被妖气所侵而变成妖怪。据《新唐书·后妃传》载，武则天生性嫉妒，因与王皇后、萧良娣争宠，便诬陷二人，将她们砍掉手足投进酒缸中淹死。其侄女因美貌得到高宗喜爱，亦被其毒死。
[4] "自丑"二句意为：乾陵前的无字碑之所以无字，是因武则天自知平生丑事太多，所以难以撰写碑文。

乾陵

〔明〕王祖嫡

乾陵双阙峙高冈[1]，象马夷酋俨列行[2]。
一代大伦争子侄[3]，三朝宏业忽周唐[4]。
南山枉费秦皇锢[5]，西盗终窥吕雉藏[6]。
无字穹碑谁记述[7]？九原重起骆宾王[8]。

【作者简介】

王祖嫡（1531—1590），字胤昌，号师竹，明河南信阳卫人。家世军职，父以冤夺爵卒，王祖嫡为父申冤昭雪。隆庆五年（1571）进士，选庶吉士，授检讨，官至右春坊右庶子兼侍读。有《家庭庸言》。

【注释】

[1] 双阙：指梁山南二峰的天然双阙。

[2] 象马夷酋：指乾陵陵墓前竖立的藩臣石像等石刻。象：古时陪葬用的木制或陶制的偶人。马：陵墓前雕刻的石马。夷酋：少数民族的头领。俨：庄重。

[3] 大伦：古代以君臣、父子、夫妻、兄弟、朋友为五伦，大伦指君臣之伦。争子侄：这里指武则天继承人之争。武则天原想传位给自己的侄子，后狄仁杰等人劝谏，才传位给自己的儿子。

[4] 三朝：指唐代高祖、太宗、高宗三朝。

[5] 南山：终南山。

[6] 西盗：指西汉末赤眉军盗掘汉陵之事。吕雉：指吕后。上二句字面说汉代事，实说唐代（乾陵）事，吕雉代指武则天。

[7] 无字穹（qióng）碑：指乾陵前的无字碑。

[8] 九原：九州。骆宾王：初唐文学家，曾随徐敬业起兵讨伐武则天，撰《讨武曌（zhào）檄》。

无字碑题诗 [1]

〔清〕许孙荃

其一

突突孤孤插太清[1]，行人遥指是乾陵。
则天虐焰今何在[2]，台殿焚烧石兽崩。

【作者简介】

许孙荃，字四山，清（1644-1911）江南合肥（今属安徽）人。康熙九年（1670）进士，历官翰林院侍讲、陕西学使，工诗文，有《慎墨堂诗集》。

【注释】

[1] 太清：道家称天空为太清。
[2] 虐焰：残暴的气焰。

其二

乾陵松柏遭兵燹[1]，满野牛羊春草齐。
惟有乾人怀旧德，年年麦饭祀昭仪[2]。

【注释】

[1] 兵燹（xiǎn）：指由于战乱而遭受的焚烧破坏。燹，野火。
[2] 麦饭：陕西农家传统小吃。用各种蔬菜和干面粉拌匀，蒸而食之。此指祭祀用的饭食。祀：祭祀。昭仪：古代皇帝妃嫔的称号，此处指武则天。武则天被唐高宗纳入宫后曾为昭仪。

武后陵

〔清〕袁枚

其一

高卷珠帘二十年[1]，女人星换紫微天[2]。
明堂黜配无光武[3]，本纪开端有史迁[4]。
鹤监佟容才子住[5]，南牙不放阿师颠[6]。
莲花霜折宫床冷[7]，犹见金轮荡晚烟[8]。

【作者简介】

袁枚（1716—1797），字子才，号简斋，晚号随园老人，清浙江钱塘人。少负才名，乾隆四年（1739）进士。任溧水、江宁等县知县，有政绩。四十岁即告归，在江宁小仓山下筑园名"随园"，吟咏其中。诗主性灵，古文骈体亦自成一格。有《小仓山房集》《随园诗话》《子不语》等。

【注释】

[1] 高卷珠帘：封建时代女后临朝听政时，殿上要用帘子遮隔，称为垂帘。《旧唐书·高宗纪》载："上（唐高宗）每视朝，天后（武则天）垂帘于御座后，政事大小，皆与闻之。"唐高宗死后，武则天先后废掉唐中宗、唐睿宗，改国号为周，自称圣神皇帝。二十年：武则天于公元684年称帝，到704年退位，当了二十年皇帝。

[2] 紫微：星座名，古人常用以喻帝王居处。此句是说武则天以女子而即帝位。

[3]"明堂"句：《后汉书·光武帝纪》载："甲申，使司空告祠高庙曰：'高皇帝与群臣约，非刘氏不王。吕太后贼害三赵，专王吕氏，赖社稷之灵，禄、产伏诛，天命几坠，危朝更安。吕太后不宜配食高庙，同祧至尊。'"东汉光武帝刘秀下诏将吕后庙主迁出高庙。明堂，古代帝王宣扬政教的地方，朝会、祭祀等大典均在其中举行。此句意为，武则天所作所为与吕后相似，可是唐朝

皇帝中无人像汉光武帝那样将她从宗庙祭祀中黜（chù）逐。

[4]"本纪"句：司马迁《史记》中有《吕太后本纪》，是历史上第一次为女皇帝立传。

[5] 鹤监：即控鹤府。《新唐书》载，武则天于圣历二年设置控鹤府（后改名为奉宸府），接纳当时名士阎朝隐、薛稷、员半千等在内任职。

[6] 南衙：唐代宫城在长安城北，省、台、寺、监各官署都设在宫城之南，故称为南衙。阿师：指武则天的男宠薛怀义，恃宠骄横，当时人称薛师。

[7] 莲花霜折：此指武则天的男宠张昌宗兄弟被杀事。《旧唐书·杨再思传》载，张易之、张昌宗兄弟以姿貌得到武则天宠幸，杨再思谄谀张昌宗说："人言六郎面似莲花，再思以为莲花似六郎，非六郎似莲花也。"武则天晚年卧病，宰相张柬之等人策划，由羽林军杀了张昌宗、张易之兄弟，拥唐中宗复位。

[8] 金轮：指武则天。佛经言转轮王中，以金轮王为最胜，武则天自号为金轮圣神皇帝。

其二

含风殿唱小秦王[1]，短发重歌武媚娘[2]。
十月梨花知宰相[3]，一篇檄草叹文章[4]。
慈心果自啼鹦鹉[5]，杀气终教晒凤凰[6]。
爱绝丑奴为殉未[7]，荒坟相对有庄襄[8]。

【注释】

[1] 含风殿：唐太宗所居宫殿。小秦王：指《秦王破阵乐》。唐太宗为秦王时，破刘武周，军中作此乐，太宗即位后，宴会时必奏此乐。

[2] 短发：《新唐书·后妃传》载，武则天十四岁时，以美貌被唐太宗召为才人，赐号"武媚"。武媚娘：《新唐书·后妃传》载："昔高祖时，天下歌《桃李》，太宗时，歌《秦王破阵》，高宗歌《堂堂》，天后（武则天）世，歌《武媚娘》……。"

[3] 十月梨花：《新唐书·杜景佺传》载，某年梨树秋十月开花，武则天认为是祥瑞之兆，众臣同声道贺，谓乃武则天的德泽所致，独有杜景佺说："阴

阳不相夺伦,渎则为灾。今草木黄落,而木复华,渎阴阳也。窃恐陛下布德施令有所亏素。臣位宰相,助天治物,治而不和,臣之咎也。"武则天赞其为"真宰相"。

[4] 一篇檄草:徐敬业起兵反武则天,骆宾王作《为徐敬业讨武曌檄》一文。武则天读后感叹:"宰相安得失此人!"

[5] "慈心"句:据《狄梁公祠碑》载:"则天有疾,公入问。则天曰:'我梦鹦鹉折双翅者何?'对曰:'武者,陛下之姓;相王、庐陵王,则陛下之羽翼也,是可折乎!'则天一旦感悟,密诏庐陵王矫衣而入。"此句意为,武则天因为梦见鹦鹉折翅哀啼,才生出慈母之心,将儿子庐陵王李显立为太子。

[6] "杀气"句:武则天想改唐为周,怕人心不服,便任用酷吏来俊臣、索元礼等对反对她的人和李唐王朝的宗室重臣大肆捕杀。据唐代张鷟笔记小说集《朝野佥载》记载,酷吏索元礼、王旭等设置种种酷刑,有凤凰晒翅等名目,"以横木关手足而转之,名凤凰晒翅"。

[7] 丑奴:指秦国宣太后的男宠魏丑夫。《战国策·秦策二》载:"秦宣太后爱魏丑夫。太后病将死,出令曰:'为我葬,必以魏子为殉。'魏子患之。庸芮为魏子说太后曰:'以死者为有知乎?'太后曰:'无知也。'曰:'若太后之神灵,明知死者之无知矣,何为空以生所爱,葬于无知之死人哉!若死者有知,先王积怒之日久矣,太后救过不赡,何暇乃私魏丑夫乎?'太后曰:'善。'乃止。"

[8] 庄襄:指秦庄襄王,秦庄襄王与太后合葬阳陵。此借指唐高宗与武则天合葬之乾陵。

乾陵

〔清〕王庆澜

坤德乃乘乾,月魄辄掩日[1]。其才虽足雄,毋乃太突兀[2]。
昔称则天后,遽谓天可则[3]。宇宙创奇局,今古竟无匹[4]。
来自魔道中,帝亦莫之咈[5]。六珈忽冕旒,廿年不巾帼[6]。
能用狄梁公,岂曰非圣哲[7]。更喜独怜才,弗怒宾王檄[8]。

【作者简介】

王庆澜，字安之，清代河南夷门（今开封）人。清代散曲家。嘉庆年间（1796-1820），先后在河北、商丘、长安一带游幕。酷嗜诗学，于古人诗无不详究，尤嗜陶潜、李白、杜甫、李贺四家之言，依其韵而和之无所遗。有《菱江集》。

【注释】

[1] 坤德：女子之德。坤为八卦之一。《易·坤·系辞上》："乾道成男，坤道成女。"后因用为女性的代称。乘乾：胜过男子。乘，胜。乾，男性的代称。月魄：本指月初生或始缺时不明亮的部分，此处泛指月。月魄掩日，喻女子夺取帝位。古人称月为太阴，日为太阳。

[2] 突兀（wù）：高耸特出貌。首二句是说，武则天的才干虽雄视一世，但改朝称帝岂不是太特出了。

[3] 则天后：《新唐书·则天皇后本纪》载，中宗复位后，"上后号曰则天大圣皇帝。十一月，崩，谥曰大圣则天皇后"。遽：遂。天可则：天可以效法。此二句是说，武则天号为则天皇后，认为自己可效法上天。

[4] 宇宙：刘安《淮南子·齐俗训》："往古来今谓之宙，四方上下谓之宇。"无匹：没有可以与之相比的。此句是说武则天改朝称帝，创天地间之奇迹，古今无人可与她相比。

[5] 魔道：佛家语，指邪鬼天魔的世界。帝：指天帝。咈（fú）：违背；违逆。此两句意为，武则天是妖魔出世，天帝也奈何不了她。

[6] 六珈：古代贵族妇女的头饰。编发为假髻称副，假髻上所插的簪称笄，用笄把副别在头上，笄上加玉饰，叫作珈。珈数多寡不同，六珈为侯伯夫人所用。冕旒：古代帝王的礼冠。巾帼：古代妇女的头巾和发饰。此二句意为，武则天把头上女子的发饰换成了皇帝的皇冠，做皇帝的二十年中不穿妇女的服饰。

[7] 狄梁公：即狄仁杰，武则天时名相。唐睿宗追封他为梁国公，故称狄梁公。

[8] 怜才：爱才。弗：不。宾王檄：即骆宾王所作的《为徐敬业讨武曌檄》。

兴平市

兴平市古称犬丘，曾因兴平军讨伐"安史之乱"有功，始称兴平县。1993

年撤县设市。兴平位于陕西关中平原腹地，咸阳市西部，渭河北岸，与周至县隔渭河相望。兴平是人文之都。这里曾是周、秦、汉、唐四个王朝的京畿之地，这里也曾英杰辈出，文臣武将，光耀史册。西汉云中太守魏尚、飞将军李广、东汉战将马援、经学家马融、史学家班昭、三国战将马超、西晋十六国时织回文璇玑图的女诗人苏若兰等历史名人就出生在这里，为中华民族的繁荣发展做出了重要贡献。

兴平也是旅游胜地。城东有汉武帝长眠之地——茂陵，是西汉帝王陵墓中规模最大、保存最完整的陵园，入选首批"陕西省文化遗址公园"；城西有唐杨贵妃墓，并以其"青冢留香、诗碑放彩"享誉海内外。

马嵬、杨贵妃墓

马嵬，地名，在今陕西兴平市西，以马嵬驿出名。天宝十五载（756）六月，安禄山叛军攻破潼关，危及长安，玄宗仓皇出逃。经过马嵬坡时六军驻马哗变，杀奸相杨国忠，逼玄宗缢死杨玉环。

杨贵妃墓在马嵬。据文献记载，唐肃宗至德二年（757），唐王朝军队收复长安，玄宗曾密令人将杨贵妃迁葬。故该墓究竟为原墓还是迁葬后之墓，抑或为杨贵妃的衣冠冢，尚无确证。

杨贵妃墓现为省级重点文物保护单位。

过马嵬二首（其一）

〔唐〕李益

路至墙垣问樵者，顾予云是太真宫[1]。
太真血染马蹄尽，朱阁影随天际空[2]。
丹壑不闻歌吹夜[3]，玉阶唯有薜萝风[4]。
世人莫重霓裳曲，曾致干戈是此中[5]。

【注释】

[1] 太真宫：指马嵬驿。太真：杨贵妃的号，世称太真妃。

[2] 朱阁：红色楼阁。

[3] 丹壑：赤色的山谷。歌吹：歌声、乐声。

[4] 玉阶：代指宫殿。薜萝：薜，薜荔；萝，女萝。两者皆野生植物，常攀缘于山野林木或屋壁之上。

[5] "世人"二句：霓裳曲，即《霓裳羽衣曲》，唐代舞曲，相传为唐玄宗所制。中唐之后，人们认为唐玄宗宠溺杨贵妃，沉迷乐舞，不理朝政，导致安史之乱。杜牧《过华清宫绝句三首》（其二）云，"霓裳一曲千峰上，舞破中原始下来"。

马嵬二首（其二）

〔唐〕李商隐

海外徒闻更九州，他生未卜此生休[1]。
空闻虎旅传宵柝[2]，无复鸡人报晓筹[3]。
此日六军同驻马[4]，当时七夕笑牵牛[5]。
如何四纪为天子[6]，不及卢家有莫愁[7]。

【注释】

[1] 此二句指杨贵妃死后居住在海外仙山上，虽然听到了唐王朝恢复九州的消息，但人神相隔，已经无法与玄宗团聚了。九州：此诗原注："邹衍云：九州之外，复有九州。"

[2] 虎旅：指护卫皇帝的禁军。宵柝（tuò）：夜间巡逻时用的梆子。

[3] 鸡人：皇宫中报时的卫士。汉代制度，宫中不得畜鸡，卫士候于朱雀门外，传鸡唱。晓筹：鸡人敲击更筹报晓。筹：计时的用具。

[4] "此日"句：叙述马嵬坡事变。此日：指天宝十五年（756）六月十四日。驻马：指六军在马嵬驻马不前，要求诛杀杨氏兄妹。

[5] 当时七夕：指玄宗与杨贵妃七夕盟誓之事。笑牵牛：指他们认为牛郎、织女一年只可相会一次，自己则可永世相守。

[6] 四纪：十二年为一纪，玄宗在位四十四年，约为四纪，故有此说。

[7] 莫愁：南朝梁武帝萧衍《河中之水歌》："河中之水向东流，洛阳女儿名莫愁。……十五嫁作卢家妇，十六生子名阿侯。"此处用以喻民间女子。末二句讽刺唐玄宗当了四十多年皇帝，却连自己的宠妃也保不住，还不如民间夫妇能白头偕老。

马嵬佛寺 [1]

〔唐〕温庭筠

荒鸡夜唱战尘深[2]，五鼓雕舆过上林[3]。
才信倾城是真语[4]，直教涂地始甘心[5]。
两重秦苑成千里[6]，一炷胡香抵万金[7]。
曼倩死来无绝艺[8]，后人谁肯惜青禽[9]。

【注释】

[1] 马嵬佛寺：李肇（zhào）《国史补》载："玄宗幸蜀，至马嵬驿，缢贵妃于佛堂梨树之前。"

[2] 荒鸡：古代称夜三鼓前鸣叫的鸡为荒鸡，常以此附会为兵起之象。战尘深：指安史叛军攻破潼关、长驱直入的险恶形势。

[3] 五鼓：五更。雕舆：刻画有文采的车，这里指皇帝的车驾。上林：汉武帝建有上林苑，游猎其中，地在长安西郊。此二句写安史叛军长驱直入，战局危急，唐玄宗连夜逃离长安。

[4] 倾城：《诗经·大雅·瞻卬》："哲夫成城，哲妇倾城。"后以"倾城"为女主擅权、倾覆邦国之典故。

[5] 涂地：惨死；遭受残害。指杨玉环缢死。

[6] 两重秦苑：《两京新记》载，开元二十年（732），筑夹城入芙蓉园，又自大明宫夹亘罗城复道至曲江芙蓉园。宋代张礼《游城南记》："芙蓉园在曲江之西南，隋离宫也，与杏园皆秦宜春下苑之地。园内有池，谓之芙蓉池，唐之南苑也。"

[7] 胡香：据《十洲记》载，西胡月支国王曾向汉武帝献香四两，香气远达数百里，死者闻香即可复活。此二句是说，唐玄宗逃往蜀地，昔日游玩的宫苑远隔千里，杨贵妃死在马嵬，终无能起死回生的胡香使她复活。

[8] 曼倩：指东方朔，字曼倩，汉武帝的近臣。

[9] 青禽：即青鸟。据《汉武故事》："七月七日，上于承华殿斋，正中忽有一青鸟从西方来，集殿前。上问东方朔，朔曰：'此西王母欲来也。'有顷，王母至。有二青鸟如乌，夹侍王母旁。"末两句是说，东方朔死后，其与神仙来往的本领早已失传，后人谁还肯爱惜在人神之间传信的青鸟呢。意在嘲讽唐玄宗派方士在蓬壶仙山找到杨玉环魂魄之说，纯属无稽之谈。

过马嵬有感

〔明〕康海

秋到马嵬黄叶飞，六军此地惜骞帏[1]。
上皇余恨留空垒[2]，妃子芳魂怨落晖[3]。
夜夜月明窥旧冢，年年春色上人衣。
我来不听霓裳曲，惟有寒蛩响翠微[4]。

【注释】

[1] 六军：指唐玄宗时保卫皇帝的禁军。
[2] 上皇：指唐玄宗。空垒：空坟。
[3] 妃子：指杨贵妃。晖：日光。
[4] 寒蛩（qióng）：深秋的蟋蟀。

马嵬怀古

〔清〕王士禛

巴山夜雨却归秦[1]，金粟堆边草不春[2]。

一种倾城好颜色[3]，茂陵终傍李夫人[4]。

【注释】

[1] 巴山夜雨：指唐玄宗在巴山的夜雨中盼望早日返回长安。

[2] 金粟堆：金粟山，位于今陕西蒲城北，唐玄宗的陵墓泰陵在此。

[3] 倾城：喻女子美貌。《汉书·孝武李夫人传》："北方有佳人，绝世而独立，一顾倾人城，再顾倾人国。"

[4] 茂陵：汉武帝刘彻的陵墓，位于今陕西兴平。武帝宠妃李夫人墓距此不远。

马嵬

〔清〕袁枚

莫唱当年《长恨歌》[1]，人间亦自有银河[2]。
石壕村里夫妻别[3]，泪比长生殿上多[4]。

【注释】

[1]《长恨歌》：白居易著名诗篇，叙唐玄宗与杨贵妃事。

[2] 银河：传说中牛郎与织女为银河所隔，一年仅可会面一次。

[3] 石壕村：用杜甫《石壕吏》诗事。

[4] 长生殿：唐代宫殿，位于华清宫中。相传唐玄宗与杨贵妃在此宫盟誓世世为夫妻。

题太真墓八首（其一）[1]

〔清〕林则徐

六军何事驻征骖[2]，妾为君王死亦甘。
抛得蛾眉安将士[3]，人间从此重生男[4]。

【作者简介】

　　林则徐(1785—1850)，字少穆，一字元抚，号石麟、俟村老人，清福建侯官(今福州)人。以抗英受诬谪新疆伊犁，起为陕西巡抚，调云贵总督。病归，谥文忠。有《林文忠公政书》《荷戈纪程》《信及录》《云左山房诗文钞》等。

【注释】

　　[1] 太真墓：指杨贵妃墓。

　　[2] 骖：指马与马车。

　　[3] 蛾眉：亦作"娥眉"，以女子长而美的眉毛代指貌美的女子，此指杨贵妃。

　　[4] "人间"句：白居易《长恨歌》有"可怜天下父母心，不重生男重生女"之诗句，此反其意而用之。

茂陵

　　西汉武帝刘彻陵墓。位于今陕西兴平市南位镇。此地在汉代为槐里茂乡，武帝建元二年(前139)在此建寿陵，历时53年，公元前87年武帝葬于此。茂陵建筑宏伟，墓内殉葬品极为丰厚，史称"金钱财物、鸟兽鱼鳖、牛马虎豹生禽，凡百九十物，尽瘞藏之"。相传武帝的金缕玉衣、玉箱、玉杖等一并埋在墓中。

　　茂陵封土为覆斗形，现存残高46.5米，墓冢底部基边长240米，陵园呈方形，边长约420米。至今东、西、北三面的土阙犹存，陵周陪葬墓尚有李夫人、卫青、霍去病、霍光、金日（mì）磾（dī）等人的墓葬。它是汉代帝王陵墓中规模最大、修造时间最长、陪葬品最丰富的一座，被称为"中国的金字塔"。

茂陵

〔唐〕李商隐

汉家天马出蒲梢[1]，苜蓿榴花遍近郊[2]。
内苑只知含凤嘴[3]，属车无复插鸡翘[4]。

玉桃偷得怜方朔[5]，金屋修成贮阿娇[6]。
谁料苏卿老归国[7]，茂陵松柏雨萧萧。

【注释】

[1] 蒲梢：汉武帝伐大宛时所得千里马名。

[2] 苜蓿（mù xu）：豆科植物，由西域引进，为大宛马最喜食物。榴花：石榴花，石榴原产西域。

[3] 内苑：指长安城内的皇家园林。凤嘴：传说仙人煮凤嘴、麟角作胶，可以接断了的弦或刀剑。一说是指汉武帝好猎，西域国王使者献此胶续接断弦。

[4] 属车：皇帝随从的车子。鸡翘：皇帝出行时，属车前插有羽毛的鸾旗作标志，称为鸡翘。无复插鸡翘，指君王微服出行，不让人知道。

[5] 玉桃：指传说中吃了可以长生不老的仙桃。方朔：指东方朔，汉武帝时的大臣。这句是说帝王沉溺于寻找长生不老之药。

[6] 阿娇：汉武帝的皇后陈皇后的名字。此用"金屋藏娇"之典故。

[7] 苏卿：苏武，字子卿。汉武帝天汉元年（前100）苏武出使匈奴，被扣留十九年后方才归国，回国时武帝已死。

显茂楼[1]

〔唐〕邵谒

秦山渭水尚悠悠[2]，如何草树迷宫阙[3]。
繁华朱翠尽东流，唯有望楼对明月[4]。

【注释】

[1] 显茂楼：楼名，位于今陕西咸阳茂陵附近。

[2] "秦山"句：这句指渭水依秦山缓缓流过。

[3] 宫阙：指宫殿。

[4] 望楼：瞭望守御的高楼。

过茂陵

〔唐〕韩偓

不悲霜露但伤春[1],孝理何因感兆民[2]。
景帝龙髯消息断[3],异香空见李夫人[4]。

【注释】

[1] 不悲霜露:指汉武帝不悲悼父亲汉景帝。语出《礼记·祭义》:"霜露既降,君子履之,必有凄怆之心,非其寒之谓也。"霜露之悲:指对父母或祖先的怀念。伤春:汉武帝伤悼爱妃李夫人。

[2] 孝理:汉武帝标榜孝道。兆民:亿兆人民,指天下的民众。

[3] 景帝:指汉景帝刘启。龙髯消息断:借黄帝乘龙升天的传说,指景帝去世。龙髯:龙之须。《史记·封禅书》:"黄帝采首山铜,铸鼎于荆山下。鼎既成,有龙垂胡髯下迎黄帝。黄帝上骑,群臣后宫从上者七十余人,龙乃上去。余小臣不得上,乃悉持龙髯,龙髯拔,堕,堕黄帝之弓。百姓仰望黄帝即上天,乃抱其弓与胡髯号,故后世因名其处曰鼎湖,其弓曰乌号。"后用为皇帝去世之典。

[4] 李夫人:汉李延年之妹,汉武帝宠妃。

过汉武陵 [1]

〔明〕刘成穆

岁暮霜残过汉都[2],武皇陵墓旧荒芜。
不将玉匣藏天马[3],犹使金灯照野狐[4]。
赋客词园清露尽[5],仙翁丹灶白云孤[6]。
千年惟有《秋风曲》[7],渭水长流啼野乌。

【作者简介】

刘成穆（1514—1532），一名嘉寿，字玄倩，又字文孙，崇庆（今属重庆）人。嘉靖十年（1531）举人。有《刘玄倩集》。《明诗纪事》戊签卷十七录刘成穆诗三首。

【注释】

[1] 汉武陵：汉武帝茂陵。

[2] 汉都：指汉代都城长安。

[3] 玉匣：《西京杂记》卷一："汉帝送死皆珠襦玉匣，形如铠甲，连以金缕。武帝匣上皆镂为蛟龙鸾凤龟麟之象，世谓为蛟龙玉匣。"天马：汉朝对来自西域良马的称呼。

[4] 金灯照野狐：典出郭宪《汉武洞冥记》："（东方）朔曰：'臣游北极……有明茎草，夜如金灯，折枝为炬，照见鬼物之形。'"这句指能用明茎草照见野狐狸。

[5] 赋客：指西汉著名的辞赋家司马相如。

[6] 仙翁丹灶：《史记·封禅书》："少君言上（汉武帝）曰：'祠灶则致物，致物而丹沙可化为黄金，黄金成以为饮食器则益寿，益寿而海中蓬莱仙者乃可见，见之以封禅则不死，黄帝是也。臣尝游海上，见安期生，安期生食巨枣，大如瓜。安期生仙者，通蓬莱中，合则见人，不合则隐。'于是天子始亲祠灶，遣方士入海求蓬莱安期生之属，而事化丹沙诸药齐为黄金矣。"仙翁：指方士李少君。丹灶：炼丹用的炉灶。

[7]《秋风曲》：指汉武帝所作诗歌《秋风辞》。

汉武帝陵 [1]

〔清〕于右任

绝大经纶绝大才[2]，罪功不在悔轮台[3]。
百家罢后无奇士[4]，永为神州种祸胎。

【注释】

[1] 汉武帝陵：即茂陵。此诗写于光绪二十八年（1902）。此时，于右任在兴平教书。

[2] 经纶：整理丝缕，引申为处理国家大事。这里指治理国家的抱负和才能。

[3] 悔轮台：汉武帝末年农民起义不断，武帝下《轮台罪己诏》，表示与民更始，发展生产。

[4] 百家罢：指汉武帝接受董仲舒建议"罢黜百家，独尊儒术"。奇士：非常之士。德行或才智出众的人。

奉和送金城公主适西蕃应制 [1]

〔唐〕薛稷

天道宁殊俗[2]，慈仁乃戢兵[3]。怀荒寄赤子[4]，忍爱鞠苍生[5]。
月下琼娥去[6]，星分宝婺行[7]。关山马上曲[8]，相送不胜情[9]。

【注释】

[1] 金城公主：唐宗室雍王李守礼的女儿。唐中宗封其为金城公主，嫁吐蕃，由大将军杨矩护送入蕃（bō）。中宗亲自送至始平县（今陕西兴平），并改县名为金城。《唐诗纪事》卷十二："金城公主和蕃，中宗送至马嵬，……学士赋诗以饯。"西蕃：指吐蕃。

[2] 天道：犹天理，天意。指自然界变化规律。殊：不相同的。

[3] 戢（jí）兵：息兵；停止军事行动。

[4] 怀荒：安抚边疆。赤子：指百姓。

[5] 鞠：抚育。苍生：指平民百姓。

[6] 琼娥：嫦娥。此以嫦娥代指金城公主。

[7] 宝婺（wù）：古星名，指"女宿"。这里代指金城公主。

[8] 关山：泛指关隘山川。马上曲：指战士出征时所唱的激昂慷慨的军歌。

[9] 不胜情：控制不住感情。

始平谐诗 [1]

〔唐〕石抱忠

平明发始平[2],薄暮至何城。
库塔朝云上[3],晃池夜月明[4]。
略彴桥头逢长史[5],棂星门外揖司兵[6],
一群县尉驴骡聚[7],数个参军鹅鸭行[8]。

【作者简介】

石抱忠(？—697),唐长安人,武则天时自清道率府长史为殿中侍御史,进检校天官郎中。又曾为弘文馆直学士。《全唐诗》存诗一首。

【注释】

[1] 始平:古县名,今陕西兴平。谐诗:诙谐的诗。

[2] 平明:天刚亮时。

[3] 库塔:贮存物品的塔楼。朝云:早晨之云。

[4] 晃池:明亮的水池。

[5] 略彴(zhuó)桥:独木桥。长史:官名,秦代始设置。

[6] 棂星门:孔庙的前门。棂星原为灵星,即天田星,也叫农祥星。祭灵星以祈谷物丰收。移用于孔庙表示尊天必尊孔。司兵:官名,掌兵器。

[7] 县尉:官名,始于秦,掌军事。驴骡聚:唐代律法规定,为官者,七品以下不得骑马。

[8] 参军:官名。东汉末始有"参某某军事"的名义,谓参谋军事。简称"参军"。晋以后军府和王国始置为官员。沿至隋唐,兼为郡官。鹅鸭行:形容步态蹒跚。

兴平县野中得落星石移置县斋 [1]

〔唐〕韩琮

的的堕芊苍[2],茫茫不记年。几逢疑虎将[3],应逐犯牛仙[4]。择地依兰畹[5],题诗间锦钱。何时成五色,却上女娲天[6]。

【作者简介】

韩琮,生卒年、里贯均不详,字成封。长庆四年(824)登进士第。开成中,入泾原节度使王茂元幕。茂元移镇陈许,又辟为节度判官。大中中,官司封员外郎、户部郎中。大中八年(854),在中书舍人任,出为湖南观察使。十二年(858),军乱,为都将石载顺等所逐。咸通(860-874)中,仕至右散骑常侍。有《韩琮诗》一卷。《全唐诗》存诗一卷。《唐才子传》有载。

【注释】

[1] 落星石:陨(yǔn)石。

[2] 的的:分明貌。芊苍:指晴朗的天空。

[3] 虎将:猛将。

[4] 应逐犯牛仙:此用传说中"有客星犯牵牛宿"之典。

[5] 畹(wǎn):古代三十亩为一畹。《离骚》:"余既滋兰之九畹兮。"

[6] 五色:传说中女娲以五色石补天。末二句为设想之语,意为,陨石什么时候才能修成五色石去修补苍天呢?

兴平原上赤热因寄永寿同年 [1]

〔宋〕文同

日午终南翠色燃[2],满襟飞土下秦川[3]。是时独想君高尚[4],正在山亭弄野泉。

【注释】

[1] 同年：指科举考试中同榜考中的人。

[2] 终南：终南山。

[3] 秦川：指今陕西关中渭河平原。

[4] 高尚：超凡脱俗。

礼泉县

礼泉县为咸阳市辖县。隋开皇十八年（598）因县境内有醴泉，泉水味如醴置醴泉县。1958年并入乾县，1961年复置醴泉县，1963年改为礼泉县。礼泉县地处关中平原腹地，具有历史人文优势，是陕西省18个重点文物旅游大县之一。境内有唐太宗李世民陵墓昭陵，陪葬墓209座，是世界上最大的皇家陵园。昭陵博物馆馆藏文物8000余件，昭陵六骏驰名中外。唐肃宗建陵，石刻工艺精湛，翼马造型独特，为关中地区帝王诸陵中数量最多、保存最为完整的石雕石刻群。昭陵和建陵，被国务院公布为全国重点文物保护单位。

昭陵

昭陵是唐太宗李世民的陵墓，位于今陕西礼泉县城西北的九嵕山上，为全国重点文物保护单位，是陕西关中"唐十八陵"中规模最大的一座，也是我国帝王陵园中面积最大、陪葬墓最多的一座。

昭陵仿照唐长安城的建制设计。依九嵕山峰，凿山建陵，开创了唐代封建帝王依山为陵的先例。

六马图赞 [1]

〔唐〕李世民

飒露紫 [2]

紫燕超跃 [3],骨腾神骏 [4]。
气㳌三川 [5],威凌八阵 [6]。

【注释】

[1] 此组诗是唐太宗为纪念自己在建立唐朝的征战中所乘之六匹马雕像的赞语。贞观十年（或谓十一年），唐太宗下诏将六马雕刻于昭陵，史称"昭陵六骏"。组诗作于长安，因咏昭陵六骏，故置于此。

[2] 飒露紫：又名"驭（sà）露紫霜"，为太宗平洛阳王世充时所乘之马。

[3] 紫燕：骏马名。亦泛指骏马。《西京杂记》卷二："文帝自代还，有良马九匹，皆天下之骏马也……一名紫燕骝（liú）。"

[4] 骨腾：骨相气质。神骏：形容良马、猛禽等姿态雄健。

[5] 气㳌（lóng）：气势笼罩。三川：指黄河、洛水及伊河。此句指平定洛阳之事。

[6] 凌：压倒。八阵：古代的军阵，八阵名目不一。这里指代敌方的军阵。

特勒骠 [1]

应策腾空 [2]，承声半汉 [3]。
入险摧敌 [4]，乘危济难。

【注释】

[1] 特勒骠：唐太宗平定宋金刚时所乘。特勒：对北方突厥可汗子弟的称呼，因这匹马是突厥王子所赠，故称。骠：即俗称的"黄骠马"。

[2] 策：马鞭。

[3] 承声：指马的嘶鸣声。汉：云汉。半汉：形容极高之处。

[4] 摧敌：摧毁敌军。

拳毛䯄 [1]

月精按辔[2]，天驷横行[3]。
弧矢载戢[4]，氛埃廓清[5]。

【注释】

[1] 拳毛䯄（guā）：一匹毛做旋转状的黑嘴黄马，是代州（今河北代县）刺史许洛仁在武牢关前进献给秦王李世民的坐骑。它是李世民在平定河北原窦建德部将刘黑闼反叛时的坐骑。䯄，黄色黑嘴的马。

[2] 月精：指月亮。按辔：扣紧马缰使马缓行。

[3] 天驷：星名。亦指神马。横行：不受拘束而行。

[4] 弧矢：弓箭，代指兵器。载：就，则。戢：收藏，意为收起兵器，战乱结束。

[5] 氛埃：尘雾。

青骓 [1]

足轻电影[2]，神发天机[3]。
策兹飞练[4]，定我戎衣[5]。

【注释】

[1] 青骓（zhuī）：黑白相间的马。为唐瓦岗寨首领李密被王世充击败后投奔唐时所献的西域良马。为太宗在武牢关平定窦建德所乘。

[2] 电影：如光电一样迅速掠过。

[3] 天机：灵性。此句及前二句形容青骓马的灵敏矫捷轻快。

[4] 兹：代词，指此马。飞练：飘动的白绢。

[5] 戎衣：指军旅之事；兵事。此句道出武牢关这一战役的关键性意义及青

骓的重要作用。

白蹄乌 [1]

倚天长剑 [2]，追风骏足 [3]。
耸辔平陇 [4]，回鞍定蜀 [5]。

【注释】

[1] 白蹄乌：为太宗平定薛仁果（gǎo）时所乘骏马。

[2] 倚天长剑：靠在天边的长剑，形容骏马气势凌绝。

[3] 追风：骏马名。杨衒之《洛阳伽蓝记·法云寺》："琛在秦州，多无政绩，遣使向西域求名马，远至波斯国，得千里马，号曰'追风赤骥骥'。"后亦泛指名马。

[4] 耸辔：骑马。陇：今甘肃一带。

[5] 回鞍：犹回马。

什伐赤 [1]

瀍涧未静 [2]，斧钺伸威 [3]。
朱汗骋足 [4]，青旌凯归 [5]。

【注释】

[1] 什伐赤："什伐"是波斯语"阿什婆"即汉语"马"的译音。此马毛色纯赤，像一团火。或为波斯送来的红马。为太宗平定王世充、窦建德时的坐骑。

[2] 瀍（chán）：瀍河，位于今河南洛阳附近。涧（jiàn）：涧水，位于今河南渑池附近。

[3] 斧钺（yuè）：代指刑罚、杀戮。

[4] 朱汗：血红色的汗。相传西域有汗血宝马，跑累之后流下血红色的汗。

[5] 青旌：青，黑色；旌，旗帜的通称。暗指军队。

行次昭陵 [1]

〔唐〕杜甫

旧俗疲庸主 [2]，群雄问独夫 [3]。谶归龙凤质 [4]，威定虎狼都 [5]。
天属尊尧典 [6]，神功协禹谟 [7]。风云随绝足 [8]，日月继高衢 [9]。
文物多师古 [10]，朝廷半老儒 [11]。直词宁戮辱 [12]，贤路不崎岖。
往者灾犹降，苍生喘未苏 [13]。指麾安率土，荡涤抚洪炉 [14]。
壮士悲陵邑 [15]，幽人拜鼎湖 [16]。玉衣晨自举 [17]，铁马汗常趋 [18]。
松柏瞻虚殿，尘沙立暝途 [19]。寂寥开国日，流恨满山隅 [20]。

【注释】

[1] 行次：指便道经行，次于昭陵。

[2] 旧俗：历代沿袭的习俗，指代衰败时朝政的混乱。庸主：指六朝以至隋炀帝等诸多昏庸君主。

[3] 群雄：指李密、窦建德辈。独夫，不得人心的君主，指隋炀帝。

[4] 谶（chèn）：即符谶。能预言未来。龙凤质：指真正的天子。《旧唐书·太宗本纪》："高祖之临岐州，太宗时年四岁。有书生自言善相，谒高祖曰：'公贵人也，且有贵子。'见太宗，曰：'龙凤之姿，天日之表，年将二十，必能济世安民矣。'"

[5] 虎狼都：指秦都咸阳。《史记·苏秦列传》："夫秦，虎狼之国也，有吞天下之心。"

[6] 天属：有血缘关系的亲属。指高祖太宗父子。唐高祖谥神尧，以其传位如让禅也。尧典：指《尚书·尧典》，为上古之制。唐高祖李渊谥神尧，禅位太宗，故曰"尊《尧典》"。

[7] 禹谟：指《尚书·大禹谟》。记述大禹九功，太宗乐名九功舞，故曰"协《禹谟》"。此赞美唐太宗功业盖世。

[8] "风云"句：《后汉书》论中兴二十八将："咸能感会风云，奋其智勇。"曹丕《又报孙权书》："中国虽饶马，其知名绝足，亦时有之耳。"绝足：名

贵的骏马。这里喻杰出之士。

[9] 高衢（qú）：大道。

[10] 文物：指礼乐制度。师古：效法古代。

[11] 半老儒：多半是年老有声望的儒学之士。指唐太宗朝时的虞世南等人。

[12] 直词：直言进谏。宁：岂。戮辱：杀害凌辱。此言唐太宗广开言路，任用贤人。

[13]"往者"二句：指以前尚有天灾降临，自隋末大水，饿殍满野，至贞观初年，连遭水旱，民困尚未复苏。

[14]"指麾（huī）"二句：赞美唐太宗采取很多措施安抚人民，使天下安定。指麾：即指挥，安排调度。麾：指挥作战的旗帜。率土：指国土。荡涤：清除。洪炉：指天下。

[15] 壮士：指守陵者。陵邑：指唐太宗陵墓。

[16]"幽人"句：写杜甫拜谒昭陵。幽人：杜甫自指。鼎湖：传说中黄帝乘龙升天之处，这里指帝王驾崩。

[17]"玉衣"句：此为汉代典故。典出《汉武故事》："高皇庙中，御衣自箧中出，舞于殿上。"玉衣：指用黄金缕连缀玉片而制成的铠甲。这里指太宗的御衣。

[18] 铁马：也作石马，指太宗的昭陵六骏。姚汝能《安禄山事迹》："潼关之战，我军既败，贼将崔乾祐领白旗，引左右驰突。又见黄旗军数百队，官军潜谓是贼，不敢逼。须臾，见与乾祐斗，黄旗军不胜，退而又战者不一，俄不知所在。后昭陵奏，是日灵宫前石人马汗流。""玉衣铁马"二句，形容诗人经过灵前时仿佛神灵犹存。

[19]"松柏"二句：写昭陵的荒凉景象。

[20] 流恨：遗恨。此二句伤今思昔，故对山隅而流恨。山隅：山的周围或拐角处。

重经昭陵

〔唐〕杜甫

草昧英雄起[1]，讴歌历数归[2]。风尘三尺剑，社稷一戎衣[3]。
翼亮贞文德[4]，丕承戢武威[5]。圣图天广大，宗祀日光辉[6]。
陵寝盘空曲[7]，熊罴守翠微[8]。再窥松柏路[9]，还有五云飞。

【注释】

[1]草昧（mèi）：形容时世混乱黑暗。此指隋末动乱时期。

[2]历数：古代帝王代天理民的顺序。此句指唐太宗是应时而起。

[3]"风尘"二句：唐太宗身着戎衣，手持宝剑，在战乱中取得了天下，歌颂李世民的英武。风尘：比喻战乱。三尺剑：典出《汉书·高帝纪》："吾以布衣，提三尺剑取天下。"

[4]翼亮：辅佐。贞：坚守。

[5]丕承：旧指帝王承天受命，常曰"丕承"。戢（jí）：停止。

[6]圣图：天子的宏图。宗祀：对祖宗的祭祀。

[7]盘：环绕。空曲：指高峻险要的山峰。

[8]熊罴（pí）：熊和罴。皆为猛兽。比喻勇猛之士。翠微：青山。这里指昭陵所在的山。此句意为，有勇士守卫昭陵。

[9]再窥：再次看。点明是重经此地。松柏路：指通往陵邑的路。

仲秋朝拜昭陵[1]

〔唐〕权德舆

清秋寿原上[2]，诏拜承吉卜[3]。尝读贞观书[4]，及兹幸斋沐[5]。
文皇昔潜耀[6]，隋季自颠覆[7]。抚运斯顺人[8]，救焚非逐鹿[9]。
神祇戴元圣[10]，君父纳大麓[11]。良将授兵符，直臣调鼎铼[12]。

无疆传庆祚[13]，有截荷亭育[14]。仙驭凌紫氛[15]，神游弃黄屋[16]。
方祇护山迹[17]，先正陪岩腹[18]。杳杳九嶙深，沈沈万灵肃。
鸟飞田已辟[19]，龙去云犹簇[20]。金气爽林峦[21]，乾冈走崖谷[22]。
吾皇弘孝理[23]，率土蒙景福[24]。拥佑乃清夷[25]，威灵谅回复[26]。
礼承三公重[27]，心愧二卿禄[28]。展敬何所伸[29]，曾以斧山木。

【注释】

[1] 仲秋：秋天的第二个月。朝拜：表示恭敬的一种礼节。

[2] 寿原：寿冢，指唐太宗的昭陵。

[3] 诏：皇帝的诏书。拜：用一定的礼节授予。吉卜：吉利的卜兆。

[4] 贞观：唐太宗在位时的年号。

[5] 兹：这。斋沐：斋戒沐浴。

[6] 文皇：即唐太宗。潜耀：隐藏光辉。

[7] 颠覆：灭亡。

[8] 抚运：顺应时运。斯：助词，无实际意义。顺人：顺从民心。

[9] 救焚：救焚拯溺的省称，救人于水火之中。逐鹿：形容群雄争夺天下。

[10] 祇（qí）：天神与地神。元圣：大圣人。指开国皇帝，这里指李世民之父李渊。

[11] 君父：对父为国君者的称呼。此指李渊。大麓：犹总领，谓领录天子之事。《尚书·舜典》："纳于大麓，烈风雷雨弗迷。"意指唐太宗的父亲征服了天下。

[12] 直臣：直言谏诤之臣。鼎铼（sù）：指鼎中食品。后常借指政事。

[13] 庆祚：幸福，福祚。引申为封建王朝的国统。

[14] 有截：齐一貌；整齐貌。有，助词。《诗经·商颂·长发》："苞有三蘖，莫遂莫达，九有有截。韦顾既伐，昆吾夏桀。"郑玄笺："九州齐一截然。"又："相士烈烈，海外有截。"郑玄笺："截，整齐也。"唐白居易《刑礼道策》："方今华夷有截，内外无虞，人思休和。"后人割取《诗经》句"有截"二字代称九州，天下。亭育：养育；培育。

[15] 仙驭：婉辞，古谓人死为驾鹤仙游。凌：超过。紫氛（fēn）：紫色的云气。

[16] 神游：人死的讳称。黄屋：指帝王权位。

[17] 衹（zhī）：恭敬。

[18] 先正：前代的贤臣。岩腹：山的中部。

[19] 辟：开辟。

[20] 龙：指唐太宗。

[21] 金气：代指秋天。

[22] 乾：八卦之一，指天。

[23] 吾皇：指当朝皇帝唐德宗李适（kuò）。

[24] "率土"句：《诗经·小雅·北山》："率土之滨，莫非王臣。"此为简略说法。意思是四海之内都蒙受了福气。景福：洪福；大福。

[25] 拥佑：拥戴帮助；保佑。清夷：清平；太平。

[26] 威灵：神灵。

[27] 三公：最高级的官员，古代指太师、太保、太傅。泛指朝中的官员。

[28] 二卿：卿，古代高级官员，爵位名，位低于公，而高于大夫。二卿，泛指高级官员。

[29] 展敬：祭拜；省候致敬。

秋日过昭陵

〔唐〕刘沧

寝庙徒悲剑与冠[1]，翠华龙驭杳漫漫[2]。
原分山势入空塞，地匝松阴出晚寒。
上界鼎成云缥缈，西陵舞罢泪阑干。
那堪独立斜阳里，碧落秋光烟树残[3]。

【注释】

[1] 寝庙：陵墓的正殿，用于供奉祭祀。

[2] 翠华：皇帝仪仗中用翠鸟羽毛作装饰的旗。龙驭：指乘龙升天。

[3] 碧落：道家称天上为碧落。烟树：雾气或水汽缭绕的树。

发咸阳次醴泉怀古 [1]

〔明〕龙膺

原沙莽莽冻云流[2]，极目偏增异代愁。
苔蚀碑阴图紫燕[3]，槐蟠屋角幻苍虬[4]。
灰飞秦烬空归汉，瓦解唐墟倏易周[5]。
莫讶醴泉泉已竭[6]，铜驼荆棘几千秋[7]。

【作者简介】

龙膺（1560—1622？），字君善，一字君御，明湖广武陵（今湖南常德）人。万历八年（1580）进士。授徽州府推官，官至南京太常卿。晚与袁宏道相善。有《九芝集》。

【注释】

[1] 次：驻扎。醴泉：今陕西礼泉县。
[2] 原沙：指咸阳塬上的尘沙。冻云：要下雪时积聚的阴云。
[3] 碑阴：碑的背面。
[4] 蟠：弯曲。苍虬：青色的龙。
[5] 易：改易、变更。周：指武则天的周朝。
[6] 讶：惊讶。
[7] 铜驼荆棘：形容国土沦陷后之残破景象。典出《晋书·索靖传》："靖有先识远量，知天下将乱，指洛阳宫门铜驼，叹曰：'会见汝在荆棘中耳！'"铜驼：铜制的骆驼，古代置于宫门外。此指醴泉的文物。荆棘：泛指山野丛生多刺的灌木。

泾阳县

泾阳县,隶属于陕西省咸阳市,位于陕西关中平原腹地,是中国大地原点所在地,被誉为"原点之城"。东与三原县、高陵县交界,南与咸阳市渭城区接壤,西隔泾河与礼泉县相望,北依北仲山、嵯峨山与淳化、三原县毗邻。泾阳位于泾河之北,古以水之北为阳,故名。其名最早见于《诗经·小雅·六月》:"狁匪茹,整居焦获。侵镐及方,至于泾阳。"据《陕西省志·行政建置志》载,设县于战国晚期,已有2000余年历史。

日暮望泾水 [1]

〔唐〕徐珩

导源径陇阪[2],属汭贯嬴都[3]。下濑波常急[4],回圻溜亦纡[5]。
毒流秦卒毙,泥粪汉田腴[6]。独有迷津客,怀归轸暮途[7]。

【作者简介】

徐珩,唐高宗时人。生平无考。《全唐诗》存诗一首。

【注释】

[1] 泾水,即泾河,渭河支流,流经今陕西省中部,至西安市高陵区入渭河。此诗咏泾河,未知具体作地,姑置于泾阳县下。

[2] 导源:发源,也指引水出流。陇阪:陇山。

[3] 属汭(ruì):从北来注入渭水。汭,二水汇流之处。嬴都:指秦都咸阳。

[4] 下濑(lài):下游沙石上流过的湍急的水。

[5] "回圻"句:是说泾河水湍急又曲折。

[6] 泥粪:指今陕西泾阳泾惠渠渠口之南的郑、白二渠渠水携带大量泥沙,灌溉时可使土壤肥沃。

[7] 轸（zhěn）：伤心。暮途：傍晚的路程。亦常用以比喻困境或晚年。

武功县

武功县隶属于陕西省咸阳市，位于关中平原腹地，东接兴平市，南临渭水与周至县相望，西靠杨凌高新农业示范区、扶风县，北与乾县接壤。秦孝公十二年（前350）设郡县。这里是周民族的发源地，是周人始祖后稷教民稼穑之地，亦是大汉忠臣苏武的故里、唐太宗李世民的诞生地。境内地势平坦开阔，地理位置优越，自周代以来，历朝历代将武功归属于长安都城的京畿之地。

幸武功庆善宫 [1]

〔唐〕李世民

寿丘惟旧迹[2]，丰邑乃前基[3]。粤予承累圣，悬弧亦在兹[4]。
弱龄逢运改[5]，提剑郁匡时[6]。指麾八荒定[7]，怀柔万国夷[8]。
梯山咸入款[9]，驾海亦来思[10]。单于陪武帐，日逐卫文㮰[11]。
端扆朝四岳，无为任百司[12]。霜节明秋景，轻冰结水湄。
芸黄遍原隰[13]，禾颖积京畿。共乐还乡宴，欢比大风诗[14]。

【注释】

[1] 庆善宫：李世民诞生之所，在武功，其地今属陕西杨凌高新农业示范区。贞观六年（632），李世民幸庆善宫，宴群臣，赋此诗。

[2] 寿丘：在今山东曲阜东北，传说是黄帝诞生地。

[3] 丰邑：沛县丰邑，汉高祖刘邦出生地。

[4] 悬弧：弧即弓。《礼记·内则》："子生，男子设弧于门左，女子设帨于门右。"生男孩于门左悬弧，以示男子志在四方。

[5] 运改：时运更替。此指隋末战乱。

[6] 郁：忧愤积聚。匡时：治理天下。

[7] 指麾（huī）：指示方略，调度一切。麾，同"挥"。

[8] 怀柔：招来远方异域，使之归附。夷：平。

[9] 梯山：遇到高山峻岭，施梯而登。比喻经历险远的路程。

[10] 驾海：乘船渡海。比喻经历艰险遥远的路程。

[11] 日逐：匈奴王号，位次于左贤王。文槐（pí）：文阁。

[12] 端扆（yǐ）：端拱无为，负扆而坐。扆是帝座后画有斧形的屏风。指皇帝垂拱，无为而治。四岳：四方诸侯。

[13] 芸黄：花草枯黄。《诗经·小雅·苕之华》："苕之华，芸其黄矣。"

[14] "共乐"二句：《史记·高祖本纪》载，汉高祖刘邦称帝后归故乡沛县，召故人父老欢宴，帝自击筑，作歌曰："大风起兮云飞扬，威加海内兮归故乡，安得猛士兮守四方！"大风诗，指刘邦《大风歌》。

武功驿留题 [1]

〔宋〕李新

雾卷马蹄尘自起，东风送渡咸阳水[2]。
故园花木绿成围，犹向关中见桃李。
闻道春前雪最深，行人僵死薪如金[3]。
羲和不肯为日驭[4]，潜入北海分幽阴[5]。
长安今过何曾识，此度刘郎老于昔[6]。
终南入望眼长青[7]，渭水翻波心更赤。
只今身在选官图，梦守么么五十余[8]。
衣轻跃骏美年少，爱尔平时不读书。

【作者简介】

李新，字元应，宋仙井（今四川仁寿县）人。哲宗赵煦（xù）元祐五年（1090）进士。累官承议郎、南郑丞。宋哲宗元符末年（1100）夺官，谪遂州。徽宗大观三年（1109）赦还。有《跨鳌集》。

【注释】

[1] 武功驿：宋时驿站名，供传递信息的马休息之处。位于今陕西武功。

[2] 咸阳水：指渭河。

[3] 薪：柴火。

[4] 羲和：传说中的天神，驾太阳车每天由东而西驰驶。这句是指太阳不常出现。

[5] 北海：春秋时指渤海，秦汉后凡塞北大泽都称北海。

[6] 刘郎：指刘禹锡，他被贬外迁十年后再度归京，于玄都观中观仙桃而感慨为诗，自称刘郎，慨人去复来，追怀往昔。

[7] 终南：终南山。

[8] 幺么（yāo me）：微不足道的，此句言自己五十年来一直官职低微。

武功春日谒后稷祠 [1]

〔清〕许孙荃

当时教稼无先圣[2]，万世黎民定阻饥[3]。
词客古今瞻庙貌[4]，村农伏腊走轩墀[5]。
邰封麦秀垂垂遍[6]，禹甸氓歌处处随[7]。
文德配天真不忝[8]，独从含哺有余思[9]。

【作者简介】

许孙荃，字四山，又字荪友，号星洲，清安徽合肥人。康熙九年（1670）进士。官侍讲，督学陕西，勤于课士，每遇圣贤名迹，均力为修复。工诗文。有《慎墨堂诗集》。

【注释】

[1] 后稷：周族始祖，母亲为有邰氏之女姜嫄。

[2] 教稼：指后稷教民耕种。

[3] 阻饥：饥饿。

[4] 词客：擅长文辞的人。庙貌：《诗经·周颂·清庙序》郑玄笺："庙之言貌也，死者精神不可得而见，但以生时之居，立宫室相貌为之耳。"因称庙宇及神像为庙貌。此指后稷祠中的后稷塑像。

[5] 伏腊：古代两种祭祀的名称。"伏"在夏季伏日，即立秋后的第一个庚日。"腊"在农历十二月腊日，是冬至后第三个戌日。轩墀：殿堂前的台阶。

[6] 邰（tái）封：指有邰的土地。邰是古邑名，位于今陕西杨凌、武功一带。

[7] 禹甸：本谓禹所垦辟之地。后因称中国之地为禹甸。讴歌：民歌。

[8] 文德配天：指后稷的功绩品德可与天相配。文德：指礼乐教化。与"武功"相对。忝（tiǎn）：辱没。

[9] 含哺：口衔食物。形容人民生活安乐。《庄子·马蹄》："含哺而熙，鼓腹而游，民能以此矣。"

彬州市

彬州市，旧称豳（bīn）州、邠州，是隶属于陕西省咸阳市的一座县级市，地处渭北高原西部，泾河中下游，东邻旬邑县，东南接淳化县，西连长武县和甘肃省灵台县，南依永寿县、麟游县，北与甘肃省正宁县接壤，是连接秦陇的咽喉要道。泾河贯穿于城区，将市区分为南北二塬。

彬州历史悠久，周部族的首领公刘迁都于此，并大力发展农业。这里人文古迹众多，旅游资源丰富，有陕西省重点文物保护单位公刘墓、被誉为"关中第一奇观"的大佛寺，以及建于宋代的开元寺塔等。

登新平楼 [1]

〔唐〕李白

去国登兹楼[2]，怀归伤暮秋。天长落日远，水净寒波流[3]。
秦云起岭树[4]，胡雁飞沙洲[5]。苍苍几万里[6]，目极令人愁[7]。

【注释】

[1] 此诗约作于唐玄宗开元十八年（730）秋。当时，李白初入长安，失意而西游至邠州，登楼而有此作。新平：唐朝郡名，亦为县名。新平郡即邠州，治所在新平县（今彬州）。

[2] 去国：离开国都。国，指京都长安。兹楼：指新平楼。兹，此。

[3] 寒波流：指泾水。因是暮秋，故曰寒波。

[4] 秦云：秦地的云。新平等地先秦时属秦国。

[5] 胡雁：来自北方的大雁。胡，古代北方少数民族的通称，这里指北方地区。洲：水中可居之地。

[6] 苍苍：深青色，此指旷远迷茫的样子。

[7] 目极：指放眼远望。《楚辞·招魂》："目极千里兮伤春心。"

过邠州留题 [1]

〔宋〕窦仪

多少樊笼不敢开[2]，强拘物性要相陪[3]。
何时得似邠州守[4]，德政临民鹤自来[5]。

【作者简介】

窦仪（914—967），字可象，五代宋初蓟州渔阳（今属天津）人。后晋高祖天福间进士。入宋后，宋太祖建隆元年（960），迁工部尚书，兼判大理寺，以学问优博，多知典故，为太祖所重。

【注释】

[1] 凌迪知《万姓统谱》卷一七："龙镯字琢成，乾德初任邠州守，宅心以仁，守己以廉。有鹤翔于公庭，州民绘《来鹤图》以颂其德。时学士窦仪以使过邠，留题云云。"

[2] 樊笼：原指关鸟兽的笼子，此喻做官却不自由。

[3] 物性：万物的天性，这里指人不受拘束的天性。

[4] 邠州守：指龙镯。

[5] 鹤自来：仙鹤不请自到邠州太守龙镯的公庭。

依韵酬邠州通判王稷太博[1]

〔宋〕范仲淹

南豳日日接英标[2]，公外追随岂待招[3]。
恶劝酒时图共醉，痛赢棋处肯相饶。
一抛言笑如何遣，频得音书似不遥。
独上西楼为君久[4]，满城明月会云销。

【作者简介】

范仲淹（989—1052），字希文，宋苏州吴县人。真宗大中祥符八年（1015）进士。历秘阁校理、右司谏、权知开封府曾知邠州知邠州、杭州、青州。官终户部侍郎。卒谥文正。工诗文及词。有《范文正公集》二十卷，《范文正公诗余》一卷。《宋史》有传。

【注释】

[1] 太博：指太常博士。

[2] 南豳：州名，治今陕西彬州市西南。英标：指贤能而有风采之人。此处形容王稷杰出的风标。

[3] 公外：公事之外。

[4] 君：指王稷。为君久：为君久留。

登邠州城楼

〔宋〕文同

试此望摇落[1]，秋襟成惘然[2]。客怀伤薄暮[3]，节物感穷边[4]。

断烧侵高垒[5]，微阳入晚川[6]。年来旧山意[7]，常与雁翩翩。

【注释】

[1] 摇落：凋谢。

[2] 秋襟：秋天的情怀。

[3] 薄暮：日将落之时。

[4] 节物：适应时节的景物。穷边：偏僻的边远地区。

[5] 断烧：照耀的晚霞。高垒：高大的壁垒。

[6] 微阳：快落的斜阳。晚川：傍晚的河流。

[7] 旧山意：思乡之情。旧山：故乡；故居。

豳州

〔宋〕文同

昔年戎马尽南豳，今日风光已太文[1]。
雅吹夜喧金府月[2]，靓妆春艳玉峰云。
泉亭柳色浓将滴，水寨荷香远更薰。
逻候不惊烽燧息[3]，高原闲猎旧将军[4]。

【注释】

[1] 太文：犹言尽善尽美，形容太平景象。

[2] 雅吹：指宴席上的音乐演奏。

[3] 逻候：巡逻侦察。这里指巡察的将领。烽燧：古代边境报警的信号。

[4] 旧将军：指曾打过仗的将军。

过邠州二首（选一）

〔金〕赵秉文

其一

地灵物秀古称雄，前有汾阳后范公[1]。
千古山川形胜地，两朝人物画图中[2]。
一家忠厚余风化，七月蚕桑咏女功[3]。
谁识圣贤遗意在，黍离篇末继豳风[4]。

【注释】

[1]汾阳：指中唐著名将领汾阳王郭子仪。786年，邠宁节度使、尚书左仆射韩游瑰为郭子仪建庙于邠州（今陕西彬州），用来纪念郭子仪"圣德遗芳，永留西夏"。范公：北宋名臣范仲淹。庆历五年（1045）正月，范仲淹以资政殿学士兼陕西四路沿边安抚使的身份赴邠州任知州。

[2]两朝：指唐宋两代。

[3]七月：指产生于邠州的《诗经·豳风·七月》。

[4]黍离：指《诗经·王风·黍离》一诗。

长武县

长武县隶属于陕西省咸阳市，地处关中西陲、咸阳市西北部，东与彬州市毗邻，南与甘肃省灵台县相连，西与甘肃省泾川县接壤，北与甘肃省宁县、正宁县交界。

宜禄昭仁寺后轩 [1]

〔宋〕文同

危栏凭绝壑[2]，欲奈此时何。但有夕阳处，就中秋色多。
与谁同徙倚[3]，空自发吟哦。便觉成羁旅，归心逐雁过。

【注释】

[1] 宜禄：古县名，唐贞观二年（628）置。治今陕西长武县。昭仁寺，位于长武县城东街，唐贞观年间（627—649），唐太宗李世民为纪念与薛举集团作战阵亡的将士而建立的寺院，现为全国重点文物保护单位。轩：有栏杆的长廊。

[2] 绝壑（hè）：险要的山谷。

[3] 徙倚：徘徊。

永寿县

永寿县隶属于陕西省咸阳市，位于陕西省中部偏西，渭北高原南缘，东隔泾河与淳化县、旬邑县相望，东南与礼泉县接壤，南邻乾县，西接麟游县，北连彬州。西兰公路纵贯县城南北，有"秦陇咽喉，陕甘通衢"之称。

过永寿县

〔宋〕李石

驱马上危坂[1]，暮鞭摇客愁[2]。峰峦惊满目[3]，咫尺拟回头。
红树拥野店[4]，白云藏县楼[5]。须知此北下[6]，地底见幽州[7]。

【作者简介】

李石（1108—？），字知几，号方舟，宋资州资阳（今属四川）人。高宗绍兴二十一年（1151）进士。孝宗乾道（1165-1173）中，以荐任太学博士。因直言径行，不附权贵，出主石室。蜀人从学者如云，闽越之士亦万里而往，刻石题诸生名者几千人。后为成都倅。时作山水小笔，风调远俗。卒年七十余。有《方舟易说》《方舟集》《续博物志》等。

【注释】

[1] 危坂：险峻的斜坡。

[2] 暮鞭：指日落时挥动的马鞭。

[3] 满目：充满视野。

[4] 红树：被夕阳映红的树木。

[5] 县楼：县城的城楼。

[6] 北下：向北边去。

[7] 豳州：即邠州。作者自注："杜老有豳州入地底之句。"按，杜甫《北征》诗曰："邠郊入地底，泾水中荡潏。"

三原县

三原县隶属咸阳市，史称"甲邑"，古称"池阳"，位于关中平原中部，因境内有西原（又称七里原）、中原（又称新兴原）和东原（又称陵前原）而得名。三原为古京畿之地，自北魏太平真君七年（446）置县，已有1570多年历史，素有"衣食京师、亿万之口"美誉。

三原县东与临潼、富平、阎良相连，南与高陵接壤，西邻泾阳、淳化，北靠铜川新区、耀州区，是关中平原城市群核心区和省会西安的北大门。

三原李氏园宴集 [1]

〔唐〕张籍

暮春天早热，邑居苦嚣烦[2]。言从君子乐，乐彼李氏园。
园中有草堂，池引泾水泉。开户西北望，远见嵯峨山[3]。

借问主人翁，北州佐戎轩[4]。仆夫守旧宅，为客施华筵[5]。
高怀有余兴，竹树芳且鲜。倾我所持觞，尽日共留连。
疏拙不偶俗[6]，常喜形体闲。况来幽栖地，能不重笑言[7]。

【注释】

[1] 李氏园：唐李靖故居，即今李靖故居文管所，位于今三原县城北鲁桥镇东里堡村。李靖，字药师，雍州三原人。隋末唐初将领，唐朝文武兼备的著名军事家。后封卫国公，世称李卫公。

[2] 邑居：里邑住宅。亦谓聚邑而居。桓宽《盐铁论·散不足》："田野不辟而饰亭落，邑居丘墟而高其郭。"马非百注："邑居，城市住宅。"嚣烦：喧闹繁杂。

[3] 嵯峨山：位于陕西省三原、泾阳、淳化三县交界。

[4] 戎轩：兵车。亦以借指军队、军事。

[5] 华筵：丰盛的筵席。

[6] 疏拙：懒散笨拙。不偶俗：不能迎合世俗。

[7] 笑言：谓又说又笑；边说边笑。

吊李卫公

〔明〕王恕

翊运成功屡出奇[1]，文韬武略荷君知[2]。
故乡居第今何在[3]，独有行人看古碑[4]。

【作者简介】

王恕（1416—1508），字宗贯，号介庵，又号石渠。三原（今属陕西）人。明朝中期名臣，关学三原学派创始人。正统十三年（1448）登进士第，选庶吉士。后为大理寺左评事，迁左寺副，又历任扬州知府、江西布政使、吏部尚书加太子太保等，官至少傅兼太子太傅等，历官十九任，政绩卓著。正德三年（1508）卒，年九十三。追赠特进、左柱国、太师，谥号"端毅"。《明史》有传。

【注释】

[1] 翊（yì）运：护卫国运。

[2] 荷君知：指承受君王的知遇之恩。

[3] 居第：上等住宅。此指李靖故居。

[4] 古碑：三原北城原有李卫公祠，祠中有碑，今已不存。

三原形势

〔明〕王恕

山势嵯峨如笔架，田畴平衍似棋盘。
清流环绕北关去，士习民风亦可观。

宏道书院示从游 [1]

〔明〕王承裕

缅怀鲁尼父，不厌亦不倦[2]。七十二弟子，历历称儒彦[3]。
嗟予何人斯，野朴不自缘[4]。圣贤邈千载，有时羹墙见[5]。
一旦闻鹤鸣[6]，松云忘眷恋[7]。方拟赋归与[8]，倏忽更事变。
昔日二三子[9]，健翩趁风便[10]。天空信廖廓，飞翔殆未徧。
我来重考经，兀兀坐书院[11]。疑难塞膺胸，反袂漫拭面[12]。
岂能开来学[13]，不过同几案。万物人为贵，年光掷流电[14]。
功欲成千倍，行期经百炼。古来惟德馨，行潦亦可荐[15]。
莫谓中行难，谁复为狂狷[16]。春风感兴长，聊示尔娈娈。

【作者简介】

王承裕（1464—1538），字天宇，号平川，三原（今属陕西）人。明朝大臣，王恕幼子。弘治六年（1493），进士及第，授兵科给事中。明武宗即位后，迁吏部掌科，得罪权宦刘瑾，迁太仆少卿、太仆卿、南京太常卿，参与平定宁王朱宸濠之乱。嘉靖帝即位后，拜户部右侍郎，迁南京户部尚书。嘉靖八年（1529），致仕还乡。嘉靖十七年（1538）卒，追赠太子少保，谥号康僖。与其父共创宏道书院。

【注释】

[1] 宏道书院：位于陕西省三原县城北，是陕西省明、清四大书院之一，由王恕及王承裕于弘治七年（1494）创办。从游：随从求学之人。

[2] 不厌亦不倦：语出《论语·述而》："子曰：'若圣与仁，则吾岂敢？抑为之不厌，诲人不倦，则可谓云尔已矣。'"

[3] 历历：逐一，一一。儒彦：才德出众的儒士。

[4] 野朴：粗野无文。此为作者自谦之语。

[5] 羹（gēng）墙：《后汉书·李固传》："昔尧殂之后，舜仰慕三年，坐则见尧于墙，食则睹尧于羹。"后以"羹墙"表示追念前辈或仰慕圣贤之意。

[6] 鹤鸣：指贤者隐居。

[7] "松云"句：语出《南史·宗测传》："性同鳞羽，爱止山壑，眷恋松云，轻迷人路。"松云：青松白云。指隐居之境。

[8] 赋归与：语出《论语·公冶长》："子在陈曰：'归与，归与！'"后因以"赋归"表示告归，辞官归里。

[9] 二三子：犹言诸君；几个人。《论语·八佾》："二三子何患于丧乎？天下之无道也久矣，天将以夫子为木铎。"

[10] 健翮（hé）：矫健的翅膀。借指矫健的飞禽。此比喻有才能的人。

[11] 兀兀：勤勉貌。

[12] 反袂（mèi）：用衣袖拭泪。形容哭泣。

[13] 开来学：开辟未来的道路。语出朱熹《朱子全书·周子书》："所以继往圣，开来学，而大有功于斯世也。"

[14] 流电：闪电。

[15] 行潦（háng lǎo）：路上的积水。《左传·隐公三年》："苟有明信，涧、溪、沼、沚之毛……潢、污、行潦之水，可荐于鬼神，可羞于王公。"后因以"行潦"指祭祀或进献用的酒食。荐：享祭，祭祀。

[16]狂狷（juàn）：指志向高远的人与拘谨自守的人。《论语·子路》："子曰：'不得中行而与之，必也狂狷乎！狂者进取，狷者有所不为也。'"何晏集解引包咸曰："中行，行能得其中者，言不得中行则欲得狂狷者。狂者，进取于善道。狷者，守节无为。欲得此二人者，以时多进退，取其恒一。"

三原拜马处士丈 [1]

〔明〕康海

门前翠竹上千霄，院内青松色未凋。
种树年年收枣栗，看山日日伴渔樵。
明时不作河阳尉[2]，乐岁聊为汜上谣[3]。
鹤发青藜真自得[4]，瞻依宁惜马蹄遥[5]。

【注释】

[1] 马处士丈：指马理。

[2] 明时：圣明的时代。此指本朝。河阳尉：唐张鷟（zhuó）八次应制举，均登甲科。其文章风行当时。张鷟曾为河阳尉。此以马理喻张鷟。

[3] 乐岁：丰年。

[4] 青藜：藜杖。借指年老之人。

[5] 瞻依：瞻仰依恃。表示对尊长的敬意，此表示诗人对马理的敬重之意。宁惜：哪肯顾惜。

秋日村中书事

〔明〕马理

万里明如洗，千秋暝色空[1]。野外稀人迹，城中小径通。
鸟时入屋里，菊自放篱东[2]。过岭随樵子[3]，临滩遇钓翁。

寒衣捣秋月，牧笛弄晚风。王室幸无事，闲居数过鸿。

【注释】

[1] 暝色：暮色。

[2] 自放：指菊花自在绽放的情态。

[3] 樵子：樵夫。

谒端毅公祠（三首选一）[1]

〔明〕张原

遗庙巍峨依北峦，仪容秩秩肃衣冠[2]。
声名万丈华峰碧[3]，香火千秋荔子丹。
精气袭人昭杲日[4]，遗风流世障奔澜。
旧时相业垂青史，正色朝端岂让韩[5]。

【注释】

[1] 端毅公：即王恕。端毅为王恕谥号。

[2] 秩秩：肃敬貌。

[3] 华峰：华山。

[4] 精气：犹精诚。昭杲（gǎo）日：如太阳一般光明。

[5] "正色"句：这句意为，王恕在朝廷上的刚正清严毫不逊色于韩愈。韩愈因多次上疏而屡遭贬谪，王恕历仕英宗、代宗、宪宗、孝宗、武宗五朝，直言敢谏，刚毅正直，始终一致。朝端：朝廷。

题新筑尊经阁成 [1]

〔明〕温纯

泮宫高阁切云成[2]，藜杖将分太乙精[3]。

满架缥缃过二酉[4]，当檐奎壁引长庚[5]。
笔从众巘齐冲斗[6]，带合双流两抱城[7]。
柱史神君收地脉，重看文献在西京[8]。

【作者简介】

温纯（1539—1607），字景文，一字叔文，号一斋，三原（今属陕西）人。嘉靖四十四年（1565）进士。授寿光知县，征迁户科给事中。累迁至左都御史。卒谥恭毅。有《温恭毅公集》。

【注释】

[1] 尊经阁：据来复《三原县学尊经阁藏书引》，三原尊经阁由温纯倡议、并联合中丞台及直指使者共同捐资兴建，是当时西北最大的藏书楼。尊经阁于1968年三原盐店街扩建改造时被拆毁。

[2] 泮宫：西周诸侯的学宫，后泛指学校。此指尊经阁。切云：上摩青云。极言其高。

[3] "藜杖"句：王嘉《拾遗记》卷六："刘向于成帝之末，校书天禄阁，专精覃思。夜有老人，着黄衣，植青藜杖，登阁而进，见向暗中独坐诵书。老父乃吹杖端，烟然，因以见向，说开辟已前。向因受《洪范五行》之文，恐辞说繁广忘之，乃裂裳及绅，以记其言。至曙而去，向请问姓名。云：'我是太一之精，天帝闻金卯之子有博学者，下而观焉。'乃出怀中竹牒，有天文地图之书，'余略授子焉。'"《太平广记》亦引，作"太乙之精"。后以此典形容夜读或勤学；也用以形容高人传授。

[4] 缥缃：缥，淡青色；缃，浅黄色。古时常用淡青、浅黄色的丝帛作书囊书衣，因以缥缃指代书卷。二酉：指大酉、小酉二山。在今湖南省沅陵县西北。二山皆有洞穴。相传小酉山洞中有书千卷，秦人曾隐学于此。后即以"二酉"称丰富的藏书。

[5] 奎壁：二十八宿中奎宿与壁宿的并称。旧谓二宿主文运，故常用以比喻文苑。长庚：古时指傍晚出现在西方天空的金星。亦名太白星、明星。

[6] 笔从众巘："笔"，指嵯峨山。山有五峰，秀丽形似笔架，故又名笔架山。

冲斗：形容山势高峻。斗，北斗星，借指天空。

[7] 双流：指泾水和渭水。

[8] "柱史"二句：柱史：指中丞台。神君：旧时对贤明官吏的敬称。西京：指西安，此指三原。三原明代属西安府。来复《三原县学尊经阁藏书引》："西京文献地，乃文献则诸郡邑无右原者，先是恭毅温宫保先生念学宫倾圮（pǐ），慨然捐赀议修葺，更移书中丞台、直指使者，中丞台、直指使者各捐赀，下记勒（敕）县部调官庸，不得费民间一锾。"

题宏道书院

（明）何景明

梁栋起层云，松筠散夕曛[1]。九嵕瞻太华[2]，清渭接河汾[3]。冠盖时时集[4]，弦歌夜夜闻。登堂持节印[5]，衰薄愧斯文[6]。

【注释】

[1] "梁栋"二句：既是写书院之景，亦喻书院人才辈出。

[2] 九嵕（zōng）：九嵕山，在三原县西北。太华：华山。

[3] 清渭：渭水。河汾：黄河与汾水的并称。

[4] 冠盖：泛指官员的冠服和车乘，此借指官员。

[5] 节印：符节和印信。

[6] 衰薄：衰败浇薄。常指世风道德。斯文：指礼乐教化、典章制度。

三原人日作

（清）屈大均

春水流渐满[1]，双渠接瓠中[2]。桥横清峪阔，城倚仲山雄[3]。游女骄人日[4]，新妆俨汉宫。藏梅犹冻雪，着柳已光风[5]。

【注释】

[1] 流澌：江河解冻时流动的冰块。

[2] 双渠：指郑国渠和白渠。瓠（hù）中：地名。又称焦获泽、焦护泽。在今陕西泾阳县西北仲山西麓。

[3] 仲山：山名。传说汉高祖兄刘仲葬其地。

[4] 游女：出游的女子。

[5] 光风：雨止日出时的和风。此指早春的和风。

池阳即目 [1]

〔清〕许荪荃

天涧供晴望，鄷原高入云。两城相对峙，一水自中分。
山树皆秋色，人家半夕曛[2]。何当田万顷[3]，今古足耕耘。

【作者简介】

许荪荃（1640—1688）：字友荪，又字生洲，号四山。江南合肥（今属安徽）人。生于明代，清康熙八年（1669）举人，康熙九年（1670）进士。选庶吉士，散馆改户部主事，再转郎中，为翰林院侍讲。历官刑部四川司员外郎、陕西提学道。著有《慎墨堂诗集》。

【注释】

[1] 池阳：今三原县古称池阳。西汉惠帝四年（前191）置，属左冯翊。治所在今陕西泾阳县西北二里，俗名迎冬城。《汉书·地理志》"池阳县"注引应劭曰："在池水之阳。"因名。约当于今陕西泾阳县和三原县的部分地区。

[2] 夕曛：落日的余晖。

[3] 何当：犹何日，何时。解作"安得，怎能"，亦通。

旬邑县

旬邑县古称豳，秦封邑，汉置县。今隶属于陕西省咸阳市，位于咸阳市北部，东接铜川市耀州区，北依甘肃正宁，南傍淳化，西南临彬州市，西接长武县。

题三水县舍左几著作 [1]

〔宋〕张舜民

还乡去日正迟迟[2]，枉道相过慰所思[3]。
历国聘君良自苦[4]，敝衣怀组欲谁欺[5]。
白杨叶上三更雨，黄菊风前一酒卮[6]。
莫道相逢是容易，与君头鬓各丝丝[7]。

【注释】

[1] 三水县：今陕西旬邑县，因县内有罗、川、谷三泉而得名。

[2] 去日：过去的日子。迟迟：长久。

[3] 枉道：绕道。相过：前来探望。

[4] 历国：游历各处。聘君：犹徵士。指不应朝廷以礼征聘的隐士。指左几。良：实在。

[5] 怀组：指身怀做官的才能。组，用丝编成的带子，用来作佩印或佩玉的绶。

[6] 卮（zhī）：一种酒器。

[7] 头鬓各丝丝：言发白。

过石门山 [1]

〔明〕乔世宁

尝慕崖栖侣，名山幸此过。却随流水去，空负采芝歌[2]。

临路窥猿鸟[3]，退心忘薜萝[4]。定知今夕梦，漂渺入云阿[5]。

【作者简介】

乔世宁，字敬叔，号三石，明陕西耀州人。嘉靖十七年（1550）进士。累迁四川佥事、湖广提学副使。嘉靖二十九年（155）任河南参政。迁四川按察使，以丁忧归，后曾累荐，不起。强学好问，至老不倦。有《丘隅集》。

【注释】

[1] 石门山：地处今旬邑县与铜川市耀州区邻接地域。

[2] 采芝歌：史载商山四皓曾作《采芝歌》，亦省称《采芝》。后因以"采芝"指隐遁。

[3] 临路：临行。

[4] 退心：避世隐居之心。薜萝：指薜荔和女萝，两种野生植物。借指隐士或高士的衣服或住所。

[5] 云阿：云深处，指高山之上，深山之中。

第四编

渭南地区

渭南地处关中平原东部，辖2区（临渭、华州）2市（韩城、华阴）7县（潼关、大荔、澄城、合阳、蒲城、富平、白水）和国家级高新区、省级经济技术开发区、卤阳湖现代产业综合开发区、华山风景名胜区。渭南东襟黄河与山西运城、河南三门峡毗邻，西与西安、咸阳相接，南倚秦岭与商洛为界，北靠桥山与延安、铜川接壤，是中东部地区进入西北门户的交通要道。

渭南是中华民族的重要发祥地，素有华夏之根、文化之源、三圣故里、将相之乡的美誉。

渭上偶钓

〔唐〕白居易

渭水如镜色，中有鲤与鲂[1]。偶持一竿竹，悬钓至其傍。
微风吹钓丝，袅袅十尺长[2]。谁知对鱼坐，心在无何乡。
昔有白头人，亦钓此渭阳[3]。钓人不钓鱼，七十得文王。
况我垂钓意，人鱼又兼忘。无机两不得[4]，但弄秋水光。
兴尽钓亦罢，归来饮我觞。

【注释】

[1] 鲂（fáng）：鱼名。亦称"三角鲂""三角鳊"，体形似鳊鱼。
[2] 袅袅（niǎo niǎo）：细长柔软随风摆动貌。
[3] 渭阳：渭水之北。
[4] 无机：无机巧之心。

渭村酬李二十见寄[1]

〔唐〕白居易

百里音书何太迟[2]，暮秋把得暮春诗[3]。
柳条绿日君相忆，梨叶红时我始知。
莫叹学官贫冷落[4]，犹胜村客病支离[5]。
形容意绪遥看取[6]，不似华阳观里时。

【注释】

[1] 渭村：白居易故乡，当在今渭南市信义乡上太庄南注一带。元和六年，白居易丁忧居渭南。李二十：不详。
[2] 音书：音讯，书信。
[3] "暮秋"句：谓李二十暮春寄来的书信和诗作，诗人暮秋时节才收到。
[4] 学官：古时主管学务的官员和官学教师，此指李二十。
[5] 村客：旅居乡村的人，此为作者自指。支离：憔悴；衰疲。
[6] 形容：外貌，模样。意绪：心意，情绪。

萧员外寄新蜀茶

〔唐〕白居易

蜀茶寄到但惊新，渭水煎来始觉珍。
满瓯似乳堪持玩[1]，况是春深酒渴人[2]。

【注释】

[1] 持玩：把玩。

[2] 酒渴：指酒后口渴。

和渭北刘大夫借便秋遮虏，寄朝中亲友

〔唐〕白居易

巨镇为邦屏[1]，全材作国桢[2]。韬钤汉上将[3]，文墨鲁诸生[4]。
豹虎关西卒[5]，金汤渭北城。宠深初受棨[6]，威重正扬兵[7]。
阵占山河布，军谙水草行。夏苗侵虎落[8]，宵遁失蕃营[9]。
云队攒戈戟[10]，风行卷旆旌[11]。堠空烽火灭[12]，气胜鼓鼙鸣。
胡马辞南牧[13]，周师罢北征[14]。回头问天下，何处有欃枪[15]。

【注释】

[1] 巨镇：强大的藩镇。

[2] 国桢（zhēn）：国家的支柱，喻能负国家重任的人才。

[3] 韬钤：古代兵书《六韬》《玉钤篇》的并称。此借指用兵谋略。

[4] 文墨：文书辞章。亦指写文章，从事文字工作。鲁诸生：《史记·叔孙通列传》："叔孙通者，薛人也。秦时以文学征，待诏博士。数岁，陈胜起山东，使者以闻，二世召博士诸儒生问曰：'楚戍卒攻蕲入陈，于公如何？'""群臣饮酒争功，醉或妄呼，拔剑击柱，高帝患之。叔孙通知上益厌之也，说上曰：'夫儒者难与进取，可与守成。臣愿征鲁诸生，与臣弟子共起朝仪。'"鲁诸生即鲁儒生。秦二世曾召问鲁儒生陈地战势，汉高祖曾采纳叔孙通建议征鲁儒生拟制朝仪。后用作咏儒生之典。

[5] 豹虎：如豹虎一般勇猛。关西卒：函谷关以西的士兵，即秦兵。

[6] 受棨（qǐ）：接受朝廷赐予的仪仗。棨：有缯衣或油漆的木戟。古代官吏所用的仪仗，出行时作为前导，后亦列于门庭。

[7] 威重：威严庄重。扬兵：陈兵，阅兵。

[8] 夏苗：谓夏季田猎。虎落：篱落；藩篱。古代用以遮护城邑或营寨的竹篱。

亦用以作为边塞分界的标志。

[9] 宵遁：乘夜逃跑。蕃营：敌营。蕃：周代谓九州岛之外的夷服、镇服、蕃服。后用以泛指域外或外族。

[10] 云队：军旅，部伍。攒戈戟：密集的兵器。

[11] 风行：风吹。

[12] 堠（hòu）：戍兵居住守望敌情的土堡。

[13] "胡马"句：指北方少数民族南侵。语本西汉贾谊《过秦论上》："胡人不敢南下而牧马。"

[14] 周师：周王室的军队。此借指唐朝军队。

[15] 欃枪（chán chēng）：彗星的别名。古人认为是凶星，主不吉。引申指邪恶势力。

渭村退居寄礼部崔侍郎翰林钱舍人诗一百韵 [1]

〔唐〕白居易

圣代元和岁[2]，闲居渭水阳。不才甘命舜，多幸遇时康。
朝野分伦序[3]，贤愚定否臧[4]。重文疏卜式[5]，尚少弃冯唐[6]。
由是推天运[7]，从兹乐性场[8]。笼禽放高羽[9]，雾豹得深藏[10]。
世虑休相扰[11]，身谋且自强[12]。犹须务衣食，未免事农桑。
薙草通三径[13]，开田占一坊。昼扉肩白版[14]，夜碓舂黄粱。
隙地治场圃[15]，闲时粪土疆。枳篱编刺夹[16]，薤垄擘科秧。
穑力嫌身病，农心愿岁穰[17]。朝衣典杯酒[18]，佩剑博牛羊。
困倚栽松锸，饥提采蕨筐。引泉来后涧，移竹下前冈。
生计虽勤苦，家资甚渺茫。尘埃常满甑，钱帛少盈囊。
弟病仍扶杖，妻愁不出房。传衣念褴缕[19]，举案笑糟糠。
犬吠村胥闹[20]，蝉鸣织妇忙。纳租看县贴，输粟问军仓[21]。
夕歇攀村树，秋行绕野塘。云容阴惨澹，月色冷悠扬。
荞麦铺花白，棠梨间叶黄。早寒风槭槭[22]，新霁月苍苍。
园菜迎霜死，庭芜过雨荒。檐空愁宿燕，壁暗思啼螀。

眼为看书损，肱因运甓伤[23]。病骸浑似木，老鬓欲成霜。
少睡知年长，端忧觉夜长[24]。旧游多废忘，往事偶思量。
忽忆烟霄路[25]，常陪剑履行[26]。登朝思检束[27]，入阁学趋跄[28]。
命偶风云会[29]，恩覃雨露霶。沾枯发枝叶，磨钝起锋铓。
崔阁连镳弩[30]，钱兄接翼翔[31]。齐竽混韶夏[32]，燕石厕琳琅[33]。
同日升金马[34]，分宵直未央[35]。共词加宠命[36]，合表谢恩光[37]。
厩马骄初跨，天厨味始尝[38]。朝晡颁饼饵[39]，寒暑赐衣裳。
对秉鹅毛笔，俱含鸡舌香[40]。青缣衾薄絮，朱里幕高张。
昼食恒连案[41]，宵眠每并床[42]。差肩承诏旨[43]，连署进封章。
起草偏同视，疑文最共详。灭私容点窜[44]，穷理析毫芒[45]。
便共输肝胆，何曾异肺肠。慎微参石奋[46]，决密与张汤[47]。
禁闼青交琐[48]，宫垣紫界墙。井阑排菡萏，檐瓦斗鸳鸯。
楼额题鸡鹊[49]，池心浴凤凰。风枝万年动，温树四时芳[50]。
宿露凝金掌，晨晖上璧珰[51]。砌筠涂绿粉，庭果滴红浆。
晓从朝兴庆，春陪宴柏梁[52]。传呼鞭索索，拜舞佩锵锵。
仙仗环双阙[53]，神兵辟两厢。火翻红尾旆，冰卓白竿枪。
㳽漾经鱼藻，深沈近浴堂。分庭皆命妇[54]，对院即储皇[55]。
贵主冠浮动，亲王辔闹装[56]。金钿相照耀，朱紫间荧煌。
球簇桃花绮，歌巡竹叶觞。洼银中贵带，昂黛[57]内人妆。
赐禊东城下，颁酺曲水傍。尊罍分圣酒，妓乐借仙倡。
浅酌看红药，徐吟把绿杨。宴回过御陌，行歇入僧房。
白鹿原东脚，青龙寺北廊。望春花景暖，避暑竹风凉。
下直闲如社[58]，寻芳醉似狂。有时还后到，无处不相将。
鸡鹤初虽杂，萧兰久乃彰[59]。来燕隗贵重[60]，去鲁孔恓惶[61]。
聚散期难定，飞沉势不常。五年同昼夜，一别似参商[62]。
屈折孤生竹，销摧百炼钢[63]。途穷任憔悴，道在肯彷徨。
尚念遗簪折，仍怜病雀疮。恤寒分赐帛，救馁减馀粮。
药物来盈裹，书题寄满箱。殷勤翰林主，珍重礼闱郎。
煦沫诚多谢[64]，抟扶当所望[65]。提携劳气力，吹簸不飞扬。
拙劣才何用，龙钟分自当。妆嫫徒费黛，磨甋讵成璋。

习隐将时背[66]，干名与道妨[67]。外身宗老氏[68]，齐物学蒙庄。
疏放遗千虑，愚蒙守一方。乐天无怨叹，倚命不劬勤[69]。
愤懑胸须豁，交加臂莫攘。珠沉犹是宝，金跃未为祥[70]。
泥尾休摇掉[71]，灰心罢激昂。渐闲亲道友，因病事医王[72]。
息乱归禅定[73]，存神入坐亡[74]。断痴求慧剑[75]，济苦得慈航[76]。
不动为吾志，无何是我乡[77]。可怜身与世，从此两相忘。

【注释】

[1] 退居：退职家居。白居易因母亲辞世退职回到家乡渭村为母守丧。其期间写了此诗。礼部崔侍郎：礼部侍郎崔群。翰林钱舍人：翰林舍人钱徽。

[2] 圣代：旧时对于当代的谀称。元和岁：诗作于元和九年（814）。

[3] 朝野：朝廷与民间。伦序：等类。

[4] 否臧：成败；善恶；优劣。

[5] 重文：谓以文事为重。卜式：《汉书·卜式传》："卜式者，河南人也，以田畜为事。……是时汉方数使将击匈奴，卜式上书，愿输家之半县官助边。……元鼎中，征式代石庆为御史大夫。式既在位，言郡国不便盐铁而船有算，可罢。上由是不说式。明年当封禅，式又不习文章，贬秩为太子太傅，以儿宽代之。式以寿终。"此喻指不习文章的人。

[6] 尚少：重视年轻官员。冯唐：典出《史记·冯唐列传》。冯唐为汉文帝时大臣，以孝悌闻名，拜为中郎署。因其为人正直无私，敢于进谏，不徇私情，时时处处遭到排挤，直到年老亦未得到升迁。此处为作者自喻。

[7] 天运：犹天命。

[8] 性场：泛指心性领域。

[9] 笼禽：笼中之鸟。比喻不自由之身。高骛（zhù）：鸟高飞貌。

[10] 雾豹：刘向《列女传·陶答子妻》载，答子治陶三年，名誉不兴，家富三倍。其妻谏曰："能薄而官大，是谓婴害。无功而家昌，是谓积殃。南山有玄豹，雾雨七日而不下食者，何也？欲以泽其毛而成文章也，故藏而远害。"后因以"雾豹"指隐居伏处、退藏避害之人。

[11] 世虑：俗念。

[12] 身谋：为自身谋虑。

[13] 薙（tì）草：除草。三径：赵岐《三辅决录·逃名》："蒋诩归乡里，荆棘塞门，舍中有三径，不出，唯求仲、羊仲从之游。"后因以"三径"指隐者的家园。

[14] 白版：白板，不施油漆的木板。

[15] 隙地：空地。

[16] 枳篱：枳木篱笆。

[17] 岁穰：丰年。穰：庄稼丰收。

[18] 朝衣：上朝时穿的礼服。此为动词，穿上朝衣。

[19] 传衣：谓传授师法或继承师业。

[20] 村胥：村官。

[21] 输粟：古代农户向官府捐纳粮食。

[22] 摵摵（shè）：拟声词。

[23] 运甓（pì）：典出《晋书·陶侃传》："侃在州无事，辄朝运百甓于斋外，暮运于斋内。人问其故，答曰：'吾方致力中原，过尔优逸，恐不堪事。'其励志勤力，皆此类也。"后以"运甓"比喻刻苦自励。

[24] 端忧：闲愁；深忧。

[25] 烟霄路：意为登天之路。此喻赴京城长安之路途。

[26] 剑履行：佩着剑，穿着鞋上朝。指受到极大的优待。

[27] 检束：检点约束。

[28] 趋跄（qiāng）：形容步趋中节。古时朝拜晋谒须依一定的节奏和规则行步。亦指朝拜，进谒。

[29] 命偶：与好运为偶。谓命运好。风云会：指君臣际会。亦泛指际遇。

[30] 连镳（biān）：谓骑马同行。镳，马勒。

[31] 接翼：翅膀挨着翅膀。此形容亲近。

[32] 齐竽：犹滥竽。指不学无术之人。这里是作者自谦之词。韶夏：原指舜乐和禹乐，亦泛指优雅的古乐，喻德行如舜禹那样光明伟大的人。此颂美崔群和钱徽。

[33] 燕石：语出《太平御览》卷五一引《阙子》："宋之愚人得燕石于梧台之东，归西藏之，以为大宝。周客闻而观焉，主人端冕玄服以发宝，华匮十重，缇巾

十袭。客见之,卢胡而笑曰:'此燕石也,与瓦甓不异。'主人大怒,藏之愈固。"后以"燕石"喻不足珍贵之物。这里用为自谦凡庸之词。琳琅:精美的玉石。喻指优秀人才。此指崔群和钱徽。

[34] 金马:金马门,此指朝廷。

[35] 分宵:半夜。未央:本为汉宫名,借指宫殿。

[36] 宠命:加恩特赐的任命。封建社会中对上司任命的敬辞。

[37] 合表:共上奏表。

[38] 天厨:皇帝的庖厨。

[39] 朝晡(bū):指一日两餐之食。饼饵:饼类食品的总称。此句与下句是说,平日食用,朝廷均有颁赐。

[40] 鸡舌香:即丁香。古代尚书上殿奏事,口含此香。

[41] 连案:谓食案相接。形容关系亲密。

[42] 并床:同床。

[43] 差肩(cī jiān):比肩,肩挨着肩。

[44] 点窜:删改;修改。

[45] 毫芒:比喻极细微。

[46] 石奋:字天威,西汉大臣,不通文学,此借指居官谨慎。

[47] 张汤:(?—前115),西汉杜陵(今陕西西安东南)人。曾任长安吏、内史掾和茂陵尉,后补侍御史。著名的酷吏,又以廉洁著称。

[48] 禁闼(tà):宫廷门户。亦指宫廷、朝廷。

[49] 楼额:楼上悬挂的匾额。

[50] 温树:温室树。

[51] 璧珰:屋椽头的装饰。以璧饰之,故称。

[52] 柏梁:指柏梁台。《史记·孝武本纪》:"其后则又作柏梁、铜柱、承露仙人掌之属矣。"此借指宫廷。

[53] 双阙:古代宫殿、祠庙、陵墓前两边高台上的楼观。此借指宫门。

[54] 命妇:封建时代受封号的妇人。在宫廷中则妃嫔等称为内命妇,在宫廷外则臣下之母妻称为外命妇。

[55] 储皇:皇太子。

[56] 闹装:用金银珠宝等杂缀而成的腰带或鞍、辔(pèi)之类饰物。

[57] 昂黛：高挑的黛眉。

[58] 下直：在宫中当直结束；下班。

[59] 萧兰：艾蒿和兰草。比喻品质不好的人和品行高洁之士。

[60] "来燕"句：典出《史记·燕召公世家》。燕昭王欲得贤士，以报齐仇。隗曰："王必欲致士，先从隗始。况贤于隗者，岂远千里哉！"于是昭王筑宫而师事之。乐毅、邹衍、剧辛等争趋燕，燕赖以强。后用为君主礼遇贤士之典。

[61] "去鲁"句：《晏子春秋·外篇》："仲尼相鲁，景公患之。谓晏子曰：'邻国有圣人，敌国之忧也。今孔子相鲁若何？'晏子对曰：'若其勿忧。彼鲁君，弱主也；孔子，圣相也。君不如阴重孔子，设以相齐，孔子强谏而不听，必骄鲁而有齐，君勿纳也。夫绝于鲁，无主于齐，孔子困矣。'居期年，孔子去鲁之齐，景公不纳，故困于陈、蔡之间。"

[62] 参商：参星和商星。参星在西，商星在东，此出彼没，永不相见。喻亲友隔绝，不能相见。

[63] 销摧：犹消灭。

[64] 煦沫（xǔ mò）：谓同在困境中互相帮助。语本《庄子·大宗师》："泉涸，鱼相与处于陆，相呴以湿，相濡以沫。"

[65] 抟（tuán）扶：《庄子·逍遥游》："抟扶摇而上者九万里。"扶摇，旋风。后因称乘风捷上为"抟风"。

[66] 习隐：《庄子·齐物论》："南郭子綦隐机而坐，仰天而嘘，嗒焉似丧其耦。"后因以"习隐"谓习学隐遁，有超然物外、忘情一切之意。

[67] 干名：求取名位。《逸周书·宝典》："十奸……八阿众干名。"

[68] 外身：谓置身于世外。

[69] 勖勷（kuāng ráng）：惶遽不安貌。

[70] 金跃：《庄子·大宗师》："今之大冶铸金，金踊跃曰'我且必为镆铘'，大冶必以为不祥之金。今一犯人之形，而曰'人耳人耳'，夫造化者必以为不祥之人。"王先谦集解："偶成为人，遂欣爱郑重，以为异于众物，则造化亦必以为不祥。"后以"金跃"指不顺从自然造化。

[71] 泥尾：曳尾于泥涂。比喻自由自在的隐逸生活。语出《庄子·秋水》："此龟者，宁其死为留骨而贵乎？宁其生而曳尾于涂中乎？"

[72] 医王：医术极精的人。多用以比喻诸佛或高僧等。

[73] 禅定：谓坐禅习定。

[74] 存神：存养精神，保全精神。坐亡：坐忘。亡，通"忘"。庄老哲学用语。《庄子·大宗师》云；"堕肢体，黜聪明，离形去知，同于大通，此谓坐忘。"意为通过忘记自己的身体，停止思想，开窍而去真正感知宇宙，与道大通。

[75] 慧剑：佛教语。谓能斩断一切烦恼的智慧。语本《维摩经·菩萨行品》："以智慧剑，破烦恼贼。"

[76] 慈航：佛教语。谓佛、菩萨以慈悲之心度人，如航船之济众，使脱离生死苦海。

[77] 无何："无何有之乡"之省称。

效陶潜体诗十六首（其九）

〔唐〕白居易

余退居渭上，杜门不出，时属多雨，无以自娱。会家醖新熟，雨中独饮，往往酣醉，终日不醒。懒放之心，弥觉自得，故得于此而有以忘于彼者。因咏陶渊明诗，适与意会。遂傚其体，成十六篇。

原生衣百结[1]，颜子食一箪[2]。欢然乐其志，有以忘饥寒。
今我何人哉，德不及先贤。衣食幸相属，胡为不自安。
况兹清渭曲[3]，居处安且闲。榆柳百馀树，茅茨十数间。
寒负檐下日，热濯涧底泉。日出犹未起，日入已复眠。
西风满村巷，清凉八月天。但有鸡犬声，不闻车马喧。
时倾一尊酒，坐望东南山。稚侄初学步，牵衣戏我前。
即此自可乐，庶几颜与原[4]。

【注释】

[1] 原生：指原宪。孔子弟子，字子思，亦称原思、仲宪。春秋鲁国人，一说宋国人。孔子亡，隐居于卫国，以蓬户褐衣蔬食为乐。事见《庄子·让王》《史记·仲尼弟子列传》。后诗文中多用以指称贫士。百结：用碎布缀成的衣服。

[2] 颜子：指孔子弟子颜回。《孟子·离娄下》："颜子当乱世，居于陋巷，一箪食、一瓢饮；人不堪其忧，颜子不改其乐，孔子贤之。"

[3] 清渭曲：渭水弯曲之地。清渭：指渭水。古时渭水清，故云。

[4] 庶几：差不多；近似。

适意二首（其一）

〔唐〕白居易

十年为旅客，常有饥寒愁。三年作谏官，复多尸素羞[1]。
有酒不暇饮，有山不得游。岂无平生志，拘牵不自由。
一朝归渭上，泛如不系舟。置心世事外，无喜亦无忧。
终日一蔬食，终年一布裘。寒来弥懒放[2]，数日一梳头。
朝睡足始起，夜酌醉即休。人心不过适，适外复何求。

【注释】

[1] 尸素：谓居位食禄而不尽职。此用作自谦之词。

[2] 弥懒放：更懒散放浪。弥：益；更加。

闻庾七左降因咏所怀[1]

〔唐〕白居易

我病卧渭北，君老谪巴东。相悲一长叹，薄命与君同。
既叹还自哂，哂叹两未终。后心消前意[2]，所见何迷蒙。
人生大块间[3]，如鸿毛在风。或飘青云上，或落泥涂中。
衮服相天下[4]，倪来非我通。布衣委草莽，偶去非吾穷。
外物不可必，中怀须自空[5]。无令怏怏气，留滞在心胸。

【注释】

[1]庾（yǔ）七：即庾玄师。

[2]后心：后来的念头。

[3]大块：大自然；大地。《庄子·齐物论》："夫大块噫气，其名为风。"成玄英疏："大块者，造物之名，亦自然之称也。"

[4]衮服：即衮衣。古代帝王及上公穿的绘有卷龙的礼服。诗中借指三公。

[5]中怀：内心。

新构亭台示诸弟侄

〔唐〕白居易

平台高数尺，台上结茅茨。东西疏二牖，南北开两扉。
芦帘前后卷，竹簟当中施。清泠白石枕，疏凉黄葛衣。
开襟向风坐，夏日如秋时。啸傲颇有趣，窥临不知疲。
东窗对华山，三峰碧参差。南檐当渭水，卧见云帆飞。
仰摘枝上果，俯折畦中葵。足以充饥渴，何必慕甘肥。
况有好群从[1]，且夕相追随。

【注释】

[1]群从：指堂兄弟及诸子侄。

重到渭上旧居

〔唐〕白居易

旧居清渭曲，开门当蔡渡[1]。十年方一还，几欲迷归路。
追思昔日行，感伤故游处。插柳作高林，种桃成老树。
因惊成人者，尽是旧童孺[2]。试问旧老人，半为绕村墓。
浮生同过客，前后递来去。白日如弄珠，出没光不住。

人物日改变，举目悲所遇。回念念我身[3]，安得不衰暮。
朱颜销不歇，白发生无数。唯有山门外，三峰色如故[4]。

【注释】

[1] 蔡渡：渭河边的一个渡口。

[2] 童孺：儿童。

[3] 回念：回想，思念。

[4] 三峰：三山峰。指华山之莲花、毛女、松桧三山峰。

东墟晚歇

时退居渭村

〔唐〕白居易

凉风冷露萧索天，黄蒿紫菊荒凉田[1]。
绕冢秋花少颜色，细虫小蝶飞翻翻[2]。
中有腾腾独行者[3]，手拄渔竿不骑马。
晚从南涧钓鱼回，歇此墟中白杨下。
褐衣半故白发新[4]，人逢知我是何人。
谁言渭浦栖迟客，曾作甘泉侍从臣[5]。

【注释】

[1] 黄蒿（hāo）：枯黄了的蒿草。亦泛指枯草。

[2] 翻翻：翻飞；飞翔貌。

[3] 腾腾：舒缓貌；悠闲貌。

[4] 褐（hè）衣：粗布衣服。

[5] 甘泉侍从臣：甘泉：指得到皇帝征召侍从。《汉书·扬雄传》："孝成帝时，客有荐雄文似相如者。上（皇帝）方郊祀甘泉、泰畤、汾阴、后土，以求继嗣，召雄待诏承明之庭。正月，从上甘泉。还，奏《甘泉赋》以风。"

县西郊秋寄赠马造

〔唐〕白居易

紫阁峰西清渭东,野烟深处夕阳中。
风荷老叶萧条绿[1],水蓼残花寂寞红[2]。
我厌宦游君失意,可怜秋思两心同。

【注释】

[1] 风荷:风中的荷叶。

[2] 水蓼(liǎo):亦称辣蓼。蓼科,一年生草本,茎直立或倾斜,多分枝,红褐色。

渭村雨归

〔唐〕白居易

渭水寒渐落,离离蒲稗苗[1]。闲傍沙边立,看人刈苇苕[2]。
近水风景冷,晴明犹寂寥。复兹夕阴起[3],野色重萧条[4]。
萧条独归路,暮雨湿村桥。

【注释】

[1] 蒲稗:蒲草与稗草。亦用以指相近相依的事物。

[2] 苇苕:芦苇。

[3] 夕阴:傍晚阴晦的气象。

[4] 野色:原野或郊野的景色。

登渭南县楼 [1]

〔唐〕许棠

近甸名偏著[2],登城景又宽。半空分太华[3],极目是长安。
雪助河流涨,人耕烧色残[4]。闲来时甚少,欲下重凭栏。

【注释】

[1] 渭南:唐代县名,属京兆府,即今陕西渭南。
[2] 近甸:指都城近郊。郭外曰郊,郊外曰甸。
[3] 分太华:能辨别出华山。分:辨别。
[4] 烧色残:指晚霞。

渭南县斋秋雨

〔金〕萧贡

穴床撑拄小窗前,一点青灯照不眠。
檐溜琮琤风淅沥[1],嫩凉如水夜如年[2]。

【作者简介】

萧贡(1158—1223),字真卿,金京兆咸阳(今陕西咸阳东北)人。大定二十二年(1182)进士。调镇戎州判官,泾阳令,泾州观察判官。累迁右司郎中,与陈大任刊修《辽史》。兴定元年(1217),以户部尚书致仕。元光二年卒,谥文简。有《史记注》一百卷。

【注释】

[1] 檐溜:屋檐流下的雨水。琮琤(cóng chēng):拟声词。檐前雨水声。
[2] 嫩凉:微凉;初凉。

予行渭南道中爱其风物不觉成句殆亦有河山之助欻得二律

〔明〕朱诚泳

其一

佁人侵晓驾征骖[1]，伐鼓鸣金过渭南[2]。鸡犬顿疑尘世隔，烟村真与画图堪。

溪流溅石飞晴雨，山色当途落翠岚[3]。不待东风吹酒醒，诗成一笑破余酣。

【注释】

[1] 佁人：古代主管驾车的小臣。侵晓：拂晓。征骖（cān）：驾车远行的马。亦指旅人远行的车。

[2] 伐鼓：敲鼓。鸣金：敲击钲（zhēng）、铙（náo）等金属乐器。后多指敲锣。

[3] 翠岚：山林中的雾气。

其二

浴罢温泉过渭阳[1]，肩舆不厌道途长[2]。

溪边老屋鸡声远，树底新泥燕子忙。

旭日当头摇旆影，东风随处送花香。

一游一豫皆天赐[3]，笑咏新诗贮锦囊。

【注释】

[1] 渭阳：渭水北岸。

[2] 肩舆：乘坐轿子。

[3] 一游一豫：原指古代帝王春秋出巡。亦指出游。

过渭南

〔明〕王履

挂冠寻竹渭南村[1],那识无人与有人。
但怪此心笼不住,时时飞上华山云。

【注释】

[1] 挂冠:指辞官、弃官。

华阴·华山

华阴市位于关中平原东部,秦晋豫三省接合地带,东起潼关,西邻华县,南依秦岭,北临渭水。华阴自古有"三秦要道、八省通衢"之称,是中原通往西北的必经之地,亦为国家级风景名胜区西岳华山所在地。

华山,五岳之一,因地处西方而称西岳。《水经注》载:"其高五千仞,削成四方,远而望之,又若花状。"因名华山。又以其西南有少华山,故称太华。华山雄立于华阴县城南,北瞰黄河,南连秦岭,以"奇拔峻秀"冠天下。其诸峰林立,且各具特姿,其中犹以落雁(南峰)、朝阳(东峰)、莲花(西峰)、玉女(中锋)、云台(北峰)五峰最为著名。华山名胜古迹遍布,自谷口至绝顶,庙宇楼阁,天然奇景,处处可见。且许多景迹与神话传说有关,如仙人掌、玉女洗头盆、斧劈石等,给华山增加了神奇的色彩,故而享誉于海内外,吸引着众多的游人到此观光览胜。

游西岳诗

(晋)潘尼

驾言游西岳[1],寓目二华山[2]。

金楼虎珀阶[3]，象榻玳瑁筵[4]。
中有神秀士[5]，不知几何年[6]。

【作者简介】

潘尼（250？—311？），字正叔，西晋荥阳中牟（今属河南郑州）人。潘岳从子。少有才情，以文章见知。与潘岳以文学齐名，时称"两潘"。今有《潘太常集》辑本。

【注释】

[1]驾言：驾，乘车；言，语助词。语本《诗经·邶风·泉水》："驾言出游，以写我忧。"后用以指代出游，出行。

[2]寓目：过目，看过。二华山，即少华山、太华山。少华山在华山西。

[3]虎珀：即琥珀，古代松柏树脂的化石，可用作装饰品。

[4]象榻：装饰着象牙的床。玳瑁筵：谓豪华、珍贵的宴席。

[5]神秀士：泛指品德高尚的道士。

[6]几何年：多少岁。

行经太华 [1]

〔唐〕孔德绍

纷吾世网暇[2]，灵岳展幽寻[3]。寥廓风尘远，杳冥川谷深。
山昏五里雾，日落二华阴[4]。疏峰起莲叶[5]，危塞隐桃林[6]。
何必东都外[7]，此处可抽簪[8]。

【作者简介】

孔德绍，会稽（今浙江绍兴）人，约生活于隋末唐初时期。孔子第三十四世孙。有清才。事窦建德，初为景城丞，后为内史侍郎，典书檄。建德败，太宗诛之。《全唐诗》存诗十二首。

【注释】

[1] 太华：即华山。

[2] 纷吾世网暇：我暂时摆脱世俗事务安享闲暇。

[3] 灵岳：灵秀的山岳。幽寻：追寻、幽静。

[4] 日落二华阴：二华，即指太华山、少华山。阴，阴影。

[5] 疏峰起莲叶：形容华山诸峰像莲叶一样。

[6] 桃林：指潼关城东到河南灵宝以西地域，古称"桃林塞"。

[7] 东都：指洛阳。

[8] 抽簪（zān）：谓弃官引退。古时为官的人须束发整冠，用簪连冠于发，故称引退为"抽簪"。

途经华岳

〔唐〕李隆基

饬驾去京邑[1]，鸣銮指洛川[2]。循途经太华[3]，回跸暂周旋[4]。
翠崿留斜影[5]，悬崖凝夕烟[6]。四方皆石壁，五位配金天[7]。
仿佛看高掌[8]，依稀听子先[9]。终当铭岁月，从此记灵仙[10]。

【注释】

[1] 饬（chì）驾：即准备好车辆。去：离开。

[2] 鸣銮（luán）：銮声似鸾鸟之鸣，因称。指天子车上的铃声。洛川：洛水。即今河南省洛河。

[3] 太华：即华山。

[4] 回跸（bì）：指帝王返驾回宫。

[5] 翠崿（è）：指华山诸峰青翠高峻。

[6] 夕烟：当指日落时，浮动在山崖沟壑上的云彩、水气。

[7] 金天：华岳神名。唐玄宗先天二年封华岳神为金天王。

[8] 高掌：指华岳仙掌。

[9] 子先：呼子先。《列仙传》："呼子先者，汉中关下卜师也，老寿百余岁。

临去，呼酒家老姬曰：'急装，当与姬共应中陵王。'夜有仙人，持二茅狗来至，呼子先。子先持一与酒家姬，得而骑之，乃龙也。上华阴山，常于山上大呼。"

[10] 记灵仙：指刻石勒铭，记述华山神灵的功德。

奉和圣制途经华山

〔唐〕张九龄

万乘华山下[1]，千岩云汉中[2]。灵居虽窅密[3]，睿览忽玄同[4]。
日月临高掌，神仙仰大风[5]。攒峰势岌岌[6]，翊辇气雄雄[7]。
揆物知幽赞[8]，铭勋表圣衷[9]。会应陪玉检[10]，来此告成功[11]。

【注释】

[1] 万乘：此指唐玄宗。

[2] 云汉：银河。

[3] 灵居：仙居。窅密：深远幽隐。

[4] 睿（ruì）览：犹圣览。玄同：谓冥默中与道混同为一。《老子》："和其光，同其尘，是谓玄同。"

[5] 大风：大国的气派。亦以汉高祖《大风歌》代指唐玄宗《途经华岳》诗。

[6] 攒（cuán）峰：密集的山峰。岌岌：高貌。

[7] 翊（yì）辇（niǎn）：犹护驾。

[8] 幽赞：暗中受神明佐助。

[9] 铭勋：铭记神灵的功劳。

[10] 玉检：玉制的书涵盖，封禅所用。

[11] 告成功：谓封禅。

奉和圣制途经华岳应制

〔唐〕张说

西岳镇皇京[1],中峰入太清[2]。玉銮重岭应[3],缇骑薄云迎[4]。
霁日悬高掌,寒空类削成。轩游会神处,汉幸望仙情。
旧庙青林古,新碑绿字生。群臣愿封岱[5],还驾勒鸿名[6]。

【注释】

[1] 皇京:指长安。
[2] 中峰:主峰。太清:太空。
[3] 玉銮:皇帝的车驾。
[4] 缇(tí)骑:皇帝的先导卫队,服橘红色,骑马,故称。缇,橘红色。
[5] 封岱:指泰山封禅事,此指在华山封禅。
[6] 勒:勒石,刻文于石。鸿名:大名,崇高的名声。

过华阴

〔唐〕王昌龄

云起太华山,云山互明灭[1]。东峰始含景,了了见松雪[2]。
羁人感幽栖[3],窅映转奇绝[4]。欣然忘所疲,永望吟不辍[5]。
信宿百余里[6],出关玩新月。何意昨来心,遇物遂迁别[7]。
人生屡如此,何以肆愉悦[8]。

【注释】

[1] 云山互明灭:形容山与云彩相互显隐。
[2] 了了:明白;清楚。见,同"现",显现。
[3] 羁(jī)人:长久寄居他乡的人。

[4] 宵映：犹远映。

[5] 永望：远望。吟不辍：吟咏不已。

[6] 信宿：谓两三日。

[7] 遇物：犹言待人接物。迁别：迁，见异思迁；别：新的体会。

[8] 何以肆愉悦：何以，怎么。肆愉悦，尽情享受快乐。

东归望华山

〔唐〕吴融

碧莲重叠在青冥[1]，落日垂鞭缓客程。
不奈春烟笼暗淡[2]，可堪秋雨洗分明[3]。
南边已放三千马[4]，北面犹标百二城[5]。
只怕仙人抚高掌，年年相见是空行[6]。

【注释】

[1] 碧莲：比喻苍翠挺拔的华山山峰。华山主峰呈莲花状，故云。青冥：青天。

[2] 不奈：无可奈何。春烟：泛指春天的云烟岚气等。

[3] 可堪：哪堪。分明：谓雨后华山险峻之姿尽现。

[4] "南边"句：《尚书·武成》记载，周武王灭商后，"乃偃武修文，归马于华山之阳，放牛于桃林之野，示天下弗服"。山南曰阳，故称南边。

[5] 百二城：指秦地山河险固。

[6] "只怕"二句：诗人抱愧离开长安，借畏华岳仙人拍掌嘲笑，感慨自己连年不第、有志难伸的遭遇。抚高掌：击掌拍手。高掌：即仙掌。华山东峰东北的仙掌峰，传说是河神巨灵擘（bò）山时留下的掌迹。空行：诗人表明自己功名未就，徒手空行，老是被仙人讥笑。

望岳[1]

〔唐〕杜甫

西岳崚嶒竦处尊[2],诸峰罗立似儿孙。
安得仙人九节杖[3],拄到玉女洗头盆[4]。
车箱入谷无归路[5],箭栝通天有一门[6]。
稍待秋风凉冷后,高寻白帝问真源[7]。

【注释】

[1] 此诗是杜甫往华州任职司功参军时中途经过华山所写。岳,即西岳华山。作者饱历忧患方得重返朝廷,一朝不慎获罪被贬,因此诗中流露出失意彷徨之感。

[2] 崚嶒(líng céng):高耸突兀。竦处尊:位于最高处。

[3] 九节杖:《刘根外传》:"汉武帝登少室,见一女子以九节杖仰指日。"《真诰》:"杨羲梦蓬莱仙翁拄九节杖而视白龙。""九节杖"即仙人所用器具。

[4] 玉女洗头盆:华山的一处景点。《集仙录》:"明星玉女,居华山,服玉浆,白日升天,祠前有五石臼,号玉女洗头盆。其水碧绿澄澈,雨不加溢,旱不减耗。"

[5] 车箱入谷:即车箱谷。《太平寰宇记》:"车箱谷,一名车水涡,在华阴县西南二十五里,深不可测。祈雨者以石投之,中有一鸟飞出,应时获雨。"无归路:指山路陡峭。

[6] 箭栝(kuò):箭的末端。指山路狭长,似箭端。

[7] 白帝:古代神话中五天帝之一,主西方之神。真源:本源。因华山多仙迹,故杜甫想向白帝问其本源。此句指杜甫欲登华山游览。

华山寻隐者

〔唐〕李频

自入华山居,关东相见疏[1]。瓢中谁寄酒[2],叶上我留书。

巢鸟寒栖尽，潭泉暮冻余。长闻得药力，此说又何如。

【注释】

[1] 关东：即函谷关以东地区。疏：稀疏；稀少。

[2] "瓢中"句：典出蔡邕（yōng）《琴操》："许由……无杯器，常以手捧水而饮之。人见其无器，以一瓢遗之。由操饮毕，以瓢挂树。风吹树动，历历有声。由以为烦扰，遂取捐之。"常用为隐居或隐者傲世之典。

题华山麻处士所居

〔唐〕于邺

贵贱各扰扰[1]，皆逢朝市间[2]。到此马无迹，始知君独闲。
冰破听敷水[3]，雪晴看华山。西风寂寥地，唯我坐忘还[4]。

【注释】

[1] 扰扰：纷乱貌，烦乱貌。

[2] 朝市：朝廷与市肆。泛指名利场。

[3] 敷（fū）水：水名，源出华阴县西南之敷谷，北流入渭河。

[4] 坐忘：道家所谓物我两忘，寂然无思的精神境界。

游华山云台观[1]

〔唐〕孟郊

华岳独灵异，草木恒新鲜。山尽五色石[2]，水无一色泉。
仙酒不醉人，仙芝皆延年[3]。夜闻明星馆[4]，时韵女萝弦。
敬兹不能寐[5]，焚柏吟道篇[6]。

【注释】

[1] 云台观：云台观距华山谷口约二三里。据说，老子及其弟子曾在此生活过。

[2] 五色石：古代神话中女娲炼就的补天石。此指华山上各种颜色的岩石。

[3] 仙芝：仙草，即灵芝草，这里泛指华山药草。

[4] 明星馆：指华山中峰明星玉女祠。明星：华山仙女名。

[5] 歆兹：兹，代词。指代明星玉女馆中传来的仙乐。

[6] 焚柏吟道篇：焚烧松柏，念诵道经。

行经华阴

〔唐〕崔颢

岧峣太华俯咸京[1]，天外三峰削不成[2]。

武帝祠前云欲散[3]，仙人掌上雨初晴[4]。

河山北枕秦关险[5]，驿树西连汉畤平[6]。

借问路傍名利客，无如此处学长生[7]。

【作者简介】

崔颢（704？—754），唐汴（biàn）州（今河南开封）人。玄宗开元二十一年（733）进士。天宝时历太仆寺丞、司勋员外郎。曾漫游各地，足迹甚广。工诗。早期诗流于浮艳，后历边塞，诗风变为雄浑。《黄鹤楼》一诗最为著名。《全唐诗》存诗一卷。《旧唐书》《新唐书》皆有传。

【注释】

[1] 岧（tiáo）峣（yáo）：高峻；高耸。形容华山高峰突起，山势挺拔。咸京：周、秦曾在今陕西省咸阳市建立国都，所以称咸阳为咸京。后人常借以指长安。

[2] 天外：极言高远。三峰：指华山之莲花、毛女、松桧三山峰。

[3] 武帝祠：指汉武帝所立巨灵祠。

[4] 仙人掌：也叫巨灵掌，在华山东峰东北方向。

[5] 秦关：指秦地关塞。

[6] 驿树：驿，驿站。树，泛指驿站路旁的树木。汉畤（zhì）：汉时帝王祭天地五帝的地方。

[7] 无如：不如。

经太华

〔唐〕卫光一

太华五千寻[1]，重岩合沓起[2]。势飞白云外，影倒黄河里[3]。
上有千莲叶[4]，服之久不死。山高采难得，叹息徒仰止[5]。

【作者简介】

卫光一，生卒年不详。唐代诗人，事迹无考。《全唐诗》存诗一首。

【注释】

[1] 寻：古称八尺为寻。

[2] 重岩：重叠的山岩。常指高峻、连绵的山崖。合沓（tà）：复杂，多而重复。形容华山重峦叠嶂，山峰起伏。

[3] 影倒黄河里：华山的倒影映照在黄河里，极言其高峻。

[4] 千莲叶：宋代李昉《太平预览》引《华山记》云："山顶有池，生千叶莲花，服之羽化，因曰华山。"

[5] 叹息徒仰止：诗人慨叹华山高峻，只能抬头仰望而已。

赠华山游人

〔唐〕毛女正美

药苗不满筥[1]，又更上危巅[2]。
回首归去路[3]，相将入翠烟[4]。

【作者简介】

毛女正美,生平未详。《全唐诗》收其《赠华山游人》诗二首。

【注释】

[1] 筥:盛饭或盛衣物的方形竹器。这里指采药用的篮子。

[2] 危巅:又高又险的山。

[3] 去路:这里指采药走过的路。

[4] 相将:相随。翠烟:云雾。

关门望华山 [1]

〔唐〕刘长卿

客路瞻太华,三峰高际天。夏云亘百里[2],合沓遥相连[3]。
雷雨飞半腹[4],太阳在其巅。翠微关上近[5],瀑布林梢悬。
爱此众容秀[6],能令西望偏。徘徊忘暝色,泱漭成阴烟[7]。
曾是朝百灵[8],亦闻会群仙。琼浆岂易挹[9],毛女非空传[10]。
仿佛仍伫想[11],幽奇如眼前[12]。金天有青庙[13],松柏隐苍然。

【作者简介】

刘长卿(?—789?),字文房,宣州(今属安徽)人,其家久寓长安。玄宗天宝进士。肃宗至德中官监察御史,后为长洲县尉,因事下狱,贬南巴尉。代宗大历中任转运使判官,知淮西、鄂岳转运留后,又被诬再贬睦州司马。德宗建中年间(780-783),官终随州刺史,世称"刘随州"。工诗,长于五言,自称"五言长城"。有《刘随州文集》传世。《唐才子传》有载。

【注释】

[1] 关门:指潼关。

[2] 夏云:五色云彩。亘(gèn):连绵不断。

[3] 合沓(tà):各种色彩的云块错杂相连。

[4] 半腹：指华山山腰。

[5] 翠微：山色青翠。

[6] 众容秀：形容华山千岩竞秀，景色迷人。

[7] 泱漭（mǎng）：昏暗不明貌。阴烟：山中雾气。

[8] 百灵：百仙群神。

[9] 琼浆：指玉井中的水。挹：舀。

[10] 毛女：秦宫女，逃入华山。刘向《列仙传·毛女》："毛女者，字玉姜，在华阴山中，猎师世见之，形体生毛，自言秦始皇宫人也，秦坏，流亡入山避难，遇道士谷春，教食松叶，遂不饥寒，身轻如飞，百七十余年，所止岩中有鼓琴声云。"

[11] 伫（zhù）想：久立凝思。伫，伫立，长时间站着。

[12] 幽奇：幽玄奇妙。

[13] 金天：指古帝少昊（hào）。传说中古代东夷族首领，名挚，号金天氏。为华山之神。唐玄宗曾封他为"金天王"。青庙：一作清庙，指庄严清净的宗庙。这里指华山上金天王少昊的祀庙。

华岳

〔唐〕王维

西岳出浮云，积翠在太清[1]。连天凝黛色[2]，百里遥青冥[3]。
白日为之寒[4]，森沉华阴城。昔闻乾坤闭[5]，造化生巨灵[6]。
右足踏方止[7]，左手推削成[8]。天地忽开拆[9]，大河注东溟[10]。
遂为西峙岳[11]，雄雄镇秦京[12]。大君包覆载[13]，至德被群生[14]。
上帝伫昭告[15]，金天思奉迎。人祇望幸久[16]，何独禅云亭[17]。

【注释】

[1] 太清：高渺的青天。此句形容华山高峻。此诗或当作于长安，因咏华山，姑置于此处。

[2] 凝黛色：形容山色苍翠如黛色凝聚。黛色：青黑色。

[3] 青冥：即青天。此句以华山山下的百里之地遥距青天衬托华山巍峨高耸。

[4] 为之寒：此句谓华山高峰的积雪，使太阳也感到寒冷。为之：因之，因此。

[5] 乾坤闭：乾为天，坤为地。乾坤闭，古人想象中的自然界浑然一体的物质状态。

[6] 巨灵：神话传说中劈开华山的河神。

[7] 方止：止同"趾"，即脚趾，此指河神巨灵擘山导河时留下的足迹。

[8] 削成：言山势峻峭，犹如刀削而成。语出《山海经·西山经》："又西六十里，曰太华之山，削成而四方，其高五千仞，其广十里，鸟兽莫居。"

[9] 拆：同"坼（chè）"，裂开。本句谓华山和首阳山分为两山时如天崩地裂。

[10] 东溟（míng）：东海。

[11] 西峙岳：耸立于西方的大山。

[12] 秦京：谓关中地区。

[13] 大君包覆载：大君，指天子、皇帝。覆载是天覆地载的省称。也用以指天地。

[14] 至德：最高的道德；盛德。指皇帝的恩德、大恩。被：覆盖。群生，普通人，泛指老百姓。

[15] 上帝：天帝、天神。伫：期待。昭：明。"伫昭告"，即期待封西岳（在华山上筑坛祭天，以功成告于上帝）之意。

[16] 人祇望幸久：祇（qí），地神。望幸：指盼望天子至西岳行封禅之礼。据《旧唐书·玄宗纪》载，开元十三年东封泰山，十八年，百僚及华州父老累次上表请封西岳，不允。本诗之作，当在是时。幸，古时帝王到达某地叫作幸。

[17] 何独：不只是。云亭：泰山附近的小山云云山和亭亭山的合称。古代帝王封禅处。《史记·封禅书》："炎帝封泰山，禅云云；黄帝封泰山，禅亭亭。"

晚至华阴

〔唐〕皇甫曾

腊尽促归心[1]，行人及华阴[2]。云霞仙掌出[3]，松柏古祠深。
野渡冰生岸[4]，寒川烧隔林。温泉看渐近[5]，宫树晚沉沉[6]。

【作者简介】

　　皇甫曾,字孝常,唐安定(今属甘肃)人。玄宗天宝间(742-755)进士。历侍御史。后坐事贬舒州司马,移阳翟令。工诗,出王维之门。《全唐诗》存诗一卷。《唐才子传》有载。

【注释】

　　[1] 腊尽:腊月将尽,年末。促:催促。
　　[2] 行人:作者自指。及:到、至。
　　[3] 仙掌:即仙掌峰,在华山东峰上。
　　[4] 野渡:荒落之处或村野的渡口。
　　[5] 温泉:当指骊山温泉。
　　[6] 沉沉:深邃。

夏日华山别韩博士愈 [1]

〔唐〕鲍溶

别地泰华阴[2],孤亭潼关口。夏日可畏时[3],望山易迟久[4]。
暂因车马倦,一逐云先后。碧霞气争寒[5],黄鸟相语诱。
三峰多异态[6],迥举仙人手[7]。天晴捧日轮,月夕弄星斗。
幽疑白帝近[8],明见黄河走[9]。远心不期来,真境非吾有[10]。
鸟鸣草木下,日息天地右[11]。踯躅因风松[12],青冥谢仙叟[13]。
不知无声泪,中感一颜厚。青霄上何阶[14],别剑空朗扣。
故乡此关外,身与名相守。迹比断根蓬[15],忧如长饮酒。
生离抱多恨,方寸安可受[16]。咫尺岐路分,苍烟蔽回首。

【注释】

　　[1] 韩博士愈:指韩愈。贞元十八年(802),韩愈被任命为国子监四门博士。韩愈曾告假回到洛阳,前往华山游玩。
　　[2] 别地泰华阴:"泰"同"太",泰华即太华、华山。阴,山北称阴。

[3] 夏日可畏时：惧怕烈日。古人有冬日可爱，夏日可畏的说法。

[4] 迟久：长久。

[5] 碧霞：青色的云霞。多用以指隐士或神仙所居之处。

[6] 三峰多异态：指西峰、东峰、南峰的景物千娇百媚。

[7] 迥（jiǒng）：仙人手：华山仙人掌峰。

[8] 幽：昏暗。白帝：古帝少昊。

[9] 黄河走：指黄河流水急湍奔流。

[10] 真境：抛弃欲念，达到道德上的理想境界。这里指仙人住的地方。

[11] 日息天地右：右，指西方。此句意为，太阳从西方落下。

[12] 踯躅（zhí zhú）：徘徊。

[13] 青冥：形容青苍幽远。此指仙境；天庭。

[14] 青霄上河阶：青霄，青天。河，天河。

[15] 迹比断根蓬：诗人比喻自己的行踪就像断根的蓬草。

[16] 方寸安可受：方寸，即思想、心意。安，如何，怎能。这句诗抒发了诗人真挚的惜别情意。

赠华阴隐者

〔唐〕方干

少微夜夜当仙掌[1]，更有何人在此居。
花月旧应看浴鹤，松萝本自伴删书[2]。
素琴醉去经宵枕[3]，衰发寒来向日梳[4]。
故国多年归未遂，因逢此地忆吾庐。

【作者简介】

方干（809？—888？），字雄飞，唐新定（今浙江建德）人。为人质野，喜凌侮。每见人设三拜，日礼数有三，时人呼为"方三拜"。懿宗咸通（806—873）中，隐会稽之镜湖，太守王龟荐之谏署，不果。卒后十余年，宰臣张文蔚奏名儒不第者，赐一官，以慰其魂。门人私谥"玄英先生"。有诗集。《全唐诗》存诗六卷。《唐才子传》有载。

【注释】

[1] 少微：星名，又名处士星，常以喻处士。当：把守。

[2] 松萝：借指山林。删书：相传孔子删订《尚书》，此指著述诗文。

[3] 素琴：不加装饰的琴。经宵：终宵。

[4] 向日：面对太阳。

华岳庙二首

〔唐〕王建

其一

自移西岳门长锁[1]，一个行人一遍开。
上庙参天今见在[2]，夜头风起觉神来[3]。

【注释】

[1] 移西岳：指西岳庙由县中移到华山。

[2] 参天：谓拜天地。见在：尚存；仍然存在。

[3] 夜头：夜里，夜间。

其二

女巫遮客买神盘[1]，争取琵琶庙里弹。
闻有马蹄生拍树[2]，路人来去向南看。

【注释】

[1] 遮客：拦住游客。

[2] 马蹄：指马蹄声。

西岳云台歌送丹丘子[1]

〔唐〕李白

西岳峥嵘何壮哉,黄河如丝天际来[2]。
黄河万里触山动,盘涡毂转秦地雷[3]。
荣光休气纷五彩[4],千年一清圣人在[5]。
巨灵咆哮擘两山[6],洪波喷流射东海。
三峰却立如欲摧,翠崖丹谷高掌开[7]。
白帝金精运元气[8],石作莲花云作台。
云台阁道连窈冥[9],中有不死丹丘生。
明星玉女备洒扫,麻姑搔背指爪轻[10]。
我皇手把天地户[11],丹丘谈天与天语。
九重出入生光辉[12],东求蓬莱复西归[13]。
玉浆傥惠故人饮,骑二茅龙上天飞[14]。

【注释】

[1] 丹丘子:即元丹丘,李白的好友。云台:峰名,即北峰。此诗当为李白天宝二年(743)于长安送别之作。因以华山为题,姑置于此。

[2] "西岳"二句:据《华山记》载,从华山的落雁峰"俯眺三秦,旷莽无际。黄河如一缕水,缭绕岳下"。峥嵘:山峰高峻。

[3] 盘涡毂(gǔ)转:车轮的中心处称毂,这里形容黄河水波急流,盘旋如滚滚转动的车毂一样。

[4] 荣光休气:形容河水在阳光下所呈现的光彩,仿佛一片祥瑞的气象。荣光,指五光十色的彩霞。休气,指美好的气色。

[5] 千年一清圣人在:传说黄河千年一清,黄河清时,一定会有圣人出现。

[6] 巨灵:河神。两山:指华山与山西省的首阳山。

[7] 高掌开:指仙人掌像是裂开一样。

[8] 白帝:神话中的五天帝之一,是西方之神。华山是西岳,故属白帝。道

家以西方属金，故称白帝为西方之金精。

[9] 窈冥：高深不可测之处。

[10] 麻姑：神话中的人物，传说为建昌人，东汉桓帝时应王方平之邀，降于蔡经家，年约十八九岁，能掷米成珠。自言曾见东海三次变为桑田。她的手像鸟爪，蔡经曾想象用它来搔背一定很舒服。见《神仙传》。

[11] 我皇：指天帝。谈天：战国时齐人邹衍喜欢谈论宇宙之事，人称他是"谈天衍"。

[12] 九重：古人认为天有九重。

[13] 蓬莱：海中仙山。

[14] "玉浆"二句：是说元丹丘或许能惠爱故人（诗人自指），饮以玉浆，使他也能飞升成仙。《列仙传》载，仙人使卜师呼子先与酒家妪骑二茅狗（后变为龙）飞上华山成仙。玉浆：仙人所饮之浆。

西华 [1]

〔唐〕徐夤

五千仞有余神秀[2]，一一排云上沇寥[3]。
叠嶂出关分二陕[4]，残冈过水作中条[5]。
巨灵庙破生春草，毛女峰高入绛霄[6]。
拜祝金天乞阴德[7]，为民求主降神尧[8]。

【注释】

[1] 西华：指西岳华山。

[2] 神秀：不可思议的极高的品格、气质。

[3] 排云：排开云层。多形容高。沇（jué）：晴朗的天空。

[4] 叠嶂：形容山峰起伏。

[5] 残冈：指延伸到黄河对岸的华山山岭的余脉首阳山。中条，即中条山。

[6] 绛霄：绛，大红，深红色。绛霄，泛指云端，高空。

[7] 金天：总管华山之神。阴德：不被人们了解的高尚道德和恩惠。

[8] 神尧,指古帝唐尧。

望太华赠卢司仓[1]

〔唐〕陶翰

行吏到西华,乃观三峰壮。削成元气中,杰出天河上。
如有飞动色,不知青冥状。巨灵安在哉,厥迹犹可望。
方此顾行旅,末由饬仙装[2]。葱茏记星坛[3],明灭数云嶂[4]。
良友垂真契,宿心所微尚[5]。敢投归山吟,霞径一相访。

【作者简介】

陶翰,唐润州丹阳人。玄宗开元十八年(730)进士,次年又中博学宏辞科。官至礼部员外郎。以诗著名,为当时所称。《全唐诗》存诗一卷。《唐才子传》有载。

【注释】

[1] 司仓:官名,州郡属官。

[2] 末由:无由。饬:整治。

[3] 星坛:祭星之坛。

[4] 明灭:时隐时现,时明时暗。

[5] 宿心:本来的心意;向来的心愿。微尚:微小的意愿。

华岳

〔唐〕薛能

簇簇复亭亭[1],三峰卓杳冥[2]。每思穷本末,应合记图经[3]。
发地连宫观[4],冲天接井星[5]。河微临巨势[6],秦重载奇形[7]。
太古朝群后[8],中央擘巨灵。邻州犹映槛[9],几县恰当庭。

鹤氅坛风乱[10]，龙漦洞水腥[11]。望遥通北极，上彻见东溟。
客玩晴难偶，农祈雨必零。度关无暑气，过路得愁醒。
羽客时应见[12]，霜猿夜可听[13]。顶悬飞瀑峻，崦合白云青[14]。
混石猜良玉[15]，寻苗得茯苓[16]。从官知侧近，悉俸致岩扃[17]。

【注释】

[1] 簇簇：形容华山峰峦紧凑成团。亭亭：高耸。

[2] 杳冥（yǎo míng）：高远。

[3] 应合：应当；该当。图经：附有图画、地图的书籍或地理志。

[4] 发地：拔地而起；起自地面。

[5] 井星：二十八宿之一。华山属井星分野。

[6] 河微：言黄河微细。此言于华山上远观，黄河若带、渭水如线之感。

[7] 秦重：言秦中重地。

[8] 太古朝群后：太古，远古。后：指古代部落首领。传说远古之时，黄帝在华山大会群神。

[9] 映：指阳光照射的阴影。

[10] 鹤氅（cuì）坛风乱：仙鹤腾空，煽动了阵阵坛风。鹤氅：鹤的羽毛。

[11] 龙漦（chí）：古代传说中神龙所吐唾沫。

[12] 羽客：道士的别称。

[13] 霜猿：指霜夜猿啼声。

[14] 崦（yān）：崦嵫（zī）的省称，指太阳落山的地方。

[15] 混石：颜色混杂的山石。良玉：美玉。

[16] 茯苓：中草药。华山顶峰五粒松下，多产茯苓。

[17] 岩扃：山洞的门。借指隐居之处。

华山庙[1]

〔唐〕张籍

金天庙下西京道[2]，巫女纷纷走似烟。

手把纸钱迎过客[3]，遣求恩福到神前。

【注释】

[1] 华山庙：亦称西岳庙，古代帝王祭祀华山之神的庙宇建筑。

[2] "金天"句：金天：指华山。唐玄宗先天二年（713），封华岳神为金天王。西京道：到长安的大路。

[3] "手把"句：把，握、拿。此句描述巫女手中拿着祭祀神灵的纸钱，招揽过路客人的情景。

华山歌

〔唐〕刘禹锡

洪炉作高山[1]，元气鼓其橐[2]。俄然神功就[3]，峻拔在寥廓[4]。
灵踪露指爪[5]，杀气见棱角[6]。凡木不敢生，神仙聿来托[7]。
天资帝王宅[8]，以我为关钥[9]。能令下国人[10]，一见换神骨[11]。
高山固无限，如此方为岳。丈夫无特达[12]，虽贵犹碌碌[13]。

【注释】

[1] 洪炉：指造就天地的大炉子。"炉"，通"炉"。

[2] 橐（tuó）：古代一种鼓风吹火器。

[3] 俄然：短暂的时间。神功就：神功，大自然的变化。就，完成。

[4] 峻拔在寥廓：形容华山高峻挺拔，插入幽远高渺的天空。

[5] 指爪：指仙掌。

[6] 杀气见棱角：杀气，望而生畏的气势。见，同现，显露。棱角，指陡峭的山峰。

[7] 聿：文言助词，无义。

[8] 天资帝王宅：指秦地形势险要，物产丰富，是古帝王创立江山的好地方。

[9] "以我"句：气势磅礴的华山峰岭，巍然屹立，就像名城雄关的一把锁钥。关钥（yuè）：锁匙。

[10] 下国：小国。

[11] 一见换神骨：这句诗是说遨游华山，会使人产生超凡脱俗的感受。

[12] 特达：特别突出的品质和才能。

[13] 碌碌：平庸，无能。

华山庆云见

〔唐〕李绅

圣主祠名岳，高峰发庆云[1]。金柯初缭绕[2]，玉叶渐氛氲[3]。气色含珠日[4]，光明吐翠雰。依稀来鹤态[5]，仿佛列仙群。万树流光影，千潭写锦文。苍生欣有望，祥瑞在吾君。

【注释】

[1] 庆云：五色云。古人以为喜庆、吉祥之气。

[2] 金柯：对树枝的美称。

[3] 玉叶：喻云彩。陆机《浮云赋》："金柯分，玉叶散。"

[4] 含珠日：形容庆云绕日。

[5] 鹤态：形容仙姿。

望毛女峰

〔唐〕陆畅

我种东峰千叶莲，此峰毛女始求仙。
今朝暗算当时事[1]，已是人间七万年。

【注释】

[1] 暗算：私下计数。

华岳下题西王母庙 [1]

〔唐〕李商隐

神仙有分岂关情,八马虚随落日行[2]。
莫恨名姬中夜没[3],君王犹自不长生。

【注释】

[1] 此诗当为会昌六年(846)武宗逝世后作,或谓讽武宗既希望长生又贪恋美色。

[2] 八马:即穆王八骏。

[3] 名姬:指周穆王的爱妃盛姬。据《穆天子传》:"天子舍于泽中,盛姬告病,天子怜之。……天子西至于重璧之台,盛姬告病,天子哀之(上疑说盛姬死也),是曰哀次(哭泣之位次)。天子乃殡盛姬于谷丘之庙穆王舍于泽中。"此处影射武宗与王才人相继而没事。《新唐书·武宗王贤妃传》:"帝稍感方士说,欲饵药长年,后寝不豫。……及大渐,才人……审帝已崩,即自经幄下。"

华山

〔唐〕李洞

碧山长冻地长秋,日夕泉源聒华州[1]。
万户烟侵关令宅[2],四时云在使君楼。
风驱雷电临河震,鹤引神仙出月游[3]。
峰顶高眠灵药熟[4],自无霜雪上人头[5]。

【注释】

[1] 聒(guō):声音杂乱。

[2] 关令:古代司关的官员。后人诗文中亦专指关令尹喜。周人尹喜为函谷

关吏,与老子西游,莫知所终。关令宅当指尹喜的住宅。史载,尹喜在周敬王时为函谷关关令。

[3]"鹤引"句:传说华山上常有乘鹤之游仙。

[4]高眠:指华山道士长睡。灵药:指老君炼丹炉中的仙丹。

[5]"自无霜雪"句:此句当为双关语,一言华山之巍峨高峻,二言服灵药能长生不老。

华山

〔唐〕张乔

青苍河一隅[1],气状杳难图[2]。卓杰三峰出[3],高奇四岳无。
力疑擎上界[4],势独压中区[5]。众水东西走,群山远近趋。
天回诸宿照[6],地耸百灵扶[7]。石壁烟霞丽[8],龙潭雨雹粗[9]。
澄凝临甸服[10],险固束神都[11]。浅觉川原异,深应日月殊。
鹤归青霭合[12],仙去白云孤。瀑漏斜飞冻[13],松长倒挂枯。
每来寻洞穴,不拟返江湖。傥有芝田种[14],岩间老一夫[15]。

【注释】

[1]青苍:指华山。

[2]气状:景象。此句意为,华山景象奇壮难以摹画。

[3]卓杰:卓绝突出。

[4]上界:天界。

[5]压:镇服。中区:指中央或中国。这里指中原地带。

[6]诸宿:泛指天上的星宿。

[7]百灵:百神。

[8]石壁:陡立的山岩。

[9]粗(cū):大。

[10]澄凝:沉静貌。甸服:泛指京城附近地域。

[11]神都:指周、秦、汉、唐建都所在地西安、咸阳。

[12] 鹤归：指丁令威化鹤归辽事。

[13] 瀑漏斜飞冻：华山高寒，冬季或初春时节，瀑布冻结成为冰，长达数尺，形状如飞。

[14] 傥（tǎng）：假若、如果。芝田：种有灵芝仙草的田地。

[15] 岩间老一夫：岩，崖穴、山洞。一夫，自称之谦词。

华山

〔唐〕郑谷

峭仞耸巍巍[1]，晴岚染近畿[2]。孤高不可状[3]，图写尽应非[4]。
绝顶神仙会，半空鸾鹤归。云台分远霭[5]，树谷隐斜晖。
坠石连村响，狂雷发庙威。气中寒渭阔，影外白楼微[6]。
云对莲花落，泉横露掌飞。乳悬危磴滑[7]，樵彻上方稀[8]。
澹泊生真趣，逍遥息世机[9]。野花明涧路，春藓涩松围[10]。
远洞时闻磬，群僧昼掩扉[11]。他年洗尘骨，香火愿相依。

【注释】

[1] 巍巍：雄伟高大。

[2] 晴岚：晴日山中的雾气。近畿（jī）：指华山在国都不远的地方。

[3] 状：形态，这里有描绘、形容之意。

[4] 图：绘画。写：用诗文描述。

[5] 云台：高耸入云的台阁。霭：云气。

[6] 影外白楼微：影，华山阴影。白楼：在今陕西省大荔县境南沙苑一带，距华山约六十里。

[7] 乳悬危磴（dèng）滑：乳悬，指乳白色的华山瀑布、流泉高挂山间。危磴：险峻的石阶。

[8] 樵彻上方稀：樵彻，打柴人砍柴走的路。上方：华山名胜。

[9] 世机：世俗的机心。

[10] 春藓：与野花相对，当指苔藓一类的植物。

[11] 扉：门扇。

观华岳

〔唐〕祖咏

西入秦关口[1]，南瞻驿路连[2]。彩云生阙下，松树到祠边。
作镇当官道[3]，为雄控大川[4]。莲峰径上处[5]，仿佛有神仙。

【注释】

[1] 秦关：指潼关。

[2] 驿路：或指华山峪口西约二十里处经华阳川通往商洛的道路。

[3] 作镇：镇守一方。镇：即坐镇，镇守之意。官道：当指由国家修筑管理的道路，犹今之公路。

[4] 为雄控大川：五岳之中，雄奇唯有太华山。大川，指八百里秦川。

[5] 莲峰：华山西峰称莲花峰。

华山上方

〔唐〕裴说

独上上方上[1]，立高聊称心。气冲云易黑，影落县多阴[2]。
有云草不死，无风松自吟。会当求大药[3]，他日复追寻。

【注释】

[1] 上方：指佛寺。

[2] "影落"句：此句意为，华山高峻，它的阴影，笼罩着华阴县城。

[3] 大药：仙家所服神方上药。

仙谷遇毛女意知是秦宫人 [1]

〔唐〕常建

溪口水石浅[2]，泠泠明药丛[3]。入溪双峰峻，松栝疏幽风[4]。
垂岭枝袅袅[5]，翳泉花濛濛[6]。夤缘霁人目[7]，路尽心弥通[8]。
盘石横阳崖[9]，前流殊未穷。回潭清云影，弥漫长天空。
水边一神女[10]，千岁为玉童。羽毛经汉代，珠翠逃秦宫。
目觌神已寓[11]，鹤飞言未终[12]。祈君青云秘[13]，愿谒黄仙翁[14]。
尝以耕玉田[15]，龙鸣西顶中[16]。金梯与天接[17]，几日来相逢。

【注释】

[1] 毛女：秦宫女，后逃入华山。详见刘长卿《关门望华山》注释[10]。

[2] 溪口：华山山口的流水。

[3] 泠泠（líng líng）：清凉。明，鲜。

[4] 栝（guā）：桧树。

[5] 袅袅（niǎo niǎo）：纤长柔美的样子。

[6] 濛濛（méng méng）：今作"蒙蒙"。云雾弥漫的样子。

[7] 夤缘霁人目：夤缘（yín yuán），缘物攀登。霁，雨止、天晴。这里是说，攀登愈高眼睛愈亮，像雨后看山一样清晰异常。

[8] 弥通：更加畅晓。

[9] 阳崖：向阳的山崖。

[10] 神女：指毛女成仙。

[11] 目觌（dí）：眼见。觌，见。神：神采。这句是说诗人看见了毛女的神采。

[12] 鹤飞：《列仙传》载，王子乔好吹笙，入山学道，后骑鹤在缑氏山别人间而去。此句是说，诗人话未说完毛女就飘然而去。

[13] 青云秘：升青云之秘籍。

[14] 谒：拜见。黄仙翁：即黄卢子。晋代葛洪《神仙传》卷四："姓葛名越。能治病，千里寄姓名，与治之，无不愈。善气禁之道，可禁虎狼百虫不能动，

禁水逆流一里。年二百八十岁，力举千钧，行若走马。天大旱，召渊龙出行雨。后乘龙去，不返。"金代王处一《西岳华山志》云黄芦子居华山，受术于赤松子，号曰西岳公。华山之黄神谷即其隐居之地。

[15] 耕玉田：玉田，《搜神记》载，杨伯雍遇异人，与石一斗，种之，得玉。其种玉处，称玉田。

[16] 龙鸣西顶中：传说呼子先骑二茅狗即乘龙成仙后，常出现在西峰顶呼叫。

[17] 金梯：当指华山"天梯"。

仙掌[1]

〔唐〕罗隐

掌前流水驻无尘[2]，掌下轩车日日新[3]。
谩向山头高举手[4]，何曾招得路行人[5]。

【注释】

[1] 仙掌：也叫仙人掌、巨灵掌。在华山东峰东北仙掌崖上。

[2] 驻无尘：仙掌前的流水，没有留下石痕。"驻"通"注"，灌注。

[3] 轩车：古时车顶像弓形的车，亦泛指装饰、设备较好的车辆。这句意为，仙掌峰下往来的车辆每天都是新的。

[4] 谩：随意。

[5] 何曾：哪里。

仙掌

〔唐〕齐己

峭形寒倚夕阳天，毛女莲花翠影连[1]。
云外自为高出手[2]，人间谁合斗挥拳[3]。
鹤抛青汉来岩桧[4]，僧隔黄河望顶烟[5]。

晴露红霞长满掌，只应栖托是神仙[6]。

【注释】

[1]"毛女"句：毛女峰与莲花峰相连。

[2]"云外"句：指华山仙掌高出云外。

[3]合：与、同。斗：争斗。此句意为，仙掌不屑与世俗之人挥拳斗胜。

[4]抛：投，指仙鹤投宿。青汉：天汉，高空。桧：属松杉科，常绿，干高千丈余。

[5]顶烟：当指华山峰顶的云气。

[6]栖托：寄托，安身。

华山南望春

〔唐〕朱景玄

灵岳多异状[1]，巉巉出虚空[2]。闲云恋岩壑，起灭苍翠中[3]。
皓气澄野水[4]，神光秘琼宫[5]。鹤巢前林雪，瀑落满涧风[6]。
春尽花未发，川回路难穷。何因著山屐[7]，鹿迹寻羊公[8]。

【作者简介】

朱景玄，生卒年不详，唐代吴郡（今江苏苏州）人。元和（806-820）初应进士举，曾任咨议，历翰林学士，官至太子谕德。有诗一卷，编有《唐朝名画录》。《全唐诗》存诗十五首。

【注释】

[1]灵岳多异状：指华山的山峰形态各异。灵岳：灵秀的山岳。

[2]巉巉（chán chán）：形容山势峭拔险峻。

[3]起灭：时隐时现；时有时无。

[4]皓气：太空皓洁之气。野水：指非经人工开凿的天然水流。

[5]神光秘琼宫：神异的光彩，使华丽的宫殿庙宇显得更加神秘。

[6] 瀑：瀑布。

[7] 著：穿。山屐（jī）：古人登山用的木屐。

[8] 羊公：修羊公。《列仙传》"修羊公"载："修羊公者，魏人也。在华阴山上石室中，有悬石榻，卧其上，石尽穿陷。略不食，时取黄精食之。后以道干景帝，帝礼之，使止王邸中。数岁道不可得。有诏问：'修羊公能何日发？'语未讫，床上化为白羊，题其胁曰：'修羊公谢天子。'后置石羊于灵台上。羊后复去，不知所在。"

华山孤松

〔唐〕张蠙

石罅引根非土力[1]，冒寒犹助岳莲光[2]。
绿槐生在膏腴地，何得无心拒雪霜[3]。

【注释】

[1] "石罅（xià）"句：谓华山孤松扎根于山石间的缝隙并顽强地生长。

[2] 岳莲：指华山莲花峰。

[3] 膏腴：肥沃的土壤。何得：为什么，怎么。末二句谓绿槐生长于肥沃的土壤却不如孤松能耐雪霜。

咏毛女

〔宋〕陈抟

曾折松枝为宝栉[1]，又编栗叶作罗襦[2]。
有时问着秦宫事[3]，笑捻仙花望太虚[4]。

【作者简介】

陈抟（？—989），字图南，号扶摇子，宋亳州真源（今属安徽亳州）人。

后唐时，举进士不第，遂不仕，以山水为乐，隐居华山。后周时，授谏议大夫，力辞不赴。宋初为太宗所礼重，赐号"希夷先生"。著有《指玄篇》《三峰寓言》《高阳集》及诗六百余首等。

【注释】

[1] 宝栉（zhì）：神仙用的整理发髻的工具。

[2] 罗襦（rú）：指用栗子树叶编织的短衣。

[3] "有时"句：诗人想象有人同毛女聊天问及古代秦宫的故事。

[4] 捻：用手指揉搓。太虚：此泛指天空。

西峰[1]

〔宋〕陈抟

为爱西峰好，吟头尽日昂[2]。岩花红作阵，溪水绿成行。
几夜碍新月，半山无斜阳。寄言嘉遁客[3]，此处是仙乡。

【注释】

[1] 西峰：华山西峰，也叫莲花峰、芙蓉峰。

[2] "吟头"句：谓诗人兴致勃勃，终日昂首饱览华山景物。

[3] 嘉遁客：希望隐居的人。

华山[1]

〔宋〕寇准

只有天在上，更无山与齐[2]。
举头红日近，回首白云低。

【注释】

[1] 传说此诗为寇准 7 岁时随父亲经过华山时所作。

[2] 更无山与齐：只有华山高出天外，没有与它平齐的山峰。

题华山

〔宋〕邵雍

域中有五岳，国家谨时祀[1]。华岳居其一，作镇雄西裔[2]。
唐号金天王，今封顺圣帝[3]。吁咈哉若神[4]，僭窃同天地[5]。

【注释】

[1] 时祀：四时的祭祀。

[2] 西裔：西部边远的地方。

[3] "唐号金天王"二句：唐玄宗先天二年（713），封华岳神为金天王顺圣帝；宋大中祥符四年（1011）加号西岳为顺圣金天王，后又封西岳为金天顺圣帝。

[4] 吁咈：语本《尚书·尧典》："帝曰：'咨！四岳，汤汤洪水方割，荡荡怀山襄陵，浩浩滔天。下民其咨，有能俾乂？'佥曰：'于！鲧哉。'帝曰：'吁！咈哉，方命圮族。'岳曰：'异哉，试可乃已。'帝曰：'往！钦哉。'九载，绩用弗成。"孔传："凡言吁者，皆非帝意。"蔡沉集传："咈者，甚不然之之辞。"后以"吁咈"表示不以为然之意。

[5] 僭窃（jiàn qiè）：越分窃取。

望岳

〔宋〕范祖禹

客行西入函关道，秀气东来满关好[1]。
北顾黄河天际流，回望荆山欲倾倒。
前瞻太华三峰高，中天屹立争雄豪。

群山朝岳皆西走，势似长风驱海涛。
金天杀气何萧爽[2]，羽驾飚轮应可往[3]。
安得云梯倚碧空，上拂烟霞看仙掌。

【注释】

[1] 秀气：灵秀之气。

[2] 金天：指秋天；秋天的天空。

[3] 羽驾：传说以鸾鹤为驭的坐车。亦借指神仙。飚轮：指御风而行的神车。

华岳

〔宋〕韩琦

两行修竹夹云根[1]，引入莲峰山下村。
病骨惊魂安气母[2]，幽亭淑景压山荪[3]。
金堆远望千滩出[4]，玉漏声喧万马奔[5]。
坐叹空劳无计处，却寻归路日黄昏。

【注释】

[1] 修竹：茂密修长的竹林，华山多竹。云根：山石。

[2] 气母：元气之母，产生元气之物。

[3] 山荪（sūn）：玉泉院内的山荪亭。

[4] 金堆：地名，也叫"金堆城"，在华山西南方向。

[5] 玉漏：古时用美玉做的一种漏壶，作为计时的工具。

戏题仙掌

〔宋〕韩琦

三峰晴晓碧相挨，仙掌分明出雾开。

莫向巍莪衔高手，也曾先得桂枝来。

华阴寄子由

〔宋〕苏轼

三年无日不思归，梦里还家旋觉非。
腊酒送寒催去国[1]，东风吹雪满征衣[2]。
三峰已过天浮翠[3]，四扇行看日照扉[4]。
里堠消磨不禁尽[5]，速携家馈劳骖騑[6]。

【注释】

[1] 腊酒：腊月酿制的酒。去国：指离开国都汴京。

[2] 征衣：远行途中穿的衣服。

[3] 天浮翠：诗人从华山脚下经过，远望华山主峰，像青翠的美玉，漂浮在天空。

[4] 四扇：指潼关城的四扇城门。

[5] 里堠（hòu）：标志里程的路标，供士兵守望的土堡。

[6] 家馈：家做的食物。骖騑：古时把套在辕两旁拉车的马叫骖、騑。劳：安慰之意。

宿华岳观

〔宋〕王钦臣

凌空老树云垂叶[1]，压屋梨花雪照人。
深愧地仙教俗客[2]，殷勤留看华山春[3]。

【作者简介】

王钦臣（1034—1101），字仲至，北宋应天府宋城（今河南商丘）人。试学士院，赐进士第，授陕西转运副使。元祐（1089-1093）初，为工部员外郎。奉使高丽，还，进太仆少卿。迁秘书少监，改集贤殿修撰、知和州。徽宗立，知成德军，性好古籍，藏书数万卷，亲自校勘，世称善本。卒年六十七。有《广讽味集》。

【注释】

[1] "凌空"句：形容华岳观古树参天，高耸云端。

[2] 地仙：方士称住在人间的仙人。这里当指华岳观的道士。俗客：诗人对自己的谦称。

[3] "殷勤"句：指华山道士热情周到地接待游览的客人。

游华山张超谷 [1]

〔宋〕鲁交

太华锁深谷，我来真景分[2]。
有苗皆是药[3]，无石不生云。
急瀑和烟泻，清猿带雨闻[4]。
幽栖未忍别，峰半日将曛[5]。

【作者简介】

鲁交，字叔达，号三江，北宋梓州（今四川三台）人。尝官殿中丞，仕至虞部员外郎。宋仁宗尝手录其《清夜吟》诗赐天台山寺。有《三江集》《鲁交集》，均不传。

【注释】

[1] 张超谷：即上华山的第一个必经的山谷，也叫"华山峪"，与玉泉院仅一条铁路之隔。

[2] 真景：真正美好的景色。

[3] 有苗皆是药：华山中草药种类繁多，差不多生长在华山上的植物，均属

中草药。

[4] 清猿：即清悠的猿吟。

[5] 曛：昏暗，此指天色入暮。

华山

〔宋〕夏竦

三峰森翠倚云棱，凝睇烟萝最上层。
八水乱分秦帝国，四关空锁汉皇陵[1]。
仙羊未起眠春草，塞马初归放紫藤。
堪惜圣朝无傲吏[2]，夜来风月属闲僧。

【注释】

[1] 四关：指关中周边。即函谷关、武关、散关和萧关。

[2] 圣朝：本朝的尊称。

华山

〔宋〕徐积

诸山伛偻复盘纡，唯有三峰势突如。
酒母下来乘夭矫[1]，药娥飞去化蟾蜍[2]。
可为世上殊方乐[3]，便觉人间万事虚。
安得往来岩下路，不持鞭策驾疲驴。

【作者简介】

徐积（1028—1103），字仲车，宋楚州山阳（今江苏淮安）人。英宗治平四年（1067）进士。中年耳聋，屏处穷里，而知四方事。自少及老，日作一诗。乡人有争讼，多就取决。哲宗元祐（1086-1093）初荐仕楚州教授，训诸生以君子之道，闻者敛衽敬听。转和州防御推官，改宣德郎，监中岳庙。徽宗政和六年（1116），赐谥节孝处士。有《节孝语录》《节孝集》。

【注释】

[1] 酒母：传说中的女仙名。

[2] 药娥：即嫦娥。

[3] 殊方：异域。

华州云台观题希夷先生陈抟影堂

〔宋〕张方平

林壑云深接玉泉，松斋闭息辄经年[1]。
一无标致惟随俗[2]，别有真机在指玄[3]。
诏板尝延清暑殿[4]，诗筒时到华阳川[5]。
蜕形虽在张超谷，粟粒珠中自在天[6]。

【作者简介】

张方平（1007—1091），字安道，号乐全居士，宋应天宋城（今河南商丘）人。仁宗景祐元年（1034）举茂才异等科，复中贤良方正科。历知昆山县，通判睦州。西夏入犯，上平戎十策。历知谏院，论建甚多，主与西夏讲和。累进翰林学士，拜御史中丞，改三司使。出知数州府。英宗治平中召拜翰林学士承旨。神宗即位（1068），拜参知政事，反对任用王安石，极论新法之害。以太子少师致仕。既告老，而论事益切，于用兵、起狱尤反复言之。卒谥文定。有《乐全集》。

【注释】

[1] 松斋：指山林别墅或隐者房舍。闭息：古代道家的修炼术。用特殊的呼吸方法达到养生的目的。

[2] 标致：风格；韵致。

[3] 真机：玄妙之理；秘要。指玄：当指《指玄篇》，道家金丹学著作，吕

洞宾撰。

[4] 诏板：犹诏书，诏令。

[5] 诗筒：盛诗稿以便传递的竹筒。

[6] 粟粒：粟粒状之物。此指丹药。

华山

〔金〕王特起

三峰盘地轴，一水落天绅[1]。
造化无遗巧[2]，丹青总失真[3]。

【作者简介】

王特起，生卒年不详。字正之，金代州崞（guō）县（今山西原平）人。章宗泰和三年（1203）进士，为真定府录事参军，有惠政。累官司竹监使，卒。音乐技艺，无所不能，尤长于辞赋。

【注释】

[1] 天绅：绅，衣带，指挂在西峰山腰的瀑布。

[2] "造化"句：大自然的创造者实在太高明、太灵巧。造化，天、地、阴阳。

[3] 丹青：本指红色和青色的颜料，代指绘画。此句谓画作总是无法精妙地绘出华山的奇丽景色。

游华山四绝

〔金〕赵秉文

其一

石头荦确水纵横[1]，过雨山间草屦轻。

未到上方先满意[2],倚天青壁看云生。

其二

我与青山有旧盟,淡云微雨忽渝平[3]。
朝来自献三峰出,真个山神不世情[4]。

其三

仙人仙去有仙掌[5],袖中掷下青芙蓉。
遗与杨羲书一纸[6],暂留笙鹤驻中峰[7]。

其四

玉龟山下古仙真[8],许我天台一化身。
拟把岳莲骑白鹤[9],下看浮世几扬尘。

【注释】

[1] 荦(luò)确:怪石嶙峋貌。

[2] 上方:指华山高处修建的寺观。

[3] 渝平:捐弃旧怨,复归于好。

[4] 山神不世情:山神身上看不到世态炎凉,他对所有人都同施仁爱,不分彼此。

[5] 仙掌:即仙掌岩。

[6] 杨羲(330—386),字义和,东晋时吴人,后居句容(今属江苏)。少好学,工书画。许谧荐之相王(即南朝梁简文帝),用为公府舍人。简文帝登位(550)后,不复出。《真诰》《清微仙谱》等称其为上清派创始人之一。宋宣和年间(11?9-1125)敕封为"洞灵显化至德真人"。

[7] 笙鹤:刘向《列仙传》载:周灵王太子晋(王子乔),好吹笙,作凤鸣,游伊洛间,道士浮丘公接上嵩山,三十余年后乘白鹤驻缑氏山顶,举手谢时人

仙去。后以"笙鹤"指仙人乘骑之仙鹤。

[8] 玉龟山:传说中的仙山名。仙真:道家称升仙得道之人。

[9] 岳莲:指西岳华山莲花峰。骑白鹤:谓仙家、道士乘白鹤云游。

游华山寄元裕之[1]

〔金〕赵秉文

我从秦川来,历遍终南游。

暮行华阴道,清快明双眸。

东风一夜横作恶,尘埃咫尺迷岩幽[2]。

山神戏人亦薄相[3],一杯未尽阴霾收。

但见两岸巨壁插剑戟[4],流泉夹道鸣琳璆[5]。

希夷石室绿萝合[6],金仙鹤驾空悠悠。

石门忽断一峰出,婆娑石上为迟留。

上方可望不可到[7],崖倾路绝令人愁。

十盘九折羊角上,青柯平上得少休。

三峰壁立五千仞[8],其下无趾傍无俦[9]。

巨灵仙掌在霄汉,银河飞下青云头。

或云奇胜在高顶[10],脚力未易供冥搜。

苍龙岭瘦莓苔滑,嵌空石磴谁雕镂[11]。

每怜风自四山而下不见底,惟闻松声万壑寒飕飕。

扪参历井到绝顶[12],下视尘世区中囚。

酒酣苍茫瞰无际,块视五岳芥九州[13]。

南望汉中山,碧玉簪乱抽[14]。

况复秦宫与汉阙,飘然聚散风中沤[15]。

上有明皇玉女六洞天,二十八宿环且周[16]。

又有千岁之玉莲[17],开花十丈藕如舟。

五鬣不朽之长松[18],流膏入地盘蛟虬[19]。

采根食实可羽化[20],方瞳绿发三千秋[21]。

时闻笙箫明月夜,芝軿羽盖来瀛洲[22]。
乾坤不老青山色,日月万古无停辀。
君且为我挽回六龙辔[23],我亦为君倒却黄河流。
终期汗漫游八表[24],乘风更觅元丹丘[25]。

【注释】

[1] 元裕之:即元好问。元好问字裕之,号遗山。

[2] 岩幽:山岩幽深处。

[3] 薄相:玩耍;戏弄。

[4] 剑戟:喻两边峭拔耸立的山崖。

[5] 琳璆(lín qiú):玉器撞击声。

[6] 希夷:陈抟。

[7] 上方:此处指华山顶。

[8] 三峰:指落雁、朝阳、莲花三峰。

[9] 无俦(chóu):没有能够与之相比的。

[10] 奇胜:谓景物非常优美。

[11] 雕镂:雕刻。

[12] 扪参历井:语出李白《蜀道难》:"扪参历井仰胁息,以手抚膺坐长叹。"参、井,皆星宿名,分别为蜀秦分野。谓自秦入蜀途中,山势高峻,可以摸到参、井两星宿。此处形容华山山势高峻,道路险阻。

[13] 块视五岳芥九州:在华山顶上俯瞰,高高的五岳如同土块,茫茫的九州也只如草芥。

[14] 簪如碧玉抽:语出韩愈《送桂州严大夫同用南字》:"江作青罗带,山如碧玉簪。"此指汉中之山峰拔地而起,峻峭玲珑,犹如碧玉之簪。

[15] 风中沤:风中飘散的泡沫。

[16] 二十八宿:我国古代天文学家把周天黄道(太阳和月亮所经天区)的恒星分成二十八个星座。

[17] 千岁之玉莲:指华山莲花峰。

[18] 五鬣:华山松每枝松穗为五股,称"五鬣(liè)松","鬣"与"粒"

音近，故云。

[19] 流膏：流脂；流出油脂。

[20] 羽化：指飞升成仙。

[21] 方瞳：方形的瞳孔。古人以为长寿之相。绿发：乌黑而有光泽的头发。

[22] 芝軿（píng）：神仙所乘之车。羽盖：古时以鸟羽为饰的车盖。

[23] 六龙辔：六条龙驾的神仙坐的车子。

[24] 汗漫游：世外之游。形容漫游之远。八表：八方之外，指极远的地方。

[25] 元丹丘：唐人。自号丹丘子。慕神仙术，李白与之交游。

大江东去

过华阴

〔元〕李齐贤

三峰奇绝，尽披露、一掬天悭风物[1]。闻说翰林曾过此[2]，长啸苍松翠壁。八表游神[3]，三杯通道，驴背须如雪。尘埃俗眼[4]，岂知天上人杰。犹想居士胸中，倚天千丈，气星虹闲发。缥缈仙踪何处问，箭筈天光明灭。安得联翩，云裾霞佩[5]，共散麒麟发。花间玉井，一樽轰醉秋月。

【注释】

[1]"尽披露"句：意为大自然尽情呈现出胜景，透露出造化深奥玄妙之天机。天悭：天机。

[2] 翰林：指李白。

[3] 八表：八方之外，指极远的地方。

[4] 尘埃俗眼：世俗凡人的眼中。

[5] 云裾（jū）霞佩：以云为衣，以霞为佩，指神仙的衣饰。

水调歌头

望华山

〔元〕李齐贤

天地赋奇特,千古壮西州[1]。三峰屹起相对,长剑凛清秋。铁锁高垂翠壁,玉井冷涵银汉[2],知在五云头。造物可无物,掌迹宛然留[3]。记重瞳[4],崇祀秩,答神休[5]。真诚若契真境,青鸟引丹楼[6]。我欲乘风归去,只恐烟霞深处,幽绝使人愁[7]。一啸蹇驴背,潘阆亦风流[8]。

【注释】

[1] 西州:指陕西地区。

[2] 玉井:指华山上的玉井。银汉:指银河。

[3] 掌迹:指留下仙灵手掌的痕迹。

[4] 重瞳(tóng):一目有双瞳孔。传说中舜为重瞳。舜曾祭华山。

[5] 神休:神明赐予的福祥。

[6] 青鸟:西王母的使者。丹楼:红楼,多指宫观,此处指王母祠庙。按,华山有王母庙。

[7] "我欲"句:化用苏轼《水调歌头》中"我欲乘风归去,又恐琼楼玉宇,高处不胜寒"三句。

[8] 潘阆(láng):宋初著名隐士。魏野《赠潘阆》诗曰:"昔贤放志多狂怪,若比今来总不如。从此华山图籍上,又添潘阆倒骑驴。"

太华

〔明〕刘基

石屏御道鸟飞回[1],汉帝亲封玉检来[2]。

灏气满空清似水[3]，芙蓉直上九天开[4]。

【注释】

[1] 石屏：壁立如屏的山石。御道：亦名"升岳路"，在仙掌峰之北。汉武帝、唐玄宗巡游华山时，驻足止步于此。故名。

[2] "汉帝"句：《汉书·地理志》记述："集灵宫，武帝起，莽曰华坛也。"汉武帝刘彻曾于元光初年（前134—前132）在华山脚下（今天的罗敷河东）桥营村南，建"集灵宫"祭祀华山。玉检：古代收藏告天文书的封匣。

[3] 灏气：弥漫在天地间之气。

[4] 芙蓉句：芙蓉，莲花。华山主峰呈莲花状。这里诗人形容华山高插天际。

巨灵迹[1]

〔明〕王履

掌形虽谬是天成，足迹镌来益可憎[2]。
真妄恼人禁不得，步将林里听松声[3]。

【作者简介】

王履（1332？—1391？），字安道，昆山（今属江苏）人。学医于金华朱彦修。擅长诗文，兼善绘画，为时所称。卒于明初。著有《伤寒立法考》《沂洄集》《百病钩玄》《医韵统》等医书。

【注释】

[1] 巨灵迹：华山景点之一，相传是巨灵神劈山疏河时留下的足迹。

[2] 镌（juān）：雕刻。

[3] 步将：走向。将，无实义。

苍龙岭

〔明〕王履

岭下望岭上，夭矫蜿蜒飞[1]。背无一仞阔，旁有万丈垂。
循背匍匐行，视敢纵横施。惊魂及坠魄，往往随风吹。
午日晒石热，手腹过蒸炊。大喘不可当[2]，况乃言语为。
心急足自缚，偷眼群峰低。烟烘浪掩掩[3]，日走金离离[4]。
松头密如麻，明灭无断期。谁知万险中，得此希世奇。
真勇是韩愈，乃作儿女啼[5]。

【注释】

[1] 夭矫（yāo jiǎo）：曲折有力的样子。蜿蜒：弯转爬行的样子。

[2] "大喘"句：此句借游客攀越苍龙岭时气喘吁吁的感受，突出华山山势奇绝艰险。

[3] "烟烘"句：形容炎热蒸曛，到处看到气浪奔腾。

[4] 金：此处指太阳的光芒。离离：斑驳陆离，光彩夺目。

[5] "乃作"句：相传韩愈登华山至苍龙岭顶端时惧山势陡险而失声痛哭。

朝元洞[1]

〔明〕王履

石壁天所成，洞以人力制。平处岂不多，取难非取易。
老师若常侣[2]，安得有此异。不知经营时，顿足在何地。
工搜鬼神僻[3]，妙碟造化秘[4]。既非苟且为[5]，知历几百世。
设使容易隳[6]，再有谁可继。我来觅幽胜[7]，乃得理外意。
阑凭无底谷[8]，丈尺岂可计。松头乱纖纖[9]，壁角插翠气。
扶阑试小瞰，神宅忽鼎沸[10]。只为定力微，惹彼林涧愧[11]。

古训衡不骑[12],我却自买畏。闭眼待神归,从容问何味。

【注释】

[1] 朝元洞:华山朝元洞有两处。一处在华山南峰上,一在华山脚下,均为元代道士贺元希所营造。根据诗意,诗中所描述的朝元洞,当指南峰上的朝元洞。

[2] 老师:指贺元希。

[3] 工:工巧。搜:寻求。此句意为,手艺高超的贺元希,专寻连鬼神都感到险僻的陡峭崖壁(建造朝元洞)。

[4] "妙磔(zhé)"句:形容营造朝元洞的奇妙技艺,达到不可思议的境界。

[5] "既非"句:不是马马虎虎能够造成的。

[6] 隳(huī):毁坏。

[7] 觅:找寻。

[8] 阑:同"栏"。凭:凭临。

[9] 松头:指松树的枝梢。觿觿:角多而坚,指松果像犄角一样,散乱地伸出来。

[10] 神宅:指朝元洞。鼎沸:云气蒸腾。

[11] 涧:山间流水的沟。

[12] 衡不骑:不做危险之事。语出《史记·袁盎晁错列传》:"臣闻千金之子坐不垂堂,百金之子不骑衡。"衡:架在屋梁或门窗上面的横木。诗中引用此典,表示不要冒险,同时亦衬托出朝元洞的惊险。

南峰顶

〔明〕王履

搔首问青天,曾闻李谪仙[1]。顿归贪静客,飞上最高巅。
气吐鸿濛外[2],神超太极先[3]。茅龙如可惜[4],直到五城边[5]。

【注释】

[1] 李谪仙:即李白。

[2] 鸿濛：今作"鸿蒙"。天地元气，也有广阔无边的意思。

[3] 太极先：指最早出现的某种物质形态。

[4] 茅龙：相传仙人所骑的神物。《列仙传》："呼子先者，汉中关下卜师也，老寿百余岁。临去，呼酒家老妪曰：'急装，当与妪共应中陵王。'夜有仙人持二茅狗来至，呼子先。子先持一与酒家妪，得而骑之。乃龙也，上华阴山。"

[5] 五城：神仙住的地方。传说昆仑山黄帝的花园有五城十二楼。

行经华阴

〔明〕谷宏

云间太华倚三峰，积翠遥连渭水东[1]。
远塞雁声寒雨外，离宫草色暮烟中[2]。
秦关日落行人少，汉畤天阴古戍空[3]。
寂寞武皇巡幸处[4]，祠前木叶起秋风[5]。

【作者简介】

谷宏，字文东，明秦中商人子。客于淮阳（今江苏扬州），佣书，颇好博览，兼善音律，能诗。

【注释】

[1] 积翠：指华岳山峰堆积天际的翠色。

[2] 离宫：行宫，古代皇帝巡狩时休息或暂时居住生活之地。

[3] 汉畤（zhì）：汉时帝王祭天地五帝的地方。古戍：古代的边塞要地。战国时代，华山为秦国的边防要塞。

[4] 武皇：汉武帝。

[5] 祠：汉武帝于华山修建了华岳观、望仙观、集灵观、王母祠等宫观。这里亦可能专指诗人眼前的王母祠。

题云台观[1]

〔明〕李梦阳

云台观枕玉泉湄[2],翠削三峰对不移。
窗里山光时隐见[3],晚来云气壁淋漓[4]。
醮辰绛节朝群帝[5],天路金童引凤螭[6]。
头白扫门怜弟子,劚松石碍白苓滋[7]。

【注释】

[1] 云台观:道观名。在陕西华山云台峰上,故名。

[2] 湄:水边岸旁。

[3] 见:同"现"。

[4] 壁淋漓:形容墙壁潮湿或水珠滴漏。

[5] 醮辰:祭祀神灵的时节。绛节:传说中上帝或仙君的一种仪仗。群帝:道家谓五方之帝。

[6] 天路:天上的路。凤螭:螭,古代传说中没有角的龙。凤螭,指给神灵拉车的龙凤。

[7] 劚(zhú):砍。白苓:即中草药茯苓。

望希夷峡[1]

〔明〕康海

名山佳气郁嵯峨[2],望里风烟暗薜萝[3]。
万叠春开青锦障,一淙晴下白云窝[4]。
空将尸解传茫昧[5],自觉天工厌琢磨。
夫子若无驱背笑[6],陈桥谁知大风歌[7]。

【注释】

[1] 希夷峡：华山的一处峡谷，原叫张超谷，后因希夷先生陈抟在此脱骨安葬，更名为"希夷峡"。

[2] 嵯峨：山势高峻。

[3] 薜萝（bì）：即薜荔，植物名。常绿蔓生。

[4] 淙（cóng）：拟声词，流水声。

[5] 尸解：谓道徒遗其形骸而仙去。茫昧：渺茫无稽。这句诗指陈抟留其形骸成仙而去的传说。

[6] 夫子：指陈抟（tuán）。驱背笑：宋代王偁《东都事略·陈抟传》："（陈抟）尝乘白驴欲入汴，中涂闻太祖登极，大笑坠驴，曰：'天下于是定矣！'"又宋邵伯温《闻见前录》卷七："华山隐士陈抟……尝乘白骡（或作驴），从恶少年数百，欲入汴州。中途闻艺祖登极，大笑坠骡曰：'天下于是定矣。'遂入华山为道士。"因以"陈抟驱背笑"为乱世结束，天下趋于太平之典。

[7] 大风歌：即刘邦《大风歌》，此借指赵匡胤陈桥兵变称霸天下的豪情。末二句谓，陈抟有远见卓识，他早就料到陈桥兵变、黄袍加身的赵匡胤会统一天下。

玉泉院[1]

〔明〕杨慎

玉泉道院水溶溶，石上闲亭对碧峰。
幽径落花春去早，疏帘斜日燕飞慵[2]。
窗涵翠岫晴岚色[3]，云断长溪两岸风。
洞里睡仙何日起[4]，不堪吟罢绕林钟。

【注释】

[1] 玉泉院：华山北麓谷口的一所道观，曾为北宋著名道士陈抟隐居修真之处。

[2] 慵（yōng）：困倦，懒。

[3]"窗涵"句：指透过窗户看到一片青翠、水汽氤氲的水光山色。

[4]洞里睡仙：指希夷洞中陈抟的卧石像。

华山阻雪

〔明〕杨慎

山头不可上，峪口回难分[1]。远见三峰雪，平铺万壑云。
紫霞虚洞府[2]，白石闷灵文[3]。愧尔神仙骨，空怀麋鹿群[4]。

【注释】

[1]峪口：指华山峪口。回：曲折，指地形复杂。

[2]紫霞：红色的云彩。

[3]"白石"句：闷，隐匿。灵文：想象中的天书宝卷。此句意为，渴望中的天书秘笈，被白雪覆盖的石头隐藏了。这是诗人由眼前雪景收发的联想。

[4]麋鹿群：与麋鹿为群，指过隐士的生活。

宿玉井楼[1]

〔明〕李攀龙

玉井通溟海[2]，朱楼冠削成。波传潮汐到，楹接斗牛平[3]。
琥珀侵灯出[4]，莲花傍枕生。拂盆云发暗[5]，印掌月珠明[6]。
犯座人间像，浮槎世上情[7]。不愁更漏绝[8]，石鼓自能鸣[9]。

【作者简介】

李攀龙（1514—1570），字于鳞，号沧溟，明山东历城（今属山东济南）人。嘉靖二十三年（1544）进士。授刑部广东司主事，擢陕西提学副使，累迁河南按察使。母丧，心痛病卒。文坛"后七子"之一。有《古今诗删》《李沧溟集》。

【注释】

[1] 玉井楼：在华山中峰玉井旁，与镇岳宫遥遥相望，可以俯视玉井。

[2] "玉井"句：传说玉井与东海相通。

[3] 楹（yíng）：柱子。斗、牛：两星宿名。诗人以此烘托华山的高峻。

[4] 琥珀：本是一种由碳、氢、氧组成的有机物。据《华山志》记载，岳顶峰上五粒松下产琥珀，夜即有光。侵：侵占；夺取。此句意为，琥珀代替灯发出光亮。

[5] 盆：指玉女洗头盆。

[6] 掌：仙人掌，在玉井楼东。

[7] 浮槎（chá）：漂浮在水上的木头。

[8] 更漏：古时计算时间的一种工具。

[9] 石鼓：形状像鼓的石头。此句意为，华山上风吹使石能鸣。

杪秋登太华山绝顶[1]

〔明〕李攀龙

缥缈真探白帝宫[2]，三峰此日为谁雄[3]？
苍龙半挂秦川雨[4]，石马长嘶汉苑风[5]。
地敞中原秋色尽，天开万里夕阳空。
平生突兀看人意[6]，容尔深知造化功[7]。

【注释】

[1] 杪（miǎo）秋：暮秋。

[2] 白帝宫：指华山顶上为祭祀西方之神白帝所建的宫殿。

[3] 三峰：指落雁峰、朝阳峰、莲花峰。

[4] 苍龙：苍龙岭。秦川：指关中平原。

[5] 石马：石雕的马，古代多列于帝王或达官贵人墓前。汉苑：指汉代帝王的园林。

[6] 突兀（wù）：本指山势很高，此处引申为眼界高远的意思。

[7] 容尔：容，须、待。尔，你。此指华山。末二句意为，华山高高居上，阅尽天地间大自然创造化育万物的奥妙。

将军树[1]

〔明〕南轩

太华山上将军树，橚橚参天如有神[2]。
万壑风声惊虎阵，千年霜色老龙鳞[3]。
端姿深护金天阙[4]，劲节遥清玉塞尘[5]。
却怪当关承雨露，宵人阑入不知询[6]。

【作者简介】

南轩（？—1597），字叔后，明陕西渭南人。嘉靖三十二年（1553）进士。历吏部郎中，终山东参议。有《通鉴纲目前编》《关中文献志》《渭上稿》。

【注释】

[1] 将军树：亦称天门松，在华山中峰。
[2] 橚橚（sù sù）：树木高大茂盛的样子。
[3] 老龙鳞：谓将军树生长有年，表皮就像老龙的鳞甲。
[4] 端姿：指将军树生长得端庄正直。阙：门。金天阙：指南天门或南峰上金天王庙。
[5] 劲节：指将军树枝干遒劲有力。
[6] 宵人：小人；坏人。阑入：随便走出走进。

青柯坪[1]

〔明〕范守己

四望群峰绕，千盘一路通[2]。岩居皆羽客[3]，悬度总仙宫[4]。

树影摇深壑，泉声落半空。登临聊驻足[5]，屐齿余凌风[6]。

【作者简介】

范守己，字介儒，明河南洧川（今属河南开封）人。万历二年（1574）进士。官至按察佥事。有《肃皇外史》《御龙子集》《郢垩集》。

【注释】

[1] 青柯坪：华山一处景点，距华山谷口约二十里，因坪上种有青柯树而得名。

[2] 千盘：形容山势逶迤。

[3] 岩居：山居，多指隐居山中。羽客：指方士。

[4] 悬度：谓无根据地揣测、估计。

[5] 聊：短暂。驻足：休息。

[6] 屐（jī）齿：古人上山时穿的木鞋。凌风：乘风。

憩细辛坪[1]

〔明〕范守己

艰危历万险，初到细辛坪。洞口千峰聚，羊肠一线明[2]。
浮云埋涧谷，岚气变阴晴[3]。夜久深忘寐，风声万壑鸣。

【注释】

[1] 细辛坪：华山一处景点，在华山中峰西南。

[2] 羊肠一线明：指细辛坪旁的山路曲折狭窄。

[3] 岚气：滋润升腾的云气。

太华书院[1]

〔明〕冯从吾

青柯高榭倚山偎[2],喜见儒冠济济来[3]。
心性源头须有辨,睹闻起处岂容猜。
三峰直欲凌霄汉,九曲常看满草莱[4]。
此会无言闲眺玩[5],百年道运自今开。

【作者简介】

冯从吾(1556—1627),字仲好,明陕西长安人。万历十七年(1589)进士。官御史,天启时官至工部尚书。卒谥恭定。有《元儒考略》《冯少墟集》。

【注释】

[1] 太华书院:在华山青柯坪,距山口二十里,为明代关中著名书院。
[2] 高榭:高台、庙宇。偎:紧挨着。
[3] "喜见"句:指诗人高兴地看到许多儒生,一个接一个地来(到书院)。
[4] 九曲:指黄河。相传黄河水有九道弯。
[5] 眺:从高处往远处看。

华山纪游

〔明〕陈于陛

名山缥缈闭灵踪[1],路入金霄瑞气封[2]。
箭栝通天青一径[3],莲花拔地翠千重[4]。
日华东映标仙掌[5],山势西来带雪峰[6]。
欲驭长风理瑶策[7],更携三莠跨茅龙[8]。

【作者简介】

陈于陛（1543—1596），字元忠，明四川南充人。隆庆二年（1568）进士。授编修。在直庐常以帝拒谏为忧。尝参与预修世、穆两朝实录，并以副总裁编辑国史。有《万卷楼稿》。《明史》有传。

【注释】

[1] 缥缈：高远隐约，若有若无。闭灵踪：使神异的踪迹隐藏起来。

[2] 金霄：金天，西方的天空。西方属金，故称。瑞气：祥瑞的气象。

[3] 箭栝：箭的末端。此指华山金锁关通天门。化用杜甫《望岳》"箭栝通天有一门"诗句。

[4] 莲花：指华山。

[5] 日华：太阳的光华。标：显出。仙掌：指仙掌峰上的仙掌迹。

[6] 带：连接。雪峰：秦岭主峰太白山，终年积雪，故称。这句意为，华山逶迤从西而来，与太白雪峰相连接。

[7] 驭：驾驭。长风：远方吹来的风。瑶策：用珠玉装饰的鞭棰。

[8] 三葠：即灵芝草。因其一年开花三次，故称。跨茅龙：跨上茅龙成仙飞上华山。此句借用呼子先乘二茅狗升天之事。

宿玉泉院

〔明〕魏允贞

拄杖寻幽到玉泉[1]，莲峰无数插青天[2]。
平生自愧风尘骨，偷学先生一夜眠[3]。

【作者简介】

魏允贞（1542—1606），字懋忠，号见泉，明大名府南乐（今属河南）人。万历五年（1577）进士。授荆州推官，擢御史。疏陈时弊，力攻辅臣私其所亲等弊，贬许州判官。久之，以右佥都御史巡抚山西，建烽堠，加筑要害处边墙。旋又以边臣言朝事，夺俸。后累迁为右副都御史，仍屡陈时政缺失。万历二十九年

(1601)乞侍养其父归。以守边劳进兵部右侍郎，寻卒。天启初追谥介肃。有《魏伯子集》。

【注释】

[1] 玉泉：指玉泉院。

[2] "莲峰"句：泛指华山诸峰皆高峻挺拔，耸入云天。

[3] "偷学"句：借陈抟嗜睡的传说，表达诗人对隐居生活的向往。

胡孙愁[1]

〔明〕袁宏道

仄岭东移半尺苔[2]，如何横渡碧崔嵬。
上头若有朝三叟[3]，料得胡孙也喜来。

【注释】

[1] 胡孙愁：亦作"猢狲愁"，华山的一处景点。在华山犁沟门上卧牛台北面，因其艰险异常连猴子攀缘时都要发愁而得名。猢狲，猕猴之一种。

[2] 仄（zè）：简陋，倾侧。

[3] 朝三叟：善于驯养猴子的老头。典出《庄子·齐物论》"朝三暮四"。

擦耳崖[1]

〔明〕袁宏道

逋客时时属耳垣[2]，倚天翠壁亦何言。
欲知悬迳欹危甚[3]，看我青苔一面痕。

【注释】

[1] 擦耳崖：华山景点之一。路极窄，下临绝壑，行人至此，贴岩身而行，故名。

[2] 逋（bū）：避世之人；隐士。此处指登山之人。属耳垣：语出《诗经·小雅·小弁》："君子无易由言，耳属于垣。"此处指耳朵紧贴绝壁。

[3] 悬迳：山路高险得像挂在空中一样迳，同"径"。歆危：崖壁又高又斜。

卫叔卿博台[1]

〔明〕袁宏道

云中转转试钩梯[2]，棋路分明似芥畦[3]。
便欲与君修一局[4]，只愁石烂水流西[5]。

【注释】

[1] 卫叔卿：古时神仙。博台：华山朝阳峰下的"下棋亭"石峰。晋代葛洪《神仙传》卷八《卫叔卿》记，卫叔卿与七位仙人在峰下的石台上博棋，因名博台。清李榕荫《华岳志》卷一《名胜·东峰》引《雍胜略》云："博台，在岳顶东南隅别一孤峰上遥望，有石方平，如榻如棋局。"

[2] 转转：逶迤曲折地向上攀登。钩梯：一种用以爬高的攀缘器械。传说秦昭王让人施布钩梯上华山。

[3] 芥畦：有土埂围着的一块块排列整齐的种芥菜的田地。

[4] "便欲"句：诗人想象能否与卫叔卿在博台对弈。

[5] "只愁"句：谓卫叔卿博台山崖危立，岌岌欲坠，极言其险。

希夷避诏岩[1]

〔明〕袁宏道

一枕孤云分外青，堕驴归者有无情[2]。
岩中只可避丹诏[3]，那得深山避死生[4]。

【注释】

　　[1] 避诏崖：在华山南峰上，处于松桧峰和南天门之间，有一大小仅可容人的石洞。洞上题"避诏崖"三字，相传为陈抟所题。传说陈抟为躲避宋太宗宣召曾避居此洞中，故名。

　　[2] 堕驴：陈抟初时有建功立业的宏大抱负，后听说赵匡胤起兵，知其能够统一天下，跌驴下来，决意隐居，不争名于天下。详见前康海《登希夷峡》注[6]。有无情：有意还是无意。

　　[3] 丹诏：帝王的诏书，以朱笔书写，故称。

　　[4] "那得"句：意为学道成仙、长生不死是不容易实现的。

游太华

〔明〕潘仁

天风吹鬓酒初醒，太华峰头且共登。
山色惯迎逃世客[1]，水声常送渡溪僧。
定中云去龙生钵[2]，梦里猿啼月在藤。
最爱石窗风雨过，早凉先到读书灯。

【作者简介】

　　潘仁，明代人，生平不详。

【注释】

　　[1] 逃世客：隐士。

　　[2] 定中：即入定，佛家语。钵：钵盂，僧人用的器皿。

十八盘[1]

〔明〕王时雍

华岳高千丈，登临路转盘。石梯偏碍马，山木易捎冠[2]。
雨过岩花净，云开眼界宽。峰头游罢看，余兴尚漫漫[3]。

【作者简介】

王时雍，字允化，号石村，垣曲（今属山西）人。明正德十一年（1516）进士。曾任陕西山阳县知县、咸宁知县、武诚令尹、华阴知县。

【注释】

[1] 十八盘：自华山莎萝坪至青柯坪，山势曲回陡峭，十有八折，盘旋而上，故称十八盘。

[2] 捎冠：碰掉或钩挂帽子。

[3] "余兴"句：诗人表述自己游兴未减。

华山

〔明〕左懋第

刻削奇峰天际出，棱棱青骨玉莲花[1]。
崖端药老云长护[2]，洞口冰垂瀑不哗[3]。
随处看松须卧石，每闻吹笛即停霞。
身轻好逐仙人杖，煮雪悬庵静者家[4]。

【作者简介】

左懋第（1601—1645），字仲及，号萝石，明代山东莱阳（今山东莱阳）人。崇祯四年（1631）进士。历任户科给事中、刑科左给事中。多建言。福王立，官兵部右侍郎兼右佥都御史,奉命与清讲和,被扣留北京。南京失守,不降被杀。有《左忠贞公集》。

【注释】

[1] 刻削：形容山石棱角分明,峥嵘峭拔。棱棱：棱角笔露,不可扪触的样子。青骨：当指西峰或华山主峰的山脊。

[2] 药老：一种中药,禾本科植物醉马草的全草及根。

[3] 哗：喧闹、嘈杂的意思。

[4] "煮雪"句：意为在道士孤悬绝壁的茅屋草舍里煮雪烹茶。

思在华山顶

〔明〕黄道周

苍龙岭下少人来,铁锁春深滑碧台[1]。
欲上岭头吹玉笛,长安不见使人哀[2]。

【作者简介】

黄道周（1585—1646）,字幼玄,一字螭若,又字细遵,门人称石斋先生,明福建漳浦（今福建漳州）人。天启二年（1622）进士。授编修。福王即位,用为礼部尚书。南京陷,唐王即位福州,擢武英殿大学士。自请往江西图恢复,至婺源遇清兵,战败被执,不屈死。潜心经学,亦工书画。有《易象正义》《三易洞矶》《洪范明义》《石斋集》等。

【注释】

[1] 铁锁：这里指苍龙岭形如铁锁。

[2] "长安"句：表达了诗人对国运日衰、山河破碎的忧虑之情。

登华山

〔明〕顾咸正

倚仗高台万里秋[1],山川元气共沉浮[2]。
金神法象三千界[3],玉女明妆十二楼[4]。
井钺参旗皆北拱[5],浊河清渭自东流[6]。
愁看杀气关中满,独立南峰最上头。

【作者简介】

顾咸正,字端木,号舣庵,明昆山人。崇祯六年(1633)举人,曾任成安府推官。

【注释】

[1] 高台:指山顶倚息处。

[2] 元气:古人想象中产生宇宙万物的原始物质。

[3] 金神:此指华山神金天王。法象:指神妖作法时变成的形象。三千界:即三千大千世界的省称,是佛教中关于时空的基本概念。

[4] 玉女:指华山仙女。十二楼:传说昆仑山有五城十二楼。

[5] 井、钺、参、旗:均为星名。华山属井星分野。

[6] 浊河:指黄河。清渭:指渭水。

无忧树[1]

〔明〕顾咸正

古树不知年,相对娱清影[2]。
玄鹤巢其巅[3],一唳众山静[4]。

【注释】

[1] 无忧树：亦称菩提树。华山玉泉院旧有无忧树四株，叶细条柔。

[2] 娱：乐。喜爱。

[3] 玄鹤：鹤之一种，亦称灰鹤。巢：这里用作动词，指鹤在无忧树梢筑巢。

[4] 唳（lì）：鹤鸣声。

桃林坪[1]

〔明〕顾咸正

一入五里关，万石划作门。
中有桃林坪，不异桃花源[2]。

【注释】

[1] 桃林坪：在五里关上。山色秀丽，鸟语花香。

[2] "不异"句：华山桃林坪，因其桃花吐艳，景色迷人，诗人因有"不异桃花源"的咏叹。

百尺峡[1]

〔明〕顾咸正

幢去峡复来[2]，天险不可瞬[3]。
虽云百尺峡，一尺一千仞[4]。

【注释】

[1] 百尺峡：华山险景之一。壁直如梯，其险过幢，有华山"咽喉"之称，为攀登华山主峰必由之路。

[2] 幢（chuáng）：指百尺峡下千尺幢。

[3] 瞬：看；注视。

[4] 一尺一千仞：指攀登艰难。

华山

〔清〕顾炎武

四序乘金气[1]，三峰压大河[2]。巨灵雄赑屃[3]，白帝俨巍峨。
地劣窥天井[4]，云深拜斗阿[5]。夕岚开翠巘，初月上青柯[6]。
欲摘星辰堕，还虞虎豹诃[7]。正冠朝殿阁[8]，持杖叱羲和[9]。
势扼双崤壮[10]，功从驷伐多。未归桃塞马[11]，终负鲁阳戈[12]。
山鬼知秦帝，蛮王属赵佗[13]。出关收楚魏，浮水下江沱。
老尚思三辅[14]，愁仍续《九歌》。唯应王景略[15]，岁晚一来过。

【注释】

[1] 四序：指春、夏、秋、冬四季。唐玄宗《西岳华山碑铭》："天有四序，其行配金。"

[2] 三峰：指芙蓉、玉女、明星三峰。

[3] 赑屃（bì xì）：壮猛有力貌。语出《文选·张衡〈西京赋〉》："巨灵赑屃，高掌远跖。"

[4] 天井：华山"千尺㠉"顶端，有仅容一人的石洞，名为"天井"。为华山险景之一。

[5] 斗阿：即北斗坪。《华岳志》载："青柯坪西有峰插天，名曰北斗坪，盖毛女拜斗得仙之地也。"

[6] 青柯：即青柯坪。

[7] 虎豹：语出《楚辞·招魂》："虎豹九关。"指门庭森严。诃：呵，怒责。

[8] 正冠：整理好自己的衣冠。

[9] 羲和：古代神话传说中驾御日车的神。

[10] 双崤（xiáo）：指东西崤山。

[11] 桃塞马：指战马。语出《尚书·武成》："乃偃武修文，归马于华山之阳，放牛于桃林之野，示天下弗服。"孔颖达疏："此是战时牛马，放牧之，示天

下不复乘用。"桃塞：桃林。

[12] 鲁阳戈：语出《淮南子·览冥训》："鲁阳公与韩构难，战酣日暮，援戈而撝之，日为之反三舍。"

[13] 赵佗：（前240？—前137），恒山郡真定县（今河北正定）人，原为秦朝将领，与任嚣南下攻打百越。秦末大乱，赵佗割据岭南，建立南越国。

[14] 三辅：泛称京城附近地区。此句谓诗人年老时仍渴望为朝廷效力。

[15] 王景略：指晋时王猛，字景略，曾隐居华山，怀济世之心，希望能得到重用。

云台观寻希夷先生遗迹[1]

〔清〕顾炎武

旧是唐朝士[2]，身更五代余[3]。每怀淳古意，聊卜华山居。
月落岩阿寂[4]，云来洞口虚。果哉非荷蒉[5]，独识太平初。

【注释】

[1] 希夷先生：即陈抟。陈抟（871—989），字图南，自号扶摇子，宋太宗赐号希夷先生。华山希夷祠有三处。玉泉院希夷祠至今尚存。

[2] 唐朝士：张舜民《书墁录》："希夷先生陈抟，后唐长兴中进士也，既而弃科举，之武当山，又止房陵，年七十余，至华山茸云台废观居之。"唐朝：指五代时的后唐。

[3] 更：经历。五代：即后梁、后唐、后晋、后汉、后周。

[4] 岩阿（ā）：山麓的曲折之处。

[5] 荷蒉（kuì）：语本《论语·宪问》："子击磬于卫，有荷蒉而过孔氏之门者。曰：'有心哉，击磬乎！'"朱熹集注："此荷蒉者亦隐士也。"后用为隐士之典。蒉：草织的盛器。

云台观

〔清〕宋琬

三峰峰下羽人居[1],夹道青松覆碧渠。
金榜蝌文程邈篆[2],玉函龙气老聃书[3]。
荷锄种药他年事,倚杖穿云此地初。
柏子一餐身力健[4],芙蓉苍翠湿衣裾[5]。

【作者简介】

宋琬(1614—1674),字玉叔,号荔裳,清山东莱阳人。顺治四年(1647)进士。授户部主事,累迁浙江按察使。顺治中康熙初两遭诬告,被囚数年。晚年复起为四川按察使。工诗,多愁苦之音。与施闰章齐名,称"南施北宋"。有《安雅堂集》。

【注释】

[1] 羽人:指道士、神仙。
[2] "金榜"句:云台观匾额上古奥的文字,为秦代书法家程邈所书。
[3] 玉涵:即书函。龙气:祥瑞之气。老聃书:即老子的著述。
[4] "柏子"句:华山隐者多食松柏籽实,传说食之者身强体健。
[5] "芙蓉"句:形容华山高峻,云气氤氲,浸湿了游人的衣衫。

华山顶诸水

〔清〕屈大均

其一

玉井潜流作玉泉[1],中间二十八潭悬。

水帘一道风吹断，乱落芙蓉更可怜[2]。

其二

蒲池太上东西瀑[3]，散作三峰雨雪来[4]。
玉女洗头馀碧水，至今长有白莲开[5]。

【注释】

[1] 玉井：指太华山上的玉井。

[2] 可怜：可爱。

[3] 蒲池太上：华山上的两眼泉。郦道元《水经注·华山》："上方七里，灵泉二所。一名蒲池，西流注于涧；一名太上泉，东注涧下。"

[4] 三峰：指华山之莲花、毛女、松桧三山峰。

[5] "玉女"二句：王处一《西岳华山志》："莲花峰，一上四十里，卓立五千，上有明星玉女之别馆、金天王之正、二十八宿池、黑龙潭、玉女洗头盆、菖蒲池、仰天池、八卦池、太一池、太上泉。旁有玉井，生千叶白莲花，食之令人羽化。"

望岳

〔清〕李因笃

太华三峰列峻屏，晴霄飞翠下空溟。
晓云东抱关河紫，秋色西来天地青。
玉女盆中寒落黛，仙人掌上接明星。
乱余林壑怀遗客，缥缈幽栖赋《采苓》[1]。

【注释】

[1] 采苓：《诗经·唐风·采苓》。《毛诗正义》云："采苓，刺晋献公，献公好听谗焉。"

毛女洞

〔清〕王士禛

毛女负琴去,倏然松杪飞[1]。
青冥风露冷,仿佛见天衣[2]。

【注释】

[1] 倏(shū)然:迅疾貌。
[2] 天衣:指神仙所着之衣。

白鹿龛[1]

〔清〕王士禛

云中跨白鹿,心知鲁女生[2]。
乞我一丸药,相将游玉清[3]。

【注释】

[1] 白鹿龛(kān):在华山莎萝坪南,十八盘之下。
[2] 鲁女生:《神仙传》载:"鲁女生者,长乐人也。服胡麻饵术,绝谷八十余年,甚少壮,一日行三百余里,走逐麋鹿。乡里传世见之二百余年。入华山中去,时故人与女生别后五十年,入华山庙,逢女生,乘白鹿,从后有玉女数十人也。"
[3] 相将句:相随着遨游太空。相将,偕同、随同。玉清:道家三清境之一,为元始天尊所居。亦指天。

苍龙岭

〔清〕王又旦

削壁突断绝，微径始跻攀[1]。长虹驰远影[2]，飞落青冥间。
迅飙两崖起[3]，猎猎云气还[4]。连峰若动摇[5]，我行亦孔艰[6]。
天色扑莲花，瑶草何斓斑[7]。陟危千万虑，旷望忽开颜。
璇宫应不遥[8]，从此排天关。

【作者简介】

　　王又旦（1636—1687），字幼华，号黄湄，清陕西郃阳（今陕西合阳）人。顺治十五年（1658）进士。康熙七年（1668）知湖北潜江。履亩定赋，抑豪强。康熙二十三年（1684）擢升户部都给事。卒于官。年五十一。工诗，兼综唐宋之长。有《黄湄集》。

【注释】

[1] 跻攀：攀登。

[2] 长虹：指虹彩。

[3] 迅飙（biāo）：疾风。

[4] 猎猎：形容风的声音。

[5] 连峰：连绵的山峰。

[6] 孔艰：更加艰难。

[7] 瑶草：泛指珍美的草。斓斑：斑斓，色彩错杂灿烂貌。

[8] 璇（xuán）宫：传说中仙人的居所。

玉井

〔清〕王又旦

其一

万桧翳深景,夕日风飕飗[1]。
茫茫石涧外[2],颢气谁挽收[3]。
莲花不复见,一水入云流。

【注释】

[1] 夕日:夕阳。飕飗(sōu liú):拟声词,风声。亦指寒风。

[2] 石涧:山沟。

[3] 颢(hào)气:清新洁白盛大之气。

其二

坏干系短绠[1],灌莽生石路[2]。
披草汲清泠,冥然惬幽遇。
天风入沉寥[3],坐看高下树[4]。

【注释】

[1] 干:指井上的围栏。绠:汲水用具的绳索。

[2] 灌莽:丛生的草木。

[3] 沉(xuè)寥:清朗空旷貌。

[4] 高下:高处和低处。

夜坐仰天池

〔清〕王又旦

穷日凌峎崿[1]，我行亦云疲。散发卧绝顶，疏星下清池。
峻绝五千仞[2]，暗翳何可窥[3]。白云上下飞，深松罗四垂[4]。
欣无职事绁[5]，得与山灵期。延伫不知返，风林露华滋。
高视但青苍，一气回坤维[6]。鸾鹤如可驭[7]，终焉谢磷淄[8]。

【注释】

[1] 穷日：整日。峎崿（ěn'è）：山的棱角或边缘。

[2] 峻绝：陡险，陡峭。

[3] 暗翳（yì）：阴暗貌。

[4] 四垂：四边。

[5] 绁（xiè）：系、拴或捆绑。喻束缚。此句意为，欣喜于没有公务缠身。

[6] 坤维：指大地。

[7] 鸾鹤：鸾与鹤。相传为仙人所乘。

[8] 磷淄：亦作"磷缁"。语出《论语·阳货》："不曰坚乎？磨而不磷；不曰白乎？涅而不缁。"磷，谓因磨而薄；缁，谓因染而黑。后因以比喻受外界条件的影响而起变化。

谒白帝祠[1]

〔清〕王又旦

探幽凌绝境[2]，谒帝陟层巅[3]。赤日岩中出，清流树杪悬[4]。
文窗陈俎豆[5]，绣栱错风烟[6]。大势吞商洛，低峰走涧瀍[7]。
天回星作井[8]，帝用石为莲。成物功居兑[9]，司方位近干。
吾生悲濩落，弱质仰陶甄[10]。荷莜生涯细，摊书岁月迁[11]。

一灯愁卧阁，五辖守空筌[12]。乘蹻临无地[13]，排云欲问天。

威灵纷窈杳[14]，风雨莽回旋[15]。徙倚山庭下，苍茫夜未眠。

【注释】

[1] 白帝祠：即华山南峰白帝祠，汉武帝立庙，专供奉白帝，亦称金天宫。是华山主峰上祭祀华山神的主庙。

[2] 幽：幽暗。

[3] 帝：指金天宫神灵白帝少昊（hào）。

[4] 杪：树枝，树梢。

[5] 文窗：有雕刻绘画的屋窗。俎豆：俎和豆。古代祭祀、宴飨时盛食物用的两种礼器。此指祭祀白帝的礼品。

[6] 绣栱：即斗拱。错：岔开；分开。

[7] 涧瀍：即山间的流水。

[8] 井：指井星星宿，华山属其分野。

[9] "成物"句：是说白帝顺天应人，促成万物的生长。

[10] 弱质：衰弱的体质。陶甄：本意指做瓦器，这里比喻培育、造就人才。

[11] 摊书：摊开书本，谓读书。

[12] 筌：捕鱼器具。

[13] 蹻（juē）无地：犹言看不见地面。形容位置高渺或范围广袤。

[14] 窈（yǎo）杳：深远难见。

[15] 风雨莽回旋：指风雨飘摇于无穷的太空。

峪口[1]

〔清〕颜光敏

乱石开峪口，阴岑望明星[2]。

金天殊有意[3]，更遣岳莲青。

【作者简介】

颜光敏（1640—1686），字逊甫，更字修来，号乐圃，清山东曲阜人。颜光猷弟。康熙六年（1667）进士，累迁吏部郎中，充《一统志》纂修官。工诗。有《乐圃集》等。

【注释】

[1] 峪口：上华山第一个山口，也称"华山峪口"。

[2] 岑（cén）：小而高的山。华山峪口东面有两座小而高的山，因其位于华山主峰的北面，故称"阴岑"。

[3] "金天"二句：谓主管华山的金天王很有心思，特意安排，使人们从峪口就可以将莲花峰看得十分清楚。

白云峰[1]

〔清〕颜光敏

三峰信灵造，巍巍司寇冠[2]。磊砢不尽泄[3]，蚴蟉复北盘[4]。
结空出瑶几，前对香炉寒[5]。大道望如发，豁然间长安。
我行采山荪[6]，葱蒨被岗峦[7]。秋色何时来，万里霜林丹。
山川富陈迹，八水无停澜[8]。玉女怅不顾，目断双青鸾[9]。

【注释】

[1] 白云峰：在华山上，云台峰北，亦称"上方峰"。

[2] "巍巍"句：谓在白云峰上望去，巍峨的华山三峰像古时司寇的帽子。

[3] 磊砢：磊落不凡。这里当指山峰众多而重叠突兀之貌。

[4] 蚴蟉（yòu liú）：蛟龙屈折行动貌。这里形容白云峰蜿蜒曲折，像蛟龙盘踞。

[5] 香炉：指白云峰北面的香炉峰。

[6] 山荪：指华山上的花草。

[7] 葱蒨：草木青翠茂盛貌。

[8] 八水：泛指流经长安和关中的八条河流，即泾、渭、灞、浐、沣、滈、涝、潏等八水。

[9] 青鸾：古代传说中凤凰一类的神鸟。赤色多者为凤，青色多者为鸾。多为神仙坐骑。

毛女峰[1]

〔清〕颜光敏

人传毛女峰，时闻毛女琴[2]。
欲写秦宫怨，空山多众音。

【注释】

[1] 毛女峰：在青柯坪，十八盘西南。

[2] 时闻毛女琴：传说毛女负琴逃入华山，善歌舞。因而传说在毛女峰、毛女洞，经常可听见毛女抚琴之音。

望西岳

〔清〕沈用济

五千仞削势崔巍，西镇坤维玉作台[1]。
海日夜从金掌出，莲花春向石盆开。
宫临白帝三峰立，城绕黄河九折来。
欲跨茅龙问酒母[2]，芝田堪种乏仙才[3]。

【作者简介】

沈用济，字方舟，清浙江钱塘人。康熙监生。喜为诗。游鲁、楚、闽、粤，诗益进。在粤与屈大均等交往。后客京师。有《方舟集》。

【注释】

[1] 坤维：指大地。

[2] "欲跨茅龙"句：典出刘向《列仙传·呼子先》，详见前王昌龄《过华阴》注释[9]。酒母：传说中的女仙名。

[3] 芝田：传说中仙人种灵芝的地方。

观华山瀑布

〔清〕吕履恒

银河天半落，玉女望中浮。高注三秦塞[1]，平吞八水流[2]。
轰雷奔鸟道[3]，掣电入龙湫[4]。万仞青霄上，罡风吹未休[5]。

【作者简介】

吕履恒（1650—1719），字元素，号坦庵，清河南新安人。康熙三十三年（1694）进士，官至户部侍郎。工诗。有《梦月岩集》《冶古堂集》。

【注释】

[1] "高注"句：谓华山瀑布灌注陕西地区。

[2] 平吞：全吞；一口吞没。

[3] 鸟道：人迹罕至，只有飞鸟能穿过的路。

[4] 掣（chè）电：闪电般迅疾。龙湫：龙潭。

[5] 罡（gāng）风：天空极高处的风。

登华岳

〔清〕张云翼

其一

职方纪豫镇[1],配位雄西秦[2]。我来问真源,乃当白帝辰。
婆娑入雾市,五里排山闉[3]。仙坪响涧溜,古木蟠轮囷[4]。
渐转穷车箱,四合横嶙岣。高峰当面起,峨峨凌秋旻[5]。
飞瀑落银河,摇曳垂天绅。直须陟层巅,立此万仞身。

【作者简介】

张云翼,字又南,清咸宁(今陕西长安)人。袭封靖逆侯,康熙二十五年(1686)授福建陆路提督,累官江南松江提督。有《式古堂集》。

【注释】

[1] 职方:泛指国家疆土。
[2] 配位:配享的位置。
[3] 闉(yīn):通"堙",土山,用于攻守或瞭望。
[4] 轮囷(qūn):盘曲貌。
[5] 秋旻(mín):秋天的天空。

其二

悬磴穿幽峡,石罅天光渺[1]。危峡复千尺,铁繘援云表[2]。
断岩驾飞梁,翛然出窈窱[3]。丹楼度紫霄,一览渭川小。
振衣岚翠落,蹑足青霞绕。峻岫愁行猿[4],峭壁绝高鸟。
言登白云峰,憩坐万松杪。洞口吹桃花,深秋疑春晓。

【注释】

[1] 悬磴：石桥。

[2] 铁繘（yù）：铁索。

[3] 翛然：无拘无束，超脱的样子。

[4] 峻岫（xiù）：险峻的山峰。

其三

高崖悬日月，钩梯通别嶂[1]。峻岭引苍龙，云雨时飞飏。
谁擭此蜿蜒，直挂青霄上[2]。玉女接明星[3]，落黛寒相荡。
浣手洗头盆，还扶九节杖[4]。载陟灵掌尖，博台屹相向[5]。
叔卿驾白鹿[6]，汉武先惆怅。玉简浮金液[7]，今古闭灵贶[8]。

【注释】

[1] 钩梯：一种用以爬高的攀缘器械。传说秦昭王让人施布钩梯上华山。

[2] 青霄：青天。

[3] 玉女：华山玉女峰。

[4] 九节杖：泛指手杖。

[5] 博台：华山朝阳峰下的"下棋亭"石峰。

[6] "叔卿"句：《神仙传》载："卫叔卿者，中山人也，服云母得仙。汉元封二年八月壬辰，孝武皇帝闲居殿上，忽有一人乘云车，驾白鹿，从天而下。来集殿前，其人年可三十许，色如童子，羽衣星冠，帝乃惊问，曰：'为谁？'答曰：'吾中山卫叔卿也。'……忽焉不知所在。"

[7] 金液：古代方士炼的一种丹液。谓服之可以成仙。

[8] 灵贶（kuàng）：神灵赐福。

其四

落雁凌松桧，呼吸自通天。昔拜蓬莱下，今踞芙蓉巅。
是时秋方中，爽气何澄鲜。明月升足底，坐久素光圆。

玉露泻杯斝[1]，松涛叶管弦[2]。酒母骑茅狗，为我呼子先[3]。
饮余不遽卧，东看沧海烟。金缕拥阳乌，跃出羲和鞭[4]。

【注释】

[1] 玉露：喻美酒。杯斝（jiǎ）：饮酒器的统称。

[2] "松涛"句：谓松涛声如管弦奏出的乐音。松涛：风撼松林，声如波涛，因称松涛。

[3] "酒母"二句：典出刘向《列仙传·呼子先》，详见前王昌龄《过华阴》注释[9]。

[4] "金缕"二句：状在华山顶上观看日出的情形。金缕：金属制成的穗状物，借指太阳的光芒。阳乌：太阳的别称。羲和：古代神话传说中驾驭日车的神。

其五

晓霞出玉井，落翠浮星潭。不须驾铁舟，沧迤自泓涵[1]。
黄冠汲之饮[2]，茗碗何清酣。顿觉尘机息[3]，浑欲抽缨簪[4]。
踏石扪萝薜，于焉穷幽探。莲花秀峰色，攒碧上蔚蓝。
俯看黄河流，云雾相吞含。空蒙识万象，浩气郁层岚[5]。

【注释】

[1] 泓涵：水深广貌。

[2] 黄冠：箬帽之类，亦借指农夫野老之服或道士之冠。

[3] 尘机：尘俗的心计与意念。

[4] 浑欲：简直，几乎。抽缨簪：从官场抽身。缨簪：缨和簪，古代显贵的冠饰，借指贵官。

[5] 浩气：广大的水汽。层岚：指重山叠岭中的雾气。

其六

寒崖吹古雪[1]，晴壑暄新霁。须臾峡底云，蒸蒸复上袂。

俯闻空谷雷，飞雨洒萝薜。崔巍万仞巅，红轮自明丽[2]。
阴阳备四时，元化运五际[3]。乃知山中历，一日千岁计。
长年怀赤松[4]，未许辞圣世。出山揖三峰[5]，幽思尚凌厉[6]。

【注释】

[1] 古雪：经久未化的积雪。

[2] 红轮：红日。

[3] 元化：造化，大自然的发展变化。

[4] 赤松：即赤松子。《列仙传》："赤松子者，神农时雨师也，服水玉以教神农，能入火自烧。往往至昆仑山上，常止西王母石室中，随风雨上下。炎帝少女追之，亦得仙俱去。至高辛时复为雨师，今之雨师本是焉。"

[5] "出山"句：谓在深山修行后告别华山重返人世。

[6] 凌厉：勇往直前，气势猛烈。

晓望华岳

（清）吴廷桢

曙爽西来岳势尊，削成天外射初暾[1]。
寒松翠滴仙人掌，晴雪光浮玉女盆。
气肃金晶横地轴，路寻箭筈倚云根。
悬知绝顶通呼吸[2]，直欲排空谒帝阍[3]。

【作者简介】

吴廷桢（1653—1715），字山抡，清苏州府长洲（今江苏苏州）人。康熙三十五年（1696）举人，以寄籍被黜。康熙南巡，献迎銮诗，赐复举人。康熙四十二年（1703）进士。官左谕德。工诗文。有《南村集》《古剑书屋文钞》。

【注释】

[1] 初暾（tūn）：初日。

[2] 悬知：料想；预知。

[3] 帝阍：天门，天帝的宫门。

镇岳宫[1]

〔清〕桑调元

岩峣镇岳宫[2]，直压飞云顶。爽气豁金天[3]，澄泉涵玉井[4]。
仙人高掌开，司寇峨冠整[5]。莲华烂空浮[6]，一朵青烟冷。
依微滇黔山[7]，破碎夕阳影。石栏在层宵[8]，独立秋光迥[9]。

【作者简介】

桑调元（1695—1771），字伊佐，一字弢甫，别号独往生、五岳诗人，清浙江钱塘人。有游山癖，遍游五岳，能步行百里。诗豪宕不群，深得山水之助。有《五岳集》《论语说》等。

【注释】

[1] 镇岳宫：在华山西峰东坡下，玉井旁。

[2] 岩峣：高峻。

[3] 豁：开阔通达，宽敞明亮。金天：西方的天空，华山镇西方，故云。

[4] 涵：包含，包容。

[5] 司寇：古时管理司法的高级官员。峨冠：高帽。

[6] "莲华"句：形容华山主峰像朵莲花，飘浮在空中，色彩鲜明。华，通"花"。

[7] 依微：隐约。

[8] 石栏：西峰、南峰均有石栏杆。

[9] 迥（jiǒng）：悠远。

忆旧游

华阴

〔清〕宋翔凤

看遥山接起,斧削鎗铍,片片重重。极万千气象,把华阴行尽,莫尽山容。日光渐做苍洁,霞态助玲珑。想玉女盆寒,烟鬟欲堕[1],雾髻方浓。

游踪。遍华岳,莫便叩岩扃[2],怕是云封。老树连蜷久,尽荒凉寂寞,汉柏秦松。旧题已积莓藓,思与古来通。为驴背难驮,闲愁叠叠天际峰。

【作者简介】

宋翔凤(1779—1860),字于庭,清江苏长洲人。嘉庆五年(1800)举人。官新宁知县。通训诂名物,精研今文经学,诗亦清超绝俗。有《论语说义》《过庭录》《忆山堂诗录》等。

【注释】

[1] 烟鬟(huán):喻云雾缭绕的峰峦。
[2] 岩扃(jiōng):山洞的门。借指隐居之处。

登华山

〔清〕袁枚

太华峙西方[1],倚天如插刀。闪烁铁花冷[2],惨淡阴风号。
云雷莽回护[3],仙掌时动摇。流泉鸣青天[4],乱走三千条。
我来蹑芒蹻[5],逸气不敢骄[6]。绝壁纳双踵[7],白云埋半腰。
忽然身入井,忽然影坠巢。天路望已绝,云栈断复交[8]。
惊魂飘落叶,定志委铁镣[9]。闭目谢人世[10],伸手探斗杓[11]。

屡见前峰俯，愈知后历高。白日死崖上，黄河生树梢。

自笑亡命贼，不如升木猱[12]。仍复自崖返，不敢向顶招。

归来如再生，两眼青寥寥[13]。

【注释】

[1] "太华"句：华山巍然耸立在西方。

[2] "闪烁"句：形容山峰高寒清俊。铁花：金属器物的光泽。此喻山峰上的崖壁泛着青光。

[3] 莽：草木深邃茂密。

[4] 流泉鸣青云：泉水的声响，像是从天上来。烘托形容华山巍峨高峻。

[5] 躐芒蹻（jué）：即穿着草鞋。

[6] 踵（zhǒng）：脚后跟。这里指脚。

[7] 逸气：脱掉世俗的习气。

[8] 云栈：架设在云端的栈道。

[9] 委铁镲：把一切托付给助人上山的铁索。

[10] 谢人世：离开人间，渲染华山无比险峻。

[11] 斗杓：斗柄，指北斗星中的斗杓三星（玉衡、开阳、摇光）。

[12] 升木猱（náo）：语出《诗经·小雅·角弓》："毋教猱升木，如涂涂附。"猱：善于攀登树木的猿类。

[13] 青寥寥：写诗人返回时在天路云栈之上，看到的依然是一片空洞的青天，令诗人心有余悸。状下山后惊魂未定的神态，极言华山之险峻。寥寥：空虚的样子。

山荪亭

〔清〕姚远翱

初程抵岳麓[1]，小憩山荪亭[2]。坐觉尘境绝，玉泉声泠泠[3]。

回望佳木荫，夭矫拏龙藤[4]。传闻希夷种[5]，至今交柯青[6]。

时有捣药鸟[7]，铿然落山庭。谁授锁鼻术[8]，闭目养黄宁[9]。

【作者简介】

姚远翱，字羽丰，号素山，清浙江仁和人。贡生。乾隆（1736-1795）初年由教谕升任米脂县知县，后调任华阴知县。著有《华岳志》。

【注释】

[1] 初程：刚开始的旅程。岳麓：华山脚下。

[2] 小憩（qì）：稍做休息。

[3] 泠泠：泉声清越。

[4] "夭矫"句：枝干盘结的"佳木"，被龙藤缠绕着。夭矫：木枝屈曲貌。

[5] 希夷：陈抟。

[6] "至今"句：昔日陈抟所种的树如今已经藤枝错杂，枝繁叶茂。交柯：交错的树枝。

[7] 捣药鸟：董斯张《广博物志》卷四八："葛仙公尝于西峰石壁上石臼中捣药，因遗一粟许，有飞禽遇而食之，遂得不死。至今夜静月白风清之时，其禽犹作叮当杵臼之声，名之曰捣药鸟。"

[8] 锁鼻术：道家睡眠时屏住鼻息控制呼吸之术。

[9] 黄宁：谓黄庭之道修炼成功。《黄庭内景经·百谷》："何不食气太和精，故能不死入黄宁。"梁丘子注："黄宁，黄庭之道成也。"

王刁三洞[1]

〔清〕姚远翱

伊昔王伯辽[2]，其友刁自然。炼真窦谷内[3]，见者指地仙[4]。
上洞窅莫攀，中洞飞石悬。下洞隐士居，今亦无其贤。
通明启石扇，但见云翩翩。流闻崖积书[5]，往往津逮艰[6]。
安得发蕊笈[7]，一诵琅玕篇[8]。脉望解笑人[9]，寂历空回旋[10]。

【注释】

[1] 王刁三洞：即华山窦谷之碧云洞，王指王遥，刁指刁自然。三洞：指华

山上的上洞、中洞、下洞。

[2] 王伯辽：王遥。王题河编《三洞珠囊》载："王遥，字伯辽，鄱阳人也。颇行治病，病无不愈。"王伯辽与下句之刁自然都是著名的隐仙。

[3] 炼真：修炼真元。

[4] 地仙：方士称住在人间的仙人。

[5] 流闻：指传闻之事。

[6] 津逮艰：比喻通过一定的途径而达到或得到。

[7] 蕊笈：书籍。

[8] 琅玕篇：琅玕，像玉一样的石头。这里指美好的篇章。

[9] 脉望：虫名。传说蠹鱼所化之物。段成式《西阳杂俎续集》："据仙经曰：蠹鱼三食神仙字，则化为此物，名曰脉望。"此句抒写诗人虚玄无着之感慨。

[10] 寂历：犹寂静；冷清。

华山西谷

〔清〕魏源

其一

苍苍惟一色，不辨云树峰。浩浩惟一声，不辨风泉松。
入谷几千曲，穿云将万重。时时乱石间，泂潭卷天容。
寻源不得源，讵惜劳双筇[1]。山荒人迹绝，猿鸟俱鸿蒙。
谁知万壑响，出自微泉淙。万泉之上游，关键万峰中[2]。
出入石府藏，讵非龙所宫。空翠风不卷，气与诸天通。

【作者简介】

魏源（1794—1857），字默深，湖南邵阳人。道光二十四年（1844）进士，历官江苏兴化、高邮知州。认为筹防外夷必知夷情，著成《海国图志》一百卷。其他著作有《书古微》《诗古微》《元史新编》《古微堂诗文集》等。

【注释】

[1] 双筇（qióng）：指竹杖。

[2] 关键：比喻事物的机要。

其二

溪山各无言，万云所酣醉。水石各无心，万松为映渍。
松云几万重，浸得衣浑翠。身似鱼游空，何待生羽翼。
仰视峡中天，古井澜不沸。咳唾不敢轻[1]，谷响殷潮势。
步步皆岳魂，息息通仙忾[2]。莹然一寸心，苍苍照天地。
诗难状碧空，梦亦浮元气。何人苍龙岭，俯瞰思飘坠[3]。
请谢世网尘[4]，长枕秋云睡。仙犬守云扃[5]，毋许渔樵至。

【注释】

[1] 咳唾：喻人的言论。

[2] 忾（xì）：叹息。

[3] 俯瞰（jiàn）：从高处往下看。

[4] 谢：辞别，离开。

[5] 云扃：隐者的屋门或寺院的门。亦借指隐者的屋室或寺院。扃：门户。

华岳

〔清〕吴镇

二华雄关右[1]，三峰插斗杓[2]。弹冠司寇肃[3]，抵掌巨灵骄[4]。
日月相遮隐，风雷自沕寥[5]。金神秋执钺[6]，玉女夜吹箫。
帝座钩梯接，天门箭括遥[7]。船开花十丈[8]，雪挂瀑千条。
客偶谈禽向，予因访偓佺[9]。苍龙森欲动[10]，白鹤似曾邀。
仙酝留人醉[11]，云衣作蝶飘[12]。携诗惭谢朓，作雾哂张超[13]。
山鬼投秦璧[14]，村巫忆汉燎。宁知王景略[15]，弦诵杂渔樵。

【作者简介】

吴镇（1816—1899），字少岷，四川平昌县人。幼端谨，有大志，好读书。咸丰五年（1855）举人，补户部河南司员外郎。咸丰十年（1860）进士，选翰林院庶吉士授检讨。历任浙江、山东、广西道监察御史、刑科给事中、工科掌印给事中。同治十年（1871）任会试同考官，赏戴花翎，特授陕西盐法道。著有《心一斋文集》和奏议稿若干卷。

【注释】

[1] 二华：指太华、少华二山。

[2] 斗杓（biāo）：即斗柄。

[3] 弹冠：弹去冠上的灰尘；整冠。

[4] 抵掌：击掌。指人在谈话中的高兴神情。亦因指快谈。

[5] 泬寥（xuè liáo）：清朗空旷貌。

[6] 金神：西方之神。此指华山神。钺：古兵器。圆刃，青铜制。形似斧而较大。盛行于殷周时。又有玉石所制，多用于礼仪。

[7] 天门：天宫之门。箭括：箭的末端。语出杜甫《望岳三首》（其二）："车箱入谷无归路，箭括通天有一门。"

[8] 花：指划船时激起的水花。

[9] 佺乔：偓佺与王子乔的合称。皆古代传说中仙人。

[10] 苍龙：指华山苍龙岭。

[11] 仙醅：仙人酿的酒。喻美酒。

[12] 云衣：指云气。

[13] 作雾：兴起云雾。比喻神道法力高强。张超：《后汉书·郑范陈贾张（张霸）列传》："楷字公超，……隐居弘农山中，学者随之，所居成市，后华阴山南遂有公超市。五府连辟，举贤良方正，不就。性好道术，能作五里雾。"

[14] "山鬼"句：《史记·秦始皇本纪》："秋，使者从关东夜过华阴平舒道，有人持璧遮使者曰：'为吾遗滈池君。'因言曰：'今年祖龙死。'使者问其故，因忽不见，置其璧去。使者奉璧具以闻。始皇默然良久，曰：'山鬼固不过知一岁事也。'退言曰：'祖龙者，人之先也。'使御府视璧，乃二十八年行渡

江所沉璧也。"

[15] 王景略：指晋时王猛，字景略，曾隐居华山。

华山云歌

〔清〕张荫桓

华山秋尽多晴云，蔚蓝万里铺龙鳞[1]。
缤纷五色成锦缋[2]，睢涣之水难具论[3]。
平生五岳恣游眺，海外屡屡驰飙轮。
求如此云不易得，奇丽直欲无朝昏。
有时散作千万叠，下映林木殷朱匀。
山家看云结茅屋，此竟不愿王公闻。
凤城双阙蕴佳气[4]，宠荔霞照何氤氲[5]。
应龙鸥吻每遮护[6]，隐拒下界窥天根。
荀卿作赋昧揣称[7]，太史奏瑞空䆒㻞[8]。
何如野观得萧散，荫及艰难行路人。
因时洒润或致雨，莲华净洗无纤尘。
巫山神妾安足拟，高卧合结陈抟邻。

【作者简介】

张荫桓（1837—1900），字樵野，一字皓峦清，广东南海人。捐资为知县。光绪间，直总理衙门，有知外务之誉。甲午战争后，历访英、法、德、俄等国，归国后曾陈自强之策。戊戌变法期间，受命管理京师矿务、铁路总局，与康有为往来甚密。后遣戍新疆。西太后对外宣战后，被诬杀。有《三洲日记》《英轺日记》《铁画楼诗文钞》等。

【注释】

[1] 龙鳞：似龙鳞的云彩。

[2] 锦缋（huì）：色彩艳丽的织锦。此喻云彩。

[3] 睢浼：二水名。均在河南。郦道元《水经注》："渠水东南流经开封县，睢浼二水出焉。"

[4] 凤城：京都的美称。

[5] 氤氲（yīn wēn）：云烟弥漫的样子。

[6] 应龙：古代传说中一种有翼的龙。鸱吻：古代宫殿屋脊正脊两端的一种饰物。初作鸱尾之形，一说为蚩（一种海兽）尾之形，象征辟除火灾。后来式样改变，折而向上似张口吞脊，因名鸱吻。

[7] 荀卿：指荀子。荀子作有《云赋》。揣称：谓图形体物，曲尽其妙。

[8] 太史：太史监本署长官。太史监为唐代观测记录天文气象、制定颁发历法，兼掌天文历法知识传授的国家机构。奏瑞：上奏谈论吉祥的征兆。

游朝元洞 [1]

〔清〕简延佐

屋里看山不厌山，招寻古洞学偷闲。
老藤挂树恣龙镢[2]，和藓围墙点雀斑。
一汖清流穿石坞[3]，半天霞气逼仙关。
图南遗迹惟高枕[4]，白鸟无虞侣白鹇[5]。

【作者简介】

简延佐，生平不详，清代人。

【注释】

[1] 朝元洞：在华山上，亦名全真观。

[2] "老藤"句：老藤下垂，像龙爪一样。镢：大锄，用镢钩取东西叫镢，指像龙爪一样的老藤，可以恣意抓握。

[3] 汖（pài）：支流。这里指朝元洞穿流而过的小溪。石坞：中央凹陷的大石。

[4] 图南：即陈抟。陈抟字图南。

[5] 无虞：没有忧患，太平无事。白鹇：观赏类鸟。

华州区

华州区古称郑县、咸林、武乡，西周末年属郑国，春秋时秦国设置郑县。南北朝时，西魏在郑县置华州，元初省郑县入华州。自唐至清绝大部分时期为华州州治所在地。据《同州府志》："华，西魏州名，南有少华山，东连太华，故州以取名焉。"1913年改名为华县，1958年并入渭南县。1961年析出复置华县，属渭南专区。2015年撤县改区。以原华县的行政区域为华州区的行政区域。

题郑县亭子[1]

〔唐〕杜甫

郑县亭子涧之滨，户牖凭高发兴新[2]。
云断岳莲临大路[3]，天晴宫柳暗长春[4]。
巢边野雀群欺燕，花底山蜂远趁人[5]。
更欲题诗满青竹[6]，晚来幽独恐伤神[7]。

【注释】

[1] 此诗是杜甫乾元元年(758)赴华州任华州司功参军时所作。郑县，属华州，境内有西溪。郑县亭子，即西溪边的亭子。

[2] 户牖（yǒu）：亭子的门窗。发兴：所产生的诗兴。

[3] 岳莲：西岳莲花峰。临大路：指郑县亭子在官道旁。

[4] 长春：即长春宫，唐代皇帝的行宫，在华州境内。

[5] 远趁：远远地追逐。

[6] 满青竹：指将诗刻满竹子。

[7] 幽独：静寂孤独。

早秋苦热堆案相仍[1]

〔唐〕杜甫

七月六日苦炎蒸[2],对食暂餐还不能。
常愁夜来皆是蝎,况乃秋后转多蝇[3]。
束带发狂欲大叫[4],簿书何急来相仍[5]。
南望青松架短壑[6],安得赤脚踏层冰。

【注释】

[1] 此诗作于乾元元年（758）初秋,时杜甫任华州司功参军,天气炎热,苦于政务,写下此诗。堆案相仍,指公文堆积,连续不断。

[2] 炎蒸：热气熏蒸。

[3] "常愁"二句：写初秋时,遭受蝎子毒蜇、青蝇骚扰之苦。

[4] 发狂欲大叫：形容苦闷之深。

[5] 簿书：官署中的文书簿册。相仍：连续不断。

[6] "南望"句：指酷热难耐,想南游以避暑。

观安西兵过赴关中待命二首[1]

〔唐〕杜甫

其一

四镇富精锐[2],摧锋皆绝伦[3]。还闻献士卒,足以静风尘[4]。
老马夜知道[5],苍鹰饥着人[6]。临危经久战,用急始如神[7]。

【注释】

[1] 乾元元年,杜甫作于华州。安西,是当时镇西的旧称。至德元年（756）

安西节度更名镇西。乾元元年六月，李嗣业为怀州刺史，充镇西北庭行营节度使。八月，同郭子仪等将步骑二十万讨安庆绪。李嗣业率军自怀州赴关中待命，途经华州，杜甫观兵而作此组诗。

[2] 四镇：指安西都护管辖的龟兹、毗沙、疏勒、焉耆四镇都督府。富精锐：富有精锐之兵。

[3] 摧锋：挫败敌军的锐气。绝伦：无人能比。

[4] 献士卒：指李嗣业率兵讨贼。静风尘：扫荡安庆绪统领的安史叛军。

[5] "老马"句：老马识途之意。喻李嗣业惯于征战。

[6] 苍鹰：比喻李嗣业领导的军士。

[7] 用急：在危难之时用兵。

其二

奇兵不在众，万马救中原[1]。谈笑无河北[2]，心肝奉至尊[3]。
孤云随杀气，飞鸟避辕门[4]。竟日留欢乐[5]，城池未觉喧。

【注释】

[1] 救中原：指收复当时被安庆绪占领的河北部分地区。

[2] "谈笑"句：指谈笑间收复河北失地。河北：《旧唐书·地理志》："河北道，领孟、怀、魏、博、相、卫、贝、澶等二十九州岛。时安庆绪据相、卫。"

[3] "心肝"句：赞美李嗣业忠于朝廷。至尊：指皇帝。

[4] "孤云"二句：形容兵威震肃，号令森严。

[5] 竟日：整日。

遣兴三首[1]

〔唐〕杜甫

其一

我今日夜忧，诸弟各异方[2]。不知死与生，何况道路长。
避寇一分散，饥寒永相望[3]。岂无柴门归[4]，欲出畏虎狼。
仰看云中雁，禽鸟亦有行[5]。

【注释】

[1] 组诗为乾元元年杜甫任华州司功参军时所作。第一首感叹兄弟分离，第二首表达怀念故居之情，抒发羁旅之悲，第三首怀念往日友人，抒发昔日游览之地今遍地战火、自己也青春不再之感慨。

[2] 诸弟：同族的弟弟。

[3] 永相望：指没有相聚之日。

[4] 柴门归：指回归故乡。

[5] "禽鸟"句：用大雁成群，反衬自己与兄弟分离。

其二

蓬生非无根，漂荡随高风[1]。天寒落万里，不复归本丛[2]。
客子念故宅[3]，三年门巷空。怅望但烽火，戎车满关东[4]。
生涯能几何，常在羁旅中[5]。

【注释】

[1] "蓬生"二句：用枯后根断遇风飞旋的蓬草比喻自己行踪漂泊不定。

[2] 归本丛：比喻回到故居。

[3] 客子：杜甫自称。

[4]"怅望"二句：写此时仍战乱不息。关东：函谷关以东。

[5]羁旅：客居异乡。

其三

昔在洛阳时，亲友相追攀[1]。送客东郊道[2]，遨游宿南山[3]。
烟尘阻长河，树羽成皋间[4]。回首载酒地[5]，岂无一日还。
丈夫贵壮健，惨戚非朱颜[6]。

【注释】

[1]追攀：追随挽留。

[2]东郊：洛阳之东。

[3]南山：指洛阳之南的伊阙山。

[4]"烟尘"二句：写昔日游览之地如今遍地战火。长河：黄河。树羽：指军旗。成皋（gāo）：指洛阳的成皋关。

[5]载酒地：欢会饮酒之地。

[6]朱颜：红润美好的容颜，指青春年少。

独立 [1]

〔唐〕杜甫

空外一鸷鸟[2]，河间双白鸥。飘飖搏击便，容易往来游[3]。
草露亦多湿，蛛丝仍未收[4]。天机近人事[5]，独立万端忧[6]。

【注释】

[1]此诗作于乾元元年，时杜甫任华州司功参军。诗借鸷鸟肆意搏击，白鸥危难，喻小人猖獗，君子遭谗，有忧谗畏讥之意。

[2]鸷（zhì）鸟：凶猛的鸟。这里比喻小人。白鸥：比喻君子。

[3]"飘飖（yáo）"二句：鸷鸟在空中肆意捕猎鸟雀，白鸥哪里能轻易往来

于空中？这里指小人猖獗，君子危难。搏击：鸟兽对他物的捕捉与击打。

[4] "草露"二句：比喻小人构陷君子。

[5] 天机：大自然中万物的事理。近人事：和人事相似。

[6] 万端忧：形容忧愁之多。

至日遣兴奉寄北省旧阁老两院故人二首[1]

〔唐〕杜甫

其一

去岁兹晨捧御床[2]，五更三点入鹓行[3]。
欲知趋走伤心地[4]，正想氤氲满眼香[5]。
无路从容陪语笑[6]，有时颠倒着衣裳[7]。
何人却忆穷愁日，日日愁随一线长[8]。

【注释】

[1] 此诗作于乾元元年冬至，时杜甫在华州任华州司功参军。至日，即冬至这一天。北省，唐人谓门下省、中书省为北省。

[2] "去岁"句：回忆至德二年（757）至日上朝。去岁：指至德二载。捧：仰承。御床：指皇帝用的座席。

[3] 五更三点：旧时以更计时，一夜五更，每更分三点。鹓（yuān）行：指朝官的行列。鹓，古书上指凤凰一类的鸟。

[4] 趋走：奔走服役。伤心地：指宫廷。这里指杜甫遭贬官后，回忆乾元元年在谏省事而伤心。

[5] 氤氲：宫中烟气弥漫的样子。

[6] 陪语笑：指和同朝官员上朝的景象。

[7] 颠倒：指次序错乱。着：穿。

[8] 一线长：原指冬至后白昼渐渐加长。此指愁苦逐日增多。语本宗懔《荆楚岁时记·十一月》："魏晋间宫中以红线量日影，冬至后日影添长一线。"

其二

忆昨逍遥供奉班[1],去年今日侍龙颜[2]。
麒麟不动炉烟上,孔雀徐开扇影还[3]。
玉几由来天北极,朱衣只在殿中间[4]。
孤城此日肠堪断[5],愁对寒云雪满山。

【注释】

[1] 供奉班:指杜甫任左拾遗,主管讽谏。

[2] 去年今日:指至德二载(757)冬至。

[3] "麒麟"二句:写上朝时殿中之景。麒麟:指殿中麒麟形状的香炉。孔雀:指天子仪仗中的羽扇。《唐六典》:"大朝会,则孔雀扇一百五十有六,分居左右。旧翟羽扇,开元初改为绣孔雀。"

[4] "玉几"二句:写朝会时所见殿中情形。玉几:玉饰的矮桌,这里指天子所用的桌案。朱衣:借指百官。

[5] 孤城:指华州城。

路逢襄阳杨少府入城戏呈杨四员外绾[1]

〔唐〕杜甫

寄语杨员外[2],山寒少茯苓[3]。归来稍暄暖[4],当为斸青冥[5]。
翻动龙蛇窟,封题鸟兽形[6]。兼将老藤杖[7],扶汝醉初醒。

【注释】

[1] 乾元元年六月,杜甫离开长安,赴华州任司功参军时,曾答应杨绾送给他华州所产的茯苓,终未实现。乾元元年冬末,杜甫因事从华州回洛阳陆浑庄,路逢襄阳杨少府,于是作诗托杨少府捎给杨绾。《旧唐书·杨绾传》:"绾,字公权,华阴人。肃宗即位,自贼中冒难赴行在,除起居舍人、知制诰,历司

勋员外郎、职方郎中。"

[2] 杨员外：指杨绾。

[3] 茯苓：寄生在松树根上的菌类植物，中医用以入药，有利尿、镇静等作用。是华州特产。

[4] 暄暖：暖和。

[5] 斸（zhú）青冥：指采茯苓。斸，挖。青冥，指茂盛的松树。茯苓长在松树下，故曰斸青冥。

[6] "翻动"二句：写在松根处采得茯苓，寄给杨绾。龙蛇窟：指松树根部。鸟兽形：指茯苓的形状像鸟兽。封题：物品封装妥善后，在封口处题签。

[7] 藤杖：树藤做的手杖，为华州所产。

瘦马行[1]

〔唐〕杜甫

东郊瘦马使我伤，骨骼硉兀如堵墙[2]。
绊之欲动转欹侧[3]，此岂有意仍腾骧[4]。
细看六印带官字[5]，众道三军遗路旁。
皮干剥落杂泥滓，毛暗萧条连雪霜[6]。
去岁奔波逐余寇[7]，骅骝不惯不得将[8]。
士卒多骑内厩马[9]，惆怅恐是病乘黄[10]。
当时历块误一蹶[11]，委弃非汝能周防[12]。
见人惨澹若哀诉，失主错莫无晶光[13]。
天寒远放雁为伴，日暮不收乌啄疮[14]。
谁家且养愿终惠[15]，更试明年春草长。

【注释】

[1] 此诗系乾元元年作于华州。诗中以瘦马比喻自己，自伤贬官。

[2] 硉（lù）兀：高耸、突出的样子。

[3] 绊：束缚。欹侧：歪倒摇晃。

[4] 腾骧：奔腾。

[5] 六印带官字：唐代官马身上印有字。《唐六典》："诸牧监，凡在牧之马，皆印。印右髀以小官字，右髀以年辰，尾侧以监名，皆依左右厢。若形容端正，拟送尚乘，不用监名，二岁始春，则量其力，又以飞字印印其左髀髆，细马次马以龙形印印其项左。送尚乘者，尾侧依左右闲印以三花。其余杂马送尚乘者，以风字印印左髀。官马赐人者，以赐字印。配诸军及充传送驿者，以出字印。并印左右颊也。"

[6] "皮干"二句：写瘦马被遗弃后的憔悴凄凉之状。毛暗：毛色暗淡。连雪霜：指马身上带着雪霜。

[7] 去岁：指至德二年。逐余寇：指此马参加了去年平定安史余孽的战争。

[8] 骅骝：指良马。不惯不得将：没有经过训练的马战场上不得使用。

[9] 内厩马：养在宫禁中马厩中的马。

[10] 乘黄：传说中的神马名。这里指此瘦马恐怕是来自宫中的良马。

[11] 历块：形容马速度之快。误一蹶：指跌倒。蹶：颠仆；跌倒。此或指杜甫因上疏救房琯，触怒肃宗，终贬官华州。

[12] 委弃：丢弃。周防：谨密防患。此句写瘦马昔见用而今被弃。

[13] 失主：失去主人。错莫：寂寞冷落。

[14] "天寒远放"二句：写瘦马被遗弃后凄惨的境况：天寒与大雁为伴，日暮乌鸦啄其身上溃烂的皮肤。

[15] 且养愿终惠：指加恩豢养。

赠卫八处士[1]

〔唐〕杜甫

人生不相见，动如参与商[2]。今夕复何夕，共此灯烛光。
少壮能几时，鬓发各已苍[3]。访旧半为鬼[4]，惊呼热中肠[5]。
焉知二十载，重上君子堂。昔别君未婚，男女忽成行[6]。
怡然敬父执[7]，问我来何方。问答未及已，驱儿罗酒浆[8]。
夜雨剪春韭，新炊间黄粱[9]。主称会面难，一举累十觞[10]。

十觞亦不醉，感子故意长[11]。明日隔山岳[12]，世事两茫茫[13]。

【注释】

[1] 此诗作于乾元二年春,时杜甫从洛阳回到华州,曾到卫处士家,写下此诗。诗中充满劫后余生、人事沧桑的感叹。

[2] 动如:动不动就像。参与商:参星和商星,二星一出一没,永不相见。

[3] 苍:灰白色。

[4] "访旧"句:说起故人,有一半都已经死去。

[5] 惊呼:听到故人半为鬼,感到很吃惊。热中肠:指心里难受。

[6] 男女:子女。成行:成群。

[7] 怡然:喜悦的样子。指卫处士的儿女。父执:父亲的好朋友。此为诗人自指。

[8] 未及已:话未说完。罗:布置,罗列。

[9] 间:掺杂。黄粱:小米。

[10] 主:主人,指卫处士。累:接连。

[11] 故意:老友的情谊。

[12] "明日"句:指杜甫次日就出发,要和卫处士分手了。山岳:指华山。

[13] "世事"句:指社会和个人两方面前途难测。

夏日叹 [1]

〔唐〕杜甫

夏日出东北,陵天经中街[2]。朱光彻厚地[3],郁蒸何由开[4]。
上苍久无雷[5],无乃号令乖[6]。雨降不濡物,良田起黄埃[7]。
飞鸟苦热死,池鱼涸其泥。万人尚流冗[8],举目惟蒿莱[9]。
至今大河北[10],化作虎与豺[11]。浩荡想幽蓟[12],王师安在哉。
对食不能餐,我心殊不谐。眇然贞观初,难与数子偕[13]。

【注释】

[1] 此诗作于乾元二年,时杜甫从洛阳回到华州。当时关中大旱,人民遭受饥荒。杜甫感叹时事而写下此诗。

[2] 中街:星名。借指黄道。浦起龙注:"其间有二小星曰天街,正跨黄道,故可云中街也。"

[3] 朱光:日光。彻:穿透。

[4] 开:散开。

[5] 久无雷:指很久不下雨。

[6] 乖:不顺。

[7] "雨降"以下四句:写天气干旱久不下雨的情景。濡:润湿。黄埃:黄尘。

[8] 流冗:流离失所。

[9] 蒿莱:野草。

[10] 大河北:指安庆绪所占领的河北地区。

[11] 虎与豺:喻指安史叛军。

[12] 幽蓟:幽州和蓟州。幽州范阳郡,蓟州渔阳郡,俱属河北道。

[13] "眇(miǎo)然"二句:写久经战乱饥荒,期盼太平盛世。眇然:遥远的样子。贞观初:指唐太宗时的太平盛世。数子:指贞观时的贤臣。

夏夜叹

〔唐〕杜甫

永日不可暮[1],炎蒸毒我肠[2]。安得万里风,飘飖吹我裳[3]。
昊天出华月[4],茂林延疏光[5]。仲夏苦夜短,开轩纳微凉[6]。
虚明见纤毫[7],羽虫亦飞扬[8]。物情无巨细,自适固其常[9]。
念彼荷戈士[10],穷年守边疆[11]。何由一洗濯[12],执热互相望[13]。
竟夕击刁斗[14],喧声连万方[15]。青紫虽被体[16],不如早还乡。
北城悲笳发,鹳鹤号且翔[17]。况复烦促倦[18],激烈思时康[19]。

【注释】

[1] 永日：漫长的白天。

[2] 炎蒸：酷热暑气。毒：炙烤。

[3] 飘飖：风吹的样子。

[4] 华月：皎洁的月亮。

[5] 延：引进。疏光：疏朗的月光。

[6] 开轩：开窗。

[7] 虚明：清澈明亮。纤毫：极其细微的东西。

[8] 羽虫：有翅的小虫。

[9] 自适：悠闲自娱。固：遵循。常：指物性，常理。

[10] 荷戈：肩扛着兵器。

[11] 穷年：一年到头。

[12] 何由：怎能。洗濯：冲洗以解热。

[13] 执热：苦热。

[14] 竟夕：终夜。刁斗：古代行军用具。斗形有柄，铜质，白天用作炊具，晚上击以巡更。

[15] 万方：四方。

[16] 青紫：指古代高官印绶、服饰的颜色。青紫被体，比喻做高官。

[17] "北城"二句：写在华州城夜间所听之声。

[18] 烦促：迫近。

[19] 时康：时世太平。

立秋后题[1]

〔唐〕杜甫

日月不相饶[2]，节序昨夜隔[3]。玄蝉无停号[4]，秋燕已如客[5]。平生独往愿[6]，惆怅年半百。罢官亦由人，何事拘形役[7]？

【注释】

[1] 此诗为乾元二年杜甫任华州司功参军时，立秋后次日所作。流露出弃官的思想。

[2] "日月"句：指岁月不饶人。

[3] 节序：这里指立秋。

[4] 玄蝉：即秋蝉，寒蝉。无停号：无休止地鸣叫。

[5] 已如客：指秋燕已离去。

[6] 独往愿：指超脱万物，独行己志的愿望。

[7] 拘形役：指被功名利禄所牵制。

自渭南晚次华州

〔唐〕司马扎

前楼仙鼎原，西经赤水渡。火云入村巷，馀雨依驿树[1]。
我行伤去国，疲马屡回顾。有如无窠鸟，触热不得住。
峨峨华峰近，城郭生夕雾。逆旅何人寻[2]，行客暗中住。
欲思林丘卧[3]，自惬平生素。劳役今若兹[4]，羞吟招隐句。

【作者简介】

司马扎（《唐诗品汇》作司马礼），生卒年、里贯均不详，唐宣宗大中（847—858）前后在世。登进士第，有诗名。《全唐诗》存诗一卷。

【注释】

[1] 驿树：驿路旁所种的树。

[2] 逆旅：客舍；旅馆。

[3] 林丘：指隐居的地方。

[4] 劳役：劳苦。

旅次华州赠袁右丞[1]

〔唐〕白居易

渭水绿溶溶[2],华山青崇崇[3]。山水一何丽,君子在其中。
才与世会合,物随诚感通。德星降人福[4],时雨助岁功[5]。
化行人无讼[6],囹圄千日空。政顺气亦和,黍稷三年丰。
客自帝城来,驱马出关东。爱此一郡人,如见太古风[7]。
方今天子心,忧人正忡忡。安得天下守,尽得如袁公。

【注释】

[1] 袁右丞:袁滋,曾任华州刺史。新、旧《唐书》有传。

[2] 溶溶:水流盛大貌。

[3] 崇崇:山高峻貌。

[4] 德星:古以景星、岁星等为德星,认为国有道有福或有贤人出现,则德星现。

[5] 时雨:应时的雨水。岁功:一年农事的收获。

[6] 化行:教化施行。

[7] 太古:远古,上古。

华州西

〔唐〕白居易

每逢人静慵多歇,不计程行困即眠[1]。
上得篮舆未能去[2],春风敷水店门前[3]。

【注释】

[1] 程行：行程，里程。

[2] 篮舆：古代供人乘坐的交通工具，形制不一，一般以人力抬着行走，类似后世的轿子。

[3] 敷水：水名。在华州东，水出罗敷谷。

与裴华州同过敷水戏赠

〔唐〕白居易

使君五马且踟蹰[1]，马上能听绝句无？
每过桑间试留意[2]，何妨后代有罗敷[3]。

【注释】

[1] "使君"句：古诗《陌上桑》："使君从南来，五马立踟蹰。"汉时太守乘坐的车用五匹马驾辕，因借指太守的车驾。

[2] 桑间：桑林之间。代指乡野。

[3] 后代：后世。

贞元中侍郎舅氏牧华州时余再忝科第前后由华觐谒陪登伏毒寺屡焉亦曾赋诗题于梁栋今典冯翊暇日登楼南望三峰浩然生思追想昔年之事因成篇题旧寺[1]

〔唐〕刘禹锡

曾作关中客，频经伏毒岩[2]。晴烟沙苑树[3]，晚日渭川帆[4]。
昔是青春貌，今悲白雪髯。郡楼空一望，含意卷高帘。

【注释】

[1] 侍郎舅氏：刘禹锡堂舅卢征。《旧唐书·卢征传》："卢征，范阳人也，

家于郑之中牟。少涉猎书记。……贞元八年春，同州刺史阙，参请以尚书左丞赵憬补之，特诏用征，以间参腹心也。数岁，转华州刺史。……贞元十六年卒，时年六十四。"伏毒寺：故址在今华州城南太平峪口至五龙山一带。

[2] 伏毒岩：即伏毒寺。

[3] 沙苑：地名。在今陕西大荔县南，临渭水。唐于此置沙苑监。

[4] 晚日：夕阳。渭川：即渭水。

途次敷水驿伏睹华州舅氏昔日行县题诗处潸然有感[1]

〔唐〕刘禹锡

昔日股肱守[2]，朱轮兹地游[3]。繁华日已谢，章句此空留。
蔓草佳城闭[4]，故林棠树秋[5]。今来重垂泪，不忍过西州[6]。

【注释】

[1] 行县：巡行所主之县。舅氏：刘禹锡堂舅卢征。

[2] 股肱（gǔ gōng）守：皇帝倚为手足的州郡长官。

[3] 朱轮：古代王侯显贵所乘的车子。因用朱红漆轮，故称。

[4] 蔓草：泛指蔓生的野草。佳城：喻指墓地。

[5] 故林：从前栖息的树林。棠树：棠梨树。典出《史记·燕召公世家》："召公巡行乡邑，有棠树，决狱政事其下，自侯伯至庶人各得其所，无失职者。召公卒，而民人思召公之政，怀棠树不敢伐，歌咏之，作《甘棠》之诗。"后因以"棠树"喻惠政。

[6] 西州：指陕西地区。《战国策·韩策三》："昔者秦穆公一胜于韩原而霸西州，晋文公一胜于城濮而定天下。"

途次华州陪钱大夫登城北楼春望因睹李崔令狐三相国唱和之什翰林旧侣继踵华城山水清高鸾凤翔集皆忝夙眷遂题是诗

(唐)刘禹锡

城楼四望出风尘，见尽关西渭北春[1]。
百二山河雄上国[2]，一双旌旆委名臣。
壁中今日题诗处，天上同时草诏人[3]。
莫怪老郎呈滥吹[4]，宦途虽别旧情亲。

【注释】

[1]关西：指函谷关以西的地区，此处的关西渭北指华州一带。

[2]百二山河：喻山河险固之地。上国：春秋时称中原各诸侯国为上国，与吴楚诸国相对而言。诗中指中原地区。

[3]草诏：拟写诏书。

[4]老郎：年老的郎官。此为作者自指。滥吹：用滥竽充数之典。此为作者自谦之辞。

游华州飞泉亭

〔唐〕吴融

走马街南百亩池，碧莲花影倒参差[1]。
偶同人去红尘外[2]，正值僧归落照时。
万事已为春弃置，百忧须赖酒医治。
殷勤待取前峰月[3]，更倚阑干弄钓丝。

【注释】

[1] 碧莲：绿荷。

[2] 红尘外：指佛寺。红尘：佛教、道教等称人世为"红尘"。

[3] 殷勤：急切。待取：等待。

游少华山甘露寺

〔唐〕张乔

少华中峰寺，高秋众景归[1]。地连秦塞起，河隔晋山微。
晚木蝉相应[2]，凉天雁并飞[3]。殷勤记岩石，只恐再来稀。

【注释】

[1] 高秋：天高气爽的秋天。

[2] 相应：互相呼应；应和。

[3] 凉天：秋天的天空。

少华甘露寺

〔唐〕郑谷

石门萝径与天邻[1]，雨桧风篁远近闻[2]。
饮涧鹿喧双派水[3]，上楼僧蹋一梯云。
孤烟薄暮关城没[4]，远色初晴渭曲分[5]。
长欲然香来此宿，北林猿鹤旧同群[6]。

【注释】

[1] 萝径：藤萝悬垂的小路。

[2] 风篁：谓风吹竹林。

[3] 饮涧：在溪涧中饮水。多指在山谷中生活。

[4] 关城：关塞上的城堡。没：隐没。

[5] 远色：远天的颜色。渭曲：地名。在今陕西大荔东南。

[6] 同群：犹同伴。

华下霁后晓眺[1]

〔唐〕翁承赞

结茅幽寂近禅林[2]，霁景烟光着柳阴[3]。
千嶂华山云外秀，万重乡思望中深。
老嫌白发还偷镊，贫对春风亦强吟。
花畔水边人不会[4]，腾腾闲步一披襟[5]。

【作者简介】

翁承赞（859—932），字文尧，一字文饶，号狎鸥翁，唐五代时莆田（今属福建）人，一作福清人。唐昭宗乾宁三年（896）进士，又擢弘词科。初为京兆府参军。天祐中（904），以右拾遗受诏册王审知为闽王。后梁太祖开平中复为闽王册礼副使。寻擢福建盐铁使，就加左散骑常侍御史大夫。后依审知，遂为闽相，卒。工诗，有《昼锦》《弘词》等集。《全唐诗》存诗一卷。《唐才子传》有载。

【注释】

[1] 华下：指华州。

[2] 结茅：编茅为屋，指建造简陋的屋舍。禅林：指寺院。

[3] 霁景：雨后晴明的景色。烟光：云霭雾气。

[4] 会：理解。

[5] 腾腾：舒缓悠闲貌。披襟：敞开衣襟。多喻舒畅心怀。

华州座中献卢给事

〔唐〕赵嘏

送迎皆到三峰下，满面烟霜满马尘。
自是追攀认知己[1]，青云不假送迎人[2]。

【注释】

[1] 追攀：追随，跟随。

[2] 不假：不需要；不凭借。

华州客舍奉和崔端公春城晓望[1]

〔唐〕耿湋

不语看芳径[2]，悲春懒独行。向人微月在[3]，报雨早霞生[4]。
贫病催年齿[5]，风尘掩姓名。赖逢骢马客[6]，郢曲缓羁情[7]。

【注释】

[1] 崔端公：名不详，约大历中官侍御史。

[2] 芳径：花径。

[3] 微月：犹眉月，新月。指农历月初的月亮。

[4] 早霞：犹朝霞。

[5] 贫病：既穷且病。年齿：年龄。

[6] 骢（cōng）马客：即骢马使。骢马：指御史所乘之马，亦借指御史。

[7] 郢曲：宋玉《对楚王问》："客有歌于郢中者，其始曰《下里巴人》，国中属而和者数千人；其为《阳阿》《薤露》，国中属而和者数百人；其为《阳春白雪》，国中属而和者不过数十人；引商刻羽，杂以流征，而和者数人而已。"后以"郢曲"泛指乐曲。羁情：旅居的情怀。

晚过敷水驿却寄华州使院张郑二侍御[1]

〔唐〕窦牟

春雨如烟又若丝，晓来昏处晚晴时。
仙人掌上芙蓉沼[2]，柱史关西松柏祠[3]。
几许岁华销道路，无穷王事系戎师。
回瞻二妙非吾侣[4]，日对三峰自有期[5]。

【注释】

[1] 使院：节度使出征、入朝，或死而未有后代，皆有留后摄其事，称节度留后。节度留后治事之官署，称使院。

[2] 仙人掌：华山峰名。

[3] 柱史："柱下史"的省称。代指老子。

[4] 回瞻：犹回望。二妙：称自己推重的二人。此指张郑二侍御。

[5] 三峰：指华山之莲花、毛女、松桧三山峰。亦借指华山。

蒙恩除侍御史行次华州寄蒋相

〔唐〕薛能

林下天书起遁逃[1]，不堪移疾入尘劳[2]。
黄河近岸阴风急[3]，仙掌临关旭日高[4]。
行野众喧闻雁发[5]，宿亭孤寂有狼嗥[6]。
荀家位极兼禅理[7]，应笑埋轮著所操[8]。

【注释】

[1] 林下：指山林田野退隐之处。天书：帝王的诏书。遁逃：指隐逸之士。此为作者自指。

[2] 移疾：犹移病。旧时官员上书称病，多为居官者求退的婉辞。尘劳：泛指事务劳累或旅途劳累。

[3] 阴风：朔风；阴冷之风。

[4] 仙掌：华山仙人掌峰的省称。

[5] 行野：行走于郊野。

[6] 宿亭：即驿馆。

[7] 禅理：佛学之义理。

[8] 埋轮：《后汉书·张纲传》载，东汉顺帝时，大将军梁冀专权，朝政腐败。汉安元年选派张纲等八人巡视全国，纠察吏治，余人皆受命之部，而纲独埋其车轮于洛阳都亭，曰："豺狼当路，安问狐狸！"遂上书弹劾梁冀，揭露其罪恶，京都为之震动。后以"埋轮"为不畏权贵，直言正谏之典。

华州祗役往冯翊留别楚正叔 [1]

〔宋〕司马光

芳菲不得驻，会取余春还。
欲知回首处，渭曲苍茫间 [2]。

【注释】

[1] 祗（zhī）役：奉命任职。冯翊（píng yì）：郡名，治所在今陕西大荔县。楚正叔：楚建中，宋洛阳人，字正叔。

[2] 渭曲：地名。在今陕西大荔东南。

华州

（清）沈钦韩

镇国军锋建将坛 [1]，清笳候火报平安 [2]。
西迎高掌银刀驻 [3]，东下群冰铁马攒。

是处老罴当道卧[4],何人春燕倚楼看。

潺潺一带罗敷水,鞭影潼关送夕寒。

【作者简介】

沈钦韩(1775—1832),字文起,号小宛,清江苏吴县人。嘉庆十二年(1807)举人。后授宁国训导。通经史,长训诂考证,以《两汉书疏证》最为精博。又有《左传补注》《三国志补注》《水经注疏证》《王荆公诗补注》《幼学堂集》等。

【注释】

[1] 镇国:使国家安定。军锋:先锋。居军前冲锋挫敌。

[2] 清笳:谓凄清的胡笳声。候火:候馆迎客之灯火。

[3] 高掌:指华山东峰仙人掌。

[4] 老罴(pí)当道:《北史·王罴传》载:王罴除华州刺史,"尝修州城未毕,梯在城外。神武遣韩轨、司马子如从河东宵济袭罴,罴不觉。比晓,轨众已乘梯入城。罴尚卧未起,闻阁外汹汹声,便袒身露髻徒跣,持一白棒,大呼而出,谓曰:'老罴当道卧,貉子那得过!'敌见,惊退。"后亦喻猛将坐镇要冲。

潼关

潼关,商称桃林,西周称渭汭(ruì)。汉之前为函谷关之西口。东汉时期正式设关,始名潼关。唐置潼津县,明为潼关卫,清改潼关厅。《水经注》载:"河在关内南流潼激关山,因谓之潼关。"地处晋、陕、豫三省要冲,素有"三秦锁钥""四镇咽喉""百二重关"之称。

入潼关

〔唐〕李世民

崤函称地险[1],襟带壮两京[2]。霜峰直临道,冰河曲绕城。

古木参差影,寒猿断续声。冠盖往来合,风尘朝夕惊。

高谈先马度，伪晓预鸡鸣[3]。弃繻怀远志[4]，封泥负壮情[5]。
别有真人气[6]，安知名不名[7]。

【注释】

[1]"崤函"句：自崤山、函谷关到潼关一段地形，两边高中间低，像盒子一样，因称函谷。函谷东称函谷关，西为潼关。函谷关、潼关一线道路狭窄，地形险要。

[2] 两京：指唐东京洛阳和西京长安。

[3] "伪晓"句：《史记·孟尝君列传》载，战国时，孟尝君食客中有鸡鸣狗盗之技者，曾在函谷关伪作鸡鸣，使之过关脱险。

[4] 弃繻（xū）：《汉书·终军传》："初，军从济南当诣博士，步入关，关吏予军繻。军问：'以此何为？'吏曰：'为复传，还当以合符。'军曰：'大丈夫西游，终不复传还。'弃繻而去。"繻是古时用帛制成的出入关卡的凭证。"弃繻"，表示决心在关中创立事业。后因用为年少立大志之典。

[5] 封泥：用一丸泥可以封死，比喻地势险要，极易扼守。语出《后汉书·隗嚣传》："今天水完富，士马最强，北收西河、上郡，东收三辅之地，案秦旧迹，表里河山。元请以一丸泥为大王东封函谷关，此万世一时也。"

[6] 真人气：《列仙传》记载，函谷关"关令尹喜，周大夫也，善内学，老子西游，先见其气，知真人当过，物色而遮之，果得老子，与俱之流沙"。

[7] 名不名：语出《道德经》"道可道非常道，名可名非常名"句。

题潼关楼

〔唐〕崔颢

客行逢雨霁[1]，歇马上津楼[2]。山势雄三辅[3]，关门扼九州[4]。
川从陕路去[5]，河绕华阴流[6]。向晚登临处[7]，风烟万里愁。

【注释】

[1] 霁（jì）：雪雨之后天放晴。

[2] 津：要津。因潼关地处津要，津楼即指潼关楼。

[3] 三辅：指唐代京城所在的关中地区。

[4] 扼：守，控制的意思。九州，本指古代中国设置的九个州，即冀、豫、雍、扬、兖、徐、梁、青、荆。这句是说潼关扼守九州要冲。

[5] 陕路：即古陕陌，汉称陕县，在今河南陕县黄河南岸三门峡附近。川：平野。潼关一带，在乱山之间有一条狭窄的平原，从关中向"陕路"通去。

[6] 河：黄河。华阴：华阴县。在古潼关北面，黄河之水由北而南向华阴县流来，然后在潼关和对面的风陵渡之间，折向东流去。

[7] 向晚：傍晚。

潼关口号[1]

〔唐〕李隆基

河曲回千里[2]，关门限二京[3]。
所嗟非恃德[4]，设险到天平。

【注释】

[1] 口号：古诗标题用语。表示随口吟成，与口占相似。

[2] 河曲：河流迂曲的地方。

[3] 限：界限。二京：指西京长安和东京洛阳。

[4] 恃（shì）德：凭借功德。《史记·商君列传》："《书》曰：'恃德者昌，恃力者亡。'"

奉和圣制度潼关口号

〔唐〕张九龄

嶙嶙故城垒[1]，荒凉空戍楼。
在德不在险，方知王道休[2]。

【注释】

[1] 嶙嶙（lín lín）：高峻貌。

[2] 王道：指统治者以仁义治天下的理念。此喻仁政。休：美善。

潼关吏

〔唐〕杜甫

士卒何草草[1]，筑城潼关道。大城铁不如[2]，小城万丈余[3]。借问潼关吏，修关还备胡[4]。要我下马行[5]，为我指山隅[6]。连云列战格[7]，飞鸟不能逾[8]。胡来但自守，岂复忧西都[9]。丈人视要处[10]，窄狭容单车。艰难奋长戟，万古用一夫[11]。"哀哉桃林战[12]，百万化为鱼[13]。请嘱防关将，慎勿学哥舒[14]。"

【注释】

[1] 草草：疲惫不堪的样子。

[2] 铁不如：形容城之坚固。

[3] 万丈余：形容城之高。

[4] "修关"句：此句为潼关吏的答语。还：仍然。三年前，潼关一度失守，因用"还"字。备：防备。胡：指安史叛军。

[5] 要：邀请。

[6] 山隅：山角。潼关依山而建，故云。

[7] 连云：形容很高。战格：即战栅，防御敌人的障碍物。

[8] 逾：越过。

[9] 西都：指长安。

[10] 丈人：潼关吏对杜甫的尊称。要处：要害之处。

[11] 用一夫：形容极为险要，有一夫当关、万夫莫开之势。

[12] 桃林：地名。《元和郡县志》："河南道陕州灵宝县：桃林塞自县以西至潼关，皆是也。"桃林战：指天宝十五年（756）哥舒翰大败事。

[13] 百万：极言其多。化为鱼：指溃兵溺死黄河者无数。

[14] 哥舒：即哥舒翰。安史之乱起，召为兵马元帅，守潼关不利，陷贼被害。

次潼关先寄张十二阁老使君 [1]

〔唐〕韩愈

荆山已去华山来 [2]，日出潼关四扇开。
刺史莫辞迎候远 [3]，相公亲破蔡州回。

【注释】

[1] 张十二：张贾，时为华州刺史。阁老：唐时中书省、门下省属官互称阁老。

[2] 荆山：河南道虢州湖城县有覆釜山，一名荆山。

[3] 刺史：指华州刺史张贾。迎候：先期出迎，等候到来。

奉和入潼关

〔唐〕许敬宗

曦驭循黄道 [1]，星陈引翠旗 [2]。济潼纡万乘 [3]，临河耀六师 [4]。
前旌弥陆海，后骑发通伊 [5]。势踰回地轴，威盛转天机 [6]。
是节岁穷纪，关树荡凉飔 [7]。仙露含灵掌，瑞鼎照川湄 [8]。
冲襟赏临睨 [9]，高咏入京畿。

【注释】

[1] 曦驭：羲和驭车，指太阳运行。

[2] 星陈：如星宿之陈列有序。翠旗：天子仪仗中饰以翠羽的旌旗。

[3] 潼：潼水，源出陕西华阴，北经潼关入黄河。

[4] 六师：即六军。

[5] 伊：伊水，源出河南卢氏县东南，流经洛阳，至偃师入洛河。

[6] 天机：星名，即斗宿，也叫南斗。

[7] 飔（sī）：疾风。

[8] 川湄：河边。

[9] 冲襟：旷然恬淡的胸怀。临睨（nì）：顾视；俯视。

次潼关上都统相公^[1]

〔唐〕韩愈

暂辞堂印执兵权^[2]，尽管诸军破贼年。
冠盖相望催入相，待将功德格皇天^[3]。

【注释】

[1] 都统相公：指裴度。诗作于裴度以宰相身份督师讨伐淮西时。

[2] 堂印：宰相居政事堂所用的官印。堂：指政事堂，宰相议事之处。

[3] 格：至，上达。

过潼关

〔唐〕温庭筠

地形盘屈带河流，景气澄明是胜游^[1]，
十里晓鸡关树暗，一行寒雁陇云愁。
片时无事溪泉好，尽日凝眸岳色秋^[2]。
麈尾角巾应旷望^[3]，更嗟芳霭隔秦楼。

【注释】

[1] 景气：景象、气氛。胜游：佳游。

[2] 岳：指华山。

[3] 麈（zhǔ）尾：古人清谈时执以驱虫、掸尘的一种工具。以兽毛制成。相沿成习，为名流雅器。角巾：方巾，有棱角的头巾。为古代隐士冠饰。旷望：

极目眺望，远望。

潼关河亭

〔唐〕薛逢

重冈如抱岳如蹲，屈曲秦川势自尊[1]。
天地并功开帝宅[2]，山河相凑束龙门[3]。
橹声呕轧中流渡[4]，柳色微茫远岸村。
满眼波涛终古事，年来惆怅与谁论。

【注释】

[1]秦川：指渭水，至潼关入黄河。

[2]帝宅：帝京。

[3]龙门：即禹门口，在今陕西韩城东北、山西河津西北，黄河至此，两岸峭壁对峙，形如阙门，水流湍急。相凑：拥聚。

[4]呕轧：拟声词，形容摇橹的声音。

潼关驿亭

〔唐〕薛逢

河上关门日日开[1]，古今名利旋堪哀。
终军壮节埋黄土[2]，杨震丰碑翳绿苔[3]。
寸禄应知沾有分[4]，一官常惧处非才[5]。
犹惊往岁同袍者[6]，尚逐江东计吏来[7]。

【注释】

[1]关门：关口上的门。

[2]终军（前133？—前112），字子云，西汉著名政治家。过函谷关时，有"弃

儒"之举。详见前李世民《入潼关》注释[4]。

[3] 杨震：字伯起。弘农华阴（今陕西华阴东）人。东汉时期名臣，官至太尉，卒葬华阴潼亭，墓在今潼关县高桥乡亭东村西北，有碑。

[4] 寸禄：微薄的俸禄。

[5] 非才：无能，不才。指才不堪任。此为作者自谦之词。

[6] 同袍者：指友人。语出《诗经·秦风·无衣》："岂曰无衣？与子同袍。"

[7] 计吏：掌计簿的官吏。唐代举子经州府考试后随计簿官吏入京。

入潼关

〔唐〕张祜

都城三百里，雄险此回环。地势遥尊岳[1]，河流侧让关[2]。
秦皇曾虎视[3]，汉祖昔龙颜。何处枭凶辈[4]，干戈自不闲。

【注释】

[1] 岳：指西岳华山。

[2] 河：指黄河。

[3] "秦皇"句：语出《后汉书·班固传》："周以龙关，秦以虎视。"

[4] 枭（xiāo）凶辈：指当时凶横的藩镇。

晚秋潼关西门作

〔唐〕张祜

日落寒郊烟物清，古槐阴黑少人行。
关门西去华山色[1]，秦地东来河水声[2]。

【注释】

[1] 关：指潼关。

[2] 河：指黄河。

秋霁潼关驿亭

〔唐〕许浑

霁色明高崦[1]，关河独望遥。残云归太华，疏雨过中条[2]。鸟散绿萝静，蝉稀红树凋[3]。何言此时节，去去任蓬飘。

【注释】

[1] 高崦（yǎn）：高山顶。

[2] 中条：指中条山，在山西永济东南。

[3] 凋：指草木衰落。

行次潼关驿[1]

〔唐〕许浑

红叶晚萧萧，长亭酒一瓢[2]。残云归太华[3]，疏雨过中条。树色随关迥[4]，河声入海遥。帝乡明日到[5]，犹自梦渔樵。

【注释】

[1] 行次：谓行旅到达。

[2] 长亭：驿路上供行人休息之处。

[3] 太华：即华山。

[4] 迥（jiǒng）：远。

[5] 帝乡：京城。

潼关兰若[1]

〔唐〕许浑

来往几经过，前轩枕大河。远帆春水阔，高寺夕阳多。
蝶影下红药，鸟声喧绿萝。故山归未得，徒咏采芝歌[2]。

【注释】

[1] 兰若：寺院。
[2] 采芝歌：相传为商山四皓隐居时所作。后常以"采芝"指求仙或隐居。

始至潼关

〔唐〕许浑

飞阁极层台，终童此路回[1]。山形朝岳去，河势抱关来。
雁过秋风急，鸡鸣宿雾开。平生无限意，驱马任尘埃。

【注释】

[1] 终童：西汉终军少即出众，世称终童。详见前李世民《入潼关》注释[4]。

及第后答潼关主人

〔唐〕吕温

本欲云雨化[1]，却随波浪翻。一沾太常第[2]，十过潼关门。
志力且虚弃，功名谁复论。主人故相问，惭笑不能言。

【注释】

[1] 云雨化：潜龙凭借云雨而升天，谓非常之遇合。

[2] 太常第：即进士第。

题潼关兰若

〔唐〕皮日休

潼津罢惊有招提[1]，近百年无战马嘶。
壮士不言三尺剑[2]，谋臣休道一丸泥[3]。
昔时驰道洪波上[4]，今日宸居紫气西[5]。
关吏不劳重借问[6]，弃繻生拟入耶溪[7]。

【注释】

[1] 潼津：潼关。唐时潼关一带设有潼津县。罢警：指战乱止息。招提：寺院的别称。

[2] 三尺剑：语出《史记·高祖本纪》："于是高祖谩骂之曰：'吾以布衣提三尺剑取天下，此非天命乎？命乃在天，虽扁鹊何益！'"后因用为咏武力或军队的典故。

[3] 一丸泥：比喻地势险要，用丸泥封塞，即可阻敌。

[4] 驰道：驰马所行之道，指大道。

[5] 宸居：帝王居处。紫气：祥瑞之气，多附会为帝王、圣贤或宝物出现的先兆。

[6] 借问。盘查。

[7] 弃繻（xū）生：西汉终军被选为博士弟子，曾弃繻入关，此处作者以终军自比。耶溪：即若耶溪，在浙江绍兴，相传西施曾浣纱于此，故又名浣纱溪。入耶溪，喻指弃官归隐。南北朝王籍有《入若耶溪》一诗，表达厌倦仕途而思归隐之情。

潼关道中

〔唐〕郑谷

白道晓霜迷，离灯照马嘶。秋风满关树，残月隔河鸡[1]。
来往非无倦，穷通岂易齐[2]。何年归故社[3]，披雨剪春畦。

【注释】

[1] 河：黄河。

[2] 穷：困窘。通：通达、显达。齐：《庄子·齐物论》中的一个哲学概念。庄子认为，世界上的事物是没有界限差别的，主张齐是非、齐彼此、齐物我等。

[3] 故社：故里，故乡。

出潼关

〔唐〕吴融

重门随地险，一径入天开。华岳眼前尽[1]，黄河脚底来。
飞轩何满路[2]，丹陛正求才[3]。独我疏慵质[4]，飘然又此回[5]。

【注释】

[1] 华岳：即华山。

[2] 飞轩：飞驰的车，此指使者的车。

[3] 丹陛：皇宫中的红色台阶，借指黄帝、朝廷。

[4] 疏慵：疏懒；懒散。质：资质。

[5] "飘然"句：指又一次落第而归。

早发潼关

〔唐〕吴融

天边月初落,马上梦犹残。关树苍苍晓,玉阶澹澹寒。
宦游终自苦[1],身世静堪观。争似山中隐[2],和云枕碧湍[3]。

【注释】

[1] 宦游:外出求官或做官。

[2] 争:怎。

[3] 枕碧湍:借指隐居。语出刘义庆《世说新语·排调》:"王曰:'流可枕,石可漱乎?'孙曰'所以枕流,欲洗其耳;所以漱石,欲砺其齿。'"

题潼关普通院门[1]

〔唐〕陈季卿

度关悲失志,万绪乱心机。下坂马无力[2],扫门尘满衣。
计谋多不就[3],心口自相违。已作羞归计,还胜羞不归。

【作者简介】

陈季卿,生卒年不详,江南人。唐代诗人。

【注释】

[1] 据唐代李玫《异闻实录》载,陈季卿立志未酬,曾滞留长安十年。后回乡经停潼关时,在关门东普通院门题写此诗。

[2] 坂(bǎn):山坡,斜坡。

[3] 就:成功,实现。

赠潼关不下山僧

〔唐〕李远

与君同在苦空间，君得空门我爱闲[1]。禁足已教修雁塔，终身不拟下鸡山[2]。

窗中遥指三千界[3]，枕上斜看百二关[4]。香茗一瓯从此别，转蓬流水几时还。

【注释】

[1] 苦空间：佛家语，指世间。空门：佛门。

[2] 禁足：不外出。修雁塔：佛教传说菩萨化为雁舍身布施，诸比丘因为立塔，埋雁其下。鸡山：即鸡足山，在摩揭陀国，迦叶尊者圆寂于此。此为借喻。

[3] 三千界：佛教所谓三千大千世界。

[4] 百二关：谓山河险固之地。此指潼关。

东归晚次潼关怀古

〔唐〕岑参

暮春别乡树，晚景抵津楼[1]。伯夷在首阳[2]，欲往无轻舟。
遂登关城望，下见洪河流。自从巨灵开[3]，流尽千万秋。
行行潘生赋[4]，赫赫曹公谋[5]。川上多往事，凄凉满空洲。

【注释】

[1] 晚景：傍晚之景。津楼：指风陵津楼。

[2] 伯夷：殷时孤竹君长子，武王伐纣后，不食周粟，饿死在首阳山。首阳：山名，在河东河曲之中。

[3] 巨灵：神话传说中劈开华山的河神。此处指黄河。

[4] 潘生赋：指晋潘安西来长安时所作《西征赋》。

[5] 曹公：即三国曹操，曹操曾西征韩遂、马超，在潼关附近发生大战，后曹操使用计策，过关斩将，立下赫赫战功。

经潼关赠宇文十[1]

〔唐〕窦群

古有弓旌礼，今征草泽臣[2]。
方同白衣见[3]，不是弃繻人[4]。

【作者简介】

窦群（760—814），唐扶风平陵（今陕西咸阳西北）人。始隐居毗陵，后由人推荐，征拜左拾遗。得王叔文、于頔（dí）、武元衡等敬重。曾两度贬官。与兄窦常、窦牟、弟窦庠、窦巩合著《窦氏联珠集》。《全唐诗》存诗二十三首。

【注释】

[1] 宇文十：岑仲勉疑为宇文籍。籍（770—828），字夏龟。进士。官至谏议大夫。曾参与编修《顺宗实录》与《宪宗实录》。

[2] 草泽臣：在野之士，平民。

[3] 白衣：平民之服。指无功名的士人。

[4] 弃繻（xū）人：汉终军。此为借喻。

山坡羊

潼关怀古

〔元〕张养浩

峰峦如聚[1]，波涛如怒[2]，山河表里潼关路[3]。望西都[4]，意踟蹰[5]，伤心秦汉经行处[6]，宫阙万间都做了土[7]。兴，百姓苦！亡，百姓苦[8]！

【注释】

[1] 聚：积聚，这里指山峦重重叠叠。

[2] 波涛：指黄河水。

[3] 山河表里：外有大河，内有高山。指有山河天险作为屏障。语出《左传·僖公二十八年》："子犯曰：'战也。战而捷，必得诸侯。若其不捷，表里山河，必无害也。'"

[4] 西都：指长安。

[5] 踟蹰（chí chú）：犹豫、徘徊。

[6] "秦汉"句：泛指秦、汉以来一些王朝统治过的地方。

[7] 宫阙：宫殿。

[8] 兴、亡：指朝代的兴衰更替。

潼关

〔明〕李梦阳

咸东天险设重关[1]，闪日旌旗虎豹闲[2]。
隘地黄河吞渭水[3]，炎天白雪压秦山[4]。
旧京想像千官入[5]，余恨逡巡六国还[6]。
满眼非无弃襦者[7]，寄言军吏莫嗔颜[8]。

【注释】

[1] 咸东：今咸阳东边。天险：天然险要之地。重（zhòng）关：指潼关。

[2] 闪日旌旗：指旗帜在阳光下闪耀。虎豹闲：指旌旗上绘制的虎豹一类的动物，看来显得悠闲自在。

[3] 隘地：关隘险要之地。黄河吞渭水：指渭水汇入了黄河。

[4] 炎天：夏天。秦山：秦地的山脉。

[5] 旧京：指咸阳，为秦的都城。想像千官入：想象在遥远的古代，咸阳繁盛，

有无数人经潼关入秦当官。

[6] 余恨：遗恨。逡巡（qūn xún）：徘徊。六国：指战国时齐、楚、燕、韩、赵、魏国。还：指战国时关东六国曾联合攻秦，但因不能齐心协力，逡巡不前，终于退回，最后被秦国逐一兼并。

[7] 弃繻（xū）者：终军弃繻，典出《汉书·终军传》。详见前李世民《入潼关》注释 [4]。

[8] 寄言：寄语。嗔颜：发怒，责骂人。

潼关用崆峒元韵吊孙司马[1]

〔清〕吕履恒

汉京形胜枕雄关[2]，指顾山川一掌间。
地险半开函谷月，天青惟见首阳山。
中官赐剑来何疾，司马麾戈去不还。
万古黄河流血泪，春风惨澹旅人颜[3]。

【注释】

[1] 孙司马：指明末兵部尚书孙传庭。孙是雁门人，明崇祯十五年（1642），孙传庭以兵部右侍郎督师陕西，镇压李自成起义，第二年升为兵部尚书。李自民起义军攻打潼关时，兵败战死，谥忠靖。孙败，起义军遂长驱入关而明亡。司马，兵部尚书的古称。崆峒：是李梦阳的号。此诗用李梦阳《潼关》诗韵。

[2] 汉京：指长安。

[3] 惨澹：凄凉的景象。

潼关

〔清〕李因笃

云薄关门紫气长，帝枢曾此撼岩疆[1]。

河经百二开天地，华枕西南锁雍凉。
戍火忽移函谷月，征车多带灞亭霜[2]。
旧京萧索垂千载，飞挽何繇接巨舰[3]。

【注释】

[1] 岩疆：边远险要之地。

[2] 灞亭：灞桥长亭。古人多于此送别。

[3] 飞挽：飞刍（chú）挽粟，谓迅速运送粮草。何繇：怎能。

潼关

〔清〕任兰枝

昔年冲雪出潼关，归路重看势险艰。
岳色迥临青嶂外[1]，黄河直下白云间。
曾闻司马婴城哭[2]，谁救中原战血殷。
揽辔时当烽燧息[3]，村烟社鼓破愁颜。

【作者简介】

任兰枝，字香谷，溧阳（今属江苏）人。清代人。康熙五十二年（1713）进士，授编修，官至礼部尚书。有《见南诗集》。

【注释】

[1] 青嶂：如屏障的青山。

[2] 司马：指明末兵部尚书孙传庭。详见前吕履恒《潼关用崆峒元韵吊孙司马》注释[1]。婴城：环城固守。

[3] 烽燧：即烽火，古代边防报警的两种信号。白天放烟叫"烽"，夜间举火叫"燧"。

过潼关

〔清〕陈德正

秦关百二重，沃野横千里。一经穿诘屈[1]，险窄不容轨。
太华与首阳，两崖并雄峙。黄河走中间，神龙掉其尾。
凿幽开门户，设险良为此[2]。乾坤兹奥区[3]，壮哉山河美！
缅想嬴秦初[4]，吞噬奋长觜[5]。六合混一家，殽函正东启[6]。
兴亡不一姓，城郭今犹是。衰柳带行人，颓阳没残垒。
立马重徘徊，苍苍暮烟起。

【注释】

[1] 诘屈：屈曲，曲折。
[2] 设险：谓利用险要之地建立防御工事。
[3] 奥区：内地，腹地。
[4] 缅想：缅怀，遥想。
[5] 觜：同"嘴"。
[6] 殽（xiáo）函：殽山和函谷关。

潼关

〔清〕王士祯

潼津直上势嵯峨[1]，天险初从百二过[2]。
两戒中分蟠太华[3]，孤城北折走黄河。
复隍几见熊罴守，弃甲空传犀兕多[4]。
汉阙唐陵尽禾黍[5]，雁门司马恨如何[6]？

【注释】

[1] 潼津：即潼关。嵯峨：山势高峻的样子。

[2] 百二：以二敌百后世称高险之地为百二。潼关是秦之要塞，故以百二称之。

[3] 戒：同"界"。太华，即华山。

[4] "复隍"二句意为：潼关虽险，但历史上真能固守的却不多。复隍，城外无水的护城壕。熊黑，喻守城将士。弃甲：指败阵。犀兕：指犀兕皮制的甲和盾。

[5] 尽禾黍：遍种黍稷。此句暗用《诗经·黍离》典。

[6] 雁门司马：指明末孙传庭。详见前吕履恒《潼关用崆峒元韵吊孙司马》注释 [1]。

潼关

〔清〕吴存楷

秦关扼塞势岹峣[1]，四扇门通万里遥。
潼水入河趋北折，虢州分陕望中条[2]。
山皆壁立碉楼险，地有人耕战骨销[3]。
兵甲只今长不用，勒铭吾欲笑孙樵[4]。

【作者简介】

吴存楷，字端父，号缦云，钱塘人。嘉庆十年（1805）进士，官当涂知县。有《砚寿堂诗钞》。

【注释】

[1] 扼塞：要塞。岹峣：山高峻貌。

[2] 虢（guó）州：今河南省灵宝市。中条：即中条山。

[3] 战骨：战死者的骸骨。

[4] 勒铭：刻文于石。孙樵：晚唐著名文学家，曾作有《潼关甲铭》一文，其中有："潼关之甲完，吾孰与安？潼关之甲弊，吾孰与济？甲乎，甲乎，理与尔谋，乱与尔谋，无俾工尔修！"

潼关

〔清〕顾炎武

黄河东来日西没，斩华作城高突兀[1]。
关中尚可一丸封[2]，奉诏东征苦仓卒[3]。
紫髯岂在青城山[4]？白骨未收殽渑间[5]。
至今秦人到关哭，泪随河水无时还。

【注释】

[1] 斩华作城：《史记·秦始皇纪赞》："然后斩华为城，因河为池。"

[2] 一丸封：典出《后汉书·隗嚣传》："今天水完富，士马最强，北收西河、上郡，东收三辅之地，案秦旧迹，表里河山。元请以一丸泥为大王东封函谷关，此万世一时也。"比喻以极少的力量，可以防守险要的关隘。

[3] "奉诏东征"句：指明朝孙传庭代陕西巡抚讨李自成农民起义军之事。

[4] 紫髯：《三国志·吴书·孙权传》："权乘骏马越津桥得去。"南朝宋裴松之注引《献帝春秋》："张辽问吴降人：'向有紫髯将军，长上短下，便马善射，是谁？'降人答曰：'是孙会稽。'辽及乐进相遇，言不早知之，急追自得，举军叹恨。"后因以"紫髯将""紫髯"为咏勇将的典故。诗中以宋代姚平仲抗金失败，亡命至青城山事喻孙传庭兵败。《东南纪闻》载，姚平仲在夜袭金营失败后，"骑骏骡逸去，竟不出。后人有见之于青城山丈人观，年近九十，紫髯长委地，喜作草书"。

[5] 殽渑：殽：亦作"崤"，即崤山。在今河南省洛宁县北。崤山东接渑池，故称崤渑。

潼关

〔清〕沈兆霖

禁谷天开望若悬[1]，凭高设险拱秦川。
峥嵘太华排云出[2]，曲折浑河抱堞圆[3]。
此地纵横经百战，前朝控制抵三边[4]。
尚书废垒知何处[5]？落日残鸦一惘然[6]。

【作者简介】

沈兆霖（1801—1862），字尺生，号朗亭，清浙江钱塘人。道光十六年（1836）进士。授编修。咸丰间，累擢户部尚书。同治元年（1862），署陕甘总督，率兵镇压撒回。还军途中，猝遇山洪涨发，溺水死。谥文忠。工诗文，善篆隶，尤精刻印。有《沈文忠公集》。

【注释】

[1] 禁谷：潼关南面一条南北走向的天险深谷。《纲目集览》云："潼关右有谷，平日禁人往来，以榷征税，名曰'禁坑'，或称之为'禁谷'"。

[2] 峥嵘：高峻的样子。排云：排开云层，形容高峻。

[3] 堞（dié）：城上如齿状的矮墙。

[4] 三边：泛指边境，边疆。

[5] 尚书：指明末兵部尚书孙传庭，详见前吕履恒《潼关用崆峒元韵吊孙司马》注释[1]。

[6] 惘（wǎng）然：失意，不知所以。

潼关门

〔清〕杨揆

函关西上潼关来，旭日正射关门开。

门开四扇城百雉[1]，迢递层城屹山峙。

汉唐设险凭此关，连营甲骑屯如山。

时平无处问残垒，但见长河万斛波回环。

万里当风陵[2]，双峡险初脱。

青山转处有余力，山束千重河一折。

中流无风喷怒涛，重舸径上长樯摇。

昨宵我住严关下，愁听惊流梦中泻。

河流东注我向西，晓上关头看太华[3]。

【作者简介】

杨揆（1760—1804），字同叔，一字荔裳，清江苏无锡人。乾隆四十五年（1780）召试赐举人。授内阁中书，旋以文渊阁检阅入军机处行走，从福康安预廓尔喀之役。擢甘肃布政使，调四川。有《藤华吟馆集》《卫藏纪闻》。

【注释】

[1] 雉（zhì）：计算城墙面积的单位。长三丈，高一丈为一雉。

[2] 风陵：指风陵渡。黄河渡口，在潼关。

[3] 太华：华山。

潼关

〔清〕王庭

关门高锁处,飞鸟不能过。雉堞连群嶂[1],风烟俯大河。
代更千战少,势在一夫多[2]。入夜闻刁斗[3],军声壮若何。

【作者简介】

王庭(1607—1693),字言远,一字迈人,清浙江嘉兴人。顺治六年(1649)进士,授广州府知府,官至山西布政使。所至以清惠廉洁称。有《秋闲诗草》《秋闲三仕草》《二西草》《漫余草》等。

【注释】

[1] 雉堞:古代城墙上掩护守城人用的矮墙,亦泛指城墙。
[2] 势在一夫多:极言地势险要。
[3] 刁斗:古代军中用具,形状大小似斗,有柄。白天用来烧饭,晚上敲击巡逻。

潼关

〔清〕梁熙

川原缭绕望中收,西映残阳旧戍楼。
形势长连三辅壮,风云自涌大河流。
泥封函谷无诸国,瓜种东陵有故侯[1]。
还忆繁台沦陷日[2],曾开玉帐控中州[3]。

【作者简介】

梁熙(1622—1692),字曰缉,别号暂次,清河南鄢陵人。顺治十年(1653)进士,任陕西咸宁知县,誓不以一钱自污,以安辑地方为急务。擢御史。告病归,居乡不问外事。有《晰次斋稿》。

【注释】

[1]"瓜种东陵"句：邵平是秦东陵侯，秦灭亡后，为布衣，在长安城东种瓜，瓜甜美，人称"东陵瓜"。

[2]繁（pó）台：古台名，即今河南开封市郊东南禹王台公园内的古吹台。相传为春秋时师旷吹台，汉梁孝王增筑，后有繁姓居其侧，故名。明崇祯十五年（1642），李自成兵陷开封。

[3]玉帐：主帅所居的帐幕，取如玉之坚的意思。中州：中原。李自成兵陷开封时，孙传庭坐镇潼关。

潼关行

〔清〕冯云骕

潼关城下月如水，潼关城上鼓声死。
司马北望拜神京[1]，臣报国恩毕于此。
万群寇马踏沙黄，长戈大戟飞寒铓[2]。
弯弧旧将婴城斗[3]，断甲材官泣战场[4]。
孙公洒血潼关道[5]，鬼马不归嘶碧草[6]。
花袍玉剑委红泥[7]，渭水飞鸦波浩浩。
冰心巾帼何嶙峋，就义从容不顾身。
雏凤玉颜同日死，千年石砌闭青春。
几队蛾眉愁耿耿，飞鸟轻身坠碧井。
绿鬟吹为夜雨苔，红衫化作流霞影[8]。
有子苍茫西向秦[9]，荒园遗迹访蒿榛。
昔日夹道红旗阵，今日空衙动野磷。
愁云覆井寒烟古，秋风萧萧黄叶雨。
玉骨曾传葬此中，鬼神长护埋香土。
牵来素绠古龙惊[10]，庄容衣佩宛如生。

观者万人共叹息，方知天地鉴幽贞[11]。

重向战围泪沾臆，青山一带愁何极。

元戎战骨碎刀痕[12]，魂魄茫茫招不得。

更有遗孤已二年，父老指点私相怜。

破巢漫说无完卵[13]，赵氏婴儿自瓦全[14]。

同时饮剑有乔公[15]，呼天拊膺气何雄。

腰横宝带眠颓堞，手掷头颅向晚风。

眼见山飞沧海立，铜驼霜冷荆榛湿[16]。

宁武孤城再合围，余者降旗拜寇入。

吁嗟乎悲哉！国家之乱谁为基，英雄数尽际艰危。

翼虎已分鹑首策[17]，赵卒长平大聚时[18]。

一门仗节古来少[19]，日月飞光同皎皎。

青枫梦断麒麟图，香闺血化鸳鸯鸟。

有臣死国妇死夫，高风大义厉顽愚。

呜呼其形往矣神未徂！呜呼其形往矣神未徂！

【作者简介】

冯云骧，字讷生，代州（今属山西）人。顺治十二年（1655）进士，康熙十八年（1679）举博学鸿词，康熙二十六年（1687）督理陕西粮储道。著有《飞霞楼诗》《国雍》《草沱园偶辑》等。

【注释】

[1] 神京：帝都；首都。

[2] 寒铓：闪着寒光的锋芒。

[3] 弯弧：拉弓。婴：绕，围绕。

[4] 材官：武卒或供差遣的低级武职。

[5] 孙公：指孙传庭。

[6] 鬼马：原主人死后遗留的马。

[7] 玉剑：玉具剑。

[8]"冰心"八句：明崇祯十六年（1643），孙传庭带兵镇压李自成、张献忠。由于时疫流行，粮草不足，兵员弹药缺少，朝廷催战，无奈草率出战，后兵败，在陕西潼关战死，马革裹尸。同年十月，李自成攻破西安。孙夫人张氏率孙家二女三妾投井自杀。嶙峋：形容气节高尚，气概不凡。雏凤：幼凤。比喻有才华的子弟。此指孙传庭的女儿。

[9]"有子"句：指孙传庭年仅八岁的幺子孙世宁被一老翁收养。

[10]素绠：汲水桶上的绳索。

[11]幽贞：指高洁坚贞的节操。

[12]元戎：主将，统帅。此指孙传庭。

[13]破巢漫说无完卵：即覆巢未必无完卵。漫说，不要说。破巢：破毁了的鸟巢。常用以比喻破灭的家族。典出《世说新语》，诗中反用其意。

[14]赵氏婴儿：《史记·赵世家》载，春秋时期，赵氏先祖在晋景公三年（前597）遭族诛之祸，赵朔遗腹子赵武在公孙杵臼和程婴的佑护下幸免于祸，后赵武长大，依靠韩厥等人的支持恢复了赵氏宗位。此喻孙传庭遗孤。

[15]乔公：乔迁高，字符柱，定襄人。孙传庭守潼关时，乔迁高任监军副使，城陷，伏剑死。

[16]铜驼霜冷荆榛（zhēn）湿：形容国家败亡之后的残破凄凉景象。

[17]翼虎：添上翅膀的老虎。多用以喻气焰嚣张的恶人。鹑首：古代以星辰对应地域，天上的鹑首星是地下秦之分野。后遂用为指秦地或指长安地区。

[18]长平：古城名。故址在今山西高平县西北。战国时秦白起曾大败赵国将领赵括，坑杀赵降卒四十余万于此。《史记·赵世家》："七年，廉颇免而赵括代将。秦人围赵括，赵括以军降，卒四十余万皆坑之。王悔不听赵豹之计，故有长平之祸焉。"

[19]仗节：坚守节操。

长亭怨

由函谷至潼关作 [1]

〔清〕江开

问谁把、天根攻剖[2]，万古行人，地中盘走。月落听鸡，仰天如线但垂手。谷风排触[3]，山自作、边声吼。令尹此为谁[4]，识紫气、从东来否[5]？翘首，又潼关四扇，壁立半天雄陡。河声岳色，聚眼底、让谁销受。且搁下、砺带山河[6]，好明日、新丰沽酒[7]。笑虎视龙兴[8]，都付阳关烟柳。

【作者简介】

江开（1801—1863），字千里，号龙门，清安徽庐江人。道光十五年（1835）举人，历任陕西周至、紫阳、镇安、咸阳、富平等县知县，著有《浩然堂诗集》《浩然堂目下刍言》两卷，书法行世。

【注释】

[1] 江开曾官陕西咸阳知县。这首词即写于作者前往咸阳赴任途中。

[2] 攻剖：剖开。

[3] 谷风：山谷中的风。

[4] 令尹：指关令尹喜。

[5] "紫气"句：指老子入关前，尹喜望见紫气事。

[6] 砺带山河：黄河细得像衣带，泰山小得像磨刀石。典出司马迁《史记·高祖功臣侯者年表序》："封爵之誓曰：'使河如带，泰山若厉，国以永宁，爰及苗裔。'"此处之山当指华山。

[7] 新丰沽酒：《太平御览》卷八百二十八资产部八记载："《三辅旧事》曰：太上皇（刘邦父亲）不乐关中，思慕乡里。高祖徙丰沛屠儿、酤酒、卖饼商人，立为新丰县。故一县多小人。"此处只取字面义，指沽酒。

[8] 虎视龙兴：语出班固《西都赋》："周以龙兴，秦以虎视。"谓如龙之

横空出世,如虎之雄视。龙兴,喻王者兴起;虎视,形容威武之状。

蝶恋花

登潼关城楼

〔清〕张鸿绩

浊酒难浇心上事,才说登临,又触新愁起。漠漠寒云千万里,长河落日天垂地。醉后栏干慵更倚,冷月楼头,谁会悲来意。莫听乌乌桥下水,几多未老英雄泪。

【作者简介】

张鸿绩(?—1897),字退涣,又字兰史,号箬农,清朝贵州仁怀直隶厅(今赤水市)人。以陕西西安清军同知调补佛坪厅,军功保举盐运使衔,升任陕西潼商道过班道员。著有《枯桐阁词》八十阕。

潼关门

〔清〕洪亮吉

出险复入险,别山仍上山。
河流五夜色昏黑[1],一片日红先射关。
壮哉龙门涛[2],至此始一折。
惊流无风舟尚失,大鱼如龙欲迎日。
风陵津北起黑波[3],重舸径向中流过。
河声渐远坡愈回,却拉马首看全河。
君不见,哥舒拒禄山[4],魏武破孟起[5]。
门开如云列千骑,喧声动天箭洒地。
时平云气亦卷舒,羼卒立门司启闭[6]。
关头饭罢客亦闲,早有太华开心颜[7]。

【注释】

[1] 五夜：五更时。

[2] 龙门涛：指从龙门泻下的波涛。龙门：指陕西韩城黄河龙门。

[3] 风陵津：即风陵渡。在潼关附近的黄河北岸。自古以来为黄河上最大的渡口。

[4] 哥舒拒禄山：唐代安禄山叛乱起，唐玄宗任命哥舒翰为兵马元帅，领兵二十万驻守潼关，抵御叛军，后哥舒翰兵败被俘，为安庆绪所杀。

[5] 魏武：指魏武帝曹操。孟起：马超字孟起。曹操与马超曾大战于潼关。

[6] 孱卒：弱兵。司启门：负责掌管开门闭门。

[7] 太华：即西岳华山。

潼关

〔清〕谭嗣同

终古高云簇此城[1]，秋风吹散马蹄声。
河流大野犹嫌束[2]，山入潼关不解平[3]。

【作者简介】

谭嗣同（1865—1898），字复生，湖南浏阳人。提倡新学，无视伦常旧说。光绪二十四年（1898），被召入京，升四品京卿，充军机章京，于变法维新建议甚多。戊戌政变起，决心以死报圣主，被斩。著有《仁学》《莽苍苍斋诗集》。

【注释】

[1] 终古：自古以来。簇：聚集，簇拥。此城：指潼关关楼。

[2] 河：指黄河。大野：辽阔的原野。束：约束。

[3] 不解平：形容山势高耸。解：懂得。

潼关八景

(明) 林云翰

(一) 禁沟龙湫[1]

禁沟山下有灵源[2], 一脉渊深透海门。
龙仰镜天嘘雾气[3], 鱼穿石甃动苔痕[4]。
四时霖雨资农望, 千里风云斡化元[5]。
乘兴登临怀胜迹, 载将春酒醉芳尊[6]。

【作者简介】

林云翰, 明朝人, 生平不详。

【注释】

[1] 龙湫 (qiū), 上有悬瀑, 下有深潭, 故名。

[2] 灵源: 对水源的美称。指龙湫水景。

[3] 嘘: 吐气。

[4] 石甃 (zhòu): 石砌的井壁。这里指潭边的石壁。

[5] "四时"二句: 谓一年四季甘雨满足了农人的愿望, 千里风云调和着大自然的变化。霖雨: 甘雨, 时雨。化元: 造化的本原。

[6] 春酒: 冬酿春熟之酒; 亦称春酿秋冬始熟之酒。芳尊: 精致的酒器。亦借指美酒。尊, 同"樽", 酒器。

(二) 黄河春涨

冰泮黄河柳作烟[1], 忽看新涨浩无边。
飞涛汹涌惊千里, 卷浪弥漫沸百川。
两岸晓迷红杏雨[2], 一篙春棹白鸥天[3]。

临流会忆登仙事,好借星槎拟泛骞[4]。

【注释】

[1] 泮(pàn):冰块融化。

[2] 红杏雨:杏花如雨般落下。

[3] 春棹:春日的小舟。棹,划船用的工具。

[4]"临流"二句:意为,撑船在黄河中漂流,遐想着登仙之事,正好效法张骞去寻找黄河的源头。槎,筏子。骞(qiān),张骞,西汉人。传说张骞寻访河源,乘槎至天河,见一妇人,妇人与之一石。归而寻之严君平,君平谓是织女支机石。

(三)雄关虎踞

西上秦川百二山,雄关虎踞控三藩[1]。
重冈叠嶂萦纡远,歧路悬崖曲折还。
行旅谩劳问夜柝[2],隐贤今喜待朝班[3]。
等闲莫起耽耽视,为问青牛更往还[4]?

【注释】

[1] 虎踞:形容地势极峻峭险要。

[2] 谩劳:徒劳。夜柝(tuò):巡夜的梆声。代指巡夜人。

[3] 朝班:古代群臣朝见帝王时按官品分班排列的位次。后泛称朝廷百官。

[4] 青牛:用老子出关事。刘向《列仙传》记:"后周德衰,(老子)乃乘青牛车去。入大秦,过西关。关令尹喜待而迎之,知真人也。乃强使著书,作《道德经》上下二卷。"

(四)秦岭云屏

百二秦峰亦壮哉,四时景色护崔嵬。
气蒸瑞霭云屏拥,光绚晴霞锦幛开。

有意从龙朝象籁[1],无心驾鹤上蓬莱。
何当起慰苍生望,洒作甘霖遍九垓[2]。

【注释】

[1] 从龙:《周易·乾》:"云从龙,风从虎,圣人作而万物睹。"旧以龙为君象,因以称随从帝王或领袖创业。

[2] 九垓(gāi):中央至八极之地。

(五)中条雪霁[1]

大地平铺莫辨踪,中条山翠失芙蓉。
六花冻结银为树[2],乱纷堆匀玉作峰。
缟鹤低回云淡淡[3],素龙蟠卧月溶溶。
丰登喜见多嘉兆,三祝尧仁效华封[4]。

【注释】

[1] 中条:指潼关黄河对岸之中条山。

[2] 六花:雪花。雪花结晶六瓣,故名。

[3] 缟鹤:白鹤。

[4] "三祝尧仁"句:典出《庄子·天地》:"尧观乎华,华封人曰:'嘻,圣人。请祝圣人,使圣人寿。'尧曰:'辞。''使圣人富。'尧曰:'辞。''使圣人多男子。'尧曰:'辞。'封人曰:'寿、富、多男子,人之所欲也,女独不欲,何邪?'尧曰:'多男子则多惧,富则多事,寿则多辱。是三者非所以养德也,故辞。'"成玄英疏:"华,地名也,今华州也。封人者,谓华地守封疆之人也。"后因以"华封三祝"为祝颂之辞。因潼关属华州,故用此典(雍正四年,即1726年置潼关县,属华州)。

(六)风陵晓渡

周王曾此暂停辀,陈迹千年今尚留。

傍圻人喧争急渡，开头棹疾逆回流。
满川草积寒光映，隔屿波摇曙色浮。
几度临澜动归兴，不堪惆怅重沙洲。

（七）谯楼晚照

谯楼百尺倚晴空，屹立关城势最雄。
高阁远临霄汉碧，危栏斜照夕阳红。
归鸿默默争先集，落雁翩翩入望中。
万里海天云树杳，凭虚更喜月胧胧。

（八）道观神钟

隔断红尘紫气堆，仙家台殿倚云开。
海鲸制就迷青雾，追蠡年深锈绿苔[1]。
百杵敲残天未曙，千门响彻梦初回。
飘飘环佩空中举[2]，又是朝元礼上台[3]。

【注释】

[1] 追蠡（lí）：指经久而剥蚀的钟器。
[2] 环佩：古人所系的佩玉。后多指女子所佩的玉饰，或用以写仙女。
[3] 朝元：道教徒朝拜老子。唐初，追号老子李耳为太上玄元皇帝。

韩城市

韩城古称"龙门"。位于陕西省东部黄河西岸,关中盆地东北隅。既是关中——天水经济区的工业核心城市，又是秦晋豫"黄河金三角"的重要组成部分。地处秦晋咽喉，承东启西，面向中原，连陕晋豫，是关天经济区发展的"东大门"。韩城西周为韩侯国封地,后为梁伯国。春秋先为晋地,后属秦。秦惠文王十一年(前327）始置夏阳县。秦汉至南北朝仍称夏阳。隋开皇十八年（598）改称韩城县。

唐时曾改名韩原，后又复名韩城。金县治徙于薛峰以东土岭，后又迁回今址。明清沿袭。1948年成立韩城县人民政府，1983年10月改为韩城市，2012年5月升格为省内计划单列市。

司马迁祠墓

司马迁祠墓在韩城市芝川镇南原高岗上。祠始建于晋永嘉三年（309），现存墓为元代所修。墓祠依山而建，东临黄河，气势雄伟。

司马迁墓

（唐）牟融

落落长才负不羁[1]，中原回首益堪悲。
英雄此日谁能荐[2]，声价当时众所推。
一代高风留异国[3]，百年遗迹剩残碑[4]。
经过词客空惆怅[5]，落日寒烟赋黍离[6]。

【作者简介】

牟融，生卒年不详，唐德宗（780-804在位）、宪宗（806-820）间在世。隐居学道，终身未仕。以诗名，尤擅七律。《全唐诗》存诗一卷。

【注释】

[1] 落落：犹磊落。常用以形容人的气质、襟怀。长才：优异的才能。不羁：谓才行高远，不可拘限。司马迁《报任安书》："仆少负不羁之才，长无乡曲之誉，主上幸以先人之故，使得奉薄伎，出入周卫之中。"

[2] "英雄"句：语出司马迁《报任安书》："如今朝廷虽乏人，奈何令刀锯之余，荐天下之豪俊哉！"

[3] 一代高风：指李陵。高风：高尚的风操。司马迁《报任安书》："仆以为（李陵）有国士之风。"留异国：指李陵兵败投降匈奴，被匈奴封为右校王。

后病死匈奴。

[4] 遗迹：指司马迁墓。唐时，司马迁墓、祠俱废，惟余断壁颓垣。

[5] 词客：擅长文辞之人。此为作者自指。

[6] 黍离：《诗经·王风》中的篇名。《诗经·王风·黍离序》："《黍离》，闵宗周也。周大夫行役，至于宗周，过故宗庙宫室，尽为禾黍，闵周室之颠覆，彷徨不忍去而作是诗也。"后遂用作感慨兴亡之词。

吊太史公墓

〔明〕叶梦熊

大河东去势茫然，司马残碑纪汉年。
狐史是非悬白日[1]，龙门踪迹已浮烟[2]。
玉书神护空遗穴[3]，石室云藏有剩编[4]。
国士漂零同感慨，一杯和泪滴重泉[5]。

【作者简介】

叶梦熊，字男兆，归善（今广东惠州）人。嘉靖四十年（1561）进士。任户部主事、御史。曾转饷宁夏。因谏受把汉那吉降，贬合阳丞。万历时，历任右都御史、太子太保、兵部尚书。有胆识，敢于任事。卒官。有《运筹纲目》《决胜纲目》。

【注释】

[1] 狐史：良史。狐，指董狐，晋灵公时史臣，因秉笔直书而名留史册，此喻司马迁。

[2] 龙门踪迹：司马迁在龙门的行迹。

[3] 玉书：传说中的天降之书。《拾遗记·卷三》载："孔夫子未生时，有麟吐玉书于阙里人家。"此借指司马迁的不朽之作《史记》。

[4] 石室云藏：指马迁将其名著《史记》藏之名山一事。《报任安书》载："仆诚已著此书，藏之名山，传之其人通邑大都。"剩篇：《史记》流传至东汉，

已有部分残缺。《后汉书·班彪传》："太史令司马迁作本纪、世家、列传、书、表，凡百三十篇，而十箱缺焉。"剩编：残编。

[5] 重泉：九泉。

太史祠隔河望孤山二首

〔清〕王又旦

其一

绝巘连云出，秋风隔水多。
韩原中缺处，山翠压黄河。

其二

终日山头坐，看山兴未阑[1]。
秦山看不尽，犹借晋山看[2]。

【注释】

[1] 阑：尽。

[2] 晋山：指黄河对岸山西的山脉。

谒司马子长祠

〔清〕王又旦

生居司马里，家近长河湄[1]。
龙门遗迹常在眼，出郊怀古将何之。
松柏一径绕崩石[2]，我来策马趋灵祠[3]。
百丈层台俯大路，已觉萧飒寒飙吹[4]。

升堂伏谒见遗像[5]，四壁云气何参差[6]。
平生欲识古人面，仿佛与我同须眉。
少梁旧是二千载[7]，荒烟漠漠南山陲。
我闻登善居冯翊[8]，梦中宛见平原姬。
侍儿尚司同州土，西亭告语来何奇，
先生魂气应不往[9]，坐对千顷青玻瓈[10]，
韩山中断大河下，苍茫万里回坤维[11]。
是时初凉移大火[12]，秋色隔岸高汾脽[13]。
忆昔楼船泛河上，翩翩万乘纷旌旗。
菊芳兰秀殊可念，中流高唱秋风辞[14]。
惆怅何年宝鼎没[15]，茂陵衰草空离离[16]。
文章富贵皆断梗，千秋白日西南驰。
我携尊酒寄啸傲，酩酊不辨糟与醨。
歌罢归来攲枕卧，山头月脚悬东篱。
（汾阴后土祠，隔河对峙，汉武横汾地也）

【注释】

[1] 长河：指黄河。

[2] 崩石：损坏的刻石。指残碑。

[3] 灵祠：神祠。指司马迁祠。

[4] 寒飙：寒冷的大风。

[5] 升堂：登上厅堂。伏谒：谒见尊者。此指在司马迁遗像前拜谒。

[6] 参差：纷纭繁杂。

[7] 少梁：故地名，在今陕西韩城南。为司马迁故里。

[8] 冯翊（píng yì）：郡名。《汉书·志·地理志》："左冯翊，故秦内史……武帝建元六年分为左内史，太初元年更名左冯翊。……县二十四：……夏阳，故少梁，秦惠文王十一年更名。《禹贡》梁山在西北，龙门山在北。"

[9] 魂气：魂灵。

[10] 青玻瓈：此以青玻瓈喻黄河水。司马迁祠西依梁山东麓，东临黄河。

[11] 坤维：指西南方。《周易·坤》有"西南得朋"之语，故以坤指西南。此句指司马迁奉命出使西征巴蜀以南事。《史记·太史公自序》："于是迁仕为郎中，奉使西征巴、蜀以南，南略邛、筰、昆明，还报命。"

[12] 初凉：谓天刚开始凉爽。大火：星宿名。即心宿。《尔雅·释天》："大火谓之大辰。"郭璞注："大火，心也，在中最明，故时候主焉。"

[13] 汾脽（shuí）：即汾阴脽，汉代河东汾阴县（今山西省万荣县西南）的一个土丘。汉武帝祭祀土地神的地方。《史记·封禅书》："其明年冬，天子郊雍，议曰：'今上帝朕亲郊，而后土无祀，则礼不答也。'有司与太史公、祠官宽舒议：'天地牲角茧栗。今陛下亲祠后土，后土宜于泽中圜丘为五坛，坛一黄犊太牢具，已祠尽瘗，而从祠衣上黄。'于是天子遂东，始立后土祠汾阴脽丘，如宽舒等议。"

[14] "菊芳兰秀"二句：写汉武帝到汾阴祭祀后土时，乘坐楼船泛舟汾河，饮宴中流，赋《秋风辞》事。《秋风辞》曰："秋风起兮白云飞，草木黄落兮雁南归。兰有秀兮菊有芳，怀佳人兮不能忘。"司马迁曾随汉武帝祭祀后土，故诗及此。

[15] 宝鼎：古代的鼎。原为炊器，后以为政权的象征，故称宝鼎。《汉书·吾丘寿王传》："天祚有德而宝鼎自出，此天之所以与汉，乃汉宝，非周宝也。"

[16] 茂陵：汉武帝刘彻的陵墓。

太史公墓二首

〔清〕张琛

其一

蚕室非其罪[1]，龙门寄此身。黄河圻地阔，青史比天尊[2]。死后文章显，生前寺宦论。大人都见屈，洒涕石留痕。

其二

不怜降将意，竟上大夫刑[3]。史例开三代，词华重六经。

冢高埋圣笔，河曲护文星[4]。陵也真欺汝，居然仕二庭[5]。

【作者简介】

张琛，字问亭，宛平（今属北京）人。乾隆壬子（1792）副贡，官紫阳知县。有《日锄斋诗存》。

【注释】

[1] 蚕室：古代受宫刑后所居的温暖狱室，司马迁曾受宫刑，后遂用为蒙冤下狱之典。

[2] 青史：古代以竹简记事，故称史籍为"青史"。

[3] "不怜降将意"二句：指李陵兵败投降匈奴后，司马迁在汉武帝面前为李陵辩护而下狱事。降将：指李陵。

[4] 河曲：河流迂曲的地方。

[5] "陵也真欺汝"二句：指李陵兵败投降匈奴事。

离亭燕

龙门怀古

〔清〕沈永令

谁把飞流横泻，秦晋一丝分界。翠壁凿痕千仞立，万里银涛天挂。隔岸倚危楼，掩映琳宫红榭。　　几朵雪花轻洒，百尺冰桥高跨。陇树洮云何处是，惟有莲峰太华。遥望夕阳关，片片轻帆东下。

合阳县

　　合阳隶属于陕西省渭南市，地处渭北高原，新石器时代先民们就已经在这里繁衍生息。公元前21世纪为古有莘国所在地。战国时为魏西河地。魏文侯17年（前429），于洽水北岸筑城，取名"合阳城"。秦惠文王八年（前330），将其划入秦境，设为"合阳邑"。汉景帝二年（前115）始设"郃阳县"。后虽经几次变更，这一县名却一直沿用下来，1964年改为"合阳县"。

太清观

〔元〕宋德方

太清壮丽压天涯，旧是玄元鼻祖家[1]。
紫气有时横碧落，青牛何处卧寒沙。
壁残画老星辰古，檐拂虬松岁月赊[2]。
回首千龄几兴废，虚皇坛落晚云遮[3]。

【作者简介】

　　宋德方（1183—1247），字广道，号披云子，元莱州（今属山东）人。尝从丘处机西游。隐居太原昊天观，凿石洞七龛，有石刻像，自作赞。元初，赠元通披云真人。

【注释】

[1] 玄元：指老子。唐初追号老子为"太上玄元皇帝"，简称"玄元"。
[2] 赊：指时间久远。
[3] 虚皇坛：道教太虚神的祭坛。

洽阳怀古

〔明〕韩邦靖

君不见，匀匀膴膴有莘野[1]，山原云树绝潇洒[2]。
方当夏季殷初时[3]，曾有天民先觉者，
辟地幽栖不近名[4]，几年畎亩事躬耕。
乐尧乐舜欲终老，邱园谁忆耒弓旌[5]。
北望梁山麓[6]，南瞻洽水阳。
洽水梁山相映发，阿衡之风高且长[7]。
九曲洪涛天上来，飞流南下波潆洄。
闻说其中有石室，讲筵曾为谈经开[8]。
当日学宗洙泗传[9]，西河风教固殊焉[10]。
君不见，他时田段两君子[11]，介节清名相后先[12]。
只今绝响无人赓[13]，坟址荒寒烟雾横。
每逢春夏好风日，仿佛犹闻弦诵声[14]。

【作者简介】

韩邦靖（1488—1523），字汝度，号五泉，明陕西朝邑（今属陕西大荔）人。正德三年（1508）进士。授工部主事。上疏指斥时政，触怒武宗，下狱，夺职为民。嘉靖初起为山西左参议，分守大同。岁饥，力请发帑赈饥，不报。遂乞归。抵家病卒。有《朝邑志》《五泉诗集》。

【注释】

[1]匀匀：广平貌。膴膴：膏腴；肥沃。莘野：《孟子·万章上》："伊尹耕于有莘之野。"赵岐注："有莘，国名。伊尹初隐之时，耕于有莘之国。"有莘：古国名。故址在今陕西省合阳县东南。

[2]山原：山陵与原野。

[3]夏季：夏朝。

[4]辟地：开垦土地。

[5]邱园：乡村家园。耒：疑为"来"之误。弓旌：弓和旌。古代征聘之礼，用弓招士，用旌招大夫。此处指征聘人才的礼物。

[6]梁山：山名。在今陕西韩城市境。

[7]阿衡：商代伊尹。《史记·殷本纪》记载："伊尹名阿衡，阿衡欲干汤而无由，乃为有莘氏媵臣，负鼎俎，以滋味说汤，致于王道，汤举任以国政。"

[8]"九曲"四句：相传孔子弟子子夏曾设教于黄河中的飞浮山上，山上有子夏石室。讲筵：讲经、讲学的处所。

[9]学宗：《史记·孔子世家》："孔子布衣，传十余世，学者宗之。"后以"学宗"指学术界的领袖。洙泗：洙水和泗水。春秋时属鲁国地。孔子在洙泗之间聚徒讲学。《礼记·檀弓上》："吾与女事夫子于洙泗之间。"后因以"洙泗"代称孔子及儒家。

[10]西河：古地区名。战国时魏地。《史记·仲尼弟子列传》："子夏居西河教授，为魏文侯师。"

[11]田段两君子：指战国时的田子方和段干木。田子方，名无择，魏文侯之师，魏之贤者。段干木：姓李，名克，封于段，为干木大夫，故称段干木。春秋末战国初晋籍魏人，魏国名士。师子夏，友田子方，为孔子再传弟子。

[12]介节：刚直不随流俗的节操。清名：清美的声誉。相后先：指子夏与田段，是西河地先后出现的贤人。

[13]赓（gēng）：继续。

[14]弦诵：弦歌诵读。《礼记·文王世子》："春诵，夏弦。"郑玄注："诵谓歌乐也，弦谓以丝播诗。"孔颖达疏："诵谓歌乐者，谓口诵歌乐之篇章，不以琴瑟歌也。云弦谓以丝播诗者，谓以琴瑟播彼诗之音节，诗音则乐章也。"后亦以称诗礼教化或学校教育。

合阳八景

〔明〕赵维藩

梁山暮雨 [1]

奕奕危峰入远空[2]，万民仰止戴神功。
龙湫雾暗稀人迹[3]，雁寒云连有路通。
禾黍原中风澹荡[4]，松楸林外雨溟濛[5]。
为霖慰满三农望，报赛时闻社鼓咚[6]。

【作者简介】

赵维藩，生卒年不详，字介夫，别号龙山，其先山西定襄人，明永乐中迁直隶（今属河北）。自幼聪敏力学，弘治三年（1490）进士。任合阳县令。时岁荒，维藩宽平仁爱，多方赈恤，擢官刑曹，谳狱明允，百姓俱兴。

【注释】

[1] 梁山：位于合阳县北。清乾隆三十四年本《合阳县全志》载："梁山，在县西北，距今县城四十里。峰二十有四。旧志云：逶迤最远，望之如屋梁。"
[2] 奕奕：高大美盛貌。
[3] 龙湫：上有悬瀑下有深潭叫"龙湫"，犹言龙潭。
[4] 澹荡：舒缓荡漾。
[5] 溟濛：模糊不清。
[6] 报赛：古时农事完毕后举行谢神的祭祀。

光济晨钟 [1]

精蓝光济何时建[2]，岌岌危楼一木支。
追蠡迹傍寻古字[3]，金鲸声里动朝曦。

头陀睡足来参佛[4]，亚旅耕勤出向菑[5]。
却忆五云缥缈处，每随鼍鼓促朝仪[6]。

【注释】

[1] 光济：光济寺，在合阳夏阳村西，分上下两寺。上寺系佛教禅宗初祖达摩偕弟子惠可创建。据传，达摩西游至此，憩于西坡，见洽川风光极美，不忍离，遂造塔为精舍，居经年，宣偈而逝。据宋政和年间碑记载，光济寺后依高阜，前有瀵泉。"光济晨钟"系洽川八景之一。

[2] 精蓝：佛寺；僧舍。精，精舍；蓝，阿兰若。

[3] 追蠡（lí）：指经久而剥蚀的钟器。

[4] 头陀：梵文 dhūta 的译音。意为"抖擞"，即去掉尘垢烦恼。因用以称僧人。

[5] 亚旅：指兄弟及众子弟。语出《诗经·周颂·载芟》："侯王侯伯，侯亚侯旅。"菑：初耕的田地。亦泛指农田。

[6] 鼍（tuó）鼓：用鼍皮蒙的鼓。其声亦如鼍鸣。朝仪：朝廷的礼仪。

夏阳晚渡 [1]

一派波澜一派愁，夕阳那复向山头。
孤帆起处风生渚，两棹摇来月满舟。
雁宿寒芦秦野暝，人看烟树晋天愁。
穷途惨切凭谁慰，及岸前村问酒楼。

【注释】

[1] 夏阳渡，在今合阳县城东 20 公里的夏阳村东。黄河自禹门至潼关 200 余里，夏阳渡居其中心，为秦晋重要渡口之一。

方山雨霁 [1]

斡旋造化拯民瘼[2]，雨足郊原霁景熙[3]。
草木梦回新气象，峰峦洗却旧疮痍。

云收丈室僧初出[4]，日照危巢鸟习飞。
仰止情深惭莫报[5]，何当颂德树穹碑[6]。

【注释】

[1] 方山：（乾隆）《郃阳县志》卷一："方山在县东北，距今县城亦四十里。旧志谓形若覆斗，故名。"

[2] 斡（wò）旋运转；扭转。造化：指自然界。

[3] 霁（jì）景：雨后晴明的景色。

[4] 丈室：称寺主的房间。

[5] 仰止：仰慕；向往。止，语助词。语出《诗经·小雅·车舝》："高山仰止，景行行止。"

[6] 穹（qióng）碑：圆顶高大的石碑。

石室苍松[1]

何年驻锡寄行踪[2]，石室名犹忆远公[3]。
衣钵久随尘土暗，松杉不逐野花空。
九秋鹤唳中天月[4]，几度猿啼午夜风。
独上谯楼遥入望[5]，翠微偃塞卧苍龙[6]。

【注释】

[1] 石室：梁山石室俗称千佛洞，为金代道远和尚主持开凿。

[2] 驻锡：僧人出行，以锡杖自随，故称僧人住止为驻锡。

[3] 远公：指金代道远和尚。

[4] 九秋：指九月深秋。

[5] 谯（qiáo）楼：城门上的瞭望楼。

[6] 翠微：青山。偃塞：高耸貌。

金泉烟柳

跃马南郊问古泉,满堤绿柳带轻烟。
汉宫移出三眠友[1],莘野流来一派贤。
影蘸晴波和日落,色更朝雨任风掀。
谁知混混生生妙[2],剩有离人别思牵[3]。

【注释】

[1] 三眠友:指柽柳(即人柳)。其柔弱枝条在风中时时伏倒,故名三眠柳。《三辅故事》:"汉苑中有柳状如人形,号曰人柳,一日三眠三起。"

[2] 混混生生:形容柽柳烟柳弥漫、连续不绝貌。

[3] 剩有:犹有,还有。

秦城秋月[1]

白帝荒域一望中,西楼仿佛见归鸿。
霜林晓醉迷红日,风木秋声荡碧空。
黯黯推云来谷口,凄凄带雨入郊垌。
惭无楚客如椽笔[2],极目伤悲兴未穷。

【注释】

[1] 秦城:位于合阳西南方,自古为交通要道及军事要地。

[2] 楚客:指屈原。屈原忠而被谤,身遭放逐,流落他乡,故称"楚客"。

榆林晚钓[1]

蓑笠相将坐钓矶,榆林影里独栖栖。
一竿明月和鱼上,两鬓轻风逐浪底。
寒雁冥飞知避弋[2],海鸥相狎为忘机。

世平主圣非难仕，养拙深藏任自迷[3]。

【注释】

[1] 榆林：指合阳县城东北四十五里处王家洼乡榆林村，是百良河汇入黄河的地方。

[2] "寒雁"句：语出扬雄《法言·问明》："治则见，乱则隐。鸿飞冥冥，弋人何篡焉。"形容远祸避害。

[3] 养拙：涵养质朴的性情。

汉武帝祠[1]

〔明〕孙玘

祠祷东来渡大河[2]，至今宫阙建崇阿[3]。
当年不下轮台诏[4]，其奈亡秦覆辙何。

【作者简介】

孙玘，明代人，生平不详。

【注释】

[1] 汉武帝刘彻出巡途经合阳时，在合阳县北梁山西峰顶上建祠。明万历四年（1576）所建献殿、正殿毁于火灾，现存献殿系民国初年重建。

[2] 祠祷：祭神祈福。大河：指黄河。

[3] 崇阿：高丘，高山。

[4] 轮台诏：汉武帝一生致力开拓西域，国力大损。至晚年深悔之，遂弃轮台之地，并下诏罪己，谓之"轮台诏"。事见《汉书·西域传赞》。

丙寅秋日登梁山钟楼峰

〔清〕康乃心

群峰历尽蹑钟楼，一柱苍然据上游。
自昔莲花窥帝座，于今藜杖指神州。
中原地敞清秋色，落日烟横大漠愁。
欲向山灵聊借问，千年元气几人收。

望仙宫[1]

〔清〕康乃心

断苑荒城烟雨开，汉家天子望仙台[2]。
故宫一自金铜去[3]，唯有年年秋色来。

【注释】

[1] 望仙宫：汉武帝刘彻出巡途经合阳时，在梁山西峰下建望仙宫，遗址在今甘井乡仙宫村。

[2] 汉家天子：指汉武帝。

[3] 金铜：即金铜仙人，指汉武帝时长安所铸的举盘盛露的铜仙像，三国魏时，被明帝东迁至魏都洛阳，后诗文中常用此来咏叹朝代更替。

辛未春日瀵水桃花二首[1]

〔清〕康乃心

一片红霞烂，晴云散薜萝。柳通山寺近，溪抱远村多。
万树天台路，三春洞口波。香风休漫引，日暮酒楼过。

上巳逢寒食[2]，溪山处处幽。烟清芳草际，雨歇浣花头。
社鼓河神醉，轻车少妇愁。秦人应在此，欲泛武陵舟。

【注释】

[1] 瀵（fèn）水：今合阳县东王乡黄河之滨不足100米的地段内，分布着王村瀵、勃池瀵、西鲤瀵、熨斗瀵和小瀵等五个泉眼。（乾隆）《郃阳县全志》卷四谓此处之泉"水口如车轮许，喷沸涌出。其深无限，名之曰瀵"。

[2] 上巳：农历每年三月上巳，即三月三日，为古代节日。

飞浮山[1]

〔清〕雷学谦

斜指昆仑河一湾，中央隐秀飞浮山[2]。
寒烟朝锁龙门口[3]，浩气晴连函谷关。
点化沧桑泄浩劫[4]，平分秦晋阅人间。
横涛怒指拍天急，怪石峻嶒底柱间。

【作者简介】

雷学谦，生卒年不详，字六吉，号来石，合阳人。清顺治（1644-1661）时进士。任广西桂林推官，以清正闻名。康熙元年（1662），考选广西道监察御史，为整肃选拔任用官员和弹劾旷职渎职行为，向康熙皇帝陈奏时政得失数十条，均被采纳。巡视江浙盐政，受商民拥护。后因母去世，弃官回乡。

【注释】

[1] 飞浮山：在今陕西合阳县东南。（乾隆）《合阳县全志》卷一载："飞浮山，亦距县城四十里，在县东河中，未出水面，或谓其峰似倒，而山根翻上，上平如砥。旧志云俗传与水为浮沉。新志云，今已没，士人谓其有时而见焉。"

[2] 隐秀：幽雅秀丽。

[3] 龙门：即禹门口。在今陕西韩城与山西河津交界处。黄河至此，两岸峭壁对峙，形如门阙，故名。

[4] 点化：谓加以点染而使之美化。

木罂渡[1]

〔清〕雷学谦

淮阴往事持平云[2]，高帝何尝尽负臣[3]。
功就从龙嫌震主[4]，势成履虎欤抽身[5]。
松间萝月推同辈，湖上烟波让古人。
瞬息弓藏惊幻梦[6]，木罂古渡迄难湮[7]。

【注释】

[1] 木罂古渡：在合阳夏阳村东，黄河重要渡口之一。罂（yīng）：一种大腹小口的瓶子。楚汉争霸，韩信在此用罂与木材制成筏子，渡过黄河，活捉魏王豹。故夏阳渡又称"木罂渡"。

[2] 淮阴：指韩信，封淮阴侯。

[3] 高帝：指汉高祖刘邦。

[4] "功就从龙"句：语出《史记·淮阳侯列传》："臣闻勇略震主者身危，而功盖天下者不赏。"从龙：《易经·乾卦》："云从龙，风从虎，圣人作而万物睹。"旧以龙为君象，因以称随从帝王或领袖创业。

[5] 履虎：踩踏虎尾。喻身蹈危境。语出《易经·履卦》："履虎尾，不咥人，亨。"

[6] 弓藏：语出《史记·淮阳侯列传》："上令武士缚信，载后车。信曰：'果若人言，"狡兔死，良狗亨；高鸟尽，良弓藏；敌国破，谋臣亡。"天下已定，我固当亨！'"

[7] 湮：埋没。

子夏读书洞[1]

〔清〕张大有

孤屿水中央,先贤退老方。河流冲不断,云水郁苍茫。
胜地山川永,遗风岁月长。《春秋》多奥旨[2],亲炙愧公羊[3]。

【作者简介】

张大有(1675—1730),字书登,号慕莘。清合阳县人。康熙三十三年(1694)成进士,选庶吉士,授翰林院编修。三十九年(1700)转任礼科给事中。历任奉天府、顺天府尹,都察院左佥都御史,太常寺卿,大理寺卿,左副都御史,工部尚书,历礼部、兵部尚书职。有《绿槐堂文集》《漕政简明书》《黄门诗选》等,今已佚。

【注释】

[1] 据传孔子弟子子夏当年设教于黄河中的飞浮山上,山上有子夏读书室。
[2]《春秋》:编年体史书名。相传孔子据鲁史修订而成。奥旨:要旨。
[3] 亲炙:谓亲受教育熏陶。公羊:指战国齐人公羊高,为春秋三传之一《春秋公羊传》作者。愧:表被动。

大荔县

大荔县,隶属于陕西省渭南市,位于陕西关中渭北平原东部,黄、洛、渭三河汇流地区。大荔县是中华民族发祥地之一。距今约二十万年前,大荔人在这片沃土上繁衍生息,自春秋时代起,大荔便设州建府。境内现有国家级文物保护单位4处、省级文物保护单位9处,有魏长城遗址、唐金龙高塔,宋岱祠岑楼、清丰图义仓等文物古迹。

同州还诗[1]

〔南北朝〕庾信

赤岸绕新村[2]，青城临绮门。范雎新入相，穰侯始出蕃[3]。
上林催猎响，河桥争渡喧[4]。窜雉飞横涧，藏狐入断原。
将军高宴晚[5]，来过青竹园。

【注释】

[1] 此诗作于579年9月，记载了北周宣帝的一次同州之行。诗人在诗中对辉赫耀目的皇家仪仗表面下所潜伏的危机表达了深刻的忧虑。

[2] 赤岸：古水泽名。在陕西大荔西南，今湮。

[3] "范雎（jū）新入相"二句：穰（ráng）侯是秦昭王的舅父。丞相范雎劝说秦昭王削减穰侯的权利，秦昭王听信了范雎之言，命穰侯离京就藩。司马迁在《史记》中感慨道："穰侯，昭王亲舅也。而秦所以东益地，弱诸侯，尝称帝于天下，天下皆西向稽首者，穰侯之功也。及其贵极富溢，一夫开说，身折势夺而以忧死，况于羁旅之臣乎？"北周宣帝于579年二月任命杨坚为四位首相之一，同年六月命众叔父就藩，本联诗当指这一事件。

[4] 河桥：古代桥名。故址在今陕西大荔与山西永济之间的黄河上。战国秦昭襄王建。黄河上建桥始于此。

[5] 高宴：盛大的宴会。

早渡蒲津关[1]

〔唐〕李隆基

钟鼓严更曙[2]，山河野望通[3]。鸣銮下蒲坂[4]，飞旆入秦中。
地险关逾壮[5]，天平镇尚雄。春来津树合，月落戍楼空。
马色分朝景，鸡声逐晓风。所希常道泰，非复候缇同[6]。

【注释】

[1] 蒲津关：古代关名。又称临晋关，宋改为大庆关，在今大荔县，是黄河重要的古渡口和秦晋间的重险之地。

[2] 严更：警夜行的更鼓。

[3] 野望：谓野外远望。

[4] 鸣銮：装在轭首或车衡上的铜铃，车行摇动作响。

[5] 逾壮：更加壮丽。

[6] 道泰：越晔《吴越春秋·勾践归国外传》："民富国强，众安道泰。"守候：把守。繻：汉代出入关隘的帛制通行证。上写字，分类两半，出入时验合。末二句意为：我希望施行王道国泰民安，不再需要守关设卡，人们也不必持证才能通行。

蒲津迎驾 [1]

〔唐〕宋璟

回銮下蒲坂 [2]，飞旆指秦京。洛上黄云送，关中紫气迎 [3]。
霞朝看马色 [4]，月晓听鸡鸣。防拒连山险 [5]，长桥压水平。
省方知化洽 [6]，察俗觉时清 [7]。天下长无事，空余襟带名 [8]。

【注释】

[1] 一作席豫诗。

[2] 回銮：旧时称帝王及后妃的车驾为"銮驾"，此指唐玄宗的车驾。蒲坂：今山西永济，古称蒲坂，传为舜都。

[3] "洛上"二句：洛阳在函谷关东面，暗含紫气从东而来之意。

[4] 霞朝：彩霞映照的早晨。

[5] 防拒：指防御工事。

[6] 省（xǐng）方：巡视四方。化洽（qià）：教化普洽。

[7] 察俗：观风察俗，指观察国风民俗。时清：时世清平。

[8] 襟带：谓山川屏障环绕，如襟似带。比喻险要的地理形势。

奉和圣制早渡蒲津关

〔唐〕张九龄

魏武中流处[1]，轩皇问道回[2]。长堤春树发，高掌曙云开[3]。
龙负王舟渡，人占仙气来。河津会日月，天仗役风雷。
东顾重关尽，西驰万国陪。还闻股肱郡[4]，元首咏康哉[5]。

【注释】

[1]"魏武"句：魏武，即魏武帝曹操。曹操与马超战于潼关，引兵自蒲阪西渡黄河，大破马超。

[2]轩皇：即黄帝轩辕氏。

[3]高掌：指华山东峰仙人掌。

[4]股肱郡：指起拱卫京师作用的要地。

[5]咏康哉：康哉，指《康哉之歌》。相传为舜所作。《尚书·虞书·益稷》："（虞舜）乃赓载歌曰：'元首明哉，股肱良哉，庶事康哉！'"后因以"咏康哉"为歌颂太平之辞。

沙苑行[1]

〔唐〕杜甫

君不见，左辅白沙如白水[2]，缭以周墙百余里[3]。
龙媒昔是渥洼生[4]，汗血今称献于此[5]。
苑中騋牝三千匹[6]，丰草青青寒不死。
食之豪健西域无，每岁攻驹冠边鄙[7]。
王有虎臣司苑门[8]，入门天厩皆云屯[9]。
骕骦一骨独当御[10]，春秋二时归至尊[11]。
内外马数将盈亿[12]，伏枥在垧空大存[13]。

逸群绝足信殊杰[14]，倜傥权奇难具论[15]。
累累堆阜藏奔突[16]，往往坡陀纵超越[17]。
角壮翻腾麋鹿游[18]，浮深簸荡鼋鼍窟[19]。
泉出巨鱼长比人[20]，丹砂作尾黄金鳞。
岂知异物同精气[21]，虽未成龙亦有神。

【注释】

[1] 沙苑：唐代养马之地，位于今大荔县境内。《元和郡县志》："沙苑，在同州冯翊县南十二里，东西八十里，南北三十里，其处宜六畜，置沙苑监。"

[2] 左辅：指冯翊。京兆尹、左冯翊、右扶风，谓之三辅。此指沙苑所在地同州，属冯翊郡。白沙：即沙苑。白水：即白水县。同州西北有白水县，其境内多白土。

[3] 缭（liáo）：环绕。

[4] 龙媒：指骏马。渥洼：水名。在今甘肃省安西县境，传说产神马之处。

[5] 汗血：即汗血宝马。西域大宛产，日行千里，流汗似血。

[6] 騋牝（lái pìn）：騋马和牝马，泛指马。马七尺曰騋。牝马即雌马。

[7] 攻驹：训练幼马。边鄙：边远的地方。

[8] 虎臣：指安禄山。唐有四十八监以牧马，设苑总监。天宝十三载，以安禄山知总事。

[9] 天厩（jiù）：即天马之厩。云屯：像云一样聚集在那里。形容盛多。

[10] 骕骦（sù shuāng）：良马名。当御：充当御用之马。

[11] "春秋"句：每年春秋时两次进献给皇上。

[12] 盈：超过。

[13] 伏枥：伏在马槽上。在坰（jiōng）：在郊外的原野上。空大存：空自存在。指这些马不如骕骦神异。

[14] 逸群：出众超群。绝足：奔驰神速之足。指骕骦。信：的确。殊杰：不同一般，超越众人。

[15] 倜傥（tì tǎng）：卓异，不同寻常。权奇：奇谲非凡。多形容良马善行。

[16] 堆阜（duī fù）：小山丘。奔突：横冲直撞。这里指马在山丘之间奔驰。

[17] 坡陀：不平坦的沙丘。纵超越：放任马越过沙丘。

[18]"角壮"句：马角壮猛，翻腾跳跃，能和麋鹿同游。

[19]浮深：游于深潭。簸荡：飘荡。鼋鼍窟：鼋鼍的巢穴。鼋鼍：大鳖和扬子鳄。

[20]巨鱼：这里比喻马。

[21]同精气：感受到龙的灵气。

第三岁日咏春风，凭杨员外寄长安柳[1]

〔唐〕元稹

三日春风已有情，拂人头面稍怜轻[2]。
殷勤为报长安柳，莫惜枝条动软声。

【注释】

[1] 第三岁日：新年第三天。此诗作于长庆三年（823）正月初三，作者时任同州刺史。

[2] 怜：喜爱，疼爱。

沙苑

〔唐〕郑谷

茫茫信马行[1]，不似近都城。苑吏犹迷路[2]，江人莫问程。
聚来千嶂出[3]，落去一川平[4]。日暮客心速，愁闻雁数声。

【注释】

[1] 信马：任马行走而不加约制。

[2] 苑吏：官名。战国秦置。掌禁苑乃公家圈养马牛的苑囿。

[3] 千嶂：千峰。嶂：如屏障的山峰。

[4] 一川：一片平川。

沙苑

〔明〕韩邦奇

青青沙苑柳，枝叶何缤纷。郁郁佳人思，行行壮士勋[1]。
日暮鸿雁来，牛羊亦成群。宿食涧边草[2]，飞鸣洲渚云。
怀人不可见，往事空尔闻。

【注释】

[1] 行行（hàng hàng）：刚强貌。

[2] 宿食：住宿停留。

过沙苑念百姓虚赋[1]

〔明〕王凤泉

百里人烟绝，平沙入望遥。春深无寸草，风动有惊涛。
两税终年纳[2]，千家计日逃。穷民何以答，遮马诉嗷嗷[3]。

【作者简介】

王凤泉，明代人，生平不详。

【注释】

[1]（咸丰）《同州府志》、（道光）《大荔县志》均载，此诗为嘉靖十年（1531），时任参政的王凤泉自同州赴华州途中所作。

[2] 两税：夏税和秋税的合称。

[3] 遮马：拦马。嗷嗷：众口愁怨声。

同州冬日陪吴常侍闲宴

〔唐〕马戴

中天白云散[1]，集客郡斋时[2]。陶性聊飞爵[3]，看山忽罢棋。
雪花凝始散，木叶脱无遗[4]。静理良多暇，招邀惬所思[5]。

【注释】

[1] 中天：高空中；当空。

[2] 郡斋：郡守起居之处。

[3] 陶性：陶冶性灵。

[4] 无遗：没有脱漏或余留。

[5] 招邀：邀请。

酬喜相遇同州与乐天替代

〔唐〕刘禹锡

旧托松心契[1]，新交竹使符[2]。行年同甲子[3]，筋力羡丁夫[4]。
别后诗成帙，携来酒满壶。今朝停五马，不独为罗敷[5]。

【注释】

[1] 松心契：松树苍劲挺拔，四季常青。此喻牢不可破的友谊。

[2] 竹使符：汉时竹制的信符。右留京师，左与郡国。凡发兵用铜虎符，其余征调用竹使符。后亦泛指地方官吏的印符。

[3] "行年"句：刘禹锡与白居易均生于772年。行年：经历的年岁。

[4] 筋力：犹体力。羡丁夫：使丁夫羡慕。使动用法。丁夫：唐代丁谓正役，夫谓杂徭。后泛指服力役的人夫。

[5] 作者自注：前章所言春草，白君之舞伎也，故有此答。

富平县

富平县隶属于陕西省渭南市,位于陕西省中部,关中平原和陕北高原的过渡地带。东邻蒲城县、渭南市区,南接西安市临潼区、阎良区,西连铜川市耀州区、咸阳市三原县,北依铜川市印台区。

富平县因取"富庶太平"之意而得名,是华夏文明重要发祥地之一,早在人类文明尚处蒙昧的远古时代,中华民族的人文初祖黄帝就曾采首阳之铜铸鼎于县南荆山之巅,当大禹统理天下之后,又浇铸象征最高权力的九鼎于此,故富平自古即有"关中名邑"的美誉。

故市(其一)

〔宋〕王洋

频阳田宅旧荒虚[1],十室居人九室虚。
骠骑将军无甲第[2],书名竹帛又何如[3]。

【作者简介】

王洋(1087—1154),字符渤,宋楚州山阳(今江苏淮安)人。徽宗宣和六年(1124)进士。高宗绍兴初诏试馆职,历秘书省正字、校书郎、守起居舍人,擢知制诰。善诗文,有《东牟集》。

【注释】

[1] 频阳:富平古称频阳。"骠骑将军"句:《史记·卫将军骠骑列传》"骠骑将军(霍去病)为人少言不泄,有气敢任。……天子为治第,令骠骑视之,对曰:'匈奴未灭,无以为家也。'由此上益重爱之。"

[2] 甲第:旧时豪门贵族的宅第。

[3] 书名竹帛:将名字载于史册。

富平八景诗

〔清〕张雄图

烟雨南湖蹴浪纹，五陵秋色正氤氲。
杏林我自贪睛眺，石洞伊吾想夜闻。
翠叠锦屏朝映日，流环玉带暮漂云。
美原拟伴仙翁去，弄月灵湫軿鹤群。

【作者简介】

张雄图，字励山，河南洛阳人。举人，清代名士。曾编纂《（乾隆）长沙府志》。

富平八景诗

〔清〕乔履信

（一）锦屏列翠 [1]

几幅排空半入云 [2]，千峰列采气氤氲 [3]。
雾遮石壁青疑卷 [4]，风展岚光翠欲分。
乱点花开金谷障，斜垂瀑逗锦江文。
年年箫鼓陈祠庙 [5]，错认华原晓驻军 [6]。

【作者简介】

乔履信（1709—1768），字实夫，号敦峰，清河南偃师人。雍正八年（1730）进士。历任郿县、富平、咸宁等县知县，以循吏称。著有《乡甲条约》《富平志》《宁远堂诗草》等。

【注释】

[1] 锦屏列翠：位于今富平县城西北 40 里处，山上建有秦大将王翦庙，故亦称将军山。昔时松柏参横，积翠插天，形如画屏，俨若拱障，因名"锦屏列翠"。

[2] 排空：凌空；耸向高空。

[3] 列采：古代士大夫皆服彩色朝服，故称朝服为"列采"。采，同"彩"。此喻千峰竞秀。

[4] 石壁：陡立的山岩。

[5] 祠庙：指王翦庙。

[6] 华原：地名，故城在今陕西铜川市耀州区东南。

（二）玉带环流[1]

一条远水过桥东，斜绕城隈断复通。
乱插桃花红点点，倒垂杨柳碧融融。
连村禾黍晴园绶，傍郭楼台晓跨虹。
自应拖绅沧海去[2]，何妨暂束到湖中。

【注释】

[1] 玉带：玉带渠，在富平县城东门外，潆洄婉折，附郭绕城，宛若一派江南风光，令人赏心悦目。

[2] 拖绅：引大带于朝服之上。借指大臣生病。诗中指告病隐居。

（三）杏林晴眺[1]

石川文杏几千株，泼眼春光满碧湖[2]。
上苑筵开曾借树[3]，右丞馆在近披图。
从云外去寻花种，胜雨中来问酒垆。
浑似故园风日雨，午桥坊带碎霞铺[4]。

【注释】

[1] 富平县城南荆山原北的石川河滩,昔时遍植杏树,每当春日,繁花似锦,灿若朝霞,熏风徐来,落英缤纷,为富平一景。

[2] 泼眼:满眼;耀眼。

[3] 上苑:皇家园林。

[4] 午桥:午桥庄。唐宰相裴度的别墅名,至宋为张齐贤所有。其地在今河南洛阳。乔履信为河南偃师人,此二句谓杏林盛景引起作者的故园之思。

(四) 灵湫夜月 [1]

山连月窟窟连月[2],月在高山水上头。
岸角蟾光乍惊射[3],潭心桂影喜全留[4]。
浑疑犀照波生焰[5],更讶纶垂玉作钩。
夜静风来池弄碧,一轮宝镜自沉浮。

【注释】

[1] 灵湫(qiū)位于今富平县城北40里的月窟山巅。山峰最高处有金明昌四年(1193)创建的宝峰寺,寺西侧里许的山坳间,有观音菩萨堂,内有一清泉,不涸不溢,晶莹明澈。静液良宵,冰蟾倒景,澄潭映月,奇景妙趣,不可思议。昔时旱祷必应,故名灵湫。

[2] 月窟:月宫。

[3] 蟾(chán)光:指月光。

[4] 桂影:指月影,月光。

[5] 犀(xī)照:典出《晋书·温峤传》:"抒温峤响至牛渚矶,水深不可测,世云其下多怪物,峤遂毁犀角而照之。"常以喻洞察幽微。

(五) 南湖烟雨 [1]

南湖一碧本如天,细雨空濛更可怜[2]。
石燕冲花云叶乱[3],梁鱼出水浪纹圆[4]。

高低翠合峰峰隐，远近青浮树树连。

最好风吹烟影破，书声遥送过前川。

【注释】

[1] 南湖位于富平县城东南。昔时地下水位高，南湖碧波荡漾，杨柳依依，淡烟疏雨，一望霏微。湖中遍植莲藕、水稻，风光如画，堪称北国江南。

[2] 可怜：可爱。

[3] 石燕：鸟名。似蝙蝠。产于石窟树穴中。

[4] 梁鱼：鱼名。

（六）五陵秋色[1]

五帝陵前昼似阴，剑弓埋没素秋深[2]。

寝园址在松楸合，享殿瓦平禾黍侵[3]。

光弼有心陪瘗玉[4]，温韬何意苦搜金[5]。

凄凄草树迷荆顶，石马嘶风杂暮砧[6]。

【注释】

[1] 富平县北部的凤凰山及桥山南麓，分布着五座唐代帝王陵墓，分别为中宗李显之定陵、代宗李豫之元陵、顺宗李诵与皇后合葬的丰陵、文宗李昂之章陵及懿宗李漼之简陵。

[2] 素秋：秋季。

[3] 享殿：祭殿。

[4] 光弼：唐朝中兴名将李光弼。其墓位于今富平县庄里镇。

[5] 温韬（？—928），五代梁人。曾出任耀州节度使，时任七年，其间利用职务之便，疯狂作案，关中地区大小唐皇陵墓无一幸免。

[6] 暮砧：傍晚捣衣的砧声。

（七）美原仙迹[1]

慢道仙人去莫猜，田郎遗迹有高台[2]。
美原千顷依空碧，明月孤峥绝点埃。
几卷丹纶留野庙[3]，数声玉笛过蓬莱[4]。
佳名到底知谁是，古县风清剩绿苔。

【注释】

[1] 富平县城东北有一座规模宏大的永仙观，传为唐时田真人修炼、拔宅升天处。美原仙迹即指此。

[2] 田郎：指田真人。

[3] 丹纶：帝王的诏令。

[4] 蓬莱：蓬蒿草莱。借指草野。

（八）石洞书声[1]

谁从石壁现空明[2]，峭立千寻凿不成。
几案生苔文亦绿[3]，吟哦对月韵尤清。
斗间响遏青云住[4]，天际音飞紫气迎。
可信仙人归洞日，神雕阿护读书声。

【注释】

[1] 指富平县境北部龙泉山上的东西女学洞。传说过去夜半三更人们常能听到石洞之内传出读书声音。实由石洞泉水冲击岩石，又在洞内产生回音所致。因而夜静更深之际，益像读书时的咿唔之声。

[2] 空明：空旷澄澈。

[3] 几案：桌子；案桌。

[4] "斗间"二句：《晋书》卷三十六《张华列传》："初，吴之未灭也，斗牛之间常有紫气，道术者皆以吴方强盛，未可图也，惟华以为不然。及吴平之后，

紫气愈明。"

游富平[1]

〔清〕康有为

一代孙杨有大名[2]，而今人道李天生[3]。
文昌水曲扶万宅[4]，我继亭林到富平[5]。

【作者简介】

康有为（1858—1927），初名祖诒，字广厦，号长素，又号更生、更甡、别署西樵山人、天游化人，清广东南海人。光绪年间，组织强学会，编印《中外纪闻》等，鼓吹变法维新。光绪二十四年（1898），得光绪帝召见，促成"百日维新"。戊戌政变起，逃亡国外。后持保皇立场，反对民主革命。辛亥革命后，曾与张勋共谋复辟帝制。有《新学伪经考》《孔子改制考》等。

【注释】

[1] 此诗为康有为受近代富平鸿儒张鹏一之邀来富平时题写。张鹏一，字扶万，号一叟、壹翁、在山草堂主人等，以字行。

[2] 孙杨：分别指明代太宰孙丕扬、监察御史杨爵。二人均为富平人。

[3] 李天生：李因笃，号天生，富平人。明清之际著名思想家、教育家。

[4] 文昌：西汉文帝时在富平修建文昌渠。这句赞美汉文帝开凿文昌渠灌田富民的历史功绩，亦勾勒出张扶万美宅坐落的位置。

[5] 亭林：明清之际的思想家顾炎武，人称亭林先生，他曾数度留住富平。

春日过岔口揽胜[1]

〔清〕赵兆麟

岭南鹳鹊别封疆,历历相传岁月长。
漆沮流来还祋祤[2],山崖断处是频阳。
峰峦耸翠依天秀,桃杏飞红带雨香。
极目登临情不厌,几回搔首自徜徉。

【作者简介】

赵兆麟,明末富平县举人。归附大顺政权后,仕至神木道(即神木防御使)。

【注释】

[1] 岔口:出耀州城南门,南行二里许,便入"鹳鹊谷"。明代乔世宁《耀州志》载:"鹳鹊谷俗名岔口","出谷口即富平界"。此处为昔日耀州"通三原达省城之大道",是富平和耀州交界处。今富平县最西北梅家坪镇有岔口村,村名即源于此。

[2] 漆沮(jǔ):漆水与沮水的合称。漆水河发源于今铜川市北金锁关镇凤凰山东部的崾崄梁下,向东南方向流去。沮河发源于耀州北部长蛇岭南麓,二水至耀州区城南合流。祋祤(duìyǔ):古县名,故址在今铜川耀州东。

蒲城县

蒲城县隶属于陕西省渭南市。县自周代即有记载,迄今已三千余年历史。夏商属雍州,周封贾国,春秋属晋,战国初属魏,后隶秦。秦孝公置重泉县,北魏废重泉设南白水县,西魏更名为蒲城县,唐改名奉先县,宋复名蒲城县至今。

自京赴奉先县咏怀五百字

〔唐〕杜甫

题注：天宝十四载十一月初作。

杜陵有布衣[1]，老大意转拙[2]。许身一何愚[3]，窃比稷与契[4]。
居然成濩落[5]，白首甘契阔[6]。盖棺事则已[7]，此志常觊豁[8]。
穷年忧黎元[9]，叹息肠内热。取笑同学翁，浩歌弥激烈[10]。
非无江海志[11]，萧洒送日月。生逢尧舜君[12]，不忍便永诀[13]。
当今廊庙具[14]，构厦岂云缺[15]？葵藿倾太阳[16]，物性固难夺。
顾惟蝼蚁辈[17]，但自求其穴[18]。胡为慕大鲸[19]，辄拟偃溟渤[20]？
以兹悟生理[21]，独耻事干谒[22]。兀兀遂至今[23]，忍为尘埃没[24]。
终愧巢与由[25]，未能易其节[26]。沉饮聊自遣，放歌破愁绝[27]。
岁暮百草零[28]，疾风高冈裂[29]。天衢阴峥嵘[30]，客子中夜发[31]。
霜严衣带断，指直不能结。凌晨过骊山，御榻在嵽嵲[32]。
蚩尤塞寒空[33]，蹴踏崖谷滑[34]。瑶池气郁律[35]，羽林相摩戛[36]。
君臣留欢娱，乐动殷胶葛[37]。赐浴皆长缨[38]，与宴非短褐[39]。
彤庭所分帛[40]，本自寒女出。鞭挞其夫家，聚敛贡城阙[41]。
圣人筐篚恩[42]，实愿邦国活[43]。臣如忽至理[44]，君岂弃此物[45]。
多士盈朝廷，仁者宜战栗[46]。况闻内金盘[47]，尽在卫霍室[48]。
中堂有神仙，烟雾蒙玉质[49]。暖客貂鼠裘[50]，悲管逐清瑟[51]。
劝客驼蹄羹，霜橙压香橘[52]。朱门酒肉臭，路有冻死骨[53]。
荣枯咫尺异[54]，惆怅难再述。北辕就泾渭[55]，官渡又改辙[56]。
群水从西下，极目高崒兀[57]。疑是崆峒来[58]，恐触天柱折[59]。
河梁幸未拆，枝撑声窸窣[60]。行李相攀援[61]，川广不可越。
老妻寄异县[62]，十口隔风雪。谁能久不顾？庶往共饥渴[63]。
入门闻号咷，幼子饿已卒。吾宁舍一哀，里巷亦呜咽[64]。
所愧为人父，无食致夭折。岂知秋禾登，贫窭有仓卒[65]。

生常免租税，名不隶征伐[66]。抚迹犹酸辛[67]，平人固骚屑[68]。
默思失业徒，因念远戍卒[69]。忧端齐终南[70]，澒洞不可掇[71]。

【注释】

[1] 杜陵：地名。在长安城南。杜甫在此居住过，故自称"杜陵布衣"。

[2] 老大：年老。拙：笨拙。指杜甫一直到年老，还坚持自己的原则和理想，不同流合污。说自己笨拙是反语。

[3] 一何愚：多么愚蠢。

[4] 窃：谦辞，指自己。稷与契（xiè）：稷，周的祖先，教百姓播种耕作。契，殷商的祖先，传说是舜的臣子，助禹治水有功而封于商。

[5] 居然：果然。濩（hù）落：廓落，大而无当。

[6] 契阔：劳苦。

[7] 盖棺句：即死而后已。死了以后才罢手。形容为实现理想而奋斗终生。盖棺，指死去。

[8] 觊豁（jì huō）：希望达到。

[9] 穷年：终年。

[10] 同学翁：同时的文人。翁，表示尊敬，这里有讽刺之意。弥激烈：更加慷慨。指杜甫越是受到别人的嘲笑，越是坚持自己的信念。

[11] 江海志：指归隐江湖的想法。

[12] 尧舜君：像尧和舜一样贤明的君主。这里指唐玄宗。

[13] 永诀：永别。

[14] 廊庙具：即具有廊庙之才，指国家栋梁之材。

[15] 构厦：构建大厦。岂云缺：指国家栋梁之材很多，难道缺少我一人。

[16] "葵藿（kuí huò）"句：葵，一种锦葵科宿根草本植物，因其叶冠始终向着太阳，使阳光照不到其根部，故又名卫足葵。藿，指豆叶，也向阳。杜甫本句诗，正取两种植物"向阳"之意，表达自己对国君的忠诚。同时又是化用前人成句。曹植《求通亲亲表》云："若葵藿之倾叶，太阳虽不为之回光，然终向之者，诚也。臣窃自比葵藿；若降天地之施，垂三光之明者，实在陛下。"杜甫化用，也是表达"太阳不为之回光"却仍然希望其"回光"的思想，与上文"生

逢尧舜君，不忍便永诀"和下文"终愧巢与由，未能易其节"也是一致的。很多注本将葵解释为向日葵，这虽然对理解诗的大意没有太大的影响，但终究不符合原诗。因为向日葵原产美洲，17世纪才传入中国，比杜甫的时代晚了一千年，杜甫不可能写他没有见过的植物。

[17] 顾：想到。蝼蚁辈：比喻为自己私利而奔走不息的人。

[18] 但：只是。求其穴：为自己谋求私利。

[19] 胡为：为什么。大鲸：比喻有远大理想者。

[20] 辄拟：总是想。偃溟渤：遨游于渤海。因为海水冥冥无边，故曰冥渤。

[21] 悟生理：耽误了自己的生计。

[22] 耻：以为耻辱。干谒：为某种目的而求见地位高的人。

[23] 兀兀（wù wù）：劳苦穷困的样子。

[24] 尘埃没：淹没于尘俗之中。

[25] 巢与由：巢父与许由。都是著名的隐士。愧：感到惭愧。意思是没学两位隐士的清高，感到惭愧。

[26] 易其节：改变自己的节操

[27] 破愁绝：改变愁苦的心情。愁绝：非常愁苦。

[28] 岁暮：一年之末。

[29] 高冈：高的山脊。

[30] 天衢（qú）：天空。峥嵘：原形容山高峻突兀，此用来形容阴云密布。

[31] 中夜发：半夜出发。

[32] 御榻：皇帝的坐卧具。嶒嵲（diéniè）：山高峻的样子。这里指骊山。因为这时玄宗和杨贵妃正在骊山华清宫避寒，故曰御榻在嶒嵲。

[33] 蚩尤：黄帝时期的诸侯，曾与黄帝大战，蚩尤作大雾。故蚩尤在此代指大雾。塞：充满。

[34] 蹴踏：行走。

[35] 瑶池：指温泉。郁律：烟雾蒸腾的样子。

[36] 羽林：护卫皇上的禁卫军名。相摩戛：相互摩擦。形容众多。

[37] 殷：盛，大。胶葛：天空深远广大的样子。形容乐声传得很远。

[38] 赐浴：玄宗赏赐在温泉洗浴。长缨：古代达官显贵所穿戴的服饰。这里代指权贵。

[39] 短褐（hè）：古代平民穿的粗布短衣。这里代指贫贱者。

[40] 彤（tóng）庭：即朝廷。彤，红色的装饰。《资治通鉴》卷二百一十六："上（玄宗）以国用丰衍，故视金帛如粪壤，赏赐贵宠之家，无有限极。"

[41] 夫家：即男丁。丁男无妻者谓夫，有妻者谓家。城阙：指京师。

[42] 圣人：指皇帝。筐篚（fěi）恩：聚敛而来赏赐群臣的恩惠。筐篚，盛物竹器。方的叫筐，圆的叫篚。此指用筐篚盛物赏赐给大臣。

[43] "实欲"句：帝王赏赐群臣，目的是愿臣子尽责，国家昌盛。

[44] 忽：忽视。至理：指"实欲邦国活"。

[45] 君岂弃此物：君王岂不是白白地赏赐这些东西？

[46] 仁者：有仁爱之心的人。宜战栗：应该惶恐。意思是受到赏赐，应思报国。

[47] 内金盘：宫中所用的金盘。内，天子宫禁叫内，亦称大内。

[48] 卫霍：指卫青和霍去病。都是汉武帝时的外戚。这里借指杨国忠等杨贵妃的族人。

[49] 神仙，玉质：指杨贵妃及其姐妹。烟雾：形容女子所穿的如烟似雾的薄薄的纱衣。玉质：形容姿貌肌肤之美。

[50] 貂鼠裘：貂皮做的大衣。此言穿着之奢华。

[51] 管：类似于笛的乐器。清瑟：指瑟，是乐器的一种。瑟音清逸，故称清瑟。

[52] 驼蹄羹：用驼峰或驼蹄做的羹。霜橙，香橘：北方珍贵的水果。压，形容极多。此句言饮食的奢侈。

[53] 朱门：古代王公贵族的住宅大门漆成红色，表示尊贵。借指贵族豪富之家。

[54] 荣：指朱门。枯：指冻死骨。咫尺异：相距很近却绝不相同。

[55] 北辕：车向北驶。就：接近。泾渭：泾水和渭水。

[56] 官渡：是泾渭二水的渡口。改辙：改变车行的方向。

[57] 极目：远望。崒兀（cù wù）：高耸的样子。

[58] 崆峒：即崆峒山，在陇西境内。此句意为，怀疑泾渭之水从陇西境内而来。

[59] 天柱：支撑天的柱子。暗喻国家。

[60] 河梁：即桥梁。枝撑：桥梁的柱子。窸窣（xī sū）：拟声词。形容轻微细碎之声。这里指人行桥梁上时桥梁晃动的声音。

[61] 行李：行旅之人。

[62] 寄：寄寓。异县：指奉先。

[63] "庶往"句：多么希望能去和家人一起共患难啊。

[64] 宁舍：怎能舍去。里巷：即邻居。

[65] 登：谷物成熟，丰收。贫窭（jù）：指贫穷的人。仓卒：意外的不幸。指在粮食丰收的时候居然有人饿死。

[66] "生常"二句：杜甫身为朝廷官员，可免去租税和兵役的特权。隶：隶属。

[67] 抚迹：追思陈迹往事。这里指幼子饿死一事。

[68] 平人：平民。固：本，原来。骚屑：凄清悉苦。此句意为，平民百姓原本就免不了赋役的烦恼。

[69] 失业徒：丧失田业的人。远戍卒：守卫边疆的士兵。

[70] 齐终南：和终南山一样高。形容忧虑之深。

[71] 颍（hòng）洞：（忧虑）绵延，弥漫。掇（duō）：收拾。引申为止息。

桥陵诗三十韵因呈县内诸官 [1]

〔唐〕杜甫

先帝昔晏驾[2]，兹山朝百灵[3]。崇冈拥象设[4]，沃野开天庭[5]。
即事壮重险[6]，论功超五丁[7]。坡陀因厚地[8]，却略罗峻屏[9]。
云阙虚冉冉[10]，松风肃泠泠。石门霜露白，玉殿霉苔青。
宫女晚知曙[11]，祠官朝见星[12]。空梁簇画戟[13]，阴井敲铜瓶[14]。
中使日相继，惟王心不宁[15]。岂徒恤备享[16]，尚谓求无形。
孝理敦国政[17]，神凝推道经[18]。瑞芝产庙柱[19]，好鸟鸣岩扃[20]。
高岳前崒崪，洪河左滢漾[21]。金城蓄峻趾[22]，沙苑交回汀[23]。
永与奥区固，川原纷眇冥[24]。居然赤县立[25]，台榭争岩亭[26]。
官属果称是[27]，声华真可听[28]。王刘美竹润[29]，裴李春兰馨[30]。
郑氏才振古，啖侯笔不停。遣词必中律，利物常发硎[31]。
绮绣相展转[32]，琳琅愈青荧[33]。侧闻鲁恭化[34]，秉德崔瑗铭[35]。
太史候凫影，王乔随鹤翎[36]。朝仪限霄汉[37]，客思回林坰[38]。
轗轲辞下杜[39]，飘飘凌浊泾[40]。诸生旧短褐[41]，旅泛一浮萍。

荒岁儿女瘦[42]，暮途涕泗零。主人念老马[43]，廨署容秋萤[44]。
流寓理岂惬，穷愁醉不醒。何当摆俗累[45]，浩荡乘沧溟[46]。

【注释】

[1] 此诗作于天宝十四年（755）秋，时杜甫尚未授官，自长安前往奉先（今陕西蒲城县），过桥陵而作。桥陵，在奉先县西北三十里丰山。开元初，葬睿宗于此。

[2] 先帝：指唐睿宗。晏驾：古代帝王死亡的避讳的称呼。

[3] 兹山：指桥陵所在的丰山。朝百灵：指神灵庇护。

[4] 崇冈：崇高的山岗。象设：指陵前雕刻的石像。

[5] 天庭：指祭祀的坛场。

[6] 即事：指建桥陵这件事。重险：层层险阻的地势。

[7] 五丁：《华阳国志》载，蜀国有五位大力士，力能移山。每有王薨，都由他们举大石，建墓造墓志。超五丁，比喻建桥陵功不可没。

[8] 坡陀：山势起伏。因：依靠。

[9] 却略：山背隆起连绵的样子。罗：排列。峻屏：指高峻的山峰。

[10] 云阙：陵墓的正殿。虚冉冉：形容高大的样子。

[11] 晓知曙：指早起。宫女：守陵的侍女。

[12] 祠官：掌管祭祀之官。朝见星：早晨时见到星星。形容起得很早。

[13] "空梁"句：空空的房梁边堆积着画戟。簇：聚集。画戟：古兵器名。因有彩饰，故称。

[14] "阴井"句：背阳的井与铜瓶碰撞。指宫女前来汲水。

[15] 中使：宫中派出的守陵的使者。王：指玄宗。

[16] 徒恤（xù）：只是忧虑。备享：进献祭祀桥陵的东西。《唐六典》："凡朔望、元正、冬至、寒食，皆修享于诸陵，若桥陵则日献羞焉。"

[17] 敦：督促。敦国政，勤勉于国事。指玄宗开元之治。

[18] 推：探索。推道经，即玄宗注老子《道德经》。

[19] "瑞芝"句：桥陵内柱子上长出灵芝草。

[20] 岩扃（jiōng）：山洞的门。这里指桥陵之门。

[21]"嵂崒"二句：桥陵之前高山耸峙，左面洪河回旋。嵂崒（lǜ zú）：高耸貌。濚漾：水曲折回旋的样子。

[22]金城：《三秦记》云：在蒲城东五十里，秦筑长城，即是暂洛也。峻趾：高大的基址。

[23]沙苑：地名，详见前杜甫《沙苑行》注[1]。回汀（tīng）：曲折的洲渚。

[24]奥区：腹地。眇冥：指川流卑伏，幽暗难晓。此句言地脉之悠长。

[25]居然：即安然。赤县：即奉先县。京都所辖治的县称赤县。奉先县，本同州蒲城县，以管桥陵，改属京兆府，改名奉先。

[26]岧亭：指台榭高峻秀丽的样子。

[27]官属：县内诸官。称是：称职。

[28]声华：美好的名声。

[29]美竹润：竹子美好有光泽。《吴志》："虞翻以所注《易》示孔融，答书曰：'延陵之知乐，吾子之治《易》，乃知江南之美者，非徒会稽之竹箭。'"这里用以赞美王刘的文章。

[30]春兰馨：此言诗美如有春兰馨香之气。

[31]律：作诗的音韵法则。硎：磨刀石。此赞美诸官诗文合于韵律，词锋犀利。

[32]绮绣：彩色丝织品。展转：变化。此言诗文变化绮丽多姿。

[33]青荧：青光闪映的样子。此言文章如珠玉闪烁。

[34]侧闻：听说。鲁恭：汉代人，为中牟令时，专以德化治理，不任刑罚。

[35]崔瑗：汉代人，善于举荐人才。

[36]王乔：范晔《后汉书·方术传上·王乔》："王乔者，河东人也。显宗世，为叶令。乔有神术，每月朔望，常自县诣台朝。帝怪其来数，而不见车骑，密令太史伺望之。言其临至，辄有双凫从东南飞来。于是候凫至，举罗张之，但得一双舄焉。乃诏尚方诊视，则四年中所赐尚书官属履也。"这里用鲁恭、崔瑗、王乔之典赞美诸官治县的政绩。

[37]朝仪：朝廷的仪式。限霄汉：在天空。此指杜甫未授官。

[38]客：杜甫自称。回林坰：指隐居。林坰（jiōng），郊野。

[39]轗轲：困顿，不得志。辞下杜：离开长安。下杜，即下杜城。在长安县南，杜甫的居处。

[40]飘飖：漂泊。凌浊泾：跨过浑浊的泾水。因杜甫自长安往奉先，故需

过泾水。

[41] 旧短褐：诗人谓自己身着平民穿的粗布短衣。可见此时杜甫还未授官。

[42] 荒岁：饥荒之年。天宝十三载，关中阴雨不止，庄稼无收，受饥荒之灾。

[43] 主人：指县内诸官。老马：杜甫自指。

[44] "廨署"句：指杜甫一家寄寓在官署。廨（xiè）署：官署。

[45] 何当：什么时候。俗累：世俗的牵绊。

[46] 沧溟：大海。乘沧溟，谓杜甫不得志，有隐居远去之念。

九日杨奉先会白水崔明府[1]

〔唐〕杜甫

今日潘怀县[2]，同时陆浚仪[3]。坐开桑落酒[4]，来把菊花枝[5]。天宇清霜净[6]，公堂宿雾披[7]。晚酣留客舞，凫舄共差池[8]。

【注释】

[1] 此诗与前首诗同时期作。时杜甫家属暂时寄寓在奉先县，杜甫与舅父崔明府（崔顼）到奉先，奉先县令杨氏做东，三人欢会饮酒，杜甫作诗记之。

[2] 潘怀县：即西晋文学家潘岳，曾做怀县令。这里借指奉先杨县令。

[3] 陆浚仪：即西晋文学家陆云，曾做浚仪令。这里指崔明府。

[4] 桑落酒：古代美酒名。《水经注》："河东郡民刘白堕，采挹河流，酝成芳酎，熟于桑落之辰，故名。"

[5] 把：拿。

[6] 清霜：即白霜。

[7] 宿雾：夜雾。披：散开。此喻指杨奉先、崔明府两县令。

[8] 凫舄（fú xì）：指仙人的鞋子。详见前《桥陵诗三十韵因呈县内诸官》诗注[36]。差池：参差不齐。此句写杨奉先款待之厚。

奉先刘少府新画山水障歌 [1]

〔唐〕杜甫

堂上不合生枫树[2]，怪底江山起烟雾[3]。
闻君扫却赤县图[4]，乘兴遣画沧州趣[5]。
画师亦无数，好手不可遇。
对此融心神[6]，知君重毫素[7]。
岂但祁岳与郑虔，笔迹远过杨契丹[8]。
得非玄圃裂？无乃潇湘翻[9]？
悄然坐我天姥下[10]，耳边已似闻清猿。
反思前夜风雨急，乃是蒲城鬼神入[11]。
元气淋漓障犹湿[12]，真宰上诉天应泣[13]。
野亭春还杂花远，渔翁暝踏孤舟立[14]。
沧浪水深青溟阔[15]，欹岸侧岛秋毫末[16]。
不见湘妃鼓瑟时，至今斑竹临江活[17]。
刘侯天机精[18]，爱画入骨髓。
自有两儿郎[19]，挥洒亦莫比[20]。
大儿聪明到，能添老树巅崖里[21]。
小儿心孔开，貌得山僧及童子[22]。
若耶溪，云门寺，吾独胡为在泥滓，青鞋布袜从此始[23]。

【注释】

[1] 此诗是天宝十三载（754）杜甫在奉先时所作。少府，即县尉。刘少府，即刘单，任奉先县尉。山水障，画着山水的屏障。这首诗为题画诗。

[2] 不合：不应该。

[3] 底：方言。相当于"什么"。

[4] 君：指刘单。扫却：画成。扫，一挥而就。赤县图：长安及其附近地形图。

[5] 沧州趣：游赏山水的乐趣。沧洲：滨水之地，古时常用以称隐士居住的

地方。

[6] 此：指这幅画。

[7] 毫素：毛笔和绢纸。重毫素，指重视作画的艺术。

[8] 祁岳与郑虔：皆为唐代著名画家，擅长画山水。杨契丹：隋朝大画家。此句言刘少府所画山水障不仅超过祁岳与郑虔，而且超过杨契丹。

[9] 得非，无乃：难道，莫不是。表反问语气。玄圃：传说中昆仑山顶的神仙居处，中有奇花异石。潇湘：指潇水和湘水。此二句形容画中山水之逼真。

[10] 天姥（mǔ）：山名，在今浙江境内。杜甫早年曾游过此山。此句言杜甫看着画中山水，好似自己已坐在天姥山下。

[11] 蒲城：即奉先。鬼神入：鬼神来。

[12] 元气：指宇宙自然之气。元气淋漓：形容笔墨酣畅。障犹湿：新画的障墨迹未干。

[13] 真宰：天神。天应泣：此句化用仓颉作字，天雨粟、鬼夜哭的典故。

[14] "野亭"二句：描绘画中之景。暝：傍晚。

[15] 沧浪：水名。这里指画中之水。青溟：指碧海。

[16] 欹（qī）岸：斜的水岸。秋毫末：形容极小的事物。这里指远望岸边岛上，事物隐约可见。

[17] 湘妃：舜的两个妃子娥皇、女英。张华《博物志》："舜崩于苍梧，二妃（娥皇、女英）啼，以泪挥竹，竹尽斑。"

[18] 刘侯：指刘少府。天机：天赋灵气。

[19] 两儿郎：刘少府之子。

[20] 挥洒：挥毫洒墨。形容运笔自如。亦莫比：无人能比。

[21] 添：（在画中）添加。

[22] 心孔：心窍。貌得：画得。

[23] 若耶溪：溪名。出自浙江省绍兴市若耶山。溪上有云门寺。泥滓：泥潭。这里指污浊的尘世。从此始：从此去游览山水。青鞋布袜：隐者的穿着。此句意为，观此山水画作，引起杜甫抛却尘世、遨游山水之念。

清明登奉先城楼

〔唐〕罗衮

年来年去只艰危,春半尧山草尚衰[1]。
四海清平耆旧见[2],五陵寒食小臣悲[3]。
烟销井邑隈楼槛,雪满川原泥酒卮。
拭尽贾生无限泪[4],一行归雁远参差。

【作者简介】

罗衮,生卒年不详,字子制,临邛(今四川邛崃)人。唐昭宗大顺年间(890-891)登进士第,后任左拾遗。天祐(904)时为起居郎。唐亡又仕后梁(907-923)。工诗善文。与黄滔、罗隐友善,有诗唱和。《全唐诗》存诗三首。《全唐诗续拾》补诗一首,断句一。

【注释】

[1] 尧山:山名,位于陕西省蒲城县北部。
[2] 耆(qí)旧:年高望重者。
[3] 五陵:指蒲城县内的唐五陵。
[4] 贾生:西汉贾谊,此为作者自指。

过景陵[1]

〔唐〕李商隐

武皇精魄久仙升[2],帐殿凄凉烟雾凝[3]。
俱是苍生留不得,鼎湖何异魏西陵[4]!

【注释】

[1] 景陵：唐宪宗陵墓。在唐同州奉先县（今蒲城县）金炽山。《新唐书·王守澄传》："方士柳泌以金石进帝，饵之，躁甚，数暴怒。元和十五年罢元会，是夜暴崩。"诗约作于武宗去世前后（会昌五、六年间，即845、846年间）。

[2] 武皇：指宪宗，谥圣神章武孝皇帝。

[3] 帐殿：陵中施设帷帐的寝殿。

[4] 鼎湖：地名，位于今河南灵宝。《史记·封禅书》："公孙卿曰：'黄帝采首山铜铸鼎于荆山。鼎既成，有龙垂胡髯，下迎黄帝。黄帝上骑，群臣后宫从上者七十余人。龙乃上去，余小臣不得上，乃悉持龙髯，龙髯拔堕，堕黄帝之弓。百姓仰望黄帝既上天，乃抱其弓与胡髯号，故后世因名其处曰鼎湖，其弓曰乌号。'"后以鼎湖龙去称帝王驾崩。此处喻指宪宗驾崩。西陵：魏武帝曹操陵。操平生不信天命鬼神之事。

蒲城道中

〔宋〕李复

群虎锁颈鸡连群，弓刀后先路暗尘。
劫钱杀人弃尸去，近山白昼无行人。
格捕死斗血狼籍，解衣黄金犹在身。
傍云纵恶坏官法，自来赴愬官中嗔。

【作者简介】

李复（1052—？），字履中，世称潏（yù）水先生，宋京兆府长安人。神宗元丰二年（1079）进士。尝师张载。喜言兵事，于书无所不读，工诗文。累官中大夫、集贤殿修撰。徽宗崇宁（1102-1106）中，为熙河转运使，以议边事不合罢。金兵入关中，起知秦州，空城无兵，遂遇害。有《潏水集》。

重过泰陵有感[1]

〔明〕赵晋

云横金粟倚苍苍[2],策马重经辇路旁[3]。
山腹龙蟠佳气在[4],岭头麟卧断垣荒[5]。
玉环不返三生梦[6],石穴空遗万古藏。
洛水潺湲声未歇[7],行人独自忆莲汤[8]。

【作者简介】

赵晋,一名寅,字孟旸,浦(pǔ)城人。元末进士,授耀州推官。明初征为太子太学,五主陕西乡试。后又拜春坊侍讲学士,辅佐太子读书。洪武十八年(1385)赐安车返乡。

【注释】

[1] 泰陵:唐玄宗李隆基陵墓。

[2] 金粟:金粟山。五龙山之余脉,唐玄宗泰陵所在地。

[3] 辇(niǎn)路:天子车驾所经的道路。

[4] 龙盘:如龙之盘卧状,形容雄壮绵延的样子。佳气:美好的云气。祥瑞的象征。

[5] 岭头:山顶。

[6] 玉环:杨玉环。

[7] 洛水:古称洛水或北洛水,今称北洛河或洛河,发源于陕西定边县白于山南麓的草梁山。河流自西北向东南,流经志丹、甘泉、富县、洛川、黄陵、宜君、澄城、白水、蒲城、大荔,至三河口入渭河。

[8] 莲汤:华清池莲花汤,亦称"御汤九龙殿",是专供唐玄宗李隆基沐浴的汤池。此借以指唐玄宗与杨玉环避暑华清池事,寓今昔之感。

九日登尧山四首（之二）

〔明〕赵晋

山光满座翠屏围[1]，九日追欢此会稀。
紫桧后凋秦甸柳，黄花争羡首阳薇[2]。
谁陪谢傅登高去[3]，共笑山公倒载归[4]。
要与重泉留故事[5]，年年诗酒莫相违。

【注释】

[1] 翠屏：形容峰峦排列的绿色山岩。

[2] 黄花：菊花。首阳薇：首阳山的薇菜。借指隐士生活。

[3] 谢傅登高：谢傅，谢太傅，指晋谢安。安卒赠太傅，故称。《世说新语·言语·谢太傅论清谈》："王右军与谢太傅共登冶城。谢悠然远想，有高世之志。王谓谢曰：'夏禹勤王，手足胼胝（pián zhī）；文王旰食，日不暇给。今四郊多垒，宜人人自效。而虚谈废务，浮文妨要，恐非当今所宜。'谢答曰：'秦任商鞅，二世而亡，岂清言致患邪？'"

[4] 山公倒载：《世说新语·任诞》："山季伦（山简）为荆州，时出酣畅，人为之歌曰：'山公时一醉，径造高阳池，日暮倒载归，茗荸无所知。复能乘骏马，倒着白接䍦，举手问葛强，何如并州儿？'高阳池在襄阳。强是其爱将，并州人也。"后以"山公倒载"为醉酒之典。

[5] 重泉：犹九泉。旧指死者所归。

蒲城八景

南原春晴

〔明〕刘震

十里高原一望平,暖风迟日弄新晴[1]。
青山色淡收岚翠[2],绿树阴浓带鸟声。
芳草接天留客醉,野田沾雨足农耕。
乾坤爽豁吟怀壮[3],试学随花傍柳行。

【作者简介】

刘震,生卒年不详,明代富平人。举人。

【注释】

[1] 迟日:《诗经·豳风·七月》:"春日迟迟。"后以"迟日"指春日。新晴:天刚放晴;刚放晴的天气。

[2] 岚翠:苍翠色的山雾。

[3] 乾坤:天地。爽豁:显豁。

温汤晚浴

〔明〕刘震

众水皆寒此水温,就中别自有乾坤。
阳居阴腹春常在,清达源头雨不浑。
流出沼池多岁月,销残今古几朝昏[1]。
舞雩自得先贤乐[2],载诵盘铭日日新[3]。

【注释】

[1] 朝昏：早晚。

[2] 舞雩：《论语·先进》："浴乎沂，风乎舞雩，咏而归。"后指乐道遂志，怡然自得。

[3] 盘铭：古代刻在盥（guàn）洗盘器上的劝诫文辞。《礼记·大学》："汤之盘铭曰：'苟日新，日日新，又日新。'"

漫泉秋月

〔明〕刘震

半亩方塘一镜园[1]，漫泉流出碧漪涟。
飞来海上一轮月，印破池中午夜天。
桂影婆娑涵滉漾[2]，龙湫澄彻浸婵娟[3]。
盈虚把酒凭谁问，吟倚西风想谪仙[4]。

【注释】

[1] 一镜：指漫泉形成的潭水水面像一面明镜。

[2] 桂影：指月影，月光。滉漾：闪动；摇动。

[3] 龙湫（qiū）：上有悬瀑下有深潭谓之龙湫。此句言月亮映在水面。

[4] 盈虚：指月之圆缺。谪仙：指李白。李白有《把酒问月》诗。

北岭积雪[1]

〔明〕刘震

青山一夜积瑶华[2]，黯黯同云一望赊[3]。
地不蓝田皆种玉[4]，树非梅岭尽开花。
高人踏去诗应就，樵子归来路欲差。
盛世丰穰已有兆[5]，欢声先动老农家。

【注释】

[1] 北岭积雪为明清蒲城县八景之一。（康熙）《蒲城志》载："邑多谿壑，甚寒，平原但有霜气则雪即盈山，迄春不消，士常冻嬉游。"

[2] 瑶华：喻雪。

[3] 同云：《诗经·小雅·信南山》："上天同云，雨雪雰雰。"朱熹集传："同云，云一色也。将雪之候如此。"因以为降雪之典。

[4] 种玉：形容雪景。

[5] 盛世丰穰（ráng）：兴盛的时代，丰硕的收成。

双塔夜影[1]

〔明〕刘震

巍峨双塔插苍穹，幻影分明夜色中。
高出女墙虹饮阔[2]，远横金界月当空[3]。
丹梯夐接青天表[4]，白鹤归来碧海东。
几度天风摇宝铎，扶桑催起日轮红。

【注释】

[1] 蒲城双塔指南寺塔和北寺塔。南寺唐塔原系慧砌寺舍利塔，为方形四面十级楼阁式砖塔，砖砌单壁中空，始建于唐贞观元年（627）；北寺宋塔位于城内北街崇寿寺旧址内，系密檐式方形砖塔，四面十三级，始建于北宋绍圣三年（1096）。均属全国重点文物保护单位。

[2] 女墙：指矮墙。

[3] 金界：佛地，佛寺。

[4] 夐（xiòng）：远。全句意为，高耸入云的塔顶与辽远的青天相接。

五陵闲云[1]

〔明〕刘震

唐家陵寝倚崔嵬[2]，叆叇闲云锁不开[3]。
变化有时成锦绮，悠扬长日荫莓苔。
从龙有迹为霖去[4]，伴鹤无心出岫来。
翘首九重天咫尺，愿成佳气霭蓬莱。

【注释】

[1] 唐家陵寝：指蒲城县内唐五陵。
[2] 崔嵬：高耸貌；高大的样子。
[3] 叆叇（ài dài）：云盛的样子。
[4] 从龙：《易经·乾卦》："云从龙，风从虎，圣人作而万物睹。"为霖：凝结成雨。

盘龙异石[1]

〔明〕刘震

异石当年变态神，原头埋没几经春[2]。
雨余苔藓疑生甲，天上雷霆欲奋身。
谁谓一拳终委弃？由来尺蠖有舒伸[3]。
顽然不假初平叱[4]，变化还应出世尘。

【注释】

[1] 盘龙异石：（康熙）《蒲城志》载："实一落星也，将雨而滋湿，如柱础，里人卜水旱取释奠而祈农，所谓陂陀尺寸间，宛转陵峦，惜无高丽盆以盛之。"
[2] 原头：原野；田头。

[3] 尺蠖：蛾的幼虫，体柔软细长，屈伸而行。因常用为先屈后伸之喻。

[4] 颓然：自然质朴貌。

尧山古柏[1]

〔明〕刘震

两峰夹抱郁苍苍，古柏森然列万章。
错落固因饶雨露，鳞皴知是几星霜。
三春老干撑空碧[2]，九夏浓阴匝地凉[3]。
不为牛山斤斧虐[4]，大材终拟栋明堂。

【注释】

[1] （康熙）《蒲城志》载："蒲地宜柏，而尧山柏异他植，以其根盘岩石坚老特奇。"尧山上奇岩怪石间皆为柏林所荫，柏树高大挺拔，树龄百年以上比比可见，蒲城人谓之"尧山古柏"。

[2] 三春：春季三个月。

[3] 九夏：夏季，夏天。匝（zā）地：遍地。

[4] 牛山斤斧：语本《孟子·告子上》："孟子曰：牛山之木尝美矣，以其郊于大国也，斧斤伐之，可以为美乎？"牛山：齐国首都临淄郊外的山。

第五编

宝鸡地区

宝鸡古称陈仓,典故"明修栈道,暗度陈仓"发源地,嘉陵江源,建城于公元前762年,公元757年因"石鸡啼鸣"之祥瑞改称宝鸡,是关天经济区副中心城市、陕西省第二大城市。宝鸡是中华文化重要支脉——宝学(宝鸡之学)所在地,有八千年文明及2770余年建城史。誉称"炎帝故里、青铜器之乡,佛骨圣地、社火之乡,周秦文明发祥地、民间工艺美术之乡"。远古姜水育炎帝,商末周原兴周、凤雏宫奠定四合院庭落模型,春秋雍城兴秦,镇国之宝石鼓、何尊、毛公鼎、法门寺藏佛骨等皆出自于此。

石鼻城 [1]

〔宋〕苏轼

平时战国今无在[2],陌上征夫自不闲[3]。
北客初来试新险,蜀人从此送残山[4]。
独穿暗月朦胧里,愁渡奔河苍茫间。
渐入西南风景变,道边修竹水潺潺。

【注释】

[1] 宋治平元年(1064),苏轼与友人游石鼻城时写下此诗。石鼻城,即宝

鸡东北30里的武城镇。这一带是三国时期蜀、魏的战场，诸葛亮曾围郝昭于此，是川陕之间的咽喉要道，是兵家必争之地。

[2] 战国：交战之国，指蜀、魏。

[3] 陌上征夫：道路上行役之人。

[4] "北客"二句：此二句是说，对从北方南行入蜀的旅客，到石鼻城这里开始接触山路的险要；从南往北的四川人，过了这里就可以进入地势平坦的关中大道。

钓鱼台

位于宝鸡市陈仓区境内伐鱼河（古称磻溪）边，地处秦岭北麓，是传说中的姜子牙垂钓处。汉代在此立祠，唐代建太公庙，历代屡有增建。这里有巨大如丘的"磻石"、唐代的古柏，还有被称为第一钓台的姜子牙"钓石"。绵延数十里的磻溪峡谷，山花烂漫，集奇、险、幽、秀于一体。

磻溪怀古 [1]

〔宋〕孟宾于

良哉吕尚父[2]，深隐始归周。钓石千年在，春风一水流。
松根盘藓石[3]，花影卧沙鸥。谁更怀韬术[4]，追思古渡头。

【作者简介】

孟宾于，字国仪，号玉峰叟，连州（今属广东）人。后晋天福九年（944）进士。曾受孟氏辟，为零陵从事。南唐时，授丰城簿，迁淦阳令。宋太宗太平兴国中，归老连州。年八十三卒。有《金鳌集》，已佚。《南唐书》有传。

【注释】

[1] 磻（pán）溪：在今宝鸡市东南，位于磻溪乡境内。郦道元《水经注·清水》："城西北有石夹水，飞湍浚急，人亦谓之磻溪，言太公尝钓于此也。"

[2] 良：贤能。吕尚父：指姜子牙，其封地在吕，周武王又尊称他为尚父，因此诗中称他吕尚父。

[3] 盘：盘曲。

[4] 韬术：指《六韬》。又称《太公六韬》《太公兵法》《素书》，旧题周初太公望（即吕尚、姜子牙）所著，现认为是后人伪托，作者已不可考。

磻溪石[1]

〔宋〕苏轼

墨突不暇黔，孔席未常暖[2]。安知渭上叟，跪石留双骭[3]。一朝婴世故[4]，辛苦平多难。亦欲就安眠，旅人讥客懒[5]。

【注释】

[1] 磻溪石：磻溪畔有一块巨石，上面留有两道深深的凹痕，相传是姜子牙钓鱼时留下的脚印。

[2] "墨突"二句：《淮南子·修务训》："孔子无黔突，墨子无暖席。"谓孔子、墨子四处周游，每到一处，座席没有坐暖，灶囱没有熏黑，又匆匆地到别处去了。形容忙于世事，各处奔走。

[3] 渭上叟：即姜子牙。骭（gàn）：胫骨。亦指小腿。

[4] 婴世故：为世俗俗务所缠绕。

[5] "亦欲"二句：《史记·齐太公世家》载：姜子牙被封于齐，"东就国，道宿行迟。逆旅之人曰：'吾闻时难得而易失。客寝甚安，殆非就国者也。'太公闻之，夜衣而行，黎明至国"。诗人借用这个典故，意思是说，自己也要勤政为民。

七月二十四日，以久不雨，出祷磻溪。是日宿虢县。二十五日晚，自虢县渡渭，宿于僧舍曾阁。阁故曾氏所建也。夜久不寐，见壁间有前县令赵荐留名，有怀其人[1]

〔宋〕苏轼

龛灯明灭欲三更[2]，欹枕无人梦自惊[3]。
深谷留风终夜响，乱山衔月半床明。
故人渐远无消息，古寺空来看姓名。
欲向磻溪问姜叟，仆夫屡报斗杓倾[4]。

【注释】

[1] 出祷磻溪：去磻溪祭祀求雨。苏轼有《祷雨磻溪文》。磻溪神即姜子牙。

[2] 龛：供奉佛像、神位等的小阁子。

[3] 欹：通"倚"。

[4] 斗杓：斗柄。星名，指北斗七星中第五至七颗星玉衡、开阳、摇光三星，排列成弧状，形如酒斗之柄，故称"斗柄"。祭祷必在黎明，又必以五更前住，山中无更漏报时，因而屡问仆夫，仆夫以斗柄倾斜程度来报时辰。

二十六日五更起行，至磻溪，天未明

〔宋〕苏轼

夜入磻溪如入峡，照山炬火落惊猿。
山头孤月耿犹在[1]，石上寒波晓更喧。
至人旧隐白云合[2]，神物已化遗踪蜿[3]。
安得梦随霹雳驾，马上倾倒天瓢翻[4]？

【注释】

[1] 耿：光明。

[2] 至人：指姜子牙。

[3] 神物：指龙。王文诰注次公曰："神物言龙。磻溪有龙，所以于此地祷雨也。""已化遗踪蜿"意为，昔日的龙已飞升化去，只留下蜿蜒的遗踪。

[4] "安得"二句：霹雳驾：指雨神的车。典出《酉阳杂俎》前集卷八："李墉，北都介休县民。送解牒，夜止晋祠宇下。夜半，闻人叩门云：'介休王暂借霹雳车，某日至介休收麦。'良久，有人应曰：'大王传语，霹雳车正忙，不及借。'其人再三借之，遂见五六人秉烛自庙后出，介山使者亦自门骑而入。数人共持一物如幢，杠上环缀旗幡，授与骑者曰：'可点领。'骑即数其幡，凡十八叶，每叶有光如电起。民遂遍报邻村，令速收麦，将有大风雨。悉不之信。乃自收刈（yì）。至日，民率亲戚据高阜，候天色。及午，介山上有云气，如窑烟，须臾蔽天，注雨如绠。"天瓢：神话传说中天神行雨所用瓢。此二句表达了诗人希望上天降下大雨的急切心情。

是日自磻溪，将往阳平，憩于麻田青峰寺之下院翠麓亭

〔宋〕苏轼

不到峰前寺，空来渭上村。此亭聊可喜，修径岂辞扪[1]。
谷映朱栏秀，山含古木尊。路穷惊石断，林缺见河奔。
马困嘶青草，僧留荐晚飧[2]。我来秋日午，旱久石床温[3]。
安得云如盖，能令雨泻盆[4]。共看山下稻，凉叶晚翻翻[5]。

【注释】

[1] 扪：扣门。

[2] 晚飧（sūn）：晚饭。

[3] 石床：供人坐卧的石制用具。

[4] "安得"二句：语出唐皇甫枚《山水小牍》："安定郡有岘阳峰，峰上有池。若雨，而云起池中，若车盖然。故里谚云：'岘山张盖雨滂沱。'"

[5] 翻翻：摇动貌。

磻溪^[1]

〔金〕李汾

封侯输与曲如钩[2]，冷坐磻溪到白头。
老妇厨中莫弹铗[3]，白鱼留待跃王舟[4]。

【作者简介】

　　李汾（1192—?），本名让，字敬之，后字长源，太原平晋人。金代官员，元好问"平生三知己"之一。举进士不第，入史院书写，被逐。后为武仙署掌书记，金亡，劝武仙归宋，未几，为仙麾下所杀，一说绝食死。善读史；工诗，雄健有法。生平作诗甚多，所传仅十之二三。

【注释】

　　[1] 兴定初年（1217-1222），李汾游历关中，此诗或作于其时。

　　[2] "封侯"句：《后汉书·五行志》："顺帝之末，京都童谣曰：'直如弦，死道边。曲如钩，反封侯。'"大意是说，性格如弓弦般正直的人，最后不免沦落天涯，曝尸路旁；而谄佞奸徒，反倒封侯拜相，极尽荣华。

　　[3] 弹铗（jiá）：弹击剑把。铗，剑把。此处用《战国策·齐策》中冯谖（xuān）故事，冯抱怨孟尝君未给自己足够的礼遇，弹剑匣而吟唱，这里指姜子牙家人的抱怨。

　　[4] 白鱼跃王舟：《史记·周本纪》："九年，武王上祭于毕。……武王渡河，中流，白鱼跃入王舟中，武王俯取以祭。"白鱼跃入武王舟中，为吉祥之兆。此句意为，有才能的人自会有出人头地的机会。

磻溪

〔明〕何景明

丈人昔未遇，垂钓此溪中。不感风云会[1]，谁知八十翁。
晚枫渔浦暗[2]，春草猎原空。独令千载下，怀古意无穷。

【注释】

[1] 风云会：指周文王与姜子牙的君臣际会。

[2] 浦：水滨。

磻溪

〔清〕李柏

东辞太白雪，西谒玉璜宫[1]。一水芦花外，两山翠柏中。
周南熊梦远[2]，秦国凤楼空[3]。历历斜阳草[4]，秋光自昔同[5]。

【注释】

[1] 玉璜宫：指当地供奉、祭祀姜子牙的庙宇。

[2] 周南：诗经中的篇章，主要反映了当地周人的生活风貌。熊梦：指周文王当时梦见长着翅膀的虎，这里代指周文王访寻姜子牙事。

[3] 凤楼空：指秦穆公的女儿弄玉与萧氏一起成仙事。

[4] 历历：清楚分明。

[5] 秋光：秋天的景色。

陈仓

陈仓，古称西虢。秦武公十一年（前687）设虢县，秦孝公元年（前361）设陈仓县。唐肃宗至德二年（757）因陈仓山有"石鸡啼鸣"之传说，改称宝鸡县。2003年，经国务院批准，撤县设区，现为宝鸡市陈仓区。著名的陈仓古道北口即在此地。

秋胡行[1]

〔三国〕曹操

晨上散关山，此道当何难[2]！晨上散关山，此道当何难！
牛顿不起，车堕谷间[3]。坐盘石之上，弹五弦之琴。
作为清角韵，意中迷烦[4]。歌以言志，晨上散关山。
有何三老公[5]，卒来在我傍。有何三老公，卒来在我傍。
负揜被裘[6]，似非恒人[7]。谓卿云何困苦以自怨，
徨徨所欲，来到此间？歌以言志，有何三老公。
我居昆仑山[8]，所谓者真人[9]。我居昆仑山，所谓者真人。
道深有可得。名山历观，遨游八极，枕石漱流饮泉[10]。
沉吟不决，遂上升天。歌以言志，我居昆仑山。

去去不可追，长恨相牵攀。去去不可追，长恨相牵攀。
夜夜安得寐，惆怅以自怜。正而不谲[11]，辞赋依因[12]。
经传所过[13]，西来所传[14]。歌以言志，去去不可追。

【注释】

[1]《秋胡行》：乐府题。按题意，是写鲁国男子秋胡戏妻的故事，夸赞秋胡妻坚贞的情操。但曹操只是利用《秋胡行》乐调，内容是写游仙，但又非真正的游仙诗，而是借游仙的虚构，表达大业未成、年力不逮的失落情绪。黄节《魏

武帝诗注》定此诗为建安二十年（215），曹操西征张鲁，自陈仓出散关时所作。当时作者61岁。

[2] 散关：即大散关。在陕西省宝鸡市西南大散岭上。当秦岭咽喉，扼川陕间交通，为古代兵家必争之地。当何难：应当多么艰难。

[3] 顿：停顿。堕：掉下，坠落。此二句形容陈仓一带地势险要。

[4] 迷烦：迷惑烦恼。

[5] 三老公：《史记·高祖本纪》《汉书·高帝纪》均记载有"新城三老董公遮说汉王"刘邦发义兵攻项羽事。此诗写作时作者正发兵攻张鲁，当寓有"义兵伐贼"之意。同时，本诗既为游仙诗，其中人物，自是虚虚实实，不可拘泥指实。此"三老"亦当有仙人之意。

[6] 负掩（yǎn）：背负着遮掩物。掩，弇，遮蔽，掩藏。应是指头顶华盖。被裘：披着裘衣。

[7] 恒人：常人，一般的人。

[8] 我：上文"三老公"自称。

[9] 真人：道教传说中的仙人。

[10] 漱流：用流水漱口。

[11] 不谲（jué）：不诡诈。

[12] 依因：依从因袭。顺应；利用。

[13] 经传：经典和传记。儒家典籍经与传的统称。所过：所读过，所研习过。

[14] 西来所传：西方所传来。

至陈仓晓晴望京邑 [1]

〔唐〕卢照邻

拂曙驱飞传[2]，初晴带晓凉。雾敛长安树，云归仙帝乡[3]。
涧流漂素沫，严景霭朱光[4]。今朝好风色，延瞩极天庄[5]。

【注释】

[1] 此诗为作者咸亨二年（671）自蜀北归时所作。京邑：指京城长安。

[2] 拂曙：拂晓。飞传：指传驿的车马。

[3] 仙帝乡：长安。

[4] 景：通"影"。霭：云气。这里当动词用，意为云气遮蔽了一切。朱光：日光。

[5] 延瞩：瞩，远望。延瞩，登高远望。极：尽头。天庄：天路，天空。

陈仓别陇州司户李维深[1]

〔唐〕苏颋

京国自携手[2]，同途欣解颐[3]。情言正的的[4]，春物宛迟迟[5]。
忽背雕戎役[6]，旋瞻获宝祠[7]。蜀城余出守[8]，吴岳尔归思[9]。
欢惬更伤此[10]，眷殷殊念兹[11]。扬麾北林径[12]，跂石南涧湄[13]。
中作壶觞饯[14]，回添道路悲。数花临磴日[15]，百草覆田时。
有美同人意，无为行子辞。酣歌拔剑起，毋是答恩私[16]。

【注释】

[1] 陇州：唐时州名，治所汧源县。司户：司户参军，主管当地户口。

[2] 京国：长安。

[3] 解颐：谓开颜欢笑。

[4] 的的：深切貌，浓郁貌。

[5] 迟迟：阳光温暖、光线充足的样子。

[6] 戎役：兵役。

[7] 旋：表示时间短暂。瞻：观览，游玩。获宝祠：指供奉陈宝神鸟的祠庙。

[8] 出守：由京官出为太守。

[9] 吴岳：吴山。尔：指李维深，因李为南方人，故诗中说"归思"之情。

[10] 欢惬：欢心快意。

[11] 眷殷：十分留恋。

[12] 扬麾：扬起旗帜。

[13] 跂（qì）石：在石上跂着脚远望。跂：抬起脚后跟站立。

[14] 壶觞饯：举杯告别之意。

[15] 磴：石头台阶。

[16] 毋（wú）：不。答：报答。恩私：即私恩，指个人的恩情。

陈仓驿

〔唐〕褚载

锦翼花冠安在哉，雄飞雌伏尽尘埃[1]。
一双童子应惆怅[2]，不见真人更猎来[3]。

【作者简介】

褚载，字厚之。家贫，曾流落梁宋间。乾宁五年（898）进士。《全唐诗》存诗十四首、断句十联。

【注释】

[1] 锦翼花冠：指传说中的宝鸡外形。雄飞雌伏：《列异传》载："秦穆公时（《括地志》诸书作文公），陈仓人掘地得物，若羊非羊，若猪非猪，牵以献穆公，道逢二童子，曰：'此为媪述：常在地中食人脑，若欲杀之，以柏插其首。'媪曰：'此二童子名为宝鸡，得雄者王，得雌者霸。'陈仓人舍之，逐二童子，化为雉，飞入于林。陈仓人告穆公，发徒大猎，得其雌，又化为石，置之汧渭之间。"

[2] 一双童子：见注释 [1]。惆怅：失意，懊恼。

[3] 真人：指得到宝鸡而成就帝王之业的人。

题宝鸡县斯飞阁[1]

〔宋〕苏轼

西南归路远萧条，倚槛魂飞不可招[2]。
野阔牛羊同雁鹜[3]，天长草树接云霄。

昏昏水气浮山麓[4]，泛泛春风弄麦苗[5]。
谁使爱官轻去国[6]？此身无计老渔樵。

【注释】

[1] 斯飞阁：在今宝鸡市陈仓区西南处。

[2] 倚槛：倚栏。

[3] 雁鹜：鹅和鸭。这句是说草原广阔无垠，站在阁上放眼望去牛羊如同鹅、鸭一般大小。

[4] 麓：山脚。

[5] 泛泛：风吹动貌。

[6] 爱官：贪爱官职。去国：离开家乡。

避乱陈仓南山回望三秦，追怀淮阴侯信，漫赋长句 [1]

〔金〕李汾

凭高四顾战尘昏，鹑野山川自吐吞[2]。
渭水波涛喧陇阪[3]，散关形势轧兴元[4]。
旌旗日落黄云戍，弓剑霜寒白草原。
一饭悠悠从漂母[5]，谁怜国士未酬恩[6]。

【注释】

[1] 淮阴侯信：即韩信。

[2] 鹑野：指秦地。骆宾王《上吏部侍郎帝京篇》："皇居帝里崤函谷，鹑野龙山侯甸服。"

[3] 陇阪：即陇山。位于今陕西与甘肃交界处。

[4] "散关"句：指散关一带形势险峻超过了兴元。兴元：治所在南郑县（今陕西汉中市）。

[5] 漂母：《史记·淮阴侯列传》：韩信始为布衣时，贫无行，尝从人寄食，人多厌之。……信钓于城下，诸母漂。有一母见信饥，饭信，竟漂数十日。信喜，

谓漂母曰："吾必有以重报母。"

[6] 未酬恩：指韩信没有能够得到他应有的奖赏。

宝鸡

〔清〕允礼

矗矗西山万玉篸[1]，塔河津渡晓霜含。
樵夫指点秋林外[2]，桥栈连云三十三。

【注释】

[1] 矗矗：形容山势雄伟高峻。篸，同"簪"。
[2] 指点：指引道路。

益门镇[1]

〔清〕王士祯

天险当秦凤[2]，提封界雍梁[3]。栈云高不落[4]，陇树晓还苍[5]。
古堠催征骑[6]，秋风吊战场。山南明日路，渐入武都羌[7]。

【注释】

[1] 益门镇：故址在今宝鸡市渭滨区益门镇。《陕西通志》引《益门镇志》曰："陕西既入关，平衍千余里，西南抵宝鸡，复岸然山合，唯一隘口始入，是为益门镇。"

[2] 当：处……之中。秦凤：指今天的甘肃和陕西汉中一带。

[3] 提封：疆界。雍：即古雍州，今天的甘肃和陕西一部分。梁：指今天陕西汉中一带。

[4] 栈：栈道。

[5] 陇：即陇山，在宝鸡陇县和甘肃平凉一带。

[6] 堠（hòu）：记里数的土台。

[7] 武都：古汉郡，位于甘肃省东南部。羌：古代少数民族。

眉县

眉县古称"眉坞"，隶属于宝鸡市，位于秦岭主峰太白山脚下，北跨渭河，属秦岭北麓半丘陵地带。眉县历史文化底蕴深厚，是西周文化的发祥地之一。境内多次出土西周青铜器、战国编钟等国宝重器，2003年出土的27件西周青铜重器，被誉为21世纪重大考古发现之一。眉县也是先秦大将白起、宋代理学家张载故里。

太白山下早行，至横渠镇，书崇寿院壁[1]

〔宋〕苏轼

马上续残梦[2]，不知朝日升。乱山横翠幛，落月澹孤灯[3]。
奔走烦邮吏，安闲愧老僧[4]。再游应眷眷[5]，聊亦记吾曾。

【注释】

[1] 嘉祐七年（1062），凤翔大旱，苏轼奉命去太白山祈雨时作此诗。横渠镇，在眉县东。

[2] "马上"句：谓自己在奔波的马上继续着昨夜的梦。

[3] "乱山"二句：谓群山错落，仿佛立起了翠绿的屏障，苍凉的落月烘托着静谧的孤灯。

[4] "奔走"句：谓连日的繁忙连邮吏也感觉到厌烦了，看见安闲的老僧人，自己就感到自愧弗如。

[5] 眷眷：留恋不舍的样子。

郿坞城

郿坞城，在眉县北。东汉初平元年（190）二月起，董卓始修筑郿坞城，屯军聚财,后毁于战乱。郿坞作为一个历史遗迹,既是董卓搜刮民脂民膏的罪证,亦是他败亡的记录。

郿坞

〔宋〕苏轼

衣中甲厚行何惧[1],坞里金多退足凭[2]。
毕竟英雄谁得似[3]?脐脂自照不须灯[4]。

【注释】

[1]"衣中"句:史载董卓杀人很多,为防止他人的行刺活动,每次出行的时候,总会在外衣里面穿上护身的软甲。

[2]金多退足凭:据史书记载,董卓从民间掠夺、搜刮了不少金银,藏在郿坞的庄园里,扬言自己一旦政治上失败,可以退养,以为这样是可靠的。

[3]英雄:此为反语,表嘲讽。

[4]"脐脂"句:《后汉书·董卓传》载,董卓死后,被朝廷下令暴尸,"天时始热,卓素充肥,脂流于地。守尸吏然火置卓脐中,光明达曙,如是积日"。

太白山

太白山,横贯眉县、武功、长安等县区一带,为秦岭最高峰,附近有太白庙、汤峪温泉等诸多名胜风景区。

幸凤泉汤

〔唐〕李隆基

西狩观周俗[1],南山历汉宫。荐鲜知路近[2],省敛觉年丰[3]。
阴谷含神爨[4],汤泉养圣功[5]。益龄仙井合,愈疾醴源通[6]。

不重鸣岐凤[7]，谁矜陈宝雄[8]。愿将无限泽，沾沐众心同[9]。

【注释】

[1] 狩：指古代天子出游巡幸。周俗：周指古代周人居住的地方，周俗指当地老百姓的生活风俗习惯。

[2] 鲜：鲜美的食物。

[3] 省敛：古代帝王巡视秋收。

[4] 阴谷：山北之谷。指温泉所在地。爨（cuàn）：泛指烧煮。此句谓汤泉为神仙烧热，是圣泉。

[5] 圣躬：帝王的身体。

[6] 醴：此指甘甜的泉水。

[7] 鸣岐凤：《国语》卷一《周语上》："周之兴也，鸑鷟鸣于岐山。"三国吴韦昭注："鸑鷟，凤之别名也。"

[8] 矜（jīn）：炫耀，夸示。陈宝：根据历代民间传说和文献记载，陈宝是秦文公时发现的两只神鸡，一雌一雄，得此者可以为王为帝。

[9] 沾沐：比喻受恩泽。

奉和幸凤泉汤应制[1]

〔唐〕张说

周狩因岐礼[2]，秦都辨雍名[3]。献禽天子孝，存老圣皇情[4]。
温润宜冬幸，游畋乐岁成[5]。汤云出水殿，暖气入山营。
坎意无私洁[6]，乾心称物平[7]。帝歌流乐府[8]，溪谷也增荣。

【注释】

[1] 此诗与前首唐玄宗的诗为唱和诗。

[2] 周狩：原意为周天子出巡，这里代指唐玄宗的出游。岐礼：即周礼，指周人遗留下的礼乐文化制度。

[3] 秦都：秦国的都城咸阳，这里指唐长安。

[4] 存老：问候老人。

[5] 游畋（tián）：游猎。岁成：丰收。

[6] 坎：卦名。

[7] 乾心：帝心。称物平：根据物品的多少，做到施与均衡。

[8] 帝歌：指前首唐玄宗《幸凤泉汤》诗。

羁卧山中 [1]

〔唐〕卢照邻

卧壑迷时代[2]，行歌任死生。红颜意气尽[3]，白璧故交轻[4]。
涧户无人迹[5]，山窗听鸟声。春色缘岩上，寒光入溜平。
雪尽松帷暗[6]，云开石路明。夜伴饥鼯宿[7]，朝随驯雉行[8]。
度溪犹忆处，寻洞不知名。紫书常日阅[9]，丹药几年成。
扣钟鸣天鼓，烧香厌地精[10]。倘遇浮丘鹤，飘飘凌太清[11]。

【注释】

[1] 上元三年（676），作者学道太白山中，此诗即作于这一时期。

[2] 卧壑：寄居、闲逸于山中。迷时代，不知外面的时间。

[3] 意气：意志和气概。

[4] 白璧故交：指自己已经富贵的朋友。

[5] 涧户：以山间水、山作为门户。

[6] 松帷：松林围绕起来形成屏蔽，好像帷幕一样。

[7] 鼯（wú）：鼯鼠，啮齿目松鼠科动物，形似松鼠，前后肢之间长有飞膜，能从树上飞降下来。住在树洞中，昼伏夜出。

[8] 驯雉：山间驯服的野鸡。

[9] 紫书：道教的书籍。

[10] 厌：即厌当，当时的一种祈福活动。地精：《黄庭内景经·百谷》："百谷之神土地精，五味外美邪魔腥。"后因以"地精"指百谷。

[11] 太清：天空。

投道一师兰若宿 [1]

〔唐〕王维

一公栖太白,高顶出云烟。梵流诸壑遍[2],花雨一峰偏[3]。
迹为无心隐[4],名因立教传[5]。鸟来还语法[6],客去更安禅[7]。
昼涉松路尽,暮投兰若边。洞房隐深竹[8],清夜闻遥泉。
向是云霞里,今成枕席前。岂惟留暂宿,服事将穷年[9]。

【注释】

[1] 兰若:梵语"阿兰若"之略称,指佛寺。

[2] 梵:婆罗门教、印度教名词,意为清净、寂静、离欲等。

[3] 花雨:佛教语。诸天为赞叹佛说法之功德而散花如雨。《仁王经·序品》:"时无色界雨诸香华,香如须弥,华如车轮。"后用为赞颂高僧颂扬佛法之词。偏:犹"多"。

[4] 无心:佛教语。指解脱邪念的真心。

[5] 立教:树立教化,指以佛道教化众生。

[6] "鸟来"句:《续高僧传》卷八《僧范传》记载,范冬讲法,连鸟儿都来听法,这里形容佛法的力量无穷。

[7] 安禅:谓入于禅定。

[8] 洞房:幽深的房屋。

[9] 服事:犹服侍。

登太白峰

〔唐〕李白

西上太白峰[1],夕阳穷登攀。太白与我语[2],为我开天关[3]。
愿乘泠风去[4],直出浮云间。举手可近月,前行若无山[5]。

一别武功去，何时复更还？

【注释】

[1] 太白峰：即太白山，又名太乙山、太一山，秦岭主峰，在今陕西眉县、太白县、周至县交界处。山峰极高，常有积雪，故名太白。

[2] 太白：指太白星，即金星。此喻指仙人。

[3] 天关：古星名，又名天门。《晋书·天文志》："东方，角宿二星为天关，其间天门也，其内天庭也。故黄道经其中，七曜之所行也。"句中指想象中的天界门户。

[4] 泠（líng）风：轻妙的和风。

[5] 若无山：指乘风凌云，逢山飞越，眼前的群峰都不成障碍，虽有若无。

太白胡僧歌

〔唐〕岑参

太白中峰绝顶有胡僧，不知几百岁。眉长数寸，身不制缯帛[1]，衣以草叶，恒持《楞伽经》[2]。云壁迥绝[3]，人迹罕到。尝东峰有斗虎[4]，弱者将死，僧杖而解之[5]。西湫有毒龙[6]，久而为患，僧器而贮之[7]。商山赵叟[8]，前年采茯苓[9]，深入太白，偶值此僧[10]，访我而说[11]。予恒有独往之意，闻而悦之，乃为歌曰：

闻有胡僧在太白[12]，兰若去天三百尺[13]。
一持《楞伽》入中峰，世人难见但闻钟。
窗边锡杖解两虎，床下钵盂藏一龙。
草衣不针复不线，两耳垂肩眉覆面。
此僧年纪那得知，手种青松今十围。
心将流水同清净[14]，身与浮云无是非。
商山老人已曾识，愿一见之何由得。
山中有僧人不知，城里看山空黛色[15]。

【注释】

[1] 制：指剪裁，做衣服。缯帛：这里指布匹衣料之类的东西。

[2] 恒：经常。《楞伽经》：佛教典籍。

[3] 云壁：高耸入云的峭壁。迥（jiǒng）：远。

[4] 尝：曾经。

[5] 解：化解。

[6] 湫（qiū）：深水的池塘。

[7] 器而贮之：指用器物把毒龙装进瓶子。

[8] 叟：老人。

[9] 茯苓：可以入药材的一种植物。

[10] 值：遇见。

[11] 说：同"悦"，高兴。

[12] 闻：听说，听到。

[13] 三百尺：此为泛指，形容太白山之高。

[14] 将：犹"与"。

[15] 黛：古代女子用来化妆的颜料，此指山的颜色。

宿太白东溪李老舍寄弟侄[1]

〔唐〕岑参

渭上秋雨过，北风正骚骚[2]。天晴诸山出，太白峰最高。
主人东溪老，两耳生长毫[3]。远近知百岁，子孙皆二毛[4]。
中庭井栏上，一架猕猴桃。石泉饭香粳，酒瓮开新糟[5]。
爱兹田中趣，始悟世上劳。我行有胜事，书此寄尔书。

【注释】

[1] 这首诗是天宝三年（744）诗人在考中进士之前隐居终南山时所作。

[2] 骚骚：风势强烈的样子。

[3] 两耳生长毫：谓年老。长毫：细长的毛。

[4] 二毛：指头发花白，谓年龄大。

[5] 新糟：指新酿制而没有过滤过酒糟的酒。

太白西峰偶宿车祝二尊师石室晨登前巘凭眺书怀即事寄呈凤翔齐员外张侍御[1]

〔唐〕卢纶

弱龄诚昧鄙[2]，遇胜惟求止[3]。如何羁滞中[4]，得步青冥里[5]。
青冥有桂丛，冰雪两仙翁[6]。毛节未归海[7]，丹梯闲倚空[8]。
逍遥拟上清[9]，洞府不知名。醮罢雨雷至[10]，客辞山忽明。
山明鸟声乐，日气生岩窣。岩窣树修修[11]，白云如水流。
白云消散尽，陇塞俨然秋[12]。积阻关河固，绵联烽戍稠。
五营承庙略[13]，四野失边愁[14]。吁嗟系尘役，又负灵仙迹。
芝术自芳香，泥沙几沉溺。书此欲沾衣，平生事每违。
烟霄不可仰[15]，鸾鹤自追随[16]。

【注释】

[1] 尊师：对道士的尊称。

[2] 弱龄：弱冠之年，少年。诚：的确。昧鄙：浅陋无知。

[3] 胜：风景美丽的地方。

[4] 羁滞：因事牵挂而停留。

[5] 青冥：山岭青苍幽远。此指太白山。

[6] 冰雪：形容肌肤洁白滑润。语出《庄子·逍遥游》："藐姑射之山，有神人居焉，肌肤若冰雪，淖约若处子。不食五谷，吸风饮露。"

[7] 毛节：即旄节。道士用来表示法力的符节。

[8] 丹梯：丹霞之梯，比喻高耸入云的山路。

[9] 上清：道教所谓的三清境之一。

[10] 醮（jiào）：道士设坛祈祷。

[11] 修修：修长美好貌。这里指树木长、大的样子。

[12] 陇塞：陇山，处于今陕西、甘肃省交界之处。

[13] 五营：泛指军营。庙略：帝王对军国大事的谋划。

[14] 边愁：因边乱、边患引起的愁苦之情。

[15] 烟霄：云霄，喻显赫的地位。

[16] 鸾鹤：比喻神仙。鸾与鹤。相传为仙人所乘。

雪夜寻太白道士

〔唐〕李端

雪路夜朦胧，寻师杏树东[1]。石坛连竹静，醮火照山红[2]。
再拜开金箓[3]，焚香使玉童。蓬瀛三岛至[4]，天地一壶通[5]。
别客曾留药，逢舟或借风。出游居鹤上，避祸入羊中[6]。
过洞偏回首，登门未发蒙。桑田如可见，沧海几时空[7]。

【注释】

[1] 杏树：相传三国时期吴国良医董奉治病救人不收钱财，老百姓遂于其门前种植杏树，人称董仙杏林，此代指太白道士居住的地方。

[2] 醮（jiào）火：道士设坛祭神之火。

[3] 箓：指道教的文书典籍。

[4] 蓬瀛：传说中神仙居住的地方。

[5] 一壶：道家传说壶中别有天地，因常以"一壶"喻宇宙或仙境。

[6] 避祸入羊中：《后汉书》卷八十二下《方术列传·左慈》记载：东汉末方士左慈与曹操同宴，操环视众宾，欲得松江鲈鱼。慈以铜盘贮水，钓得之。后操欲杀之，乃逃入壁中；后复见之于阳城山头，再逐而隐入羊群，卒不可得。此用以指道士一心玄修。

[7] 发蒙：启蒙。

太白老人

〔唐〕张籍

日观东峰幽客住[1]，竹巾藤带亦逢迎[2]。
暗修黄箓无人见[3]，深种胡麻共犬行[4]。
洞里仙家独常住，壶中灵药自为名[5]。
春泉四面绕茅屋，日日唯闻杵臼声[6]。

【注释】

[1] 幽客：隐士。此指太白老人。
[2] 竹巾：竹笠。逢迎：接应客人。
[3] 黄箓：道教斋醮名，用以祈福消灾。
[4] 胡麻：芝麻。
[5] 壶中灵药：老翁悬壶卖药。自为名：自取名称。
[6] 杵臼声：捣药声。

题太白山隐者

〔唐〕项斯

高居在幽岭，人得见时稀。写箓扃虚白[1]，寻僧到翠微[2]。
扫坛星下宿[3]，收药雨中归。从服小还后[4]，自疑身解飞[5]。

【注释】

[1] 写箓：书写符箓。道教的秘文为箓。扃（jiōng）：门户。这句比喻隐者屋室一片空明，使人心静。
[2] 翠微：指青翠掩映的山腰幽深处。
[3] 坛：道士行祈祷的场所。

[4] 小还：道教所炼的长生药。

[5] 身解飞：指道教所说的成仙。

二十七日，自阳平至斜谷，宿于南山中蟠龙寺 [1]

〔宋〕苏轼

横槎晚渡碧涧口[2]，骑马夜入南山谷[3]。
谷中暗水响泷泷[4]，岭上疏星明煜煜[5]。
寺藏岩底千万仞，路转山腰三百曲。
风生饥虎啸山林[6]，月黑惊麇窜修竹[7]。
入门突兀见深殿，照佛青荧有残烛。
愧无酒食待游人，旋斫杉松煮溪蔌。
板阁独眠惊旅枕[8]，木鱼晓动随僧粥。
起观万瓦郁参差，目乱千岩散红绿。
门前商贾负椒荈，山后咫尺连巴蜀。
何时归耕江上田，一夜心逐南飞鹄？

【注释】

[1] 嘉祐八年（1063）夏末时节，关中久旱，苏轼受命往太白山求雨，途中夜宿蟠龙寺，有感而发，写成此诗。（乾隆）《凤翔府志》卷三："蟠龙寺，（眉县）县西南三十里。宋苏文忠公留宿此，有诗。"

[2] 槎（chá）：船桨。

[3] 谷：同"峪"。诗所谓斜谷，在秦岭眉县段。

[4] 泷泷（lóng lóng）：水流声。

[5] 煜煜（yù yù）：明亮貌。

[6] 风生：起风。此句形容风势强劲，声音仿佛饥饿的虎在山林中咆哮。

[7] 惊麇：受惊的鹿。

[8] 旅枕：旅途夜卧。

太白词五首（并叙）[1]

〔宋〕苏轼

岐下频年大旱[2]，祷于太白山辄应[3]，故作《迎送神辞》一篇五章。
雷阗阗[4]，山昼晦[5]。风振野，神将驾[6]。
载云罕[7]，从玉虬[8]。旱既甚，蹶往救[9]，道阻修兮[10]。

旌旗翻[11]，疑有无[12]。日惨变，神在涂[13]。
飞赤篆[14]，诉阊阖[15]。走阴符，行羽檄[16]，万灵集兮[17]。

风为幄[18]，云为盖。满堂烂[19]，神既至。
纷醉饱[20]，锡以雨[21]。百川溢[22]，施沟渠[23]，歌且舞兮。

骑裔裔[24]，车斑斑[25]。鼓箫悲，神欲还。
轰振凯[26]，隐林谷。执妖厉，归献馘[27]，千里肃兮[28]。

神之来，怅何晚[29]。山重复[30]，路幽远[31]。
神之去，飘莫追。德未报，民之思，永万祀兮。

【注释】

[1] 太苏轼任凤翔通判时，多次参与郡县太白山祷雨，故作《太白词》。《太白词五首》抒写整个祷神求雨迎送太白山神的全过程。第一首写求雨前的天象及求雨者的迎神心态；第二首写迎神求雨时的天象及巫师们的行为；第三首写迎神降雨前后的情景即人们喜雨的欢乐；第四首写祈神降雨以后的情景及人们准备送神的盛况；第五首写祷神求雨应验，迎送太白山神的心情。五首作品内容上相互呼应，结构浑然一体。

[2] 岐下：岐山之下。岐山在今陕西省岐山县东北。

[3] 太白山：秦岭主峰，在今陕西省眉县境内。辄：总是，就。

[4] 阗(tián)阗：拟声词，形容击鼓、车马行驶时的响声。这里形容雷声很大。

[5] 昼：白天，白昼。晦：暗，阴。

[6] 神：太白山神。

[7] 云罕：旌旗。

[8] 玉虬(qiú)：传说中的无角龙。《楚辞》王逸注："有角曰龙，无角曰虬。"

[9] 蹶(jué)：竭尽，穷尽。救：制止。

[10] 阻修：路途阻隔而且遥远。兮：句末语气词，相当于"啊"。

[11] 旌(jīng)旗：旗帜。古代画有两龙并在竿头悬铃的旗。

[12] 疑：好像。

[13] 涂：同"途"。

[14] 赤篆(zhuàn)：指旧时道士的符箓。因用朱笔书写，笔画屈曲如篆，故称。

[15] 诉：祈求。阊阖(chāng hé)：传说中的天门。借指天神。

[16] 羽檄(xí)：古代紧急的军事文书，插鸟羽以示紧急。

[17] 万灵：众神。

[18] 幄：篷帐，帷帐。

[19] 满堂：整个场地。烂：光明，明亮。

[20] 纷：众多。

[21] 锡：赐予。

[22] 百川：众多的河流。溢：漫。

[23] 施：布满。

[24] 裔(yì)裔：队伍络绎不绝依次渐进。

[25] 车斑斑：形容车辆众多。

[26] 轰：成群车子走动的声音。振：扬起。凯：军队得胜的欢歌。

[27] 献馘(guó)：古时出战杀敌，割取左耳，以献上论功。馘，被杀者之左耳。此指奏凯报捷。

[28] 肃：肃静，平安。

[29] 怅：怨怅，怨恨。

[30] 重复：重叠。

[31] 幽远：幽深旷远。

宿山祠[1]

〔宋〕梅询

苍苍千仞接烟霓[2],蹬道微茫桂柏梯[3]。
萝月半珪山未曙[4],洞房清唱有仙鸡[5]。

【作者简介】

梅询(964—1041),字昌言,宣州宣城(今属安徽)人。太宗端拱二年(989)进士。真宗时为三司户部判官,屡上书论西北兵事。坐断田讼失实,降通判杭州。迁两浙转运副使,判三司开拆司。坐议天书,出知濠州。后历知数州,累官翰林侍读学士、给事中、知审官院。生平所作文稿,其子佽编为《许昌集》二十卷。

【注释】

[1] 此诗见于(宣统)《郿县志》卷三。《志》曰:"宋天禧元年(1017),转运使梅询宿山祠……。"

[2] 仞:古代的度量尺度。千仞,这里形容太白山的高大。烟霓:云霓。

[3] 蹬(dèng)道:石头阶梯。桂柏梯:桂柏荫下的上山磴道。

[4] 萝月:藤萝间的明月。珪(guī):一种玉器。上圆下方,此处形容月亮之形状。曙:天明太阳未出之前天空所呈现出的光线。

[5] 清唱:优美嘹亮的歌唱;清泠地歌唱。

太白晴雪

〔元〕仇圣耦

此山直上更无山,天外嶙峋带雪看[1]。
见说神池在高处[2],玉龙鳞甲不胜寒[3]。

【作者简介】

仇圣耦，生卒年不详，元代人，曾官侍郎。

【注释】

[1] 嶙峋：形容山峰突兀高耸。
[2] 见说：听说。神池：指太白山顶的大太白、二太白、三太白三池。
[3] 玉龙鳞甲：宋俞文豹《清夜录》载张元《雪》诗："战罢玉龙三百万，败鳞残甲满天飞。"后常用此形容下雪、积雪，此处喻太白积雪。

太白山

〔元〕朱铎

终南列万山，孤巅入云里[1]。
雪花点翠屏[2]，秋风吹不起。

【作者简介】

朱铎，生卒年不详，元代人，曾官员外郎。

【注释】

[1] 孤巅：指太白山。
[2] 翠屏：形容太白山峰峦排列的绿色山岩。

太白山歌

〔明〕何景明

我闻太白横西域[1]，百里苍苍见寒色。
灵源万古谁穷探[2]，雷雨窈冥岩洞黑[3]。
中峰迢迢直上天[4]，瑶宫玉殿开云烟。

千盘万折不到顶，石壁铁锁空高悬。
阴崖皑皑积古雪[5]，绝壑长松几摧折。
鸟道斜穿剑阁云，龙漂倒映峨眉月。
高僧出世人不知[6]，飞仙凌空笙鹤随[7]。
洞天福地在咫尺[8]，怅望尘海令心悲[9]。

【注释】

[1] 横：横陈。西域：本指玉门关以西地区，与中原相对而言。此句言太白山峰横绝西方。

[2] 灵源：对水源的美称。此指太白山脚下的温泉源头。

[3] 窈（yǎo）：幽深的样子。冥（míng）：幽昧，昏暗。

[4] 中峰：指太白峰。迢迢：高貌。这里形容太白峰的高峻。

[5] 皑皑（ái'ái）：形容太白山积雪的洁白。积古雪：太白峰山高气冷，终年积雪，故有此语。

[6] "高僧"句：岑参《太白胡僧歌序》中云：胡僧在太白中峰，"不知几百岁。眉长数寸，身不制缯帛，衣以草叶，恒持《楞伽经》。云壁迥绝，人迹罕到。东峰有斗虎，弱者将死，僧杖而解之；西湫有毒龙，久而为患，僧器而贮之"。

[7] 笙鹤随：刘向《列仙传》载：周灵王太子晋（王子乔），好吹笙，作凤鸣，游伊洛间，道士浮丘公接上嵩山，三十余年后乘白鹤驻缑氏山顶，举手谢时人仙去。后以"笙鹤"指仙人乘骑之仙鹤。

[8] 洞天福地：道教传说神仙所居的名山胜境，有"十大洞天""三十六小洞天"和"七十二福地"之称。

[9] 尘海：犹尘世，人世。宗教徒常用以与"天堂"或"仙界"相对。

汤峪渭川竹[1]

〔清〕冯云程

渭川绿阳风细[2]，数竿影动全摇。叶声萧萧鸣玉[3]，灵心吐节凌霄。阶下箨龙露角[4]，庭前雏凤吹箫。历经霜雪不老，看君百年逍遥。

【作者简介】

　　冯云程，字海鲲，号峪泉子，清陕西郿县人。七岁丧父，感奋自立，经艺大进。诸生。顺治四年（1647），以拔贡判宾州。以淡于宦情，半年即辞官。有《冯海鲲遗集二卷》传世。

【注释】

　　[1] 汤峪：位于今宝鸡市眉县东南部，秦岭主峰太白山脚下，别称西汤峪，区别于西安蓝田汤峪。

　　[2] 渭川：这里指陕西的西部宝鸡一带。

　　[3] 鸣玉：指风吹竹子发出的声音，如同敲打玉器的声音。

　　[4] 箨（tuò）：竹笋的异名。

登太白山

〔清〕李柏

铁壁喷烟关鸟道[1]，石门岚静敝空霄[2]。
龙拖五色云归洞[3]，僧曳九环杖过桥。
霞彩晓飞琼嶂足，星光夜点玉峰腰。
渭川飘渺横如带，界破秦疆八百遥[4]。

【注释】

　　[1] 铁壁：指太白山附近的山势。

　　[2] 岚：山间的雾气。敝：遮掩。空霄：天空，云霄。

　　[3] 龙：形容山间云的形状。

　　[4] 界破秦疆：秦岭山脉像一道高大宽厚的屏帐，阻挡着南、北气流的交换，使南北气候产生明显的差异。太白山则是我国南、北气候分界线，也是长江、黄河两大水系的自然分水岭之一。

太白积雪[1]

〔清〕朱集义

白玉山头玉屑寒[2]，松风飘拂上琅玕[3]。
云深何处高僧卧，五月披裘此地看[4]。

【注释】

[1] 朱集义集前代之大成，作《关中八景》诗（或称"长安八景"）。朱集义曾任朝邑知县。此"八景"诗，未必作于八地，但可以确定作于关中，为阅读方便，每首置于其相应吟咏之地。

[2] 玉屑：雪花。

[3] 琅玕：神话传说中的仙树，其实似珠。此指太白山上缀有积雪的树。

[3] 裘（qiú）：毛皮大衣。

望太白山

〔清〕张问陶

形势抗西岳[1]，尊严朝百灵[2]。雪留秦汉白，山界雍梁青[3]。
鸟道欺三峡[4]，神功怯五丁[5]。峨眉可横绝[6]，归梦记曾经[7]。

【作者简介】

张问陶（1764—1814），字仲冶，号船山、药庵退守，又自号蜀山老猿、老船，清四川遂宁人。乾隆五十五年（1790）进士。授检讨，改御史，再改吏部郎中，出知山东莱州府。以忤上官，称病去职。卒于苏州。诗称一代名家，亦工画。有《船山诗草》。

【注释】

[1] 抗：匹配，对等。西岳：指华山。

[2] 尊严：崇高庄严。百灵：指众多的神。

[3] 雍梁：指陕西、甘肃省一带。

[4] 欺：超越。

[5] 五丁：指神话传说中的五力士。《艺文类聚》卷七引汉扬雄《蜀王本纪》：" 天为蜀王生五丁力士，能献山，秦王（秦惠文王）献美女与蜀王，蜀王遣五丁迎女。见一大蛇入山穴中，五丁并引蛇，山崩，秦五女皆上山，化为石。"《水经注》中亦有同样记载。

[6] 峨眉：即四川的峨眉山。横绝：超越。

[7] 记曾经：回想往日游玩的情形。

岐山县

岐山县隶属于陕西省宝鸡市。县始建于隋开皇十六年（596），以境内东北部箭括岭双峰对峙、山有两歧而得名。岐山县地处古代丝绸之路、现代欧亚大陆桥沿线的关中西部，为炎帝生息、周室肇基之地，全县有仰韶、龙山、商周等文化遗存800余处，奠定了中华文明的基础。

五丈原

五丈原，位于岐山县南斜谷口西侧。原高40丈，窄处宽50丈，为狭长的黄土高原，东西为河流，南依秦岭，北临渭水，地势险要，为古来兵家必争之地。这里曾是三国时期诸葛亮屯兵用武、劳竭命殒的古战场。宋代建有祭祀诸葛亮的庙宇，元初在原北端建祠，庙内有岳飞手书的《出师表》。

经五丈原

〔唐〕温庭筠

铁马云雕共绝尘，柳营高压汉宫春[1]。
天清杀气屯关右，夜半妖星照渭滨[2]。
下国卧龙空寤主，中原得鹿不由人[3]。
象床宝帐无言语，从此谯周是老臣[4]。

【注释】

[1]"铁马云雕"二句：谓蜀国的雄兵迅速北进，屯营在五丈原，使魏国受到很大的压力。"铁马云雕"，比喻强大的军队。"铁马"指铁骑。云雕：指画有虎熊与鹰隼的旗帜。绝尘：足不沾尘，形容行军速度极快。柳营：原指西汉周亚夫所统率的军队，军纪严明，作战勇敢。这里比喻诸葛亮率领的蜀军。"高压汉宫春"，指长安一带受到威胁。

[2]屯：军队驻扎。关右，指函谷关以西的地方。妖星：古人认为天上若有彗星或流星一类的东西出现，就预示着灾难的降临。据《三国志》记载，诸葛亮第六次出师时，曾有大星坠落于蜀军驻扎的营地，当时的人们认为这是不祥的兆头。这里指诸葛亮出师不利。

[3]下国：指偏处西南的蜀国。卧龙：指诸葛亮，诸葛亮曾号卧龙先生。寤主：开导君主使其醒悟。指诸葛亮给后主上《出师表》劝其"亲贤臣，远小人"等事。中原得鹿：指争夺政权，典出《史记·淮阴侯列传》。此二句谓，诸葛亮白白地对刘禅做了许多谏劝开导，最终无法使昏庸的后主醒悟过来；他殚精竭虑，连连北伐，亦未能实现统一中原的愿望。

[4]象床宝帐：祠庙里神龛上的陈设。谯周：字允南，蜀国大臣，诸葛亮死后深得后主刘禅宠信。魏国军队兵临成都时，其劝后主刘禅向魏国统帅邓艾投降。末二句谓，诸葛亮逝世后被人塑成神像供在祠庙中，身后名誉虽佳，但却不再能够参与国事，而谯周却以妖言迷惑后主，竟被刘禅当作"老臣"加以宠信。杜甫《蜀相》诗中赞誉诸葛亮"两朝开济老臣心"，此句中称谯周为老臣，

语含讽刺。

五丈原

〔唐〕胡曾

蜀相西驱十万来[1]，秋风原下久裴回[2]，
长星不为英雄住，半夜流光落九垓[3]。

【注释】

[1] 西驱：指诸葛亮于建兴十二年（234）春从斜谷出师伐魏。蜀在魏之西，故言西驱。十万：《晋书·宣帝纪》："（青龙）二年，亮又率众十余万出斜谷，垒于郿之渭水南原。"

[2] 裴回：徘徊。

[3] "长星"二句：据《三国志·诸葛亮传》注引《晋阳秋》载，诸葛亮死时，"有星赤而芒角，自东北西南流，投于亮营，三投再还，往大还小，俄而亮卒"。住：停留。

怀贤阁

是日至下马碛，憩于北山僧舍。有阁曰怀贤，南直斜谷，西临五丈原，诸葛孔明所从出师也。

〔宋〕苏轼

南望斜谷口，三山如犬牙[1]。西观五丈原，郁屈如长蛇[2]。
有怀诸葛公，万骑出汉巴[3]。吏士寂如水，萧萧闻马檛[4]。
公才与曹丕，岂止十倍加[5]。顾瞻三辅间，势若风卷沙[6]。
一朝长星坠，竟使蜀妇髽[7]。山僧岂知此，一室老烟霞[8]。
往事逐云散，故山依渭斜[9]。客来空吊古，清泪落悲笳[10]。

【注释】

[1] 三山：指五丈原附近的北山、南山、石桥山。斜谷：终南山山谷名，南口叫褒，北口叫斜，为古时往秦岭南北的重要通道，诸葛亮伐魏多次由此出兵。犬牙：言山势如犬牙交错。

[2] 郁曲：曲折蜿蜒。此指五丈原地势处于群山之间，曲折蜿蜒，犹如长蛇。

[3] 汉巴：汉水巴山，此泛称蜀地。《三国志·诸葛亮传》："（建兴）十二年春，亮悉大众由斜谷出，以流马运，据武功五丈原，与司马宣王对于渭南。"

[4] "吏士"二句：寂如水：形容非常寂静而无喧声。萧萧：马鸣声。马楇：马鞭。此二句写诸葛亮统率的蜀汉军队训练有素，部伍整肃。

[5] "公才"二句：据《三国志·诸葛亮传》载，刘备在白帝城病危，召见诸葛亮，语曰："君才十倍曹丕，必能安国家，定大事。"

[6] 顾瞻：瞻望。三辅：指关中地区。风卷沙：形容诸葛亮军势之盛，征伐魏国如风卷尘沙一般。

[7] 长星坠：指诸葛亮之死。髽（zhuā）：妇女在祭奠亲人的时候所用的发式，用麻束发。据史书载，诸葛亮死后，蜀中百姓都为他戴孝、设祭。这句意为，诸葛亮死后，蜀地的老百姓很怀念他，连妇女也都私自祭拜他。

[8] "山僧"二句：言山中僧人不知道怀贤阁的来历是出于对诸葛亮的缅怀，只是枯居一室，终老于烟霞之中。

[9] "往事"二句：言蜀魏争战的往事早已随白云消散，但五丈原古战场却依然傍着渭水、斜水而千古长存。

[10] 悲笳（jiā）：悲凉的笳声（笳是古代军中所用的号角）。

五丈原怀古

〔宋〕蒋子奇

其一

蜀相扬声欲取郿[1]，关中形势已全窥。
当时不是长星坠，席卷中原未可知[2]。

其二

据险先收五丈原,驻兵分辟渭南田[3]。
诸军未信全无事[4],天下奇才始信然[5]。

【作者简介】

蒋子奇(1031—1104),字颖叔,谱名蒋之奇,北宋常州宜兴(今属江苏)人。嘉祐二年(1057)进士,又举贤良方正。宋神宗时任殿中侍御史,因诬劾欧阳修被贬官。后任淮东转运副使,在任兴修水利,升江淮荆浙发运使,宋徽宗时拜观文殿学士。

【注释】

[1] 郿:古地名,在今陕西省眉县东北。三国时为蜀、魏交兵之地。五丈原即在旧郿县西南。《三国志·诸葛亮传》"(建兴)六年春,扬声由斜谷道取郿,……关中响震。"

[2] "当时"二句:如果诸葛亮不死在五丈原,那么蜀汉完全有可能占领中原。席卷:如同卷席子一样全部占有。

[3] "驻兵"句:据《三国志·诸葛亮传》载,诸葛亮进军五丈原,与司马懿隔渭河对峙,司马懿坚守不出战,诸葛亮怕长期相持军粮不足,便在渭河南岸分兵屯田,"耕者杂于渭滨居民之间,而百姓安堵,军无私焉"。

[4] "诸军"句:《晋书·宣帝纪》载,诸葛亮兵出斜谷,司马懿率军渡过渭河,背水扎营,对诸将说,"亮若勇者,当出武功,依山而东。若西上五丈原,则诸军无事矣"。

[5] 天下奇才:语出《三国志·诸葛亮传》:"其年八月,亮疾病,卒于军,时年五十四。及军退,宣王(司马昭封晋王后追谥司马懿为宣王)案行其营垒处所,曰:'天下奇才也!'"

题五丈原武侯庙

〔金〕郝居中

筹笔无功事可哀[1]，长星飞堕蜀山摧[2]。
三分岂是平生志[3]，十倍宁论盖世才[4]。
坏壁丹青仍白羽[5]，断碑文字只苍苔[6]。
夜深老木风声恶，尚想褒斜万马来[7]。

【作者简介】

郝居中，字仲纯。宋真宗景德元年（1004）登第，后入金。金正大（1224-1232）末年曾任凤翔治中、南山安抚使。

【注释】

[1] 筹笔：指诸葛亮出师的地点筹笔驿。此句语带双关，是说诸葛亮殚精竭虑筹划北伐，但终未成功，这实在是很可悲的。

[2] 长星飞堕：相传诸葛亮死时有大星坠落。此句意为，诸葛亮一死，蜀汉随即覆亡。

[3] 三分：诸葛亮在隆中与刘备相见时，即定下魏、蜀、吴三分天下的战略计划。此句意为，三分天下并非诸葛亮的最终目标。（诸葛亮的最终目的是他在《出师表》中所说的，"兴复汉室，还于旧都"。）

[4] 十倍：见前苏轼《怀贤阁》注释[5]。此句意为，用"十倍曹丕"还不足以评论诸葛亮的盖世雄才。

[5] 丹青：丹和青是中国古代绘画常用之色，故常用丹青泛指绘画。白羽：指白羽扇。此句意为，已损坏的墙上画像中的诸葛亮仍然手挥白羽扇。

[6] "断碑"句：谓残毁的碑石上生满青苔，与上一句同写武侯庙破败荒凉之景象。

[7] 褒斜：即褒斜道，在今天的宝鸡市境内，因取道褒水、斜水两河谷而得名，为古时往来秦岭南北的重要通道。诸葛亮伐魏多次由此道出兵。末尾二句是说，

深夜风吹林木之声犹使人想到当年蜀军北伐时万马奔腾的气势。万马：代指军队。

武侯庙[1]

〔元〕张奭

长蛇成八阵[2]，渭水鼓雷波[3]。地据三分少，公才十倍多。
慨吟梁甫韵，常叹大风歌[4]。日月光同烈[5]，青编永不磨[6]。

【作者简介】

张奭（shì），生平不详，元代官员，曾官佥事。

【注释】

[1] 此诗不知其具体作地，即不知是否作于岐山。（雍正）《陕西通志》卷九十六收录此诗，姑置于此。

[2] 八阵：据说为诸葛亮所创，是一种行军作战时所用的军队阵形。相传诸葛亮有洞当、中黄、龙腾、鸟飞、折冲、虎翼、握机、连衡等八阵。《三国志·诸葛亮传》载，诸葛亮"推演兵法，作八阵图"。今四川奉节、陕西沔县等地均有八阵图遗址。

[3] 雷波：形容波涛之声如雷。

[4] "慨吟"二句：叹息蜀汉未能得众多人才辅佐以完成北伐事业。梁甫韵：即《梁父吟》，又作《梁甫吟》，乐府古曲名。《三国志·诸葛亮传》："亮躬耕陇亩，好为《梁父吟》。"大风歌：刘邦所作。

[5] "日月"句：谓诸葛亮誓死报国的精神与日月同光。烈：光明。

[6] 青编：史书。古时以竹简记事，故称史册为青编。不磨：不可磨灭。

五丈秋风

〔元〕达实帖木儿

八阵图荒认旧痕,当年蜀将驻三军。
出师不遂中原志[1],老树寒烟锁暮云。

【作者简介】

达实帖木儿,生卒年不详,元代蒙古族人。官刑部侍郎。今存《凤鸣朝阳》《五丈原怀古》两首汉诗。

【注释】

[1]遂:实现。

五丈秋风

〔明〕王袆

一片西原土,空埋尽瘁身[1]。
凄凄烟树冷,似泣汉家春[2]。

【作者简介】

王袆(yī)(1321—1372),字子充,义乌(今属浙江)人。以文章著名,元末隐居青岩山从事著述。明太祖(1368-1398在位)召授江南儒学提举,后同知南康府事。洪武初,诏与宋濂为总裁,与修《元史》,书成,升翰林待制,后以诏谕云南死。有《王忠文公集》等。

【注释】

[1]"一片"二句:五丈原土中埋着尽瘁而死的诸葛亮。(按,诸葛亮葬于

陕西勉县定军山下，非五丈原。）西原：指五丈原。尽瘁身：化用诸葛亮《后出师表》中"臣鞠躬尽瘁，死而后已"语，表达他为国尽力的决心和意志。尽瘁：尽心竭力、不辞劳瘁。

[2]"凄凄"二句：五丈原上秋风萧瑟、树木凋零，似乎还在为蜀汉的覆亡而哀泣。凄凄：指悲凉、感伤的氛围。汉家：指刘备所建的蜀汉。

五丈原

〔明〕李东阳

五丈原头动地鼓，魏人畏蜀如畏虎[1]。
营门不开呼者怒，挥戈指天天宇漏。
将星堕空化为土，炼石心劳竟何补[2]。
侯归上天多旧伍[3]，羽为前驱飞后拒[4]。
忠魂不逐降王车[5]，长卫英孙朝烈祖[6]。

【注释】

[1]"魏人"句：据《汉晋春秋》载，建兴九年（231），诸葛亮围攻祁山，司马懿坚守不出战，部将贾栩、魏平屡请出战，曰："公畏蜀如虎，奈天下笑何！"此句意为，诸葛亮进兵五丈原，司马懿畏惧不敢出战。魏人：指司马懿。

[2]炼石：《淮南子·览冥》载，古时天崩地裂，女娲炼五色石以补天。此句诗用女娲补天喻诸葛亮在天下大乱之时力图兴复汉室、北定中原的苦心。全句意为，诸葛亮的一番努力终成泡影，没有能够辅佐后主成就大业。

[3]侯：指诸葛亮，诸葛亮建兴元年（223）被后主封为武乡侯，死后谥忠武侯。旧伍：旧部下。

[4]羽：指关羽。飞：指张飞。此句谓，诸葛亮死后归天，关羽和张飞都来护卫他。

[5]降王：指蜀后主刘禅。刘禅于炎兴元年（263）投降魏国。

[6]英孙：指刘备之孙、刘禅第五子北地王刘谌。据《三国志·蜀书·后主传》载，蜀汉亡，刘谌誓不降魏，自杀殉国。烈祖：指刘备，备死后谥为昭烈帝。

末二句意为,诸葛亮死后的忠魂也不去跟随降魏的后主刘禅,而护卫着以身殉国的刘谌去朝见刘备的亡灵。

武侯庙[1]

〔明〕何景明

风日高原暮,松杉古庙阴[2]。三分扶汉业[3],万里出师心。
星落营空在,云横阵已沉[4]。千秋一瞻眺,梁甫为谁吟[5]。

【注释】

[1] 谒:拜谒。

[2] 古庙:指五丈原诸葛庙,据《岐山县志》载,庙建于元初。

[3] 三分:指三国鼎立。汉业:指恢复汉朝的故土。

[4] "星落"二句:谓诸葛亮早已逝去,他在五丈原扎营的遗迹犹存,天空云气仍在,但八阵却已沉入江中。星落:史载诸葛亮死时有大星落于营中。云横:相传八阵图上空有云气呵护。

[5] 瞻眺(zhān tiào):极目远望。梁甫:指《梁甫吟》,为诸葛亮早年所吟诵。诗人于末二句抒发感慨,意为:我于千年之后来此瞻仰,也想吟一曲诸葛亮咏诵的《梁甫吟》,但贤人已逝,对谁而吟呢?

五丈原怀古

〔明〕石凤台

六出难酬三顾恩[1],堂堂正正发征幡[2]。
天教魏晋纵横起,肯使炎刘局面翻[3]?
五丈云深雄骨冷,八门雾拥斗星昏[4]。
从来世事违心愿,几度秋风欲断魂[5]。

【作者简介】

石凤台，生卒年不详。明天启五年（1625）进士，曾任陕西巡抚右副都御史。

【注释】

[1] 六出：指诸葛亮六次出师北伐。酬：报答，答谢。三顾恩：指刘备三次去拜访诸葛亮的诚意和恩惠。

[2] 征幡（fān）：军队的旗帜。

[3] "肯使"句：意为，蜀汉的灭亡是上天注定的，并非人力所能挽回，连诸葛亮这样杰出的人才，也无法挽狂澜于既倒。

[4] 八门：指八阵图。

[5] 断魂：黯然伤神。

五丈原怀古

〔清〕李因笃

其一

凭吊遗祠托乘游[1]，卧龙龙卧已千秋[2]。
遥驰绝壑冲炎景，忽望高原起暮愁。
松柏自吟丹嶂外[3]，凤凰空叫碧山头[4]。
平居掩卷悲时数[5]，指点行云涕泗流[6]。

【注释】

[1] 凭吊：悼念。托：寄托。

[2] 卧龙：指诸葛亮，诸葛亮号卧龙先生。

[3] 嶂：山的高险之处。

[4]"凤凰"句：此句意为，连凤凰这样的神鸟也为诸葛亮未完成的事业而哀鸣。

[5] 时数：命运。

[6] 涕泗：眼泪。

其二

星落天空里尚存[1]，誓师原上想云屯[2]。
徐兴礼乐封梁甫[3]，久驻樵耕控益门[4]。
羽扇潜挥南向泪[5]，云山长守北征魂[6]。
沙明草偃今犹昨，彷徉回车有旧痕[7]。

【注释】

[1] 星落天空：喻诸葛亮仙逝。里尚存：地方仍然存在。里，处所，此指诸葛亮当年屯兵之处。

[2] 云屯：如云之聚集。形容盛多。这里指诸葛亮所率军队威武雄壮的样子。

[3] 徐：逐渐。封梁甫：古代帝王登泰山筑坛祭天称作"封"，在泰山南梁父山上辟基祭地称作"禅"，封禅是表示统一和强大的一种祭祀活动。此句谓，诸葛亮逐渐振兴蜀汉，准备最后统一天下，举行封禅大典。

[4] 久驻樵（qiáo）耕：据《三国志·诸葛亮传》载，诸葛亮屯兵五丈原时，怕军粮不济，便分兵屯田，"以为久驻之基"。控益门：控制益州的门户。

[5] 挥：洒。相传诸葛亮病重时曾强支病体巡视军营，遥向南方蜀国挥泪，遗憾自己北伐不成。

[6] 云山长守：谓五丈原的云山长久地守护着诸葛亮的英魂。

[7] "沙明"二句：谓五丈原上闪光的沙砾和倒伏的野草上，仿佛还有当年蜀军撤退时留下的车痕。草偃：草倒伏。

五丈原怀古[1]

〔清〕许孙荃

荒原淡斜日，古戍黯层阴[2]。五丈空留迹，三分不死心[3]。
地随营垒淡，星与阵云沉。薄暮秋风急，如闻梁父吟。

【注释】

[1] 此诗为和前何景明《登五丈原谒武侯祠》诗而作。何景明号大复山人。

[2] 古戍：边疆古老的城堡、营垒。层阴：指密布的浓云。

[3] 三分：指三国鼎立。不死心：指诸葛亮恢复汉室的壮心和志向。

五丈原怀古

〔清〕万方煦

赤帝子孙然爝火[1]，南阳蟠龙不得卧[2]。
天定三分汉鼎破[3]，秋风惨黯大星堕[4]。
前出师，后出师[5]，成败利钝未可知[6]。
臣身死，心不死，灭魏吞吴事竟止[7]。
五丈原头落日高，白帝城边怒风号。
丹旐西归泣杜宇[8]，萧萧故垒卧蓬蒿[9]。

【作者简介】

万方煦，字伯舒，一字对樵，清代山阴（今浙江绍兴）人。生平事迹不详。有《豫斋集》。

【注释】

[1] 赤帝子孙：指刘备。汉高祖刘邦自称赤帝，刘备自称系西汉中山靖王刘胜之后，以兴复汉室为己任。然：通"燃"。爝（jué）火：古代烧苇把以祓除不祥，称为爝火，爝火即除恶之火。汉代主火德，燃爝火即指刘备起兵兴复汉室。

[2] 蟠龙：卧龙。指诸葛亮。

[3] 汉鼎破：喻东汉政权灭亡，分为魏、蜀、吴三国。

[4] 大星堕：指诸葛亮死于五丈原。

[5] 前出师，后出师：指诸葛亮给后主刘禅所上的表章前后《出师表》。

[6] 成败利钝：诸葛亮《后出师表》："臣鞠躬尽瘁，死而后已，至于成败

利钝,非臣之明所能逆睹也。"利钝,即顺利或困难。

[7] 事竟止:指诸葛亮统一中原的事业中道而止。

[8] 丹旐(zhào):或称"明旌""铭旌"。即用写有死者姓名的旗幡,竖于柩前或敷于棺上,出丧时为棺柩引路。丹旐西归:指诸葛亮死后灵柩送回西蜀。泣杜宇:蜀中的杜鹃鸟都为诸葛亮之死伤泣。

[9] 故垒:指诸葛亮在五丈原的营寨遗址。垒,指军营四周所筑的堡寨,蓬蒿:草名,此处泛指野草。

周公庙

周公庙,在今陕西岐山县境内,位于凤凰山南麓,其地古名"卷阿",周时即闻名于世,唐武德元年(618)建祠,现留存有周公、召公、姜太公、姜嫄圣母等殿,另有张三丰、八仙过海、老君、元始天尊、观音、药王等三十多个"神洞"。北庵玉石洞的玄武像,为唐代汉白玉石雕,庙内有韩愈、苏轼等人题诗,庙前有"润德泉"。

岐山下一首[1]

〔唐〕韩愈

谁谓我有耳,不闻凤皇鸣[2]?竭来岐山下[3],日暮边鸿惊。
丹穴五色羽[4],其名曰凤凰。昔周有盛德,此鸟鸣高冈。
和声随祥风,窈窕相飘扬[5]。闻者亦何事?但知时俗康。
自从公旦死[6],千载闷其光[7]。吾君亦勤理[8],迟尔一来翔[9]。

【注释】

[1] 诗原有二首,另外一首已佚。

[2] "谁谓"二句:倒装句,意为,没有听过凤凰鸣,算是空有两耳。此处"谁"作"怎样""哪能"解。

[3] 竭(quē):通"却"。竭来:来到。

[4] 丹穴：指凤凰栖居的地方，这里指周公庙附近的凤凰山，传说凤凰曾栖息在这里。"丹穴"二句：《山海经·南山经》："丹穴之山……有鸟焉，其状如鸡，五采而文，名曰凤凰。"

[5] 窈窕：形容凤凰美丽的姿态。

[6] 公旦：即周公。

[7] 闷（bì）：埋没，不能发扬。

[8] 吾君：指唐德宗。理：治理，太平。此句意为，当今的唐朝皇帝亦为勤勉、治平的天子。

[9] 迟（zhì）：希望，期待。尔：指代凤凰。

周公庙（并序）[1]

〔宋〕苏轼

庙在岐山西北七八里，庙后百许步，有泉依山，涌冽异常，国史所谓"润德泉，世乱则竭"者也。

吾今那复梦周公[2]，尚喜秋来过故宫[3]。
翠凤旧依山碑兀[4]，清泉长与世穷通[5]。
至今游客伤离黍[6]，故国诸生咏雨蒙[7]。
牛酒不来乌鸟散[8]，白杨无数暮号风。

【注释】

[1] 宋英宗治平元年（1064），苏轼到周公庙游览，有感于周公的丰功伟绩而作此诗。

[2] 梦周公：《论语》记孔子语："甚矣，吾衰也！久矣，吾不复梦见周公。"此句表达了诗人游览周公庙时的喜悦之情。

[3] 故宫：指周公庙。

[4] 碑（lù）兀：即碑砇，形容危石高崖。作者见山石碑兀而想象翠凤曾经栖息于此。

[5] 清泉：指周公庙后的润德泉。

[6] 伤离黍：《诗经·王风·黍离》："彼黍离离，彼稷之苗。"《毛诗序》："《黍离》，闵（悯）宗周也。周大夫行役至于宗周，过故宗庙宫室，尽为禾黍，闵周室之颠覆，彷徨不忍去，而作是诗也。"

[7] 雨蒙：《诗经·豳风·东山》："我来自东，零雨其蒙。"《东山》，咏周公东征事。

[8] 牛酒：指祭品牺牲和酒醴。牛酒不来，是说周公庙已经很久没有人来祭祀，庙宇呈现出衰败的迹象。

谒周公庙

〔明〕薛纲

一从姬辙驾言东[1]，禾黍离离满閟宫[2]。
不睹高岗仪彩凤[3]，徒瞻遗像被华虫[4]。
泉流岐下千年泽[5]，乐作人间万世功[6]。
愧我身非行道具，登堂恍在梦魂中[7]。

【作者简介】

薛纲，字之纲，明代浙江山阴（今绍兴）人。天顺八年（1464）进士，拜监察御史，巡按陕西，于边防事多所建言，官至云南布政使。有《三湘集》《崧荫蛙吹》。

【注释】

[1] 驾言东：指周平王东迁洛邑事。

[2] 离离：草木茂盛的样子。

[3] 高岗：指周公庙附近的凤凰山，传说凤凰曾在此鸣叫。

[4] 被华虫：指被虫吞噬。

[5] 泉：指润德泉。

[6] 乐：指周公制定的礼乐制度。

[7] 登堂：进入周公庙。恍：恍然。

谒周公庙

〔明〕罗澄

驻节登周邸[1]，披图考旧踪[2]。甘泉名润德，胜地接邠风[3]。
丹凤遗空穴[4]，青山绕故宫[5]。黍离谁复叹[6]，芳草夕阳红。

【作者简介】

罗澄，明广东兴宁人。为里长，从知县舒韶镇压民变，韶兵败坠马，澄以己马让之，韶去，澄被执死。

【注释】

[1] 驻节：出使途中停留。周邸：即周公庙。
[2] 披图：展开地图。考：考察。
[3] 邠：即豳，在今天陕西旬邑、彬州一带，周代人在这里生活居住。
[4] 空穴：空巢。
[5] 青山：即凤凰山。故宫：周公庙宇。
[6] 黍离：《诗经》中的篇章。详见前苏轼《周公庙（并序）》注释[6]。

周邸治泉

〔明〕王九思

泉涌出前道，滔滔兆岁丰[1]。
山前问古老[2]，泉上拜周公。

【注释】

[1] 滔滔：泉水发出的声音。兆：预示。

[2] 古老：指当地的老年人。"古"同"故"。

谒周公庙

〔明〕梁建廷

周公庙宇贮卷阿[1]，古木参天翥凤窠[2]。
德备先朝光日月[3]，道流后世配山河[4]。
精忠昭感风雷护，达孝默通神鬼呵[5]。
甚矣吾衰劳孔梦[6]，衮衣难见思如何[7]。

【作者简介】

梁建廷，明代陕西岐山县人。万历四十四年（1616）进士。历任大理寺寺正、四川主考、河南知府、山东兖东副使、川南参议、湖广布政使等职。致仕归里后，曾做《重修周公庙记》，载于岐山旧志。

【注释】

[1] 贮：位于。卷阿：即凤凰山。

[2] 翥凤：翥，飞翔。翥凤，指凤凰飞翔。窠：凤凰的巢穴。

[3] 先朝：指周朝。光日月：指周公的道德品质与日月同光。

[4] 配山河：与山河相媲美。

[5] "精忠"二句：《史记·鲁周公世家》载，武王灭商后二年，天下尚未安定，武王病重，群臣忧惧。周公便到祖庙，写了简书使太史向祖先祷告，称自己愿代武王死。祷毕占卜，吉，周公便去向武王道贺，曰："我已得到先王之命，你将长寿。"次日武王病愈。周公将他的祷词藏在金縢匮中，告诫太史勿对人提及此事。武王死后，周公又忠心辅佐成王，讨平管、蔡叛乱，制定典章制度，巩固了周朝的统治。周公死后，忽然风雷大作，吹倒禾苗，拔出大树，举国惶恐，成王取出金縢之书，才得知周公当初祈求代武王死之事，执书而泣，说："我年幼，竟不知道周公对王室有如此大功，现在上天动威，用风雷来彰明周公之德。"于是下令鲁国以天子礼乐祭祀周公。此二句即言此事。

[7]"甚矣"句:《论语·述而》:"甚矣,吾衰也!久矣,吾不复梦见周公。"此处化用,表达了作者对周公的向往、敬慕之情。

[8]衮衣:古代帝王及上公穿的绘有卷龙的礼服,此指周公。

卷阿八景诗[1]

〔清〕周之冕

丹穴凤迹[2]

丹山献瑞命维新[3],家相勋猷总绝伦[4]。
宣圣精神劳梦见,高岗鸣凤唤醒人。

枯柏复生

生机不息总由天,一脉根蟠润德泉[5]。
古柏已枯还复茂,独留瑞物万斯年。

桫椤远荫[6]

甘棠蔽芾又如何,绕殿桫椤见不多。
怪得岐阳无酷暑,重重远荫出卷阿。

云房仙笔[7]

神仙漫道尽荒唐,二字云房总异常。
碑立西庵今尚在,钟离妙碑永留芳。

乐山名画 [8]

自古丹青妙属吴,须眉活现治岐图。
乐山一幅通灵画,博得芳名若合符。

白杨集乌

群绕回翔集白杨 [9],年年日暮噪吾岗。
乌鸦不去卷阿地,也识联班朝凤凰 [10]。

玄武玉像 [11]

北极玄天镇宝山,灵玄远照石皆顽。
珊珊骨格谁能识,金阙化身露玉颜。

碑镜清莹 [12]

麟凤丰碑纪圣泉,晶莹不异镜高悬。
唐名润德元重出 [13],古迹相传至正年 [14]。

【作者简介】

周之冕,明代人。万历年间(1573-1619)曾任扶风教谕。

【注释】

[1] 组诗所咏的是周公庙所在地卷阿山附近的八处著名风景。

[2] 丹穴凤迹:卷阿背靠凤凰山,相传凤凰鸣叫于此,而凤凰则来自"丹穴之山",故又称丹凤。宋真宗天禧年间(1017-1021)在凤凰山上建有凤山楼,明代在此建有凤山石屋。

[3] 献瑞:凤凰鸣叫。命维新:指周朝的兴盛。

[4] 勋：功绩和成就。猷：谋略和才干。

[5] 根蟠：指树根像龙一样盘曲。

[6] 桫（suō）椤：又名树蕨，一种稀有植物。远荫：指树荫的面积庞大。

[7] 云房：八仙中之一的汉钟离。仙笔：指汉钟离留下的笔墨，今已遗失。

[8] 乐山：指元代画家姚安仁，姚安仁号乐山。周公庙中留有他作的壁画。

[9] 集：聚集。

[10] 联班：一起，汇集。

[11] 玄武：指周公庙北庵玄武洞中的白玉雕像。

[12] 碑镜清莹：指元代太守孔克任所留下的《润得泉记》碑文。

[13] 唐名润德元重出：唐宣宗时，这里泉水忽涌，凤翔节度使以为祥瑞，遂将此事上奏给唐宣宗李忱，李忱赐名"润德泉"，意为润德于民。

[14] 至正：元顺帝年号（1341—1368）。周公殿前原立一碑，上刻有元代河南太守孔克任在元至正二十四年（1364）为润德泉复出所作的《润德泉记》，此碑"明莹如境，殿壁树木一照无遗"。

谒周公庙

〔清〕许孙荃

召主陕之西，惟公主陕东[1]。甘棠纪古柏[2]，千祀青笼葱[3]。
白首垂钓叟[4]，鹰扬接雄风[5]。俎豆幸不隔[6]，遗碑摩苍穹[7]。

【注释】

[1] 召（shào）：即召公（一作邵公、召康公），名奭（shì），因封邑在召（今陕西岐山西南），称为召公或召伯。曾辅佐武王灭商，被封于燕，成王时为太保，与周公分陕而治。陕东：古地区名。《春秋公羊传·隐公五年》："自陕而东者，周公主之，自陕而西者，召公主之。"陕指陕陌，亦称陕原，地在今河南省陕县西南。陕东之意与山东、关东含义略同。

[2] 甘棠：树名，即棠梨树。《史记·燕召公世家》载，召公巡行乡邑，常于棠梨树下审理案件，处理政事，召公死后，人民怀念他的德政，爱护这棵树

不让人伤害，并作《甘棠》之诗以歌咏之。《诗经·召南》有《甘棠》篇。古柏：周公庙内有古柏。

[3] 千祀：千年。商人称年为祀。此句是说周公庙内的古柏就像召公的甘棠一样受到人民的爱护，千余年来郁郁葱葱。

[4] 垂钓叟：指姜子牙。相传他七十岁时，钓于渭水，遇周文王，被拜为太师。他辅佐文王、武王兴周灭商，封于齐，有太公之称。

[5] 鹰扬：威武貌。

[6] 俎豆：俎和豆都是古代祭祀用的器具，引申为祭祀。不隔：不间断。

[7] 遗碑：指周公庙内的历代碑刻。摩：迫近，接近。末二句意为，周公庙的祭祀世代不断，庙内有许多高大的碑石巍然耸立，似乎要与天空相接。

凤翔县

凤翔古称雍，位于陕西宝鸡以西，是周秦发祥之地、嬴秦创霸之区、华夏九州之一，省级历史文化名城。凤翔历史文化悠久，先秦20位王公在此建都327年，是始皇加冕、苏轼初仕之地。今凤翔城里有真兴寺阁、普门寺、开元寺、孔子庙等重要名胜古迹。

凤翔区位优势明显。作为"古丝绸之路"重要驿站，自古就是南通巴蜀、西达甘新的"旱码头"。凤翔城也是古代兵家必争之地，亦为关中西部的政治、经济、文化中心。

喜达行在所三首（选二）[1]

〔唐〕杜甫

其一

西忆岐阳信[2]，无人遂却回[3]。眼穿当落日，心死着寒灰。雾树行相引，连山望忽开[4]。所亲惊老瘦：辛苦贼中来[5]。

其三

死去凭谁报，归来始自怜。犹瞻太白雪，喜遇武功天[6]。
影静千官里，心苏七校前[7]。今朝汉社稷[8]，新数中兴年。

【注释】

[1]组诗题目原名为《自京窜至凤翔喜达行在所》，作于凤翔。唐肃宗至德二载（757）四月，杜甫历尽艰险，由长安逃至凤翔（原扶风郡）。诗人描述了自己一路所见到的太白山，回忆在长安时的景象，并抒发了对战乱中老百姓的同情心。行在所：朝廷在外临时驻留之地。这年二月，肃宗由彭原（今甘肃省宁县）进驻凤翔。

[2]岐阳：即凤翔。凤翔在长安之西，岐山之南，故谓"西忆岐阳"。信：信使，即遣去投书或探听消息的人。

[3]遂：成功，如愿。却回：返回。

[4]连山：指太白山。

[5]老瘦：指杜甫。这句指亲友的安慰。

[6]喜遇武功天：犹言重见天日。

[7]千官：泛言文武群臣。七校：泛指武官。千官里、七校前：指身列整肃的朝班。心苏：安心、放心、舒心。

[8]汉社稷：指唐朝的社稷。以汉代唐，为唐诗的一贯写法。

宿凤翔天柱寺穷易玄上人房[1]

〔唐〕李洞

天柱暮相逢，吟思天柱峰。墨研青露月[2]，茶吸白云钟。
卧语身黏藓，行禅顶拂松[3]。探玄为一决，明日去临邛。

【注释】

[1] 天柱寺：在今凤翔城东北。

[2] 研：磨，指磨墨。

[3] 行禅：谓打坐静修。

岐下送友人归襄阳 [1]

〔唐〕贾岛

蹉跎随泛梗[2]，羁旅到西州[3]。举翮笼中鸟[4]，知心海上鸥[5]。
山光分首暮[6]，草色向家秋。若更登高岘，看碑定泪流[7]。

【注释】

[1] 岐下：指岐州，即凤翔府。

[2] 蹉跎（cuō tuó）：时间的流逝。

[3] 西州：凤翔府。

[4] 举翮（hé）：展翅起飞。

[5] 海上鸥：指无诈心、真诚相待的朋友。

[6] 分首：一作"分手"。

[7] 岘：岘山，在今湖北省。碑：堕泪碑，西晋羊祜都督荆州诸军事，驻襄阳。死后，其部属在岘山祜生前游息之地建碑立庙，每年祭祀。见碑者莫不流泪。杜预因称此碑为堕泪碑。

真兴寺阁 [1]

〔宋〕苏轼

山川与城郭，漠漠同一形。市人与鸦鹊[2]，浩浩同一声。
此阁几何高？何人之所营？侧身送落日，引手攀飞星。
当年王中令[3]，斫木南山赪[4]。写真留阁下[5]，铁面眼有棱。

身强八九尺,与阁两峥嵘[6]。古人虽暴恣[7],作事今世惊。
登者尚呀喘[8],作者何以胜[9]?曷不观此阁,其人勇且英[10]。

【注释】

[1] 真兴寺,在凤翔城中。寺内有王彦超画像。

[2] 市人:指当地的老百姓。

[3] 王中令:即王彦超。北宋建立后,王彦超加中书令,历任永兴军节度使、凤翔节度使、右金吾卫上将军等职,封邠国公。

[4] 赪(chēng):红色,指山色。

[5] 写真:指王彦超的画像。

[6] 峥嵘:高峻挺拔。

[7] 暴恣:脾气暴烈。

[8] 呀喘:张口喘气。

[9] 何以胜:怎么能够承受得起。这里是感叹建阁之人是如何修建起来的。极言真兴寺阁的宏伟。

[10] 勇且英:英勇无畏,气魄宏大。

真兴寺阁祷雨[1]

〔宋〕苏轼

太守亲从千骑祷[2],神翁远借一杯清[3]。
云阴黯黯将嘘遍[4],雨意昏昏欲酝成[5]。
已觉微风吹袂冷[6],不堪残日傍山明。
今年秋熟君知否,应向江南饱食粳[7]。

【注释】

[1] 宋仁宗嘉祐七年(1062)春,因凤翔大旱,苏轼随太守宋选在真兴寺祷雨。

[2] 太守:指宋选。

[3] 神翁:太白山神。当时为了抗旱,人们不得不到遥远的太白山去取湫水

灌田,所以说是"远借一杯清"。

[4] 嘘:缓慢吹气,这里指微风乍起。

[5] 雨意:指天上下雨的征兆。

[6] 袂(mèi):衣袖。

[7] 向:同"像"。粳(jīng),粳米。这句是说,但愿今年像江南一样,能让老百姓吃上一顿饱饭。

李氏园 [1]

〔宋〕苏轼

朝游北城东,回首见修竹。下有朱门家[2],破墙围古屋。
举鞭叩其户[3],幽响答空谷[4]。入门所见夥[5],十步九移目。
异花兼四方,野鸟喧百族[6]。其西引溪水,活活转墙曲[7]。
东注入深林,林深窗户绿。水光兼竹净,时有独立鹄。
林中百尺松,岁久苍鳞蹙[8]。岂惟此地少,意恐关中独。
小桥过南浦,夹道多乔木。隐如城百雉[9],挺若舟千斛[10]。
阴阴日光淡,黯黯秋气蓄。尽东为方池,野雁杂家鹜。
红梨惊合抱,映岛孤云馥。春光水溶漾,雪阵风翻扑。
其北临长溪,波声卷平陆。北山卧可见,苍翠间磝秃。
我时来周览,问"此谁所筑?"云"昔李将军[11],负险乘衰叔[12]。
抽钱算间口[13],但未榷羹粥[14]。当时夺民田,失业安敢哭。
谁家美园囿,籍没不容赎。此亭破千家[15],郁郁城之麓[16]。
将军竟何事,蚍虱生刀鞘[17]。何尝载美酒,来此驻车毂。
空使后世人,闻名颈犹缩。"我今官正闲,屡至因休沐。
人生营居止[18],竟为何人卜。何当办一身[19],永与清景逐。

【注释】

[1] 李氏园:李氏即五代时割据陕西一带的岐王李茂贞。李氏园即李茂贞的宅院。

[2] 朱门家：豪门贵族之家。

[3] 叩：敲打。户：门。

[4] 答：回应。

[5] 所见夥：形容李氏园的豪奢。夥：多。

[6] 喧：鸣叫。

[7] 活活：水流声。

[8] 苍鳞虬：形容松树年岁之久，树皮粗糙皴裂。

[9] 百雉：雉，古代计量单位。这里形容树木高岸雄伟。

[10] 舟千斛：斛，古代计量单位。这里形容树林面积庞大。

[11] 李将军：指李茂贞。

[12] 衰叔：衰世。

[13] 算间口：人头税。

[14] 榷：周济。

[15] 破：使家庭破散。

[16] 郁郁城之麓：指李茂贞父子夺占民田后所栽种的竹子。

[17] 韣（dú）：弓、刀等的套子。

[18] 居止：住所。

[19] 办：安置。

王维吴道子画[1]

〔宋〕苏轼

何处访吴画，普门与开元[2]。
开元有东塔，摩诘留手痕[3]。
吾观画品中，莫如二子尊。
道子实雄放，浩如海波翻。
当其下手风雨快[4]，笔所未到气已吞。
亭亭双林间[5]，彩晕扶桑暾[6]。
中有至人谈寂灭[7]，悟者悲涕迷者手自扪[8]。

蛮君鬼伯千万万，相排竞进头如鼋[9]。

摩诘本诗老，佩芷袭芳荪[10]。

今观此壁画，亦若其诗清且敦[11]。

祇园弟子尽鹤骨[12]，心如死灰不复温。

门前两丛竹，雪节贯霜根。

交柯乱叶动无数，一一皆可寻其源。

吴生虽妙绝，犹以画工论。

摩诘得之于象外，有如仙翮谢笼樊[13]。

吾观二子皆神俊，又于维也敛衽无间言。

【注释】

[1] 王维吴道子画：王维：唐代大诗人、画家。吴道子：唐代著名画家，后改名道玄。

[2] 普门：寺名。唐建，在今陕西凤翔县东门外。寺壁有吴道子所画佛像。开元：寺名。《清一统志·陕西凤翔府二》："开元寺在凤翔县城内北街，唐开元元年建，寺内亦有吴道子画佛像，东阁有王维画墨竹。"

[3] 摩诘：王维的号。

[4] 风雨快：指吴道子的画风如疾风骤雨，气势夺人。

[5] 双林：两株娑（suō）罗树。据佛书记载，释迦牟尼说法于双株林树下，后又在树下涅槃。这里是指画的内容。

[6] 彩晕：彩色的云气。扶桑：传说日出于扶桑之下，拂其树杪而升，因谓为日出处。亦代指太阳。暾（tūn）：日初升起的样子。

[7] 至人：指佛祖。寂灭：佛家语，指超脱世间入于不生不灭之境。

[8] 自扪：扪心自问。

[9] 鼋（yuán）：鳖、龟之类的动物。

[10] "佩芷"句：比喻王维的气质和诗风的秀丽绝尘。芳荪：香草名。

[11] 清且敦：指王维的画如其诗一样清丽笃实。

[12] 祇（qí）园：祇园精舍的简称。相传释迦牟尼在祇园宣扬佛法20余年。鹤骨：修道者的骨相。比喻画中的人物形象清癯。

[13]"有如"句：以鸟飞离笼子比喻突破形似而获得神似。翮：鸟翎的茎，此借指鸟。

诅楚文 [1]

〔宋〕苏轼

碑获于开元寺土下，今在太守便厅。秦穆公葬于雍橐泉祈年观下，今墓在开元寺之东南数十步，则寺岂祈年之故基耶？淮南王迁于蜀，至雍，道病卒，则雍非长安，此乃古雍也。

峥嵘开元寺，仿佛祈年观[2]。旧筑扫成空，古碑埋不烂。
诅书虽可读[3]，字法嗟久换。词云秦嗣王，敢使祝用瓒[4]。
先君穆公世，与楚约相捍[5]。质之于巫咸[6]，万叶期不叛[7]。
今其后嗣王，乃敢构多难。刳胎杀无罪[8]，亲族遭圉绊。
计其所称诉[9]，何啻桀、纣乱。吾闻古秦俗，面诈背不汗。
岂惟公子卬[10]，社鬼亦遭谩[11]。辽哉千载后[12]，发我一笑粲[13]。

【注释】

[1]《诅楚文》相传为秦石刻文字。战国后期秦楚争霸激烈，秦王祈求天神保佑秦国获胜，诅咒楚国败亡，因称《诅楚文》。

[2]祈（qí）年观：亦称"祈年宫"。秦穆公时所造。故址在今凤翔县南。

[3]诅书：诅咒的文字。

[4]祝：祭祀时司礼仪的人。瓒（zàn）：质地不纯的玉。《周礼·考工记·玉人》："天子用全，上公用龙，侯用瓒，伯用将。"

[5]相捍：相互护卫。

[6]质：在神前作出守约的保证。巫咸：古代传说中的神巫名。

[7]万叶：万世；万代。

[8]刳（kū）胎：剖挖孕妇胎儿。

[9]称诉：称述；称说。

[10] 公子卬（áng）：又称作"魏卬"，战国时期魏国公子，秦相商鞅旧友。商鞅攻魏时公子卬于河西迎战，最终受骗被俘。

[11] 社鬼：即社公。古谓土地神。谩：欺骗；蒙蔽。

[12] 辽：远。

[13] 一笑粲（càn）：谓粲然一笑。

秦穆公墓

〔宋〕苏轼

橐泉在城东[1]，墓在城中无百步。
乃知昔未有此城，秦人以泉识公墓[2]。
昔公生不诛孟明，岂有死之日而忍用其良[3]。
乃知三子徇公意[4]，亦如齐之二子从田横[5]。
古人感一饭，尚能杀其身[6]。
今人不复见此等[7]，乃以所见疑古人[8]。
古人不可望，今人益可伤。

【注释】

[1] 橐（tuó）泉：即橐泉宫，在凤翔城内东南隅，为秦穆公所建。

[2] 识：辨别。

[3] 孟明：即孟明视，姓百里，字孟明，秦国大将，百里奚之子。公元前627年率师袭郑，被晋袭于崤，兵败被俘。被释后仍受穆公重用，三战而终胜晋军。良：子车氏的三个儿子奄息、仲行、针虎，这三人很有才干。用其良：指穆公用三人陪葬。诗人认为穆公生前不诛杀丧师之将孟明，哪可能死后忍心用三良殉葬。

[4] 徇：通"殉"，殉葬。

[5] 二子：田横的门客，田横不愿臣服汉高祖而自杀，他死后，两位门客感念他的恩情，也以自杀方式陪同其主。苏轼认为，三良之死，就像田横自杀后，从行至洛阳的二齐士自刎殉主一样，完全是"士为知己者死"的行为。

[6] 感一饭：指春秋时晋国大夫赵盾赏灵辄一饭吃，救活灵辄，后灵辄舍命相救。

[7] 此：指诗中所提到的古人舍生取义的事例。

[8] 疑：猜测妄议。

新葺小园二首

〔宋〕苏轼

其一

短竹萧萧倚北墙，斩茅披棘见幽芳。
使君尚许分池绿[1]，邻舍何妨借树凉。
亦有杏花充窈窕，更烦莺舌奏铿锵[2]。
身闲美酒谁来劝，坐看花光照水光。

其二

三年辄去岂无乡，种树穿池亦漫忙。
暂赏不须心汲汲[3]，再来惟恐鬓苍苍。
应成庾信吟枯柳[4]，谁记山公醉夕阳[5]。
去后莫忧人剪伐，西邻幸许庇甘棠[6]。

【注释】

[1] 使君：对凤翔知府的尊称。

[2] 铿锵（kēng qiāng）：声音嘹亮。

[3] 汲汲（jí jí）：急切的样子。

[4] 庾（yǔ）信：南北朝时著名文学家。枯柳：庾信所作《枯树赋》有句曰："昔年种柳，依依汉南；今看摇落，凄怆江潭。树犹如此，人何以堪！"

[5] 山公醉：山公，西晋山简，字季伦。《世说新语·任诞》篇："山季伦为《荆州》，时出酣畅，人为之歌曰：'山公时一醉，径造高阳池。日暮倒载归，酩酊无所知。复能乘骏马，倒着白接䍦。举手问葛强，何如并州儿。'"后以"山公醉"为醉酒之典。

[6] 西邻：指当时的凤翔太守。庇甘棠：甘棠，木名，棠梨。《诗经·召南·甘棠》："蔽芾甘棠，勿翦勿伐，召伯所茇。"

次韵子由岐下诗（选六）[1]

〔宋〕苏轼

予既至岐下逾月，于其廨宇之北隙地为亭[2]。亭前为横池，长三丈。池上为短桥，属之堂。分堂之北厦为轩窗曲槛，俯瞰池上。出堂而南，为过廊，以属之厅。廊之两傍，各为一小池。三池皆引汧水，种莲养鱼于其中。池边有桃李、杏、梨、枣、樱桃、石榴、樗、槐、松、桧、柳三十余株。又以斗酒易牡丹一丛于亭之北。子由以诗见寄，凡二十一首。

北亭

谁人筑短墙，横绝拥吾堂。
不作新亭槛，幽花为谁香。

横池

明月入我池，皎皎铺纾缟[3]。
何日变成缁[4]？《太玄》吾懒草[5]。

短桥

谁能铺白簟[6]，永日卧朱桥。

树影栏边转，波光版底摇。

轩窗

东邻多白杨，夜作雨声急。
窗下独无眠，秋虫见灯入。

曲槛

流水照朱栏，浮萍乱明鉴[7]。
谁见槛上人，无言观物泛。

双池

汧流入城郊[8]，亹亹渡千家[9]。
不见双池水，长漂十里花。

【注释】

[1] 子由：即苏辙。岐下：指凤翔。

[2] 廨（xiè）宇：官舍。

[3] 纻（zhù）缟：白色的丝绸，此处形容月光下的水色。

[4] 缁（zī）：黑色。

[5]《太玄》：《太玄经》，汉扬雄撰，也称《扬子太玄经》，简称《太玄》或《玄经》。

[6] 簟（diàn）：供坐卧铺垫用的苇席或竹席。

[7] 明鉴：喻月或平静的水面如明镜。

[8] 汧（qiān）：水名。渭水支流，今名千河，流经凤翔。

[9] 亹亹（wěi）：行进貌。此指水流动貌。

授经台[1]

〔宋〕苏轼

剑舞有神通草圣[2],海山无事化琴工[3]。
此台一览秦川小,不待传经意已空。

【注释】

[1] 授经台:在凤翔城南。苏轼自注:"乃南山一峰耳,非复有筑处。"

[2] 剑舞:《唐国史补》谓张旭"见公孙氏舞剑器而得其神"。草圣:指唐代大书法家张旭。

[3] "海山"句:蔡邕《琴操》:"伯牙学琴于成连先生,先生曰:'吾能传曲,而不能移情。吾师有方子春者,善于琴,能作人之情,今在东海上。子能与我同事之乎?'伯牙曰:'夫子有命,敢不敬从。'乃相与至海上,见子春受业焉。"

壬寅重九,不预会,独游普门寺僧阁,有怀子由[1]

〔宋〕苏轼

花开酒美盍言归,来看南山冷翠微。
忆弟泪如云不散,望乡心与雁南飞。
明年纵健人应老,昨日追欢意正违。
不问秋风强吹帽[2],秦人不笑楚人讥。

【注释】

[1] 预会:参加集会。

[2] 吹帽:《晋书·孟嘉传》:"九月九日,温(桓温)燕龙山,僚佐毕集,时佐吏并着戎服,有风至,吹嘉帽堕落,嘉不之觉。"后以"吹帽"为重九登高雅集的典故。

九月二十日微雪，怀子由弟二首

〔宋〕苏轼

其一

岐阳九月天微雪，已作萧条岁暮心。
短日送寒砧杵急[1]，冷官无事屋庐深[2]。
秋肠别后能消酒，白发秋来已上簪。
近买貂裘堪出塞，忽思乘传问西琛[3]。

【注释】

[1] 砧（zhēn）杵（chǔ）：捣衣石与捶衣的棒槌。此处指捣衣声。

[2] 冷官：职位不重要、清闲冷落的官。

[3] "忽思"句：用齐桓公伐楚事。《左传·僖公四年》载，管仲对楚使曰："尔贡包茅不入（指不纳贡），王祭不共（供），无以缩酒（渗酒），寡人是征（索取）。"此处谓诗人有出使西夏，使其臣服并纳贡于宋王朝的心愿。乘传（chéng zhuàn），指奉命出使。琛，珍宝。《诗经·鲁颂·泮水》："憬彼淮夷，来献其琛。"

其二

江上同舟诗满箧[1]，郑西分马涕垂膺[2]。
未成报国惭书剑，岂不怀归畏友朋。
官舍度秋惊岁晚，寺楼见雪与谁登。
遥知读《易》东窗下，车马敲门定不应。

【注释】

[1] "江上同舟"句：指三年前苏洵父子乘船出蜀，顺江而下，三人都写了

许多诗歌。

[2] 郑西分马：此句回忆前一年苏辙送苏轼出京赴任，两人在郑州分别。

与李彭年同送崔岐归二曲，马上口占 [1]

〔宋〕苏轼

霜干木落爱秦川，兴发身轻逐鸟翩。
贪看暮山忘远近，强陪归客更留连。
貂裘犯雪观形胜，骏马随鹰抟野鲜。
为问南溪李夫子，壮心应未逐流年。

【注释】

[1] 李彭年：李庠，字彭年，时监太平宫。二曲：今陕西省周至县的别名。周至原作"盩厔"。盩（zhōu），水曲；厔（zhì），山曲，故又名"二曲"。

大老寺竹间阁子 [1]

〔宋〕苏轼

残花带叶暗，新笋出林香[2]。
但见竹阴绿，不知汧水黄[3]。
树高倾陇鸟[4]，池浚落河魴。
栽种良辛苦，孤僧瘦欲尪[5]。

【注释】

[1] 大老寺竹阁：在凤翔城东北五里，唐光启（885—888）中李茂贞建，后改为大老寺。

[2] 笋：竹的嫩芽。

[3] 汧水：水名。详见前苏轼《次韵子由岐下诗》注释[8]。

[4] 陇鸟：指鹦鹉。

[5] 尪（wāng）：瘦弱。

壬寅二月，有诏令郡吏分往属县灭决囚禁。自十三日受命出府，至宝鸡、虢、郿、盩厔四县。既毕事，因朝谒太平宫，而宿于南溪溪堂，遂并南山而西，至楼观、大秦寺、延生观、仙游潭。十九日乃归。作诗五百言，以记凡所经历者寄子由

〔宋〕苏轼

远人罹水旱，王命释俘囚。分县传明诏[1]，寻山得胜游。
萧条初出郭，旷荡实消忧[2]。薄暮来孤镇，登临忆武侯。
峥嵘依绝壁，苍茫瞰奔流。半夜人呼急，横空火气浮。
天遥殊不辨，风急已难收[3]。晓入陈仓县，犹余卖酒楼。
烟煤已狼藉，吏卒尚呀咻。鸡岭云霞古，龙宫殿宇幽[4]。
南山连大散，归路走吾州。欲往安能遂，将还为少留。
回趋西虢道，却渡小河洲。闻道磻溪石[5]，犹存渭水头。
苍崖虽有迹，大钓本无钩。东去过郿坞，孤城象汉刘[6]。
谁言董公健，竟复伍孚仇[7]。白刃俄生肘[8]，黄金谩似丘[9]。
平生闻太白，一见驻行驺[10]。鼓角谁能试，风雷果致不。
岩崖已奇绝，冰雪更琱锼[11]。春旱忧无麦，山灵喜有湫。
蛟龙懒方睡，瓶罐小容偷[12]。二曲林泉胜，三川气象侔。
近山麰麦早，临水竹篁修[13]。先帝膺符命，行宫画冕旒。
侍臣簪武弁，女乐抱箜篌。秘殿开金锁，神人控玉虬。
黑衣横巨剑，被发凛双眸[14]。邂逅逢佳士，相将弄彩舟。
投篙披绿荇，濯足乱清沟。晚宿南溪上，森如水国秋。
绕湖栽翠密，终夜响飕飀[15]。冒晓穷幽邃，操戈畏炳彪[16]。
尹生犹有宅，老氏旧停辀。问道遗踪在，登仙往事悠。
御风归汗漫，阅世似蜉蝣。羽客知人意，瑶琴系马秋。

不辞山寺远，来作鹿鸣呦。帝子传闻李，岩堂髣像缑。
轻风帏幔卷，落日髻鬟愁。入谷惊蒙密，登坡费挽搂。
乱峰搀似槊，一水澹如油。中使何年到，金龙自古投。
千重横翠石，百丈见游儵。最爱泉鸣洞，初尝雪入喉。
满瓶虽可致，洗耳叹无由[17]。忽忆寻蟆培，方冬脱鹿裘[18]。
山川良甚似，水石亦堪俦。惟有泉傍饮，无人自献酬[19]。

【注释】

[1] 明诏：英明的诏示。

[2] 旷荡：辽阔；宽广。

[3] "薄暮"以下八句：苏轼自注："十三日宿武城镇，即俗所谓石鼻寨也。云：孔明所筑。是夜二鼓，宝鸡火作，相去三十里，而见于武城。"武侯：三国蜀诸葛亮死后谥为忠武侯，后世称之为武侯。宝鸡东有武镇，即诸葛亮出祁山之处。

[4] "鸡岭"二句：苏轼自注："县有鸡爪峰、龙宫寺。"

[5] 磻溪石：即姜子牙垂钓时所坐之石。磻溪：水名。在今陕西省宝鸡市东南，传说为周吕尚（姜尚，姜子牙）未遇文王时垂钓处。

[6] "东去"二句：苏轼自注："十五日至郿县，县有董卓城，其城像长安，俗谓之小长安。"

[7] 伍孚：东汉末年越骑校尉。董卓作乱，孚着朝服怀佩刀见董卓，欲行刺，不中，为董卓所害。前句"董公"即指董卓。

[8] "白刃"句：言吕布尝与董卓结为父子而杀掉董卓。《后汉书·董卓传》："时王允与吕布及仆射士孙瑞谋诛卓。……（李）肃以戟刺之（卓），卓衷甲不入，伤臂堕车，顾大呼曰：'吕布何在？'布曰：'有诏讨贼臣。'卓大骂曰：'庸狗敢如是邪！'布应声持矛刺卓，趣兵斩之。"俄生肘：突然间产生于身旁的祸患。语出陈寿《三国志·蜀志·法正传》："亮答曰：'主公之在公安在，北畏曹公之强，东惮孙权之逼，近则惧孙夫人生变于肘腋之下。'"

[9] "黄金"句：语出《后汉书·董卓传》："坞中珍藏有金二三万斤，银八九万斤，锦绮缯縠纨素奇玩，积如丘山。"

[10] 行骖：指行进中的车马。

[11] 琱镂：刻镂。琱（diāo），同"雕"。镂（sōu），镂刻。

[12] "蛟龙"二句：苏轼自注："是日晚，自郿起至清秋镇宿。道过太白山，相传云，军行鸣鼓角过山下，辄致雷雨。山上有湫甚灵，以今岁旱，方议取之。"偷，方言所谓"取龙水"。

[13] "二曲"以下四句：苏轼自注："十六日至盩厔，以近山地美，气候殊早。县有官竹园，十数里不绝。"二曲，指盩厔。

[14] "先帝"以下八句：苏轼自注："十七日，寒食。自盩厔东南行二十余里，朝谒太平宫二圣御容。此宫乃太宗皇帝时有神降于道士张守真以告受命之符，所为立也。神封翊圣将军，有殿。"

[15] "邂逅"以下八句：苏轼自注："是日与监宫张果之泛舟南溪，遂留宿于溪堂。"

[16] "冒晓"二句：苏轼自注："十八日，循终南而西，县尉以甲卒见送。或云近官竹园往往有虎。"彪炳：斑斓的虎纹。借指虎。

[17] "尹生犹有宅"至"洗耳叹无由"二十六句：苏轼自注："是日游崇圣观，俗所谓楼观也，乃尹喜旧宅，山脚有授经台尚在。遂与张果之同至大秦寺蚤食而别。有太平宫道士赵宗有，抱琴见送至寺，作《鹿鸣》之引乃去。又西至延生观，观后上小山，有唐玉真公主修道之遗迹。下山而西行十数里，南入黑水谷，谷中有潭名仙游潭。潭上有寺三，倚峻峰，面清溪，树林深翠，怪石不可胜数。潭水以绳缒石数百尺，不得其底，以瓦砾投之，翔扬徐下，食顷乃不见，其清澈如此。遂宿于中兴寺，寺中有玉女洞，洞中有飞泉甚甘，明日以泉二瓶归至郿，又明日乃至府。"

[18] "忽忆"二句：苏轼自注："昔与子由游蜺培时方冬，洞中温温如二三月。"

[19] 献酬：谓饮酒时主客互相敬酒。

病中，大雪数日，未尝起观，虢令赵荐以诗相属，戏用其韵答之 [1]

〔宋〕苏轼

经旬卧斋阁，终日亲剂和 [2]。不知雪已深，但觉寒无那。
飘萧窗纸鸣 [3]，堆压檐板堕。风飙助凝冽 [4]，帏幔困掀簸 [5]。
惟思近醇醲 [6]，未敢窥璨瑳 [7]。何时反炎赫 [8]，却欲躬臼磨。
谁云坐无毡，尚有裘充货。西邻歌吹发，促席寒威挫 [9]。
崩腾踏成径 [10]，缭绕飞入座。人欢瓦先融，饮隽瓶屡卧。
嗟予独愁寂，空室自困坷 [11]。欲为后日赏，恐被游尘涴 [12]。
寒更报新霁，皎月悬半破 [13]。有客独苦吟，清夜默自课 [14]。
诗人例穷蹇 [15]，秀句出寒饿 [16]。何当暴雪霜，庶以蹑郊贺。

【注释】

[1] 虢：虢县。为北宋凤翔府辖县，治今宝鸡市陈仓区。赵荐：字宾卿，临邛人。

[2] 剂和：调药；调和。

[3] 飘萧：状风声。

[4] 风飙：暴风。凝冽：谓严寒。

[5] 掀簸：颠簸；翻腾。句中指帏幔在暴风中猛烈摇晃。

[6] 醇醲：味道醇厚甘美的酒。

[7] 璨瑳：玉色明洁貌。此借指雪。

[8] 炎赫：炽热。

[9] 促席：坐席互相靠近。寒威挫：严寒的威力减轻了。

[10] 崩腾：奔腾，疾走。

[11] 困坷：困苦艰难。

[12] 游尘：浮游的尘土。

[13] 半破：指初七初八上弦月。

[14] 自课：自我省察。或理解为自己完成规定的工作，亦通。

[15] 穷寒：贫穷困顿。

[16] 秀句：优美的文句。

过凤翔

〔清〕沈廷贵

其一

迂道过凤翔，蒙熙亭太守年大人招饮，别后，途次口占俚句，寄呈郢政[1]。

三辅岐州遍辙辕[2]，开基周室旧朝班[3]。
讼希雀鼠民风古，户乐桑麻长吏闲。
喜雨亭前逢旧雨[4]，眉山官后有香山。
此来纤道真无负，又向东湖破笑颜[5]。

【作者简介】

沈廷贵，生平不详，有《乐有余斋试帖》《乐有余斋诗集》等。

【注释】

[1] 迂道：绕道。郢政：斧正。

[2] 岐州：凤翔的古地名。

[3] 朝班：古代群臣朝见帝王时按官品分班排列的位次。

[4] 旧雨：杜甫《秋述》："常时车马之客，旧，雨来；今，雨不来。"后以"旧雨"作为老友的代称。

[5] 破笑颜：开颜而笑。

其二

次日出东门数十步游东湖，为东坡觞咏处[1]，即古饮凤池也。地宽数十亩，约略亭台，颇觉清旷[2]。时已秋杪[3]，残荷贴水，柳荫参天，倏而一游[4]，情殊恋恋。漫成律句[5]，再录呈政[6]。

杭颍雌雄旧剖符[7]，又来此地占东湖。
门前老柳迎人立，池上残荷贴水铺。
几处亭台都入画，当年笠屐尚留图。
风流太守来消夏，好趁花光四壁浮。

【注释】

[1] 觞咏：王羲之《兰亭集序》曰："一觞一咏，亦足以畅叙幽情。"后以"觞咏"谓饮酒赋诗。

[2] 清旷：清朗开阔。

[3] 秋杪（miǎo）：暮秋，秋末。

[4] 倏（shū）而：迅疾貌。指短暂的时间。

[5] 漫成：随意写成，信手写就。

[6] 呈政：敬辞。犹言请指正；呈上请指正。政，同"正"。

[7] 杭颍（yǐng）雌雄：苏轼《轼在颍州与赵德麟同治西湖未成改扬州三月十六日湖成德麟有诗见怀次韵》一诗中，曾把杭州西湖与颍州西湖作比，诗曰："大千起灭一尘里，未觉杭颍谁雌雄。"杭颍：指杭州西湖和颍州西湖。剖符：古代帝王分封诸侯、功臣时，以竹符为信证，剖分为二，君臣各执其一，后因以"剖符""剖竹"为分封、授官之称。

东湖

东湖，位于凤翔县城东南隅，距离古城东门二三十步。据《竹书纪年》载："商王文丁十二年（周文王元年），有凤集于岐山。"因而人称东湖为"古饮凤池"。苏轼任职凤翔府期间，疏浚扩池，引水植柳，修亭台，建轩榭，创胜景，取其名为东湖，堪称我国北方古典园林之优秀代表。后人为苏轼建有苏文忠公祠，湖上留有历代文人题诗100多首，沿湖有一览亭、来雨轩、洗砚亭、望苏亭、不系舟、苏公祠及牌坊等建筑物。苏公祠位于湖的北岸，内有喜雨亭、凌虚台等名胜古迹。

东湖[1]

〔宋〕苏轼

吾家蜀江上[2],江水清如蓝。尔来走尘土,意思殊不堪[3]。
况当岐山下,风物尤可惭[4]。有山秃如赭[5],有水浊如泔[6]。
不谓郡城东,数步见湖潭。入门便清奥,恍如梦西南。
泉源从高来,随波走涵涵[7]。东去触重阜,尽为湖所贪。
但见苍石螭[8],开口吐清甘。借汝腹中过,胡为目耽耽[9]。
新荷弄晚凉,轻棹极幽探。飘飘忘远近,偃息遗佩篸。
深有龟与鱼,浅有螺与蚶[10]。曝晴复戏雨,啾啾多于蚕[11]。
浮沉无停饵,悠忽遽满篮。丝缗虽强致,琐细安足戡。
闻昔周道兴,翠凤栖孤岚。飞鸣饮此水,照影弄毵毵[12]。
至今多梧桐,合抱如彭聃[13]。彩羽无复见,上有鹳搏鹌[14]。
嗟予生虽晚,好古意所忺。图画已漫漶,犹复访侨郯[15]。
《卷阿》诗可继,此意久已含。扶风古三辅[16],政事岂汝谙[17]。
聊为湖上饮,一纵醉后谈。门前远行客,劫劫无留骖。
问胡不回首,毋乃趁朝参。予今正疏懒,官长幸见函[18]。
不辞日游再,行恐岁满三[19]。暮归还倒载[20],钟鼓已韽韽[21]。

【注释】

[1] 苏轼在凤翔任职期间,曾写过《凤翔八观》,描绘了凤翔府的八处景物,《东湖》是其中的一首。

[2] 吾家蜀江:苏轼是四川眉山人,故称"吾家蜀江"。

[3] 意思:个人的心情和情绪。

[4] 风物尤可惭:指当地风土景观都难以令人情绪舒畅。

[5] 赭(zhě):指山上没有草木而使山岭赤裸呈赭色。

[6] 泔:淘米水。

[7] 涵涵:水波摇荡的样子。

[8] 螭（chī）：古代传说中无角的龙。

[9] 耽耽：指眼睛观看的时间很久。

[10] 蚶（hān）：一种可供食用的蚌类小动物。

[11] 戢戢：聚集的样子。

[12] 毵毵（sān）：垂拂纷披貌。这里形容凤凰羽毛的漂亮。

[13] 彭：彭祖。聃：老子。二人都以长寿著称，这里比喻梧桐树的古老高大。

[14] 鹯（zhān）：古书上说的一种猛禽，似鹞鹰。鸡：即鹌鹑。

[15] 侨：郑国的子产。郯：郯子。此二人都是春秋时期有名的贤士。

[16] 三辅：指关中地区。

[17] 谙：熟悉，了解。

[18] 函：包容，见谅。

[19] 岁满三：宋代官制三年一升迁。

[20] 倒载：倒卧车中。谓沉醉之态。

[21] 馣馣（ān）：声音微弱。

凌虚台[1]

〔宋〕苏轼

才高多感激[2]，道直无往还。不如此台上，举酒邀青山。
青山虽云远，似亦识公颜[3]。崩腾赴幽赏，披豁露天悭[4]。
落日衔翠壁，暮云点烟鬟。浩歌清兴发，放意未礼删[5]。
是时岁云暮，微雪洒袍斑。吏退迹如扫，宾来勇跻攀[6]。
台前飞雁过，台上雕弓弯。联翩向空坠[7]，一笑惊尘寰。

【注释】

[1] 凌虚台：在凤翔廨后园，为陈希亮做凤翔知府时所建。苏轼《凌虚台记》一文提到，陈希亮建此阁就是为了能够俯视整个府城。

[2] "才高"句：谓诗人感激陈希亮的知遇之恩。

[3] 公：指太守陈希亮。此句意为，青山虽然看起来很远，但也好像有意结

识这位太守。

[4] 悭（qiān）：吝啬，小气。

[5] 礼删：减少礼仪的规范。

[6] 勇跻攀：形容来东湖游览游人之多。

[7] 翩：飞翔。

东湖春日

〔宋〕张舜民

湖外红花间白花[1]，湖边游女驻香车。
鞦韆对起花阴乱，蹴鞠孤高柳带斜[2]。
无数小鱼真得所，一双新燕宿谁家。
故园风景还如此，极目飞鸿逐暮鸦。

【注释】

[1] 红花：荷花。东湖经苏轼开挖之后，湖中曾种植有红莲千株，一到春夏，就竞相开放，因谓"湖内红花间白花。"

[2] 蹴鞠（jiù jū）：古代的一种足球运动。

凌虚台

〔宋〕张舜民

岐山四合与台平[1]，半露园林叶未成。
是处芳菲皆可惜[2]，晚来风雨太无情。
山川不改秦云色，宫室长悬陇水声[3]。
惟有故园终不见，仓庚黄鸟向人鸣[4]。

【注释】

[1] 岐山：是指凤翔城周围的山。四合：四面围拢。指凤翔一带山势环绕。

[2] 是：这。可惜：可爱。

[3] 宫室：房屋的通称。

[4] 仓庚：黄莺鸟。

东湖柳浪

〔明〕王麒

风绕微波绿满池，倚风杨柳舞频欹[1]。
平湖分翠流春远，碧海笼烟上月迟。
藻面影开游鲤散，簧间弄歇野禽痴[2]。
往来不尽停骖者，到此乘熏襟欲披[3]。

【作者简介】

王麒，宝鸡人。明弘治十二年（1499）进士，曾任吴桥县知县，廉明公正，抚字勤劳。

【注释】

[1] 欹（qī）：倾斜。此处指风中杨柳枝条摆动的样子。

[2] 簧、弄：古代的乐器。

[3] 熏：花草、香气。

苏公古柏

〔明〕王麒

坡老遗思几换年[1]，露号苍桧落风巅[2]。
玉龙挂雾晴飞雨，壁水分香暗湿烟。

寒挺栋梁依日上，怒撑星斗与云连。

衣冠惹翠空阴满[3]，望里长岚接远天[4]。

【注释】

[1] 遗思：后人思念苏轼之情。几换年：时间辗转变迁。

[2] 号：形容大风声。

[3] 惹：沾染。

[4] 岚：山林中的雾气。

东湖泛舟

〔明〕刘广生

眉山到处播芳闻[1]，秦越东西若对君[2]。

共向秋风收野色，谁从夜雨识星文[3]。

尝疑渚运青莲合[4]。略见萍开碧浪分。

慷慨中流频击楫[5]，欲于樽俎荡妖氛[6]。

【作者简介】

刘广生，明万历二十九年（1601）进士，陕西巡抚。

【注释】

[1] 眉山：指苏轼。苏轼是眉山人，此处用地名指代。

[2] 秦越东西：秦指陕西，越指浙江。东西分别指凤翔的东湖和杭州的西湖。

[3] 星文：天文历法。识星文：指辨别天上的星辰运动，古人信奉天文历法，认为其可以代表上天的意志。

[4] 渚（zhǔ）：水中的小块陆地。

[5] 击楫（jí）：指晋朝的祖逖报效国家的典故，这里是说自己也要以祖逖为榜样，报效国家。

[6] 荡：平定，安定。妖氛：指当时陕西各地的造反起义。

东湖

〔明〕赵光天

眷此凤城东[1],原泉一脉通[2]。波澄鱼泳藻,风静鸟鸣丛。
浴德思周泽[3],流膏慕长公[4]。惭予典郡牧[5],何道润疲癃[6]。

【作者简介】

赵光天,明代人,生平不详。

【注释】

[1] 眷：留恋不舍。

[2] 原：指凤翔附近的地区。泉：指东湖的源地。

[3] 周泽：周朝的恩惠。

[4] 膏：指雨。慕：仰慕,向往。长公：指苏轼。苏轼为苏洵长子,其诗文浑涵光芒,雄视百代,时人尊称为"长公"。

[5] 予：我。典：主管。郡牧：郡守。郡的行政长官。

[6] 疲癃（lóng）：指苦难或苦难之人。此处指民间疾苦。

守道李亲翁在喜雨亭招饮次前韵[1]

〔清〕杨时荐

其一

眉山亭上晚霞收,嘹唳征鸿度画楼[2]。
愧我才疏持绣斧[3],羡君望重泛仙舟[4]。
东湖月好斟秦酒,赤壁风清忆楚游[5]。
胜概流连同一醉,敢云德曜聚云头[6]。

【作者简介】

杨时荐（1598—1666），字仲升，号贤甫，明末清初直隶钜鹿（今河北巨鹿）人，清顺治三年（1646）进士，历官山东聊城知县、兵部主事、兵部郎中、都察院佥都御史、鸿胪寺卿、都察院左副都御史、兵部右侍郎等职。

【注释】

[1] 杨时荐顺治时曾奉命祭告秦蜀，此诗或为其时所作。
[2] 嘹唳（liáo lì）：声音凄清的样子。
[3] 绣斧：指皇帝特派的执法大员。
[4] 望重：声誉很高。
[5] "赤壁"句：指苏轼在南方时期与友人的交游。
[6] 曜：炫耀，显示。

其二

缥缈云光映水隈[1]，登临把酒旷怀开。
迎宾辱倒中郎屣，作赋惭非王粲才[2]。
赴宴临风酣庾兴[3]，望亭喜雨上苏台。
中秋才过仍良夜，况迂芳踪傍草莱[4]。

【注释】

[1] 缥缈：隐约而不明显的样子。隈：水中的小山丘。
[2] "迎宾"二句：王粲，建安时期著名诗人，"建安七子"之一。《三国志·王粲传》载，献帝西迁，粲徙长安，左中郎将蔡邕见而奇之。时邕才学显著，贵重朝廷，常车骑填巷，宾客盈坐。闻粲在门，倒屣迎之。此处以此典故喻李亲翁对自己盛情款待，自己却愧无王粲之才。
[3] 庾兴：庾，指南北朝时的庾信，信文才极好，此处以"庾兴"指作者诗兴大发。
[4] 迂：迂回，曲折；围绕。

杨知江寅丈招饮凤翔之东湖亭

〔明〕许孚远

使君开宴凤城东,亭隐湖心一鉴空[1]。
万叠青山春雨外,数声黄鸟暮林中。
封疆正履岐周旧[2],勋业何如旦奭雄[3]。
酾酒临流千古意[4],坐来鄙吝已消融[5]。

【作者简介】

许孚远(1535—1604),字孟中,号敬庵,德清(今属浙江湖州)人。明嘉靖四十一年(1562)进士,授南京工部主事。后调吏部主事。历兵部郎中、陕西提学副使、右佥都御史、福建巡抚等。一生精研理学,与当时名儒马从吾、刘宗周友善。著有《论语述》《敬和堂集》《大学述》《中庸述》等。

【注释】

[1] 鉴:指湖面平静如一面镜子。

[2] "封疆"句:指凤翔城的管辖地界正好与周代的疆界吻合。

[3] 旦奭(shì):指周公旦和召公奭,他们二人都曾辅佐过周武王、成王,对周朝的建立和巩固做出过突出的成就。

[4] 酾(shī)酒临流:面对东湖水饮酒。苏轼《前赤壁赋》:"舳舻千里,旌旗蔽空,酾酒临江,横槊赋诗,固一世之雄也。"

[5] 鄙吝:庸俗,鄙俗。

东湖

〔明〕苏浚

其一

鉴湖亭上暮云收[1]，霁月浮光满郡楼[2]。
千载交情联下榻，一时豪客共登舟。
黄花香泛珍珠酒，华发荣分汗漫游[3]。
此夜须知兴不浅，任他角鼓急城头。

【作者简介】

苏浚（1542—1599），字君禹，号紫溪，明晋江苏厝（今属福建）人。明万历五年（1577）进士，历官南京刑部主事、陕西参议、广西按察使、广西参政等。曾主持修撰《广西通志》，后居家潜心钻研理学，成为明后期著名的理学家。著有《易经儿说》《四书儿说》《韦编微言》等。

【注释】

[1] 鉴湖亭：指东湖及湖上的建筑物。
[2] 霁（jì）月浮光：指夜晚雨过天晴后浮动的月光。
[3] 华发：头发花白。汗漫游：典出《淮南子·道应训》："吾与汗漫期于九垓之外。"后遂以"汗漫游"等指世外之游。此处形容尽兴游览。

其二

一池秋水映城隈，把酒登临眼界开。
且是当年引凤处，更陪昭代化龙才[1]。
月明笑鼓仙人棹[2]，星聚应占太史台。
忘却风波腾宦海，恍然身世在蓬莱[3]。

【注释】

[1] 昭代：政治清明的时代。用以称颂本朝。

[2] 仙人棹（zhào）：仙人所乘之船。

[3] 蓬莱：古代传说中仙人居住的地方，喻指仙境。

与凤郡乡先生宴别兼谕老叟

〔明〕高尚志

清歌急管送金卮[1]，仙侣星标尽汉仪[2]。
凤去千年犹有象[3]，芝生万仞可疗饥[4]。
漫将霖雨苏来望[5]，敢谓棠阴结去思[6]。
自是岐周风物好，不堪回首意迟迟[7]。

【作者简介】

高尚志，字德崇，冠县（今属山东聊城）人。嘉靖十一年（1532）赐同进士出身，历任浚县知县、湖南长沙府茶陵州正堂、陕西平凉府知府、国子监学正礼部主事、河东转运使、精膳司郎中、仪制司员外等职。有《大伾山》等诗作存世。

【注释】

[1] 清歌急管：宴会上的乐器演奏。此指宴会。

[2] 仙侣：指人品高尚、心神契合的朋友。汉仪：汉官威仪。泛指传统礼仪制度。

[3] 象：凤凰留下的痕迹。

[4] 万仞：指东湖附近的高山。

[5] 霖雨：大雨。

[6] 棠阴：召公的恩德。

[7] 意迟迟：神思凝滞貌。

东湖

〔明〕丁应时

其一

如鉴湖光一望收,况逢皓月转层楼。
飞觞忽忆兰亭约[1],鼓棹还登赤壁舟[2]。
万里烟云随眼阔,一时冠盖快神游[3]。
更阑胜有寻芳兴[4],片叶须穷天际头。

【作者简介】

丁应时,生卒年不详,山西安邑县人,明万历时任陇州知州。

【注释】

[1] 觞(shāng):酒杯。兰亭约:好友之间的聚会。

[2] 赤壁舟:指苏轼在赤壁游赏一事。

[3] 冠盖:指参加宴会的人。

[4] 更阑(lán):谓夜深。更:旧时夜间计时单位,一夜分五更,每更约两小时;阑:将尽。兴:兴致。

其二

缥缈云光柳岸隈[1],黄花影里笑颜开。
胸襟天样茱萸洒,眼界分清舟楫才[2]。
月印澄波疑照胆[3],人期佳句尽登台。
临觞感慨西周业[4],可使勋名付草莱。

【注释】

[1] 缥缈：隐约而不明显的样子。隈：山水等弯曲的地方。

[2] 舟楫才：喻宰辅之臣。《尚书·说命上》："若济巨川，用汝作舟楫。"

[3] 照胆：《南京杂记》卷三载，相传秦咸阳宫中有大方镜，能照见五脏病患。女子有邪心者，以此镜照之，可见胆张心动。后因以"照胆"为典，极言明镜可鉴。此形容东湖湖面如镜。

[4] 西周业：西周王朝兴起的事迹。

东湖杂咏

〔明〕朱圻

云影徘徊一鉴空，孤岚山色映帘栊[1]。
波随浴鹭摇仙舫[2]，歌杂丝弦吼树风。
红杏花飞双岸锦，苍松翠拂晚烟笼。
金卮对酌情无限[3]，浑拟乘槎过斗宫[4]。

【作者简介】

朱圻，生卒年不详，河南固始人。明万历十六年（1588）进士，万历年间任沔阳令，调知凤翔。

【注释】

[1] 帘栊（lóng）：栊，窗棂。这里指东湖上的亭台。

[2] 仙舫：小船。

[3] 金卮（zhī）：金制酒器。亦为酒器之美称。

[4] 乘槎（chá）：乘坐竹、木筏。乘槎过斗宫：此借张华《博物志》中汉海客乘槎浮海通天的传说。

东湖杂咏

〔明〕姚孟昱

其一

城角注湖光，源深流亦长。清波澄下际，灏影荡中央[1]。
荷擎浮玉碧[2]，柳吐绽金黄。莫辞今夕劝，明月泛沧浪。

其二

为览东湖胜，聊乘问俗闲。川源通渭水，泉脉透秦关[3]。
徵歌堪适意[4]，对酒且开颜。维舟邀夜月[5]，漏尽不知还[6]。

【作者简介】

姚孟昱，明代繁昌（今属安徽芜湖）人。万历十七年（1589）进士，嗜书成癖，家居时"藏书满楼，佛道二藏皆购置之"。曾官陕西参政。

【注释】

[1] 灏（hào）：形容东湖水汪洋广大的样子。

[2] 擎（qíng）：举，向上托。玉碧：此形容荷叶。

[3] 泉脉：指东湖水流经的地方。秦关：这里指凤翔城。

[4] 徵（zhǐ）：古代五音之一。此代指乐曲。

[5] 维舟：系住船。

[6] 漏尽：刻漏已尽。谓夜深或天将晓。

东湖

〔明〕岳万阶

其一

新月映湖光,从流逸兴长[1]。投胶情更笃[2],飞羽乐无央。
竹影摇波绿,梅桩照酒黄。坐听盈耳奏,钧乐下沧浪[3]。

其二

最爱艳阳景,且偷忙里闲。清言频对酌,乐意两相关[4]。
云影摇仙舫,花光开笑颜。和风收满袖,载月夜深还。

【作者简介】

岳万阶,字允中,别号仰山,祖籍山西洪洞,出生于山东朝城。明万历十一年(1583)进士,先任职刑部,后又出任衢州(今属浙江省)知州。又先后担任陇右(今青海省东部)操练、靖远(今甘肃省境内)操练。因政绩突出,被提升为陕西布政使。

【注释】

[1] 逸兴:闲适、安逸。

[2] 投胶:比喻情投意合。笃:浓厚。

[3] 钧乐:钧天广乐。钧天,神话传说中指天之中央。广乐,中天上的音乐。此指乐声美妙。

[4] 乐意:此处当指心里的意趣与外在的快乐,故有"两相关"之说,"乐"之具体所指不宜拘泥指实。

东湖奉和

〔明〕华思任

昔年琼海游浮粟[1]，今日重逢喜雨亭。
一派溪流犹细细，数株树色尚清清。
湖山到处皆为主，风月频来自效灵。
千载神交诚不偶，凭栏凝望几回停[2]。

【作者简介】

华思任，明代人，生平不详。

【注释】

[1] 琼海：指海南。海南省海口琼山区五公祠东侧有苏公祠，为纪念苏轼而修建。苏公祠左侧有琼园，园内有浮粟泉、粟泉亭、洗心轩等东坡遗迹。

[2] 凝望：凝神观望。

东湖奉和

〔明〕华思任

览胜来佳地，披襟坐小亭[1]。桃花临水碧，柳色点衣青。
逸致添诗兴，忘机谈俗形[2]。赏心日已暮，明月上渔舲。

【注释】

[1] 披襟：敞开衣襟，形容畅快开心。
[2] 俗形：指寻常人的形体。

东湖奉和

〔明〕黄珍

绕郭随游履[1],新词寄小亭[2]。须眉人不改,契合味谁青[3]。草藉花阴路[4],泉铺翠鉴形。清光遥远照,似泛五湖舲[5]。

【作者简介】

黄珍,字君重,明代人,生平不详。

【注释】

[1] 郭:城外围着城的墙。

[2] 新词:指刚做的诗词。

[3] 契合:投合。

[4] 藉:依附。

[5] 泛:漂浮。

东湖奉和

〔明〕黎陛擢

避炎寻逸地[1],适意见闲亭。杳杳山光翠[2],依依柳色青[3]。游蜂绕栏曲,舞蝶带花形。为盼源泉处,鱼梭似美舲[4]。

【作者简介】

黎陛擢,明代人,生平不详。

【注释】

[1] 炎:暑热。

[2] 杳杳：深远，高远。

[3] 依依：形容树枝随风摇摆的样子。

[4] 鱼梭：一种捕鱼的竹制品，鱼能进不能出。美舲：可爱的小船。

东湖咏二首

〔明〕韩借甫

其一

秦京何必减江南[1]，佳丽名区此正戡[2]。
翠碧千条春日媚，澄鲜一顷索云涵[3]。
尘心顿豁沧州趣[4]，高兴频从若下酣[5]。
见说德泉今复润，苏堤烟月古今谈[6]。

【作者简介】

韩借甫，明代人，生平不详。

【注释】

[1] 秦京：秦都咸阳，此处代指陕西。

[2] 名区：指东湖。戡：胜任。

[3] 澄鲜：清新。

[4] 豁：此有豁然开朗之意。沧州趣：隐居水边之趣。

[5] 高兴：高雅的兴致。若下酣：谓开怀畅饮。若下：酒名。苏轼《西太一见王荆公旧诗偶次其韵》之二："但有樽中若下，何须墓上征西。"唐李肇《唐国史补》卷下："酒则有郢州之富水、乌程之若下、荥阳之土窟春、富平之石冻春。"

[6] 苏堤：东湖内湖和外湖的相隔之堤，是苏轼当年用清理出的"古饮凤池"的淤泥所筑，长三百余米，后人为了纪念苏轼，取名"苏堤"。

其二

三翼轻移嬉沚南[1]，胜游燕乐可能戡[2]。
亭临碧沼新荷拥，骖驻荒郊蕙馥涵[3]。
古树軃阴舟过碍[4]，烹鲜隔岸味方酣，
使君数柳蔽觞政[5]，公事湖中作雅谈。

【注释】

[1] 三翼：古代的战船。因有大、中、小之分，故称三翼。此指轻舟。沚：水中的小块陆地。

[2] 燕：宴会。

[3] 蕙：花草。

[4] 軃（duǒ）：下垂。

[5] 蔽：掩盖。觞政：借指宴会。此句意为，宴会在数棵柳树下进行。

咏东湖

〔明〕李棨

其一

喜雨亭前暮霭收，须臾明月绕层楼[1]。
传杯喜践雷陈约[2]，击节还登李郭舟[3]。
笑把茱萸重泛酒[4]，期开菡萏复来游。
更阑不尽登临兴，鼓枻须穷天际头[5]。

【作者简介】

李棨（qǐ），河北任丘人。进士出身，万历四十年（1612）任凤翔县令，官至莱州知府。作有《歧阳嘉禾颂》等。

【注释】

[1] 须臾：不久。

[2] 雷陈约：指好友之约定。雷陈，指东汉雷义、陈重，二人为同郡好友，情谊笃厚。

[3] 击节：类似今日之"打拍子"，形容酣畅快乐洒脱之情状。李郭舟：《后汉书·郭太传》载，河南尹李膺见寒士郭太，大称赏之。后郭太名震京师，归乡里，送者千人。郭唯与李膺同舟而济，士宾望之，以为神仙焉。后遂以"李郭舟"指高朋雅会所乘之舟。喻知己相处，亲密无间。

[4] 泛酒：古人用于重阳或端午宴饮的酒，多以菖蒲或菊花等浸泡，因称"泛酒"。此处指相聚饮酒。

[5] 鼓枻（yì）：摇桨行船。枻：短桨；船舷。此处泛指船。

其二

祥云掩映凤城隈，飘渺湖光一鉴开。
愧我深负调羹望[1]，多君俱是济川才[2]。
岸柳系舟期尽醉，渔灯照步强登台[3]。
忘却乾坤真逆旅[4]，那知身世到蓬莱。

【注释】

[1] 调羹望：《新唐书·李白传》："天宝初，……召见金銮殿，论当世事，奏颂一篇。帝赐食，亲为调羹，有诏供奉翰林。"遂以调羹望指上级的垂青、赏识。

[2] 济川才：《尚书·商书·说命上》："高宗梦得说，使百工营求诸野，得诸傅岩，作说命三篇。……命之曰：'朝夕纳诲，以辅台德。若金，用汝作砺。若济巨川，用汝作舟楫。若岁大旱，用汝作霖雨。'"后以济川才喻治国安邦之才。

[3] 登台：登上高台。

[4] 乾坤：天地。逆旅：旅居。喻人生匆遽短促。

奉和

〔明〕李贞

十年重会人如玉[1],林下皤然鬓欲霜。
自愧新诗非李杜[2],还推佳句属王杨[3]。
衔寒带腊春将到,秉烛围炉夜未央[4]。
倚槛高歌清兴极[5],湖边草木总辉光。

【作者简介】

李贞,明凤翔人。曾官凤翔太守。

【注释】

[1] 人如玉:谓人品德美好如玉。语出《诗经·小雅·白驹》:"生刍一束,其人如玉。"

[2] 李杜:指李白、杜甫。

[3] 王杨:指王勃、杨炯。

[4] 夜未央:指还未到夜深的时候。

[5] 清兴极:高兴到了极点。

东湖

〔明〕李贞

凤鸣楼下竹亭前,菡萏双头各斗妍[1]。
对舞秋风惊渚鹤,相依月夜笑婵娟[2]。
蓬壶浪说千年树[3],华岳今开十丈莲。
好取奇葩献圣主,岂容骈首老江边[4]。

【注释】

[1] 菡萏（hàn dàn）：荷花。斗妍：犹斗艳。

[2] 婵娟：月亮。

[3] 浪说：漫说，别说。

[4] 骈（pián）首：头靠着头，并排。引申为一起。

东湖杂咏

〔明〕李贞

其一

凤水绕东楼，芙蕖开并头[1]。双星分灿烂[2]，千叶共沉浮。紫肴超群品[3]，红香散远洲[4]。使君多异政[5]，嘉瑞应天休[6]。

其二

一鉴波心里，红香菡萏殊。朱华日炫彩[7]，翠盖露擎珠。袅袅疑相语，亭亭不用扶。香清自一种，泥淖岂能污[8]。

【注释】

[1] 芙蕖（fú qú）：荷花的别称。

[2] 双星：指牵牛、织女二星。

[3] 群品：万事万物。

[4] 洲：水中的陆地。

[5] 异政：善政。

[6] 嘉瑞：祥瑞。天休：天赐福佑。

[7] 朱华：太阳的光辉。

[8] 泥淖（nào）：泥沼。

夏日东湖同诸君作

〔明〕付孕钟

荷香深处任开襟[1],浓绿阴森绕槛侵[2]。
会景如同掌上接[3],终南只在望中寻[4]。
湖亭曲映饶清兴,溪水奔流送泛音。
歌啸擎杯偕逸少[5],天涯行与纪新吟。

【作者简介】

付孕钟,明代人,生平不详。

【注释】

[1] 开襟:敞开衣襟。王粲《登楼赋》:"凭轩槛以遥望兮,向北风而开襟。"

[2] 槛:栏杆。

[3] 会景:指东湖上的会景堂。

[4] 终南:终南山。

[5] 偕:一起。逸少:王羲之,字逸少。因其显名于世,后遂以"逸少"泛指美少年。

夏日东湖同诸君作

〔明〕左熙

水云深处绣遥开,日夕邀欢有宪台[1]。
箫鼓喧阗青雀舫[2],名花照耀紫霞怀。
扬雄奇字吾真好[3],李白豪吟凤擅才。
夜半怜余醉别去[4],美人时忆重徘徊。

【作者简介】

左熙，明代耀州（今陕西铜川耀州区）人。进士，万历中任右防议。

【注释】

[1] 宪台：古代下级对上级的称呼。

[2] 喧阗：喧哗，热闹。青雀舫：《方言》卷九："舟……或谓之鷁首。"郭璞注："鷁，鸟名也。今江东贵人船前作青雀，是其像也。"后因称船绘有青雀之舟为"青雀舫"。泛指华贵的游船。

[3] 扬雄：西汉著名的文学家，擅长写辞赋。奇字：此处指扬雄的辞赋文章。

[4] 余：作者自指。

东湖

〔明〕杨楫

离筵夕对镜塘开[1]，选胜麟郊接凤台[2]。
入座湖光侵宝剑[3]，移舟荷气落金杯。
珠联并擅西京赋[4]，髯断还惭下里才[5]。
遥望春旌临锦水[6]，天涯云树各徘徊[7]。

【作者简介】

杨楫（jí），生卒年不详，河南商丘人。明万历二年（1574）赐同进士出身，曾任凤翔太守、金乡知县，万历七年修《金乡县志》。

【注释】

[1] 离筵：饯别的宴席。

[2] 麟郊：传说凤翔曾有麒麟来过，这里指凤翔城的外郊。

[3] 侵：原意是侵蚀，此处意为照映。

[4] 西京赋：原为汉代张衡所作，这里泛指作者与文友所做的诗文。

[5] 髯断：语出唐代卢延让《苦吟》："吟安一个字，捻断数茎须。"下里：

谓乡里,乡野。

[6] 旌:旗帜。

[7] 天涯云树:比喻朋友阔别远隔。

奉和

〔明〕杨榗

燕树几年违画省[1],萍踪今夕集岐阳[2]。
论文水部胸如斗[3],授题谪仙兴若狂[4]。
绿水开轩金缕细[5],青山入座漏壶长[6]。
天边正缘瞻奎聚[7],霜角城头报曙光。

【注释】

[1] 画省:指尚书省。

[2] 萍踪:浮萍的踪迹。常比喻行踪漂泊无定。

[3] 论文:评论文人及其文章。水部,指张籍,他曾在做官期间多次主持科举考试。

[4] 谪仙:指唐代的大诗人李白,贺知章曾称赞他为"谪仙"。

[5] 轩:有窗子而明朗的长廊或阁楼。金缕:指柳条。

[6] 漏壶:古代记录时间的器皿。

[7] 奎聚:喻指作者诸人雅集。奎,星名。古人认为奎星主文章。

东湖

〔明〕段猷显

森森澄湖入望平,西风时上短袍轻。
百年先哲流风远[1],十里溪光夕照明。
脂粉未销残雪后[2],縠纹欲试晚潮生[3]。

烟波处处堪垂钓，好与尊前唱渭城[4]。

【作者简介】

段猷显，河南商城县人。明万历间任广德（今属安徽）知州。

【注释】

[1] 百年：泛指，指时间长。先哲：指前代文人和贤士。
[2] 脂粉：比喻夕照下东湖的秀丽景象。
[3] 縠纹：水上的波纹。
[4] 渭城：即《渭城区》。亦名《阳关曲》。

凤翔览子瞻旧迹

〔明〕傅振商

吐纳珠玑尽木难[1]，独将逸气傲弹冠。
香销鳌禁辞群玉[2]，日丽岐阳寄八观。
花鸟助怀吟里靓，山川留胜句中看[3]。
忆君一过车尘馥，偏读夕阳片碣残[4]。

【注释】

[1] 珠玑：泛指珍宝。这里指文采出众。木难：宝珠名。
[2] 鳌（áo）禁：翰林院的别称。群玉：本为传说中古帝王藏书册处。后用以称帝王珍藏图籍书画之所。
[3] 句中看：指诗文当中描写的凤翔东湖景观。
[4] 片碣残：残存的石碑。

清明后一日按部之暇宴东湖喜雨亭酬万大参 [1]

〔清〕许之渐

圣湖别已久，荡漾纷在目。芳菲遘良辰[2]，明霞散绮谷[3]。
今来入秦川，昕昏罕停毂[4]。连山浩无垠，飞埃翳荒陆[5]。
披图数感会，迷方徒蹙蹙[6]。仲春达扶风[7]，周道良有踏[8]。
都忘令节临[9]，檄书纷颖秃[10]。万君饶美度[11]，念我欲投轴[12]。
为言凤城东，湖潭清可掬。苏子倅郡时[13]，来游日往复。
清浅涨华池，莲香姿芬郁。更建君子亭，不愧愚公谷。
曲堤环沦漪，山樽成小筑。西子擅东南，明媚此所独[14]。
片云对层城，渺然瞩清澳。陇酒时再斟，春盘陈苜蓿[15]。
俯仰瑶池前，想望昆仑麓。渊沦黛色收[16]，杳霭烛光煜。
入襄延阻修，尘坌逸炎燠[17]。缅焉念昔人[18]，适静虑如沐。
岂无沧州情，携手返初服[19]。

【作者简介】

许之渐（1613—1701），字仪吉，号青屿，武进（今属江苏常州）人。明末清初诗文家。清顺治十二年（1655）进士，授户部主事，升江西道监察御史，弹劾不避权贵。巡视陕西茶马，禁除陋习，条约刻石宣示百姓，不苛不扰，远近称好。因事被削职，事雪复官，自以性刚难与人共事，辞官回乡，徜徉林下，年八十八卒。工诗善文。著有《槐荣堂奏稿》《茶马事宜》《槐荣堂诗文集》等。

【注释】

[1] 暇：闲暇。酬：答谢。

[2] 遘（gòu）：遇。

[3] 绮（qǐ）谷：绮丽的山谷。

[4] 昕（xīn）：黎明。毂：车轮，指行人乘坐的车子。

[5] 飞埃：尘埃。翳（yì）：遮蔽，掩盖。

[6] 迷方：迷失方向。戚戚：局促不安的样子。

[7] 仲春：春季的中期。

[8] 周道：周代治国之道。扶风古属周，故曰周道。蹐：恭谨局促的样子，这里指遵守礼法。

[9] 令节：佳节。

[10] 檄书纷颖秃：谓忙于书写公文，毛笔的笔锋都磨秃了。纷：多。颖：毛笔的笔锋。

[11] 美度：神采奕奕的样子。

[12] 投轴：下车。

[13] 苏子：指苏轼。倅：副职。此指苏轼任凤翔通判。

[14] 此：指东湖。

[15] 春盘：古代风俗，立春日以韭黄、果品、饼饵等簇盘为食，或馈赠亲友，称春盘。

[16] 渊沦：湖水幽深的样子。

[17] 坌（bèn）：尘埃。燠（yù）：炎热。

[18] 缅：缅怀。

[19] 返初服：语本《楚辞·离骚》："进不入以离尤兮，退将复修吾初服。"后以"返初服"谓辞官归田。

雨中武真庵督学招集东湖

〔清〕王士禛

行人衣上雨，来自杜阳川[1]。湖似郎官好[2]，名因学士传[3]。游鲦争唼水[4]，垂柳欲生烟。重过荷香里，还劳运酒船。

【注释】

[1] 杜阳川：郦道元《水经注》卷十八"渭水"："《后汉·郡国志》曰：郿县有召亭。谓此也。雍水又东南流，与横水合。水出杜阳山。其水南流，谓之杜阳川。东南流。左会漆水，水出杜阳县之漆溪，谓之漆渠。故徐广曰：漆

水出杜阳之岐山者，是也。漆渠水南流，大峦水注之。水出西北大道川，东南流入漆，即故岐水也。"

[2] 郎官：面貌俊秀的男孩。此以喻东湖。

[3] 学士：指苏轼。

[4] 唼：鱼吃食。

再集东湖拜东坡先生祠

（清）王士禛

复有东湖约，来当春暮时。凉风散高柳，微雨洒清池。
自识龟鱼乐[1]，何殊濠濮思[2]。仙翁去千载[3]，仿佛下云旗。

【注释】

[1] 龟鱼乐：语本《庄子·秋水》，本谓鱼游水中，悠然自得。后亦以喻纵情山水，逍遥游乐。

[2] 濠濮思：语本《庄子》。濠、濮均为古代河流名。《庄子》记有庄子与惠子同游濠梁之上及庄子垂钓濮水之事。后以"濠濮思"谓逍遥闲居、清淡无为的思绪。

[3] 仙翁：指苏轼。

四过东湖题宛在亭

（清）王士禛

小鸭唼喋萍叶乱[1]，三枝五枝菡萏开。
鲁连陂上花千顷，黄帽刺船归去来[2]。

【注释】

[1] 唼喋（shà zhá）：小鸟吃食的声音。

[2] 黄帽：船夫。刺船：撑船。

东湖

〔清〕李柏

湖在凤城东，月在湖水中。
水能涵月相[1]，月能印水空。
水月两不碍，人天如是同。

【注释】

[1] 涵：包涵。本句意为水中映月。

丁未仲夏同牛德征东湖分韵[1]

〔清〕李柏

步出凤城东，烟溪绕碧丛。湖将天作底[2]，云以水为空。
人醉潇湘月，马嘶杨柳风[3]。星河如可度，直泛一槎通[4]。

【注释】

[1] 丁未：即康熙五年（1666）。

[2] 天作底：天空倒映在水中。

[3] 嘶：鸣叫。

[4] 槎（chá）：船桨。代指船。末二句用乘槎河汉之典故。

岐阳郡苏长公祠见萧一壁间留题即依韵次之 [1]

〔清〕李柏

一镜当空槛外明，东湖一似西湖清。
沙堤古木连霜落，石径孤烟向晚生。
两赋文章传逸事[2]，六桥花柳系诗情[3]。
奇才绝代成春梦[4]，祗合当年荐二程[5]。

【注释】

[1] 岐阳郡：古时凤翔的别名。苏长公：指苏轼。

[2] 两赋文章：指苏轼在凤翔时曾撰写的《喜雨亭记》《凌虚台记》。传逸事：指苏轼在凤翔期间为百姓所做的善政在民间广泛流传。

[3] 六桥：浙江杭州西湖外湖苏堤上之六桥：映波、锁澜、望山、压堤、东浦、跨虹。皆为苏轼所建。

[4] 奇才：指苏轼。

[5] 二程：指程颐、程颢二兄弟，北宋大儒、著名学者，苏轼曾向朝廷举荐过他们。

与萧雪山一泛舟东湖

〔清〕李柏

酌酒东湖上[1]，镜开水不流[2]。风亭寒白日，烟柳隐孤舟。
城廓沉波底，荇蘩长画楼。容怀多少恨[3]，独此不知愁。

【注释】

[1] 酌酒：饮酒。

[2] 镜：指东湖。

[3] 恨：遗憾。

李郡侯招饮东湖庆雨步韵

（清）刘自唐

及时膏雨满秦川[1]，太守湖边庆有年。
漠漠山云笼宝髻[2]，涓涓河沼贴金钱[3]。
昔人志喜留台榭[4]，此日勤民泛酒筵[5]。
后乐先忧真刺史[6]，风徽宁让大苏贤[7]。

【作者简介】

刘自唐，字尧村，凤翔人。清康熙四十五年（1706）进士。为官清廉正直，关心百姓疾苦。

【注释】

[1] 膏雨：滋润作物的霖雨。
[2] 笼宝髻：指山间云雾水气笼罩着东湖上的树木。
[3] 贴金钱：指荷花池中的花朵。
[4] 志喜：表示喜悦。台榭：指东湖喜雨亭。
[5] 勤民：指勤于政务。
[6] 后乐先忧：即"先天下之忧而忧，后天下之乐而乐"。
[7] 风徽：风范，美德。

春日归自东郊暂憩苏公亭

（清）王嘉孝

和风淑气正深春[1]，乘兴驱车到水滨。
断岸高低围绿树，回溪远近出青蘋[2]。

孤村击鼓祈丰岁[3]，野老开樽洽比邻[4]。
鞅掌终朝怜俗吏[5]，暂时亭上对芳辰[6]。

【作者简介】

王嘉孝，河南汝阳人。清代举人，康熙三十一年（1692）任凤翔县令。

【注释】

[1] 淑气：温和的天气。

[2] 青蘋：浮萍的别称。

[3] 祈年岁：祈求上天，希望获得好的收成。祈：祈祷。

[4] "野老"句：谓农人们邻里间互相开怀饮酒。洽：协调，协和。

[5] 鞅掌：谓职事纷扰繁忙。俗吏：普通的官吏。

[6] 芳辰：美好的时光。多指春季。

初夏东湖邀友宴集

（清）王嘉孝

苏公亭上午风清，邀客同来逸兴生。
渭水晴光摇老树，秦山爽气照孤城[1]。
持杯峭阜云中坐[2]，把臂澄湖镜里行。
最是故人能好我，一觞一咏惬幽情[3]。

【注释】

[1] 爽气：明朗开阔的自然景象。

[2] 峭阜：险峻的山势。此处当指东湖边的土丘。

[3] 一觞一咏：文人联诗吟对。

秋日送客东湖

（清）王嘉孝

蒹葭摇曳色苍苍[1]，步履湖边对夕阳。

四壁清风披草树，一天爽气到衣裳。

西岐胜地频怀古，上国嘉宾屡倒觞。

欲问离思何处是，寒空嘹呖雁南翔[2]。

【注释】

[1]"蒹葭"句：语本《诗经·秦风·蒹葭》："蒹葭苍苍，白露为霜。"蒹葭：芦苇。

[2]嘹呖：大雁的响亮叫声。

奉和

（清）王嘉信

溽暑曾无一事求[1]，闲依墅色漫寻幽[2]。

招人爽气来芳槛，惠我清风到碧丘。

嫩滑荷筒香对酒[3]，沉酣诗兴壮行游。

中庭卧入青山影，柳拂斜阳似荡舟。

【注释】

[1]溽（rù）暑：夏天潮湿而闷热的气候。

[2]墅色：乡野景色。墅：田庐；村舍。解作"郊外"，亦通。

[3]荷筒：荷叶杯。

夜憩东湖，与冬友侍读，玩月宛在亭

〔清〕毕沅

其一

十围老柳千寻柏[1]，拔地参天七百秋[2]。
为问坡仙仙去后[3]，几人曾向此中游。

其二

便认今宵即是仙[4]，童奴怪我苦无眠。
鱼儿跳子龟鸣鼓，不听此声已廿年。

其三

溪山橐湖浣华迹，水木兹寻嘉祐年[5]。
论我平生太侥幸，宦游多得近前贤。

其四

苏门一派瓣香残[6]，衣钵由来付托难[7]。
留得东湖湖上月，分明许我两人看。

其五

西风栈险连云远，南浦华深进艇迟。
宛在亭中人宛在，萧森竹柏照须眉。

【作者简介】

毕沅（1730—1799），字纕蘅，亦字秋帆，江苏镇洋（今江苏太仓）人。清代著名学者。乾隆二十五年（1760）进士。曾任陕西巡抚。抚陕十余年，对陕西名胜古迹的保护功不可没，编撰《关中金石记》《关中胜迹图志》等。

【注释】

[1] 千寻：古代长度单位。一般为八尺。千寻，形容树木高大。

[2] 七百秋：七百年。北宋仁宗嘉祐六年（1061），苏轼以大理寺评事任凤翔府签书判官后，将原凤翔"饮凤池"扩展疏浚，种莲植柳，修筑东湖；乾隆三十八年（1773），毕沅补授陕西巡抚，此诗当作于官陕西巡抚时。从苏轼疏浚东湖到毕沅创作此诗，时间跨度，刚好700多年。

[3] 仙去：去世。

[4] 今宵：今晚。

[5] 兹：这里，指东湖。

[6] "苏门"句：指苏门一派的文士命运不济，各自分散飘零。

[7] 衣钵：原是佛教用语，指传授思想、学术、技能等。

谒苏公祠

（清）高登科

盖世才名久梦思，城东迤俪拜灵祠[1]。
一堤烟景欣无恙[2]，千古风流宛在兹。
庙里龙蛇余画壁[3]，门前鸥鸟漾莲漪。
野人击鼓羞鸡黍，应自翩然驾赤鲤[4]。

【作者简介】

高登科，生卒年不详，纂（乾隆）《宝鸡县志》。

【注释】

[1] 迤俪（yǐ lǐ）：犹言迤逦而行。缓缓而行。

[2] 烟景：谓东湖堤上的柳树景色。

[3] 龙蛇：指苏公祠中的书画。

[4] 翩然：轻捷潇洒貌。驾赤鲤：《列仙传》等书记载，战国时赵人琴高，入涿水取龙子，与诸弟子相约，当于某日返。至期果乘赤鲤而出。后因以"骑赤鲤"为咏仙术之典。

东湖宛在亭玩月

（清）严长明

其一

湖光待客明如拭[1]，月影留人澹似秋[2]。
行尽西南吾未悔，赚来清绝有斯游[3]。

其二

萍末风来回得仙，溪边清欲伴鸥眠。
梦游仿佛承天寺[4]，此乐人间七百年。

其三

平桥夜濯初更露[5]，髦柳春迷手植年[6]。
绝似虎溪溪上路，西偏古刹有栖贤[7]。

其四

泉声不断漏声残，谁向方蓬赋到难[8]。

清景不教容易掷,更摇艇子过湖看。

其五

苏门萧瑟剩荒祠[9],怊惆秋英欲荐迟[10]。
共写新诗呈坐上,想应欢喜到须眉。

【作者简介】

严长明(1731—1787),字冬友,一字道甫,江苏江宁人。乾隆二十七年(1762),召试赐举人,授内阁中书,官至内阁侍读。历充《通鉴辑览》等书纂修官。有《归求草堂诗文集》等。

【注释】

[1] 拭:擦。

[2] 澹(dàn):恬淡,安定。

[3] 清绝:十分幽静。

[4] 仿佛承天寺:指作者此时游览此地,就如同苏轼当年游览承天寺一样。

[5] 初更:旧时每夜分为五个更次。晚七时至九时为"初更"。

[6] 髳(máo):四散貌。

[7] 古刹:古寺。栖贤:隐居的贤士。

[8] 方蓬:传说中海中二神山方丈、蓬莱的并称。

[9] 苏门:指原来苏轼居住过的地方。

[10] 怊(chāo)惆:惆怅,失意。秋英:秋花。

东湖纪事并序

〔清〕邓裕昌

乾隆甲寅冬[1],余来宰凤翔[2],谒东湖苏文忠公祠,因是年秋水暴发,殿宇将圮[3],急为鸠工修葺[4],并湖中亭榭而一新焉,落成后因纪以诗。

眉山涵浩气，大业标千春[5]。签书判凤翔，老吏仗文人。
惠政修筲规，木筏害始轻。幽赏在东湖，清澳寄天真。
祠庙志遗爱[6]，兼及喜雨亭。我来甲寅年，承乏仰前型[7]。
湖上拜公像，栋宇悲圮倾。询因秋涨发，浩渺浸郊闉[8]。
不日效子来，丹舟欣重新。池台环绿沼，隐映峙湖滨。
岂惟昭古迹，更可延嘉宾。还思杭颍惠，西湖并嘉名。
人生等鸿爪，印雪迹易陈[9]。公名在天壤[10]，好句留芳芬。
试吟八观诗[11]，何人能问津[12]。

【作者简介】

邓裕昌，生卒年不详，乾隆五十九年（1794）任凤翔太守。

【注释】

[1] 甲寅：指乾隆五十九年，即 1794 年。

[2] 宰：主管。

[3] 是：代词，这。圮：坍塌。

[4] 鸠（jiū）工：聚集工匠。

[5] 大业：指苏轼的文章和政绩。

[6] 志：记载，记录。

[7] 承乏：承继空缺的职位。后多用作任官的谦辞。前型：前人的风范。

[8] 郊闉（yīn）：城郭之门。

[9] "人生"二句：苏轼《和子由渑池怀旧》："人生到处知何似，应似飞鸿踏雪泥。泥上偶然留指爪，鸿飞那复计东西。"鸿爪：比喻往事留下的痕迹。陈：显现。

[10] 天壤：天地；天地之间。

[11] 八观诗：指苏轼所作的《凤翔八观》诗。

[12] 问津：原指问路，这里指没有后人能够超越苏轼的诗歌文学成就。

东湖玩月

〔清〕嵇承谦

其一

依依杨柳初停骑,露白葭苍想到秋[1]。
我欲从之亭宛在,溯洄昨日记曾游[2]。

其二

片刻偷闲便已仙,泉声到耳枕流眠。
一湖绕出春园色,翠柏苍松养大年。

其三

羽书旁午劳行部[3],还以诗简记岁年[4]。
乍看风灯分益部,恰修禊事集群贤[5]。

其四

韽韽钟鼓遴春残[6],归雨天涯作合难。
携手湖中泛明月,吟成佳句坐中看。

其五

风流嘉祐千年后,想见承天夜睡迟。
此地几人留胜赏,苏仙闻得也掀眉[7]。

【作者简介】

嵇承谦（1732—1784），字受之，号晴轩，清无锡人。乾隆二十六年（1761）进士，选翰林院庶吉士，授编修，仕至翰林院侍读。

【注释】

[1] 葭（jiā）：初生的芦苇。

[2] 溯洄：逆流而上。此指追忆往日。

[3] 羽书：指书信。旁午（bàng wǔ）：交错；纷繁。行部：谓巡行所属部域，考核政绩。

[4] 诗筒：盛诗稿以便传递的竹筒。

[5] 修禊（xì）事：禊祭之事。集：召集。

[6] 韽韽（ān ān）：形容声音幽微。遘：恰好遇上。

[7] 掀眉：欢笑貌。

再用前韵纪游

〔清〕嵇承谦

余以校士至凤翔[1]，月竣事，太守田公邀游湖上，为竟日欢。

其一

闲门校艺春如梦，微雨生凉夜似秋。
绿遍东湖堤畔柳，清歌落日快初游。

其二

锁院敲吟忆古仙[2]，照床明月镇无眠[3]。
桃华潭水深情在，五马春风驻小年。

其三

社公雨过清明节[4]，苏子文传嘉祐年。
我共客来亭畔憩，劳劳敢比竹林贤[5]。

其四

通林叶暗乍红残，鱼泳鸥翔欲赋难。
春物泥人留不住，兴来且复踏舟看。

其五

平生游屐西神数，抛却溪山选胜迟[6]。
何意追陪重入梦[7]，月波徐泛话庞眉[8]。

【注释】

[1] 校士：考核士子。

[2] 敲吟：指创作诗歌。

[3] 镇：时间长久。

[4] 社公雨：谓社日所降之雨。

[5] 劳劳：辛苦，劳苦。竹林贤：指竹林七贤。

[6] 选胜：寻游名胜之地。

[7] 追陪：追随；伴随。

[8] 庞眉：眉毛黑白杂色。形容老貌。庞，同"厐"（máng），杂色。

东湖

〔清〕孙尔思

偃仰平湖曲[1],岭岚一望收。菱风清带夏,梧月淡澄秋。舻似浮云过,人疑如画游。仲宣当此际[2],不用赋登楼[3]。

【作者简介】

孙尔思,字睿生,西安人。顺治年间任凤翔教谕。

【注释】

[1] 仰偃:俯仰。此引申为悠然自得。

[2] 仲宣:东汉王粲,字仲宣。

[3] 赋登楼:王粲作有《登楼赋》,主要抒写其生逢乱世、羁旅思乡之情及怀才不遇之忧。

东湖即事

〔清〕李根茂

税驾东湖上[1],披襟坐草亭。水流几曲碧,山拥数峰青。烂熳夭桃色,峥嵘老柏形。重来携斗酒,鼓棹一扬舲[2]。

【作者简介】

李根茂,汝阳(今属河南)人,(康熙)《凤翔县志》纂修者之一。

【注释】

[1] 税:通"悦",和悦。

[2] 扬舲(líng):扬帆。

东湖

〔清〕朱燮

胜概芳踪何处求[1]，东湖亭上景洵幽[2]。
花光潋滟流朝气[3]，水色苍茫照暮丘。
咫尺终南杯底现[4]，依稀赤壁画中游[5]。
今宵若卧垂杨月，应有羽衣掠客舟[6]。

【作者简介】

朱燮（xiè），清代浙江海宁人。官中书，精绘画。

【注释】

[1] 胜概：美丽的风景。

[2] 洵：副词。实在，很。

[3] 潋滟（liàn yàn）：水波荡漾的样子。

[4] "咫（zhǐ）尺"句：此句意为，东湖与终南山很近，终南山的山影倒映在湖中，就好像在杯子中。

[5] 依稀：仿佛，好像。

[6] 羽衣掠客舟：化用苏轼《后赤壁赋》中"适有孤鹤，横江东来。翅如车轮，玄裳缟衣，戛然长鸣，掠予舟而西也"句意。

东湖

〔清〕朱燮

胜日寻芳草[1]，同来喜雨亭。拂襟花气馥[2]，扑面柳稍青。
风细树筛影[3]，水明藻现形。洄波凝霭处[4]，遥见小渔舲。

【注释】

[1] 胜日：美好的时日。

[2] 馥：花的香气。

[3] 筛影：风吹树时树影摇晃貌。

[4] 洄波：指回旋的流水。凝霭：谓凝若云气。

东湖

〔清〕朱燮

东湖晴日丽，载酒到孤亭。水色风前碧，山光雨后青。
时花非一态[1]，野鸟各殊形。醉倚勾栏立[2]，浑如泛画舲[3]。

【注释】

[1] 时：季节。

[2] 勾栏：楼梯的扶手栏杆。

[3] 泛：漂浮；浮游。

东湖和韵

〔清〕朱燮

空亭寥廓再披襟[1]，细细流泉傍岸侵。
古树东园纷笑傲[2]，新荷南浦供幽寻。
遥山耸峙开晴色，候鸟翩翩送好音。
幸遇良时兼胜地，哪能不醉不狂吟。

【注释】

[1] 廖（liáo）：空荡。

[2] 东园：泛指园圃。

东湖和韵

〔清〕童凤三

凤翔东湖,东坡先生游赏之地,今淤塞久矣,朴斋太守新辟之,爰次坡公韵以志其美[1]。

湖波渺净渌,绝胜江水蓝。坡公乍来此[2],郁郁诚难堪[3]。
气与江山壮,中怀趋走惭[4]。肯让在山清,而同浊水泔。
蜀江那可比,窈窕惟澄潭[5]。情异汉大史[6],留滞嗟周南[7]。
达人妙因寄,汪度犹波涵。日游恐岁满,于公毋乃贪。
豪咏东湖诗,千载流芳甘。埃壒一以谢[8],世目何容眈。
高风邈攀跻,遗迹从搜探。青罗无带水,太白空瑶篸[9]。
晴麓交榛莽[10],雨或缘沙蚶。遂使湖光隘,荐食如饥蚕[11]。
只看积蘋藻,采摘供轻篮。谁欤缅前哲,一一从追戡。
张君我所钦[12],丰骨高秋岚。念此饮凤池,羽毛曾毵毵。
兼之文忠笔[13],寿合如彭聃。岂使空明天,坐集藩篱鹌。
剔淤加浚沼,千顷情尤媅。瓣香非南丰[14],数典今逢郯[15]。
动影荡虚无,城堞胥包含。兰桡仿西泠,长隄旧所谙。
曲折靡复遗,清澳宁空谈。我愧不三宿,竟日停征骖。
嘿与光景会,何语资旁参。欲去更回照,寒镜披尘函。
花柳待重来,约略春仍三。韵敢撞洪钟,微响羞韽韽[16]。

【作者简介】

童凤三,字梧冈、鹤衔,清代浙江绍兴人。乾隆二十二年(1757)高宗南巡,因进献诗赋,钦赐举人,授内阁中书。乾隆二十五年(1760)进士,改翰林院庶吉士。历任广西、湖南、广东、陕甘、江西、顺天乡试正考官、学政等职,官至吏部左侍郎。秉持文政四十余年,对改革选举制度、剔除积弊多有建树。

【注释】

[1] 爰（yuán）次：依照。朴斋太守：指当时凤翔太守张所。

[2] 乍：初次。

[3] 郁郁：心情压抑。

[4] 中怀：内心。趋走：奔走服役。

[5] 澄潭：清澈的湖水。这里指东湖。

[6] 汉太史：指司马迁。

[7] 周南：《诗经》的篇章。

[8] 埃壒（ài）：微尘。

[9] 瑶篸：犹玉簪。篸，通"簪"。比喻高而尖的山峰。此句化用韩愈《送桂州严大夫同用南字》"江作青罗带，山如碧玉篸"二句。

[10] 榛莽：杂草丛生。

[11] 荐食：不断吞食；不断吞并。

[12] 钦：钦佩，敬仰。

[13] 文忠：苏轼谥号。

[14] 瓣香：师承；敬仰。南丰：宋代大文学家曾巩，建昌军南丰（今江西省南丰县）人，世称"南丰先生"。此句化用陈师道《观究文忠公家六一堂图书》中"向来一瓣香，敬为曾南丰"诗句。

[15] 数典今逢郏：苏轼原诗句中有"犹复访侨郏"之句。

[16] 韽韽（ān）：形容声音幽微。

东湖

〔清〕王骏猷

其一

坡公曾经判岐阳[1]，留得东湖水一方。
石笕泉疏凤凰脉，竹亭花绕芰荷香。
汇流无事通千渭，遗泽居然接颍杭[2]。

五百年来波未竭，不随陵谷叹沧桑[3]。

【作者简介】

王骏猷，山东济宁人。清代举人。嘉庆十六年（1811）任凤翔知府。

【注释】

[1] 判岐阳：宋仁宗嘉祐六年（1061），苏轼任凤翔通判。岐阳，凤翔的旧称。

[2] 接颍杭：指东湖的水脉与颍州和杭州的西湖水脉相连。苏轼知颍州时，疏浚治理颍州西湖，并在西湖留下了不少佳作和胜迹；后调赴杭州，又主持疏浚西湖，垒建了著名的长堤"苏堤"。

[3] 陵谷：山谷。陵谷沧桑：丘陵变山谷，山谷变丘陵。比喻世事变迁巨大。末二句谓，任世事巨变，苏轼疏浚的东湖五百年来一直留存。

其二

城东十亩聚潺湲[1]，小筑陂塘号八观[2]。
高躅自应传胜地[3]，雄文谁敢占骚坛[4]。
亭因喜雨碑犹在，台有凌虚石不刊[5]。
同是政闲供啸傲，想当岸帻一凭栏[6]。

【注释】

[1] 潺湲：原指水流声，这里指东湖。

[2] 八观：苏轼曾在此地写过凤翔八观，东湖为其中一景。

[3] 高躅（zhuó）：崇高的品行。躅：足迹、踪迹。亦用以喻人的行为、业迹。

[4] 骚坛：文坛。

[5] "亭因"二句：苏轼任凤翔通判时建喜雨亭，太守建凌虚台。苏轼作有《喜雨亭记》《凌虚台记》。不刊：不可磨灭。

[6] 岸帻（zé）：推起头巾，露出前额。形容态度洒脱，或衣着简率不拘。

其三

烟波渺渺树苍苍，冠盖来游漫举觞[1]。
后代但知追玩赏[2]，先生真不愧贤良[3]。
清风节认陶公柳[4]，甘润春流召伯棠[5]。
试咏蒹葭续秦什[6]，伊人宛在水中央。

【注释】

[1] 冠盖：原指官员的冠服和车乘。冠，礼帽；盖，车盖。这里指一起游览的官员。

[2] 追：追求。玩赏：游玩。

[3] 先生：指苏轼。

[4] 陶公柳：晋代陶侃在武昌（今鄂州）期间带领官吏和百姓广植柳树，人们为了缅怀他，将其所种柳树称为陶公柳。

[5] 召伯棠：《诗经·国风》有一首《甘棠》诗。《毛诗序》云："《甘棠》，美召伯也。召伯之教，明于南国。"孔颖达疏、朱熹集传并谓召伯巡行南土，布文王之政，曾舍于甘棠之下，因爱结于民心，故人爱其树，而不忍伤。后世因以"召棠"为颂扬官吏政绩的典实。这句是说，苏轼的政绩与古人召公一样突出。

[6] 秦什：指《诗经·秦风·蒹葭》。

其四

一麾何幸莅西岐[1]，遗像祠堂肃拜时[2]。
碣藓依稀寻旧咏[3]，溪毛仿佛伫灵旗[4]。
与民休息公应许[5]，为政风流古所师[6]。
几度溯洄堤上望[7]，引泉当以浚深池。

【注释】

[1] 一麾：一面旌麾。旧时作为出为外任的代称。莅：亲临，到达。

[2] 肃拜：古九拜之一。恽敬《释拜》："跪而举下手曰肃拜。"

[3] 碣：石头。

[4] 溪毛：溪涧中的水草。灵旂：古代用来招魂的旗帜。

[5] 公：指苏轼。

[6] 风流：指苏轼的政绩突出。师：学习。

[7] 溯洄：沿岸逆向而行。

凤翔东湖

〔清〕陶澍

苏文忠公祠，石刻九日一首，有"忆弟泪如云不散，望乡心与雁南飞"之句，读之，怅然有怀舍弟子晋，辄次原韵书祠壁[1]。

东湖亭子好烟树，遥接陈仓古翠微[2]。
秋气忽从林外至，浮云疑向故乡飞。
山川入望人俱远，风雨连床梦久违。
何日卜田如石佛[3]，不应猿鹤弄嘲讥[4]。

【作者简介】

陶澍（shù）（1779—1839），字子霖，一字子云，号云汀、髯樵，湖南安化人。清代经世派主要代表人物，道光朝重臣。有《印心石屋诗抄》《蜀輶日记》《陶文毅公全集》等。

【注释】

[1] 怅然：伤感的样子。辄：于是。

[2] 陈仓：即宝鸡。

[3] 卜田如石佛：苏轼作有《罢徐州，往南京，马上走笔寄子由》组诗五首。

其中第五首有"卜田向何许，石佛山南路"之诗句，表达了苏轼欲卜田归隐的强烈愿望。石佛：山名。

[4] 猿鹤：借指隐逸之士。典出孔稚珪《北山移文》："使我高霞孤映，明月独举，青松落阴，白云谁侣？涧户摧绝无与归，石径荒凉徒延伫。至于还飙入幕，写雾出楹，蕙帐空兮夜鹤怨，山人去兮晓猿惊。昔闻遗簪投海岸，今见解兰缚尘缨。"

东湖

〔清〕高翔麟

余典郡凤翔[1]，访东湖故址，已成芜陌[2]，捐廉集工[3]，一月浚成，因赋四律以纪其事。

其一

闻道澄湖似镜园，星移无复旧沧涟[4]。
千条柳暗来时路，一带菱荒采后田。
拾蚌但余清浅渚，染螺谁问蔚蓝天。
平生放棹饶有兴，况是名流胜迹传。

【作者简介】

高翔麟，字文瑞，号蒂堂，清江苏吴县人。嘉庆十三年（1808）进士，散馆授编修，官至湖南衡永郴桂道。有《说文字通》十四卷。

【注释】

[1] 典郡：主管一郡政事，谓任郡守。此指作者担任凤翔知府一职。
[2] 芜陌：荒芜。
[3] 捐廉：旧谓官吏捐献除正俸之外的养廉银。
[4] 星移：指岁月变迁。

其二

清输鹤俸议鸠工[1]，荷锸成云匝月中[2]。
数亩渠仍通郑国[3]，一区宅旧卜杨雄[4]。
池探翠凤高源下，石辨苍螭黛色同[5]。
晓鉴涵空风水涣，胜游争说郡城东。

【注释】

[1] 清输：捐献。鹤俸：指鹤料。唐代称幕府的官俸。后亦泛指官俸、俸禄。

[2] 荷锸成云：疏浚东湖的人们扛着的铁锸众多如云。语本《郑白渠歌》："举锸为云，决渠为雨"。匝月：满一个月。

[3] 郑国：原是战国时韩国的水工，这里指以他名字命名的渠道郑国渠。

[4] 卜：卜邻。杨雄，史籍或作扬雄。《汉书·扬雄传》载扬雄祖上"有田一廛，有宅一区，世世以农桑为业"，扬雄"家产不过十金，乏无儋石之储，晏如也"。后用以指称文人贫居。

[5] 苍螭：螭，古代传说中的无角龙。苍螭，这里形容石头上印有龙形的花纹。

其三

襄余指臂幸同官[1]，蹉屐重来眼界宽。
隔岸看花围万树，治堤种竹绕千竿。
凌虚台蔓荒烟冷[2]，喜雨亭移落照残。
惟有清流自终古，一龛香火热旃檀[3]。

【注释】

[1] 襄：帮助。指臂：手指与臂膀。比喻得力的助手。

[2] 蔓：形容凌虚台的荒芜。

[3] 旃檀（zhān tán）：即檀香。

其四

玉局当年此啸歌[1],清词珠琲耸肩哦[2]。
吟风勉学邯郸步[3],醉月闲招安乐窝[4]。
鉴水须知心共沁,观池犹喜政无苛。
甘棠遗爱吾惭愧[5],聊志鸿泥石上磨[6]。

【注释】

[1] 玉局:苏轼曾任玉局观提举,后人遂以"玉局"称苏轼。

[2] 珠琲:美玉。这里形容苏轼诗歌文采出众。

[3] 吟风:作诗吟赋。邯郸步:典出《庄子·秋水》。比喻生搬硬套,机械地模仿别人,不但未学到别人的长处,反而把自己的优点和本领也丢弃了。这里是谦虚的说法,称自己学习苏轼当年的风范。

[4] 醉月:对月酣饮。

[5] 甘棠遗爱:旧时对已卸职的地方长官的颂词。此为对苏轼的颂美之词。

[6] 鸿泥:大雁在雪泥上留下的爪印。比喻往事的痕迹。语本苏轼《和子由渑池怀旧》:"人生到处知何似,应似飞鸿踏雪泥。泥上偶然留指爪,鸿飞那复计东西。"本句指刻石记事。

同人小集东湖,次苕堂弟韵[1]

〔清〕高愿

其一

对床风雨梦频圆[2],携榼重来问绮涟[3]。
壁上诗留苏玉局,堤边词唱柳屯田[4]。
虫能作篆呼蚪蝌,鸟解忘机号信天[5]。
从此湖光添秀色,新吟酬和达邮传[6]。

【作者简介】

　　高愿，生平不详。从诗题推断，或与高翔麟为从兄弟。清代人，有《梧雨山房诗钞》。

【注释】

　　[1] 次韵：指次高翔麟《东湖》韵。
　　[2] 对床风雨：指亲友或兄弟久别重逢，在一起亲切交谈。
　　[3] 榼（kē）：盛酒或贮水的容器。此处指酒。
　　[4] 柳屯田：指宋代词人柳永。
　　[5] 忘机：消除机巧之心。常用以指甘于淡泊，与世无争。
　　[6] 邮传：传舍，驿馆。

其二

郢斧般斤尽国工[1]，推敲一字掌心中。
吟情暗逐鸥波没[2]，画意争看雉堞雄[3]。
过隙韶华怜逝水[4]，为怜丽句怕雷同。
扶轮骚雅搜名胜[5]，好挽狂澜障使东。

【注释】

　　[1] 郢斧：郢正，斧正。此处用郢人运斧之典。班斤：古代巧匠鲁班的斧头。比喻参加雅集的人都是高手。
　　[2] 吟情：诗情；诗兴。鸥波：鸥鸟生活的水面。比喻悠闲自在的退隐生活。
　　[3] 雉堞（zhì dié）：城墙。
　　[4] 过隙：喻时间短暂，光阴易逝。韶华：青春年华。
　　[5] 扶轮：扶翼车轮。

其三

自惭才捷不胜官，笠屐优游岁月宽[1]。

酒卷可书随荷锸，渔租无税任投竿[2]。

泉因有本流常润，树到成围蠹易残[3]。

坐久风来除热恼，涂身漫气白栴檀[4]。

【注释】

[1] 优游：悠闲。

[2] 投竿：投钓竿于水。谓垂钓。

[3] 蠹（dù）：侵蚀树木的害虫。

[4] "坐久"二句：化用白居易《赠韦处士六年夏大热旱》"既无白栴檀，何以除热恼"诗句。热恼：因热旱而苦恼。白栴檀：即白檀香。

其四

波白桑田唱踏歌，万言缩手更谁哦[1]。

青山展黛分眉影，绿柳围云想鬓窝[2]。

癖省烟霞同屈嗜[3]，诗严法律比秦苛[4]。

江郎投老跚才尽[5]，强把泥砖作镜磨。

【注释】

[1] 万言缩手：指后人面对苏轼的雄文和诗歌，不敢随意再作诗赋文。

[2] 鬓窝：这里形容树木的样子。

[3] 癖（pǐ）：嗜好。

[4] 法律：诗歌的用韵和创作规则。

[5] 江郎：指南朝著名的文学家江淹。投老：垂老；临老。江淹少有文名，晚年诗文无佳句。后常以江郎才尽比喻才情减退。此处江郎为作者自指，是作者自谦的说法。

次苕堂先生重浚东湖韵[1]

〔清〕李松霖

其一

万柳周围一镜圆，风痕细细绉漪涟[2]。
安排亭榭宜凭水[3]，点缀芙蓉当种田。
总是文章堪俎豆[4]，便令山水隔人天。
杭州岂为西湖好，都仗长公一例传[5]。

【作者简介】

李松霖，生平事迹不详。

【注释】

[1] 次前文高翔麟《东湖》诗韵。
[2] 绉漪涟：水上起波纹。
[3] 亭榭：东湖上的亭台楼阁。
[4] 文章堪俎豆：俎豆，古代礼器。这里指先贤的文章可以当作学习的榜样。
[5] 一例传：这里指东湖、西湖都是因为苏轼而美名传扬。

其二

谁施鬼斧与神工[1]，收拾湖山入画中。
游客马头俱识路，文坛牛耳各英雄[2]。
几年烟水都无色，一著才人便不同。
多少使臣持节过，星轺争驻郡城东[3]。

【注释】

[1] 鬼斧与神工：指东湖上的建筑物巧夺天工。

[2] 文坛牛耳：文坛盟主。

[3] 星轺（yáo）：使者所乘的车。亦借指使者。

其三

词人典郡亦仙官，淘汰湖光万顷宽[1]。
偶感风骚陪笠屐[2]，感将身世付渔竿[3]。
乌台白简冤能雪[4]，铁板铜琶唱未残[5]。
我欲拜苏称弟子，瓣香浣手奉旃檀[6]。

【注释】

[1] 淘汰：疏浚。

[2] 风骚：文学。

[3] 鱼竿：这里指垂钓隐居。

[4] 乌台白简：指苏轼遭遇乌台冤案。白简：古时弹劾官员的奏章。

[5] 铁板铜琶：宋俞文豹《吹剑续录》载：东坡在玉堂日，有幕士善讴，因问："我词比柳词如何？"对曰："柳郎中词，只好于十七八女孩执红牙拍板，唱'杨柳岸晓风残月'，学士词，须关西大汉、铜琵琶、铁绰板，唱'大江东去'。"公为之绝倒。后用"铁板铜琶"形容苏轼豪迈激越的诗文风格。

[6] 瓣香：师承；敬仰。旃檀：即檀香。寺庙中用以燃烧祀佛。此借指祭奠苏轼。

其四

倚醉重翻水调歌[1]，髯翁佳句酒边哦[2]。
雪泥雁亦留鸿爪[3]，翠峰人犹指凤窝。
羽客风尘俱住惯[4]，耽吟格律不姗苛[5]。
群公倚马皆才捷[6]，也允隃糜盾鼻磨[7]。

【注释】

[1] 水调歌：指苏轼的词《水调歌头》（明月几时有）。

[2] 髯翁：即苏轼。酒边哦：《水调歌头》（明月几时有）起句为"明月几时有，把酒问青天"。

[3] "雪泥"句：语本苏轼《和子由渑池怀旧》："人生到处知何似，应似飞鸿踏雪泥。泥上偶然留指爪，鸿飞那复计东西。"

[4] 羽客：指神仙或方士。

[5] 格律：诗歌的创作原则。

[6] 群公：指参与雅集的人。倚马：刘义庆《世说新语·文学》："桓宣武北征，袁虎时从，被责免官。会须露布文，唤袁倚马前令作。手不辍笔，俄得七纸，绝可观。"后人多据此典以"倚马"形容才思敏捷。

[7] 隃麋：古县名。故地在今陕西千阳东。隃麋以产墨著称，后世因借指墨或墨迹。亦引申指文墨。盾鼻：盾牌的把手。《北史》卷八十三《文苑列传·荀济》：荀济"会楯上磨墨作檄文"，在盾牌把手上磨墨草檄。这里指磨墨写诗。

次苇堂先生重浚东湖韵

〔清〕曾察远

其一

镜湖亭午柳阴园，花雾蕴濛漾绮涟[1]。
人到丛祠瞻玉局[2]，地经沧海变桑田。
一番新雨池塘月，四面香风菡萏天。
独爱明公提唱好[3]，阳春一曲继苏传[4]。

【作者简介】

曾察远，四川华阳县人。清代举人，道光三年（1823）任陕西旬阳知县。

【注释】

[1] 蕴濛：水雾环绕。

[2] 玉局：指苏轼。苏轼曾任玉局观提举。

[3] 明公：旧时对有名位者的尊称。此指诗题中的苊堂先生，即凤翔太守高翔麟。提唱：原为禅宗用语。亦称"提倡""提纲""提要"等，意为禅师向徒众提起宗要予以唱导。此指提倡。

[4] 阳春：指高雅的诗歌作品。比喻高翔麟《东湖》诗。

其二

连篇叠和仰宗工[1]，大有人才在此中。
风雅百年留胜迹，文章一代几英雄[2]。
漫将从学功名论，且喜书生道味同。
谁把椒酒奠苏老[3]，一壶携过画桥东。

【注释】

[1] 连篇叠和：诗歌唱和。宗工：犹宗匠，宗师。指文章学术上有重大成就、为众所推崇之人。

[2] 几英雄：形容文采出众的文学家众多。

[3] 椒酒：用椒浸制的酒。古俗，农历元旦向尊长献此酒，以示祝寿、拜贺之意。

其三

通人原不厌卑官[1]，裙屐从游礼数宽[2]。
荷叶秋风喧十里，桃花春涨腻三竿[3]。
几回弄笛楼频倚，何处锄梅雪未残。
弹指先生生日近，年光改火到槐檀[4]。

【注释】

[1] 通人：学识渊博通达的人。卑官：职位低微的官吏。

[2] 裙屐：裙，下裳；屐，木底鞋。原指六朝贵游子弟的衣着。参前句"卑官"及本句"礼数宽"，此处当指衣着随意。礼数：礼仪。

[3] 三竿："三竿日"的省称。谓时间不早。

[4] 改火：古代钻木取火，四季换用不同木材，称为"改火"，又称改木。此处用以比喻时节改易。槐檀：《周礼·夏官·司爟》"四时变国火，以救时疫。"汉郑玄注："郑司农说以鄹子曰：'春取榆柳之火，夏取枣杏之火……冬取槐檀之火。'"此借指冬季。

其四

对酒人皆发浩歌，从来七字费心哦[1]。
墙腰粉剥萦蜗篆[2]，廊角泥香落燕窝。
断酒萧纲肠正沁[3]，催诗江拱令何苛[4]。
拟将镂玉雕琼句，刊上云屏永不磨。

【注释】

[1] 七字：指七言诗。

[2] 萦：缠绕。蜗篆：蜗牛爬行时留下的涎液痕迹，屈曲如篆文，故称。

[3] 断酒：戒酒。萧纲：南朝梁简文帝。萧纲《答湘东王书》："但吾自至都已来，意志忽恍。虽开口而笑，不得真乐，不复饮酒垂二十旬。"

[4] 催诗江拱：南朝时期，齐竟陵王萧子良常于夜间邀文人学士饮酒赋诗，刻烛限时，规定烛燃一寸，诗成四韵。萧文琬认为此非难事，遂与丘令楷、江拱二人改为击铜钵催诗，要求钵声一止即做成一首诗。

和苹堂太守元韵

〔清〕吴锦

其一

草绿重波测镜圆[1]，鱼鳞风趣漾沦涟[2]。
支流无禁排姜棱，新涨分驰润麦田。
野鸟好音怀乐土[3]，远山青影露晴天。
通渠潴水平章对[4]，七百年来一线传[5]。

【作者简介】

吴锦，字绣章，号星斋，一号绱斋，洪洞（今属山西）人。清代学者。幼颖敏，刻意读书，甫冠而文学为一方领袖，卒于乾隆年间。

【注释】

[1] 镜：指东湖。
[2] 沦涟：水上的波纹。
[3] 好音：鸟儿动听的叫声。
[4] 潴（zhū）：积水的地方。
[5] 七百年：见前毕沅《夜憩东湖，与冬友侍读，玩月宛在亭》注释 [2]。

其二

也将西子比湖工，淡抹浓妆一镜中[1]。
倒影平台分向背，浴波小凤认雌雄[2]。
无边烟雨三春莫，不住莺花七里同。
自领生机来涤上，笑看丁尾戏莲同。

【注释】

[1]"也将"二句：化用苏轼《饮湖上初晴后雨》"欲把西湖比西子，淡妆浓抹总相宜"二句。西子：指春秋时越国美女西施。这里以西子喻东湖。

[2] 小凤：小凤凰。这里是对东湖水上小鸟的美称。

其三

参天龙鬣旧苍官[1]，调水符无禁更宽[2]。
入世尽能消屐齿，观河谁许问渔竿。
未安古佛曾无福[3]，别有丰碑字不残。
喷玉跳珠清籁响，胜他勾拨紫槽檀[4]。

【注释】

[1] 鬣：胡须。龙鬣：这里用以形容东湖边的树。苍官：松或柏的别称。

[2] 调水符：用来调水的凭证。苏轼有诗《爱玉女洞中水，既致两瓶，恐后复取而为使者见绐，因破竹为契，使寺僧藏其一，以为往来之信。戏谓之调水符》。

[3] 古佛：历史年代久远的佛像。

[4] 清籁：水流声。勾拨：弹奏。槽檀：檀木制成的琵琶、琴等弦乐器上架弦的槽格。亦指琵琶等乐器。二句谓流水声清越动听，胜过精美乐器演奏的乐声。

其四

浣沐余闲称雅歌[1]，使君终日尽吟哦[2]。
卿云着意怜泥絮[3]，甘雨关心验蚁窝[4]。
掞藻直追梁任范[5]，鄂华奚羡汉昌苛[6]。
希谅玉局流风远，敢负堂堂似墨磨。

【注释】

[1] 雅歌：风雅的歌吟。

[2] 使君：指太守高翔麟。

[3] 卿云：即庆云。一种彩云，古人视为祥瑞。

[4] 验：应验。蚂蚁造窝于地下，雨前空气湿度加大时，为防危险，蚂蚁会搬往高处。

[5] 掞藻（yàn zǎo）：铺张辞藻。指文才出众。梁任范：指南朝梁著名文学家任昉、范云。

[6] 汉昌苛：指汉代大臣周昌及其从兄周苛，皆良吏。

啸山大令招饮湖上，五次元韵奉寄

〔清〕萧泌

其一

兰秋新碾月轮圆[1]，可惜浮萍隐碧涟。
极目青葱疑荻港[2]，关心废置感桑田[3]。
尽能吸尽杯中酒，无计投开水底天。
彳亍长堤纡晚步[4]，严城鼍鼓已喧传[5]。

【作者简介】

萧泌，清代人，生平不详。

【注释】

[1] 兰秋：指农历七月。

[2] 荻港：芦苇丛生的地方。

[3] 废置：指东湖的兴废。

[4] 彳亍（chì chù）：小步走，走走停停貌。晚步：谓傍晚时散步。

[5] 严城：戒备森严的城池。鼍（tuó）鼓：用鼍皮蒙的鼓。其声亦如鼍鸣。

其二

微云河汉句诚工[1],奚似神行冰鉴中[2]。
土脉渐看滋上下[3],树瘿闲与辨雄雌[4]。
月当龙口澜逾活,珠探骊颔景略同[5]。
一样宵深秋气爽,徐徐天籁响林东。

【注释】

[1]微云河汉:王士源《孟浩然集序》:"(浩然)闲游秘省,秋月新霁,诸英华赋诗作会。浩然句曰:'微云淡河汉,疏雨滴梧桐。'举座嗟其清绝,咸阁笔不复为继。"

[2]冰鉴:指月亮。

[3]土脉:语出《国语·周语上》:"农祥晨正,日月底于天庙,土乃脉发。"韦昭注:"脉,理也。"此谓土壤开冻松化,生气勃发,如人身脉动。后以"土脉"泛指土壤。

[4]树瘿(yǐng):树木外部隆起的像肿瘤一样的块状物。

[5]珠探骊颔:《庄子·列御寇》:"夫千金之珠,必在九重之渊,而骊龙颔下,子能得珠者,必遭其睡也。"

其三

络绎辀轩住上官[1],勾留胜地客途宽[2]。
词源倾泻飞花笔[3],酒渴酣呼午蔗竿[4]。
白藕臂肥凉夜雪,红莲粉褪暑风残。
湖心照上团园月,人镜芙蓉赋脸檀[5]。

【注释】

[1]络绎:形容行人不断。辀(yóu)轩:古代使臣乘坐的一种轻车。

[2]客途:客行途中,此指客行之道路。

[3] 词源：喻滔滔不绝的文词。飞花笔：形容文采很好。

[4] 酒渴：指酒后口渴。蔗竿：甘蔗。

[5] 人镜芙蓉：段成式《酉阳杂俎续集·支诺皋中》："相国李公固言，元和六年，下第游蜀，遇一老姥，言：'郎君明年芙蓉镜下及第，后二纪拜相'……明年，果然状头及第，诗赋题有'人镜芙蓉'之目。"后因以"人镜芙蓉"为预兆科举得中的典故。

其四

谁倡新辞五叠歌[1]，达夫拈韵即成哦[2]。
湖山有主容投辖[3]，风月无边任筑窝[4]。
虚引睡魔常自醒，只严诗律未为苛。
南丰家学心香炷[5]，留取芳名石上磨。

【注释】

[1] 五叠歌：当指《水调歌头》。《乐府诗集·近代曲辞》解题："唐曲凡十一叠，前五叠为歌，后六叠为入破，其歌第五叠五言，调声最为怨切。"词牌《水调歌头》，当是摘用《水调歌》前五叠之曲拍。苏轼作词，倡新风，《水调歌头》（明月几时有）为其代表之一。本句或当指此。

[2] 达夫：见识高超的人，此指苏轼。拈韵：随意取用某一韵作诗，与"限韵"相对。哦：吟唱。

[3] 投辖：《汉书·陈遵传》："遵耆酒，每大饮，宾客满堂，辄关门，取客车辖投井中，虽有急，终不得去。"辖，车轴两端的键。后以"投辖"指殷勤留客。

[4] 风月无边：极言风景之佳胜。

[5] 南丰家学：曾巩，字子固，南丰（今属江西）人，世称"南丰先生"。陈师道《观兖文忠公家六一堂图书》诗曰："生世何用早，我已后此翁……先朝群玉殿，冠佩环群公……向来一瓣香，敬为曾南丰……斯人日已远，千岁幸一逢。"此处或化用此诗，表达对苏轼的崇敬，亦表达对雅集诸人的尊敬。心香：谓中心虔诚，如供佛之焚香。

咏东湖

〔清〕胡超

其一

庭开湖面忆垂绅[1]，端坐风流始见真。
大宗衣冠瞻望肃[2]，五曹签署掌司驯[3]。
留侯遗像堪邀伴[4]，丞相祠堂称毗邻[5]。
我亦蜀人秦宦久[6]，重来晋谒蜀贤人[7]。

【作者简介】

胡超（1776—1849），字卓峰，长寿县（今重庆市长寿区）人。清朝将领，官至陕甘提督。以武功显，然能文善诗。著有《训兵要言》《军余纪咏》等。《清史稿》有传。

【注释】

[1]垂绅：大带下垂。《礼记·玉藻》："凡侍于君，绅垂。"孔颖达疏："绅，大带也。身直则带倚，盘折则带垂。"言臣下侍君必恭。后借指在朝为臣。这里指昔年的同僚。

[2]大宗：世家大族。

[3]曹：汉代所署的官员职称。五曹：这里指自己官府所有官员。

[4]留侯：指汉代张良。

[5]丞相祠堂：指五丈原的武侯庙。毗邻：相邻，相近。

[6]"我亦蜀人"句：胡超为长寿县（今重庆市长寿区）人，嘉庆道光年间，多年在陕为官，故云。秦宦：在秦地做官。

[7]晋谒：朝见。

其二

自策贤良重帝乡[1]，寄才不韪在廷场[2]。
三言早令神宗竦[3]，二役终为司马匡[4]。
厚俗存纲真贡举[5]，行云流水大文章。
至今湖上留遗迹，翠竹苍松拱画堂[6]。

【注释】

[1] 策：古代上级授予下级官爵和职位，这里指推崇和提拔当地的才能之士。帝乡：指凤翔府，因为这里是自周、秦、汉以来发源兴盛之地，因此称帝乡。

[2] 韪（wěi）：善，美。不韪：这里是作者的谦称。

[3] 三言：《宋史·苏轼传》："（轼）对曰：'陛下生知之性，天纵文武，不患不明，不患不勤，不患不断，但患求治太急，听言太广，进人太锐。愿镇以安静，待物之来，然后应之。'神宗悚然曰：'卿三言，朕当熟思之。凡在馆阁，皆当为朕深思治乱，无有所隐。'"竦：敬畏。

[4] 二役：指王安石新法中的青苗法、免役法。司马：指司马光。匡：扶正，矫正错误。

[5] 厚俗存纲：使民风纯正，朝廷法纪严明。

[6] 拱：环绕。

其三

策马城东趁晓游，顽岗浊水望中收。
乍无乍有山光霭[1]，旋合旋开树色稠。
杨柳风轻清歌夜[2]，梧桐月淡冷于秋。
一湖好景芙蕖占，绿到长桥又小楼。

【注释】

[1] 乍无乍有：若有若无。

[2] 清歌：没有音乐配奏的唱歌。

其四

巡边校阅汉安回，负郭平湖一鉴开[1]。
地接终南通帝座[2]，山当太华近蓬莱。
临风客有乘船兴，踏月人将入画猜。
识我此间唯老树，苍颜还认昔年来[3]。

【注释】

[1] 负廓：谓靠近城郭。
[2] 帝座：指长安。
[3] 苍颜：衰老的容貌。

东湖

〔清〕张祥河

其一

湖也真何幸，坡仙宛在兹[1]。游经黄颍惠[2]，众仰画书诗。
夜醉谈山后，朝参讽客时[3]。杭州堤下月，一样梦中思。

【作者简介】

张祥河（1785—1862），字诗舲，江苏娄县人。嘉庆二十五年（1820）进士，授内阁中书，充军机章京。迁户部主事，累转郎中。道光二十四年（1844），擢陕西巡抚。著有《小重山房初稿》《诗舲诗录》《诗舲诗外录》《小重山房诗续录》《诗舲词录》等。

【注释】

[1] 坡仙：即苏轼。兹：这里。

[2] 黄颍惠：指黄州、颍州、惠州。苏轼曾在这三地做过官。

[3] 朝参：上朝参拜君主。

其二

引得凤凰泉，三潭断复连。荷尽盘上雨，萍掩镜中天。

短约随人曲，层楼倚桥偏。动看红蕖影[1]，逞媚晚风前[2]。

【注释】

[1] 红蕖：荷花。

[2] 逞媚：显示妩媚姿态。此谓东湖中的荷花艳丽多姿。

其三

老树几春秋，年深势郁遒[1]。当门疑怪石，卧水俨虚舟[2]。

镌墨何人待[3]，焚香此镜幽。诗成飞骑送，灯火满林邱。

【注释】

[1] 遒：树枝盘曲的姿态。

[2] 虚舟：无人驾驶的船只。

[3] 镌墨：指题诗留名。

其四

拭到尘中眼[1]，显楹丰我房[2]。客来瞻像肃，吏退读碑忙。

钟鼓严城暮[3]，龟鱼大地凉。公诗日游在[4]，再宿我何妨[5]。

【注释】

[1] 拭：擦。

[2] 显楹：梁柱高大醒目。楹：厅堂的柱子。

[3] 严城：戒备森严的城池。

[4] 公诗：指苏轼的诗。

[5] 再宿：连宿两夜。

凤翔东湖

〔清〕王志沂

东坡学士留遗迹，览胜停车拜昔贤[1]。
一带荷风香渡水，四围秋柳翠浮天。
祠荒觅碣苔侵屐[2]，曲槛烹茶竹透烟。
游兴未阑诗未就[3]，夕阳倏已挂城边[4]。

【注释】

[1] 昔贤：这里指苏轼祠像。

[2] 碣（jié）：指东湖上的刻石。

[3] 阑（lán）：将尽，将止。

[4] 倏（shū）已：一会儿，不久。形容时间过得极快。

游凤翔东湖

〔清〕雷钟德

闲步东郭门，行行东湖浚[1]。径暖芳草积，风和杨柳新。
莺声出远树，蜂蝶趁行人。冲烟飞翠羽[2]，潜波游素鳞[3]。
春客剧骀荡[4]，飒然怡心神。我家淮之南，三十六湖滨。
上有文游台，风流迹未陈。良朋共游赏，仿佛苏与秦[5]。

十年不归去，前游如梦频。人生若梦耳，奄忽驰飙尘[6]。

随境皆可乐，何必故乡春。

【作者简介】

雷钟德（？—1910），字仲宣，安康人。同治十年（1871）进士，改庶吉士，授编修，历官成都知府、四川候补道。有《晚香堂诗存》。

【注释】

[1] 浚：疏通。

[2] 翠羽：指飞鸟。

[3] 素鳞：指鱼儿。

[4] 骀荡（dài dàng）：心情怡悦。

[5] 苏与秦：指苏轼与秦观。

[6] "人生"二句：化用《古诗十九首》之《今日良宴会》"人生寄一世，奄忽若飙尘"二句。奄忽：疾速，倏忽。形容时间流逝之快。

招饮东湖

〔清〕高锡麟

其一

绿荫一带鸟声园，树自扶疏水自涟[1]。

补竹那容留隙地，栽花尚恐废闲田。

凌虚台近城边路，宛在亭分沚底天[2]。

茶灶静煎清话久[3]，不须符竹往来传[4]。

【作者简介】

高锡麟，清湖州谢溇人，太学生。

【注释】

[1] 扶疏：枝叶繁茂分披貌。涟：水上的波纹。

[2] 汕：水中小块陆地。

[3] 茶灶：烹茶的小炉灶。清话：高雅不俗的言谈。

[4] 符竹：用苏轼烹茶取水事。详见前吴锦《和苻堂太守元韵》（其三）注释[2]。

其二

点缀由来费匠工，重开佳景画图中。
步兵落拓诗肠渴[1]，曼倩诙谐酒阵雄[2]。
蝉噪高枝阴越静[3]，蛙鸣浅渚韵远同。
凭栏默喻游鱼趣[4]，领略荷香戏叶东[5]。

【注释】

[1] 步兵：指阮籍，曾做过步兵校尉。

[2] 曼倩：东方朔，字曼倩。夏侯湛《东方朔画赞》："大夫讳朔，字曼倩，平原厌次人也。……以为浊世不可以富贵也，故薄游以取位；……明节不可以久安也，故诙谐以取容。"

[3] "蝉噪"句：化用南朝梁王籍《入若耶溪》诗句："蝉噪林逾静，鸟鸣山更幽。"

[4] 默喻：暗中知晓。

[5] 领略：体味。

其三

仙佛前身现宰官[1]，湖山管领性情宽。
频怜蛱蝶投丝网[2]，闲看蜻蜓立钓竿。
游屐故迟新月上，画屏远照夕阳残。
匠心共信如秋水，合对沦涟诵伐檀[3]。

【注释】

[1]"仙佛"句：指苏轼任凤翔通判事。仙佛：指苏轼。宰官：指当地的地方官。

[2] 怜：怜惜。

[3] 伐檀：《诗经》中的篇章。诗中曰："坎坎伐檀兮，置之河之干兮，河水清且涟猗。"

其四

仰苏楼畔旧听歌，绿酒红灯醉后哦[1]。
为厌繁华辞故里[2]，漫夸安乐立新窝[3]。
槐花极盛无心赏，蔓草勤芟有意苛[4]。
袯被倘容依玉局，拼将铁砚苦重磨[5]。

【注释】

[1]"仰苏楼畔"二句：写诗人早年在家乡的歌舞诗酒生活。仰苏楼：明代时，苏州虎丘山上建有东坡楼，清代康熙皇帝南巡驻跸虎丘时，改为"仰苏楼"。哦：吟唱。

[2] 故里：家乡。

[3] 新窝：新家。

[4] 芟（shān）：割草。

[5] 铁砚苦重磨：《新五代史·桑维翰传》："维翰……铸铁砚以示人曰：'砚弊，则改而他仕'，卒以进士及第。"比喻用功读书，持久不懈。这里喻自己要以苏轼为楷模，勤奋地读书写作。

子瞻东湖三首

〔清〕佚名

其一

文章事业几名儒[1]，千载风流仰大苏[2]。
李氏园中贪北浦[3]，秦娥台下辟东湖[4]。
已无轻棹探清澳[5]，剩有新荷映小蒲。
尊酌酹公公唤否[6]，留骖亦有高阳徒[7]。

【注释】

[1]"文章"句：谓古往今来能兼具政治才干和文学才能的没有几人。

[2]大苏：即苏轼。

[3]李氏园：五代时李茂贞的宅院。在凤翔。

[4]秦娥台：秦穆公女儿弄玉抚琴之地。

[5]清澳：指湖水清澈。

[6]酹（lèi）：祭奠。

[7]高阳徒：高阳酒徒。《史记·郦生陆贾列传》："初，沛公引兵过陈留，郦生（郦食其）踵军门上谒……使者出谢曰：'沛公敬谢先生，方以天下为事，未暇见儒人也。'郦生瞋目按剑叱使者曰：'走，复入言沛公，吾高阳酒徒，非儒人也。'"郦食其辅助刘邦成就了帝业，这里作者自比高阳酒徒，谓自己也愿意效仿前人，做一位贤明之士。

其二

委蛇光明东湖水[1]，风流蕴藉眉山子[2]。
眉山一去不复还，迄今止听水潺湲。
地至陇泉常鸣咽，水经品题生清冽[3]。

人与水兮贵两间，湖上何必苏眉山。

【注释】

[1] 委蛇：同"逶迤"，弯曲盘行。

[2] 蕴藉风流：形容人风雅潇洒，才华横溢。眉山子：即苏轼。

[3] 品题：品评，观赏；玩赏。清冽：清澈、寒冷。

其三

高斋风物共云山[1]，万事胸中附等闲。

独唱挽歌消累气，时摩活火驻红颜[2]。

屈平遗恨无深量[3]，陶令糟悲见一斑[4]。

乘兴东来湖上坐，洗嚣常听水潺湲[5]。

【注释】

[1] 高斋：高雅的书斋。常用作对他人屋舍的敬称。

[2] 活火：有焰的火。苏轼《汲江煎茶》诗有句"活水还须活火烹"。

[3] 屈平：即屈原。遗恨：遗憾。

[4] 陶令：指陶渊明。

[5] 洗嚣：静寂。嚣，喧哗声。

东湖览胜

〔清〕周方炯

潋滟晴光映碧空[1]，明湖斜枕郡城东。

拂衣露惹垂杨岸，入座香飘菡萏风。

流水不随时代异，游人未卜古今同[2]。

苏公祠下王孙路[3]，缓理归鞭落照中。

【作者简介】

周方炯,清代举人。清乾隆年间,与人合纂(乾隆)《凤翔府志》十二卷。

【注释】

[1] 潋滟:水波荡漾的样子。

[2] 卜:料想,推测。

[3] 王孙路:王孙,代指来此游玩之人。王孙路,指游人行走的道路。

凤翔石鼓

春秋时记颂秦国国君游猎和战功的刻石,因其在唐初散失陈仓野中(今石坝河乡石嘴头村境内),故又名陈仓石鼓。石鼓有10,每鼓刻有篇章不一的四言诗,称石鼓文。现存北京故宫博物院,为国宝级文物。

石鼓歌

〔宋〕苏轼

冬十二月岁辛丑,我初从政见鲁叟[1]。
旧闻石鼓今见之,文字郁律蛟蛇走[2]。
细观初以指画肚[3],欲读嗟如箝在口[4]。
韩公好古生已迟[5],我今况又百年后!
强寻偏旁推点画,时得一二遗八九。
我车既攻马亦同,其鱼维鱮贯之柳。
古器纵横犹识鼎,众星错落仅名斗[6]。
模糊半已隐瘢胝[7],诘曲犹能辨跟肘[8]。
娟娟缺月隐云雾,濯濯嘉禾秀稂莠[9]。
漂流百战偶然存,独立千载谁与友。
上追轩、颉相唯诺,下揖冰、斯同鷇鷇[10]。
忆昔周宣歌《鸿雁》[11],当时籀史变蝌蚪[12]。

厌乱人方思圣贤[13]，中兴天为生耆耉[14]。

东征徐虏阚虩虎[15]，北伏犬戎随指嗾[16]。

象胥杂沓贡狼鹿[17]，方召联翩赐圭卣[18]。

遂因鼓鼙思将帅，岂为考击烦矇瞍[19]。

何人作颂比《嵩高》[20]？万古斯文齐岣嵝[21]。

勋劳至大不矜伐[22]，文武未远犹忠厚[23]。

欲寻年岁无甲乙，岂有名字记谁某。

自从周衰更七国，竟使秦人有九有[24]。

扫除诗书诵法律[25]，投弃俎豆陈鞭杻[26]。

当年何人佐祖龙[27]，上蔡公子牵黄狗[28]。

登山刻石颂功烈[29]，后者无继前无偶。

皆云皇帝巡四国[30]，烹灭强暴救黔首[31]。

《六经》既已委灰尘[32]，此鼓亦当遭击剖[33]。

传闻九鼎沦泗上，欲使万夫沉水取[34]。

暴君纵欲穷人力，神物义不污秦垢[35]。

是时石鼓何处避？无乃天工令鬼守[36]！

兴亡百变物自闲，富贵一朝名不朽。

细思物理坐叹息[37]：人生安得如汝寿。

【注释】

[1] 从政：做官。鲁叟：即孔子，这里指凤翔孔庙里的孔子像。

[2] 郁律：屈曲夭矫貌。蛟蛇走：曲折生动。形容石鼓上的文字笔画迂曲生动。

[3] 画肚：相传唐代书法家虞世南学书法时，常用手指在腹上划写。这里是写诗人自己观看石鼓文时的情形。

[4] "欲读"句：谓石鼓上的文字难读、难认。

[5] "韩公"句：韩愈作有《石鼓歌》，有"嗟予好古生苦晚，对此涕泪双滂沱"的喟叹。

[6] "古器纵横"二句：在许多的古器中，人们只认识鼎；在许多星星中，人们只认识斗星，极言石鼓文字难于辨认。

[7] 瘢：疮疤。胝：厚皮。形容石鼓受风雨剥蚀，被沙砾结连，表面如瘢如胝。

[8] 跟肘：脚跟和手肘。比喻不全的笔画。

[9] "娟娟"二句：言石鼓上的文字模糊难认，但能辨认的文字，依然秀见挺出，有如缺月被遮隐在云雾中，又像田间的禾苗处在众多的杂草中。娟娟：美好貌。濯濯：明净貌。稂、莠：田间的杂草。

[10] "上追"二句：轩颉：轩辕（即黄帝）、仓颉。相传仓颉是中国汉文字的始创者，观鸟迹而创文字。唯诺，互相应答之声。此句指石鼓文字与上古仓颉创造的文字同声相求。揖（yī），揖让。冰斯：李阳冰与李斯。李阳冰，唐代书法家，擅长篆书。李斯，秦始皇时丞相，曾取籀文（大篆）简省笔画，作小篆。彀彀（gòu gǔ），彀，待哺食的雏鸟；彀，哺乳。此句谓篆文与石鼓文字一脉相承。

[11]《鸿雁》：指《诗经·小雅·鸿雁》，为赞美周宣王的诗作。

[12] 籀史：周宣王时的史官名籀。变：改革。蝌蚪：即蝌蚪文，古代一种文字。

[13] 厌乱：指人民讨厌周夷王、周厉王之乱。圣贤：指周宣王。

[14] 生耆（qí）耇（gǒu）：使老年人得以安生。耆耇：年高有德之人。

[15] 徐房：指春秋时东方的诸侯小国徐国。阚（kàn）：虎怒吼的声音。虓（xiāo）虎：咆哮怒吼的虎。多用来比喻勇士猛将。《诗经·大雅·常武》："进厥虎臣，阚如虓虎。"

[16] 犬戎：周代的一个少数民族部落，又称狁狁。伏：讨伐。随指嗾（sǒu）：使其服帖，听从指挥。

[17] 象胥：周代官名，执掌各方少数民族。杂沓（tà）：指各方来进贡的少数民族纷纷而至。

[18] 方召：指周宣王的臣子方权、召虎，二人都建有大功勋。圭（guī）：玉制手版。卣（yǒu）：铜制酒器。二者都是礼器，是国家权力、权威的象征。联翩（piān）：连续不断，前后相接。

[19] 考击：敲击，指敲打乐器。矇瞍：指盲人乐师。

[20]《崧高》：指《诗经·大雅·崧高》，旧注谓尹吉甫所作，颂扬周宣王功高如崧山。

[21] 斯文：指石鼓文。齐：等同。岣嵝（gǒu lǒu）：衡山的主峰，在今湖南省衡山市西，相传大禹在此得到金简玉书。

[22] 矜：骄傲。伐：居功。

[23] 文武：指周文王和周武王。

[24] 九有：九州岛。有，通"域"，此指秦国统一天下。

[25] 扫除诗书：指秦始皇焚诗书。诵法律：指实行严酷的法律统治。

[26] 俎（zǔ）豆：古代祭祀用的器具。陈鞭杻：陈列刑具。杻，手铐。指秦朝抛弃礼仪文治，而施用严刑处罚。

[27] 祖龙：即秦始皇。

[28] 上蔡公子：指李斯。《史记·李斯列传》载，李斯为楚国上蔡人，辅佐秦始皇统一六国。斯秦二世时被腰斩于咸阳之市。临刑时，对儿子说："吾欲与若复牵黄犬俱出上蔡东门逐狡兔，岂可得乎？"

[29] 颂功烈：功烈，功绩。秦始皇统一天下后，不断巡行各地，到处刻石勒铭，夸示其功绩。

[30] 四国：指四方。

[31] 烹：杀，除掉。强暴：战国时的东方六国。黔首：指老百姓。秦始皇登之罘山刻石，辞中有"烹灭强暴，振救黔首"之句。

[32] 六经：指《诗》《书》《易》《礼》《乐》《春秋》，这里泛指所有的书籍。委灰尘：指秦始皇焚书。

[33] 击剖：打破。

[34] 九鼎：相传大禹所铸，象征着统治天下之权，历代相传，奉为传家宝，后沉于泗水。《史记·秦始皇本纪》："始皇还，过彭城，斋戒祷祠，欲出周鼎泗水，使千人没水求之，弗得。"下文"神物"也指九鼎。万夫：这是夸张的说法，形容秦始皇寻鼎时动用人力之多。

[35] 垢：玷污。

[36] 无乃：莫不是。

[37] 物理：事物之道理。

麟游县

麟游县位于宝鸡市东北部，地处渭北旱塬丘陵沟壑区，东邻永寿、乾县，西接千阳、凤翔，南俯扶风、岐山，北依彬州市及甘肃省灵台县。境内群山竞秀，诸水环布，气候宜人，是天然的避暑消夏、观光旅游胜地。

麟游早在旧石器时代就有人类活动，秦汉时即设县制，距今已有2200多年历史。相传隋义宁元年（617），因仁寿宫中出现白麒麟四处祥游而更名为麟游，一直沿用至今。

九成宫

九成宫，在今麟游县九成宫镇城西，初建于隋开皇十三年（593），初名仁寿宫，唐贞观五年（631）重新扩建，改名为九成宫。九成宫原有城垣，并置禁苑武库及官寺，规模宏伟，景色壮丽，为隋唐离宫之冠。现遗址内有《九成宫礼泉铭》碑、《万年宫铭》碑、点将台、武则天梳妆台、北城门遗址等。

九成宫秋初应诏

〔唐〕刘祎之

帝圃疏金阙[1]，仙台驻玉銮[2]。野分鸣鷟岫[3]，路接宝鸡坛[4]。
林树千霜积，山宫四序寒[5]。蝉急知秋早，莺疏觉夏阑[6]。
怡神紫气外，凝睇白云端[7]。舜海词波发[8]，空惊游圣难[9]。

【作者简介】

刘祎之（631—687），字希美，常州晋陵（今江苏常州）人。少以文藻知名。上元中，迁左史、弘文馆直学士，参决政事。又与人同撰《列女传》《乐书》等共千余卷。曾一度坐事放逐。武则天临朝，官至凤阁侍郎、同凤阁鸾台三品。后以私议太后返政，并受人诬告，被赐死。

【注释】

[1] 帝圃：神仙居住的地方，此代指九成宫。

[2] 玉銮：指皇帝乘坐的车马。

[3] 鷟：鷟鷟，凤凰的幼鸟。《国语·周语》："周之兴也，鷟鷟鸣于岐山。"

鸣鹫岫：指岐山。

[4] 宝鸡坛：当指陈宝祠。秦文公所建。

[5] 四序：四季。

[6] 阑：尽。

[7] 凝睇：凝神注视。

[8] 舜海词波发：指唐高宗才学渊博。波发：文辞的光华。

[9] 游圣难：指作者不敢在皇帝面前卖弄文才。游圣，游于圣人之门。语出《孟子·尽心上》："观于海者难为水，游于圣人之门者难言。"

奉教追赴九成宫途中口号 [1]

〔唐〕李峤

委质承仙翰[2]，祗命遄遥策[3]。事偶从梁游[4]，人非背淮客[5]。
长驱历川阜[6]，迥眺穷原泽。郁郁桑柘繁，油油禾黍积[7]。
雨余林气静，日下山光夕。未攀丛桂岩，犹倦飘蓬陌[8]。
行当奉麾盖[9]，慰此劳行役[10]。

【注释】

[1] 教：古代上级对下级的告谕。口号：随口吟成。

[2] 委质：下拜，表示恭敬承奉之意。委，弯曲。质，形体。仙翰：指天子的书简。

[3] 祗（zhī）命：恭敬地接受诏命。遄遥策：遄，快，迅速。这里是指因路途遥远，催动马鞭，快速前进。

[4] 事偶：事情类似于。从梁游：指西汉景帝少弟梁孝王聚集文士一同游赏之事。

[5] 背淮客：指枚乘，他是淮阴人，离家乡游历诸王，故称"背淮客"。

[6] 阜：小山，丘陵。

[7] 郁郁、油油：指植物生长繁茂的样子。

[8] 飘蓬：比喻身世飘零。

[9] 行当：即将；将要。麾盖：将帅用的旌旗伞盖。

[10] 劳行役：指辛劳的行旅。

夏晚九成宫呈同僚

〔唐〕李峤

碣馆分襄野[1]，平台架射峰[2]。英藩信炜烨[3]，胜地本从容。
林引梧庭凤[4]，泉归竹沼龙[5]。小轩恒共处，长坂属相从[6]。
野席兰琴奏，山台桂酒醲[7]。一枰移昼景[8]，六著尽宵钟[9]。
枚藻清词律[10]，邹谈耀辩锋[11]。结欢良有裕[12]，联宷愧无庸[13]。
暂悦丘中赏，还希物外踪[14]。风烟远近至，鱼鸟去来逢。
月涧横千丈，云崖列万重。树红山果熟，崖绿水苔浓。
愿以西园柳[15]，长间北岩松。

【注释】

[1] 碣（jié）馆：即碣石馆，燕昭王为邹衍所筑。襄野：襄城（今属河南）郊野。这句是说上级对自己的垂青。

[2] 平台：古迹名，故址在今河南商丘北，西汉梁王与文学名士曾游于此。这里指九成宫里众多文学名士一起游览。

[3] 英藩：即英王，唐高宗的儿子。炜烨：光明，形容人神采奕奕。

[4] 梧庭凤：韩婴《韩诗外传》记载，黄帝即位后凤凰飞集于帝居东园的梧桐树上，成为祥瑞的象征。后世即以"梧庭凤"专指帝王居处。

[5] 竹沼：竹影。

[6] 长坂：高坡。

[7] 山台：民间建造的寺院。与官方赐额或建造的寺院相对。

[8] 枰（píng）：博局，棋盘。

[9] 六著：古代博具。

[10] 枚藻：西汉文学家枚乘的辞赋。

[11] 邹谈：西汉文学家邹阳的雄辩口才。辩锋：论辩的锋芒。比喻同僚。

[12] 有裕：有道。

[13] 联寀（cǎi）：寀，官员的封地。联寀，一起做官。无庸：平庸，无所作为。此为作者自谦之词。

[14] 物外：世外。

[15] 西园：汉上林苑的别称，这里指代唐九成宫。

奉和春日游苑喜雨应制

〔唐〕李峤

仙跸九成台[1]，香筵万寿杯。一旬初降雨，二月早闻雷。
叶向朝隮密[2]，花含宿润开。幸承天泽豫[3]，无使日光催。

【注释】

[1] 仙跸（bì）：指天子的车驾。

[2] 隮（jī）：虹。

[3] 天泽：上天的恩泽。指雨。

敕借岐王九成宫避暑应教[1]

〔唐〕王维

帝子远辞丹凤阙[2]，天书遥借翠微宫[3]。
隔窗云雾生衣上，卷幔山泉入镜中[4]。
林下水声喧语笑，岩间树色隐房栊[5]。
仙家未必能胜此，何事吹笙向碧空[6]。

【注释】

[1] 应教：应诸王之命而和作的诗文。

[2] 帝子：指岐王李范。丹凤阙：帝阙；京城。

[3] 天书：帝王的诏书。翠微宫：唐宫殿名。高祖武德八年，于终南山造太和宫，太宗贞观十年废。二十一年重新修建，改名翠微宫。后常泛指山间宫殿。

[4] 幔：帐幕。

[5] 房栊：泛指房屋。

[6] 吹笙：指周灵王太子晋吹笙成仙的故事。

九成宫[1]

〔唐〕杜甫

苍山入百里，崖断如杵臼[2]。曾宫凭风回[3]，岌嶪土囊口[4]。立神扶栋梁[5]，凿翠开户牖[6]。其阳产灵芝，其阴宿牛斗[7]。纷披长松倒，揭蘗怪石走[8]。哀猿啼一声，客泪迸林薮[9]。荒哉隋家帝[10]，制此今颓朽。向使国不亡[11]，焉为巨唐有。虽无新增修，尚置官居守[12]。巡非瑶水远，迹是雕墙后[13]。我行属时危，仰望嗟叹久。天王守太白[14]，驻马更搔首[15]。

【注释】

[1] 杜甫至德二载（757年）往鄜州省家，途经九成宫，抚今追昔，写下此诗。

[2] 杵臼（chǔ jiù）：杵与臼，舂捣粮食或药物的工具。

[3] 曾宫：即层宫，指九成宫。

[4] 岌嶪（jí yè）：高峻。土囊：洞穴。

[5] "立神"句：指宫殿内梁柱上雕刻着神的图像。

[6] 凿翠：开凿山。开户牖：指建造宫殿。

[7] 牛斗：指牛宿和斗宿两个星座。

[8] 纷披：茂盛。揭蘗：险峻的样子。

[9] 林薮（sǒu）：山林和大泽。

[10] 隋家帝：指隋文帝。九成宫即隋文帝所建仁寿宫。《资治通鉴·隋纪》：隋开皇十三年二月，诏营仁寿宫于岐山之北，夷山堙谷以立宫殿，崇台累榭，宛转相属，役使严急，丁夫多死。

[11] 向：假如。

[12] "尚置"句：安排官员驻守。

[13] 巡：细看。瑶水：瑶池。指九成宫之景。雕墙：饰以浮雕、彩绘的墙壁。此二句指九成宫历经两朝。

[14] 天王：即天子，指肃宗。太白：即太白山，在凤翔境内。时肃宗在凤翔，故曰"天王守太白"。

[15] 搔首：以手搔头，沉思状。指望九成宫而有无限兴亡之感。

九成宫[1]

〔唐〕李甘

中原无鹿海无波[2]，凤辇鸾旗出幸多。
今日故宫归寂寞，太平功业在山河。

【作者简介】

李甘，字和鼎，生卒年及里居均不详，约唐敬宗宝历中前后在世。长庆末进士。太和中，累官至侍御史。《全唐诗》存诗一首。

【注释】

[1] 一作《华清宫》。又作唐吴融诗。

[2] 中原无鹿：反用"中原逐鹿"，意思是说，唐王朝已取得了天下，因此说中原无鹿，天下太平。

九成宫[1]

〔唐〕李商隐

十二层城阆苑西[2]，平时避暑拂虹霓[3]。
云随夏后双龙尾，风逐周王八马蹄[4]。

吴岳晓光连翠巘[5]，甘泉晚景上丹梯[6]。

荔枝卢橘沾恩幸[7]，鸾鹊天书湿紫泥[8]。

【注释】

[1] 这首诗是诗人追忆太宗盛世之作，羡慕生逢其时者何其幸运，感慨自己生不逢时。此诗未能确定作时作地。清人姚培谦《李义山诗集笺注》称"此过九成宫而忆承平盛事也"，姑置于此。

[2] 十二层城：《史记·封禅书》："方士有言：'黄帝时为五城十二楼，以候神人于执期，命曰迎年。'"《集仙录》记载说，西王母所居之地，有城池方圆千里，有玉楼十二。此处指帝王居住的地方。阆苑：传说中神仙居住的地方，在昆仑山上。这里是说九成宫雄伟壮丽。

[3] 平时：太平之世。拂虹霓：形容宫殿高峻似直上云端。

[4] 夏后双龙：《山海经·海外西经》："大乐之野，夏后启于此舞九代。乘两龙，云盖三层；左手操翳，右手操环，佩玉璜。"周王：指周穆王。八马：相传周穆王曾驾着八匹骏马远赴瑶池西王母的宴会。这两句是说，唐初的几代帝王都在此避暑游玩。

[5] 吴岳：指吴山，在今陕西千阳县境。山在秦都咸阳之西，秦时以为西岳，故称吴岳。唐肃宗至德二年（757）春，居住凤翔，改其名为吴岳。

[6] 甘泉：汉宫名。故址在陕西淳化县。汉武帝常在此避暑。吴岳在西，故见晓光，甘泉在东，故见晚景。丹梯：夕阳照射，颜色呈红色。九成宫的楼梯很多，如梯子，所以说丹梯。这里是说九成宫汇集了当时所有的美丽风景，可见它的壮丽。

[7] 卢橘：金橘。荔枝、卢橘在夏季成熟之后，进贡给帝王。所以这里说"沾恩幸"。

[8] 鸾鹊：指书法婉转分披之体势。紫泥：古人以泥封书信，两端无缝，泥上盖印。皇帝诏书则用紫泥。这里是说远方贡物微薄，也能得到皇帝的恩惠而赐诏书。

过九成宫

〔唐〕吴融

凤辇东归二百年[1],九成宫殿半荒阡[2]。
魏公碑字封苍藓[3],文帝泉声落野田[4]。
碧草断沾仙掌露[5],绿杨犹忆御炉烟[6]。
升平旧事无人说,万叠青山但一川。

【注释】

[1] 凤辇:代指皇帝。

[2] 阡:道路。

[3] 魏公碑:是指魏征为九成宫撰写的《九成宫礼泉铭》碑文。

[4] 文帝:唐太宗李世民,谥号文。太宗行幸九成宫,发现泉眼,故称文帝泉。

[5] 仙掌:汉武帝为求仙,在建章宫神明台上造铜仙人,舒掌捧铜盘玉杯,以承接天上的仙露,后称承露金人为仙掌。

[6] 御炉:御用的香炉。

过九成宫旧址二首

〔宋〕游师雄

其一

不见六龙驻跸[1],空余五柘阴森。
当日宫前流水,潺湲直到如今。

其二

今古市朝已变[2]，隋唐楼殿成空。
惟有山头明月，夜来犹照荒宫。

【作者简介】

游师雄（1038—1097），字景叔，京兆武功人。宋英宗治平二年（1065）进士。尝学于张载。吐蕃酋长鬼章青宜结据洮州时，率种谊、姚兕分兵进击，破洮州，俘鬼章。历陕西转运副使、卫尉少卿。上《绍圣安边策》，陈庆历以来防条得失及御敌之要。进直龙图阁。

【注释】

[1] 六龙：古代天子的车驾为六马，马八尺称龙，因以为天子车驾的代称。驻跸：帝王出行，途中停留暂住。

[2] 市朝：朝野。此处偏指"朝"，谓朝廷。

赴麟游县过九成宫

〔元〕杨弘道

百里苍山深[1]，地高无畏暑。当时移天仗[2]，严谷化玄圃[3]。
隋唐迭废兴，俯仰成今古[4]。行人过故宫，马蹄踏柱础[5]。
尚余粉皮松，野老谈女武[6]。玉龙拏层崖[7]，直立啸风雨。
最爱礼泉碑，伯仲厕虞褚[8]。石本遍天下[9]，墨薮刈其楚[10]。
年时北风恶，淫火焚邑聚[11]。披榛拾瓦砾，周岁何以处。

【作者简介】

杨弘道，字叔能，号素庵，元淄川（今属山东）人。气高古，不事举业，磊落有大志。有《小亨集》。

【注释】

[1] 深：指山的苍翠颜色。

[2] 天仗：天子出行的仪仗。

[3] 玄圃：传说中昆仑山顶的神仙居处，中有奇花异石。玄，通"悬"。

[4] 俯：低头。仰：抬头。俯仰：这里指时间过得很快。

[5] 础：柱下石。

[6] 野老：老百姓。女武：即女皇武则天。

[7] 玉龙：龙形的玉雕。挐（ná）：牵引；连结。

[8] 伯仲：比喻事物不相上下。厕：混杂在里边。虞褚：即当时的大书法家虞世南、褚遂良。这句诗是说欧阳询书《九成宫醴泉铭》的书法不亚于虞褚二人。

[9] 石本：石刻的拓本。

[10] "墨薮（sǒu）"句：语出《诗经·周南·汉广》"翘翘错薪，言刈其楚"，意思是说，《九成宫醴泉铭》的书法，在众多的书法墨迹中，是非常优秀特出的。

[11] 淫火：大火。村落：村寨。

扶风县

扶风地处关中平原西部，是宝鸡的东大门，因"扶助京师、以行风化"而得名。扶风是西周文化的发祥地、佛教名刹法门寺的所在地，素有"周礼之乡""青铜器之乡"的美誉，是中外闻名的周原文化宝库、万众朝拜的佛教名地。

马伏波墓

即马援墓，在今陕西省扶风县伏波村。由于时代久远，地面的建筑已全部毁坏，只留有墓碑一通。

扶风经伏波祠孟坚故里 [1]

〔明〕许之渐

雄封三辅表黄图[2],按部扶风春草芜[3]。
铜柱有村悲故剑[4],著书通里景鸿儒。
环山百雉今荒邑[5],带水千畦属奥区[6]。
眺首茂陵衔落日,秦川渺渺正踌躇。

【注释】

[1] 孟坚:指东汉史学家班固。班固为扶风人,字孟坚。

[2] 三辅:西汉治理京畿地区的三个职官的合称。亦指其所辖地区。汉初京畿官称内史,景帝二年分置左、右内史,与主爵中尉(后改都尉)合称三辅。武帝太初元年更名主爵都尉为右扶风,右内史为京兆尹,左内史为左冯翊,治所皆在长安城中。黄图:借指畿辅、京都。

[3] 按部:巡视部属。

[4] 铜柱:铜制的作为边界标志的界桩。《后汉书·马援传》"矫南悉平"李贤注引晋顾微《广州记》:"援到交阯,立铜柱,为汉之极界也。"

[5] 百雉:指城墙。

[6] 奥区:腹地。

谒马援墓 [1]

〔清〕陈允锡

裹尸还葬足生平[2],近在城西七里亭。
畴昔飞鸢愁欲坠[3],至今横笛不堪听。
春归阡草萋萋绿,夕阳墟烟冉冉青。
何必云台标姓字[4],前冈后道志君铭。

【作者简介】

陈允锡（1639—1722），字子帅，泉州人。顺治十二年（1655）应试中选一等，授德化县教谕。不久，改任扶风县丞。曾主修陕西《凤翔府志》《江西通志》，著有《十三经解》等。

【注释】

[1] 此诗为作者任扶风县丞时所作。

[2] 裹尸还葬：语本《后汉书·马援传》："方今匈奴、乌桓尚扰北边，欲自请击之。男儿要当死于边野，以马革裹尸还葬耳，何能卧床上在儿女子手中邪？"

[3] 飞鸢（yuān）：飞翔的鸢。语出《后汉书·马援传》："当吾在浪泊、西里闲，虏未灭之时，下潦上雾，毒气重蒸，仰视飞鸢跕跕堕水中，卧念少游平生时语，何可得也！"谓瘴气盛，虽鸢鸟亦难以飞越而堕落。

[4] 云台：汉宫中高台名。汉明帝时因追念前世功臣，图画邓禹等二十八将于南宫云台，后用以泛指纪念功臣名将之所。《后汉书·马援传》："永平初，援女立为皇后，显宗图画建武中名臣、列于云台，以椒房故，独不及援。"

过马伏波墓

〔清〕张衍懿

漆水东流绕墓田，伏波埋土几千年？
西风但见吹残鬣，南海犹闻畏跕鸢[1]。
岂有明珠来戚里[2]，空留铜柱在炎天[3]。
功成未得云台画[4]，回首荒原一惘然。
按：谤来宵小，功在南天，二语为伏波定论。

【作者简介】

张衍懿，字庆余，江南太仓人。著有《烟舫集》。

【注释】

[1] 跕鸢：见前陈允锡《谒马援墓》注释 [3]。

[2] "岂有明珠"句：语出《后汉书·马援传》："初，援在交阯，常饵薏苡实，用能轻身省欲，以胜瘴气。南方薏苡实大，援欲以为种，军还，载之一车。时人以为南土珍怪，权贵皆望之。援时方有宠，故莫以闻。及卒后，有上书谮之者，以为前所载还，皆明珠文犀。……皆以章言其状，帝益怒。援妻孥惶惧，不敢以丧还旧茔，裁买城西数亩地藁葬而已。宾客故人莫敢吊会。"

[3] 铜柱：马援平定交阯，封伏波将军后，在交阯立二铜柱，作为汉朝南部国界的标志。炎天：指南方。

[4] "功成"句：详见前陈允锡《谒马援墓》注释 [3]。

法门寺

法门寺，位于今陕西扶风县东北十里，北魏开始建立寺庙，唐代时曾一度为皇家寺院。此后历代不断扩建。20 世纪 90 年代，法门寺地宫被发现，出土了大量珍贵的文物。今已成为著名佛都。

过扶风精舍旧居简朝宗巨川兄弟 [1]

〔唐〕韦应物

佛刹出高树[2]，晨光间井中。年深念陈迹[3]，追此独忡忡[4]。
零落逢故老[5]，寂寥悲草虫[6]。旧宇多改构[7]，幽篁延本丛[8]。
栖止事如昨[9]，芳时去已空[10]。佳人亦携手[11]，再往今不同。
新文聊感旧[12]，想子意无穷。

【注释】

[1] 简：书信，此处用如动词，指寄信、寄诗。

[2] 佛刹：佛寺。

[3] 年深：年久。陈迹：旧迹。指旧居。

[4] 迨此：及此，到此。忡忡：忧愁貌。

[5] 零落：衰败，丧亡。

[6] 悲草虫：闻草间虫鸣而悲伤。

[7] 旧宇：旧宅；故居。改构：整修；改建。

[8] 幽篁：幽深的竹林。延：伸展。

[9] 栖止：寄居；停留。

[10] 芳时：指美好年光。

[11] 佳人：美人，指友人。携手：指携手同游。

[12] 新文：新近撰写的文章。指本诗。

礼法门寺真身塔

〔宋〕张问

众生瞻窣堵[1]，回向大觉身[2]。
内顾六尺躯，一雨无渚尘[3]。

【作者简介】

张问（1013—1087），字昌言，宋襄州襄阳（今湖北襄阳）人。历江东、淮南、河北、河东转运使。坐误军需，贬知光化军。寻复为河北转运使。神宗熙宁末，知沧州。自新法行，独不阿时好。哲宗元祐初，为秘书监、给事中，累官正议大夫。

【注释】

[1] 窣（sū）：从穴中突然钻出来。此处形容法门寺塔的高耸。

[2] 大觉：指佛。

[3] 渚尘：灰尘，微尘。这句形容雨水冲洗后佛像异常洁净。

谨赋律诗九韵,奉赞法门寺真身宝塔

〔金〕释师伟

寺名曾富布金田[1],塔字来从梵夹传[2]。
可笑异宗闲斗嘴[3],比乎吾道不同肩。
世人朽骨埋黄壤,唯佛浮图倚碧天[4]。
谷囊山炉煅勿坏,铁锤霜斧击尤坚。
三千界内真无等[5],十九名中最有缘。
百代王孙争供养,六朝天子递修鲜[6]。
倘能倒膝罪随缺,或小低头果渐圆。
三级风檐压鲁地,九盘轮相壮秦川[7]。
经书谈我释迦外,今古烦君说圣贤。

【作者简介】

释师伟,金代法门寺主持。

【注释】

[1] 布金田:指法门寺的田庄。历代王朝崇佛者,都曾经把法门寺附近的良田赐给寺庙。

[2] 夹:放物的器具。梵夹:指盛放佛指舍利的器具。这句是说,法门寺的宝塔建造是因为佛指舍利的缘故。

[3] 异宗:佛教以外的宗教和门派、学说。

[4] 浮图:指佛塔。

[5] 三千界:佛教说一大千世界有小、中、大三种"千世界",故称三千大千世界。这句是说,佛教对世人是真正平等的。

[6] 六朝天子:指唐代迎奉佛骨的皇帝唐太宗、武则天、德宗、宪宗、宣宗和懿宗。

[7] 轮相:塔顶上的轮盖。通常有九层,故也称九轮。

天和寺

天和寺,在今扶风县城南飞凤山上,建造年代不详。

扶风天和寺

〔宋〕苏轼

远望若可爱[1],朱栏碧瓦沟。聊为一驻足[2],且慰百回头[3]。水落见山石,尘高昏市楼[4]。临风莫长啸,遗响浩难收[5]。

【注释】

[1] 若:这里。
[2] 聊:姑且。
[3] 百回头:言前往天和寺道路登陟之不易。
[4] 昏:使……昏暗。
[5] 遗响:余音。

第六编

铜川地区

铜川位于陕西中部，居陕北黄土高原南缘、关中平原北界。下辖王益区、印台区及耀州区、宜君县。铜川原名"同官"，因与"潼关"同音，治所又设在铜水之川，故更名铜川。夏代和商代隶属古雍州，先后为当时的属国扈、华原、豳的领地。周代隶属豳邑。历代名字屡有更迭，但始终是渭北的重镇，陕北、关中交通的要冲，亦是西往甘肃和宁夏的交通要道之一。区域内有玉华山、玉华宫、药王山等重要古迹名胜。

印台区

印台区，古称同官，原为铜川市郊区，2000年设印台区。位于关中盆地与陕北黄土高原的交接地带，东与蒲城县、白水县毗邻，西北及西面与旬邑、耀州区接壤，南与富平县、铜川市、耀州区、王益区相连，北依宜君、黄陵县，为关中的北大门，历代为军事交通要地。境内有唐玉华宫遗址、有"东方陶瓷古镇活化石"之称的陈炉古镇、金锁古雄关遗址、千年古迹孟姜女祠等众多名胜古迹。

玉华山

玉华山，在今陕西省铜川市北部，自古风光秀丽，与太华、少华、金华、女华、翠华诸山齐名。贞观二十一年（647），唐太宗李世民令工部尚书、将作大匠、建筑大师阎立德，在宜君凤凰谷设计营造玉华宫，半年竣工，构成壮观的宫殿建筑群，称"九殿五门"，即玉华殿、排云殿、庆云殿、云光殿、晖和殿、嘉寿殿、肃成殿、明月殿、庆富殿，此外，添建紫微殿，南风门、嘉礼门、金飙门、显道门。永徽二年（651），唐高宗颁布诏书，废玉华宫为佛寺，玄奘法师即奉旨来寺译经，完成巨译《大般若经》功业，最终圆寂于此。此后，寺即萧条，至清末民初完全毁坏。

玉华宫

〔唐〕杜甫

溪回松风长[1]，苍鼠窜古瓦。不知何王殿[2]，遗构绝壁下[3]。
阴房鬼火青[4]，坏道哀湍泻[5]。万籁真笙竽，秋色正萧洒。
美人为黄土，况乃粉黛假[6]。当时侍金舆[7]，故物独石马[8]。
忧来藉草坐[9]，浩歌泪盈把[10]。冉冉征途间[11]，谁是长年者[12]。

【注释】

[1] 溪回：小溪曲折环绕。此为玉华宫前的景色。溪：玉华宫前有酿酝溪。

[2] 何王殿：哪一位帝王的宫殿。杜甫感于玉华宫当时的破败情景不忍提及太宗英名，因谓"不知何王殿"。

[3] 遗构：前代留下的建筑物。因为玉华宫是依山而建，故曰绝壁下。

[4] "阴房"句：此句写因久无人迹，宫殿阴森荒凉。阴房：指荒墓。鬼火：磷火。迷信者以为是幽灵之火，故称鬼火。

[5] 哀湍（tuān）：指山间发出凄切声音流得很快的溪流。

[6] 粉黛假：指殉葬的木偶人。

[7] 侍金舆：侍奉皇上。金舆：天子车驾，代指皇帝。

[8] "故物"句：以前遗留下来的东西只有石马而已。

[9] 忧：指今昔感慨之思。藉草坐：坐在草地上。

[10] 浩歌：长歌。盈把：满把。

[11] 冉冉：渐进貌。

[12] 长年者：指长生的人。

玉华山

〔宋〕张峋

玉华山谁穷远近，百里回旋势方尽。
削成苍玉倚青天[1]，气象轩轩独奇俊[2]。
黄河哮颠摧昆仑[3]，一峰飘落如龙蹲。
白云低垂半岩腹，茫茫日轮平地奔[4]。
惊湍瀑流飞辟历[5]，松根巉岩裂石壁[6]。
洞门昼闭不知深，仙人琼浆满杯碧[7]。
饥鼯啼烟猿啸风[8]，子规声哀愁满容[9]。
山鸟嘤咛绕乔木[10]，唯有黄鹂鸣雍雍[11]。
翠华迢迢来避暑[12]，飘然凌云欲轻举。
当时此地最清凉，九成翠微不足数[13]。
玉鞘声断宫殿闲[14]，大龙飞去髯难攀[15]。
川峦如旧人事变，但见明月留空山。

【作者简介】

张峋，字子坚，荥阳（今属河南）人。宋英宗治平三年（1066）为著作佐郎，曾任宜君县尉兼主簿。神宗熙宁二年（1069），以太常博士管勾两浙路常平广惠仓。

【注释】

[1] 苍玉：青绿色玉石。此形容山色青碧。

[2] 轩轩：高扬貌；飞举貌。

[3] 昆仑：昆仑山。

[4] 日轮：太阳。日形如车轮而运行不息，故名。

[5] 惊湍：激流。湍，急流。辟历：即"霹雳"，声音大而响亮的雷。诗中

形容瀑布的声音。

[6] 巉（chán）岩：险峻貌。

[7] 琼浆：比喻美酒。碧：绿色。

[8] 鼯（wú）：也叫鼯鼠，哺乳动物，像松鼠，前后肢之间有皮膜相连，能在树间滑翔。烟：指云雾。

[9] 子规：鸟名，杜鹃，鸣声凄厉。

[10] 嘤咛（yīng níng）：形容鸟鸣声清婉、娇细。

[11] 噰噰（yōng）：鸟和鸣声。

[12] 翠华：用翠鸟羽毛饰在旗杆顶上的旗，是皇帝的仪仗。诗中借指皇帝。

[13] 九成：指唐代离宫九成宫。旧址在今陕西省麟游县西。翠微：指唐代离宫翠微宫，旧址在今西安市南终南山中。

[14] 玉鞘：古时用于歌舞的玉饰之竿。《汉书·礼乐志·郊祀歌》："饰玉梢以舞歌。"此处借指歌舞。

[15] 大龙：指唐太宗。据史书记载，修建玉华宫"紫微殿"时，居民秦小龙住宅被占，迁往他地，太宗云："小龙出，大龙入。"髯（rán）难攀：相传轩辕黄帝一百一十岁时，乘龙升天。后妃及大臣们攀着龙髯亦欲飞升，结果龙髯被拔断。黄帝便乘龙飞去。此处借指唐太宗死去。

玉华山

〔宋〕张道宗

玉华山形郁嶒崒[1]，白昼莽苍常生烟[2]。
近村百家湿翠黛[3]，阴崖千尺淙寒泉[4]。
山根宛转抱河曲[5]，河流倒影浸碧巅。
文皇性热不耐暑[6]，当时宫此安徒然。
得非遍选天下胜[7]，莫如兹地无烦喧。
暂游已骇非俗骨[8]，久驻直恐成真仙。
何当借得神画笔，霜绡十幅图屏颜[9]。

【作者简介】

张道宗，北宋人，曾以国子博士知坊州军州事。

【注释】

[1] 崷崪（qiú zú）：山岩高峻貌。

[2] 莽苍：景色迷茫。

[3] 翠黛：比喻翠色的树叶。

[4] 淙：拟声词，流水声。寒泉：清冽的泉水。

[5] 河曲：指河流弯曲的地方。

[6] 文皇：指唐太宗李世民。因太宗谥文武大圣皇帝，故称。

[7] 得非：莫非是。

[8] 蹔（zàn）游：瞬间一游。蹔：少顷；短暂。俗骨：尘世中人的资质或禀赋。借指尘世中人。

[9] 霜绡：白绫。亦指画在白色绫子上的真容。孱（chán）颜：指高峻的山岭。

玉华寺

〔宋〕张道宗

殿阁依山古，寻春闲客行。谁知唐帝馆[1]，今在梵王城[2]。
禾黍伤时变[3]，松篁入夜清[4]。惟余碧岩溜[5]，依旧昔年声。

【注释】

[1] 馆：房舍的通称。

[2] 梵王城：指佛寺。梵王，即大梵天王。佛教认为，一切世界为欲界、色界、无色界三界。大梵天是色界诸天中的第三天，其王即大梵天王。

[3] 禾黍：原指《诗经·王风》中的《黍离》篇。后世用以表现兴亡沧桑之感。

[4] 篁（huáng）：竹林。清：安静，清静。

[5] 溜：从石崖上流下的水。

玉华山

〔宋〕宋球

玉华山来自何处？巉巉拔立陵紫烟[1]。
上有干云切霄之苍松[2]，下有迸崖漱壑之清泉。
长河西来啮山足[3]，磷火白日明峰巅。
浮岚暖翠入窗户[4]，六月殿阁风泠然[5]。
我来岂暇吊古迹，俯仰但喜遗嚣喧。
心魂澄澈耳目醒，如脱世故游神仙。
平明却入俗尘去，回首烟萝羞满颜[6]。

【作者简介】

宋球，北宋人。曾议西北马政之弊。神宗（1068-1085在位）时出使高丽，归而图记其山川、风俗上之，迁通事舍人。神宗死（1085），使契丹告哀。积迁西上合门使、枢密副都承旨。

【注释】

[1] 巉巉（chán chán）：山势峭拔险峻。紫烟：山谷中的紫色烟雾。

[2] 干云：高入云霄。

[3] 山足：山脚。

[4] 浮岚：飘动的山林雾气。暖翠：天气晴和时青翠的山色。

[5] 泠（líng）然：寒凉；清凉。

[6] 烟萝：草树茂密，烟聚萝缠，谓之烟萝。亦借指幽居或修真之处。

玉华寺

〔宋〕宋球

一迳入云壑,游人高下行。绿萝垂绀幰[1],屏壁削层城。
山气蒸衣湿,松风洒面清。野僧遗万事[2],饱听石泉听。

【注释】

[1] 绀幰（gàn xiǎn）：天青色车幔。亦指张绀幰的车驾。此比喻绿萝。
[2] 野僧：山野僧人。

玉华宫第五

〔清〕魏源

唐玉华宫避暑故址，在同州府宜君县西南，夹谷窈入，有石岩、石室。水帘覆之，如喷飞雨，与松涛瑟瑟满谷，即杜诗所吊"哀湍绝壁""溪回松风"矣。离宫无迹，唯一寺乃唐玄奘译经之所，高寒清迥，远胜骊山。惟距长安二百余里，故巡幸凭吊，皆不如骊山之著。

泉温使人春,泉瀑使人秋。如何玉华架,不及骊山驺[1]？
无乃冰雪气[2],未称霓裳讴[3]。嵯峨萧瑟间[4],栋牖松云浮[5]。
几见洞天内,频邀黄屋留[6]。我来但高寒,万壑松涛飗[7]。
中夕风雨豗[8],尚恐渔阳桴[9]。汾阳姑射访[10],空同广成谀[11]。
窅然丧南面[12],怅矣黄虞游[13]。

【注释】

[1] 驺（zōu）：古代给贵族掌管车马的人。此借指车马往来。
[2] 无乃：相当于"莫非""恐怕是"，表示委婉猜度的语气。

[3] 霓裳：霓裳羽衣曲的简称。

[4] 嵯峨：山势高峻。萧瑟：风吹树木。

[5] 牖（yǒu）：窗户。

[6] 黄屋：帝王的车盖，亦代指帝王。

[7] 松涛：风撼松林，声如波涛，因称松涛。飂（liù）：高风，风疾速貌。

[8] 㧑（huī）：喧闹。

[9] "尚恐"句：此处化用白居易《长恨歌》诗句"渔阳鼙鼓动地来，惊破霓裳羽衣曲"。

[10] 汾阳：在山西。姑射：即藐姑射山。在今山西临汾市西北。《庄子·逍遥游》曰："藐姑射之山，汾水之阳。"又："藐姑射之山，有神人居焉，肌肤若冰雪，淖约若处子。"后诗文中以"姑射"代称神仙或美人。

[11] 广成：即广成子，修行于崆峒（kōng tóng）山，上古黄帝时候的道家人物。诹（zōu）：咨询，询问。

[12] "窅（yǎo）然"句：语出《庄子·逍遥游》："尧治天下之民，平海内之政，往见四子藐姑射之山，汾水之阳，窅然丧其天下焉。"窅然：怅然。

[13] 黄虞：黄帝、虞舜的合称。

庚申重九日偕米脂令吕高培诸同人游玉华宫故址 [1]

〔清〕张伟

九日山中联骑来，玉华宫畔共徘徊。
殿寻绝壁荒基址，碑览悬崖古洞隈[2]。
一壑清溪寒雾锁，乱峰红树锦霞开。
宸游翠华归何处[3]？把酒临风吊碧垓。

【作者简介】

张伟，清代人，生卒年不详，时任延安知府中宪大夫。

【注释】

[1] 庚申重九日：清康熙十九年（1680）九月九日。吕高培，字柏庭，清初无锡人。贡生。康熙中随嵇永福客蔡毓荣幕。吴三桂平，由楚入滇，以军功任米脂知县。工诗。有柏庭诗集。

[2] 隈（wēi）：山、水等弯曲之地。

[3] 宸（chén）游：帝王之巡游。翠辇：用翠羽装饰车盖的车，为皇帝所乘。

玉华宫

〔清〕张虞熙

径入清虚府[1]，无烦博望槎[2]。琼楼人已远[3]，玉宇路非赊[4]。
瀑布开青黛[5]，娑罗见月华[6]。还依金殿柳，仰吸赤城霞[7]。
选胜当年事[8]，凄其后代嗟。荒凉时逐鹿，古洞自盘蛇。
石马今何在[9]，哀湍若为斜。少陵苍鼠句[10]，徒倚望前车。

【作者简介】

张虞熙，字圣绩，号弢庵，博山（今属山东省淄博市）人。康熙五十二年（1713）进士，曾任宜君县知县。

【注释】

[1] 清虚府：月宫。此指玉华宫。

[2] 无烦：不需烦劳；不用。博望槎：指博望侯。用张骞乘槎至天河事。

[3] 琼楼：仙界楼台。

[4] 玉宇：月中宫殿。

[5] 瀑布：玉华宫旁有玉华川，源出驻跸坡之瀑布泉。

[6] 娑（suō）罗：娑罗树。月华：月光。

[7] 赤城：指帝王宫城因城墙红色故称。亦指传说中的仙境。

[8] 选胜：寻游名胜之地。

[9] "石马"句：杜甫《玉华宫》诗中有"当时侍金舆，故物独石马"，而

今石马亦不复存在，此句状玉华宫的荒败景象。

[10] "少陵"句：指杜甫《玉华宫》诗中"苍鼠窜古瓦"句。

玉华宫

〔清〕蔡茵

昔年遗构玉华宫[1]，虎啸猿哀万木丛。
故物百年犹石马[2]，余基千载独松风[3]。
凤山自带回溪外[4]，珠水空帘绝壁中[5]。
因念河清谁可俟[6]，啼鹃林外痛无穷。

【作者简介】

蔡茵，清代人，生平不详。

【注释】

[1] 遗构：前代留下的建筑物。

[2] 故物：旧物；前人遗物。语本杜甫《玉华宫》"当时侍金舆，故物独石马"二句。

[3] 余基：旧址残基。松风：松林之风。

[4] 凤山：指玉华宫西南屏障凤凰山。回溪：迂曲回环的溪流。

[5] 珠水空帘：指瀑布。

[6] 河清：黄河水浊，少有清时，古人以"河清"为升平祥瑞的象征。《左传·襄公八年》："《周诗》有之曰：'俟河之清，人寿几何？兆云询多，职竞作罗。'"

孟姜女祠

孟姜女哭长城的故事，在我国民间久为流传。孟姜女是哪里人，传说各异，有同官（今陕西铜川）说，澧州（今湖南常德津市）说，潼关和肃州说等等，尤以同官和澧州说最为盛行。明天顺五年（1461）编成的《大明一统志》载：

"孟姜女本陕之同官人，秦时夫死长城，自负遗骨以葬于县北三里许，死石穴中。"流传古今的孟姜女故事为：孟姜女之夫被征修长城，姜女送棉衣到长城，闻夫死而大哭，长城为之倒毁八百里，露出白骨无数。姜女滴血骨上，以血入者为夫骨，遂负而归。至宜君山梁渴极痛哭，地涌泉水，人称"哭泉"，地亦随之得名。到金锁关北时，秦追兵至，山为之回转，将追兵挡至山外，山遂称"女回山"。姜女到同官县北金山下，力尽而亡，百姓敬悼，将其夫妇合葬于金山，并立庙塑二人像以祭祀。今铜川市印台区金山山麓建有孟姜女祠，建设时间无考。

留题孟姜遗庙

〔宋〕张揆

哲妇丛祠倚翠岑[1]，哭城遗烈可悲吟。
秋霜劲节男儿事，何意天钟女子心[2]？

【作者简介】

张揆（shàn 995—1074），字文裕，宋齐州历城（今山东济南）人。幼笃孝。举进士。知益都县，历龙图阁直学士、知成德军。入判太常、司农寺，累官户部侍郎致仕。

【注释】

[1] 哲妇：有贤德的妇女。指孟姜女。岑（cén）：小而高的山。
[2] 天钟：上天钟秀，上天赋予。

姜女吟二首

〔宋〕宋宗谔

其一

竹叶含情缕缕青,菱花落涧自分明[1]。
悲凉关月有时望,凄断巫云何处行[2]?
双手拍来分岸迹,一泓涌出写幽贞[3]。
可怜万杵长城怨[4],博得娥眉几哭声[5]。

其二

九渊填郁地灵开[6],洒血濡枯辨骨骸[7]。
走鹿未须警鹄怨,穷途不信有山回。
双钗紫气堪横斗[8],半袖清风送落梅。
函谷衡阳千载恨,行人只说泪泉隈。

【作者简介】

宋宗谔,北宋嘉祐年间(1056—1063)同官县令,后为赞善大夫,曾重修姜女祠。

【注释】

[1]菱花:一年生草本植物,生在池沼中,根生泥里,叶呈三角形,花白色。

[2]凄断:谓极其凄凉或伤心。

[3]幽贞:指高洁坚贞的节操。

[4]杵:舂捣谷物、药物及筑土、捣衣等用的棒槌,一头粗一头细的圆木棒。

[5]娥眉:美人,这里指孟姜女。

[6]九渊:深渊。地灵:土地山川的灵秀之气。

[7] 濡：沾上。

[8] 紫气：旧时以为宝物的光气。

题姜女祠二首

〔明〕王图

其一

贞心苦节凛清秋，云树苍茫洞壑幽。
钗影不缘岩石灭，手痕常榜岸沙留。
望夫台上千行泪[1]，追骑山前万缕愁。
试看涧边东水去，而今犹带哭声流。

其二

烈女祠堂隐翠微，凭虚欲问世相违。
不将劲质偕幽梦[2]，徒使芳魂伴夕霏[3]。
秦地只余心独冷，楚江应化蝶双归[4]。
逐臣节妇千年恨[5]，惆怅风前对落晖。

【作者简介】

王图（1557—1627），字则之，明陕西耀州人。万历十四年（1586）进士。授检讨，以右中允掌南京翰林院事。屡进吏部侍郎，有宰相望，为东林党推重，遭忌，求去。天启（1621-1627）中任礼部尚书，为魏忠贤党刘弘先劾，削籍，寻卒。崇祯初赠太子太保，谥文肃。

【注释】

[1] 望夫台：相传孟姜女因想念丈夫，在一座小山上搭台望夫归来，后人称此台为望夫台。

[2] 劲质：品质坚强。

[3] 夕霏：傍晚的雾霭。

[4] "秦地"二句：今湖南常德澧县亦有孟姜女的传说，有孟姜女贞烈祠。明吏部尚书李如圭作《贞烈祠记》："秦时州有孟姜女者，适范郎，因始皇筑长城，范郎往供役，姜女于州嘉山之顶筑台以望。久而不归，及不惮远险，亲往长城寻觅，……今望夫台址尚存，孟姜女果至长城，获范郎骸骨，负之归里，至延安府，抵同官而卒。自秦历今，千余年，澧人称诵不衰，往往形之歌咏。"

[4] 逐臣：王图自指。

题孟姜女

〔明〕王淑抃

祠前春草踏还生，今吾犹传姜女名。
判死一身归大块[1]，误人百岁是长城。
形留石镜寒生魄，泪滴岩泉夜有声。
故国云山隔湘楚，芳踪何处觅归程。

【作者简介】

王淑抃，明陕西耀州人。官户部郎中。

【注释】

[1] 判死：犹拼死。大块：大地。

题同官孟女祠效胡曾体

〔明〕杨巍

烈女山头还有庙，秦人塞上已无城。
经过莫听漆河水[1]，犹似当年号哭声。

【作者简介】

杨魏（1514？—1605？），字伯谦，号梦山，明山东海丰（今山东无棣县）人。嘉靖二十六年（1547）进士。除武进知县，擢兵科给事中，以忤吏部，出为山西佥事。隆庆（1567-1572）时为右副都御史，巡抚山西，减驿银，筑城堡。乞养去。万历（1573-1619）间历户部、工部、吏部尚书。工诗，著有《存家诗稿》。

【注释】

[1] 漆河：铜川市耀州区境内的主要河流之一。

过女回山 [1]

〔明〕杨永泽

山势何由转？却因烈女移[2]。鬼神遮地脉[3]，风雨断秦师。客醉关门柳[4]，人传洞口碑[5]。千秋贞范在[6]，环佩月明时[7]。

【作者简介】

杨永泽，明代人，生平不详。

【注释】

[1] 本诗刻于金山孟姜女祠的一块碑上。祠遭破坏后，碑埋入地下，1990年出土。女回山：在今铜川印台区金锁关。

[2] "却因"句：据《同官县志》，孟姜女背着丈夫的遗骸南归时，秦兵在后追赶，山移动方向，挡住秦兵。

[3] "鬼神"句意为：山中鬼神为救孟姜女，扭转地脉，挡住秦兵。遮：阻拦。地脉：大地的脉络。

[4] 客：作者自指。关：金锁关。

[5] 洞：孟姜女祠石洞。

[6] 贞范：贞妇中的典范。

[7] "环佩"句：语出杜甫《咏怀古迹》之三："环佩空归月夜魂。"杜诗是说，王昭君的灵魂于夜间从塞外回到家乡；此诗意为，孟姜女的魂魄在月夜返抵故里。环佩：佩玉，多指妇女佩带的饰物，诗中借指孟姜女。

真烈祠

〔明〕白镒

真烈生祠傍石阿[1]，芳名耿耿著诗歌[2]。
寒衣千里情何极，夫妇三朝志不磨。
哭泪成泉今古恸[3]，遗容范俗缙绅过[4]。
纷纷男子应无算[5]，扶植纲常孰与多。

【作者简介】

白镒，平定（今属山西阳泉）人。明嘉靖二年（1523）进士，曾任陕西按察司佥事。

【注释】

[1] 真烈：坚贞节烈。

[2] 耿耿：诚信守节的样子。

[3] 恸（tòng）：感动。

[4] 范俗：给世俗社会做榜样。缙（jìn）绅：旧时官宦的装束，转用为官宦的代称。过：超过，超越。"缙绅过"，即"过缙绅"。此为倒装。

[5] 纷纷：众多。

题孟姜祠三首

〔明〕李汝圭

其一

迢遥关塞为寻夫,一望长城骨已枯。
抱恨孟姜空断楚,贪功嬴政枉防胡[1]。
千年气节还神护,万古纲常赖尔扶。
今日幽光殊振发,堂堂庙貌耀通衢[2]。

【作者简介】

李汝圭(1563—?),江西南昌人。万历十四年(1586)进士,曾任河南开封府推官、户部尚书。

【注释】

[1] 嬴政:即秦始皇。
[2] 通衢(qú):四通八达的道路。

其二

江边镜石已千年[1],寂寞菱花竟弗然[2]。
台土恍存登步湿,竹枝犹带泣痕鲜。
夫供城围辞兰浦[3],我送寒衣入渭川。
惆怅断魂中夜起,不堪牛女向河联。

【注释】

[1] 镜石:光滑晶莹能反映人、物形象的石头。
[2] 菱花:指菱花镜。亦泛指镜。此指镜石。弗然:不高兴的样子。

[3] 圉（yǔ）：边陲。兰浦：长着兰草的水边。

其三

夫君执役筑边城，偕老深盟共死生。
遗骨寻来梦已断，寒衣寄处泪先倾。
澧山台系无穷恨[1]，秦壤泉哀不尽声。
今日偶经祠下过，不胜凄怆共乡情。

【注释】

[1]澧（lǐ）山：澧州大山。澧，今属湖南常德津市，相传为孟姜女出生地（孟姜女出生地历来有多种传说，此为其中一种）。

读孟姜女祠诗率成八首[1]

王崇古

其一

寒衣珍重赍长城[2]，痛悼人亡雉堞倾[3]。
闾左闺中应洒泪[4]，望夫齐魂断肠声。

其二

登台掷镜眺边关，不为行云惨别颜。
一哭城崩秦鹿走，咸京谁上望夫山[5]。

其三

遥瞻绝塞朔云间，九死殉夫岂望远。

招得遗魂埋旧骨，千秋同对女回山[6]。

其四

楚水愁烟白日曛，寄衣宁伴石榴裙。
云秦久自传三户，更惨贞娥哭塞云。

其五

泉溜山回呵护随，秦兵何事逐娥眉[7]？
虎狼习惯焚书旧，不贵殉夫节烈奇。

其六

清洌涓涓飞翠阿，山灵似应泪滂沱[8]。
杨清细品玄泉味[9]，全异听音似镜波。

其七

风驰追骑下边关，地卷云迷隐玉鬟。
虚忆暴秦能走石，不如烈女自回山。

其八

三百离情百岁心，甘从绝塞倚藁砧[10]。
芳魂应化鸳鸯鸟，常反韩朋墓上禽[11]。

【作者简介】

　　王崇古（1515—1588），字学甫，蒲州（今山西永济）人。嘉靖二十二年（1543）进士，授刑部主事。由郎中历知安庆、汝宁二府，升常镇兵备副使。有御倭功，累升右佥都御史，巡抚宁夏。隆庆（1567-1572）初以兵部侍郎总督陕西、延、宁、甘肃军务。在陕七年，功甚多。官至太子少保、兵部尚书。

【注释】

[1] 此组诗，见（乾隆）《同官县志》卷九。同卷又有作者《过哭泉祠》二首、《金锁关即事》一首，当为同时同地所作。

[2] 赍（jī）：把东西送给别人。

[3] 雉堞（zhì dié）：古代城墙上掩护守城人用的矮墙，亦泛指城墙。

[4] 闾左：里门左侧，是古代贫苦人民居住的地区。

[5] 咸京：指秦代京城咸阳。

[6] 女回山：陕西省宜君县哭泉乡和铜川市交界处一座横卧的大山。

[7] 娥眉：代指女子。此处指孟姜女。

[8] 滂沱：此比喻哭得厉害，眼泪流得很多。

[9] 玄泉：瀑布。玄，通"悬"。

[10] 藁（gǎo）砧（zhēn）：古代处死刑罪人席藁伏于砧上用鈇斩之。鈇、"夫"谐音，后因以"藁砧"为妇女称丈夫的隐语。

[11] 韩朋：即韩凭。干宝《搜神记》记载，战国时宋康王舍人韩凭娶妻何氏，甚美，康王夺之。凭自杀，其妻亦殉情死。后二人墓上各生大梓树，根交于下，枝错于上。又有鸳鸯，雌雄各一，恒栖树上，晨夕不去，交颈悲鸣，音声感人。

过哭泉祠二首[1]

（明）王崇古

其一

姜女来千里，荒祠隔万山。哭泉疑楚泪，刺竹拟湘斑。遗骨悲难返，贞魂苦未还。漆川与江水，流恨日潺潺[2]。

【注释】

[1] 哭泉祠：即姜女祠。明《同官县志》"哭泉"载："在县北五十里北高山上，相传姜女负夫骸，道渴哭之，泉涌出，其声呜咽，故名。"哭泉旧址在今铜川宜君县，哭泉祠在铜川印台区。

[2] 潺潺（chán chán）：水缓缓流动的样子。

其二

浍崖传手迹[1]，回岭贮金精。造化真怜节，山灵解护名。
塞垣今荡析[2]，祠宇古峥嵘。愈信扶苏事[3]，天应报女贞[4]。

【注释】

[1] 浍（huì）崖：大水冲击的山崖。浍：水流汇聚。引申为大水冲击。

[2] 塞垣：本指汉代为抵御鲜卑所设的边塞。这里指长城。荡析：毁灭。

[3] 扶苏事：指秦始皇死后，李斯、赵高等假遗诏逼扶苏自杀之事。扶苏死后，胡亥登基，赵高掌实权，实行残暴的统治，终于激起陈胜、吴广起义，秦朝很快灭亡。

[4] 天应：上天的感应、显应。

孟姜女祠歌

（明）王世懋

同官城边姜女祠，正史不传传口碑。
精灵疑是杞梁妇[1]，节概事比华山畿[2]。
秦皇昔日拒强胡，长城自谓千年图。
明年役罢祖龙死[3]，亡国却是骊山徒[4]。
空令白骨积城下，哀哀寡妇吁天呼。
当时埋骨知多许，独有贞名耀千古。
长城不祀蒙将军[5]，儿童能道孟姜女。

吁嗟乎！长城遗址犹可没，姜女之名终不灭。

【作者简介】

王世懋（1536—1588），字敬美，号麟洲，明苏州府太仓人。嘉靖三十八年（1559）进士，以父丧归乡，久之除南仪制主事，出为江西参议，陕西、福建提学副使，擢南京太常少卿。有《王奉常集》《艺圃撷馀》等。

【注释】

[1] 杞梁妇：刘向《列女传》卷四《齐杞梁妻》载：春秋时齐大夫杞梁战死，其妻于城下大哭十日，城墙为之倒塌。待其夫下葬后，投水而死。

[2] 华山畿：《古今乐录》："《华山畿》者，少帝时，南徐一士子，从华山畿往云阳，见客舍女子，悦之无因，遂感心疾而死。及葬，车载从华山度，比至女门，牛不肯前。女出而歌曰：'华山畿，君既为侬死，独活为谁施？欢若见怜时，棺木为侬开。'棺应声开，女遂入棺，乃合葬焉，号'神女冢'。自此有《华山畿》之曲。"

[3] 祖龙：秦始皇嬴政。《史记·秦始皇本纪》："三十六年……秋，使者从关东夜过华阴平舒道，有人持璧遮使者曰：'为吾遗滈池君。'因言曰：'今年祖龙死。'"

[4] 骊山徒：指秦时在骊山服劳役、修秦始皇陵的人。

[5] 蒙将军：即蒙恬，秦将。秦始皇时领兵三十万北逐匈奴，修筑万里长城。

过节妇孟姜祠[1]

（明）古燕杨秦

孟姜遗像依山阿[2]，漆水咽鸣似怨歌[3]。
千里崎岖心独苦，三朝伉俪意何过[4]。
当年真烈坚于石，今日仪容故不磨[5]。
卖国忘君弃秋草[6]，若今对此愧颜多。

【作者简介】

据旧抄件,作者为"古燕杨秦"。今碑中"燕杨秦"三字已残缺不清。古燕,今北京市、河北省一带,为作者籍贯。杨秦,明监察御史、陕西巡抚。

【注释】

[1] 此诗作于嘉靖三年(1524)九月十六日。刻于一通碑上,碑今存。
[2] 山阿:山岳;小陵。
[3] 咽鸣:即"鸣咽",水流声。
[4] 三朝伉俪:指孟姜女新婚三天,其夫范郎即赴长城之役。
[5] 仪容:容貌神态,指孟姜女塑像。磨:磨灭。
[6] 弃秋草:指"与草木同腐"者,即没有留下影响的人。

经孟姜女祠有感

(明)蒲铉

姜女祠前过,千年名未灭。寄衣曾入塞,堕泪独伤神。
遂至捐躯日,犹存在世身。坚贞藏石室,激俗可新民。

【作者简介】

蒲铉,明代人,生平不详。据旧抄本,曾官御史。

题烈女

〔明〕仝子俊

人世纲常若个扶[1],士廉女洁本同符[2]。
笑他溷俗营营者[3],立马祠前感愧无。

【作者简介】

仝子俊,明代人,生平不详。据旧抄本,曾官布政使。

【注释】

[1] 若个：哪个人。

[2] 同符：与……相合；相合。

[3] 溷（hùn）俗：谓混迹于世俗之中。营营：奔走钻营。

拜姜女祠留题志感

〔明〕刘余泽

祠外潺湲漆水流，祠前山色黯凝愁。
楚台石在犹悬镜[1]，秦地城崩已共坵[2]。
胡马几嘶青草月[3]，杜鹃长叫白杨秋。
可怜紫塞寒烟里[4]，多少征人骨未收。

【作者简介】

刘余泽，明平山大墩（今安徽省怀宁县）人。明末状元刘若宰之侄，曾纂修《延绥镇志》。

【注释】

[1] "楚台"句：指湖南省澧县城南孟姜女贞烈祠的望夫台和石镜。澧县战国时属楚地。

[2] 坵：同"丘"。废墟；故墟。

[3] 胡马：指胡人的军队。

[4] 紫塞：北方边塞。

题姜女祠二首（其一）

〔明〕刘余泽

千秋义节气璘珣[1]，石壁祠前古迹新。

堪笑须眉同草木，独留冰玉愧风尘。
罢妆弃镜石犹碧，刺竹停针叶自春。
城舆筑城人尽朽，于今还说哭城人。

【注释】

[1] 璘珣（lín xūn）：鲜明貌。

过烈泉镇谒孟姜女祠

〔清〕查邌

一哭俄看地涌泉，崩城余气格苍天[1]。
寒衣未到人先死，枯骨空携影自怜。
不朽荒祠春寂寂，无穷香誉水涓涓。
停骖此日瞻遗像[2]，苦节应教万世传[3]。

【作者简介】

查邌，浙江仁和人。清雍正六年（1728）任宜君县知县，纂修《宜君县志》。

【注释】

[1] 格：感动。

[2] 骖（cān）：古代驾在车前两侧的马。此泛指车马。

[3] 苦节：坚守节操，矢志不渝。

题姜女祠

〔清〕刘昞泽

去国寻夫几万程，荒山完节一身轻。
竹枝犹写登高恨，泉水空闻痛哭声。

皦日青松余正气[1]，悲风白骨怨长城。
秦灭既冷芳名烈，愧杀人间儿女情。

【作者简介】

刘昕泽，字芳久，湖南长沙人。雍正八年（1730）进士，官宜宾知县。

【注释】

[1] 皦（jiǎo）日：明亮的太阳。

署令柴八月波题姜女祠用前明进士王淑抃龙余即韵和文

〔清〕袁文观

须眉千载感冯生[1]，烈女芳踪独显名。
石镜分飞悲楚国，寒衣自剪泣秦城。
云笼坠堞无夫骨，地涌甘泉有哭声。
得到西崖心已死，独怜追骑苦归程。

【作者简介】

袁文观，江西崇仁人。清代进士，乾隆二十九年（1764）任礼部祭祠司郎中，后任同官知县。纂修《同官县志》。

【注释】

[1] 冯生：贪生。语出《史记·伯夷列传》："贾子曰：贪夫徇财，烈士徇名，夸者死权，众庶冯生。"司马贞索隐："冯者，恃也，音凭。言众庶之情，盖恃矜其生也。邹诞本作'每生'。每者，冒也，即贪冒之义。"

题姜女祠

〔清〕袁文观

邑之金山,有姜女祠名胜,洵为一邑冠。论姜女者纷如聚讼,其以为楚之澧人,则自尚书李如圭使然。其传述多荒谬不可稽。县北有女回山,据《潜确类书》,姜女负夫骸经此而返,故名。俗传秦兵追姜女急,山忽转移,其说殊诞。夫曰女则姜,固同之女也;曰女回,则同固姜所生之地也。《一统志》以为同官人,更何疑欤?因作诗二律以纪之。

长城远历万山隈,此日西崖见女回。
夫骨不随追骑去,芳魂旋向故乡来。
金针石镜传疑幻[1],竹叶沙厓事可猜[2]。
独有祠前松柏老,何须凭吊望夫台。

巉岩石洞历千秋,胜迹原为烈女留。
月照青枫孤寺出,烟含翠柏万山幽。
碑残苔藓香犹在,水滴珠圆泪共流[3]。
勒马祠前频俯首,断云斜日不胜愁。

【注释】

[1] 金针:姜女祠中传为孟姜女为夫夜制寒衣所用之针。

[3] 厓:同"涯",水边。

[3] "水滴珠圆"句:原注:祠前有姜女泪池。

题姜女祠用明进士王淑抃韵

〔清〕柴缉生

贞魂万载死犹生，妇竖争传姜女名。
谁道五丝难续命[1]，方知一哭可倾城。
祠前已遂同衾愿，泉下还闻咽泪声。
十二金钗常隐现[2]，抽簪应计楚江城。

【作者简介】

柴缉生，仁和（今浙江仁和）人。乾隆十七年（1752）进士。曾任蓝田知县、郿县知县，又为同官署令。

【注释】

[1] 五丝：即续命丝。旧俗于端午节以彩丝系臂，谓可以避灾延寿，故名续命缕。

[2] 十二金钗：南朝梁武帝《河中之水歌》："头上金钗十二行，足下丝履五文章。""金钗十二行"本用以形容美女头上金钗之多。常隐现：（乾隆）《同官县志》卷一"姜女石洞"："……姜女葬处，有石龛，广可丈许，塑二像于其中，左范郎，右姜女。俗传谒者虔诚拜祷，常有金钗一股从石隙中坠下，人皆见之。"

泰岳庙

泰岳庙，即泰山庙，在同官城北二里的金山东麓。北宋政和年间建有大殿、三清殿、炳灵公殿、嘉应侯殿、西齐王殿等建筑物。今毁，尚存遗址。

春日游泰岳庙二首

〔清〕雷之采

其一

登览怡逢春胜日[1],林皋古陌费跻攀[2]。
游来漆水盘纡径[3],坐对松云缭绕山。
猿鸟且能知逸趣[4],渔樵亦识乐清闲。
虽无靖节高风隐[5],诗酒同舟快此间。

其二

间来缓步到郊坛[6],古柏森森鸟道寒[7]。
万迭峰连迟日远[8],一池水接野云看[9]。
诗成不觉频呼酒,兴至全忘自脱冠。
为爱桃源穷未尽[10],几翻回首别为难。

【作者简介】

雷之采,江西义安人。康熙十八年(1679)任同官知县,善于断案,剖决如流,民间有"雷不歇店"的美传。

【注释】

[1] 春胜日:春季风光优美的日子。

[2] 皋(gāo):水边高地。跻(jī):登,上升。

[3] 盘纡(yū):曲折回环。

[4] 逸趣:安闲中的乐趣。

[5] 靖节:指东晋大诗人陶渊明。渊明私谥靖节,任彭泽令时,去职归隐。高风:高尚的品格、操守。

[6] 郊坛：古代在郊外祭祀天地的地方。

[7] 鸟道：形容险峻狭窄的山路，谓只有飞鸟可渡。

[8] 迟日：春日。《诗经·七月》："春日迟迟。"

[9] 野云：郊原、田野之云。

[10] 桃源：即"世外桃源"。陶渊明在《桃花源记》中所描述的一个与世隔绝的安乐地方。这里借指泰岳庙一带的风景区。

和雷公游泰岳庙原韵[1]

〔清〕贾前席

佳境适逢春丽日[2]，松萝绕径强登攀[3]。
和阳已拂垂杨柳[4]，残雪犹余对面山。
洞里水云长不断[5]，坛前禽鸟尽多闲。
使君政暇遨游胜[6]，千古风流在此间。

【作者简介】

贾前席，临晋（今属山西）人。商河知县。崇祯十年（1637），续修《商河县志》。康熙年间，曾任同官县县学训导。

【注释】

[1] 此诗是同官县令雷之采《春日游泰岳庙》一诗的唱和诗。

[2] 春丽日：春光明媚的日子。

[3] 松萝：女萝。一种线状植物，常攀附于其他植物上生长悬垂。

[4] 和阳：即"阳和"，春天的暖气。秦朝《之罘刻石》："时在仲春，阳和方起。"

[5] 水云：雾。

[6] 使君：汉时称刺史为使君，汉以后成为对州郡长官的尊称。这里指同官县令雷之采。遨游：漫游。胜：景色优美的山水。柳宗元《永州崔中丞万石亭记》："见怪石特出，度（猜想）其下必有殊胜。"

和雷公原韵

〔清〕白寿宸

政成多暇陟春坛,老树扶疏尚带寒[1]。
石径滑时穿水过,野庵深处扫云看。
呼朋不觉频携手,尽醉何妨倒着冠[2]。
壁上有诗催和韵,兴来拈句亦非难。

【作者简介】

白寿宸(1626—1684),字颂五,号松盟,陕西清涧人。清顺治十一年(1654)举于乡,后屡试不第,绝意仕进,遂登五岳,观沧海,足迹几遍天下。

【注释】

[1] 扶疏:枝叶繁茂分披貌。

[2] 倒着冠:倒戴着帽子。此句暗用山简典故,表现不拘世俗、风流自赏的生活态度。《世说新语·任诞》:"山季伦(山简)为荆州,时出酣畅。人为之歌曰:'山公时一醉,径造高阳池。日暮倒载归,酩酊无所知。复能乘骏马,倒著白接䍦。举手问葛强,何如并州儿。'"

金锁关

金锁关位于铜川市北十五公里的三关口南,神水峡北,为军事、交通咽喉要地,关城两旁山峰陡峭,难以攀越,向有"金锁天堑,鹰鹞难飞"的称誉。清光绪年间(1875-1908),陕西巡抚叶伯英于关门北边左侧山崖上书镌"雄关天堑"四个大字,至今仍在。关城筑于明嘉靖三十二年(1553),长期驻有重兵把守,崇祯六年(1633),陕西农民起义军攻破并烧毁关城。目前,关城遗址依然可辨,东西宽约一百米。南北长约五百多米,有南北二门。这座雄关历经各朝,特别是唐宋以后,北御辽金,西防西夏,屯兵驻守,攻战不休。金锁关文化遗存丰富,有关城城墙遗址、六郎洞、龟石、石棋盘、点将台等景点。

金锁关即事

〔明〕王崇古

牡丹川北兜零发[1],柳树坪西羽箭稠。
分陕独怜金锁夜[2],抱关犹记玉门秋。
征人倚堞烟双峡,病戎筹边月半楼[3]。
稍喜嫖姚整戎幕[4],荒村拂曙听啼鸠。

【注释】

[1] 兜零:笼子。《史记·魏公马列传》:"公子与魏王博,而北境传举烽。"裴骃集解引汉文颖曰:"作高木橹,橹上作桔槔,桔槔头兜零,以薪置其中谓之烽。"

[2] 分陕:即任官陕西。

[3] 筹边:筹划边境的事务。

[4] 嫖姚:汉代大将霍去病为嫖姚校尉,人称霍嫖姚。这里指称领兵将领。

过金锁关

〔清〕孙川

重关雄峙此嵯峨[1],设险当年事若何[2]。
车马到门无客问,荆榛满路任人过。
荒村日冷鸡声晚,古穴风腥虎迹多。
信是太平边成罢,居民不唱采薇歌[3]。

【作者简介】

孙川,清代人,康熙四十三年(1704)任延安府知府。

【注释】

[1] 重（zhòng）关：险要的关塞。雄峙：昂然屹立。
[2] 设险：谓利用险要之地建立防御工事。
[3] 采薇歌：《诗经·小雅》篇名，言征戍之事。

陈炉镇

陈炉镇地处铜川市东南十五里，这里地势起伏，群山环绕，位于山巅的陈炉镇像一只倒扣的脸盆，沿"脸盆"四周是当地居民依次筑起的窑洞，顺势而下，错落有致。陈炉镇是著名的陶瓷生产基地，有"渭北瓷都"之美誉，陈炉因陶炉陈列而得名。该地区的陶瓷业创始于宋代，普及于元代，兴盛于明、清两代。目前，为国内和世界上难得一见的规模最大的古陶瓷窑场。

咏陈炉镇十首（选六首）

〔清〕崔乃镛

其一

岭上栖云岭半霞，苍崖碧树出人家。
层层洞口琼云护，九岛三山向背斜。

【作者简介】

崔乃镛（1681—1754），字伯璈，号餐霞，陕西同官县陈炉镇人。清康熙六十年（1721）进士，任翰林院庶吉士。著有《陈炉风土志》两卷。

其二

有巢营窟周陶复[1]，郁郁千家烟火迷。
山外遥看长不夜，星流月奔互参差。

【注释】

[1] 有巢：有巢氏。史传有巢氏是人类原始巢居的发明者。《庄子·盗跖》曰："且吾闻之，古者禽兽多而人少，于是民皆巢居以避之。昼拾橡栗，暮栖木上，故命之曰有巢氏之民。"营窟：中国史前社会人们的一种部落居住形态。周陶：西周陶器。

其三

一轮旋转地浮空，范土为形物象工[1]。
炽炭洪炉如炼石，前民利用酬神功。

【注释】

[1] 此诗写陈炉的制陶工艺。"范土为形"句：写制瓷过程中的拉坯工艺。物象：物体的形象；事物的现象。

其八

雨霁山山翠欲流，芙蓉剑削碧空秋[1]。
鸿蒙辟后今千载[2]，时有光华逼斗牛。

【注释】

[1] 芙蓉剑：袁康《越绝书·外传记宝剑》载越王勾践有宝剑名"纯钧"，相剑者薛烛以"手振拂，扬其华，捽如芙蓉始出"。后因以指利剑。此处形容山形尖峭如剑。

[2] 鸿蒙辟：谓天地开辟以来。鸿蒙为古人设想的大自然原始混沌的状态。

其九

万壑千峰向面齐，摩肩舞袖竞攀跻。
石门屹立凝寒峭，宗望于今北斗题。

其十

有书谁敢溷名山[1],曳杖逍遥访道还[2]。
岳陇相亲留逋客[3],红尘紫陌隔云间[4]。

【注释】

[1] 溷(hùn):混乱,肮脏。此处作动词用。
[2] 曳(yè)杖:拖着手杖。
[3] 逋(bū)客:避世之人,隐士。
[4] 紫陌:京师郊野的道路。

耀州区

耀州区,铜川市下辖区,地处陕西中部渭北高原南缘,是关中通向陕北的天然门户,素有"北山锁钥""关辅襟喉"之美誉。耀州历史悠久,文化底蕴深厚。这里曾是上古阴康氏的治地,置县历史2000多年,唐为耀州治,以城东宝鉴山光耀如镜而得名,元入耀州,1913年改耀县,1958年并入铜川市,1961年复设耀县。2002年10月撤县设区。

这里是西晋哲学家傅玄、隋唐医药学家孙思邈、唐代书法家柳公权、史学家令狐德棻和北宋山水画家范宽等"一圣四杰"的故里。境内文物古迹遗存丰富。

耀州八景

〔清〕郭泌

宝鉴祥光[1]

山名宝鉴顶微圆,树色苍苍祝朝烟。
入暮晴霞红一片,三农即此卜丰年。

【作者简介】

郭泌,耀州人。清咸丰(1851-1861)时举人。咸丰、同治年间(1862-1874)曾在陕甘总督衙门任事,才思敏捷,文笔优美。据传,曾与左宗棠交往密切,传世诗作有《耀州八景诗》《香山八景诗》等。

【注释】

[1]据《耀州志》载,耀州城东之宝鉴山"年丰则山有光如鉴"。北宋皇祐年间(1049-1054),县令王扬廷在州署后筑有"望辉台",观望此景,预卜丰收。

公冶古墓 [1]

公冶谁谓是荒唐?盛典煌煌荐禘尝[2]。
一堆黄土留千古,犹觉墓草有余香。

【注释】

[1]耀州步寿原北一处田野中,有一座青石砌垒的长方形建筑物,当地传说是春秋末期公冶长的坟墓。公冶长是孔子学生,活动在鲁,未闻入秦,耀州有墓,显系附会。

[2]禘(dì)尝:禘礼与尝礼的并称。周礼,夏祭曰禘,秋祭曰尝。古代常用以指天子诸侯岁时祭祖的大典。

泥潭仙乐 [1]

绿水青山别有天,《霓裳》一咏会琼仙。
引商刻羽凭谁唱[2]?岂及泥潭祝万年。

【注释】

[1]耀州城东北泥阳堡坡下公路旁,旧有龙王庙,下临漆河,靠崖边有一水潭,水色碧绿,不知其深,人称"碧波潭"。传说每逢夏秋午后,潭内会发出美妙悦耳的声音,犹如仙乐。

[2] 引商刻羽：此指最美妙的乐曲。

二水同清 [1]

盈盈二水会中流，如雪芦花铺满洲。
河上诗人归何处？烟波依旧汉时秋。

【注释】

[1] 漆、沮二水环绕耀州城，北来南下，至城南合流一处，出岔口（鹳鹊谷）流入富平境石川河，后汇入渭河。

锦阳叠翠 [1]

锦川石径半倾欹，柳色青青尽扫眉。
浅水平沙常滴翠，轻盈飞絮欲题诗。

【注释】

[1] 耀州城北沮河川道名锦阳川，此处地势平坦，农田如茵、风景如画，故称一景。

太玄古洞 [1]

太玄玄妙何处寻？隋唐高风照古今。
世远山中遗迹在，洞门常锁白云深。

【注释】

[1] 太玄古洞指药王山药王大殿孙思邈坐像后的"龙穿洞"，传说此洞是灞河龙王为报药王救命之恩而钻，专为药王隐居休息用。据说，洞深四十里，直通黄堡后洞，有"前洞烧香，后洞冒烟"之传说。

富宫晚照[1]

盈盈一水照无穷,父老相传是富公。
多少游人情畅处,开心最喜夕阳红。

【注释】

[1] 富宫指"富宫亭"。据明《耀州志》记载,北宋名相富弼之父富言曾为耀州同知,弼随侍,读书耀州,"后七十年,知州汤元甫欲存其故迹,乃就子城筑台作亭"。

万佛神钟[1]

噌吰初破晓来霜[2],落月迟迟满天荒。
万佛金身传世久,千秋胜迹亦苍茫。

【注释】

[1] 耀州西原西崖畔,赵氏河东岸赵家坡附近,旧有一古刹佛寺,原称"延昌寺",为北魏孝文帝时延昌公主出家之寺院,人称"万佛寺"。传说寺内大钟声音洪亮,声传数十里,有驱雾散雹之效。

[2] 噌吰(cēng hóng):拟声词。这里形容钟声。

李使君招游锦阳川二首[1]

〔清〕康乃心

其一

十里平川信马行,烟村回首似江城。
连天柳色浸衣绿,一路桐花照眼明。

耕野采桑怜往事,登山临水总关情。
须知太守招寻久,选胜沧州听鵁鸣[2]。

其二

苍茫入壑望中开,断桥层峪曲径回。
山邑何年留太古,溪声无日不奔雷。
桃源远近疑秦世[3],石壁清晖忆谢才[4]。
有鸟高歌愁浩酺,夕阳影里下荒台。

【注释】

[1] 李使君:李铨,字穆庵,襄平(今辽宁省辽阳市)人,康熙三十年(1691)至康熙四十年(1701)知耀州。

[2] 选胜:寻游名胜之地。

[3] 桃源:"桃花源"的省称。

[4] 清晖:明净的光辉、光泽。南朝宋谢灵运《石壁精舍还湖中作》诗:"昏旦变气候,山水含清晖。"

耀州道

〔清〕宋伯鲁

华原奇峻处,一径与云通。断涧荞花白,深山柿叶红。
名卿标亮节[1],台阁溯清风。千载怀先达[2],吟鞭落照中。

【作者简介】

宋伯鲁(1854—1932),字芝栋,一字芝田,亦署芝钝,陕西醴泉(今陕西礼泉县)人。光绪十二年(1886)进士,入词林。与杨深秀合疏弹许应骙阻挠新政。戊戌变政(1898)后,遄回原籍,致力诗、画,犹工蝇头小楷。卒年七十九。著有《海棠仙馆集》。另著有《新疆建置志》《新疆山脉志》各四卷。

【注释】

[1] 名卿：有声望的公卿。

[2] 先达：有德行学问的前辈。

同官

同官是铜川旧称，宋时属耀州所辖。

同官夜意

〔明〕陈其学

荒城夜雨滴梧桐，夹膝无情梦事空[1]。
漆水铜川烟正冷，不知何处落征鸿。

【作者简介】

陈其学（1513？—1593），号竹庵，一号行庵，明山东蓬莱人。嘉靖二十三年（1544）进士。曾总督陕西军务，守边甚严。官至南京刑部尚书。卒谥恭靖。

【注释】

[1] 夹膝：暑时置床席间，以憩手足的消暑器，呈笼状，用竹或金属制成。

中部同官道中春雪连朝乍落乍晴即事四绝

〔明〕王崇古

其一

六花久报颂元文[1]，五出初看落塞云。

岂是东皇偏弄巧[2]，为翻淑气荡祲氛[3]。

【注释】

[1] 六花：雪花。玄文：犹言天书，神仙所写的文字。

[2] 东皇：指天神东皇太一。

[3] 淑气：春季阳和之气。荡祲氛：扫荡邪恶之气。祲氛：邪恶之气。

其二

黄帝陵高雪色浓，琼鳞珠粒散杉松[1]。
寒光闪烁金银气，仿佛轩车驾玉龙[2]。

【注释】

[1] 琼鳞：雪花。

[2] 轩车：有屏障的车。古代大夫以上所乘。后亦泛指车。玉龙：传说中的神龙。

其三

千峰雨雪故霏霏，错落瑶华点翠微[1]。
断送轻寒归远戍，澜回枯槁待春晖。

【注释】

[1] 瑶华：喻指雪。

其四

金锁关雄雪阵屯，凝华积翠失山村。
乍闻羌笛落梅调，疑是春风度玉门[1]。

【注释】

[1] 落梅：即《梅花落》。古笛曲名。玉门：古关名。即玉门关。末二句语本唐王之涣《凉州词》"羌笛何须怨杨柳，春风不度玉门关"。

同官有感

〔明〕叶懋赏

宜君百里入同官，满目萧条未忍看。
闾巷半随风雨圮[1]，村墟空有雪霜寒。
三边逆虏师难退[2]，二月新丝肉却剜[3]。
无限幽情随漆水[4]，水深呜咽下高滩[5]。

【作者简介】

叶懋赏，绵州人（今四川绵阳），明嘉靖（1522-1566）进士。

【注释】

[1] 闾：里巷的大门。圮（pǐ）：塌坏；坍塌。

[2] 三边：原指汉代的幽州、并（bīng）州、凉州，其地都在边疆。后世泛指边疆。这里是指陕北定边、靖边一带。逆虏：此指蒙古族鞑靼（dá dá）部。十六世纪，鞑靼屡次进犯陕北。虏：我国古代对北方外族的贬称。

[3] "二月"句：出自聂夷中《咏田家》："二月卖新丝，五月粜新谷。医得眼前疮，剜却心头肉。"

[4] 幽情：此指心中郁结的感情。

[5] 呜咽（wū yè）：形容水声凄凉、悲哀。

同官八景

〔清〕袁文观

济阳夕照 [1]

步屣西城外,岚光锁翠微[2]。山僧释欲歇,林鸟倦犹飞。
远树摇空碧,层峦荡夕晖。赤城如在望,凭眺暮忘归。

【注释】

[1] 济阳:指铜川北关济阳山。《同官县志》:"同官古城,西依济阳山,山巅有村,名济阳寨,乃一千六百年前苻秦的同官护军驻地。"

[2] 岚光:阳光下山间雾气。

仙洞朝霞 [1]

绝磴临幽壑,危楼倦断霞。青牛来紫气[2],白鹤养丹沙。
滩急涛声壮,山凹树影斜。葛仙炼丹处[3],洞口散天花。

【注释】

[1] 据《铜川郊区文史》记载,同官古城南二十里铺的飞仙山,是由石灰岩组成的奇峰峻岭。每逢晨鸟争鸣、晓露未干之际,山顶便有霞光四起,闪耀着宝石般的光芒。漆水河穿谷而下,东岸石岩峭壁底部,有一幽深曲折的岩洞,相传与耀州药王山显化台的太玄洞(前洞)相通,故名"药王后洞"。民间有"前洞烧香,后洞冒烟"之说。

[2] "青牛"句:用老子乘青牛入关之典。青牛,指神仙道士之坐骑。

[3] 葛仙:晋道人葛洪。

姜祠清风 [1]

胜迹姜祠古,芳魂石洞幽。三山通地脉,二水共川流。
雨过千畦绿,风来万树秋。祠前松柏在,明月照荒丘。

【注释】

[1] 姜祠:即孟姜女祠,位于同官古城北一公里处,漆水西岸的金山山麓。

瀑泉飞雨 [1]

岱岳连云岫,灵崖接水涯。草间常委露,树杪亦飞丝[2]。
堪笑方诸拙,宁惊石鼓奇。冬来冰冻结,洞口挂琉璃[3]。

【注释】

[1]《铜川郊区文史》云:"金山山麓,古时树木遍坡,处处郁郁葱葱。姜女祠、灵泉观、泰山庙依次排列,建于山坡。山顶石崖上,有清代同官知县陈秩五写的'笃天峰'三字摩崖石刻,字大如斗,书法刚劲。灵泉观北,山泉自崖顶飞泻而下,像一条闪光的银链,与绿树和色彩斑斓的古建筑相辉映,十分壮观。此泉名曰'飞泉',袁氏改为'瀑泉',并定'瀑泉飞雨'为同官八景之一。"

[2] 杪(miǎo):树梢。

[3] 琉璃:形容瀑布的清澈碧透。

三山春雪 [1]

三山天作堑,两峡石为关。断岸云千尺,危桥水一湾。
春融冰未泮,雪霁玉开颜。鹤氅惭仙迹[2],澄怀揽辔间。

【注释】

[1]《铜川郊区文史》云:"同官古城北十余公里的金锁关,由三座大山环

绕，西名仲家山，东叫马栏山，北曰女回山。金锁关地势高峻，雨雪颇多。阴历二三月间，市区积雪早已消融，而在三山登高远眺，依然是一片银白世界。山花盛开之时，市区降雨，三山降雪，红装素裹，分外妖娆，为同官之一景。"

[2] 鹤氅（chǎng）：一种用鸟羽制成的类似长披风的外衣。隐士、道士所服。

二水冬冰 [1]

漆水从东下，铜川自北流。劲风冰冻合，寒月镜光浮。
沙白银涛静，霜清晓日柔。东风知不远，春色在高楼。

【注释】

[1]《铜川郊区文史》云："源于宜君北高山的雷家沟水，古称漆水。源于宜君哭泉梁，流经金锁关，至同官古城东北一公里处与漆水汇合者，古称铜官水。二水合流后，南下绕城西去。寒冬，二水冰封，登高一望，宛如两条银龙，在万山丛中回旋飞舞。晴日，闪光粼粼，群山生辉，使人心旷神怡。"

高峰连云 [1]

层峦天际回，古寺入云深。谷响闻雷动，泉光见月沉。
秦关烟外出，华岳雨中临。无限登高意，飞鸿万里音。

【注释】

[1] 高峰：指北高山，位于同官古城北。登顶纵览，但见山峰重叠，云雾连绵。

炉山不夜 [1]

日落炉峰夕，林间树色暝。村灯秋暗月，野火夜沉星。
俟接然山景，疑照梦泽灵。嶒崚驱怪石 [2]，到处喜飞萤。

【注释】

[1] 同官古城东南十余公里的陈炉镇，地处山巅，以盛产陶瓷而闻名，山亦因此而得名炉山。古时，陈炉陶瓷均为户营，陶炉遍及山洼，昼夜不熄。夜间远眺，红光映空，与星月交织，构成一副独特的美景。

[2] 崚嶒：山势高峻的样子。

五台山

五台山，即药王山。位于耀州区城东1.5公里处，海拔812米，是药王孙思邈归隐之地，自唐迄今，号称名胜。山上五峰环拱，古柏参天，洞壑幽邃，古迹众多。北宋时，以山有五峰，顶平如台，又称五台山。五台各有专名：东曰瑞应，南曰起云，西曰升仙，北曰显化，中曰齐天。药王山乃民间俗称，这一名称已于清光绪二十五年（1899）被正式载入《陕西省地图》中，从而取代了五台山的旧名。

感德军五台山唱和诗

〔宋〕于巽

千骑骖驔出禁城[1]，真祠款谒罄虔诚[2]。
袴襦载路歌仁政[3]，箫鼓喧天乐太平。
残雪未消山下路，和风先扬马前旌。
为民祈祷多灵应，来岁丰穰定有成[4]。

【作者简介】

于巽，北宋人，宋徽宗崇宁四年（1105）时通判耀州。

【注释】

[1] 骖驔（cān diān）：马奔跑貌。

[2] 真祠：道观。款谒：叩见；拜谒。

[3] 袴襦（kù rú）：《后汉书·廉范传》："迁蜀郡太守……百姓为便，乃歌之曰：'廉叔度，来何暮，不禁火，民安作，平生无襦今五袴。'"后遂以"袴襦"指地方官吏的善政。此指地方官吏。

[4] 丰穰（ráng）：犹丰收。

次韵和于巽祗谒真祠

〔宋〕王需

真人庙食占兹城[1]，欲祈丰年在至诚。
五马二车恭款谒[2]，丰秀烈火报斗平[3]。
犬鸡仙去遗丹灶，鸾鹤飞来认翠旌[4]。
既就金方留世了[5]，终开玉帝录功成。

【作者简介】

王需，宋代人，生平不详。

【注释】

[1] 真人：指孙思邈。庙食：谓死后立庙，受人奉祀，享受祭飨（xiǎng）。

[2] 五马：古诗《陌上桑》："使君从南来，五马立踟蹰。"汉时太守乘坐的车用五匹马驾辕，因借指太守的车驾。亦借指太守。

[3] 登平：谷熟年丰，指升平，太平。

[4] 翠旌：用翡翠鸟羽毛制成的旌旗。

[5] 金方：西方。

次韵和于巽祗谒真祠

〔宋〕尚佐均

踏雪投晓赛祠廷[1]，豪竹繁弦妙吐诚[2]。
嘉客满筵青眼看[3]，远山数点白云平。
浅霞漏日迎前骑，轻炊含烟猎后旌[4]。
好处画工传不尽，只凭诗笔为摹成。

【作者简介】

尚佐均，安阳（今属河南）人。宋徽宗崇宁四年（1105）为耀州州学教授。入为国子博士，除秘书郎，迁国子司业、祭酒，终龙图阁直学士。

【注释】

[1] 投晓：拂晓。
[2] 豪竹：竹制的大管乐器，音调嘹亮昂扬。
[3] 青眼：眼睛正视，黑眼珠在中间，比喻对人尊重或喜欢。
[4] 后旌：后车。

《游五台山》二首

〔明〕刘含辉

漆流高涌五台天[1]，翠色初春一望妍。
那是真人眠隐处，无从得到盛唐前。
老桧偏从绝涧悬[2]，瑶琴时抚惊鹤还[3]。
三千游债偿无计，斗酒聊偷片刻闲。
凭栏醉眺万峰低，落照连空红满溪[4]。
多少游人山上下，一声长啸尽头西。

【作者简介】

刘含辉,明崇祯元年(1628)进士,给事中。

【注释】

[1] 漆流:漆水。

[2] 绝涧:山深水大的地方。

[3] 瑶琴:用玉装饰的琴。

[4] 落照:落日的光辉。

太元洞

在耀州东三里五台山,即今铜川药王山"北洞",亦称太玄洞、药王洞、药王大殿,隋唐时为佛门之地,宋代始做道场并祀孙思邈。

太元洞

〔明〕左思忠

五台云间犬吠,千尺洞口龙吟。绝壁悬石欲落,深岩古柏常阴。何人放麋山上[1],有老垂钓水浔[2]。蹊径日夕归去,鸟飞不断还林。

【作者简介】

左思忠,字长臣,号石皋,明陕西耀州人。嘉靖二年(1523)进士。授莱阳知县,居官平赋税、招流民、开荒田,多有惠政。迁南京户部主事,改户部。官至吏部员外郎。卒年四十五。

【注释】

[1] 麋(mí):兽名,又叫驼鹿。

[2] 水浔:水边。

过耀州游北川太公洞

〔清〕储麟趾

橐龠灵肩启太公[1],还因避世得升仙。
丹头远绍轩皇代[2],碑迹多从嘉靖年。
云耸五台齐拔地,松排万壑尽生烟。
征轺偶憩缘山麓[3],鸿爪他时意惘然[4]。

【作者简介】

储麟趾(1702—1783),字履醇,一字梅夫,清江苏宜兴人。乾隆四年(1739)进士。由编修考选贵州道监察御史,伉直敢言。官至宗人府府丞。有《双树轩集》。

【注释】

[1] 橐龠(tuó yuè):古代冶炼时用于鼓风吹火的器具。肩(jiōng):自外关闭门户用的门闩。

[2] 丹头:在外丹修炼中,丹头指初步炼成的黍粒状的丹药,只作点化用,不作服食。轩皇:即黄帝轩辕氏。《史记·封禅书》中记载有黄帝铸鼎炼丹之传说。

[3] 轺(yáo):古代传车的一种。

[4] 鸿爪:雪泥鸿爪,比喻往事遗留的痕迹。

五台山太元洞

〔清〕杨在阶

其一

迢迢天半五邱耸,才入林峦便不同。
人面遥迎烟里树,马蹄轻带涧头风。

几盘磴道斜阳外[1]，一点危楼返照中[2]。
探胜不嫌频借问，游人指我最高松。

其二

太元洞外太元山，万壑苍茫古柏阗[3]。
空有莓苔封洞石，已无药鼎护丹铅[4]。
香飘远磬声声递，鹤惹闲云片片旋。
长啸陡生千古兴[5]，登临谁个觅真诠[6]。

【作者简介】

杨在阶，盐城（今属江苏）人，清顺治三年（1646）进士。

【注释】

[1] 磴道：登山的石道。

[2] 危楼：形容楼阁高耸。

[3] 阗（tián）：充满。

[4] 药鼎：道士炼丹工具。丹铅：丹砂和铅粉。

[5] 长啸：撮口发出悠长清越的声音。古人常以此述志。

[6] 真诠：真谛。

大像阁

大像阁在耀州北三里步寿原南崖下，元魏时建龙华寺，隋仁寿（601-604）中建阁并立弥勒像，高160尺，唐代改为神德寺，宋时游览最盛。

春日登大像阁

〔宋〕富弼

拂衣潇洒倦尘寰[1],走马登临未问禅[2]。
匝野乱流萦古堞[3],插云高阁半遥天[4]。
山含暮色连青稼,柳带春容矗翠烟。
独凭危栏不成下[5],敢同当日善游仙。

【作者简介】

富弼(1004—1083),字彦国,宋洛阳人。仁宗天圣八年(1030)举茂才异等科。庆历二年(1042)为知制诰,使契丹,力拒其割地之挟索,然许增岁币。三年,迁枢密使,与范仲淹等推行"庆历新政"。至和二年(1055),拜中书门下平章事,务守成,号贤相。神宗问边事,曰"愿二十年口不言兵"。次年拜相。与王安石政见不合,出判亳州,复以抵制青苗法被劾降官。以韩国公致仕。卒谥文忠。有《富郑公诗集》。

【注释】

[1] 尘寰(huán):人世间。
[2] 问禅:犹参禅。
[3] 堞(dié):城上如齿状的矮墙。
[4] 遥天:犹长空。
[5] 危栏:高栏。

游兴未阑再登是阁(其一)

〔宋〕富弼

万古泥阳旧帝畿[1],若教行客泪沾衣。

旧游水石应牢落[2]，落尽余花犹未归。

【注释】

[1] 泥阳：泥阳县，古代地名，在耀州境内。

[2] 牢落：孤寂冷落。

华原

耀州区古称华原县，这一县名，自隋开皇六年（586）改泥阳为华原县开始，历代相沿，直到元至元元年（1335）撤华原入耀州，历时570余年。

华原风土词一百首（选十首）

〔清〕顾曾烜

【作者简介】

顾曾烜，字升初，号晴谷，江苏南通人。光绪九年（1883）进士，光绪十九年（1893）莅任耀州知州。著有方志性质的组诗《华原风土词》一百首，此处选录十首。

汉县提封视列侯[1]，黄初寘郡扼衿喉[2]。
岐王墨制沿今日[3]，争把宜州作耀州[4]。

【注释】

[1] 提封：犹版图，疆域。此指诸侯封地。列侯：泛指诸侯。宋敏求《长安志》："华原县，汉祋祤地，魏文帝自宁州彭原县徙北地郡于此。后魏初，徙北地郡于今宜君县，于此置北雍州。西魏改为宜州。"耀州西汉景帝二年（前155）始置县。魏黄初元年（220），改为泥阳县。

[2] 黄初：220年十月—226年，魏文帝曹丕的年号，共计7年。寘（zhì）：置。扼：同"扼"。衿喉：衣领和咽喉。比喻要害之地。

[3] 岐王：指唐代岐王李茂贞。薛居正《旧五代史·世袭列传一》："李茂贞，本姓宋，名文通，深州博野（今河北蠡县）人。……光化中，加茂贞尚书令、岐王。"墨制：墨，指木工所用的墨线，引申为准则、规矩的代称。此指李茂贞超越本分，以华原置耀州事。

[4] 宜州作耀州：初唐时，耀州名宜州。天祐三年，李茂贞墨制以县置耀州。

初为北地后宜君[1]，义胜频更感德军[2]。
莫道下州非赤要[3]，曾开都府制边纷[4]。

【注释】

[1] "初为北地"句：乔世宁《耀州志》（以下简称《耀州志》）载："魏文帝徙北地郡于祋祤（duì）。晋改祋祤为泥阳，徙富平于今县西南五十里襄德城，俱隶北地郡。仍于频山之阳置频阳县，隶冯翊。符（苻）秦于祋祤东北铜官川置铜官护军，于频阳置土门护军。后魏初自泥阳徙北地郡于东南通川故城，罢泥阳入富平，后又徙北地郡于宜君县界义亭故城，于泥阳置北雍州。"

[2] "义胜"句：言耀州藩镇军号频繁更改。《耀县志》（耀县志编纂委员会编）载："天祐元年（904），凤翔节度使李茂贞于华原置茂州，翌（jīn）年，又改耀州，兼置义胜军。……唐贞明元年（915）十二月，温韬以耀、鼎二州降梁，仍任原官职。梁改耀州为崇州……后唐同光元年（923）复名耀州，改靖胜军为顺义军。北宋开宝五年（972）升耀州为感义军节度。太平兴国二年（977）复改为感德军。"

[3] 下州、赤要：唐宋时根据地位轻重、辖境大小、人口规模以及经济发展的程度，将州县划分为若干等级。下州指偏远或地位不太重要的州县，赤要指京畿重要州县。

[4] 都府：唐节度使的别称。

直北鄜坊逻堠明[1]，入山孔道塞夷庚[2]。
尔时仪品殊矜贵[3]，旁县公然辖六城[4]。

【注释】

[1] 直北：正北。鄜坊：唐、五代方镇名。唐上元元年（760）置渭北鄜坊节度使，简称渭北或鄜坊节度使，治坊州（今陕西黄陵县东南）。建中四年（783）徙治鄜州（今陕西富县），辖境相当于今陕西北部大部。中和二年（882）号为保大军。北宋废。逻堠（hòu）：指边境侦察敌情的哨所、土堡。

[2] 夷庚：平坦大道。

[3] 尔时：犹言其时或彼时。仪品：礼制；品级。矜贵：高贵。

[4] 旁县：邻近的县。此句指耀州作为其他六县的邻县而领六县。马端临《文献通考》："耀州七县，治华原，领华原、富平、三原、云阳、同官、美原、淳化。"

地修西北俭东南[1]，土宇由来沃瘠参[2]。
至竟多山兼少水[3]，陆田什七泽田三[4]。

【注释】

[1] 修：长。俭：短。全句谓耀州西北地段狭长而东南窄短。

[2] 土宇：土地。沃瘠：指土地的肥瘦。参：间杂。此句谓耀州土地历来有肥沃有贫瘠。

[3] 至竟：副词。犹究竟；毕竟。

[4] 陆田：旱地。什七：十分之七。泽田：水田。

草绿郊原入望赊[1]，令家庄外话桑麻[2]。
重重复穴施丹绘[3]，两世平章宰相家[4]。

【注释】

[1] 入望赊：远远就进入视野。入望：进入视野。赊（shē）：距离远。赵时春《原州九日》有"九日登高处，群山入望赊"。

[2] 令家庄：《耀州志》："令家庄，令狐氏故居，窑洞率饰以丹青。嘉靖中地震，洞始毁。"桑麻：桑树和麻。植桑饲蚕取茧与植麻取其纤维，同为古代农业解决衣着的最重要的经济活动。此泛指农作物或农事。语出孟浩然《过

故人庄》："开轩面场圃，把酒话桑麻。"

[3] 复穴：穴居的土窟。犹窑洞。平地曰复，高地曰穴。丹绘：彩色绘画。

[4] 两世平章：指唐代令狐楚、令狐绹父子两代位居宰相。令狐家故址位于京兆华原（今铜川耀州区东南）。平章：古代官名。唐代以尚书、中书、门下三省长官为宰相，因官高权重，不常设置，选任其他官员加同中书门下平章事之名，简称"同平章事"，同参国事。

野老犹谈旧战场[1]，金源义烈最堪伤[2]。
道经长岭趋横岭[3]，剩有荒祠奉国殇[4]。

【注释】

[1] 野老：村野老人。

[2] 金源：金国的别称。《金史·地理志上》："上京路即海古之地，金之旧土也。国言'金'曰'按出虎'，以按出虎水源于此，故名金源。建国之号，盖取诸此。"义烈：忠义节烈。此指杨达夫。达夫，字晋卿，耀州三原人，金泰和三年（1203）进士。召补省掾，草奏章，因字误，降平凉府判官，后尝主鄠县簿。《金史》："杨达夫以省掾（掾，原为佐助意，后为副官佐或官署属员的通称）出为平凉判官，会元兵至，达夫避兵耀州横岭下，为游骑所执，骂贼以死。诸山谷中人见者，皆相告曰：若此人，异日当作我横岭之神，遂庙祀之。"

[3] 道经：路过。长岭：长条岭。《耀州志》："长条岭，延亘三十余里，率窄径，仅容人行。北为横岭，即金杨达夫遇害地也。"

[4] 剩有：犹有。荒祠：荒凉的祠堂。此指达夫庙。国殇：为国牺牲的人。

理究天人论不刊[1]，从游群彦共研钻[2]。
直从难素参神悟[3]，莫作悬壶一辈看[4]。

【注释】

[1] 理究天人：此指孙思邈以天道论名医之道。语见《旧唐书·孙思邈传》："照邻有恶疾，感而问曰：'名医愈疾，其道何如？'答曰：'吾闻善言天者，必

质之于人；善言人者，亦本之于天。天有四时五行，寒暑迭代，其转运也，和而为雨，怒而为风，凝而为霜雪，张而为虹蜺，此天地之常数也。人有四肢五脏，一觉一寐，呼吸吐纳，精气往来，流而为荣卫，彰而为气色，发而为音声，此人之常数也。阳用其形，阴用其精，天人之所同也。及其失也，蒸则生热，否则生寒，结而为瘤赘，陷而为痈疽，奔而为喘乏，竭而为焦枯。症发乎面，变动乎形，推此以及天地亦如之。良医导之以药石，救之以针剂。圣人和之以至德，辅之以人事。故形体有可愈之疾，天地有可消之灾。'"不刊：古代文书书于竹简，有误即削除，谓之刊。不刊即不容变动和更改。亦引申为不可磨灭。

[2] 从游：与之相游处。谓交往。群彦：众英才。指与孙思邈交往的宋令文、孟诜、卢照邻等。研钻：钻研。《耀州大香山志》："思邈归，一时知名之士宋令文、孟诜、卢照邻辈，皆师事之。照邻有恶疾，问名医愈疾及人事养性之要，并著论以答。"

[3] 难素：我国早期中医医书《黄帝八十一难经》（简称《难经》）和《黄帝内经·素问》（简称《素问》）的合称。孙思邈的医学论著《千金要方》吸收了这两部医书的医学思想。神悟：犹颖悟。谓理解力高超出奇。此指孙思邈在医术方面已达到极高的境界。

[4] "莫作"句：谓不要将孙思邈视为普通的行医卖药之人。悬壶：《后汉书·费长房传》："费长房者，汝南人也。曾为市掾。市中有老翁卖药，悬一壶于肆头，及市罢，辄跳入壶中。市人莫之见，唯长房于楼上睹之，异焉，因往再拜……遂能医疗众病。"后因以"悬壶"谓行医卖药。

撰著频年已等身[1]，五朝史笔照千春[2]。
褎然巨帙成书日[3]，敕赐耆臣内府珍[4]。

【注释】

[1] 此诗写唐代著名史学家令狐德棻。令狐德棻（583—666），宜州华原（今铜川耀州区）人。撰著：撰写，亦指著作。频年：连年，多年。

[2] 史笔：历史记载的代称。指史册。千春：千年。

[3] 褎（yòu）然：杰出貌。美好出众貌。

[4] 敕（chì）赐：皇帝的赏赐。内府珍：《耀州志》："武德初，迁秘书丞，请修梁、陈、齐、周、隋五史，以德棻主后周。贞观间书成，赐绢四百匹。"内府：王室的仓库。耆（qí）臣：老臣，年高望尊的大臣。此指令狐德棻。

司空才调更无伦[1]，五岁攻文屈座人[2]。
属笔最工章奏体[3]，一门三世掌丝纶[4]。

【注释】

[1] 司空：指令狐楚。《新唐书》："令狐楚，字悫士，五岁能辞章，弱冠登进士，擢职方员外郎，知制诰。其为文，于笺奏、制令尤善。累官左仆射，卒赠司空。"才调：才气。多指文才。无伦：无人能比得上。

[2] 屈座人：使在座的人为之折服。

[3] 属笔：谓执笔撰写。章奏体：臣僚呈报给皇帝的文书。

[4] "一门"句：令狐楚及其子令狐绹，令狐绹第二子令狐澄，三世皆掌诰命。丝纶：《礼记·缁衣》："王言如丝，其出如纶。"孔颖达疏："王言初出，微细如丝，及其出行于外，言更渐大，如似纶也。"丝：本指丝线，比喻极微细的东西。纶：丝绦，用丝编成的带子或绳子。"丝纶"比喻君王的言语即使极其微细，亦会产生极大影响。后因称帝王诏书为"丝纶"。

范宽山水妙通神[1]，评事丹青世所珍[2]。
宋代衣冠殊寂寞[3]，一时画院两传人[4]。

【注释】

[1] 范宽：华原（今铜川市耀州区）人，宋代著名的北方派山水画大师。通神：通于神灵。《宣和画谱》："范宽，字中立，善画山水，居终南、太华间。云烟惨淡、风月阴霁难状之景，默与神遇。发于笔端，千岩万壑，如行山阴道中。故天下称宽'善与山传神'。"

[2] 评事：职官名。此指北宋画家赵光辅。光辅为华原人，宋太祖时为图画院学生，曾任大理评事，故乡里呼为"赵评事"，善画花鸟人物，尤善画马。

[3] 衣冠：代称缙绅、士大夫。

[4] 传人：指声名留传到后世的人。

香山

香山位于耀州区西北部庙湾镇瑶峪村西面，距县城45公里，山势东西走向，西、中、东三座高峰一字排开，形似笔架，古名三石山。据《大香山志》载，香山于苻秦时建寺，传为妙庄王三女妙善公主修行之地，因妙善舍弃眼睛医父王疾病而被敕封为千手千眼菩萨，尊为香山主神，香山遂成为佛教名山。

白雀寺 [1]

〔明〕乔因阜

未识何年寺，犹传白雀名。废墟荒草合[2]，深涧野烟生[3]。
山色连平楚[4]，溪流杂鸟声。宝坊亦瑰境[5]，况乃世缘轻[6]。

【作者简介】

乔因阜，耀州人。明湖光提学乔世宁之子，隆庆二年（1568）进士。曾任提学，官至南京通政使，浙江督学道。为官清正有乃父风，有诗文传世。著有《远志堂文集》。

【注释】

[1] 白雀寺：在大香山东麓。庙宇巍峨，古朴苍然。

[2] "废墟"句：写白雀寺倒塌后的景象。万历三年（1575），白雀寺倒塌。万历十六年（1588）重修。

[3] 烟：这里指雾。

[4] 平楚：登高远望，见树梢齐平，称"平楚"。楚：丛木。

[5] 宝坊：寺院的美称。南朝梁简文帝《答湘东王书》："鸣银鼓于宝坊，转金轮于香地。"瑰境：景象奇伟之地。

[6] 世缘：佛教用语，俗缘。谓人世间事。

香山八景

〔清〕郭泌

白雀古寺 [1]

救出火坑拜祖师，夕阳白雀剩残碑。
自今古壁烧痕在，犹想当年一炬时。

【注释】

[1] 当地传说，香山寺为妙善王之三女妙善公主修行之地。昔日妙善公主因婚姻不满而出家，开始在四川遂宁白雀寺，庄王屡诏不归，后有火烧白雀寺的传说。后庄王染疾求医，处方要亲人手眼，公主遂舍自己手眼，疗愈庄王疾病，故敕封公主为"千手千眼活菩萨"，即今香山寺所供菩萨。白雀寺系四川遂宁香山白雀寺的仿造。寺曾称云岩寺。

苍龙峻岭

行来岭上快凝眸，势似游龙力更遒。
一脉精神留不住，蜿蜒夭矫上山头[1]。

【注释】

[1] 夭矫（yāo jiǎo）：屈伸自如的样子。

太白神湫

神湫澈底见澄清，上有山桃结子成。
但得诚心虔祷祝，及时霖雨润苍生。

龙泉甘液

百丈石屏傍壑开，龙泉清冷绝尘埃。
道人丹灶烹新火，敬进神仙茗一杯。

崎峰仙洞

瞻仰青莲一品台[1]，肉身坐化不须猜[2]。
燃灯细照双龙口，承得天浆半碗来[3]。

【注释】

[1] 青莲：佛教以为莲花清净无染，故常用以指称和佛教有关的事物。此指莲花状的妙善公主像底座。

[2] 坐化：谓佛教徒端坐安然而死。

[3] 天浆：传说中神仙饮的仙水。

云岩晓钟

正是僧寮起诵经[1]，东方三两见残星。
香山山顶云岩寺，一片钟声天外听。

【注释】

[1] 僧寮：僧人居住的屋子。此借指僧人。

三石笔架

太华山头旧咏诗，砚池即取仰天池。
更将三石三峰借，架我凌云笔一枝。

朝阳书声

朝阳古洞喜新晴，此日犹传景叔名[1]。

斜月东峰人静后，深岩隐隐读书声。

【注释】

[1] 景叔：明耀州人乔世宁，字景叔。

过香山作

冯令德

云霄闻鸡鸣[1]，骇目三大石[2]。或疑华岳孙，飞作香山客。

策马过其下，旋螺古径窄[3]。胜果亦清凉，风铃韵朝夕。

迢迢奇峰洞，草木杂丹碧[4]。

【作者简介】

冯令德，生平不详。

【注释】

[1] 云霄：天际，高空。

[2] 骇目：形容非常惊异，这里突出三大石山的险峻。三大石：指香山的三座山峰。

[3] 旋螺：即螺旋。此句谓山路曲折盘桓。

[4] 丹碧：泛指涂饰在建筑物或器物上的色彩。

鹳鹊谷

磐玉山南面有山，为东乳山，耀州城西有山，名西乳山，两山若二乳相对，山下一条长谷，名鹳鹊谷。

鹳鹊谷（外二首）

〔清〕侯珏

道路秦川古，莺花谷口繁。片帆离渭水，一径入华原。
暮雨云中树，炊烟岭上村。五峰丹灶冷，何处觅真源。

【作者简介】

侯珏，生平不详，乾隆时知耀州。

三石歌

〔清〕侯珏

雍州城北山排岩，螺鬟黛髻拥屏障。
林峦掩映涵清晖，岸门石门屹相向。
中有三峰削不成，峭瘦直耸青冥上。
洞口一滴鸣琮琤[1]，万壑晴雷吼寒涨。
惊人猿猱相招呼，吟风戏挂白云嶂。
白云渺渺路茫茫，飞来钟声声清壮。
寻声半转溪山湾，隐隐楼阁跨沆砀[2]。
金精浩气苍龙状，巨灵神斧磨天匠。
劈破千丈青莲花，付与老僧闲主张。

【注释】

[1] 琮琤（cóng chēng）：拟声词，这里形容流水的声音。

[2] 沆砀（hàng dàng）：白气弥漫貌。此指山中的雾气。

晓山行

〔清〕侯珏

长峡秋雨回朱炎[1]，晓云横压青山尖。
青山隐现云出没，霞影凌乱风纤纤。
满径苍耳凝珠露，拂鞭轻袍碧烟护。
岩头古木鸣栖鸦，深林土洞人家住。
洞中睡稳忘清晨，醒来相唤还相嗔[2]。
老妪开门惊未见，欲问不问何逡巡[3]。
少妇稚儿左右视，地僻那识长官至。
鸡酒罗拜俱欣欣[4]，为我备告山中事。
山田宜谷亦宜桑，绿葵紫蕨秋花香。
耕云耨月翠微里[5]，虎豹寂寂山魈藏[6]。
不袜不巾拘束少，头脂足垢腹中饱[7]。
冬煨榾柮秋曝背[8]，男婚女嫁绝烦恼[9]。
从来不到西山村，西山风土古朴存。
问尔可曾避秦否，白云鸡犬真桃源[10]。
殷勤送我山折处，马上徘徊不欲去。
隔林回望无人烟，碧沙溪外听樵语。

【注释】

[1] 朱炎：烈日。

[2] 嗔（chen）：生气，怪罪。

[3] 逡巡（qūn xún）：徘徊，欲行又止。

[4] 罗拜：环绕下拜。欣欣：喜乐貌。

[5] 耨（nòu）：一种农具。这里是耕种的意思。

[6] 山魈（xiāo）：猩猩一类动物。

[7] "不袜不巾"二句：化用杜甫《狂歌行》中"不袜不巾蹋晓日"及"头

脂足垢何曾洗"二句。

[8] 榾柮（gū duó）：短小的木头。曝背：以背向日取暖。李颀《野老曝背》诗："百岁老翁不种田，惟知曝背乐残年。"

[9] 男婚女嫁：指儿女成家。语本《后汉书·逸民传·向长》："建武中，男女娶嫁既毕，敕断家事勿相关，当如我死也。"

[10] "问尔"二句：用陶潜《桃花源记》中人们避秦时乱隐于桃源中事。

王益区

王益区位于铜川市中部，地处关中平原和陕北黄土高原过渡地带，东北部与印台区接壤，西南部与耀州区相连，东南部与富平县毗邻。区内人文景观丰富，有展示秦文化的"姜女故里·秦人村落"景区，有国内最大的古陶瓷博物馆——耀州窑博物馆。

夜过黄堡故墟[1]

〔明〕寇慎

此堡创何代，经今成废邱。颓垣宿鬼火，残树号鸺鹠[2]。
露草牵衣泪，秋声动客愁。沧桑何足问，大块一浮沤[3]。

【注释】

[1] 黄堡镇位于铜川市王益区境南部，宋代时隶属耀州。古黄堡镇沿漆水河两岸，遗址区域南北长约5公里，东西宽约2公里，宋代有"十里窑场"之誉，是著名的耀州窑的核心区域。

[2] 鸺鹠（xiū liú）：鸱鸮的一种。古书中常常视为不祥之鸟。

[3] 大块：大自然，大地。浮沤：水面的泡沫。因其易生易灭，常比喻变化无常的世事和短暂的生命。

宜君县

宜君县位于陕北南缘,古称"长安北门管钥"。北魏太平真君七年(446)建立县制,迄今1500多年。宜君古属雍州豳地,秦隶内史,汉景帝二年(前155),属左冯翊设祋县,后废设祋县,更名泥阳县。北魏太平真君(446)罢护军,始置宜君县,属雍州北地郡;唐武德元年(618),改郡为州,宜君县隶宜州;明及清初,宜君县属延安鄜州。1983年,宜君县划归铜川市辖地至今。其地南邻铜川市印台区,北与黄陵县接壤,山清水秀,风景优美,气候宜人,物产丰富,是渭北旱塬上少有的一块绿洲。

姜女哭池

(明)寇慎

漫道鲛人珠泪奇[1],何如烈女泪成池。
鲛人泪尽珠还止,此泪千年永陆离[2]。

【作者简介】

寇慎(1577—1669),字永修,号礼亭,同官县(今铜川市印台区)人。明朝官吏。万历四十四年(1616)进士,授刑部主事,升工部虞衡司郎中。外任苏州府知府,后升任昌平副使,之后致仕归乡,家居三十年闭门著作。参与了《同官县志》的编修工作。

【注释】

[1]鲛(jiāo)人:干宝《搜神记》载,鲛人为居住在南海中的人鱼,善织绢纱。其眼泣,能出珠。

[2]陆离:长貌。谓泪水长流不止。

哭泉

〔明〕刘余泽

哭彻黄泉泉水生,只今犹记哭泉名。
杞人剩有忧时泪,过此应吞第一声。

宜君山中纵目

〔明〕陈镒

石磴迂回匹马迟[1],峰岚掩映树参差[2]。
几回按辔看云度[3],涧底人家总不知。

【作者简介】

陈镒(?—1456),字有戒,吴县(今属江苏)人。永乐十年(1412)进士,先后任湖广、山东、浙江等地副使。以右副都御史、右都御史的身份三次出镇陕西,前后十余年,解决了陕西的饥荒问题。景泰四年(1453)因病致仕。景泰七年(1456)卒,获赠太保,谥僖敏。

【注释】

[1] 石磴(dèng):石级;石台阶。
[2] 峰岚:山中云雾。
[3] 按辔(pèi):谓扣紧马缰使马缓行或停止。

再宿宜君

〔清〕张祥河

寒入宜君暑不存,地非风穴即风门。
往还再宿山城上,江海涛声彻夜翻。
更无蛇蝎闹昏虫,金锁居然不漏风。
避暑唐宗真得地[1],年年飞白玉华宫[2]。

【作者简介】

张祥河(1785—1862),原名公璠,字符卿,号诗舲,江苏华亭人。嘉庆二十五年(1820)进士。官至工部尚书,加太子太保衔。工诗词,善画山水。

【注释】

[1]"避暑"句:玉华宫因夏日清凉而成为唐太宗的避暑胜地。

[2]飞白:亦作"飞白书"。一种特殊的书法。相传东汉灵帝时修饰鸿都门,匠人用刷白粉的帚写字,蔡邕见后,归作"飞白书"。这种书法,笔画中丝丝露白,像枯笔所写。

宜君城隍庙

城隍庙位于宜君县城北门外,庙内有正殿三间,大门三间,东西有廊台,清康熙五十四年(1715)知县李良模重新修葺,庙前有九龙壁,1967年"文化大革命"中被毁。

城隍庙古柏

〔明〕寇慎

一度严寒一度苍，玉颜不改玉枝长[1]。

百年积露鳞生苏，六月崇阴殿凛霜。

鹤憩危巢风扰梦[2]，月窥斜隙影移梁。

生来浩气冲云霄[3]，不向东风伴众行。

【注释】

[1] 玉颜：形容不老的容颜。此喻指古柏长青不凋。

[2] 危巢：高树上的鸟巢。

[3] 浩气：正大刚直之气。

后　记

这部书稿，其实进行了很多年。近二十年前，时任陕西省文史馆馆长的李炳武先生积极倡导"长安学"的建设，主持编纂出版了《长安学丛书》。

当时，还提出编两部大部头的诗集：一部是古代人吟咏陕西的诗歌集，叫《长安古韵》；一部是现代人吟咏陕西的诗歌集，叫《长安新咏》。

他并将前一部的编辑任务交给了我。接受任务以后，在2007年，我选出目录，由我以及同教研室曾志华先生、张学忠先生，当时在读的硕士研究生韩鹏飞、段永升、金艳、刘阿丽、何岁莉、徐芳、李玲、马丽、赵梦、王静、赵娟宁、郭鹏超、姚亚妮等人去做注释。

大致的分工是，我的学生负责西安市（依据现今的行政区域）的内容，张老师的学生负责户县（当时还没有改称鄠邑区）、铜川、咸阳、延安、榆林部分的内容，曾老师的学生负责商洛、汉中、安康、宝鸡部分的内容。初稿完成以后，曾呈请相关专家审阅，结论是问题较多、错误较多。因部头太大，我们准备组织人力，抽时间修订完善。后来，省文史馆与参事室合并。情况变了，领导变了，想法变了，出版之事也就变了。但我们整理、研究三秦诗歌的工作一直没有停滞。

2014年，我申请到了国家社科基金项目《关中诗歌图志》，诗歌作品的整理自是其中的重要内容。2018年，我又申请到了国家社科基金重大项目《唐代到北宋丝绸之路上的驿站、寺庙、重要古迹与文人活动、文学创作及文化传播》，这就使我们有了更大的动力。国家项目立项后，我将一直保存的"历代咏陕诗"原稿中关中部分的内容分离出来，交给了朱慧玲和张倩，让她们按照新的设想和思路去增删、整理、注释。她们两位，一位是我的首届硕士研究生，一位是我第二届的博士研究生，又是项目组成员。这项工作交给她们，是十分自然的事情。具体工作，由张倩负责长安部分的内容，朱慧玲负责长安以外其他部分的内容。初稿完成以后，又由朱慧玲花费一年多的时间做了补充修订，然后由我作审订。

恰在庚子疫情期间，没有其他事情的干扰，于是我用三个月的时间，紧紧张张地完成了审订工作，修改了发现的问题，提出了具体的修改意见，再交由她们二人做进一步的修改。

这一次，张倩主要负责作者简介的修改，其他内容由朱慧玲负责。最后，我再将稿子过了一遍，提交出版社编辑出版。之所以不厌其烦地写这个过程，是想说明，这部书稿的基础工作，很多人都出了力，不能埋没他们的辛苦劳动，所以我们在作者署名中加了"等"。

本书原设想配大量图片。如写乾陵的诗，就配一幅或者几幅乾陵的照片，照片下面简单介绍乾陵之相关情况。这样会增加书稿的知识含量，也会增强可读性、吸引读者。但如果用图，篇幅以及印制费会大幅增加。最终决定只用文字。

"由于我们手头资料有限，水平更有限，加之其他各种主客观的原因，本稿必然存在着各种各样的问题和错误，选目方面也难免有误选，少数篇目的归类也只能根据情况酌情处置。凡此种种，错讹必然不少，期待读者与方家不吝指正。"

感谢十几年来为这部书稿做出贡献和帮助的所有的人，感谢陕西师范大学文学院"世界一流学科"建设经费资助出版，感谢责任编辑姜一慧的辛苦工作。这部稿子的编辑，确实相当麻烦。姜一慧也是我的研究生，所以，就把这件麻烦事交由她来做。已经毕业和部分在读的博士、硕士研究生姜卓、仝凌飞、乔萌惠、徐宏鹏、邵婉苏、王玉婕、韩兴蓉、代晓艺、陈迟等人，协助核对了原诗，一并致以诚挚的感谢。

刘锋涛，2020 年国庆节